KB153352

북한문학예술 9

통일문화사대계 2

2000~2009 북한 문예비평 자료·해제집

# 통일문화사대계 2

## : 2000~2009 북한 문예비평 자료·해제집

© 단국대학교 부설 한국문화기술연구소, 2014

**1판 1쇄 인쇄**__2014년 09월 20일
**1판 1쇄 발행**__2014년 09월 30일

**엮은이**__단국대학교 부설 한국문화기술연구소
**펴낸이**__양정섭
**편집/해제**__임옥규·정영권·김미진·홍지석·배인교

**펴낸곳**__도서출판 경진
　　　　**등록**__제2010-000004호
　　　　**블로그**__http://kyungjinmunhwa.tistory.com
　　　　**이메일**__mykorea01@naver.com

**공급처**__(주)글로벌콘텐츠출판그룹
　　　　**대표**__홍정표
　　　　**편집**__송은주 노경민 김현열 김다솜 **디자인**__김미미 최서윤 **기획·마케팅**__이용기 **경영지원**__안선영
　　　　**주소**__서울특별시 강동구 천중로 196 정일빌딩 401호
　　　　**전화**__02) 488-3280 **팩스**__02) 488-3281
　　　　**홈페이지**__http://www.gcbook.co.kr

**값** 43,000원
ISBN 978-89-5996-429-1 94810
　　　　978-89-5996-128-3 94810(set)

북한문학예술 9

# 통일문화사대계 2

## 2000~2009 북한 문예비평 자료·해제집

단국대학교 부설
한국문화기술연구소 편

경진출판

## 책머리에

　이 책은 단국대학교 부설 한국문화기술연구소에서 진행 중인『통일문화사대계』발간사업의 두 번째 성과다. 한국문화기술연구소에서는 지난 2012년, 1990년부터 1999년까지『조선문학』,『조선영화』,『조선예술』등 북한 중요 문예지에 실린 문학, 영화, 연극, 음악, 미술 관련 비평 텍스트의 목록과 해제를 담은『통일문화사대계』1권을 출판한 바 있다. 이번에 발간하는『통일문화사대계』2권은 2000년부터 2009년까지 북한 문예의 전개와 동향을 대상으로 삼고 있다. 이 책은 다음과 같이 구성되어 있다.

　먼저『조선문학』,『조선예술』등에 실린 문학, 영화, 공연예술, 미술, 음악 분야의 이론(비평) 텍스트의 연도별 목록과 해당 분야 전문가들의 연도별 경향 분석을 담았다. 개개 분야의 첫머리에는 2000년대 경향 전체를 비판적으로 개관한 글을 두어 독자들의 자료 이해를 돕고자 했다. 각 분야에서 목록작업과 분석의 대상이 된 문예잡지 및 해제를 담당한 연구자는 다음과 같다.

　문학:『조선문학』(임옥규)
　영화:『조선예술』(정영권)
　공연예술(연극, 교예 등):『조선예술』(김미진)
　미술:『조선예술』(홍지석)
　음악:『조선예술』(배인교)

다음으로 각 분야의 목록작성과 해제를 담당한 연구자들의 판단에 따라 해당 분야의 2000년대 담론과 실천 양상의 연구와 이해에 보탬이 될 것으로 판단되는 자료목록을 덧붙였다. 이에 따라 2000년대 북한에서 창작 발표된 문학작품, 문학도서, 문학평론, 극작품, 교예작품, 음악작품 목록을 싣게 되었다. 이 자료들은 해당 기간 북한에서 발행된『조선중앙년감』,『조선문학예술년감』에서 취한 것이다.

이 책은 우선 2000년대 발표된 북한 문학예술 작품, 이론(비평) 목록을 제공하는 자료집의 성격을 지니고 있다. 하지만 이 책은 자료목록 작성에 참여한 각 분야 전문 연구자의 해제를 두어 단순한 자료집 이상의 의의를 갖게 됐다. 편집과 해제 작업에 참여한 연구자들은 지난 1년간 정기적으로 모여 연 단위로 2000년대 북한 문예의 경향에 관한 의견교환과 토론의 시간을 가졌다. 각 분야의 연도별 해제 및 총괄적 개관은 그 결과물이다. 이 책은 우선 최근 북한 문예 경향에 관심을 가진 각 분야 연구자들에게 유용한 자료집 내지는 인지 지도가 될 수 있다. 또한 다른 한편으로 독자들이 각 분야, 장르를 넘나들며 책 전체를 읽도록 권하고 싶다. 이러한 일독을 통해 정치, 사회 분야의 공식 문건에서 확인하기 어려운 2000년대 북한 체제의 리얼리티와 마주할 수 있을 것이다. 각 예술 장르의 자료를 한데 묶어 교차 검토가 가능하게 배치한 것도 그러한 이유에서다.

'집중과 함축'을 강조하는 북한 문예에서 작품뿐만 아니라 이론이나 비평 텍스트 역시 대부분 일원적 채널-잡지를 통해 발표된다.『조선문학』,『조선예술』이 대표적인 사례다. 북한에서 문예 분야(특히 이론, 비평 분야)의 단행본 발간은 극히 드물고 그마저도『조선문학』,『조선예술』에 실린 글들과 저자/내용이 겹치는 경우가 많기 때문에 북한 문예의 경향을 파악하려면 반드시 이 문예지들을 검토할 필요가 있다.

이 가운데『조선문학』은 1946년 7월 25일에 창간된 조선작가동맹기관지『문화전선』(뒤이어『문학예술』로 명칭변경)을 전신으로 한다. 북한에서『조선문학』이라는 명칭을 내건 잡지는 1953년 10월에 처음 발간됐다.『조선문학』은 북한문단의 얼굴이다. 이 잡지를 통해 우리는 북한 조선작가동맹 강령과 규약, 작가회의 문건의 역사를 살필 수 있을 뿐 아니라 문학 분야 작가와 작품, 비평 경향의 변천을 파악할 수 있다.

한편 영화, 연극, 교예, 무용, 음악, 미술 등 예술 각 분야의 흐름은 『조선예술』을 통해 파악할 수 있다. 『조선예술』은 1956년 9월에 창간된 북한 문예지다. 처음 발간될 당시에는 주로 '연극', '무용' 분야에 특화된 잡지(조선연극인동맹중앙위원회, 조선무용가동맹중앙위원회기관지)였으나 1968년 4호를 기점으로 음악, 무용, 연극, 교예, 미술을 아우르는 종합예술잡지로 변모했다. 같은 해에 『조선음악』, 『조선미술』 같은 잡지가 폐간되어 『조선예술』에 흡수됐기 때문에 1968년 이후 북한예술의 경향을 살펴보려면 반드시 『조선예술』을 경유해야 한다. 『조선예술』은 1997년 『조선영화』의 폐간으로 그 기능까지 아우르게 됨으로써 명실상부 북한 최고 권위의 종합예술잡지로 자리 잡았다.

자료 목록과 내용 정리를 함께 한 황희정, 김보경, 최은혁, 박은혜, 김지현 연구원에게 감사한다. 무엇보다 까다로운 절차를 거쳐야 하는 학술서 발간에 선뜻 응해 준 도서출판 경진의 양정섭 대표와 편집에 힘써 준 디자이너들에게 고마움을 전하고 싶다. 내년에는 1950~1960년대 북한 문예의 흐름을 다룬 『통일문화사대계』 3권을 발간할 계획이다. 독자 여러분의 질정과 성원을 기대한다.

2014. 9.
단국대학교 부설 한국문화기술연구소 소장 김수복

# 목 차

**공연예술: 『조선예술』**_____ 443

김미진

**미술: 『조선예술』**_____ 539

홍지석

**음악: 『조선예술』**_____ 615

배인교

# 문학

## 『조선문학』

임옥규

# 1. 개관

이 글의 목적은 북한의 조선작가동맹 중앙위원회 기관지인 『조선문학』에 수록된 머리글, 논설, 평론 등을 통해 2000년대 북한의 문학적 경향을 살펴보는 것에 있다. 북한의 문학적 경향은 당 정책이나 문학예술 지침과 밀접한 연관을 맺기 때문에 이를 살펴보기 위해서는 신년 공동사설과 『조선중앙년감』, 『조선문학예술년감』 등을 기초자료로 활용할 수 있다. 북한의 신년 공동사설은 매년 1월 1일에 나오는 새해 계획이며 『조선중앙년감』은 한 해 동안에 있었던 경제, 정치, 사회문화, 문학예술 등의 정보를 수록한 책으로 1948년부터 현재에 이르기까지 계속 발간되고 있다. 『조선문학예술년감』은 문예총중앙위원회의 주관 하에 문학예술종합출판사가 발행하는 연간 간행물이다. 김일성과 김정일의 문학예술 분야에 대한 지도 및 공연관람, 예술인들에 대한 수훈 내용을 담고 있다. 또한 1년간의 주요 문학예술작품을 소개하고 있다.

『조선문학』의 구성은 당의 문예정책과 노선을 소개하고 시기마다 제기되는 당 정책 문제를 설명하는 머리글과 논설, 이를 반영하는 여러 형식의 문학 작품들과 평론, 작가들의 창작경험과 문학 소식 등으로 대별된다. 2000년대 『조선문학』은 백두산 3대장군의 형상화를 위한 창작방법 실천론, 선군혁명문학과 사회주의 현실주제(소재) 문학에 관련된 평론, 작가 소개, 고전문학과 외국문학 소개 등을 전개한다. 전반적으로 수령형상문학을 강조하여 『조선문학』 잡지의 중요한 역할은 '수령형상문학' 작품과 창작방법론 제시임을 확인할 수 있다. 한편으로는 사회주의 현실주제 문학을 다룬 글들을 통해 북한의 지배적인 이념에서 벗어난 문학적 경향이 제기됨을 알 수 있다.

2000년대 북한 문학에는 선군시대[1] 선군사상 선군정치가 중요한 담

---

1) "오늘 우리 시대는 우리 군인들의 혁명적 군인정신 다시 말하여 수령결사옹위정신, 결사관철의 정신, 영웅적 희생정신을 닮아가는 선군 시대이다"(한정길, 「선군시대 혁명군가들에 구현된 사상예술적특성」, 『조선예술』, 2004년 12호, 56쪽).

론으로 제기되며 '선군혁명문학예술'이라는 용어가 등장한다. 선군혁명 문학이라는 용어는 「위인의 손길 아래 빛나는 선군혁명문학」(『천리마』 2000년 제11호)에서 공식적으로 사용되었다. 선군시대는 김일성 주석 사 망 이후 김정일 국방위원장의 통치체제가 시작된 시대를 지칭하며 인민 군대를 앞세워 "수령결사옹위정신, 결사관철의 정신, 영웅적 희생정신" 을 구현한다는 의미를 지닌다. 선군혁명의 의미는 고난의 행군으로 불리 는 1990년대 중후반의 체제 붕괴 위기의 극복을 반영하는 문학적 슬로 건이며 수령형상문학론의 현실적 변이형태라고 할 수 있다.[2]

2000년대 북한의 주된 관심은 선군사상 중심의 체제유지와 강성대국 으로의 진입이다. 선군혁명문학은 '강성대국문학'을 지향하는데 '강성대 국'은 『로동신문』 1998년 8월 22일자 정론에 실린 제목으로 북한이 고난 의 행군 시기를 이겨내고 사회주의 강행군을 이어나가면서 2012년에 강 성대국이 완성될 것이라고 주장한 것에서 비롯된 용어이다. 강성대국 건설의 주요한 과업은 경제 건설, 정치·사상 강화이며 이는 문학에서 '사상중시' 문학, '총대중시' 문학, '과학기술중시' 문학의 형태로 나타난 다. 북한은 2002년 신년 공동사설을 통해 '4대 제일주의'라는 새로운 노 선을 제시한다. 여기에서 4대 제일주의 노선은 사상·군사·경제라는 기 존의 강성대국 건설 3대 요소에 '수령'을 추가한 것이다. 문학적으로 구 현된 내용을 살펴보면 '수령제일주의'는 수령형상문학으로, 주체사상을 중심으로 한 문학은 '우리 사상 제일주의' 형태로, 경제강국건설 방침을 포함하는 '우리 제도 제일주의'는 사회주의 제도를 칭송하는 방향으로 나가고 있다.

2000년대 이후 사회경제적으로는 시장경제 요소를 도입한 '7.1 신 경제 관리 개선조치(2002)'가 실시되었고 남북관계에 이정표를 새긴 '6.15 남북 공동선언'(2000), '10.4 남북정상선언'(2007) 등이 발표되었다. 북한이 내세 운 강성대국 건설의 기치 이면에는 이러한 대내외적인 상황이 반영되어

---

2) 김성수, 「통일의 이상과 선군혁명문학의 현실: 선군문학은 주체사실주의가 낳은 새 형의 문학」, 『민족21』 56, 민족21, 2005년 11월호, 149쪽.

식량난과 경제난을 해소하기 위한 '실리사회주의'[3] 표방이 감지된다.

2000년도 북한 문학은 고난의 행군을 이겨내고 강성대국의 길에 들어섰다고 주장하면서 이를 문학적으로 형상화하고 있는데 이를 극복하려는 정신과 사상 감정을 일련의 글들에서 살펴볼 수 있다. 이 글은 2000년대 『조선문학』의 연도별 경향을 통해 북한 문학의 지향점과 현실을 파악하고자 한다.

## 2. 연도별 경향

### 2000년

2000년은 '조선로동당창건 55돐' 기념의 해로 문학 부문에서는 '당 창건 55돐 기념 전국 문학축전'과 '제4차 장중편형식의 작품 100편 창작전투' 등의 문학창작 사업 등이 진행된다. 『조선중앙년감』은 2000년도 문학부문이 창작전투를 벌리고 강성대국 건설에 나선 근로자들을 고무하고 이바지하는 데 많은 역할을 하였다고 평한다. 2000년 1월 1일자의 공동사설[4]은 사상·총대·과학기술을 강성대국 건설의 3대 기둥으로 제시하고 90년대 후반기 고난의 행군을 이겨내고 김정일의 지도로 강성대국건설에서 새로운 진격로가 열리게 되었다고 선포한 바 있다. 특히 2000년을 "조국통일을 위한 투쟁에서 새로운 역사적인 전환의 해"로 설정하여 조국통일 3대 헌장과 민족대단결 5대 방침(1998)의 기치 아래 사상과 제도, 정견과 신앙의 차이를 초월한 단결을 강조한다.[5] 2000년도

---

3) 유임하, 「실리사회주의와 경제적 합리성: 변창률의 농촌소설과 『영근이삭』 읽기」, 『겨레어문학』 41권, 2008, 551쪽.
4) 『로동신문』, 『조선인민군』, 『청년전위』에 실린 공동사설 제목은 「당창건 55돐을 맞는 올해를 천리마 대고조의 불길 속에 자랑찬 승리의 해로 빛내이자」이다.
5) 이후 2000년 6월 13~15일에 김대중 대통령과 김정일 국방위원장이 분단 55년 만에 평양에서 첫 남북 정상회담을 갖고 6.15남북공동성명을 발표한다.

『조선문학』은 공동사설의 내용을 바탕으로 머리글, 사설, 논설을 전개한다. 평론 부문에서는 수령형상문학, 참된 당일군의 형상, 군민일치의 생활세부, 반제계급교양 주제, 총대서정, 농촌 천리마 기수의 형상, 청년중시 사상, 고난의 행군 시기를 자력갱생의 혁명정신으로 이겨나가는 노동계급 형상, '김정숙 서거 50돐'을 반영한 시가, 민족적 감정정서로 노래되는 사회주의 농촌의 정서, 비전향 장기수의 신념과 동지애, 재일조선인의 조국애 등을 다룬다. 이러한 문학 내외적 상황을 바탕으로『조선문학』의 문학적 경향을 구체적으로 살펴보면 다음과 같다.

## 1) 백두산 3대장군 형상화

2000년도『조선문학』은 수령형상문학의 또 다른 용어인 '태양민족문학'을 사용한다. 이는 수령을 태양에 비유하여 수령 영생을 기원하는 의도의 표현이다. 1호 머리글에서는 '태양민족문학' 건설에 힘쓸 것을 당부하는데 그 기본으로 백두산 3대장군을 형상화하고 사회주의 조선의 시조로서 김일성을 영웅적 주인공으로 표현하여 태양민족문학의 군상으로 새겨야 한다고 설명한다. 7호 평론「영원한 태양의 노래」는 수령 서거 이후 4월의 노래가 태양찬가, 영생찬가로서의 면모를 보여 준다고 평한다. 이 글에서는 시 묶음『4월의 봄은 영원하리』가 후계 수령에 의해 수령영생위업이 실현된다는 진리를 일반화하고 있다고 평한다. 이 글에서는 이 시들이 수령의 영생에 대한 체험을 서정적으로 보여 주고 태양절 봄 축전을 계기로 한 서정적 주인공의 정서체험, 수령의 영생에 대한 불변의 신념을 구현하고 있다고 평한다.

2호 평론「20세기를 빛나게 장식한 기념비적 명작: 수령형상에 바쳐진 새 형의 서사시들을 두고」에서는 20세기 송가 형식의 새 형의 서사시 문학으로 시인 김만영의「불멸하라, 위대한 영생의 노래여」와 신병강의「영원하라 동지애의 력사여」를 분석한다. 이 글에서는 김만영이 서사시를 통해 수령에 대한 충효, 사상, 의지와 숨결과 맥박까지도 섬세하게 보여 주고 있으며, 신병강은 수령과 장군에 이어지는 동지애의 역사를 서사시적 화폭으로 보여 준다고 평한다. 이 두 시는 서사시의 기본묘사 대상인 수령의 혁명사적 혁명실록을 보여 주면서 서정적 주인공인 시인 과 인민의 송축과 충성의 감정을 이전과 다르게 보여 주는 송가적 서사 시라고 평가한다.

4호 평론 「사랑의 바다, 생활의 탐구: 문학작품집 ≪경례를 받으시라≫ 에 실린 세 편의 단편소설들을 중심으로」는 최근 장군의 군부대 현지시 찰을 내용으로 한 단편소설 「감」, 「붉은 눈보라」, 「기다리고 계신다」가 사랑받고 있음을 밝히고 있다. 「감」은 장군이 대를 이어 총을 쥔 여병사 와 그의 부모에게 사랑을 베풀어주는 이야기이다. 「붉은 눈보라」는 장군 의 수령에 대한 그리움과 만경대 일가의 모습을 형상화한다. 「기다리고 계신다」는 판문점 시찰을 통해 장군의 무비의 담력과 용맹, 조국통일을 위한 노고, 헌신성을 강조한다.

6호 평론 「우리 당 역사에 영원히 빛날 불멸의 업적에 대한 심오한 형상」에서는 총서 〈불멸의 향도〉 중 장편소설 『전환』(권정웅)이 장군이 당중앙위원회에서 사업하던 첫 시기인 1960년대 중엽을 시대적 배경으 로 하여 국제 공산주의운동에 몰아치는 수정주의 역풍을 헤치면서 조선 혁명을 전환의 궤도 위에 세운 불멸의 업적을 형상하고 있다고 설명한 다. 이 글에 의하면 이 작품은 주체의 수령론에 기초하여 당사업, 군건설, 경제사업, 문학예술을 비롯한 혁명과 건설의 모든 분야에서 전환을 이루 는 장군의 위대성을 그리고 있다. 이 글에 의하면 수령론에 기초하여 장군의 인민에 대한 믿음과 사랑을 형상화하고 김정숙의 사상과 풍모도 밝히고 있다고 설명한다.

9호 평론 「룡남산과 더불어 영원할 불멸의 명작들」은 김일성 대학의 상징으로서 룡남산의 의미를 부여하고 김정일의 대학 시절 업적을 다룬 다. 김정일의 창작인 〈조선아 너를 빛내리〉, 〈백두의 행군길 이어 가리 라〉과 김정숙에 대한 그리움을 담고 있는 〈진달래〉를 다룬다.

9호 평론 「백두산의 녀장군에 대한 열렬한 칭송, 전인류적인 송가」는 러시아 시인 '알렉싸드르 브레쥬네브'가 김정숙의 생일을 기념하여 창작한 시 「백두산의 녀장군」를 소개한다.

11호 평론 「위대한 동지관에 대한 품위 있는 예술적 형상」은 단편소설 「동지에 대한 추억」(권정웅)이 수령의 시점에서 내면 독백의 형식으로 김책 동지와의 체험과 추억을 펼치면서 수령의 동지애가 혁명관으로 승화하는 과정을 잘 형상화하고 있다고 평한다.

12호 평론 「위대한 인민의 어머니에 대한 독창적인 시적형상: 장시 《인민의 어머니》에 대하여」는 장시 「인민의 어머니」(정은옥, 김은숙)는 김정숙 서거 50돌에 바쳐진 시다. 시인들은 공산주의 혁명투사인 김정숙의 실재 역사 사실에서 생활 세부들을 취재하여 감명 깊게 보여 준다. 이 시는 김정숙 동지를 백두산 3대 장군의 위인상으로 승화시키고 당 정책의 적극적인 조직자, 집행자로서의 활약을 칭송한다.

7호 머리글에서는 지난 6년간의 수령형상문학 성과를 살펴보고 있다. 여기에서는 시가문학이 형상적 측면에서 수령의 내면심리를 파고들어 수령의 업적과 인간적 풍모의 위대성을 낙관적으로 구현하였다고 평가하고 있다. 이 글에서는 수령형상문학으로 총서 〈불멸의 력사〉 중 수령의 마지막 생애인 1994년을 다루고 있는 장편소설 『영생』과 추모설화를 수집, 정리한 『금수산 기념 궁전 전설집』, 경희극 〈소원〉, 영화문학 〈밀림이 설레인다〉 등을 다룬다. 여기에서는 수령형상문학의 조건으로 '역사적 사실에 기초하여 풍부하고 진실하게 펼칠 것과 수령결사옹위 정신을 높이 발휘하여야 할 것'을 제시하여 총서류나 수령형상 작품이 역사적 사실에 기초한다고 주장한다.

8호 머리글은 작가들이 당의 혁명전통교양에 이바지하는 문학작품을 창작해야 할 것임을 천명하면서 혁명전통주제로 항일혁명투쟁에서의 백절불굴의 백두의 혁명정신 발휘, 혁명투사들의 생활 반영 등을 제시하고 이러한 작품들이 현시대의 사상 미학적 높이에서 분석되기를 바란다.

## 2) 천리마 대고조 반영

1호 사설에서는 '락원의 봉화'를 언급한다. 이는 제2의 천리마 대진군의 봉화를 의미하는데 1999년 평안북도 토지정리사업의 구상을 락원기계 공장에서 펼치던 김정일에게서 비롯된다고 이야기하고 있다. '락원의 당원'들의[6] 결사관철의 정신, 노동계급의 영웅적 투쟁, 전통, 자력갱생을 옳게 밝혀 전후 천리마대고조 시기에 나온 짧고 전투적인 형식의 작품들처럼 작가의 창작적 재능과 열정을 발휘해야 한다고 당부한다. 12호 논설에서는 김정일이 1990년 7월 27일에 작가들에게 당 건설과 활동에서 영원한 동행자, 충실한 방조자, 훌륭한 조언자가 되기를 바란다는 친필 서한을 남겼다는 일화를 제시하면서 작가들이 장군의 창작과제를 결사관철의 정신으로 수행하고 충성을 다하는 고상한 도덕을 지니며 당의 문학건설을 지향하고 집단주의적 창작 윤리를 생활기풍으로 삼아야 할 것을 당부한다.

11호 논설은 강성대국 건설을 위한 현재의 제2의 천리마 대진군 속에서 천리마 시대를 되돌아 볼 필요가 있음을 천명하면서 김일성의 1960년 11월 27일 〈천리마 시대에 맞는 문학예술을 창조하자〉라는 고전적 노작을 통해 문학예술에서 천리마 시대의 반영과 천리마 기수의 형상 창조에 나서는 미학적 요구를 다시 거론한다. 이 글에서는 작가들이 천리마 시대를 본받아 주체형의 인간전형을 형상하고 현실주제 작품 창작에 힘써야 할 것을 당부한다. 여기에서 주체형의 인간전형은 숨은 영웅, 공산주의 미풍 선구자이며 사상적 특질로는 수령결사옹위 정신, 자력갱생, 간고분투, 혁명적 동지애, 낙관주의 정신을 지녀야 한다. 또한 작가들로 하여금 선군정치 아래 총대, 과학중시 사상을 받들 것을 요구한다.

---

6) 락원의 10명 당원이었던 호천학, 황순화, 심형섭, 리석명, 류기동, 선우련수, 전 운전군인민위원회 부위원장 홍순한 등

## 3) 사상중시, 총대중시, 과학기술중시

2호 머리글에서는 신년 공동사설을 언급하면서 작가들은 ≪당창건, 55 돐을 맞는 올해를 천리마대조고의 불길속에 자랑찬 승리의 해로 빛내이자!≫는 당의 전투적 구호를 받들고 강성대국 건설의 3대 기둥인 사상중시, 총대중시, 과학기술중시를 관철하여 다양한 주제의 작품창작에서 성과를 이룩하여야 한다고 추동한다. 이를 위해 작가들은 '수령결사옹위정신 실현, 반제계급교양주제 창작, 과학자와 기술자 형상, 사회주의 현실물 작품 창작, 조국통일주제 작품 창작, 수령형상 작품과 송가문학 창작'에 힘써야 하며 '주체성과 민족성'을 구현하여 내용에서 사회주의적이고 형식에서 민족적인 우수 작품을 창작하기 위한 투쟁을 할 것을 당부한다.

8호 평론 「시문학의 붓대는 총대를 노래하는 붓대여야 한다」는 시문학의 붓대는 총대를 노래하는 붓대가 되어야 함을 제기하면서 총대는 수령결사옹위의 정신과 강성대국 건설의 각오를 다지고 있다고 한다. 이 글에서는 인민의 숭배심을 형상화한 시로 「경축」, 「봄날의 꽃 속에 젊어 계시라」 등과 총대서정을 형상화한 시로 「총대는 우리의 운명」, 연시 「나는 불이 되련다」 등을 제시한다.

5호 평론 「시대의 기상, 나래치는 서정」은 「승패에 대한 시」(김정곤)가 장군의 선군정치를 충효로 받들어 가는 시대의 기상을 형상화하고 운동회날 진행되는 매 경기종목과 생활화폭들을 잘 형상화하고 있다고 평한다. 이 글에서는 이 시초가 백절불굴의 혁명정신과 생활기풍을 담고 강성대국에로 총진군하는 조선의 기상, 위력을 노래하고 있으며 군민의 혁명적 신념, 불굴의 낙관으로 군민일치의 필승불패성을 확인시켜준다고 평한다.

6호 평론 「반제계급교양주제의 단편소설창작에서 나서는 사상미학적 요구」는 반제계급교양주제의 수준 높은 단편소설들로 「군관신분증」(전인광), 「모성의 권리」(김혜영), 「나의 가정이야기」(강귀미), 「류다른 결혼식」(김덕철) 등을 거론한다.

## 4) 당 일군, 시대의 주인공 전형

3호 평론 「평범한 생활 속에서 시대의 주인공을 보여준 참신한 형상세계: 텔레비죤 실화극 ≪꺼지지 않는 불≫을 보고」는 생활 속에서 시대의 전형이 무엇인지 분석한다. 이 글에서는 이 극이 수령과 장군의 덕성선이 주인공의 성격발전에 영향을 끼치는 과정을 잘 형상화하고 있다고 평한다. 이 글은 종합예술로서 텔레비죤 실화극에서의 음악의 비중도 크게 다루면서 〈사향가〉가 극에 관련되어 있음을 상기시킨다.

4호 평론 「우리 시대의 요구와 참된 당일군의 형상: 장편소설 ≪산촌의 홰불≫에 대하여」는 주인공인 군당책임비서를 통해 당의 충신, 인민의 충복을 전형화하였다고 평한다. 이 소설의 주인공은 자력갱생의 혁명적 정신으로 군 살림살이를 꾸려나가며 70~80년대 명신땅을 개변시켰고 이후 90년대 후반에 현지지도를 하는 장군의 평가를 받는다. 이 평론에서는 이러한 주인공의 형상이 현 시대 당 일군이 갖추어야 할 사상과 특질, 사업 방법과 작풍, 일본새를 체질적으로 체현한 주체형의 참된 공산주의자의 전형이라고 평가한다.

8호 단평 「단편소설 ≪옥이≫에 비낀 작가의 얼굴」은 천세봉의 단편소설 「옥이」를 분석하고 있다. 이 글에서는 이 소설이 천리마 시대에 나온 작품으로 '옥이'라는 농촌 천리마 기수의 성격형상을 구현하고 있다고 평하고, 천세봉의 소설이 독자들로 하여금 손에서 놓지 못하게 하는 이유는 소설에 반영된 생활의 진실성 때문이라고 평한다.

10호 평론 「시대와 인간, 열망: 장편소설 ≪열망≫을 읽고」에서는 『열망』이 고난의 행군 시기에 자력갱생의 혁명정신으로 이겨나가는 노동계급들을 그리고 있다고 평한다. 이 글에서는 이 소설이 장군의 사상과 의도를 높이 받들어 결사관철해 나가는 당 일군의 전형을 형상화하고 있다고 평한다.

## 5) 향토애, 민족애

8호 평론 「광복전 대중가요와 민족문화유산」은 광복 전 대중가요가 인민들의 사상과 감정을 서정화한 민족성이 강한 작품들이었으며 김정일이 지난 시기 유행가에 민족적 울분, 향토애, 민족적 정서가 있음을 깨우쳐 주었다고 소개한다.

12호 평론 「고향과 서정」은 서정시 「고향아 나의 고향아」와 「사랑의 메아리」가 시인의 고향에 대한 생활 체험과 정서적 체험을 진실하게 그리고 있다고 평한다. 이 글에서는 「고향아 나의 고향아」가 '고향은 사랑하는 나의 조국'이라는 사상의 절정에 오르고 있으며 「사랑의 메아리」는 사회주의 농촌의 정서를 민족적 감정 정서로 노래하고 있다고 평한다.

## 6) 청년중시, 비전향 장기수와 재일조선인 조명

10호 평론 「선군시대 청춘찬가: 서사시 ≪조국이여 청년들을 자랑하라≫에 대하여」에서는 서사시 「조국이여 청년들을 자랑하라」가 선군혁명문학 창조에서 청년 격찬의 '우리 식 서사시'의 면모를 보여 준다고 평한다. 이 서사시에 대해서는 장군의 청년중시 사상을 구현하여 평양-남포 고속도로 건설에서 발휘된 청년들의 영웅적 위훈을 예찬하고 있으며 이 서사시는 평양-남포 고속도로가 장군과 청년들의 혼연일체의 결정체임을 노래하고 있다고 평한다. 또한 이 서사시에 구현된 사상은 위대한 사랑, 믿음이 있는 곳에 그리움이 있고 결사의 투쟁과 위훈이 있다고 평한다. 이 시에 대해서는 청년돌격대원들의 영웅적 투쟁을 시적 묘사와 주정 토로, 웅건한 시적 화폭으로 보여 주고 있으며 수령숭배, 수령결사옹위 정신이 청년들에게 체현되었음을 보여 준다고 평한다.

12호 단평 「꽃다발속에 비껴진 시적일반화의 세계」는 비전향 장기수를 다룬 작품을 평한다. 이 글에 의하면 서정시 「받으시라 이 꽃다발」(정혜경)에서 노래된 꽃은 비전향 장기수들의 신념의 꽃을 일컬으며 또 다른 꽃의 세계는 아들들을 기다리고 기다리던 어머님들의 마음어린 꽃다발이며 장군의 동지애의 꽃다발이라고 분석한다.

12호 평론 「소설문단에 핀 지성의 꽃」은 소설가 강귀미의 단편소설을 다룬다. 소설가 강귀미는 재일조선인 출신이다. 이글은 강귀미가 북한으로 귀국하여 수령과 장군의 덕으로 김일성 종합대학 어문학부을 졸업하고 기자로 일하다 문필활동을 시작한 이력을 지닌 작가로 소개한다. 이 평론에서는 그의 단편소설 「표창장」, 「담임선생」, 「삶의 위치」 등이 생활의 본질을 꿰뚫어보고 있으며 그의 작품들에는 조국애가 생활적으로 진실하게 형상되어 있다고 평한다.

## 7) 그 외

이외에 2000년도 상반기 소설에 대한 종합적 평가와 1990년대 후반기 시를 평가한 글이 있다. 8호 평론 「시대의 요구와 단편소설」은 2000년도 상반기 소설에 대해 분석한다. 이 글에서는 수령형상 작품으로 「동지에 대한 추억」, 「미래에 살자」를 우수하다고 평가하고 「첫 소대장」에 대해서는 공훈탄부의 회상을 통해 시대의 전형을 잘 형상화하고 있다고 평한다. 이 글은 「초석」에 대해서는 언어구사나 회상적 수법 등을 통해 양심문제를 균형 있게 구현하고 있다고 평하며 「아지랑이 피는 들」은 제자들과 함께 농촌에 진출하여 작업반장이 된 주인공이 농촌을 교단으로 삼는다는 감동적인 작품이라고 설명한다. 11호 평론 「숭고한 정서, 열렬한 추억의 세계」는 1990년대 후반기 송년 시문학을 살펴본다. 이 글은 1990년대 후반기 송년 시문학이 혁명적 수령관에 기초하고 있음을 밝히고 송년시 「눈이 내린다」, 「잊을수 없어라 1998년이여」, 「아름다운 추억의 해 1999년이여」 등이 장군에 대한 충성과 숭배심을 표현하다고 설명한다.

이외에 눈여겨 볼 것은 '20세기 추억'으로 천세봉, 석윤기, 엄호석, 백인준을 다루고 평론으로 김상오, 변희근 작가들의 생애와 작품을 다룬다는 점이다.

# 2001년

2001년도『조선문학』은 선군혁명문학, 20세기 주체문학에 대한 회고, 종자론에 대한 강조, 붉은 기 사상 고무추동, 태양절에 관한 것, 평론의 혁신에 관한 것, 조선작가동맹창립 55돌 기념, 남한 '력사문제연구소 문화연구소'의 카프문학에 대한 것을 소개하고 있으며 음악정치, 비전향 장기수 작품을 소개한다. 12호에는 어머니 주제를 많이 다룬 작품들을 소개하고 있다. 주요한 내용을 살펴보면 다음과 같다.

## 1) 선군혁명문학과 수령형상문학

1호 논설「새 세기와 선군혁명문학」은 선군정치 시대를 반영한 선군혁명문학에 대해 설명한다. 이 글은 선군혁명문학이 항일혁명 투쟁시기에 창시되었고 주체사실주의가 낳은 새 형의 문학이라고 설명하는데 이는 북한에서 역사적 정통성을 항일혁명 투쟁시기로 소급하려는 의도의 일환으로 해석된다. 이 글에서는 선군혁명문학이 강성대국 위력을 빛내야 하고 강성대국 건설을 위한 인민의 생활 속에서 혁명적 군인정신이 체현될 것을 당부한다.

수령형상문학은 총서 〈불멸의 력사〉 중 장편소설들과 밀접하게 연관된다. 1호 평론「영원하라 신념과 량심의 붉은 산줄기여」(리금희)는『붉은 산줄기』에서의 수령의 군사전략가로서의 풍모를 다룬다. 6호 평론「위대한 정치가 낳은 20세기의 기적에 대한 서사시적 화폭」(장희숙)은 총서 〈불멸의 향도〉 중 장편소설『서해전역』을 다룬다. 이 글은 이 소설이 장군에 의해 5년이라는 짧은 기간에 서해갑문 건설이라는 기적의 과정을 형상화하고 있다고 평한다. 7호 평론「시대의 높이에서 형상된 민족자주 사상」(류운화)은 총서 〈불멸의 력사〉 중 장편소설『삼천리 강산』에 대하여 평한다. 이 글에서는 이 소설이 수령이 민족자주의 원칙에 따라 6.15 남북공동선언을 제기하고 실현한 것을 기본 줄거리로 하여 민족자주 사상을 잘 형상화하고 있다고 평한다. 7호 평론「위인의 숭고한 동지애에 대한 깊이 있는 형상」(조응철)은 총서〈불멸의 력사〉중 장편소설『붉은 산줄기』에서의 수령의 동지애에 대해 다룬다. 8호 평론「조국광복의 대사변을 주동적으로 마련하신 위대한 수령님의 불멸의 형상」(김려숙)은 총서〈불멸의 력사〉중 장편소설『천지』에서의 항일혁명투쟁, 혁명적 수령관을 다룬다.

4호 평론「새 세기를 빛내일 영생하는 태양의 노래를」(김순림)은 수령의 생일인 4월 15일을 태양절로 기념하는 북한의 실상을 반영한 시들을 분석한다. 이 글에서는 서정시「아 우리 수령님」(홍현양),「해빛」(리연희),「만민의 꽃 김일성화」(엄애란) 등이 시인의 체험에서 비롯된 것임을 밝힌다. 5호 단평「열렬한 숭배와 매혹이 낳은 위인 송가」(김일수)는 수령송가인 가요〈김정일동지께 드리는 노래〉의 성과를 다룬다. 11호 평론「세기의 하늘가에 울려퍼지는 태양 칭송의 메아리」(김일수)는 21세기 태양송가로「태양의 길」,「한순간」,「선언」,「자주의 궤도였다」,「위대한 자욱」,「김정일장군찬가」,「먼 하늘가」,「기다림 속에 그리움 속에」등을 다룬다. 12호 평론「총대철학의 지성이 번뜩이는 선군시대의 력작」(김학)은 총서〈불멸의 력사〉중 장편소설『열병광장』에 대해 분석한다. 12호 평론「선군시대가 드리는 영생의 노래」(김철민)는 서사시「어머님의 그 위업 영원하리」(리범수)를 다룬다.

2000년대 선군정치를 음악정치라는 용어를 사용하여 설명하기도 하는데 5호 단평「숭고한 정서 세계-노래의 철학」(박애숙)에서는 김정일의 독창적인 음악정치, 노래의 철학에 대해 설명한다. 이 글은 가요〈장군님은 노래를 사랑하시네〉를 통해 장군의 붉은 기 정신과 음악과 함께하는 고난의 행군에 대한 선군 영도의 길, 강성대국 건설에 대한 구상 등을 칭송한다. 이외에 수령의 '이민위천'의 정신을 다룬 소설「다래나무 지팽이」를 분석한 평론「〈이민위천〉의 숭고한 뜻이 비낀 의의 깊은 세부」(강은별, 10호)는 수령의 위인적 풍모를 다룬다.

## 2) 창작방법론-종자론

북한 문학에서 작품의 핵으로 거론하는 종자는 창작방법론의 기본 요소로서 그 실현 내용에 따라 작품의 사상성과 예술성을 판단하는 기준이 된다. 2호 평론 「종자리론의 불멸의 진리성과 위대한 생활력」(김순림)은 장편소설 『생명수』의 종자를 다룬다. 이 글에서는 이 작품이 황금으로 언제를 쌓는 한이 있더라도 봉산벌 농민들에게 생명수를 보내주어야 한다는 수령의 뜻을 사상적 알맹이로 하여 모든 형상요소를 집중하였기 때문에 인민의 행복을 위해 한 평생을 바치는 수령의 위대성을 격조 높이 노래하고 있다고 평한다. 2호 작가연단 「종자천명과 ≪100년 사상총화≫」(정룡진)에서는 이 소설이 조선노동당이라는 유기체에 오직 한 가지 수령의 혁명 사상만이 흐르도록 수령의 영도과정을 잘 그렸다고 평한다. 9호 논설 「새 세기의 요구에 맞게 평론에서 근본적인 혁신을!」(편집부)은 종자론에 대해 설명한다. 이 글은 평론의 선도자적 역할로 문학 현상을 당의 의도와 혁명의 이익의 견지에서 보는 당적 안목, 작가를 이끌 수 있는 형상적 환상력, 종자론의 구현 등을 들고 있다. 이 글에서는 평론의 종자라는 표현을 사용하여 평론에도 종자의 개념을 사용한다. 이 글은 평론의 제목으로 종자를 단번에 알 수 있게 하는 명쾌한 것으로, 흥미 있고 기발하게 느껴지면서도 사색적인 맛이 느껴지는 것으로 달 것을 요구한다.

## 3) 시대정신-고난의 행군 극복, 붉은 기 정신 강조

2000년도 북한 문예는 고난의 행군을 이겨내고 강성대국의 길에 들어섰음을 문학적으로 형상화하고 있는데 이를 극복한 정신과 사상 감정을 일련의 글들에서 분석한다.

2호 평론 「시인의 열정의 분출, 시대의 메아리」(차수)는 가사 「백두산의 눈보라」와 「스승의 길」, 「고난의 행군」이 혁명적 수령관에 기초한 신념과 낭만을 격조 높이 노래한다고 평한다. 2호 평론 「20세기 령마루에 높이 떨친 조선사람의 존엄과 기개, 긍지」(박인철)에서도 서사시 「조선사람들」
이 고난의 행군을 하는 인민의 투쟁을 잘 형상화하고 있다고 평한다.

3호 머리글 「선군혁명문학창작으로 새 세기 사회주의 붉은 기 진군을
고무추동하자」(박인철)는 작가들로 하여금 고난의 행군에서 승리한 기세
로 붉은 기 진군에 앞장서는 나팔수가 될 것을 당부한다. 3호 평론 「선군
시대 붉은 기 서정」(김철민)은 백두산 3대장군에 대한 그리움을 바탕으로
하여 신념과 의지의 서정을 작품 속에 표현하는 것이 붉은 기 서정이라
고 설명한다. 4호 논설 「새 세기 명작 창작의 앞길을 밝혀 준 강력적
지침」(류만)은 현실주제 작품들에서의 근로자들의 충성심, 신념, 자력갱
생의 정식, 혁명적 낙관주의를 살펴본다. 이 글에서는 붉은 기 정신과
고난의 행군 정신의 문학적 구현에 관심을 둔다. 이 글에 따르면 붉은
기 정신과 고난의 행군 정신에는 백절불굴의 정신, 자력갱생, 일심단결
의 신념이 담겨 있으며 이러한 시대정신이 담겨 있는 작품인 장편소설
『열망』, 『백설령』, 서사시 「조국이여 청년들을 자랑하라」, 가사 〈우리는
잊지 않으리〉, 〈승리의 길〉, 〈우리 집은 군인가정〉 등을 성과작이라고
평한다. 4호 평론 「로병 시인들의 심장의 웨침」(안성)은 인민군대를 다룬
시들을 분석한다. 시초 「조선인민군 만세!」가 군대의 불패의 위력을 다
루고 그 근본원천으로 수령에 대한 숭배심을 형상화하고 있다고 평한다.
9호 평론 「백두산 녀장군의 력사 우에 새겨진 불멸의 노래」(안룡준)는
김정숙의 가요 〈자장가〉를 혁명적인 내용과 민족적 정서 측면에서 다루
면서 총대사상과 붉은 기 사상을 논한다.

북한에서 고난의 행군 정신의 기본은 자력갱생의 정신인데 이를 형상
화한 소설로 『열망』(김문창, 1999)이 있다. 6호 평론 「오늘의 자력생생의
의미를 진실하게 보여 준 인상 깊은 형상」은 장편소설 『열망』을 분석하
면서 노동계급 현실에서 제기되는 자력갱생 문제를 해명하고 있다고 평
한다.

고난의 행군시기 농업 근로자들을 형상한 단편소설 「한 분조장의 수
기」(변창률, 1호)와 「버드나무」(리영환, 2호)를 분석한 8호 평론 「끌려드는

맛과 소설의 여운」(리영순)에 주목해 볼 수 있다. 이 글에서는 이 소설들이 "수기체와 일기체 형식의 탐구, 단편소설임에도 불구하고 의미 있는 소제목들을 달고 주인공의 성격 해명에로 이야기를 몰아 간 (「한 분조장의 수기」) 구성의 묘리, 시종일관 감정조직으로 주인공의 심리정서적 변화를 잘 보여 준 (「버드나무」) 치밀한 감정조직, 간명하면서도 생동한 심리묘사, 농촌생활에 어울리는 언어구사로 하여 독자들을 작품의 세계에 끌어 당기게 하였다"(52쪽)고 평한다.

## 4) 상반기 결산

2001년 상반기 『조선문학』에 실린 단편소설을 분석한 9호 평론 「탐구와 사색이 뚜렷한 자취」(리창유)를 살펴보면 김정일의 현명한 영도를 다룬 소설로 「아침」(리명, 2호)과 「산촌의 물소리」(리정수, 6호)를 다루고 시대의 요구가 잘 반영되고 예술적 기교가 새롭게 탐구된 우수한 작품으로 「스물한 발의 〈포성〉」(련속단편소설, 한웅빈, 4~6호), 「한 분조장의 수기」(변창률, 1호)를 거론한다. 과학기술에 관련한 청년과학자들을 형상한 단편소설로 「해 저무는 백사장에서」(김유권, 1호), 「행복의 무게」(리라순, 3호)를 다룬다. 혁명적 군인정신을 지닌다면 못 해낼 일이 없다는 사상을 강조한 사회주의 현실주제 소설로 「생활의 격류」(김해성, 9호), 「후사경」(정영종, 1호), 조국통일주제를 다룬 소설로 「별-하나」(석유균, 3호) 운문소설로 「산딸기」(채동규, 2호), 「지리산의 메아리」(강일주, 4호) 등을 우수하다고 평한다.

2001년 상반기 시를 평가한 9호 평론 「생활적인 시에 대한 소감」(리동성)에도 주목할 수 있다. 이 글에서는 리원우의 글이 읽을 맛, 들을 맛, 쓸 맛을 느끼게 한다고 칭송하고 붉은 기 정신을 드러낸 시 「우리에겐 붉은 기가 있다」(정은옥), 현실주제의 「6시」(리성혁, 1호), 「우리 시대 사람들」(손진금, 3호), 웃음을 자아내는 재미있는 시 「전야의 사랑가」(김정곤, 1호) 등을 거론한다.

## 5) 조국통일 주제

재일조선인 문학을 다룬 5호 평론 「포옹이 뜨거우면 심장은 사랑한다」 (최길상)는 『로동신문』에 발표된 총련작가들의 시를 감상한다. 이 글은 김학렬과 정화수의 시에서 체험에서 우러난 조국애를 찾아본다. 조국통일 주제 작품으로 비전향 장기수를 다룬 8호 「오늘도 들려오는 한나의 메아리」(리용일)는 비전향 장기수의 조국애와 민족애를 다룬 장편소설 『한나의 메아리』(제1부)를 분석한다. 8호 평론 「조국통일의 열원과 시인의 시 정신」(최희건)은 통일주제의 시작품을 창작하는 작가들의 양심과 시인의 정신문제를 다루는데 특히 장혜명의 시에 주목한다.

## 6) 작가 회고 및 문학사

2001년도에는 '20세기 추억'을 통해 '김일성 상' 계관인 시인 정문향 (리성덕, 4호), 교육자이자 작가인 석인해(리기주, 5호), '조국통일상' 수상자인 시인 박산운(6호)을 회고한다.

문학사와 관련된 글로 카프 소개글과 해방 이전 작가 소개, 고전문학 평가에 대한 자료가 있다. 10호 자료(문성철)는 '카프'의 문학운동에 대한 남한 연구가들의 연구동향을 다룬다. 11호 「현진건의 단편소설과 창작기교」(한중모)는 1920년대 비판적 사실주의 문학의 핵심적 역할로 현진건의 문학세계를 다룬다. 12호 「광복 전 대중가요에서 〈님〉의 정서적 의미」(은종섭)는 1920~30년대 사실주의적 경향의 대중가요의 정서를 분석한다. 고전문학으로는 절개와 의리를 다룬 성삼문의 시를 다룬 글(김세준, 7호)과 중세 여류 작가 리씨의 서한체 소설 『규방녀인의 원한』을 다룬 글(고전문학 소개, 11호)이 있다.

## 7) 그 외

여성 형상화에 관한 7호 평론 「사랑과 행복에 대한 문제와 녀성 형상」 (김영금)은 해방 직후 북한에서 실행되었던 남녀평등권 법령으로 인해 변화된 여성의 사랑관과 행복관을 다룬다. 이 글에서는 장편소설 『축원』, 조기천의 서정시 「조선의 어머니」, 서정시 「소년」이 모성애를 다루고 있고 장편소설 『야금기지』는 남성에 대한 여성의 사랑관을 다루고 중편소설 「들장미」, 단편소설 「행복」 등이 여성의 희생을 잘 형상화하고 있다고 평한다.

사회주의 현실 주제로 대학생활을 반영한 중편소설 「교정의 론리」를 다룬 9호 평론 「흥미와 진실을 론하고 싶어」(김려숙)도 주목해 볼 수 있다.

이외에 〈아리랑〉의 연원과 민족적 정서에 주목한 글(박춘명, 12호)에서는 민요 〈아리랑〉의 발생설과 가사의 변종 양상 등을 다룬다.

## 2002년

2002년도 『조선문학』에는 신년 공동사설에서 제기된 '4대 제일주의'를 문학 담론과 텍스트 속에서 구현할 것이 요구된다. 북한은 신년 공동사설을 통해 '4대 제일주의'라는 새로운 노선을 제시한다. 여기에서 4대 제일주의 노선은 사상·군사·경제라는 기존의 강성대국 건설 3대 요소에 '수령'을 추가한 것이다. 북한은 90년대 중반 이후의 '고난의 행군'을 이겨냈다고 주장하고 있으나 대내외적 위기 속에서 인민들의 사상무장과 절대적인 충성심을 요구하고 있다. 특히 '총대정신'을 강조하는 선군혁명문학의 중요성을 지속적으로 언급하고 있다. 전반적으로 시, 소설은 선군혁명 주제를 형상화하고 평론에서는 선군혁명문학을 주요하게 다룬다.

## 1) 4대 제일주의와 '라남의 봉화'

2002년 북한의 신년 공동사설[7]은 김일성 탄생 90년과 조선인민군 창건 70돌을 맞이하여 수령·사상·군대·제도 제일주의의 '4대 제일주의'를 제시한다. 북한은 2001년을 선군정치에 의해 21세기 사회주의 강성대국 건설의 진격로가 열린 해로 평가하면서 이를 바탕으로 2002년을 '강성대국 건설의 새로운 비약의 해'로 규정하고 있다. 2002년 공동사설에 따르면 북한은 '고난의 행군'을 극복했으며 강성대국을 이룩할 수 있는 여건이 마련되어 있다고 설명한다. 이러한 시각은 『조선문학』 머리글 「4대제일주의는 선군혁명문학의 영원한 표대」(2호)에 그대로 반영된다. 논설 「주체성과 민족성은 새 세기 문학예술 창조와 건설에서 나서는 근본문제」(6호)에서는 작품에 구현된 조선민족·수령·사상·군대 제일주의를 다루고 있다. 그 대상으로 가요 〈내 나라 제일로 좋아〉, 다부작예술영화 〈민족과 운명〉, 대집단체조와 예술공연 〈아리랑〉, 총서 〈불멸의 력사〉를 설명한다.

'수령제일주의' 실현을 제시하는 머리글 「위대한 수령님의 혁명적 문예전통은 주체문학 건설의 만년초석이다」(7호)에서는 선군혁명문학을 주체사실주의 문학의 높은 단계로 상정한다. 연단 「내 조국을 더 사랑하고 싶어진다」(6호)에서는 재일조선인들이 겪은 어려움을 통해 북한의 '제도 제일주의' 사상을 제시한다.

신년 공동사설은 "우리 제도 제일주의를 구현하는 데서 가장 중요한 문제는 사회주의 경제건설을 힘있게 벌려 인민생활을 결정적으로 추켜세우는 것"이라면서 경제 분야에서 '생산적 앙양'이 일기 시작했다고 주장한다. 공동사설은 '라남의 봉화'가[8] 타오르면서 '부강조국'의 미래를 제시했다고 주장하는데, 『조선문학』 사설 「작가들이여! 라남의 봉화 따라 심장에 불을 달자」(2호)에서도 '라남의 봉화'에 따라 수령숭배의 정신

---

7) 공동사설, 「위대한 수령님 탄생 90돐을 맞는 올해를 강성대국건설의 새로운 비약의 해로 빛내이자」, 『로동신문』·『조선인민군』·『청년전위』, 2002. 1. 1.
8) 『노동신문』 2001년 11월 22일 사설에서 '라남의 봉화'가 언급되었다.

을 기본으로 하는 라남의 노동계급의 전형 창조에 주목할 것을 작가들에게 당부한다. 이러한 전형으로 정보산업시대에 맞는 강인한 성격의 과학자, 기술자 형상을 창조할 것을 당부한다. 또한 군사 분야에서는 "총대를 중시하고 선군정치를 하는 한 우리의 사상, 우리의 정치체제는 굳건하고 우리 나라는 끄떡없다"면서, 이를 위해 "'오중흡7련대칭호쟁취운동'을 끊임없이 심화시켜 인민군대를 혁명의 수뇌부옹위의 제1선 대오로, 혁명화, 사회주의애국주의화되고 정예화된 백두산혁명강군으로 만들어야 한다"고 주장하고 있다. 이는 연단 「길, 우리, 봄의 고향이 안고 있는 심오한 철학의 세계」(6호)에 형상화된다.

## 2) 주체문학과 선군혁명문학

2002년은 『주체문학론』이 출판된 지 10주년이 되는 해이다. 『조선문학』은 이를 기념하여 〈불멸의 대강, 위대한 업적〉란에 이를 언급한다. 여기에서는 「비범한 예지, 탈월한 예술적천품의 정화: 위대한 령도자 김정일동지의 고전적 로가 《주체문학론》 발표 10돐을 맞으며」(1호)를 통해 주체문학의 원론들을 설명한다. 이와 연관하여 「소설문학 10년을 더듬어」(1호), 「장군님의 총대-우리 식 평론」(1호), 「붉은기를 높이 들고 시대를 선도해 온 시문학의 10년」(1호) 등이 있다. 2002년에는 북한에서 주체문학의 최고 단계라고 주장하는 '선군혁명문학'의 업적을 칭송하는 글들이 많다.

「선군혁명문학령도의 성스러운 자욱을 더듬어」(2호)에서는 "선군혁명문학은 우리 인민이 력사에 류례 없는 《고난의 행군》, 강행군을 벌이던 가장 어려운 시기에 태여난 새형의 문학이다."(41쪽)라고 칭송하고 있으며 「선군혁명문학의 시원을 열어 놓으신 주체84(1995)년」에서는 장군의 다박솔 초소길이 선군혁명문학의 시원이 되었음을 밝히고 있다. 이와 연관하여 평론 「생활의 깊이에서 울려 나오는 선군시대의 서정」(3호), 평론 「력사의 새벽길에 메아리친 총대서정: 김형직선생님의 반일혁명시가를 새겨 보며」(3호) 등이 있다.

평론 「선군혁명시가문학에 흐르는 미래 사랑의 세계」(8호)에서는 "이세상 가장 뜨거운 불의 문학, 가장 위력한 총대의 문학이 있다면 그것은 두말할 것도 없이 선군혁명시가문학이다"(16쪽)라고 하면서 시가 「혁명의 수뇌부 결사옹위하리라」, 「무장으로 받들자 우리의 최고사령관」 등이 백두산 총대문학의 위력을 말해 준다고 설명한다. 논설 「새 시대 문학예술건설의 참다운 길을 밝혀 주는 불멸의 기치」(9호)에서는 "강성대국건설에 적극 이바지하는 문학예술작품을 성과적으로 창작해 내기 위하여서는" 김정일의 고전적 노작 「문학예술작품창작에서 혁명적인 전환을일으킬데 대하여」(1972)를 선군시대 문학작품 창작의 지침으로 삼을 것을 제시한다.

『조선문학』 전반에 실린 수령형상문학은 '수령 제일주의'와 연관된다. 평론 「시대와 함께 걷는 〈동지애의 노래〉」(7호)에서는 김일성, 김정숙, 김정일의 동지애의 전통을 다루면서 이를 숭고한 동지철학의 세계라고 지칭하고 있다. 평론 「동지애의 력사는 오늘도 흐른다」(7호)에서는 단편소설들을 분석하면서 수령의 추억을 통한 동지의 의미, 과학기술 중시사상이 반영된 동지애를 설명한다. 이 글은 수령형상단편소설 창작에서 작가들의 '수령제일주의사상' 사상에 주목한다.

수령형상문학에 대한 평론에서는 총서 〈불멸의 력사〉와 〈불멸의 향도〉의 작품들을 많이 소개하고 있다. 「주체의 당창건과 더불어 깊이 빛날 력사적화폭: 총서 《불멸의 력사》 중 장편소설 《개선》에 대하여」(10호), 「민족의 존엄과 슬기를 빛내신 위인의 빛나는 형상: 총서 《불멸의 향도》 중 장편소설 《비약의 나래》에 대하여」(평론, 11호), 「선군혁명철학에 대한 문학적탐구: 총서 《불멸의 향도》 중 장편소설 《총검을 들고》에 대하여」(12호) 등이 있으며 평론 「극적 정황의 설정과 심리묘사」(12호)에서는 총서 〈불멸의 력사〉 중 장편소설 『50년 여름』과 『조선의 힘』이 수령의 품격과 풍모의 위대성을 종자의 요구에 맞게 형상하였다고 평한다.

## 3) 시대감정: 웃음, 낙관, 숭고

평론 「선군혁명시가문학에 나래치는 웃음의 정서」(2호)에서는 21세기 선군혁명문학 시가문학은 웃음의 문학, 불의 문학, 정의 문학이라고 정의하고 있다. 가요 〈강성부흥아리랑〉에 웃음의 철학이 담겨 있다며 "넘어야 할 시련의 고비, 겪어야 할 곡절의 굽이들을 몰라 웃는 웃음, 위안의 웃음도 아니다. 우리의 웃음은 위대한 장군님 계시기에 주체강국은 반드시 일떠선다는 불패의 신념을 안고 제 힘으로 무릉도원을 꽃 피우는 흥미며 멋인 것이다"(63쪽)라고 설명하고 있다. 또한 "선군혁명 시가에 차 넘치는 웃음의 정서는 참된 사랑이다. 동지의 의리로 하고 배신 없는 총대로 하는 진실한 사랑이다", "필승의 웃음", "웃음은 장군님이다" "믿음이 있을 때 그리움은 웃음을 낳는다"(장군의 러시아 방문 시 인민의 그리움), "가는 길 험난해도 웃으며 가며", "라남의 봉화를 든 남편을 반기는 안해의 정다운 미소", "백두산 장군의 총대에 떠받들린 요람 속의 웃음", "선군정치의 결실이 아기의 웃음", "비전향 장기수들에 대한… 기본정서는 어버이사랑의 빛에 휩싸인 비길 데 없는 행복이며 웃음"이라고 하여 웃음의 기본 정서는 장군의 품에서 비롯됨을 설명한다.

고난의 행군 시기를 이겨내고 새로운 강성대국의 길에 들어서기 위해 강조되는 것은 혁명적 낙관주의다. 연단 「길, 우리, 봄의 고향이 안고 있는 심오한 철학의 세계」(6호)에서는 가사 「승리의 길」에 형상된 "고난의 천리를 가면 행복의 만리가 온다"를 통해 1930년대 '고난의 행군' 시기 수령과 항일투사들의 낙관주의 정신을 기리고 있다.

숭고한 동지애는 위인의 숭고한 정서로 정의된다. 이에 관련된 글로 평론 「종자의 탐구와 성격형상: 지난 하반년 『조선문학』 7~12호를 두고」(3호), 「절세의 위인의 숭고한 정서세계와 불멸의 송가」(4호), 「동지애의 력사는 오늘도 흐른다!: 최근에 발표된 어버이수령님형상에 바쳐 진 몇 편의 단편소설들을 두고」(7호) 등이 있으며 이는 수령제일주의와도 연관된다.

### 4) 추억, 회고

4호에서는 '회고평론'을 마련하여 4편의 글을 통해 장편소설 『새봄』, 『빈터 우에서』, 『붉은 기』 등을 평한다. 여기에서는 광복 후 토지개혁 시기, 전후복구건설 시기, 1960년대, 고전 시대를 다루면서 수령제일주의, 사상제일주의, 민족성과 민족생활 구현을 살펴보고 있다.

'20세기 추억'과 '나의 추억'을 통해 시인 김순석(3호), 시인 박세영(5호), 소설가 황건(6호), 동요 작가(아동시인) 윤복진(7·8호) 시인 정문향(3호), 번역가이자 시인 림학수(8호), 소설가 천세봉(11호), 시인 박호범(12호) 등이 소개된다.

평론 「한 편의 동요에 비낀 위인의 숭고한 시세계」(8호)에서는 김정일이 아동일 때 창작한 「조국의 품」이 어린이의 인식과 심리를 통해 자연과 조국의 의미를 잘 구현했다고 평한다.

이외에 작가일화로 한설야에 대한 일화(「마음의 기둥」, 1호)가 있다. 「(장군님과 작가들) 동행자들은 말한다」(2호)에서는 2월 16일을 맞이하여 리기영, 백인준, 천세봉, 석윤기 김병훈, 박태원, 강효순, 윤복진, 오영재, 김철, 김시권 등의 김정일에 대한 기록을 전한다.

### 5) 6.15 남북공동선언

공동사설은 6.15 남북공동선언을 통일의 이정표로 삼고 "민족자주의 기치밑에 통일의 결정적 국면을 열어나가야 한다"면서 모든 것을 민족공동의 이익에 복종시키고 사대와 외세의존을 배격하며 민족공조를 실현해야 한다고 주장하고 있다. 2002년 신년사에서 민족공조라는 말이 처음 사용되었다. 평론 「어버이의 부름에 호응하는 7천만의 통일대합창」(8호)에서는 가요 〈우리는 하나〉를 분석하면서 6.15 남북공동선언의 의미를 되새기고 있다.

## 6) 그 외

사설 「주체문학의 새싹들을 키워 온 20년」(11호)에서는 김정일의 「문학예술활동을 대중화할데 대한 당의 방침관철에서 문학통신원들의 역할을 높이자」(1982)를 바탕으로 한 군중문학예술발전을 위한 작가후비 육성사업으로 문학통신원 위상과 활동에 관한 문제, 전국문학통신원열성자회의 등을 소개하고 있다.

평론 「선군시문학의 구보전진을 위하여」(10호)에서는 시에 나타난 주인공의 체험세계를 통한 새로운 정서 형상에 대하여 분석한다. 평론 「새로운 형상세계의 탐구」(10호)에서는 2002년 소설을 대상으로 새로운 것에 대한 적극적인 탐구에 대해 설명하면서 김일성과 김정일의 위대성, 인민군 전사들의 동지애, 비전향 장기수, 위훈, 청년 연구사의 투쟁, 숨은 애국자의 이야기, 재일동포 1세 이야기, 실화문학 등에 대해 분석하고 있다. 「형상의 진실성과 기교」(11호)에서는 소설 「〈별무리〉 흐르는 곳」을 분석하면서 생활 속 이야기에서의 극적 관계가 소설의 형상 흐름에 탄력을 준다고 설명하고 있다.

## 2003년

2003년도 『조선문학』은 머리글에서 김정일에 대한 절대적 숭배와 김일성, 김정일로 이어지는 주체혁명 과제를 강조하여 선군의 기치를 문학 속에서 형상화할 것을 작가들에게 요구하고 여러 가지 특집을 마련한다. 4호에 김일성 관련 송시, 정론, 소설, 자료 등을 집중적으로 게재하고 7호에 '조국해방전쟁승리 50돐 기념특집'을 마련하고 8호부터 12호에는 '위대한 령도, 불멸의 업적'란을 마련하여 수령과 장군의 업적을 형상화한 작품들에 대한 평가를 한다.

## 1) 선군문학 창작의 기치와 수령형상문학

머리글 「조국해방전쟁승리 50돐을 맞는 올해를 선군혁명문학의 성과로 빛내이자」(1호)에서는 "김정일동지에 대한 절대적인 숭배심을 간직하고 그이의 사상과 령도에 충실한 것은 선군혁명문학을 성과적으로 건설하기 위한 근본담보이며 근본비결"이라면서 장군의 사상과 의도대로만 창작할 것을 작가들에게 당부한다. 머리글 「전설적영웅 천출위인의 형상에서 새로운 전환을 일으키자」(2호)에서는 선군영장으로서 김정일의 위인상을 전설화하여 미학적으로 새롭게 탐색하고 실천하는 것이 선군혁명문학의 특전이고 영예임을 밝힌다. 머리글 「불 타는 창작적열정을 안고 선군문학창작의 붓대를 달리자」(3호)에서는 "올해 공동사설에서는 대담한 공격 정신을 벌려 공화국창건 55돐이 도는 이해에 선군의 기치에 따라 전진하는 우리 조국의 존엄과 위력을 높이 펼칠 데 대하여 열렬히 호소하고 있다"고 하면서 작가들에게 김정일의 "천출위인상을 숭고하게 형상하는 데 모든 창작의 화력을 집중"할 것을 당부하고 형상의 초점으로 '혁명적 군인정신'을 내세운다.

논설 「선군혁명문학은 주체사실주의 문학 발전의 높은 단계이다」(3호)는 '선군혁명문학'을 '주체사실주의문학'의 '높은 단계'라고 밝히면서 〈불멸의 향도〉 작품들을 살펴본다. 평론 「시대의 명작과 작가의 기교(2)」(4호)는 총서 〈불멸의 력사〉 중 장편소설 『푸른 산악』을 분석한다.

7호에서는 특집을 통해 조국 결사수호 정신과 김일성의 업적을 기리고 9호에서는 평론 「조국이여, 진정 너는 무엇이기에」, '작가들이 남긴 말' 「조국은 무엇이였던가」 등의 글을 통해 조국을 지켜왔던 역사의 의미를 되새긴다.

9호에는 논설 「존엄 높은 조국과 더불어 영광떨쳐온 주체문학의 55년」을 비롯하여, '위대한 령도, 불멸의 업적' 「수령형상문학의 새로운 장을 열어놓으시여」 등을 통해 김정일을 예찬한다. 이는 '위대한 령도, 불멸의 업적' 「위대한 령도와 주체의 인간학의 새 면모」(10호), '위대한 령도, 불멸의 업적' 「가사문학의 대전성기를 펼쳐주시여」(11호)에도 이어진다.

논설 「혁명적대작창작의 영원한 지침: 불후의 고전적로작 ≪혁명적대작을 더 많이 창작하자≫(1963. 11. 5, 김일성의 담화) 발표 40돐 맞으며」(11호)는 '항일혁명투쟁', '조국해방전쟁' 관련 주제에 대해 다룬다.

수령형상문학을 다룬 글로는 평론 「푸른 산악에 메아리치는 인생철학의 교향곡: 총서 ≪불멸의 력사≫ 중 장편소설 ≪푸른 산악≫에 대하여」(1호)가 있고 단평 「자연묘사에 비낀 력사적 사변의 의미」(5호)는 총서 〈불멸의 력사〉 중 장편소설 『백두산기슭』을 분석한다. 평론 「선군의 위력을 심오하고 진실하게 형상한 시대의 명작: 총서 ≪불멸의 향도≫ 중 장편소설 ≪총대≫에 대하여」(7호)는 『총대』를 분석하고 '위대한 령도, 불멸의 업적' 평론 「위대한 령도 밑에 장편소설 ≪1932년≫이 이룩한 수령형상창조의 빛나는 성과」(12호) 는 『1932년』을 분석한다. 이외에 단평 「위대한 령장, 위대한 계승에 대한 전설적인 송가: 가요 ≪장군님은 빨찌산의 아들≫에 대하여」(1호)가 있다.

평론 「성인과 그리움」(7호)은 서사시 「영원한 우리 수령 김일성동지」와 「평양시간은 영원하리라」를 분석한다. '위대한 령도 불멸의 업적' 「주체적인 소설문학발전에 이룩하신 불멸의 업적」(12호)에서는 『장편소설 『축원』, 『평양시간』, 『생명수』, 『뜨거운 심장』에 얽힌 김정일의 위대성을 칭송한다. 평론 「위인칭송의 화폭과 형상적매력」(12호)에서는 김정숙을 형상한 리영환의 「경암에서의 하루밤」(2002년 12호)과 조상호의 「추억」(2001년 9호)을 분석한다.

## 2) 우리 민족끼리(민족공조)

2003년의 신년 공동사설[9])에서는 '국방공업의 향상'과 '남북의 민족공조를 통한 반미'를 제시한 바 있다. 이는 2002년 말에 핵무기와 관련된

---

9) 공동사설, 「위대한 선군기치따라 공화국의 존엄과 위력을 높이 떨치자」, 『로동신문』·『조선인민군』·『청년전위』, 2002. 1. 1.

북한의 행보와 관련된다. 반향 「혁명의 필봉을 멸적의 총창으로 벼리여…」(3호)는 "핵무기전파방지조약으로부터의 탈퇴를 선언한 공화국정부성명에 접한 그날로부터 멸적의 투지를 가다듬으며 창작전투를 벌리고 있는 우리 평론가들의 가슴은 오늘도 승리의 신심과 락관에 넘쳐 있다"(63쪽)며 평론가들이 글로써 강성대국 전투에 참여할 것을 호소한다.

평론 「남조선의 진보적시인 김남주와 그의 통일시」(3호)에서는 시인 김남주에 대해 남한에서 조국통일의 열풍이 몰아치던 시기에 독특한 시형상으로 반제민족해방의 의지와 민족통일에 대한 지향을 선보여 1980년대 남한 '민중민족 시문학'에서 큰 성과를 이루었다고 평가한다. 또한 "조국통일을 주제로 한 김남주의 시들은 남조선에서 미제침략자들을 몰아 내고 남녘인민들을 식민지예속에서 해방하며 조국통일을 이룩할데 대한 그 강렬한 지향과 투철한 의지에도 불구하고 자주, 평화통일, 민족대단결의 원칙에서 련방제방식으로 나라를 통일하는데서 나서는 구체적 문제들에 예술적해명을 주지 못한 제한성을 가지고 있다"(80쪽)고 평가한다.

## 3) 새 세대 형상

평론 「같은 것과 다른 것: 새 세대 형상문제를 두고」(11호)에서는 새 세대 형상에 대해 다루고 있다. 이 글은 「눈보라는 후덥다」(박일명, 2003. 5)와 「한생의 밑천」(최명학, 2003. 6)을 비교한다. 이 글에서는 1990년대 후반기 세대를 새 세대라 규정하고 「한생의 밑천」이 "≪고난의 행군≫의 어려운 나날에 더욱 깊이 간직한 조국에 대한 사랑, 깨끗한 량심을 지니고 몰라보게 성장한 새 세대의 모습을 아무런 꾸밈없이 생활 그대로 진실하게 보여주었다"(45쪽)고 평한다.

## 4) 추억, 회고

'20세기 추억' 란에서는 평론가 엄호석(1호), 시인 최영화(2호), 소설가 리병수(3호), 소설가 석윤기(5호), 소설가 황건(6호) 등을 회고한다.

회고 평론으로는 김만영의 서사시를 분석한 '위대한 령도, 불멸의 업적'의 「다시 또 한번 수령영생서사시의 빛나는 모범앞에서: 서사시 ≪영원한 우리 수령 김일성동지≫」(8호)가 있다.

평론 「결사각오의 투지가 맥박치는 전투적랑만의 서정」(6호)은 김형직의 지원사상을 다루면서 그에 대한 회고와 예찬을 담고 있다. 7호에는 회고평론으로 「더 높이 나래치라, 1950년대 총대서정이여!: 전시가요의 가사들을 더듬어」가 있고 「조국결사수호정신에 대한 감명깊은 형상」에서는 황건의 「불타는 섬」을 분석한다. 그 외에 '작가소개'로 「최명익의 생애와 창작을 더듬어」(7호) 등이 실려 있다.

## 5) 작품에 대한 미학적 요구

평론 「소설에도 음악이 흐른다」(4호)는 소설의 서정성에 대하여 다루면서 『피바다』와 석윤기의 『시대의 탄생』에서의 정서적 묘사와 주정 토로, 리듬감과 색채 등을 분석한다. 평론 「평범한 생활에 대한 깊이 있는 탐구속에서」(6호)에서는 「함께 가는 길」이 긍정적으로 평가된다.

평론 「단편소설의 흥미와 묘사의 속도감문제」(6호)에서는 2002년 1~4호 『조선문학』에 게재된 단편소설을 분석하면서 새로운 미감으로 '비약과 연상', '다양한 굴곡과 변화', '묘사문체의 짜임새와 밀도' 등에 대해 설명한다. 평론 「시대의 명곡을 낳은 정교한 시」(10호)는 백인준의 '가사' 「오직 한마음」과 김두일의 '가사' 「병사는 벼이삭 설레이는 소리를 듣네」를 분석하면서 가사의 정서 형상방법론에 주목한다. 단평 「단편소설에서 성격형상과 창작적 기교」(1호)에서는 안동춘의 「까툴골사람」(2002년 4호)을 분석한다.

평론 「평범한 생활에 대한 깊이 있는 탐구속에서: 최근 『조선문학』에 실린 과학자 형상 주제의 단편소설들에 대한 소감」(6호)에서는 「해 저무는 백사장에서」(김유권, 2001년 1호), 「행복의 무게」(리라순, 2001년 3호), 「함께 가는 길」(공천영, 2001년 11호), 「따뜻한 꿈」(최련, 2002년 1호) 등을 분석한다. 평론 「시인은 누구나 시를 쓰고 있다. 그러나…(3): 시의 다양성 문제를 생각하며」(1호)는 오영재의 '련시' 「아쉬워도 보람 있는 삶」(2001년 5호)와 김정곤의 '련시' 「전야의 사랑가」(2001년 1호), 김석주의 시묶음 「고향과 추억」(2002년 7호)을 분석한다.

평론 「서정시와 시인의 개성」(5호)은 2002년 하반기 『조선문학』에 발표된 시들을 분석하면서 시인의 감성적 체험에 주목한다. 평론 「생활의 〈진주〉는 어디에 있는가」(5호)는 2003년 4호에 '개천-태성호물길 현지특집'에 게재된 시들이 발견과 착상은 하고 있으나 그것이 진주(종자)가 될 수 없다고 평한다. '위대한 령도, 불멸의 업적' 「서정시의 비상한 감화력과 생명력을 두고」(9호)는 김상오의 서정시 「나의 조국」(1979)를 분석하면서 조국애의 의미를 되새긴다.


## 2004년

북한에서 2004년도는 김정일의 당중앙위원회 사업이 시작된 지 40주년이 되는 해이며, 김일성 사망으로 김정일 시대가 본격적으로 전개된 지 10주년이 되는 해이다. 2004년 신년사[10]에서는 미국 핵문제 압박을 대비하기 위한 남북 민족공조를 강조하고 있으며 전당과 온 사회의 주체사상화 강령 선포 30돌을 강조하고, 총적인 투쟁 사업으로 정치사상, 반제군사, 경제과학의 3대 전선을 강조하고 있다. 2004년도 『조선문학』은 이에 관련된 여러 가지 문학 담론을 실현하고 있으며 한편으로는 작품성을 도모하기 위한 여러 방법론을 제시하고 있다.

2004년도 『조선문학』의 주요 내용은 '김정일 선군정치와 현지지도 칭

---

10) 공동사설, 「당의 령도밑에 강성대국건설의 모든 전선에서 혁명적공세를 벌려 올해를 자랑찬 승리의 해로 빛내이자」, 『로동신문』·『조선인민군』·『청년전위』, 2004. 1. 1.

송', '김일성 가계 기념비화', '통일문제, 비전향 장기수 형상', '현시대 지식인의 과학적 양심과 시대적 자각 문제' 등으로 전개된다.

## 1) 수령형상문학

2004년도 수령형상문학의 형태는 북한에서 '불후의 고전적 명작'이라 불리는 항일혁명 투쟁시기 문예와 총서의 장편소설, 송가, 선군시대 소설 등으로 대별된다. 이와 관련된 일련의 글들이 있다.

우선적으로 불후의 고전적 명작이 소설, 영화 등으로 옮겨지는 과정을 설명한 글들이 있다. 평론「불후의 고전적 명작을 옮긴 혁명소설 ≪피바다≫는 주체소설의 참다운 본보기」(고철훈, 1호)에서는 김정일이 당의 기초 축성 시기에 문학예술혁명을 진두에서 이끌면서 수령이 항일혁명투쟁시기에 창작한 불후의 고전적 명작들을 영화와 가극, 소설로 옮기는 사업을 빛나게 실현하였다고 한다. 장군의 지도로 혁명소설『피바다』가 완성되었으며 이는 불후의 고전적명작을 원작에 충실하면서도 소설의 형태적 특성에 맞게 옮긴 기념비적 대작이며 주체소설문학의 참다운 본보기라고 평한다. 평론「주체소설의 뿌리깊은 거목」(신영호, 2호)은 김정일에 의해 장편소설『한 자위단원의 운명』이 소설로 옮겨지는 과정을 성격탐구와 관련하여 평하고 있다.

총서〈불멸의 향도〉중 장편소설에 관한 글들이 있다. 평론「극성으로 충만된 신비의 세계, 별의 세계를 펼치며」(리금희, 2호)는 총서〈불멸의 향도〉중 장편소설『별의 세계』를 평하고 있다. 이 글은 수령형상소설의 생리에 맞게 이 작품이 위인의 내면세계에 깊이 있는 묘사를 하고 있으며, 비전향 장기수들의 독특한 개성을 탐구하고 장군의 영도선과 비전향 장기수들의 투쟁선을 극적으로 조직하고 빠른 묘사속도를 보장하고 있다고 평한다. 평론「위대한 령도의 손길 아래 창작된 품위 있는 성과작」(안희열, 3호)에서는 수령형상문학인 총서〈불멸의 력사〉중 장편소설『혁명의 려명』의 우수성을 평한다. 평론「선군으로 위용 떨치는 조국과 문학적 형상」(최길상, 9호)에서는 총서 〈불멸의 향도〉 중 장편소설 『총대』, 『총검을 들고』를 분석한다. 이 글에서는 총서의 장편소설이 김정일 장군의 선군 업적을 칭송하고 있고 서사시는 백두산 3대장군의 업적을 폭넓게 보여 주고 있다고 평한다. 평론 「선군소설의 매력」(김선일, 3호)에서는 수령형상의 위인적 풍모 형상과 생활묘사의 매력을 설명한다. 평론 「붉은기 수호의 철령에 대한 시의 철학세계」(김덕선, 6호)에서는 서사시 「철령을 넘어」(김만영작)가 김정일의 선군혁명에 대한 깊은 철학적 세계를 정서적으로 일반화한 또 하나의 명작이라고 평가한다. 이 서사시는 종군기행시 형식을 띠고 장군의 전선시찰 노정을 따라가면서 시인의 서정을 통한 장군의 사상정서 세계인 사랑과 믿음을 펼쳐 보이고 있다고 평한다. 평론 「매혹된 심장의 노래」(최길상, 6호)에서는 당의 기초축성 시기 작가동맹중앙위원회에서 김정일을 노래한 첫 시집 『2월의 송가』를 분석한다. 이 시집은 1907년대에 지어진 것으로 김일성의 혁명위업의 계승자인 김정일의 생일날 그에 매혹된 시인들의 감격을 노래하고 있다고 평한다. 평론 「선군정치로 빛나는 조국에 대한 찬가」(류만, 9호)는 서사시 「조국은 무엇으로 빛나는가」가 '백두의 선군정치', '김정일, 그 이름'으로 빛나는 조국을 노래하면서 극적 정황 속에서 다양한 체험세계를 정서적으로 깊이 있게 펼치고 있다고 평한다.

## 2) 김일성 가계 기념비화

평론 「항일무장투쟁시기 위대한 수령 김일성 동지를 민족의 태양으로, 전설적 영웅으로 높이 칭송하여 부른 민요 ≪어랑 타령≫에 대하여」(장권표, 4호)에서는 항일무장투쟁 시기에 불려졌던 가요들 중 김일성을 전설적 영웅으로 칭송한 〈어랑타령〉에 대해 다루고 있다.

평론 「절세의 영웅, 민족의 태양에 대한 시대의 기념비적인 대걸작」(5호, 평론분과위원회)은 2004년도 공동사설에서의 강성대국 건설 3대 전선을 언급하면서 김일성 생일 기념인 합창조곡 〈백두산아 이야기하라〉에 대해 분석한다. 이 글에서는 민족의 수난사와 김일성의 영웅적 모습, 김정숙의 결사옹위 정신, 백두산의 미학 정서적 의미를 분석한다.

평론 「력사의 새벽길에 울려퍼진 혁명적 시가들에 구현된 민족자주정신」(조선화, 7호)은 김형직 창작의 시가 「남산의 푸른소나무」, 「짓밟힌 동포야 일어나거라」, 가요 〈자강가〉, 〈명신학교 교가〉를 분석한다.

평론 「전설적 위인에 대한 전인민적 격찬」(천재규, 7호)은 『금수산기념궁전전설』(2)이 수령에 대한 혁명전설을 잘 형상화하여 인민들의 가슴에 수령이 주체의 영원한 태양으로 영생한다는 철의 신념을 굳게 가지게 한다고 평한다. 사설 「백두의 혁명정신이 맥박치는 혁명전통 주제 작품을 더 많이 창작하자」(8호)에서는 백두산 3대장군의 혁명업적을 형상한 문학작품 창작을 독려한다.

## 3) 선군시대 정서와 전형

2004년도 『조선문학』에는 선군시대 인민의 정서와 이상적인 인간형에 대한 분석의 글들이 있다. 단평 「천만군민의 심장에 불을 단 위력한 전투적 무기」(김순림, 5호)는 가요 〈선군의 기치따라 계속혁명 한길로〉를 소개하면서 선군혁명의 정서적 분출로서 그 의미를 분석한다. 평론 「붉은기 수호의 철령에 대한 시의 철학세계」(김덕선, 6호)에서는 가요 〈선군의 기치따라 계속혁명 한길로〉는 장군의 선군의 기치를 따르는 군대와 인민의 신념의 정서적 분출이며 작가들의 뜨거운 심장과 시대에 대한 정서적 체험이 낳은 열매라고 평한다.

평론 「다각적 묘사시점과 선군시대 전형적 성격창조」(리국철, 12호)는 단편소설 「나의 모습」, 연속 단편소설 「스물한 발의 〈포성〉」 등에 표현된 다각적 묘사시점이 혁명적 군인정신과 관련된 인간의 내면세계를 깊이 있게 그리는 점에 대해 평하고 있다. 평론 「선군으로 위용 떨치는 조국과 문학적 형상」(최길상, 9호)에서는 서사시 「조국은 무엇으로 빛나는가」, 단편소설 「생활의 격류」, 「풋강냉이」, 「결승선」 등을 분석한다.

이 글에서는 「생활의 격류」가 제염소를 건설한 돌격대원들의 혁명적 군인정신을 형상화하고 「풋강냉이」는 장군의 선군장정의 길을 생각하며 지하 막장을 견뎌나가는 노동계급을 형상하고 「결승선」은 장군의 그리움으로 결승선에 들어선 '마라손녀왕'의 뜨거운 마음을 형상화하고 있다고 평한다.

### 4) 현시대 지식인의 과학적 양심과 시대적 자각 문제

평론 「생활의 단면을 통해 밝혀진 의의 있는 문제성」(김선일, 12호)은 단편소설 「대학시간」, 「뢰성나무」를 분석한다. 이 글에서는 두 작품이 정보산업 시대가 제기하는 사회적 문제를 제기하고 해명하려 한다고 평한다. 또한 작품에서 극성 문제는 '성격론리, 생활론리'를 벗어나면 안된다고 당부한다. 「대학시간」은 콤퓨터조종체계 〈ㅍ〉 체계에 관한 박사논문을 쓴 '허주성'을 둘러싸고 인정과 도의에 못 이겨 논문을 통과시켜야 하는 '정옥의 아버지', 논문이 과학시술 발전 추세에 따르지 못하는 것을 알자 존경하는 스승의 지도를 받았음에도 불구하고 포기하는 새 세대의 청년지식인 '정옥', 남의 과학기술만 따르는 '차호남'의 이야기가 전개된다. 여기에서는 인삼화분 세부로 소설에서 제기된 문제를 해결하고 있는 점도 좋다고 평한다. 「뢰성나무」에 대해서는 과학기술이 급속히 발전하는 현실에 맞게 자신의 실력을 따라 세우지 못하는 일군의 체험세계를 통해 교훈적인 인간문제를 밝히고 있다고 평한다. 이 글에서는 이 작품이 현대화, 정보화 수준에서 생산과 경영활동을 요구하는 강성대국의 현실에서 '묵은 잎'은 과연 어떤 존재인가를 밝힌다고 한다.

### 5) 당 창건 50돌 기념

평론 「우리 당의 위대성에 대한 깊이있는 서사시적 형상」(김순림, 10호)은 조선노동 창건 50돌을 기념하는 오영재의 서사시 「위대한 우리 당에 영광을 드린다」를 다룬다. 평론 「위대한 당의 품속에 영생하는 삶, 불멸하는 노래」(최언경, 10호)는 시 「위대한 행복」을 통해 공화국 영웅 리수복을 수십 년이 지난 현재의 '선군시대의 영웅', '수령결사옹위 투사'로 소환한다. 평론 「수령결사옹위의 총대용사에 대한 진실한 형상」(강창호, 11호)에서는 중편소설 「벗들의 추억」을 다루면서 극중 주인공 리수림의 사상적 성장과정을 '수령결사옹위의 주도적 성격'으로 형상화한다고 평한다.

## 6) 아동문학

'위대한 령도, 불멸의 업적' 「아동문학발전에 커다란 의의를 부여하시고」(1호)에서는 김정일이 아동문학가들로 하여금 소설과 동화창작에서 어린이들의 연령과 심리적 특성에 맞는 생활을 탐구하고 환상세계를 넓히며 동요, 동시창작에서 개념화를 극복하고 어린이들의 생활감정을 정서적으로 노래하도록 이끌어주었다고 평한다.

평론 「동심과 흥미」(김해월, 9호)는 선군시대 다양한 생활 속에서 각이한 측면에서 생동하게 반영된 동심을 반영한 시들을 분석한다. 그 내용은 혈연의 정을 맺고 있는 장군에 대한 그리움, 당의 은덕에 대한 재치 있는 시적 발견 등에 관한 것이다.

## 7) 작가론

평론 「영웅적 항일투쟁에 대한 긍지높은 찬양과 김조규의 시세계」(류만, 1호)에서는 김조규의 산문시 「전선주」가 항일무장 투쟁 현실을 노래하면서 항일투사들을 민족의 총아로 높이 내세우고 찬양한 대표적 작품이라고 평한다.

평론 「항일무장투쟁의 영웅적 현실을 반영한 광복전 김조규의 시」(사회과학원 주체문학연구소 근대문학연구실, 12호)에서는 항일혁명문학예술의 영향 밑에 광복 전 진보적 문학이 발전하였다는 전제 아래 강경애의

「소금」, 리찬의 「눈 내리는 보성의 밤」을 소개하며 동인문예잡지 『시건설』을 창간하고 조선독립을 바라는 혁명적인 시편을 창작한 시인 김람인과 김조규의 해방 전 시편을 소개한다. 이 글에서는 김조규의 시로 산문시 「전선주」, 시 「새들은 날아가는데」, 「찢어진 포스타가 바람에 날리는 풍경」 등을 발굴하여 항일무장투쟁 현실을 반영한 사실주의적 시적 유산을 확보하게 되었다고 밝히고 있다.

## 8) 민족적 정서와 반제반미

평론 「민족의 향취, 참신한 맛」(김덕선, 2호)은 민족적인 정서를 취급한 서정시에 대해 평하고 있다. 이 글에서는 민족적 정서를 취급하는 시에서 민족적 전통을 살리는 풍습과 풍속적 감정 등을 선군시대 감성에 맞게 구현할 것을 요구하고 6.15 남북공동선언을 언급하면서 민족의 우수성을 노래하는 민족의 정서가 짙은 다양한 시들을 창작할 것을 당부한다.

평론 「사랑과 증오에 높뛰는 시대의 맥박」(리용일, 3호)에서는 반제반미 계급교양 주제의 단편소설들을 분석한다. 이 글에서는 영화 〈최학신의 일가〉, 단편소설 「승냥이」, 「평양의 눈보라」, 「군관신분증」 등을 다루면서 선군정치의 정당성을 부여한다.

## 9) 비전향 장기수, 재일동포

평론 「신념과 의지의 인간에 대한 진실한 형상」(김형준, 4호)에서는 장편소설 『최후의 한사람』에 형상된 비전향 장기수들의 신념과 의지, 통일에 대한 믿음을 다루고 있다.

평론 「종자가 살아야 성격이 산다」(민병철, 5호)는 장편소설 『의리』를 분석하면서 비전향 장기수의 생활에 대한 사색과 탐구를 통한 종자 발견에 대해 설명한다.

평론 「태양의 빛을 받아 설레이는 푸른 거목」(김창덕, 9호)은 비전향

장기수를 다루고 있는 장편소설 『푸른 줄기』를 분석한다. 이 글에서는 소설이 비전향 장기수들의 성격의 핵으로 절대불변의 신념과 의지, 혁명적 수령관, 이상화되지 않은 성격에 두고 있으며 주인공의 내면세계를 생활세부와 결합하여 개성적으로 펼치고 있다고 평한다.

평론 「민족의 넋이 높뛰는 애국의 ≪종소리≫: 총련시인들의 시잡지 ≪종소리≫를 읽고」(류만, 12호)는 『종소리』 잡지를 통해 재일동포 사회를 조명하고 시인들의 조국애, 조국통일의 염원, 6.15 남북공동선언 지지 등을 다룬다.

## 2005년

북한의 2005년도는 선군정치 10주년(1995~2004)이 되는 해이며 노동당 창건 60돌이 되는 해이다. 북한은 2005년 신년사 「전당, 전인민, 전군이 일심단결 합일하여 선군의 위력을 더 떨치자」에서 김정일 국방위원장을 중심으로 한 내부결속을 강화하고 당면한 식량난을 감안하여 2005년을 농업생산 증대의 원년으로 삼을 것을 강조하였다. 대외적으로는 반미, 반제국, 핵문제 등을 직접적으로 언급하지 않았으며 남북관계에 대해서는 민족자주, 반전평화, 통일애국 등의 조국통일 3대 공조 원칙을 제시하였다.

2005년도 『조선문학』은 선군 시대 문학의 특징을 밝히고 있으며 선군 시대 현실을 반영한 작품으로 과학중시, 농업중시 사상을 선보이고 있다. 또한 조국 통일주제의 작품에 대한 평론들이 다수 등장하고 있다.

호수별로는 특집란이 마련되어 있다. 2005년 4호는 크게 김일성 일화에 대한 찬양과 선군혁명 총진군에 대한 사기 진작으로 나누어지는데 특집 '위대한 태양의 위업 만대에 빛나리'는 김일성에 대한 찬양으로 일관한다. 특히 김일성화에 대한 의미를 되새기는 시들이 많이 창작되었다. '내조국의 선군8경'[11] 코너의 수필 「철령」(사공일금), 시 「철령척촉련가」(리창식), 「붉은 꽃 붉은 령」(신문경)은 장군의 은덕을 기리는 철쭉꽃을 다루고 있다.

2005년 6호의 첫 부분에는 혁명전통 역사를 기억하는 글들이 다루어지고 있다. 북한식 판타지라고 할 수 있는 김일성 항일유격대의 화려한 행적에 대해 찬양하고 있다. 일련의 소설들에서는 과학중시 사상과 농업중시 사상이 나타난다. 6호에는 선군시대를 위한 총집중, 총동원에 관한 글들이 있고 숨은 영웅으로 군인, 교사 등을 문학대상으로 삼고 있다. '6.15 남북공동선언'을 언급하며 통일에 대한 의지를 다짐하는 시들도 있다.

2005년 10호는 '조선로동당 창건 60돐 기념호(특간호)'로 '선군의 위력을 떨쳐온 조선로동당창건 60돐' 특집란을 마련하여 작가들의 시대적 사명, 당의 영도 밑에 문학이 걸어온 길, 당 창건 60돌 기념 공연인 〈아리랑〉에 얽힌 이야기 등을 게재한다.

2005년 11호에는 '총집중, 총동원'이라는 소제목 하에 사회주의 현실 주제의 작품들을 소개하고 있다. 2005년 12호에는 '백두산 3대장군의 불멸의 업적 만대에 빛나리'라는 소제목 하에 김일성 가계를 우상화하는 문학작품들을 소개하고 당을 칭송하는 작품들을 소개하고 있다.

2005년도 『조선문학』을 유형화하면 아래와 같다.

## 1) 선군문학

'지상좌담회' 「위대한 선군정치를 붓대로 억세게 받들겠다」(1호)는 '김일성상' 계관인 안동춘, 백의선, 백윤과 조선작가동맹 중앙위원회 부위원장 김덕철이 선군문학을 창작하겠다는 결의를 다지고 있다. 평론 「선군령도의 백승의 진리와 총서 ≪불멸의 향도≫」(김성우, 1호)는 장편소설 『전환』(권정웅)이 1960년대 중엽의 역사적 현실을 배경으로 김정일이 노

---

11) 『조선문학』 2004년 9호, 57쪽. ① 백두산의 해돋이(백두일출, 2004년 10호) ② 다박솔초소의 설경(송초설경, 2005년 1호) ③ 철령의 진달래(철령척촉, 2005년 4호) ④ 장자강의 불야성(장자야경, , 2005년 2호) ⑤ 울림폭포의 메아리(울림폭향, 2005년 5호) ⑥ 한드레벌의 지평선(표야지평, 2004년 11호) ⑦ 대홍단의 감자꽃바다(홍단저해, 2005년 6호) ⑧ 범안리의 선경(범안선경, 2005년 3호)

동계급의 100년 사상사를 총화하고 수령론을 창시하였으며, 김일성이 내놓은 '일당백'의 구호를 어떻게 수호하였는지를 체험할 수 있다고 강조한다. 그리고 장편소설 『총대』(박윤)가 1998년의 역사적 현실을 일반화하면서 선군정치의 선포와 불패의 생활력을 반영한 작품이라고 평가한다. 이 글에 의하면 『서해전역』(박태수)은 1980년 중엽 서해갑문을 일떠세운 군인들의 영웅적 투쟁을 하나의 건설전쟁으로 묘사한 작품이며, 『총검을 들고』(송상원)는 전대미문의 대규모건설전투인 안변청년발전소건설을 소재로 한 작품이고, 『강계정신』은 선군정치를 떠받들면서 일심단결의 성새가 만들어진 과정을 감동깊게 형상한 작품이다. 또한 『별의 세계』(정기종)는 선군정치의 승리로 되는 6.15 남북공동선언 발표를 계기로 남한의 비전향 장기수들이 집단적으로 북한에 온 이야기를 그리고 있다.

논설 「주체사실주의문학 발전의 새로운 단계로 되는 선군문학의 본성과 특징」(김정웅, 1호)은 선군문학이 선군시대에 새롭게 출현한 새 형의 문학이며 선군혁명위업수행에 이바지하는 혁명적 문학임을 강조한다. 선군문학의 특징은 '반제혁명정신 구현', '조국애 구가'라고 밝히고 있다. 여기에서 선군문학에 구현된 조국애는 혁명적 수령관에 기초하고 있음을 강조한다.

논설 「선군시대에 새롭게 정식화된 음악의 인간학적 본성」(최길상, 2호)은 음악이 인간학이라는 점을 강조한다. 평론 「력사의 준엄한 대결을 깊이있게 형상한 진실한 화폭」(리성덕, 2호)은 장편소설 『력사의 대결』에 관한 글이다.

단평 「선군시가문학에 비낀 정서적색갈」(리동수, 2호)은 '련시' 「끝나지 않은 고개길」(송명근, 『조선문학』 2004년 제8호)을 성과작이라고 평가한다.

평론 「수령영생위업의 빛나는 10년세월에 대한 감동적인 서사시적화폭: 서사시 ≪백년이 가도 천년이 가도≫」(김봉민, 7호)는 서사시 「백년이 가도 천년이 가도」를 평한다. 이 시에 대해서는 수령 서거 10돌에 수령 영전에 올리는 시로 세월이 흘러도 김일성은 인민의 가슴 속에 영생한다는 것을 보인다고 평한다. 김정일의 "수령형상을 창조하는 것은 주체문학건설의 기본의 기본이다"에 충실한 작품으로 평가한다. 이 시에 대해서는 수령의 이민위천, 총대중시 사상을 중시한 작품으로 선군시대 새형의 서사시로 예술적 특성을 지니고 있다고 평가하고 있다.

평론 「주체의 붉은 노을 누리에 펼쳐온 대동강의 해맞이 송가」(장정춘, 7호)는 김정일 창작의 「대동강의 해맞이」(1960)를 소개하고 있다. 이 시에 대해서는 김정일의 선군혁명 영도의 시작으로 가정, 사회, 자연의 해돋이가 변혁되는 것이 인간사회의 법칙인 동시에 자연의 법칙임을 선보인다고 평한다. 또한 「대동강의 해맞이」의 서정에 대해서는 가장 보람찼던 시절, 가장 낭만적이고 정열적이었던 시기의 송가로 새 삶과 새 희망 지향, 미래에 대한 희망이라고 이 시가 설명하며, 사상미학적 지향은 혁명의 폭풍 속에서 키워온 청춘이 수령의 은덕에 보답하기 위해 충성의 길에 고스란히 바쳐야 한다는 것이라고 설명한다. 이 시에 대해서는 선군혁명총진군에 나선 군대와 인민들에게 신심과 낙관을 안겨주고 강성대국건설을 고무한다고 평하다.

논설 「위대한 령도자 김정일동지의 령도밑에 찬란히 개화발전한 우리의 선군문학」(김순림, 9호)은 인민대중의 자주위업 수행에서 혁명적 문학작품이 발휘하는 사상정서적 감화력을 통찰한 장군이 '고난의 행군' 강행군을 이끌어 나가고 군대와 인민을 투쟁과 위훈에로 불러일으키는 고무적 기치로 되게 하였으며, 선군문학은 백두산 3대장군의 위대성을 폭넓고 깊이 있게 형상하여 그 본색을 강화하였다고 주장한다. 이 글에서는 수령영생주제 작품으로 수령영생송가 「수령님은 영원히 우리와 함께 계시네」, 서사시 「영원한 우리 수령 김일성동지」, 「평양시간은 영원하리라」, 「영원무궁한 조선의 미래여」, 「번영하라 김일성조국이여」, 총서〈불멸의 력사〉중 장편소설『영생』, 추모설화집『하늘고 울고 땅도 운다』, 희곡『소원』등을 들고 있다. 이 글에서는 선군문학의 특징으로 그리움의 정서 형상화(서사시 「영원무궁하라 조선의 미래여」, 「불멸하라 위대한 영생의 노래여」, 「세상에 부럼없어라」 등), 백두산 3대장군 형상창조 (총서〈불멸의 력사〉 중 장편소설 『열병광장』, 서사시 「조국은 무엇으로 빛나는가」), 선군영장의 영도와 풍모 형상화(총서 〈불멸의 향도〉 중 장편소설 『력사의 대하』, 『총검을 들고』, 『총대』), 수령결사옹위 정신과 결사관철 정신 반영(장편소설 『열망』, 『지금은 봄이다』, 『찬란한 미래』 등), 선군시대 정신 반영(서사시 「조국이여 청년들을 사랑하라」) 등을 들고 있다.

평론 「조국찬가에 바쳐진 진실한 시형상: 시집 ≪조국시초≫를 두고」(최희건, 9호)는 『조국시초』(김형준)가 조국 사랑의 의미를 노래한다고 평한다.

이외에 평론 「새 세기의 태양에 대한 새로운 예술적탐구: 총서 ≪불멸의 향도≫ 중 장편소설 ≪라남의 열풍≫(백보흠)을 두고」(리용일, 10호), 「자유에 대한 깊이있는 형상적해명: 장편소설 ≪자유≫(김정)를 론함」(리정웅) 등이 있다.

논설 「우리 당의 붓대철학과 작가의 시대적 사명」(박춘택, 10호)에서는 "붓대는 총대와 함께 혁명과 건설의 강력한 무기이다. 총대가 적들과의 물리적대결에서 판가리무기라면 붓대는 혁명과 반혁명, 정의와 부정의와의 총포성이 울리지 않는 사상적대결에서 승리를 거두게 하는 위력한 무기이다"라는 구절로 시작하여 김정일의 「문필가들에 의하여 혁명이 생기와 활력과 랑만에 넘쳐 힘차게 전진한다는것이 우리 당의 붓대철학입니다」라는 교시를 강조하면서 선군혁명위업을 달성해야 함을 강조한다.

## 2) 주체문학

특집 '위대한 태양의 위업 만대에 빛내리'에서 논설 「경애하는 김일성동지는 주체문학의 위대한 창시자」(김선일, 4호)는 수령의 작품 〈피바다〉, 〈한 자위단원의 운명〉, 〈꽃파는 처녀〉, 〈안중근 이등박문을 쏘다〉, 원수들의 반동적 기질을 조소, 풍자하면서 혁명투쟁과 승리의 필연성을 형상한 〈성황당〉, 〈경축대회〉, 민족주의자들의 파벌싸움을 풍자한 희극적인 〈3인 1당〉, 정극적인 것과 희극적인을 것을 결합한 〈딸에게서 온 편지〉, 가무형식 작품 〈단심줄〉, 혁명시가 〈반일전가〉, 〈조국광복회10 대강령가〉, 〈토벌가〉, 〈피바다가〉 등을 소개한다. 수령이 사실주의의 새로운 높은 단계인 '우리 식' 사회주의적 사실주의창작방법, 주체사실주의 창작방법을 창조였다고 밝히면서 〈혈국만국회〉를 본보기로 내세우는데 여기에서 인민대중이 역사의 주인공으로 등장하여 자기 운명을 자주적으로 개척해 나가는 자주시대의 요구를 반영하고 있다고 평한다. 주체사실주의는 사람 중심의 철학적 세계관에 기초하고 있으며 항일혁명문학 예술의 모든 것을 구현하고 있다고 소개한다. 또한 현재 제국주의를 반대하고 선군조선의 존엄과 위력을 높이 반영하고 있는 작품으로 〈불멸의 향도〉 중 장편소설들과 선군 영장의 위대성을 노래한 시가작품들, 혁명적 군인정신으로 살며 투쟁하는 선군시대 인간의 전형을 창조하는 소설, 극문학 등이 항일혁명의 역사적 뿌리와 잇닿아 있다고 평한다. 무엇보다 문학의 기본은 수령형상창조임을 밝힌다.

평론 「어버이수령님에 대한 충성과 흠모의 풍만한 서정」(김순림, 4호)은 1960년대에 창작된 가요 〈장군님이 그리워〉를 다루고 있다. 이 노래는 예술영화 〈유격대의 오형제〉에 사용되어 남성중음 독창으로 정서 깊게 울리고 있으며 가사에는 항일혁명전사들의 수령에 대한 흠모와 신념, 충성의 세계가 풍만한 정서와 본질적인 생활에 대한 깊은 뜻으로 담겨져 있다고 평한다.

또한 가요 〈전사의 념원〉에 대해서는 수령의 안녕과 건강을 바라며 간고한 혈전의 수십만 리를 헤쳐온 항일혁명무사들과 인민들의 간정한 염원과 불타는 충정심을 노래하면서 수령을 민족의 태양으로 높이 우러러 모시는 길에 조국의 번영과 후손의 행복이 있다는 사상을 담고 있다고 평한다.

논설 「당의 령도밑에 힘차게 전진하는 우리의 주체문학」(류만, 6호)은 주체문학의 특징으로 '백두산 3대장군 형상' 창조, 고난의 행군 강행군 정신과 군인정신을 담은 선군시대 사회주의 현실주제작품 창작, 계급교양 주제, 역사주제, 조국통일주제작품 창작 등을 들고 있다. 이 글에서는 비전향 장기수를 다룬 작품들과 선군정치에 관한 작품들도 소개하고 있다.12) 이 시기 문학이 『주제문학론』을 바탕으로 하여 문학형식의 다양성을 보였으며 서사시, 서정서사시, 장시, 풍경시, 담시, 정론시, 풍자시, 교훈시, 기행시, 단상시, 송시, 추대시, 축하시 형식의 시들이 창작되었다고 밝히고 있다.

## 3) 선군시대 사회주의 현실 주제

사설 「선군의 위력을 더 높이 떨쳐나가는 시대의 전형을 훌륭하게 창조하자」(3호)는 총서 〈불멸의 향도〉 중 장편소설 『강계정신』과 『열망』을 비롯한 선군시대의 현실을 반영한 작품들을 강조한다.

평론 「성격의 매력과 구성의 묘미: 장편소설 ≪통일련가≫를 두고」(최언경, 3호)는 『통일련가』의 두 가지 흥미진진한 특징을 주인공의 인간적 매력과 구성의 묘미에 있다고 평가한다.

평론 「선군시대 인간들의 철학적 형상: 장편소설 ≪이삭은 속삭인다≫에 대하여」(오춘식, 3호)는 김명익의 장편소설 『이삭은 속삭인다』에 대해 평하고 있다.

「봇나무에 비낀 열렬한 조국애」(김철호, 3호)는 미하일 쎄묘노비치 부벤노브가 쓴 '쏘도전쟁' 주제의 장편소설 『봇나무』(1·2부, 1948~1952)에 대한 비평문이다. 이 작품에 대해서는 당과 조국에 대한 충실성, 열렬한 조국애의 감정을 보여 준 작품으로 평가한다.

단평 「성격의 매력, 심리의 여운」(김덕선, 4호)은 최련의 「바다를 푸르게 하라」(『조선문학』 2004년 제2호)에 대한 단평이다. 이 소설은 인물성격의 새로운 면모를 생활 속으로 깊이 파고들어 과학자들을 아름답게 형상화하고

---

12) 선군정치에 관한 것으로 가사 〈우리 집은 군인가정〉, 〈먼저 찾아요〉, 시초 「군민의 노래」, 서사시 「백두의 총대 영원불멸하리」, 인민군인들 속에서 발휘된 수령결사옹위정신, 결사관철의 정신과 상하일치의 동지세계를 그린 희곡 『약속』, 『축복』, 『둥지』 혁명적 낙관주의 정신을 그린 희곡 『웃으며 가자』, 결사관철의 정신을 그린 희곡 『편지』, 선군에 대한 믿음과 신념을 형상한 희곡 『철령』 등이 있다.

있다. 이 글에서는 이 소설이 환경묘사와 인물묘사에 뛰어나다고 평한다.

## 4) 통일주제

평론 「〈상봉〉의 비극을 더 이상 지속해야 하는가: 서사시 ≪살아서 만나라≫의 시세계를 론함」(최길상, 4호)에서는 통일주제 시의 역사[13]를 정리하고 서사시 〈살아서 만나라〉가 민족의 분열이라는 수난사가 지속되면서 혈육이 갈라져 세대가 교체되는 민족사의 아픔을 서사시적 형식의 중요한 요인으로 삼고 있다고 평한다. 이 시에 대해서는 통일의 열정의 격정과 강렬한 지향, 불타는 열망과 의지력의 특징에 기초한다고 평한다.

평론 「통일애국투사의 신념에 대한 진실한 형상: 장편소설 ≪돌아오다≫를 읽고」(장정춘, 4호)는 비전향 장기수에 대해 다루고 있다.

단편 「선군문학의 붓대가 놓치지 말아야 할 또 하나의 중요한 과녁」(박애숙, 8호)은 반일주제를 다루면서 재일동포들의 이야기를 담은 작품들을 평하고 있다. 「돈지갑」(강귀미, 『조선문학』 2001년 제12호)에 대해서는 일본에서 계속되는 불행과 고생을 형상화하고 간또 대지진사건과 일제의 조선사람들에 대한 학살만행을 형상화하면서 수령이 찾아준 사회주의 조국만이 인민의 희망을 꽃피워줄 수 있다는 점을 강조한다고 평한다. 「채송화」에서는 주인공인 '나'의 아버지가 수재이지만 징용에 이끌려 간 이야기를 통해 조국 없이는 지식도 재능도 발휘할 수 없다는 이야기를 전개하고 있다고 평한다. 「나의 가정이야기」는 일제 식민지 통치시기 과학자들의 수난의 역사와 사회주의 조국에서 누리는 과학자들의 참다운 삶과 보람을 대조하고 있다고 평한다.

평론 「산 인간으로 안겨오는 진실한 형상: 장편소설 ≪흰 파도≫를 두고」

---

13) 가사 〈구국투쟁가〉(리원우)에서 시작하여 전후 시기 〈서운한 종점〉(조벽암), 1960년대 시 〈복수자의 선언〉(오영재)로 이어졌고 가요 〈조선은 하나다〉(안창만)와 〈우니는 하나〉(황진영)의 가사 형상에로 심화되었다고 정리한다.

(안성, 9호)에서는 선군시대 비전향 장기수 형상주제의 장편소설들이 이룩한 성과는 등장인물들의 성격을 산 인간의 모습으로 형상화한 것이라고 한다.

평론 「류사한 주제령역에서의 개성적인 성격형상: 장편소설 ≪조국과 인생≫(김덕철·김종석)을 두고」(림창덕, 12호)는 장편소설 『조국과 인생』이 비전향 장기수의 불굴의 신념과 의지를 다룬 작품이라고 평한다.

## 5) 작가 회고

'령도자와 작가'란에서는 수령과 작가들의 인연을 소개한다. 「작가의 이름을 밝히도록 하여야 하겠습니다」(2호)에서는 김정일이 당 중앙위원회 일군들과 이야기를 나누다가 4.15 창작단 작가들의 문학작품에 작가의 이름을 밝혀주도록 해야 한다고 말한 일화를 소개하면서 이것이 김정일의 숭고한 사랑과 은정이라고 소개한다. 「영생하는 작가」(3호)는 〈피바다〉를 장편소설로 옮기는 사업을 수행한 작가, 『고난의 행군』, 『두만강 지구』, 『대지는 푸르다』, 『봄우뢰』를 쓴 작가에 대해 이야기한다. 「현실체험이 낳은 열매」(6호)는 김규엽의 『새봄』이 김정일의 지도와 사랑으로 창작 완성되었음을 밝히고 있다.

## 6) 아동문학: 선군동이의 시대적 지향

평론 「작은것으로부터 큰것에로!」(권선철, 6호)는 동시 「연띄우기」(성연일, 『아동문학』, 2004년 제1호)가 환상수법을 사용하여 서정적 주인공의 형상이 귀엽고 사랑스럽게 나타나며 아이들을 군대에 가게 하기 위해 교육 교양하며 어린이 민족놀이를 시적 소재로 사용하여 '선군동이의 꿈'이라는 사상 정서적 내용으로 장식되어 있다고 평한다. '작은 것으로부터 큰 것에로'의 의미처럼 동심에 선군동이의 시대정신을 형상화하고 있다고 평한다. 「민들레와 고사포」(김청일·라경호, 『아동문학』, 2005년 제1호)에 대해서는 민들레와 고사포라는 상반되는 이미지의 시적 대상을 대조시키면서도 어울리게 형상화하고 있다고 평한다. 이 시가 포진지에 우뚝 선 고사포가 있어 그 아래 전호가엔 민들레가 방실 웃듯 이 땅을 지키는 총대가 있어 아이들의 미래도 꽃필 수 있다는 내용을 담고 있다고 평한다. 이외에 「시내물」(윤복진, 1954), 「누나와 똘똘이네」(윤동향, 1958), 수수께끼동요 「이름난 소가 무슨 소냐?」(리원우, 1955), 동요 「풍년벌의 잠자리」(리원우, 1980) 등이 작은 시로 해서 큰마음들을 자라게 할 수 있다고 평한다.

## 7) 기교의 구성

평론 「구성의 기교와 작품의 특색: 장편소설 ≪내려설 수 없다≫를 두고」(림창덕, 7호)에서는 『내려설 수 없다』(림창덕)라는 작품이 감옥이라는 공간을 활용하여 신념과 지조를 고수한 통일애국투사의 성격을 형성하면서 구성의 기교를 발휘하였다고 평한다. 평론 「력사의 교훈과 조국의 섬: 장편력사소설 ≪울릉도≫(리성덕)를 두고」(김정철, 11호)는 이 작품이 안룡복이 17세기 후반 일본에 2번 건너가 울릉도와 독도가 조선의 섬임을 명백히 밝힌 역사적 사실을 소설화한 작품이라고 평한다.

논설 「위대한 령도자와 운명을 같이한 빛나는 로정」(김순림, 12호)은 부제가 '불멸의 회답서한 15돐을 맞으며'라고 되어 있다. 김정일이 문인들에게 "당 건설과 활동에서 영원한 동행자, 충실한 방조자, 훌륭한 조언자가 되기를 바란다"는 불멸의 회답서한을 보내준 때로부터 15년이 되는 시기에 다시 김정일로부터 '작가들은 나의 정치의 대변자이며 선군혁명동지'라는 칭호를 받은 것을 영예이고 긍지이고 자랑이며 최대의 행운으로 여긴다는 내용이다. 평론 「장엄하고 격동적인 시대와 함께 전진해 온 한해」(최길상, 12호)에서는 2005년도의 작품을 개괄한다. 이 글에서는 단편소설 「백로떼 날아든다」(김명익), 「금대봉마루」(류정옥), 「보통사람들의 이야기」(김교섭), 「발걸음」(김순룡) 등과 시 「다박솔의 눈송이」(박세옥), 「우리 수령님 이야기」(박경심), 「어쩌면 좋아」(강옥녀), 「불타는 해야」

(오정로) 등을 긍정적으로 평가한다.

## 2006년

2006년도 『조선문학』은 『로동신문』·『조선인민군』·『청년전위』의 공동사설 '원대한 포부와 신심에 넘쳐 더 높이 비약하자'(1월 1일자)에 제시된 과업을 관철하려는 의지를 선보이고 작가들은 당이 제시한 '선군의 위력으로 사회주의강성대국건설에서 새로운 비약을 이룩하자!'라는 구호에 따르고 있다. 이는 당 정책 및 문예정책, 창작계획을 소개하는 논설, 사설 등에 구현되고 특집의 형태로 강조된다. 공동사설에서는 농사에 모든 힘을 총집중, 총동원함으로써 농업생산에서 새로운 전진을 가져와야 한다고 당부하는데 『조선문학』에서는 이에 따른 특집 형식의 '총집중, 총동원'(3~12호)을 마련하여 농업 관련 시, 소설, 평론을 게재한다. 수령형상문학과 연관된 특집으로 백두산 3대 장군 업적에 관한 특집(1호), 김정일 특집('우리 장군님 천만년 높이 모시리', 2호), 『조선문학』 잡지 700호 기념('백두산 3대 장군의 품속에서', 2호), 김일성 특집('태양절에 드리는 만민의 축원', 4호), 김정숙 관련 문학 모음('백두산녀장군의 불멸의 업적 영원하리', 12호) 등이 있다.

2006년도 『조선문학』은 수령형상문학에 관련된 것, 선군시대에 대한 문학적 형상화에 관한 것, 혁명전통주제, 사회주의애국주의 주제, 계급교양주제, 조국통일주제 등을 다룬다.

## 1) 공동사설, 당 정책 및 문예 정책, 창작 계획 관련

3호 사설 「원대한 포부와 신심에 넘쳐 올해 문학작품 창작에서 일대 앙양을 일으키자」에서는 공동사설의 제목을 빗대고 있으며 이 글에서는 '≪ㅌ·ㄷ≫ 결성 80돐'을 맞이하여 작가들이 백두산 혁명 강군, 인민군대 강화, 군대 중시 기풍의 작품들을 많이 창작하여 군사적 위력을 과시하는 데 이바지하여야 할 것을 당부한다. 또한 작가들이 사회주의 농촌현실에 들어가 선군시대 사회주의 농촌의 전형적 주인공을 더 많이 형상해냄으로써 인민을 고무하여야 한다고 당부한다. 이외에도 작가들은 전력, 석탄, 금속공업과 철도운수부문 등에 들어가 선군시대가 요구하는 명작들을 많이 창작해내야 하고 경제사업 일군들을 적극 찾아내어 그들의 형상을 빛나게 창조함으로써 경제를 더 활성화시키는데 효과적으로 이바지해야 한다고 당부한다.

## 2) 수령형상문학

수령형상문학 소개와 이에 연관된 창작방법론에 관한 글들이 있다. 7호 논설 「수령형상문학은 ≪조선문학≫ 잡지의 핵이며 생명력의 근본원천」(최길상)은 『조선문학』의 전신인 『문화전선』의 창간호(1946. 7. 25.)에 실린 혁명송가 「김일성 장군의 노래」부터 최근의 작품까지 살펴본다. 이 글에서는 『조선문학』이 항일혁명투쟁기부터 시작된 수령형상문학에 새로운 전환을 이루었다고 평한다. 11호 평론 「위대한 혁명실록에 대한 불멸의 화폭」(최언경)은 총서 〈불멸의 향도〉 중 장편소설 『북방의 눈보라』를 분석한다. 이 글에서는 이 소설이 『강계정신』의 속편으로 고난의 행군에 이어 강행군을 하던 1998년 6월부터 2001년 12월에 이르는 시기에 자강도를 본보기로 하여 강성대국 건설의 돌파구를 열어 나가는 장군의 위인상을 형상화하고 있다고 평한다.

## 3) 사회주의 현실 주제

2006년도 사회주의 현실 주제 작품에서는 선군시대 인간형 창조의 문제와 작품 구성 방식에 관한 논의를 전개한다. 9호 평론 「단편소설의 매혹과 감동은 어디에서 오는가」(천재규)는 상반기 『조선문학』에 실린 단편소설들을 분석한다. 이 글에서는 단편소설이 박력 있는 구성미를 추구해야 한다고 전제하면서 소설의 매혹과 감동의 연속은 생활탐구와 인생문제를 다루는 것에 있다고 주장한다. 이 글에 의하면 「어느 일요일에」(한웅빈, 6호)는 범상한 생활에서 이야기를 시작하여 범상치 않은 사회적 문제인 "이 땅에 완전한 평화가 깃들 때까지는 어느 일요일도 진정한 일요일일 수 없다는" 문제를 제기하고 강렬한 시대적 자각을 안겨주는 작품이라고 평한다. 또한 「밝은 웃음」(김명진, 3호)에 대해서는 가정과 거리 직장에서의 웃음을 생활미의 견지에서 밝혀 신심과 낙관에 넘쳐 강성대국건설을 지향해 나가는 인민의 고상한 정신미, 자랑찬 선군시대미를 발랄한 생활감정으로 잘 보여 준다고 평한다. 「축복」(최련, 4호)에 대해서는 수령의 축복 속에 사는 삶은 그 어떤 시련도 이겨내고 행복의 절정에 오른다는 사상적 알맹이를 심고 가꾼 주인공의 참된 인생의 진리를 밝혀 준다고 평한다. 「인생의 한여름에」(최치성, 6호)는 서로 다른 인생의 길을 걷는 두 인물의 대조와 대립 속에서 사람은 사회와 집단, 나라를 위해 어떻게 살아야 하는가를 보여 준다고 평한다. 「안해의 성격」(심남, 6호)은 성실성과 진취적이고 지칠 줄 모르는 발랄한 성품을 지닌 아내의 생신한 성격적 매력과 관련된다. 「영원한 포옹」(리일용, 5호)은 나라도 민족도 '왜놈에게 통 채로 팔아넘긴 매국역적 이완용'을 처단하기 위한 열혈청년의 애국적 거사를 형상화한 작품이라고 평한다. 반면에 이 글에서는 「버들꽃」(김정희, 1호), 「우리 선동원」(황청일, 5호), 「병사의 가정」(박성보, 4호) 「론증」(황동선, 2호) 등을 도식적이고 유형화되었다고 비판한다.

9호 평론 「선군시대정신의 구현과 성격형상」(안성)은 2006년 『조선문학』에 실린 농촌 현실 주제의 단편소설들에 대한 소감을 피력한다. 이 글에서는 「불길」(김명선, 2005년 5호), 「백로떼 날아든다」(김명익, 2005년 8호), 「한 녀인에 대한 추억」(조인영, 2005년 9호), 「밑천」(변창률, 2005년 11호) 등이 시대의 요구, 시대의 정신을 바탕으로 깨끗한 양심과 성실한 노력을 바쳐 당의 뜻을 꽃피워 가는 선군시대 농촌 일꾼들과 농업근로자들의 성격형상을 참신하게 창조하여 군대와 인민의 생활과 투쟁을 고무추동한다고 평한다. 반면에 「버들꽃」(김정희, 2006년 1호)은 주인공의 형상에 진실성이 없다고 비판한다.

## 4) 선군 시대 주도적 감성: 선군 서정, 생활 낭만

3호 평론 「시적 발견은 스스로 얻어지지 않는다」(리동수)는 2005년에 발표된 시를 분석하면서 작가들의 생활의 발견과 체험 사색의 과정을 논한다. 이 글에 의하면 「전선으로 울려가라 나의 시여」(류동호, 1호), 「김일성광장의 종소리」(문용철, 4호), 「땅과 농민」(리진철, 3호) 「다시 찾은 이름」(최태국, 2호) 등이 "구체적이며 세부적인 체험세계로부터 보편적인 감정체험으로 승화시킨 시적 일반화의 예술적 솜씨"를 보이고 "일상생활 속에서 새로운 의미를 찾아내여 사람들의 심금을 울린 인상깊은 작품"이 되어 "함축과 비약, 극적인 대조와 립체적인 서정구조 속에 주인공의 한생을 보여주고 있다"고 긍정적인 평가를 내린다. 반면에 「노래하노라 오직 한마디」(김휘조, 1호), 「봄하늘」(채동규, 4호) 등은 구호적 선언으로 개념화 추상화되었다고 비판한다. 또한 「노래하노라 오직 한마디」는 정치적 용어들을 사용하여 구호적이며 선언적, 추상적이라고 비판한다.

7호 단평 「풍자해학적 감정으로 충만된 전시가요들을 더듬어」(신정수)는 풍자해학적인 전시가요들이 혁명적 낙관과 전투적 기백에 넘치는 서정적 주인공에 기초 한다고 전제하면서 이러한 전시가요 〈저격수의 노래〉, 〈비행기 사냥군조의 노래〉, 〈습격조의 노래〉, 〈쌕쌔기와 기관사〉, 〈우리의 자랑〉 등의 서정적 주인공은 전쟁승리에 대한 신심과 혁명적 낙관, 끝없는 생활낭만을 노래한다고 평한다.

10호 평론 「시는 시로 되어야 한다」(리동수)에서는 시의 독특한 맛은 풍부한 서정미에 있다고 주장한다. 여기에서 시의 풍부한 서정미는 생활에서 환기된 정서를 형상으로 재현하는 과정에 얻어진다고 설명한다. 이 글에 의하면 시인 조기천은 서사시 「백두산」을 노래하기에 앞서 '백두산 호랑이'라는 서정적 알맹이를 잡아쥐었다고 한다. 이 글에 의하면서정미는 객관화된 과정이나 설명과 열거에 있는 것이 아니라 주관화된 체험과 느낌, 뜨거운 주정과 격조 높은 토로에 있다고 한다. 이 글은 시의 서정미가 음악적인 흐름새와 조화로운 음감에 담보되는 아름답고 유창한 운율에서 드러난다고 한다. 이 글에서는 낭만적인 서정이 선군시대의 주된 서정이며 기상이라고 설명한다. 그러한 예로 시「폭풍의 생애」(김만영, 6호), 시초「웃으며 가는 길에 행복이 온다」(1호) 등을 거론한다.

11호 평론「푸른 숲은 무엇을 속삭이는가」(리정웅)는 6편의 서정시로 이루어져 있는 연시「내 사랑 푸른 숲이여」에서의 서정적 주인공의 정서를 다룬다. 이 글에서는 연시의 서정적 주인공은 농민의 아들인 병사로 푸른 숲을 가꿔가는 서정적 주인공의 정서 속에 장군의 선군혁명 위업과 생활력을 확인할 수 있으며 사회주의적 애국주의, 조국애가 선군시대의 주도적 감정임을 확인할 수 있다고 평한다.

## 5) 재수록 및 재조명

2006년도에는 이전 작품을 재수록하거나 작가들을 재조명하는 글들이 많다. 문학작품 중에서는 김우철의「농촌위원회의 밤」(추억에 남는 시, 2호 재수록), 창간호『문화전선』에 실린 수필 아오라지나루(윤기정), 시「승리의 기록」(리찬),「그날 할아버지」(백인준),「큰 거리」(조기천),「길」(김상오) 등을 소개(2호)한다. 4호에는 시「만경대 고향집이여」(추억에 남는 시, 리금녀),「가실 때에는」(추억에 남는시, 조성관) 등이 재수록되고 1950~60년대 리용악, 박세옥 등의 시 작품을 재수록하고 있다. 4호 평론「다부작 장편소설 ≪림꺽정≫과 주인공들의 형상」(한중모)에서는 홍명희의『림꺽정』을 다루고 8호 평론「리륙사의 문필활동과 시문학」(한중모)에서는 이육사를 다룬다. 이외에 강경애 등 일제하 문인을 재조명한다.

'령도자와 작가'에서는 수령형상문학 작가들을 회고한다. 1·4·5호에서는 조기천을 다루고(박춘택), 6·7호에서는 리찬을 다루고(박춘택), 8호에서는 특집 '해방의 은인, 민족의 태양께 드리는 노래'를 통해 총서〈불멸의 력사〉 중 장편소설『1932년』의 창작과정을 다룬다. 9·10호에서는 리기영을 다루고(박춘택), 11호에서는 가사「못잊을 삼일포의 메아리」에 관하여 다루고 12호에서는 전동우를 다룬다(박춘택).

## 6) 비전향 장기수-통일 주제, 대장편소설권 형식

2006년도 비전향 장기수에 관련된 글은 통일주제와 대장편소설권 형식과 연관된다. 1호 평론「사랑과 신념의 철학세계」(리용일)는 비전향 장기수들을 주인공으로 형상화한 장편소설들을 분석한다. 이 글에서는 비전향 장기수를 통일애국투사라고 지칭하면서 이들을 형상화한 장편소설들이 몇 해 동안 60편의 장편소설로 창작되고 있는 상황을 제시한다. 이와 관련하여 조국애, 민족애에 관한 장편소설들로『한피줄』,『측백나무』,『나의 추억, 40년』,『아, 조국!…』,『조국의 아들』등을 소개한다. 이 글에서는 비전향 장기수들의 신념의 세계를 밝히는『인생항로』,『인간의 한생』,『돌아오다』등이 인생관문제가 비낀 생활을 형상화하고 있다고 평하고『참대는 불에 타도』,『폭풍이 큰 돛을 펼친다』,『의리』,『삼태성』등은 주인공의 애국과 도덕 의리가 비낀 생활을 특색 있게 형상화하여 사랑과 신념의 철학세계를 밝히고 있다고 평한다.

3호 평론「통일운동의 첫 세대에 바쳐진 감동적인 화폭」(박덕남)은 6.15 남북공동선언으로 조국통일의 전환적 국면이 열리고 있는 이 시대에 다부작 장편소설『력사의 대결』이 반미반전 투쟁에 나서는 근본 문제를 제기하고 조선민족제일주의 정신을 구현하고 있다고 평한다.

11호 평론「통일애국투사-비전향장기수들을 형상한 장편소설권의 창조와 소설문학의 새로운 전진」(1)(리수립)과 12호 평론「통일애국투사-비전향장기수들을 형상한 장편소설권의 창조와 소설문학의 새로운 전진」(2)(리수립)은 대장편소설권 창조에 대해 설명한다. 11호 글에 의하면 대장편소설권 창조는 새로운 소재 영역과 큰 규모의 소설형식을 다루어야 하는데 대장편소설권의 대작품 형상의 비반복성, 독창성, 견인력과 감화력을 담보하기 위한 필수적요구로서 소설묶음인 통일애국투사, 비전향 장기수를 다룬다고 설명한다. 이 글은 선군시대의 주체문학이 이 주제의 작품에서 요구하는 종자는 "긴 세월 최악의 역경 속에서 통일애국의 신념을 지켜낼 수 있었는가"하는 비전향의 근본요인을 밝혀주는 인간문제에로 지향된다고 설명한다.

## 2007년

2007년도 『조선문학』은 '선군혁명문학'의 이념과 기치를 되새기고 있다. 전반적으로 수령형상문학에 대한 소개와 사회주의 현실주제 작품에 대한 평가가 주를 이룬다. 2007년도 특집에 해당되는 글모음으로는 '김일성 탄생' 95주년 기념의 특간호(4호), 〈불멸의 력사〉 40주년 기념(6호), 김정숙 특집(12호) 등이 있다. '령도자와 작가' 부분에서는 전동우(1호), 김사량(2·3호), 백인준(5·6·7호), 박팔양(8호), 천세봉(9·10호), 석윤기(11·12호) 작가들을 다루고(박춘택), 가사 〈수령님의 높은 뜻 붉게 피였네〉(4호)가 나오기까지를(리주범) 다룬다.

### 1) 수령 중심의 '선군 조선'[14] 지향 형상 논의

선군시대 북한 문학에서는 군 정신으로 신념과 의지를 되새기는 작품을 선군사상과 선군노선을 지향한다고 평한다. 머리글 「선군의 기치를 높이 들고 새해 문학작품 창작에서 새로운 혁신을 일으키자」(김정웅, 1호)

---

14) 북한의 주간신문 『통일신보』는 올해를 다양한 분야에서 '선군(先軍)조선의 일대 전성기를 열어온 해'라고 자평했다. 북한 웹사이트 우리민족끼리에 따르면 통일신보(2007. 12. 23)는 올해 북한의 경제, 과학·교육, 음악예술, 체육부문 등의 성과를 결산하는 기사에서 이같이 총평하며 '군민의 일심단결'이 이런 성과의 바탕이 됐다고 말했다. 신문은 또 음악예술 분야에서는 집단체조와 예술공연 '아리랑'이 기네스 세계기록으로 등록됐고 제31차 군무자예술축전, 제10차 군인가족예술소조공연 등을 통해 군중문화예술이 향상된 모습을 보이는 등 '새로운 발전의 경지가 개척된 해'였다고 결산했다. 「北신문 '선군조선 전성기 연 2007년' 자평」, ≪연합뉴스≫, 2007. 12. 23.

에서는 수령형상문학작품, 비전향 장기수 형상작품들이 이를 깊이 있게 구현하고 있다고 평한다. 이 글에서는 선군시대 요구로 총서 〈불멸의 력사〉 중 장편소설 『전선의 아침』, 『태양찬가』, 총서 〈불멸의 향도〉 중 장편소설 『북방의 눈보라』가 성과적으로 창작되었다고 평하며 60여 편의 비전향 장기수들을 형상화한 장편소설들을 높이 평가한다.

1호의 '새해 결의묶음'은 '김일성상 계관인' 정기종, 소설가 김대성, 시인 박정애, 평론가 김정철의 새해 창작계획을 다루고 있다. 평론가 정철은 「선군시대를 빛내이는 평론가로 준비해가겠다」를 통해 "선군시대가 제기하는 절실한 인간문제, 전형적성격창조문제, 생활이 그대로 안겨오는 형상창조문제에 요점을 박고 독창적인 발견과 주장이 있는 평론을 창작해내겠다"(18쪽)고 결의한다.

머리글에서 성과작으로 언급한 총서의 장편소설은 평론에서 살펴볼 수 있다. 평론 「새로운 서사시적 화폭의 창조와 구성의 기교: 총서 ≪불멸의 력사≫ 중 장편소설 ≪전선의 아침≫(박윤)에 대하여」(리창유, 1호)는 『전선의 아침』이 수령의 탁월한 영도로 '조국해방전쟁'을 이끄는 과정을 실재인물과 역사 사실에 맞게 구현하고 있다고 평한다. 이 소설의 구성상 특징으로는 긍정인물들의 생활 경로와 '연정 관계'를 집약하여 서술하다 점차 확대시킨 점을 들고 있다. 평론 「위대한 수령님을 우러러 태양이라 노래함은: 총서 ≪불멸의 력사≫ 중 장편소설 ≪태양찬가≫(남대현 작)에 대하여」(최언경, 4호)는 재일조선인 운동사를 다루면서 해외교포운동에서도 영도력을 발휘하는 수령의 업적을 칭송한다. 이 글에서는 『태양찬가』가 '재일본조선인총련협회' 창립(1955. 5. 25.) 과정을 다루면서 그 중심 인물인 '한덕수' 눈을 통해 태양처럼 눈부신 수령의 수려한 미목을 감동적으로 그리고 있다고 평한다. 이 평론은 수령형상 창조의 범위를 재일조선인들은 물론 남북, 해외로까지 펼치고자 한다. 평론 「선군시대 일군들의 형상과 총서 ≪불멸의 향도≫」(김해월, 2호)에서는 총서 〈불멸의 향도〉 중 『총검을 들고』(송상원), 『강계정신』(리신현), 『나남의 열풍』(백보흠)에 대해 분석한다.

사설 「선군조선의 일대 전성기를 열어나가기 위해 투쟁하는 시대의 전형을 창조하자」(3호)에서는 연초 공동사설인 「승리의 신심드높이 선군조선의 일대 전성기를 열어나가자」를 언급하면서 2007년을 "선군조선의 새로운 번영의 년대가 펼쳐지는 위대한 변혁의 해"(3쪽)라고 소개한다. 또한 조선인민군 창건 75돌을 맞이하여 이와 연관된 선군시대 문학의 주제와 전형 창조에 주목한다. 이 글에서는 총서 〈불멸의 향도〉 장편소설 창작과 수령형상 단편소설 창작에 탐구와 사색을 기울여야 할 것을 강조하면서 문학작품이 도식과 유형을 극복하고 숭고한 조국애를 지닌 인간 성격을 창조하고 고상한 정서와 낭만을 형상화할 것을 주문한다.

수령형상론은 주체사실주의의 전형이론과 맞물려 전개된다. 논설 「수령형상론은 경애하는 김정일동지께서 개척하신 독창적인 주체의 형상론」(천재규, 4호)에서는 '수령은 혁명의 뇌수'라는 고전적 정식화를 다시 한 번 입증하고(4쪽) 주체의 수령형상론이 수령을 일반전형이 아니라 '최고전형'으로 내세운다는 점을 강조한다. 수령의 위대성 형상을 위해 『주체문학론』에서 제시한 "걸출한 사상리론가로서의 수령, 정치가, 전략가, 령도의 예술가로서의 수령, 고매한 인간적풍모의 체현자"로서 수령을 형상화할 것을 재확인한다.

논설 「수령영생주제의 문학작품을 더 훌륭히 창작하자」(김정웅, 7호)에서는 총서 〈불멸의 력사〉 중 장편소설 『영생』과 서사시 「영원한 우리 수령 김일성 동지」가 수령영생 주제 문학의 본보기라고 평가한다.

6호에서는 논설 「수령형상문학의 새 력사가 펼쳐진 영광의 40년」(김정남)을 필두로 하여 4.15 문학창작단 창립 40돌을 기념하는 수기묶음이 제시된다. 권정웅은 「총서 ≪불멸의 력사≫ 중 장편소설 ≪1932년≫이 나오기까지」(수기), 최학수는 「평생을 마음속에 태양의 영상을 모시고」(수기)에서 『백두산 기슭』의 개작 과정, 리동구는 「감회도 깊고 감개도 무량하다」(수기)에서 〈불멸의 향도〉 총서 『비약의 나래』의 창작 과정을 소개한다.

평론 「붉은기의 천만리에 새겨진 력사의 진리」(김학, 3호)는 서사시 「붉은기의 천만리」가 'ㅌ·ㄷ'의 강령인 붉은 기의 총대정신과 수령의 동지애를 형상화한다고 평한다.

평론 「선군령장의 위대한 생애에 대한 칭송의 노래: 장시 ≪폭풍의 생애≫에 대하여」(김봉민, 5호)는 장시 「폭풍의 생애」(장시, 2006)를 평한다. 이 글에 의하면 장시 「폭풍의 생애」는 장군의 한생이 폭풍의 생애라는 것에서 형상적 알맹이를 잡고 사적인 요소들과 또 그에 대한 서정적 주인공의 정서적 체험이나 높은 서정의 폭발을 보여 작품의 종자를 철학적인 형상 속에서 깊은 생활정서로 폭넓게 해명한다고 평한다. 평론 「영원불멸할 태양의 노래」(서재경, 7호)는 항일혁명투쟁 시기에 창작 보급된 김일성 칭송 시가 작품에 대하여 소개한다. 평론 「합창음악의 60년사에 대한 불멸의 서사시적 화폭」(김창조, 9호)는 서사시 「혁명군가와 함께 천만리」(최준경)라는 혁명군가를 다룬다. 이 글에서는 수령칭송의 격조를 강조한다.

12호는 김정숙 특집을 다루고 있는데, 평론 「위대한 수령님께서 끝없이 충직한 혁명전사의 빛나는 형상: 총서 ≪충성의 한길에서≫ 중 장편소설 ≪진달래≫를 읽고」(김순림, 12호)에서는 『진달래』가 항일무장 투쟁 시기 충실한 혁명전사로의 김정숙의 혁명적 수령관과 수령결사옹위 정신을 잘 형상화하고 있다고 평한다. 단평 「혁명의 어머니에 대한 위인의 서정세계를 음미하며」(리근실, 12호)에서는 '불후의 고전적 명작' 〈나의 어머니〉가 혁명적 수령관과 혁명적 인생관의 견지에서 김정숙을 노래한다고 평한다.

## 2) 선군 시대 문학 건설의 요구와 작가의 형상화

논설 「주체성과 민족성을 구현하는 것은 선군시대 문학건설의 근본원칙」(리현순, 8호)은 선군시대 문학의 요구로 작가들이 작품에서 주체성과 민족성, 혁명적 군인정신을 형상화할 것을 주장한다. 이 글은 총서 〈불멸의 향도〉 중 『라남의 열풍』, 『강계정신』, 장편소설 『열망』, 단편소설 「스물한 발의 포성」을 예로 든다.

평론 「시대의 요구와 작가의 형상세계」(리창유, 8호)는 2007년 상반기

『조선문학』에 실린 단편소설을 '수령형상, 사회주의현실, 조국통일, 계급교양, 조국해방' 등의 주제 영역으로 분류하여 분석한다. 수령형상 단편소설로 「오작교」(박혜란, 4호), 「숲의 교향곡」(리정옥, 2호) 등을 다룬다.

논설 「조국애를 깊이있게 구현하는 것은 선군시대 문학의 중요한 과업」(김정웅, 9호)은 작품 속에서 조국애, 향토애, 공장애를 구현하여 선군혁명 총진군 운동에로 고무 추동할 것을 작가들에게 당부한다.

평론 「시의 흥취와 멋」(김덕선, 9호)은 대학동창에게 보내는 편지라는 부제가 달린 글로 「칠보산 기행시초」에 대해 평한다. 이 글에서는 이 시초가 서정적 주인공의 조국애를 다루고 있다고 평한다.

## 3) 생활과 종자, 형식과 기법

2007년도에는 문학 작품에서의 생활과 종자, 기법과 형식의 관계에 주목한 평론들이 많다. 평론 「생활이 비낀 시적인 종자의 탐구」(리동수, 4호)는 장시 「45분」(윤정길, 『조선문학』 2006년 제11호)과 시 「가락지」(김명익, 『조선문학』 2006년 제11호)가 생활이 비낀 서정적 요인을 안고 있는 종자를 잘 골라잡았다고 평한다. 이 글에서는 평범한 45분이 장군의 전선길에서 시작되고 조국의 내일과 이어져 끝이 없는 '배움의 45분, 선군의 45분'으로 형상되며 가락지는 분열의 고통을 대대로 물려줄 수 없다는 생활의 진리를 서정으로 잘 형상화하고 있다고 평한다. 이 평론에서는 "생활을 떠난 추상적 종자, 새 것이 없는 두루뭉실한 종자, 서정이 피여날 수 있는 요인이 박이지 못한 종자"(73쪽)는 종자가 아님을 밝히며 시인의 의도와 시형상이 일치될 것을 강조하여 사상(핵)이 바로 되어야 시(유기체)다운 구실을 할 수 있음을 주장한다.

단평 「담담한 정서속에 메아리치는 필승의 찬가」(윤정길, 2호)는 제10차 '조선문학축전상'을 받은 장시 「45분」(천명길, 2006년 11호)이 교육의 문제를 다루면서 장군을 칭송하고 있다고 평한다. 단평 ≪전당≫을 세운 ≪건축술≫(김청송, 5호)은 단편 「포화속의 전당」(리정수, 2006년 10호)

을 분석하면서 주체의 교육 전통을 형상화하기 위해 항일문장투쟁 시기부터 해방 직후 '조국해방전쟁' 시기의 3개 사건 줄거리를 회상식 구성법으로 집약화하여 성공한 작품이라고 평한다.

단평 「평범한 생활과 작품의 문제성」(최준희, 3호)은 단편소설 「어느 일요일에」(한웅빈, 2006년 6호)가 "미제가 있는 한 침략자의 원흉이 지구상에 남아 있는 한 이 땅에 진정한 일요일-평화가 있을수 있겠는가"(42쪽)라는 문제를 통해 "혁명 3, 4세가 명심해야 할 사회적 문제를 평범하고 보편적인 생활에서 찾아"(41쪽)낸 점을 우수하게 평가한다. 이외에 이 글에서는 한웅빈의 단편소설 「행운에 대한 기대」와 연속단편소설 「채 쏘지 못한 총탄」이 생활 속에서 사회적 문제를 도출한 점에서 사상 감화력이 있다고 평가한다.

평론 「조국애로 고동치는 한 녀성혁명가의 뜨거운 심장에 대한 노래 : 장편소설 ≪포성 없는 전구≫(제1·2부)에 대하여」(장희숙, 1호)에서는 정탐소설(정치탐정소설)에 대해 "일반적으로 첩보세계를 그린 정탐소설에서 제기되는 문제는 독자들이 예상할 수 없게 사건을 어떻게 엮어나가는가 하는 사건추리과정과 어떤 수를 써서 해결하는가 하는 문제라고 할 수 있다. 이는 정탐소설들에서 사건적인 것이 매우 중시된다는 것을 의미하고 있다"(77쪽)고 설명한다. 한편으로는 엽기적인 사건이나 정황들을 엮은 사건을 부정적으로 평가한다.

평론 「소설의 격과 멋: 장편소설 ≪세월에 지지 말아≫(안동춘)를 읽고」(허문길, 6호)에서는 이 소설이 회상식 수법을 활용하면서 등장인물들의 격이 높게 설정되어 소설의 품격을 잘 살리고 있다고 평한다. 평론 「새싹 : 서사시 ≪만년성벽≫을 두고」(리주정, 6호)는 「만년성벽」(최윤철, 『조선문학』 2006년 1·2호)의 독특한 점으로 '회상이야기 묶음식' 구성 개척을 들고 있다.

단평 「구성의 매력은 어디에 있는가」(김만경, 10호)에서는 단편소설 「말없는 바다」(김삼열, 『조선문학』 2006년 9호)는 "두 해양학자의 대조적인 형상을 통하여 선군시대 과학자들이 조국앞에 지닌 인간으로서, 과학자로서의 의리를 다하자면 참된 인간의 량심과 강의한 의지를 가지고 누구도 대신할수 없는 과학실천성과를 이룩해야 하며 그로써만 삶은 떳떳하다는 의의 있는 사상을 밝히고있는 작품이다"(39쪽)라고 평한다.

평론 「태천의 기상 나래치는 시대의 목소리」(김철민, 5호)는 작품집 『대령강은 말한다』가 '태천4호 청년발전소'의 청년돌격대원들의 건설현장에서 보여 주는 모습을 통해 웃음과 낭만, 기쁨과 즐거움의 표현, 영도자에 대한 흠모와 신뢰, 선군혁명 승리에 대한 굳은 확신에 기초한 감정을 일반화한다고 평한다.

## 4) 1년 결산

『조선문학』 편집부는 12호에서 「올해의 소설들을 돌이켜보며」를 통해 1년 동안의 수준작을 선별한다. 수령형상소설 부분에서는 「반격」(박윤), 「오작교」(박혜란)를, 사회현실소설 부분에서는 「답」(김혜영), 「회답할 때가 되었다」(김철민), 「왜가리떼 날아들 때」(김영희), 「'큰 자존심'에 대한 이야기」(김해성) 등을 들고 있으며 특기할 신인소설로는 「해당화는 바다가에 핀다」(량정수), 「벗을 찾아」(조정협)을 거론한다. 「시의 한 해를 뒤돌아보며」에서는 「산녀인」(리연희), 「수령님과 관리위원장」(담시, 박기석), 「환송역두」(연시, 박철), 「전쟁」(렴형미) 등을 거론한다. 「주체적인 선군문학운동에 이바지한 평론」에서는 「선군의 기치를 높이 들고 새해 문학작품 창작에서 새로운 혁신을 일으키자」(머리글, 김정웅), 「수령형상문학의 새 력사가 펼쳐진 영광의 40년」(논설, 김정남) 등을 거론한다.

## 5) 그 외

평론 「사랑과 철학」(김덕선, 7호)은 연시 「사랑의 힘」(오영재, 『조선문학』 2004년 제9호)이 비전향 장기수들의 아내들이 지닌 사랑의 본질과 힘에 대한 생활철학을 형상화하고 있다고 평한다. 평론 「≪종소리≫는 바다

넘어 울리여온다」(오영재, 12호)는 조총련 시인들의 잡지 『종소리』의 30호를 기념하여 쓴 글이다.

자료 「≪카프≫ 작가 류완희와 그의 창작」(김청송, 8호)은 사회주의적 사실주의 시인으로서 무산계급을 옹호한 류완희의 문학사적 의의를 다룬다. 이외에 자료 「토마스 하디와 그의 창작」(외국작가소개, 김명성, 3호), 「발해의 애국적주제의 시가유산」(김정희), 「리규보와 서사시 ≪동명왕편≫」(강명흡) 등이 있다.

## 2008년

2008년도 『조선문학』의 머리글과 논설에서는 공화국 창건 60주년을 기념하여 수령형상문학의 성과와 의의, 선군 시대 문학적 형상화의 방향 등에 관해 논한다. 머리글과 논설에서는 지난 60년을 주체문학사로 규정하고 『주체문학론』과 총서 〈불멸의 력사〉, 〈불멸의 향도〉, 〈충성의 한길에서〉의 장편소설들을 칭송하며 선군시대의 요구에 맞는 문학 작품을 창작할 것을 주문한다. 특히 9호는 공화국 창건 60주년을 기념하는 특간호로 지정되어 주체사실주의 60년을 되돌아보고 사회주의 애국주의를 고양시킬 수 있는 작품을 창작할 것을 독려한다. 또한 김정일 장군의 현지지도를 돌아보는 '천리마제강련합기업소', '함경북도, 북창화력발전련합 기업소' 특집 등을 마련한다. 사회주의 현실주제 작품을 분석한 평론에서는 향토애, 애국애민 등을 다룬 작품들에 주목하고 있으며 2008년에 창작된 작품에 대한 분석보다 2007년에 창작된 작품 분석에 더 치중한다. 작가동향으로는 현역작가들의 새해 결의와 기성작가들의 생애를 다루는 '령도자와 작가' 등에 주목할 수 있다. 이외에 2008년도에는 자료 등을 통해 고전문학과 현대문학, 외국문학을 소개한다. 고전문학인 리유원의 『해동악부』(1호), 리원명과 『동야휘집』(2호)과 윤동주의 문학세계(2호), 동반자 작가 심훈과 시 세계(1호), 리용악과 시집 『분수령』(3호), 해방전 농촌계몽운동과 장편소설 『상록수』(1호), 풍자작가 쌔커리(2호) 등을 소개한다.

2008년도 『조선문학』에서 특기할 만한 내용은 다음과 같다.

## 1) 수령형상문학과 선군영장 형상 문학

2008년에는 수령형상문학을 설명하면서 '선군령장 형상문학'이라는 용어를 제시한다. 이 용어는 김정일의 업적을 강조하기 위해 사용되었으며 수령영생문학과 더불어 선군문학의 새로운 전환으로서 소개된다.

1호 머리글(최길상)에서는 공화국 창건 60돌을 주체문학사로 규정하면서 백두산 3대 장군의 위대성을 형상화하는 수령형상문학 작품의 중요성을 언급한다.

2호 논설(최언경)에서는 선군영장으로서의 김정일을 형상화한 작품이 수령형상문학의 최상의 경지(10쪽)라고 주장한다. 이 논설에서는 김정일의 총대 중시, 군대중시 사상과 노선을 중시하면서 〈김정일 장군의 노래〉를 비롯하여 총서 〈불멸의 향도〉 중 『력사의 대하』, 『총대』, 『총검을 들고』, 『강계정신』 등을 선군영장 소설의 '눈부신 개화'라고 설명한다.

2호 평론(최언경)에서는 '이민위천'을 형상화한 총서 〈불멸의 력사〉 중 장편소설 『청산벌』이 농촌에서의 대규모 협동경리의 운영 문제를 다루면서 패배주의와 관료주의, 형식주의 극복 문제에 대한 교훈을 주고 있다고 평한다.

7호 논설(최언경)에서는 수령 서거 14돌을 맞아 선군혁명문학의 정수로 '수령영생문학', '선군령장형상문학' 등을 언급한다. 이 글에서는 수령영생 송가로 「수령님은 영원히 우리와 함께 계시네」, 「높이 들자 붉은 기」, 「해빛같은 미소 그립습니다」, 「장군님의추억」, 아동가사 〈대원수님 뵙고싶어요〉 등을 거론하며 수령 서거 1돌을 기념하여 발표된 수령영생 서사시 「영원히 우리 수령 김일성동지」, 「평양시간은 영원하리라」, 「불멸하라 위대한 영생의 노래여」, 「번영하라 김일성조국이여」 등을 거론한다. 이 글에서는 장군이 이끌어준 글로 총서 〈불멸의 력사〉 중의 장편소설 『열병광장』과 『푸른 산악』, 『영생』을 거론하고 수령영생문학 단편소설로 「동지에 대한 추억」, 「고향의 가을날에」, 「따뜻한 눈」, 「대홍단의 아침노을」, 「매혹」을 언급하며 추모설화집 『하늘도 울고 땅도 운다』, 『하늘땅의 조화』와 설화이야기 『만민의 하늘』 등을 소개한다.

2호 평론(김봉민)은 김정일의 자강도 현지지도를 다룬 시초 「그이의 하루길, 강행군 2천리여」를 다루고 있다.

2호 단평 「애국애민의 위대한 생애를 보여준 정서적 화폭」(림광호)에서는 「논물에 대한 담시」(고남철, 『조선문학』 2007년 제10호)」가 수령의 애국애민과 헌신을 감명 있게 형상화하고 있다고 평한다.

9호 평론 「강성대국의 찬란한 봄을 안아오신 위대한 태양에 대한 불멸의 예술적 형상」(김정철)은 총서 〈불멸의 향도〉 중 장편소설 『봄의 서곡』(백남룡)을 평한다. 이 글에서는 이 소설이 '고난의 행군' 시기를 배경으로 하여 강성대국의 새봄을 안아오게 한 장군의 사랑을 담고 있다고 평한다. 이 글에서는 이 소설이 수령에 대한 절대적인 충실성을 핵으로 하여 시대의 성격적 특질을 가지고 있는 개성적인 인물들의 형상을 창조하여 수령형상문학의 격을 담보해 주는 성과작이라고 평한다.

10호 머리글(홍영길)은 공화국 창건 60돌을 맞아 진행한 문학작품 창작에서 이룩한 성과를 다룬다. 이 글에서는 총서 〈불멸의 력사〉의 장편소설 『청산벌』, 총서 〈불멸의 향도〉의 장편소설 『불』, 『봄의 서곡』, 단편소설 「움트는 아침」, 「열다섯번째 해」, 「적동색 머리수건」, 「믿음의 세계」, 시 「위대한 영생」, 「김정일장군 찬가」 등을 성과작이라 칭한다.

10호 평론 「불멸의 자욱에 아로새겨진 위인의 숭엄한 철학세계: 위대한 수령 김일성 동지의 탄생 100돌 기념 단편소설집⑴ 《력사의 자취》를 보고」(김용부)는 이 소설집이 수령형상문학의 정수인 단편소설 「눈석이」, 「력사의 자취」 등을 다루고 있다고 평한다.

## 2) 혁명 전통 주제

혁명전통 주제의 문학은 백두산 3대장군의 업적을 구현하는 것을 주요한 목적으로 삼는다. 6호 머리글(리현순)에서는 총서 〈불멸의 력사〉와 〈충성의 한길에서〉의 작품들을 언급하고 수령결사옹위 정신의 구현을 강조한다.

6호 연단(오영재)에서는 장군을 모시고 한 생을 살아온 서정적 주인공의 다짐을 형상화하고 있는 차승수의 시집 『삶의 태양』을 소개한다.

4호 평론(최영걸)은 장편소설 『새날을 불러』(상)(백보흠)를 분석하면서 이 소설이 북한에서 '조선의 어머님'으로 칭하는 강반석이 무송지구에서 독립운동을 펼치던 시기(1926~1929)의 이야기를 강반석의 정신세계와 풍모를 통해 감명 깊게 펼쳐 보여 주었다고 평한다.

5호 단평묶음 「세기의 언덕넘어 더 높이 메아리치는 삼일포의 총성」 (조선화)은 가요 〈못 잊을 삼일포의 메아리〉(전병구 작사/허금종 작곡)를 분석한다. 이 가요는 1947년 9월 삼일포에서 명사수 사격 솜씨를 보인 김정숙의 일화를 바탕으로 만들어진 것인데 이 글에서는 김정숙의 총대중시 사상을 바탕으로 하여 김정숙의 수령결사옹위 정신을 잘 형상화하였다고 평한다.

5호 단평 묶음 「가장 참된 친위전사의 노래」(리근세)에서는 노래 〈떠나는 마음〉(백인준 작사/리학범 작곡)에서 형상화된 김정숙의 김일성에 대한 뜨거운 흠모와 충실성을 평한다.

5호 평론 「우리 혁명의 건군사에 바쳐진 불멸의 화폭」(김순림)은 총서 〈충성의 한 길에서〉 중 장편소설인 『별들은 빛난다』(리동구·리령철)가 해방 시기 정규무력이 생기게 되는 과정에 대한 재현이며 총대 역사의 서사시적 화폭이라고 평한다. 이 소설은 김정숙이 1945년 12월 22일 청진역을 떠나 29일 저녁 평양역에 도착한 때부터 1948년 2월 8일 정규군(정규무력건설) 선포하는 날까지를 시대 배경으로 한다.

## 3) 선군시대 사회주의 현실 반영

선군시대 사회주의 현실을 반영한 문학에 대한 평론에서는 인민생활 제일주의 반영과 향토애, 애국애민 등에 관한 작품들을 다룬다.

3호 머리글 「력사적 전환의 해로 빛날 올해 문학작품 창작에서 더 큰 성과를 안아오자」에서는 문학에서 '우리식 사회주의' 우월성과 불패성을 형상화할 것을 주문하는데 인민경제 선행부문과 기초공업 부문, 과학 중시 사상에 이바지하는 주제의 작품 창작을 권한다.

1호 단평 「향토애의 정서가 짙게 풍기는 특색 있는 형상」(김봄매)은 단편소설 「왜가리떼 날아들 때」(김영희)를 평하면서 "선열들이 피로써 지켜낸 이 땅을 새 세대들이 피보다 더 진한 것을 묻고 가꾸어나가야 한다는 심오한 종자를 가지고 향토애가 짙은 정서적 화폭을 펼쳐 보인다"(51쪽)고 설명한다. 12호 평론 「체험의 진실성과 향토애의 서정」(김봉민)은 시초 「고향길」이 조국애라는 시초의 총체적 사상을 다각적·다면적으로 형상화하며 전반적인 작품들에서 진실하고 개성적 체험과정으로 종자를 두드러지게 살리는 비교적 잘된 작품이라고 평한다.

3호 평론 「선군시대의 요구와 작가의 탐구정신」(리창유)은 2007년 하반기 『조선문학』에 실린 단편소설들을 개관한다. 수령형상 단편소설로 「반격」(박윤, 9호), 「봉산탈춤」(변월녀, 10호), 만경대 일가를 다룬 소설로 「백산의 종소리」(한정아, 7호), 현실주제 소설로 「폭설이 내린 뒤」(리평, 10호), 「〈큰 자존심〉에 대한 이야기」(김해성, 8호), 「해당화는 바다가에 핀다」(량정수, 8호), 「94시간」(안명국, 11호), 「우리는 약속했다」(변창률, 7호), 자연생태환경을 다룬 소설로 「왜가리떼 날아들 때」(김영희, 9호) 등을 우수한 작품이라고 평한다. 이 글은 현실주제 소설 「폭설이 내린 뒤」가 주요 인물들의 생활 세부를 축으로 하여 주인공 시점에서 전개하는 구성 형식을 선보여 우수하다고 평한다. 「해당화는 바다가에 핀다」에 대해서는 새 세대들이 전 세대가 이루지 못한 간석지 건설을 위해 과학기술을 소유해야 한다는 문제를 진지하게 파고들고 있다고 평한다. 「우리는 약속했다」에 대해서는 새 세대 청년들의 지향과 낭만을 이채롭게 펼쳐 보이고 있다고 평한다. 「왜가리떼 날아들 때」에 대해서는 생태환경보호 문제를 절박하고 의의 있게 다루어 우수하다고 평한다.

4호 평론 「선군조국에 대한 끝없는 사랑과 서정세계」(김해월)에서는 2007년 하반기 『조선문학』에 실린 시들을 분석한다. 이 글에서는 시초 「원화리의 전설」(박정애, 『조선문학』 2007년 제9호)이 수령의 사랑과 헌신의 세계를 다루고 있다고 평하며 「아, 땅아!」(김령, 10호) 「향토」(김형준, 9호)는 어머니 품으로서의 향토에 대한 진리를 깨닫게 한다고 평한다. 이와 아울러 「행복한 사람」(리연희, 10호)도 서정적 주인공을 통해 숲과 애국과 인생에 대한 삶의 철학을 선보이고 있다고 평한다. 이외에 이 글에서는 「선군시대 아이들」(강옥녀, 7호), 「나의 병사수첩」(박현철, 12호), 「나는 천리마에 꿈을 얹는다」(리명옥, 12호) 등을 분석한다.

3호 평론 「시의 매력은 어디에…」(안원근)는 서정시 「돌격대거리」(문용철, 『조선문학』 2006년 제7호)가 청년돌격대원들의 생활을 정서적으로 파고들어 낭만과 정서에 넘친 해학에 담아 노래하고 있다고 평한다.

5호 단평 「이채로운 세부형상」(전이련)은 단편소설 「전우의 고향」(백명길, 1호)이 미장칼의 세부형상을 통해 사회주의 애국주의 교양 주제를 잘 형상화하고 있다고 평한다.

9호 머리글에서는 작가들에게 수령의 업적을 그릴 것과 사회주의 애국주의 교양 주제의 창작에 관심을 돌릴 것과 민족문화유산에 대한 자부심을 표현할 것을 당부하면서 새 세기의 요구에 맞게 창조된 음악작품으로 〈강선의 노을〉, 〈눈이 내린다〉를 제시한다.

10호 평론 「선군시대의 요구와 작가의 형상세계」(리창유)는 2008년 상반기에 『조선문학』에 발표된 단편소설을 분석한다. 이 글에서는 상반기 단편소설을 수령형상 소설과 사회주의 애국주의 주제의 소설, 선군 현실 주제 소설, 계급교양 주제 소설로 분류하여 분석한다. 이 글은 성과를 거둔 작품으로 「전후의 고향」, 「숲에 깃든 넋」, 「적동색 머리수건」, 「보금자리」, 「다시 찾은 열쇠」 등을 예로 든다. 12호 평론 「선군시대와 조국

애: 련시 ≪선군시대 아이들≫에 대한 론의」(김덕선)는 강옥녀의 연시 「선군시대 아이들」(2007년 제7호)에 관해 기자와 평론가의 대담형식으로 진행하면서 분석한다. 이 글에서는 이 연시가 계절적 특성을 잘 살리면서 자라나는 새 세대들의 조국애를 잘 형상화하고 있다고 평한다. 특히 이 글에서는 시 속에 표현된 어린이들의 군사놀이를 감동적이라고 평가하는데 이는 어린 아이들에게 군 정신을 주입하여 적에 대한 적개심을 키워주는 동심파괴로 해석된다.

## 4) 주체성과 민족성

8호 논설 「문학에서 주체성과 민족성을 구현하기 위한 작가의 예술적 탐구」(박춘택)에서는 주체성과 민족성을 민족문학의 생명이고 얼굴, 정신이라고 규정한다. 주체성을 구현한 작품으로 혁명적 군인정신에 투철한 인간을 형상화한 총서 〈불멸의 향도〉 중 장편소설인 『총검을 들고』, 『강계정신』, 『봄의 서곡』, 단편소설 「스물한발의 〈포성〉」, 「94시간」, 서사시 「영원한 우리 수령 김일성 동지」를 높게 평가한다. 민족성을 구현한 작품으로 총서 〈불멸의 향도〉 중 장편소설 『북방의 눈보라』와 비전향 장기수를 다룬 장편소설 『축복』, 『돌아오다』, 『새벽하늘』, 과학자와 기술자를 다룬 『높은 목표』를 제시한다. 또한 조국 산천에 대한 자연풍경을 잘 묘사한 작품이 민족성을 잘 살리고 있다고 평하면서 현실 주제 작품 중 「폭설이 내린 뒤」, 「왜가리떼 날아들 때」, 「숲에 깃든 넋」를 제시한다.

5호 평론 「자주적인간의 전형창조와 민족적기질」(천재규)은 2007년도 『조선문학』 축전상을 받은 단편소설들을 다룬다. 「반격」(박윤)에 대해서는 '조국해방전쟁' 시기 수령의 영도에 대해 잘 형상화하고 있다고 평하며 「백산의 종소리」(한정아)에 대해서는 만경대 가문의 기질로서의 신념과 의지, 배짱을 잘 형상화하고 있다고 평한다. 이 글을 통해 2008년 평론에 가장 많이 언급되는 「왜가리떼 날아들 때」(김영희)와 「폭설이 내린 뒤」(리평)의 의의를 다시금 확인할 수 있다.

3호 평론 「가사에서 민요풍을 살리기 위한 몇 가지 언어형상기교」(고광혁)는 현 시기를 기만적인 '세계화'가 자행되는 시기로 진단하고 이에 맞서 조선민족제일주의 정신을 심어줄 민요풍 노래를 창작하여야 한다는 논의를 전개한다. 이 글에서는 '흥취나는 언어형상 창조, 비유법 활용, 조흥구의 다양한 이용, 반복법, 대구법' 등을 활용하여 민족적 정서를 높이기 위한 예술형상의 기초로 삼아야 한다고 주장한다.

3호 단평 「민속놀이를 반영한 시가들에서의 형상적 특징」(최영현)에서는 민속놀이를 형상화한 시들을 통해 민족성 구현의 문제를 다룬다.

6호 논설 「계몽기 가요에 대한 리해와 보급선전을 위한 고귀한 지침」에서는 김정일이 조선로동당 중앙위원회 문학예술부문 책임일꾼들과의 담화(2007년 3월 20일, 31일)에서 발표한 「계몽기 가요는 우리 민족의 귀중한 음악유산이다」에 대한 의의를 설명한다. 이 글에서는 이 발표가 "인민의 문화정서생활을 더욱 풍부히 하고 주체성과 민족성을 적극 살려나가며 북과 남, 해외에 사는 모든 조선사람들을 ≪우리 민족끼리≫의 리념아래 서로 단합시키고 조국통일위업실현에 떨쳐나서도록 힘있게 추동하는 고무적기치이다"(23쪽)라고 설명한다. 이 글에 이어 6호 소개(김현규, 6호)에서는 계몽기가요 〈봉선화〉가 민족 수난의 역사를 반영하면서 총대가 강해야 나라와 민족의 운명도 있고 미래도 있다는 진리를 가르치고 있다고 평한다.

12호 단평 「위인의 풍모 속에 펼쳐진 민족의 짙은 향취」(한전남)은 단편소설 「움트는 아침」이 산골농민의 생활을 하루빨리 추켜세우려는 김일성에 대한 묘사가 유려하며 고유어의 친금감과 민족적 향취를 한껏 느끼게 한다고 평한다.

## 5) 작가 동향

2008년 1호 새해 결의 묶음에는 리동구, 정영종, 리연희, 리창유 등의 창작계획이 실려 있으며 연재글 '령도자와 작가'에서는 석윤기(박춘택, 「혁명소설 창작의 새 력사와 함께 성장한 세계적인 작가(3)」(2007년 11호~2008년 1호), 종군 서사시인 『강철청년부대』(종군서사시, 1951년 초판·1988년 재판)를 창작한 김람인(김익부 본명, 김병준, 「종군작가의 전형으로 영생하는 시인」, 2008년 2호), 조령출(박춘택, 「당의 품속에서 노래와 함께 산 시인(1)」, 2008년 3·4호), 김상오(황령아, 「「나의 조국」과 함께 영생하는 시인」, 2008년 9호)를 다룬다. 이외에도 5호 「다시 만납시다!」에서는 평안남도 작가들인 소설가 김광남, 홍남수, 안명국, 번역작가 남해, 아동문학자 김성현에 대해 다룬다. 11호 자료 「작가 리동규와 그의 창작활동」, 비판적 사실주의 문학의 대표적 작가로서 나도향을 다룬 11호 자료 「〈소정지옹〉에서 〈도향〉으로」 등이 있다.

## 6) 조국통일 주제

8호 머리글 「조국통일 주제의 문학작품을 더욱 활발히 창작하자」에서는 통일 실현에 이바지하는 작품을 창작하는 것을 중요한 과업이라 전제하면서 최근에 창작된 총서 〈불멸의 향도〉 중 장편소설 『푸른 하늘』, 『별의 세계』, 비전향 장기수를 원형으로 하는 60여 편의 장편소설, 서사시 「살아서 만나자」를 소개한다. 이 글에서는 작가들이 조국통일 주제의 작품을 창작하여 '6.15 남북공동선언'과 그 실천 강령인 '10.4 공동선언'을 고수하고 이어나가길 당부한다. 1호 평론 「혁명적 신념과 인생관에 대한 심오한 예술적 해명」(안희열, 1호)에서는 비전향 장수기를 다룬 홍석중의 장편소설 『폭풍이 큰 돛을 펼친다』에 대하여 분석한다. 이 글에서는 이 소설이 선군시대가 제기하는 절실한 인간문제인 신념의 원천에 대해 다루고 있다고 평한다.

# 7) 그 외

4호 평론 「강선의 노을에 대한 철학적 탐구와 심오한 형상」(리주정)은 2007년 보천보 전자악단에서 새롭게 형상한 노래 〈강선의 노을〉(김재화 작사, 강창렴 작곡)이 사회주의 강성대국 건설 투쟁에 떨쳐나선 군대와 인민을 고무하고 있다고 평한다. 아동문학의 중요성을 논한 글인 평론 「아동시 창작에서 개성적인 동심적 형상기교의 탐구」(문재홍, 7호)에서는 동요동시집 『해님과 아기꽃』(김청일)을 다룬다.

7호 단평 「서정의 진실성, 깊은 철학적 여운」(박설란)은 서정시 「어머니에게 보내는 편지」(박호범)를 평한다. 이 글에서는 이 시가 1950년대 전쟁을 회상시키며 새 세대에게 선군시대 조국을 지키는 수호전에로 불러일으키게 한다고 평한다.

8호 단평 「위인의 형상과 생활반영의 진실성」(심중섭)은 단편소설 「적동색 머리수건」(황용남, 2008년 8호)를 분석한다. 이 글에서는 이 소설이 김일성의 현지지도를 통해 나무리벌의 농민들을 보살피는 수령의 풍모와 수령에 대한 인민의 사랑을 잘 형상화하고 있다고 평한다.

장군의 현지지도와 연관된 글로는 11호 머리글 「작가들은 경애하는 장군님의 령도의 자욱이 깃든 현지지도단위들에 깊이 들어가 현실체험과 창작활동을 힘있게 벌리자」(홍영길), 평론 「≪삼복철강행군≫에 대한 매혹의 형상세계」(김학) 등이 있다.

12호 단평 「총대사상을 힘 있게 구현한 불멸의 노래 ≪자장가≫」(리경준)는 김정숙이 창작한 혁명적 아동가요를 통해 총대중시 사상을 그린다.

2호 단평 「태양의 꽃에 대한 심오한 예술적 형상」(신경애)은 가사 「고향집에 피여난 김정일화」(정서촌)가 장군에 대한 인민의 흠모와 민족적 정서를 잘 형상화하고 있다고 평한다. 2호 「위인의 '하루길'에 대한 감동 깊은 서정의 세계」(김봉민)는 시초 「그이의 하루길, 강행군 2천여리」(류동호 외)가 김정일의 자강 땅 현지지도를 형상화하면서 김정일을 끝없이 따르는 군대와 인민의 흠모의 열정을 노래했다고 평한다.

2호 평론 「종자 탐구의 고전적 본보기」(박춘택)는 김정일이 창작한 「조국의 품」, 「조선아 너를 빛내리」 등이 철학적 종자를 심오한 형상으로 꽃 피움으로써 주체의 시가문학에 참다운 본보기를 보였다고 평한다.

## 8) 한 해의 결산

12호 편집부의 말 「희망찬 새해가 우리를 부른다」에서는 한 해의 성과를 정리한다.

우수한 수령형상 소설로 「열다섯번째 해」(백보흠), 「봄소나기」(백남룡), 「움트는 아침」(박찬은), 「믿음의 세계」(김룡연)를 제시한다. 특기할 만한 사항으로는 신인작가들의 작품이 대부분인 점을 들고 있다. 우수한 시로는 「추운날 더운날」(김정순), 「아들과 딸」(렴형미), 「무재봉에서」(리찬호), 시초 「선군시대 녀인들」(도명희), 시 「오리알 이야기」(리태식), 「흙에 대한 담시」(문동식), 련시 「아들이 왔다」(박철), 시 「선군장정에 드리는 시」(김정곤), 시초 「고향길」(최준경) 등의 작품들을 제시한다. 평론가들이 선군문학운동에 기여하였다는 우수한 글로는 머리글 「공화국창건 60돐을 맞는 올해에 선군문학창작에서 새로운 앙양을 일으켜나가자」, 논설 「수령영생문학의 새시대를 펼치신 위대한 장군님의 불멸의 업적」(최언경), 「문학에서 주체성과 민족성을 구현하기 위한 작가의 예술적탐구」(박춘택), 평론 「강성대국의 찬란한 봄을 안아오신 위대한 태양에 대한 불멸의 예술적형상」(김정철), 「위인의 '하루길'에 대한 감동깊은 서정의 세계」(김봉민), 「선군시대의 요구와 작가의 탐구정신」(리창유)을 제시한다. 또한 현지지도와 특집을 비롯하여 여러 성과작들이 모여 9호(특간호)가 편집되었다고 결산한다.

## 2009년

2009년도『조선문학』은 전반적으로 강성대국 건설을 위한 신념과 의지를 문학적으로 형상화하고 있다. 이전보다 '강성대국'론이 강하게 부각되는 이유는 이 해 4월에 발사되었다는 '광명성 2호'에 대한 자부심과 강성대국 완성(2012년) 3년 전이라는 시기적 의미를 부여하기 때문이다. 『조선문학』은 이 해를 선군시대 강성대국 건설을 위한 '새로운' 혁명적 대고조 시기로 소개하고 4월에 발사된 '광명성 2호'를 기념하는 글을 비롯하여 기업소나 발전소에서의 현지특집 등을 마련한다. 2009년도『조선문학』에서 특기할 만한 사항은 다음과 같다.

### 1) 강성대국 건설 고무

2009년도『조선문학』에는 부문별로 강성대국 건설을 고무하는 작품에 대한 평론이 주를 이루는데 경제 분야 뿐 아니라 대학교육 부문도 취급한다. 2호 평론「값 높이 떨치라, 조선지식인의 빛나는 삶을」(김선일)은『달라진 선택』(강선규)을 다룬다. 이 소설은 교원과 의사, 기자 등의 지식인들의 생활을 그리면서 대학교육 부문을 취급한다. 이 글에서는 이 소설이 강성대국 건설에서 기본이 되는 교육 사업을 신심과 낙관에 넘쳐 밝게 그리고 있다고 평한다.

강성대국 정신의 기본이라고 할 수 있는 천리마 운동의 고향인 강선 지역에 대한 문학적 형상화에 대한 글들이 있다. 5호 평론「비약의 폭풍 시대를 선도하는 총진군의 나팔소리」(전이련)는 가요〈폭풍쳐 달리자 강성대국 향하여〉의 가사 내용이 정책가요에 맞는 언어표현을 선택하고 행진곡조의 호소성이 강한 가사형식에 맞는 음수율을 사용하여 낭만적 서정으로 강성대국의 바탕이 되는 투쟁력에 호소하는 성과를 거두고 있다고 평한다. 11호 평론「시다운 시세계에 대한 탐구」(리동수)는 2009년 상반기『조선문학』에 발표된 시들을 분석한다.『조선문학』1호와 4호에

편집된 강선 용해공들을 노래한 현지특집 작품들인 「강철로만 통한다」(김학률, 1호), 「베짱도 커지고 욕심은 더욱 커져」(백정남 1호), 「용해장의 〈긴급지령〉」(위명철, 4호)에 대해 선군시대 자력갱생의 현실을 잘 형상화하고 있다고 평한다. 또한 '혁명과 선군과 총'에 대한 시로 '무산지구 전투 승리 70돐'과 관련된 「총대례찬」(김형준, 5호)이 우수하다고 평한다. 이 글에서는 시는 체험의 문학이며 생활정서를 다양하고 진실하게 표현하여야 한다고 주장한다.

'광명성 2호'에 관련된 9호 평론 「가요 〈내가 지켜선 조국〉의 심오한 형상세계」(강철국)에서는 이 가요가 강성대국 건설에 대한 신념을 불러일으킨다고 평한다. 이 글은 "인공지구위성 ≪광명성 2호≫가 우주를 날고 강성대국의 불보라인양 신비한 축포세계가 펼쳐진 내 조국의 하늘가에 끝없이 울려퍼지고 있다. 주체 조선의 위력인 지하핵시험의 성공은 우리 공화국을 반대하는 제국주의자들의 머리우에 내려진 무서운 철추이다. 우리 군대와 인민은 앞으로도 영원히 이 노래를 높이 부르며 해와 별 빛나는 혁명의 수뇌부의 선군혁명령도를 받드는 길에서 새로운 기적과 위훈을 창조함으로써 기어이 강성대국의 대문을 열어제낄 것이다"(29쪽)라고 하여 광명성 2호 발사를 기념하고 강성대국 건설에 가까이 가고 있음을 선포한다.

2009년도 『조선문학』은 1950년대의 영웅적 세대를 호명한다. 9호 평론 「불굴의 정신력을 지닌 시대의 전형들의 감명깊은 형상」(강철국)에서는 총서 〈불멸의 력사〉 중 장편소설 『인간의 노래』와 장편소설 『대지의 건설』(김삼복)에서의 시대적 전형을 분석한다. 이 글에서는 이 두 소설이 1950년대 전후복구건설 시기와 사회주의 기초건설 시기의 일꾼의 전형을 잘 형상화하였다고 평한다. 이 글에서는 『인간의 노래』에서의 '강선제강소' 지배인 리웅천, 『대지의 건설』에서의 '홰불협동조합' 관리위원장 최옥금이 불굴의 정신력과 자력갱생의 혁명정신, 수령결사옹위 정신을 보여 주는 전형적 인물이라고 평한다. 5호 평론 「비약의 폭풍시대를 선도하는 총진군의 나팔소리」(전이련)는 가사 「폭풍쳐 달리자 강성대국 향하여」(허일)가 북한에서 천리마의 고향이라고 일컫는 강선땅에서의 성과를 노래한다고 평한다.

12호 머리글은 2009년에 창작된 현실주제 장편소설을 돌아본다. 강성대국 건설을 위한 인민경제의 생활을 반영한 장편소설 『행복의 기초』, 『불타는 려명』, 『내고향의 봄』, 『바다사나이』, 『년륜』, 『북두칠성』과 시초 「희천의 메아리」, 「회령의 불타는 아침」 등을 우수하다고 평한다. 12호 평론 「시대의 요구를 민감하게 반영하자」(리창유)는 2009년 상반기 『조선문학』에 실린 단편소설들을 분석한다. 이 글에서는 상반기 단편소설들이 선군시대 강성대국 건설을 위한 벅찬 환경 속에서도 군대와 인민이 어떻게 일해야 하는 문제를 민감하게 반영하고 있다고 평한다. 이 글이 분석 대상으로 삼은 소설들은 선군시대 인간들의 정신세계를 보여준 「숲속의 돌배나무」(리영화, 2호), 「오늘과 래일」(리정수, 1호), 「숲속의 나무 한 그루」(김홍익, 4호)와 조국수호 정신을 주제로 한 소설 「자물쇠」(박성진, 1호)이다.

## 2) 선군시대 사회 현실과 미학적 이상 조명: 진달래 서정, 총에 대한 서정, 총대 가정

북한에서 선군시대 문학에 표현된 사회 미학적 이상은 강한 신념에서 비롯되는 자력갱생의 정신과 어려움에 처해도 이겨내고자 하는 혁명적 낭만 정서로, 이는 진달래 서정과 총대 서정으로 설명된다.

4호 평론 「선군시대 사회미학적리상과 진달래의 서정」(최길상)은 진달래의 상징적 의미를 민족의 넋이자 운명으로 보며 아름다움과 삶의 지향으로 본다. 이 글에서는 조선의 진달래는 이른 봄의 상징이면서 찬 서리에도 지지 않고 피는 봄의 선구자로 군대와 인민의 마음속에 간직되는 것이 진달래의 미학적 속성이고 서정이라고 설명한다. 이 글에서는 장시 「백송리의 진달래」(리금단, 7호)의 시적 화자가 독자들을 환상으로 이끌어 수령과의 만남과 대화를 추억하게 할 뿐만 아니라, 수령의 내면세계를 섬세하고 뜨겁게 분석하고 있다고 평한다. 이 시의 작가는 아동여류시인으로 이글에서는 이 시인이 추억과 환상의 세계로 진달래의 정서를 노래하면서 강성대국의 봄 진달래가 만발하고 있음을 연상시킨다고 설명한다.

총대 가정에 관한 글은 다음과 같다. 5호 평론 「생활에 대한 진실한 반영과 정서적 여운」(김순림)은 시 「흙에 대한 담시」가 수령과 농촌의 한 분조장과의 이야기를 담고 있으며, 시 「위대한 스승의 한생」에 대해서는 책을 보며 자신의 한생을 수업한 수령에 대한 찬가라고 평한다. 이 글에서는 연시 「아들이 왔다」가 제대군인 아들을 맞이한 아버지의 내면세계를 생활 그대로 노래하고 있다고 평한다. 이 연시 속에 포함된 시들은 총대가정의 정서를 선보인다고 평한다. 이 글에서는 시 「영원한 총과 함께」가 침략자들을 물리칠 때까지 총과 함께 운명을 같이 하려는 서정적 주인공의 정서를 통해 정서적 여운을 준다고 평가한다.

6호 평론 「〈나〉의 시점에서의 서정시인」(박설란)에서는 시인 박호범을 다룬다. 이 글에서는 박호범의 시집 『영원히 행군길에서』에서의 서정적 자아가 병사 시인 자신이며 시대를 대표하는 인간들의 양심의 세계를 정서적으로 파고들었다고 평한다.

11호 평론 「시다운 시세계에 대한 탐구」(리동수)는 2009년 상반기 『조선문학』에 발표된 총대 주제의 시들을 분석한다. 이 글은 무산지구전투 승리 70돌에 관련하여 창작된 시 「총대례찬」(김형준, 5호)을 성공한 시라고 평가한다. 이 시는 12호 평론 「시인의 남다른 얼굴이 엿보이는 독특한 시 형상」(장소영)에서도 평가된다. 이 글에서는 이 시의 서정적 주인공이 수령결사옹위 정신에 기초하여 총과 총대를 선군조선의 모습으로 노래한다고 평한다. 10호 단평 「선군시대 병사의 값높은 삶에 대한 철학적 해명을 준 감명깊은 형상: 가요 ≪장군님가까이엔 병사가 산다네≫의 가사형상을 두고」(김성심, 17~18쪽)는 선군시대 병사로 사는 것을 영예롭게 여기는 병사의 모습을 형상화한다고 평한다.

10호 평론 「선군시대 인간들의 철학적 형상」(오춘식)은 단편소설 「가시오갈피」(김홍철, 3호)가 생활세부를 통해 주인공의 조국애 형성과정을 그리면서 주인공의 강의한 정신력이 강성대국 건설에 어떻게 발휘되고 있는가를 잘 형상화하고 있다고 평한다. 이 글에서는 혁명적 군인정신과 신념과 배짱, 강의한 의지를 선군시대 인간의 전형적 특질로 본다.

### 3) 수령형상문학, 선군시대 아동문학과의 연관

머리글 「21세기 태양의 숭고한 모습을 더 깊이 있게 형상하자」(2호)는 수령형상문학이 수령의 내부 체험을 통해 인간적 면모를 보여 주어야 한다고 평한다. 이와 연관하여 8호 평론 「수령의 내면세계를 파고든 새로운 시 형상」(리동원)을 살펴보면 이 글에서는 시 「전쟁」(렴형미, 2007년 7호)이 전쟁 시기 인민군관 아내가 후퇴하다가 아이를 잃어버리자 아이를 찾게 한 수령의 내면세계를 잘 형상하고 있다고 평하는 내용이 전개된다. 7호 평론 「믿음과 사랑의 철학에 대한 숭고한 예술적 화폭」에서는 김일성 탄생 100주년 기념 단편소설집 『거창한 흐름』을 다룬다. 이 글에서는 이 소설집에 실린 소설들이 수령의 숭고한 철학세계와 믿음과 사랑의 정치방식을 감명 깊게 형상하고 있다고 밝힌다. 8호 평론 「공감이 가게, 진실하게…」(리창유)는 2008년 하반기 『조선문학』에 발표된 수령형상 단편소설과 현실생활을 취급한 소설들을 분석한다. 이 글은 『열다섯 번째』(백보흠, 2008년 7호)가 독일의 루이제 린저와 수령의 만남을 바탕으로 하여 수령의 예지와 기억력, 덕망을 높이 형상화하였다고 평하고 『우리 수령님』(신용선, 9호)은 80 고령의 수령의 현지지도를 섬세하게 묘사하였다고 평한다.

수령형상문학은 만경대 일가를 다룬 소설과도 연관된다. 6호 평론 「력사적 사실에 기초하여 창조된 주체형의 혁명전사의 빛나는 형상」(류운화)은 장편소설 『광야의 별』에 대하여 평한다. 이 소설은 김일성 동생인 김철주의 활약을 다룬다. 소설에서의 김철주는 두의순 항일구국군과 반일연합 전선을 형성하는 과정을 형상화하고 있으며 이 글에서는 이

소설이 김철주의 혁명적 낭만의 정서와 투철한 혁명적 수령관을 부각시킨다고 평한다.

4호 평론 「항일의 전설적 영웅을 격찬한 전인민적 송가」(서재경)는 새로 발굴된 항일혁명투쟁 시기 중국 동북지방에서 창작된 17편의 시가작품을 평한다. 이 글에서는 이 작품들이 항일혁명문학예술의 하나로 수령에 대한 절대적인 신뢰와 흠모를 담고 있으며 혁명적 낙관주의와 민족적 색채를 지닌다고 평한다.

4호 단평 「뜻 깊은 아침형상에 비낀 위인의 한생」(신성민)은 신용선의 단편소설 「우리 수령님」(2008년 제9호)에 대한 글이다. 이 글에서는 「우리 수령님」이 수령의 생일에 있었던 전형적 세부를 살려 수령형상에 집중하고 있다고 평한다. 8호 평론 「수령의 내면세계를 파고든 새로운 시형상」(김영순)은 렴형미의 시 「전쟁」이 인민군 군관의 아내가 세 살 아이를 잃어버린 것을 수령이 알고 아이를 찾게 한다는 내용에서 수령의 업적을 도식화하여 형상화하지 않고 심리세계를 통해 새롭게 형상화하고 있다고 평한다.

20009년도에는 아동문학 분야에서의 수령형상을 다룬다. 8호 평론 「선군령장과 아이들의 혈연관계를 깊이 있게 그리는데서 나서는 몇 가지 문제」(장현혜)는 어린이들에 대한 장군의 사랑을 형상화한 소설에 주목한다. 이 글은 「첫물딸기」(민경숙, 『아동문학』 2007년 6호)와 「소중한 싹」(량철수, 『아동문학』 2008년 2호)이 장군의 세심하고 따뜻한 모습을 진실하게 형상하면서 수령의 인간적 풍모를 잘 형상화하고 있다고 평한다.

## 4) 작가회고

2009년도에는 평론과 '령도자와 작가', '소개'란을 통해 작가들을 회고하는데 주로 천리마 시대와 관련된 작품들에 치중한다. 천세봉에 관한 4호 평론은 농업협동화에 관련된 그의 작품을 평한다. 리용악에 관한 5호 소개에서는 전후복구 건설 시기와 사회주의 기초건설 시기의 농촌

현실을 다룬 그의 대표작 「평남관개시초」를 다룬다. 8호 '령도자와 작가'에서는 혁명시인 조기천을 다룬다. 그의 수령형상 서사시 「백두산」과 새 조국 건설 첫 서정서사시라 평가받는 「땅의 노래」를 소개하는데 김정일이 조기천을 두고 '조선의 마야꼽스끼'라고 칭했다는 일화도 소개한다. 4호 소개에서는 농민시인 박아지의 시집 『종다리』를 다룬다. 5호 '령도자와 작가'에서는 아동문학작가 강효순의 수령형상 소설을 다룬다. 8호 자료에서는 김상훈의 조선고전문학선집과 시집 『흙』을 다루는데 이 시집의 특징으로 향토미와 조국통일 주제를 내세운다. 9호에서는 백인준의 천리마 시대 작품을 소개한다. 9호 자료에서는 김조규의 항일해방투쟁 주제의 산문시 「전선주」를 소개한다. 10호 령도자와 작가에서는 여성중창 〈어머니당이여〉의 가사를 창작한 김재화를 다룬다. 11호에서는 「작가 석윤기의 창작기풍 몇 가지」(한미영)를 통해 석윤기가 총서 〈불멸의 력사〉 중 『봄우뢰』를 창작할 때 경험한 생활의 일부를 소개한다.

## 5) 문학사

2009년도에는 해방적 진보문예평론가로서의 한식(5호)을 소개하고 중세소설가 리옥의 창작적 개성(5호)을 다루며 대화체 소설로서 고전소설 『축빈설』(박문빈, 7호)을 다룬다. 9호 소개(리철규)에서는 한자 시문학을 다루면서 반일애국문학을 창작한 류린석을 소개한다.

그 외 탐정문학 발생과정을 소개(4호)하고 몽유록 소설을 소개(5호)한다. 「고전소설의 독특한 양식인 몽유록 소설」(정은경, 5호)에서는 몽유록 소설이 발생한 사회 역사적 환경을 살펴보고 현실에 대한 불만과 비판이 토로되는 과정으로 이 유형의 소설이 꿈이라는 비현실적 환상적인 세계를 전개하고 있지만 봉건사회를 비판하고 사회 정치적 이상을 다루고 있다는 것에 의의가 있다고 평한다.

소개 「17~18세기 고전단편소설에서 반침략애국주의 정신을 체현한 인물형상」(진정학, 9호)에서는 고전 단편소설 「정기룡」, 고전의인단편소설 「의승기」 등을 반침략애국주의 정신을 반영한 고전 단편소설의 부류로 나누어 제시한다.

소개 「우리 나라 중세풍자소설유산에 대하여」(주설화, 10호)는 중세 풍자 소설의 발생기를 산문 「구토설」(거북이와 토끼 이야기)과 「화왕계」(「꽃왕의 충고」)를 계승 활용한 이규보의 산문 「게으름병과 조롱한다」로 보고 있다. 이 글은 대표적인 중세시대 풍자소설로 박지원의 「량반전」, 「호질」과 「흥부전」, 「베비장전」, 「장끼전」 등으로 소개한다.

박지원의 『열하일기』를 다룬 글(자료, 황은정, 12호)에서는 『열하일기』의 수필적 특성에 대해 '정론적인 주정토로'라고 규정한다.

## 6) 2008년 회고 및 2009년 결산

2008년 하반기 시와 소설을 평가한 두 평론에 주목해 볼 수 있다. 8호 평론 「공감이 가게, 진실하게…」(리창유)는 2008년 하반기 단편소설에 대해 총평한다. 이 글에서는 우수한 수령형상단편소설로 「열다섯번째 해」(백보흠, 7호), 「우리 수령님」(신용선, 9호), 「봄소나기」(백남룡, 10호)를 내세운다. 이 평론은 이 소설들이 이전의 구성과 달리 수령을 이야기 첫 부분부터 등장시켜 수령의 손길 아래 인민이 자주적이고 창조적인 삶을 살 수 있다는 것을 잘 형상화하고 있다고 평한다. 이 글에서는 김정숙을 형상화한 우수작으로는 「새 봄의 메아리」(조창근, 12호)를 거론한다. 조국해방 전쟁 주제 소설에서는 「들국화 서른일곱송이」(김혜인, 7호), 「처녀의 사진」(양건, 11호), 「관측원들은 보고한다」(김순철, 7호)가 우수하다고 평한다. 현실주제 소설에서는 「군고구마 매대」(김승제, 10호), 「이 땅은 넓다」(박경철, 10호), 「별들이 웃는다」(김영선, 10호), 「초소」(김홍균, 11호), 「퇴근길에서」(김기범, 11호), 「노을은 불탄다」(김달수, 12호), 「옛 작업반장의 모습」(김상현, 12호) 등을 우수하다고 평한다. 이 글에서는 이 소설들이 선군시대 인간들의 생활을 밝게 형상화한 점이 우수하다고 설명한다.

5호 평론 「생활에 대한 진실한 반영과 정서적 여운」(김순림)은 2008년도 하반기 『조선문학』에 실린 시들을 분석한다. 시 「흙에 대한 담시」(문동식, 7호)는 농사일에 관련된 수령의 덕성을 잘 형상화하고, 시 「위대한 스승의 한생」(김일규, 9호)은 한평생 손에서 책을 놓지 않고 자신의 한생을 수업한 수령의 풍모를 감흥 깊게 형상화하고, 연시 「아들이 왔다」(박철, 8호)는 제대군인과 아버지의 내면세계를 담담한 필치로 공감이 가게 형상화하고, 시 「나는 너를 사랑한다」(렴형미, 7호)는 조국애를 구체적인 생활 감정으로 노래하고, 시 「영원히 총과 함께」(리광훈, 12호)는 영원히 총과 함께 운명을 함께 하려는 서정적 주인공의 모습이 생동한 체험으로 노래되고 있는 점에서 우수하다고 평가한다.

12호 「편집부의 말」은 한 해를 마감하며 다음과 같은 작품들을 우수하다고 평한다. 우수한 작품으로 수령형상주제 작품에서 「새벽산책」(김중학), 「통일아리랑」(리령철), 「봄향기」(박혜란)를 꼽고 사회주의 현실주제 작품에서 「가시오갈피」(김홍철), 「세월은 흘러도」(백명길), 「내 고향은 아름답다」(김홍균), 「나래를 펴덕이다」(김경일) 등을 성과작이라고 평한다. 또한 과학환상소설과 실화문학 창작의 진전으로 「뢰성이 울린 후」(리금철), 「평범한 날에」(엄호삼), 「열매는 어떻게 무르익는가」(김순철)를 거론한다. '천리마제강련합기업소, 원산청년발전소, 희천발전소건설장, 미루벌물길, 남흥청년화학련합기업소'를 비롯한 4대 기업소들의 약동하는 기상을 반영한 현지특집 작품들로 시 「불세출의 탄생」(차승수), 「6월 19일」(김춘길), 「9분 2초」(리광선), 「어머님 추억」(렴형미), 「상봉」(박세일), 「우리의 별이 빛난다」(문용철), 「당원증」(박철), 단시초 「미루벌의 새 물길」(박응전)을 거론한다. 평론 분야에서는 「믿음과 사랑의 철학에 대한 숭고한 예술적화폭」(김용부), 「선군시대 사회적 미학적 리상과 진달래의 서정」(최길상), 「언어형상과 작가의 얼굴」(한미영), 「공화국의 첫 녀성영웅이 발휘한 불굴의 정신력을 감명깊게 보여준 예술적 형상」(조선화), 「문학에서 민족성을 살려 주체성을 구현하는데서 나서는 몇가지 문제」(김선일)가 선군운동에 활기를 불어넣었다고 평한다.

## 7) 그 외

10호 평론 「특색있는 인물설정을 통하여 본 위인의 형상」(리철혁)은 단편소설 「통일아리랑」(리령철, 2009년 2호)을 다룬다. 이 글에서는 이 소설이 대집단체조와 예술공연 <아리랑> 창조과정을 생활무대로 하여 민족의 단합과 통일의 근본원천이 무엇인가 하는 문제를 제기한다고 평한다.

7호 평론 「담시는 담시다와야 한다」(리동수)는 최근에 창작된 담시들을 다룬다. 담시란 이야기 형식의 시를 일컫는데 이 글에서는 「인민의 복수자」(오영재, 『조선문학』 2007년 10호), 「흙에 대한 담시」(문동식, 『조선문학』 2008년 7호), 「닭알에 대한 이야기」(김경기, 『조선문학』 2005년 10호)가 담시다운 체모를 갖추고 있다고 평한다.

# 3. 2000年代 『조선문학』 이론/비평 텍스트 목록

| 자료 | 광복전 기행문에 반영된 시가문학에 대하여 | 유성숙 | 78~80 |
|---|---|---|---|

### 2003년 3호

| 머리글 | 불 타는 창작적열정을 안고 선군문학창작의 붓대를 달리자 | | 4~5 |
|---|---|---|---|
| 론설 | 선군혁명문학은 주체사실주의문학발전의 높은 단계이다 | 방형찬 | 15~19 |
| 20세기의 추억 | 세기를 이어 살고 있는 주인공들 | 김영근 | 21~31 |
| 반향 | 혁명의 필봉을 멸적의 총창으로 벼리여… | 평론분과위원장 최길상 | 63 |
| 평론 | 남조선의 진보적시인 김남주와 그의 통일시 | 한중모 | 76~80 |

### 2003년 4호

| 정론 | 위인과 성지 | 김기철 | 24~29 |
|---|---|---|---|
| | 2. 태양의 해발로 엮어진 형상구성<br>: 총서 ≪불멸의 력사≫ 중 장편소설 〈푸른산악〉을 론함 | 김성우 | 31~36 |
| 평론 | 소설에도 음악이 흐른다 | 리정웅 | 67~72 |

### 2003년 5호

| 단평 | 자연묘사에 비낀 력사적사변의 의미 | 장희숙 | 17~18 |
|---|---|---|---|
| 20세기추억 | 영생하는 작가의 초상 | 최학수 | 35~44 |
| 평론 | 서정시와 시인의 개성 | 장정춘 | 58~62 |
| 평론 | 생활의 ≪진주≫는 어디에 있는가 | 한미영 | 64~66 |

### 2003년 6호

| | 비범한 예지의 빛발이 낳은 수령숭배의 빛나는 정화 | 본사기자 | 17~18 |
|---|---|---|---|
| 평론 | 결사각오의 투지가 맥박치는 전무적량만의 서정 | 김순림 | 21~22 |
| 20세기 추억 | 소설가의 모습 | 김삼복 | 39~48 |
| 평론 | 단편소설의 흥미와 묘사의 속도감문제 | 리윤근 | 49~53 |
| 평론 | 평범한 생활에 대한 깊이 있는 탐구속에서 | 안 성 | 66~70 |
| 자료 | 광복전 력사소설 ≪무영탑≫과 작가 현진건 | 정진혁 | 73~75 |

### 2003년 7호

| 평론 | 성인과 그리움 | 최길상 | 14~17 |
|---|---|---|---|
| 평론 | 선군의 위력을 심오하고 진실하게 형상한 시대의명작<br>: 총서 ≪불멸의 향도≫ 중 장편소설 〈총대〉에 대하여 | 장형준 | 23~29 |
| 작가소개 | 최명익의 생애와 창작을 더듬어 | 윤광혁 | 71~75 |
| 회고평론 | 조국결사수호정신에 대한 감명깊은 형상 | 김정철 | 74~75 |
| 회고평론 | 더 높이 나래치자, 1950년대 총대서정이여!<br>: 전시가요의 가사들을 더듬어 | 김 혁 | 76~80 |

### 2003년 8호

| 회고평론 | 다시 또한번 수령 영생서사시의 빛나는 모범 앞에서<br>: 서사시 〈영원한 우리수령 김일성동지〉 | 김성우 | 7~12 |
|---|---|---|---|
| 자료 | 로씨야인민의 장한 딸 조야 | 김왕섭 | 64 |
| 평론 | 63명 중의 1명: 장편소설 〈나의 추억, 40년〉을 두고 | 리용일 | 65~69 |
| 자료 | 홍명희와 장편력사소설 ≪림격정≫ | 정진혁 | 70~73 |

| | : 장편소설 ≪포성없는 전구≫(제1~2부)에 대하여 | | |
|---|---|---|---|
| | **2007년 2호** | | |
| 령도자와 작가 | 정의와 량심에 살려는 작가를 믿어주고 이끌어주시여(1) | 박춘택 | 22~23 |
| 단평묶음 | 서정시 ≪용서하시라≫의 깊은 여운을 두고 | 리근세 | 32~33 |
| 단평묶음 | 아이적목소리는 크지 않아도 그 진정은 강렬하다 | 조선화 | 33~35 |
| 단평묶음 | 조국송가가 주는 의미깊은 서정 | 김창조 | 35~36 |
| 평론 | 선군시대 일군들의 형상과 총서 ≪불멸의 향도≫ | 김해월 | 50~54 |
| 단평 | 담담한 정서속에 메아리치는 필승의 찬가 | 천명길 | 69~71 |
| | **2007년 3호** | | |
| 사설 | 선군조선의 일대 전성기를 열어나가기 위해 투쟁하는 시대의 전형을 창조하자 | | 3~4 |
| 평론 | 붉은기의 천만리에 새겨진 력사의 진리 | 김학 | 18~20 |
| 령도자와 작가 | 정의와 량심에 살려는 작가를 믿어주고 이끌어주시여(2) | 박춘택 | 38~40 |
| 단평 | 평범한 생활과 작품의 문제성 : 단편소설 ≪어느 일요일에≫를 보고 | 박춘택 | 41~43 |
| | **2007년 4호** | | |
| | 수령형상론은 경애하는 김정일동지께서 개척하신 독창적인 주체의 형상론 | 천재규 | 4~5 |
| 평론 | 위대한 수령님을 우러러 태양이라 노래함은… : 총서 ≪불멸의 력사≫ 중 장편소설 ≪태양찬가≫에 대하여 | 최언경 | 24~29 |
| 령도자와 작가 | 가사 ≪수령님의 높은 뜻 붉게 피였네≫가 나오기까지 | 리주범 | 30 |
| 평론 | 생활이 비낀 시적인 종자의 탐구 | 리동수 | 72~78 |
| | **2007년 5호** | | |
| 령도자와 작가 | 위대한 수령의 슬하에서 세계적인 대문호가 태여난다(1) | 박춘택 | 9~10 |
| 단평 | ≪전당≫을 세운 ≪건축술≫ : 단편소설 ≪포화속의 전당≫을 두고 | 김청송 | 12~14 |
| 평론 | 선군령장의 위대한 생애에 대한 칭송의 노래 : 장시 ≪폭풍의 생애≫에 대하여 | 김봉민 | 31~34 |
| 평론 | 태천의 기상 나래치는 시대의 목소리 | 김철민 | 52~54 |
| | **2007년 6호** | | |
| 론설 | 수령형상문학의 새 력사가 펼쳐진 영광의 40년 | 김정남 | 21~25 |
| 수기묶음 | 총서 ≪불멸의 력사≫ 중 장편소설 ≪1932년≫이 나오기까지 | 권정웅 | 26~27 |
| 수기묶음 | 평생을 마음속에 태양의 영상을 모시고 | 최학수 | 27~28 |
| 수기묶음 | 감회도 깊고 감개도 무량하다 | 리동구 | 28~29 |
| 령도자와 작가 | 위대한 수령의 슬하에서 세계적인 대문호가 태여난다(2) | 박춘택 | 30~32 |
| 평론 | 소설의 격과 멋 | 허문길 | 46~52 |
| | **2007년 7호** | | |
| 론설 | 수령영생주제의 문학작품을 더 훌륭히 창작하자 | 김정웅 | 3~5 |
| 평론 | 영원불멸할 태양의 노래 | 서재경 | 7~15 |

112

## 4. 자료: 2000년대 창작/발표된 문학작품, 도서, 평론 목록(2000년~2009년)

### 1) 『조선문학예술년감』(2001)[15] 문학작품 목록

#### <시>(대표작)

| 구분 | 제목 | 작가 | 출처 |
|---|---|---|---|
| 시 | 그이는 심장을 주셨다 | 엄애란<br>정은옥<br>박경심 | 로동신문, 2000.1.31. |
| 시 | 우리의 고향집은 백두산에 있다(련시)<br>– 가노라<br>– 고향집<br>– 밀림의 절경<br>– 끝나지 않은 노래<br>– 어머님의 사향가<br>– 봄을 싣고 흐르네<br>– 정일봉의 노을<br>– 수호자의 마음 | 최영화<br>리영철<br>김은숙<br>리연희<br>안창명<br>주광일<br>박정애<br>김영택 | 로동신문, 2000.2.27. |
| 시 | 병사들을 사랑하라 | 신병강 | 로동신문, 2000.2.12. |
| 시 | 조국이여 더많은 총알을 나에게 달라(시초)<br>– 그리움은 나<br>– 거짓말이 아니다<br>– 나에게 하는 말<br>– 군복은 상점에서 팔지않는다<br>– 조국이여 더많은 총알을 나에게 달라 | 김일신 | 로동신문, 2000.3.10. |
| 시 | 락원사람들(시초)<br>– 봄은 오고 있었다<br>– 그대는 녀당원이였다<br>– 사진<br>– 세포총회는 끝나지 않았다<br>– 락원의 아들<br>– 불타라 락원의 봉화여 | 김정철<br>김명철<br>김휘조<br>한원희<br>고남철<br>한기운 | 로동신문, 2000.3.26. |
| 시 | 최전선에 보내는 시 | 백의선<br>류동호 | 로동신문, 2000.4.10. |
| 시 | 백두산의 사랑(서사시) | 주 민 | 로동신문, 2000.4.7. |
| 시 | 4월의 봄은 영원하리(시초)<br>– 나의 노래<br>– 그대들은 왔다 | 김영택<br>장원준<br>황성하 | 로동신문, 2000.4.17. |

15) 『조선문학예술년감』은 지난해의 문학예술의 동향을 기록한 것이다. 따라서 2001년에 발행된 『조선문학예술년감』은 2000년의 문학예술을 내용으로 삼는다.

| | | | |
|---|---|---|---|
| | – 봄날의 생각<br>– 꽃들은 무엇을 속삭이는가<br>– 이밤은 가지 않으리<br>– 평양의 4월 | 김석주<br>김은숙<br>홍현양 | |
| 시 | 전선길에 승리가 빛난다(시초)<br>– 첫자욱<br>– 총이여<br>– 군인가정이 사는 집<br>– 귀속말<br>– 병사들에게 영광을!<br>– 샘물이야기<br>– 이길에 나의 시가 있다<br>– 세상에 오직 한길 | 박천결<br>리창식<br>한광춘<br>주광일<br>계 훈<br>김진주<br>채동규<br>오필천 | 문학신문, 2000.11. |
| 시 | 백두의 총대 영원불멸하리(서사시) | 곽일무 | 문학신문, 2000.12. |
| 시 | 한드레벌 | 고남철 | 로동신문, 2000.6.24. |
| 시 | 이 땅을 닮거라! | 박경심 | 로동신문, 2000.6.24. |
| 시 | 감자꽃 핀 아침에 | 김철후 | 로동신문, 2000.6.24. |
| 시 | 한줌의 흙 | 리영철 | 로동신문, 2000.6.24. |
| 시 | 영원히 최고사령부를 우러러(서사시) | 신병강 | 로동신문, 2000.7.17. |
| 시 | 조국이여 청년들을 자랑하라(서사시) | 백의선<br>류동호 | 로동신문, 2000.7.24. |
| 시 | 나의 아침이여 | 김은숙 | 로동신문, 2000.8.1. |
| 시 | 조선인민군만세(시초)<br>– 나의 무기<br>– 내 그날처럼 다시 부르리<br>– 전승기념탑앞에서<br>– 이것은 추억이 아니다<br>– 오늘은 병사들의 어머니<br>– 병사의 모습<br>– 우리군대 만세! | 최영화<br>석광희<br>최로사<br>심봉원<br>정서촌<br>한찬보<br>김 철 | 로동신문, 2000.8.2. |
| 시 | 사랑하노라 인민의 옥류관이여(장시) | 박현옥 | 로동신문, 2000.8.11. |
| 시 | 조선의 영원한 맹세(장시) | 류명호 | 로동신문, 2000.8.27. |
| 시 | 심장의 노래 | 오필천 | 로동신문, 2000.9.3. |
| 시 | 받으시라 이 꽃다발을 | 정혜경 | 로동신문, 2000.9.3. |
| 시 | 불사조들이 돌아 왔다 | 정성환 | 로동신문, 2000.9.4. |
| 시 | 나의 아버지 | 김은숙 | 로동신문, 2000.9.4. |
| 시 | 상봉 | 김정곤 | 로동신문, 2000.9.4. |
| 시 | 조국과 미래(서사시) | 명준섭 | 로동신문, 2000.9.8. |
| 시 | 20세기 령마루에서(서사시) | 김만영 | 로동신문, 2000.10.2. |
| 시 | 어머니당에 인사 드리며 | 김석주 | 로동신문, 2000.10.7. |
| 시 | 나는 선군시대에 산다 | 박경심 | 로동신문, 2000.10.7. |
| 시 | 영원한 동행자의 노래 | 작가동맹중앙위원회 | 로동신문, 2000.12.26. |

| 구분 | 제목 | 작가 | 출처 |
|---|---|---|---|
| 시 | 어머님의 그 위업 영원하리(서사시) | 리범수 | 로동신문, 2000.12.24. |
| 시 | 사랑하노라 우리의 최고사령관기 | 박현철 | 로동신문, 2000.12.25. |
| 시 | 해 저무는 거리에서 | 문용철 | 로동신문, 2000.12.25. |
| 시 | 병사의 그리움 | 주광일 | 로동신문, 2000.12.25. |
| 시 | 우리앞에 계시네 | 김진주 | 로동신문, 2000.12.25. |
| 시 | 하얀 눈 송이송이 | 엄애란 | 로동신문, 2000.12.25. |
| 시 | 길이 빛나라 2000년이여(송년시) | 백의선 | 로동신문, 2000.12.30. |
| 시 | 21세기 찬가 | 김만영 | |

## <장편소설, 단편소설, 기타>

| 구분 | 제목 | 작가 | 출처 |
|---|---|---|---|
| 장편소설 | 총서 ≪불멸의 력사≫ 중 붉은산줄기 | 리종렬 | 문학예술종합출판사 |
| 장편소설 | 총서 ≪불멸의 력사≫ 중 천지 | 허춘식 | 문학예술종합출판사 |
| 장편소설 | 총서 ≪불멸의 력사≫ 중 삼천리강산 | 김수경 | 문학예술종합출판사 |
| 장편소설 | 총서 ≪불멸의 향도≫ 중 서해전역 | 박태수 | 문학예술종합출판사 |
| 장편소설 | 위성 | 김동호 | 문학예술종합출판사 |
| 장편소설 | 한나의 메아리(제1부) | 양의선 | 문학예술종합출판사 |
| 장편소설 | 고향의 아들 | 김영근 | 문학예술종합출판사 |
| 장편소설 | 찬란한 미래 | 림재성 | 문학예술종합출판사 |
| 장편소설 | 터전 | 김응호<br>신용선 | 문학예술종합출판사 |
| 장편소설 | 해외에서 온 편지 | 림종엽 | 문학예술종합출판사 |
| 장편소설 | 봄바람 | 김춘지(총련) | 문학예술종합출판사 |
| 장편소설 | 삭풍(력사소설) | 림종상 | 문학예술종합출판사 |
| 장편소설 | 력사의 대결(제1부) | 허문길 | 금성청년종합출판사 |
| 장편소설 | 력사의 묻다(제2부) | 김진성 | 금성청년종합출판사 |
| 중편소설 | 대 결 | 김대성 | 중편소설집 ≪진군길≫ 중에서<br>문학예술종합출판사 |
| 중편소설 | 교정의 륜리 | 강선규 | 중편소설집 ≪진군길≫ 중에서<br>문학예술종합출판사 |
| 중편소설 | 빛나는 길 | 김길환 | 중편소설집 ≪진군길≫ 중에서<br>문학예술종합출판사 |
| 중편소설 | 해당화 피는 땅 | 김영선 | 중편소설집 ≪진군길≫ 중에서<br>문학예술종합출판사 |
| 중편소설 | 나의 위치 | 박찬은 | 금성청년종합출판사 |
| 중편소설 | 봄열매 | 장명숙 | 중편소설집 ≪행복동이들≫ 중에서<br>금성청년종합출판사 |
| 중편소설 | 산딸기 | 리춘복 | 중편소설집 ≪행복동이들≫ 중에서<br>금성청년종합출판사 |

| 중편소설 | 총과 삶(실화문학) | 박춘섭 | 금성청년종합출판사 |
|---|---|---|---|
| 단편소설 | 미래에 살자 | 현승남 | 조선문학, 2000.2. |
| 단편소설 | 동지에 대한 추억 | 권정웅 | 조선문학, 2000.4. |
| 단편소설 | 쉰한번째 | 류도희 | 조선문학, 2000.4. |
| 단편소설 | 요영구풍경화 | 안금성 | 조선문학, 2000.6. |
| 단편소설 | 따뜻한 눈 | 최영학 | 조선문학, 2000.7. |
| 단편소설 | 대홍단의 아침노을 | 조상호 | 조선문학, 2000.10. |
| 단편소설 | 새벽노을 | 리희남 | 청년문학, 2000.2. |
| 단편소설 | 뜨거운 흙 | 백은팔 | 청년문학, 2000.4. |
| 단편소설 | 전변 | 허여극 | 청년문학, 2000.6. |
| 단편소설 | 태양의 숲 | 조상호 | 청년문학, 2000.7. |
| 단편소설 | 졸업식 | 김룡팔 | 청년문학, 2000.7. |
| 단편소설 | 삶의 환희 | 최양수 | 청년문학, 2000.9. |
| 단편소설 | 박우물에 비낀 하늘 | 리진권 | 청년문학, 2000.10. |
| 단편소설 | 충정 | 윤원삼 | 청년문학, 2000.12. |
| 단편소설 | 로병의 인사 | 송출언 | 문학신문, 2000.5. |
| 단편소설 | 미래에 살자 | 윤명희 | 문학신문, 2000.11. |
| 단편소설 | 혈맥은 이어 지다 | 백현우 | 문학신문, 2000.17. |
| 단편소설 | 위대한 당원 | 설진기 | 문학신문, 2000.19. |
| 단편소설 | 오후 5시 | 림화원 | 조선문학, 2000.1. |
| 단편소설 | 한생의 초여름에 | 김홍익 | 조선문학, 2000.1. |
| 단편소설 | 사랑과 증오 | 량호신 | 조선문학, 2000.1. |
| 단편소설 | 첫 소대장 | 리경명 | 조선문학, 2000.3. |
| 단편소설 | 누이의 목소리 | 김교섭 | 조선문학, 2000.3. |
| 단편소설 | 류다른 결혼식 | 김덕철 | 조선문학, 2000.3. |
| 단편소설 | 초석 | 차승철 | 조선문학, 2000.4. |
| 단편소설 | 아지랑이 피는 들 | 리성식 | 조선문학, 2000.5. |
| 단편소설 | ≪조선인부락≫ | 김선환 | 조선문학, 2000.5. |
| 단편소설 | 마지막 ≪배우수업≫ | 강귀미 | 조선문학, 2000.5. |
| 단편소설 | 기준 | 리금철 | 조선문학, 2000.6. |
| 단편소설 | 5시간 40분 | 김명길 | 조선문학, 2000.6. |
| 단편소설 | 그들이 택한 길 | 량호신 | 조선문학, 2000.6. |
| 단편소설 | 복무 | 유 현 | 조선문학, 2000.6. |
| 단편소설 | 지워 지지 않는 글 | 최성진 | 조선문학, 2000.7. |
| 단편소설 | 푸른 잎 | 송병준 | 조선문학, 2000.7. |
| 단편소설 | 651호 항로(과학환상소설) | 리금철 | 조선문학, 2000.8. |
| 단편소설 | 대오가 떠날무렵 | 조인영 | 조선문학, 2000.8. |

| 단편소설 | 이상한 목소리(추리소설) | 최양수 | 조선문학, 2000.8. |
|---|---|---|---|
| 단편소설 | ≪문명감각≫(풍자소설) | 김청남 | 조선문학, 2000.8. |
| 단편소설 | 풋강냉이 | 김홍철 | 조선문학, 2000.9. |
| 단편소설 | 언제 | 윤경찬 | 조선문학, 2000.9. |
| 단편소설 | 나루가의 밤이야기 | 림재성 | 조선문학, 2000.9. |
| 단편소설 | 결석대표 | 양해모 | 조선문학, 2000.10. |
| 단편소설 | 자전거 | 장기성 | 조선문학, 2000.10. |
| 단편소설 | 차번호 ≪만-하나≫ | 김창수 | 조선문학, 2000.10·11. |
| 단편소설 | 높은 요구 | 오광철 | 조선문학, 2000.11. |
| 단편소설 | 평양의 눈보라 | 전인광 | 조선문학, 2000.11. |
| 단편소설 | 청춘은 가지 않았다 | 조인영 | 조선문학, 2000.11. |
| 단편소설 | 푸른 사랑 | 양의선 | 조선문학, 2000.12. |
| 단편소설 | 대지에 대한 이야기 | 강귀미 | 조선문학, 2000.12. |
| 단편소설 | 갈매기 | 한원희 | 조선문학, 2000.12. |
| 단편소설 | 총이여 대답해 다오 | 리 평 | 청년문학, 2000.3. |
| 단편소설 | 선서 없는 입대 | 백은팔 | 청년문학, 2000.6. |
| 단편소설 | 류선화 | 정철호 | 청년문학, 2000.6. |
| 단편소설 | 내 고향의 풍경 | 조권일 | 청년문학, 2000.12. |
| 단편소설 | 학산땅의 아침(벽소설) | 공승길 | 문학신문, 2000.4. |
| 단편소설 | 숙영지의 일화(벽소설) | 김길환 | 문학신문, 2000.4. |
| 단편소설 | 생명한계 계산표 | 강선규 | 문학신문, 2000.8. |
| 단편소설 | 꽃 | 설진기 | 문학신문, 2000.16. |
| 단편소설 | 밥가마(벽소설) | 장기성 | 문학신문, 2000.16. |
| 단편소설 | 길손들 | 박혜란 | 문학신문, 2000.18. |
| 단편소설 | 마음은 언제나 | 장기성 | 문학신문, 2000.21. |
| 단편소설 | 명령 | 전창철 | 문학신문, 2000.23. |
| 단편소설 | 첫 상봉(벽소설) | 리 석 | 문학신문, 2000.24. |
| 단편소설 | 산나리꽃 | 박혜란 | 문학신문, 2000.25. |
| 단편소설 | 좋은 친구 | 백형덕 | 문학신문, 2000.26. |
| 단편소설 | 등잔불 | 변월녀 | 문학신문, 2000.27. |
| 단편소설 | 원자재 | 강선규 | 문학신문, 2000.29. |
| 단편소설 | 그의 심정 | 김찬렬 | 문학신문, 2000.30. |
| 단편소설 | 억이 | 김기수 | 문학신문, 2000.32. |
| 단편소설 | 상봉 | 오광철 | 문학신문, 2000.33. |
| 단편소설 | 작고도 큰것(벽소설) | 설진기 | 문학신문, 2000.34. |
| 단편소설 | 무성한 잎사귀 | 김해성 | 문학작품집 ≪심장의노래≫ 중 |
| 단편소설 | 군대모표 | 오운서 | 문학작품집 ≪심장의노래≫ 중 |

| | | | |
|---|---|---|---|
| 단편소설 | 뽕 따러 가자 | 류경훈 | 문학작품집 ≪심장의노래≫ 중 |
| 단편소설 | 어머니심정 | 박종상 | 문학작품집 ≪풍랑을헤치며≫ 중 |
| 단편소설 | ≪만풍년≫ 찬가 | 리상민 | 문학작품집 ≪풍랑을헤치며≫ 중 |
| 단편소설 | 가꾸는 마음 | 강명식 | 문학작품집 ≪풍랑을헤치며≫ 중 |
| 단편소설 | 추억 | 김금녀 | 문학작품집 ≪풍랑을헤치며≫ 중 |
| 단편소설 | 아빠 | 박순영 | 문학작품집 ≪풍랑을헤치며≫ 중 |
| 단편소설 | 내물은 바다로 간다 | 주종선 | 문학작품집 ≪위훈의창조자≫ 중 |
| 단편소설 | 모래와 흙에 대한 이야기 | 한웅빈 | 문학작품집 ≪위훈의창조자≫ 중 |
| 단편소설 | 초불처럼 살라 | 김룡팔 | 문학작품집 ≪위훈의창조자≫ 중 |
| 단편소설 | 생활의 교훈 | 량남익 | 문학작품집 ≪위훈의창조자≫ 중 |
| 단편소설 | 다리건설장에서 | 현승교 | 문학작품집 ≪위훈의창조자≫ 중 |
| 실화문학 | 새봄 | 최용호 | 조선문학, 2000.2. |
| 실화문학 | 젊은 탄광지배인 | 김광남 | 조선문학, 2000.2. |
| 실화문학 | 꺼지지 않는 메아리 | 림병순 | 조선문학, 2000.4. |
| 실화문학 | 그의 소원 | 김정길 | 조선문학, 2000.7. |
| 실화문학 | 바다의≪성강≫ 사람들 | 김관일 | 문학신문, 2000.6. |
| 실화문학 | 행복의 씨앗 | 허창근 | 문학신문, 2000.15. |
| 실화문학 | 홍남벌의 설계가 | 한원희 | 문학신문, 2000.20. |
| 실화문학 | 눈속의 봄 | 리정수 | 청년문학, 2000.3. |
| 서정서사시 | 조선사람들(서사시) | 김명익 | 조선문학, 2000.1. |
| 서정서사시 | 봄안개 흐른다 | 김진욱 | 조선문학, 2000.4. |
| 서정서사시 | 남야영의 봄 | 김진욱 | 청년문학, 2000.4. |
| 서정서사시 | 유격구의 딸 | 김승도 | 문학신문,2000.20. |
| 장시 | 2월과 백두산 | 리영삼 | 조선문학, 2000.2. |
| 장시 | 기뻐 하라, 축복하노라 2000년대여 | 정동환 | 조선문학, 2000.2. |
| 장시 | 백두령장의 고지는 숨 쉰다 | 문용철 | 조선문학, 2000.2. |
| 장시 | 분노의 시 | 리 용 | 조선문학, 2000.9. |
| 장시 | 장군님과 김철 | 전승일 | 조선문학, 2000.11. |
| 장시 | 장군님과 자강땅 | 서동린 | 조선문학, 2000.12. |
| 장시 | 위대한 령장과 민족의 장한 딸 | 최치영 | 청년문학, 2000.2. |
| 장시 | 타오르라 락원의 봉화여 | 주죽순 한원희 | 문학신문, 2000.15. |
| 시초 | 압록강기슭의 추억 | 한원희 | 조선문학, 2000.4. |
| 시초 | 위인의 천품과 하루 | 리영삼 | 조선문학, 2000.5. |
| 시초 | 침묵의 웨침 | 박경심 | 조선문학, 2000.6. |

| 시초 | 추억 깊은 모란봉 | 정은옥 | 조선문학, 2000.8. |
|------|----------------|--------|-------------------|
| 시초 | 모란봉 꽃시초 | 김은숙 | 조선문학, 2000.8. |
| 시초 | 사랑은 멀리에 있지 않다 | 홍현양 | 조선문학, 2000.8. |
| 시초 | 명장과 명산 | 주광남 | 조선문학, 2000.9. |
| 시초 | 청춘이여 이 길로 가자 | 김상조 | 조선문학, 2000.10. |
| 시초 | 땀에 대한 찬가 | 유영하 | 조선문학, 2000.10. |
| 시초 | 20세기에 남기는 시편들 | 김명익 | 조선문학, 2000.12. |
| 시초 | 평양에서 나의 공장에 부치여 | 김무림 | 청년문학, 2000.5. |
| 시초 | 통일은 해빛으로 오고 있다 | 주 경 | 청년문학, 2000.5. |
| 시초 | 나의 조국송가 | 박성선 | 청년문학, 2000.9. |
| 시초 | 위대한 사랑의 자욱을 따라서 | 리주천 | 청년문학, 2000.10. |
| 시초 | 총대의 고향에 나는 산다 | 윤정길 | 청년문학, 2000.12. |
| 시초 | 들끓는 들판 | 김명철 | 문학신문, 2000.7. |
| 시초 | 뜨거운 바람 | 최치영 | 문학신문, 2000.15. |
| 시초 | 양어장의 새노래<br>　- 온천못의 새전설<br>　- 양어풍<br>　- 물절반 고기절반 | 함영근<br>김길명<br>오필천 | 문학신문, 2000.26. |
| 시초 | 버드나무 | 구동신 | |
| 시초 | 눈 내리는 삼지연에서 | 윤정길 | 문학신문, 2000.34. |
| 련시 | 나는 봄이 되련다 | 한창우 | 조선문학, 2000.3. |
| 련시 | 비범한 생에 대한 생각 | 황성하 | 조선문학, 2000.9. |
| 련시 | 행복은 태양의 품에 | 리정태 | 청년문학, 2000.1. |
| 련시 | 리별과 상봉의 노래 | 구희철 | 문학신문, 2000.31. |
| 서정시 | 경축(송시) | 김영길 | 조선문학, 2000.1. |
| 서정시 | 충성의 불꽃들 | 최영화 | 조선문학, 2000.1. |
| 서정시 | 환호하노라 2천년이여 | 문동식 | 조선문학, 2000.1. |
| 서정시 | 첫 출근길 아침에 | 리동후 | 조선문학, 2000.1. |
| 서정시 | 조국이여, 번개쳐 나가자! | 홍현양 | 조선문학, 2000.1. |
| 서정시 | 병사여, 얼굴을 들라 | 한창우 | 조선문학, 2000.1. |
| 서정시 | 시간에 대한 생각 | 김선지 | 조선문학, 2000.1. |
| 서정시 | 봄날의 꽃속에 젊어 계시라 | 정성환 | 조선문학, 2000.2. |
| 서정시 | 풍어기는 날리지 않아도 | 리동수 | 조선문학, 2000.2. |
| 서정시 | 호수가의 생각 | 박경심 | 조선문학, 2000.2. |
| 서정시 | 나는 이런 사람 | 윤정길 | 조선문학, 2000.2. |
| 서정시 | 푸른 숲의 설레임소리 들으며 | 리 영 | 조선문학, 2000.3. |
| 서정시 | 그 위대한 손으로 | 김송남 | 조선문학, 2000.3. |
| 서정시 | 그 하나의 작은 불꽃은 | 최정용 | 조선문학, 2000.3. |

| 서정시 | 이 금메달을 받아 주세요 | 김철혁 | 조선문학, 2000.3. |
|---|---|---|---|
| 서정시 | 내 고향의 새 풍경 | 리영철 | 조선문학, 2000.3. |
| 서정시 | 해가 웃네 물이 웃네 | 박정애 | 조선문학, 2000.3. |
| 서정시 | 이 길은 | 최광일 | 조선문학, 2000.3. |
| 서정시 | ≪봉쇄≫와 처녀들 | 리광숙 | 조선문학, 2000.3. |
| 서정시 | 동생의 부탁 | 장은하 | 조선문학, 2000.3. |
| 서정시 | ≪상봉≫(풍자시) | 홍철진 | 조선문학, 2000.3. |
| 서정시 | 력사의 추물들을 단죄한다(풍자시묶음) | | 조선문학, 2000.3. |
| 서정시 | 어디 좀 보자 | 김송남 | |
| 서정시 | 클린톤 ≪능력≫ | 김송남 | |
| 서정시 | 난쟁이 | 서진명 | |
| 서정시 | 이제는 한식구 | 최정용 | |
| 서정시 | 미싸일발작중 | 리 영 | |
| 서정시 | 백악관, 탈바꿈명수에게 | 량덕모 | |
| 서정시 | 별 보고 짖는 개, 땅 보고 짖는 개 | 민병준 | |
| 서정시 | 맺음시는 그때에 | 김송남 | |
| 서정시 | 생활에서 새겨 둔 생각 몇 토막 | 김석주 | 조선문학, 2000.3. |
| 서정시 | 봄의 고향 만경대 | 리명근 | 조선문학, 2000.4. |
| 서정시 | 장군님의 전선길 | 정성환 | 조선문학, 2000.4. |
| 서정시 | 총대는 우리의 운명 | 함정언 | 조선문학, 2000.4. |
| 서정시 | 오늘도 그 모습앞에 | 김영택 | 조선문학, 2000.4. |
| 서정시 | 나는 지금 태천땅에 서 있다 | 김휘조 | 조선문학, 2000.4. |
| 서정시 | 장산리라 오리끝에 | 김휘조 | 조선문학, 2000.4. |
| 서정시 | 승리의 봄 | 리동수 | 조선문학, 2000.5. |
| 서정시 | 세월은 멀리 흘러 왔어도 | 김기철 | 조선문학, 2000.5. |
| 서정시 | 나의 출근길 | 진춘근 | 조선문학, 2000.5. |
| 서정시 | 토성벌의 봄밤 | 김명철 | 조선문학, 2000.5. |
| 서정시 | 젊어 진 고향벌에 첫씨를 뿌리며 | 고남철 | 조선문학, 2000.5. |
| 서정시 | 병사는 군화를 벗는다 | 고남철 | 조선문학, 2000.5. |
| 서정시 | 봄날의 역두에서 | 박 영 | 조선문학, 2000.5. |
| 서정시 | 셈세기를 잊어 버리고 | 박 영 | 조선문학, 2000.5. |
| 서정시 | 깊이 더깊이 | 리연희 | 조선문학, 2000.5. |
| 서정시 | 밤하늘의 처녀들 | 리연희 | 조선문학, 2000.5. |
| 서정시 | 너의 한줌 | 리연희 | 조선문학, 2000.5. |
| 서정시 | 메아리 | 리연희 | 조선문학, 2000.5. |
| 서정시 | 대홍단의 미소 | 리순옥(총련) | 조선문학, 2000.5. |
| 서정시 | 고향아 나의 고향아 | 리동후 | 조선문학, 2000.5. |

| 서정시 | 사랑의 메아리 | 리동후 | 조선문학, 2000.5. |
|---|---|---|---|
| 서정시 | 출근길에서 | 김진주 | 조선문학, 2000.5. |
| 서정시 | 어머니 그 이름은 사랑입니다 | 김진주 | 조선문학, 2000.5. |
| 서정시 | 비키라 | 최순철 | 조선문학, 2000.5. |
| 서정시 | 영광의 날, 경사의 날 | 김선지 | 조선문학, 2000.6. |
| 서정시 | 평양에 오시였다 | 박련희 | 조선문학, 2000.6. |
| 서정시 | 가림천기슭에서 | 김윤철 | 조선문학, 2000.6. |
| 서정시 | 잊지 못할 사람 | 리 석 | 조선문학, 2000.6. |
| 서정시 | 나의 첫 시 | 구동신 | 조선문학, 2000.6. |
| 서정시 | 가을이 온다 | 한태준 | 조선문학, 2000.6. |
| 서정시 | 인생길에서 얻은 금싸락 한줌 | 안정기 | 조선문학, 2000.6. |
| 서정시 | 군모의 밝은 별 | 리옥순 | 조선문학, 2000.6. |
| 서정시 | 수령님은 오늘도 벌에 계신다 | 김중기 | 조선문학, 2000.7. |
| 서정시 | 온 나라가 함께 간다 | 오필천 | 조선문학, 2000.7. |
| 서정시 | 대홍단의 감자꽃바다 | 최창만 | 조선문학, 2000.7. |
| 서정시 | 머리 들자 나의 붓이여 | 리범수 | 조선문학, 2000.7. |
| 서정시 | 40분 | 송명근 | 조선문학, 2000.7. |
| 서정시 | 내 영원히 백두산에 서 있으리 | 김윤호(종련) | 조선문학, 2000.7. |
| 서정시 | 내 고향 스무나무처럼 | 김휘조 | 조선문학, 2000.7. |
| 서정시 | 그들은 열명이였다 | 리명근 | 조선문학, 2000.8. |
| 서정시 | 붉은 복숭아 | 김명익 | 조선문학, 2000.8. |
| 서정시 | 숲 | 김명익 | 조선문학, 2000.8. |
| 서정시 | 우산장의 밤 | 김명익 | 조선문학, 2000.8. |
| 서정시 | 붉은기와 대홍단 | 허광길 | 조선문학, 2000.8. |
| 서정시 | 사랑하는 처녀야 | 허광길 | 조선문학, 2000.8. |
| 서정시 | 대홍단의 아침에 | 량송호 | 조선문학, 2000.8. |
| 서정시 | 간직하노라 | 김봉남 | 조선문학, 2000.8. |
| 서정시 | 나는 행복한 인간이다 | 량덕모 | 조선문학, 2000.9. |
| 서정시 | 만년필앞에서 | 류명호 | 조선문학, 2000.9. |
| 서정시 | 장군님의 시간철학! | 리명근 | 조선문학, 2000.9. |
| 서정시 | 한생을 다해 부르는 나의 사랑아 | 홍현양 | 조선문학, 2000.9. |
| 서정시 | 그 이름 없는것이 섭섭해 | 리동찬 | 조선문학, 2000.9. |
| 서정시 | 시련의 날에 더 사랑하라 | 김석주 | 조선문학, 2000.9. |
| 서정시 | 가을날에 | 홍문수 | 조선문학, 2000.9. |
| 서정시 | 새 세기와 공민증 | 전승일 | 조선문학, 2000.9. |
| 서정시 | 내 받아 안은 믿음은 | 허 일 | 조선문학, 2000.9. |
| 서정시 | 교육자가 사는 계절 | 백광명 | 조선문학, 2000.9. |

| 서정시 | 교단의 높이 | 백광명 | 조선문학, 2000.9. |
|---|---|---|---|
| 서정시 | 우리 당기발 | 권강일 | 조선문학, 2000.10. |
| 서정시 | 하나의 결정속에 | 리동후 | 조선문학, 2000.10. |
| 서정시 | 당창건기념탑을바라보며 | 곽명철 | 조선문학, 2000.10. |
| 서정시 | 대홍단의 욕심 | 김선지 | 조선문학, 2000.10. |
| 서정시 | 세월이 전하는 이야기 | 림공식 | 조선문학, 2000.10. |
| 서정시 | 우리의 전사 | 허수산 | 조선문학, 2000.10. |
| 서정시 | 비단의 녕변 | 김정철 | 조선문학, 2000.10. |
| 서정시 | 근로의 값 | 홍민식 | 조선문학, 2000.10. |
| 서정시 | 위대한 령장의 행군로우에 | 정동찬 | 조선문학, 2000.11. |
| 서정시 | 양어장에 오신 날 | 최충웅 | 조선문학, 2000.11. |
| 서정시 | 나는 철의 도시 행복한 녀인이예요 | 렴형미 | 조선문학, 2000.11. |
| 서정시 | 내 심장과 더불어 | 김수암 | 조선문학, 2000.11. |
| 서정시 | 우리 제철소 | 주광남 | 조선문학, 2000.11. |
| 서정시 | 용광로의 숨결 | 김무림 | 조선문학, 2000.11. |
| 서정시 | 용해공 그대의 뒤를 따라 | 김정삼 | 조선문학, 2000.11. |
| 서정시 | 먼 후날에도 | 김 연 | 조선문학, 2000.11. |
| 서정시 | 용해공의 손 | 홍순화 | 조선문학, 2000.11. |
| 서정시 | 내 아들이 돌아 왔습니다 | 홍철진 | 조선문학, 2000.11. |
| 서정시 | 저의 인사를 받아 주십시오 | 홍철진 | 조선문학, 2000.11. |
| 서정시 | 나무는 살아 있다 | 최순철 | 조선문학, 2000.11. |
| 서정시 | 내가 책임진다 | 천일수 | 조선문학, 2000.11. |
| 서정시 | 어머님의 노래수첩 | 한영팔 | 조선문학, 2000.12. |
| 서정시 | 12월의 추억 | 김학석 | 조선문학, 2000.12. |
| 서정시 | 어머님은 총을 잡고 계신다 | 강일남 | 조선문학, 2000.12. |
| 서정시 | 할머니는 꿈속을 거니시네 | 리진철 | 조선문학, 2000.12. |
| 서정시 | 하얀 종이장 | 주 경 | 조선문학, 2000.12. |
| 서정시 | 나의 한세기 | 김일규 | 조선문학, 2000.12. |
| 서정시 | 보름달처녀 | 김재호 | 조선문학, 2000.12. |
| 서정시 | 어머니의 모습 | 리 석 | 조선문학, 2000.12. |
| 서정시 | 하냥 떠나지 않는 생각 | 석광희 | 청년문학, 2000.2. |
| 서정시 | 청춘의 땀 | 권태여 | 청년문학, 2000.2. |
| 서정시 | 장군님의 새벽 | 구동신 | 청년문학, 2000.3. |
| 서정시 | 신념의 노래 부르리 | 구동신 | 청년문학, 2000.3. |
| 서정시 | 달려 가자 총 진격의 길로 | 정성환 | 청년문학, 2000.3. |
| 서정시 | 사랑과 꿈이 어울린 아이 | 문용철 | 청년문학, 2000.3. |
| 서정시 | 추억은 어디서 오는가 | 박정애 | 청년문학, 2000.3. |

| | | | |
|---|---|---|---|
| 서정시 | 4월의 만수대언덕우에서 | 송재하 | 청년문학, 2000.4. |
| 서정시 | 아 수령님, 우리 수령님 | 박두천 | 청년문학, 2000.4. |
| 서정시 | 전선길의 최고사령부 | 림공식 | 청년문학, 2000.4. |
| 서정시 | 2000년이여 앞으로 | 오필천 | 청년문학, 2000.4. |
| 서정시 | 미루고원 사랑의 대지여 | 권태여 | 청년문학, 2000.5. |
| 서정시 | 여기가 락원땅이다 | 정은옥 | 청년문학, 2000.5. |
| 서정시 | 신포항어머니와 나누는 말 | 정은옥 | 청년문학, 2000.5. |
| 서정시 | 정원의 백살구꽃 | 리 석 | 청년문학, 2000.5. |
| 서정시 | 효녀와 땅의 대화 | 문동식 | 청년문학, 2000.5. |
| 서정시 | 영웅의 눈 | 문동식 | 청년문학, 2000.5. |
| 서정시 | 병사들이 다시 오네 | 윤정길 | 청년문학, 2000.5. |
| 서정시 | 모내는 기계운전공동무여 | 송정우 | 청년문학, 2000.5. |
| 서정시 | 그날에 타오른 보천보의 불길은 | 송정우 | 청년문학, 2000.6. |
| 서정시 | 6월은 푸르다 | 리동후 | 청년문학, 2000.6. |
| 서정시 | 그이께선 바라보신다 | 리연희 | 청년문학, 2000.6. |
| 서정시 | 조국에 대한 나의 생각 | 리명옥 | 청년문학, 2000.6. |
| 서정시 | 기어이 풀리라, 사무친 원한을 | 리동수 | 청년문학, 2000.6. |
| 서정시 | 새날이 밝아 오네 | 김해연 | 청년문학, 2000.7. |
| 서정시 | 그날의 전승광장에서 | 오영환 | 청년문학, 2000.7. |
| 서정시 | 세월에 흐르는 이야기 | 김형준 | 청년문학, 2000.7. |
| 서정시 | 동림선창에서 | 문동식 | 청년문학, 2000.7. |
| 서정시 | 중대에 장군님 오셨네 | 정은옥 | 청년문학, 2000.7. |
| 서정시 | 돌격전의 용사 | 허수산 | 청년문학, 2000.7. |
| 서정시 | 전사의 임당청원서 | 허 일 | 청년문학, 2000.7. |
| 서정시 | 물 한방울 | 김창호 | 청년문학, 2000.8. |
| 서정시 | 우리 집이 보인다 | 정성환 | 청년문학, 2000.8. |
| 서정시 | 삼지연의 나팔소리 | 김영택 | 청년문학, 2000.8. |
| 서정시 | 휘날려라 붉은기 | 최중히 | 청년문학, 2000.8. |
| 서정시 | 바다는 부른다 | 홍기풍 | 청년문학, 2000.8. |
| 서정시 | 장군님 군대처럼 우리도 살자 | 장청정 | 청년문학, 2000.9. |
| 서정시 | 환희로운 9월의 아침에 | 윤정길 | 청년문학, 2000.9. |
| 서정시 | 감자꽃 핀 아침에 | 김철후 | 청년문학, 2000.9. |
| 서정시 | 저수지물결아 | 김송남 | 청년문학, 2000.9. |
| 서정시 | 빛나는 세월 | 한광춘 | 청년문학, 2000.10. |
| 서정시 | 병사들의 소원 | 권태여 | 청년문학, 2000.10. |
| 서정시 | 빛나는 강산 | 림공식 | 청년문학, 2000.11. |
| 서정시 | 청춘의 멋은 어디에 있는가 | 박창후 | 청년문학, 2000.11. |

| 서정시 | 가자 걸어서 가자 | 김 숙 | 청년문학, 2000.11. |
| 서정시 | 잊으셨나 봐 | 박상민 | 청년문학, 2000.11. |
| 서정시 | 저물지 않는 세기 | 차영도 | 청년문학, 2000.12. |
| 서정시 | 송년의 노래 | 채동규 | 청년문학, 2000.12. |
| 서정시 | 입당청원서를 쓴다 | 리학문 | 청년문학, 2000.12. |
| 서정시 | 금강산단시묶음 | 문동식 | 청년문학, 2000.12. |
| 서정시 | 기다리는 고향집 | 김정순 | 청년문학, 2000.12. |
| 서정시 | 청춘, 그 이름은 영광 | 리명근 | 청년문학, 2000.12. |
| 서정시 | 병사들은 노래도 많아 | 한광순 | 청년문학, 2000.12. |
| 서정시 | 백두산3대장군을 노래한다 | 김학석 | 문학신문, 2000.1. |
| 서정시 | 2000년 새해의 아침에 | 최영화 | 문학신문, 2000.1. |
| 서정시 | 2000년도 우리의 것이다 | 강현만 | 문학신문, 2000.1. |
| 서정시 | 탄부는 불을 안아 올린다 | 정성환 | 문학신문, 2000.2. |
| 서정시 | 나의 옛 분대장 | 리찬호 | 문학신문, 2000.2. |
| 서정시 | 2000년의 새해에 | 김진주 | 문학신문, 2000.2. |
| 서정시 | 우리는 노래를 가지고 간다 | 허창일 | 문학신문, 2000.2. |
| 서정시 | 숫저운 처녀 | 라경명 | 문학신문, 2000.2. |
| 서정시 | 탄, 탄, 석탄이여 | 석광희 | 문학신문, 2000.2. |
| 서정시 | 천길 지하막장은 | 김상국 | 문학신문, 2000.2. |
| 서정시 | 붉은 탄 | 조창제 | 문학신문, 2000.2. |
| 서정시 | 그 자욱을 따라 | 백의선 | 문학신문, 2000.2. |
| 서정시 | 석탄은 뜨겁다 | 유진국 | 문학신문, 2000.2. |
| 서정시 | 맏아들 | 정은옥 | 문학신문, 2000.2. |
| 서정시 | 막장길 | 문기창 | 문학신문, 2000.2. |
| 서정시 | 탄부의 한생과 동발목 | 박천걸 | 문학신문, 2000.2. |
| 서정시 | 억센 기둥 | 리동수 | 문학신문, 2000.2. |
| 서정시 | 장군님 가신 길을 따라 | 한원희 | 문학신문, 2000.3. |
| 서정시 | 그이의 그 뜻 | 김휘조 | 문학신문, 2000.3. |
| 서정시 | 장군님 오셨던 마을이라오 | 김휘조 | 문학신문, 2000.4. |
| 서정시 | 그 새벽 40분간은 | 김휘조 | 문학신문, 2000.4. |
| 서정시 | 탑이 보이는 창가에서 | 오재일 | 문학신문, 2000.4. |
| 서정시 | 첫 하루 | 하영희 | 문학신문, 2000.4. |
| 서정시 | 딸의 심정 | 김명철 | 문학신문, 2000.4. |
| 서정시 | 개장례식(풍자시) | 김영림 | 문학신문, 2000.4. |
| 서정시 | 2월의 맹세를 담아 | 홍현양 | 문학신문, 2000.5. |
| 서정시 | 고향과 병사 | 채동규 | 문학신문, 2000.5. |
| 서정시 | 단 하루 탄생일만이라도 | 리영호 | 문학신문, 2000.6. |

| 서정시 | 나의 별들아 | 김승남 | 문학신문, 2000.6. |
|--------|------------|--------|------------------|
| 서정시 | 회령을 떠나며 | 리성재 | 문학신문, 2000.6. |
| 서정시 | 나는 농민입니다 | 채동규 | 문학신문, 2000.7. |
| 서정시 | 모교의 종소리 | 동정현 | 문학신문, 2000.7. |
| 서정시 | 나는 보았습니다 | 박유라 | 문학신문, 2000.7. |
| 서정시 | 축복 | 박갑인 | 문학신문, 2000.7. |
| 서정시 | 나는 조국을 알았습니다 | 박은경 | 문학신문, 2000.7. |
| 서정시 | 조국을 사랑한다는 것은… | 박향희 | 문학신문, 2000.7. |
| 서정시 | 내 고향의 흙 한줌 | 김 철 | 문학신문, 2000.7. |
| 서정시 | 조국이여, 나에게 총을 달라! | 백광명 | 문학신문, 2000.7. |
| 서정시 | 장군님의 축복 | 주명옥 | 문학신문, 2000.8. |
| 서정시 | 그 흰 눈을 못 잊는 마음속에 | 한기운 | 문학신문, 2000.8. |
| 서정시 | 고향집대문 | 리순길 | 문학신문, 2000.8. |
| 서정시 | 기다리리 | 김 숙 | 문학신문, 2000.8. |
| 서정시 | 창문 | 조광일 | 문학신문, 2000.8. |
| 서정시 | 맥전나루 기슭에서 | 최치영 | 문학신문, 2000.9. |
| 서정시 | 과학의 승리봉이 보여 오고 있었다 | 서진명 | 문학신문, 2000.9. |
| 서정시 | 2000년의 태양절에 | 최영화 | 문학신문, 2000.10. |
| 서정시 | 태양절찬가 | 석광희 | 문학신문, 2000.10. |
| 서정시 | 살구나무 | 주광일 | 문학신문, 2000.10. |
| 서정시 | 유격구의 나팔소리 | 김순학 | 문학신문, 2000.10. |
| 서정시 | 너와 나는 | 최영화 | 문학신문, 2000.12. |
| 서정시 | 나는 총을 놓을수 없다 | 한찬보 | 문학신문, 2000.12. |
| 서정시 | 총이여 나의 총이여 | 석광희 | 문학신문, 2000.12. |
| 서정시 | 병사의 사진 | 김 철 | 문학신문, 2000.12. |
| 서정시 | 그대들은 왜 왔는가 | 구동신 | 문학신문, 2000.12. |
| 서정시 | 새벽을 사랑하라 | 강창영 | 문학신문, 2000.13. |
| 서정시 | 백두의 그 밤에 | 김길흘 | 문학신문, 2000.13. |
| 서정시 | 생의 년륜 | 우광복 | 문학신문, 2000.13. |
| 서정시 | 여기로 오시라 | 박희구 | 문학신문, 2000.13. |
| 서정시 | 대홍단의 아기들아 | 김은숙 | 문학신문, 2000.13. |
| 서정시 | 문화의 대지 | 박용봉 | 문학신문, 2000.13. |
| 서정시 | 대홍단이 기다립니다 | 최창만 | 문학신문, 2000.14. |
| 서정시 | 복 받은 새 세대 주인들 | 리병호 | 문학신문, 2000.14. |
| 서정시 | 청봉 | 황명관 | 문학신문, 2000.14. |
| 서정시 | 큰 절을 올립니다 | 김윤호(총련) | 문학신문, 2000.14. |
| 서정시 | 고향의 향기 | 정화수 | 문학신문, 2000.14. |

| 서정시 | 기어이 원한을 풀리라! | 리 석 | 문학신문, 2000.14. |
|---|---|---|---|
| 서정시 | 그날 가서 후회하지 말라! | 리광태 | 문학신문, 2000.14. |
| 서정시 | 그분이 우리 장군님이시다 | 강국일 | 문학신문, 2000.15. |
| 서정시 | 공병부대가 왔다 | 류명호 | 문학신문, 2000.15. |
| 서정시 | 우등불자리 | 류영철 | 문학신문, 2000.15. |
| 서정시 | 그리는 마음 | 방종욱 | 문학신문, 2000.15. |
| 서정시 | 결혼식날에 | 한창우 | 문학신문, 2000.15. |
| 서정시 | 탄전의 아침에 | 문동식 | 문학신문, 2000.15. |
| 서정시 | 석탄 | 문동식 | 문학신문, 2000.15. |
| 서정시 | 그날의 총성 | 박근원 | 문학신문, 2000.16. |
| 서정시 | 조선의 첫 기관단총 | 박근원 | 문학신문, 2000.16. |
| 서정시 | 량책의 한시간 | 김명철 | 문학신문, 2000.16. |
| 서정시 | 발자국 | 김광현 | 문학신문, 2000.16. |
| 서정시 | 광복의 홰불 | 리배한 | 문학신문, 2000.16. |
| 서정시 | 한전호속에 산다 | 리종길 | 문학신문, 2000.16. |
| 서정시 | 어머니는 눈물을 보이지 않는다 | 최충웅 | 문학신문, 2000.16. |
| 서정시 | 나와 36년 세월은 동행자 | 최영화 | 문학신문, 2000.17. |
| 서정시 | 6월 19일 | 신문경 | 문학신문, 2000.17. |
| 서정시 | 바치심과 아낌 | 김철후 | 문학신문, 2000.17. |
| 서정시 | 백두산의 정일봉 | 황명관 | 문학신문, 2000.17. |
| 서정시 | 청춘 50해 | 리창식 | 문학신문, 2000.18. |
| 서정시 | 사향가를 부를 때면 | 최영희 | 문학신문, 2000.18. |
| 서정시 | 사랑의 권리 | 리명옥 | 문학신문, 2000.18. |
| 서정시 | 당원증 | 김형준 | 문학신문, 2000.18. |
| 서정시 | 붉은기와 처녀들 | 문동식 | 문학신문, 2000.18. |
| 서정시 | 창조의 몫 행복의 몫 | 황 영 | 문학신문, 2000.18. |
| 서정시 | 7월 8일 | 장혜명 | 문학신문, 2000.19. |
| 서정시 | 태양을 향해 오르는 길 | 박재수 | 문학신문, 2000.19. |
| 서정시 | 수령님의 백마 | 권태여 | 문학신문, 2000.19. |
| 서정시 | 오르자 결승봉으로 | 송정우 | 문학신문, 2000.19. |
| 서정시 | 물이 모이는 고장에서 | 김경순 | 문학신문, 2000.19. |
| 서정시 | 입당청원서의 ≪글발≫ | 박근원 | 문학신문, 2000.20. |
| 서정시 | 청춘의 기념비 | 구동신 | 문학신문, 2000.20. |
| 서정시 | 새 세기의 길 | 윤두만 | 문학신문, 2000.20. |
| 서정시 | 천세만세 영생하십니다 | 홍정숙 | 문학신문, 2000.20. |
| 서정시 | 이 땅에서 내가 산다 | 한광춘 | 문학신문, 2000.20. |
| 서정시 | 우리 며느리가 하늘에 올랐소 | 홍철진 | 문학신문, 2000.20. |

| 서정시 | 진군 | 리종섭 | 문학신문, 2000.21. |
|--------|------|--------|-------------------|
| 서정시 | 진달래야 | 리종섭 | 문학신문, 2000.21. |
| 서정시 | 언제나 우리 앞에 | 김 숙 | 문학신문, 2000.21. |
| 서정시 | 나는 조선의 과학자다 | 김영택 | 문학신문, 2000.21. |
| 서정시 | 뒤로 전달, 속도 빨리! | 김기철 | 문학신문, 2000.21. |
| 서정시 | 광복의 봄빛 넘친 감격의 8월이여 | 최득필 | 문학신문, 2000.22. |
| 서정시 | 조가비 한쌍 | 리성애 | 문학신문, 2000.22. |
| 서정시 | 그 심장을 지녀 | 홍현양 | 문학신문, 2000.22. |
| 서정시 | 장군님과 장령 | 현창성 | 문학신문, 2000.23. |
| 서정시 | 나의 발자욱 | 원현호 | 문학신문, 2000.23. |
| 서정시 | 혀 둘 가진 지사(풍자시) | 김영림 | 문학신문, 2000.23. |
| 서정시 | 밝아 오는 청년절의 아침에 | 송정우 | 문학신문, 2000.24. |
| 서정시 | 나는 청춘 | 채동규 | 문학신문, 2000.24. |
| 서정시 | 우리 젊은이들 | 김명철 | 문학신문, 2000.24. |
| 서정시 | 력사에 불멸하리라 | 홍현양 | 문학신문, 2000.25. |
| 서정시 | 태양의 빛발엔 어둠이 없다 | 박근원 | 문학신문, 2000.25. |
| 서정시 | 휴양권을 받은 날에 | 한은철 | 문학신문, 2000.26. |
| 서정시 | 장군님의 추억 | 허명옥 | 문학신문, 2000.27. |
| 서정시 | 절개 | 김명익 | 문학신문, 2000.27. |
| 서정시 | 태양찬가 | 리동후 | 문학신문, 2000.28. |
| 서정시 | 추억과 량심 | 김송남 | 문학신문, 2000.28. |
| 서정시 | 나의 자욱, 나의 추억 | 박근원 | 문학신문, 2000.28. |
| 서정시 | 우리 당에 드리는 찬가 | 김재원 | 문학신문, 2000.29. |
| 서정시 | 나는 그대들과 한전호에 있다 | 조광일 | 문학신문, 2000.29. |
| 서정시 | 내놓을수 없는 붓 | 최영화 | 문학신문, 2000.30. |
| 서정시 | 당이 안겨 준 삶의 보람 | 정준기 | 문학신문, 2000.30. |
| 서정시 | 청춘과 믿음 | 리일섭 | 문학신문, 2000.30. |
| 서정시 | 손거울 | 로형근 | 문학신문, 2000.30. |
| 서정시 | 감사를 드리노라 우리 당에 | 리명호 | 문학신문, 2000.31. |
| 서정시 | 붉은기와 속삭이노라 | 위명철 | 문학신문, 2000.31. |
| 서정시 | 통일은 오고 있다 | 김형준 | 문학신문, 2000.31. |
| 서정시 | 위대한 사랑의 길 | 로재룡 | 문학신문, 2000.32. |
| 서정시 | 통일은 오고 있다 | 박근원 | 문학신문, 2000.32. |
| 서정시 | 내 고향의 강 | 류광철 | 문학신문, 2000.32. |
| 서정시 | 안전등불빛 | 문동식 | 문학신문, 2000.32. |
| 서정시 | 언제나 밝게 웃으십니다 | 김승남 | 문학신문, 2000.33. |
| 서정시 | 선언 | 김송남 | 문학신문, 2000.33. |

| 서정시 | 시작과 끝 | 오필천 | 문학신문, 2000.33. |
|---|---|---|---|
| 서정시 | 탄이다! 열이다! 빛이다! | 송정우 | 문학신문, 2000.33. |
| 서정시 | 12월의 아침에 | 김진주 | 문학신문, 2000.34. |
| 서정시 | 선군시대에 대한 례찬 | 박정애 | 문학신문, 2000.34. |
| 서정시 | 돌아 온 아들들 | 김휘조 | 문학신문, 2000.34. |
| 서정시 | 환희의 바다로 눈 부십니다 | 홍현양 | 문학신문, 2000.35. |
| 서정시 | 세월이여, 멈추었다 흐르라! | 한태준 | 문학신문, 2000.35. |
| 서정시 | 위대한 그 믿음의 한길 | 정영호 | 문학신문, 2000.35. |
| 서정시 | 나의 참된 시 | 정진혁 | 문학신문, 2000.35. |
| 서정시 | 나는쇠물병사 | 위명철 | 문학신문, 2000.35. |
| 서정시 | 2천년송가 | 김만영 | 로동신문, 2000.1.1. |
| 서정시 | 달려 가자 총 진격의 길로 | 정성환 | 로동신문, 2000.1.9. |
| 서정시 | 만발하라 불멸의 꽃 김정일화여 | 김태영 | 로동신문, 2000.2.3. |
| 서정시 | 이 나라 녀인들의 이름으로 | 김 숙 | 로동신문, 2000.4.27. |
| 서정시 | 인민의 만수대 | 주광일 | 로동신문, 2000.7.2. |
| 서정시 | 조국의 축복을 받으시라 | 리성국 | 로동신문, 2000.9.10. |
| 서정시 | 여기는 자강땅이다 | 최국헌 | 로동신문, 2000.11.4. |
| 서정시 | 2천년이여 너를 력사에 아로새기리 | 석광희 | 평양신문, 2000.1.1. |
| 서정시 | 총 진격 앞으로! | 문동식 | 평양신문, 2000.1.5. |
| 서정시 | 빛나라 부령의 갈림길이여 | 김순학 | 평양신문, 2000.1.11. |
| 서정시 | 전선길의 봄 | 박천걸 | 평양신문, 2000.4.9. |
| 서정시 | 수령님의 봄 | 리창식 | 평양신문, 2000.4.14. |
| 서정시 | 높이 울려라 혁명군가여 | 리병호 | 평양신문, 2000.4.25. |
| 서정시 | 로동자의 손 | 주광일 | 평양신문, 2000.4.30. |
| 서정시 | 영원히 빛나라 주체의 홰불이여 | 김영택 | 평양신문, 2000.6.30. |
| 서정시 | 어제도 오늘도 래일과 함께 | 김기철 | 평양신문, 2000.7.8. |
| 서정시 | 안아보자 민족의 장한 아들들아 | 리 석 | 평양신문, 2000.9.2. |

## <군중문학>

| 구분 | 제목 | 작가 | 출처 |
|---|---|---|---|
| 단편소설 | 두번째 기자회견 | 량창조 | 조선문학, 2000.2. |
| 단편소설 | 아버지의 축복 | 손영복 | 청년문학, 2000.1. |
| 단편소설 | 하얀 창가림 | 오광철 | 청년문학, 2000.1. |
| 단편소설 | 입대 | 리정옥 | 청년문학, 2000.2. |
| 단편소설 | 솔령 | 김하명 | 청년문학, 2000.2. |
| 단편소설 | 출발점에 서서 | 리수미 | 청년문학, 2000.3. |
| 단편소설 | 개발지에서 | 정해연 | 청년문학, 2000.3. |

| | | | |
|---|---|---|---|
| 단편소설 | 총이여 대답해 다오 | 리 평 | 청년문학, 2000.3. |
| 단편소설 | 평양의 딸 | 송영금 | 청년문학, 2000.4. |
| 단편소설 | 그날 저녁 | 허명희 | 청년문학, 2000.4. |
| 단편소설 | 아버지의 대답 | 조룡철 | 청년문학, 2000.5. |
| 단편소설 | 한 농장원의 수기 | 홍남수 | 청년문학, 2000.5. |
| 단편소설 | 단풍은 불 탄다 | 김명두 | 청년문학, 2000.5. |
| 단편소설 | 자격(벽소설) | 김명길 | 청년문학, 2000.6. |
| 단편소설 | 전선의 대답 | 김홍균 | 청년문학, 2000.7. |
| 단편소설 | 스러진 노을 | 류원규 | 청년문학, 2000.8. |
| 단편소설 | 두그루의 감나무 | 김기범 | 청년문학, 2000.8. |
| 단편소설 | 님이여, 해님 마중가자 | 리 평 | 청년문학, 2000.8. |
| 단편소설 | 별과 함께 걷는 밤 | 리영옥 | 청년문학, 2000.9. |
| 단편소설 | 박우물에 비낀 하늘 | 리진권 | 청년문학, 2000.10. |
| 단편소설 | 고임돌 | 김순철 | 청년문학, 2000.11. |
| 단편소설 | 류선화 | 김자경 | 청년문학, 2000.11. |
| 단편소설 | 인생의 뜨거운 눈물 | 김해월 | 청년문학, 2000.12. |
| 단편소설 | 형제봉의 새벽노을 | 김성희 | 군중문학작품집 ≪무성한숲≫ 중 |
| 단편소설 | 보지 못한 편지 | 김은혜 | 군중문학작품집 ≪무성한숲≫ 중 |
| 단편소설 | 우등불 | 김용철 | 군중문학작품집 ≪무성한숲≫ 중 |
| 단편소설 | 8월 29일 | 김 학 | 군중문학작품집 ≪무성한숲≫ 중 |
| 단편소설 | 눈보라천리 | 전현철 | 문학작품집 ≪위훈의 창조자≫ 중 |
| 단편소설 | 박로인네 집 | 강상봉 | 문학작품집 ≪위훈의 창조자≫ 중 |
| 서사시, 장시 | 휘날려라 당원돌격대기발이여 | 권오준 | 청년문학, 2000.6. |
| 서사시, 장시 | 영원한 삶의 품속에 | 김하윤 | 청년문학, 2000.11. |
| 시초 | 신천의 메아리 | 림선영 | 청년문학, 2000.1. |
| 시초 | 애국렬사릉시초 | 권오순 | 청년문학, 2000.2. |
| 시초 | 조국이여 마음껏 설계하시라 | | 청년문학, 2000.3. |
| 시초 | 그이는 새로 일떠선 살림집에 계신다 | 리일주 | |
| 시초 | 착공의 아침에<br> - 립체전이다<br> - 첫돌상과 미장칼<br> - 붉은기로 펄럭이는 밤<br> - 꽃다발<br> - 조국이여 마음껏 설계하시라 | 전수철<br>리종식<br>박만재<br>소성남<br>한진숙<br>리진묵 | |
| 시초 | 어머니에게 | 최남순 | |
| 시초 | 평양에서 나의 공장에 부치여 | 김무림 | 청년문학, 2000.5. |
| 시초 | 새 세기앞에서 | 리진협 | 청년문학, 2000.7. |

| 시초 | 고향과 나의 노래 | 김정경 | 청년문학, 2000.7. |
|---|---|---|---|
| 시초 | 나의 쇠물은 붉은 기폭에서 찾으라 | 권오준 | 청년문학, 2000.7. |
| 시초 | 나는 강성대국의 문을 연다 | 리광용 | 청년문학, 2000.7. |
| 시초 | 대학생의 하루(련시) | 주 옥 | 문학신문, 2000.24. |
| 서정시 | 새해의 첫 인사 드리옵니다 | 김영길 | 청년문학, 2000.1. |
| 서정시 | 수림속 우등불가에서 | 신형길 | 청년문학, 2000.1. |
| 서정시 | 천지의 그 깊이처럼 | 최수화(총련) | 청년문학, 2000.1. |
| 서정시 | 영원한 시간 | 류영국 | 청년문학, 2000.1. |
| 서정시 | 따르는 마음 | 정정국 | 청년문학, 2000.1. |
| 서정시 | 그 사랑 이 땅우에 해빛으로 내려 | 한창현 | 청년문학, 2000.1. |
| 서정시 | 중대여, 언제나 너와 함께 | 김춘길 | 청년문학, 2000.1. |
| 서정시 | 우린 다시 만났구나 | 김기철 | 청년문학, 2000.1. |
| 서정시 | 병사의 신년장 | 김은희 | 청년문학, 2000.1. |
| 서정시 | 이른 새벽에 | 리진묵 | 청년문학, 2000.1. |
| 서정시 | 너처럼 되리라 | 김은숙(총련) | 청년문학, 2000.1. |
| 서정시 | 울가, 웃을가 | 김윤걸 | 청년문학, 2000.1. |
| 서정시 | 우리 장군님의 모습 | 림정화 | 청년문학, 2000.2. |
| 서정시 | 원수별 빛나는 저 기폭에 | 권문영 | 청년문학, 2000.2. |
| 서정시 | 삭도소리 | 김명길 | 청년문학, 2000.2. |
| 서정시 | 번영하라 나의 조국이여 | 채영남 | 청년문학, 2000.2. |
| 서정시 | 나의 정든 길 | 김향금 | 청년문학, 2000.2. |
| 서정시 | 한껏 웃어라 | 길경수 | 청년문학, 2000.2. |
| 서정시 | 내 고향의 밤 | 장은하 | 청년문학, 2000.2. |
| 서정시 | 주작봉의 솔바람에 | 정아련 | 청년문학, 2000.2. |
| 서정시 | 우리 학급 출석부 | 림춘실 | 청년문학, 2000.2. |
| 서정시 | 불멸의 친필비앞에서 | 김영원 | 청년문학, 2000.3. |
| 서정시 | 그는 오늘도 교단에 서 있다 | 송두히 | 청년문학, 2000.3. |
| 서정시 | 대렬합창 | 김경석 | 청년문학, 2000.3. |
| 서정시 | 청춘을 노래할 때면 | 리동수 | 청년문학, 2000.3. |
| 서정시 | 비 내리는 밤길 | 추영철 | 청년문학, 2000.3. |
| 서정시 | 언제와 병사 | 박영도 | 청년문학, 2000.3. |
| 서정시 | 백묵 | 안경순 | 청년문학, 2000.3. |
| 서정시 | 청춘은 추억에 살지 않는다 | 김정경 | 청년문학, 2000.3. |
| 서정시 | 영원한 땅의 새 노래 | 리명철 | 청년문학, 2000.3. |
| 서정시 | 탄부는 자랑을 모른다 | 김병준 | 청년문학, 2000.3. |
| 서정시 | 소를 보며 하는 추억 | 한승길 | 청년문학, 2000.3. |
| 서정시 | 승용차앞에서 | 림순덕 | 청년문학, 2000.4. |

| | | | |
|---|---|---|---|
| 서정시 | 애국의 나무 | 리 호 | 청년문학, 2000.4. |
| 서정시 | 위대한 어머님 | 동혜은 | 청년문학, 2000.4. |
| 서정시 | 4월 25일 | 임성호 | 청년문학, 2000.4. |
| 서정시 | 마라손영웅의 그 모습은 | 김선환 | 청년문학, 2000.4. |
| 서정시 | 남해여, 나는 너를 안다 | 장은하 | 청년문학, 2000.4. |
| 서정시 | 조국의 재부를 놓고 | 김남수 | 청년문학, 2000.4. |
| 서정시 | 초물주단에 대한 담시 | 전수철 | 청년문학, 2000.5. |
| 서정시 | 산나물터에서 | 전수철 | 청년문학, 2000.5. |
| 서정시 | 의리 | 박만재 | 청년문학, 2000.5. |
| 서정시 | 나의 집 | 리영철 | 청년문학, 2000.5. |
| 서정시 | 조국의 하늘을 바라보며 | 강성희 | 청년문학, 2000.5. |
| 서정시 | 기관차야 내 너와 함께 | 김홍진 | 청년문학, 2000.5. |
| 서정시 | 처녀병사여, 그대의 머리우에 | 서성현 | 청년문학, 2000.5. |
| 서정시 | 나는 제대배낭을 교정에서 풀었다 | 김광석 | 청년문학, 2000.5. |
| 서정시 | 동무들아 사진을 찍자 | 리동수 | 청년문학, 2000.5. |
| 서정시 | 이런 저녁이 좋아 | 김정경 | 청년문학, 2000.5. |
| 서정시 | 너의 이름은 소금 | 한영빈 | 청년문학, 2000.5. |
| 서정시 | 밤의 서정 | 김영식 | 청년문학, 2000.5. |
| 서정시 | 전승기념탑앞에서 | 량송호 | 청년문학, 2000.5. |
| 서정시 | 땀에 대한 생각 | 량송호 | 청년문학, 2000.5. |
| 서정시 | 설레여라 장산의 푸른 숲이여 | 김순학 | 청년문학, 2000.6. |
| 서정시 | 내 여기에 서 있으리 | 류영국 | 청년문학, 2000.6. |
| 서정시 | 순화학교에서 | 리진묵 | 청년문학, 2000.6. |
| 서정시 | 전사의 노래 | 박시철 | 청년문학, 2000.6. |
| 서정시 | 내 고향의 소금꽃 | 윤영순 | 청년문학, 2000.6. |
| 서정시 | 고향의 얼굴 | 김 연 | 청년문학, 2000.6. |
| 서정시 | 작별의 역두에서 | 구동신 | 청년문학, 2000.6. |
| 서정시 | 신천의 아기야 | 리금주 | 청년문학, 2000.6. |
| 서정시 | 련꽃봉기슭에서 | 조영식 | 청년문학, 2000.6. |
| 서정시 | 속마음과 나누는 말 | 오원애 | 청년문학, 2000.6. |
| 서정시 | 그 나이에 우리는 락동강을 넘었다! | 김정삼 | 청년문학, 2000.6. |
| 서정시 | 열다섯살 나의 동갑들아 | 박윤미 | 청년문학, 2000.6. |
| 서정시 | 여름옷을 꺼내들며 | 최정옥 | 청년문학, 2000.7. |
| 서정시 | 주먹밥 한덩이 | 하영희 | 청년문학, 2000.7. |
| 서정시 | 동그란 하늘 | 최남순 | 청년문학, 2000.7. |
| 서정시 | 개선문 | 김은숙 | 청년문학, 2000.8. |
| 서정시 | 도리깨 | 김순학 | 청년문학, 2000.8. |

| 서정시 | 영광의 소식 | 김광근 | 청년문학, 2000.8. |
| 서정시 | 청봉의 우등불자리앞에서 | 김영옥 | 청년문학, 2000.8. |
| 서정시 | 나의 어머니 그 모습속에 | 김정임 | 청년문학, 2000.8. |
| 서정시 | 나는 오늘 투사에게 묻는다 | 엄미라 | 청년문학, 2000.8. |
| 서정시 | 초소의 진달래 | 김영철 | 청년문학, 2000.8. |
| 서정시 | 평양역앞에서 | 한용학 | 청년문학, 2000.8. |
| 서정시 | 우리는 청춘 | 강종희 | 청년문학, 2000.8. |
| 서정시 | 출근부에도장을찍으며 | 장승성 | 청년문학, 2000.8. |
| 서정시 | 이런 순간에 | 김 령 | 청년문학, 2000.8. |
| 서정시 | 선생님은 우시네 | 전혜연 | 청년문학, 2000.8. |
| 서정시 | 군기여 너와 함께 | 임성호 | 청년문학, 2000.8. |
| 서정시 | 어머니의 당부 | 리광규 | 청년문학, 2000.8. |
| 서정시 | 통일연아 | 리진협 | 청년문학, 2000.8. |
| 서정시 | 별 많은 초소의 밤에 | 리명철 | 청년문학, 2000.8. |
| 서정시 | 조국과 더불어 빛나는 자욱 | 호대선 | 청년문학, 2000.9. |
| 서정시 | 말해 주리 우리의 후대들에게 | 리성애 | 청년문학, 2000.9. |
| 서정시 | 영원한 진달래의 고향 | 박철만 | 청년문학, 2000.9. |
| 서정시 | 어머님의 자욱 | 박창화 | 청년문학, 2000.9. |
| 서정시 | 로교수의 고백 | 장은영 | 청년문학, 2000.9. |
| 서정시 | 나의 처녀시절에 대한 생각 | 윤혜송 | 청년문학, 2000.9. |
| 서정시 | 나에겐 룡남산시절이 있다 | 우광영 | 청년문학, 2000.9. |
| 서정시 | 제대병사는 배낭을 추슬러 올린다 | 김광호 | 청년문학, 2000.9. |
| 서정시 | 태권도조각상을 바라보며 | 강준영 | 청년문학, 2000.9. |
| 서정시 | 첫 출근길 | 량송호 | 청년문학, 2000.9. |
| 서정시 | 총대우에 나붓기는 우리의 당기 | 허명옥 | 청년문학, 2000.10. |
| 서정시 | 병사의 첫걸음 | 전수철 | 청년문학, 2000.10. |
| 서정시 | 호실번호이야기 | 전수철 | 청년문학, 2000.10. |
| 서정시 | 마음으로 달린다 | 윤동남 | 청년문학, 2000.10. |
| 서정시 | 휘영철 달 밝은 밤에 | 리진묵 | 청년문학, 2000.10. |
| 서정시 | 그대는 오늘도 맨 선참에서 | 리 철 | 청년문학, 2000.10. |
| 서정시 | 소중한 마음 | 명선옥 | 청년문학, 2000.10. |
| 서정시 | 나의 입당청원서 | 오인철 | 청년문학, 2000.10. |
| 서정시 | 나의 철갑모 | 조광일 | 청년문학, 2000.10. |
| 서정시 | 아버지의 모습 | 원성남 | 청년문학, 2000.10. |
| 서정시 | 어머니의 절규 | 위명철 | 청년문학, 2000.10. |
| 서정시 | 사랑의 군복천을 나는 짜네 | 맹상렬 | 청년문학, 2000.10. |
| 서정시 | 여기가 내 고향이라오 | 홍윤철 | 청년문학, 2000.10. |

| 서정시 | 을밀대의 돌층계 | 김성웅 | 청년문학, 2000.10. |
|--------|----------------|--------|---------------------|
| 서정시 | 나의 동창생들에게 | 김진성 | 청년문학, 2000.11. |
| 서정시 | 벌에 정들어 산다 | 신동원 | 청년문학, 2000.11. |
| 서정시 | 딸애의 숨결 | 신동원 | 청년문학, 2000.11. |
| 서정시 | 철드는 집 | 김수정 | 청년문학, 2000.11. |
| 서정시 | 내가 사는 땅 | 최국현 | 청년문학, 2000.11. |
| 서정시 | 배낭이 곱대요 | 신금순 | 청년문학, 2000.11. |
| 서정시 | 나의 공장 나의 생명이여 | 리윤겸 | 청년문학, 2000.11. |
| 서정시 | 투사의 모습 | 김호중 | 청년문학, 2000.11. |
| 서정시 | 우산장의 단풍 | 박유철 | 청년문학, 2000.11. |
| 서정시 | 래일은 이렇게 온다네 | 정일향 | 청년문학, 2000.11. |
| 서정시 | 안해를 바라보며 | 전수철 | 청년문학, 2000.11. |
| 서정시 | 나는 지망을 적는다 | 오원애 | 청년문학, 2000.11. |
| 서정시 | 얼마나 좋은가 노래가 있다는것이 | 리창식 | 청년문학, 2000.11. |
| 서정시 | 나의 일요일 | 장 일 | 청년문학, 2000.11. |
| 서정시 | 첫 포성 | 김중수 | 청년문학, 2000.12. |
| 서정시 | 푸른 메달 | 원병수 | 청년문학, 2000.12. |
| 서정시 | 강철층계여 | 정효남 | 청년문학, 2000.12. |
| 서정시 | 어머님 안고 계시는것은 | 류성길 | 청년문학, 2000.12. |
| 서정시 | 영웅은 오늘도 우리를 가르친다 | 안은철 | 청년문학, 2000.12. |
| 서정시 | 이 열쇠를 받으시라 | 전수철 | 청년문학, 2000.12. |
| 서정시 | 작별 | 최영주 | 청년문학, 2000.12. |
| 서정시 | 신천의 화약창고 | 문은희 | 문학신문, 2000.13. |
| 서정시 | 백두의 강사처녀에게 | 변정욱 | 문학신문, 2000.14. |
| 서정시 | 빛나라 장군님모습으로 | 박일철 | 문학신문, 2000.24. |
| 서정시 | 향산을 떠나자니 | 김주옥 | 문학신문, 2000.27. |
| 서정시 | 이 땅에서 내가 산다 | 송정우 | 평양신문, 2000.1.25. |
| 서정시 | 탄광마을의 저녁 | 백송숙 | 평양신문, 2000.2.26. |
| 서정시 | 평양이여 너와 함께 영원히 | 한수정 | 평양신문, 2000.3.22. |
| 서정시 | 무진천기슭에서 | 항명길 | 평양신문, 2000.4.6. |
| 서정시 | 푸른 숲 설레인다 | 림정학 | 평양신문, 2000.4.6. |
| 서정시 | 한드레벌의 봄노래 | 홍정숙 | 평양신문, 2000.5.9. |
| 서정시 | 그날에 사는 마음 | 김명준 | 평양신문, 2000.5.23. |
| 서정시 | 변함 없는 풍경 | 리정녀 | 평양신문, 2000.6.7. |
| 서정시 | 대원수별앞에서 | 전수철 | 평양신문, 2000.6.29. |
| 서정시 | 열다섯발자욱 | 김분임 | 평양신문, 2000.7.15. |
| 서정시 | 합창 | 강영실 | 평양신문, 2000.7.30. |

| 서정시 | 대홍단에 오겠소 | 조영식 | 평양신문, 2000.8.16. |
|---|---|---|---|
| 서정시 | 나의 명예는… | 현채련 | 평양신문, 2000.8.31. |
| 서정시 | 잠 못드는 평양의 밤 | 김성훈 | 평양신문, 2000.9.12. |
| 서정시 | 보람찬 나의 출근길 | 최명길 | 평양신문, 2000.10.5. |
| 서정시 | 우리 소원의 그 한끝에 | 박천걸 | 평양신문, 2000.10.22. |
| 서정시 | 어머님이 그리워 | 신현숙 | 평양신문, 2000.11.24. |
| 서정시 | 우리 수령님 | 정진원 | 평양신문, 2000.4.28. |
| 서정시 | 군복단추를 채우며 | 조광일 | 평양신문, 2000.4.28. |

## <평론>

| 제목 | 작가 | 출처 |
|---|---|---|
| 천세봉의 인간적면모와 소설세계를 더듬어 | 박용학 | 조선문학, 2000.1. |
| 정열, 실력, 소원-석윤기 | 김의준 | 조선문학, 2000.2. |
| 주체태양의 품속에서 성장한 시와 시인 | 박종식 | 조선문학, 2000.3. |
| 평론가적재능과 열정, 예술적감각 | 최길상 | 조선문학, 2000.5. |
| 김상오의 시세계 | 김선일 | 조선문학, 2000.6. |
| 위대한 수령님의 믿음과 사랑속에 영생하는 작가 | 최언경 | 조선문학, 2000.7. |
| 작가의 참모습 | 김 철 | 조선문학, 2000.8. |
| 세계적인 대문호 백인준 | 장형준 | 조선문학, 2000.10. |
| 20세기를 빛나게 장식한 기념비적명작 | 최언경 | 조선문학, 2000.2. |
| 실화문학창작에서 작가의 깊은 탐구정신 | 명일식 | 조선문학, 2000.3. |
| 평범한 생활속에 시대의 주인공을 보여 준 참신한 형상세계 | 차 수 | 조선문학, 2000.3. |
| 사랑의 바다, 생활의 탐구 | 리용일 | 조선문학, 2000.4. |
| 우리 시대의 요구와 참된 당일군의 형상 | 안희열 | 조선문학, 2000.4. |
| 시대의 기상, 나래치는 서정 | 김해월 | 조선문학, 2000.5. |
| 우리 당 력사에 영원히 빛날 불멸의 업적에 대한 심오한 형상 | 김선일 | 조선문학, 2000.6. |
| 반제계급교양주제의 단편소설창작에서 나서는 사상미학적요구 | 리창유 | 조선문학, 2000.6. |
| 영원한 태양의 노래 | 김일수 | 조선문학, 2000.7. |
| 시대의 요구와 단편소설 | 김순길 | 조선문학, 2000.8. |
| 룡남산과 더불어 영원할 불멸의 명작들 | 김려숙 | 조선문학, 2000.9. |
| 백두산의 녀장군에 대한 열렬한 칭송, 전인류적인 송가 | 최준희 | 조선문학, 2000.9. |
| 단재 신채호의 문학평론활동 | 한중모 | 조선문학, 2000.9. |
| 선군시대 청춘찬가 | 김일수 | 조선문학, 2000.10. |
| 시대와 인간, 열망 | 리용일 | 조선문학, 2000.10. |
| 위대한 동지관에 대한 품위 있는 예술적형상 | 김정철 | 조선문학, 2000.11. |
| 숭고한 정서, 열렬한 추억의 세계 | 안 성 | 조선문학, 2000.11. |

| | | |
|---|---|---|
| 소설문단에 핀 지성의 꽃 | 박춘택 | 조선문학, 2000.12. |
| 위대한 인민의 어머니에 대한 독창적인 시적형상 | 김상훈 | 조선문학, 2000.12. |
| 고향과 서정 | 최희건 | 조선문학, 2000.12. |
| 령도자가 지닌 충성의 세계에 대한 인상 깊은 형상들 | 리금희 | 청년문학, 2000.1. |
| ≪청년문학≫ 500호에 비낀 신인들의 모습 | 리동성 | 청년문학, 2000.7. |
| 시대의 숨결이 맥박치는 진실한 성격을 창조하자 | 안희열 | 청년문학, 2000.9. |
| 새로운 시적형상의 창조 | 허수산 | 청년문학, 2000.10. |
| 조국통일주제작품창작에서 작가의 절절한 감정과 그 형상 | 명일식 | 청년문학, 2000.11. |
| 형상의 진실성 | 조성근 | 문학신문, 2000.2. |
| 수령영생을 기원한 설화문학의 인민적환상을 놓고 | 로월호 | 문학신문, 2000.4. |
| 백두산3대장군 형상에서의 혁신적면모 | 리금희 | 문학신문, 2000.6. |
| 매혹과 사랑이 시를 낳는다 | 최길상 | 문학신문, 2000.7. |
| 시대를 격동시키는 힘 있는 화폭들 | 김인봉 | 문학신문, 2000.7. |
| 평양의 새 모습을 마련하신 위인에 대한 품위 있는 예술적형상 | 차 수 | 문학신문, 2000.8. |
| 작품창작에서 부정인물형상의 몇가지 문제 | 한룡숙 | 문학신문, 2000.9. |
| 백두산3대장군의 위인형상과 새로운 형상수법의 탐구 | 김복희 | 문학신문, 2000.12. |
| 시대의 높이에서 창조된 군관 안해들의 예술적형상 | 류윤화 | 문학신문, 2000.12. |
| 백두산3대장군의 불멸의 형상에 바쳐 진 혁명적군사미술 | 정경섭 | 문학신문, 2000.14. |
| 시선집에 비낀 시인의 얼굴 | 류 만 | 문학신문, 2000.14. |
| ≪봄잔디≫에 비낀 력사적 진리의 화폭 | 김 학 | 문학신문, 2000.14. |
| 가장 아름다운 추억의 해에 대한 시적탐구 | 리영해 | 문학신문, 2000.15. |
| 시대와호흡을같이… | 오정애 | 문학신문, 2000.16. |
| 절세위인의 숭고한 철학세계에 대한 빛나는 형상 | 리윤근 | 문학신문, 2000.17. |
| 장군님의 선군령도와 우리 시문학 | 리동성 | 문학신문, 2000.17. |
| 음수률을 통하여 본 가사형상의 민족성 | 리주정 | 문학신문, 2000.18. |
| 창작적사색이 맥박치는 단편소설들을 놓고 | 차 수 | 문학신문, 2000.18. |
| 숭고한 사랑과 혁명적동지애에 대한 빛나는 화폭 | 리현순 | 문학신문, 2000.20. |
| 장편소설 ≪고요한행성≫과 작가의 탐구정신 | 김성우 | 문학신문, 2000.23. |
| 동심에 맞는 구성탐구 | 안룡준 | 문학신문, 2000.27. |
| 시의 음악성과 시적일반화에 대한 단상 | 최영희 | 문학신문, 2000.30. |
| 신념의 철학에 대한 시적형상 | 로명희 | 문학신문, 2000.30. |
| 위대한 우리 당의 필승불패의 력사를 대서사시적화폭으로 펼친 세계적인 걸작 | 심영택<br>홍영길 | 문학신문, 2000.31. |
| ≪화선철학≫과 박우물의 정서 | 김성우 | 문학신문, 2000.32. |
| 형상의 소박성, 진실성은 어떻게 마련되였는가 | 정룡진 | 문학신문, 2000.32. |
| 탐구와 열매 | 조웅철 | 문학신문, 2000.33. |
| 선군시대의 서정과 시인의 사색 | 박춘택 | 문학신문, 2000.34. |
| 시대와 인민이 비낀 아동문학의 형상세계 | 조선화 | 문학신문, 2000.35. |

| | | |
|---|---|---|
| 특색있는 희극성속에 도출된 웃음철학 | 심영택 | 문학신문, 2000.35. |
| 단편소설 ≪옥이≫에 비낀 작가의 얼굴 | 김예성 | 조선문학, 2000.8. |
| 꽃다발속에서 비껴 진 시적일반화의 세계 | 최영희 | 조선문학, 2000.12. |
| 청년들을 시대의 전초선으로 부르는 특색 있는 소설 | 최광일 | 문학신문, 2000.3. |
| 시적체험의 무게 | 김철민 | 문학신문, 2000.4. |
| 총대중시사상이 맥박치는 시대의 찬가 | 강경순 | 문학신문, 2000.6. |
| 철학적사색과 독창적인 형상탐구 | 김성희 | 문학신문, 2000.11. |
| 풍만한 선률속에 담긴 인민의 마음 | 박선화 | 문학신문, 2000.14. |
| 우리 인민의 사상감정과 정서를 담은 발레무용 | 리규봉 | 문학신문, 2000.21. |
| 작은 이야기로 큰 문제를 보여주었다 | 명일식 | 문학신문, 2000.24. |
| 우리 당의 특성을 품위 있게 노래한 가사형상 | 류윤화 | 문학신문, 2000.30. |
| 조국통일념원과 시형상 | 림학성 | 문학신문, 2000.31. |
| 인간사회의 영원한 요람에 대한 예술적탐구 | 장희숙 | 문학신문, 2000.33. |
| 필승의 신념이 맥박치는 시대의 찬가 | 박인철 | 문학신문, 2000.34. |

## <문학예술 출판 도서>

| 구분 | 제목 | 작가 | 출처 (출판기관) |
|---|---|---|---|
| 도서 | 3대장군위인상 | | 문학예술종합출판사 |
| 도서 | 장편수기-21세기를보라 | 김수암 | 문학예술종합출판사 |
| 도서 | 노래의 철학을 사랑하라 | 손동철 | 문학예술종합출판사 |
| 도서 | 영광의 나날 | 정자흡 | 문학예술종합출판사 |
| 도서 | 주체문학전서1: 주체의문예관 | 윤종성<br>현종호<br>리기주 | 문학예술종합출판사 |
| 도서 | 주체적문예리론연구(9): 소설창작과구성 | 장희숙 | 문학예술종합출판사 |
| 도서 | 주체적문예리론연구(15): 민족의운명문제와영화예술 | 리호윤 | 문학예술종합출판사 |
| 장편소설 | 총서 ≪불멸의 력사≫ 중 붉은산줄기 | 리종렬 | 문학예술종합출판사 |
| 장편소설 | 총서 ≪불멸의 력사≫ 중 ≪천지≫ | 허춘식 | 문학예술종합출판사 |
| 장편소설 | 총서 ≪불멸의 력사≫ 중 ≪삼천리강산≫ | 김수경 | 문학예술종합출판사 |
| 장편소설 | 총서 ≪불멸의 향도≫ 중 서해전역 | 박태수 | 문학예술종합출판사 |
| 장편소설 | 고향의 아들 | 김영근 | 문학예술종합출판사 |
| 장편소설 | 찬란한 미래 | 림재성 | 문학예술종합출판사 |
| 장편소설 | 터전 | 김응호<br>신용선 | 문학예술종합출판사 |
| 장편소설 | 한나의 메아리(제1부) | 양의선 | 문학예술종합출판사 |
| 장편소설 | 장편실화소설-력사의 대결(제1부) | 허문길 | 금성청년종합출판사 |
| 장편소설 | 력사에 묻다(제2부) | 김진성 | 금성청년종합출판사 |

| | | | |
|---|---|---|---|
| 장편소설 | 장편력사소설-삭풍 | 림종상 | 문학예술종합출판사 |
| 장편소설 | 해외에서 온 편지 | 림종엽 | 문학예술종합출판사 |
| 장편소설 | 봄바람 | 김춘지 | 문학예술종합출판사 |
| 장편소설 | 장편력사소설-최무선 | 강학태 | 금성청년종합출판사 |
| 장편소설 | 조선고전문학선집34: 옥루몽(1) | 윤 색, 리헌환 | 문학예술종합출판사 |
| 중편소설 | 나의 위치 | 박찬은 | 금성청년종합출판사 |
| 중편소설 | ≪우끼시마마루≫ 폭파사건 | 림종상 | 금성청년종합출판사 |
| 중편소설 | 중편소설집-설날 | 한기석 | 금성청년종합출판사 |
| 중편소설 | 중편소설집-진군길 | | |
| 중편소설 | 중편과학환상소설-비밀의 영사막 | 박종렬 | 금성청년종합출판사 |
| 작품집 | 심장의 노래 | | 문학예술종합출판사 |
| 작품집 | 준마의 기수들 | | 문학예술종합출판사 |
| 작품집 | 빛나라 명당이여 | | 문학예술종합출판사 |
| 작품집 | 무성한 숲 | | 문학예술종합출판사 |
| 작품집 | 풍랑을 헤치며 | | 문학예술종합출판사 |
| 작품집 | 위훈의 창조자 | | 문학예술종합출판사 |
| 작품집 | 기양은 준마 타고 달린다 | | 문학예술종합출판사 |
| 작품집 | 온나라 꽃봉오리 영광드려요(15): 해님과 꽃송이 | | 금성청년종합출판사 |
| 작품집 | 불 타는 청춘 | | 금성청년종합출판사 |
| 작품집 | 고운 꽃 | | 금성청년종합출판사 |
| 작품집 | 현대조선문학선집23: 로령근해 | | 문학예술종합출판사 |
| 전설집 | 칠보산전설(2) | | 문학예술종합출판사 |
| 시집 | 향도의 해발을 우러러(28): 령장의 기상 | | 문학예술종합출판사 |
| 시집 | 어머니의 모습 | | 문학예술종합출판사 |
| 시집 | 장하다 정성옥 | | 금성청년종합출판사 |
| 시집 | 청춘의 향기 | | 금성청년종합출판사 |
| 시집 | 사랑과 총검 | | 금성청년종합출판사 |
| 시집 | 이 땅에 내가 산다 | | 문학예술종합출판사 |

## 2) 『조선문학예술년감』(2002) 주요 문학작품 목록

### <시>(대표작)

| 구분 | 제목 | 작가 | 출처 |
|---|---|---|---|
| 시 | 백두산은 웨친다(서사시) | 신병강 | 로동신문, 2001.2.12. |
| 시 | 또다시 노래하노라 우리의 붉은기 | 김만영 | 로동신문, 2001.2.14. |
| 시 | 세기는 2월을 따른다(시초)<br>  - 축복하노라<br>  - 고향의 꽃<br>  - 백두의 별무리<br>  - 천지에 무지개 섰다<br>  - 그이는 먼길을 가시고<br>  - 만민의 화원<br>  - 흰눈내린 만경대언덕에서<br>  - 천만꽃을 엮으며 | 김만영<br>최영화<br>박경심<br>신문경<br>리창식<br>엄애란<br>조창제<br>박천걸<br>김은숙 | 로동신문, 2001.2.15. |
| 시 | 새 세기의 축원 | 김만영 | 로동신문, 2001.2.19. |
| 시 | 우리의 온 세상 | 류동호 | 로동신문, 2001.2.23. |
| 시 | 노래하노라 인민의 창광원아(장시) | 오영숙 | 로동신문, 2001.3.20. |
| 시 | 우리의 4월 15일 | 조창제 | 로동신문, 2001.4.8. |
| 시 | 수령님과 나눈 이야기 | 박경심 | 로동신문, 2001.4.8. |
| 시 | 영원한 승리의 기치 | 신문경 | 로동신문, 2001.4.8. |
| 시 | 태양은 빛난다(장시) | 김만영 | 로동신문, 2001.4.14. |
| 시 | 여기는 최전선이다(시묶음)<br>  - 그이가 우리의 최고사령관이시다<br>  - 선군에 대한 생각<br>  - 아, 우리아버지<br>  - 철령의 진달래<br>  - 제1선<br>  - 나의 전호 | 김정곤<br>류명호<br>오재신<br>유영하<br>전찬기<br>오재신<br>류길성 | 로동신문, 2001.4.22. |
| 시 | 꽃피는 4월 | 류길성 | 문학신문, 2001.4.28. |
| 시 | 못 잊을 첫 자욱 | 오필천 | 로동신문, 2001.6.18. |
| 시 | 6월의 아침노을 | 김충기 | 로동신문, 2001.6.18. |
| 시 | 폭풍(정론시) | 김만영 | 로동신문, 2001.6.24. |
| 시 | 천지개벽(시묶음)<br>  - 그자욱을 따라<br>  - 흰구름피는 산발을 걸으며<br>  - 물노래<br>  - 전설의 새땅아<br>  - 바다가 왔네<br>  - 소금꽃피는 대지에서<br>  - 아 천지개벽이여 | 량덕모<br>김송남<br>최정웅<br>최광조<br>주명옥<br>서진명<br>김송남 | 로동신문, 2001.7.21. |
| 시 | 장군님은 승리이시다 | 최영화 | 로동신문, 2001.7.23. |

| 시 | 7.27이여 너는 영원히 우리의것! | 석광희 | 로동신문, 2001.7.23. |
|---|---|---|---|
| 시 | 로병의 마음 | 한찬보 | 로동신문, 2001.7.23. |
| 시 | 나의 노래 | 김진주 | 로동신문, 2001.8.31. |
| 시 | 나는 처녀병사 | 차명숙 | 로동신문, 2001.8.31. |
| 시 | 축하를 드립니다 | 김만영 | 로동신문, 2001.8.25. |
| 시 | 기다림속에 그리움속에 | 김석주 | 로동신문, 2001.8.28. |
| 시 | 태양의 길 | 박호범 | 로동신문, 2001.8.28. |
| 시 | 우리 장군님 오시는 날 | 류동호 | 로동신문, 2001.8.28. |
| 시 | 자나깨나 | 윤경남 | 조선문학, 2001.10. |
| 시 | 세기를 이어 높이 울려라 | 송찬웅 | 조선문학, 2001.10. |
| 시 | 세계는 웨친다(시초)<br>  - 하늘땅에 넘치는 환호<br>  - 잠못드는 초소의 밤<br>  - 2001년 8월 4일<br>  - 세계는 웨친다 | 신병강 | 로동신문, 2001.8.27. |
| 시 | 먼 후날의 력사가들에게 | 백의선 | 로동신문, 2001.9.12. |
| 시 | 전선고지에 별무리 흐른다 | 문용철 | 로동신문, 2001.9.12. |
| 시 | 오성산병사의 이야기 | 류동호 | 로동신문, 2001.9.12. |
| 시 | 우리장군님 | 김일신 | 로동신문, 2001.10.1. |
| 시 | 총대와 아리랑 | 윤두만 | 로동신문, 2001.10.1. |
| 시 | 단발머리 | 심미영 | 로동신문, 2001.10.1. |
| 시 | 불돌 | 김승재 | 로동신문, 2001.10.1. |
| 시 | 백년을 하루같이 | 류명호 | 로동신문, 2001.10.1. |
| 시 | 그 사랑앞에 | 박정애 | 로동신문, 2001.10.4. |
| 시 | 아, 인민의 폭포 | 박경심 | 로동신문, 2001.10.4. |
| 시 | 산울림, 땅울림, 내 마음울림 | 김만영 | 로동신문, 2001.10.4. |
| 시 | 아름다운 첫 기슭에 | 류동호 | 로동신문, 2001.10.4. |
| 시 | 폭포장단 | 김만영 | 로동신문, 2001.10.4. |
| 시 | 두만강 너 력사의 증견자여 | 김만영 | 로동신문, 2001.10.21. |
| 시 | 인사를 받아다오 나의 조국이여 | 조창제 | 로동신문, 2001.10.21. |
| 시 | 우리의 당기 | 주광일 | 로동신문, 2001.10.21. |
| 시 | 그 이름은 승리 또 승리 | 김진주 | 로동신문, 2001.10.21. |
| 시 | 우리의 최고사령관 | 주광일 | 로동신문, 2001.12.24. |
| 시 | 장군님 뵈온 날 | 권오준 | 로동신문, 2001.12.24. |
| 시 | 옥련산에 남기신 불멸의 자욱(시초)<br>  - 돌밀집앞에서<br>  - 너의 푸르름<br>  - 산나물추억<br>  - 아름다움에 대한 생각 | 리연희 | 로동신문, 2001.12.24. |
| 시 | 조선의 해 2001년이여(송년시) | 박경심 | 로동신문, 2001.12.31. |

## <단편소설, 장편소설, 기타>

| 구분 | 제목 | 작가 | 출처 |
|---|---|---|---|
| 장편소설 | 총서 ≪불멸의 력사≫ 중 열병광장 | 정기종 | 문학예술출판사 |
| 장편소설 | 총서 ≪불멸의 력사≫ 중 번영의 길 | 박룡운 | 문학예술출판사 |
| 장편소설 | 왕재산 | 김청수 | 문학예술출판사 |
| 장편소설 | 피로 닦는 거울 | 백현우 | 문학예술출판사 |
| 장편소설 | 이삭은 속삭인다 | 김명익 | 문학예술출판사 |
| 장편소설 | 인생의 흐름 | 김원종 | 문학예술출판사 |
| 장편소설 | 결승선 | 김덕철<br>한웅빈 | 문학예술출판사 |
| 장편소설 | 민족의 얼(장편실화) | 리원주 | 문학예술출판사 |
| 장편소설 | 봄비 | 박종상 | 문학예술출판사 |
| 장편소설 | 력사의 대결 제2부 | 허문길 | 금성청년출판사 |
| 장편소설 | 흐르는 별 | 정성훈 | 금성청년출판사 |
| 장편소설 | 사라지지 않은 혜성(장편실화소설) | 한정아 | 금성청년출판사 |
| 중편소설 | 눈속의 집 | 심길순 | 문학예술출판사 |
| 중편소설 | 푸른 과원 | 엄성영 | 문학예술출판사 |
| 중편소설 | 아리랑 | 박종철 | 문학예술출판사 |
| 중편소설 | 그의 교향곡 | 최영학 | 문학예술출판사 |
| 중편소설 | 봄열매 | 장명숙 | 금성청년출판사 |
| 중편소설 | 산딸기 | 리춘복 | 금성청년출판사 |
| 중편소설 | 훈민정음 | 박춘범 | 금성청년출판사 |
| 중편소설 | 따뜻한 도시 | 김 정 | 금성청년출판사 |
| 중편소설 | 총과 삶(중편실화문학) | 박춘섭 | 금성청년출판사 |
| 백두산3대장군을<br>형상한 단편소설 | 아침 | 리 명 | 조선문학, 2001.2. |
| 백두산3대장군을<br>형상한 단편소설 | 다래나무지팽이 | 신용선 | 조선문학, 2001.4. |
| 백두산3대장군을<br>형상한 단편소설 | 산촌의 물소리 | 리정수 | 조선문학, 2001.6. |
| 백두산3대장군을<br>형상한 단편소설 | 파란 머리수건 | 김영희 | 조선문학, 2001.7. |
| 백두산3대장군을<br>형상한 단편소설 | 생의 메아리 | 김명익 | 조선문학, 2001.8. |
| 백두산3대장군을<br>형상한 단편소설 | 추억 | 조상호 | 조선문학, 2001.9. |
| 백두산3대장군을<br>형상한 단편소설 | 복주머니(실화소설) | 박찬은 | 조선문학, 2001.10. |
| 백두산3대장군을 | 대지의 노래 | 송병준 | 조선문학, 2001.11. |

| | | | |
|---|---|---|---|
| 형상한 단편소설 | | | |
| 백두산3대장군을 형상한 단편소설 | 어머니들이 태여나다 | 리영환 | 조선문학, 2001.12. |
| 백두산3대장군을 형상한 단편소설 | 대홍단풍경 | 김명희 | 문학신문, 2001.5. |
| 백두산3대장군을 형상한 단편소설 | 의리 | 박성칠 | 문학신문, 2001.10. |
| 백두산3대장군을 형상한 단편소설 | 더운 겨울 | 박 윤 | 문학신문, 2001.11. |
| 백두산3대장군을 형상한 단편소설 | 바다의 노래 | 송병준 | 문학신문, 2001.19. |
| 백두산3대장군을 형상한 단편소설 | 창공 | 박 윤 | 문학신문, 2001.27. |
| 백두산3대장군을 형상한 단편소설 | 봄의 선률 | 황청일 | 문학신문, 2001.28. |
| 백두산3대장군을 형상한 단편소설 | 7월의 하루 | 유종원 | 청년문학, 2001.7. |
| 백두산3대장군을 형상한 단편소설 | 고향 | 류정옥 | 청년문학, 2001.9. |
| 백두산3대장군을 형상한 단편소설 | 붉은 대지 | 유 현 | 청년문학, 2001.10. |
| 백두산3대장군을 형상한 단편소설 | 고귀한 사랑 | 김석범 | 청년문학, 2001.12. |
| 일반주제단편소설 | 해 저무는 백사장에서 | 김유권 | 조선문학, 2001.1. |
| 일반주제단편소설 | 한 분조장의 수기 | 변창률 | 조선문학, 2001.1. |
| 일반주제단편소설 | 후사경 | 정영종 | 조선문학, 2001.1. |
| 일반주제단편소설 | 버드나무 | 리영환 | 조선문학, 2001.2. |
| 일반주제단편소설 | 다섯번째 사진 | 림화원 | 조선문학, 2001.2. |
| 일반주제단편소설 | 산딸기(운문소설) | 채동규 | 조선문학, 2001.2. |
| 일반주제단편소설 | 별-하나 | 석유균 | 조선문학, 2001.3. |
| 일반주제단편소설 | 행복의 무게 | 리라순 | 조선문학, 2001.3. |
| 일반주제단편소설 | 푸르른 대지 | 변월녀 | 조선문학, 2001.3. |
| 일반주제단편소설 | 여섯번째 버드나무 | 한정아 | 조선문학, 2001.3. |
| 일반주제단편소설 | 생활의 격류 | 김해성 | 조선문학, 2001.4. |
| 일반주제단편소설 | 지리산의 메아리(운문소설) | 강일주 | 조선문학, 2001.4. |
| 일반주제단편소설 | 스물한발의 포성(련속단편소설) | 한웅빈 | 조선문학, 2001.4~6. |
| 일반주제단편소설 | 해후 | 강귀미 | 조선문학, 2001.5. |
| 단편소설 | 룡산의 메아리 | 김성희 | 조선문학, 2001.5. |
| 단편소설 | 녀성은 다 어머니로 되는가 | 정해경 | 조선문학, 2001.5. |
| 단편소설 | 주로우에 새긴 자욱 | 강성일 | 조선문학, 2001.6. |

| 단편소설 | 북두칠성 | 석유균 | 조선문학, 2001.6. |
|---|---|---|---|
| 단편소설 | 어머니에 대하여 말하다 | 오광철 | 조선문학, 2001.6. |
| 단편소설 | 회오 | 김익철 | 조선문학, 2001.7. |
| 단편소설 | 시대의 발걸음(단편실화소설) | 로정법 | 조선문학, 2001.7. |
| 단편소설 | 회초리 | 안홍윤 | 조선문학, 2001.8. |
| 단편소설 | 푸른 하늘 | 윤경수 | 조선문학, 2001.8. |
| 단편소설 | 출로(과학환상소설) | 엄호상 | 조선문학, 2001.8. |
| 단편소설 | 한 녀교원에 대한 추억 | 리경명 | 조선문학, 2001.9. |
| 단편소설 | 옥계천물소리 | 홍철진 | 조선문학, 2001.9. |
| 단편소설 | 갑신년의 사신 | 강상호 | 조선문학, 2001.9. |
| 단편소설 | 물길 백리, 꿈길 만리 | 강태성 | 조선문학, 2001.9. |
| 단편소설 | 위훈 | 양해모 | 조선문학, 2001.10. |
| 단편소설 | 넓어지는 땅 | 윤경찬 | 조선문학, 2001.10. |
| 단편소설 | 화산(사화) | 조청은 | 조선문학, 2001.10. |
| 단편소설 | 함께 가는 길 | 공천영 | 조선문학, 2001.11. |
| 단편소설 | 토양 | 라광철 | 조선문학, 2001.11. |
| 단편소설 | 돈지갑 | 강귀미 | 조선문학, 2001.12. |
| 단편소설 | 노을 | 정영종 | 조선문학, 2001.12. |
| 단편소설 | 어머니심정 | 박종상 | 조선문학, 2001.12. |
| 단편소설 | 보이지 않던 별 | 백보흠 | 문학신문, 2001.3. |
| 단편소설 | 보내는 마음 | 엄성영 | 문학신문, 2001.4. |
| 단편소설 | 멈출수 없는 발동소리 | 박원성 | 문학신문, 2001.7. |
| 단편소설 | 열풍(실화문학) | 박창후 | 문학신문, 2001.13. |
| 단편소설 | 세월이여 앞으로 | 박종철 | 문학신문, 2001.14. |
| 단편소설 | 잊지 못할 눈동자 | 김도환 | 문학신문, 2001.19. |
| 단편소설 | 이것은 여섯작가들의 이야기가 아니다 (실화문학) | 로정법 | 문학신문, 2001.21. |
| 단편소설 | 기다려온 시간 | 리대주 | 문학신문, 2001.21. |
| 단편소설 | 여울목에서 | 권오준 | 문학신문, 2001.22. |
| 단편소설 | 존엄문제 | 강선규 | 문학신문, 2001.23. |
| 단편소설 | 옛 스승의 뜻 | 송병준 | 문학신문, 2001.24. |
| 단편소설 | 쌍가락지 | 박혜련 | 문학신문, 2001.25. |
| 단편소설 | 큰 소리 | 한인준 | 문학신문, 2001.29. |
| 단편소설 | 령혼이 깃든 땅 | 라광철 | 문학신문, 2001.31. |
| 단편소설 | 불빛 | 리정옥 | 문학신문, 2001.32. |
| 단편소설 | 세대의 길 | 오광철 | 문학신문, 2001.33. |
| 단편소설 | 떠나는 날 | 김태룡 | 문학신문, 2001.34. |
| 단편소설 | 하나 | 최정남 | 청년문학, 2001.1. |

| | | | |
|---|---|---|---|
| 단편소설 | ≪운석≫의 비밀(과학환상소설) | 리금철 | 청년문학, 2001.1. |
| 단편소설 | 치마저고리 | 김진경 | 청년문학, 2001.2. |
| 단편소설 | 한 녀성돌격대원의 수기 | 손영복 | 청년문학, 2001.2. |
| 단편소설 | 요람 | 최영주 | 청년문학, 2001.3. |
| 단편소설 | 기발 | 리동구 | 청년문학, 2001.4. |
| 단편소설 | 연백벌은 말한다(실화문학) | 김명익 | 청년문학, 2001.4~5. |
| 단편소설 | 시작과 끝 | 권경학 | 청년문학, 2001.4. |
| 단편소설 | 막냉이 | 엄호상 | 청년문학, 2001.5. |
| 단편소설 | 빨간 밥곽 | 조 근 | 청년문학, 2001.5. |
| 단편소설 | 덕수봉의 장관(실화문학) | 김상현 | 청년문학, 2001.5. |
| 단편소설 | 백두산가까이(실화문학) | 리성덕 | 청년문학, 2001.6. |
| 단편소설 | 줄당콩전설 | 박경로 | 청년문학, 2001.7. |
| 단편소설 | 가을날의 추억 | 라광철 | 청년문학, 2001.7. |
| 단편소설 | 보위자의 빛나는 삶(실화문학) | 김유근 | 청년문학, 2001.10. |
| 단편소설 | 세번째 별명 | 리경명 | 청년문학, 2001.12. |
| 단편소설 | 광성진의 메아리 | 강상호 | 청년문학, 2001.12. |
| 단편소설 | 재부(실화문학) | 리학문 | 청년문학, 2001.12. |
| 단편소설 | 양춘을 불러 | 차승철 | 문학작품집 ≪양춘을불러≫ 중에서 |
| 단편소설 | 려명 | 장동일 | 문학작품집 ≪양춘을불러≫ 중에서 |
| 서사시 | 서울에 계시는 어머니에게 | 장혜명 | 로동신문, 2001.9.16. |
| 서사시 | 빛나라 선군시대여 | 리범수 | 로동신문, 2001.12.20. |
| 장시 | 바다가에서 | 김봉운 | 조선문학, 2001.6. |
| 장시 | 탑이 빛난다 | 김영길 | 청년문학, 2001.4. |
| 장시 | 태양의 해빛속에 길이 빛나시라 | 문동식 | 청년문학, 2001.7. |
| 련시 | 전야의 사랑가<br> - 첫 머리에<br> - 싹<br> - 싹에서 돋은 줄기<br> - 새벽에<br> - 비구름만 봐도<br> - 사랑풍경<br> - 전야의 사랑은<br> - 돌아 가자요<br> - 이삭은 왜 고개 숙이나<br> - 이삭에게 주는 사랑가<br> - 나를 청해 다오 | 김정곤 | 조선문학, 2001.1. |
| 련시 | 비전향 장기수와 그의 안해에 대한 련시 | 김휘조 | 조선문학, 2001.1. |

| | | | |
|---|---|---|---|
| 련시 | 1. 남편의마음<br>- 나의 집<br>- 내 몸이라 무쇠겠소<br>- 이 크나큰 것은 | 김휘조 | 조선문학, 2001.2. |
| 련시 | 2. 안해의 마음<br>- 통일투사인 당신은<br>- 명절날 이면<br>- 나는 묻지 않아요<br>- 잠들 수 없는 밤 | 김휘조 | 조선문학, 2001.2. |
| 련시 | 아쉬워도 보람있는 삶<br>- 아픈 인생길<br>- 고독<br>- 빛<br>- 나를 세워보는 자리<br>- 감사하노라<br>- 보통사람<br>- 정월보름날<br>- 건강하고 장수하시라 | 오영재 | 조선문학, 2001.5. |
| 련시 | 6월의 금강속사<br>- 기발이 오르다<br>- 언제면 깰가<br>- 한마음<br>- 나도 이름 하나 지어야지<br>- 온 남녘이 다알아<br>- 6월의 금강아 | 신홍국 | 조선문학, 2001.10. |
| 련시 | 버들은 무엇을 속삭이는가<br>- 나의 동요<br>- 어머니<br>- 버들은 무엇을 속삭이는가! | 장원준 | 조선문학, 2001.11. |
| 련시 | 내 고향 마을<br>- 고향길<br>- 시내가 둔덕에서<br>- 옛 근위병들에게<br>- 내 고향의 저녁풍경 | 김상조 | 조선문학, 2001.12. |
| 련시 | 회령의 사계절<br>- 아 그리워<br>- 봄<br>- 여름<br>- 가을<br>- 겨울<br>- 나는 안고가요 | 박유라 | 문학신문, 2001.2. |
| 련시 | 높은 령마루<br>- 백두에서 언제까지<br>- 무거워진 땅<br>- 운명의 초점<br>- 파문<br>- 리정표 | 김형준 | 청년문학, 2001.6. |
| 시초 | 백두의 해돋이 | 리영삼 | 조선문학, 2001.2. |

| | | | |
|---|---|---|---|
| | - 고향집 뜨락 찾아<br>- 삶을 두고 싶어<br>- 백두의해돋이 | | |
| 시초 | 칠보산 산수시초<br>- 눈계절의 칠보산에서<br>- 칠보사람들은<br>- 칠보돌 경치<br>- ≪노래바위≫라 부른들 어떠리<br>- 매바위 | 최영화 | 조선문학, 2001.2. |
| 시초 | 나의 국토<br>- 나의 국토<br>- 방파제우에서<br>- 무산령철길우에서<br>- 단잠에 들거라<br>- 답촌마을 처녀에게<br>- 고운 아기 걸음마 뗄적에 | 정동찬 | 조선문학, 2001.3. |
| 시초 | 못 잊을 우산장의 나날에<br>- 타는 단풍잎<br>- 못가에 드리운 소나무를 보며<br>- 딸애의 눈빛 같아<br>- 시를 받아 안아요<br>- 우산장, 너를 잊지 않으마 | 주명옥 | 조선문학, 2001.3. |
| 시초 | 아기앞에서<br>- 아기야 너의 눈동자 속에…<br>- 욕심꾸러기와 엄마<br>- 말할줄 모르는 ≪제왕≫<br>- 가만히 보니…<br>- 어머니의 첫 밤에<br>- 아기! 너없이야 | 박경심 | 조선문학, 2001.3. |
| 시초 | 사랑이 불타는 땅<br>- 첫 휴양소<br>- 풍경화 이야기<br>- 말도 껑충 기쁨도 훨훨…<br>- 등산길은 어디로… | 김영길 | 조선문학, 2001.8. |
| 시초 | 풀판의 새노래<br>- 방목공의 기쁨<br>- 심산속의 새풍경<br>- 징검돌이 늘어난다<br>- 풀판이여 푸르러라 | 량덕모 | 조선문학, 2001.8. |
| 시초 | 두 세월의 상봉<br>- 판문점 분리선 앞에서<br>- 물 맛<br>- 한글자와 한생<br>- 두 세월의 상봉 | 박정애 | 조선문학, 2001.9. |
| 시초 | 금강산 시초<br>- 만물상<br>- 비로봉에 올라<br>- 진주담 | 김형준 | 조선문학, 2001.9. |

| | | | |
|---|---|---|---|
| | – 명경대<br>– 삼일포의 달<br>– 립석의 소나무<br>– 내금강의 초롱꽃<br>– 명산에 부치여 | | |
| 시초 | 제일강산아!<br>– 령이 높은줄 알았더니<br>– 조약대에 오르며<br>– 맛으로도 본다네<br>– 쌀더미에 반해 쌀향기에 취해<br>– 제일강산아! | 리일섭 | 조선문학, 2001.10. |
| 시초 | 기다리는 땅<br>–기다리는 땅<br>–누가 말하랴<br>–분계선<br>–되고프다<br>–금강내기, 한잎 단풍 | 리영삼 | 조선문학, 2001.11. |
| 시초 | 산촌의 봄노래<br>– 바쁜 봄(1)<br>– 바쁜 봄(2)<br>– 봄갈이 쉴참<br>– 발동소리<br>– 저녁풍경<br>– 땅이 말하게 하자 | 김무림 | 조선문학, 2001.11. |
| 시초 | 내 고장의 분노<br>– 산천은 여기에도 있다<br>– 백다섯명<br>– 빨간색 연필<br>– 복수의 칼을 갈라 | 량덕모 | 조선문학, 2001.12. |
| 시초 | 만민의 축원<br>– 수령님의 초상화<br>– 장검<br>– 적도탑<br>– 지팽이<br>– 도자기 기름 등잔 | 김형준 | 문학신문, 2001.10. |
| 시초 | 내가 하는 일<br>–내가 하는 일<br>–내 키는 얼마인가<br>–기다리는 사람으로<br>–나의 창조<br>–백입니다 천입니다 | 김성욱 | 문학신문, 2001.17. |
| 시초 | 이길로 가자<br>– 탑앞을 지나는 사람들아(1)<br>– 통일풍경<br>– 봄비가 내린다<br>– 아리랑<br>– 탑앞을 지나는 사람들아(2) | 김형준 | 문학신문, 2001.22. |

| | | | |
|---|---|---|---|
| 시초 | 나의 전호<br>- 병사와금잔디<br>- 발홈<br>- 나의전호 | 진동화 | 문학신문, 2001.34. |
| 시초 | 우리의 청춘기는 전호에 있다<br>- 총대<br>- 전호<br>- 탄피에 대한 생각<br>- 첫 식당 근무<br>- 우리의 청춘기는 전호에 있다 | 김경석 | 청년문학, 2001.4. |
| 시초 | 나는 총을 잡고 새세기에 들어선다<br>- 갈매기<br>- 포옹<br>- 우리는 일찍 철이 들었다<br>- 안고 가노라<br>- 나는 총을 잡고 새세기에 들어선다 | 김무림 | 청년문학, 2001.6. |
| 시초 | 백두의 넋<br>- 삼지연의 진달래야<br>- 피보다 뜨거운 눈물<br>- 백두의 눈물 | 권태여 | 청년문학, 2001.11. |
| 시초 | 고향의 노래<br>- 너 살구나무 고장아<br>- 박우물<br>- 한천산 언덕<br>- 삼봉수칠성봉<br>- 고향의 노래 | 리 영 | 청년문학, 2001.11. |
| 서정시 | 만민의 당부 | 홍문수 | 조선문학, 2001.1. |
| 서정시 | 태양조선의 세기여 | 박두천 | 조선문학, 2001.1. |
| 서정시 | 우리에겐 붉은기가 있다 | 정은옥 | 조선문학, 2001.1. |
| 서정시 | 내 조국의 나이 | 김봉운 | 조선문학, 2001.1. |
| 서정시 | 축원(송시) | 채 규 | 조선문학, 2001.2. |
| 서정시 | 백두산전설 | 리찬영 | 조선문학, 2001.2. |
| 서정시 | 그리움은 승리 | 한창우 | 조선문학, 2001.2. |
| 서정시 | 구봉령 | 박정애 | 조선문학, 2001.2. |
| 서정시 | 백두산정 소묘 | 박성선 | 조선문학, 2001.2. |
| 서정시 | 백두산에 흰눈이 내리네 | 박성선 | 조선문학, 2001.2. |
| 서정시 | 웃음은 우리의 것이다 | 전승일 | 조선문학, 2001.2. |
| 서정시 | 봄이여 생각깊은 봄이여 | 계 훈 | 조선문학, 2001.3. |
| 서정시 | 두 자루의 권총 | 신문경 | 조선문학, 2001.3. |
| 서정시 | 량민보증서 | 김경기 | 조선문학, 2001.3. |
| 서정시 | 조선사람 | 리용을 | 조선문학, 2001.3. |
| 서정시 | 나는 고향을 못떠나리라 | 한광춘 | 조선문학, 2001.3. |
| 서정시 | 조국 | 김용수 | 조선문학, 2001.3. |

| | | (비전향장기수) | |
|---|---|---|---|
| 서정시 | 고독 | 김용수<br>(비전향장기수) | 조선문학, 2001.3. |
| 서정시 | 내가 아니면 그 누가 | 김용수<br>(비전향장기수) | 조선문학, 2001.3. |
| 서정시 | 비녀 | 리진묵 | 조선문학, 2001.3. |
| 서정시 | 뻐꾹새소리 | 리진묵 | 조선문학, 2001.3. |
| 서정시 | 장기 | 리진묵 | 조선문학, 2001.3. |
| 서정시 | 지팽이를 이리 주오 | 송명근 | 조선문학, 2001.3. |
| 서정시 | 태양절이 밝았습니다 | 김창호 | 조선문학, 2001.4. |
| 서정시 | 그 밤은 | 전계승 | 조선문학, 2001.4. |
| 서정시 | 장군님과 차수 | 김정철 | 조선문학, 2001.4. |
| 서정시 | 꿈을 지킨 사랑(담시) | 리충평 | 조선문학, 2001.4. |
| 서정시 | 나의 그리움이여 | 홍현양 | 조선문학, 2001.4. |
| 서정시 | 한상의 사진앞에서 | 박근원 | 조선문학, 2001.4. |
| 서정시 | 선군의 나라 | 김석주 | 조선문학, 2001.4. |
| 서정시 | 우리는 이런 사람들이다 | 김석주 | 조선문학, 2001.4. |
| 서정시 | 지름길 | 한창우 | 조선문학, 2001.4. |
| 서정시 | 어사벌의 아침 | 오필천 | 조선문학, 2001.5. |
| 서정시 | 백두산의 봄 | 리창식 | 조선문학, 2001.5. |
| 서정시 | 눈물이 씻어내린다 | 리영백 | 조선문학, 2001.5. |
| 서정시 | 태양 | 리문청 | 조선문학, 2001.5. |
| 서정시 | 하얀 저고리 | 리문청 | 조선문학, 2001.5. |
| 서정시 | 향산천에 머리를 감네 | 리문청 | 조선문학, 2001.5. |
| 서정시 | 나는 이 땅이 좋다 | 김충기 | 조선문학, 2001.5. |
| 서정시 | 내 노래 불러 대홍단아 | 김명익 | 조선문학, 2001.5. |
| 서정시 | 선군찬가 | 류명호 | 조선문학, 2001.5. |
| 서정시 | 강산도 몇번 변했건만 | 김석주 | 조선문학, 2001.5. |
| 서정시 | 기억에 남는 이름이라면 | 김석주 | 조선문학, 2001.5. |
| 서정시 | 죄악의 력사를 고발한다 | 최창만 | 조선문학, 2001.5. |
| 서정시 | 동서남북 | 리명근 | 조선문학, 2001.5. |
| 서정시 | 병사들이 돌아왔다 | 황 영 | 조선문학, 2001.5. |
| 서정시 | 탄전의 미래는 시작부터 좋다 | 리명옥 | 조선문학, 2001.5. |
| 서정시 | 6월이여 너는 무엇을 새기였던가 | 림공식 | 조선문학, 2001.6. |
| 서정시 | 불길 | 홍문수 | 조선문학, 2001.6. |
| 서정시 | 동지 | 박두천 | 조선문학, 2001.6. |
| 서정시 | 그이는 10대의 소년이였다 | 박현철 | 조선문학, 2001.6. |
| 서정시 | 소원 | 권강일 | 조선문학, 2001.6. |

| 서정시 | 6.25 수리날 | 허 일 | 조선문학, 2001.6. |
|---|---|---|---|
| 서정시 | 나는 과학자이다 | 리진철 | 조선문학, 2001.6. |
| 서정시 | 새벽 | 고남철 | 조선문학, 2001.6. |
| 서정시 | 이모님은 오십니다 | 김명철 | 조선문학, 2001.6. |
| 서정시 | 이것이 미국이다 | 한금란 | 조선문학, 2001.6. |
| 서정시 | 영생의 빛발 | 강옥녀 | 조선문학, 2001.7. |
| 서정시 | 나는 키 큰 려단장 | 전찬기 | 조선문학, 2001.7. |
| 서정시 | 장군님은 아실거야 | 박 혁 | 조선문학, 2001.7. |
| 서정시 | 야전차는 가고있다 | 리정술 | 조선문학, 2001.7. |
| 서정시 | 령장의 자욱 뜨거운 땅에서 | 김정곤 | 조선문학, 2001.7. |
| 서정시 | 병사는 노래한다 | 박호범 | 조선문학, 2001.7. |
| 서정시 | 나는 평양의 아들 | 송재하 | 조선문학, 2001.7. |
| 서정시 | 첫 봄 | 박상민 | 조선문학, 2001.7. |
| 서정시 | 가족휴양소에서 | 임창순 | 조선문학, 2001.7. |
| 서정시 | 맏아들의 목소리 | 전승일 | 조선문학, 2001.7. |
| 서정시 | 정 | 송명근 | 조선문학, 2001.7. |
| 서정시 | 전사자리 | 유영하 | 조선문학, 2001.7. |
| 서정시 | 가지 않는 시절 | 서봉제 | 조선문학, 2001.8. |
| 서정시 | 만경대의 갈림길 | 심재훈 | 조선문학, 2001.8. |
| 서정시 | 12월의 눈 | 심재훈 | 조선문학, 2001.8. |
| 서정시 | 땅을 들어올렸다 | 최광조 | 조선문학, 2001.8. |
| 서정시 | 이 가슴에 젖어드는 물소리는 | 최정용 | 조선문학, 2001.8. |
| 서정시 | 동해기슭에 소금꽃피오 | 서진명 | 조선문학, 2001.8. |
| 서정시 | 시인과 통일 | 박세일 | 조선문학, 2001.8. |
| 서정시 | 위대한 어머님을 노래합니다 | 차명숙 | 조선문학, 2001.9. |
| 서정시 | 그 품이 그리워 | 리금련 | 조선문학, 2001.9. |
| 서정시 | 강자의 초상 | 최치영 | 조선문학, 2001.9. |
| 서정시 | 벌목공의 목소리 | 박희구 | 조선문학, 2001.9. |
| 서정시 | 용해공의 안해들 | 박동선 | 조선문학, 2001.9. |
| 서정시 | 마치와 낫과 붓 | 권강일 | 조선문학, 2001.10. |
| 서정시 | 당창건기념일에 | 김창원 (비전향장기수) | 조선문학, 2001.10. |
| 서정시 | 청봉의 푸른 이깔 | 문동식 | 조선문학, 2001.10. |
| 서정시 | 무지개 | 문동식 | 조선문학, 2001.10. |
| 서정시 | 소탈한 《친구》 | 남철훈 | 조선문학, 2001.10. |
| 서정시 | 나의 감탄 | 김석주 | 조선문학, 2001.11. |
| 서정시 | 내 가슴에 새겨진 20여일 | 오필천 | 조선문학, 2001.11. |
| 서정시 | 전설의 땅우에 달이 내렸네 | 최광조 | 조선문학, 2001.11. |

| 서정시 | 대동강 | 김두권 | 조선문학, 2001.11. |
|---|---|---|---|
| 서정시 | 세계의 신천이다 | 박천걸 | 조선문학, 2001.11. |
| 서정시 | 나에겐 이런 습관이 있습니다 | 전성호 | 조선문학, 2001.11. |
| 서정시 | 눈송이(송년시) | 박호범 | 조선문학, 2001.12. |
| 서정시 | 사랑의 선물시계 | 오홍심 | 조선문학, 2001.12. |
| 서정시 | 그날은 8월 4일이였다 | 송재하 | 조선문학, 2001.12. |
| 서정시 | 군복의 푸른 빛은 어디로 | 주 경 | 조선문학, 2001.12. |
| 서정시 | 어머님의 영웅메달 | 곽명철 | 조선문학, 2001.12. |
| 서정시 | 어머님 밝히신 그 새벽에 | 진동화 | 조선문학, 2001.12. |
| 서정시 | 어찌하여 북쪽의 녀인들이 | 렴형미 | 조선문학, 2001.12. |
| 서정시 | 파도와 나의 병사시절 | 서성현 | 조선문학, 2001.12. |
| 서정시 | 맡기고 갑니다 | 리진철 | 조선문학, 2001.12. |
| 서정시 | 천막속에서 | 리찬호 | 조선문학, 2001.12. |
| 서정시 | 용감성 | 리찬호 | 조선문학, 2001.12. |
| 서정시 | 아들의 인사 | 박현철 | 조선문학, 2001.12. |
| 서정시 | 새 세기의 아침에 | 최영화 | 문학신문, 2001.1. |
| 서정시 | 새 세기에 드리는 축원의 설인사 | 박천걸 | 문학신문, 2001.1. |
| 서정시 | 21세기는 보리라 | 홍민식 | 문학신문, 2001.1. |
| 서정시 | 이 땅의 불빛은 왜 밝은가 | 황성하 | 문학신문, 2001.2. |
| 서정시 | 눈부신 전류의 그 빛발속에 | 신현숙 | 문학신문, 2001.2. |
| 서정시 | 장군님과 소년(담시) | 리영림 | 문학신문, 2001.3. |
| 서정시 | 나는 딸을 가진 아버지다 | 최덕찬 | 문학신문, 2001.3. |
| 서정시 | 장군님 귀로에 오르실 때 | 권태여 | 문학신문, 2001.4. |
| 서정시 | 영생마루의 해돋이 | 정동찬 | 문학신문, 2001.6. |
| 서정시 | ≪내가 사다 쓰겠소≫ | 한원희 | 문학신문, 2001.6. |
| 서정시 | 결혼선물 | 한원희 | 문학신문, 2001.6. |
| 서정시 | 더 아름다와지거라 | 김휘조 | 문학신문, 2001.6. |
| 서정시 | 이 땅의 예쁜이들아 | 김정철 | 문학신문, 2001.6. |
| 서정시 | 어머님의 유산앞에서 | 김순학 | 문학신문, 2001.7. |
| 서정시 | 이 땅을 보라 | 김충기 | 문학신문, 2001.7. |
| 서정시 | 청춘대지에 서서 | 채동규 | 문학신문, 2001.7. |
| 서정시 | 취야벌이 웃는다 | 오필천 | 문학신문, 2001.7. |
| 서정시 | 난쟁이(풍자시) | 김영림 | 문학신문, 2001.7. |
| 서정시 | 소백수 | 박성선 | 문학신문, 2001.8. |
| 서정시 | 선군행진곡 | 리정술 | 문학신문, 2001.8. |
| 서정시 | 땀보다 귀한것 없다 | 권오준 | 문학신문, 2001.8. |
| 서정시 | 야전차의 밤 | 박상민 | 문학신문, 2001.8. |

| 서정시 | 물이야기 | 박상민 | 문학신문, 2001.8. |
|---|---|---|---|
| 서정시 | 저절로 오는 복 | 박상민 | 문학신문, 2001.8. |
| 서정시 | 구내차를 바래우며 | 심재훈 | 문학신문, 2001.8. |
| 서정시 | 봉화산마루에서 | 허수산 | 문학신문, 2001.9. |
| 서정시 | 그 시절을 부러워하는것은 | 김석주 | 문학신문, 2001.9. |
| 서정시 | 게다짝이 운다(풍자시) | 최창만 | 문학신문, 2001.9. |
| 서정시 | 봄날의 동구길에서 | 윤정길 | 문학신문, 2001.11. |
| 서정시 | 미제는 항복도장을 준비하라 | 권오준 | 문학신문, 2001.11. |
| 서정시 | 자유의 녀신상앞에서(풍자시) | 김영림 | 문학신문, 2001.11. |
| 서정시 | 영웅은 돌아왔다(담시) | 림공식 | 문학신문, 2001.12. |
| 서정시 | 옛 스승의 모습앞에서 | 리진묵 | 문학신문, 2001.12. |
| 서정시 | 금진강, 락원의 강이여 | 서진명 | 문학신문, 2001.13. |
| 서정시 | 아버지에 대한 추억 | 김형준 | 문학신문, 2001.13. |
| 서정시 | 승리자들의 눈물 | 전승일 | 문학신문, 2001.14. |
| 서정시 | 높이 솟아 너는 웨치누나 | 김송남 | 문학신문, 2001.14. |
| 서정시 | 포천길에비내리는데… | 리 영 | 문학신문, 2001.15. |
| 서정시 | 묘향산은 천하명산 | 박세복 | 문학신문, 2001.15. |
| 서정시 | 과학의 높은 령마루에서 | 박희구 | 문학신문, 2001.15. |
| 서정시 | 병사와 처녀들 | 권태여 | 문학신문, 2001.15. |
| 서정시 | 나는 불을 안고 간다 | 김충기 | 문학신문, 2001.15. |
| 서정시 | 어린이와 묘비 | 홍철진 | 문학신문, 2001.15. |
| 서정시 | 미처 몰랐습니다 | 림충기 | 문학신문, 2001.15. |
| 서정시 | 잊지 못할 날이여 | 김휘조 | 문학신문, 2001.16. |
| 서정시 | 나는 통일된 조국의 시인이 되련다 | 송정우 | 문학신문, 2001.16. |
| 서정시 | 청춘의 첫 걸음을 힘차게 | 김철혁 | 문학신문, 2001.16. |
| 서정시 | 은가락지 | 한금란 | 문학신문, 2001.16. |
| 서정시 | 새 세기에 빛나는 6월 19일이여 | 박정애 | 문학신문, 2001.17. |
| 서정시 | 군민운동회 | 김명철 | 문학신문, 2001.17. |
| 서정시 | 우리 세월 | 김석주 | 문학신문, 2001.18. |
| 서정시 | 더욱더 불타오르라 증오는 | 김창호 | 문학신문, 2001.18. |
| 서정시 | 신천의 못 | 윤정길 | 문학신문, 2001.18. |
| 서정시 | 시작도 끝도 없는것이 | 홍문거 | 문학신문, 2001.18. |
| 서정시 | 기다리고 기다리며 | 홍문거 | 문학신문, 2001.18. |
| 서정시 | 다시 찾은 삶 | 홍문거 | 문학신문, 2001.18. |
| 서정시 | 영생의 세기로 이어진 7월이여 | 홍현양 | 문학신문, 2001.19. |
| 서정시 | 태양의 미소 넘치는 내 조국 | 박근원 | 문학신문, 2001.19. |
| 서정시 | 우리의 7월 | 서성현 | 문학신문, 2001.19. |

| 서정시 | 무적장군이 가시는 길 | 석광희 | 문학신문, 2001.20. |
|---|---|---|---|
| 서정시 | 우리가 다 맡자 | 리학문 | 문학신문, 2001.20. |
| 서정시 | 목장의 새벽은 | 서진명 | 문학신문, 2001.20. |
| 서정시 | 우리가 사는 곳 | 량덕모 | 문학신문, 2001.20. |
| 서정시 | 축복받은 산천의 밤에 | 최정용 | 문학신문, 2001.20. |
| 서정시 | 래일구의 령길우에서 | 김송남 | 문학신문, 2001.20. |
| 서정시 | 처녀취주악대 | 권오준 | 문학신문, 2001.20. |
| 서정시 | 영원한 태양의 미소 | 리영백 | 문학신문, 2001.21. |
| 서정시 | 연백벌이 새긴 말 | 고남철 | 문학신문, 2001.21. |
| 서정시 | 탄부가 사는 멋 | 박상민 | 문학신문, 2001.21. |
| 서정시 | 봄날의 미소 | 김해연 | 문학신문, 2001.21. |
| 서정시 | 아뢰고싶은 마음 | 한정규 | 문학신문, 2001.21. |
| 서정시 | 리명수폭포 | 문선건 | 문학신문, 2001.21. |
| 서정시 | 할머니는 서있다 | 김광수 | 문학신문, 2001.21. |
| 서정시 | 분노의 시 | 김선환 | 문학신문, 2001.21. |
| 서정시 | ≪자유≫의 왕국(풍자시) | 김영림 | 문학신문, 2001.21. |
| 서정시 | 길이 따르리 | 함영근 | 문학신문, 2001.22. |
| 서정시 | 옳았다! | 강경남 | 문학신문, 2001.22. |
| 서정시 | 산정에서 | 김정경 | 문학신문, 2001.22. |
| 서정시 | 소묘! | 박현철 | 문학신문, 2001.22. |
| 서정시 | 나는 8월의 봄을 노래한다 | 리명호 | 문학신문, 2001.22. |
| 서정시 | 축하를 드립니다 | 김만영 | 문학신문, 2001.23. |
| 서정시 | 가시는 길 만리 오시는 길 만리 | 박경심 | 문학신문, 2001.23. |
| 서정시 | 그리웠습니다 장군님 | 김은숙 | 문학신문, 2001.23. |
| 서정시 | 발걸음 | 강경남 | 문학신문, 2001.24. |
| 서정시 | 로세대의 례찬 | 강경남 | 문학신문, 2001.24. |
| 서정시 | 시대의 찬가 | 차영도 | 문학신문, 2001.24. |
| 서정시 | 조국과 약속하라 | 주광일 | 문학신문, 2001.24. |
| 서정시 | 아메리카의 야만들에게 | 리영복 | 문학신문, 2001.24. |
| 서정시 | 우리의 국기엔 위대한 별이 있다 | 송정우 | 문학신문, 2001.25. |
| 서정시 | 혜택과 보답 | 문선건 | 문학신문, 2001.25. |
| 서정시 | 자기를 지켜 | 리연희 | 문학신문, 2001.25. |
| 서정시 | 인간의 미모 | 최치영 | 문학신문, 2001.25. |
| 서정시 | 백년을 산것 같습니다 | 함영근 | 문학신문, 2001.25. |
| 서정시 | 내 고향사람들 | 리찬호 | 문학신문, 2001.25. |
| 서정시 | 조선의 특산 | 김휘조 | 문학신문, 2001.25. |
| 서정시 | 가시는 천만리길우에 | 김창호 | 문학신문, 2001.26. |

| 서정시 | 비 내리던 그날을 못잊어 | 량덕모 | 문학신문, 2001.26. |
|---|---|---|---|
| 서정시 | 흰눈우의발자욱 | 송명근 | 문학신문, 2001.26. |
| 서정시 | 그대앞에 머리숙여 | 김석주 | 문학신문, 2001.26. |
| 서정시 | 어머님의 한생은 영원합니다 | 서성현 | 문학신문, 2001.27. |
| 서정시 | 동지애의 꽃 | 황성하 | 문학신문, 2001.27. |
| 서정시 | 쉰여섯해 | 최영화 | 문학신문, 2001.28. |
| 서정시 | 우리 당의 첫집 | 박경심 | 문학신문, 2001.28. |
| 서정시 | 울림폭포앞에서 | 박근원 | 문학신문, 2001.28. |
| 서정시 | 나에게는 목숨이 둘이였던가 | 홍철진 | 문학신문, 2001.28. |
| 서정시 | 구월산폭포 | 박정애 | 문학신문, 2001.28. |
| 서정시 | 조선사람 | 강경남 | 문학신문, 2001.28. |
| 서정시 | 광부, 나의 머리우에 | 김명철 | 문학신문, 2001.28. |
| 서정시 | 우리 변함없이 가리라 | 홍현양 | 문학신문, 2001.29. |
| 서정시 | 불멸의 넌륜 | 김형준 | 문학신문, 2001.29. |
| 서정시 | 축복은 누가 받는가 | 정동찬 | 문학신문, 2001.29. |
| 서정시 | 전기로의 그 쇠물이 | 최충웅 | 문학신문, 2001.29. |
| 서정시 | 몰랐어요 | 렴형미 | 문학신문, 2001.29. |
| 서정시 | 금강산에서(시묶음) | 박제옥 | 문학신문, 2001.29. |
| 서정시 | 가을의 잎사귀 | 박경심 | 문학신문, 2001.30. |
| 서정시 | 좋구만 | 김찬렬 | 문학신문, 2001.30. |
| 서정시 | 바다속에 바다를 펼쳐주셨네 | 김창호 | 문학신문, 2001.30. |
| 서정시 | 편지 | 려종섭 | 문학신문, 2001.30. |
| 서정시 | 축복하시라 | 장원준 | 문학신문, 2001.30. |
| 서정시 | 우리는 군복을 벗지 않는다 | 리찬호 | 문학신문, 2001.30. |
| 서정시 | 가을의 설레임소리 | 박정애 | 문학신문, 2001.30. |
| 서정시 | 함흥사람들에게 | 강경남 | 문학신문, 2001.30. |
| 서정시 | 설레이는 아카시아숲에서 | 박해출 | 문학신문, 2001.31. |
| 서정시 | 부쉬씨, 교훈을 찾게(풍자시) | 리영복 | 문학신문, 2001.31. |
| 서정시 | 나는 이 나날에 자랐다 | 김충기 | 문학신문, 2001.32. |
| 서정시 | 백양산의 거센 숨결 | 송찬웅 | 문학신문, 2001.32. |
| 서정시 | 이땅에 흐르는 것은… | 박향희 | 문학신문, 2001.32. |
| 서정시 | 울림산수초 | 김만영 | 문학신문, 2001.32. |
| 서정시 | 내 나라의 새 명승 | 전찬기 | 문학신문, 2001.32. |
| 서정시 | 달 보고 짖는 개 | 최창만 | 문학신문, 2001.32. |
| 서정시 | 길가의 리정표 | 김영길 | 문학신문, 2001.33. |
| 서정시 | 군자리사람들 | 김영태 | 문학신문, 2001.33. |
| 서정시 | 여기는 지금도 후방이 아니다 | 박현철 | 문학신문, 2001.33. |

| | | | |
|---|---|---|---|
| 서정시 | 그 손과 손들이 | 리연희 | 문학신문, 2001.33. |
| 서정시 | 군자리엔 오직 하나 | 리동수 | 문학신문, 2001.33. |
| 서정시 | 의자에 대한 담시 | 허수산 | 문학신문, 2001.33. |
| 서정시 | 조국이여 너의 모습은 | 박정애 | 문학신문, 2001.33. |
| 서정시 | 나는 로병, 늙을수 없다 | 한찬보 | 문학신문, 2001.33. |
| 서정시 | 대동강아 | 신형길 | 문학신문, 2001.33. |
| 서정시 | 새 물길우에서 | 김상조 | 문학신문, 2001.33. |
| 서정시 | 정든 땅 | 채동규 | 문학신문, 2001.33. |
| 서정시 | 하나의 조선 | 김덕선 | 문학신문, 2001.33. |
| 서정시 | 상봉 | 김덕선 | 문학신문, 2001.33. |
| 서정시 | 저주의노래는절정에… | 문용철 | 문학신문, 2001.33. |
| 서정시 | 타오르라 라남의 봉화여! | 권오준 | 문학신문, 2001.34. |
| 서정시 | 라남의 봉화는 만복의 봉화 | 문동식 | 문학신문, 2001.34. |
| 서정시 | 봉화여 너와 함께 | 박경심 | 문학신문, 2001.34. |
| 서정시 | 승리자로 살리라 | 한광춘 | 문학신문, 2001.34. |
| 서정시 | 강성부흥의 봄을 불러 | 문용철 | 문학신문, 2001.34. |
| 서정시 | 가시는 그 길우에 | 김충기 | 문학신문, 2001.34. |
| 서정시 | 시 한수 지으러 왔더니 | 채동규 | 문학신문, 2001.34. |
| 서정시 | 조국과 탄부 | 차명숙 | 문학신문, 2001.34. |
| 서정시 | 직동탄부의 마음 | 정성환 | 문학신문, 2001.34. |
| 서정시 | 어이 모를가 | 렴형미 | 문학신문, 2001.34. |
| 서정시 | 네바강기슭에서 | 최치영 | 문학신문, 2001.35. |
| 서정시 | 새세기의 첫 12월에… | 염득복 | 문학신문, 2001.35. |
| 서정시 | 동지죽이야기 | 리진묵 | 문학신문, 2001.35. |
| 서정시 | 철산봉은 얼마나 높은가 | 전승일 | 문학신문, 2001.35. |
| 서정시 | 아들의 군복을 여며주며 | 남필현 | 문학신문, 2001.35. |
| 서정시 | 빛나라 수림속의 도시여 | 서봉제 | 문학신문, 2001.35. |
| 서정시 | 휴식의 한때 | 심재훈 | 문학신문, 2001.35. |
| 서정시 | 나는 시를 쓴다 | 문선건 | 문학신문, 2001.36. |
| 서정시 | 나는 불이 되련다 | 박호범 | 문학신문, 2001.36. |
| 서정시 | 조국의 래일은 최전연에서 밝아온다 | 홍현양 | 문학신문, 2001.36. |
| 서정시 | 12월에 없는 생각 | 한광춘 | 문학신문, 2001.36. |
| 서정시 | 붉은 감 | 김영길 | 문학신문, 2001.36. |
| 서정시 | 나의 대학 | 허수산 | 문학신문, 2001.36. |
| 서정시 | 아, 그날부터 | 윤정길 | 문학신문, 2001.36. |
| 서정시 | 영웅의 시 | 박근원 | 문학신문, 2001.36. |
| 서정시 | 너와 나 | 박근원 | 문학신문, 2001.36. |

| 서정시 | 나는 언제나 아침에 | 박근원 | 문학신문, 2001.36. |
|---|---|---|---|
| 서정시 | 철산봉의 채광장 | 문동식 | 문학신문, 2001.36. |
| 서정시 | 거인 | 문동식 | 문학신문, 2001.36. |
| 서정시 | 이해의 마지막노을에 부치여 | 김형준 | 문학신문, 2001.36. |
| 서정시 | 우리는 웃으며 울면서 걸어왔다 | 한영빈 | 문학신문, 2001.36. |
| 서정시 | 새 세기의 아침에 | 권태여 | 청년문학, 2001.1. |
| 서정시 | 통일을 본다 | 한광춘 | 청년문학, 2001.1. |
| 서정시 | 그날은 1월 17일 이였다 | 송정우 | 청년문학, 2001.1. |
| 서정시 | 그날의 렬차는 달린다 | 김창호 | 청년문학, 2001.1. |
| 서정시 | 우리는 강성대국건설자 | 구동신 | 청년문학, 2001.1. |
| 서정시 | 청춘들이여 | 김 숙 | 청년문학, 2001.1. |
| 서정시 | 철탑우에서 새날을 맞으며 | 황규희 | 청년문학, 2001.1. |
| 서정시 | 인민의 서약 | 문동식 | 청년문학, 2001.2. |
| 서정시 | 정일봉의 눈보라 | 박두천 | 청년문학, 2001.2. |
| 서정시 | 잠자는 자식들의 머리맡에서 | 한미란 | 청년문학, 2001.2. |
| 서정시 | 더 세차게 나붓기라 선군의 기치여 | 신문경 | 청년문학, 2001.3. |
| 서정시 | 위대한 력사가 흐른다 | 김창호 | 청년문학, 2001.3. |
| 서정시 | 새 세기여 이 길로 가자 | 오필천 | 청년문학, 2001.3. |
| 서정시 | 하얀 땅 | 송정우 | 청년문학, 2001.3. |
| 서정시 | 우리 세대여 | 김철혁 | 청년문학, 2001.3. |
| 서정시 | 우리는 또다시 새 전경도를 내걸었다 | 전승일 | 청년문학, 2001.3. |
| 서정시 | 태양은 빛난다 | 한광춘 | 청년문학, 2001.4. |
| 서정시 | 태양절찬가 | 박세일 | 청년문학, 2001.4. |
| 서정시 | 행복의 웃음소리 | 박상민 | 청년문학, 2001.4. |
| 서정시 | 미처 몰랐습니다 | 김창호 | 청년문학, 2001.5. |
| 서정시 | 삶과 애국 | 김창호 | 청년문학, 2001.5. |
| 서정시 | 나는 21세기의 백년세월을 내다본다 | 류명호 | 청년문학, 2001.6. |
| 서정시 | 민족의 노래여 | 홍현양 | 청년문학, 2001.6. |
| 서정시 | 그날은 오리라 | 채동규 | 청년문학, 2001.6. |
| 서정시 | 웃음 많은 보천보 | 려종섭 | 청년문학, 2001.6. |
| 서정시 | 위인의 영웅메달 | 리학문 | 청년문학, 2001.7. |
| 서정시 | 장군님과 랑림 | 김철후 | 청년문학, 2001.7. |
| 서정시 | 영생의 이름엔 수명이 없다 | 박세일 | 청년문학, 2001.7. |
| 서정시 | 우리 세상입니다 | 김 숙 | 청년문학, 2001.7. |
| 서정시 | 우리는 승리자가 되리라 | 김충기 | 청년문학, 2001.7. |
| 서정시 | 별이여 반짝여다오 | 김철혁 | 청년문학, 2001.7. |
| 서정시 | 위대한 친필 | 송재하 | 청년문학, 2001.8. |

| 구분 | 제목 | 작가 | 출처 |
|------|------|------|------|
| 서정시 | 우리 탄광처녀들 | 김봉남 | 청년문학, 2001.8. |
| 서정시 | 청춘에 고함 | 김정경 | 청년문학, 2001.8. |
| 서정시 | 병사 그 이름 좋아 | 권오준 | 청년문학, 2001.9. |
| 서정시 | 나의 아버지는 과학자다! | 박현철 | 청년문학, 2001.9. |
| 서정시 | 선군령도로 위대한 당이여 | 김철혁 | 청년문학, 2001.10. |
| 서정시 | 우리 장군님 오신 날 | 류동호 | 청년문학, 2001.10. |
| 서정시 | 우리의 꽃다발 | 리창식 | 청년문학, 2001.10. |
| 서정시 | 옥련산의 서정 | 주광일 | 청년문학, 2001.10. |
| 서정시 | 당부 | 신지락 | 청년문학, 2001.10. |
| 서정시 | 보여주고싶구나 | 최치영 | 청년문학, 2001.10. |
| 서정시 | 강성부흥의 새날속에 살리라 | 송정우 | 청년문학, 2001.11. |
| 서정시 | 최전선에 태양이 솟는다 | 문동식 | 청년문학, 2001.12. |
| 서정시 | 잘가라, 새세기첫해여 | 리명호 | 청년문학, 2001.12. |

## \<군중문학\>

| 구분 | 제목 | 작가 | 출처 |
|------|------|------|------|
| 단편소설 | 불타는 노을 | 강호진 | 조선문학, 2001.11. |
| 단편소설 | 대홍단에서 온 편지 | 로철수 | 문학신문, 2001.13. |
| 단편소설 | 웃으며 가자 | 로철수 | 문학신문, 2001.8. |
| 단편소설 | 금빛노을 | 윤춘일 | 문학신문, 2001.17. |
| 단편소설 | 풍랑(실화문학) | 허 웅 | 문학신문, 2001.30. |
| 단편소설 | 심중의 대화 | 최영조 | 문학신문, 2001.36. |
| 단편소설 | 시험 | 리금주 | 청년문학, 2001.1. |
| 단편소설 | 위성 | 주길훈 | 청년문학, 2001.1. |
| 단편소설 | 사랑을 찾는 번호 | 조정협 | 청년문학, 2001.3. |
| 단편소설 | 량심 | 김영림 | 청년문학, 2001.3. |
| 단편소설 | 어머니를 노래한다 | 송영금 | 청년문학, 2001.3. |
| 단편소설 | 아름다운 거리 | 김성국 | 청년문학, 2001.4. |
| 단편소설 | 위치 | 박성민 | 청년문학, 2001.5. |
| 단편소설 | 가장 가까운곳으로 | 김철이 | 청년문학, 2001.6. |
| 단편소설 | 오늘의 탐구 | 리 평 | 청년문학, 2001.6. |
| 단편소설 | 나의 로반 | 박성진 | 청년문학, 2001.7. |
| 단편소설 | 공화국기발(실화문학) | 신창호 | 청년문학, 2001.7. |
| 단편소설 | 성장 | 김명국 | 청년문학, 2001.8. |
| 단편소설 | 미지의 탐구(과학환상소설) | 유 준 | 청년문학, 2001.8. |
| 단편소설 | 어머니의 금메달 | 김자경 | 청년문학, 2001.9. |
| 단편소설 | 그는 고향으로 간다(실화문학) | 한행복 | 청년문학, 2001.9. |

| 단편소설 | 붉은 대지 | 유 현 | 청년문학, 2001.10. |
|---|---|---|---|
| 단편소설 | 꽃필무렵 | 오영월 | 청년문학, 2001.10. |
| 단편소설 | 녀기자의 두번째 이야기 | 최광천 | 청년문학, 2001.10. |
| 단편소설 | 폭우속에서 만난 청년(벽소설) | 신련희 | 청년문학, 2001.10. |
| 단편소설 | 생활의 파도우에서 | 김명국 | 조선문학, 2001.11. |
| 단편소설 | 백리향 | 리명호 | 조선문학, 2001.11. |
| 단편소설 | 나리꽃 | 양 건 | 조선문학, 2001.11. |
| 단편소설 | 유산의 고백 | 고춘웅 | 조선문학, 2001.11. |
| 단편소설 | 입대 | 김길손 | 조선문학, 2001.12. |
| 단편소설 | 준마시절 | 채영일 | 조선문학, 2001.12. |
| 단편소설 | 쌍둥이(실화소설) | 김홍철 | 군중문학작품집 《높은곳으로》 중에서 |
| 단편소설 | 붉은 령장 | 박재우 | 군중문학작품집 《높은곳으로》 중에서 |
| 단편소설 | 네번째 론문 | 김정남 | 군중문학작품집 《높은곳으로》 중에서 |
| 단편소설 | 수훈식날에 | 유 현 | 군중문학작품집 《높은곳으로》 중에서 |
| 단편소설 | 나의 로반 | 박성진 | 군중문학작품집 《높은곳으로》 중에서 |
| 시초, 련시 | 무명 영웅들과 나<br>- 그 이름 그 모습들<br>- 별 하나<br>- 알아다오 조국이여 | 류영국 | 청년문학, 2001.7. |
| 시초, 련시 | 승리한 녀인의 노래<br>- 그날이 와도<br>- 녀인의 손<br>- 조국과 녀인<br>- 거울<br>- 밝아오는 새 날의 솔대문 앞에서<br>- 나도 새 세기의 진격로를 열어나간다 | 김선화 | 청년문학, 2001.8. |
| 시초, 련시 | 조국이여 이 전사들을 받으시라<br>- 아이들이 울가봐<br>- 어머니의 행복<br>- 아이들이 노래를 부르다<br>- 달밝은 그밤에<br>- 딸애의 손더듬에…<br>- 조국이여 이 전사들을 받아달라! | 위명철 | 청년문학, 2001.9. |
| 시초, 련시 | 세월은 노래를 남긴다 | 김한대 | 청년문학, 2001.10. |

| | | | |
|---|---|---|---|
| | - 아니<br>- 노래로 된 새<br>- 그는 홀몸이 아니였다<br>- ≪총각할아버지≫<br>- 귀향길 | | |
| 시초, 련시 | 이 사람들을 사랑하라<br>- 안겨사는 품<br>- 박사와 조국<br>- 이 사람들을 사랑하라 | 허군성 | 청년문학, 2001.10. |
| 시초, 련시 | 한녀맹돌격대원의 수기<br>- 비공개 명단<br>- 긴급회람<br>- 고생<br>- 보내지 못한 편지<br>- ≪녀맹돌격대≫<br>- 이 순간에 산다 | 김명옥 | 청년문학, 2001.10. |
| 시초, 련시 | 우리는 사랑으로 시련을 이겼다<br>- 몰랐습니다<br>- 그 처녀만 있으면<br>- 고백<br>- 박우물가에서<br>- 우리는 사랑으로 시련을 이겼다 | 려종섭 | 청년문학, 2001.11. |
| 시초, 련시 | 상원동을 가꾸며(련시)<br>- 계곡에서<br>- 금강루 절경<br>- 비멎은 아침에<br>- 산나물터<br>- 산주폭포<br>- 목란꽃<br>- 자부의 언덕 | 유련희 | 청년문학, 2001.9. |
| 서정시 | 6시 | 리성혁 | 조선문학, 2001.1. |
| 서정시 | 그 나이를 합쳐안고 | 김승남 | 조선문학, 2001.1. |
| 서정시 | 아이들에게 주는 시 | 리성애 | 조선문학, 2001.2. |
| 서정시 | 우리 시대 사람들 | 손진금 | 조선문학, 2001.3. |
| 서정시 | 고향집뜨락에서 | 정예남 | 조선문학, 2001.4. |
| 서정시 | 6월의 총성 | 리금주 | 조선문학, 2001.6. |
| 서정시 | 영원히 설레여라 비술나무여 | 김순혁 | 조선문학, 2001.8. |
| 서정시 | 안해에게 | 리정웅 | 조선문학, 2001.8. |
| 서정시 | 나의 벗 | 김성욱 | 조선문학, 2001.10. |
| 서정시 | 유치원마당가에서 | 김성욱 | 조선문학, 2001.10. |
| 서정시 | 군화끈을 한번 더 조여라 | 김성근 | 조선문학, 2001.10. |
| 서정시 | 만경대로 가는 길 | 리금주 | 조선문학, 2001.11. |
| 서정시 | 사랑합니다 | 리영희 | 조선문학, 2001.11. |
| 서정시 | 시간을 달라 | 리영희 | 조선문학, 2001.11. |

| 서정시 | 나의 병사시절 | 김정남 | 문학신문, 2001.2. |
|---|---|---|---|
| 서정시 | 나는 오늘도 장군님의 병사 | 정운남 | 문학신문, 2001.3. |
| 서정시 | 새 세기의 아침에 부치노라 | 김봉남 | 문학신문, 2001.4. |
| 서정시 | 병사는 새 세기를 이렇게 맞는다 | 문충렬 | 문학신문, 2001.4. |
| 서정시 | 꽃피는 4월 | 류길성 | 문학신문, 2001.12. |
| 서정시 | 렬차는 오늘도 정시로 | 김 철 | 문학신문, 2001.12. |
| 서정시 | 신천의 열쇠 | 리길성 | 문학신문, 2001.12. |
| 서정시 | 동강밀림의 봄 | 홍준명 | 문학신문, 2001.12. |
| 서정시 | 복받은 대지 | 허민영 | 문학신문, 2001.16. |
| 서정시 | 나의 손은 방아쇠를 걸었다 | 조인철 | 문학신문, 2001.17. |
| 서정시 | 병사혁띠 나는 네가 좋아 | 로성찬 | 문학신문, 2001.17. |
| 서정시 | 복수자의 리정표 | 박 철 | 문학신문, 2001.18. |
| 서정시 | 증오에 부치여 | 김호곤 | 문학신문, 2001.18. |
| 서정시 | 개선문 | 홍준명 | 문학신문, 2001.19. |
| 서정시 | 나는 21세기처녀 | 정일향 | 문학신문, 2001.19. |
| 서정시 | 병사의 집 | 김철국 | 문학신문, 2001.20. |
| 서정시 | 나는 사랑해 | 김진욱 | 문학신문, 2001.20. |
| 서정시 | 오이랭국에 깃든 이야기 | 김옥화 | 문학신문, 2001.21. |
| 서정시 | 녀인들의 합창을 들으며 | 김경석 | 문학신문, 2001.21. |
| 서정시 | 병사의 발구름소리 | 김석근 | 문학신문, 2001.21. |
| 서정시 | 아, 전승기념탑이여 | 김유훈 | 문학신문, 2001.21. |
| 서정시 | 천백배죽음을 | 김선희 | 문학신문, 2001.21. |
| 서정시 | 모스크바의 밤 | 박강옥 | 문학신문, 2001.23. |
| 서정시 | 고향벌의 밤에 | 박철수 | 문학신문, 2001.23. |
| 서정시 | 낚시터의 짧은 시간에 | 김봉남 | 문학신문, 2001.24. |
| 서정시 | 오셨습니다 | 김순영 | 문학신문, 2001.24. |
| 서정시 | 눈서리에도 피는 꽃 | 리광숙 | 문학신문, 2001.24. |
| 서정시 | 하늘가의 창문 | 김옥화 | 문학신문, 2001.24. |
| 서정시 | 나는 ≪푸에블로≫호를 본다 | 김승제 | 문학신문, 2001.24. |
| 서정시 | ≪물길처녀≫ | 박광학 | 문학신문, 2001.26. |
| 서정시 | 상봉 | 김영철 | 문학신문, 2001.27. |
| 서정시 | 그리움 | 김임순 | 문학신문, 2001.27. |
| 서정시 | 탄부들은 자신만만하다! | 백일호 | 문학신문, 2001.27. |
| 서정시 | 초소의 철쭉꽃 | 김은찬 | 문학신문, 2001.28. |
| 서정시 | 묘향산의 밤청대 | 고정철 | 문학신문, 2001.28. |
| 서정시 | 문패 | 리지학 | 문학신문, 2001.29. |
| 서정시 | 장군님 오셨습니다 | 로배권 | 문학신문, 2001.30. |

| 서정시 | 기다리는 마음(담시) | 려종섭 | 문학신문, 2001.30. |
|---|---|---|---|
| 서정시 | 좋아합니다 | 김순영 | 문학신문, 2001.33. |
| 서정시 | 인민대학습당의 고요 | 임성호 | 문학신문, 2001.33. |
| 서정시 | 어머님의 마음 | 정운남 | 문학신문, 2001.35. |
| 서정시 | 승리여 너와 함께 | 김춘기 | 문학신문, 2001.35. |
| 서정시 | 우리네 고장이 백두락원되였소 | 김명찬 | 문학신문, 2001.35. |
| 서정시 | 우리는 이 길로 간다 | 고정철 | 문학신문, 2001.36. |
| 서정시 | 영원한병사-대학생 | 리동철 | 문학신문, 2001.36. |
| 서정시 | 내 청춘 쇠물과 함께 | 손태영 | 청년문학, 2001.1. |
| 서정시 | 초소의 밤에 | 손향순 | 청년문학, 2001.1. |
| 서정시 | 청춘의 대오여 앞으로! | 고정철 | 청년문학, 2001.1. |
| 서정시 | 새 소식들을 기다리는 마음 | 전선희 | 청년문학, 2001.1. |
| 서정시 | 우리도 장군님병사로 산다 | 최남순 | 청년문학, 2001.1. |
| 서정시 | 새 세기여 나는 너와 초면이 아니다 | 리태식 | 청년문학, 2001.1. |
| 서정시 | 정보행진 | 김종남 | 청년문학, 2001.1. |
| 서정시 | 영웅과 대학생 | 김은희 | 청년문학, 2001.1. |
| 서정시 | 돌격대의 첫 시절에 | 심혜선 | 청년문학, 2001.1. |
| 서정시 | 나도 병사시절에 살았다 | 리성수 | 청년문학, 2001.2. |
| 서정시 | 아버지의 마음 | 한룡일 | 청년문학, 2001.2. |
| 서정시 | 한홀의 미숫가루 우리도 들자 | 한승길 | 청년문학, 2001.3. |
| 서정시 | 달려가자 미래의 언덕에로! | 리성애 | 청년문학, 2001.3. |
| 서정시 | 넓어지는 땅 | 윤하룡 | 청년문학, 2001.3. |
| 서정시 | 동트는 벌에서 | 신동원 | 청년문학, 2001.3. |
| 서정시 | 즐거운 저녁 | 원정옥 | 청년문학, 2001.3. |
| 서정시 | 더 무겁게 실어주오 | 문송학 | 청년문학, 2001.3. |
| 서정시 | ≪신소청원함≫ | 정운남 | 청년문학, 2001.3. |
| 서정시 | 나는 만경대가문의 한식솔이다 | 림정숙 | 청년문학, 2001.4. |
| 서정시 | 그날의 열병광장에서 | 신현숙 | 청년문학, 2001.4. |
| 서정시 | 내 마음 철령 네곁에 있으리 | 고은선 | 청년문학, 2001.4. |
| 서정시 | 나팔소리를 들으며 | 박시철 | 청년문학, 2001.4. |
| 서정시 | 동강의 밤에 | 최정옥 | 청년문학, 2001.5. |
| 서정시 | 경대앞에서 | 최정옥 | 청년문학, 2001.5. |
| 서정시 | 아, 우리의 5.1절이여 | 박성식 | 청년문학, 2001.5. |
| 서정시 | 기숙사의 밤은 깊어만 가도 | 김은희 | 청년문학, 2001.5. |
| 서정시 | 바쁜 5월 바쁜 새벽 | 리남준 | 청년문학, 2001.5. |
| 서정시 | 관길을 따라 걸으며 | 최춘일 | 청년문학, 2001.5. |
| 서정시 | 친한 내 동무 | 강성국 | 청년문학, 2001.5. |

| | | | |
|---|---|---|---|
| 서정시 | 속삭임소리 | 김봉남 | 청년문학, 2001.5. |
| 서정시 | 세월이 갈수록 귀중하신분 | 리철봉 | 청년문학, 2001.5. |
| 서정시 | 6월과 처녀 | 강순희 | 청년문학, 2001.6. |
| 서정시 | 감방에서 만든 기발 | 김영선 | 청년문학, 2001.6. |
| 서정시 | 별처럼 빛나는 생 | 리동원 | 청년문학, 2001.6. |
| 서정시 | 어머니란 무엇입니까 | 최덕찬 | 청년문학, 2001.6. |
| 서정시 | 초병의 소원 | 김혜인 | 청년문학, 2001.6. |
| 서정시 | 장군님 모시는 그날이 오면 | 김혜인 | 청년문학, 2001.6. |
| 서정시 | 영원히 조국의 미래와 함께 | 리 진 | 청년문학, 2001.7. |
| 서정시 | 만경대고향집에서 | 김성일 | 청년문학, 2001.7. |
| 서정시 | 어머님은 보고계셨다 | 조철웅 | 청년문학, 2001.7. |
| 서정시 | 나의 출장길을 생각할 때면 | 하익삼 | 청년문학, 2001.7. |
| 서정시 | 둥근 밥상두리에 | 위명철 | 청년문학, 2001.7. |
| 서정시 | 꿈이야기 | 김남호 | 청년문학, 2001.7. |
| 서정시 | 하얀 목수건 | 김남호 | 청년문학, 2001.7. |
| 서정시 | 땅과 농민의 진정 | 김남호 | 청년문학, 2001.7. |
| 서정시 | 인차가 내려간다 | 김상렬 | 청년문학, 2001.7. |
| 서정시 | 용서해주세요 | 리정임 | 청년문학, 2001.7. |
| 서정시 | 아, 소백수의 푸른 물줄기여 | 심류철 | 청년문학, 2001.7. |
| 서정시 | 모란봉의 아침에 | 심류철 | 청년문학, 2001.8. |
| 서정시 | 꽃송이 눈송이 | 김은희 | 청년문학, 2001.8. |
| 서정시 | 나의 시는 여기에 있다 | 김은희 | 청년문학, 2001.8. |
| 서정시 | 나는 온성의 딸입니다 | 권정애 | 청년문학, 2001.8. |
| 서정시 | 그날에 사네 | 진춘근 | 청년문학, 2001.8. |
| 서정시 | 첫 승객으로 | 진춘근 | 청년문학, 2001.8. |
| 서정시 | 적위대의 총소리여 | 량히성 | 청년문학, 2001.8. |
| 서정시 | 우리 마을 뒤산에 전호가 있다 | 량히성 | 청년문학, 2001.8. |
| 서정시 | 고향의 어머니에게 | 로학철 | 청년문학, 2001.8. |
| 서정시 | 격랑을 일으켜다오 | 한룡일 | 청년문학, 2001.8. |
| 서정시 | 나는 조국땅을 이렇게 익혔다 | 최명순 | 청년문학, 2001.8. |
| 서정시 | ≪속도전청년돌격대≫ 경표 | 최경미 | 청년문학, 2001.8. |
| 서정시 | 나는 콤퓨터를 사랑하는가 | 리명철 | 청년문학, 2001.8. |
| 서정시 | 고향의 진달래 | 송은미 | 청년문학, 2001.8. |
| 서정시 | 오, 통일의 전철기여! | 김미화 | 청년문학, 2001.8. |
| 서정시 | 나는 사랑하기에 | 손성덕 | 청년문학, 2001.8. |
| 서정시 | 통일의 그날이 오면 | 김호군 | 청년문학, 2001.8. |
| 서정시 | 수령님은 바라보십니다 | 리성애 | 청년문학, 2001.9. |

| 서정시 | 따라서는 마음입니다 | 김영학 | 청년문학, 2001.9. |
|---|---|---|---|
| 서정시 | 염분진도래굽이 이야기 | 김은혜 | 청년문학, 2001.9. |
| 서정시 | ≪마안산≫ 모포를 덮고 자던 밤에 | 김미선 | 청년문학, 2001.9. |
| 서정시 | 집삼바위앞에서 | 김순애 | 청년문학, 2001.9. |
| 서정시 | 무수해김치 | 천영금 | 청년문학, 2001.9. |
| 서정시 | 두만강기슭에서 | 박유철 | 청년문학, 2001.9. |
| 서정시 | 나의 조국아 | 신동필 | 청년문학, 2001.9. |
| 서정시 | 살아있는 목소리 | 김 연 | 청년문학, 2001.9. |
| 서정시 | 병사와 어린이들 | 박영진 | 청년문학, 2001.9. |
| 서정시 | 모교의 꽃보라를 받으며 | 지명림 | 청년문학, 2001.9. |
| 서정시 | 병사의 땀방울 | 류영철 | 청년문학, 2001.9. |
| 서정시 | 봄꿈에 대한 이야기 | 박명일 | 청년문학, 2001.10. |
| 서정시 | 그들은 ≪ㅌ·ㄷ≫의 첫성원들이였다 | 김호군 | 청년문학, 2001.10. |
| 서정시 | 백두대산줄기여 | 민성희 | 청년문학, 2001.10. |
| 서정시 | 복동아 내 사랑아 | 리정녀 | 청년문학, 2001.10. |
| 서정시 | 우리는 돌격대 그 이름이 좋다 | 전호철 | 청년문학, 2001.10. |
| 서정시 | 총은 있어야 한다 | 김옥남 | 청년문학, 2001.10. |
| 서정시 | 통일연을 바라보며 | 한경일 | 청년문학, 2001.10. |
| 서정시 | 룡당나루터 | 홍순화 | 청년문학, 2001.10. |
| 서정시 | 언니 | 박권철 | 청년문학, 2001.10. |
| 서정시 | 기다리던 인민의 마음 | 박순옥 | 청년문학, 2001.11. |
| 서정시 | 계승봉을 오르며 | 김명금 | 청년문학, 2001.11. |
| 서정시 | 수령님 서계셨던 강기슭에서 | 김철남 | 청년문학, 2001.11. |
| 서정시 | 혁명렬사릉의 감나무앞에서 | 김명철 | 청년문학, 2001.11. |
| 서정시 | 내 고향의 가을풍경 | 량송호 | 청년문학, 2001.11. |
| 서정시 | 어머니란 그 부름 | 김정삼 | 청년문학, 2001.11. |
| 서정시 | 영웅들과 버들숲 | 림정학 | 청년문학, 2001.11. |
| 서정시 | 동문 몇살이요 | 박일현 | 청년문학, 2001.11. |
| 서정시 | 손과 손을 잡으며 | 윤 희 | 청년문학, 2001.11. |
| 서정시 | 궤도는 다시 은빛을 뿌리며 | 장인철 | 청년문학, 2001.11. |
| 서정시 | 대형양수기를 떠나보내며 | 한영팔 | 청년문학, 2001.11. |
| 서정시 | 아 고향, 어머니시여 | 박명일 | 청년문학, 2001.11. |
| 서정시 | 병사와 이깔나무 | 김영희 | 청년문학, 2001.11. |
| 서정시 | 장군님의 원수별 우러를때면 | 한춘실 | 청년문학, 2001.12. |
| 서정시 | 애국의 렬사들과 어깨 나란히 | 김성일 | 청년문학, 2001.12. |
| 서정시 | 함박눈 내리는 오산덕이여 | 리종건 | 청년문학, 2001.12. |
| 서정시 | 명주솜옷 | 서명옥 | 청년문학, 2001.12. |

| 서정시 | 총잡은 노래 | 김영희 | 청년문학, 2001.12. |
|---|---|---|---|
| 서정시 | 우리는 압니다 | 허군성 | 청년문학, 2001.12. |
| 서정시 | 병사는 마음속에 평양을 안고 산다 | 김영선 | 청년문학, 2001.12. |
| 서정시 | 소금 | 김 령 | 청년문학, 2001.12. |
| 서정시 | 두 형제반장 | 문송학 | 청년문학, 2001.12. |
| 서정시 | 그 품은 사랑의 요람 | 박춘성 | 청년문학, 2001.12. |
| 서정시 | 내 고향에 찾아오세요 | 정순희 | 청년문학, 2001.12. |
| 서정시 | 고향을 사랑하라 | 김진성 | 청년문학, 2001.12. |
| 서정시 | 박물관 뜨락에서 | 최창남 | 청년문학, 2001.12. |
| 서정시 | 네놈들에겐 짐승이란 말도 아깝다 | 강철림 | 청년문학, 2001.12. |
| 서정시 | 우리 식이다 | 김성일 | 청년문학, 2001.12. |
| 서정시 | 가을날의 두렁길을 걸으며 | 정운남 | 청년문학, 2001.12. |
| 서정시 | 용해공의 웃음 | 김재연 | 청년문학, 2001.12. |
| 서정시 | 끝나지 않은 작별 | 김승균 | 청년문학, 2001.12. |
| 서정시 | 탄부들의 위훈에 받들려 | 신현숙 | 평양신문, 2001.1.16. |
| 서정시 | 내 사랑하는 철길우에 | 김순학 | 평양신문, 2001.1.28. |
| 서정시 | 만발하라 김정일화 | 현채련 | 평양신문, 2001.2.10. |
| 서정시 | 편지를 썼노라 | 김재호 | 평양신문, 2001.2.24. |
| 서정시 | 푸른하늘 | 리희란 | 평양신문, 2001.3.14. |
| 서정시 | 미제를 불태워버리라 | 조천일 | 평양신문, 2001.3.30. |
| 서정시 | 봄날의 미소 | 홍준명 | 평양신문, 2001.4.24. |
| 서정시 | 정문으로 들어설 때면 | 박성만 | 평양신문, 2001.5.10. |
| 서정시 | 심장에 불을 달라고 | 김재호 | 평양신문, 2001.5.30. |
| 서정시 | 사랑의 선물 | 강혜란 | 평양신문, 2001.6.15. |
| 서정시 | 벌에 서는 마음 | 리진철 | 평양신문, 2001.6.15. |
| 서정시 | 부디 명심해 들으라 | 김재호 | 평양신문, 2001.6.27. |
| 서정시 | 신천땅 할머니에게 부치는 노래 | 박승철 | 평양신문, 2001.7.17. |
| 서정시 | 승리의 광장에서 | 박두률 | 평양신문, 2001.8.2. |
| 서정시 | 기다리는마음 | 김원남 | 평양신문, 2001.8.14. |
| 서정시 | 옥류벽에서 부르는 나의 노래 | 박현옥 | 평양신문, 2001.8.28. |
| 서정시 | 파도소리 | 김정길 | 평양신문, 2001.8.28. |
| 서정시 | 한가지만은 아끼지 말라 | 김재호 | 평양신문, 2001.9.18. |
| 서정시 | 혁명렬사릉에서 | 림명호 | 평양신문, 2001.9.29. |
| 서정시 | 그리움의 아침에 살리 | 김동욱 | 평양신문, 2001.10.17. |
| 서정시 | 내 삶의 노래 | 홍정숙 | 평양신문, 2001.10.28. |
| 서정시 | 땅과 함께 사는 마음 | 안영애 | 평양신문, 2001.11.9. |
| 서정시 | 꺼지지 않는 수류탄등잔 | 김세호 | 평양신문, 2001.12.1. |

| 서정시 | 군민오락회 | 조홍조 | 평양신문, 2001.12.11. |
| 서정시 | 총과 칼을 사랑하라 | 권 혁 | 평양신문, 2001.12.26. |
| 서정시 | 정성의 꽃이 되리 | 림영실 | 평양신문, 2001.12.26. |

## <평론>

| 제목 | 작가 | 출처 |
|---|---|---|
| 영원하라 신념과 량심의 붉은 산줄기여 | 리금희 | 조선문학, 2001.1. |
| 시인의 열정의 분출, 시대의 메아리 | 차 수 | 조선문학, 2001.2. |
| 20세기령마루에 높이 떨친 조선사람의 존엄과 기개, 긍지 | 박인철 | 조선문학, 2001.2. |
| 사회문제의 예리성과 실화문학의 전투성 | 명일식 | 조선문학, 2001.3. |
| 선군시대의 붉은기서정 | 김철민 | 조선문학, 2001.3. |
| 시대정신의 구현과 단편소설 | 김선일 | 조선문학, 2001.3. |
| 새 세기를 빛내일 영생하는 태양의 노래를 | 김순림 | 조선문학, 2001.4. |
| 로병시인들의 심장의 웨침 | 안 성 | 조선문학, 2001.4. |
| 열렬한 흠모와 매혹이 낳은 위인송가 | 김일수 | 조선문학, 2001.5. |
| 숭고한정서세계-노래의철학 | 박애숙 | 조선문학, 2001.5. |
| 강성대국의 새날도 이렇게 밝아온다 | 박성국 | 조선문학, 2001.5. |
| 포옹이 뜨거우면 심장은 사랑한다 | 최길상 | 조선문학, 2001.5. |
| 위대한 정치가 낳은 20세기의 기적에 대한 서사시적화폭 | 장희숙 | 조선문학, 2001.6. |
| 오늘의 자력갱생의 의미를 진실하게 보여준 인상깊은 형상 | 김선녀 | 조선문학, 2001.6. |
| 시대의 높이에서 형상된 민족자주사상 | 류윤화 | 조선문학, 2001.7. |
| 위인의 숭고한 동지애에 대한 깊이있는 형상 | 조웅철 | 조선문학, 2001.7. |
| 서정의 힘은 진실성에 있다 | 김의준 | 조선문학, 2001.7. |
| 시를 통해 본 성삼문의 절개와 의리 | 김세준 | 조선문학, 2001.7. |
| 오늘도 들려오는 한나의 메아리 | 리룡일 | 조선문학, 2001.8. |
| 끌려오는 맛과 소설의 여운 | 리영순 | 조선문학, 2001.8. |
| 조국광복의 대사변을 주동적으로 마련하신 위대한 수령님의 불멸의 형상 | 김려숙 | 조선문학, 2001.8. |
| 조국통일의 열원과 시인의 시정신 | 최희건 | 조선문학, 2001.8. |
| 탐구와 사색의 뚜렷한 자취 | 리창유 | 조선문학, 2001.9. |
| 흥미와 진실성을 론하고싶어 | 김려숙 | 조선문학, 2001.9. |
| 생활적인 시에 대한 소감 | 리동성 | 조선문학, 2001.9. |
| 우리 당 선군사랑의 위대한 철리에 대한 심오한 예술적해명 | 리동수 | 조선문학, 2001.10. |
| 서정의 운률과 조화 | 리주경 | 조선문학, 2001.10. |
| 첨예한 극성, 서정의 분출 | 리윤근 | 조선문학, 2001.10. |
| ≪이민위천≫의 숭고한 뜻이 비낀 의의있는 세부 | 강은별 | 조선문학, 2001.10. |
| 세기의 하늘가에 울려퍼지는 태양칭송의 메아리 | 김일수 | 조선문학, 2001.11. |

| | | |
|---|---|---|
| 성과의비결은어디에… | 리창유 | 조선문학, 2001.11. |
| 현진건의 단편소설과 창작기교 | 한중모 | 조선문학, 2001.11. |
| 총대철학의 지성이 번뜩이는 선군시대의 력작 | 김 학 | 조선문학, 2001.12. |
| 단편소설창작과 형상의 초점에 대한 소감 | 류윤화 | 조선문학, 2001.12. |
| 선군시대가 드리는 영생의 노래 | 김철민 | 조선문학, 2001.12. |
| 광복전대중가요에서 ≪님≫의 정서적의미 | 은종섭 | 조선문학, 2001.12. |
| ≪아리랑≫의 연원과 민족적정서 | 박춘명 | 조선문학, 2001.12. |
| 혁명적신념과 량심문제를 심오하게 밝힌 빛나는 예술적화폭 | 박성국 | 문학신문, 2001.4. |
| 선군령도로 빛나는 주체의 군사미술 | 하경호 | 문학신문, 2001.4. |
| 시대의 요구와 단편소설의 형상세계 | 박성국 | 문학신문, 2001.6. |
| 가요 ≪김정일동지께 드리는 노래≫ 가사의 기본사상감정과 운률에 대한 고찰 | 리기주 | 문학신문, 2001.7. |
| 우리 당이 높이 평가한 혁명적인 시인 | 최형식 | 문학신문, 2001.8. |
| 한생을 총대로 수령을 받든 백전로장의 빛나는 형상 | 한룡숙 | 문학신문, 2001.8. |
| 조국통일의 열망에 대한 강렬한 시적서정 | 최희건 | 문학신문, 2001.10. |
| 불패의강군의위용과형상을훌륭히반영한명곡 | 박영호 | 문학신문, 2001.11. |
| 백두산의 용암으로 터져오른 뜨거운 위인흠모열 | 김철민 | 문학신문, 2001.12. |
| 소년단축하문은 특이한 시문학의 한 형태 | 명준섭 | 문학신문, 2001.12. |
| 풍자시와 작가의 발견 | 김현준 | 문학신문, 2001.12. |
| 고전소설 ≪홍보전≫의 사상예술적특성 | 리창유 | 문학신문, 2001.14. |
| 평범한 생활속에서 찾아쥔 시인의 사상감정 | 리동성 | 문학신문, 2001.14. |
| 우리 인민의 미풍량속에 대한 전설적형상 | 오영식 | 문학신문, 2001.14. |
| 태양을 따르는 청춘들의 랑만에 넘친 형상 | 동봉섭<br>길수암 | 문학신문, 2001.15. |
| 새 세기 시대정신에 발맞추어 | 윤정길 | 문학신문, 2001.15. |
| 참신한 동화적형상의 창조 | 오정애 | 문학신문, 2001.15. |
| ≪봄바람≫에 실려오는 정서적향기 | 김 학 | 문학신문, 2001.15. |
| 소년단축하문창작에서의 서정성 구현 | 명준섭 | 문학신문, 2001.16. |
| 수령의 위대성형상과 인물관계의 옳바른 탐구 | 류윤화 | 문학신문, 2001.16. |
| 새로운 안목으로 새로운 철학세계를 탐구하자 | 한미영 | 문학신문, 2001.16. |
| 삼천리강산에 수놓아진 천출위인의 불멸의 업적 | 리윤근 | 문학신문, 2001.17. |
| 붉은기서정과 동심 | 정성심 | 문학신문, 2001.17. |
| 무성하는 주체문학의 귀중한 새싹들 | 류 만 | 문학신문, 2001.18. |
| 한편의 정교한 서정시, 개성이 뚜렷한 시형상의 완벽성 | 리경준 | 문학신문, 2001.18. |
| 총대철학에 대한 심오한 형상 | 오춘식 | 문학신문, 2001.20. |
| 아이가 보이는 동요와 어른이 보이는 동요 | 백광명 | 문학신문, 2001.22. |
| 선군시대가 낳은 명작 | 한룡숙 | 문학신문, 2001.22. |
| 희극영화와 품위 | 심영택 | 문학신문, 2001.25. |

| | | |
|---|---|---|
| 깊은 여운, 추억의 서정세계 | 황혜경 | 문학신문, 2001.25. |
| 민족적정서로 넘치는 시대의 명작 | 박형섭 | 문학신문, 2001.25. |
| 심오한 사색과 체험세계가 낳은 명작 | 김성호 | 문학신문, 2001.26. |
| 건국위업에 바쳐오신 항일의 녀장군의 불멸의 형상 | 전상찬 | 문학신문, 2001.27. |
| 우리 시대 당일군의 참신한 전형 | 리성덕 | 문학신문, 2001.27. |
| 당을 어머니라 부르는것은 | 리금희 | 문학신문, 2001.28. |
| 안해의 참모습이 비낀 생활의 노래 | 김정심 | 문학신문, 2001.28. |
| 사회현실의 모순과 불합리를 폭로한 노래 | 홍영호 | 문학신문, 2001.29. |
| 축하시와 축하의 서정 | 김철민 | 문학신문, 2001.30. |
| 새로운 탐구와 전진의 자취를 새기며 | 김일수 | 문학신문, 2001.30. |
| 고향의 봄에 대한 시대의 명곡 | 명일식 | 문학신문, 2001.30. |
| 고리를 바로 걸자 | 리동성 | 문학신문, 2001.31. |
| 희극극작술의 명수 | 한룡숙 | 문학신문, 2001.31. |
| 생활을 진실하게, 진실하게 그리자 | 리창유 | 문학신문, 2001.32. |
| 성과와 교훈 | 백영철 | 문학신문, 2001.32. |
| 행복의 무게에 대한 생활철학 | 김정철 | 문학신문, 2001.33. |
| 성격과 생활의 미에 대한 예술적발견 | 박춘택 | 문학신문, 2001.33. |
| 시대정신을 반영한 새롭고 특색있는 가사 | 리경준 | 문학신문, 2001.34. |
| 단편소설의 감정흐름과 굴곡과 초점문제 | 강은별 | 문학신문, 2001.35. |
| 현실생활을 떠난 환상은 진실성을 파괴하는 ≪암≫ | 심영택 | 문학신문, 2001.35. |
| 매혹은 어디에서 오는가 | 리동성 | 청년문학, 2001.3. |
| 새 세기 출발선에서 | 지인철 | 청년문학, 2001.5. |
| 감동깊은 시형상창조의 비결 | 윤정길 | 청년문학, 2001.7. |
| 현실생활에서 본 작가와 그 주인공들(1) | 명일식 | 청년문학, 2001.12. |

## <문학예술 출판도서>

| 구분 | 제목 | 작가 | 출처(출판기관) |
|---|---|---|---|
| 도서 | 문학예술의 영재(18) | | 문학예술출판사 |
| 도서 | 따사로운 해빛아래(23) | | 문학예술출판사 |
| 도서 | 주체예술의 새 력사를 빛내이시며(31) | | 2.16예술교육출판사 |
| 도서 | 평론집 문학과 현대성 | 박종식 | 문학예술출판사 |
| 장편소설 | 총서 ≪불멸의 력사≫ 중 열병광장 | 정기종 | 문학예술출판사 |
| 장편소설 | 총서 ≪불멸의 력사≫ 중 번영의 길 | 박룡운 | 문학예술출판사 |
| 장편소설 | 왕재산 | 김청수 | 문학예술출판사 |
| 장편소설 | 피로 닦는 거울 | 백현우 | 문학예술출판사 |
| 장편소설 | 인생의 흐름 | 김원종 | 문학예술출판사 |
| 장편소설 | 이삭은 속삭인다 | 김명익 | 문학예술출판사 |

| | | | |
|---|---|---|---|
| 장편소설 | 봄비 | 박종상 | 문학예술출판사 |
| 장편소설 | 력사의 대결(제2부) | 허문길 | 금성청년출판사 |
| 장편소설 | 흐르는 별 | 정성훈 | 금성청년출판사 |
| 장편실화소설 | 결승선 | 김덕철 한응빈 | 문학예술출판사 |
| 장편실화소설 | 민족의 얼 | 리원주 | 문학예술출판사 |
| 장편실화소설 | 사라지지 않은 혜성 | 한정아 | 금성청년출판사 |
| 과학환상장편소설 | 탄생 | 박종렬 | 문학예술출판사 |
| 장편기행 | 내 나라 | 최성진 | 문학예술출판사 |
| 중편소설 | 눈속의 집 | 심길순 | 문학예술출판사 |
| 중편소설 | 푸른 과원 | 엄성영 | 문학예술출판사 |
| 중편소설 | 아리랑 | 박종철 | 문학예술출판사 |
| 중편소설 | 그의 교향곡 | 최영학 | 문학예술출판사 |
| 중편소설 | 훈민정음 | 박춘범 | 금성청년출판사 |
| 중편소설 | 따뜻한 도시 | 김 정 | 금성청년출판사 |
| 중편실화문학 | 총과 삶 | 박춘섭 | 금성청년출판사 |
| 중편소설집 | 행복동이들 | | 금성청년출판사 |
| 단편소설집 | 대홍단의 아침 | | 문학예술출판사 |
| 단편소설집 | 새 아침 | | 금성청년출판사 |
| 문학작품집 | 양춘을 불러 | | 문학예술출판사 |
| 시집 | 받들어 총 | | 문학예술출판사 |
| 시집 | 백승의 기치 | | 문학예술출판사 |
| 작품집 | 의지의 나래 | | 문학예술출판사 |
| 작품집 | 운명의 영원한 품 | | 문학예술출판사 |
| 작품집 | 높은 곳으로 | | 문학예술출판사 |
| 작품집 | 당이여 마음껏 설계하시라 | | 문학예술출판사 |
| 작품집 | 동트는 전선길 | | 금성청년출판사 |
| 작품집 | 미래 | | 금성청년출판사 |
| 작품집 | 승리의 축포 | | 금성청년출판사 |
| 수필집 | 총대를 사랑하라 | | |
| 시가집 | 나를 부르는 소리 | 전동우 | 문학예술출판사 |
| 시집 | 후대들과 함께 부른 노래 | 허수산 | 문학예술출판사 |
| 도서 | 조선사화전설집(16) | | 문학예술출판사 |
| 도서 | 옥루몽(2) | | 문학예술출판사 |
| 문예상식 | 조선말단어의 유래 | | 금성청년출판사 |
| 문예상식 | 아동문학묘사집(1) | | 금성청년출판사 |
| 외국소설 | 암호는 필요없다 | | 금성청년출판사 |
| 외국소설 | 세계문학선집(68): 미국의 비극(1) | | 문학예술출판사 |

| 외국소설 | 세계문학선집(69): 미국의 비극(2) | | 문학예술출판사 |
| 수필집 | 현대조선문학선집(22): 1920년대수필집 | | 문학예술출판사 |

## 3) 『조선문학예술년감』(2003) 문학작품 목록

### <시>(대표작)

| 구분 | 제목 | 작가 | 출처 |
|---|---|---|---|
| 시 | 날으자 조국이여 | 백의선 | 로동신문, 2002.2.4. |
| 시 | 내 고향은 라남땅 | 정동찬 | 로동신문, 2002.2.4. |
| 시 | 내 삶의 출발점에서 | 조창제 | 로동신문, 2002.2.4. |
| 시 | 이 불을 안고 살라 | 류동호 | 로동신문, 2002.2.4. |
| 시 | 우리의 영원한 행복이여 | 정준기 | 로동신문, 2002.2.8. |
| 시 | 봄노을이 피는 계절(시묶음)<br>- 고향집을 다시찾아<br>- 하늘땅이 새긴 이름<br>- 2월의 축원 | 최영화 | 로동신문, 2002.2.8. |
| 시 | 인민찬가(장시) | 오영재 | 로동신문, 2002.2.11. |
| 시 | 력사의 숫눈길(서사시) | 김만영 | 로동신문, 2002.2.15. |
| 시 | 백송리의 봄(장시) | 윤두만 | 문학신문, 2002.4.2. |
| 시 | 만경대유산 | 박경심 | 문학신문, 2002.4.7. |
| 시 | 한평생 | 김석주 | 문학신문, 2002.4.7. |
| 시 | 청춘과 래일 | 박순옥 | 문학신문, 2002.4.27. |
| 시 | 사회주의처녀가 제일 곱다 | 리광숙 | 문학신문, 2002.4.27. |
| 시 | 우리의 만복(서사시) | 백의선 | 로동신문, 2002.4.13. |
| 시 | 태양절찬가 | 박세옥<br>문용철 | 로동신문, 2002.4.12. |
| 시 | 최고사령관리 아래서(장시) | 오필천 | 로동신문, 2002.4.22. |
| 시 | 승리의 총대 | 김영태 | 로동신문, 2002.4.22. |
| 시 | 빛나라 령장의 원수별이여 | 한광춘 | 로동신문, 2002.4.22. |
| 시 | 우리는 승리를 경축한다(정론시) | 김만영 | 로동신문, 2002.6.20. |
| 시 | 백두산용암이 끓는다(서사시) | 백의선<br>류동호 | 로동신문, 2002.7.7. |
| 시 | 철령찬가 | 박세옥 | 로동신문, 2002.8.25. |
| 시 | 백두밀영고향집으로 가는 길 | 문동식 | 로동신문, 2002.8.25. |
| 시 | 나는 50년대와 이야기한다 | 박경심 | 로동신문, 2002.8.25. |
| 시 | 땅과 계절과 녀인 | 리연희 | 로동신문, 2002.8.25. |

| 시 | 해님아래 첫집(시묶음)<br>  - 꽃대문에 들어서며<br>  - 명당자리<br>  - 장군님과 제일 가까이<br>  - 사랑의 등록장<br>  - 빨간 단벗<br>  - 소원 | 배명숙 | 로동신문, 2002.8.30. |
|---|---|---|---|
| 시 | 영광을 드리노라(축하시) | 김만영 | 로동신문, 2002.8.31. |
| 시 | 인민이 기뻐하노라 | 류동호 | 로동신문, 2002.8.31. |
| 시 | 하늘 | 오영재 | 로동신문, 2002.8.31. |
| 시 | 오, 오 태양 | 김석주 | 로동신문, 2002.8.31. |
| 시 | 로씨야에 부치는 편지 | 김일신 | 문학신문, 2002.9.21. |
| 시 | 영원한 스승(서정서사시) | 김승도 | 문학신문, 2002.9.28. |
| 시 | 조국이여 마음껏 달리자(장시) | 윤명희 | 로동신문, 2002.11.30. |
| 시 | (두만강기행련시) 영원한 그리움의 집-회령 고향집이여 | | 로동신문, 2002.12.8. |
| 시 | 내 다시 왔노라 | 김만영 | |
| 시 | 이 꽃을 받으시라 | 전승일 | |
| 시 | 회령에 눈이 내리네 | 박경심 | |
| 시 | 빨찌산의 진달래 | 렴형미 | |
| 시 | 고향집뜨락에서 | 문용철 | |
| 시 | 아, 망양나루 | 김영택 | |
| 시 | 영원히 빛내가리 회령고향집 | 정동찬 | |
| 시 | 장군님 오늘도 철령을 넘으신다(장시) | 윤두만<br>류명호 | 로동신문, 2002.12.15. |
| 시 | 전선종군시초 | | 로동신문, 2002.12.23. |
| 시 | 선군령장찬가 | 류동호 | 로동신문, 2002.12.23. |
| 시 | 내 노래도 사랑에 젖어… | 김은숙 | 로동신문, 2002.12.23. |
| 시 | 열매에 대한 생각 | 조창제 | 로동신문, 2002.12.23. |
| 시 | 영원한 메아리 | 리연희 | 로동신문, 2002.12.23. |
| 시 | 까치봉의 7시 40분 | 신문경 | 로동신문, 2002.12.23. |
| 시 | 오, 대덕산 | 박정애 | 로동신문, 2002.12.23. |
| 시 | 병사의 첫걸음 | 주광일 | 로동신문, 2002.12.23. |
| 시 | 나는 장군님을 뵈었다 | 한광춘 | 로동신문, 2002.12.23. |
| 시 | 2002년이여 우리는 너를 빨찌산해로 부른다(송년시) | 김만영 | 로동신문, 2002.12.29. |
| 시 | 축복받은 새해(신년시) | 김석주 | 문학신문, 2002.1.11. |
| 시 | 병사의 축원(신년시) | 박현철 | 문학신문, 2002.1.11. |

## <단편소설, 장편소설, 기타>

| 구분 | 제목 | 작가 | 출처 |
|---|---|---|---|
| 백두산3대장군형상 단편소설 | 한여름날의 대화 | 김준학 | 조선문학, 2002.2. |
| 백두산3대장군형상 단편소설 | 고임돌(실화문학) | 김명진 | 조선문학, 2002.3. |
| 백두산3대장군형상 단편소설 | 나의 ≪아리랑≫ | 김청수 | 조선문학, 2002.4. |
| 백두산3대장군형상 단편소설 | 인간의 노래 | 박 윤 | 조선문학, 2002.6. |
| 백두산3대장군형상 단편소설 | 종소리 | 안홍윤 | 조선문학, 2002.7. |
| 백두산3대장군형상 단편소설 | 소쩍새 우는 밤 | 김준학 | 조선문학, 2002.10. |
| 백두산3대장군형상 단편소설 | 경암에서의 하루밤 | 리영환 | 조선문학, 2002.12. |
| 백두산3대장군형상 단편소설 | 령장의 품 | 김금옥 | 문학신문, 2002.5. |
| 백두산3대장군형상 단편소설 | 축복받은 사람들 | 김교섭 | 문학신문, 2002.10. |
| 백두산3대장군형상 단편소설 | 해당화피는 초소 | 림길명 | 문학신문, 2002.12. |
| 백두산3대장군형상 단편소설 | 친위전사 | 권정웅 | 문학신문, 2002.17. |
| 백두산3대장군형상 단편소설 | 날개 | 박경원 | 문학신문, 2002.19. |
| 백두산3대장군형상 단편소설 | 10월의 밤이야기 | 최영조 | 문학신문, 2002.28. |
| 백두산3대장군형상 단편소설 | 눈오는 날에 | 리하성 | 문학신문, 2002.35. |
| 백두산3대장군형상 단편소설 | 눈부신 새벽 | 장동일 | 청년문학, 2002.2. |
| 백두산3대장군형상 단편소설 | 봄의 향기 | 조권일 | 청년문학, 2002.3. |
| 백두산3대장군형상 단편소설 | 모란봉의 아침 | 김철호 | 청년문학, 2002.3. |
| 백두산3대장군형상 단편소설 | 실레이는 백양나무 | 림병순 | 청년문학, 2002.6. |
| 백두산3대장군형상 단편소설 | 하늘 | 전홍식 | 청년문학, 2002.7. |
| 백두산3대장군형상 단편소설 | 내 조국의 푸른 하늘 | 송출언 | 청년문학, 2002.9. |
| 백두산3대장군형상 단편소설 | 1998년 한해의 이야기(실화문학) | 최정남 | 청년문학, 2002. 제5~11호. |
| 일반주제단편소설 | 빈말은 없다 | 김병훈 | 조선문학, 2002.1. |
| 일반주제단편소설 | 따뜻한 꿈 | 최 련 | 조선문학, 2002.1. |
| 일반주제단편소설 | 설천봉 풍경 | 전인광 | 조선문학, 2002.2. |
| 일반주제단편소설 | 군복입은 사람들 | 조언영 | 조선문학, 2002.3. |
| 일반주제단편소설 | 고운 별 | 한원희 | 조선문학, 2002.3. |
| 일반주제단편소설 | ≪별무리≫ 흐르는 곳 | 공승길 | 조선문학, 2002.3. |
| 일반주제단편소설 | 까툴골사람 | 안동춘 | 조선문학, 2002.4. |
| 일반주제단편소설 | 봄의 고향 | 리수복 | 조선문학, 2002.4. |
| 일반주제단편소설 | 채송화 | 강귀미 | 조선문학, 2002.5. |
| 일반주제단편소설 | 어머니는 광부였다 | 백명길 | 조선문학, 2002.5. |
| 일반주제단편소설 | 녀인의 마음 | 김교섭 | 조선문학, 2002.5. |
| 일반주제단편소설 | 푸른 전나무 | 김철인 | 조선문학, 2002.6. |
| 일반주제단편소설 | 공로메달 | 김리돈 | 조선문학, 2002.6. |

| 일반주제단편소설 | 옥에 부치는 편지 | 박혜란 | 조선문학, 2002.7. |
|---|---|---|---|
| 일반주제단편소설 | 금강내기바람 | 김청수 | 조선문학, 2002.8. |
| 일반주제단편소설 | 어처구니(우화소설) | 리성철 | 조선문학, 2002.8. |
| 일반주제단편소설 | 방파제 | 공승길 | 조선문학, 2002.9. |
| 일반주제단편소설 | 붉은 섬광(과학환상소설) | 리금철 | 조선문학, 2002.9. |
| 일반주제단편소설 | 천한산의 붉은 단풍 | 황청일 | 조선문학, 2002.10. |
| 일반주제단편소설 | 겨울의 시내물 | 윤경찬 | 조선문학, 2002.10. |
| 일반주제단편소설 | 전사의 길 | 조승찬 | 조선문학, 2002.11. |
| 일반주제단편소설 | 제비 | 김해성 | 조선문학, 2002.11. |
| 일반주제단편소설 | 들꽃향기 | 석유균 | 조선문학, 2002.12. |
| 일반주제단편소설 | 군모를 벗지 말라 | 방하일 | 문학신문, 2002.4. |
| 일반주제단편소설 | 새 전설 | 최영주 | 문학신문, 2002.8. |
| 일반주제단편소설 | 얼굴을 높이 들어라 | 박장광 | 문학신문, 2002.12. |
| 일반주제단편소설 | 마중가는 안해 | 김덕철 | 문학신문, 2002.16. |
| 일반주제단편소설 | 병사들의 사랑 | 김도환 | 문학신문, 2002.18. |
| 일반주제단편소설 | 닮아가는 모습 | 공천영 | 문학신문, 2002.21. |
| 일반주제단편소설 | 모교의 전나무숲 | 장기성 | 문학신문, 2002.22. |
| 일반주제단편소설 | ≪첫사랑≫ | 설진기 | 문학신문, 2002.29. |
| 일반주제단편소설 | 초점 | 리라순 | 청년문학, 2002.1. |
| 일반주제단편소설 | 붉은 숲으로 가자 | 리 평 | 청년문학, 2002.3. |
| 일반주제단편소설 | 우리에게는 울창한 수림이 있다 | 오운서 | 청년문학, 2002.4. |
| 일반주제단편소설 | 그가 남긴 걸작 | 손영복 | 청년문학, 2002.6. |
| 일반주제단편소설 | 맏아들 | 강 수 | 청년문학, 2002.9. |
| 일반주제단편소설 | 막내딸 | 지인철 | 청년문학, 2002.11. |
| 일반주제단편소설 | 정든 고장 | 김대성 | 청년문학, 2002.12. |
| 송시, 헌시 | 2월 16일(송시) | 박호범 | 조선문학, 2002.2. |
| 송시, 헌시 | 영원하라 태양의 봄 2월이여(헌시) | 권오준 | 문학신문, 2002.5. |
| 송시, 헌시 | 만민의 축원 | 문동식 | 평양신문, 2002.2.17. |
| 서사시 | 만대에 빛나라 태양찬가여 | 신병강 | 로동신문, 2002.2.7. |
| 서사시 | 모란봉의 금소방울소리 | 주 민<br>리수남 | 로동신문, 2002.7.20. |
| 서사시 | 마지막 생신날에 부르신 노래(서정서사시) | 박세일 | 청년문학, 2002.4. |
| 장시 | 위대한 시인 | 박응전 | 조선문학, 2002.2. |
| 장시 | 우리 장군님과 정 | 리혜옥 | 조선문학, 2002.8. |
| 장시 | 장군님과 어머님 | 전승일 | 조선문학, 2002.12. |
| 장시 | 모교야! 나를 배워준 품아 | 최윤철 | 청년문학, 2002.1. |
| 장시 | 조국이여 마음껏 달리자 | 윤명희 | 로동신문, 2002.11.30. |
| 시초, 련시 | 내고향 도시 | 전찬기 | 조선문학, 2002.1. |

| | | | |
|---|---|---|---|
| | - 거룩한 자욱<br>- 영웅들의 노래<br>- 누나의 묘소에서<br>- 나팔산<br>- 바다만 바라 본다<br>- 고향의 도시 | | |
| 시초, 련시 | 나는 이사람들을 사랑한다<br>- 탄전의 아침<br>- 해군제대군인의 일기 한토막<br>- 굴진공의 맹세<br>- 나는 이사람들을 사랑한다 | 김휘조 | 조선문학, 2002.1. |
| 시초, 련시 | 아름다운 신천리(련시)<br>- 여기가 신천리<br>- 첫 자욱을 호수가에서<br>- 하루밤 자고 나서<br>- ≪나는 어디로 가랍니까?≫<br>- 봄날의그네터 | 김정철 | 조선문학, 2002.3. |
| 시초, 련시 | 대홍단소묘<br>- 아침<br>- 봇나무<br>- 감자꽃핀날에<br>- 아기 | 박정애 | 조선문학, 2002.5. |
| 시초, 련시 | 우리의 세월은 어떻게 흐르는가<br>- 영웅들은 어떻게 말하는가<br>- 그대들은 내려선적 없어도<br>- 꽃송이<br>- 승리상 앞에서<br>- 우리의 세월은 어떻게 흐르는가 | 전승일 | 조선문학, 2002.6. |
| 시초, 련시 | 나는 협동벌 사람이다<br>- 포전길<br>- 불이 났게<br>- 쉴참의 속사<br>- 나는 협동벌 사람이다 | 리진협 | 조선문학, 2002.6. |
| 시초, 련시 | 나의 고향은 라남이다<br>- 고향의 정<br>- 나는 나그네가 아니다!<br>- 선보러 가자!<br>- 침묵과 폭발<br>- 맹세 | 강인철 | 문학신문, 2002.2. |
| 시초, 련시 | 청춘대지(단시초)<br>- 뽈종다리야<br>- 연백의 봄<br>- 아기는 자고 있었다<br>- 청춘대지 | 채동규 | 문학신문, 2002.7. |
| 시초, 련시 | 전선길의 노래<br>- 길<br>- 폭포소리 무엇을 울리나 | 김영길 | 청년문학, 2002.2. |

| | | | |
|---|---|---|---|
| | - 한낮에 뜬 초생달<br>- 갈마반도의 밤이여<br>- 내 마음 해당화야 | | |
| 시초, 련시 | 우리는 이사를 간다<br>- 열매가 익을 무렵<br>- 정<br>- 우리는 이사를 간다<br>- 아버지의 자서전 | 홍철진 | 청년문학, 2002.5. |
| 시초, 련시 | 평양에서 떠나 다시 평양까지<br>- 금수산 기념궁전계단을 오르며<br>- 단숨에 가자<br>- 그리워 그리워<br>- 칠월칠석<br>- 우리민족끼리<br>- 감상록의 몇페지<br>- 독도는 우리땅이다<br>- 리별은 없다<br>- 만수대 언덕에 올라 | 장혜명 | 로동신문, 2002.8.28. |
| 시초, 련시 | 삼지연에서<br>- 백두산 바람을 맞고 싶어<br>- 붓나무거리에서<br>- 이깔나무, 붓나무 | 최영화 | 조선문학, 2002.2. |
| 시초, 련시 | 고향과 추억<br>- 민들레(1)<br>- 민들레(2)<br>- 고향바다<br>- 어째서인가<br>- 추억은 사랑한다 | 김석주 | 조선문학, 2002.7. |
| 시초, 련시 | 묘향산 시 묶음<br>- 향산의 아침<br>- 향산의 저녁<br>- 향산의 밤 | 권령선 | 조선문학, 2002.7. |
| 시초, 련시 | 친필비 앞에서<br>- 나는 가고프다<br>- 통일<br>- 조선사람이라면<br>- 한누리<br>- ≪김일성 1994.7.7≫ | 리영삼 | 조선문학, 2002.8. |
| 시초, 련시 | 해금강은 무엇을 노래하는가<br>- 아버지의 고향은 눈앞에 있는데<br>- 잉어바위 앞에서<br>- 현종암 너처럼<br>- 해금강은 무엇을 노래하는가 | 박해출 | 조선문학, 2002.8. |
| 시초, 련시 | 광부들에게 바치는 노래<br>- 굴진공의 마음<br>- 발파소리 기다리는 때 | 김덕선 | 조선문학, 2002.12. |
| 시초, 련시 | 나의 시여 | 류동호 | 로동신문, 2002.8.23. |

| | | | |
|---|---|---|---|
| | - 류다른 풍경 | | |
| | - 내 나라는 축원의 꽃바구니 | | |
| 시초, 련시 | 내 다시 왔노라 | 김만영 | 로동신문, 2002.12.8. |
| 서정시 | 축복의 흰눈 | 김형준 | 조선문학, 2002.1. |
| 서정시 | 새해가 오고 다시 또 와도 | 박현철 | 조선문학, 2002.1. |
| 서정시 | 달리는 조국에 부치는 시 | 문동식 | 조선문학, 2002.1. |
| 서정시 | 새날의 붉은기 | 리창식 | 조선문학, 2002.1. |
| 서정시 | 운명 | 김재원 | 조선문학, 2002.1. |
| 서정시 | 두 언제중에 어느것이 큽니까 | 고남철 | 조선문학, 2002.1. |
| 서정시 | 고향집의 배낭 | 홍문수 | 조선문학, 2002.2. |
| 서정시 | 우리 장군님과 총 | 김재원 | 조선문학, 2002.2. |
| 서정시 | 그이 | 렴형미 | 조선문학, 2002.2. |
| 서정시 | 나의 2월 | 김휘조 | 조선문학, 2002.2. |
| 서정시 | 방목길 백오십리(산문시) | 량덕모 | 조선문학, 2002.2. |
| 서정시 | 백두산에서 | 김학렬 | 조선문학, 2002.2. |
| 서정시 | 밀림 | 김명익 | 조선문학, 2002.2. |
| 서정시 | 아들 | 김명익 | 조선문학, 2002.2. |
| 서정시 | 봄이 온다 | 김충기 | 조선문학, 2002.3. |
| 서정시 | 오, 한홀의 미숫가루여 | 곽명철 | 조선문학, 2002.3. |
| 서정시 | 라남, 그 이름 불러보면 | 박두천 | 조선문학, 2002.3. |
| 서정시 | 녀인의노래 | 렴형미 | 조선문학, 2002.3. |
| 서정시 | 엄마의 속삭임 | 리명옥 | 조선문학, 2002.3. |
| 서정시 | 어머니의 흰머리를 빗어드리며 | 리득규 | 조선문학, 2002.3. |
| 서정시 | 이 땅이 나를 안다 | 채동규 | 조선문학, 2002.3. |
| 서정시 | 백명의 나와 함께 | 최은희 | 조선문학, 2002.3. |
| 서정시 | 아이들이 소곤댄다 | 문광근 | 조선문학, 2002.3. |
| 서정시 | 고향의 밤이 내읊는 첫시를 | 고남철 | 조선문학, 2002.3. |
| 서정시 | 붓과 인생 | 김정삼 | 조선문학, 2002.3. |
| 서정시 | 연필화 | 김정삼 | 조선문학, 2002.3. |
| 서정시 | 내 삶의 푸른 하늘에 | 김일철 | 조선문학, 2002.3. |
| 서정시 | 태양의 생애는 영원합니다 | 김송남 | 조선문학, 2002.4. |
| 서정시 | 주체1년~주체91년 | 김석주 | 조선문학, 2002.4. |
| 서정시 | 4월에 드리는 노래 | 장원준 | 조선문학, 2002.4. |
| 서정시 | 대오는 안도에서 떠나왔다 | 장원준 | 조선문학, 2002.4. |
| 서정시 | 집 | 정동찬 | 조선문학, 2002.4. |
| 서정시 | 봄날의 선언 | 김형준 | 조선문학, 2002.4. |
| 서정시 | 7천만의 무도회 | 김정철 | 조선문학, 2002.4. |
| 서정시 | 전우 | 손지원 | 조선문학, 2002.4. |

| 서정시 | 나의 ≪전선수첩≫을 펼치며 | 박호범 | 조선문학, 2002.4. |
| --- | --- | --- | --- |
| 서정시 | 위대한 사랑 | 박동선 | 조선문학, 2002.4. |
| 서정시 | 나는 사랑으로 함께 간다 | 홍현양 | 조선문학, 2002.4. |
| 서정시 | 이 땅은 무엇으로 젊어지는가 | 량덕모 | 조선문학, 2002.4. |
| 서정시 | 우리의 봄은 뜨겁습니다 | 전승일 | 조선문학, 2002.4. |
| 서정시 | 평화의 붓 | 주 경 | 조선문학, 2002.4. |
| 서정시 | 분홍치마저고리 | 로경철 | 조선문학, 2002.5. |
| 서정시 | 해살 | 박현철 | 조선문학, 2002.5. |
| 서정시 | 내 삶의 별 | 김철혁 | 조선문학, 2002.5. |
| 서정시 | 탄과 꽃 | 강성국 | 조선문학, 2002.5. |
| 서정시 | 노래와 함께 | 김선지 | 조선문학, 2002.5. |
| 서정시 | 내 고향 | 리동후 | 조선문학, 2002.5. |
| 서정시 | 여울아 내 사랑아 | 리동후 | 조선문학, 2002.5. |
| 서정시 | 젖줄기 | 리동후 | 조선문학, 2002.5. |
| 서정시 | 조국애란 의미를 두고 | 천일수 | 조선문학, 2002.5. |
| 서정시 | 나의 삶 | 천일수 | 조선문학, 2002.5. |
| 서정시 | 물은 어떻게 오는가 | 김화남 | 조선문학, 2002.5. |
| 서정시 | 우리의 6월 19일 | 신문경 | 조선문학, 2002.6. |
| 서정시 | 백두산아들의 인사 | 리창식 | 조선문학, 2002.6. |
| 서정시 | 우리 삶의 별 | 리진철 | 조선문학, 2002.6. |
| 서정시 | 백두산의 길 | 리 옥 | 조선문학, 2002.6. |
| 서정시 | 우리 장군님 젊으시다 | 김봉남 | 조선문학, 2002.6. |
| 서정시 | 전호가에 피여난 꽃 | 민성숙 | 조선문학, 2002.6. |
| 서정시 | 우리의 단오 | 김정철 | 조선문학, 2002.6. |
| 서정시 | 나는 고무신임자를 찾는다 | 리영백 | 조선문학, 2002.6. |
| 서정시 | 레루못에 대한 시 | 김명익 | 조선문학, 2002.6. |
| 서정시 | 7월의 노래 | 로경철 | 조선문학, 2002.7. |
| 서정시 | 아름다워라 추억의 밤이여 | 오필천 | 조선문학, 2002.7. |
| 서정시 | 울음홀 | 송명근 | 조선문학, 2002.7. |
| 서정시 | 좋은 앞날이 마중오누나 | 한원희 | 조선문학, 2002.7. |
| 서정시 | 불속에서 피는 꽃 | 한원희 | 조선문학, 2002.7. |
| 서정시 | 아 남산의 푸른 소나무 | 한광춘 | 조선문학, 2002.7. |
| 서정시 | 수령님의 애국은 | 리연희 | 조선문학, 2002.7. |
| 서정시 | 총과 미래 | 김정곤 | 조선문학, 2002.7. |
| 서정시 | 억천만번 죽더라도 | 김정곤 | 조선문학, 2002.7. |
| 서정시 | 로병의 말 | 김정곤 | 조선문학, 2002.7. |
| 서정시 | 추억 | 권태여 | 조선문학, 2002.7. |

| 서정시 | 탄창 | 권태여 | 조선문학, 2002.7. |
|---|---|---|---|
| 서정시 | 8월은 무엇을 새겼는가 | 주 경 | 조선문학, 2002.8. |
| 서정시 | 꽃구름 피는 산천 | 강옥녀 | 조선문학, 2002.8. |
| 서정시 | 광복의 환호성 | 리동후 | 조선문학, 2002.8. |
| 서정시 | 네 운명 네놈이 잘 알아 | 리동후 | 조선문학, 2002.8. |
| 서정시 | 젊어서 좋다고 | 김성우 | 조선문학, 2002.8. |
| 서정시 | 옛 전장에서 | 김정순 | 조선문학, 2002.8. |
| 서정시 | 50년 그해 여름 | 문선건 | 조선문학, 2002.8. |
| 서정시 | 전호속의 웃음소리 | 문선건 | 조선문학, 2002.8. |
| 서정시 | ≪무쇠밤알≫ | 문선건 | 조선문학, 2002.8. |
| 서정시 | 나의 전우들 | 송명근 | 조선문학, 2002.8. |
| 서정시 | 글발 | 허일 | 조선문학, 2002.8. |
| 서정시 | 짚신이여 | 곽명철 | 조선문학, 2002.8. |
| 서정시 | 오산덕 | 박정애 | 조선문학, 2002.9. |
| 서정시 | 어머니조국이여 | 홍현양 | 조선문학, 2002.9. |
| 서정시 | 나의 노래 | 정동찬 | 조선문학, 2002.9. |
| 서정시 | 얼멍채이야기 | 함영근 | 조선문학, 2002.9. |
| 서정시 | 고향샘물 | 함영근 | 조선문학, 2002.9. |
| 서정시 | 배움의 길을 두고 | 김무림 | 조선문학, 2002.9. |
| 서정시 | 원동에 | 김석주 | 조선문학, 2002.10. |
| 서정시 | 북두칠성 빛나는 밤에 | 신문경 | 조선문학, 2002.10. |
| 서정시 | 수령님과 열다섯살 | 김정철 | 조선문학, 2002.10. |
| 서정시 | 나더러 무슨 말을 더하랍니까 | 최정용 | 조선문학, 2002.10. |
| 서정시 | 박사부부의 행복한 삶은 | 서진명 | 조선문학, 2002.10. |
| 서정시 | 청원 | 김종운 | 조선문학, 2002.10. |
| 서정시 | 우리 사랑 푸르러갑니다(산문시) | 량덕모 | 조선문학, 2002.10. |
| 서정시 | 6.15는 밝은 달 | 오영재 | 조선문학, 2002.10. |
| 서정시 | 나는 1951년도 당원이다 | 신형길 | 조선문학, 2002.10. |
| 서정시 | 우리는 병사동창생 | 김수철 | 조선문학, 2002.10. |
| 서정시 | 후치령이 전하는 이야기(담시) | 박태화 | 조선문학, 2002.11. |
| 서정시 | 만세의 환호성 | 문용철 | 조선문학, 2002.11. |
| 서정시 | 가을이여 | 박상인 | 조선문학, 2002.11. |
| 서정시 | 장군님과 봄 | 박순옥 | 조선문학, 2002.11. |
| 서정시 | 입당청원서 | 장은하 | 조선문학, 2002.11. |
| 서정시 | 우리는 낯선 사이가 아니다 | 림공식 | 조선문학, 2002.11. |
| 서정시 | 하늘이 뜨겁다 | 서봉제 | 조선문학, 2002.11. |
| 서정시 | 내 노래는 한곡조 | 백하 | 조선문학, 2002.11. |

| 서정시 | 나의 갈망 | 백하 | 조선문학, 2002.11. |
|---|---|---|---|
| 서정시 | 토장의 밤 | 백하 | 조선문학, 2002.11. |
| 서정시 | 바다와 소년 | 리광선 | 조선문학, 2002.11. |
| 서정시 | 비 멎은 새벽에 | 김명철 | 조선문학, 2002.11. |
| 서정시 | 아 모교여 | 박련희 | 조선문학, 2002.11. |
| 서정시 | 석당교우에서 | 박 영 | 조선문학, 2002.11. |
| 서정시 | 어머니의 모습 | 김영택 | 조선문학, 2002.11. |
| 서정시 | 아이를 키우며 | 렴형미 | 조선문학, 2002.11. |
| 서정시 | 보내고싶지 않은 한해(송년시) | 오영재 | 조선문학, 2002.11. |
| 서정시 | 12월아 | 박현철 | 조선문학, 2002.11. |
| 서정시 | 생일상이야기(담시) | 전승일 | 조선문학, 2002.11. |
| 서정시 | 붉은기의 길 | 김만영 | 문학신문, 2002.1. |
| 서정시 | 새해가 밝아온다 | 주광일 | 문학신문, 2002.1. |
| 서정시 | 설날소묘 | 문선건 | 문학신문, 2002.1. |
| 서정시 | 빛내가리 우리의 날과 달을 | 김영택 | 문학신문, 2002.1. |
| 서정시 | 승리로 빛날 우리의 열두달 | 문용철 | 문학신문, 2002.1. |
| 서정시 | 우리는 붉은기에 무엇을 새겨야 하는가 | 박정애 | 문학신문, 2002.1. |
| 서정시 | 우리의 행군길 | 한광춘 | 문학신문, 2002.1. |
| 서정시 | 세월따라 깊어지는 것은… | 권오준 | 문학신문, 2002.1. |
| 서정시 | 보름달 | 허창렬 | 문학신문, 2002.1. |
| 서정시 | 백두산열풍이 휘몰아친다 | 백의선 | 문학신문, 2002.2. |
| 서정시 | 나는 선반공시인이다 | 류동호 | 문학신문, 2002.2. |
| 서정시 | 투영기앞에서 | 박현철 | 문학신문, 2002.2. |
| 서정시 | 나의 자서전 | 채동규 | 문학신문, 2002.2. |
| 서정시 | 진군의 불길 | 박선옥 | 문학신문, 2002.2. |
| 서정시 | 부러워하라 | 윤선숙 | 문학신문, 2002.2. |
| 서정시 | 나의 마대 | 김영옥 | 문학신문, 2002.2. |
| 서정시 | 최고사령관동지는 우리와 함께 | 심재훈 | 문학신문, 2002.3. |
| 서정시 | 전류가 흐르는 곳에서 | 로경철 | 문학신문, 2002.3. |
| 서정시 | 벌써 앞날의 백년을 | 김철후 | 문학신문, 2002.3. |
| 서정시 | 장군님의 전선길 | 박두천 | 문학신문, 2002.3. |
| 서정시 | 최고사령관기를 우러러 | 동 철 | 문학신문, 2002.3. |
| 서정시 | 불굴의 봉화대우에 | 정동찬 | 문학신문, 2002.3. |
| 서정시 | 불새처녀 | 최충웅 | 문학신문, 2002.3. |
| 서정시 | 특등바보(풍자시) | 한영빈 | 문학신문, 2002.3. |
| 서정시 | 언제나 웃으실거예요 | 위명철 | 문학신문, 2002.4. |
| 서정시 | 내 삶의 전선길이여 | 로경철 | 문학신문, 2002.4. |

| 서정시 | 백두밀영고향집 | 박성선 | 문학신문, 2002.4. |
|--------|----------------|--------|------------------|
| 서정시 | 우리의 장군님은 그 어디에 계실가 | 염득복 | 문학신문, 2002.4. |
| 서정시 | 내 너처럼 붉게 피리 | 박세옥 | 문학신문, 2002.4. |
| 서정시 | 고향집 앞에서 | 한광춘 | 문학신문, 2002.5. |
| 서정시 | 나는 2월을 지킨다 | 신문경 | 문학신문, 2002.5. |
| 서정시 | 백두산의 2월 | 전춘근 | 문학신문, 2002.5. |
| 서정시 | 고향집의 흰눈 | 량덕모 | 문학신문, 2002.5. |
| 서정시 | 백두산의 만병초 | 리덕진 | 문학신문, 2002.5. |
| 서정시 | 무릉도원 내 고향 | 권태여 | 문학신문, 2002.7. |
| 서정시 | 우리 장군님 | 김석주 | 문학신문, 2002.7. |
| 서정시 | 중대 나란히! | 리찬호 | 문학신문, 2002.7. |
| 서정시 | 수류탄 | 김경석 | 문학신문, 2002.7. |
| 서정시 | 안해에게 | 한광춘 | 문학신문, 2002.7. |
| 서정시 | 병사는 고향역을 지난다 | 박상철 | 문학신문, 2002.7. |
| 서정시 | 장군님과 초소의 나무 | 김정곤 | 문학신문, 2002.8. |
| 서정시 | 제대병사 고향길 잊었네 | 김광호 | 문학신문, 2002.8. |
| 서정시 | 모교여 나의 인사는… | 엄호삼 | 문학신문, 2002.8. |
| 서정시 | 수령님은 위대한 심장속에 계신다 | 박근원 | 문학신문, 2002.8. |
| 서정시 | 그들의 믿음직한 어깨너머 | 서진명 | 문학신문, 2002.8. |
| 서정시 | 나의 위치 | 김공철 | 문학신문, 2002.8. |
| 서정시 | 충신과 간신(교훈시) | 량덕모 | 문학신문, 2002.8. |
| 서정시 | 도적맞힌 부쉬(풍자시) | 윤학복 | 문학신문, 2002.8. |
| 서정시 | 선군장군 | 김석주 | 문학신문, 2002.9. |
| 서정시 | 금진강, 너의 새 노래는 | 김송남 | 문학신문, 2002.9. |
| 서정시 | 가자, 통수식장에로 | 김상조 | 문학신문, 2002.9. |
| 서정시 | 금잔디 푸른 강변에서 | 김재호 | 문학신문, 2002.9. |
| 서정시 | 다박솔초소에서의 추억 | 림공식 | 문학신문, 2002.9. |
| 서정시 | 영점보고 | 김정곤 | 문학신문, 2002.9. |
| 서정시 | 나는 한가정을 잘 안다 | 김휘조 | 문학신문, 2002.9. |
| 서정시 | 나는 평양의 아들 | 정성환 | 문학신문, 2002.9. |
| 서정시 | 4월의 태양 우러러 | 박근원 | 문학신문, 2002.10. |
| 서정시 | 백송땅의 봄 | 김승남 | 문학신문, 2002.10. |
| 서정시 | 못잊어 내 소년시절의 그 봄날을 | 홍현양 | 문학신문, 2002.10. |
| 서정시 | 숲속을 거닐며 | 리기백 | 문학신문, 2002.10. |
| 서정시 | 오늘도 사랑의 축복속에 산다 | 최창만 | 문학신문, 2002.10. |
| 서정시 | 태양의 미소 | 박두천 | 문학신문, 2002.11. |
| 서정시 | 강반석어머님 동상을 우러러 | 리진묵 | 문학신문, 2002.11. |

| 서정시 | 병사의 모습 | 김형준 | 문학신문, 2002.11. |
|---|---|---|---|
| 서정시 | 땅이란 무엇인가 | 염득복 | 문학신문, 2002.11. |
| 서정시 | 전사의 영광 | 주정웅 | 문학신문, 2002.12. |
| 서정시 | 하늘엔 비둘기 날으는데… | 하복철 | 문학신문, 2002.12. |
| 서정시 | 영원한 승리의 노래 | 윤명철 | 문학신문, 2002.13. |
| 서정시 | 축복받은 사랑 | 박근원 | 문학신문, 2002.13. |
| 서정시 | 내가 왜 모를라구 | 리 용 | 문학신문, 2002.13. |
| 서정시 | 휴양의 달밤에 | 김명철 | 문학신문, 2002.13. |
| 서정시 | 숭능에 대한 담시 | 김정곤 | 문학신문, 2002.14. |
| 서정시 | 웃으며 올랐다가 울며 내리네 | 리광숙 | 문학신문, 2002.14. |
| 서정시 | 이 땅의 녀인들에게 | 한원희 | 문학신문, 2002.14. |
| 서정시 | 동강밀영의 봄밤에 | 리명호 | 문학신문, 2002.14. |
| 서정시 | 아, 백두의 천지여 | 전계승 | 문학신문, 2002.14. |
| 서정시 | 투사들의 대오앞에서 | 윤명철 | 문학신문, 2002.14. |
| 서정시 | 딸에게 보내는 시 | 염득복 | 문학신문, 2002.14. |
| 서정시 | 봄노을속의 처녀들 | 김재원 | 문학신문, 2002.14. |
| 서정시 | 장군님과 대홍단 | 박정애 | 문학신문, 2002.15. |
| 서정시 | 군민이 사랑하는 노래 | 림성희 | 문학신문, 2002.15. |
| 서정시 | 1950년대의 정신을 안고 | 리병호 | 문학신문, 2002.15. |
| 서정시 | 상봉 | 문선건 | 문학신문, 2002.15. |
| 서정시 | 타향에서 봄을 맞으며 | 임경희 | 문학신문, 2002.15. |
| 서정시 | 수령복찬가 | 권오준 | 문학신문, 2002.15. |
| 서정시 | 마치는 기발이다 | 리정순 | 문학신문, 2002.15. |
| 서정시 | 야전기발 | 박선옥 | 문학신문, 2002.16. |
| 서정시 | 그대는 우리와 함께 보고있다 | 리수원 | 문학신문, 2002.16. |
| 서정시 | 혁명교향곡 | 김석천 | 문학신문, 2002.16. |
| 서정시 | 꿈만 꾸어라 나래만 키워라 | 리 영 | 문학신문, 2002.16. |
| 서정시 | 아리랑 | 강경남 | 문학신문, 2002.16. |
| 서정시 | 녀인들아 우리 더 바삐 살자 | 김진아 | 문학신문, 2002.16. |
| 서정시 | 막장길 | 김덕선 | 문학신문, 2002.16. |
| 서정시 | ≪푸에블로≫ 호우에서 | 홍준명 | 문학신문, 2002.16. |
| 서정시 | 복수의 피로 새기라 | 김충기 | 문학신문, 2002.16. |
| 서정시 | 장군님 동지세계의 큰 집 | 박근원 | 문학신문, 2002.17. |
| 서정시 | 열아홉해와 열아흐레날 | 리배한 | 문학신문, 2002.17. |
| 서정시 | 뜻깊은 6월의 아침에 | 최득필 | 문학신문, 2002.17. |
| 서정시 | 우리 당을 알기까지 | 민병준 | 문학신문, 2002.17. |
| 서정시 | 그날도 6월 15일이였으면 | 정태은 | 문학신문, 2002.17. |

| 서정시 | 6.15 뜻깊은 이날에 | 리명호 | 문학신문, 2002.17. |
|---|---|---|---|
| 서정시 | 봄날의 대지는 밝아라 | 주광일 | 문학신문, 2002.17. |
| 서정시 | 물우에 솟는 땅 | 량덕모 | 문학신문, 2002.17. |
| 서정시 | 수령님사랑 | 신문경 | 문학신문, 2002.18. |
| 서정시 | 영원한 봄의 나라 | 박평화 | 문학신문, 2002.18. |
| 서정시 | 장군님의 미소 | 리룡훈 | 문학신문, 2002.18. |
| 서정시 | 검차공의 노래 | 서광명 | 문학신문, 2002.18. |
| 서정시 | 6월의 하늘은 푸르다 | 리정순 | 문학신문, 2002.18. |
| 서정시 | 신천의 령혼들이 웨친다 | 김선화 | 문학신문, 2002.18. |
| 서정시 | 나에게 총을 다오 | 호대선 | 문학신문, 2002.18. |
| 서정시 | 어머니의 로력훈장 | 호대선 | 문학신문, 2002.18. |
| 서정시 | 당이여, 그대품이 있어 | 호대선 | 문학신문, 2002.18. |
| 서정시 | 사과 한알 | 문춘심 | 문학신문, 2002.18. |
| 서정시 | 우리는 선군으로 대국이 되였다 | 강경남 | 문학신문, 2002.18. |
| 서정시 | 신천의 머리빈침 | 최영희 | 문학신문, 2002.18. |
| 서정시 | 병사의 나이 | 권강일 | 문학신문, 2002.18. |
| 서정시 | 수령님과 인민 | 김창호 | 문학신문, 2002.19. |
| 서정시 | 그리움의 세월은 영생의 세월 | 홍현양 | 문학신문, 2002.19. |
| 서정시 | 아 그날은 | 리연희 | 문학신문, 2002.19. |
| 서정시 | 봄비를 뿌려다오 | 정동찬 | 문학신문, 2002.19. |
| 서정시 | 7월 10일 | 리성희 | 문학신문, 2002.19. |
| 서정시 | 그이께서는 이른 아침에 오시였다 | 김광렬 | 문학신문, 2002.20. |
| 서정시 | 어머니에게 보내는 편지 | 김승남 | 문학신문, 2002.20. |
| 서정시 | 우리는 무엇에 사는가 | 차명숙 | 문학신문, 2002.20. |
| 서정시 | 우리가 찍은 사진은 | 박상민 | 문학신문, 2002.20. |
| 서정시 | 아이들이 수령님노래 부릅니다 | 최남순 | 문학신문, 2002.21. |
| 서정시 | 나는 선군시대의 전사다 | 조영일 | 문학신문, 2002.21. |
| 서정시 | 분노의 파도가 있다 | 리진철 | 문학신문, 2002.21. |
| 서정시 | 총 | 강인철 | 문학신문, 2002.22. |
| 서정시 | 국경도시의 행운 | 리진묵 | 문학신문, 2002.22. |
| 서정시 | 꽃다발 드리였네 | 송재하 | 문학신문, 2002.22. |
| 서정시 | 개선문처마아래 | 윤정길 | 문학신문, 2002.22. |
| 서정시 | 승리자들의 딸 | 리창식 | 문학신문, 2002.22. |
| 서정시 | 따라서는 마음 | 문용철 | 문학신문, 2002.23. |
| 서정시 | 추모의 시를 쓰지 않는다 | 허 일 | 문학신문, 2002.23. |
| 서정시 | 아리랑 아, 아리랑 | 림공식 | 문학신문, 2002.23. |
| 서정시 | 신천의 할머니 | 문광필 | 문학신문, 2002.23. |

| | | | |
|---|---|---|---|
| 서정시 | 기쁘고 반가워라 | 오영재 | 문학신문, 2002.24. |
| 서정시 | 우리의 명절날 | 김영택 | 문학신문, 2002.24. |
| 서정시 | 꽃다발을 삼가 드립니다 | 홍현양 | 문학신문, 2002.24. |
| 서정시 | 두만강 푸른 물은 말하네 | 안창만 | 문학신문, 2002.24. |
| 서정시 | 환희의 날 | 한광춘 | 문학신문, 2002.24. |
| 서정시 | 우리의 청년절은 천막가에도 있었다 | 안창명 | 문학신문, 2002.24. |
| 서정시 | 아무르의 물결이여 | 주유훈 | 문학신문, 2002.25. |
| 서정시 | 조국을 부르는 마음 | 오재신 | 문학신문, 2002.25. |
| 서정시 | 조국과 래일 | 리명근 | 문학신문, 2002.25. |
| 서정시 | 나는 사랑합니다 | 김인찬 | 문학신문, 2002.25. |
| 서정시 | 선군장정 | 윤정길 | 문학신문, 2002.26. |
| 서정시 | 환희 | 리창식 | 문학신문, 2002.26. |
| 서정시 | 원동의 둥근 달 | 리연희 | 문학신문, 2002.26. |
| 서정시 | 나의 퇴근길 | 변홍영 | 문학신문, 2002.26. |
| 서정시 | 래일은 오늘에 있다 | 김석주 | 문학신문, 2002.27. |
| 서정시 | 아, 7천여리 | 계정균 | 문학신문, 2002.28. |
| 서정시 | 만경대에서 개선문까지 | 홍철진 | 문학신문, 2002.28. |
| 서정시 | 병사들의 추억속에 | 김순학 | 문학신문, 2002.28. |
| 서정시 | 내 이제야 총을 잡고 | 리찬호 | 문학신문, 2002.28. |
| 서정시 | 한상의 기념사진앞에서 | 호대선 | 문학신문, 2002.29. |
| 서정시 | 당기를 우러를 때면 | 정성철 | 문학신문, 2002.29. |
| 서정시 | 첫걸음 | 리동수 | 문학신문, 2002.29. |
| 서정시 | 딸에게 | 권오준 | 문학신문, 2002.29. |
| 서정시 | 꼼소몰스크-나-아무레의 땅에서 | 김용회 | 문학신문, 2002.30. |
| 서정시 | 백두산에 새긴 청춘 가지않는다 | 박해출 | 문학신문, 2002.30. |
| 서정시 | 어머니의 당부 | 박해출 | 문학신문, 2002.30. |
| 서정시 | 나는 백두산에서 당원이 되였다 | 김은숙 | 문학신문, 2002.30. |
| 서정시 | 천지계단 | 김은숙 | 문학신문, 2002.30. |
| 서정시 | 정오의 종소리 | 허수산 | 문학신문, 2002.31. |
| 서정시 | 벌의 교향곡 | 서봉제 | 문학신문, 2002.31. |
| 서정시 | 지난날은 돌아오지 않아도 | 리동후 | 문학신문, 2002.31. |
| 서정시 | 붓 | 강인철 | 문학신문, 2002.32. |
| 서정시 | 삼지연 | 문동식 | 문학신문, 2002.32. |
| 서정시 | 하루해여 하늘준천에 높이 떠 있으려마 | 서동린 | 문학신문, 2002.32. |
| 서정시 | 나의 자서전 | 박근원 | 문학신문, 2002.32. |
| 서정시 | 금강산단풍 | 신형길 | 문학신문, 2002.32. |
| 서정시 | 플러라 새 대동강이여 | 함영근 | 문학신문, 2002.32. |

| 서정시 | 물보라 쌀보라 | 박상민 | 문학신문, 2002.32. |
|---|---|---|---|
| 서정시 | 통일전선 | 김형준 | 문학신문, 2002.33. |
| 서정시 | 어머니앞에 조국앞에 | 염득복 | 문학신문, 2002.33. |
| 서정시 | 강선문 | 정동찬 | 문학신문, 2002.33. |
| 서정시 | 대홍단의 가을 | 박희구 | 문학신문, 2002.34. |
| 서정시 | 따라서는 마음 | 류길성 | 문학신문, 2002.34. |
| 서정시 | 우리의 총대 | 동기춘 | 문학신문, 2002.34. |
| 서정시 | 나의 추억 | 리광규 | 문학신문, 2002.34. |
| 서정시 | 조국과 시 | 권오준 | 문학신문, 2002.34. |
| 서정시 | 내 바라건대 | 김영철 | 문학신문, 2002.34. |
| 서정시 | 최고사령부는 전장에 있다 | 류동호 | 문학신문, 2002.35. |
| 서정시 | 351고지에서 | 한광춘 | 문학신문, 2002.35. |
| 서정시 | 어머님의 고매하신 그 모습 우러러 | 정영호 | 문학신문, 2002.35. |
| 서정시 | 한생 | 리명근 | 문학신문, 2002.35. |
| 서정시 | 박우물 | 리정태 | 문학신문, 2002.36. |
| 서정시 | 우리는 예서 땅을 밟는다 | 서봉제 | 문학신문, 2002.36. |
| 서정시 | 불쾌한 친구(교훈시) | 안정기 | 문학신문, 2002.36. |
| 서정시 | 새해의 인사 | 김정경 | 청년문학, 2002.1. |
| 서정시 | 새해라도 생각깊은 새해우에 | 리진협 | 청년문학, 2002.1. |
| 서정시 | 새날찬가 | 리창식 | 청년문학, 2002.1. |
| 서정시 | 연공시인에게 부치여 | 강경남 | 청년문학, 2002.1. |
| 서정시 | 세계의 명절 | 문동식 | 청년문학, 2002.2. |
| 서정시 | 우리에게는 라남의 봉화가 있다 | 김만영 | 청년문학, 2002.2. |
| 서정시 | 백두산에서 부르는 노래 | 김창호 | 청년문학, 2002.2. |
| 서정시 | 어머님의 한생 | 염득복 | 청년문학, 2002.2. |
| 서정시 | 타조들이 춤을 추네 | 리동수 | 청년문학, 2002.2. |
| 서정시 | 새해의 첫걸음 | 주광일 | 청년문학, 2002.3. |
| 서정시 | 오, 울림폭포여 | 주 경 | 청년문학, 2002.3. |
| 서정시 | 집문턱 | 리진묵 | 청년문학, 2002.3. |
| 서정시 | 수령님생각 | 한광춘 | 청년문학, 2002.4. |
| 서정시 | 영원한 4월의 노래 | 한금란 | 청년문학, 2002.4. |
| 서정시 | 아, 어버이수령님 | 리진협 | 청년문학, 2002.4. |
| 서정시 | 빛나라 령장의 원수별이여 | 문동식 | 청년문학, 2002.4. |
| 서정시 | 인민행렬차가 떠나간곳에서 | 문동식 | 청년문학, 2002.4. |
| 서정시 | 4월의 조선은 아, 수령님을 | 송정우 | 청년문학, 2002.4. |
| 서정시 | 정일봉을 안고 살리 | 리동수 | 청년문학, 2002.4. |
| 서정시 | 탄전의 봄 | 리명옥 | 청년문학, 2002.4. |

| 서정시 | 백두산에 올라서 | 리학문 | 청년문학, 2002.5. |
|---|---|---|---|
| 서정시 | 그 나날은 멀리 갔어도 | 김창호 | 청년문학, 2002.5. |
| 서정시 | 뜻깊은 6월의 아침에 | 호대선 | 청년문학, 2002.6. |
| 서정시 | 보천보의 하늘가에 노을이 타네 | 송정우 | 청년문학, 2002.6. |
| 서정시 | 잊지 못한다 6월 25일을 | 김창호 | 청년문학, 2002.6. |
| 서정시 | 초침소리 | 호대선 | 청년문학, 2002.7. |
| 서정시 | 옛 전우와의 상봉 | 석광희 | 청년문학, 2002.7. |
| 서정시 | 전승절의 푸른 하늘 | 권태여 | 청년문학, 2002.7. |
| 서정시 | 8월 15일 광복의 날이여 | 박두천 | 청년문학, 2002.8. |
| 서정시 | 금야강아 | 김철혁 | 청년문학, 2002.8. |
| 서정시 | 내 마음의 꽃다발은 | 리성애 | 청년문학, 2002.8. |
| 서정시 | 휘날리라 내 조국의 국기여 | 리영호 | 청년문학, 2002.9. |
| 서정시 | 봄빛이 흐릅니다 | 남창건 | 청년문학, 2002.9. |
| 서정시 | 불빛을 지키는 사람들 | 문동식 | 청년문학, 2002.9. |
| 서정시 | 8월에 부치여 | 박현철 | 청년문학, 2002.10. |
| 서정시 | 한해 | 리창식 | 청년문학, 2002.10. |
| 서정시 | 내리는 웃음에 올리는 웃음 | 안정기 | 청년문학, 2002.10. |
| 서정시 | 당창건기념탑앞에서 | 한광춘 | 청년문학, 2002.10. |
| 서정시 | 너 여기에 있었구나 | 리연희 | 청년문학, 2002.10. |
| 서정시 | 영원한 메아리 | 문용철 | 청년문학, 2002.11. |
| 서정시 | 청춘의 한해여 안녕히 | 리창식 | 청년문학, 2002.12. |
| 서정시 | 무궁토록 빛나라 12월 24일이여 | 김창호 | 청년문학, 2002.12. |
| 서정시 | 충성의 별 | 신형길 | 청년문학, 2002.12. |
| 서정시 | 하쏸을 노래 불러 | 허 일 | 청년문학, 2002.12. |
| 서정시 | 세 사람의 웃음소리 | 김봉남 | 청년문학, 2002.12. |
| 서정시 | 백두의 축포성 | 신병강 | 로동신문, 2002.2.20. |
| 서정시 | 정일봉에 해맞이축포 오른다 | 류동호 | 로동신문, 2002.2.20. |
| 서정시 | 인간사랑의 조국에 내가 산다 | 조창제 | 로동신문, 2002.2.21. |
| 서정시 | 백두령장의 건강은 우리의 행복 | 최준경 | 로동신문, 2002.3.8. |
| 서정시 | 우리 아버지 | 김용남 | 로동신문, 2002.4.7. |
| 서정시 | 장군님 건강하시라 | 최준경 | 로동신문, 2002.4.11. |
| 서정시 | 태양절에 부르는 노래 | 최준경 | 로동신문, 2002.4.16. |
| 서정시 | 영원히 빛나라 백두의 태양이여 | 정준기 | 로동신문, 2002.4.20. |
| 서정시 | 우리는 영원한 선군혁명동지 | 류동호 | 로동신문, 2002.5.15. |
| 서정시 | 태양의 축복 | 류동호 | 로동신문, 2002.7.27. |
| 서정시 | 너의 출생일 | 한광춘 | 로동신문, 2002.7.27. |
| 서정시 | 네 요람곁에 병사가 있다 | 조창제 | 로동신문, 2002.7.27. |

| 서정시 | 축복에게 | 서정인 | 로동신문, 2002.8.4. |
|--------|----------|--------|----------------------|
| 서정시 | 우리 집의 큰 경사 | 김은숙 | 로동신문, 2002.8.8. |
| 서정시 | 시대의 송가 | 문용철 | 로동신문, 2002.8.8. |
| 서정시 | 축복아 나는 기다리련다 | 김명옥 | 로동신문, 2002.8.11. |
| 서정시 | 승리의 ≪아리랑≫ | 김은숙 | 로동신문, 2002.8.15. |
| 서정시 | 안녕히 다녀오시라 우리 어버이 | 김만영 | 로동신문, 2002.8.21. |
| 서정시 | 축복이와 속삭이는 말 | 한금란 | 로동신문, 2002.9.2. |
| 서정시 | 젊음을 받쳐 드리자 | 정준기 | 로동신문, 2002.10.20. |
| 서정시 | 원군의 길 | 최인덕 | 로동신문, 2002.11.24. |
| 서정시 | 승리의 총대 | 김영택 | 평양신문, 2002.4.25. |
| 서정시 | 6월에 부르는 노래 | 강경남 | 평양신문, 2002.6.15. |
| 서정시 | 뜻깊은 6월의 아침에 | 최득필 | 평양신문, 2002.6.19. |
| 서정시 | 온 나라가 기다립니다 | 김영택 | 평양신문, 2002.8.25. |
| 서정시 | 아, 우리의 선군령장 | 박현철 | 평양신문, 2002.8.26. |
| 서정시 | 10월 10일이 오면 | 장윤길 | 평양신문, 2002.10.10. |
| 서정시 | 아버지의 돌사진앞에서 | 김택영 | 평양신문, 2002.11.2. |

## <군중문학>

| 구분 | 제목 | 작가 | 출처 |
|------|------|------|------|
| 단편소설 | 대지는 어떻게 풍요해지는가 | 최상기 | 청년문학, 2002.1. |
| 단편소설 | 봄시위 | 박영진 | 청년문학, 2002.1. |
| 단편소설 | 부르는 소리 | 변영건 | 청년문학, 2002.2. |
| 단편소설 | 5시간 | 정 철 | 청년문학, 2002.2. |
| 단편소설 | 세대의 자각 | 김철호 | 청년문학, 2002.2. |
| 단편소설 | 약속 | 김은희 | 청년문학, 2002.2. |
| 단편소설 | 분홍저고리 | 유종원 | 청년문학, 2002.3. |
| 단편소설 | 세찬 바람 | 리봉호 | 청년문학, 2002.4. |
| 단편소설 | 사랑의 대오 | 박봉림 | 청년문학, 2002.5. |
| 단편소설 | 넓어지는 땅 | 석준식 | 청년문학, 2002.5. |
| 단편소설 | 바래주는 어머니 | 박경철 | 청년문학, 2002.5. |
| 단편소설 | 오빠의 편지 | 최은주 | 청년문학, 2002.6. |
| 단편소설 | 래일을 안고사는 사람들 | 김일주 | 청년문학, 2002.6. |
| 단편소설 | 대하는 얼지 않는다 | 김하명 | 청년문학, 2002.7. |
| 단편소설 | 어쩌면 좋아 | 리은별 | 청년문학, 2002.7. |
| 단편소설 | 박사의 희망(과학환상소설) | 리철만 | 청년문학, 2002.8. |
| 단편소설 | 옆집사람 | 김창림 | 청년문학, 2002.8. |
| 단편소설 | 씨앗의 소원 | 변영건 | 청년문학, 2002.8. |

| | | | |
|---|---|---|---|
| 단편소설 | 첫 개발자들에 대한 이야기 | 맹경심 | 청년문학, 2002.9. |
| 단편소설 | 영원한 승리자 | 류원규 | 청년문학, 2002.10. |
| 단편소설 | 탄광처녀 | 맹경심 | 청년문학, 2002.10. |
| 단편소설 | 삶의 위치 | 리승섭 | 청년문학, 2002.12. |
| 단편소설 | 사랑의 샘줄기 | 김자경 | 청년문학, 2002.12. |
| 단편소설 | 어머니의 목소리 | 조룡철 | 청년문학, 2002.12. |
| 단편소설 | ≪천명이≫ 어머니(실화문학) | 김상현 | 청년문학, 2002.12. |
| 단편소설 | 폭우속의 2시간(벽소설) | 송영금 | 청년문학, 2002.1. |
| 단편소설 | 만점짜리(벽소설) | 리영실 | 청년문학, 2002.4. |
| 단편소설 | 아름다운 저녁(벽소설) | 리수미 | 청년문학, 2002.5. |
| 단편소설 | 더 높이, 더 빨리(벽소설) | 리수미 | 청년문학, 2002.8. |
| 장시 | 노래의 바다 | 김남호 외 3명 | 청년문학, 2002.2. |
| 시초 | 전선길의 노래<br>- 길<br>- 폭포소리 무엇을 울리나<br>- 한낮에 뜬 초생달<br>- 갈마반도의 밤이여<br>- 내마음 해당화야 | 김영길 | 청년문학, 2002.2. |
| 시초 | 여기가 나의 일터이다<br>- 첫인연<br>- 기쁨보다 큰걱정<br>- 쇠물의 말을 나는 듣는다<br>- 여기가 나의 일터이다 | 리명옥 | 청년문학, 2002.3. |
| 시초 | 충성의 발동 소리<br>- 시내가에서<br>- 평양가는 럴차야<br>- 아버지된 마음<br>- 우리마을 운전수집 | 문송학 | 청년문학, 2002.5. |
| 시초 | 영원히 산촌의 봄노래속에<br>- 기다린 봄<br>- 옹달샘<br>- ≪두릅≫ 아!<br>- 산촌의 저녁에<br>- 영원히 산촌의 봄노래속에 | 김무림 | 청년문학, 2002.4. |
| 시초 | 청춘과 래일<br>- 사랑이라고 말하자<br>- 풀판의 서정<br>- 너희들은 노래다<br>- 청춘과 래일 | 박순옥 | 청년문학, 2002.6. |
| 시초 | 그 미소 이땅이 밝습니다<br>- 꽃을 드립니다<br>- 나의 생각 | 김옥남 | 청년문학, 2002.7. |

| | | | |
|---|---|---|---|
| | - 일하시는 열두달<br>- 이땅이 밝습니다 | | |
| 시초 | 총창우에 흐르는 시간<br>- 총창우에 흐르는 시간<br>- 아버지는 가야한다<br>- 사격장에서<br>- 나의 전호 | 리효철 | 청년문학, 2002.8. |
| 시초 | 봄빛이 흐릅니다<br>- 명룡땅의 새모습<br>- 주형공들의 저녁<br>- 나의 경적소리<br>- 봄빛이 흐릅니다 | 박경복<br>최기원<br>리승순<br>정병철<br>남창건 | 청년문학, 2002.9. |
| 시초 | 나의 단발머리는 어데서 날리는가<br>- 단발머리<br>- 일기장의 몇토막<br>- 우리장군님 다시오시면<br>- 묻고 싶은 말 | 심미영 | 청년문학, 2002.12. |
| 서정시 | 벌이 터치는 목소리 | 서봉제 | 조선문학, 2002.5. |
| 서정시 | 새해에 드리는 축원의 노래 | 우광영 | 청년문학, 2002.1. |
| 서정시 | 딸에게 | 김순학 | 청년문학, 2002.1. |
| 서정시 | 우리 집엔 푸른 배낭이 있다 | 최덕찬 | 청년문학, 2002.1. |
| 서정시 | 탄광마을에온 ≪웃음극장≫ | 김 령 | 청년문학, 2002.1. |
| 서정시 | 2월풍경 | 렴미숙 | 청년문학, 2002.1. |
| 서정시 | 우리는 백두산에 오른다 | 리지학 | 청년문학, 2002.1. |
| 서정시 | 백두산이 나아간다 | 김상렬 | 청년문학, 2002.1. |
| 서정시 | 백두의 부름소리 | 리종원 | 청년문학, 2002.1. |
| 서정시 | 봄이 왔다 | 리송일 | 청년문학, 2002.1. |
| 서정시 | 사진속의 나의 안해 | 허광길 | 청년문학, 2002.1. |
| 서정시 | 못잊을 새벽길 | 김현호 | 청년문학, 2002.3. |
| 서정시 | 철길이여 영원히 너와 함께 | 정철남 | 청년문학, 2002.3. |
| 서정시 | 우리를 부러워하라 | 김광철 | 청년문학, 2002.3. |
| 서정시 | 이른 새벽 안해에게 | 장인철 | 청년문학, 2002.3. |
| 서정시 | 생각깊은 구내길 | 김정삼 | 청년문학, 2002.3. |
| 서정시 | 나는 라남사람이다 | 박일현 | 청년문학, 2002.3. |
| 서정시 | 밤늦도록 울린 칼도마소리 | 박영길 | 청년문학, 2002.3. |
| 서정시 | 나의 공장동무들 | 황숙녀 | 청년문학, 2002.3. |
| 서정시 | 조국이여 이 샘물을 받아달라 | 리지학 | 청년문학, 2002.3. |
| 서정시 | 나도 영접들어총 | 정운남 | 청년문학, 2002.4. |
| 서정시 | 우리에게 선군이 있어 | 김억철 | 청년문학, 2002.4. |
| 서정시 | 내 사랑 하얀 들꽃 | 지은희 | 청년문학, 2002.4. |
| 서정시 | 선군시대 장한 처녀병사들 | 류경춘 | 청년문학, 2002.4. |

| | | | |
|---|---|---|---|
| 서정시 | 나는 붉은청년근위대원이다 | 현은주 | 청년문학, 2002.4. |
| 서정시 | 나를 위한 병사는 없다 | 문충렬 | 청년문학, 2002.4. |
| 서정시 | 어머님은 총을 넘겨주시네 | 김옥남 | 청년문학, 2002.4. |
| 서정시 | 일당보증인에 대한 생각 | 조봉국 | 청년문학, 2002.4. |
| 서정시 | 문가의 종소리 | 김광호 | 청년문학, 2002.4. |
| 서정시 | 나의 공구함에 마치가 있다 | 리도철 | 청년문학, 2002.5. |
| 서정시 | ≪대통령감≫ | 정운남 | 청년문학, 2002.5. |
| 서정시 | 채탄기앞에 서니 | 김 령 | 청년문학, 2002.5. |
| 서정시 | 깊은 밤 병사는 선로길 가네 | 성경섭 | 청년문학, 2002.5. |
| 서정시 | ≪제대군인들이온대!≫ | 백순화 | 청년문학, 2002.5. |
| 서정시 | 들에 나서며 | 원정옥 | 청년문학, 2002.5. |
| 서정시 | 논벌의 새 풍경 | 장동희 | 청년문학, 2002.5. |
| 서정시 | 온 몸에 넘치는 나의 젊음은 | 진동화 | 청년문학, 2002.5. |
| 서정시 | 나는 나무리벌에서 자랐다 | 김광호 | 청년문학, 2002.5. |
| 서정시 | 행복 | 리광주 | 청년문학, 2002.5. |
| 서정시 | 신천의 열쇠뭉치가 나에게 있다 | 김옥남 | 청년문학, 2002.5. |
| 서정시 | ≪금희≫와 ≪은희≫의 손 | 김영희 | 청년문학, 2002.5. |
| 서정시 | 부디 마음껏 즐기시라 | 최경진 | 청년문학, 2002.5. |
| 서정시 | 6월과 청춘 | 우광영 | 청년문학, 2002.6. |
| 서정시 | 6월의 해빛아래 빛나는 청춘 | 홍동원 | 청년문학, 2002.6. |
| 서정시 | 하나 | 신춘실 | 청년문학, 2002.6. |
| 서정시 | 어사벌에 벼잎이 설레네 | 하익삼 | 청년문학, 2002.6. |
| 서정시 | 나는 눈물속에 알았다 | 김 령 | 청년문학, 2002.6. |
| 서정시 | 복받은 나의 공장이여 | 리광숙 | 청년문학, 2002.6. |
| 서정시 | 나는 일혼세살난 ≪어린이≫ | 리 옥 | 청년문학, 2002.6. |
| 서정시 | 신천은 총이다 | 김광호 | 청년문학, 2002.6. |
| 서정시 | 그들이 산 5년은 | 김순녀 | 청년문학, 2002.6. |
| 서정시 | 울음홀 | 김 택 | 청년문학, 2002.7. |
| 서정시 | ≪지원≫의 뜻을 담아 안겨주신 글발 | 김호군 | 청년문학, 2002.7. |
| 서정시 | 달밤의 처녀 | 리길성 | 청년문학, 2002.8. |
| 서정시 | 해병과 처녀 | 리명학 | 청년문학, 2002.8. |
| 서정시 | 별에 대한 시 | 김정삼 | 청년문학, 2002.8. |
| 서정시 | 그리움의 가을 | 김순철 | 청년문학, 2002.9. |
| 서정시 | 군복입은 처녀가 나는 좋더라! | 김강철 | 청년문학, 2002.9. |
| 서정시 | 보폭을 넓히자 | 리광옥 | 청년문학, 2002.9. |
| 서정시 | 푸른 잎 설레임속에 | 채성휘 | 청년문학, 2002.9. |
| 서정시 | 신천의 진렬장에서 들리는 소리 | 전만선 | 청년문학, 2002.9. |

| 서정시 | 나는 다시 땅을 밟는다 | 리용운 | 청년문학, 2002.10. |
|---|---|---|---|
| 서정시 | 복수의 언약 | 김재필 | 청년문학, 2002.10. |
| 서정시 | 아버지를 기다립니다 | 봉만길 | 청년문학, 2002.11. |
| 서정시 | 아무르강에서의 추억 | 김호군 | 청년문학, 2002.11. |
| 서정시 | 조국의 아침해 | 최남순 | 청년문학, 2002.11. |
| 서정시 | 래일의 날씨 | 고정철 | 청년문학, 2002.11. |
| 서정시 | 따라서는 마음 | 조금숙 | 청년문학, 2002.11. |
| 서정시 | 물은 더운가 찬가 | 강미란 | 청년문학, 2002.11. |
| 서정시 | 아들의 입대증을 보며 | 김용남 | 청년문학, 2002.11. |
| 서정시 | 불비 | 김영수 | 청년문학, 2002.11. |
| 서정시 | 어머님의 미소 | 최순철 | 청년문학, 2002.12. |
| 서정시 | 어머님 물려주신 총대의 뜻은 | 허군성 | 청년문학, 2002.12. |
| 서정시 | 장군님의 전선길 | 신 철 | 청년문학, 2002.12. |
| 서정시 | 총 너를 사랑한다 | 림병욱 | 청년문학, 2002.12. |
| 서정시 | 내 고향의 새들아 | 계영남 | 청년문학, 2002.12. |
| 서정시 | 농장벌에 우리의 시간이 흐른다 | 허미화 | 청년문학, 2002.12. |
| 서정시 | 나는 숲에 산다 | 함강철 | 문학신문, 2002.6. |
| 서정시 | 나는 어머니가 되였다 | 리정순 | 문학신문, 2002.7. |
| 서정시 | 압록강의 살얼음을 생각합니다 | 김호군 | 문학신문, 2002.9. |
| 서정시 | 부대장과 병사 | 박영진 | 문학신문, 2002.12. |
| 서정시 | 우리 집에 오셨습니다 | 최덕찬 | 문학신문, 2002.14. |
| 서정시 | 선군조국의 맏이 | 문충렬 | 문학신문, 2002.19. |
| 서정시 | 석당교 | 하복철 | 문학신문, 2002.19. |
| 서정시 | 나의 몫 | 김명길 | 문학신문, 2002.21. |
| 서정시 | 우리의 장군님 돌아오시다 | 김봉남 | 문학신문, 2002.24. |
| 서정시 | 래일을 믿습니다 | 김홍균 | 문학신문, 2002.24. |
| 서정시 | 장군님 려장생각 | 김재필 | 문학신문, 2002.26. |
| 서정시 | 병사들의 물마중 | 리윤기 | 문학신문, 2002.27. |
| 서정시 | 가을날의 서정 | 최유일 | 문학신문, 2002.27. |
| 서정시 | 오늘도 울리네 재봉기소리 | 하복철 | 문학신문, 2002.30. |
| 서정시 | 처녀의 아름다움은 | 강미란 | 문학신문, 2002.30. |
| 서정시 | 물길에 바치는 마음 | 리기종 | 문학신문, 2002.30. |
| 서정시 | 고향의 물소리 | 김재필 | 문학신문, 2002.31. |
| 서정시 | 나의 그리움, 나의 시 | 김홍도 | 문학신문, 2002.31. |
| 서정시 | 더 힘껏 달리자 우리의 붓대 | 하복철 | 문학신문, 2002.31. |
| 서정시 | 흐르라 대동강이여 | 정정국 | 문학신문, 2002.36. |
| 서정시 | ≪최전연≫ | 백현숙 | 문학신문, 2002.36. |

| 서정시 | 장군님은 새 세기의 태양 | 장룡익 | 평양신문, 2002.3.5. |
|---|---|---|---|
| 서정시 | 수령님의 불멸의 위업이여 | 김영철 | 평양신문, 2002.4.3. |
| 서정시 | 나의 초소 | 조금철 | 평양신문, 2002.4.3. |
| 서정시 | 해빛은 언제나 밝다 | 황은주 | 평양신문, 2002.5.25. |
| 서정시 | 봉화산의 소나무 | 박현옥 | 평양신문, 2002.6.20. |
| 서정시 | 울고 웃으며 시득해서 | 김재호 | 평양신문, 2002.6.30. |
| 서정시 | 영옥아 함께 가자 | 리창환 | 평양신문, 2002.7.12. |
| 서정시 | 평양시민증 | 김은철 | 평양신문, 2002.8.14. |
| 서정시 | 봉사자의 영예 끝없어라 | 박현옥 | 평양신문, 2002.8.29. |
| 서정시 | 어머님의 마음속에 | 최향실 | 평양신문, 2002.9.14. |
| 서정시 | 어머님의 모습 우러러 | 박평화 | 평양신문, 2002.9.19. |
| 서정시 | 수령님과 5천년 | 고정철 | 평양신문, 2002.10.16. |
| 서정시 | 총대를 사랑하라 | 박창민 | 평양신문, 2002.10.31. |
| 서정시 | 말없는 당부 | 장국현 | 평양신문, 2002.11.10. |
| 서정시 | 그 울음소리 | 조영식 | 평양신문, 2002.11.30. |

## <평론>

| 제목 | 작가 | 출처 |
|---|---|---|
| 선군시기문학에 나래치는 웃음의 정서 | 김성우 | 조선문학, 2002.2. |
| 력사의 새벽길에 메아리진 총대서정 | 리동수 | 조선문학, 2002.3. |
| 생활의 깊이에서 울려나오는 선군시대의 서정 | 김일수 | 조선문학, 2002.3. |
| 소설의 원형들과 나눈 이야기 | 송 명 | 조선문학, 2002.3. |
| 어버이수령님과 땅, 봄… | 김성우 | 조선문학, 2002.4. |
| 추억속에 바라보는 조국의 미래 | 윤종성 | 조선문학, 2002.4. |
| 작가와 함께 장편소설 ≪붉은기≫를 회고해 본다 | 최언경 | 조선문학, 2002.4. |
| 민족성이 구현된 고전소설 | 박춘명 | 조선문학, 2002.4. |
| 절세의 위인의 숭고한 정신세계와 불멸의 송가 | 김려숙 | 조선문학, 2002.4. |
| 태양과 거목의 뿌리 | 김선일 | 조선문학, 2002.4. |
| 시인은 누구나 시를 쓰고있다 그러나?(1) | 류 만 | 조선문학, 2002.5. |
| 깊이속의 깊이를 찾자 | 한 철 | 조선문학, 2002.5. |
| 동지애의 력사는 오늘도 흐른다 | 리용일 | 조선문학, 2002.7. |
| 한그루 버드나무에 깃들인 농촌정서의 맛 | 한미영 | 조선문학, 2002.7. |
| 한편의 동요에 비긴 위인의 숭고한 시세계 | 김용부 | 조선문학, 2002.8. |
| 어버이의 부름에 호응하는 7천만의 통일대합창 | 리동성 | 조선문학, 2002.8. |
| 선군혁명시가문학에 흐르는 미래사랑의 세계 | 김일수 | 조선문학, 2002.8. |
| 자기 생활의 터밭, 시의 터밭에서 | 최희건 | 조선문학, 2002.8. |
| 시인은 누구나 시를 쓰고있다 그러나?(2) | 류 만 | 조선문학, 2002.9. |

| | | |
|---|---|---|
| 주체의 당건설과 더불어 길이 빛날 력사적화폭 | 리창유 | 조선문학, 2002.10. |
| 선군시문학의 구보전진을 위하여 | 김철민 | 조선문학, 2002.10. |
| 새로운 형상세계의 탐구 | 최광일 | 조선문학, 2002.10. |
| 민족의 존엄과 슬기를 빛내인 위인의 빛나는 형상 | 장희숙 | 조선문학, 2002.11. |
| 형상의 진실성과 기교 | 리정수 | 조선문학, 2002.11. |
| 선군혁명철학에 대한 문학적탐구 | 박춘택 | 조선문학, 2002.12. |
| 극적정황의 서정과 심리묘사 | 리순철 | 조선문학, 2002.12. |
| 시적발견에 대하여 | 손영복 | 청년문학, 2002.6. |
| ≪새싹≫을 자래운 주인에게 | 리금희 | 청년문학, 2002.7. |
| 서로 다른 맛을 주는 세가지 열매 | 리동성 | 청년문학, 2002.8. |
| 죽음을 각오한 결사의 정신이 낳은 청년영웅들 | 류태복 | 청년문학, 2002.9. |
| 비전향장기수형상창조에서 초점문제 | 한미영 | 청년문학, 2002.9. |
| 단편소설창작에서 시대정신과 성격형상의 구현 | 로성찬 | 청년문학, 2002.10. |
| 젊은 주인공들은 활주로를 달린다 | 한미영 | 청년문학, 2002.11. |
| 시대정신이 구현된 시적발견을! | 윤정길 | 청년문학, 2002.11. |
| 선군시대와 극문학창작 | 한룡숙 | 문학신문, 2002.2. |
| 계급교양주제시창작이 보여준 경험 | 김덕선 | 문학신문, 2002.3. |
| 선군시대 어린이들의 동심세계를 진실하고 깊이있게 그리자 | 리준길 | 문학신문, 2002.4. |
| 선군시대가 비긴 명표현들을 창조하자 | 리영혜 | 문학신문, 2002.4. |
| 새롭고 특색있는 형상수법을 탐구리용하자 | 안희열 | 문학신문, 2002.6. |
| 서정의 진실과 시의 생명력 | 최주원 | 문학신문, 2002.7. |
| 영화가 제기하고있는 심오한 철학성 | 리성덕 | 문학신문, 2002.7. |
| 민족수난의 자취를 되새겨주는 노래 | 윤성민 | 문학신문, 2002.7. |
| 혁명의 철리를 밝힌 위인의 추억세계를 두고 | 차 수 | 문학신문, 2002.8. |
| 위인칭송의 특색있는 음악형상 | 최춘희 | 문학신문, 2002.9. |
| 최전선의 서정과 시인의 체험세계 | 안 성 | 문학신문, 2002.11. |
| 시의 서정은 새롭게 탐구되여야 한다 | 류 만 | 문학신문, 2002.11. |
| 우리의 시가 그처럼 위력한 것은… | 김일수 | 문학신문, 2002.13. |
| 아동소설의 예술적흥미와 형상수준문제를 두고 | 조선화 | 문학신문, 2002.14. |
| 저음은 낮아도 울림은 크다 | 김성우 | 문학신문, 2002.14. |
| 민족의 통일의지를 온 누리에 떨친 시대의 결작 | 김철민 | 문학신문, 2002.14. |
| 민족의 태양에 대한 열렬한 흠모와 그리움의 송가 | 서정인 | 문학신문, 2002.15. |
| ≪물길백리꿈길만리≫ 넘쳐 흐르는 풍만한 정서 | 김 학 | 문학신문, 2002.15. |
| 단편소설의 지성과 서정성에 대한 생각 | 장희숙 | 문학신문, 2002.15. |
| 스승들을 못잊어 추억하는 깊은 서정세계 | 리경준 | 문학신문, 2002.16. |
| ≪큰소리≫와 ≪불빛≫에 대한 소감 | 한미영 | 문학신문, 2002.17. |
| 형상화의 요구와 예술적흥미 | 리창유 | 문학신문, 2002.22. |

| 위인의 숭고한 심리세계묘사와 다양한 형상수법의 탐구 | 리 철 | 문학신문, 2002.23. |
|---|---|---|
| 시에는 새것이 있어야 한다 | 류 만 | 문학신문, 2002.23. |
| 다양한 형태의 아동소설들을 어린이들의 심리에 맞게 | 오정애 | 문학신문, 2002.24. |
| 선군시대의 길동무를 찾는 마음에서 | 리철만 | 문학신문, 2002.25. |
| 뚜렷한 개성을 보여준 전람회 | 김영선 | 문학신문, 2002.25. |
| 작가의 철학적사색과 ≪창공≫의 의미 | 한미영 | 문학신문, 2002.26. |
| 주인공의 지성세계와 소설작품의 품위 | 김정웅 | 문학신문, 2002.27. |
| 민족수난의 첫 시기의 력사에 대한 생동한 화폭 | 박춘명 | 문학신문, 2002.29. |
| 보다 특색있는 우화를 기대한다 | 최남순 | 문학신문, 2002.30. |
| 단편소설 ≪인간의노래≫에 대한 소감 | 홍영길 | 문학신문, 2002.31. |
| 시어구사의 론리를 살려야 한다 | 리영혜 | 문학신문, 2002.32. |
| 금동이의 그후 이야기 | 손지혜 | 문학신문, 2002.32. |
| 문제제기와 형상의 불일치 | 박정남 | 문학신문, 2002.33. |
| 격이 있고 재치있는 동화적형상 | 안룡준 | 문학신문, 2002.35. |
| 작가의 언어활용솜씨 | 안희열 | 문학신문, 2002.35. |
| 시어를 통해 본 서정세계의 이모저모 | 최주원 | 문학신문, 2002.36. |

## <문학예술 출판도서>

| 구분 | 제목 | 작가 | 출처 (출판기관) |
|---|---|---|---|
| 도서 | 문학예술의 영재(19) | 전두호<br>박명선<br>오영호 | 문학예술출판사 |
| 도서 | 주체적문예리론연구(10): 희곡창작과 대사 | 명일식 | 문학예술출판사 |
| 도서 | 주체적문예리론연구(14)<br>: 철학적 심오성과 문학예술작품 | 김용부 | 문학예술출판사 |
| 장편소설 | 총서 ≪불멸의 력사≫ 중 개선 | 최학수 | 문학예술출판사 |
| 장편소설 | 총서 ≪불멸의 력사≫ 중 푸른산악 | 안동춘 | 문학예술출판사 |
| 장편소설 | 총서 ≪불멸의 향도≫ 중 비약의 나래 | 리동구 | 문학예술출판사 |
| 장편소설 | 총서 ≪불멸의 향도≫ 중 강계정신 | 리신현 | 문학예술출판사 |
| 장편소설 | 총서 ≪불멸의 향도≫ 중 총검을 들고 | 송상원 | 문학예술출판사 |
| 장편소설 | 총서 ≪불멸의 향도≫ 중 계승자 | 백남룡 | 문학예술출판사 |
| 장편소설 | 총서 ≪불멸의 향도≫ 중 별의 세계 | 정기종 | 문학예술출판사 |
| 장편소설 | 안중근 이등박문을 쏘다 | | 문학예술출판사 |
| 장편소설 | 인생항로 | 김대성 | 문학예술출판사 |
| 장편소설 | 최후의 한사람 | 림재성 | 문학예술출판사 |
| 장편소설 | 의리 | 김덕철 | 문학예술출판사 |
| 장편소설 | 조국의 아들 | 리종렬 | 문학예술출판사 |

| 장편소설 | 나의 추억, 40년 | 김삼복 | 문학예술출판사 |
|---|---|---|---|
| 장편소설 | 지리산의 ≪갈범≫(제1,2부) | 김진성 | 문학예술출판사 |
| 장편소설 | 한 동포상공인에 대한 이야기 | 리은직 | 문학예술출판사 |
| 장편소설 | 삼형제별 | 리준길 | 금성청년출판사 |
| 장편소설 | 류랑아들 | 현승남 | 금성청년출판사 |
| 장편소설 | 력사의 대결 제3부 | 허문길 | 금성청년출판사 |
| 장편소설 | 력사에 묻가 제3부 | 김진성 | 금성청년출판사 |
| 장편소설 | 우리도 군복을 입었다 | 리동섭 | 금성청년출판사 |
| 중편소설 | 항로 | 김은옥 | 문학예술출판사 |
| 중편소설 | 비결 | 석남진 | 문학예술출판사 |
| 중편소설 | 대흥처녀들 | 림길명 | 문학예술출판사 |
| 중편소설 | 내 로동의 첫 시절 | 조승찬 | 문학예술출판사 |
| 중편소설 | 보석반지 | 허문길 | 문학예술출판사 |
| 작품집 | 현대문학작품집(24): ≪혁명시가집≫ | | 문학예술출판사 |
| 작품집 | 조선단편집(5) | | 문학예술출판사 |
| 작품집 | 붉은기와 한생 | | 문학예술출판사 |
| 작품집 | 새벽노을 | | 문학예술출판사 |
| 작품집 | 푸른 계절 | | 문학예술출판사 |
| 작품집 | 위인열풍 | | 문학예술출판사 |
| 작품집 | 영원한 해발 | | 문학예술출판사 |
| 작품집 | 먼 후날에도 | | 문학예술출판사 |
| 작품집 | 대지의 숨결 | | 문학예술출판사 |
| 시집 | 빛나는 태양 | | 문학예술출판사 |
| 시집 | 고요한 별 | 백의선 | 문학예술출판사 |
| 시집 | 조선은 하나다 | 안창만 | 문학예술출판사 |
| 시집 | 조국시초 | 김형준 | 문학예술출판사 |
| 시집 | 신념과 철쇄 | | 문학예술출판사 |
| 장편과학 환상소설 | 광명의 별 | 박종렬 | 금성청년출판사 |
| 외국소설 | 세계문학선집(62): 쟝크리스토프(1) | | 문학예술출판사 |
| 도서 | 금수산기념궁전전설집(2) | 김우경 박상준 | 문학예술출판사 |
| 도서 | 세기의 매혹 | 김우경 외5명 | 문학예술출판사 |
| 도서 | 백두산옛전설(2) | | 문학예술출판사 |
| 도서 | 금강산이야기 ≪하늘문≫ | | 문학예술출판사 |
| 도서 | 사화전설집 ≪송도전설≫ | 리원희 | 문학예술출판사 |
| 도서 | 중편사화 ≪송악산≫(개정판) | 리성덕 | 문학예술출판사 |

## 4) 『조선문학예술년감』(2004) 문학작품 주요 목록

### <시>(대표작)

| 구분 | 제목 | 작가 | 출처 |
|---|---|---|---|
| 시 | 어머니 대지여, 이물을 받으시라(시초)<br>－ 기념비<br>－ 물길천리 사랑천리<br>－ 물결아 잠간 섰다가렴<br>－ 물마중 하는날<br>－ 물결우엔 별무리, 둥근달…<br>－ 물길이 끝난곳에서<br>－ 조국의 후손들에게 | 권오준<br>안창명<br>김승남<br>류춘선<br>계 훈<br>김상조<br>정영호 | 로동신문, 2003.1.12. |
| 시 | 인류에 고함 | 김만영 | 로동신문, 2003.1.19. |
| 시 | 노도치라 항거의 불바다여 | 백 하 | 로동신문, 2003.1.19. |
| 시 | 나는 웨친다 | 오영재 | 로동신문, 2003.1.19. |
| 시 | 김정일장군님께 드리는 송가(장시) | 김만영 | 로동신문, 2003.2.16. |
| 시 | 우리 고향집 | 리창식 | 로동신문, 2003.2.17. |
| 시 | 소백수의 노래 | 박세옥 | 로동신문, 2003.2.17. |
| 시 | 금반지 | 박정애 | 로동신문, 2003.3.8. |
| 시 | 구봉령에 해는 지는데 | 박정애 | 로동신문, 2003.3.8. |
| 시 | 선군의 봄노래(장시) | 박경심 | 로동신문, 2003.4.6. |
| 시 | 주체의 태양은 영원하리라(서사시) | 최혜경 | 로동신문, 2003.4.12. |
| 시 | 고향산천에 ≪사향가≫ 흐르네 | 최혜경 | 로동신문, 2003.4.13. |
| 시 | 찬가 | 정서촌 | 로동신문, 2003.4.13. |
| 시 | 태양절의 경의 | 주광일 | 로동신문, 2003.4.13. |
| 시 | 4월의 만수대 | 리연희 | 로동신문, 2003.4.13. |
| 시 | 나는 7련대병사 | 김영택 | 로동신문, 2003.4.21. |
| 시 | 영웅의 25초 | 한광춘 | 로동신문, 2003.4.21. |
| 시 | 바다와 해병 | 박현철 | 로동신문, 2003.4.21. |
| 시 | 밤은 깊어가고 이야기도 뜨겁고 | 박해출 | 로동신문, 2003.4.21. |
| 시 | 장군님 나에게 하늘을 주셨습니다(아동련시)<br>－ 하늘노래<br>－ 우리집에 오신날<br>－ 내가 내가 달라졌대<br>－ 열두 고간<br>－ 정말 아까워<br>－ 그하늘의 별이되리 | 박유라 | 문학신문, 2003.14. |
| 시 | 우리끼리, 우리 민족끼리(정론장시) | 김만영 | 로동신문, 2003.5.12. |
| 시 | 빛발 | 김만영 | 로동신문, 2003.6.14. |

| 시 | 전선길에 새기는 6월의 시 | 오필천 | 로동신문, 2003.6.14. |
|---|---|---|---|
| 시 | 나는 매혹속에 산다 | 백 하 | 로동신문, 2003.6.14. |
| 시 | 조선은 선언한다 | 김만영 | 로동신문, 2003.6.22. |
| 시 | 신천의 52일 | 리금석 | 로동신문, 2003.6.22. |
| 시 | 승리의 7.27은 선언한다(서사시) | 신병강 | 로동신문, 2003.7.21. |
| 시 | 승리한 로병의 노래(시초)<br>　- 나의 군인선서<br>　- 기발의 펄럭임소리<br>　- 조국의 바다는 푸르다<br>　- 평양파장<br>　- 전화의 날에 나는 시인이 되였다<br>　- 우리는 노래를 부르며 싸워 이겼지<br>　- 나는 날마다 승리를 기록했다<br>　- 전승의 축포는 영원하리 | 김 철<br>한찬보<br>림금단<br>오영재<br>리계심<br>현창성<br>백 하<br>송찬웅 | 로동신문, 2003.7.24. |
| 시 | 로병의 마음 | 최두수 | 문학신문, 2003.23. |
| 시 | 장군님은 인민의 위대한 대의원 | 김영택 | 로동신문, 2003.8.10. |
| 시 | 경의를 드리노라 | 박해출 | 로동신문, 2003.8.10. |
| 시 | 금별이여, 빛나라(장시) | 김은숙<br>한광춘 | 로동신문, 2003.9.2. |
| 시 | 우리가 잘 아는 분 | 김만영 | 로동신문, 2003.9.5. |
| 시 | 조국은 무엇으로 빛나는가(서사시) | 김만영 | 로동신문, 2003.9.8. |
| 시 | 우리 장군님의 수첩 | 김일신 | 로동신문, 2003.10.19. |
| 시 | 황해금강장수산(산수시초)<br>　- 붓을 드노라<br>　- 계곡미의 ≪녀왕≫<br>　- 춤추는 자라<br>　- 장수산에 사자났다<br>　- 오누이를 다시 깨워<br>　- 300년수<br>　- 열두발 상모<br>　- 다시 만나요<br>　- 붓을 놓노라 | 오필천<br>한옥란 | 로동신문, 2003.10.26. |
| 시 | 최전선에서 부른노래(종군시초)<br>　- 승리를 떨치자, 영광을 떨치자<br>　- 사랑의 최전연<br>　- 전선의 아침<br>　- 령장의 고지<br>　- 어머니에게 보내는 병사의 편지<br>　- 위훈의 령마루에서 병사들이 산다 | 김만영<br>백 하<br>박해출<br>문동식<br>김만영<br>김영택 | 로동신문, 2003.11.2. |
| 시 | 총대여 빛나라, 하늘땅바다우에(종군시초)<br>　- 기다림의 래일<br>　- 최고사령부 한뜨락에 전선이있다<br>　- 같은날 같은곳<br>　- 한그루 살구나무 | 리창식<br>송찬웅<br>조창제<br>문용철<br>오영재 | 로동신문, 2003.12.16. |

| | | | | |
|---|---|---|---|---|
| | – 비행사의 안해<br>– 그이는 우리의 최고사령관 | | 박세옥 | |
| 시 | 한해를 보내며 부르는 선군찬가(송년시) | | 오영재 | 로동신문, 2003.12.31. |
| 시 | 새해의소원(신년시) | | 김석주 | 로동신문, 2004.1.1. |
| 시 | 철령을 넘어(서사시) | | 김만영 | 로동신문, 2004.1.6. |

## <장편소설, 단편소설, 기타>

| 구 분 | 제목 | 작가 | 출처 |
|---|---|---|---|
| 장편소설 | 총서 ≪불멸의 력사≫ 중 인간의 노래 | 김삼복 | |
| 장편소설 | 총서 ≪불멸의 향도≫ 중 총대 | 박 윤 | |
| 장편소설 | 성황당 | | |
| 장편소설 | 땅크사단 | 김석범 | |
| 장편소설 | 삼태성 | 김영근 | |
| 장편소설 | 푸른 줄기 | 최성진 | |
| 장편소설 | 재부 | 박찬은 | |
| 장편소설 | 푸른 언덕 | 최영학 | |
| 장편소설 | 피젖은 이끼 | 김청수 | |
| 장편소설 | 한피줄 | 진재환 | |
| 장편소설 | 새벽하늘 | 주유훈 | |
| 장편소설 | 통일련가 | 남대현 | |
| 장편소설 | 하얀 모래불 | 김용한 | |
| 장편소설 | 흰 파도 | 신용선 | |
| 장편소설 | 측백나무 | 리용환 | |
| 장편소설 | 포성없는 전구 제1부 | 허문길 | |
| 장편소설 | 땅의 숨결 | 윤원삼 | |
| 장편소설 | 백양나무 설레인다 | 림재성 | |
| 장편소설 | 지진 | 량우직 | |
| 중편소설 | 열매는 봄날에 | 박웅전 | |
| 중편소설 | 중편실화문학 혜성들(1) | 함용길 | |
| 중편소설 | 중편실화 박주산 소년 빨찌산 | 김원일 | |
| 백두산3대장군형상<br>단편소설 | 두번째 보고서 | 오광철 | 조선문학, 2003.1. |
| 백두산3대장군형상<br>단편소설 | 세월의 언덕넘어 | 배경휘 | 조선문학, 2003.2. |
| 백두산3대장군형상<br>단편소설 | 유서깊은 골짜기 | 문상봉 | 조선문학, 2003.4. |
| 백두산3대장군형상<br>단편소설 | 새날의 축복 | 박혜란 | 조선문학, 2003.5. |

| 백두산3대장군형상<br>단편소설 | 자남산은 노래한다 | 박일명 | 조선문학, 2003.6. |
|---|---|---|---|
| 백두산3대장군형상<br>단편소설 | 타격 | 박 윤 | 조선문학, 2003.7. |
| 백두산3대장군형상<br>단편소설 | 원정대 1번수 | 김청수 | 조선문학, 2003.9. |
| 백두산3대장군형상<br>단편소설 | 눈부신 해돋이 | 리한효 | 조선문학, 2003.10. |
| 백두산3대장군형상<br>단편소설 | 오늘이 가면 | 박 윤 | 조선문학, 2003.12. |
| 백두산3대장군형상<br>단편소설 | 래일 | 조상호 | 조선문학, 2003.12. |
| 백두산3대장군형상<br>단편소설 | 대답 | 리정수 | 문학신문, 2003.5. |
| 백두산3대장군형상<br>단편소설 | 이삭은 언제 고개를 숙이는가 | 황청일 | 문학신문, 2003.10. |
| 백두산3대장군형상<br>단편소설 | 별들의 속삭임 | 최양수 | 문학신문, 2003.25. |
| 백두산3대장군형상<br>단편소설 | 옛 사진에 깃든 이야기 | 송병준 | 문학신문, 2003.26. |
| 백두산3대장군형상<br>단편소설 | 어머니의 눈길 | 리진권 | 문학신문, 2003.28. |
| 백두산3대장군형상<br>단편소설 | 전선길 | 조상호 | 문학신문, 2003.35. |
| 백두산3대장군형상<br>단편소설 | 동력 | 윤경찬 | 청년문학, 2003.1. |
| 백두산3대장군형상<br>단편소설 | 락관 | 박창석 | 청년문학, 2003.2. |
| 백두산3대장군형상<br>단편소설 | ≪그리운 강남≫ | 방성룡 | 청년문학, 2003.4. |
| 백두산3대장군형상<br>단편소설 | 과원은 푸르다 | 방정강 | 청년문학, 2003.4. |
| 백두산3대장군형상<br>단편소설 | 상암천풍경 | 김성원 | 청년문학, 2003.6. |
| 백두산3대장군형상<br>단편소설 | 하늘(실화문학) | 김명진 | 청년문학, 2003.6. |
| 백두산3대장군형상<br>단편소설 | 소금은 녹지 않는다 | 최영조 | 청년문학, 2003.7. |
| 백두산3대장군형상<br>단편소설 | 스승 | 김명진 | 청년문학, 2003.9. |
| 백두산3대장군형상<br>단편소설 | 품 | 김금옥 | 청년문학, 2003.9. |

| | | | |
|---|---|---|---|
| 백두산3대장군형상<br>단편소설 | 님과 함께 부른 노래 | 김해월 | 청년문학, 2003.12. |
| 백두산3대장군형상<br>단편소설 | 옹위 | 김금옥 | 청년문학, 2003.12. |
| 일반주제단편소설 | 하람산의 범 | 박웅전 | 조선문학, 2003.1. |
| 일반주제단편소설 | 이 땅의 재부 | 손영복 | 조선문학, 2003.1. |
| 일반주제단편소설 | 음악에 대한 이야기 | 강귀미 | 조선문학, 2003.2. |
| 일반주제단편소설 | 푸른 꿈 | 윤경찬 | 조선문학, 2003.2. |
| 일반주제단편소설 | ≪산화석≫ | 김홍익 | 조선문학, 2003.3. |
| 일반주제단편소설 | 해후 | 류민호 | 조선문학, 2003.3. |
| 일반주제단편소설 | 두 사람의 대화(실화문학) | 박승록 | 조선문학, 2003.3. |
| 일반주제단편소설 | 기슭 | 로정법 | 조선문학, 2003.4. |
| 일반주제단편소설 | 눈보라는 후덥다 | 박일명 | 조선문학, 2003.5. |
| 일반주제단편소설 | 새로 온 려단장(실화문학) | 김성희 | 조선문학, 2003.5. |
| 일반주제단편소설 | 한생의 밑천 | 최영학 | 조선문학, 2003.6. |
| 일반주제단편소설 | 어머니의 당부 | 강호진 | 조선문학, 2003.6. |
| 일반주제단편소설 | 등고선 | 정영종 | 조선문학, 2003.7. |
| 일반주제단편소설 | 이 땅의 아들 | 백명길 | 조선문학, 2003.7. |
| 일반주제단편소설 | 기러기떼 날은다 | 리성식 | 조선문학, 2003.8. |
| 일반주제단편소설 | 대학시간 | 오광철 | 조선문학, 2003.8. |
| 일반주제단편소설 | 내 고향의 작은 집 | 박일명 | 조선문학, 2003.9. |
| 일반주제단편소설 | 나의 어머니 | 장기성 | 조선문학, 2003.10. |
| 일반주제단편소설 | 공채아바이 | 김영근 | 조선문학, 2003.10. |
| 일반주제단편소설 | 강반의 달빛 | 장선홍 | 조선문학, 2003.10. |
| 일반주제단편소설 | 고향 | 김택룡 | 조선문학, 2003.11. |
| 일반주제단편소설 | 가을하늘 | 팽문희 | 조선문학, 2003.11. |
| 일반주제단편소설 | 우리 시절의 노래 | 리경철 | 조선문학, 2003.11. |
| 일반주제단편소설 | 푸른 언덕 | 홍영남 | 조선문학, 2003.11. |
| 일반주제단편소설 | 고려지경(사화) | 리 빈 | 조선문학, 2003.11. |
| 일반주제단편소설 | 뢰성나무 | 리정옥 | 조선문학, 2003.12. |
| 일반주제단편소설 | 새아침 | 김선환 | 조선문학, 2003.12. |
| 일반주제단편소설 | 달과 들판(동물소설) | 한웅빈 | 조선문학, 2003.12. |
| 일반주제단편소설 | ≪행군≫ | 허창근 | 문학신문, 2003.2. |
| 일반주제단편소설 | 초기증상(풍자소설) | 백보흠 | 문학신문, 2003.8. |
| 일반주제단편소설 | 모교의 수업 | 김도환 | 문학신문, 2003.11. |
| 일반주제단편소설 | 군대주소 | 박종철 | 문학신문, 2003.12. |
| 일반주제단편소설 | 신임병사(벽소설) | 김성철 | 문학신문, 2003.13. |
| 일반주제단편소설 | 정화 | 엄호삼 | 문학신문, 2003.14. |

| 일반주제단편소설 | 사라지지 않은 눈동자 | 조승찬 | 문학신문, 2003.18. |
|---|---|---|---|
| 일반주제단편소설 | 증오 | 리대웅 | 문학신문, 2003.20. |
| 일반주제단편소설 | 돌아온 쪽지편지 | 류선학 | 문학신문, 2003.23. |
| 일반주제단편소설 | 퇴근길(벽소설) | 리 평 | 문학신문, 2003.27. |
| 일반주제단편소설 | 전호 | 라광철 | 문학신문, 2003.29. |
| 일반주제단편소설 | 언제나 전선에서 | 김금옥 | 문학신문, 2003.30. |
| 일반주제단편소설 | 고향집 전화번호 | 장명진 | 문학신문, 2003.31. |
| 일반주제단편소설 | 반칙(벽소설) | 방세욱 | 문학신문, 2003.32. |
| 일반주제단편소설 | 아름다운 가을(실화문학) | 김상현 | 문학신문, 2003.32. |
| 일반주제단편소설 | 생명수(벽소설) | 박향산 | 문학신문, 2003.33. |
| 일반주제단편소설 | 소방울소리 | 김상현 | 문학신문, 2003.34. |
| 일반주제단편소설 | 시작점에서 | 홍남수 | 청년문학, 2003.1. |
| 일반주제단편소설 | 가고싶어 가는 길(실화문학) | 김송남 | 청년문학, 2003.2. |
| 일반주제단편소설 | 수도물소리 | 김귀선 | 청년문학, 2003.2. |
| 일반주제단편소설 | 눈보라속의 이야기 | 오광철 | 청년문학, 2003.3. |
| 일반주제단편소설 | 열쇠 | 허창근 | 청년문학, 2003.4. |
| 일반주제단편소설 | 고향의 민들레 | 리순호 | 청년문학, 2003.4. |
| 일반주제단편소설 | 흘러간 시절 | 김해월 | 청년문학, 2003.4. |
| 일반주제단편소설 | 불타는 바다(과학환상소설) | 오수남 | 청년문학, 2003.5. |
| 일반주제단편소설 | 그의 한생 | 오운서 | 청년문학, 2003.6. |
| 일반주제단편소설 | 잊을수 없는 해병 | 리웅수 | 청년문학, 2003.10. |
| 일반주제단편소설 | 강변의 작은 집 | 김경일 | 청년문학, 2003.11. |
| 일반주제단편소설 | 알려지지 않은 창작가(실화문학) | 장 영 | 청년문학, 2003.12. |
| 일반주제단편소설 | 따스한눈빛 | 김기범 | 청년문학, 2003.12. |
| 서사시 | 영원히 백두산시간에 살자 | 주 민<br>리수남 | 로동신문, 2003.8.31. |
| 서정서사시 | 평범한 일과 | 백 하 | 조선문학, 2003.13. |
| 서정서사시 | 옛 군단장의 추억 | 홍현양 | 문학신문, 2003.13. |
| 장시 | 통일과 녀인 | 렴형미 | 조선문학, 2003.3. |
| 장시 | 사랑에 대한 생각 | 김송남 | 조선문학, 2003.9. |
| 장시 | 총대는 무엇을 말하는가 | 장혜명 | 민주조선, 2003.4.12. |
| 시초 | 옛 병사시절에 대한 추억<br> - 작별<br> - 첫 전투<br> - 전쟁 1,000여일<br> - 녀병사들(1)<br> - 녀병사들(2)<br> - 나는 평화를 사랑한다 | 오영재 | 조선문학, 2003.4. |
| 시초 | 청춘회고 | 동기춘 | 조선문학, 2003.5. |

| | | | |
|---|---|---|---|
| | - 청춘회고<br>- 고와야 한다<br>- 보증<br>- 첫평정<br>- 종점 | | |
| 시초 | 남강마을 사람들<br>- 남강마을 사람들<br>- 남강네 이름을 부르면<br>- 남강풍경<br>- 남강의 흐름 | 김정곤 | 조선문학, 2003.6. |
| 시초 | 고향과 나<br>- 고향의 노래<br>- 맑은 샘 오늘도 솟아<br>- 내 고향의 대답<br>- 고향과 나 | 김봉운 | 조선문학, 2003.11. |
| 시초 | 둘이 되여서는 못살아<br>- 우리민족끼리<br>- 마음맞춰, 발맞춰<br>- 우리함께 가자<br>- 통일축배잔 | 김련실 | 로동신문, 2003.8.17. |
| 시초 | 조국수호전의 옛전호가에서<br>- 이름석자 써놓고 싶어라<br>- 전호터을 만져보며<br>- 그들은 당원이였다<br>- 어찌하여 훗날에야 알았던가<br>- 동갑이의 전투담 | 조태현 | 청년전위, 2003.8.21. |
| 시묶음 | 벌과 물이 속삭인다<br>- 내남벌의 새봄<br>- 수문을 열며<br>- 축복의 미소가 내린다오<br>- 물마중하네<br>- 진달래 처녀<br>- 사회주의선경마을 | 김승남<br>박상민<br>차명숙<br>김근정<br>박상민<br>김승남 | 조선문학, 2003.4. |
| 시묶음 | 묘향산절경(단시묶음) | 오홍심<br>(총련) | 조선문학, 2003.9. |
| 시묶음 | 선군시대당에 드리는 노래<br>- 총대와 붉은기<br>- 나는 병사시절에 입당하였다<br>- 당증<br>- 나의 붓 | 박세일<br>신흥국<br>최국진<br>신흥국 | 로동신문, 2003.10.11. |
| 시 | 축복받은 새해에 | 김형준 | 조선문학, 2003.1. |
| 시 | 설날의 축복 | 리동후 | 조선문학, 2003.1. |
| 시 | 전호없이 싸운 전사들 | 권태여 | 조선문학, 2003.1. |
| 시 | 나는 공병대대의 로병 | 권태여 | 조선문학, 2003.1. |
| 시 | 보름달이 왔소 | 김정철 | 조선문학, 2003.1. |
| 시 | 총이여 너와 나 | 김춘호 | 조선문학, 2003.1. |

| 시 | 통일에 살고싶다 | 리명근 | 조선문학, 2003.1. |
|---|---|---|---|
| 시 | 찬물이 끓어요 | 주 경 | 조선문학, 2003.1. |
| 시 | 2월의 노래(송시) | 한원희 | 조선문학, 2003.2. |
| 시 | 류다른 바람소리 | 윤경남 | 조선문학, 2003.2. |
| 시 | 물소리 | 윤경남 | 조선문학, 2003.2. |
| 시 | 천하제일봉 | 윤경남 | 조선문학, 2003.2. |
| 시 | 백두밀영고향집 | 채동규 | 조선문학, 2003.2. |
| 시 | 병사의 인사 | 박해출 | 조선문학, 2003.2. |
| 시 | 조국(단시) | 권오준 | 조선문학, 2003.2. |
| 시 | 꽃이 묻네(단시) | 천일수 | 조선문학, 2003.2. |
| 시 | 붓(단시) | 문광근 | 조선문학, 2003.2. |
| 시 | 축포(단시) | 오정로 | 조선문학, 2003.2. |
| 시 | 그리움의 봄 | 안윤식 | 조선문학, 2003.3. |
| 시 | 영원히 푸르를 조선의 나무여 | 문용철 | 조선문학, 2003.3. |
| 시 | 오늘을 추억하리라 | 김영길 | 조선문학, 2003.3. |
| 시 | 래일 | 송명근 | 조선문학, 2003.3. |
| 시 | 보내는 마음 | 김승남 | 조선문학, 2003.3. |
| 시 | 안해와 부엌 | 리진묵 | 조선문학, 2003.3. |
| 시 | 봄의 물방울 | 최남순 | 조선문학, 2003.3. |
| 시 | 수령님은 웃으십니다(송시) | 박현철 | 조선문학, 2003.4. |
| 시 | 총대철학 | 안정기 | 조선문학, 2003.4. |
| 시 | 준엄한 10년 | 신문경 | 조선문학, 2003.4. |
| 시 | 영원한 사열 | 리창식 | 조선문학, 2003.4. |
| 시 | 어머님과 봄 | 최치영 | 조선문학, 2003.4. |
| 시 | 제대되던 날 | 강옥녀 | 조선문학, 2003.4. |
| 시 | 동강의 모닥불 | 리진철 | 조선문학, 2003.5. |
| 시 | 류다른 추억 | 김웅희 | 조선문학, 2003.5. |
| 시 | 나는 선반공시인이다 | 류동호 | 조선문학, 2003.5. |
| 시 | 초불의 바다 | 홍현양 | 조선문학, 2003.5. |
| 시 | 밤나무집 셋째 | 채동규 | 조선문학, 2003.5. |
| 시 | 땀 | 한원희 | 조선문학, 2003.5. |
| 시 | 흙과 속삭인다 | 한광춘 | 조선문학, 2003.5. |
| 시 | 정다운 발동소리 | 김충기 | 조선문학, 2003.5. |
| 시 | 5월이 부르는 노래 | 리광선 | 조선문학, 2003.5. |
| 시 | 당중앙정원에 푸른 숲 설레네 | 김선지 | 조선문학, 2003.6. |
| 시 | 우리의 최고사령관이 계시는 곳 | 문동식 | 조선문학, 2003.6. |
| 시 | 운명의 밤 | 리금주 | 조선문학, 2003.6. |

| 시 | 연포리의 함박눈은 뜨겁다 | 서봉제 | 조선문학, 2003.6. |
|---|---|---|---|
| 시 | 영원한 려장 | 주 경 | 조선문학, 2003.6. |
| 시 | 분홍저고리 내 누님네들 | 김정철 | 조선문학, 2003.6. |
| 시 | 강선땅 집집마다 | 류춘선 | 조선문학, 2003.6. |
| 시 | 강선의 추억 | 권오준 | 조선문학, 2003.6. |
| 시 | 아버지의 발자욱 | 김춘식 | 조선문학, 2003.6. |
| 시 | 탄광마을처녀들의 속삭임 | 김윤걸 | 조선문학, 2003.6. |
| 시 | 나는 봄을 부른다 | 문영철 | 조선문학, 2003.6. |
| 시 | 우리의 7.27 | 권오준 | 조선문학, 2003.7. |
| 시 | 얼음땀 | 한창우 | 조선문학, 2003.7. |
| 시 | 전쟁과 생활 | 한찬보 | 조선문학, 2003.7. |
| 시 | 공병의 긍지 | 권태여 | 조선문학, 2003.7. |
| 시 | 조총 세발 | 권태여 | 조선문학, 2003.7. |
| 시 | 축포가 오르는 밤 | 박태설 | 조선문학, 2003.7. |
| 시 | 로병의 심장 | 리영백 | 조선문학, 2003.7. |
| 시 | 이사짐 가득 실은 차들이 간다 | 김휘조 | 조선문학, 2003.7. |
| 시 | 전쟁과 승리 | 리명근 | 조선문학, 2003.7. |
| 시 | 나의 시여 우뢰치라 | 오필천 | 조선문학, 2003.7. |
| 시 | 50년대 할머니 | 정창수 | 조선문학, 2003.7. |
| 시 | 8월 15일 | 류명호 | 조선문학, 2003.8. |
| 시 | 원동이여! | 장윤길 | 조선문학, 2003.8. |
| 시 | 우리는 빨찌산후손들 | 김석주 | 조선문학, 2003.8. |
| 시 | 꿈결에도 장군님 뵈오면 | 김명철 | 조선문학, 2003.8. |
| 시 | 영원한 나의 집 | 리영철 | 조선문학, 2003.8. |
| 시 | 조국이여! 병사들을 자랑하라 | 심형길 | 조선문학, 2003.8. |
| 시 | 통일은 이렇게… | 리명근 | 조선문학, 2003.8. |
| 시 | 전기로의 동음소리 | 문선건 | 조선문학, 2003.8. |
| 시 | 나의 시 | 문선건 | 조선문학, 2003.8. |
| 시 | 달마산기슭에서 | 계 훈 | 조선문학, 2003.8. |
| 시 | 아이들이 달려간다 | 계 훈 | 조선문학, 2003.8. |
| 시 | 내 고향아 | 리진협 | 조선문학, 2003.8. |
| 시 | 결혼축시 | 김진주 | 조선문학, 2003.8. |
| 시 | 증언자의 고발 | 홍순련<br>(총련) | 조선문학, 2003.8. |
| 시 | 장군의 나라 | 한광춘 | 조선문학, 2003.9. |
| 시 | 공화국기발 | 오필천 | 조선문학, 2003.9. |
| 시 | 내가 바라본 첫 푸른 하늘 | 홍현양 | 조선문학, 2003.9. |
| 시 | 죽가마 | 리진철 | 조선문학, 2003.9. |

| 시 | 선군에 대한 생각에 젖어 | 전승일 | 조선문학, 2003.9. |
|---|---|---|---|
| 시 | 나의 조국이라 부를 때 | 김석주 | 조선문학, 2003.9. |
| 시 | 나는 이런 녀인들을 사랑한다 | 리명옥 | 조선문학, 2003.9. |
| 시 | 조국을 안고 살라 | 윤경남 | 조선문학, 2003.9. |
| 시 | 녀인의 손 | 박정애 | 조선문학, 2003.9. |
| 시 | 내 고향의 맑은 샘 | 문용철 | 조선문학, 2003.9. |
| 시 | 추억을 남기리 | 심재훈 | 조선문학, 2003.9. |
| 시 | 양키 | 서진명 | 조선문학, 2003.9. |
| 시 | 미제에게 멸망의 종지부를 | 정성환 | 조선문학, 2003.9. |
| 시 | 당에 대한 생각 | 박현철 | 조선문학, 2003.10. |
| 시 | 10월의 만수대에서 | 김명철 | 조선문학, 2003.10. |
| 시 | 열여덟 그 나이 | 곽명철 | 조선문학, 2003.10. |
| 시 | 우리 당의 모습 | 신문경 | 조선문학, 2003.10. |
| 시 | 철령은 앞에 있다! | 오재신 | 조선문학, 2003.10. |
| 시 | 소원으로 무거워진 땅 | 전윤해 | 조선문학, 2003.10. |
| 시 | 그리움의 저녁 | 송재하 | 조선문학, 2003.10. |
| 시 | 세포에 대한 생각 | 김성욱 | 조선문학, 2003.10. |
| 시 | 손을 든다 | 김성욱 | 조선문학, 2003.10. |
| 시 | 초소에서 보내는 편지 | 김기철 | 조선문학, 2003.10. |
| 시 | 아름다운 골짜기 | 김정철 | 조선문학, 2003.10. |
| 시 | 밝은 달아 | 김희종 | 조선문학, 2003.10. |
| 시 | 전설적영웅 | 김창호 | 조선문학, 2003.10. |
| 시 | 강철로는 무엇을 웨치는가 | 김정삼 | 조선문학, 2003.11. |
| 시 | 행운 | 리명옥 | 조선문학, 2003.11. |
| 시 | 분렬행진 | 한원희 | 조선문학, 2003.11. |
| 시 | 철창속의 메아리 | 박정애 | 조선문학, 2003.11. |
| 시 | 내 다시 탄원입대하리라 | 정동찬 | 조선문학, 2003.11. |
| 시 | 나는 포를 사랑합니다 | 김휘조 | 조선문학, 2003.11. |
| 시 | 어머니는 장갑을 뜹니다 | 박철웅 | 조선문학, 2003.11. |
| 시 | ≪비상소집≫ | 김영옥 | 조선문학, 2003.11. |
| 시 | 하루와 한생 | 리 옥 | 조선문학, 2003.11. |
| 시 | ≪원호대표단≫ | 리 옥 | 조선문학, 2003.11. |
| 시 | 송년시 | 김석주 | 조선문학, 2003.12. |
| 시 | 나의 총번호 | 박현철 | 조선문학, 2003.12. |
| 시 | 오, 철령 | 리연희 | 조선문학, 2003.12. |
| 시 | 철령의 버들 | 리연희 | 조선문학, 2003.12. |
| 시 | 평화 | 리연희 | 조선문학, 2003.12. |

| 시 | 소낙비 지나간 뒤 | 김희종 | 조선문학, 2003.12. |
|---|---|---|---|
| 시 | 우리 집을 지키자 | 김학렬<br>(총련) | 조선문학, 2003.12. |
| 시 | 우리 어머니 | 림공식 | 조선문학, 2003.12. |
| 시 | 고마워라 어머님의 미소 | 리혜옥 | 조선문학, 2003.12. |
| 시 | 어머니의 축복 | 윤정길 | 조선문학, 2003.12. |
| 시 | 아침에 대한 생각 | 김동철 | 조선문학, 2003.12. |
| 시 | 노을비낀 대동강반에서 | 권오준 | 조선문학, 2003.12. |
| 시 | 눈부시다 선군의 빛발 | 박정애 | 문학신문, 2003.1. |
| 시 | 선군시대의 별들 | 김만영 | 문학신문, 2003.1. |
| 시 | 승리의 설날 | 문동식 | 문학신문, 2003.1. |
| 시 | 나의 첫 노래 | 리창식 | 문학신문, 2003.1. |
| 시 | 최후승리자의 마지막경고 | 류동호 | 문학신문, 2003.2. |
| 시 | 우리는 50년대에 산다 | 호대선 | 문학신문, 2003.2. |
| 시 | 미제를 사형하노라 | 최창남 | 문학신문, 2003.2. |
| 시 | 동창들에게 | 최남순 | 문학신문, 2003.2. |
| 시 | 고난의 그 나날에 | 김영철 | 문학신문, 2003.2. |
| 시 | 나의 이 두손에… | 김일규 | 문학신문, 2003.3. |
| 시 | 우리는 기다린다 | 사공일금 | 문학신문, 2003.3. |
| 시 | 대동강이 벼르고있다 | 홍철진 | 문학신문, 2003.3. |
| 시 | 그이는 위대한 우리 공화국 | 류동호 | 문학신문, 2003.4. |
| 시 | 2월의 전선길 | 주광일 | 문학신문, 2003.4. |
| 시 | 위대한 조선의 수호자 | 석광희 | 문학신문, 2003.4. |
| 시 | 50년대 그날의 노래부르며 | 김충기 | 문학신문, 2003.4. |
| 시 | 나는 복대를 청원한다 | 리명근 | 문학신문, 2003.4. |
| 시 | 똑똑히 알라! | 김휘조 | 문학신문, 2003.4. |
| 시 | 묻노라 양키들에게 | 리찬호 | 문학신문, 2003.4. |
| 시 | 정원대보름 달맞이 가자 | 리성남 | 문학신문, 2003.4. |
| 시 | 정원대보름 달풍경 | 리정순 | 문학신문, 2003.4. |
| 시 | 설경의 고향집 | 서봉제 | 문학신문, 2003.5. |
| 시 | 내 운명의 정든 요람 | 한광춘 | 문학신문, 2003.5. |
| 시 | 2월의 환희 | 김선지 | 문학신문, 2003.5. |
| 시 | 백두산에 폭풍이 분다 | 신문경 | 문학신문, 2003.5. |
| 시 | 소백수물소리 | 박정애 | 문학신문, 2003.5. |
| 시 | 말귀가 어두운 부쉬에게 | 허 일 | 문학신문, 2003.5. |
| 시 | 2월의 기상 | 호대선 | 문학신문, 2003.6. |
| 시 | 병사의 하루 | 박상철 | 문학신문, 2003.6. |
| 시 | 나를 생각할 때면 | 박두천 | 문학신문, 2003.6. |

| 시 | 우리 마을 겨울밤 | 채동규 | 문학신문, 2003.6. |
|---|---|---|---|
| 시 | 기다려줘요 | 정태은 | 문학신문, 2003.6. |
| 시 | 안돼 | 박상민 | 문학신문, 2003.7. |
| 시 | 초불 | 김형준 | 문학신문, 2003.7. |
| 시 | 참대는 썩지 않는다 | 김호군 | 문학신문, 2003.7. |
| 시 | 눈내리는 날이면 | 전복향 | 문학신문, 2003.8. |
| 시 | 이 꽃을 받으시라 선생님이시여 | 오필천 | 문학신문, 2003.8. |
| 시 | 태양의 빛발 | 최치영 | 문학신문, 2003.8. |
| 시 | 고향의 어머니에게 | 리성애 | 문학신문, 2003.8. |
| 시 | 출강의 종소리 울리며… | 위명철 | 문학신문, 2003.8. |
| 시 | 전설의 령장 | 한영빈 | 문학신문, 2003.9. |
| 시 | 타향의 봄날에 | 동기춘 | 문학신문, 2003.9. |
| 시 | 동트는 논머리에서 | 차명숙 | 문학신문, 2003.9. |
| 시 | 흙한줌 안고 | 박상민 | 문학신문, 2003.9. |
| 시 | 불도젤 발동소리 높이 울린다 | 김승남 | 문학신문, 2003.9. |
| 시 | 만경대의 봄 | 박두천 | 문학신문, 2003.10. |
| 시 | 사랑은 길이길이 | 김석주 | 문학신문, 2003.10. |
| 시 | 빛나라 조선의 4월 9일이여 | 송정우 | 문학신문, 2003.10. |
| 시 | 이 땅의 날과 달은 | 김창호 | 문학신문, 2003.10. |
| 시 | 못가의 피리소리 | 박상철 | 문학신문, 2003.11. |
| 시 | 끝없는 사랑 | 정준기 | 문학신문, 2003.11. |
| 시 | 우리에게만 있다 | 오상철 | 문학신문, 2003.11. |
| 시 | 빨찌산장군의 길 | 호대선 | 문학신문, 2003.11. |
| 시 | 로병의 나이 | 한찬보 | 문학신문, 2003.11. |
| 시 | 나는 철령을 사랑한다 | 박현철 | 문학신문, 2003.11. |
| 시 | 바쁜 계절 | 전성호 | 문학신문, 2003.11. |
| 시 | 나의 모교 | 채동규 | 문학신문, 2003.11. |
| 시 | 병사의 삶 | 박근원 | 문학신문, 2003.12. |
| 시 | 어머님을 우러러 | 염득복 | 문학신문, 2003.12. |
| 시 | 왜 사랑하지 않으시랴 인민군대를 | 송명근 | 문학신문, 2003.12. |
| 시 | 최고사령관과 병사 | 서진명 | 문학신문, 2003.12. |
| 시 | 젊음을 병사의 자리에 세우라 | 김석주 | 문학신문, 2003.12. |
| 시 | 오늘도 병사생활 계속 하고계신다 | 김재원 | 문학신문, 2003.13. |
| 시 | 간절한 소원 | 구희철 | 문학신문, 2003.13. |
| 시 | 못 잊을 력사의 날에 | 한찬보 | 문학신문, 2003.13. |
| 시 | 백두의 밀림속에서 | 문동식 | 문학신문, 2003.13. |
| 시 | 백두산이 있다 | 주광일 | 문학신문, 2003.13. |

| 시 | 봄날의 나루배 | 김형준 | 문학신문, 2003.13. |
|---|---|---|---|
| 시 | ≪통일장기≫ | 김형준 | 문학신문, 2003.13. |
| 시 | 총과 녀인 | 리명옥 | 문학신문, 2003.14. |
| 시 | 들꽃소녀-들꽃병사 | 림공식 | 문학신문, 2003.14. |
| 시 | 아, ≪가마니타령≫ | 김호군 | 문학신문, 2003.14. |
| 시 | 벌이 좋아 물이 좋아 | 김승남 | 문학신문, 2003.14. |
| 시 | 푸르러지는 미남벌에서 | 김상조 | 문학신문, 2003.14. |
| 시 | 묘향산의 봄 | 정성환 | 문학신문, 2003.14. |
| 시 | 광주의 봄 | 김분임 | 문학신문, 2003.14. |
| 시 | 발광하는 부쉬 | 정준기 | 문학신문, 2003.14. |
| 시 | 전변하자 금야강아 | 김송남 | 문학신문, 2003.15. |
| 시 | 그대는 승리를 주었다 | 주광일 | 문학신문, 2003.15. |
| 시 | 오늘도 땅은 식지 않았다 | 서봉제 | 문학신문, 2003.15. |
| 시 | 한줌의 흙 | 곽명철 | 문학신문, 2003.15. |
| 시 | 산촌풍경 | 고남철 | 문학신문, 2003.15. |
| 시 | 대동강변의 새 노래 | 김동필 | 문학신문, 2003.15. |
| 시 | 그 순간에 | 리 영 | 문학신문, 2003.15. |
| 시 | 바라는 마음 | 리광규 | 문학신문, 2003.15. |
| 시 | ≪일편단심≫ | 리계심 | 문학신문, 2003.15. |
| 시 | 백두산, 혁명의 제일봉아! | 서진명 | 문학신문, 2003.16. |
| 시 | 슬하에 키워주실 때 | 백 하 | 문학신문, 2003.16. |
| 시 | 남모르는속마음 | 백 하 | 문학신문, 2003.16. |
| 시 | 빛나는 자욱 | 윤경남 | 문학신문, 2003.17. |
| 시 | 사랑의 길 안고있는 집 | 박근원 | 문학신문, 2003.17. |
| 시 | 우리는 선언하였다 | 신문경 | 문학신문, 2003.17. |
| 시 | 눈물이 불타오른다 | 리진철 | 문학신문, 2003.17. |
| 시 | 인민의 편지 | 김명철 | 문학신문, 2003.18. |
| 시 | 산천에 물어봐요 | 안윤식 | 문학신문, 2003.18. |
| 시 | 미제는 없어야 한다 | 김석주 | 문학신문, 2003.18. |
| 시 | 오늘도 걷는 어머니 | 전승일 | 문학신문, 2003.18. |
| 시 | ≪함정골≫ 까마귀 | 권태여 | 문학신문, 2003.18. |
| 시 | 7월의 붓을 들어 | 박 영 | 문학신문, 2003.19. |
| 시 | 숲이 푸르니 더더욱 그리워 | 서봉제 | 문학신문, 2003.19. |
| 시 | 병사의 재간 | 김봉운 | 문학신문, 2003.19. |
| 시 | 고지의 남새밭 | 문선건 | 문학신문, 2003.19. |
| 시 | 아기와 평화 | 김진주 | 문학신문, 2003.19. |
| 시 | 명처방 | 리영복 | 문학신문, 2003.19. |

| 시 | 온 나라의 환희 | 김춘식 | 문학신문, 2003.20. |
|---|---|---|---|
| 시 | 우리의 집 | 장선국 | 문학신문, 2003.20. |
| 시 | 군자리바람 | 김상조 | 문학신문, 2003.20. |
| 시 | 아버지에 대한 추억 | 윤정길 | 문학신문, 2003.20. |
| 시 | 병사의 경례 | 김정란 | 문학신문, 2003.20. |
| 시 | 해병들의 노래 높은 도시 | 김재원 | 문학신문, 2003.20. |
| 시 | 영원히 부를 노래 | 박두천 | 문학신문, 2003.20. |
| 시 | 시인 | 김능균 | 문학신문, 2003.20. |
| 시 | 초불을 끄지 마세요 | 김충기 | 문학신문, 2003.20. |
| 시 | 조선의 목소리 | 박세옥 | 문학신문, 2003.21. |
| 시 | 수령님모습 | 함영근 | 문학신문, 2003.21. |
| 시 | 나는 비행사의 안해 | 호대선 | 문학신문, 2003.21. |
| 시 | 영원한 하루 | 원정금 | 문학신문, 2003.21. |
| 시 | 승리 | 류춘선 | 문학신문, 2003.21. |
| 시 | 세월이 전하는 이야기 | 김창호 | 문학신문, 2003.22. |
| 시 | 내고향의 아침은… | 김선화 | 문학신문, 2003.22. |
| 시 | 이날의 환희 | 신문경 | 문학신문, 2003.22. |
| 시 | 숲이여 그대의 사랑이여 | 박정애 | 문학신문, 2003.22. |
| 시 | 장군님의 축복 | 리동철 | 문학신문, 2003.22. |
| 시 | 선군조선의 어머니 | 김순학 | 문학신문, 2003.22. |
| 시 | 그리운 고향 | 리광규 | 문학신문, 2003.23. |
| 시 | 통일-너는 오늘의 것이다 | 최혜경 | 문학신문, 2003.23. |
| 시 | 그런 날이 이 자리에 온다면 | 전찬기 | 문학신문, 2003.23. |
| 시 | 통일대통로우에서 | 림경애 | 문학신문, 2003.23. |
| 시 | 감격과 그리움의 8.15여 | 권태여 | 문학신문, 2003.23. |
| 시 | 선녀못가운데서 | 리성남 | 문학신문, 2003.23. |
| 시 | 구슬폭포, 비단폭포 | 송명근 | 문학신문, 2003.23. |
| 시 | 조국이여, 이 아들을 불러달라 | 리영철 | 문학신문, 2003.23. |
| 시 | 그는 오늘도 이 길에서 산다 | 한창현 | 문학신문, 2003.24. |
| 시 | 철령에 핀 철쭉꽃 | 신형길 | 문학신문, 2003.24. |
| 시 | 딸의 웃음 | 서동련 | 문학신문, 2003.24. |
| 시 | 끝없는 꽃다발 | 강문혁 | 문학신문, 2003.24. |
| 시 | 나도 장군님의 청년전위 | 박근원 | 문학신문, 2003.24. |
| 시 | 쌍태머리처녀야 | 조 민 | 문학신문, 2003.24. |
| 시 | 락원의 무봉마을 | 서봉제 | 문학신문, 2003.24. |
| 시 | 력사의 대행운을 노래하노라 | 김창호 | 문학신문, 2003.25. |
| 시 | 조국찬가 | 리동후 | 문학신문, 2003.25. |

| 시 | 휘날려라 공화국기발이여 | 림공식 | 문학신문, 2003.25. |
|---|---|---|---|
| 시 | 나는 공민이다 | 채동규 | 문학신문, 2003.25. |
| 시 | 조국이여, 나는 무엇을 알았는가 | 오재신 | 문학신문, 2003.25. |
| 시 | 영웅 | 김영태 | 문학신문, 2003.25. |
| 시 | 영웅의 ≪일기≫ | 윤정길 | 문학신문, 2003.25. |
| 시 | 신념의 노래 | 신형길 | 문학신문, 2003.25. |
| 시 | 5년 | 리연희 | 문학신문, 2003.25. |
| 시 | 이날의 감격 | 박세옥 | 문학신문, 2003.26. |
| 시 | 심장의 부름 | 리창식 | 문학신문, 2003.26. |
| 시 | 어머님은 두만강에 계신다 | 정동찬 | 문학신문, 2003.26. |
| 시 | 진달래 | 박정애 | 문학신문, 2003.26. |
| 시 | 6월에 이어진 세월 | 함영근 | 문학신문, 2003.27. |
| 시 | 장자강의 노래 | 권태봉 | 문학신문, 2003.27. |
| 시 | 노래여, 너와 함께 | 송재하 | 문학신문, 2003.27. |
| 시 | 정든 병사 | 김은숙 | 문학신문, 2003.27. |
| 시 | 강철지구 녀인들 | 위명철 | 문학신문, 2003.27. |
| 시 | 불처럼 살리 | 오상철 | 문학신문, 2003.27. |
| 시 | 강판은 거울이 아니건만 | 천일수 | 문학신문, 2003.27. |
| 시 | 당이여, 나는 그대의 전사 | 한창현 | 문학신문, 2003.27. |
| 시 | 대표증 | 박세옥 | 문학신문, 2003.27. |
| 시 | 위대한 선군의 장 | 문용철 | 문학신문, 2003.28. |
| 시 | 탑은 영원하리 | 최치용 | 문학신문, 2003.28. |
| 시 | 강변의 저녁노을 | 최문식 | 문학신문, 2003.28. |
| 시 | 낚시터의 서정 | 함영근 | 문학신문, 2003.28. |
| 시 | 장군님과 보초병 | 김철혁 | 문학신문, 2003.29. |
| 시 | 따르노라! | 김영태 | 문학신문, 2003.29. |
| 시 | 불멸의 기치 | 림공식 | 문학신문, 2003.29. |
| 시 | 화전의 등불 | 한승길 | 문학신문, 2003.29. |
| 시 | 기다리는 고향집 | 리동철 | 문학신문, 2003.29. |
| 시 | 김정일 백두산의 노래를! | 박근원 | 문학신문, 2003.29. |
| 시 | 삼지연못가에서 | 로완률 | 문학신문, 2003.29. |
| 시 | 그리움의 물결은 일고일어… | 리 영 | 문학신문, 2003.29. |
| 시 | 나는 장군님의 전사 | 리선화 | 문학신문, 2003.30. |
| 시 | 장군님 건강을 축원함! | 리찬호 | 문학신문, 2003.30. |
| 시 | 신천시간 | 윤두만 | 문학신문, 2003.30. |
| 시 | 무심히 밟을수 없는 땅에서 | 문선건 | 문학신문, 2003.30. |
| 시 | 주산 | 류선학 | 문학신문, 2003.30. |

| 시 | 소백수골의 소원 | 박희구 | 문학신문, 2003.31. |
|---|---|---|---|
| 시 | 내 나라가 아름다운것은 | 강 림 | 문학신문, 2003.31. |
| 시 | 내가 사랑하는 사람들 | 리영철 | 문학신문, 2003.31. |
| 시 | 태양의 조국이여 | 오영재 | 문학신문, 2003.31. |
| 시 | 아들아 네가 집을 떠나는것은 | 염득복 | 문학신문, 2003.31. |
| 시 | 함께 걷는 길 | 주 경 | 문학신문, 2003.31. |
| 시 | 소원 | 박정애 | 문학신문, 2003.32. |
| 시 | 혁명렬사릉 | 류명호 | 문학신문, 2003.32. |
| 시 | 조국이 부르는 그 높이에… | 박상철 | 문학신문, 2003.32. |
| 시 | 창조의 첫 자욱이 새겨진 땅 | 박희창 | 문학신문, 2003.32. |
| 시 | 나는 사랑한다 | 정영호 | 문학신문, 2003.32. |
| 시 | 김장철서정 | 김선화 | 문학신문, 2003.32. |
| 시 | 나는 전호를 못 잊는다 | 리정준 | 문학신문, 2003.33. |
| 시 | ≪락동강할아버지≫ | 방성룡 | 문학신문, 2003.33. |
| 시 | 총과 함께 다진 맹세 | 전복향 | 문학신문, 2003.33. |
| 시 | 누가 이 땅을 사랑하는가 | 림공식 | 문학신문, 2003.33. |
| 시 | 제대군인마을 | 리연희 | 문학신문, 2003.33. |
| 시 | 나의 행복 | 김충기 | 문학신문, 2003.34. |
| 시 | 벗이여, 둘도없는 나의 동지여! | 서진명 | 문학신문, 2003.34. |
| 시 | 피젖은 땅우에 불은 타오른다 | 주 경 | 문학신문, 2003.34. |
| 시 | 사랑하노라 오늘이여 | 양치성 | 문학신문, 2003.34. |
| 시 | 사랑인줄 아시라 | 박경심 | 문학신문, 2003.34. |
| 시 | 오, 12월 24일! | 호대선 | 문학신문, 2003.35. |
| 시 | 우리의 최고사령관 | 위명철 | 문학신문, 2003.35. |
| 시 | 양털조끼 | 문동식 | 문학신문, 2003.35. |
| 시 | 로장의 ≪걱정≫ | 심재훈 | 문학신문, 2003.35. |
| 시 | 어머님의 서른두해 | 김호군 | 문학신문, 2003.35. |
| 시 | 나도 빨찌산 어머님의 딸로 되렵니다 | 리선화 | 문학신문, 2003.35. |
| 시 | 야금박사의 퇴근길 | 한승길 | 문학신문, 2003.35. |
| 시 | 총대에 비낀 한해 | 리찬호<br>김기성 | 문학신문, 2003.36. |
| 시 | 이름많은 축복받은 해여! | 김형준 | 문학신문, 2003.36. |
| 시 | 공화국기발 | 량송호 | 문학신문, 2003.36. |
| 시 | 나는 최고사령관동지의 전사 | 박성일 | 문학신문, 2003.36. |
| 시 | 달려가자 강성대국의 새날을 향해 | 송정우 | 청년문학, 2003.1. |
| 시 | 피어린 갱도길 | 박해출 | 청년문학, 2003.1. |
| 시 | 2월의 봄빛은 온 누리에 | 송정우 | 청년문학, 2003.2. |
| 시 | 초소로 떠나는 아들에게 | 김응희 | 청년문학, 2003.2. |

| 시 | 백두산총대 | 리동수 | 청년문학, 2003.2. |
|---|---|---|---|
| 시 | 그대들도 어머니 나도 어머니 | 림금단 | 청년문학, 2003.2. |
| 시 | 나의 분노 | 리창식 | 청년문학, 2003.3. |
| 시 | 오, 조국은 | 리일섭 | 청년문학, 2003.3. |
| 시 | 병사와 꾀꼴새 | 김영길 | 청년문학, 2003.3. |
| 시 | 장군님 지나가신 자욱우에서 | 한옥란 | 청년문학, 2003.3. |
| 시 | 버들개지야 너 좀 보렴 | 최충웅 | 청년문학, 2003.3. |
| 시 | 새로운 수풍 | 고남철 | 청년문학, 2003.3. |
| 시 | 녀인의 소원은 무엇이더냐 | 김련실 | 청년문학, 2003.3. |
| 시 | 우리의 영원한 봄명절 | 서진명 | 청년문학, 2003.4. |
| 시 | 영원한 봄의 어머니를 불러 | 최치영 | 청년문학, 2003.4. |
| 시 | 고향집사립문 | 한광춘 | 청년문학, 2003.4. |
| 시 | 수령님은 우리 농장 농장원이시네 | 박상민 | 청년문학, 2003.4. |
| 시 | 동강밀영의 봄 | 주광일 | 청년문학, 2003.5. |
| 시 | 두 시절에 찍은 어머니의 사진 | 송정우 | 청년문학, 2003.5. |
| 시 | 빛나라 6월 19일이여 | 리명호 | 청년문학, 2003.6. |
| 시 | 평범한 날 | 주광일 | 청년문학, 2003.6. |
| 시 | 울려가라 ≪축복의노래≫여 | 문용철 | 청년문학, 2003.6. |
| 시 | 통일의 날을 향해 | 리동수 | 청년문학, 2003.6. |
| 시 | 나는 태양의 집에 있아! | 김 택 | 청년문학, 2003.7. |
| 시 | 나는 울음을 운다 | 주광일 | 청년문학, 2003.7. |
| 시 | 전승기념탑 | 김남호 | 청년문학, 2003.7. |
| 시 | 나는 전쟁을 이어받지 않았다 | 리종수 | 청년문학, 2003.7. |
| 시 | 나를 부르는 소리 | 류명호 | 청년문학, 2003.8. |
| 시 | 쇠물도 끓어 심장도 끓어 | 리연희 | 청년문학, 2003.8. |
| 시 | 놋그릇 | 리진묵 | 청년문학, 2003.8. |
| 시 | 내가 갚아주마 | 신형길 | 청년문학, 2003.8. |
| 시 | 어머니 나의 조국 | 한광춘 | 청년문학, 2003.9. |
| 시 | 자랑하노라 사회주의 내 나라! | 리영복 | 청년문학, 2003.9. |
| 시 | 조국이 그대 승리 지켜본다네 | 송정우 | 청년문학, 2003.9. |
| 시 | 잠들수 없는 밤 | 류명호 | 청년문학, 2003.9. |
| 시 | 우리는 룡남산에서 첫 강의를 받는다 | 최 련 | 청년문학, 2003.9. |
| 시 | 10월이여 빛나라 | 오필천 | 청년문학, 2003.10. |
| 시 | 나의 당원증 | 리덕진 | 청년문학, 2003.10. |
| 시 | 그이는 우리 당의 총비서 | 송정우 | 청년문학, 2003.10. |
| 시 | 나의 기쁨아 | 리명옥 | 청년문학, 2003.10. |
| 시 | 영웅들의 그 마음 나도 지닐 때 | 렴정실 | 청년문학, 2003.10. |

| 시 | 온 세상이 아는 꽃 | 안정기 | 청년문학, 2003.11. |
|---|---|---|---|
| 시 | 영원한 추대 | 문동식 | 청년문학, 2003.11. |
| 시 | 장수산의 세심폭포 | 리성남 | 청년문학, 2003.11. |
| 시 | ≪웃음≫ 폭포 | 김선화 | 청년문학, 2003.11. |
| 시 | 그곳엔 미국놈들이 있다 | 리영복 | 청년문학, 2003.11. |
| 시 | 승리자들의 한해 2003년이여 | 리연희 | 청년문학, 2003.12. |
| 시 | 우리 운명의 아버지 | 최남순 | 청년문학, 2003.12. |
| 시 | 친어버이사랑 | 최준경 | 로동신문, 2003.1.2. |
| 시 | 선군의 대하 굽이친다 | 김영태 | 로동신문, 2003.1.6. |
| 시 | 정일봉의 하늘가에 불이 흐른다 | 류동호 | 로동신문, 2003.2.20. |
| 시 | 삼가드리자 큰절을 | 리종<br>(비전향<br>장기수) | 로동신문, 2003.3.11. |
| 시 | 2월의 새봄 | 김석형<br>(비전향<br>장기수) | 로동신문, 2003.3.11. |
| 시 | 천하명보물 | 김인서<br>(비전향<br>장기수) | 로동신문, 2003.3.11. |
| 시 | 위인의 빛발 | 정준기 | 로동신문, 2003.3.13. |
| 시 | 세계여, 전쟁을 막아 일떠서라 | 김만영 | 로동신문, 2003.4.10. |
| 시 | 우리 당의 부름앞에 | 문동식 | 로동신문, 2003.5.3. |
| 시 | 선군민족진달래로 붉게 피리라 | 안향진 | 로동신문, 2003.5.24. |
| 시 | ≪녀맹호≫ 포에부치노라 | 김영심 | 로동신문, 2003.7.28. |
| 시 | 총대우에 공화국기발 날린다 | 김용남 | 로동신문, 2003.9.10. |
| 시 | 심장의 부름 | 리창식 | 로동신문, 2003.9.14. |
| 시 | 이날의 감격 | 박세옥 | 로동신문, 2003.9.14. |
| 시 | 다시 영광의 광장에서 | 김영애 | 로동신문, 2003.10.7. |
| 시 | 위대한 장군의 그 이름과 함께 | 최준경 | 로동신문, 2003.10.15. |
| 시 | 또다시 대동강반에서 | 로상현<br>(총련) | 로동신문, 2003.10.23. |
| 시 | 승리만이 있다 | 주광일 | 민주조선, 2003.1.15. |
| 시 | 시체만이 남으리라 | 백 하 | 민주조선, 2003.1.15. |
| 시 | 김정일화 | 백남호 | 민주조선, 2003.2.20. |
| 시 | 무자비한 징벌을! | 최득필 | 민주조선, 2003.3.22. |
| 시 | 나가자 공격전에로 | 김은숙 | 민주조선, 2003.4.29. |
| 시 | 백두산총대아래 삼천리가 있다 | 주광일 | 민주조선, 2003.6.25. |
| 시 | 바치리라 찬성의 한표를 | 신형길 | 민주조선, 2003.8.2. |
| 시 | 나의 집 | 박완규<br>(비전향 | 민주조선, 2003.9.2. |

|   |   |   | 장기수) |
|---|---|---|---|
| 시 | 다시 영광의 광장에서 | 김영애 | 민주조선, 2003.10.7. |
| 시 | 길이 빛나라 우리 당의 력사여 | 리동수 | 민주조선, 2003.10.11. |
| 시 | 장군님 오늘도 백두산에 오르신다 | 박세일 | 민주조선, 2003.12.20. |
| 시 | 솜옷에 대한 생각 | 신홍국 | 민주조선, 2003.12.20. |
| 시 | 통일조선이 안겨있는 집 | 박 철 | 민주조선, 2003.12.20. |
| 시 | 잊지못할 봄명절날에 | 김용남 | 민주조선, 2003.12.20. |
| 시 | 주작봉을 오르며 | 전광철 | 민주조선, 2003.12.20. |
| 시 | 축원의 노래 | 리영철 | 청년전위, 2003.1.2. |
| 시 | 우리는 선군청춘 | 문용철 | 청년전위, 2003.1.4. |
| 시 | 한껏 나래치라! | 조태현 | 청년전위, 2003.1.5. |
| 시 | 쥐포수에게 | 김인식 | 청년전위, 2003.1.14. |
| 시 | 선군조선의 대답 | 최상녀 | 청년전위, 2003.1.15. |
| 시 | 선군시대 청춘! | 강경남 | 청년전위, 2003.1.17. |
| 시 | 백두의 밀림아! | 조태현 | 청년전위, 2003.2.4. |
| 시 | 우리를 보라 | 리광택 | 청년전위, 2003.2.8. |
| 시 | 2월찬가 | 조영식 | 청년전위, 2003.2.13. |
| 시 | 영원한 승리의 대오 | 리동수 | 청년전위, 2003.2.20. |
| 시 | 내 고향 물소리 | 양완진 | 청년전위, 2003.3.20. |
| 시 | 영광을 드리노라 백두산 혁명강군에 | 주광일 | 청년전위, 2003.4.24. |
| 시 | 선군기치 따라 청년들 앞으로 | 김기철 | 청년전위, 2003.5.4. |
| 시 | 수송전선이여 앞으로! | 리영복 | 청년전위, 2003.5.8. |
| 시 | 영광의 날, 결사의 날 아침에 | 최득필 | 청년전위, 2003.6.18. |
| 시 | 수령님은 영원히 우리와 함께 | 리국철 | 청년전위, 2003.7.1. |
| 시 | 조국땅 어디나 빛나는 존함 | 최순철 | 청년전위, 2003.7.8. |
| 시 | 인민은 한마음 | 정성환 | 청년전위, 2003.8.3. |
| 시 | 광복의 환호성 | 김택영 | 청년전위, 2003.8.15. |
| 시 | 나는 선군시대 청년이다 | 송정우 | 청년전위, 2003.8.28. |
| 시 | 자랑찬 위훈안고 대축전장으로! | 장설경 | 청년전위, 2003.9.2. |
| 시 | 총과 어머님 | 윤정길 | 청년전위, 2003.9.21. |
| 시 | 위대한 ≪ㅌ·ㄷ≫의 붉은기발 | 림공식 | 청년전위, 2003.10.17. |
| 시 | 나는 신천의 후손이다 | 박정애 | 청년전위, 2003.10.21. |
| 시 | 봄날의 그 미소속에 | 조철호 | 청년전위, 2003.12.23. |
| 시 | 나는 그대의 청춘공민 | 한광춘 | 청년전위, 2003.12.27. |
| 시 | 진군 또 진군 | 한광춘 | 평양신문, 2003.1.9. |
| 시 | 증오를 원쑤들에게 | 강경남 | 평양신문, 2003.1.14. |
| 시 | 가자 9월의 대축전장으로! | 리동수 | 평양신문, 2003.4.29. |

| 시 | 촬영장에서의 담화 | 오재일 | 평양신문, 2003.6.6. |
| 시 | 영원한 우리의 태양 | 조영식 | 평양신문, 2003.7.1. |
| 시 | 7월의 노래 | 로경철 | 평양신문, 2003.7.8. |
| 시 | 녀병사는 녀병사의 딸 | 김 숙 | 평양신문, 2003.7.26. |
| 시 | 마지막당비 | 장영운 | 평양신문, 2003.7.26. |
| 시 | 공민의 한표 | 최혜경 | 평양신문, 2003.8.3. |
| 시 | 불멸하리라 조로친선의 보루는 | 리동후 | 평양신문, 2003.8.27. |
| 시 | 민족을 지켜주는 품 | 오영재 | 평양신문, 2003.9.8. |
| 시 | 다시 영광의 광장에서 | 김영애 | 평양신문, 2003.10.18. |
| 시 | 흘러넘쳐라 민족의 향기여! | 김택영 | 평양신문, 2003.12.17. |

## <문학예술 출판도서>

| 구분 | 제목 | 작가 | 출처 (출판기관) |
|------|------|------|----------------|
| 시집 | 21세기의 태양을 우러러(2): 정일봉의 붉은 노을 | | 문학예술출판사 |
| 시집 | 서사시 장군님과 오성산병사 | 박근원 | 금성청년출판사 |
| 시집 | 서사시 숨쉬는 성벽 | 백수길 | 문학예술출판사 |
| 시집 | 최영화시선집 | | 문학예술출판사 |
| 시집 | 리동후시집 나의 고향 | | 문학예술출판사 |
| 시집 | 우리는 선군시대에 산다 | | 금성청년출판사 |
| 작품집 | 현대조선문학선집(33): 철도교차점 | | 문학예술출판사 |
| 작품집 | 현대조선문학선집(34): 출범전후 | | 문학예술출판사 |
| 작품집 | 현대조선문학선집(35): 질소비료공장 | | 문학예술출판사 |
| 작품집 | 더 빨리 더 높이 더 힘차게 | 김덕철 | 체육출판사 |
| 작품집 | 항상준비 | | 금성청년출판사 |
| 작품집 | 꼬마부대 앞으로 | | 금성청년출판사 |
| 작품집 | 담보 | | 문학예술출판사 |
| 작품집 | 축포 | | 문학예술출판사 |
| 작품집 | 백두산바람 | | 문학예술출판사 |
| 작품집 | 선군찬가 | | 문학예술출판사 |
| 작품집 | 대안은 12월에 산다 | | 문학예술출판사 |
| 작품집 | 영생의 봄 | | 문학예술출판사 |
| 작품집 | 태양의 자욱 | | 문학예술출판사 |
| 작품집 | ≪민족과 운명≫(카프작가편) | | 문학예술출판사 |
| 작품집 | 붉은 노을 | | 문학예술출판사 |
| 도서 | 조선사화전설집(17) | | 문학예술출판사 |
| 도서 | 아동문학묘사집(2) | | 문학예술출판사 |
| 도서 | 세계명인들에 대한 이야기 | 최영화 | 과학백과사전출판사 |

| 전설집 | 명소에 깃든 전설 | 로효식 | 과학백과사전출판사 |
|--------|------------------|--------|---------------------|
| 도서 | 세계문학의 어제와 오늘(1) | 김왕섭<br>황영길 | 문학예술출판사 |

## <장·중편소설 출판>

| 구분 | 제목 | 작가 | 출처 (출판기관) |
|------|------|------|------------------|
| 장편소설 | 총서 《불멸의 력사》 중 인간의노래 | 김삼복 | 문학예술출판사 |
| 장편소설 | 총서 《불멸의 향도》 중총대 | 박 윤 | 문학예술출판사 |
| 장편소설 | 성황당 | | 문학예술출판사 |
| 장편소설 | 땅크사단 | 김석범 | 문학예술출판사 |
| 장편소설 | 삼태성 | 김영근 | 문학예술출판사 |
| 장편소설 | 푸른 줄기 | 최성진 | 문학예술출판사 |
| 장편소설 | 재부 | 박찬은 | 문학예술출판사 |
| 장편소설 | 푸른 언덕 | 최영학 | 문학예술출판사 |
| 장편소설 | 피젖은 이끼 | 김청수 | 문학예술출판사 |
| 장편소설 | 한피줄 | 진재환 | 문학예술출판사 |
| 장편소설 | 새벽하늘 | 주유훈 | 문학예술출판사 |
| 장편소설 | 통일런가 | 남대현 | 문학예술출판사 |
| 장편소설 | 하얀 모래불 | 김용한 | 문학예술출판사 |
| 장편소설 | 흰파도 | 신용선 | 금성청년출판사 |
| 장편소설 | 측백나무 | 리용환 | 금성청년출판사 |
| 장편소설 | 포성없는 전구 제1부 | 허문길 | 금성청년출판사 |
| 장편소설 | 땅의 숨결 | 윤원삼 | 문학예술출판사 |
| 장편소설 | 백양나무 설레인다 | 림재성 | 문학예술출판사 |
| 장편소설 | 지진 | 량우직 | 문학예술출판사 |
| 중편소설 | 열매는 봄날에 | 박웅전 | 문학예술출판사 |
| 중편실화문학 | 혜성들(1) | 함용길 | 문학예술출판사 |
| 중편실화 | 박주산소년빨찌산 | 김원일 | 금성청년출판사 |
| 장편소설 | 조선고전문학선집(36) 옥루몽(3) | | 문학예술출판사 |
| 외국장편소설 | 쟝 크리스토프(2) | 로맹롤랑 | 문학예술출판사 |
| 외국장편소설 | 쟝 크리스토프(3) | 로맹롤랑 | 문학예술출판사 |

## <평론>

| 제목 | 작가 | 출처 |
|---|---|---|
| 위대한 령장, 위대한 계승에 대한 전설적인 송가 | 조선화 | 조선문학, 2003.1. |
| 푸른 산악에 메아리치는 인생철학의 교향곡 | 김 학 | 조선문학, 2003.1. |
| 시인은누구나시를쓰고있다,그러나…(3) | 류 만 | 조선문학, 2003.1. |
| 단편소설에서 성격형상과 창작적 기교 | 김해월 | 조선문학, 2003.1. |
| 시대의 명작과 작가의 기교(1) | 김성우 | 조선문학, 2003.2. |
| 남조선의 진보적시인 김남주와 그의 통일시 | 한중모 | 조선문학, 2003.3. |
| 소설에도 음악이 흐른다 | 리정웅 | 조선문학, 2003.4. |
| 시대의 명작과 작가의 기교(2) | 김성우 | 조선문학, 2003.4. |
| 서정시와 시인의 개성 | 장정춘 | 조선문학, 2003.5. |
| 생활의 ≪진주≫는 어디에 있는가 | 한미영 | 조선문학, 2003.5. |
| 자연묘사에 비낀 력사적사변의 의미 | 장희숙 | 조선문학, 2003.5. |
| 결사각오의 투지가 맥박치는 전투적랑만의 서정 | 김순림 | 조선문학, 2003.6. |
| 단편소설의 흥미와 묘사의 속도감문제 | 리윤근 | 조선문학, 2003.6. |
| 평범한 생활에 대한 깊이있는 탐구속에서 | 안 성 | 조선문학, 2003.6. |
| 성인과 그리움 | 정영종 | 조선문학, 2003.7. |
| 선군의 위력을 심오하고 진실하게 형상한 시대의 명작 | 장형준 | 조선문학, 2003.7. |
| 조국결사수호정신에 대한 감명깊은 형상 | 김정철 | 조선문학, 2003.7. |
| 더 높이 나래치라 1950년대 총대서정이여! | 김 학 | 조선문학, 2003.7. |
| 다시 또 한번 수령영생서사시의 빛나는 모범앞에서 | 김성우 | 조선문학, 2003.8. |
| 63명중의 1명 | 리용일 | 조선문학, 2003.8. |
| 서정시의 비상한 감화력과 생명력을 두고 | 김해월 | 조선문학, 2003.9. |
| 조국이여, 진정 너는 무엇이기에 | 고철훈 | 조선문학, 2003.9. |
| 시대의 명곡을 낳은 정교한 시 | 김순림 | 조선문학, 2003.10. |
| 같은것과 다른것 | 김일수 | 조선문학, 2003.11. |
| 위대한 령도밑에 장편소설 ≪1932년≫이 이룩한 수령형상 창조의 빛나는 성과 | 방형찬 | 조선문학, 2003.12. |
| 위인칭송의 화폭과 형상적매력 | 리윤근 | 조선문학, 2003.12. |
| 21세기 첫해의 유년동요들을 펼치고 | 최정철 | 문학신문, 2003.2. |
| 선군시대와 작가적인 탐구 | 방형찬 | 문학신문, 2003.3. |
| 호전광 부쉬에 대한 신랄한 풍자조소 | 류 만 | 문학신문, 2003.3. |
| ≪봄의 선률≫이 그토록 심금을 울리는 것은… | 전상찬 | 문학신문, 2003.4. |
| 형상의 매력은 어디에 있는가 | 리동수 | 문학신문, 2003.4. |
| 조선의 영광을 정서깊은 사색속에 펼친 시대의 찬가 | 류 만 | 문학신문, 2003.4. |
| 시대정신의 투철한 구현과 생활반영의 진실성 | 최언경 | 문학신문, 2003.5. |
| 선군시대와 뜨겁게 호흡하자 | 김순림 | 문학신문, 2003.6. |

| | | |
|---|---|---|
| 혁명적랑만이 넘치는 열정의 노래 | 류명호 | 문학신문, 2003.6. |
| 선군시대 시문학의 감각적표상과 시어의 성음적효과 | 리룡현 | 문학신문, 2003.7. |
| 동심과 시대정신의 구현 | 박성국 | 문학신문, 2003.7. |
| 위대한 시대가 낳은 선군문학예술의 빛나는 산야 | 최길상 | 문학신문, 2003.7. |
| 라남의 봉화가 한점의 티도없이 형상되기를… | 주옥주 | 문학신문, 2003.7. |
| 로동의 률동을 반영한 시가의 운률적특성 | 리룡현 | 문학신문, 2003.8. |
| 종소리를 타고 울리는 형상적 여운 | 전상찬 | 문학신문, 2003.8. |
| 내 조국의 귀중함을 더욱 뜨겁게 새기여본다 | 최광일 | 문학신문, 2003.9. |
| 수령결사옹위의 한길에서 위훈을 세운 보위자들에 대한 웅심깊은 화폭 | 한룡숙 | 문학신문, 2003.9. |
| ≪내 고향≫의 서정 | 최희건 | 문학신문, 2003.9. |
| 다함없는 흠모와 칭송의 노래 | 김창조 | 문학신문, 2003.10. |
| ≪빨찌산해≫를 승리에로 이끄신 전설적 위인에 대한 송가 | 김선일 | 문학신문, 2003.11. |
| 미제의 멸망을 선고한 기념비적명작 | 리주범 | 문학신문, 2003.11. |
| 시의 형상세계를 더욱 높이자 | 김지섭 | 문학신문, 2003.11. |
| 위인의 숭고한 형상과 다른 인물들의 성격창조 | 류윤화 | 문학신문, 2003.12. |
| 노래가 그토록 여운이 강한 것은… | 김철민 | 문학신문, 2003.12. |
| 백두산과 더불어 영원할 신념의 메아리 | 김일수 | 문학신문, 2003.13. |
| 작가의 사상미학적의도와 소설형식의 새로운 탐구 | 리성민 | 문학신문, 2003.13. |
| 시는 시맛에 읊고싶도록 써야한다 | 김지섭 | 문학신문, 2003.13. |
| 불세출의 선군령장께 바치는 시대의 찬가 | 황혜경 | 문학신문, 2003.14. |
| 사랑과 증오에 불붙인 ≪초불≫ | 홍영길 | 문학신문, 2003.14. |
| 바다와 신념, 그 형상의 여운 | 김일수 | 문학신문, 2003.15. |
| 시대정신의 구현과 형상의 철학적 깊이 | 김해월 | 문학신문, 2003.15. |
| 단편소설의 형상에서 묘사의 집중문제 | | 문학신문, 2003.16. |
| 선군령장의 불멸의 위인상을 최상의 높이에서 형상한 시대의 명작 | 천재규 | 문학신문, 2003.17. |
| 사상예술적으로 완전무결한 시대의 명작 | 리대철 | 문학신문, 2003.17. |
| 숭고한 축원의 정서를 심오하게 노래한 불멸의 송가 | 김선일 | 문학신문, 2003.18. |
| 심오한 생활체험과 서정의 철학적높이 | 허수산 | 문학신문, 2003.18. |
| 미제의 교활성과 악랄성을 만천하에 폭로한 명작 | 안희열 | 문학신문, 2003.18. |
| 애국애족의 숭고한 철학세계에 대한 격조높은 송가 | 리동수 | 문학신문, 2003.19. |
| 위력한 형상으로 심금을 울린 작품 | 리성덕 | 문학신문, 2003.19. |
| 선군시대 인간들의 삶이 빛나는 혁명초소에 대한 감동적인 화폭 | 한룡숙 | 문학신문, 2003.19. |
| 호기심끝에 온 아쉬움 | 최정철 | 문학신문, 2003.19. |
| 조국을 안고 살라 | 류윤화 | 문학신문, 2003.20. |
| 실화소설과 성격형상 | 김명환 | 문학신문, 2003.20. |
| 선군령장을 우러러 부르는 병사의 노래 | 윤성민 | 문학신문, 2003.20. |
| 오늘도 시인은 말한다 | 김봉민 | 문학신문, 2003.21. |

| | | |
|---|---|---|
| 풍자소설과 작가의 예리한 비수 | 명일식 | 문학신문, 2003.21. |
| 조국통일에 대한 우리 인민의 열렬한 지향과 진실한 시적형상 | 김덕선 | 문학신문, 2003.23. |
| 치렬한 대결, 첨예한 극성 | 리윤근 | 문학신문, 2003.24. |
| 생활의 철학이 느껴지는 시 | 김봉민 | 문학신문, 2003.24. |
| 충격은 생활의 진실로부터… | 김일수 | 문학신문, 2003.24. |
| 시의 언어구사와 서정성문제를 두고 | 리선희 | 문학신문, 2003.24. |
| 전승을 안아온 위대한 령장의 격이 있는 형상 | 고철훈 | 문학신문, 2003.27. |
| 구성도 형상수법도 이채로운 작품 | 리창유 | 문학신문, 2003.27. |
| 형상에 공감이 가지 않은것은? | 안희열 | 문학신문, 2003.27. |
| 선군시대에 울리는 군관안해들의 노래 | 손지혜 | 문학신문, 2003.27. |
| 수령과 전사사이에 맺어진 혈연적동지관계를 감명깊게 형상한 선군시대의 명작 | 안광일 | 문학신문, 2003.28. |
| 우리의 땅에 뿌리박은 형상의 깊이 | 김청송 | 문학신문, 2003.28. |
| 우리 군대제일주의와 현실주제 창작 | 리수림 | 문학신문, 2003.29. |
| 작품의 종자와 성격형상 | 한중모 | 문학신문, 2003.30. |
| 조국의 아들의 값높은 삶을 형상한 감동적인 화폭 | 방형진 | 문학신문, 2003.31. |
| 매혹적인 성격창조와 진실성 | 김정철 | 문학신문, 2003.32. |
| 오늘도 피고 있는 ≪백일홍≫ | 리동성 | 문학신문, 2003.33. |
| ≪불타는 섬≫과 안정희 | 김창조 | 문학신문, 2003.33. |
| 참신한 성격의 발견과 철학적 깊이 | 전문원 | 문학신문, 2003.33. |
| 고향, 미래, 물고기초롱 | 한미영 | 문학신문, 2003.33. |
| ≪삼태성≫은 무엇으로 빛나는가 | 안 성 | 문학신문, 2003.34. |
| 동심을 진실하게 노래하자 | 김련실 | 문학신문, 2003.34. |
| 위대한 선군령장의 품에 영생하는 병사에 대한 노래 | 최길상 | 문학신문, 2003.34. |
| 향기는 망울에서부터 풍긴다 | 리동관 | 청년문학, 2003.1. |
| 위인의 형상과 상대인물 | 정철호 | 청년문학, 2003.1. |
| 무게있는 내용을 밝은 정서로 인상깊게 노래한 시적형상 | 리학철 | 청년문학, 2003.3. |
| 심장으로 대지를 밟자 | 최남순 | 청년문학, 2003.3. |
| 묘향산에 핀 꽃 | 리룡헌 | 청년문학, 2003.5. |
| 400리 물길과 전투적인 실화문학 | 명일식 | 청년문학, 2003.5. |
| 특색, 진실, 감화력 | 조응철 | 청년문학, 2003.6. |
| 아쉬운감에서… | 김창조 | 청년문학, 2003.8. |
| 조국통일주제시문학창작과 시적체험 | 김광철 | 청년문학, 2003.8. |
| 혁명적대작의 풍격을 갖춘 서정시를 두고 | 허 일 | 청년문학, 2003.11. |
| 평범하고 례사로운 생활적구성속에서 강한 흥미조성 | 김선려 | 청년문학, 2003.11. |
| 작품의 가치와 시어형성 | 김광철 | 청년문학, 2003.12. |
| 위대한 계승의 숭고한 뜻과 더불어 불멸할 노래 | 김광선 | 조선예술, 2003.1. |
| 조국에 대한 우리 식 송가의 력사적시원 | 신진옥 | 조선예술, 2003.1. |

## 5) 『조선문학예술년감』(2005) 문학작품 주요 목록

### <시>(대표작)

| 구분 | 제목 | 작가 | 출처 |
|---|---|---|---|
| 시 | 그리움은 나의 삶 | 류동호 | 로동신문, 2004.1.29. |
| 시 | 봄의 고향에서(시초)<br>- 아, 2월16일<br>- 선군조선의 고향집<br>- 소백수의 물안개<br>- 정일봉이 노호한다<br>- 서리꽃이 피였습니다<br>- 백두산의 총대가정에 | 김석주<br>한원희<br>김명철<br>김정철<br>고남철<br>김휘조 | 로동신문, 2004.2.9. |
| 시 | 철령의 선군찬가(서사시) | 신병강 | 로동신문, 2004.2.7. |
| 시 | 건강하시라 우리 어버이(헌시) | 김만영 | 로동신문, 2004.2.16. |
| 시 | 빛나라 2월의 강령이여(시묶음)<br>- 우리는 그날에 보았다<br>- 력사의 기슭에서<br>- 영원한 삶의 불<br>- 우리는 시대를 사랑하노라 | 박세옥<br>한광춘<br>류동호<br>신문경 | 로동신문, 2004.2.18. |
| 시 | 룡남산마루에서 부르는 노래(시묶음)<br>- 력사의 언덕길에서<br>- 그이는 룡남산에 다시오셨다<br>- 약속<br>- 영생의 모습앞에서<br>- 그리움의 천만리<br>- 어은동의 총소리<br>- 나는 김일성종합대학졸업생이다 | 허 일<br>윤두만<br>최 련<br>류명호<br>최주원<br>정두국<br>주 옥 | 로동신문, 2004.3.30. |
| 시 | 성강의 봉화가 타오른 땅에서(시초)<br>- 성강은 말한다<br>- 수령님, 주체철이 쏟아집니다<br>- 성강의 밤<br>- 철의 도시 녀인들<br>- 성강의 쇠물<br>- 그날에 살고 있어라 | 김만영<br>류동호<br>송찬웅<br>문용철<br>백하<br>오영재 | 로동신문, 2004.4.5. |
| 시 | 봄날의 환희 | 김석주 | 로동신문, 2004.4.11. |
| 시 | 나는 주체사상탑과 이야기한다 | 홍철진 | 로동신문, 2004.4.11. |
| 시 | 봄비 | 문동식 | 로동신문, 2004.4.11. |
| 시 | 물이 흘러 하늘이 흘러 | 리연희 | 로동신문, 2004.4.11. |
| 시 | 전선 가까운 마을(시초)<br>-7련대와 함께<br>-원호고개<br>-전선가까운 마을<br>-≪콩나물집≫<br>-하나의 선새가 또 솟는다 | 함영주<br>오정로<br>김정곤<br>유영하<br>오재신 | 로동신문, 2004.4.27. |

| 시 | 락원행 봄렬차가 떠나간다(시초)<br>　- 따뜻한 봄의 구내길<br>　- 《붉은기》 1호 영웅기관차여<br>　- 선군시관이 흐른다<br>　- 달리는 보금자리<br>　- 우리 마음 싣고 객차가 떠나간다 | 류동호<br>송찬웅<br>리연희<br>김영택<br>오영재 | 문학신문, 2004.14. |
|---|---|---|---|
| 시 | 노래하노라 영광의 40년이여(시묶음)<br>　- 6월 송가<br>　- 조선의 새벽<br>　- 전사의 일편단심 영원하리<br>　- 나를 지켜보는 눈빛<br>　- 우리당은 전선에 있다<br>　- 나는 총대당원이다<br>　- 선군의 태양 | 박경심<br>주광일<br>리응태<br>신문경<br>류동호<br>박해출<br>오영재 | 로동신문, 2004.6.13. |
| 시 | 백두산은 영원히 높이 솟아 빛나리(서사시) | 박현철 | 로동신문, 2004.6.21. |
| 시 | 장군님따라 승리의 한길로(서사시) | 신병강 | 로동신문, 2004.7.2. |
| 시 | 백년이 가도 천년이 가도(서사시) | 김만영 | 로동신문, 2004.7.4. |
| 시 | 이 강산에 꽃피는 《지원》의 뜻이여(시묶음)<br>　- 미래의 하늘을 펼치시여<br>　- 봉화산<br>　- 끝나지 않은 강의<br>　- 청수동의 《결승봉》<br>　- 직령의 선군길 | 허수산<br>김혜영<br>윤정길<br>최남순<br>변정환 | 로동신문, 2004.7.10. |
| 시 | 선군과 청춘(시묶음)<br>　-선군청춘<br>　-한그루 나무에<br>　-투탄거리 《령》<br>　-내 이름 석자<br>　-백암령에서 부르는 노래 | 김정곤<br>한영희<br>김홍규<br>한일형<br>오필정<br>김승도 | 로동신문, 2004.8.28. |
| 시 | 총대와 미래(서사시) | 김승도 | 로동신문, 2004.9.1. |
| 시 | 어머님과 사향가(서사시) | 주 민 | 로동신문, 2004.9.20. |
| 시 | 삼수땅에 천지개벽의 우뢰가 운다(시초)<br>　- 그리움의 산마루<br>　- 정오가 가까워 온다<br>　- 돌격대원 나의손<br>　- 허천강의 달밤<br>　- 고향에 보내는 소식<br>　- 언제는 무엇으로 솟는가 | 오영재<br>박해출<br>리종벽<br>주광일<br>정선홍<br>류동호 | 로동신문, 2004.10.17. |
| 시 | 어머님과 군기(서사시) | 정 렬 | 로동신문, 2004.12.26. |
| 시 | 1995년 1월 1일(서사시) | 김만영 | 로동신문, 2004.12.31. |

## \<단편소설, 장편소설, 기타\>

| 구분 | 제목 | 작가 | 출처 |
|---|---|---|---|
| 백두산3대장군형상 단편소설 | 눈길 멀리 | 손영복 | 조선문학, 2004.2. |
| 백두산3대장군형상 단편소설 | 신록이 짙어가는 계절 | 조 근 | 조선문학, 2004.2. |
| 백두산3대장군형상 단편소설 | 품 | 김준학 | 조선문학, 2004.4. |
| 백두산3대장군형상 단편소설 | 영원한 노을 | 김혜영 | 조선문학, 2004.4. |
| 백두산3대장군형상 단편소설 | 봄의 우뢰 | 조상호 | 조선문학, 2004.6. |
| 백두산3대장군형상 단편소설 | 뜨거운 여름 | 리민탁 | 조선문학, 2004.7. |
| 백두산3대장군형상 단편소설 | 절정 | 김진경 | 조선문학, 2004.7. |
| 백두산3대장군형상 단편소설 | 냉이 | 김영회 | 조선문학, 2004.9. |
| 백두산3대장군형상 단편소설 | 눈오는 날에 | 리하성 | 조선문학, 2004.9. |
| 백두산3대장군형상 단편소설 | 대지의 음향 | 박 윤 | 조선문학, 2004.10. |
| 백두산3대장군형상 단편소설 | 태평양의 해돋이 | 김대원 | 조선문학, 2004.11. |
| 백두산3대장군형상 단편소설 | 문수봉기슭에서 | 리라순 | 조선문학, 2004.12. |
| 백두산3대장군형상 단편소설 | 집 | 조 근 | 조선문학, 2004.12. |
| 백두산3대장군형상 단편소설 | 은장도 | 김교섭 | 문학신문, 2004.11. |
| 백두산3대장군형상 단편소설 | 초침소리 | 문상봉 | 문학신문, 2004.17. |
| 백두산3대장군형상 단편소설 | 전승의 메아리 | 김동호 | 문학신문, 2004.21. |
| 백두산3대장군형상 단편소설 | 충복 | 김도환 | 문학신문, 2004.29. |
| 백두산3대장군형상 단편소설 | 뽕숲이 설레인다 | 공천영 | 청년문학, 2004.2. |
| 백두산3대장군형상 단편소설 | 새봄의 환희 | 김금옥 | 청년문학, 2004.4. |
| 백두산3대장군형상 단편소설 | 숲의 속삭임 | 박봉윤 | 청년문학, 2004.6. |
| 백두산3대장군형상 단편소설 | 복받은 미래 | 박원성 | 청년문학, 2004.7. |
| 백두산3대장군형상 단편소설 | 무성하는 계절 | 조철웅 | 청년문학, 2004.9. |
| 백두산3대장군형상 단편소설 | 사진 | 윤경찬 | 청년문학, 2004.10. |
| 백두산3대장군형상 단편소설 | 선경 | 변월녀 | 청년문학, 2004.12. |
| 일반주제 단편소설 | 세찬 바람 | 석유균 | 조선문학, 2004.1. |
| 일반주제 단편소설 | 영근 이삭 | 변창률 | 조선문학, 2004.1. |
| 일반주제 단편소설 | 샘은 깊은 곳에서 솟는다 | 리라순 | 조선문학, 2004.1. |
| 일반주제 단편소설 | 날개 | 강일주 | 조선문학, 2004.1. |
| 일반주제 단편소설 | 바다를 푸르게 하라 | 최 련 | 조선문학, 2004.2. |
| 일반주제 단편소설 | 불 | 조상호 | 조선문학, 2004.3. |
| 일반주제 단편소설 | 나의 모습 | 송출언 | 조선문학, 2004.3. |
| 일반주제 단편소설 | 열쇠 | 김혜성 | 조선문학, 2004.4. |
| 일반주제 단편소설 | 한 가정에 대한 이야기 | 리희남 | 조선문학, 2004.5. |
| 일반주제 단편소설 | 들의 매력 | 지인철 | 조선문학, 2004.5. |
| 일반주제 단편소설 | 항로를 바꾸라(과학환상소설) | 리금철 | 조선문학, 2004.5. |

| | | | | |
|---|---|---|---|---|
| 일반주제 단편소설 | 맑은 하늘 | 조승찬 | 조선문학, 2004.6. |
| 일반주제 단편소설 | 운명의 계곡 | 손광영 | 조선문학, 2004.6. |
| 일반주제 단편소설 | 58년전 이야기 | 송병준 | 조선문학, 2004.7. |
| 일반주제 단편소설 | 갈숲 | 공승길 | 조선문학, 2004.8. |
| 일반주제 단편소설 | 림형빈교수 | 최윤의 | 조선문학, 2004.8. |
| 일반주제 단편소설 | 관통 | 김성희 | 조선문학, 2004.9. |
| 일반주제 단편소설 | 교정의 수삼나무 | 김혜영 | 조선문학, 2004.9. |
| 일반주제 단편소설 | 뜨거운 눈 | 송출언 | 조선문학, 2004.10. |
| 일반주제 단편소설 | 내 고향의 들장미 | 김창수 | 조선문학, 2004.10. |
| 일반주제 단편소설 | 조용한 골짜기 | 손광영 | 조선문학, 2004.10. |
| 일반주제 단편소설 | 령수증 | 윤경찬 | 조선문학, 2004.11. |
| 일반주제 단편소설 | 뿌리 | 유 현 | 조선문학, 2004.11. |
| 일반주제 단편소설 | 소생 | 박종상 | 조선문학, 2004.12. |
| 일반주제 단편소설 | 경미 | 김순룡 | 문학신문, 2004.6~7. |
| 일반주제 단편소설 | 한모습 | 김명진 | 문학신문, 2004.14~15. |
| 일반주제 단편소설 | 이름모를 병사 | 변월녀 | 문학신문, 2004.23. |
| 일반주제 단편소설 | 병사의 눈 | 장은심 | 문학신문, 2004.25. |
| 일반주제 단편소설 | 정각 8시 | 동의회 | 문학신문, 2004.33. |
| 일반주제 단편소설 | 자강도며느리 | 최광해 | 문학신문, 2004.35. |
| 일반주제 단편소설 | 교차점에서 | 김혜영 | 청년문학, 2004.1. |
| 일반주제 단편소설 | 스승을 알라 | 리 연 | 청년문학, 2004.4. |
| 일반주제 단편소설 | 포화속의 들국화 | 고희웅 | 청년문학, 2004.5. |
| 일반주제 단편소설 | 첫번째 연단 | 김길손 | 청년문학, 2004.6. |
| 일반주제 단편소설 | 봉우리 | 김금옥 | 청년문학, 2004.6. |
| 일반주제 단편소설 | 멀리 흐르는 강 | 김기범 | 청년문학, 2004.7. |
| 일반주제 단편소설 | 전승교향곡 | 채영일 | 청년문학, 2004.7. |
| 일반주제 단편소설 | 숨결을 안고온 처녀 | 김길손 | 청년문학, 2004.8. |
| 일반주제 단편소설 | 목도리 | 석유균 | 청년문학, 2004.9. |
| 일반주제 단편소설 | 붉은 화광 | 김재호 | 청년문학, 2004.9. |
| 일반주제 단편소설 | 우리 어머니 | 김옥순 | 청년문학, 2004.9. |
| 일반주제 단편소설 | 대추나무도장 | 황용남 | 청년문학, 2004.10. |
| 일반주제 단편소설 | 두번째 음악회 | 리 평 | 청년문학, 2004.10. |
| 일반주제 단편소설 | 방목공의 피리소리 | 변영옥 | 청년문학, 2004.11. |
| 일반주제 단편소설 | 한 의병장의 자서전 | 리 평 | 청년문학, 2004.11. |
| 일반주제 단편소설 | 초급병사 | 백인문 | 청년문학, 2004.12. |
| 일반주제 단편소설 | 미소 | 리계심 | 청년문학, 2004.12. |
| 일반주제 단편소설 | 그가 찾은 위치 | 리정해 | 청년문학, 2004.12. |

| 벽소설 | 새벽에 만난 처녀 | 정성우 | 문학신문, 2004.2. |
|---|---|---|---|
| 벽소설 | 더 커진 거름더미 | 공천영 | 문학신문, 2004.4. |
| 벽소설 | 내 고향의 물길 | 박경철 | 문학신문, 2004.9. |
| 벽소설 | 빛나는 메달 | 류선학 | 문학신문, 2004.12. |
| 벽소설 | ≪갈매기≫ | 송출언 | 문학신문, 2004.16. |
| 벽소설 | 비내리는 밤에 | 리라순 | 문학신문, 2004.32. |
| 서사시 | 결사옹위 | 박근원 | 조선문학, 2004.2. |
| 서사시 | 최고사령부의 시간 | 홍현양 | 조선문학, 2004.11. |
| 서사시 | 잊을수 없는 추억 | 전금옥 | 청년문학, 2004.10. |
| 장시 | 백두삼천리벌의 봄 | 박정애 | 조선문학, 2004.5. |
| 장시 | 내 고향의 한드레벌 | 한원회 | 조선문학, 2004.11. |
| 장시 | 어서 오시라 우리 동물원으로 | 장명회 류명호 | 평양신문, 2004.5.5. |
| 련시 | 끝나지 않은 고개길<br> - ≪특별임무≫ 받고 가는 길<br> - ≪아닌데, 아닌데≫ 하면서도<br> - 병사의 꿈<br> - 끝나지 않은 고개길 | 송명근 | 조선문학, 2004.8. |
| 련시 | 사랑의 힘<br> -아직도 남아있는 젊음<br> - 사랑의 눈<br> - 침묵<br> - 안해를 위해서라면<br> - ≪어머니≫와 ≪아기≫ | 오영재 | 조선문학, 2004.9. |
| 련시 | 흰눈우에 얹어 보는 생각<br> - 12월의 흰눈은 무엇입니까<br> - 고산진의 눈송이<br> - 오산덕의 눈<br> - 주작봉의 눈 | 박정애 | 조선문학, 2004.12. |
| 시초 | 장군님과 병사들<br> - 1211 고지<br> - 가장 작은 창고<br> - 녀성혁명가들<br> - 까치봉에 환희의 폭풍이 인다 | 백 하 | 조선문학, 2004.1. |
| 시초 | 총대는 말한다<br> - 우리의 총대<br> - 총대 사랑<br> - 총알과 나<br> - 내가 사는 집<br> - 총대는 말한다 | 김경기 | 조선문학, 2004.3. |
| 시초 | 어머니와 포<br> - 포를 기증한다<br> - 어머니와 포<br> - 따로 결산할 것이 있다 | 도명회 | 조선문학, 2004.3. |

| | | | |
|---|---|---|---|
| | - 이 포가 불을 뿜는 그날엔 | | |
| 시초 | 1950~1953<br>- 단풍나무 푸른잎새<br>- 전승메달 이야기<br>- 농민 병사<br>- 풋강냉이<br>- ≪전승다리≫<br>- 열쇠<br>- 태양과 별 | 김형준 | 조선문학, 2004.7. |
| 시초 | 처녀병사<br>- 집떠나 고향떠나…<br>- 땀냄새 분냄새<br>- 사랑이란 무엇인가<br>- 병사의 ≪유보도≫<br>- ≪시집≫ 가는 마음 | 김영길 | 청년문학, 2004.4. |
| 시초 | 조국땅 멀리에서<br>- 새아지미<br>- 류다른 ≪명절≫<br>- 우리의 칭호<br>- 병사들을 따라서는 마음<br>- 들국화 꽃다발 | 염득복 | 청년문학, 2004.11. |
| 시초 | 들국화 꽃다발<br>- 새아지미<br>- 류다른 ≪명절≫<br>- 우리의 칭호<br>- 병사들을 따라서는 마음<br>- 들국화 꽃다발 | 김성화 | 청년문학, 2004.11. |
| 시초 | 넝원땅에 울리는 선군 교향곡<br>- 사연깊은 자리앞에서<br>- 집<br>- 심정<br>- 꾀꼴새처녀<br>- 없는 것이 없다<br>- 언제여 말하라 | 리명수 | 청년전위, 2004.12.11. |
| 시묶음 | 북방의 노래(단시묶음)<br>- 추억<br>- 량해<br>- 10월의 회천<br>- 랑림의 사모곡<br>- 래일 | 김철후 | 조선문학, 2004.5. |
| 시묶음 | 나는 선군시대 어머니가 되였다<br>- 아픈 세월<br>- 선군 아이들<br>- 선군은 사랑이였다 | 리 옥 | 조선문학, 2004.12. |
| 시묶음 | 대동강반에서<br>- 한폭의 그림<br>- 대동강 저녁<br>- 밤의 대동강 | 오홍심<br>(총련) | 조선문학, 2004.12. |

| | | | |
|---|---|---|---|
| 시묶음 | 수령님의 한생은 통일이였다<br>- 통일함대 앞으로!<br>- 통일은 3으로<br>- 아홉 글자<br>- 수령님은 환하게 웃으시네 | 박세일 | 평양신문, 2004.7.22. |
| 시 | 소원의 열두달 | 김형준 | 조선문학, 2004.1. |
| 시 | 크나큰 울림 | 리진철 | 조선문학, 2004.1. |
| 시 | 설날의 소원 | 한광춘 | 조선문학, 2004.1. |
| 시 | 보금자리 | 리진협 | 조선문학, 2004.1. |
| 시 | 부러워하라 | 김영옥 | 조선문학, 2004.1. |
| 시 | 이것은 전설이 아닙니다 | 서봉제 | 조선문학, 2004.1. |
| 시 | 내 너처럼 | 곽명철 | 조선문학, 2004.1. |
| 시 | 들에 내리는 눈송이 | 리창식 | 조선문학, 2004.1. |
| 시 | 2월의 아침 | 권태여 | 조선문학, 2004.2. |
| 시 | 2월에 대한 생각 | 류명호 | 조선문학, 2004.2. |
| 시 | 아, 무포! | 김명철 | 조선문학, 2004.2. |
| 시 | 자랑하노라 | 문용철 | 조선문학, 2004.2. |
| 시 | 영원한 나의 시 | 김휘조 | 조선문학, 2004.2. |
| 시 | 미래를 위해 그날은 있었다 | 김정철 | 조선문학, 2004.2. |
| 시 | 우리 장군님과 총 | 김재원 | 조선문학, 2004.2. |
| 시 | 병사시절에 | 김춘호 | 조선문학, 2004.2. |
| 시 | 우리 군대 | 진동화 | 조선문학, 2004.2. |
| 시 | 땅우의 은하수 | 최인덕 | 조선문학, 2004.3. |
| 시 | 분여지표말 | 신동원 | 조선문학, 2004.3. |
| 시 | 탄은 무엇을 속삭이는가 | 박상민 | 조선문학, 2004.3. |
| 시 | 인민의 영원한 고향집 | 김승남 | 조선문학, 2004.4. |
| 시 | 사랑에 젖어 눈물에 젖어 | 김국용 | 조선문학, 2004.4. |
| 시 | 총대의 봄 | 신문경 | 조선문학, 2004.4. |
| 시 | 수령님의 국사 | 리진협 | 조선문학, 2004.4. |
| 시 | 수령님과 가을 | 김명옥 | 조선문학, 2004.4. |
| 시 | 칠골집 우물 | 김형준 | 조선문학, 2004.4. |
| 시 | 연을 띄워라 | 김명철 | 조선문학, 2004.4. |
| 시 | 아들에게 보내는 편지 | 신흥국 | 조선문학, 2004.4. |
| 시 | 전선길에서 태여났습니다 | 박웅전 | 조선문학, 2004.5. |
| 시 | 동강의 아침 | 한광춘 | 조선문학, 2004.5. |
| 시 | 우리는 탑신을 총대로 세웠다 | 서봉제 | 조선문학, 2004.5. |
| 시 | 철령의 꽃 | 황성하 | 조선문학, 2004.5. |
| 시 | 맑은 아침 | 문동식 | 조선문학, 2004.5. |

| 시 | 그리움에 대한 생각 | 류동호 | 조선문학, 2004.5. |
|---|---|---|---|
| 시 | 알찬 이삭과 쭉정이 | 류동호 | 조선문학, 2004.5. |
| 시 | 대홍단 | 장선국 | 조선문학, 2004.5. |
| 시 | 삼지연 새 마을 | 장선국 | 조선문학, 2004.5. |
| 시 | 병사의 순간 | 문충렬 | 조선문학, 2004.5. |
| 시 | 마지막집에 부치여 | 김경기 | 조선문학, 2004.5. |
| 시 | 과학자와 병사들 | 리진철 | 조선문학, 2004.5. |
| 시 | 웃음과 눈물에 대한 시 | 리진철 | 조선문학, 2004.5. |
| 시 | 버드나무아래서 | 로경철 | 조선문학, 2004.5. |
| 시 | 나는 과학자의 안해 | 허 일 | 조선문학, 2004.5. |
| 시 | 40성상은 말한다 | 김송남 | 조선문학, 2004.6. |
| 시 | 백두벌의 감자꽃바다 | 정성환 | 조선문학, 2004.6. |
| 시 | 마흔해의 령마루에서 | 오필천 | 조선문학, 2004.6. |
| 시 | 내 삶의 6월 | 박천걸 | 조선문학, 2004.6. |
| 시 | 내마음의영원한불빛 | 최정용 | 조선문학, 2004.6. |
| 시 | 장군님은 우리의 생명 | 손성모<br>(비전향<br>장기수) | 조선문학, 2004.6. |
| 시 | 백두산으로 가는 길 | 하복철 | 조선문학, 2004.6. |
| 시 | 막장길 20리 | 로경철 | 조선문학, 2004.6. |
| 시 | 세기를 넘어 울리는 총소리 | 심재훈 | 조선문학, 2004.6. |
| 시 | 점검 | 권태여 | 조선문학, 2004.6. |
| 시 | 우리는 하나 | 리호근 | 조선문학, 2004.6. |
| 시 | 총각시절 | 전승일 | 조선문학, 2004.6. |
| 시 | 0.75평 | 전승일 | 조선문학, 2004.6. |
| 시 | 내 나라의 무궁한 세월속에 | 리광선 | 조선문학, 2004.6. |
| 시 | 수령님세월 | 전승일 | 조선문학, 2004.7. |
| 시 | 태양상 미소의 그 빛발 | 박근원 | 조선문학, 2004.7. |
| 시 | 내 삶의 년륜이여 | 최남순 | 조선문학, 2004.7. |
| 시 | 푸른 버들 | 김윤걸 | 조선문학, 2004.7. |
| 시 | 영원한 사랑의 품 | 림공식 | 조선문학, 2004.7. |
| 시 | 노을 고운 땅에서 | 채동규 | 조선문학, 2004.7. |
| 시 | ≪지원≫에 대한 생각 | 서진명 | 조선문학, 2004.7. |
| 시 | 선군의 총소리 | 오영재 | 조선문학, 2004.7. |
| 시 | 돌아오다 | 박태설 | 조선문학, 2004.7. |
| 시 | 나의 시 | 진춘근 | 조선문학, 2004.7. |
| 시 | 윷놀이 | 김정철 | 조선문학, 2004.7. |
| 시 | 나의 인간결산서 | 박호범 | 조선문학, 2004.7. |

| 시 | 산나리 | 박정애 | 조선문학, 2004.7. |
|---|---|---|---|
| 시 | 양키병졸의 고백 | 김정곤 | 조선문학, 2004.7. |
| 시 | 오늘도 타오르네 그날의 불길 | 리 실 | 조선문학, 2004.8. |
| 시 | 우리의 그리움 | 박현철 | 조선문학, 2004.8. |
| 시 | 통일은 우리 손에 | 윤정길 | 조선문학, 2004.8. |
| 시 | 력사의 선언 | 박천걸 | 조선문학, 2004.8. |
| 시 | 머리가 돈 부쉬 | 김경기 | 조선문학, 2004.8. |
| 시 | 사랑하는 나의 조국 | 신문경 | 조선문학, 2004.9. |
| 시 | 끝나고 시작된 6.15의 노래 | 김성희 | 조선문학, 2004.9. |
| 시 | 그밤은 아침이였다 | 김태룡 | 조선문학, 2004.9. |
| 시 | 내 삶의 푸른 6월 | 전광철 | 조선문학, 2004.9. |
| 시 | 아, 6월 15일 | 리호근 | 조선문학, 2004.9. |
| 시 | 통일기념비 | 김용남 | 조선문학, 2004.9. |
| 시 | 백두산의 어머님 | 리창식 | 조선문학, 2004.9. |
| 시 | 어머님은 오늘도 수풍 언제에 계신다 | 고남철 | 조선문학, 2004.9. |
| 시 | 아, 동지여 | 손성모 (비전향 장기수) | 조선문학, 2004.9. |
| 시 | 그들은 열일곱명이였다 | 송재하 | 조선문학, 2004.9. |
| 시 | 그이는 우리 당의 총비서 | 리명근 | 조선문학, 2004.10. |
| 시 | 우리 어머니 | 홍철진 | 조선문학, 2004.10. |
| 시 | 어머니당의 탄생일에 | 리진철 | 조선문학, 2004.10. |
| 시 | 10월 17일 | 한광춘 | 조선문학, 2004.10. |
| 시 | 우리 당이 걸어온 그 자욱우에 | 황명성 | 조선문학, 2004.10. |
| 시 | 피줄기 | 박정애 | 조선문학, 2004.10. |
| 시 | 내 한생 해돋이순간에 살리 | 박해출 | 조선문학, 2004.10. |
| 시 | 철령의 철쭉꽃이 붉은것은 | 박해출 | 조선문학, 2004.10. |
| 시 | 당원에 대한 생각 | 김성혜 | 조선문학, 2004.10. |
| 시 | 백두가 보이는 마루에서 | 정동찬 | 조선문학, 2004.10. |
| 시 | 나는 조국의 불을 단다 | 주 경 | 조선문학, 2004.10. |
| 시 | 원한의 부두가에서 | 김상조 | 조선문학, 2004.10. |
| 시 | 내 운명의 영원한 불빛 | 박천걸 | 조선문학, 2004.11. |
| 시 | 해와 달이 마주앉은 한드레 | 김정철 | 조선문학, 2004.11. |
| 시 | 한드레벌처녀 | 김명철 | 조선문학, 2004.11. |
| 시 | 총대와 붓대 | 리일섭 | 조선문학, 2004.11. |
| 시 | 철령의 철쭉꽃 | 최정옥 | 조선문학, 2004.11. |
| 시 | 땅이여, 고향이여 | 신동필 | 조선문학, 2004.11. |
| 시 | 전사는 웃고있다 | 주성일 | 조선문학, 2004.11. |

| 시 | 병사가 안고산 당부 | 김호석 | 조선문학, 2004.11. |
|---|---|---|---|
| 시 | 고향이여! | 김정삼 | 조선문학, 2004.11. |
| 시 | 나는 총을 놓을수 없다 | 박영호 | 조선문학, 2004.11. |
| 시 | 코무덤 | 하복철 | 조선문학, 2004.11. |
| 시 | ≪깡통령≫ 부숴 | 리영복 | 조선문학, 2004.11. |
| 시 | 전선길의 아침 | 림공식 | 조선문학, 2004.12. |
| 시 | 최고사령관기 오른다 | 윤정길 | 조선문학, 2004.12. |
| 시 | 12월의 흰눈송이 | 문동식 | 조선문학, 2004.12. |
| 시 | 철령에 산다 | 김 연 | 조선문학, 2004.12. |
| 시 | 그 사랑의 한끝은 | 박웅전 | 조선문학, 2004.12. |
| 시 | 백두의 푸른 버들 | 송재하 | 조선문학, 2004.12. |
| 시 | 나는 축복이를 봅니다 | 류영순 | 조선문학, 2004.12. |
| 시 | 주작봉마루의 이름들 | 곽명철 | 조선문학, 2004.12. |
| 시 | 오늘도 전호가에 마음을 얹고 산다 | 신형길 | 조선문학, 2004.12. |
| 시 | 선녀들을 부른다 | 김 파 | 조선문학, 2004.12. |
| 시 | 나의 ≪군인선서≫ | 오필천 | 조선문학, 2004.12. |
| 시 | 어머님의 미소 | 최정옥 | 조선문학, 2004.12. |
| 시 | 어머님과 우리 세월 | 최정옥 | 조선문학, 2004.12. |
| 시 | 새들은 날아가는데 | 김조규 | 조선문학, 2004.12. |
| 시 | 찢어진 포스타가 바람에 날리는 풍경 | 김조규 | 조선문학, 2004.12. |
| 시 | 우리는 승리를 본다 | 홍현양 | 문학신문, 2004.1. |
| 시 | 인민이 드리는 노래 | 권오준 | 문학신문, 2004.2. |
| 시 | 불멸의 자욱따라 | 문동식 | 문학신문, 2004.3. |
| 시 | 전선길이 보인다 | 신동원 | 문학신문, 2004.3. |
| 시 | 2월의 찬가 | 리창혁 | 문학신문, 2004.4. |
| 시 | 그분의 날 | 정태은 | 문학신문, 2004.4. |
| 시 | 백두의 고향집앞에서 부르는 노래 | 박희구 | 문학신문, 2004.5. |
| 시 | 나는 주체시대에 산다 | 백은심 | 문학신문, 2004.6. |
| 시 | 선군조선의 녀인들 | 채동규 | 문학신문, 2004.7. |
| 시 | 대홍단에 봄이 왔다 | 서봉제 | 문학신문, 2004.7. |
| 시 | ≪밭갈이노래≫ | 정영호 | 문학신문, 2004.8. |
| 시 | 총과 꽃 | 오정로 | 문학신문, 2004.9. |
| 시 | 증오의 기록장 | 림용선 | 문학신문, 2004.9. |
| 시 | 우리는 4월의 봄에 산다 | 박근원 | 문학신문, 2004.11. |
| 시 | 고향집 다락앞에서 | 김상조 | 문학신문, 2004.11. |
| 시 | 영원한 스승 | 신경애 | 문학신문, 2004.12. |
| 시 | 아들이 보내온 편지 | 김광수 | 문학신문, 2004.12. |

| 시 | 금야은행나무의 노래 | 리원희 | 문학신문, 2004.15. |
|---|---|---|---|
| 시 | 통일-한자욱 | 박상철 | 문학신문, 2004.16. |
| 시 | 우리 민족끼리 | 강문혁 | 문학신문, 2004.16. |
| 시 | 나의 병사복 | 림용선 | 문학신문, 2004.16. |
| 시 | 우리 당이 가꾸는 세월 | 문동식 | 문학신문, 2004.18. |
| 시 | 피젖은 이끼 한줌 | 김선화 | 문학신문, 2004.18. |
| 시 | 길이 빛나시라 태양의 영상이여 | 송찬웅 | 문학신문, 2004.19. |
| 시 | 우리 사는 세월의 하루하루에 | 류동호 | 문학신문, 2004.20. |
| 시 | 병사, 나에게 시를 쓰라면 | 류명호 | 문학신문, 2004.20. |
| 시 | 승리 | 한찬보 | 문학신문, 2004.21. |
| 시 | 8월의 감격 | 문동식 | 문학신문, 2004.22. |
| 시 | 하나의 지도만이 있다 | 오필천 | 문학신문, 2004.22. |
| 시 | 현종암우에서 | 박해출 | 문학신문, 2004.22. |
| 시 | 초소길 | 김강철 | 문학신문, 2004.22. |
| 시 | 백두산대국은 세계를 진동한다 | 강인철 | 문학신문, 2004.23. |
| 시 | 한떨기의 들꽃 | 정서촌 | 문학신문, 2004.23. |
| 시 | 내 사랑 그 처녀 | 주명옥 | 문학신문, 2004.23. |
| 시 | 나박김치 괜찮네 | 김성옥 | 문학신문, 2004.23. |
| 시 | 철령의 진달래 그 붉은빛에 | 권오준 | 문학신문, 2004.23. |
| 시 | 청춘과 백두산 | 송재하 | 문학신문, 2004.24. |
| 시 | 영광의 9월 9일이여 | 홍현양 | 문학신문, 2004.25. |
| 시 | 우리는 백승하리라 | 림공식 | 문학신문, 2004.25. |
| 시 | 기쁨속에 모시고싶습니다 | 로배권 | 문학신문, 2004.25. |
| 시 | 민속거리 한복판에서 | 김경석 | 문학신문, 2004.25. |
| 시 | 내 고향 민속거리여 | 우광복 | 문학신문, 2004.25. |
| 시 | 어머님의 미소 | 박두천 | 문학신문, 2004.26. |
| 시 | 나는 미제의 운명을 본다 | 안명애 | 문학신문, 2004.26. |
| 시 | 력사는 종이우에 머무르지 않는다 | 리광철 | 문학신문, 2004.26. |
| 시 | 세월이 갈수록 어머님 그리워 | 문동식 | 문학신문, 2004.27. |
| 시 | 사랑의 하늘로 | 림공식 | 문학신문, 2004.27. |
| 시 | 그이는 우리 당의 총비서 | 김해월 | 문학신문, 2004.28. |
| 시 | 벌에서 찾으리라 | 계영남 | 문학신문, 2004.29. |
| 시 | ≪ㅌ·ㄷ≫의 마차는 달린다 | 윤정길 | 문학신문, 2004.29. |
| 시 | 병사는 태양을 맞이한다 | 박홍일 | 문학신문, 2004.29. |
| 시 | ≪당신도 죽어야 〈편안〉 하지않겠소≫ | 리완기 | 문학신문, 2004.29. |
| 시 | 행복 | 김병송 | 문학신문, 2004.30. |
| 시 | 장군님 그리워 | 문동식 | 문학신문, 2004.31. |

| 시 | 파란 제비처녀 | 한광춘 | 문학신문, 2004.31. |
|---|---|---|---|
| 시 | 손들은 말한다 | 리태식 | 문학신문, 2004.31. |
| 시 | 전선길에 서는 마음 | 박해출 | 문학신문, 2004.31. |
| 시 | 당에 대한 생각 | 송재하 | 문학신문, 2004.32. |
| 시 | 시내물 | 김강철 | 문학신문, 2004.32. |
| 시 | 당원 | 송재하 | 문학신문, 2004.33. |
| 시 | 고뿔 | 림경애 | 문학신문, 2004.33. |
| 시 | 어머니의 미소 | 려종섭 | 문학신문, 2004.34. |
| 시 | 나는 걷고싶다 | 리연희 | 문학신문, 2004.35. |
| 시 | 안해들이 기다린다 | 김윤걸 | 문학신문, 2004.35. |
| 시 | 오산덕고향집 사립문앞에서 | 정동찬 | 문학신문, 2004.36. |
| 시 | 병사의 수건 | 최문식 | 문학신문, 2004.36. |
| 시 | 최고사령관기를 우러러 부르는 노래 | 리영철 | 문학신문, 2004.36. |
| 시 | 우리의 새해 | 리명옥 | 청년문학, 2004.1. |
| 시 | 새해의 념원 | 문용철 | 청년문학, 2004.1. |
| 시 | 2월의 백두밀영고향집에서 | 류명호 | 청년문학, 2004.2. |
| 시 | 백두에서 오신 우리의 장군 | 문동식 | 청년문학, 2004.2. |
| 시 | 제일 가까운 곳에 | 김선화 | 청년문학, 2004.2. |
| 시 | 전선길 천만리우에 | 윤정길 | 청년문학, 2004.3. |
| 시 | 영원한 태양의 세월이여 | 박현철 | 청년문학, 2004.4. |
| 시 | 위대한 평민 | 김선지 | 청년문학, 2004.4. |
| 시 | 강반석어머님의 축복의 미소여 | 류명호 | 청년문학, 2004.4. |
| 시 | 영원한 봄 | 박천걸 | 청년문학, 2004.5. |
| 시 | 불멸의 선언 | 신문경 | 청년문학, 2004.6. |
| 시 | 두자루의 권총을 두고 | 송정우 | 청년문학, 2004.6. |
| 시 | 잊지 말자 6월 25일을 | 리영철 | 청년문학, 2004.6. |
| 시 | 네놈이다! | 조영식 | 청년문학, 2004.6. |
| 시 | 전승의 날과 함께 흐르는 세월이여 | 송정우 | 청년문학, 2004.7. |
| 시 | 만경대고향집앞에서 | 박현철 | 청년문학, 2004.8. |
| 시 | 못가의 달빛 | 한영애 | 청년문학, 2004.8. |
| 시 | 위인과 력사 | 리헌환 | 청년문학, 2004.9. |
| 시 | 이 땅에 세월은 흘러도 | 김영택 | 청년문학, 2004.9. |
| 시 | ≪제가 하겠습니다≫ | 최남순 | 청년문학, 2004.9. |
| 시 | 시샘말아 선녀들아 | 김선화 | 청년문학, 2004.9. |
| 시 | 당이여 그대를 생각할때면 | 리명옥 | 청년문학, 2004.10. |
| 시 | 불멸의 년대 | 최인덕 | 청년문학, 2004.10. |
| 시 | 그날의 10분 | 리태식 | 청년문학, 2004.10. |

| 시 | 그날의 환희 | 리영철 | 청년문학, 2004.10. |
|---|---|---|---|
| 시 | 장자강의 불야성 | 김정경 | 청년문학, 2004.10. |
| 시 | 전승기념탑앞에서 | 박세일 | 청년문학, 2004.10. |
| 시 | 시집가지 않을테야 | 최정옥 | 청년문학, 2004.10. |
| 시 | 선군절경 내 고향 철령아 | 오재신 | 청년문학, 2004.11. |
| 시 | 수령님은 우리 농장 농장원이시네 | 박상민 | 청년문학, 2004.11. |
| 시 | 선군의 봄꽃 | 유영하 | 청년문학, 2004.11. |
| 시 | 꽃과 노을 | 주경 | 청년문학, 2004.11. |
| 시 | 철령마루에 올라 | 전찬기 | 청년문학, 2004.11. |
| 시 | 처녀의 붉은 수첩 | 김해연 | 청년문학, 2004.11. |
| 시 | 이런 때가 우리는 좋다 | 김철혁 | 청년문학, 2004.11. |
| 시 | 어머니가 왔다! | 리진묵 | 청년문학, 2004.11. |
| 시 | 영원한 모습 | 최정옥 | 청년문학, 2004.11. |
| 시 | 고맙습니다 | 최정옥 | 청년문학, 2004.12. |
| 시 | 새해의 소원 | 김석주 | 로동신문, 2004.1.1. |
| 시 | 백두산의 청춘으로 건강하시라 | 최준경 | 로동신문, 2004.1.22. |
| 시 | 찬가 | 박 철 | 로동신문, 2004.4.16. |
| 시 | 장군님의 4월은 전선에 있다 | 김태룡 | 로동신문, 2004.4.16. |
| 시 | 영원히 수령님품에 안겨삽니다 | 김용남 | 로동신문, 2004.4.16. |
| 시 | 끝나고 시작된 6.15의 노래 | 김성희 | 로동신문, 2004.6.14. |
| 시 | 그밤은 아침이였다 | 김태룡 | 로동신문, 2004.6.14. |
| 시 | 내 삶의 푸른 6월 | 전광철 | 로동신문, 2004.6.14. |
| 시 | 아, 6월 15일! | 리호근 | 로동신문, 2004.6.14. |
| 시 | 통일기념비 | 김용남 | 로동신문, 2004.6.14. |
| 시 | 통일의 어머니 | 박세일 | 로동신문, 2004.9.29. |
| 시 | 통일의 집 | 신흥국 | 로동신문, 2004.9.29. |
| 시 | 예순돐생일상 | 박세일 | 로동신문, 2004.9.29. |
| 시 | 통일전망대 | 박세일 | 로동신문, 2004.9.29. |
| 시 | 꽃다발로 드리는 노래 | 김태룡 | 로동신문, 2004.12.26. |
| 시 | 래일의 날씨 | 전광철 | 로동신문, 2004.12.26. |
| 시 | 까치가 우는 아침 | 박 철 | 로동신문, 2004.12.26. |
| 시 | 나의 딸은 10살입니다 | 리창식 | 로동신문, 2004.12.26. |
| 시 | 12월은 봄 | 신흥국 | 로동신문, 2004.12.26. |
| 시 | 어머님 한품에 | 김성희 | 로동신문, 2004.12.26. |
| 시 | 새해의 아침에 | 최득필 | 평양신문, 2004.1.2. |
| 시 | 선군의 기치높이 조국이여 앞으로 | 문동식 | 평양신문, 2004.1.9. |
| 시 | 여기도 전선이다 | 문용철 | 평양신문, 2004.1.9. |

| 시 | 군가를 부르며 우리는 간다 | 문동식 | 평양신문, 2004.1.9. |
|---|---|---|---|
| 시 | 발구름소리 | 신문경 | 평양신문, 2004.1.9. |
| 시 | 언제나 승리만을 떨치리 | 한광춘 | 평양신문, 2004.1.9. |
| 시 | 축원의 2월 | 김영택 | 평양신문, 2004.2.16. |
| 시 | 간첩선 《푸에블로》호 너는 미제의 운명 | 안명애 | 평양신문, 2004.4.22. |
| 시 | 영광님쳐라 성스러운 자욱이여 | 최인덕 | 평양신문, 2004.6.19. |
| 시 | 아 어머니 우리 당이여 | 한찬보 | 평양신문, 2004.10.12. |
| 시 | 이해가 어디서 밝아왔는가 | 백 하 | 민주조선, 2004.1.6. |
| 시 | 2월의 축원 | 백 하 | 민주조선, 2004.2.15. |
| 시 | 주체사상탑 봉화의 빛나는 불빛이여 | 최득필 | 민주조선, 2004.2.19. |
| 시 | 설레이라 푸른 숲이여 | 리동수 | 민주조선, 2004.3.23. |
| 시 | 봄날의 환희 | 김석주 | 민주조선, 2004.4.15. |
| 시 | 복수의 선언 | 엄미화 | 민주조선, 2004.7.27. |
| 시 | 축원의 한마음 | 리일섭 | 청년전위, 2004.1.2. |
| 시 | 조국이여 더 높이 더 빨리 | 최득필 | 청년전위, 2004.1.4. |
| 시 | 빛나라 김일성사회주의 청년동맹기발이여 | 리영철 | 청년전위, 2004.1.17. |
| 시 | 백두의 하늘아래서 | 박천걸 | 청년전위, 2004.2.10. |
| 시 | 그리움은 나의 삶 | 류동호 | 청년전위, 2004.2.14. |
| 시 | 축원의 한마음 | 리동수 | 청년전위, 2004.2.15. |
| 시 | 축포가 오른다 | 조형환 | 청년전위, 2004.2.17. |
| 시 | 청춘의 푸른 숲이여! | 조태현 | 청년전위, 2004.3.2. |
| 시 | 우리 장군님 나무를 심으신다 | 류명호 | 청년전위, 2004.3.18. |
| 시 | 봄은 어디서 오는것인가 | 리명옥 | 청년전위, 2004.3.18. |
| 시 | 푸른 숲 펼치여가리 | 김창호 | 청년전위, 2004.3.18. |
| 시 | 봄의 환희 | 리창환 | 청년전위, 2004.4.1. |
| 시 | 영원한 승리의 환호성 | 리동수 | 청년전위, 2004.4.8. |
| 시 | 영원한 청춘으로 | 리동수 | 청년전위, 2004.6.1. |
| 시 | 이 땅에 그날이 다시 온다면 | 리영철 | 청년전위, 2004.6.25. |
| 시 | 영원한 스승의 모습 | 황영철 | 청년전위, 2004.7.10. |
| 시 | 선군시대 청춘이여 | 주광일 | 청년전위, 2004.8.25. |
| 시 | 내 조국이 빛나는것은… | 리영철 | 청년전위, 2004.9.8. |
| 시 | 청춘의 긍지 | 리광택 | 청년전위, 2004.12.5. |
| 시 | 어머님의 그 미소 | 박천걸 | 청년전위, 2004.12.22. |
| 시 | 최고사령관기를 우러르며 | 송재하 | 청년전위, 2004.12.23. |

## <군중문학>

| 구분 | 제목 | 작가 | 출처 |
|------|------|------|------|
| 단편소설 | 고백 | 한철순 | 청년문학, 2004.1. |
| 단편소설 | 류다른 변론 | 리금주 | 청년문학, 2004.1. |
| 단편소설 | 기쁨(벽소설) | 윤 옥 | 청년문학, 2004.2. |
| 단편소설 | 흰 눈 | 조룡철 | 청년문학, 2004.2. |
| 단편소설 | 나의 벗 | 최영수 | 청년문학, 2004.3. |
| 단편소설 | 바다가마을농민 | 박경철 | 청년문학, 2004.3. |
| 단편소설 | 밝은 웃음 | 신정철 | 청년문학, 2004.3. |
| 단편소설 | 한밤중에 울린 노래소리(벽소설) | 김길손 | 청년문학, 2004.4. |
| 단편소설 | 새들은 날아들리 | 리학철 | 청년문학, 2004.4. |
| 단편소설 | 구름령에 핀 꽃 | 현수옥 | 청년문학, 2004.5. |
| 단편소설 | 20년후의 상봉 | 강혜옥 | 청년문학, 2004.5. |
| 단편소설 | 그들의 배낭(벽소설) | 정명희 | 청년문학, 2004.5. |
| 단편소설 | 빛나는 순간 | 김호석 | 청년문학, 2004.6. |
| 단편소설 | 형과 동생(벽소설) | 오경희 | 청년문학, 2004.6. |
| 단편소설 | 보내지 않은 편지 | 맹경심 | 청년문학, 2004.8. |
| 서정서사시 | 잊을수 없는 추억 | 전금옥 | 청년문학, 2004.10. |
| 련시 | 방목공의 길<br>- 방목길을 오르며<br>- 해질 무렵 풀판에 앉아<br>- 푸른기슭을 내리여 | 박기석 | 청년문학, 2004.6. |
| 시초 | 나는 선군시대의 병사다<br>1. 총을 수여받은 날<br>2. 군화끈을 조여라!<br>3. 봄아 너는 어데서 오느냐<br>4. 나는 선군시대의 병사다 | 량송호 | 청년문학, 2004.1. |
| 시초 | 나의사랑<br>- 눈동자<br>- 뜨거움<br>- 부끄럼<br>- 어려운 날에 쓴 일기<br>- ≪그대≫<br>- 장군님 생각 | 유련희 | 청년문학, 2004.6. |
| 시초 | 병사의 발자욱<br>- 어머니의 손길<br>- 병사의 발자욱<br>- 단판에<br>- 돌아보고 싶다 | 김성일 | 청년문학, 2004.8. |
| 시초 | 병사가 병사에게(단시초)<br>- 딸의 편지<br>- 조국과 병사 | 량응서 | 청년문학, 2004.8. |

| | | | |
|---|---|---|---|
| | - 병사와 행군<br>- 병사와 중대<br>- 병사의 행복 | | |
| 시초 | 수도건설의 나날에<br>- 기초<br>- 분노<br>- 휘틀을 떼는 순간<br>- 선군전선의 익측에서 | 전수철 | 청년문학, 2004.9. |
| 시초 | 병사의 행군길<br>- 행군길에서<br>- 병사의 물통<br>- 병사의 땀<br>- 빛나는 별<br>- 조국을 위하여 복무함! | 엄유진 | 청년문학, 2004.10. |
| 시초 | 우리의 노래는 들에 있다<br>- 아침<br>- 청년분조의 봄<br>- 일기장의 갈피에<br>- 들에 대한 생각<br>- 우리의 노래는 들에 있다 | 리종원 | 청년문학, 2004.12. |
| 시 | 나는 새해를 안아봅니다 | 김성실 | 청년문학, 2004.1. |
| 시 | 출발의 역두에서 아버지에게 | 윤련희 | 청년문학, 2004.1. |
| 시 | 나는 왜 병사들을 사랑하는가 | 한영순 | 청년문학, 2004.1. |
| 시 | 조국과 나누는 병사의 이야기 | 전혜연 | 청년문학, 2004.1. |
| 시 | 그날의 사진첩을 펼치면 | 리용운 | 청년문학, 2004.1. |
| 시 | 멀리서 조국을 그리며 | 리선옥 | 청년문학, 2004.1. |
| 시 | ≪백두산≫ 전자벽시계를 볼때면 | 황정옥 | 청년문학, 2004.1. |
| 시 | 내 고향의 버드나무야 | 리영란 | 청년문학, 2004.1. |
| 시 | 2월의 축포 | 안 혁 | 청년문학, 2004.2. |
| 시 | 장군님 입으셨던 그날의 교복 | 김명옥 | 청년문학, 2004.2. |
| 시 | 룡남산 | 서신향 | 청년문학, 2004.2. |
| 시 | 병사의 총대우에 총창이 있다 | 김영철 | 청년문학, 2004.2. |
| 시 | 병사가 그려보는것은 | 김영철 | 청년문학, 2004.2. |
| 시 | 새해의 첫눈 | 김영철 | 청년문학, 2004.2. |
| 시 | 내 마음 코스모스야 | 정은경 | 청년문학, 2004.2. |
| 시 | 명산과 병사 | 리명환 | 청년문학, 2004.2. |
| 시 | 간직한 우리 희망 총대에 담아 | 전류화 | 청년문학, 2004.2. |
| 시 | 통일국수 | 김동철 | 청년문학, 2004.3. |
| 시 | 청춘들의 꿈 | 박일현 | 청년문학, 2004.3. |
| 시 | 그대들처럼 내 살리 | 리평주 | 청년문학, 2004.3. |
| 시 | 정들어 산다오 | 박경복 | 청년문학, 2004.3. |
| 시 | 불붙는 봄 | 장만식 | 청년문학, 2004.3. |

| 시 | 넓어지는 땅의 모습 | 김 철 | 청년문학, 2004.3. |
|---|---|---|---|
| 시 | 내 사랑 착암기야 | 홍순임 | 청년문학, 2004.3. |
| 시 | 농장원 나의 기쁨 | 리명애 | 청년문학, 2004.3. |
| 시 | 오늘도 울리는 수업종소리 | 송명희 | 청년문학, 2004.3. |
| 시 | 우리는 앞에서… 선생님은 뒤에서… | 리예명 | 청년문학, 2004.3. |
| 시 | 4월의 만수대언덕에 올라 | 하익삼 | 청년문학, 2004.4. |
| 시 | 정든 일터가 못내 그리워 | 림병욱 | 청년문학, 2004.4. |
| 시 | 최고사령관기를 우러러 | 장설경 | 청년문학, 2004.4. |
| 시 | 군복입은 나의 사진 볼 때면 | 장영호 | 청년문학, 2004.4. |
| 시 | 삼지연못가의 물 | 리명희 | 청년문학, 2004.5. |
| 시 | 생활이여, 나에게 ≪최우등≫의 ≪성적증≫을! | 김룡길 | 청년문학, 2004.5. |
| 시 | 내 고향의 산골물 | 남우건 | 청년문학, 2004.5. |
| 시 | 노래와 병사 | 리억철 | 청년문학, 2004.5. |
| 시 | 아버지의 웃음 | 량희성 | 청년문학, 2004.5. |
| 시 | 내 마음의 거울입니다 | 윤영순 | 청년문학, 2004.5. |
| 시 | 그 나날처럼 살리라 | 한옥란 | 청년문학, 2004.5. |
| 시 | ≪전쟁광신병≫은 내가 고쳐주마 | 김봉일 | 청년문학, 2004.5. |
| 시 | 빛나라 6월 19일이여 | 김동철 | 청년문학, 2004.6. |
| 시 | 나를 키워준 고마운 40년이여! | 리명희 | 청년문학, 2004.6. |
| 시 | 숨쉬는 총대 | 오진혁 | 청년문학, 2004.6. |
| 시 | 병사, 나의 손거울 | 리성국 | 청년문학, 2004.6. |
| 시 | 내 마음 수리개 | 윤하룡 | 청년문학, 2004.6. |
| 시 | 꼴 너를 말한다 | 장용수 | 청년문학, 2004.6. |
| 시 | 꽃속의 한생 | 손달제 | 청년문학, 2004.6. |
| 시 | 나의 집 | 최성국 | 청년문학, 2004.6. |
| 시 | 날마나 이 사랑 받아안을 때면 | 장 일 | 청년문학, 2004.6. |
| 시 | 엄마부대 | 김 연 | 청년문학, 2004.6. |
| 시 | 발전소의 달밤에 | 리광옥 | 청년문학, 2004.6. |
| 시 | 어버이수령님에 대한 생각 | 리 실 | 청년문학, 2004.7. |
| 시 | 수령님과 물 한고뿌 | 김 령 | 청년문학, 2004.7. |
| 시 | 포전길 걸으시는 수령님모습 | 림 철 | 청년문학, 2004.7. |
| 시 | ≪지원≫의 높은 뜻은 온누리에 | 김광현 | 청년문학, 2004.7. |
| 시 | 영예사진 | 김명애 | 청년문학, 2004.7. |
| 시 | 정은 전쟁을 이긴다오 | 김옥남 | 청년문학, 2004.7. |
| 시 | 샘물가의 처녀 | 류길성 | 청년문학, 2004.7. |
| 시 | 나의 오각별 | 김장춘 | 청년문학, 2004.7. |
| 시 | 꼭지순가락 | 허철진 | 청년문학, 2004.7. |

| 시 | 무슨 말부터 배워줄가 | 김정옥 | 청년문학, 2004.7. |
|---|---|---|---|
| 시 | 총쥔 새 세대의 노래 | 박세영 | 청년문학, 2004.7. |
| 시 | 백두밀림에서 | 한옥란 | 청년문학, 2004.8. |
| 시 | 개선광장에서 | 김동철 | 청년문학, 2004.8. |
| 시 | 답사숙영소의 밤은 깊어가도 | 안정희 | 청년문학, 2004.8. |
| 시 | 조국에 계실 때도, 떠나계실 때도 | 주태영 | 청년문학, 2004.8. |
| 시 | 하싼역이여 | 림영실 | 청년문학, 2004.8. |
| 시 | 두만강 물결우에 노래가 흐른다 | 허근성 | 청년문학, 2004.8. |
| 시 | 화환 | 한승길 | 청년문학, 2004.8. |
| 시 | 그 청년의 성격이 나는 좋아 | 한창옥 | 청년문학, 2004.8. |
| 시 | 8월과 청춘 | 김광현 | 청년문학, 2004.8. |
| 시 | 내 고향 부천고원 | 오재일 | 청년문학, 2004.8. |
| 시 | 병사는 군복을 사랑한다 | 김 강 | 청년문학, 2004.8. |
| 시 | 파도 | 김준혁 | 청년문학, 2004.8. |
| 시 | 조국의 푸른 하늘 | 전금옥 | 청년문학, 2004.8. |
| 시 | 시중호감탕이 좋아! | 조재희 | 청년문학, 2004.8. |
| 시 | 배웅 | 김은정 | 청년문학, 2004.8. |
| 시 | 그가 어찌 혼자서 하랴 | 오금희 | 청년문학, 2004.8. |
| 시 | 조국 | 백문철 | 청년문학, 2004.9. |
| 시 | 선군길에 부치여 | 박건철 | 청년문학, 2004.9. |
| 시 | 병사는 백두에 올랐다 | 김일명 | 청년문학, 2004.9. |
| 시 | 어머님의 당부 | 주향숙 | 청년문학, 2004.9. |
| 시 | 이 나라의 아들 | 리찬호 | 청년문학, 2004.9. |
| 시 | 어명산의 오솔길 | 방명길 | 청년문학, 2004.9. |
| 시 | 내 마음 철령을 넘어 | 지용학 | 청년문학, 2004.9. |
| 시 | 내 이 길을 가리라 | 김근호 | 청년문학, 2004.9. |
| 시 | 조국보위초소를 향해 출발! | 신춘실 | 청년문학, 2004.9. |
| 시 | 영웅의 시 한편 | 김진옥 | 청년문학, 2004.9. |
| 시 | 새벽이슬 내리는데… | 리성혁 | 청년문학, 2004.9. |
| 시 | 졸업이란 무엇입니까 | 리예랑 | 청년문학, 2004.9. |
| 시 | 바다는 드넓은 우리의 교실 | 한태호 | 청년문학, 2004.9. |
| 시 | 어머니의 꿈 | 박설경 | 청년문학, 2004.9. |
| 시 | 어머니와 꽃 | 박설경 | 청년문학, 2004.9. |
| 시 | 이삭의 무게 | 전정운 | 청년문학, 2004.9. |
| 시 | 백성보 | 리광순 | 청년문학, 2004.9. |
| 시 | 나는 전연마을에서 자랐다 | 오성일 | 청년문학, 2004.9. |
| 시 | 끝나지 않은 수업 | 김은심 | 청년문학, 2004.9. |

| 시 | 아버지를 생각하며 | 리 훈 | 청년문학, 2004.9. |
| 시 | 그들이 추켜든것은 | 김혜영 | 청년문학, 2004.10. |
| 시 | 낫을 쥔 나의 손은 | 남태식 | 청년문학, 2004.10. |
| 시 | 옥련산의 돌밑집 앞에서 | 변정옥 | 청년문학, 2004.10. |
| 시 | 행복동이 나의 노래해 | 리설주 | 청년문학, 2004.10. |
| 시 | 군관의 안해 | 김호석 | 청년문학, 2004.10. |
| 시 | 내 이제 동백 꽃다발을… | 김연희 | 청년문학, 2004.10. |
| 시 | 변함없는 승냥이 | 김봉일 | 청년문학, 2004.10. |
| 시 | 장군님의 총대 | 송 혁 | 청년문학, 2004.11. |
| 시 | 정일봉의 붓꽃 | 최현일 | 청년문학, 2004.11. |
| 시 | 영생의 3초 | 최향일 | 청년문학, 2004.11. |
| 시 | 영웅의 동상앞에서 | 김명옥 | 청년문학, 2004.11. |
| 시 | 울림폭포메아리 | 오정로 | 청년문학, 2004.11. |
| 시 | 아침 이맘때면 | 리억봉 | 청년문학, 2004.11. |
| 시 | 잠들수 없는 밤 | 조재희 | 청년문학, 2004.11. |
| 시 | 꽃보라 | 리정녀 | 청년문학, 2004.11. |
| 시 | 틀어잡는다 복수의 주먹을 | 리명철 | 청년문학, 2004.11. |
| 시 | 어머님과 진달래 | 김설희 | 청년문학, 2004.12. |
| 시 | 어머님은 백두산에 계신다 | 김대일 | 청년문학, 2004.12. |
| 시 | 우리의 행군길 | 전금옥 | 청년문학, 2004.12. |
| 시 | 우리의 노래는 전선길에서 시작되였다 | 로경철 | 청년문학, 2004.12. |
| 시 | 어서 떠나거라 나의 제자들아! | 최준화 | 청년문학, 2004.12. |
| 시 | 해돋이 그 아침에 | 유선수 | 청년문학, 2004.12. |
| 시 | 간첩선 《푸에블로》호 너는 미제의 운명 | 안명애 | 평양신문, 2004.4.22. |
| 시 | 나의 시를 받아다오 | 윤중수 | 평양신문, 2004.4.29. |
| 시 | 그리움을 안고 평양으로! | 전경순 | 평양신문, 2004.5.28. |
| 시 | 21세기 야만들에게 청추를 | 정광일 | 평양신문, 2004.6.26. |
| 시 | 영원한 승리의 기발 | 박성애 | 평양신문, 2004.7.15. |
| 시 | 추악한 몰골 | 김금주 | 평양신문, 2004.7.15. |
| 시 | 평양은 군건하다 | 윤중수 | 평양신문, 2004.8.13. |
| 시 | 나의 기쁨아 | 박선옥 | 평양신문, 2004.8.28. |
| 시 | 철령의 진달래 | 림 옥 | 평양신문, 2004.9.18. |
| 시 | 그리움의 사계절 | 리명철 | 평양신문, 2004.9.25. |
| 시 | 뻐스에 넘치는 군민의 정 | 김호석 | 평양신문, 2004.11.2. |
| 시 | 나의 행복 | 백화숙 | 평양신문, 2004.11.20. |
| 시 | 군복에 대한 생각 | 리정번 | 평양신문, 2004.11.30. |
| 시 | 복받은 홍단아 | 리연희 | 평양신문, 2004.12.14. |

| 시 | 아! 달아 | 백화숙 | 청년전위, 2004.1.18. |
|---|---|---|---|
| 시 | 여기에 50년대가 있다 | 리영진 | 청년전위, 2004.1.18. |
| 시 | 눈밟는 소리 | 한명근 | 청년전위, 2004.2.22. |
| 시 | 보병삽 | 조현일 | 청년전위, 2004.3.7. |
| 시 | 이 꽃을 받으세요 | 김설화 | 청년전위, 2004.3.7. |
| 시 | 삼지연못가에서 | 김영건 | 청년전위, 2004.3.14. |
| 시 | 4월의 봄날에 다지는 맹세 | 리광훈 | 청년전위, 2004.4.18. |
| 시 | 최고사령관기를 우러러 | 장설경 | 청년전위, 2004.5.11. |
| 시 | 끝없어라 병사의 영예 | 리정태 | 청년전위, 2004.6.6. |
| 시 | 태양의 력사가 흐르는 소리 | 최순철 | 청년전위, 2004.7.4. |
| 시 | 속보원의 고백 | 김규철 | 청년전위, 2004.7.11. |
| 시 | 운반공 | 황순건 | 청년전위, 2004.7.11. |
| 시 | 분노가 솟구치는 땅 | 김금성 | 청년전위, 2004.7.20. |
| 시 | 피자국 | 김성남 | 청년전위, 2004.7.20. |
| 시 | 46일 | 최순금 | 청년전위, 2004.7.20. |
| 시 | 어머니의 당부 | 김기범 | 청년전위, 2004.7.23. |
| 시 | 복수의 칼 | 김혜성 | 청년전위, 2004.7.23. |
| 시 | 사나이의 분노 | 리태식 | 청년전위, 2004.7.23. |
| 시 | 보여주라! | 김윤걸 | 청년전위, 2004.7.23. |
| 시 | 미제의 력사 | 정일향 | 청년전위, 2004.7.23. |
| 시 | 병사의 주먹 | 리현철 | 청년전위, 2004.7.23. |
| 시 | 결산의 세기 | 리창식 | 청년전위, 2004.7.23. |
| 시 | 분여지말뚝 | 량송호 | 청년전위, 2004.7.23. |
| 시 | 내가 넘겨받으리 | 한철우 | 청년전위, 2004.7.25. |
| 시 | 신천의 옹달샘야 | 허철진 | 청년전위, 2004.8.6. |
| 시 | 애국자 묘비 앞에서 | 오승주 | 청년전위, 2004.8.15. |
| 시 | 청춘의 위훈속에서 조국은 젊어진다 | 리미옥 | 청년전위, 2004.9.5. |
| 시 | 청춘선언 | 로주혁 | 청년전위, 2004.11.14. |
| 시 | 성지의 백학들아 | 방위룡 | 청년전위, 2004.11.21. |
| 시 | 꿈에 대한 이야기 | 박성미 | 청년전위, 2004.11.21. |
| 시 | 뜨거운 네 마음 내가 다 안다 | 박일민 | 청년전위, 2004.11.21. |
| 시 | 내 삶의 거울 | 리지영 | 청년전위, 2004.11.21. |
| 시 | ≪보초소를 넘겨 받았습니다≫ | 김철송 | 문학신문, 2004.12. |
| 시 | 영광의 그날에 살리 | 우경림 | 문학신문, 2004.14. |
| 시 | 뜨거운 전호 | 김성일 | 문학신문, 2004.24. |
| 시 | 축복 | 최일룡 | 문학신문, 2004.24. |
| 시 | 나의≪정원≫ | 김성희 | 문학신문, 2004.24. |

| 시 | 일기장의 한페지 | 김경석 | 문학신문, 2004.30. |
| 시 | 우리는 장군님과 약속하였다 | 려종섭 | 문학신문, 2004.30. |
| 시 | 례성강의 노래 | 우광복 | 문학신문, 2004.30. |
| 시 | 야영소의 첫날밤에 | 전은별 | 문학신문, 2004.32. |

## <창작수기>

| 제목 | 작가 | 출처 |
|---|---|---|
| 새해 첫걸음을 내딛는 출발선에서 | 김삼복 | 문학신문, 2004.1. |
| 시인의 심장이 시대를 안고 높뛸 때 | 박상민 | 문학신문, 2004.7. |
| 내 나라의 자랑 푸른 하늘 | 구희철 | 문학신문, 2004.8. |
| 고충의 90여일과 다섯시간 | 리성일 | 문학신문, 2004.13. |
| 철령과 서사시 | 김만영 | 문학신문, 2004.16. |
| 장군님께서 주신 종자와 착상으로 | 송상원 | 문학신문, 2004.19. |
| 병사가 안고사는 조국 | 송찬웅 | 문학신문, 2004.25. |
| 한해에 세편의 장편소설을 | 김진성 | 문학신문, 2004.28. |
| ≪진짜사랑≫과 ≪가짜사랑≫을 발견 하기까지 | 김문선 | 조선예술, 2004.1. |
| 고충과 ≪특효약≫ | 김두연 | 조선예술, 2004.2. |
| 배짱, 신심, 발견(창조경험) | 박철학 | 조선예술, 2004.2 |
| 제자들을 스승으로 그리기까지 | 리성일 | 조선예술, 2004.4. |
| 판단, 출로, 묘안(창조경험) | 홍광순 | 조선예술, 2004.5. |
| 실재한 원형과 소재의 예술적전형화에서 찾은 교훈 | 렴양필 | 조선예술, 2004.6. |
| 시대정신과 인간성격탐구 | 홍원철 | 조선예술, 2004.8. |
| 불후의 고전적명작을 옮긴 혁명소설『피바다』는 주체소설문학의 참다운 본보기 | 고철훈 | 조선문학, 2004.1. |
| 전설적위인에 대한 불멸의 위인찬가 | 최명희 | 조선문학, 2004.1. |
| 영웅적항일무장투쟁에 대한 긍지높은 찬양과 김조규의 시세계 | 류 만 | 조선문학, 2004.1. |
| 주체소설문학의 뿌리깊은 거목 | 신영호 | 조선문학, 2004.2. |
| 극성으로 충만된 신비의 세계, 별의 세계를 펼치며 | 리금희 | 조선문학, 2004.2. |
| 민족의 향취, 참신한 맛 | 김덕선 | 조선문학, 2004.2. |
| 선군소설문학의 매력 | 김선일 | 조선문학, 2004.3. |
| 사랑과 증오에 높뛰는 시대의 맥박 | 리용일 | 조선문학, 2004.3. |
| 신념과 의지의 인간에 대한 진실한 형상 | 최언경 | 조선문학, 2004.4. |
| 절세의 영웅, 민족의 태양에 대한 시대의 기념비적인 대걸작 | 작가동맹 평론분과 | 조선문학, 2004.5. |
| 천만군민의 심장에 불을 단 위력한 전투적무기 | 김순림 | 조선문학, 2004.5. |
| 종자가 살아야 성격이 산다 | 민병철 | 조선문학, 2004.5. |
| 붉은기수호의 철령에 대한 시의 철학세계 | 김덕선 | 조선문학, 2004.6. |

| | | |
|---|---|---|
| 매혹된 심장의 노래 | 최길상 | 조선문학, 2004.6. |
| 전설적위인에 대한 전인민적격찬 | 천재규 | 조선문학, 2004.7. |
| 내나라, 내조국과 더불어 영원할 《애국가》 | 김려숙 | 조선문학, 2004.7. |
| 력사의 새벽길에 울려퍼진 혁명적시가들에 구현된 민족자주정신 | 조선화 | 조선문학, 2004.7. |
| 동심과 흥미 | 김해월 | 조선문학, 2004.8. |
| 선군정치로 빛나는 조국에 대한 찬가 | 류 만 | 조선문학, 2004.9. |
| 태양의 빛을 받아 설레이는 푸른 거목 | 림창덕 | 조선문학, 2004.9. |
| 우리 당의 위대성에 대한 깊이있는 서사적형상 | 김순림 | 조선문학, 2004.10. |
| 위대한 당의 품속에 영생하는 삶, 불멸하는 노래 | 최언경 | 조선문학, 2004.10. |
| 수령결사옹위의 총대용사에 대한 진실한 형상 | 강창호 | 조선문학, 2004.11. |
| 항일무장투쟁의 영웅적현실을 반영한 광복전 김조규의 시 | 주체문학연구소 근대문학연구실 | 조선문학, 2004.12. |
| 민족의 넋이 높뛰는 애국의 《종소리》 | 류 만 | 조선문학, 2004.12. |
| 생활의 단면을 통해 밝혀진 의의있는 문제성 | 김선일 | 조선문학, 2004.12. |
| 다각적묘사시점과 선군시대 전형적 성격창조 | 리국철 | 조선문학, 2004.12. |
| 선군시대 어머니들의 참된 행복관에 대한 감동깊은 화폭 | 리승철 | 문학신문, 2004.1. |
| 소년자수들의 격을 높인 비결 | 리철만 | 문학신문, 2004.1. |
| 우리 인민의 민족적정서가 훌륭히 구현된 민요 | 김진경 | 문학신문, 2004.1. |
| 시집을 통하여 본 시인의 창작적개성 | 최 련 | 문학신문, 2004.2. |
| 선군시대 동심의 탐구와 특색있는 시형상 | 한용재 | 문학신문, 2004.3. |
| 백두산의 동지철학을 정서적으로 뜨겁게 형상한 시대의 걸작 | 최광선 | 문학신문, 2004.3. |
| 계속혁명의 한길로 힘있게 고무추동하는 시대의 행진곡 | 김 학 | 문학신문, 2004.4. |
| 위대한주체사상의 기치 우러러 터치는 력사의 체험자의 심장의 노래 | 박춘택 | 문학신문, 2004.5. |
| 혁명가의 변함없는 애국의 넋을 감동깊게 형상한 화폭 | 김정철 | 문학신문, 2004.6. |
| 불타는 심장, 뜨거운 열정의 분출 | 방형찬 | 문학신문, 2004.7. |
| 체험의 진실을 쓸 때라야… | 김일수 | 문학신문, 2004.8. |
| 통일애국투사의 고결한 사상정신적풍모에 대한 감동 깊은 형상 | 안희열 | 문학신문, 2004.9. |
| 주체의 태양의 영원무궁함을 격찬한 기념비적 걸작 | 최길상 | 문학신문, 2004.10. |
| 4월의 하늘가에 울리는 태양절찬가 | 김광옥 | 문학신문, 2004.11. |
| 아동소설은 될수록 짧게 | 백일찬 | 문학신문, 2004.13. |
| 《자기나름》은 독특한 개성이 아니다 | 김경준 | 문학신문, 2004.14. |
| 위대한 백두령장에 드리는 선군조국의 노래 | 황혜경 | 문학신문, 2004.14. |
| 서사시에서 시화된 대사형상 | 한미경 | 문학신문, 2004.15. |
| 선군시대의 참된 스승에 대한 철학적 해명 | 김승태 | 문학신문, 2004.15. |
| 특색있는 시대형상 | 김광철 | 문학신문, 2004.16. |

| 크고 단 참외 | 최득선 | 청년문학, 2004.9. |
|---|---|---|
| 총대에 비긴 위인의 행복관 | 최 학 | 청년문학, 2004.10. |
| 남다른 시적주장에 대하여 | 류명호 | 청년문학, 2004.10. |
| 신념이 있는 곳에 참된 삶이 있다 | 리정웅 | 청년문학, 2004.11. |
| 격동적인 항일무장투쟁현실에 대한 진실한 형상 | 류 만 | 청년문학, 2004.12. |
| 서정, 철학성, 지성도 | 허수산 | 청년문학, 2004.12. |

## <장·중편소설 출판>

| 구분 | 제목 | 작가 | 출처 |
|---|---|---|---|
| 장편소설 | 총서 ≪불멸의 향도≫ 중 라남의 열풍 | 백보흠 | 문학예술출판사 |
| 장편소설 | 총서 ≪불멸의 향도≫ 중 조국찬가 | 남대현 | 문학예술출판사 |
| 장편소설 | 아, 조국!… | 한웅빈 | 문학예술출판사 |
| 장편소설 | 비수 | 송병준 | 문학예술출판사 |
| 장편소설 | 깊은 강 | 김청남 | 문학예술출판사 |
| 장편소설 | 내 땅 | 김대성 | 문학예술출판사 |
| 장편소설 | 소나무 | 리희남 | 문학예술출판사 |
| 장편소설 | 봄날은 온다 | 김종석 | 문학예술출판사 |
| 장편소설 | 참대는 불에 타도 | 정성훈 | 문학예술출판사 |
| 장편소설 | 포옹 | 김은옥 | 문학예술출판사 |
| 장편소설 | 삶의 자취 | 김광남 | 문학예술출판사 |
| 장편소설 | 내려설수 없다 | 리준길 | 문학예술출판사 |
| 장편소설 | 북으로 가는 길 | 권정웅 | 문학예술출판사 |
| 장편소설 | 인간의 한생 | 허춘식 | 문학예술출판사 |
| 장편소설 | 돌아오다 | 리동구 | 문학예술출판사 |
| 장편소설 | 붉은 수인 | 박태수 | 문학예술출판사 |
| 장편소설 | 축복 | 최봉무 | 문학예술출판사 |
| 장편소설 | 삶의 보람 | 백현우 | 문학예술출판사 |
| 장편소설 | 뜨거운 별 | 양의선 | 금성청년출판사 |
| 장편소설 | 녀가수 | 정기종 | 문학예술출판사 |
| 장편소설 | 력사에 묻다 제4부 | 김진성 | 금성청년출판사 |
| 장편사화 | 불길 | 조상호<br>김대원 | 문학예술출판사 |
| 장편전기문학 | 홍범도 | 리 빈 | 금성청년출판사 |
| 중편소설 | 우리 도시 | 오현재 | 문학예술출판사 |

## <문학예술 출판 도서>

| 구분 | 제목 | 작가 | 출처(출판기관) |
|---|---|---|---|
| 도서 | 주체문학전서(3): 수령형상문학의 빛나는 경지 | 신영호<br>신경균<br>장희숙 | 문학예술출판사 |
| 도서 | 주체적문예리론연구(4): 우리 식 립체적묘사 | 김성우 | 문학예술출판사 |
| 도서 | 주체적문예리론연구(17): 희곡창작리론 | 조명철 | 문학예술출판사 |
| 도서 | 따사로운 해빛아래(25) | | 문학예술출판사 |
| 도서 | 위대한 창조의 길에서(18) | 리성덕 | 문학예술출판사 |
| 도서 | 장군님과 아리랑(하) | 최익규 | 문학예술출판사 |
| 일화집 | 혁명일화집(5): 초병의 솜동복 | | 금성청년출판사 |
| 전설집 | 백두산전설집(4): 신기한 발자국 | 지홍길 | 문학예술출판사 |
| 전설집 | 금수산기념궁전전설집(3) | 김우경 | 문학예술출판사 |
| 전설집 | 백두산녀장군전설집: 신기한 사진 | | 금성청년출판사 |
| 작품집 | 백두산총대 | | 문학예술출판사 |
| 작품집 | 빨찌산의 아들 | | 문학예술출판사 |
| 작품집 | 유산 | | 문학예술출판사 |
| 시집 | 로웅렬 시집-2월에 피는 꽃 | | 문학예술출판사 |
| 시집 | 황승명시집-우등불 | | 문학예술출판사 |
| 시집 | 꽃보다 더 곱지요 | | 금성청년출판사 |
| 시집 | 21세기의 태양을 우러러(3): 위대한 령장 | | 문학예술출판사 |
| 시집 | 장편서사시-건설과 전쟁 | 강인철 | 문학예술출판사 |
| 단편소설집 | 박윤단편소설집-타격 | | 문학예술출판사 |
| 단편소설집 | 안동춘단편소설집-대지의 표정 | | 문학예술출판사 |
| 단편소설집 | 얼음산의 홰불 | 유춘일 | 문학예술출판사 |
| 단편소설집 | 새 언덕으로 | | 문학예술출판사 |
| 단편소설집 | 추억 | | 금성청년출판사 |
| 평론집 | 최언경평론집: 문학과 형상 | | 문학예술출판사 |
| 작품집 | 현대조선문학선집(26): 1930년대시선(1) | | 문학예술출판사 |
| 작품집 | 현대조선문학선집(27): 1930년대시선(2) | | 문학예술출판사 |
| 작품집 | 현대조선문학선집(28): 1930년대시선(3) | | 문학예술출판사 |
| 작품집 | 군중문학작품집-보답의 마음 | | 문학예술출판사 |
| 사화전설 | 조선사화전설집(18) | 리 빈 | 문학예술출판사 |
| 외국문학 | 세계문학선집(13): 수호전(2) | 시내암 | 문학예술출판사 |
| 외국문학 | 세계문학선집(65): 쟝 크리스토프(4) | 로맹 롤랑 | 문학예술출판사 |
| 그림책 | 의로운 신하 | 그림: 강상준외 2명 | 문학예술출판사 |
| 그림책 | 장검 제1부 | 글: 홍동식<br>그림: 김인철 | 문학예술출판사 |

| 그림책 | 눈있는 화살 | 글: 황령아<br>그림: 남민우 | 문학예술출판사 |
|---|---|---|---|
| 그림책 | 공원속의 세 아이 | 글: 김형운<br>그림: 김명제 | 문학예술출판사 |
| 그림책 | 모란꽃아가씨의 향구슬 | 글: 최복실<br>그림: 강상준, 최영석 | 문학예술출판사 |
| 그림책 | 황소도적 | 글: 변군일외 5명<br>그림: 정광수, 김광호 | 문학예술출판사 |
| 그림책 | 큰 주머니와 작은 주머니 | 글: 리원우외 4명<br>그림: 박봉성외 3명 | 문학예술출판사 |
| 그림책 | 남을 속이려던 깜장토끼 | 글: 한태수외4명<br>그림: 박봉성외 3명 | 문학예술출판사 |
| 그림책 | 우리 나라 옛이야기그림책(1): 해와 달 | 글: 김박문<br>그림: 김석준외 3명 | 문학예술출판사 |
| 그림책 | 우리 나라 옛이야기그림책(2): 천주석 이야기 | 글: 김청일외 2명<br>그림: 김석준외 2명 | 문학예술출판사 |
| 그림책 | 우리 나라 옛이야기그림책(3): 쌍인의 대담성 | 그림: 리재남외 2명 | 문학예술출판사 |
| 그림책 | 우리 나라 옛이야기그림책(4): 돌버섯을 따는 소녀 | 글: 허원길<br>그림: 정광수, 리원철 | 문학예술출판사 |
| 그림책 | 세 야수의 운명 | 글: 리성칠<br>그림: 박영갑 | 문학예술출판사 |
| 그림책 | 놀고먹던 꿀꿀이 | 그림: 하정아외 5명 | 금성청년출판사 |
| 그림책 | 붉은넥타이 | 글: 김상복<br>그림: 박창철외 3명 | 문학예술출판사 |
| 그림책 | 두사람만 알고 있었다 | 글: 김상복<br>그림: 마철준 | 문학예술출판사 |
| 그림책 | 처녀저격수 | 글: 조학래<br>그림: 조정철 | 문학예술출판사 |
| 그림책 | 잊을수 없는 모습 | 글: 조학래<br>그림: 박윤걸 | 문학예술출판사 |
| 그림책 | ≪배꽃≫의 정체 | 글: 김영현<br>그림: 최주섭 | 문학예술출판사 |

## 6) 『조선문학예술년감』(2006) 문학작품 주요 목록

### <시>(대표작)

| 구분 | 제목 | 작가 | 출처 |
|---|---|---|---|
| 시 | 조국이여 인민이여 총진군 앞으로 | 오영재 | 로동신문, 2005.2.5. |
| 시 | 대지에 빛나는 승리를 새기자 | 문동식 | 로동신문, 2005.2.6. |
| 시 | 병사를 믿으시라 | 박해출 | 로동신문, 2005.2.6. |
| 시 | 소원 | 한광춘 | 로동신문, 2005.2.13. |
| 시 | 노래여 심장의 노래여 | 조창제 | 로동신문, 2005.2.13. |
| 시 | 내 숨결 잇고사는 품 | 류동호 | 로동신문, 2005.2.13. |
| 시 | 2월의 환호성(장시) | 김만영 | 로동신문, 2005.2.15. |
| 시 | 10월에 만나자(시초)<br> - 봄빛 넘치는 포전에서<br> - 만복의 씨앗<br> - 나의 ≪전투기록장≫<br> - 아버지와 아들과 손자가 불타는 마음<br> - 10월에 만나자 | 오필천<br>채동규<br>김충기 | 로동신문, 2005.3.28. |
| 시 | 조국은 총대로 시작되였다(시초)<br> - 그날은 아, 그날은<br> - 첫총성<br> - 우리 수령님 오시는날<br> - 나지막한 벽돌집 한채<br> - 네상의 사진에 깃든 이야기<br> - 설레이라 비슬나무여<br> - 조국은 총대로 영원하리라 | 류동호 | 로동신문, 2005.4.10. |
| 시 | 영원한 그리움의 노래(장시) | 김효봉 | 로동신문, 2005.4.17. |
| 시 | 4월의 서정(시묶음)<br> - 만경대의 봄바람<br> - 진달래 꽃다발<br> - 사진 속의 봄날 이야기<br> - 아, 백두삼천리벌이여<br> - 락원의 음향<br> - 청산벌에 수령님 계신다 | 홍현양<br>김석주<br>신문경<br>리연회<br>리창식<br>박세옥 | 로동신문, 2005.4.18. |
| 시 | 병사시절 | 한광춘 | 로동신문, 2005.4.24. |
| 시 | 총아 내 사랑아 | 김 철 | 로동신문, 2005.4.24. |
| 시 | 나는 총탄을 재운다 | 문용철 | 로동신문, 2005.4.24. |
| 시 | 6.15를 불러, 통일을 불러(장시) | 김만영 | 조선중앙방송 |
| 시 | 우리는 백두산에 사랑을 바쳤다(시초)<br> - 빛나는 새모습이여<br> - 장군님 오신 그날은<br> - 나의 청춘시절<br> - 사랑의 철마는 달린다 | 오영재<br>변홍영<br>주광일<br>류동호<br>리창식 | 로동신문, 2005.6.19. |

| | | | |
|---|---|---|---|
| | - 우리는 백두산을 내리지 않았다<br>- 우리는 10월로 간다 | 백 하 | |
| 시 | 목란꽃은 영원히 만발하리 | 박덕룡 | 로동신문, 2005.7.8. |
| 시 | 수령님은 오늘도 포전길 걸으신다 | 백 하 | 로동신문, 2005.7.8. |
| 시 | 심장을 바치리 | 홍현양 | 로동신문, 2005.7.11. |
| 시 | 어머니당은 부른다 | 한광춘 | 로동신문, 2005.7.11. |
| 시 | 푸른 들에 10월이 설레인다 | 신문경 | 로동신문, 2005.7.11. |
| 시 | 내 나라의 맑은 하늘(서사시) | 신병강 | 로동신문, 2005.8.16. |
| 시 | 빨찌산 세월은 영원히 흐르리(시묶음)<br>- 개선문<br>- 압록강 기슭의 첫자욱<br>- 풀과 나무와 흙이<br>- 전설의 산아<br>- 빨찌산 세월이 흐른다 | 김석주<br>리창식<br>한승길<br>신문경<br>류동호 | 로동신문, 2005.8.17. |
| 시 | 룡남산에서 부르는 9월의 노래(시묶음)<br>- 1960년 9월 1일<br>- 빛나라 김일성종합대학이여<br>- 내사랑 어은금아<br>- 나의 하늘<br>- 나의 학생증 | 리명철<br>신정철<br>최정옥<br>렴형미<br>위명철 | 로동신문, 2005.9.2. |
| 시 | 총대우에 날리는 당기(서사시) | 신병강 | 로동신문, 2005.10.2. |
| 시 | 어머니 우리당(시묶음)<br>- 해빛<br>- 어머니 우리당이여<br>- 나는 선군시대 당원이다 | 류동호 | 로동신문, 2005.10.4. |
| 시 | 조선로동당 만세!(서사시) | 김만영 | 로동신문, 2005.10.9. |
| 시 | 10월에서 10월에로 | 김석주 | 로동신문, 2005.10.31. |
| 시 | 그날의 그 걸음 그 보폭으로 | 김산옥 | 로동신문, 2005.10.31. |
| 시 | 웃으며 가는 길에 행복이 온다(시초)<br>- 우리의 행복은 어떻게 왔는가<br>- 웃으며 온길 웃으며 가자<br>- 초소에서 편지가 왔네<br>- 우리집 부엌이 밝아졌어요<br>- 꽃을 피우는 처녀 | 류동호<br>주광일<br>한광춘<br>도명희<br>박정애 | 로동신문, 2005.11.21. |
| 시 | 백두산줄기는 영원히 푸르리(서사시) | 김승도 | 로동신문, 2005.12.6. |
| 시 | 최전연 | 장명길 | 로동신문, 2005.12.18. |
| 시 | 병사의 삶은 | 문용철 | 로동신문, 2005.12.18. |
| 시 | 어머님의 고향이야기 | 박정애 | 로동신문, 2005.12.18. |
| 시 | 12월의 기적소리 | 박경심 | 로동신문, 2005.12.18. |
| 시 | 전선길아, 이야기하라(장시) | 김만영 | 로동신문, 2005.1.1. |
| 시 | 축원 | 박세옥 | 로동신문, 2005.1.2. |
| 시 | 새해의 첫걸음 | 백 하 | 로동신문, 2005.1.2. |

## <단편소설, 장편소설, 기타>

| 구분 | 제목 | 작가 | 출처 |
|---|---|---|---|
| 백두산3대장군형상 단편소설 | 병사들을 위한 날 | 문상봉 | 조선문학, 2005.1. |
| 백두산3대장군형상 단편소설 | 류성이 없는 세계 | 탁숙본 | 조선문학, 2005.2. |
| 백두산3대장군형상 단편소설 | 따스한 바다 | 조승찬 | 조선문학, 2005.4. |
| 백두산3대장군형상 단편소설 | 불타는 백설 | 박 윤 | 조선문학, 2005.8. |
| 백두산3대장군형상 단편소설 | 떼가 흐른다 | 박두일 | 조선문학, 2005.9. |
| 백두산3대장군형상 단편소설 | 제1의 생명 | 한웅빈 | 조선문학, 2005.9. |
| 백두산3대장군형상 단편소설 | 건국의 첫기슭에서 | 조창근 | 조선문학, 2005.12. |
| 백두산3대장군형상 단편소설 | 복받은 터전 | 김금옥 | 문학신문, 2005.10. |
| 백두산3대장군형상 단편소설 | 보금자리 | 조상호 | 문학신문, 2005.23. |
| 백두산3대장군형상 단편소설 | 축하명령서 | 김석범 | 문학신문, 2005.27. |
| 백두산3대장군형상 단편소설 | 겨울노을 | 박 윤 | 청년문학, 2005.1. |
| 백두산3대장군형상 단편소설 | 풍산사과 | 리하성 | 청년문학, 2005.2. |
| 백두산3대장군형상 단편소설 | 큰걸음 | 송수삼 | 청년문학, 2005.4. |
| 백두산3대장군형상 단편소설 | 백두의 길 | 석남진 | 청년문학, 2005.6. |
| 백두산3대장군형상 단편소설 | 전선길에서 | 엄성영 | 청년문학, 2005.7. |
| 백두산3대장군형상 단편소설 | 무산참외 | 라광철 | 청년문학, 2005.10. |
| 백두산3대장군형상 단편소설 | 총잡은 어머니 | 송병준 | 청년문학, 2005.11. |
| 백두산3대장군형상 단편소설 | 강산에 울리는 노래 | 김금옥 | 청년문학, 2005.12. |
| 일반주제 단편소설 | 채 쏘지 못한 총탄 | 한웅빈 | 조선문학, 2005.1~3. |
| 일반주제 단편소설 | 붉은해당화언덕 | 최성진 | 조선문학, 2005.1. |
| 일반주제 단편소설 | 넓은 미래에 산다 | 한형수 | 조선문학, 2005.2. |
| 일반주제 단편소설 | 산딸기 | 리정옥 | 조선문학, 2005.3. |
| 일반주제 단편소설 | 샘물터 | 김영선 | 조선문학, 2005.4. |
| 일반주제 단편소설 | 금대봉마루 | 류정옥 | 조선문학, 2005.4. |
| 일반주제 단편소설 | 불길 | 김영선 | 조선문학, 2005.5. |
| 일반주제 단편소설 | 류다른 풍경화 | 석유균 | 조선문학, 2005.5. |
| 일반주제 단편소설 | 운명 | 엄성영 | 조선문학, 2005.6. |
| 일반주제 단편소설 | 발걸음 | 김순룡 | 조선문학, 2005.6. |
| 일반주제 단편소설 | 젊어지는 교단 | 김정희 | 조선문학, 2005.6. |
| 일반주제 단편소설 | 그들은 나의 부모였다 | 류민호 | 조선문학, 2005.7. |
| 일반주제 단편소설 | 백로떼 날아든다 | 김명익 | 조선문학, 2005.8. |
| 일반주제 단편소설 | 초불광장 | 송혜경 | 조선문학, 2005.8. |
| 일반주제 단편소설 | 한 녀인에 대한 추억 | 조인영 | 조선문학, 2005.9. |
| 일반주제 단편소설 | 해뜨는 계곡(1): 산정의 소나무 | 리 명 | 조선문학, 2005.10. |
| 일반주제 단편소설 | 해뜨는 계곡(2): 그리움의 세계 | 리 명 | 조선문학, 2005.11. |

| 일반주제 단편소설 | 50년 가을에 | 김영일 | 조선문학, 2005.11. |
|---|---|---|---|
| 일반주제 단편소설 | 냉이포에 피빛노을이 타오른다 | 한원희 | 조선문학, 2005.11. |
| 일반주제 단편소설 | 밀천 | 변창률 | 조선문학, 2005.11. |
| 일반주제 단편소설 | 해뜨는 계곡(3): 명령하라 | 리 명 | 조선문학, 2005.12. |
| 일반주제 단편소설 | 비상정황 속에서 | 장기성 | 조선문학, 2005.12. |
| 일반주제 단편소설 | ≪유조차 131호≫ | 한웅빈 | 문학신문, 2005.3. |
| 일반주제 단편소설 | 들국화 꽃다발 | 양의선 | 문학신문, 2005.4. |
| 일반주제 단편소설 | 쪽지편지 | 리 평 | 문학신문, 2005.6. |
| 일반주제 단편소설 | 네통의 편지 | 송준혁 | 문학신문, 2005.7. |
| 일반주제 단편소설 | 앞자리(벽소설) | 공천영 | 문학신문, 2005.8. |
| 일반주제 단편소설 | ≪걱정≫ 려단장 | 조철웅 | 문학신문, 2005.9. |
| 일반주제 단편소설 | 소원 | 한웅빈 | 문학신문, 2005.13. |
| 일반주제 단편소설 | 함께 가는 길 | 라광철 | 문학신문, 2005.14. |
| 일반주제 단편소설 | 준엄한 그날에 | 안근배 | 문학신문, 2005.18. |
| 일반주제 단편소설 | 비상정황 | 리정수 | 문학신문, 2005.20. |
| 일반주제 단편소설 | 어머니의 기쁨 | 리명식 | 문학신문, 2005.25. |
| 일반주제 단편소설 | 그시각… 병사들은 행군길에 있었다 | 박 윤 | 문학신문, 2005.28. |
| 일반주제 단편소설 | 밤길에 만난 처녀(벽소설) | 김명심 | 문학신문, 2005.31. |
| 일반주제 단편소설 | 생명 | 박 윤 | 문학신문, 2005.32. |
| 일반주제 단편소설 | 유리(벽소설) | 라 송 | 문학신문, 2005.35. |
| 일반주제 단편소설 | 병사의 복무 | 김길손 | 청년문학, 2005.1. |
| 일반주제 단편소설 | 나를 위한 행진곡 | 조정협 | 청년문학, 2005.1. |
| 일반주제 단편소설 | 새 교장 | 김기범 | 청년문학, 2005.3. |
| 일반주제 단편소설 | 주인공감 | 한형수 | 청년문학, 2005.5. |
| 일반주제 단편소설 | 고려의 아침 | 리 평 | 청년문학, 2005.6. |
| 일반주제 단편소설 | 사랑에 대한 이야기 | 리 평 | 청년문학, 2005.6. |
| 일반주제 단편소설 | 뜨거운 물 | 오수남 | 청년문학, 2005.9. |
| 일반주제 단편소설 | 앞서가는 청년 | 최정남 | 청년문학, 2005.11. |
| 서정서사시 | 길가집이야기 | 박상민 | 조선문학, 2005.1. |
| 서정서사시 | 사랑과 충성의 집 | 리범수 | 조선문학, 2005.4. |
| 서정서사시 | 눈보라이야기 | 최남순 | 청년문학, 2005.1. |
| 서정서사시 | 대지의 교향곡 | 정성환 | 청년문학, 2005.11. |
| 장시 | 장군님과 칠보산 | 전승일 | 조선문학, 2005.2. |
| 장시 | 옷자락소리 | 김명익 | 조선문학, 2005.6. |
| 장시 | 비전향 장기수-나의 어제와 오늘 | 김용수 (비전향 장기수) | 조선문학, 2005.9. |
| 장시 | 영웅은 모교로 돌아왔다 | 허수산 | 조선문학, 2005.12. |

| 장시 | 해솟는 룡남산에서 | 류명호 | 문학신문, 2005.24. |
|---|---|---|---|
| 장시 | 흥하는 내 나라 | 허수산 | 문학신문, 2005.33. |
| 장시 | 총련이 드리는 감사의 노래 | 집체작 | 평양신문, 2005.5.25. |
| 장시 | 사랑의 집 | 강철학 | 평양신문, 2005.7.21. |
| 련시 | 눈물의 노래<br> - 나의 노래<br> - 안해의 노래<br> - 딸애의 노래 | 최태국<br>(비전향<br>장기수) | 조선문학, 2005.9. |
| 련시 | 이해를 보내는 노래<br> - 이해는… 이해는<br> - 우리는 흙냄새를 사랑한다<br> - 후대들이여 잊지말라<br> - 그날은 비가 내려도 좋았다<br> - 우리는 만났다<br> - 잘가거라 2005년이여 | 박세옥 | 조선문학, 2005.12. |
| 시초 | 언제밑에 눈보라가 잔다<br> - 우리는 착공을 발파로 울렸다<br> - 잊지 못할 계절<br> - 어머니에게<br> - 아, 북두칠성<br> - 내 고향 별동마을<br> - 언제밑에 눈보라가 잔다 | 서봉제 | 조선문학, 2005.4. |
| 시초 | 선군이 낳은 전설<br> - 눈 내리는 다박솔 초소<br> - 병사들의 마음속에 있는 말<br> - 전선길<br> - 옥류관의 놋쟁반<br> - 나무여, 선군조국의 노래로 설레이라 | 홍현양 | 조선문학, 2005.5. |
| 시초 | 청춘-돌격대-언제<br> -《지진》<br> - 내 고향의 모습은…<br> - 바늘과 실<br> - 돌격대의 철학<br> - 《지점》에 대한 시<br> - 청춘례찬<br> - 청춘-돌격대-언제 | 김형준 | 조선문학, 2005.8. |
| 시초 | 그대 위한 내사랑<br> - 나의 시가에 담아<br> - 자기를 바쳐<br> - 그날의 병사로만…<br> - 아, 당신<br> - 그대 위한 내사랑 | 김정곤 | 조선문학, 2005.9. |
| 시초 | 짐을 노래 하련다<br> - 나의 집<br> - 총대와 보금자리<br> - 그대는 무엇으로 강합니까<br> - 조국에 드리는 시 | 도명희 | 조선문학, 2005.9. |

| 시초 | 나는 진정 어머니가 되였는가<br>　- 나는 진정어머니가 되였는가<br>　- 밤길을 걸으며<br>　- 좌우명<br>　- 불과 기름<br>　- 훈장 | 김성욱 | 조선문학, 2005.12. |
|---|---|---|---|
| 시초 | 최전연종군시초<br>　- 나는 놓지 않으리<br>　- 한그루 살구나무 앞에서<br>　- 무르익은 열매<br>　- 동지애의 영웅앞에<br>　- 351고지의 전호에서 | 문동식 | 청년문학, 2005.5. |
| 시초 | 선군시대 백두청춘들의 랑만의 서사시<br>　- 약속<br>　- 흰눈<br>　- 만병초<br>　- ≪병기창≫<br>　- 건설장의 종달새<br>　- 꿈을 찍는 사진기는 없을가<br>　- 청춘언제<br>　- 오늘은 영예게시판에 났지만<br>　- 나는 ≪백두청춘대학≫생!<br>　- 축포<br>　- 10월을 안고사는 마음 | 양춘식 | 청년전위, 2005.4.6. |
| 시초 | 백두청춘들의 영웅적 투쟁과 위훈을 노래한다<br>　- 나는 돌격전의 병사로 산다<br>　- 나의 썰매야<br>　- 밤하늘의 별이나알가<br>　- 백두산 오락회<br>　- 밤하늘의 별이나 알가<br>　- 백두산 오락회<br>　- 잊을 수 없는 모습<br>　- 량심의 거울<br>　- ≪작식대원≫<br>　- 아름다움에 대한 생각<br>　- 입당 청원서<br>　- 청춘의 기념비<br>　- 영광의 보고를 삼가드리자 | 양춘식 | 청년전위, 2005.7.17. |
| 시묶음 | 말하라, 선군의 길이여!<br>　- 다박솔의 눈송이<br>　- 위대한 심장의 대화<br>　- 초도의 갈매기<br>　- 11월의 판문점<br>　- 철령의 봄빛<br>　- 지혜산의 메아리<br>　- 오성산의 길<br>　- 아, 대덕산아<br>　- 푸른숲의 교향곡<br>　- 우리는 이 길을 따라왔다 | 박세옥<br>리영철<br>리명옥<br>리창식<br>박현철<br>박경심<br>신문경<br>김경기<br>오필천<br>김충기 | 조선문학, 2005.1. |

| 시묶음 | 한해가 부른다<br>- 춘삼월<br>- 탄부의 약속<br>- 기관사의 어머니<br>- 즐거운 새벽 | 홍철진 | 조선문학, 2005.3. |
|---|---|---|---|
| 시묶음 | 광복의 길을 따라서<br>- 어둡던 그 세월에<br>- 선포<br>- 전설이 먼저 왔다<br>- 북대정자여<br>- 항일대전의 메아리<br>- 탄생 | 김휘조<br>김명철<br>고남철<br>김정철<br>김휘조<br>한원희 | 조선문학, 2005.8. |
| 시묶음 | 조국땅 멀리에서<br>- 어머니의 당부<br>- 조선 김치<br>- 우리장군님 그리워 | 염득복 | 조선문학, 2005.10. |
| 시묶음 | ≪〈우리민족끼리〉로 통일이 온다≫<br>- 겨레의 감사<br>- 그 순간에<br>- 본가집<br>- 말해주자<br>- 백두산 통일단상에 높이 모시리 | 신홍국<br>전광철<br>리창식<br>리송일<br>박세일 | 문학신문, 2005.17. |
| 시묶음 | 장수산의 노래<br>- 현암<br>- 자라바위<br>- 웃음바위<br>- 300년수 | 최성희 | 문학신문, 2005.29. |
| 벽시묶음 | 10월의 조국이여 | 박상철 | 조선문학, 2005.8. |
| 벽시묶음 | 시간을 맞추자 | 박희구 | 조선문학, 2005.8. |
| 벽시묶음 | 경쟁도표 | 정연광 | 조선문학, 2005.8. |
| 벽시묶음 | 10월의 기적소리 | 강세현 | 조선문학, 2005.8. |
| 벽시묶음 | 우리 장군님 다 아신다 | 류동호 | 문학신문, 2005.14. |
| 벽시묶음 | 병사들이 온 그날에 | 주광일 | 문학신문, 2005.14. |
| 벽시묶음 | 한전호를 이어 | 백 하 | 문학신문, 2005.14. |
| 벽시묶음 | 병사와 푸른 숲 | 변홍영 | 문학신문, 2005.14. |
| 벽시묶음 | 결전의 전호 | 박해출 | 문학신문, 2005.19. |
| 벽시묶음 | 논물관리공에게 | 안경운 | 문학신문, 2005.19. |
| 벽시묶음 | 여기에 오라 | 리창식 | 문학신문, 2005.19. |
| 벽시묶음 | 잡초는 독초 | 허칠성 | 문학신문, 2005.19. |
| 벽시묶음 | 바치자 이 땅에 | 한승길 | 문학신문, 2005.23. |
| 벽시묶음 | 바쁘게 살자 | 주병윤 | 문학신문, 2005.23. |
| 벽시묶음 | ≪욕심대장≫ | 정철학 | 문학신문, 2005.23. |
| 벽시묶음 | 철산봉을 타고앉으면 | 정동찬 | 문학신문, 2005.30. |

| 벽시묶음 | 이 말만은 모른다 | 전승일 | 문학신문, 2005.30. |
|---|---|---|---|
| 벽시묶음 | ≪도리깨분조장≫ | 리태식 | 문학신문, 2005.30. |
| 벽시묶음 | 사랑을 담는 그릇 | 류동호 | 문학신문, 2005.31. |
| 벽시묶음 | 우리 공장 구내길 | 주광일 | 문학신문, 2005.31. |
| 벽시묶음 | 생각하라 | 한광춘 | 문학신문, 2005.31. |
| 벽시묶음 | 불꽃 | 박정애 | 문학신문, 2005.31. |
| 시 | 전선으로 울려가는 나의 시여 | 류동호 | 조선문학, 2005.1. |
| 시 | 선군선언 | 김형준 | 조선문학, 2005.1. |
| 시 | 국방 | 오정로 | 조선문학, 2005.1. |
| 시 | 아침의 들길 | 한광춘 | 조선문학, 2005.1. |
| 시 | 흰눈 | 한창우 | 조선문학, 2005.1. |
| 시 | 노래하노라, 오직 한마디 | 김휘조 | 조선문학, 2005.1. |
| 시 | 우리는 그날에 불을 지폈다 | 류춘선 | 조선문학, 2005.1. |
| 시 | 우리는 먼길을 가깝게 간다 | 서봉제 | 조선문학, 2005.1. |
| 시 | 2월의 아침에 드리는 축원 | 김승남 | 조선문학, 2005.2. |
| 시 | 전호가의 물촉새소리 | 조봉국 | 조선문학, 2005.2. |
| 시 | 급행렬차 | 조봉국 | 조선문학, 2005.2. |
| 시 | 장군님의 세계 | 김 해 | 조선문학, 2005.2. |
| 시 | 다시 찾은 이름 | 최태국<br>(비전향<br>장기수) | 조선문학, 2005.2. |
| 시 | 연 띄우는 보름날 | 김정철 | 조선문학, 2005.2. |
| 시 | 한 전쟁로병이 들려준 이야기 | 량성심 | 조선문학, 2005.2. |
| 시 | 고향의 시내가에서 | 장선국 | 조선문학, 2005.2. |
| 시 | 내 고향의 불노을 | 김정경 | 조선문학, 2005.2. |
| 시 | 인풍루의 밤 | 김철석 | 조선문학, 2005.2. |
| 시 | 그리움의 불야성 | 도명회 | 조선문학, 2005.2. |
| 시 | 사랑하는 나의 어머니에게 | 최남순 | 조선문학, 2005.2. |
| 시 | 대동강아, 네가 비껴안은 것은… | 장호건 | 조선문학, 2005.2. |
| 시 | 대동강물결우에 장강의 모습 어렸네 | 류춘선 | 조선문학, 2005.2. |
| 시 | 대안의 새벽 | 김상조 | 조선문학, 2005.2. |
| 시 | 땅과 농민 | 리진철 | 조선문학, 2005.3. |
| 시 | 농민의 지게 | 리진철 | 조선문학, 2005.3. |
| 시 | 불, 그것은 나의 사랑입니다 | 김윤걸 | 조선문학, 2005.3. |
| 시 | 돌격대의 새벽 | 김정경 | 조선문학, 2005.3. |
| 시 | 기다리노라 | 리진협 | 조선문학, 2005.3. |
| 시 | 범안선경소묘 | 채동규 | 조선문학, 2005.3. |
| 시 | 선경중의 선경 | 김충기 | 조선문학, 2005.3. |

| 시 | 웃는 달 | 오필천 | 조선문학, 2005.3. |
|---|---|---|---|
| 시 | 우리의 감사를 | 김송남 | 조선문학, 2005.3. |
| 시 | 어머님을 닮고 싶어… | 김은숙 | 조선문학, 2005.3. |
| 시 | 3월 8일 | 렴형미 | 조선문학, 2005.3. |
| 시 | 3월은 어머니 명절입니다 | 량성심 | 조선문학, 2005.3. |
| 시 | 어머니에 대한 단상시 | 강옥녀 | 조선문학, 2005.3. |
| 시 | 마주잡은 어머니들의 손 | 김영심 | 조선문학, 2005.3. |
| 시 | 엄동의 봄우리 | 서봉제 | 조선문학, 2005.3. |
| 시 | 내 고향 북청 | 리진묵 | 조선문학, 2005.3. |
| 시 | 부엉새 우는 밤 | 리찬호 | 조선문학, 2005.3. |
| 시 | 장수산의 서리꽃 | 김형준 | 조선문학, 2005.3. |
| 시 | 박달령 | 주광남 | 조선문학, 2005.3. |
| 시 | 명산의 가을 | 주광남 | 조선문학, 2005.3. |
| 시 | 첫씨앗 | 채 규 | 조선문학, 2005.3. |
| 시 | 천만번 옳았다 | 강현만 | 조선문학, 2005.3. |
| 시 | 3.1의 피는 식지 않았다 | 신형길 | 조선문학, 2005.3. |
| 시 | 영원한 봄 | 김경기 | 조선문학, 2005.4. |
| 시 | 우리 수령님 이야기 | 박경심 | 조선문학, 2005.4. |
| 시 | 영생축원의 꽃보라 | 문동식 | 조선문학, 2005.4. |
| 시 | 선군혁명총진군대회의 선언 | 김만영 | 조선문학, 2005.4. |
| 시 | 그리움의 꽃 | 리명옥 | 조선문학, 2005.4. |
| 시 | 수령님모습 | 김윤걸 | 조선문학, 2005.4. |
| 시 | 김일성광장의 종소리 | 문용철 | 조선문학, 2005.4. |
| 시 | 태양의 꽃 | 한광춘 | 조선문학, 2005.4. |
| 시 | 장군님과 김일성화 | 리현석 | 조선문학, 2005.4. |
| 시 | 땅크병자랑 | 리일섭 | 조선문학, 2005.4. |
| 시 | 철령척촉련가 | 리창식 | 조선문학, 2005.4. |
| 시 | 붉은 꽃 붉은 령 | 신문경 | 조선문학, 2005.4. |
| 시 | 위대한 조선의 어머니 | 김승남 | 조선문학, 2005.4. |
| 시 | 봄하늘 | 채동규 | 조선문학, 2005.4. |
| 시 | 오, 선군승리의 축포여 | 김만영 | 조선문학, 2005.4. |
| 시 | 깊어가는 동강의 봄밤에 | 리광선 | 조선문학, 2005.5. |
| 시 | 한줌의 흙 | 곽명철 | 조선문학, 2005.5. |
| 시 | 철학의 샘줄기 시의 샘줄기 | 정준기 | 조선문학, 2005.5. |
| 시 | 울림폭포, 너의 그 울림속에 | 송재하 | 조선문학, 2005.5. |
| 시 | 울림폭포 | 리영철 | 조선문학, 2005.5. |
| 시 | 길을 열어라 | 로완률 | 조선문학, 2005.5. |

| 시 | 내가 아는 그의 모습 | 리진철 | 조선문학, 2005.5. |
|---|---|---|---|
| 시 | 원군길 | 최인덕 | 조선문학, 2005.5. |
| 시 | 위대한 선군년륜이여 | 리 실 | 조선문학, 2005.5. |
| 시 | 나는 이 봄을 노래한다 | 장호건 | 조선문학, 2005.5. |
| 시 | 씨앗보다 먼저 | 리일섭 | 조선문학, 2005.5. |
| 시 | 대지여 나의 사랑이여 | 주광일 | 조선문학, 2005.5. |
| 시 | 귀국선 뜨는 날은 날이 개이네 | 남시우 (총련) | 조선문학, 2005.5. |
| 시 | 모란봉의 봄날에 | 변홍영 | 조선문학, 2005.5. |
| 시 | 미제놈!(풍자시) | 주광남 | 조선문학, 2005.5. |
| 시 | 보천보전투승리기념탑앞에서 | 박희구 | 조선문학, 2005.6. |
| 시 | 밤 10시 | 곽명철 | 조선문학, 2005.6. |
| 시 | 아, 그날은 | 김진주 | 조선문학, 2005.6. |
| 시 | 노래하는 꽃바다 | 리명근 | 조선문학, 2005.6. |
| 시 | 감자꽃바다가 설레인다 | 김승남 | 조선문학, 2005.6. |
| 시 | 연백벌의 해질녘 | 김충기 | 조선문학, 2005.6. |
| 시 | 이 봄날, 이 가을! | 리동수 | 조선문학, 2005.6. |
| 시 | 초불바다 | 전승일 | 조선문학, 2005.6. |
| 시 | 천만년세월이 가도 | 김창호 | 조선문학, 2005.7. |
| 시 | 푸르허의 ≪머슴≫ | 고남철 | 조선문학, 2005.7. |
| 시 | ≪일행천리≫ 계산법 | 안정기 | 조선문학, 2005.7. |
| 시 | 동갑이 | 문동식 | 조선문학, 2005.7. |
| 시 | 대학 현판 앞에서 | 김정삼 | 조선문학, 2005.7. |
| 시 | 얼음덮인 하산포여울목 | 박희구 | 조선문학, 2005.7. |
| 시 | 어머님은 서계셨더라 | 박창혁 | 조선문학, 2005.7. |
| 시 | 말발굽소리 | 김영심 | 조선문학, 2005.7. |
| 시 | 금수산기념궁전 외랑에서 | 정동찬 | 조선문학, 2005.7. |
| 시 | 빨찌산식으로 | 박세일 | 조선문학, 2005.7. |
| 시 | 어머님은 오늘도 신갈파에 계시여라 | 현채련 | 조선문학, 2005.7. |
| 시 | 동지 | 조석영 | 조선문학, 2005.7. |
| 시 | 장군님의 전선일과 | 김 해 | 조선문학, 2005.7. |
| 시 | 나의 집 창가에서 | 윤정길 | 조선문학, 2005.7. |
| 시 | 전승기념탑 문어구에서 | 류명호 | 조선문학, 2005.7. |
| 시 | 우리의 밤 | 류명호 | 조선문학, 2005.7. |
| 시 | 전시가요 | 류명호 | 조선문학, 2005.7. |
| 시 | 복수자의 어머니들에게 드리는 시 | 김영애 | 조선문학, 2005.7. |
| 시 | 기다린 마음 | 리수원 | 조선문학, 2005.7. |
| 시 | 아, 조국광복 | 리찬호 | 조선문학, 2005.8. |

| 시 | ≪천황≫과 총알(풍자시) | 김명철 | 조선문학, 2005.8. |
|---|---|---|---|
| 시 | 아버지의 사랑 | 양치성 | 조선문학, 2005.8. |
| 시 | 간백산의 우뢰 | 서봉제 | 조선문학, 2005.8. |
| 시 | 어쩌면 좋아 | 강옥녀 | 조선문학, 2005.8. |
| 시 | 불타는 해야 | 오정로 | 조선문학, 2005.8. |
| 시 | 큰길 | 오정로 | 조선문학, 2005.8. |
| 시 | 우리는 이 벌의 주인이다 | 리진협 | 조선문학, 2005.8. |
| 시 | 8.15의 폭풍을 불러오리라 | 전승일 | 조선문학, 2005.8. |
| 시 | 통일의 봄비 | 김 해 | 조선문학, 2005.8. |
| 시 | 쌍둥이 | 김 해 | 조선문학, 2005.8. |
| 시 | 나의 선군조국 | 문동식 | 조선문학, 2005.9. |
| 시 | 구룡연 길목에서 | 오재신 | 조선문학, 2005.9. |
| 시 | 광선사진관앞에서 | 현채련 | 조선문학, 2005.9. |
| 시 | 심장에 새겨진 모습 | 홍철진 | 조선문학, 2005.9. |
| 시 | 병사의 손 | 박세일 | 조선문학, 2005.9. |
| 시 | 어머니당에 | 김명철 | 조선문학, 2005.10. |
| 시 | 어버이 | 김 연 | 조선문학, 2005.10. |
| 시 | 닭알에 대한 이야기 | 김경기 | 조선문학, 2005.10. |
| 시 | 오직 한분 | 한광춘 | 조선문학, 2005.10. |
| 시 | ≪씨름군 행렬도≫ | 김정철 | 조선문학, 2005.10. |
| 시 | 인민의 뜨락 | 박상민 | 조선문학, 2005.10. |
| 시 | 60년전 그날은 | 류춘선 | 조선문학, 2005.10. |
| 시 | 10월의 포전길을 걸으며 | 리진협 | 조선문학, 2005.10. |
| 시 | 10월의 광장에 들어서며 | 전승일 | 조선문학, 2005.10. |
| 시 | ≪ㅌ·ㄷ≫의 대오는 오늘도 자란다 | 리광선 | 조선문학, 2005.10. |
| 시 | 내 고향의 구호나무 | 전해연 | 조선문학, 2005.10. |
| 시 | 내가 존경하는 그 사람 | 김정곤 | 조선문학, 2005.10. |
| 시 | 고향집의 밤 | 김선화 | 조선문학, 2005.10. |
| 시 | 10월 9일 | 주 연 | 조선문학, 2005.10. |
| 시 | 작전바위앞에서 | 주광일 | 조선문학, 2005.11. |
| 시 | 냉이국 | 박정철 | 조선문학, 2005.11. |
| 시 | 영웅이여, 우리 떠나노라 | 곽명철 | 조선문학, 2005.11. |
| 시 | 고향으로 돌아온 병사 | 김정삼 | 조선문학, 2005.11. |
| 시 | 축복 | 리명옥 | 조선문학, 2005.11. |
| 시 | 아기가 웃는 소리 | 리명옥 | 조선문학, 2005.11. |
| 시 | 나의 일터는 땅입니다 | 문광혁 | 조선문학, 2005.11. |
| 시 | 가을 | 강옥녀 | 조선문학, 2005.11. |

| 시 | ≪야스구니진쟈≫에 부치여 | 곽명철 | 조선문학, 2005.11. |
|---|---|---|---|
| 시 | 우리의 영원한 주석 | 문동식 | 조선문학, 2005.12. |
| 시 | 오, 12월 24일 | 주광일 | 조선문학, 2005.12. |
| 시 | 오늘도 그날의 죽가마 끓어라 | 최남순 | 조선문학, 2005.12. |
| 시 | 12월의 진달래 | 리덕진 | 조선문학, 2005.12. |
| 시 | 흰눈의 축복 | 리명옥 | 조선문학, 2005.12. |
| 시 | 들에 물어보라 | 신문경 | 조선문학, 2005.12. |
| 시 | 막장길 걸으며 | 한광춘 | 조선문학, 2005.12. |
| 시 | 외무성은 성명한다 | 김송남 | 조선문학, 2005.12. |
| 시 | 청춘의 막장 | 한승길 | 조선문학, 2005.12. |
| 시 | 조국이여, 그대는 선군의 나라 | 홍현양 | 문학신문, 2005.1. |
| 시 | 그리움의 새해 | 리명근 | 문학신문, 2005.1. |
| 시 | 백마-철산물길 처녀들 | 백 하 | 문학신문, 2005.1. |
| 시 | 사라지지 않는 메아리 | 서봉제 | 문학신문, 2005.2. |
| 시 | 새해의첫진군길에서 | 김창호 | 문학신문, 2005.2. |
| 시 | 우리는 벌에 산다 | 한찬보 | 문학신문, 2005.3. |
| 시 | 드립니다 병사의 경례를 | 량송호 | 문학신문, 2005.3. |
| 시 | 장자강의 불야성 | 황명성 | 문학신문, 2005.3. |
| 시 | 2월의 봄빛은 누리를 비친다 | 채동규 | 문학신문, 2005.4. |
| 시 | 서리꽃 네 모습 닮으리 | 신형길 | 문학신문, 2005.4. |
| 시 | 어머니는 너를 선군조국에 바쳤다 | 하련희 | 문학신문, 2005.4. |
| 시 | 소원 | 한광춘 | 문학신문, 2005.5. |
| 시 | 노래여 심장의 노래여 | 조창제 | 문학신문, 2005.5. |
| 시 | 내 숨결 잇고사는 품 | 류동호 | 문학신문, 2005.5. |
| 시 | 정일봉 | 문동식 | 문학신문, 2005.5. |
| 시 | 2월의 기쁨 | 박해출 | 문학신문, 2005.5. |
| 시 | 백두의 해돋이에 부치여 | 최주원 | 문학신문, 2005.6. |
| 시 | 정월대보름달을 바라보며 | 오순영 | 문학신문, 2005.6. |
| 시 | 불멸의 자욱 어린 구내길이여 | 김휘조 | 문학신문, 2005.7. |
| 시 | 오, 꽃비단 | 박정애 | 문학신문, 2005.7. |
| 시 | 전선길에 저녁노을 비꼈는데 | 함영근 | 문학신문, 2005.8. |
| 시 | 어머니를 자랑합니다 | 김선화 | 문학신문, 2005.8. |
| 시 | 너를 마중온다 | 리수원 | 문학신문, 2005.8. |
| 시 | 후회란 있을수 없다 | 정동찬 | 문학신문, 2005.8. |
| 시 | 그대 심장의 고동소리 | 최 웅 | 문학신문, 2005.8. |
| 시 | 우리 장군님의 마음속엔 | 성만실 | 문학신문, 2005.9. |
| 시 | 봄이 웃네 | 김창호 | 문학신문, 2005.9. |

| 시 | 네 마음 내 마음 | 권태여 | 문학신문, 2005.9. |
|---|---|---|---|
| 시 | 그이가 국방위원회 위원장이시다 | 리영철 | 문학신문, 2005.10. |
| 시 | 나는 만경대의 아들입니다 | 최창진 | 문학신문, 2005.10. |
| 시 | 4월에 드리는 인민의 노래 | 문동식 | 문학신문, 2005.11. |
| 시 | 수령님 세월속에 병사는 사노라 | 박해출 | 문학신문, 2005.11. |
| 시 | 우리의 최고사령관 | 한찬보 | 문학신문, 2005.12. |
| 시 | 선군은 사랑입니다 | 리명근 | 문학신문, 2005.12. |
| 시 | 봄빛 | 량송호 | 문학신문, 2005.13. |
| 시 | 봄의 들판에서 | 박상민 | 문학신문, 2005.13. |
| 시 | 어서 콩을 심자 동무들아 | 김국명 | 문학신문, 2005.13. |
| 시 | 우리의 벌 | 리일광 | 문학신문, 2005.13. |
| 시 | 주체사상탑이여 | 곽유정 | 문학신문, 2005.13. |
| 시 | 우리 집 | 박명화 | 문학신문, 2005.14. |
| 시 | 대홍단의 아침풍경 | 박해출 | 문학신문, 2005.14. |
| 시 | 강선부부 | 한광춘 | 문학신문, 2005.14. |
| 시 | 선군의 기념비 | 한희복 | 문학신문, 2005.15. |
| 시 | 통일된 그날의 상봉은 | 최인덕 | 문학신문, 2005.16. |
| 시 | 그날에 말해다오 심장이여 | 박근원 | 문학신문, 2005.16. |
| 시 | 백살구 무르익을 때 | 장선국 | 문학신문, 2005.17. |
| 시 | 조국의 푸른 하늘을 | 김 석 | 문학신문, 2005.18. |
| 시 | 나는 총탄을 재운다 | 문용철 | 문학신문, 2005.18. |
| 시 | 피맺힌 한마디 | 김철민 | 문학신문, 2005.18. |
| 시 | 동구길 | 리정순 | 문학신문, 2005.18. |
| 시 | 싹이 소중해 | 림성희 | 문학신문, 2005.18. |
| 시 | 포화속의 봄날에 | 권태여 | 문학신문, 2005.19. |
| 시 | 산을 봐도 들을 봐도 | 김창호 | 문학신문, 2005.19. |
| 시 | 병사의 편지 | 곽금동 | 문학신문, 2005.19. |
| 시 | 논뚝길에서 | 김철민 | 문학신문, 2005.19. |
| 시 | 이 길에 서라 | 백화숙 | 문학신문, 2005.20. |
| 시 | 별 | 김강철 | 문학신문, 2005.20. |
| 시 | 백승철학 | 리일섭 | 문학신문, 2005.21. |
| 시 | 조국광복 60돐이여 | 주병윤 | 문학신문, 2005.22. |
| 시 | 개선문 앞에서 | 문동식 | 문학신문, 2005.22. |
| 시 | 내 조국의 진달래 | 주광일 | 문학신문, 2005.22. |
| 시 | 내 조국의 길이 시작된 곳에서 | 한광춘 | 문학신문, 2005.22. |
| 시 | 모교의 나무는 래일도 자란다 | 조광원 | 문학신문, 2005.23. |
| 시 | 구월산팔담에서 | 박은하 | 문학신문, 2005.24. |

| 시 | 입질을 바로하라 (풍자시) | 리영복 | 문학신문, 2005.24. |
|---|---|---|---|
| 시 | 다시 받은 졸업증 | 손성모 (비전향 장기수) | 문학신문, 2005.25. |
| 시 | 내 심장 꺼지는 그날까지 | 정금산 | 문학신문, 2005.26. |
| 시 | 철산의 숨결 | 김무림 | 문학신문, 2005.27. |
| 시 | 쇠돌바람 | 리영삼 | 문학신문, 2005.27. |
| 시 | 처녀의 얼굴 | 전승일 | 문학신문, 2005.27. |
| 시 | 쇠돌과 버럭 | 정동찬 | 문학신문, 2005.27. |
| 시 | 푸른 졸업증을 펼쳐들며 | 리원걸 | 문학신문, 2005.27. |
| 시 | 우리 마을 새벽풍경 | 리정순 | 문학신문, 2005.27. |
| 시 | 마치와낫과붓으로 | 오필천 | 문학신문, 2005.28. |
| 시 | 우리 당 기발을 우러를수록 | 박상민 | 문학신문, 2005.28. |
| 시 | 씨앗보다 먼저 | 신문경 | 문학신문, 2005.29. |
| 시 | 녀인들의 웃음소리 | 신문경 | 문학신문, 2005.29. |
| 시 | 어마나 | 리태식 | 문학신문, 2005.29. |
| 시 | 력사의 그날이 있어 | 한찬보 | 문학신문, 2005.29. |
| 시 | 소백수 맑은 물 | 허예성 | 문학신문, 2005.29. |
| 시 | 고운 노래 불러주렴 | 림성희 | 문학신문, 2005.29. |
| 시 | 애국렬사릉과 강사 | 주광옥 | 문학신문, 2005.30. |
| 시 | 그날의 차표가 있다 | 공령주 | 문학신문, 2005.30. |
| 시 | 땀 | 김무림 | 문학신문, 2005.32. |
| 시 | 처녀의 대답 | 리영삼 | 문학신문, 2005.32. |
| 시 | 밀림속의 오락회 | 리태식 | 문학신문, 2005.32. |
| 시 | 나의 맹세 | 리창한 | 문학신문, 2005.32. |
| 시 | 아들이 돌아왔습니다 | 김강철 | 문학신문, 2005.32. |
| 시 | 수령님 우리 공장에 계신다 | 류동호 | 문학신문, 2005.33. |
| 시 | 장군님 기뻐하신것은 | 신문경 | 문학신문, 2005.33. |
| 시 | 길 | 변홍영 | 문학신문, 2005.33. |
| 시 | 연선기의 노래 | 박현철 | 문학신문, 2005.33. |
| 시 | 백두산의 눈보라 | 리동수 | 문학신문, 2005.33. |
| 시 | 여기에 쇠덩이가 있다 | 류춘선 | 문학신문, 2005.34. |
| 시 | 영원한 청춘 | 리 실 | 문학신문, 2005.34. |
| 시 | 그는 오늘도 대학생이다 | 림 옥 | 문학신문, 2005.35. |
| 시 | 옛말이야기 | 김영애 | 문학신문, 2005.35. |
| 시 | 영원한 백두산이여 | 박세옥 | 문학신문, 2005.35. |
| 시 | 선군은 영원한 승리 | 오동규 | 문학신문, 2005.36. |
| 시 | 어머님의 동상앞에서 | 박근원 | 문학신문, 2005.36. |

| 시 | 새해에 부르는 노래 | 리영철 | 청년문학, 2005.1. |
|---|---|---|---|
| 시 | 푸른 초소길 | 리진묵 | 청년문학, 2005.1. |
| 시 | 만민의 축원 | 문동식 | 청년문학, 2005.2. |
| 시 | 수령님 고맙습니다! | 김은숙 | 청년문학, 2005.2. |
| 시 | 축복의 첫눈 | 김선지 | 청년문학, 2005.2. |
| 시 | 백두산의 해돋이 순간에 | 김창호 | 청년문학, 2005.2. |
| 시 | 아름다운 불빛 | 리영철 | 청년문학, 2005.2. |
| 시 | 푸른 기념비 | 윤정길 | 청년문학, 2005.3. |
| 시 | 울림폭포 앞에서 | 전수철 | 청년문학, 2005.3. |
| 시 | 그이가 우리를 이끄시기에 | 김창호 | 청년문학, 2005.3. |
| 시 | 봄봄… 나의 꿈 | 리영철 | 청년문학, 2005.3. |
| 시 | 어머니는 기다리신다 | 주명옥 | 청년문학, 2005.3. |
| 시 | 다시 한드레벌에 서서 | 한원희 | 청년문학, 2005.3. |
| 시 | 한드레벌과 말하네 | 김휘조 | 청년문학, 2005.3. |
| 시 | 나를 위해 큰 공장이 솟는다 | 송정우 | 청년문학, 2005.3. |
| 시 | 김일성화 불멸의 꽃이여 | 김기범 | 청년문학, 2005.4. |
| 시 | 양어장의 선녀들 | 권태여 | 청년문학, 2005.4. |
| 시 | 범안선경 내 고향 수놓아갑니다 | 김선화 | 청년문학, 2005.4. |
| 시 | 이야기하라 무적의 철갑땅크대오여! | 송정우 | 청년문학, 2005.4. |
| 시 | 우리의 건군절은 | 조영식 | 청년문학, 2005.4. |
| 시 | 선군령장의 거룩한 자욱으로 | 서봉제 | 청년문학, 2005.5. |
| 시 | 사랑의 교육원조비 | 김 석 | 청년문학, 2005.5. |
| 시 | 조국을 바라보며 | 정화흠 | 청년문학, 2005.5. |
| 시 | 조국을 떠나면서 | 정화수 | 청년문학, 2005.5. |
| 시 | 혁명전사의 사진 앞에서 | 리영철 | 청년문학, 2005.6. |
| 시 | 울림폭포 | 김정곤 | 청년문학, 2005.6. |
| 시 | 선군조선의 메아리 | 오재신 | 청년문학, 2005.6. |
| 시 | 총대우의 절경 | 오정로 | 청년문학, 2005.6. |
| 시 | 사진바위의 앞에서 | 주 경 | 청년문학, 2005.6. |
| 시 | 울림폭포의 무지개 | 유영하 | 청년문학, 2005.6. |
| 시 | 분노의 고백 | 림 철 | 청년문학, 2005.6. |
| 시 | 고향길의 략도가 나에게 있다 | 리종원 | 청년문학, 2005.6. |
| 시 | 세월이여 그 시간만을 새기라 | 진춘근 | 청년문학, 2005.7. |
| 시 | 아, 우리 수령님 | 류춘선 | 청년문학, 2005.7. |
| 시 | 그대의 이름은 무엇이던가 | 렴정실 | 청년문학, 2005.7. |
| 시 | 청춘의 명절 | 한승길 | 청년문학, 2005.8. |
| 시 | 조국이여 길이 번영하라 | 박창후 | 청년문학, 2005.9. |

| 시 | 대홍단의 붉은 노을 | 김무림 | 청년문학, 2005.9. |
|---|---|---|---|
| 시 | 아, 장군님사랑 | 손성모 (비전향 장기수) | 청년문학, 2005.9. |
| 시 | 나의 집 | 손성모 (비전향 장기수) | 청년문학, 2005.9. |
| 시 | 나는 선군시대 공민이다 | 리일섭 | 청년문학, 2005.9. |
| 시 | 당에 드리는 노래 | 박창후 | 청년문학, 2005.10. |
| 시 | 어머니에 대한 시 | 김정곤 | 청년문학, 2005.10. |
| 시 | 10월의 별무리 | 리진묵 | 청년문학, 2005.10. |
| 시 | 아 어머니시여 | 오정로 | 청년문학, 2005.10. |
| 시 | 숯가마앞에서 | 박재주 | 청년문학, 2005.11. |
| 시 | 추억의 달력을 넘기며 | 한원희 | 청년문학, 2005.12 |
| 시 | 우리의 해, 승리의 해 | 송재하 | 평양신문, 2005.1.22. |
| 시 | 수령님세월 | 전승일 | 평양신문, 2005.7.8. |
| 시 | 어머니들을 축복하노라 | 송양란 | 평양신문, 2005.11.20. |
| 시 | 청춘의 자욱 | 리태식 | 청년전위, 2005.1.6. |
| 시 | 2월의 축원 | 변홍영 | 청년전위, 2005.2.15. |
| 시 | 아, 4월 9일! | 박경심 | 청년전위, 2005.4.9. |
| 시 | 우리 당의 혁명적 무장력이여 | 박현철 | 청년전위, 2005.4.24. |
| 시 | 청춘은 희망 | 조태현 | 청년전위, 2005.8.28. |
| 시 | 바다 | 고광인 (비전향 장기수) | 청년전위, 2005.9.2. |
| 시 | 나는 조국을 노래한다 | 주광일 | 청년전위, 2005.9.9. |
| 시 | 최고사령관기발을 우러르며 | 주병윤 | 청년전위, 2005.12.23. |
| 시 | 잊지 못할 2005년 | 박현철 | 청년전위, 2005.12.31. |

## <군중문학>

| 구분 | 제목 | 작가 | 출처 |
|---|---|---|---|
| 단편소설 | 병사와 약속하라 | 송혜경 | 청년문학, 2005.2. |
| 단편소설 | 은빛호각 | 문병식 | 청년문학, 2005.2. |
| 단편소설 | 풀빛솜옷 | 양경명 | 청년문학, 2005.2. |
| 단편소설 | 성장 | 윤경찬 | 청년문학, 2005.3. |
| 단편소설 | 1번선 | 리원일 | 청년문학, 2005.3. |

| | | | |
|---|---|---|---|
| 단편소설 | 출발선 | 김광수 | 청년문학, 2005.4. |
| 단편소설 | 궁지 | 백성근 | 청년문학, 2005.4. |
| 단편소설 | 다시 만난 녀인 | 전창옥 | 청년문학, 2005.5. |
| 단편소설 | 불길속의 성벽 | 김길손 | 청년문학, 2005.6. |
| 단편소설 | 첫걸음마 | 한정학 | 청년문학, 2005.7. |
| 단편소설 | 귀향 | 김승범 | 청년문학, 2005.7. |
| 단편소설 | 살인귀 | 서기오 | 청년문학, 2005.7. |
| 단편소설 | 용해공수업 | 김성운 | 청년문학, 2005.8. |
| 단편소설 | 사랑합니다 | 장순화 | 청년문학, 2005.8. |
| 단편소설 | 싸리꽃 | 김명옥 | 청년문학, 2005.9. |
| 단편소설 | 백두산을 닮으라 | 정철학 | 청년문학, 2005.10. |
| 단편소설 | 고일령에서 | 원경덕 | 청년문학, 2005.10. |
| 단편소설 | 소달구지 | 박성진 | 청년문학, 2005.10. |
| 단편소설 | 친정집 | 장순화 | 청년문학, 2005.12. |
| 단편소설 | 신비한물 ≪피터신≫ | 김순희 | 청년문학, 2005.12. |
| 서정서사시 | ≪흰쌀밥≫ 이야기 | 한영빈 | 청년문학, 2005.4. |
| 서정서사시 | 금수산기념궁전 | 리정호 | 청년문학, 2005.10. |
| 시초 | 너희들의 그 시절에 사는가봐<br> - 꽃망울 터치는 소리<br> - 나에게 저아이들이 없이…<br> - 내가 보내는 회답은<br> - 너희들의 그 시절에 사는가봐 | 김명옥 | 청년문학, 2005.3. |
| 시초 | 나의 노래<br> - 태양의 모습<br> - 나의 소원<br> - 나의 노래는 어디서 시작되였는가<br> - 붓을 들고…<br> - 시여! 너는 나의 사랑 | 최정옥 | 청년문학, 2005.4. |
| 시초 | 평양과 제대병사<br> - 박동<br> - 길에서<br> - 파란 우산<br> - 달라진 인사법<br> - 평양아 믿어다오! | 홍준성 | 청년문학, 2005.6. |
| 시초 | 축복받은 영광의 계남땅이여!<br> - 계남땅은 잊지 못하리<br> - 나의 방목길<br> - 꿩들이 모여드네<br> - 계남마을에 경사가 났네 | 하익삼 | 청년문학, 2005.6. |
| 시초 | 래일을 위한 추억<br> - 군복입은 스승앞에서<br> - 영생의 군복<br> - 복무는 끝나지 않았네 | 장명길 | 청년문학, 2005.6. |

| | | | |
|---|---|---|---|
| | – 영웅은 별을 사랑했네<br>– 래일을 위한 추억<br>– 돌격대기발이여 | | |
| 시초 | 조국이여, 이 꽃다발을 받으시라!<br>– 나는 건설자다<br>– 나에게 어울리는것은<br>– 사랑할테야<br>– 건설철학!<br>– 조국이여, 이 꽃다발을 받으시라 | 김상태 | 청년문학, 2005.7. |
| 시초 | 못잊을 병사시절<br>– 우리 분대 집체사진<br>– 초소의 아침<br>– 병사의 랑만<br>– 병사시절을 추억하여 | 변정옥 | 청년문학, 2005.9. |
| 시초 | 나는미루벌의딸이다!<br>– 나는미루벌의딸이다!<br>– 내고향의날씨는좋다<br>– 두렁길에서<br>– 우리는더욱아름다와졌다 | 변정옥 | 청년문학, 2005.9. |
| 시초 | 따라오는 세월<br>– 나의 첫시<br>– 새들이 보금자리 편다<br>– 나의 목소리는 작지않다<br>– 따라오는 세월 | 류길성 | 청년문학, 2005.11. |
| 시초 | 쇠물과 시<br>1. 나는 시인의 안해<br>2. 시와 맺은정<br>3. 우리 생활 이모저모<br>4. 쇠물과 시 | 리창혁<br>김현순 | 청년문학, 2005.11. |
| 시초 | 강선의 붉은 노을아래서(시묶음)<br>– 강선은 평양곁에 있다<br>– 백양나무야 내가왔다<br>– 새 강철지령서를 받아안으며<br>– 나는 쇠물로 말하며 산다<br>– 인사를 받아다오<br>– 강선의 노을은 지지 않는다 | 리광철<br>리창혁<br>오웅택<br>최성국<br>김춘식<br>김학률 | 조선문학, 2005.11. |
| 시 | 위대한 총성 | 김영심 | 청년문학, 2005.1. |
| 시 | 그날의 추억 | 최진미 | 청년문학, 2005.1. |
| 시 | 혁명의 넋 | 리성애 | 청년문학, 2005.1. |
| 시 | 나는 겨울을 사랑한다 | 김광철 | 청년문학, 2005.1. |
| 시 | 붉은넥타이 | 강명진 | 청년문학, 2005.1. |
| 시 | 전선길의 새벽 | 리진철 | 청년문학, 2005.1. |
| 시 | 어머니의 모습에서 | 박설환 | 청년문학, 2005.1. |
| 시 | 인민의 행복은 어디서… | 전재훈 | 청년문학, 2005.2. |
| 시 | 전선길의 야전차 | 김현지 | 청년문학, 2005.2. |

| 시 | 불빛 | 김호석 | 청년문학, 2005.2. |
|---|---|---|---|
| 시 | 열혈의 심장 높뛰는 곳에서 | 김일명 | 청년문학, 2005.2. |
| 시 | 가지 말아다오 행복한 이 순간이여 | 리유광 | 청년문학, 2005.2. |
| 시 | 내 마음속 가까이에 평양이 있네 | 박은심 | 청년문학, 2005.2. |
| 시 | 우리는 이 길을 따라왔다 | 김충기 | 청년문학, 2005.3. |
| 시 | 선군혁명의 위대한 길이여 | 오무환 | 청년문학, 2005.3. |
| 시 | 땅과 수령님 | 전련희 | 청년문학, 2005.3. |
| 시 | 첫날 첫길 | 김명철 | 청년문학, 2005.3. |
| 시 | 이 산천은 푸르다 | 리종수 | 청년문학, 2005.3. |
| 시 | 청춘들이 물마중을 간다 | 리진철 | 청년문학, 2005.3. |
| 시 | 사랑과 금별 | 최정심 | 청년문학, 2005.3. |
| 시 | 어머니가 되긴 쉬워도 | 김영심 | 청년문학, 2005.3. |
| 시 | 하늘을 기울여 금별을 주시다 | 김영심 | 청년문학, 2005.3. |
| 시 | 안해여 어서 불을 켜주오 | 한창현 | 청년문학, 2005.3. |
| 시 | 못 잊을 나의 분대장 | 강창영 | 청년문학, 2005.3. |
| 시 | 이제부터 시작이라네 | 신금철 | 청년문학, 2005.3. |
| 시 | 물길에 부치는 편지 | 백상철 | 청년문학, 2005.3. |
| 시 | 침묵의 메아리 | 림 옥 | 청년문학, 2005.3. |
| 시 | 내 안겨사는 곳은 | 호대선 | 청년문학, 2005.3. |
| 시 | 4월의 봄은 영원하리 | 호대선 | 청년문학, 2005.4. |
| 시 | 그이 오신 그날은 | 지희경 | 청년문학, 2005.4. |
| 시 | 환희의 아침 | 리태식 | 청년문학, 2005.4. |
| 시 | 병사의 추억 | 김동일 | 청년문학, 2005.4. |
| 시 | 내 고향 들길 | 문광혁 | 청년문학, 2005.4. |
| 시 | 동강의 봄 | 김춘길 | 청년문학, 2005.5. |
| 시 | 수령님은 언제나 내 고향에 계신다 | 한영순 | 청년문학, 2005.5. |
| 시 | 마지막모춤 하나에 | 김충성 | 청년문학, 2005.5. |
| 시 | ≪내가 왜 할일이 없을라구!≫ | 김금철 | 청년문학, 2005.5. |
| 시 | 물방울소리 | 박재히 | 청년문학, 2005.5. |
| 시 | 감자꽃이 피였네 | 김금식 | 청년문학, 2005.5. |
| 시 | 순아, 어서 크게 전하렴 | 안경실 | 청년문학, 2005.5. |
| 시 | 눈빛 | 홍윤표 | 청년문학, 2005.5. |
| 시 | 우리 집 | 최광일 | 청년문학, 2005.5. |
| 시 | 삼수에 부치여 | 박기현 | 청년문학, 2005.5. |
| 시 | 내 마음 허천강에 담아 | 배동락 | 청년문학, 2005.5. |
| 시 | 식당근무의 날 | 최유일 | 청년문학, 2005.5. |
| 시 | 그날의 연자방아소리 | 길경수 | 청년문학, 2005.5. |

| 시 | 이 땅에서 우리가 산다 | 리종벽 | 청년문학, 2005.6. |
|---|---|---|---|
| 시 | 그날의 총성 메아리치는곳에서 | 오순영 | 청년문학, 2005.6. |
| 시 | 내 조국의 아침은… | 최정심 | 청년문학, 2005.6. |
| 시 | 빛나는 네 이름은… | 리성혁 | 청년문학, 2005.6. |
| 시 | 포전길에 나선 로병할아버지 | 전금옥 | 청년문학, 2005.6. |
| 시 | 문소리 | 리정녀 | 청년문학, 2005.6. |
| 시 | 내 완성할 서정시는… | 라 송 | 청년문학, 2005.6. |
| 시 | 크지 않는 아이 | 주영희 | 청년문학, 2005.6. |
| 시 | 돌격대생활 좋다 | 김은희 | 청년문학, 2005.6. |
| 시 | 모교의 백양나무야 | 하영미 | 청년문학, 2005.6. |
| 시 | 신천, 너는… | 김은별 | 청년문학, 2005.6. |
| 시 | 영원한 태양의 일력 | 최순철 | 청년문학, 2005.7. |
| 시 | 나는 김형직사범대학 학생이다 | 김정삼 | 청년문학, 2005.7. |
| 시 | 청봉의 글발 | 김정식 | 청년문학, 2005.7. |
| 시 | 영원하리 승리의 7.27은 | 호대선 | 청년문학, 2005.7. |
| 시 | 땅과 전사 | 리일규 | 청년문학, 2005.7. |
| 시 | 나는 전승절에 태여났다 | 김 령 | 청년문학, 2005.7. |
| 시 | 조국이 준 나이 | 김영희 | 청년문학, 2005.7. |
| 시 | 총잡은 나의 아들아! | 리충혁 | 청년문학, 2005.7. |
| 시 | 아버지의 사랑 | 최 훈 | 청년문학, 2005.7. |
| 시 | 어머니에게 | 김향란 | 청년문학, 2005.7. |
| 시 | 달뜨는 저녁 | 계영남 | 청년문학, 2005.7. |
| 시 | 별없는 밤에 | 류길성 | 청년문학, 2005.7. |
| 시 | 신천의 피 | 문광혁 | 청년문학, 2005.7. |
| 시 | 천하명약 | 김인식 | 청년문학, 2005.7. |
| 시 | 뜨거운 8월 | 김충기 | 청년문학, 2005.8. |
| 시 | 사령부의 불빛 우러러 | 김철진 | 청년문학, 2005.8. |
| 시 | 내 고향의 브로지산아! | 박명길 | 청년문학, 2005.8. |
| 시 | 망양나루터에서 | 김은형 | 청년문학, 2005.8. |
| 시 | 혁명렬사릉의 고요 | 리종수 | 청년문학, 2005.8. |
| 시 | 푸른 하늘 | 리명옥 | 청년문학, 2005.8. |
| 시 | 백두의 높이 | 리윤겸 | 청년문학, 2005.8. |
| 시 | 버드나무 | 김상렬 | 청년문학, 2005.8. |
| 시 | 장군님 가신 그 길 | 김철준 | 청년문학, 2005.8. |
| 시 | 야전차의 동음소리 | 김현국 | 청년문학, 2005.8. |
| 시 | 야전차의 불빛 | 림병욱 | 청년문학, 2005.8. |
| 시 | 떠나고싶지 않습니다! | 최명길 | 청년문학, 2005.8. |

| 시 | 희망의 계단을 오르며 | 리가일 | 청년문학, 2005.8. |
|---|---|---|---|
| 시 | 녀인들이 입은 옷 | 김호근 | 청년문학, 2005.8. |
| 시 | 9월의 하늘은 높다 | 리하경 | 청년문학, 2005.9. |
| 시 | 해솟는 산마루 | 방금석 | 청년문학, 2005.9. |
| 시 | 사랑의 부름 | 방금석 | 청년문학, 2005.9. |
| 시 | 내 한생 조국과 함께 | 오무환 | 청년문학, 2005.9. |
| 시 | 기다리는 불빛 | 리은향 | 청년문학, 2005.9. |
| 시 | 맹세로 불타는 아침에 | 김윤걸 | 청년문학, 2005.9. |
| 시 | 우리의 회답 | 리은주 | 청년문학, 2005.9. |
| 시 | 들의 향기 | 김복성 | 청년문학, 2005.9. |
| 시 | 나의 선생님 | 염득복 | 청년문학, 2005.9. |
| 시 | 해병과 시내물 | 김 철 | 청년문학, 2005.9. |
| 시 | 나의 전우들 | 맹광남 | 청년문학, 2005.9. |
| 시 | 나의 시험지입니다 | 유병일 | 청년문학, 2005.9. |
| 시 | 다정한 목소리 | 장금희 | 청년문학, 2005.9. |
| 시 | 나는 복수자 | 조은옥 | 청년문학, 2005.9. |
| 시 | 신천의 호미날 | 홍승영 | 청년문학, 2005.9. |
| 시 | 일본의 급선무 | 리영복 | 청년문학, 2005.9. |
| 시 | 성스러운 당기발을 우러러 | 오동규 | 청년문학, 2005.10. |
| 시 | 한촌벌의 새벽에 | 안윤식 | 청년문학, 2005.10. |
| 시 | 어머님 지으신 빨치산군복속에 | 김성혁 | 청년문학, 2005.10. |
| 시 | 그 당부 오늘도 못 잊어 | 한은갑 | 청년문학, 2005.10. |
| 시 | 수도의 한밤에 | 안 실 | 청년문학, 2005.10. |
| 시 | 새 소식판앞에서 | 김연화 | 청년문학, 2005.10. |
| 시 | 소문은 빠를수록 좋다 | 리광실 | 청년문학, 2005.10. |
| 시 | 강선의 불 | 오응태 | 청년문학, 2005.10. |
| 시 | 나의 작업반 | 최성국 | 청년문학, 2005.10. |
| 시 | 이 아침도 첫차를 타자 | 한명철 | 청년문학, 2005.10. |
| 시 | 원한의 폭침 | 서충국 | 청년문학, 2005.10. |
| 시 | 너희들은 우리곁에… | 장은하 | 청년문학, 2005.10. |
| 시 | 사랑의 날 | 림봉철 | 청년문학, 2005.11. |
| 시 | 전파가 날은다 | 김영심 | 청년문학, 2005.11. |
| 시 | 위훈의 나날은 저무는 법이 없다 | 한명철 | 청년문학, 2005.11. |
| 시 | 오늘에 결정한다 | 송 철 | 청년문학, 2005.11. |
| 시 | 지난밤의 꿈, 래일의 꿈을 안고 | 김기춘 | 청년문학, 2005.11. |
| 시 | 순간도 멈추지 말라 | 최승하 | 청년문학, 2005.11. |
| 시 | 볼수록 사랑스러운 운전공 처녀야 | 김철용 | 청년문학, 2005.11. |

| 시 | 전 세대답게, 복받은 세대답게! | 리웅설 | 청년문학, 2005.11. |
|---|---|---|---|
| 시 | 나는 ≪고난의행군≫의 나날에 당원이 되였다 | 강철호 | 청년문학, 2005.11. |
| 시 | 나의 꽃목걸이를 받아다오 | 최상용 | 청년문학, 2005.11. |
| 시 | 창작의 나의 나래 접지 않겠어요 | 심금옥 | 청년문학, 2005.11. |
| 시 | 이 벌이 나에게 시를 주었다 | 한청인 | 청년문학, 2005.11. |
| 시 | 아이들이 렬차를 바래운다 | 하복철 | 청년문학, 2005.11. |
| 시 | 그날엔 나도 총을 잡으리 | 김봉일 | 청년문학, 2005.11. |
| 시 | 뻐꾹새 울어울어 | 김유권 | 청년문학, 2005.12. |
| 시 | ≪인민들이 좋아합니까?≫ | 정철학 | 청년문학, 2005.12. |
| 시 | 가장 어려웠던 그 나날들은 | 김천복 | 청년문학, 2005.12. |
| 시 | 장군님의 선군령도가 있어 | 김덕식 | 청년문학, 2005.12. |
| 시 | 나는 장군님의 전사다! | 리웅환 | 청년문학, 2005.12. |
| 시 | 신갈파나루터에서 | 현채련 | 청년문학, 2005.12. |
| 시 | 12월의 진달래 | 김성희 | 청년문학, 2005.12. |
| 시 | 회령의 역두에서 | 김성욱 | 청년문학, 2005.12. |
| 시 | 어머님의 그 자욱은 고향집에 없어도 | 리금성 | 청년문학, 2005.12. |
| 시 | 칠보산이여! | 김경일 | 청년문학, 2005.12. |
| 시 | 해병들이 사진을 찍는다 | 한수경 | 청년문학, 2005.12. |
| 시 | 우리 집 가보 | 한성희 | 청년문학, 2005.12. |
| 시 | 군관동무와 약속했어요 | 동영실 | 청년문학, 2005.12. |
| 시 | 기쁜 소식 날아왔네 | 심미화 | 청년문학, 2005.12. |
| 시 | 노래는 나자신이라오 | 김미화 | 청년문학, 2005.12. |
| 시 | 선배의 부탁 | 리영순 | 청년문학, 2005.12. |
| 시 | 고향의 언덕에서 불타올랐네 | 로이남 | 청년문학, 2005.12. |
| 시 | 나의 학교길 | 김금숙 | 청년문학, 2005.12. |
| 시 | 어머니들에게 | 신성진 | 청년문학, 2005.12. |
| 시 | 돌격대원-우리의노래 | 리화옥 | 문학신문, 2005.4. |
| 시 | 어머니여 믿으시라 | 조명희 | 문학신문, 2005.4. |
| 시 | 꽃다발을 안고살자 | 최성국 | 문학신문, 2005.6. |
| 시 | 반응종점을 지켜 | 허 덕 | 문학신문, 2005.9. |
| 시 | 빛나라 3대혁명붉은기훈장이여 | 김석산 | 문학신문, 2005.9. |
| 시 | 정다운 나의 일터여 | 문경남 | 문학신문, 2005.9. |
| 시 | 내가 땅을 사랑하는것은 | 손영숙 | 문학신문, 2005.15. |
| 시 | 내 고향의 시내물아 | 리종원 | 문학신문, 2005.15. |
| 시 | 선군혁명총진군길우에서 | 차상규 | 문학신문, 2005.21. |
| 시 | 그 영광 새길수록 | 기정희 | 문학신문, 2005.21. |
| 시 | 군대맛 | 정경호 | 문학신문, 2005.21. |

| 시 | 소중한 부름 | 림금녀 | 문학신문, 2005.31. |
|---|---|---|---|
| 시 | 나는 ≪화가≫ | 리경심 | 문학신문, 2005.33. |
| 시 | 나는 오늘도 래일도 병사다 | 강 철 | 평양신문, 2005.1.4. |
| 시 | 이 길에 서라 | 백화숙 | 평양신문, 2005.1.25. |
| 시 | 빛나는 영웅의 모습 | 최 희 | 평양신문, 2005.3.6. |
| 시 | 밀림속의 대도시 | 서일광 | 평양신문, 2005.4.21. |
| 시 | 논뚝길에서 | 김봉운 | 평양신문, 2005.6.9. |
| 시 | 아, 우리 어머님처럼 | 심복실 | 평양신문, 2005.6.26. |
| 시 | 우리의 출근길 | 주병윤 | 평양신문, 2005.7.19. |
| 시 | 조국의 섬 독도에 | 림명호 | 평양신문, 2005.7.21. |
| 시 | 병사여 우리의 인사를! | 최원창 | 평양신문, 2005.8.13. |
| 시 | 나에게는 전우가 많네 | 정운남 | 평양신문, 2005.8.13. |
| 시 | 리명수폭포앞에서 | 허예성 | 평양신문, 2005.9.13. |
| 시 | 초소의 돌배나무 | 곽용철 | 평양신문, 2005.10.27. |
| 시 | 그날의 경적소리 | 김재호 | 평양신문, 2005.11.16. |
| 시 | 훈장에 대한 생각 | 최원창 | 평양신문, 2005.11.16. |
| 시 | 소중한 추억 | 김성철 | 평양신문, 2005.12.4. |
| 시 | 나의 군사복무는 끝나지 않았다 | 박원명 | 평양신문, 2005.12.4. |
| 시 | 자랑입니다 믿음입니다 | 김성희 | 평양신문, 2005.12.4. |
| 시 | 말리지 말아다오 | 방금단 | 평양신문, 2005.12.22. |
| 시 | 영웅은 평양의 아들이였다 | 박진혁 | 청년전위, 2005.1.30. |
| 시 | 2월의 서리꽃을 노래합니다 | 조현옥 | 청년전위, 2005.2.6. |
| 시 | 내 나이 열여덟 | 송은미 | 청년전위, 2005.2.20. |
| 시 | 나는 언제나 장군님병사로 산다 | 심복실 | 청년전위, 2005.2.20. |
| 시 | 층계를 오르며 | 김현희 | 청년전위, 2005.2.20. |
| 시 | 병사의 성적증 | 류학명 | 청년전위, 2005.3.9. |
| 시 | 철령의 철쭉 | 박영진 | 청년전위, 2005.3.20. |
| 시 | 중현언덕의 빨간 꽈리 | 리은심 | 청년전위, 2005.3.20. |
| 시 | 나의 꿈 키워준 조국이여 | 오인철 | 청년전위, 2005.4.20. |
| 시 | 그날에 받아다오 | 리철국 | 청년전위, 2005.4.20. |
| 시 | 모닥불 | 정성일 | 청년전위, 2005.4.20. |
| 시 | 만수대언덕에서 | 박영혁 | 청년전위, 2005.4.24. |
| 시 | 이 아들은 떠나가고 어머니는 따라서고 | 리현철 | 청년전위, 2005.4.24. |
| 시 | 우리의 속도전청년돌격대 기발이여 | 림만수 | 청년전위, 2005.5.15. |
| 시 | 백두산선군청년돌격대기발 | 차광옥 | 청년전위, 2005.5.20. |
| 시 | 내것 | 최경심 | 청년전위, 2005.5.20. |
| 시 | 어머니같애요 | 최정화 | 청년전위, 2005.5.20. |

| 시 | 나는 백두의 눈보라와 이야기한다 | 김중연 | 청년전위, 2005.6.12. |
|---|---|---|---|
| 시 | 맞들이 | 김용일 | 청년전위, 2005.6.12. |
| 시 | 백두의 봄을 우리도 가꾼다 | 리금철 | 청년전위, 2005.6.12. |
| 시 | 광차와 함께 | 홍인철 | 청년전위, 2005.6.12. |
| 시 | 백두의 제복 | 김명철 | 청년전위, 2005.6.12. |
| 시 | 야전식사 새 풍습 | 김명수 | 청년전위, 2005.6.12. |
| 시 | 영웅과 나란히 | 김정철 | 청년전위, 2005.6.12. |
| 시 | 내 이름 석자 | 전향숙 | 청년전위, 2005.6.12. |
| 시 | 우리 세운 발전소 좋아 | 차정철 | 청년전위, 2005.6.12. |
| 시 | 건설장의 달밤에 | 박철현 | 청년전위, 2005.6.12. |
| 시 | 나의 백두산시절 | 장선실 | 청년전위, 2005.7.24. |
| 시 | 입당청원서 | 함은성 | 청년전위, 2005.7.24. |
| 시 | ≪백두산후방가족≫들 | 신동학 | 청년전위, 2005.7.24. |
| 시 | 우리의 발걸음 | 조태형 | 청년전위, 2005.7.24. |
| 시 | 장군님군대가 되련다 | 김철순 | 청년전위, 2005.8.7. |
| 시 | 소원 | 리정애 | 청년전위, 2005.8.21. |
| 시 | 밤을 모르는 사람들 | 진명철 | 청년전위, 2005.8.21. |
| 시 | 언제는 무엇으로 키를 솟구는가 | 신정현 | 청년전위, 2005.8.21. |
| 시 | 돌격대원의 긍지 | 리원국 | 청년전위, 2005.8.21. |
| 시 | 아침 | 김영일 | 청년전위, 2005.9.4. |
| 시 | 백두산선군청년돌격대기발 | 리옥금 | 청년전위, 2005.9.11. |
| 시 | 함마와 정대 | 전창복 | 청년전위, 2005.9.11. |
| 시 | 우리는 백두청춘 | 리명일 | 청년전위, 2005.9.11. |
| 시 | 고향을 그리며 | 박은길 | 청년전위, 2005.9.11. |
| 시 | 백두의 우등불 | 김정옥 | 청년전위, 2005.9.11. |
| 시 | 볼수록 아름다워 | 김영실 | 청년전위, 2005.9.11. |
| 시 | 우리가 흘린 땀 | 함성국 | 청년전위, 2005.9.11. |
| 시 | 전화의 영웅세대앞에서 | 김남수 | 청년전위, 2005.10.16. |
| 시 | 사진속의 병사들을 보며 | 리현아 | 청년전위, 2005.10.16. |
| 시 | 우리는 장군님돌격대 | 김 명 | 청년전위, 2005.10.23. |
| 시 | 백두처녀 | 리은주 | 청년전위, 2005.10.23. |
| 시 | 어머니의 마음 | 김창주 | 청년전위, 2005.10.23. |
| 시 | 정다워라 기상나팔소리여 | 김남룡 | 청년전위, 2005.10.23. |
| 시 | 백두산선군청년돌격대원답게 살고있는가 | 리희순 | 청년전위, 2005.10.23. |
| 시 | 전선길에서 새날이 밝는다 | 리은하 | 청년전위, 2005.11.6. |
| 시 | 내 잠자리는 비여있지 않다 | 최유일 | 청년전위, 2005.11.6. |
| 시 | 고향집의 밥가마 | 오향란 | 청년전위, 2005.11.6. |

| 시 | 다시 보자 나의 모교여 | 로미향 | 청년전위, 2005.11.6. |
|---|---|---|---|
| 시 | 엄마를 찾는 소녀야 | 로주혁 | 청년전위, 2005.11.20. |
| 시 | 산촌역 | 곽용철 | 청년전위, 2005.11.20. |
| 시 | 만수대언덕에 올라 | 김진아 | 청년전위, 2005.11.29. |
| 시 | 감이 익는 계절 | 오금성 | 청년전위, 2005.11.29. |
| 시 | 우리의 애기섬 | 조하나 | 청년전위, 2005.11.29. |
| 시 | 꿈을 찍는 사진기 | 김연희 | 청년전위, 2005.11.29. |
| 시 | 나는 사랑해 | 박성미 | 청년전위, 2005.11.29. |
| 시 | 남먼저! | 문춘심 | 청년전위, 2005.12.6. |
| 시 | 높은 계단 | 최성철 | 청년전위, 2005.12.6. |
| 시 | 마대 | 최 현 | 청년전위, 2005.12.6. |
| 시 | 말하지 말자 | 박용준 | 청년전위, 2005.12.11. |
| 시 | 사랑의 병실창문 | 리은하 | 청년전위, 2005.12.18. |
| 시 | 어둠아 우리 마음 알아주렴 | 정영일 | 청년전위, 2005.12.18. |

## <문학예술 출판도서>

| 구분 | 제목 | 작가 | 출처 (출판기관) |
|---|---|---|---|
| 도서 | 선군혁명문학예술과 김정일(1) | 최언경 | 문학예술출판사 |
| 도서 | 선군혁명문학예술과 김정일(2) | 김득청<br>남상민<br>정봉석 | 문학예술출판사 |
| 도서 | 선군혁명문학예술과 김정일(3) | 한룡숙 | 문학예술출판사 |
| 도서 | 선군혁명문학예술과 김정일(4) | 량연국<br>함인복 | 문학예술출판사 |
| 도서 | 선군혁명문학예술과 김정일(5) | 박병화<br>림채강<br>김시호<br>남용진 | 문학예술출판사 |
| 작품집 | 조선아 너를 빛내리(증보판) | | 문학예술출판사 |
| 전설집 | 백두산전설집(5): 백두산의 쌀나무 | 김종석 | 문학예술출판사 |
| 작품집 | 전선길 | | 문학예술출판사 |
| 시집 | 21세기의 태양을 우러러(4): 장군님과 조국 | | 문학예술출판사 |
| 서사시 | 백발의 웨침 | 계 훈 | 문학예술출판사 |
| 작품집 | 김철작품집(1) | 김 철 | 문학예술출판사 |
| 작품집 | 선군의 꽃송이들 | | 금성청년출판사 |
| 작품집 | 발구름 | | 금성청년출판사 |
| 작품집 | 웃음많은 우리 집 | 김수남 | 금성청년출판사 |
| 장편기행 | 백두산으로 가자 | 최점훈 | 금성청년출판사 |

| 작품집 | 높이 날려라 ≪속도전청년돌격대≫기발이여 | | |
|---|---|---|---|
| 작품집 | 세계아동문학이야기 | | 금성청년출판사 |
| 장편사화 | 동명왕 | 림종상 | |
| 실화문학집 | 물길 | 김상현 | |
| 고전문학 | 조선고전문학선집30: 쌍천기봉(1) | | 문학예술출판사 |
| 고전문학 | 조선고전문학선집43: 흥부전 | | 문학예술출판사 |
| 현대문학 | 현대조선문학선집39: 1930년대아동문학작품집(1) | | 문학예술출판사 |
| 현대문학 | 현대조선문학선집40: 1930년대아동문학작품집(2) | | 문학예술출판사 |
| 단편소설집 | 참된 모습 | 신종봉 | 금성청년출판사 |
| 동화집 | 열네번째 대문 | 김형운 | 금성청년출판사 |

## <장·중편소설 출판>

| 구분 | 제목 | 작가 | 출처 |
|---|---|---|---|
| 장편소설 | 총서 ≪불멸의 력사≫ 전선의 아침 | 박 윤 | 문학예술출판사 |
| 장편소설 | 총서 ≪불멸의 력사≫ 개선(재판) | 최학수 | 문학예술출판사 |
| 장편소설 | 총서 ≪불멸의 향도≫ 북방의 눈보라 | 리신현<br>박태수 | 문학예술출판사 |
| 장편소설 | 총서 ≪불멸의 향도≫ 총검을 들고(재판) | 송상원 | 문학예술출판사 |
| 장편소설 | 배움의 천리길(재판) | 강효순 | 금성청년출판사 |
| 장편소설 | 장검 제1부 | 홍동식 | 금성청년출판사 |
| 장편소설 | 력사의 대결 제4부 | 허문길 | 금성청년출판사 |
| 장편소설 | 포성없는 전구 제2부 | 허문길 | 금성청년출판사 |
| 장편소설 | 공화국사람 | 석남진 | 문학예술출판사 |
| 장편소설 | 나의 동지들 | 김정남 | 문학예술출판사 |
| 장편소설 | 시내물은 모여서… | 김용한<br>리을남 | 문학예술출판사 |
| 장편소설 | 해빛 | 장동일 | 문학예술출판사 |
| 장편소설 | 민들레 | 김문창 | 문학예술출판사 |
| 장편소설 | 별빛 | 김동호 | 문학예술출판사 |
| 장편소설 | 무지개 | 림종상<br>신용선 | 문학예술출판사 |
| 장편소설 | 조국과 인생 | 김덕철<br>김종석 | 문학예술출판사 |
| 장편소설 | 평양사람 | 한웅빈<br>로정법 | 문학예술출판사 |
| 장편소설 | 이끼덮인 절벽 | 김도환 | 문학예술출판사 |
| 장편소설 | 밭갈이노래 | 온영수 | 문학예술출판사 |

| | | | |
|---|---|---|---|
| 장편소설 | 36년간 | 김성관 | 문학예술출판사 |
| 장편소설 | 죽지 않는 꿈 | 손 권 | 문학예술출판사 |
| 장편소설 | 금거부기 | 김대성 | 문학예술출판사 |
| 장편소설 | 꺼지지 않는 불 | 김영선 | 문학예술출판사 |
| 장편소설 | 눈속의 동백꽃 | 한정아 | 문학예술출판사 |
| 장편소설 | 북극성 | 림재성 | 문학예술출판사 |
| 장편소설 | 약속 | 정기종 | 문학예술출판사 |
| 장편소설 | 구름우의 해빛 | 송상원 | 문학예술출판사 |
| 장편소설 | 편지 | 백은팔 | 문학예술출판사 |
| 장편소설 | 자유 | 김 정 | 문학예술출판사 |
| 장편소설 | 한생의 자욱 | 김명익 | 문학예술출판사 |
| 장편소설 | 고임돌 | 리동섭<br>박찬은 | 문학예술출판사 |
| 장편소설 | 폭풍이 큰 돛을 펼친다 | 홍석중 | 문학예술출판사 |
| 장편소설 | 뿌리 | 안홍윤 | 문학예술출판사 |
| 장편소설 | 그가 가는 길 | 조인영 | 문학예술출판사 |
| 장편소설 | 우리의 집 | 최영학 | 문학예술출판사 |
| 중편소설 | 전설은 계속된다 | 리준길 | 금성청년출판사 |
| 중편소설 | 잊을수 없는 모습들 | 류정옥 | 금성청년출판사 |
| 중편소설 | 소녀가 부른 노래 | 한기석 | 금성청년출판사 |
| 중편소설 | 전호가에 핀 꽃 | 김영림 | 금성청년출판사 |
| 중편소설 | 보물을 찾는 소년들 | 길성근 | 금성청년출판사 |
| 중편소설 | 자라는 부대 | 민경숙 | 금성청년출판사 |

### <수기 및 창조경험>

| 제목 | 작가 | 출처 |
|---|---|---|
| 백두산총대가 제일입니다 | 한춘익(비전향장기수) | 조선문학, 2005.1. |
| 백두산은 언제나 나의 신념의 기둥입니다 | 황룡갑(비전향장기수) | 조선문학, 2005.2. |
| 철쇄로도 묶지 못한 ≪김일성장군의 노래≫ | 김동기(비전향장기수) | 조선문학, 2005.4. |
| 사랑에 대한 생각 | 김동기(비전향장기수) | 조선문학, 2005.9. |
| 삶의 첫 기슭에 대한 추억 | 송찬웅 | 조선문학, 2005.10. |
| 총대시인의 자각을 안고 | 리범수 | 청년문학, 2005.1. |
| 영광의 날, 감격의 날 | 한찬보 | 청년문학, 2005.10. |
| 취재의 환희, 구성의 고민 | 리동구 | 문학신문, 2005.8. |
| 형상적탐구와 얻어진것 | 박 윤 | 문학신문, 2005.23. |
| 현실이 그대로 명가사로 | 김정곤 | 문학신문, 2005.29. |
| 시대와 력사-작가의 의무(1) | 허문길 | 문학신문, 2005.29. |

| 시대와 력사-작가의 의무(2) | 허문길 | 문학신문, 2005.30. |
| 시대와 력사-작가의 의무(3) | 허문길 | 문학신문, 2005.31. |
| 시대와 력사-작가의 의무(4) | 허문길 | 문학신문, 2005.34. |
| 하나의 크지 않은 계기가… | 양의선 | 문학신문, 2005.36. |
| 2월에 시작된 우리 삶의 영원한 봄 | 차명숙 | 청년문학, 2005.2. |

## <평론>

| 제목 | 작가 | 출처 |
| --- | --- | --- |
| 선군령도의 백승의 진리와 총서 ≪불멸의 향도≫ | 김성우 | 조선문학, 2005.1. |
| 력사의 준엄한 대결을 깊이있게 형상한 진실한 화폭 | 리성덕 | 조선문학, 2005.2. |
| 선군시가문학에 비낀 정서적색갈 | 리동수 | 조선문학, 2005.2. |
| 성격의 매력과 구성의 묘미 | 최언경 | 조선문학, 2005.3. |
| 선군시대 인간들의 철학적형상 | 오춘식 | 조선문학, 2005.3. |
| 어버이수령님에 대한 충정과 흠모의 풍만한 서정 | 김순림 | 조선문학, 2005.4. |
| ≪상봉≫의 비극을 더 이상 지속해야 하는가 | 최길상 | 조선문학, 2005.4. |
| 통일애국투사의 신념에 대한 진실한 형상 | 장정춘 | 조선문학, 2005.5. |
| 작은것으로부터 큰것에로 | 권성철 | 조선문학, 2005.6. |
| 수령영생위업의 빛나는 10년세월에 대한 감동적인 서사시적화폭 | 김봉민 | 조선문학, 2005.7. |
| 주체의 붉은 노을 누리에 펼쳐온 대동강의 해맞이송가 | 장정춘 | 조선문학, 2005.7. |
| 구성의 기교와 작품의 특색 | 림창덕 | 조선문학, 2005.7. |
| 비전향장기수의 진실한 형상, 축복받은 인생에 대한 찬가 | 장형준 | 조선문학, 2005.8. |
| 선군문학의 붓대가 놓치지 말아야 할 또 하나의 중요한 과녁 | 박애숙 | 조선문학, 2005.8. |
| 조국찬가에 비쳐진 진실한 형상 | 최희건 | 조선문학, 2005.9. |
| 산인간으로 안겨오는 진실한 형상 | 안 성 | 조선문학, 2005.9. |
| 새 세기의 태양에 대한 예술적탐구 | 리용일 | 조선문학, 2005.10. |
| 자유에 대한 깊이있는 형상적해명 | 리정웅 | 조선문학, 2005.10. |
| 력사의 교훈과 조국의 섬 | 김정철 | 조선문학, 2005.11. |
| 류사한 주제령역에서의 개성적인 성격형상 | 림창덕 | 조선문학, 2005.12. |
| 장엄하고 격동적인 시대와 함께 전진해온 한해 | 최길상 | 조선문학, 2005.12. |
| 짧지만 큰것으로 된 비결 | 강선규 | 문학신문, 2005.2. |
| 1인칭소설과 새로운 형상 탐구 | 김정철 | 문학신문, 2005.2. |
| 가장 숭고한 의리에 대한 진실한 형상 | 최영걸 | 문학신문, 2005.3. |
| 다양하고 특색있는 형상의 매력 | 방형찬 | 문학신문, 2005.3. |
| 부드럽고 우아한 정서와 서정의 깊이 | 김순림 | 문학신문, 2005.4. |
| 라틴아메리카땅에 울려퍼진 위인칭송의 송가들 | 조완영 | 문학신문, 2005.5. |
| 선군령장의 위대성형상과 특색있는 양상의 탐구 | 리광혁 | 문학신문, 2005.5. |
| 선군시대 인간의 참된 삶에 대한 감명깊은 화폭 | 최영학 | 문학신문, 2005.5. |

| 선군령장의 위대성형상과 인물관계의 탐구 | 리광혁 | 청년문학, 2005.6. |
| 이야기줄거리의 속도감을 살린 형상수법 | 손성철 | 청년문학, 2005.7. |
| 용솟음치라 백두천지의 푸른 물이여 | 리광혁 | 청년문학, 2005.8. |
| 선군시대의 들에 대한 참신한 서정화 | 천재규 | 청년문학, 2005.8. |
| 주체의 노을은 온 누리에 | 리선영 | 청년문학, 2005.9. |
| 시에는 자기 얼굴이 비껴야 한다 | 천재규 | 청년문학, 2005.9. |
| 주체의 당창건업적에 비낀 절세의 위인의 고결한 풍모에 대한 감동깊은 형상 | 리광혁 | 청년문학, 2005.10. |
| 진정한 삶의 품 영원한 어머니 | 리선영 | 청년문학, 2005.10. |
| 하나의 인물선설정으로 극적구성의 립체성보장 | 조명복 | 청년문학, 2005.10. |
| 인간의 노래는 세기를 넘어 울려퍼진다 | 리동관 | 청년문학, 2005.11. |
| 시대적요구와 시적발견 | 김명훈 | 청년문학, 2005.11. |
| 천출위인 위대한 수령님을 칭송한 혁명적구전가요의 사상예술적특성 | 김선영 | 청년문학, 2005.12. |
| 1930년대 무산아동들의 투쟁세계를 형상한 아동시 | 황금순 | 청년문학, 2005.12. |
| 선군시대 제대군인들의 성격형상과 진실성 | 김정철 | 청년문학, 2005.12. |

## 7) 『조선문학예술년감』(2007) 문학작품 주요 목록

### <시>(대표작)

| 구분 | 제목 | 작가 | 출처 |
|---|---|---|---|
| 시 | 더 높이 바약하자 나의 조국이여 | 리창식 | 로동신문, 2006.1.8. |
| 시 | 첫 진군길에서 다지는 맹세 | 문동식 | 로동신문, 2006.1.8. |
| 시 | 청춘은 백두산을 닮았다(시초)<br>- 그날은 령하27℃였다<br>- 모닥불가의 이야기<br>- 평양으로 가는길<br>- 사랑을 말로 할수 있는가<br>- 울려라 강철의 노래여<br>- 푸른 하늘<br>- 여기 서면 래일이 제일 잘 보인다 | 한광춘<br>주광일<br>리동수<br>주광일<br>신문경<br>한광춘<br>신문경 | 로동신문, 2006.1.22. |
| 시 | 날마다 뵙고사는 우리 장군님(서정서사시) | 장혜명 | 로동신문, 2006.2.5. |
| 시 | 조선공민의 이름으로(정론시) | 김만영 | 로동신문, 2006.2.7. |
| 시 | 영광빛나라 선군력사여(서사시) | 리범수 | 로동신문, 2006.2.12. |
| 시 | 폭풍의 생애(장시) | 김만영 | 로동신문, 2006.2.17. |
| 시 | 사람도 산천도 세월도 | 김석주 | 로동신문, 2006.2.18. |
| 시 | 3대혁명붉은기높이 조국이여 앞으로(장시) | 오영재 | 로동신문, 2006.2.22. |
| 시 | 나는 반미전호에 서있다 | 김만영 | 로동신문, 2006.3.25. |

| 시 | 만경대고향집(장시) | 윤경선 | 로동신문, 2006.4.9. |
|---|---|---|---|
| 시 | 4월은 영원한 봄입니다 | 홍현양 | 로동신문, 2006.4.16. |
| 시 | 고향집 사립문앞에서 | 박세옥 | 로동신문, 2006.4.16. |
| 시 | 그이는 빨찌산장군이시다 | 한승길 | 로동신문, 2006.4.23. |
| 시 | 들꽃중대 | 박경심 | 로동신문, 2006.4.23. |
| 시 | 백두산성새(서사시) | 오영재 | 로동신문, 2006.4.30. |
| 시 | 영원하여라 백두의 피줄기여(서사시) | 명준섭 | 로동신문, 2006.6.2. |
| 시 | 백두산이 우리를 부른다(시묶음)<br>　- 모닥불자리에서<br>　- 오늘도 등잔불은 타오르고있다<br>　- 가자,백두산으로!<br>　- 귀틀집 하나 여기 서있다 | 윤학복<br>서진명<br>리귀철<br>주광일 | 로동신문, 2006.6.4. |
| 시 | 여기는 봄의 전구(시묶음)<br>　- 우리 병사들은 봄의 전구에있다<br>　- 쉴참에<br>　- 그날의 돌격로를 이어가리라<br>　- 빈포기가 없다 | 고남철<br>김명철<br>황승명<br>김정철 | 로동신문, 2006.6.7. |
| 시 | 당중앙뜨락에 우리 집이 있다(시초)<br>　- 제비와 하는말<br>　- 기다리는 사랑<br>　- 머리띠이야기<br>　- 봄은 어디에 먼저 오는가 | 주광일 | 로동신문, 2006.6.18. |
| 시 | 우리는 결산하리라 | 김만영 | 로동신문, 2006.6.26. |
| 시 | 세월이 흐르고 또 흐른대도 | 김석주 | 로동신문, 2006.7.2. |
| 시 | 만수대의 하늘 | 김윤길 | 로동신문, 2006.7.2. |
| 시 | 해빛 | 김춘경 | 로동신문, 2006.7.2. |
| 시 | 수령님께 아뢰는 심장의 이야기(장시) | 김만영 | 로동신문, 2006.7.7. |
| 시 | 불을 안고 살자(서사시) | 오선학 | 로동신문, 2006.8.21. |
| 시 | 빛나라, 위대한 선군길이여(장시) | 신병강 | 로동신문, 2006.8.23. |
| 시 | 이 땅에 흐르는 시간은… | 김대성 | 로동신문, 2006.8.27. |
| 시 | 그이의 야전솜옷 | 문춘심 | 로동신문, 2006.8.27. |
| 시 | 오 혁명적군인정신이여 | 최춘금 | 로동신문, 2006.8.27. |
| 시 | 나는 《평양날파람》 | | 로동신문, 2006.8.27. |
| 시 | 두 불빛은 속삭이네 | 최향일 | 로동신문, 2006.8.27. |
| 시 | 콩숲이 설레인다 | 리철영 | 로동신문, 2006.8.27. |
| 시 | 려명은 어디에서 | 원향일 | 로동신문, 2006.8.27. |
| 시 | 우리의 성새는 끄떡없으리 | 리찬호 | 로동신문, 2006.8.27. |
| 시 | 장군님과 청춘(시묶음)<br>　- 우리는 장군님의 청춘이다<br>　- 홰불봉<br>　- 우등불에 부치는 시<br>　- 총과 청춘 | 한창국<br>김선화<br>김정곤<br>오필정<br>김홍규 | 로동신문, 2006.8.28. |

| 구분 | 제목 | 작가 | 출처 |
|---|---|---|---|
| 시 | – 청춘들이 백두산에 있다<br>– 당이여 우리를 불러달라 | 리계주 | |
| 시 | 광명한 래일이 우리를 부른다(시묶음)<br>– 교문으로 들어서며<br>– 교정의 푸른 소나무 앞에서<br>– 불빛<br>– 승리의 시간표<br>– 장군님은 오늘도 교정에 서계시여라 | 허수산<br>문현미<br>장승성<br>윤정길<br>최남순 | 로동신문, 2006.9.20. |
| 시 | 우리에게는 김일성종합대학이 있다(서사시) | 윤두만 | 로동신문, 2006.10.1. |
| 시 | 조국의 인재가 되라(서사시) | 조선작가동맹<br>시문학분과<br>위원회 | 로동신문, 2006.10.9. |
| 시 | 붉은기의 천만리(서사시) | 문용철, 한광춘 | 로동신문, 2006.10.15. |
| 시 | 10월 9일 | 김만영 | 민주조선, 2006.11.29. |
| 시 | 금진강에 아침노을 불탄다(시초)<br>– 금진강의 노을<br>– 락원산수화<br>– 산촌의 천지개벽<br>– 진주보석 | 김만영<br>백의선<br>문용철<br>박현철 | 로동신문, 2006.12.14. |
| 시 | 그리움의 12월(시묶음)<br>– 추억깊은 ≪사향가≫<br>– 어머님의 빨찌산배낭<br>– 고향집터밭<br>– 어머님 소중히 안고오신것은<br>– 동해천리<br>– 어머님의 총 | 리명옥<br>김은숙<br>리연희<br>김진주<br>박경심<br>박정애 | 로동신문, 2006.12.20. |
| 시 | 전선길에 흐르는 이야기(시묶음)<br>– 그이는 전호에 계신다<br>– 먼길<br>– 길옆의 작은 내가<br>– 북두칠성 뜰 때면 | 리창식<br>장명길<br>김효수<br>김휘조 | 로동신문, 2006.12.24. |
| 시 | 조선의 노래 (장시) | 김만영 | 로동신문, 2007.1.1. |

## <단편소설, 장편소설, 기타>

| 구분 | 제목 | 작가 | 출처 |
|---|---|---|---|
| 백두산3대장군<br>형상 단편소설 | ≪비상작전≫ | 김룡연 | 조선문학, 2006.2. |
| 백두산3대장군<br>형상 단편소설 | 축복 | 최 련 | 조선문학, 2006.4. |
| 백두산3대장군<br>형상 단편소설 | 약속의 세계 | 김준학 | 조선문학, 2006.6. |
| 백두산3대장군<br>형상 단편소설 | 소생하는 계절에 | 문상봉 | 조선문학, 2006.9. |

| | | | |
|---|---|---|---|
| 백두산3대장군 형상 단편소설 | 포화속의 전당 | 리정수 | 조선문학, 2006.10. |
| 백두산3대장군 형상 단편소설 | 그날의 메아리 | 김창수 | 조선문학, 2006.12. |
| 백두산3대장군 형상 단편소설 | 감살구마을 | 박응전 | 문학신문, 2006.6. |
| 백두산3대장군 형상 단편소설 | 첫걸음을 떼던 때 | 공천영 | 문학신문, 2006.10. |
| 백두산3대장군 형상 단편소설 | 푸른 대지 | 김유권 | 청년문학, 2006.2. |
| 백두산3대장군 형상 단편소설 | 기둥 | 김혜영 | 청년문학, 2006.4. |
| 백두산3대장군 형상 단편소설 | 만년대계 | 현승남 | 청년문학, 2006.7. |
| 백두산3대장군 형상 단편소설 | 들국화 | 방정강 | 청년문학, 2006.12. |
| 단편소설 | 버들꽃 | 김정희 | 조선문학, 2006.1. |
| 단편소설 | 금강산 | 리웅수 | 조선문학, 2006.1. |
| 단편소설 | 론증 | 황동선 | 조선문학, 2006.2. |
| 단편소설 | 밝은 웃음 | 김명진 | 조선문학, 2006.3. |
| 단편소설 | 운명의 파도 | 박장광 | 조선문학, 2006.3. |
| 단편소설 | 어제날의 인연 | 석남진 | 조선문학, 2006.3. |
| 단편소설 | 정향꽃 | 김형수 | 조선문학, 2006.4. |
| 단편소설 | 우리 선동원 | 황청일 | 조선문학, 2006.5. |
| 단편소설 | 영원한 포옹 | 리일룡 | 조선문학, 2006.5. |
| 단편소설 | 세월이 흐른 뒤 | 윤금철 | 조선문학, 2006.5. |
| 단편소설 | 어느 일요일에 | 한웅빈 | 조선문학, 2006.6. |
| 단편소설 | 인생의 한 여름에 | 최치선 | 조선문학, 2006.6. |
| 단편소설 | 안해의 성격 | 심 남 | 조선문학,2006.6. |
| 단편소설 | 듣고싶은 목소리 | 변창률 | 조선문학, 2006.7. |
| 단편소설 | 그들의 행복 | 장선홍 | 조선문학, 2006.7. |
| 단편소설 | 마지막왕진 | 김홍익 | 조선문학, 2006.8. |
| 단편소설 | 안해의 소원 | 로정법 | 조선문학, 2006.8. |
| 단편소설 | 독도 | 리성덕 | 조선문학, 2006.8. |
| 단편소설 | 금곡천의 마지막사람 | 주종선 | 조선문학, 2006.9. |
| 단편소설 | 푸른 꿈 | 백상균 | 조선문학, 2006.9. |
| 단편소설 | 말없는 바다 | 김삼열 | 조선문학, 2006.9. |
| 단편소설 | 하얀 봇나무 | 정영종 | 조선문학, 2006.10. |
| 단편소설 | ≪조사보고서≫ | 윤경찬 | 조선문학, 2006.10. |

| 단편소설 | 보통날 저녁에 | 허칠성 | 조선문학, 2006.11. |
|---|---|---|---|
| 단편소설 | 들국화 향기 | 림병순 | 조선문학, 2006.11. |
| 단편소설 | 좌표를 밝히라(과학환상소설) | 리금철 | 조선문학, 2006.11. |
| 단편소설 | 철쭉꽃을 안고온 처녀 | 김금옥 | 조선문학, 2006.12. |
| 단편소설 | 세월이 지난 뒤 | 리희남 | 조선문학, 2006.12. |
| 단편소설 | 3차원상에서의 폭발(과학환상소설) | 한성호 | 조선문학, 2006.12. |
| 단편소설 | 일곱과 하나 | 한웅빈 | 문학신문, 2006.1. |
| 단편소설 | 눈내리는 아침에 | 변월녀 | 문학신문, 2006.3. |
| 단편소설 | 령길에서 | 김택룡 | 문학신문, 2006.12. |
| 단편소설 | 철산봉에 온 제대군인 | 김도환 | 문학신문, 2006.13. |
| 단편소설 | 새살림의 첫 뿌리 | 변영옥 | 문학신문, 2006.14. |
| 단편소설 | 웃는 얼굴 | 리명현 | 문학신문, 2006.15. |
| 단편소설 | 자격 | 강설경 | 문학신문, 2006.19. |
| 단편소설 | 귀한 사람들 | 안명국 | 문학신문, 2006.21. |
| 단편소설 | 씨앗 | 김택룡 | 문학신문, 2006.23. |
| 단편소설 | 끝나지 않은 복무(벽소설) | 오영호 | 문학신문, 2006.24. |
| 단편소설 | 아버지의 마음 | 김장호 | 문학신문, 2006.27. |
| 단편소설 | 내가 만난 사람들 | 임순영 | 문학신문, 2006.31. |
| 단편소설 | 다시 만나요 고마운 동지 | 김창수 | 문학신문, 2006.33. |
| 단편소설 | 노래의 포성 | 김귀선 | 문학신문, 2006.35. |
| 단편소설 | 푸른 백양나무 | 현명수 | 청년문학, 2006.1. |
| 단편소설 | 그리움의 노래 | 김대원 | 청년문학, 2006.2. |
| 단편소설 | ≪쉿 조용히≫ | 리봉호 | 청년문학, 2006.2. |
| 단편소설 | 닻 | 정 웅 | 청년문학, 2006.3. |
| 단편소설 | 시작(벽소설) | 김기범 | 청년문학, 2006.4. |
| 단편소설 | 두 지휘관의 이야기 | 전창철 | 청년문학, 2006.5. |
| 단편소설 | 해토비 | 김형수 | 청년문학, 2006.8. |
| 단편소설 | 가을볕 | 박성보 | 청년문학, 2006.9. |
| 단편소설 | 아득령의 ≪직녀성≫ | 김규상 | 청년문학, 2006.10. |
| 서정서사시 | 정일봉 | 백 하 | 조선문학, 2006.2. |
| 서정서사시 | 눈보라는 잠들지 못한다 | 송명근 | 청년문학, 2006.2. |
| 서정서사시 | 장군님과 할머니 | 김정란 | 청년문학, 2006.5. |
| 서정서사시 | 고귀한 이름 | 김정란 | 청년문학, 2006.10. |
| 서사시 | 만년성벽 | 최윤철 | 조선문학, 2006.1~2. |
| 서사시 | 축복받은 경연무대 | 한정실 | 문학신문, 2006.18. |
| 서사시 | 불꽃 | 최윤철 | 청년문학, 2006.1. |
| 서사시 | 민족의 장한 딸아 | 김순혁 | 청년전위, 2006.12. 14~15. |

| | | | |
|---|---|---|---|
| 장시 | 어머니들을 축복하노라 | 송양란 | 조선문학, 2006.3. |
| 장시 | 어랑천<br>1. 믿음<br>2. 사랑 | 전승일 | 조선문학, 2006.3. |
| 장시 | 45분 | 윤정길 | 조선문학, 2006.11. |
| 장시 | 선군태양찬가 | 김정학 | 문학신문, 2006.36. |
| 련시 | 이 나날들을 간직하라<br>- 백두의 눈보라길을 걸으며<br>- 잠못 드는 밀림의 밤<br>- 천지의 푸른 물아<br>- 평양의 사랑하는 아들에게<br>- 이나날들을 간직하라 | 박천걸 | 조선문학, 2006.1. |
| 련시 | 내 사랑 푸른 숲이여<br>- 피로 지킨 이 땅은<br>- 내가 사는 집<br>- 산에 사는 기쁨<br>- 꽃과 뿌리<br>- 숲속을 먼저 걸어보시라<br>- 한껏 설레이라 내 사랑 푸른 숲이여 | 한기운 | 조선문학, 2006.4. |
| 시초 | 흥남의 환희<br>- 그리움의 세월과 꿈같은 행복<br>- 창밖에는 여전히 비가 내리는데…<br>- 꿈이 아닙니다<br>- 흥남은 환희의 그날에 살고있다 | 서진명 | 조선문학, 2006.2. |
| 시초 | 철산봉<br>- 숲의 음향<br>- 광부와 시인<br>- 아침<br>- 산… 산…<br>- 철산봉 | 리연희 | 조선문학, 2006.3. |
| 시초 | 선군과 녀인<br>- 녀인의 말<br>- 녀인의 손<br>- 사랑의 담보<br>- 별많은 밤에<br>- 선군과 녀인 | 렴형미 | 조선문학, 2006.5. |
| 시초 | 향기 넘치는 초소에서<br>- 길은 아니 막혔는데…<br>- 아름다운 이 다리우로<br>- 향기 넘치는 산촌<br>- 실려가는 푸른 숲<br>- 씨앗과 열매 | 박경심 | 조선문학, 2006.8. |
| 시초 | 내 사는 거리<br>- 불밝은 거리<br>- 네쌍둥이소식 날아 올때면<br>- 장수자의 봄노래 | 김상조 | 조선문학, 2006.8. |

| 시초 | 칠보산기행시초<br>- 덕수골쌍폭포<br>- 풍금바위<br>- 벽계수에 붓을 적셔<br>- 로적봉<br>- 벽계수는 흘러가는데<br>- 5천년력사우에 | 리근지 | 조선문학, 2006.8. |
|------|------|------|------|
| 시초 | 나는 전쟁로병이다<br>- 삶의 뿌리 억척으로 내렸기에<br>- 이 전호터<br>- 우리 분대의 첫당원들<br>- ≪몇살이더라?≫<br>- 용해공출신<br>- 총창을 꽂앗!<br>- 나는 전쟁로병이다 | 조태현 | 조선문학, 2006.9. |
| 시초 | 꽃은 태양이 피운다<br>- 비행기는 국경을 넘어서 가도<br>- 공주와 공민<br>- 은정의 ≪오작교≫<br>- 모성의 고백(1)<br>- 모성의 고백(2) | 리영철 | 조선문학, 2006.11. |
| 시초 | 가을시초<br>- 말없는 계절<br>- 밭머리에서<br>- 그대 사랑 내 사랑<br>- 가을소묘 | 우광복 | 조선문학, 2006.11. |
| 시초 | 50년에 태여난 나의 벗들아<br>- 그대들의 눈빛앞에<br>- 그웃음과 즐거움이…<br>- 50년에 태여난 나의 벗들아 | 손광주 | 조선문학, 2006.11. |
| 시초 | 내 마음에 찾아오는 모습들<br>- 먼 이역의 벗들에게<br>- 태양을 그리는 마음<br>- 붉게 피는 산진달래<br>- 신념의 메아리<br>- 충심으로부터<br>- 다시 만나자 벗들이여 | 변홍영 | 조선문학, 2006.12. |
| 시초 | 승리산의 메아리<br>- 나는 승리산의 아들<br>- 12월의 눈보라<br>- 제대군인 사택마을의 밤풍경<br>- 승리산에서 보내는 나의 사랑 | 박천걸 | 청년문학, 2006.4. |
| 시초 | 영웅들의 모습<br>- 여기선 포연이, 저기선 꽃구름이…<br>- 눈으로 말하는 사람들<br>- 우리 삶의 교과서 여기에 있네<br>- 사랑이 무엇입니까 | 리우선 | 청년문학, 2006.7. |

| | | | |
|---|---|---|---|
| | - 이 땅에 선병사가 따로 없어라<br>- 영웅들의 모습 | | |
| 시초 | 룡문대굴산수시초<br>- 소원<br>- 금강궁으로 내려가며<br>- 절바위<br>- 지하폭포 | 한원희 | 청년문학, 2006.7. |
| 시초 | 솔재령초소에서<br>- 들꽃중대<br>- 장군님 초소에 오신 날<br>- 나도 함께 들꽃을 꺾었네<br>- 들꽃중대 평양견학<br>- 들꽃과의 속삭임<br>- 그 꽃다발을 나에게 다오 | 최준경 | 청년문학, 2006.8. |
| 시초 | 청춘을 빛나게 살자<br>- 발자국<br>- 돌-총폭탄<br>- 백두의 나팔수<br>- 산중의 ≪잔교≫<br>- 가는 길 험난해도 웃으며 가자!<br>- 지름길<br>- 청춘의 고향<br>- 갈림길<br>- ≪선군청춘다리≫여<br>- 나는 완공의 그날에 산다<br>- 청춘을 빛나게살자 | 양춘식 | 청년전위, 2006.3.28. |
| 시초 | 나의 청춘시절은 백두산에서 시작되였다<br>- 아, 비행기가 떴다<br>- 격전장<br>- 관통!<br>- 나는 듣노라<br>- 나는 고향에 편지를 썼다<br>- 그 이름 빛내리<br>- 나의 청춘시절은 백두산에서 시작되였다<br>- 백암땅에 언제가 솟는다<br>- 백두산의 눈보라는 뜨겁다 | 양춘식 | 청년전위, 2006.8.10. |
| 시묶음 | 전선길 굽이굽이(단시묶음)<br>- 아뢰임<br>- 오성산<br>- 야전차바퀴자욱<br>- 장군님과 아이 | 함영주<br>유영하<br>오정로<br>김정곤 | 조선문학, 2006.2. |
| 시묶음 | 해빛 넘친 교정에서 부르는 노래<br>- 푸른 소나무앞에서<br>- 약속<br>- 교정의 계단을 오르며<br>- 나의 병사배낭<br>- 우리는 대학생 | 리귀성<br>최정심<br>문현미<br>리경체<br>장승성 | 문학신문, 2006.27. |
| 시 | 우리의 설날 | 서봉제 | 조선문학, 2006.1. |

| 시 | 그 해는 신년사가 없었던가 | 리남준 | 조선문학, 2006.1. |
|---|---|---|---|
| 시 | 해 저물고 찬바람 불 때면 | 정동찬 | 조선문학, 2006.1. |
| 시 | 병사의 눈세계 | 한승길 | 조선문학, 2006.1. |
| 시 | 숫눈길을 밟으며 | 한원희 | 조선문학, 2006.1. |
| 시 | 보통날 | 리태식 | 조선문학, 2006.1. |
| 시 | 광부의 소원 | 김윤걸 | 조선문학, 2006.1. |
| 시 | 조국이 기억하는 장한 딸이여 | 신형길 | 조선문학, 2006.1. |
| 시 | 룡산이여! | 박세일 | 조선문학, 2006.1. |
| 시 | 소경제국(풍자시) | 류춘선 | 조선문학, 2006.1. |
| 시 | 아무도 모를겁니다 | 김선화 | 조선문학, 2006.1. |
| 시 | 토스레옷 | 곽명철 | 조선문학, 2006.1. |
| 시 | 정일봉에 태양 솟아 | 오필천 | 조선문학, 2006.2. |
| 시 | 축원 | 채동규 | 조선문학, 2006.2. |
| 시 | 철령이여 | 리근지 | 조선문학, 2006.2. |
| 시 | 상봉과 작별에 대한 시 | 김영애(총련) | 조선문학, 2006.2. |
| 시 | 《조선문학》을 펼치다 | 박세일 | 조선문학, 2006.2. |
| 시 | 영광이 있으라, 승리가 있으라 | 김만영 | 조선문학, 2006.3. |
| 시 | 총춤 | 김경석 | 조선문학, 2006.3. |
| 시 | 학당골 | 한승길 | 조선문학, 2006.3. |
| 시 | 농민력사 | 김정경 | 조선문학, 2006.3. |
| 시 | 우리는 주공전선에서 또다시 만났다 | 박세옥 | 조선문학, 2006.3. |
| 시 | 농장길 | 백 하 | 조선문학, 2006.3. |
| 시 | 다시한번! | 김창호 | 조선문학, 2006.3. |
| 시 | 어머님 사랑하신 노래 | 김영옥 | 조선문학, 2006.3. |
| 시 | 숲은 애국으로 푸르다 | 장명길 | 조선문학, 2006.3. |
| 시 | 숲과의 인연 | 박상민 | 조선문학, 2006.3. |
| 시 | 숲향기 | 로윤미 | 조선문학, 2006.3. |
| 시 | 숲과 폭풍 | 로윤미 | 조선문학, 2006.3. |
| 시 | 새들아 | 홍철진 | 조선문학, 2006.3. |
| 시 | 들꽃 한송이 | 홍철진 | 조선문학, 2006.3. |
| 시 | 통일은 어떻게 오는가 | 송정우 | 조선문학, 2006.3. |
| 시 | 젊은 벗들에게 하고싶은 말 | 박세옥 | 조선문학, 2006.3. |
| 시 | 이 땅의 숨결 | 리명근 | 조선문학, 2006.4. |
| 시 | 만경대고향집 | 문동식 | 조선문학, 2006.4. |
| 시 | 지하시장에 대한 이야기 | 렴형미 | 조선문학, 2006.4. |
| 시 | 인사를 드립니다 | 리명옥 | 조선문학, 2006.4. |
| 시 | 따뜻한 불빛이 흐르는 저녁 | 주광일 | 조선문학, 2006.4. |

| 시 | 그날의 총대는 조국이였다 | 김충기 | 조선문학, 2006.4. |
|---|---|---|---|
| 시 | 위대한 병사 | 김석주 | 조선문학, 2006.4. |
| 시 | 철령의 선군전설 | 박웅전 | 조선문학, 2006.4. |
| 시 | 친근한 부름 | 신문경 | 조선문학, 2006.4. |
| 시 | 세 사진속에… | 리영철 | 조선문학, 2006.4. |
| 시 | 꽃은 태양이 피운다 | 리영철 | 조선문학, 2006.4. |
| 시 | 동갑나이 | 김경준 | 조선문학, 2006.4. |
| 시 | 봄갈이하는 들에서 | 리태식 | 조선문학, 2006.4. |
| 시 | 태양의 축복 | 김재원 | 조선문학, 2006.5. |
| 시 | 우리 수령님 보시는 쇠물은… | 장인철 | 조선문학, 2006.5. |
| 시 | 동강의 봄우뢰소리 | 김승남 | 조선문학, 2006.5. |
| 시 | 5월의 보통강 | 신춘실 | 조선문학, 2006.5. |
| 시 | 영원한 자욱 | 김영옥 | 조선문학, 2006.5. |
| 시 | 잊지 못할 그날에 | 염득복 | 조선문학, 2006.5. |
| 시 | 벌이 끓는다 | 김창호 | 조선문학, 2006.5. |
| 시 | 청년분조원의 일기 | 김창호 | 조선문학, 2006.5. |
| 시 | 소나기 | 박정철 | 조선문학, 2006.5. |
| 시 | 즐거운 작별 | 김정철 | 조선문학, 2006.5. |
| 시 | 막장시간 | 주 경 | 조선문학, 2006.5. |
| 시 | 나의 저주 나의 분노 | 한원희 | 조선문학, 2006.5. |
| 시 | 봄비가 오니 | 리근지 | 조선문학, 2006.6. |
| 시 | 보천보는 잠들지 않는다 | 서봉제 | 조선문학, 2006.6. |
| 시 | 6.15는 통일의 봄날 | 조성남 | 조선문학, 2006.6. |
| 시 | 학당골의 봄 | 한찬보 | 조선문학, 2006.6. |
| 시 | 절세의 애국자 | 리일섭 | 조선문학, 2006.6. |
| 시 | 비둘기는 날았네 | 송은미 | 조선문학, 2006.6. |
| 시 | 그리움의 노래 | 최준경 | 조선문학, 2006.6. |
| 시 | 우리 당의 행군로 | 리용악 | 조선문학, 2006.6. |
| 시 | 바래우시던 그날에… | 김 연 | 조선문학, 2006.6. |
| 시 | 백두의 길 | 리연희 | 조선문학, 2006.6. |
| 시 | 새 세기의 강도(풍자시) | 주광일 | 조선문학, 2006.6. |
| 시 | 옛 담임선생님의 사진앞에서 | 지윤세 | 조선문학, 2006.6. |
| 시 | 비석의 글발은… | 유련희 | 조선문학, 2006.6. |
| 시 | 삼지연기슭에서 | 박정애 | 조선문학, 2006.6. |
| 시 | 백마호 언제우에서 | 김명철 | 조선문학, 2006.6. |
| 시 | 나의 하늘 | 김무림 | 조선문학, 2006.6. |
| 시 | 상봉 | 리성칠 | 조선문학, 2006.6. |

| 시 | 수령님은 원화리에 계신다 | 박정애 | 조선문학, 2006.7. |
|---|---|---|---|
| 시 | 최고사령관의 1분 1초는… | 고영수 | 조선문학, 2006.7. |
| 시 | 조선포도 | 김영애 | 조선문학, 2006.7. |
| 시 | 나는 왜 여기 왔는가 | 리명수 | 조선문학, 2006.7. |
| 시 | 강사의 목소리는 조용히 울려도 | 리명수 | 조선문학, 2006.7. |
| 시 | 나는 영원한 수령님의 전사다 | 최태국<br>(비전향장기수) | 조선문학, 2006.7. |
| 시 | 그이는 우리 삶의 태양이시다 | 김영남 | 조선문학, 2006.7. |
| 시 | 동점령의 불바다 | 서봉제 | 조선문학, 2006.7. |
| 시 | 로인의 미소 | 전찬기 | 조선문학, 2006.7. |
| 시 | 영웅의 가슴 | 박상민 | 조선문학, 2006.7. |
| 시 | 로병의 고백 | 문선건 | 조선문학, 2006.7. |
| 시 | 숨쉬는 기둥 | 권태여 | 조선문학, 2006.7. |
| 시 | 무산의 하늘 | 김윤걸 | 조선문학, 2006.7. |
| 시 | 돌격대거리 | 문용철 | 조선문학, 2006.7. |
| 시 | 벌의 공상 | 리진협 | 조선문학, 2006.7. |
| 시 | 주공전선 | 오필천 | 조선문학, 2006.7. |
| 시 | 윷놀이마당 | 김명철 | 조선문학, 2006.7. |
| 시 | 부쉬, 그입에…(풍자시) | 리동수 | 조선문학, 2006.7. |
| 시 | 내 조국의 하루 | 강옥녀 | 조선문학, 2006.7. |
| 시 | 일력을 번지며 | 리광규 | 조선문학, 2006.7. |
| 시 | 쇠물 | 리광규 | 조선문학, 2006.7. |
| 시 | 이 땅에 해와 달을 얹어준 날이여 | 김휘조 | 조선문학, 2006.8. |
| 시 | 해방덕 | 리광선 | 조선문학, 2006.8. |
| 시 | 딸기가 익을 때면 | 박세옥 | 조선문학, 2006.8. |
| 시 | 조국을 생각하면 | 김석주 | 조선문학, 2006.8. |
| 시 | 나는 평화를 말한다 | 장명길 | 조선문학, 2006.8. |
| 시 | 총잡은 새 세대 우리가 있다 | 송재하 | 조선문학, 2006.8. |
| 시 | 우리 다시 만나자 | 송재하 | 조선문학, 2006.8. |
| 시 | 돌미산의 새 마을 | 김창호 | 조선문학, 2006.8. |
| 시 | 한 돌격대원처녀의 이야기 | 리영일 | 조선문학, 2006.8. |
| 시 | 범안리의 새 전설 | 박웅전 | 조선문학, 2006.8. |
| 시 | 조국이여 나팔을 불어다오 | 량호운 | 조선문학, 2006.8. |
| 시 | 우리가 여기에 서있는 것은 | 리영철 | 조선문학, 2006.8. |
| 시 | 행복의 시간표 | 위병철 | 조선문학, 2006.8. |
| 시 | 딸애의 표창장앞에서 | 위병철 | 조선문학, 2006.8. |
| 시 | 강변에서 | 김정곤 | 조선문학, 2006.8. |
| 시 | 봄 | 김선화 | 조선문학, 2006.8. |

| 시 | 우리 민족끼리 | 리영삼 | 조선문학, 2006.8. |
|---|---|---|---|
| 시 | 통일의 노래 | 리영삼 | 조선문학, 2006.8. |
| 시 | 그 붓을 나에게 | 리성칠 | 조선문학, 2006.8. |
| 시 | 백두—한나행진길 | 한광춘 | 조선문학, 2006.8. |
| 시 | 암닭이 운다 (풍자시) | 리영복 | 조선문학, 2006.8. |
| 시 | 신통도 해라 (풍자시) | 리영복 | 조선문학, 2006.8. |
| 시 | 우리의 세계 | 박정애 | 조선문학, 2006.9. |
| 시 | 수령님과 조국 | 장명길 | 조선문학, 2006.9. |
| 시 | 우리 이름 | 장명길 | 조선문학, 2006.9. |
| 시 | 새벽입니다 | 변정욱 | 조선문학, 2006.9. |
| 시 | 목수건 | 천일수 | 조선문학, 2006.9. |
| 시 | 금로수에 부치여 | 박춘선 | 조선문학, 2006.9. |
| 시 | 내 조국에 흐르는 빨찌산년륜 | 리동수 | 조선문학, 2006.9. |
| 시 | 장군님 찍으시는 사진 | 송재하 | 조선문학, 2006.9. |
| 시 | 오늘이여 너를 사랑하노라 | 양치성 | 조선문학, 2006.9. |
| 시 | 이 푸른 기슭에 오면 | 김재원 | 조선문학, 2006.9. |
| 시 | 갑문길을 걸으며 | 김재원 | 조선문학, 2006.9. |
| 시 | 영생하는영웅의그모습을 | 김춘호 | 조선문학, 2006.9. |
| 시 | 어머니의 한생 | 채동규 | 조선문학, 2006.9. |
| 시 | 어머니는 눈물없이 맞아주었네 | 김철혁 | 조선문학, 2006.9. |
| 시 | 우리 당의 첫기슭에서 | 정동찬 | 조선문학, 2006.10. |
| 시 | ≪ㅌ·ㄷ≫와우리수령님 | 오필천 | 조선문학, 2006.10. |
| 시 | 잊지 못할 첫사람들 | 박세옥 | 조선문학, 2006.10. |
| 시 | 화전의 작은 집 | 박경심 | 조선문학, 2006.10. |
| 시 | 당창립대회장 | 문동식 | 조선문학, 2006.10. |
| 시 | 10월의 붉은기 | 리창식 | 조선문학, 2006.10. |
| 시 | 벽동의 이깔단풍 | 정성환 | 조선문학, 2006.10. |
| 시 | 잊지 마시라 | 김명익 | 조선문학, 2006.10. |
| 시 | 한뜨락 | 리영철 | 조선문학, 2006.10. |
| 시 | 교문앞에서 | 유련희 | 조선문학, 2006.10. |
| 시 | 아들 | 위명철 | 조선문학, 2006.10. |
| 시 | 첫 수업 | 최정옥 | 조선문학, 2006.10. |
| 시 | 교정의 사계절 | 우 순 | 조선문학, 2006.10. |
| 시 | 첫 대학생복앞에서 | 방금석 | 조선문학, 2006.10. |
| 시 | 소쩍새소리 | 렴형미 | 조선문학, 2006.10. |
| 시 | 누런 이삭 물결치는 들 | 박정애 | 조선문학, 2006.10. |
| 시 | 농민의 가을 | 한승길 | 조선문학, 2006.10. |

| 시 | 가을 | 리근지 | 조선문학, 2006.10. |
|---|---|---|---|
| 시 | 상쾌한 아침 | 리근지 | 조선문학, 2006.10. |
| 시 | 10월달력을 펼치고 | 박세일 | 조선문학, 2006.10. |
| 시 | 사랑의 봄날이야기 | 김진주 | 조선문학, 2006.11. |
| 시 | 만경벌에 백학이 날아든다 | 홍현양 | 조선문학, 2006.11. |
| 시 | 초도의 배길 | 박정철 | 조선문학, 2006.11. |
| 시 | 웃음 | 박정철 | 조선문학, 2006.11. |
| 시 | 선군령장의 명필체 | 류명호 | 조선문학, 2006.11. |
| 시 | 한나절길 | 오재신 | 조선문학, 2006.11. |
| 시 | 배고동소리 | 오재신 | 조선문학, 2006.11. |
| 시 | 따뜻한 골짜기 | 리진묵 | 조선문학, 2006.11. |
| 시 | 바다가의 해당화 | 홍영순 | 조선문학, 2006.11. |
| 시 | 민주선전실의 뜨락 | 백 하 | 조선문학, 2006.11. |
| 시 | 내 삶의 정거장 | 백 하 | 조선문학, 2006.11. |
| 시 | 강대나무의 넋 | 전동혁 | 조선문학, 2006.11. |
| 시 | 추억할 권리 | 리 준 | 조선문학, 2006.11. |
| 시 | 가락지 | 김명익 | 조선문학, 2006.11. |
| 시 | 잘 가시라 | 정성환 | 조선문학, 2006.11. |
| 시 | 나의 위치 | 리태식 | 조선문학, 2006.11. |
| 시 | 억천만번 죽어라도 | 김정곤 | 조선문학, 2006.11. |
| 시 | 최고사령관의 열다섯해 | 김정삼 | 조선문학, 2006.12. |
| 시 | 12월이 전하는 이야기 | 고남철 | 조선문학, 2006.12. |
| 시 | 그네터에서 | 박기석 | 조선문학, 2006.12. |
| 시 | 보물찾기 | 박기석 | 조선문학, 2006.12. |
| 시 | 밤늦도록 부르는 노래 | 박기석 | 조선문학, 2006.12. |
| 시 | 고향집의 자장가소리 | 한원희 | 조선문학, 2006.12. |
| 시 | 가을날 | 리영일 | 조선문학, 2006.12. |
| 시 | 법에 대한 생각 | 전승일 | 조선문학, 2006.12. |
| 시 | 한치의 땅 | 김은숙 | 조선문학, 2006.12. |
| 시 | 가을 | 김봉철 | 조선문학, 2006.12. |
| 시 | 농민 | 김봉철 | 조선문학, 2006.12. |
| 시 | 그들은 11명이 아니였다 | 박현철 | 조선문학, 2006.12. |
| 시 | 그들은 평범한 처녀들이였다 | 김춘길 | 조선문학, 2006.12. |
| 시 | 새해의 노래 | 홍현양 | 문학신문, 2006.1. |
| 시 | 새해 첫 진군길의 아침에 | 문동식 | 문학신문, 2006.1. |
| 시 | 병사의 맹세를 싣노라 | 박해출 | 문학신문, 2006.2. |
| 시 | 룡성의 기질 | 김송남 | 문학신문, 2006.2. |

| 시 | 불을 안은 우리의 날과 날들이여 | 전승일 | 문학신문, 2006.3. |
| 시 | 해빛 눈부신 들로 나가며 | 고남철 | 문학신문, 2006.3. |
| 시 | 전설이 많은 동네 | 백화숙 | 문학신문, 2006.3. |
| 시 | 동지애의 씨앗 | 조광원 | 문학신문, 2006.3. |
| 시 | 나의 은빛날개 | 최성혁 | 문학신문, 2006.3. |
| 시 | 그날처럼, 그때처럼 | 박옥순 | 문학신문, 2006.3. |
| 시 | 인민의 축원 | 리동수 | 문학신문, 2006.5. |
| 시 | 전선길에 내리는 눈송이 | 김윤걸 | 문학신문, 2006.5. |
| 시 | 불멸의 꽃 김정일화 앞에서 | 황명성 | 문학신문, 2006.5. |
| 시 | 유곡의 아름다운 꽃들아 | 박천걸 | 문학신문, 2006.7. |
| 시 | 대지에 봄이 왔다 | 김충기 | 문학신문, 2006.7. |
| 시 | 전류가 흐른다 | 주병윤 | 문학신문, 2006.7. |
| 시 | 막장의 가을 | 리덕진 | 문학신문, 2006.7. |
| 시 | 우리의 인사 | 함영주 | 문학신문, 2006.8. |
| 시 | 봄빛 | 강승계 | 문학신문, 2006.8. |
| 시 | 날개 | 김동호 | 문학신문, 2006.8. |
| 시 | 끝없는 행복의 길 | 최정용 | 문학신문, 2006.8. |
| 시 | 나는 벌써 보는것만 같았네 | 서진명 | 문학신문, 2006.8. |
| 시 | 끝이 없는 물길 | 조광원 | 문학신문, 2006.8. |
| 시 | 우리 집 벽시계 | 문동식 | 문학신문, 2006.9. |
| 시 | 청춘거리의 아침 | 김성희 | 문학신문, 2006.9. |
| 시 | 미래 | 리태식 | 문학신문, 2006.10. |
| 시 | 후더운 추억 | 류명호 | 문학신문, 2006.10. |
| 시 | 4월의 송가 | 문동식 | 문학신문, 2006.11. |
| 시 | 만경대 고향집 | 리영철 | 문학신문, 2006.11. |
| 시 | 력사의 그밤에 | 문용철 | 문학신문, 2006.13. |
| 시 | 봄날의 선언 | 주광일 | 문학신문, 2006.13. |
| 시 | 미루등판의 새봄 | 리영일 | 문학신문, 2006.13. |
| 시 | 제우재봉에올라 | 리영해 | 문학신문, 2006.13. |
| 시 | 물따라 물길따라 | 김창호 | 문학신문, 2006.13. |
| 시 | 불밝은 거리에서 | 송윤철 | 문학신문, 2006.13. |
| 시 | 보통강-흐르는기념비여 | 량송호 | 문학신문, 2006.14. |
| 시 | 보통강반을 거닐며 | 김무림 | 문학신문, 2006.14. |
| 시 | 피묻은 낫 | 강은향 | 문학신문, 2006.14. |
| 시 | 영원한 우리의 집 | 문용철 | 문학신문, 2006.15. |
| 시 | 3대혁명붉은기를 수여받은 날에 | 홍현양 | 문학신문, 2006.15. |
| 시 | 푸른 벼모 이랑이랑 내여갈 때면 | 고남철 | 문학신문, 2006.15. |

| 시 | 봄맞이 첫사람 | 림성희 | 문학신문, 2006.15. |
|---|---|---|---|
| 시 | 우리는 붉은기와 함께 간다 | 박상철 | 문학신문, 2006.16. |
| 시 | 영원한 행군길 | 서봉제 | 문학신문, 2006.16. |
| 시 | 그이의 음성 | 김병송 | 문학신문, 2006.17. |
| 시 | 6월 19일 | 류명호 | 문학신문, 2006.17. |
| 시 | 고백 | 홍준성 | 문학신문, 2006.17. |
| 시 | 청년탄부의 긍지 | 김영남 | 문학신문, 2006.17. |
| 시 | 1950년 6월 25일 아침에 | 리종섭 | 문학신문, 2006.18. |
| 시 | 인민의 마음속 끝까지 오신 길 | 김철혁 | 문학신문, 2006.18. |
| 시 | 세월이 흐르고 또 흐른대도 | 김석주 | 문학신문, 2006.18. |
| 시 | 만수대의 하늘 | 김윤걸 | 문학신문, 2006.19. |
| 시 | 해빛 | 김춘경 | 문학신문, 2006.19. |
| 시 | 수령님사랑 | 신문경 | 문학신문, 2006.19. |
| 시 | 그날을 못 잊어 | 김 석 | 문학신문, 2006.19. |
| 시 | 나는 이 땅을 우러르노라 | 리연희 | 문학신문, 2006.20. |
| 시 | 내 사랑 푸른 벌아 | 문동식 | 문학신문, 2006.20. |
| 시 | 논물에 띄우는 마음 | 박상민 | 문학신문, 2006.20. |
| 시 | 수령님 생각 | 최태국<br>(비전향장기수) | 문학신문, 2006.20. |
| 시 | 아, 동지여 | 손성모<br>(비전향장기수) | 문학신문, 2006.20. |
| 시 | 수령님 앉으셨던 자리 | 고남철 | 문학신문, 2006.21. |
| 시 | 전승절 만세! | 박경심 | 문학신문, 2006.21. |
| 시 | 붉은 꽃 드립니다 | 박해출 | 문학신문, 2006.21. |
| 시 | 나는 전승의 고지를 내리지 않았다 | 정동찬 | 문학신문, 2006.21. |
| 시 | 단조공에겐 아들이 있네 | 오재신 | 문학신문, 2006.21. |
| 시 | 우리는 백두산사람이다 | 한광춘 | 문학신문, 2006.22. |
| 시 | 언제가 다 말해준다 | 류동호 | 문학신문, 2006.22. |
| 시 | 우리는 왔다 | 문용철 | 문학신문, 2006.22. |
| 시 | 완공의 그날 | 주광일 | 문학신문, 2006.22. |
| 시 | 8월 15일은 하루여도 | 홍현양 | 문학신문, 2006.23. |
| 시 | 결산의 그날은 오고야 말리 | 김창호 | 문학신문, 2006.23. |
| 시 | 우리의 선언 | 우광복 | 문학신문, 2006.23. |
| 시 | 조국이여 받으시라 | 김영택 | 문학신문, 2006.24. |
| 시 | 미루등판에 물새 내린다 | 권태여 | 문학신문, 2006.24. |
| 시 | 저녁노을 비낀 내가에서 | 최충웅 | 문학신문, 2006.24. |
| 시 | 공화국기를 우러르며… | 김은숙 | 문학신문, 2006.25. |
| 시 | 출장길 떠나며 | 박현철 | 문학신문, 2006.25. |

| 시 | 한식솔 | 김강휘 | 문학신문, 2006.26. |
|---|---|---|---|
| 시 | 하늘이 더욱더 밝아졌다 | 정성환 | 문학신문, 2006.26. |
| 시 | 이 땅은 뜨겁다 | 김청송 | 문학신문, 2006.26. |
| 시 | 우리의 새날은… | 리태식 | 문학신문, 2006.27. |
| 시 | 양묘장처녀들의 이야기 | 박상민 | 문학신문, 2006.27. |
| 시 | 우리 어버이 | 김은숙 | 문학신문, 2006.28. |
| 시 | 영광드리노라 어머니당에 | 리진묵 | 문학신문, 2006.28. |
| 시 | 우리의 붓대는 무엇을 새기는가 | 신문경 | 문학신문, 2006.28. |
| 시 | 어머니 우리 당 | 계 훈 | 문학신문, 2006.28. |
| 시 | 영웅, 나에게 묻고싶은 말 | 홍철진 | 문학신문, 2006.28. |
| 시 | 받으시라 그대들이 쓴 시를 | 장명길 | 문학신문, 2006.28. |
| 시 | 우리의 항로 | 오필천 | 문학신문, 2006.29. |
| 시 | 청춘이여 앞으로 | 김히선 | 문학신문, 2006.30. |
| 시 | 선택 | 리태식 | 문학신문, 2006.31. |
| 시 | 공무집행 | 한승길 | 문학신문, 2006.31. |
| 시 | 평화의 교란자 | 리창식 | 문학신문, 2006.31. |
| 시 | 우리는 언제나 강자가 되리라! | 장명길 | 문학신문, 2006.31. |
| 시 | 파발리의 총성 | 홍현양 | 문학신문, 2006.31. |
| 시 | 이 하나의 진정을 | 한원희 | 문학신문, 2006.31. |
| 시 | 소문 | 김명철 | 문학신문, 2006.31. |
| 시 | 솟아오른다, 이 땅의 언제는 | 최정용 | 문학신문, 2006.31. |
| 시 | 땅과 로병 | 최창진 | 문학신문, 2006.31. |
| 시 | 돌과 사나이 | 박현철 | 문학신문, 2006.31. |
| 시 | 말로는 할수 없는 대답 | 조영일 | 문학신문, 2006.32. |
| 시 | 만약 | 김윤걸 | 문학신문, 2006.32. |
| 시 | 이들이어찌… | 박정애 | 문학신문, 2006.32. |
| 시 | 나에게는 병사시절이 있었다 | 김춘호 | 문학신문, 2006.32. |
| 시 | 아, 울림폭포메아리 | 박천걸 | 문학신문, 2006.32. |
| 시 | 이 가을에 | 함진주 | 문학신문, 2006.32. |
| 시 | 그대들의 앞날을 축복한다 | 리명옥 | 문학신문, 2006.32. |
| 시 | 그는 누구입니까 | 한승길 | 문학신문, 2006.33. |
| 시 | 기수들 | 리창식 | 문학신문, 2006.33. |
| 시 | 위대한 그 자욱우에 | 김송남 | 문학신문, 2006.33. |
| 시 | 내 고향 이 강의 전변을 | 주명옥 | 문학신문, 2006.33. |
| 시 | 아들의 인사 | 김영남 | 문학신문, 2006.33. |
| 시 | 나는 아들애를 살펴봅니다 | 로경철 | 문학신문, 2006.33. |
| 시 | 나도 너처럼 살수 있을가 | 리의성 | 문학신문, 2006.33. |

| 시 | 여기에 오니… | 리우선 | 문학신문, 2006.34. |
|---|---|---|---|
| 시 | 군공을 빛내이라 | 박현철 | 문학신문, 2006.34. |
| 시 | 물에도 목이 메여 | 김일규 | 문학신문, 2006.34. |
| 시 | 병사의 이야기 | 박웅전 | 문학신문, 2006.34. |
| 시 | 산이 자란다 | 로윤미 | 문학신문, 2006.34. |
| 시 | 12월의 눈이 내립니다 | 김경남 | 문학신문, 2006.35. |
| 시 | 공병삽 | 방만필 | 문학신문, 2006.35. |
| 시 | 나는 한손만 잡고 오지 않았다 | 우 순 | 문학신문, 2006.35. |
| 시 | 결산이랑 말을 씹으며 | 전승일 | 문학신문, 2006.35. |
| 시 | 빛나는 세월 | 리동수 | 문학신문, 2006.36. |
| 시 | 경축의 밤 | 림봉철 | 문학신문, 2006.36. |
| 시 | 내 심장에 새긴 글 | 김남해 | 문학신문, 2006.36. |
| 시 | 새해의 소원 | 리명옥 | 청년문학, 2006.1. |
| 시 | 첫자욱 | 김윤걸 | 청년문학, 2006.1. |
| 시 | 그이는 불! | 리명근 | 청년문학, 2006.1. |
| 시 | 글줄마다 책장마다 | 진춘근 | 청년문학, 2006.1. |
| 시 | 해빛 밝은 이 아침에 | 주명옥 | 청년문학, 2006.1. |
| 시 | 2월의 소원 | 최남순 | 청년문학, 2006.2. |
| 시 | 수령님의 영원한 혁명 일과 | 전수철 | 청년문학, 2006.2. |
| 시 | 말해다오, 불멸의 글발이여 | 김윤걸 | 청년문학, 2006.2. |
| 시 | 장군님 모신 원동의 그날은 | 김 석 | 청년문학, 2006.2. |
| 시 | 2월명절 아침에 | 호대선 | 청년문학, 2006.2. |
| 시 | 전류는 무엇을 타고 흐르는가 | 김정삼 | 청년문학, 2006.2. |
| 시 | 해돋이 | 김정삼 | 청년문학, 2006.2. |
| 시 | 설레이라 복받은 땅이여 | 진춘근 | 청년문학, 2006.3. |
| 시 | 봄의 축원 | 문동식 | 청년문학, 2006.4. |
| 시 | 4월의 봄빛 | 호대선 | 청년문학, 2006.4. |
| 시 | 강반석녀사의 모습 | 박상철 | 청년문학, 2006.4. |
| 시 | 안도에서 조국땅까지 | 리영철 | 청년문학, 2006.4. |
| 시 | 영웅과 영원한 동갑 나이로 | 박상민 | 청년문학, 2006.4. |
| 시 | 백승의 부름 | 문용철 | 청년문학, 2006.4. |
| 시 | 그이는 전선에 계신다 | 주 경 | 청년문학, 2006.5. |
| 시 | 동강의 봄우뢰 | 문동식 | 청년문학, 2006.5. |
| 시 | 하늘은 붉다, 땅은 뜨겁다 | 서봉제 | 청년문학, 2006.5. |
| 시 | 아, 우리 어머니 | 박천걸 | 청년문학, 2006.5. |
| 시 | 고향집 등잔불앞에서 | 호대선 | 청년문학, 2006.5. |
| 시 | 나는 청춘이다 | 김진주 | 청년문학, 2006.5. |

| 시 | 낯모를 처녀들에게 | 주명옥 | 청년문학, 2006.5. |
|---|---|---|---|
| 시 | 어머니도 선군시대 병사랍니다 | 정두국 | 청년문학, 2006.5. |
| 시 | 푸르러가는 논벌에서 | 송정우 | 청년문학, 2006.5. |
| 시 | 오늘도 그날의 홰불 아래서 | 서봉제 | 청년문학, 2006.6. |
| 시 | 그날에 장군님 걸으신 길은 | 김무림 | 청년문학, 2006.6. |
| 시 | 내 고향의 새 모습 앞에서 | 리종원 | 청년문학, 2006.6. |
| 시 | 우리에겐 무적의 백두산총대가 있다 | 송정우 | 청년문학, 2006.6. |
| 시 | 태양의 위업은 온누리에 | 박상철 | 청년문학, 2006.7. |
| 시 | 금수산기념궁전에서 | 리진협 | 청년문학, 2006.7. |
| 시 | ≪순천의원≫집 | 김호군 | 청년문학, 2006.7. |
| 시 | 여기가 전승열병식장이다 | 리영철 | 청년문학, 2006.7. |
| 시 | 림진강의 달 | 송정우 | 청년문학, 2006.7. |
| 시 | 해방년에도 섣달 그믐날에 | 김송남 | 청년문학, 2006.8. |
| 시 | 위대한 성업 | 서진명 | 청년문학, 2006.8. |
| 시 | 축복의 꽃보라 | 문동식 | 청년문학, 2006.8. |
| 시 | 평양을 안고가라 | 송은미 | 청년문학, 2006.8. |
| 시 | 간호원의 마음 | 김강휘 | 청년문학, 2006.8. |
| 시 | 공화국기발 | 문동식 | 청년문학, 2006.9. |
| 시 | 내 조국의 하늘을 우러러 | 문동식 | 청년문학, 2006.9. |
| 시 | 약속 | 최남순 | 청년문학, 2006.9. |
| 시 | 사립문과 잇닿은 은빛철문 | 박기석 | 청년문학, 2006.9. |
| 시 | 영원히 당기발따라 | 우광영 | 청년문학, 2006.10. |
| 시 | 우리 당의 뿌리 | 주광일 | 청년문학, 2006.10. |
| 시 | 나는 선생님을 압니다 | 김일신 | 청년문학, 2006.10. |
| 시 | 이 땅에 흐르는 시간은… | 김대성 | 청년문학, 2006.11. |
| 시 | 우리의 성새는 끄떡없으리 | 리찬호 | 청년문학, 2006.11. |
| 시 | 나는 ≪평양날파람≫ | 김기성 | 청년문학, 2006.11. |
| 시 | 장군님의 야전복 | 호대선 | 청년문학, 2006.11. |
| 시 | 어머님은 오늘도 대사하언덕에 서계신다 | 리명호 | 청년문학, 2006.11. |
| 시 | 생명수 | 김용엽 | 청년문학, 2006.11. |
| 시 | 뜨겁게 추억한다 2006년이여! | 김정란 | 청년문학, 2006.12. |
| 시 | 휘날려라 우리의 최고사령관기 | 조영식 | 청년문학, 2006.12. |
| 벽시 | 거름의 무게 | 로경철 | 문학신문, 2006.2. |
| 벽시 | 전초병 | 공천영 | 문학신문, 2006.2. |
| 벽시 | 주공전선에서… | 길정철 | 문학신문, 2006.2. |
| 벽시 | 최고사령부 불빛이 보인다 | 한광춘 | 문학신문, 2006.3. |
| 벽시 | 나의 자서전 | 리동수 | 문학신문, 2006.3. |

| 벽시 | 달리자 청춘이여 | 주광일 | 문학신문, 2006.3. |
|------|-------------|------|-----------------|
| 벽시 | 대답하리 완공의 그날 | 오재신 | 문학신문, 2006.7. |
| 벽시 | 우리 땅 | 유영하 | 문학신문, 2006.7. |
| 벽시 | 전망도앞에서 | 김창호 | 문학신문, 2006.7. |
| 벽시 | 발파소리 | 김봉민 | 문학신문, 2006.7. |
| 벽시 | 경쟁도표 | 우광복 | 문학신문, 2006.7. |
| 벽시 | 여기는 결전장 | 김명철 | 문학신문, 2006.14. |
| 벽시 | 봄우뢰소리 | 오필천 | 문학신문, 2006.14. |
| 벽시 | 좋다! | 김휘조 | 문학신문, 2006.14. |
| 벽시 | ≪나를 따라 앞으로!≫ | 김명철 | 문학신문, 2006.15. |
| 벽시 | 잠간! | 한원회 | 문학신문, 2006.15. |
| 벽시 | 격전장 | 김영택 | 문학신문, 2006.17. |
| 벽시 | 백두의 산악 | 문용철 | 문학신문, 2006.17. |
| 벽시 | 발전소건설자의 나이 | 주광일 | 문학신문, 2006.17. |
| 벽시 | 만점짜리 돌격대 | 한광춘 | 문학신문, 2006.17. |
| 벽시 | 여기도 전선이다 | 오필천 | 문학신문, 2006.18. |
| 벽시 | 땅이 말하는 소리 | 류명호 | 문학신문, 2006.18. |
| 벽시 | 논김 한줌 | 김향회 | 문학신문, 2006.18. |
| 벽시 | 쉿—조용히 | 방금석 | 문학신문, 2006.18. |
| 벽시 | 판문점 | 김정삼 | 문학신문, 2006.20. |
| 벽시 | 6.25~7.27 | 윤하종 | 문학신문, 2006.20. |
| 벽시 | 땀의 무게 | 전승일 | 문학신문, 2006.22. |
| 벽시 | 다 말해주는데야 | 최충웅 | 문학신문, 2006.22. |
| 벽시 | 아침보도를 들으며 | 리일섭 | 문학신문, 2006.22. |
| 벽시 | 대답하리 완공의 그날 | 오재신 | 문학신문, 2006.34. |
| 벽시 | 금진강 | 리동수 | 문학신문, 2006.35. |
| 벽시 | 영원한 화폭으로 | 장명길 | 문학신문, 2006.35. |
| 벽시 | 물우에도 길이 있다 | 한승길 | 문학신문, 2006.35. |
| 벽시 | 경고한다 | 오필천 | 문학신문, 2006.36. |
| 벽시 | 엄마가 아닌가요 | 주 경 | 문학신문, 2006.36. |

## <군중문학>

| 구분 | 제목 | 작가 | 출처 |
|------|------|------|------|
| 단편소설 | 입학시험(과학환상소설) | 안창준 | 청년문학, 2006.1. |
| 단편소설 | 들국화의 노래 | 백금희 | 청년문학, 2006.3. |
| 단편소설 | ≪시어머니≫ | 김순철 | 청년문학, 2006.4. |
| 단편소설 | 아버지의 사진 | 박춘학 | 청년문학, 2006.5. |

| 단편소설 | 우리 집 다리아 | 김홍철 | 청년문학, 2006.6. |
|---|---|---|---|
| 단편소설 | 매혹 | 지석철 | 청년문학, 2006.6. |
| 단편소설 | 봄날에 비긴 가을(벽소설) | 서신향 | 청년문학, 2006.7. |
| 단편소설 | 주인 | 최금송 | 청년문학, 2006.7. |
| 단편소설 | 전승의 광장으로 | 원경덕 | 청년문학, 2006.7. |
| 단편소설 | 피리소리 | 김준호 | 청년문학, 2006.8. |
| 단편소설 | 소중한 발자국 | 박춘학 | 청년문학, 2006.8. |
| 단편소설 | 덮어버린 토론원고(벽소설) | 강설경 | 청년문학, 2006.8. |
| 단편소설 | 나는 사랑을 배웠다 | 김윤회 | 청년문학, 2006.9. |
| 단편소설 | 삼등땅의 새 전설 | 정철학 | 청년문학, 2006.10. |
| 단편소설 | 땅과 사랑 | 임창학 | 청년문학, 2006.10. |
| 단편소설 | 약속 | 리광철 | 청년문학, 2006.11. |
| 단편소설 | 이끼푸른 성돌 | 박영건 | 청년문학, 2006.11. |
| 단편소설 | 세번째 이름 | 김재호 | 청년문학, 2006.12. |
| 단편소설 | 교단의높이 | 김 철 | 청년문학, 2006.12. |
| 서사시 | 우리 세대는 선언한다!<br>1. 나는 노래하지 않을수 없다<br>2. 아버지세대는 어떻게 조국을 알았는가<br>3. 우리 세대는 어떻게 조국을 알았는가<br>4. 우리 세대는 선언한다! | 김정삼 | 청년문학, 2006.8. |
| 시초 | 백두산답사대원의 노래<br>- 백두의 축복<br>- 화살표<br>- 다 담아다오<br>- 백두산답사대원의 노래 | 김혜영 | 청년문학, 2006.2. |
| 시초 | 땅은 무거워야 한다<br>- 장군님 계시는 곳<br>- 꿈하늘<br>- 우리 중대 군중문화시간<br>- 땅은 무거워야 한다 | 림봉철 | 청년문학, 2006.2. |
| 시초 | 정든 생활<br>- 나는 사랑해<br>- 우리 집 큰살림<br>- 철없는 마음에도 어찌 모를가<br>- 기울여가는 우리 지성은 | 정순애 | 청년문학, 2006.2. |
| 시초 | 우리 차례가 왔다<br>- 우리는 졸업반이다<br>- 마지막시간<br>- 우리의 첫 자욱은…<br>- 작별의 이야기(일기)<br>- 우리의 차례가 왔다 | 김석산 | 청년문학, 2006.3. |
| 시초 | 뜨거운추억<br>- 내 운명의 고향집 | 최창진 | 청년문학, 2006.4. |

| | | | |
|---|---|---|---|
| | - 눈내리던 그밤처럼<br>- 토장에 풋고추 몇개…<br>- 어머님의 수첩<br>- 뜨거운 추억 | | |
| 시초 | 노을타는 령길<br>- 행복의 메아리<br>- 시내물과 제대병사<br>- 노을타는 령길<br>- 이 봄날에도 피여난 진달래는… | 한창현 | 청년문학, 2006.5. |
| 시초 | 로학자의 심정<br>- 별빛을 우러르며<br>- 산기슭의 교사<br>- 거울앞에서<br>- 자신에게 하는 말 | 태용함 | 청년문학, 2006.5. |
| 시초 | 땅이 웃는 소리<br>- 땅이 웃는 소리<br>- 감자꽃 내 사랑아<br>- 감자를 캐며…<br>- 편지 | 김명옥 | 청년문학, 2006.7. |
| 시초 | 나는 전호를 두고 오지 않았다<br>- 나의 희망, 나의 지향<br>- 군화<br>- 나는 전호를 두고 오지 않았다<br>- 한밤중의 나팔소리<br>- 병사가 됐을거야 | 박명일 | 청년문학, 2006.8. |
| 시초 | 병사의 행군은 끝나지 않았다<br>- 이 땅을 걸어서 가련다<br>- 고백<br>- 팔씨름<br>- 나에게도 일감이 있다<br>- 병사의 행군은 끝나지 않았다 | 장영호 | 청년문학, 2006.9. |
| 시초 | 최고사령부작식대원의 일기<br>- 복무의 나날은 흐른다<br>- 일기장의 갈피에서<br>- 어서크거라<br>- 너는 군인의 아들이다!<br>- 최고사령부작식대원의 일기 | 리명희 | 청년문학, 2006.10. |
| 시초 | 미루벌의 물소리<br>- 물소리<br>- 랑만<br>- 미루벌처녀와 물길총각<br>- 푸른 잔디<br>- 미루벌에 새 이름 지어주자 | 윤세철 | 청년문학, 2006.11. |
| 시초 | 전호와 교단<br>- 병사의 모습<br>- 병사! 그대의 이름<br>- 스승과 제자 | 홍영순 | 청년문학, 2006.11. |

| | | | |
|---|---|---|---|
| | － 전호와 교문 | | |
| 시초 | 땅! 나는 땅을 사랑합니다<br>　－ 두엄의 무게<br>　－ 땀과 이삭<br>　－ 몰라!<br>　－ 즐거운 가을날에<br>　－ 땅! 나는 땅을 사랑합니다 | 김봉철 | 청년문학, 2006.12. |
| 시초 | 병사의 조국<br>　－ 병사의 마음<br>　－ 씨앗<br>　－ 오염<br>　－ 전호여! | 김성일 | 청년문학, 2006.12. |
| 시 | 영원한 수령님모습 | 김성일 | 청년문학, 2006.1. |
| 시 | 영원히 걸어갈 광복의 천리길이여 | 최정철 | 청년문학, 2006.1. |
| 시 | 내가 배운 첫인사 | 전봄이 | 청년문학, 2006.1. |
| 시 | 나는 그날에 영예군인이 되었다 | 박명일 | 청년문학, 2006.1. |
| 시 | 나의 총 | 장 일 | 청년문학, 2006.1. |
| 시 | 부러움 | 김 연 | 청년문학, 2006.1. |
| 시 | 미래 | 김 연 | 청년문학, 2006.1. |
| 시 | 책이여! | 서재옥 | 청년문학, 2006.1. |
| 시 | 고향 | 황준옥 | 청년문학, 2006.1. |
| 시 | 어머님의 고향길 | 허군성 | 청년문학, 2006.2. |
| 시 | 날마다 걷는 새벽 방목길은… | 김유권 | 청년문학, 2006.2. |
| 시 | 언제나 함께 살리 | 김순덕 | 청년문학, 2006.2. |
| 시 | 조국은 나에게 고향을 맡겼다 | 김정범 | 청년문학, 2006.2. |
| 시 | 그들은 여기 있다 | 림춘옥 | 청년문학, 2006.2. |
| 시 | 나의 첫걸음 | 김수련 | 청년문학, 2006.2. |
| 시 | 단발머리 나의 희망 | 하영미 | 청년문학, 2006.2. |
| 시 | 새벽녘에 울리는 마치소리 | 진동화 | 청년문학, 2006.2. |
| 시 | 이 고마운 사람들속에서 | 장영호 | 청년문학, 2006.2. |
| 시 | 나는 총을 잡았다 | 박세영 | 청년문학, 2006.2. |
| 시 | 우리의 새날은 이렇게 밝았다 | 리은하 | 청년문학, 2006.3. |
| 시 | 나는 언제나 그이를 맞이한다 | 서춘달 | 청년문학, 2006.3. |
| 시 | 동림선창가에서 | 김성희 | 청년문학, 2006.3. |
| 시 | 고향땅의 이른새벽 | 신성진 | 청년문학, 2006.3. |
| 시 | 샘물 | 김국성 | 청년문학, 2006.3. |
| 시 | 조국이여 받아다오 | 최영심 | 청년문학, 2006.3. |
| 시 | 숙제 | 김혜영 | 청년문학, 2006.3. |
| 시 | 나는 무엇을 가르쳐야 하는가 | 리영희 | 청년문학, 2006.3. |
| 시 | 탄층을 받들고선 동발들처럼 | 장명도 | 청년문학, 2006.3. |

| 시 | 열여덟 | 오금희 | 청년문학, 2006.3. |
|---|---|---|---|
| 시 | 환희에 찬 4월의 봄날에 | 림미숙 | 청년문학, 2006.4. |
| 시 | 락원의 변함없는 대답 | 조봉국 | 청년문학, 2006.4. |
| 시 | 풍요한 가을을 이 땅에 불러오네 | 림병욱 | 청년문학, 2006.4. |
| 시 | 병사의 량심 | 박룡주 | 청년문학, 2006.4. |
| 시 | 어제날 근위병의 자세로 살리 | 지용학 | 청년문학, 2006.4. |
| 시 | 영웅된 제자의 소식앞에서 | 리명복 | 청년문학, 2006.4. |
| 시 | 교문 | 지선아 | 청년문학, 2006.4. |
| 시 | 푸르름 | 손영숙 | 청년문학, 2006.4. |
| 시 | 병사의 앞길을 축복한다 | 김정호 | 청년문학, 2006.4. |
| 시 | 독도는 우리의 땅 | 김혜경 | 청년문학, 2006.4. |
| 시 | 유격구의 종달새 | 장만식 | 청년문학, 2006.5. |
| 시 | 좋은 밤 | 지희경 | 청년문학, 2006.5. |
| 시 | 도화선에 불을 달며 | 정영학 | 청년문학, 2006.5. |
| 시 | 땅아 네우에 있다 | 리창혁 | 청년문학, 2006.5. |
| 시 | 우리는 선군으로 승리하리라 | 오동규 | 청년문학, 2006.5. |
| 시 | 복수의 그날에는 | 김연화 | 청년문학, 2006.5. |
| 시 | 우리 분대 영예사진 | 박영호 | 청년문학, 2006.5. |
| 시 | 홰불이여 | 최 옥 | 청년문학, 2006.5. |
| 시 | 일이 고와 마음이 고와 | 리선옥 | 청년문학, 2006.5. |
| 시 | 6월의 환희 | 최혜경 | 청년문학, 2006.6. |
| 시 | 위대한 선군의 기치아래 | 함진주 | 청년문학, 2006.6. |
| 시 | 백두밀영고향집 뜨락에서 | 리성국 | 청년문학, 2006.6. |
| 시 | 장군님은 보신다 | 김준찬 | 청년문학, 2006.6. |
| 시 | ≪지원≫폭포앞에서 | 서충국 | 청년문학, 2006.6. |
| 시 | 병사는 밤을 지새우네 | 리경체 | 청년문학, 2006.6. |
| 시 | 봄, 가을이 함께 왔소 | 권승호 | 청년문학, 2006.6. |
| 시 | 눈부신 아침 | 백리향 | 청년문학, 2006.6. |
| 시 | 나는 제대군인탄부다 | 김영석 | 청년문학, 2006.6. |
| 시 | 6월 25일의 분노 | 방금석 | 청년문학, 2006.6. |
| 시 | 피묻은 도끼 | 리응환 | 청년문학, 2006.6. |
| 시 | 이름처럼 더러운 부쉬 대통령에게(풍자시) | 김경일 | 청년문학, 2006.6. |
| 시 | 특별렬차안의 시계 | 리철민 | 청년문학, 2006.7. |
| 시 | 군자리의 갱도를 걸으며 | 강은향 | 청년문학, 2006.7. |
| 시 | 영웅은 돌아왔다 | 한금철 | 청년문학, 2006.7. |
| 시 | 전선 개임! | 림봉철 | 청년문학, 2006.7. |
| 시 | 위대한 축복 | 남혁철 | 청년문학, 2006.7. |

| 시 | 산골짝 작은 마을 | 신성진 | 청년문학, 2006.7. |
|---|---|---|---|
| 시 | 고향의 밤 | 전정순 | 청년문학, 2006.7. |
| 시 | 말은 없어도 | 안원근 | 청년문학, 2006.7. |
| 시 | 오늘도 나는 분대장이다 | 오동규 | 청년문학, 2006.7. |
| 시 | 나는 대학생이 되였습니다 | 김정임 | 청년문학, 2006.7. |
| 시 | 그 보탑 새겨보는 이 마음속엔 | 조봉국 | 청년문학, 2006.8. |
| 시 | 고뿔 | 황은희 | 청년문학, 2006.8. |
| 시 | 내 고향의 바다가 | 신춘실 | 청년문학, 2006.8. |
| 시 | 봄과 청춘 | 로이남 | 청년문학, 2006.8. |
| 시 | 감나무집에 온 편지 | 리룡희 | 청년문학, 2006.8. |
| 시 | 물길이 뻗는다 | 정경호 | 청년문학, 2006.8. |
| 시 | 관통 | 김태옥 | 청년문학, 2006.8. |
| 시 | 농장원 나의 노래 | 조천일 | 청년문학, 2006.8. |
| 시 | 집을 지으리라! | 김재호 | 청년문학, 2006.8. |
| 시 | 병사의 부탁 | 심복실 | 청년문학, 2006.8. |
| 시 | 불쌍한 소녀앞에서 | 조은향 | 청년문학, 2006.8. |
| 시 | 신기한 이야기 | 윤정길 | 청년문학, 2006.9. |
| 시 | 오산덕의 어머님을 우러러 | 조봉국 | 청년문학, 2006.9. |
| 시 | 무재봉마루에서 | 윤미숙 | 청년문학, 2006.9. |
| 시 | 잠 못드는 서해갑문 | 김성욱 | 청년문학, 2006.9. |
| 시 | 처녀병사들에게 | 변정욱 | 청년문학, 2006.9. |
| 시 | 생활이여, 너를 사랑한다 | 진영철 | 청년문학, 2006.9. |
| 시 | 고백 | 리종수 | 청년문학, 2006.9. |
| 시 | 영웅의 첫사랑은 무엇이던가 | 김정학 | 청년문학, 2006.9. |
| 시 | 고향은 언제나 함께 | 류영준 | 청년문학, 2006.9. |
| 시 | 이삭아, 함께 가자 | 한영순 | 청년문학, 2006.9. |
| 시 | 여기서 내가 산다 | 김유권 | 청년문학, 2006.9. |
| 시 | 땀의 무게 | 김성희 | 청년문학, 2006.9. |
| 시 | 내 가슴에 설설 끓는것은 | 리종원 | 청년문학, 2006.9. |
| 시 | 철갑모무덤 | 김동철 | 청년문학, 2006.9. |
| 시 | ≪ㅌ·ㄷ≫의 불빛 | 조봉국 | 청년문학, 2006.10. |
| 시 | 나의 붓 | 리강림 | 청년문학, 2006.10. |
| 시 | 선군조선의 태양 | 김연화 | 청년문학, 2006.10. |
| 시 | 해방산언덕의 작은 집 | 리태선 | 청년문학, 2006.10. |
| 시 | 영원한 삶의 교과서 | 리순정 | 청년문학, 2006.10. |
| 시 | 총과 조국 | 양영근 | 청년문학, 2006.10. |
| 시 | 철령의 돌이여 | 방호성 | 청년문학, 2006.10. |

| 시 | 나는 벼단을 묶는다 | 리현문 | 청년문학, 2006.10. |
|---|---|---|---|
| 시 | 어머니는 알게 되리라 | 리건일 | 청년문학, 2006.10. |
| 시 | 가을선경 | 림용선 | 청년문학, 2006.10. |
| 시 | 출근길의 아침에 | 변정욱 | 청년문학, 2006.10. |
| 시 | 청춘제방우에서 | 렴승철 | 청년문학, 2006.10. |
| 시 | 그 마음을 안고 산다면 | 박 철 | 청년문학, 2006.10. |
| 시 | 룡남산에 올라 | 유련희 | 청년문학, 2006.10. |
| 시 | 그하나의대답을… | 방금석 | 청년문학, 2006.10. |
| 시 | 병사의대답은… | 김철국 | 청년문학, 2006.10. |
| 시 | 장군님의 휴식 | 박명길 | 청년문학, 2006.11. |
| 시 | 백두의 숫눈길 | 김성모 | 청년문학, 2006.11. |
| 시 | 땅우의 나의 모습 | 김봉철 | 청년문학, 2006.11. |
| 시 | 병사와 아이들 | 한송이 | 청년문학, 2006.11. |
| 시 | 병사와 평화 | 김장호 | 청년문학, 2006.11. |
| 시 | 밤노을 | 리원선 | 청년문학, 2006.11. |
| 시 | 흙주머니 | 강 명 | 청년문학, 2006.11. |
| 시 | 총석정립총바위 | 하영수 | 청년문학, 2006.11. |
| 시 | 나의 포전길 | 문춘옥 | 청년문학, 2006.11. |
| 시 | 나뭇가지 하나 | 강 준 | 청년문학, 2006.11. |
| 시 | 신천시간 | 정철학 | 청년문학, 2006.11. |
| 시 | 물길굴을 나서며 | 리상걸 | 청년문학, 2006.11. |
| 시 | 교대없이 서고싶어라 | 김희연 | 청년문학, 2006.11. |
| 시 | 모교를 떠나며 | 변정욱 | 청년문학, 2006.11. |
| 시 | 그 열다섯발자국앞에 | 리용기 | 청년문학, 2006.11. |
| 시 | 그날의 메아리 | 리정구 | 청년문학, 2006.11. |
| 시 | 모란봉아 너의 영광은 | 리정구 | 청년문학, 2006.11. |
| 시 | 병사시절 | 김충성 | 청년문학, 2006.11. |
| 시 | 장군님을 받드는 나의 마음은 | 최명길 | 청년문학, 2006.11. |
| 시 | 어머니의 아들 | 장 일 | 청년문학, 2006.11. |
| 시 | 출발의 역두에서 | 박현희 | 청년문학, 2006.11. |
| 시 | 선생님모습 | 림용선 | 청년문학, 2006.11. |
| 시 | 은정의 떼가 흐른다 | 백병천 | 청년문학, 2006.11. |
| 시 | 너따위 미제가 뭐길래 | 오무환 | 청년문학, 2006.11. |
| 시 | 한장의 지도에 담으시여 | 김유권 | 청년문학, 2006.12. |
| 시 | 최고사령관기 나붓기는 하늘아래서 | 최원찬 | 청년문학, 2006.12. |
| 시 | 사랑의 군복 | 김청석 | 청년문학, 2006.12. |
| 시 | 신념의 동지여 | 박진향 | 청년문학, 2006.12. |

| 시 | 사랑의 일요일 | 김영순 | 청년문학, 2006.12. |
|---|---|---|---|
| 시 | 어머님 두고가신것은 | 방은하 | 청년문학, 2006.12. |
| 시 | 어머님 내 고향에 오신 날은 | 문광혁 | 청년문학, 2006.12. |
| 시 | 내 마음의 둥근 달아 | 리문섭 | 청년문학, 2006.12. |
| 시 | 내이름을 | 리용기 | 청년문학, 2006.12. |
| 시 | 조국은 내 작은 가슴에 | 안정희 | 청년문학, 2006.12. |
| 시 | 마음의 향기예요 | 조옥실 | 청년문학, 2006.12. |
| 시 | 고향땅이여 네가 말해다오 | 리태호 | 청년문학, 2006.12. |
| 시 | 돌격대원 우리가 여기있다 | 신철수 | 청년문학, 2006.12. |
| 시 | 12월은 가지 않았다 | 서승문 | 청년문학, 2006.12. |
| 시 | 내 고향은 강선이다 | 김춘식 | 청년문학, 2006.12. |
| 시 | 처녀의 고백 | 김옥화 | 청년문학, 2006.12. |
| 시 | 나의 변압기 249호여 | 강인철 | 청년문학, 2006.12. |
| 시 | 샘물을 드립니다 | 문광근 | 조선문학, 2006.11. |
| 시 | 아버지의 별 | 변영환 | 조선문학, 2006.11. |
| 시 | 나의 집 | 장 일 | 조선문학, 2006.11. |
| 시 | 용해장의 갈매기 | 김정철 | 조선문학, 2006.11. |
| 시 | 전호가의 산딸기 | 김영철 | 문학신문, 2006.4. |
| 시 | 어머니의 《기상구령》 | 박찬호 | 문학신문, 2006.4. |
| 시 | 나의 발걸음 | 김현순 | 문학신문, 2006.6. |
| 시 | 꽃다발이 흐른다 | 장설경 | 문학신문, 2006.9. |
| 시 | 봄비를 맞으며 | 최정심 | 문학신문, 2006.9. |
| 시 | 백두산도시 | 리성국 | 문학신문, 2006.15. |
| 시 | 푸른 소나무 | 김청안 | 문학신문, 2006.15. |
| 시 | 나는 봄날에 산다 | 리명철 | 문학신문, 2006.15. |
| 시 | 눈물이 출렁 | 백화숙 | 문학신문, 2006.21. |
| 시 | 어머니의 추억 | 장철호 | 문학신문, 2006.21. |
| 시 | 내 바친 땀과 성실한 노력으로 | 김경남 | 문학신문, 2006.21. |
| 시 | 선군은 봄이다 | 김금별 | 청년전위, 2006.1.8. |
| 시 | 참된 삶의 교과서 | 박원석 | 청년전위, 2006.1.8. |
| 시 | 병사시절처럼 | 김명일 | 청년전위, 2006.2.12. |
| 시 | 고향집뜨락 | 김은혜 | 청년전위, 2006.2.25. |
| 시 | 명령받은 병사 | 리인옥 | 청년전위, 2006.3.5. |
| 시 | 백두산시절 | 김석준 | 청년전위, 2006.3.12. |
| 시 | 우리는 폭우를 두려워하지 않는다 | 진영철 | 청년전위, 2006.3.12. |
| 시 | 나의 목수건 | 홍승길 | 청년전위, 2006.3.19. |
| 시 | 계절에 대한 생각 | 백명심 | 청년전위, 2006.4.2. |

| 시 | 어디 맞서보자 | 리태호 | 청년전위, 2006.4.2. |
|---|---|---|---|
| 시 | 고향 | 박성애 | 청년전위, 2006.4.12. |
| 시 | 달력을 번질 때면 | 리현철 | 청년전위, 2006.4.12. |
| 시 | 고향의 어머니에게 | 최유일 | 청년전위, 2006.5.7. |
| 시 | 나는 질통과 이야기한다 | 김철룡 | 청년전위, 2006.5.7. |
| 시 | 꿍다리 | 박성철 | 청년전위, 2006.5.7. |
| 시 | 생각많은 건설장의 밤 | 리은덕 | 청년전위, 2006.5.14. |
| 시 | 불덩어리여 | 리상섭 | 청년전위, 2006.5.21. |
| 시 | 초소로 떠나며 다지는 맹세 | 서국철 | 청년전위, 2006.5.21. |
| 시 | 소금꽃 | 김진명 | 청년전위, 2006.6.4. |
| 시 | 붉은기여 너와 함께… | 조호연 | 청년전위, 2006.7.2. |
| 시 | 나는 사랑한다 | 김복순 | 청년전위, 2006.8.8. |
| 시 | 나의 청춘시절 | 김금향 | 청년전위, 2006.8.20. |
| 시 | 청춘시절 | 김영남 | 청년전위, 2006.9.14. |
| 시 | 청춘을 빛나게 살자 | 리일남 | 청년전위, 2006.9.17. |
| 시 | 나는 나에게 묻는다 | 김정학 | 청년전위, 2006.9.17. |
| 시 | 소백수 맑은 물 | 박성애 | 청년전위, 2006.9.24. |
| 시 | 나의 스승 | 김옥영 | 청년전위, 2006.9.24. |
| 시 | 나는 김일성종합대학 학생이다 | 김강철 | 청년전위, 2006.10.1. |
| 시 | 내가 쓰고싶은 글 | 채명삼 | 청년전위, 2006.10.8. |
| 시 | 마음의 군복을 영원히 벗지 않으리 | 리순철 | 청년전위, 2006.10.8. |
| 시 | 내 모습 잣나무야 | 김선녀 | 청년전위, 2006.10.8. |
| 시 | 연백벌의 가을 | 진혜경 | 청년전위, 2006.10.15. |
| 시 | 병사의 참된 삶의 나이 | 최유일 | 청년전위, 2006.11.7. |
| 시 | 내 고향의 시내가 | 로미향 | 청년전위, 2006.11.12. |
| 시 | 기쁨 | 안미연 | 청년전위, 2006.12.10. |
| 시 | 우리는 조선의 대학생 | 안원근 | 청년전위, 2006.12.19. |
| 시 | 강대나무의 당부 | 김경남 | 청년전위, 2006.12.19. |
| 시 | 어머니의 기쁨 | 박애란 | 평양신문, 2006.1.17. |
| 시 | 사랑의 열이여! | 최향일 | 평양신문, 2006.2.8. |
| 시 | 별많은 초소의 밤에 | 김준호 | 평양신문, 2006.2.25. |
| 시 | 아카시아나무야 | 로윤국 | 평양신문, 2006.3.11. |
| 시 | 사랑의 향수분무기앞에서 | 백화숙 | 평양신문, 2006.3.24. |
| 시 | 애솔포기 한그루 | 조광원 | 평양신문, 2006.3.29. |
| 시 | 수도의 길이여 | 리순희 | 평양신문, 2006.4.12. |
| 시 | 내 한생 안고 살 날과 날들 | 리원걸 | 평양신문, 2006.5.3. |
| 시 | 붉은 수첩 | 전영옥 | 평양신문, 2006.5.3. |

| 시 | 신천의 잔디밭에서 | 김금별 | 평양신문, 2006.5.9. |
|---|---|---|---|
| 시 | 간곡한 당부 | 김충성 | 평양신문, 2006.6.6. |
| 시 | 시내가에서 | 김재호 | 평양신문, 2006.6.6. |
| 시 | 백두산바람속에서 | 정남선 | 평양신문, 2006.6.22. |
| 시 | 내가 사는 거리 | 최성혁 | 평양신문, 2006.7.26. |
| 시 | 사랑하는 나의 이름 | 박원석 | 평양신문, 2006.8.30. |
| 시 | 병사의 나이 | 김영일 | 평양신문, 2006.9.19. |
| 시 | 잠들수 없는 이밤이여 | 조성찬 | 평양신문, 2006.9.19. |
| 시 | 꽃피는 관병일치 | 김재호 | 평양신문, 2006.10.5. |
| 시 | 병사의 더운피 바쳐가리라 | 리명철 | 평양신문, 2006.10.22. |
| 시 | 정말이지 나도 알수 없어요 | 홍 길 | 평양신문, 2006.11.1. |
| 시 | 나의 이름은 병사 | 박원석 | 평양신문, 2006.11.25. |
| 시 | 나의 사랑 총이여 | 정창수 | 평양신문, 2006.11.25. |
| 시 | 건창의 우정금 | 박승철 | 평양신문, 2006.12.28. |

## <문학예술 출판도서>

| 구분 | 제목 | 작가 | 출처(출판기관) |
|---|---|---|---|
| 도서 | 주체문학전서(4): 시문학 | 최길상 | 문학예술출판사 |
| 도서 | 주체문학전서(5): 소설문학 | 김홍섭 | 문학예술출판사 |
| 도서 | 민족과 영생 | 강덕부 | 문학예술출판사 |
| 장편수기 | 나의 조국 영원하라 | 김창원 | 문학예술출판사 |
| 문학작품집 | 새벽길 | | 문학예술출판사 |
| 문학작품집 | 최고사령관기 올렷 | | 문학예술출판사 |
| 문학작품집 | 백두산의 새 력사 | | 문학예술출판사 |
| 문학작품집 | 영원한 병사의 노래 | 박 영 | 문학예술출판사 |
| 문학작품집 | ≪6월4일문학상≫작품집 열정의 산아 | | 문학예술출판사 |
| 문학작품집 | 김철작품집(하) | 김 철 | 문학예술출판사 |
| 문학작품집 | 철산봉의 메아리 | 무산광산련합기업소 군중문학통신원 | 문학예술출판사 |
| 문학작품집 | 울려가라 어은금소리 | 허진수 | 금성청년출판사 |
| 실화문학집 | 선군시대 인간들 | | 문학예술출판사 |
| 단편소설집 | 우리 세대 | 한웅빈 | 문학예술출판사 |
| 단편소설집 | 영원한 상봉 | 현승남 | 금성청년출판사 |
| 단편소설집 | 소방울소리 | 김상현 | 금성청년출판사 |
| 시집 | ≪21세기의 태양을 우러러≫(5): 2월의 봄우뢰 | 서봉제, 김휘조 | 문학예술출판사 |
| 시집 | 축복받은 삶 | 염득복, 강옥녀 | 문학예술출판사 |
| 시집 | 서사시 어머니의 목소리 | 김 숙 | 문학예술출판사 |

| 시집 | 장편기행련시 선군령장을 따라 천만리 | 최준경 | 문학예술출판사 |
|---|---|---|---|
| 고전사화 | 장편사화 피묻은 청동단검 | 신규현, 리규춘 | 금성청년출판사 |
| 작품집 | 웃음이야기집 웃으며 생각하자 | | 금성청년출판사 |
| 작품집 | 동요동시집 해님과 아기꽃 | 김청일 | 금성청년출판사 |
| 작품집 | 학생작품집 선군동이들의 노래 | | 금성청년출판사 |
| 작품집 | ≪〈우리교실〉문학상≫ 당선작품집 푸른하늘 | | 금성청년출판사 |
| 도서 | 세계아동문학이야기(소설편) | | 금성청년출판사 |
| 음악도서 | 함기찬가요집 | | 금성청년출판사 |
| 음악도서 | 손풍금반주곡집 선군닐리리 | | 문학예술출판사 |
| 음악도서 | 기타소품집 나는 알았네 | | 문학예술출판사 |
| 음악도서 | 서정가요선곡집 내 나라의 푸른 하늘 | | 문학예술출판사 |
| 음악도서 | 피아노반주곡집 봄을 먼저 알리는 꽃이 되리라 | | 문학예술출판사 |
| 음악도서 | 민요곡집 대홍단 삼천리 | | 문학예술출판사 |
| 음악도서 | 답사행군노래집 백두의 행군길 이어가리라 | | 문학예술출판사 |
| 음악도서 | 노래집 준마처녀 | | 문학예술출판사 |
| 음악도서 | 세계음악자료집(유럽편) | 최춘희 | 문학예술출판사 |
| 작품집 | 장편동화 돌거부리 | 박찬수 | 금성청년출판사 |
| 작품집 | 장편동화 이상한 수수께끼 | 황령아 | 금성청년출판사 |
| 작품집 | 현대조선문학선집(29): 장편소설 봄 | 리기영 | 문학예술출판사 |
| 작품집 | 현대조선문학선집(36): 장편소설 인간문제 | 리기영 | 문학예술출판사 |
| 작품집 | 조선고전문학선집(32): 쌍천기봉(3) | 오희복(윤색) | 문학예술출판사 |
| 작품집 | 조선고전문학선집(47): 숙향전 | 박현균(윤색) | 문학예술출판사 |
| 그림책 | 보이지 않는 적수(제2부) | 글: 김화성<br>그림: 리원철 | 문학예술출판사 |
| 그림책 | 류다른 상봉 | 글: 김영선<br>그림: 김은별 | 문학예술출판사 |
| 그림책 | ≪비밀략도≫를 찾아서 | 글: 조상철<br>그림:리철근 | 금성청년출판사 |
| 그림책 | ≪폭풍≫정찰조 | 글: 정기운<br>그림: 박선일, 리성근 | 금성청년출판사 |
| 그림책 | 고요한 전초선 | 글: 김철국, 김성일<br>그림: 최근호 | 금성청년출판사 |
| 그림책 | 압록강가에서 | 글: 김혜선<br>그림: 리철근 | 금성청년출판사 |
| 그림책 | 피에 젖은 태견록 | 글: 심영택<br>그림: 김선심 | 금성청년출판사 |
| 그림책 | 명장의 장검 | 글: 장웅남, 김국철<br>그림: 진영훈 | 금성청년출판사 |
| 그림책 | 해녀와 왕자 | 글: 채경원<br>그림: 배인영 | 금성청년출판사 |

## <장·중편소설 출판>

| 구분 | 제목 | 작가 | 출처 |
|------|------|------|------|
| 장편소설 | 총서 ≪불멸의력서≫ 태양찬가 | 남대현 | 문학예술출판사 |
| 장편소설 | 백두산마루 | 전흥식 | 문학예술출판사 |
| 장편소설 | 장검(제2부) | 홍동식 | 금성청년출판사 |
| 장편소설 | 력사에 묻다(제5부) | 김진성 | 금성청년출판사 |
| 장편소설 | 소원 | 한웅빈, 신용선 | 문학예술출판사 |
| 장편소설 | 젊은 시절 | 림길명 | 문학예술출판사 |
| 장편소설 | 숨결 | 김명진 | 문학예술출판사 |
| 장편소설 | 비류강 | 림재성 | 문학예술출판사 |
| 장편소설 | 롱구감독 | 김덕철 | 문학예술출판사 |
| 장편소설 | 폭풍의 산아(제1부) | 허문길 | 문학예술출판사 |
| 장편소설 | 폭풍의 산아(제2부) | 허문길 | 문학예술출판사 |
| 장편소설 | 사랑의 권리 | 리준호 | 문학예술출판사 |
| 장편소설 | 운명의 길 | 량남익 | 문학예술출판사 |
| 장편소설 | 사라진 밀로 | 송병준 | 문학예술출판사 |
| 장편소설 | 장검에 비낀 백발 | 박종철 | 문학예술출판사 |
| 장편소설 | 세월에 지지 말아 | 안동춘 | 문학예술출판사 |
| 중편소설 | 어머니의 모습 | 조수희 | 문학예술출판사 |
| 중편소설 | 푸른 물줄기 | 황동선 | 문학예술출판사 |
| 중편소설 | 시내물은 어디서 | 김정회 | 금성청년출판사 |
| 중편소설 | 그 시절은 지나갔어도 | 반상서 | 금성청년출판사 |
| 중편소설 | 산촌의무지개 | 길성근 | 금성청년출판사 |
| 중편소설 | 젊은 선장 | 박룡운 | 금성청년출판사 |
| 중편소설 | 소년의병대정 | 리상록 | 금성청년출판사 |
| 중편실화소설 | 회령처녀들 | 장선홍 | 문학예술출판사 |
| 중편실화소설 | 불타는 석양 | 전달형 | 문학예술출판사 |
| 중편실화소설 | 혜성들(2) | 함용길 | 문학예술출판사 |
| 중편실화문학집 | 고향은 영웅을 기다린다 | 엄성영, 박웅전 | 금성청년출판사 |

## 8) 『조선문학예술년감』(2008) 문학작품 주요 목록

### <시>(대표작)

| 구분 | 제목 | 작가 | 출처 |
|---|---|---|---|
| 시 | 총진군 앞으로! | 백 하 | 로동신문, 2007.1.8. |
| 시 | 이 심장을 받아다오 | 한광춘 | 로동신문, 2007.1.8. |
| 시 | 조국이 사랑하는 영웅이 되자 | 김은숙 | 로동신문, 2007.1.8. |
| 시 | 기쁨많은 녀성중대(련시)<br> - 기쁜 밤 즐거운 밤<br> - 그리움의 나날에 병사가 산다<br> - 팔씨름<br> - 녀병사의 《강의》<br> - 하나의 주소<br> - 병사의 고향으로 비행기 날은다<br> - 감사를 드리자 | 백의선<br>류동호 | 로동신문, 2007.2.4. |
| 시 | 2월의 봄빛은 누리를 비친다(서사시) | 시분과위원회집체작 | 로동신문, 2007.2.11. |
| 시 | 최고사령관과 전우들(서사시) | 신병강 | 로동신문, 2007.2.14~15. |
| 시 | 혁명군가와 함께 천만리(서사시) | 최준경 | 로동신문, 2007.2.23. |
| 시 | 조선의 봄이 전하는 이야기(서사시) | 오선학 | 로동신문, 2007.4.4. |
| 시 | 백송리의 진달래(장시) | 림금단 | 로동신문, 2007.4.14. |
| 시 | 4월의 봄나라(서사시) | 시분과위원회집체작 | 로동신문, 2007.4.14. |
| 시 | 우리 수령님 더 밝게 웃으신다(서사시) | 남유진 | 로동신문, 2007.4.23. |
| 시 | 백두령장의 무적강군 나간다 | 백 하 | 로동신문, 2007.4.23. |
| 시 | 나는 평양의 아들 | 주광일 | 로동신문, 2007.4.23. |
| 시 | 초소의 손풍금소리 | 김은숙 | 로동신문, 2007.4.23. |
| 시 | 천리마 나는 평양의 밤이여(시초)<br> - 천리마는 날은다<br> - 아름다운 평양의 밤이여<br> - 별들이 흐른다<br> - 대동강기슭에서<br> - 아들에게 하는 말 | 류동호<br>김진주<br>한승길<br>박경심<br>주광일 | 로동신문, 2007.5.27. |
| 시 | 6월의 해빛은 천만리에(시묶음)<br> - 첫자욱<br> - 그이를 어버이라 부름은<br> - 나는 70년대를 안고산다<br> - 아버지<br> - 나는 선군혁명 참가자이다 | 문용철<br>박정애<br>박경심<br>렴형미<br>류동호 | 로동신문, 2007.6.19. |
| 시 | 수령님의 노래는 하늘땅에 넘친다(장시) | 김만영 | 로동신문, 2007.7.8. |
| 시 | 승리,승리!(시묶음)<br> - 내 마음 두고사는 전승의 광장아<br> - 나는 전쟁로병 옛땅크병<br> - 이 땅우에 지혜산이 솟아있다 | 송찬웅<br>한찬보<br>백 하<br>오영재 | 로동신문, 2007.7.27. |

| 시 | - 이 땅에서 평화가 어떻게 지켜지는가 | | |
|---|---|---|---|
| 시 | 백두천춘을 부러워하라(서사시) | 시분과위원회집체작 | 로동신문, 2007.8.28. |
| 시 | 당은 우리 운명 우리 미래(시묶음)<br>- 우리당의 모습<br>- 생명<br>- 어머니와 나 그리고 당<br>- 그대가 부르는길 | 김석주<br>리연희<br>리광선<br>신문경 | 로동신문, 2007.10.8. |
| 시 | 그이의 하루길, 강행군 2천리여(시초)<br>- 불타는 해돋이<br>- 크나큰 바다<br>- 그날 오후4시<br>- 우리 가정수첩<br>- 장자강반의 환호성<br>- 자강도사람<br>- 가을날의 봄노래<br>- 혈맥<br>- 하루길 2천리 | 류동호<br>문용철<br>한광춘 | 로동신문, 2007.10.15. |
| 시 | 민족의 영광 빛난다 (서사시) | 김만영 | 로동신문, 2007.10.29. |
| 시 | 동해명산 백운산의 메아리(시초)<br>- 백운산<br>- 흰구름과 나눈 이야기<br>- 한줄기 오솔길<br>- 산향기<br>- 산주폭포<br>- 한덩이 줴기밥이야기<br>- 만장폭포<br>- 등산길<br>- 하늘선녀를 불러<br>- 백운산의 메아리 | 김만영<br>류동호 | 로동신문, 2007.11.25. |
| 시 | 어머님의 혁명생애가 흐른다(서사시) | 박경심, 김진주 | 로동신문, 2007.12.21. |
| 시 | 그 이름 빛나라, 김정숙장군(서사시) | 신병강 | 로동신문, 2007.12.22. |
| 시 | 우리의 최고사령관(시묶음)<br>- 최고사령관동지께 영광을!<br>- 인민이 사랑하는 최고사령관<br>- 전선길소식<br>- 장군님과 운전사<br>- 사랑의 명령 | 박세옥<br>장명길<br>채동규<br>김효수<br>김윤걸 | 로동신문, 2007.12.24. |
| 시 | 해돋이(장시) | 김만영 | 로동신문, 2008.1.1. |
| 시 | 어버이장군님, 새해를 축하합니다 | 김석주 | 로동신문, 2008.1.1. |

## \<소설\>

| 구분 | 제목 | 작가 | 출처 |
|---|---|---|---|
| 백두산3대장군형상 단편소설 | 숲의 교향곡 | 리정옥 | 조선문학, 2007.2. |
| 백두산3대장군형상 단편소설 | ≪오작교≫ | 박혜란 | 조선문학, 2007.4. |
| 백두산3대장군형상 단편소설 | 반격 | 박 윤 | 조선문학, 2007.9. |
| 백두산3대장군형상 단편소설 | 봉산탈춤 | 변월녀 | 조선문학, 2007.10. |
| 백두산3대장군형상 단편소설 | 엄혹한 여름 | 최영조 | 조선문학, 2007.12. |
| 백두산3대장군형상 단편소설 | 제비들이 나래를 펼 때 | 강현만 | 문학신문,2007.10~11. |
| 백두산3대장군형상 단편소설 | 오늘이 가면 | 박 윤 | 문학신문, 2007.23. |
| 백두산3대장군형상 단편소설 | 대탕지의 여름 | 백명길 | 문학신문, 2007.35. |
| 백두산3대장군형상 단편소설 | 삼봉풍경 | 리영환 | 청년문학, 2007.2. |
| 백두산3대장군형상 단편소설 | 풍요한 계절에 | 최성진 | 청년문학, 2007.4. |
| 백두산3대장군형상 단편소설 | 의리 | 백현우 | 청년문학, 2007.10. |
| 일반주제 단편소설 | 벗을 찾아 | 조정협 | 조선문학, 2007.1. |
| 일반주제 단편소설 | 고향으로 가는 길 | 정기종 | 조선문학, 2007.1. |
| 일반주제 단편소설 | 발걸음소리 | 김용환 | 조선문학, 2007.1. |
| 일반주제 단편소설 | 돌산의 노을 | 김창수 | 조선문학, 2007.2. |
| 일반주제 단편소설 | 아들에게 들려준 이야기 | 류민호 | 조선문학, 2007.2. |
| 일반주제 단편소설 | 바뀌여진 주인공(실화문학) | 김동호 | 조선문학, 2007.2. |
| 일반주제 단편소설 | 약 | 배경휘 | 조선문학, 2007.3. |
| 일반주제 단편소설 | 행복의 조건 | 김진경 | 조선문학, 2007.3. |
| 일반주제 단편소설 | ≪폭탄≫기사(과학환상소설) | 리철만 | 조선문학, 2007.3. |
| 일반주제 단편소설 | 내 사랑 저 하늘 | 리라순 | 조선문학, 2007.4. |
| 일반주제 단편소설 | 답 | 김혜영 | 조선문학, 2007.4. |
| 일반주제 단편소설 | 높은 위치 | 오광철 | 조선문학, 2007.5. |
| 일반주제 단편소설 | 옥이 | 김영선 | 조선문학, 2007.5. |
| 일반주제 단편소설 | 돌아온 반지 | 리성식 | 조선문학, 2007.5. |
| 일반주제 단편소설 | 어머니의 모습 | 조인영 | 조선문학, 2007.6. |
| 일반주제 단편소설 | 해토무렵에 있은 일 | 김성희 | 조선문학, 2007.6. |

| | | | | |
|---|---|---|---|---|
| 일반주제 단편소설 | 평범한 날에 | 변영옥 | 조선문학, 2007.6. |
| 일반주제 단편소설 | 백산의 종소리 | 한정아 | 조선문학, 2007.7. |
| 일반주제 단편소설 | 회답할 때가 왔다 | 김철민 | 조선문학, 2007.7. |
| 일반주제 단편소설 | 우리는 약속했다 | 변창률 | 조선문학, 2007.7. |
| 일반주제 단편소설 | 옥화 | 김기범 | 조선문학, 2007.7. |
| 일반주제 단편소설 | 해당화는 바다가에 핀다 | 량정수 | 조선문학, 2007.8. |
| 일반주제 단편소설 | 어느 한 정양소에서 | 박춘학 | 조선문학, 2007.8. |
| 일반주제 단편소설 | ≪큰자존심≫에 대한이야기 | 김해성 | 조선문학, 2007.8. |
| 일반주제 단편소설 | 왜가리떼 날아들 때 | 김영희 | 조선문학, 2007.9. |
| 일반주제 단편소설 | 진달래피는 땅 | 최상기 | 조선문학, 2007.9. |
| 일반주제 단편소설 | 돌칸한증(풍속·민화) | 리성덕 | 조선문학, 2007.9. |
| 일반주제 단편소설 | 폭설이 내린 뒤 | 리 평 | 조선문학, 2007.10. |
| 일반주제 단편소설 | 나의 병사시절 | 송출언 | 조선문학, 2007.10. |
| 일반주제 단편소설 | 한여름의 시원한 물 | 석남진 | 조선문학, 2007.10. |
| 일반주제 단편소설 | 노을은 아름답다(실화문학) | 정영종 | 조선문학, 2007.11. |
| 일반주제 단편소설 | 거울 | 김명진 | 조선문학, 2007.11. |
| 일반주제 단편소설 | 94시간 | 안명국 | 조선문학, 2007.11. |
| 일반주제 단편소설 | 손도끼 | 황동선 | 조선문학, 2007.11. |
| 일반주제 단편소설 | 사랑의 향기 | 김자경 | 조선문학, 2007.12. |
| 일반주제 단편소설 | 고향의 흙 | 리기창 | 조선문학, 2007.12. |
| 일반주제 단편소설 | ≪우리집≫ | 연순희 | 문학신문, 2007.1. |
| 일반주제 단편소설 | 봄맞이노래 | 오순성 | 문학신문, 2007.2. |
| 일반주제 단편소설 | ≪알았습니다!≫(벽소설) | 리경명 | 문학신문, 2007.7. |
| 일반주제 단편소설 | 사랑합니다 | 오광철 | 문학신문, 2007.8. |
| 일반주제 단편소설 | 안내자 | 한성호 | 문학신문, 2007.15. |
| 일반주제 단편소설 | 흰나리꽃 한송이 | 양의선 | 문학신문, 2007.16. |
| 일반주제 단편소설 | 그가 안고산 불(실화문학) | 김명수 | 문학신문, 2007.18. |
| 일반주제 단편소설 | 살구나무집 | 박웅전 | 문학신문, 2007.19. |
| 일반주제 단편소설 | 광산천 | 최광천 | 문학신문, 2007.20. |
| 일반주제 단편소설 | 며느리감 | 김달수 | 문학신문, 2007.21. |
| 일반주제 단편소설 | 궂은날의 길손 | 변월녀 | 문학신문, 2007.22. |
| 일반주제 단편소설 | 순정이 | 황병철 | 문학신문, 2007.26. |
| 일반주제 단편소설 | 우리 정옥이 | 심 남 | 문학신문, 2007.27. |
| 일반주제 단편소설 | ≪발사준비끝!≫ | 리경명 | 문학신문, 2007.28. |
| 일반주제 단편소설 | 새싹이 움틀 때 | 김철순 | 문학신문, 2007.29. |
| 일반주제 단편소설 | 운전대 | 리금석 | 문학신문, 2007.30. |
| 일반주제 단편소설 | 밀거름 | 박경철 | 문학신문, 2007.31. |

| 일반주제 단편소설 | 만년필 | 변창률 | 문학신문, 2007.32. |
|---|---|---|---|
| 일반주제 단편소설 | 시아버지의 마음 | 김영길 | 문학신문, 2007.33. |
| 일반주제 단편소설 | 혈육(실화문학) | 안명국 | 문학신문, 2007.34. |
| 일반주제 단편소설 | 어머니자랑(벽소설) | 리설향 | 문학신문, 2007.36 |
| 일반주제 단편소설 | 삶의 시작점 | 현명수 | 청년문학, 2007.2. |
| 일반주제 단편소설 | 밝은 눈빛 | 박춘학 | 청년문학, 2007.4. |
| 일반주제 단편소설 | 그들처럼 | 곽성호 | 청년문학, 2007.7. |
| 일반주제 단편소설 | 가는 길 | 리두연 | 청년문학, 2007.7. |
| 일반주제 단편소설 | 밑거름(실화문학) | 최광일 | 청년문학, 2007.8. |
| 일반주제 단편소설 | 무쇠철갑 | 오운서 | 청년문학, 2007.9. |
| 일반주제 단편소설 | 청춘의 무대 | 한철순 | 청년문학, 2007.12. |
| 백두산3대장군형상<br>단편소설 | 꼬마동물원 | 리봉림 | 아동문학, 2007.2. |
| 백두산3대장군형상<br>단편소설 | 첫물딸기 | 민경숙 | 아동문학, 2007.6. |
| 백두산3대장군형상<br>단편소설 | 포화속의 전설 | 한기석 | 아동문학, 2007.7. |
| 백두산3대장군형상<br>단편소설 | 좋은 나라 | 리서애 | 아동문학, 2007.9. |
| 백두산3대장군형상<br>단편소설 | 높이 울려라 | 장갑철 | 아동문학, 2007.10. |
| 백두산3대장군형상<br>단편소설 | 해빛넘치는 집 | 민경숙 | 아동문학, 2007.12. |
| 단편소설 | 참새와 두 아이 | 손형호 | 아동문학, 2007.1. |
| 단편소설 | 은정배나무 | 로효식 | 아동문학, 2007.2. |
| 단편소설 | 앞선 발자국 | 김삼열 | 아동문학, 2007.3. |
| 단편소설 | 강성이의 ≪신발≫ | 홍병호 | 아동문학, 2007.3. |
| 단편소설 | 삼천리금수강산 | 최치성 | 아동문학, 2007.4. |
| 단편소설 | 뿔 떨어진 사슴 | 고경일 | 아동문학, 2007.5. |
| 단편소설 | 위해주는 마음 | 최영호 | 아동문학, 2007.6. |
| 단편소설 | 내려긋기, 건너긋기 | 리광철 | 아동문학, 2007.6. |
| 단편소설 | 푸른 하늘(제1회) | 길성근 | 아동문학, 2007.7. |
| 단편소설 | 어른이 될 때까지 | 류금석 | 아동문학, 2007.7. |
| 단편소설 | 꼬마대장별 | 임복실 | 아동문학, 2007.7. |
| 단편소설 | 영남이가 넣은 꼴 | 김기범 | 아동문학, 2007.8. |
| 단편소설 | 꼭같은 마음 | 리현해 | 아동문학, 2007.8. |
| 단편소설 | 푸른 하늘(제2회) | 길성근 | 아동문학, 2007.8. |
| 단편소설 | 보조개 | 장의복 | 아동문학, 2007.8. |
| 단편소설 | 우리 토끼 | 리창복 | 아동문학, 2007.9. |

| 단편소설 | 선군시대의 해바라기(실화문학) | 장 혁 | 아동문학, 2007.9. |
|---|---|---|---|
| 단편소설 | 우리 형님(실화문학) | 리정순 | 아동문학, 2007.10. |
| 단편소설 | 첫걸음 | 류경철 | 아동문학, 2007.10. |
| 단편소설 | 빨간 딸기 | 고상훈 | 아동문학, 2007.10. |
| 단편소설 | 어느 여름날에 있은 이야기 | 류금석 | 아동문학, 2007.11. |
| 단편소설 | 평화로운 섬(과학환상소설) | 김삼열 | 아동문학, 2007.11. |
| 단편소설 | 아버지의 모습 | 장갑철 | 아동문학, 2007.12. |
| 단편소설 | 꽃다발 | 류경철 | 아동문학, 2007.12. |
| 단편소설 | 어느 여름날에 있은 이야기 | 류금석 | 아동문학, 2007.11. |
| 단편소설 | 평화로운 섬(과학환상소설) | 김삼열 | 아동문학, 2007.11. |
| 단편소설 | 아버지의 모습 | 장갑철 | 아동문학, 2007.12. |
| 단편소설 | 꽃다발 | 류경철 | 아동문학, 2007.12. |

## <시, 가사>

| 구분 | 제목 | 작가 | 출처 |
|---|---|---|---|
| 서정서사시 | 6월의 이야기 | 한원희 | 조선문학, 2007.6. |
| 서정서사시 | 사랑은 장벽을 넘어 | 리진협 | 조선문학, 2007.8. |
| 서정서사시 | 태양의 성지에서<br>1. 태양의 집에서<br>2. 태양계승의 초상<br>3. 태양상에 비낀 미래상 | 김근엽 | 청년문학, 2007.10. |
| 서사시 | 빛나라 만경대혁명학원이여 | 박 헌 | 문학신문, 2007.31. |
| 장시 | 우리는 태양민족이다 | 홍현양 | 조선문학, 2007.4. |
| 장시 | 백송리의 진달래 | 림금단 | 조선문학, 2007.7. |
| 장시 | 장군님과 영예군인 | 박두천 | 조선문학, 2007.8. |
| 장시 | 그날의 환호성이여! | 전금옥 | 청년문학, 2007.7. |
| 련시 | 첫눈내린 강반에서<br> - 행복<br> - 강산엔 눈이 내려<br> - 강반의 겨울풍치(1)<br> - 강반의 겨울풍치(2)<br> - 겨울<br> - 여기 또 오라 첫눈이여 | 김만영 | 조선문학, 2007.1. |
| 련시 | 땅의 주인<br> - 할아버지<br> - 아버지<br> - 나 | 김정경 | 조선문학, 2007.5. |
| 련시 | 환송역두<br> - ≪전승≫을 향해 나간다<br> - 웃음<br> - 한가정만이 아니다 | 박 철 | 조선문학, 2007.5. |

| | | | |
|---|---|---|---|
| | - 어서 떠나거라, 아들딸들아<br>- 어머니가슴에 꽃한다발 | | |
| 련시 | 보천보하늘아래서<br>- 아, 구시물동<br>- 하루해는 길었어도<br>- 장군님 가까이에 계시였다<br>- 보천보하늘아래서 | 서봉제 | 조선문학, 2007.6. |
| 련시 | 사랑을 선언한다<br>- 사랑의 시작은 어디<br>- 사랑의 참뜻은 무엇<br>- 사랑의 끝은 어디 | 리민철 | 조선문학, 2007.12. |
| 시초 | 선군찬가<br>- 오, 다박솔초소<br>- 총대의 의미<br>- 개천절을 두고<br>- 선군만세! | 김송남 | 조선문학, 2007.2. |
| 시초 | 려명이 비낀땅에서(단시초)<br>- 심장의 결정체<br>- 아직은…<br>- 일거사득<br>- 몇 번째나 오시고도<br>- 우리 장군님은 그런분이신걸<br>- 제대군인부부의 집에서(1)<br>- 제대군인부부의 집에서(2)<br>- 아쉬워말라<br>- 다보여주자 | 김만영 | 조선문학, 2007.2. |
| 시초 | 우리 집<br>- ≪우리 인민반장≫<br>- 도표<br>- 생활반실<br>- 기쁜일 늘 기쁜일<br>- 인정의 불빛 | 박정애 | 조선문학, 2007.3. |
| 시초 | 백송리에서<br>- 진달래<br>- 명령<br>- 담배이야기<br>- 추억의 몇토막<br>- 백송리의 하루는 한세기보다 길다 | 류명호 | 조선문학, 2007.4. |
| 시초 | 원산목장시초<br>- 목장의 봄<br>- 목장의 풀판<br>- 비암땅은 멀어도<br>- 비암천 굽이굽이<br>- 아 원산목장 | 강승계<br>유영하<br>신동식<br>오재신<br>오정로 | 조선문학, 2007.4. |
| 시초 | 래일을 안고있는 땅<br>- 목장의 아침풍경<br>- 푸른싹 | 주명옥 | 조선문학, 2007.5. |

| | | | |
|---|---|---|---|
| | - 산울림<br>- 목장마을도표<br>- 래일을 안고있는 땅 | | |
| 시초 | 비단무지개 피여나는 곳에서<br>- 대한날의봄빛<br>- 비단 ≪새≫<br>- 직포공 순희가 부르는 노래<br>- 사랑의 력사가 흐른다 | 문동식 | 조선문학, 2007.6. |
| 시초 | 행복<br>- 순간<br>- 언제와 우리 사랑<br>- 풍경<br>- 온 나라 사람늘의 축복속에<br>- 행복 | 서진명 | 조선문학, 2007.8. |
| 시초 | 원하리의 전설<br>- 땅<br>- 벼짚단우에 얹어지는 생각<br>- 원하리의 하늘이야기<br>- 탄복<br>- 저금통장이야기<br>- 원하리 | 박정애 | 조선문학, 2007.9. |
| 시초 | 어머니에 대한 추억<br>- 어머니에 대한 추억<br>- 어머니는 광부였다<br>- ≪나는 46년도 당원이요≫<br>- 어머니의 모습 | 송명근 | 조선문학, 2007.11. |
| 시초 | 풀판처녀들<br>- 신입공≪담화≫<br>- 내 동무들아<br>- 풀판의 소원 | 리진협 | 조선문학, 2007.11. |
| 시초 | 불굴의 인간들<br>- 밤 2시<br>- 박아바이의 미소<br>- 지원물자차 달린다<br>- 결사대원들<br>- 백배로 강해졌다 | 백 하 | 조선문학, 2007.12. |
| 시초 | 고구려는 잠들지 않는다(단시초)<br>- 고구려는 살아있다<br>- 물은 물이로되<br>- 장수부채 | 오필천 | 조선문학, 2007.12. |
| 시초 | 한드레벌풍경(단시초)<br>- 새벽<br>- 새싹<br>- 한드레벌사람들<br>- 노을 불타는 저녁 | 고남철 | 문학신문, 2007.9. |
| 시초 | 대지는 가을을 부른다(단시초)<br>- 봄날의 하루 | 김충기 | 문학신문, 2007.17. |

| | | | |
|---|---|---|---|
| | - 감자꽃을 피우는 처녀<br>- 나의 손<br>- 농민의 소원 | | |
| 시초 | 내마음의 자각(단시초)<br>- 인정미<br>- 만능열쇠<br>- 인생길 | 김용엽 | 문학신문, 2007.20. |
| 시초 | 별명도 많은 한나라당(풍자시초)<br>- 색정무리 한나라당<br>- 반통일에 미친 무리 한나라당<br>- 권력야심무리 한나라당<br>- 별명도 많은 한나라당 | 김용엽 | 청년문학, 2007.6. |
| 시초 | 장군님 아시는 가정이라네<br>- 사랑하는 내 딸들아<br>- 나에겐 안해가 있네<br>- 행복한 밤이여<br>- 장군님 아시는 가정이라네 | 김영순 | 청년문학, 2007.7. |
| 시초 | 청년영웅도로에서<br>- 이 길 어디에 빛나던가 금별은<br>- 내 나라의 밝은얼굴<br>- 영원한 메아리<br>- 아름다운 추억을 후대들에게<br>- 풀어주시라 단풍의 소원<br>- 태양의 미소 빛나는 길이여 | 김용엽 | 청년문학, 2007.10. |
| 시묶음 | 심장의 고백<br>- 새삶의 고고성<br>- 고향의 역두에서<br>- 믿음<br>- 나의 심장은 높뛴다<br>- 심장의 고백 | 김일규 | 조선문학, 2007.2. |
| 시묶음 | 전선길의 노래(단시묶음)<br>- 철령의 리정표앞에서<br>- 한뜨락<br>- 아, 그 품<br>- 병영의 푸른 숲 | 강승계<br>주 경<br>김홍규<br>오재신 | 조선문학, 2007.8. |
| 시묶음 | (풍자시묶음)<br>- 눈뜬 장님들<br>- 스스로 들쓴 불행<br>- ≪아름다운 나라≫ | 최정용 | 조선문학, 2007.11. |
| 시묶음 | 최고사령부로 가는 길(단시묶음)<br>- 한길<br>- 제대군인탄부들이다<br>- 더 뜨거운 석탄<br>- 최고사령부로 가는 길 | 박상민 | 문학신문, 2007.15. |
| 시묶음 | 미곡벌의 봄풍경<br>- 모내기풍경<br>- 주인들 | 지홍길<br>권태여<br>성연일 | 문학신문, 2007.16. |

| | | | |
|---|---|---|---|
| | – ≪예쁜이≫<br>– 미곡벌사람들<br>– 장군님, 모내기가 끝났습니다 | 김창호<br>리영일 | |
| 시묶음 | 6월의 해빛은 천만리에<br>– 첫자욱<br>– 그이를 어버이라 부름은<br>– 나는 70년대를 안고산다<br>– 아버지<br>– 나는 선군혁명참가자이다 | 문용철<br>박정애<br>박경심<br>렴형미<br>류동호 | 문학신문, 2007.18. |
| 시묶음 | 탄부의 량심(단시묶음)<br>– 동발을 메고<br>– 갱구를 나설 때<br>– 량심 | 리경명 | 문학신문, 2007.23. |
| 시 | 새해의 축복 | 김경기 | 조선문학, 2007.1. |
| 시 | 수령님생각 | 조영일 | 조선문학, 2007.1. |
| 시 | 아름다우라 2007년이여 | 송재하 | 조선문학, 2007.1. |
| 시 | 새해는 축원속에 밝는다 | 리명근 | 조선문학, 2007.1. |
| 시 | 아 사립문 | 윤태종 | 조선문학, 2007.1. |
| 시 | 어버이께 드리는 노래 | 리창식 | 조선문학, 2007.1. |
| 시 | 나는 1월을 사랑한다 | 홍준성 | 조선문학, 2007.1. |
| 시 | 새해의 첫 전투는 들에서 | 한승길 | 조선문학, 2007.1. |
| 시 | 흰눈덮인 벌우에서 | 리영일 | 조선문학, 2007.1. |
| 시 | 위대한 추억 | 허수산 | 조선문학, 2007.1. |
| 시 | 하나 | 문동식 | 조선문학, 2007.1. |
| 시 | 취침나팔소리 | 허수산 | 조선문학, 2007.1. |
| 시 | 탄과 정을 나눈다 | 박상민 | 조선문학, 2007.1. |
| 시 | 밝은 불빛 | 황승명 | 조선문학, 2007.1. |
| 시 | 위대한 탄생 | 오영재 | 조선문학, 2007.2. |
| 시 | 그이는 봄날에 탄생하셨다 | 김경남 | 조선문학, 2007.2. |
| 시 | 장군님의 명절 | 김은숙 | 조선문학, 2007.2. |
| 시 | 백두의 고향집 | 한광춘 | 조선문학, 2007.2. |
| 시 | 무포의 하늘아래서 | 서봉제 | 조선문학, 2007.2. |
| 시 | 나를 영웅의 어머니라 하지만 | 김휘조 | 조선문학, 2007.2. |
| 시 | 사랑하는 나의 집아 | 김휘조 | 조선문학, 2007.2. |
| 시 | 다녀가신 영광의 그날에 이어 | 서진명 | 조선문학, 2007.2. |
| 시 | 지휘관의 마음 | 김승국 | 조선문학, 2007.2. |
| 시 | 달을 보며 | 주명옥 | 조선문학, 2007.2. |
| 시 | 삼국동벌의 겨울 | 리영일 | 조선문학, 2007.2. |
| 시 | 땅의 노래 | 우광복 | 조선문학, 2007.2. |
| 시 | 봄빛 | 김창호 | 조선문학, 2007.2. |

| 시 | 아들아, 너 지켜선 그 자리는 | 김춘호 | 조선문학, 2007.2. |
|---|---|---|---|
| 시 | 우는가 웃는가 | 황승명 | 조선문학, 2007.2. |
| 시 | 이 봄, 이 땅, 이 노래와 함께 | 김명철 | 조선문학, 2007.3. |
| 시 | 토지개혁의 그 봄날에 | 곽명철 | 조선문학, 2007.3. |
| 시 | 선군의 랑만 | 김춘호 | 조선문학, 2007.3. |
| 시 | 남산의 푸른 소나무는 오늘도 설레입니다 | 홍현양 | 조선문학, 2007.3. |
| 시 | 새 력사의 려명을 안으시고 | 장선국 | 조선문학, 2007.3. |
| 시 | 칼산은 번뜩인다 | 서봉제 | 조선문학, 2007.3. |
| 시 | 수령님의 천리길 | 리태식 | 조선문학, 2007.3. |
| 시 | 무재봉 봄날의 서정시 | 리명옥 | 조선문학, 2007.3. |
| 시 | 락수물 | 리영일 | 조선문학, 2007.3. |
| 시 | 귀밝은 땅 | 권태여 | 조선문학, 2007.3. |
| 시 | 조국과 나무 한그루 | 장명길 | 조선문학, 2007.3. |
| 시 | 고기떼가 흘러든다 | 조광원 | 조선문학, 2007.3. |
| 시 | 동해의 배길 | 리창식 | 조선문학, 2007.3. |
| 시 | 꽃밭을 가꾸는 안해여 | 최인덕 | 조선문학, 2007.3. |
| 시 | 산-녀인 | 리연희 | 조선문학, 2007.3. |
| 시 | 개성은문을열고… | 전광원 | 조선문학, 2007.3. |
| 시 | 함께 지읍시다 | 전광원 | 조선문학, 2007.3. |
| 시 | 영생하시라 | 정동찬 | 조선문학, 2007.4. |
| 시 | 성지 | 리명근 | 조선문학, 2007.4. |
| 시 | 수령님의 길 | 김정삼 | 조선문학, 2007.4. |
| 시 | 만경대의 인정 | 김재원 | 조선문학, 2007.4. |
| 시 | 봄빛 넘치는 대지에서 | 채동규 | 조선문학, 2007.4. |
| 시 | 수령님과 관리위원장 | 박기석 | 조선문학, 2007.4. |
| 시 | 오, 4.25! | 김대성 | 조선문학, 2007.4. |
| 시 | 최고사령관기를우러러 ≪받들어총!≫ | 신병강 | 조선문학, 2007.4. |
| 시 | 위대한 군인 | 원향일 | 조선문학, 2007.4. |
| 시 | 나의 병사시절이 흘렀다 | 박성일 | 조선문학, 2007.4. |
| 시 | 영웅의 노래 높이 부르며 | 최향일 | 조선문학, 2007.4. |
| 시 | 회령고향집 뜨락에서 | 한창우 | 조선문학, 2007.4. |
| 시 | 인사를 드리노라 | 김은숙 | 조선문학, 2007.4. |
| 시 | 땅은 말이 없다 | 류항모 | 조선문학, 2007.4. |
| 시 | 거름 | 우광복 | 조선문학, 2007.4. |
| 시 | 아이들의 말 | 성연일 | 조선문학, 2007.4. |
| 시 | ≪통장훈≫을 부르자 | 김창호 | 조선문학, 2007.4. |
| 시 | 오늘도 그날처럼 | 김승남 | 조선문학, 2007.5. |

| 시 | 나의 청산벌에 | 문동식 | 조선문학, 2007.5. |
|---|---|---|---|
| 시 | 뜨거운 축복을 보내주신다 | 전승일 | 조선문학, 2007.5. |
| 시 | 전초선의 새벽노을 | 권태여 | 조선문학, 2007.5. |
| 시 | 축복받은 대학의 교정에서 | 최정용 | 조선문학, 2007.5. |
| 시 | 해방산의 다듬이소리 | 김은숙 | 조선문학, 2007.5. |
| 시 | 그이의 하나 | 리광선 | 조선문학, 2007.5. |
| 시 | 우리 삶의 교과서 | 박세일 | 조선문학, 2007.5. |
| 시 | 오신 날 | 한광춘 | 조선문학, 2007.5. |
| 시 | ≪진주보석≫으로 | 김송남 | 조선문학, 2007.5. |
| 시 | 대령강, 대령강아 | 한원희 | 조선문학, 2007.5. |
| 시 | 태천의 맑은 물 | 한원희 | 조선문학, 2007.5. |
| 시 | 태천이라 네 이름은 | 홍준성 | 조선문학, 2007.5. |
| 시 | 언제와 청춘과 사랑 | 김명철 | 조선문학, 2007.5. |
| 시 | 탄을 떠나보내며 | 박상민 | 조선문학, 2007.5. |
| 시 | 물이 오는 소리 | 리동수 | 조선문학, 2007.5. |
| 시 | 여기는 기슭이 아니다 | 김성철 | 조선문학, 2007.5. |
| 시 | 젊은 벗들에게 다시 하고싶은 말 | 박세옥 | 조선문학, 2007.5. |
| 시 | 우리 집에도 병사가 있으니 | 김춘호 | 조선문학, 2007.5. |
| 시 | 벌을 그리는 처녀 | 고남철 | 조선문학, 2007.5. |
| 시 | 장군님과 새벽 | 박근원 | 조선문학, 2007.6. |
| 시 | ≪지원≫의 발걸음 | 장명길 | 조선문학, 2007.6. |
| 시 | 아이들아, 어서 크거라 | 김만영 | 조선문학, 2007.6. |
| 시 | 눈우의 첫자욱 | 권태여 | 조선문학, 2007.6. |
| 시 | 나의 고지 | 허수산 | 조선문학, 2007.6. |
| 시 | 원예사들 | 김휘조 | 조선문학, 2007.6. |
| 시 | 겨울향기 | 김휘조 | 조선문학, 2007.6. |
| 시 | 우리의 항로 | 리성칠 | 조선문학, 2007.6. |
| 시 | 우리 만나자 | 리성칠 | 조선문학, 2007.6. |
| 시 | 언약 | 김 철 | 조선문학, 2007.6. |
| 시 | 7월의 만수대 | 리명옥 | 조선문학, 2007.7. |
| 시 | 금수산기념궁전 계단을 오르며 | 홍현양 | 조선문학, 2007.7. |
| 시 | 그날 그 시간만은 | 진춘근 | 조선문학, 2007.7. |
| 시 | 금수산기념궁전 계단을 오르며 | 김 학 | 조선문학, 2007.7. |
| 시 | 언제나 이 마음속에 | 최정용 | 조선문학, 2007.7. |
| 시 | 그 모습 그 마음은 | 김송남 | 조선문학, 2007.7. |
| 시 | 교정의 백양나무 | 류춘선 | 조선문학, 2007.7. |
| 시 | 전쟁 | 렴형미 | 조선문학, 2007.7. |

| 시 | 고지의 흙 한줌 | 리연희 | 조선문학, 2007.7. |
|---|---|---|---|
| 시 | 마음속의 찬사 | 허 일 | 조선문학, 2007.7. |
| 시 | 농장벌소묘 | 김휘조 | 조선문학, 2007.7. |
| 시 | 제대병사편지 | 홍준성 | 조선문학, 2007.7. |
| 시 | 해방의 축포는 총대에서 올랐다 | 서봉제 | 조선문학, 2007.8. |
| 시 | 8월 25일이여 | 김경기 | 조선문학, 2007.8. |
| 시 | 우리 집 기둥에 부치여 | 김경기 | 조선문학, 2007.8. |
| 시 | 장군님곁에 있습니다 | 한영빈 | 조선문학, 2007.8. |
| 시 | 아무르강의 물결소리 | 염득복 | 조선문학, 2007.8. |
| 시 | 꽃사진 | 김명훈 | 조선문학, 2007.8. |
| 시 | 강철로에 띄우는 편지 | 전승일 | 조선문학, 2007.8. |
| 시 | 향토 | 김형준 | 조선문학, 2007.9. |
| 시 | 공화국기여, 너는 조국의 모습 | 홍현양 | 조선문학, 2007.9. |
| 시 | 우리 장군님 오셨다 | 박웅전 | 조선문학, 2007.9. |
| 시 | 온 나라 처녀총각 부러워하네 | 박웅전 | 조선문학, 2007.9. |
| 시 | 아, 어머님의 한생앞에 | 리명근 | 조선문학, 2007.9. |
| 시 | 나무는 푸르싱싱하게 자란다 | 허수산 | 조선문학, 2007.9. |
| 시 | 그 사랑에 뜨거운 땅 | 박상민 | 조선문학, 2007.9. |
| 시 | 한편의 유화앞에서 | 변정욱 | 조선문학, 2007.9. |
| 시 | 구월산의 진정 | 염득복 | 조선문학, 2007.9. |
| 시 | 우리 사는 이 세월은… | 리광선 | 조선문학, 2007.9. |
| 시 | 승리한 병사는 전호에 있다 | 한광춘 | 조선문학, 2007.9. |
| 시 | 빛나는 모습앞에서 | 한광춘 | 조선문학, 2007.9. |
| 시 | 우리의 10월 | 곽명철 | 조선문학, 2007.10. |
| 시 | ≪ㅌ·ㄷ≫의 홰불은 오늘도 타오른다 | 박세일 | 조선문학, 2007.10. |
| 시 | 내 한생 안고 사노라 | 박근원 | 조선문학, 2007.10. |
| 시 | 아, 땅아 | 김 령 | 조선문학, 2007.10. |
| 시 | 우리 당 력사의 그 삼년 석달에 | 김명철 | 조선문학, 2007.10. |
| 시 | 논물에 대한 담시 | 고남철 | 조선문학, 2007.10. |
| 시 | 옛 병사의 시 | 박태설 | 조선문학, 2007.10. |
| 시 | 딸 | 김정덕 | 조선문학, 2007.10. |
| 시 | 우리 당 총비서는 전선에 계신다 | 김호근 | 조선문학, 2007.10. |
| 시 | 행복한 사람 | 리연희 | 조선문학, 2007.10. |
| 시 | 인민의 복수자 | 오영재 | 조선문학, 2007.10. |
| 시 | 락동강물소리 | 주명옥 | 조선문학, 2007.10. |
| 시 | 이해의 여름은 뜨거웠다 | 김송남 | 조선문학, 2007.11. |
| 시 | 승리의 노래를 선창하리라 | 리광선 | 조선문학, 2007.11. |

| | | | |
|---|---|---|---|
| 시 | 파발리의 충성을 가슴에 안고 | 곽명철 | 조선문학, 2007.11. |
| 시 | 아 혜산역이여 | 박희구 | 조선문학, 2007.11. |
| 시 | 안해에게 | 양치성 | 조선문학, 2007.11. |
| 시 | 나에게 조국이 없다면 | 민향숙 | 조선문학, 2007.11. |
| 시 | 나는 제자의 강의를 받는다 | 정동찬 | 조선문학, 2007.11. |
| 시 | 주체사상탑아래서 | 리귀성 | 조선문학, 2007.11. |
| 시 | 대돌우의 꽃다발 | 최정심 | 조선문학, 2007.11. |
| 시 | 병사와 아이들 | 리경체 | 조선문학, 2007.11. |
| 시 | 전선소식 좋다! | 김경석 | 조선문학, 2007.11. |
| 시 | 분대장의 어깨 | 서향철 | 조선문학, 2007.11. |
| 시 | 12월의 찬가 | 최준경 | 조선문학, 2007.12. |
| 시 | 고요가 흐른다 | 주광일 | 조선문학, 2007.12. |
| 시 | 추지령의 코스모스 | 방금석 | 조선문학, 2007.12. |
| 시 | 나는 선군의 나이로 산다 | 리범수 | 조선문학, 2007.12. |
| 시 | 첫자욱 | 유영하 | 조선문학, 2007.12. |
| 시 | 새벽(1) | 김태옥 | 조선문학, 2007.12. |
| 시 | 새벽(2) | 김태옥 | 조선문학, 2007.12. |
| 시 | 전망대 | 염득복 | 조선문학, 2007.12. |
| 시 | 나의 사랑 도크여 | 염득복 | 조선문학, 2007.12. |
| 시 | 제대군인마을 | 염득복 | 조선문학, 2007.12. |
| 시 | 교정의 푸른 숲 | 주 경 | 조선문학, 2007.12. |
| 시 | 솔밭마을이야기 | 오재신 | 조선문학, 2007.12. |
| 시 | 사랑의 미역숲입니다 | 김명옥 | 조선문학, 2007.12. |
| 시 | 나의 병사수첩 | 박현철 | 조선문학, 2007.12. |
| 시 | 나는 천리마에 꿈도 없는다 | 리명옥 | 조선문학, 2007.12. |
| 시 | 나는 총과 이렇게 인연 맺었다 | 강명성 | 조선문학, 2007.12. |
| 시 | 나는 시를 부치노라 | 리연희 | 문학신문, 2007.1. |
| 시 | 우리의 심장은 뜨겁다 | 신문경 | 문학신문, 2007.1. |
| 시 | 조국이 우리를 부른다 | 김윤걸 | 문학신문, 2007.1. |
| 시 | 장군님덕이라오 | 오필천 | 문학신문, 2007.1. |
| 시 | 마중가는 길 | 채동규 | 문학신문, 2007.1. |
| 시 | 위대한 진군의 발파소리 | 박정애 | 문학신문, 2007.1. |
| 시 | 자서전은 무엇으로 쓰던가 | 림 철 | 문학신문, 2007.2. |
| 시 | 사랑에 대한 이야기 | 김충기 | 문학신문, 2007.2. |
| 시 | 새해의 벌에서 | 정성환 | 문학신문, 2007.2. |
| 시 | 변함이 없다 | 김창호 | 문학신문, 2007.3. |
| 시 | 승리자의 진군길 폭풍쳐가자 | 장명길 | 문학신문, 2007.3. |

| 시 | 내 조국의 목소리 | 전승일 | 문학신문, 2007.3. |
|---|---|---|---|
| 시 | 2월의 축원 | 백 하 | 문학신문, 2007.5. |
| 시 | 인민의 믿음, 인민의 맹세를 | 김정삼 | 문학신문, 2007.5. |
| 시 | 축원의 마음 | 조영일 | 문학신문, 2007.5. |
| 시 | 2월의 김정일화 | 문동식 | 문학신문, 2007.5. |
| 시 | 뜨거운 겨울입니다 | 김경남 | 문학신문, 2007.5. |
| 시 | 창밖엔어디나눈이하얀데… | 고남철 | 문학신문, 2007.6. |
| 시 | 꽃바다로 물결치네 | 김은숙 | 문학신문, 2007.7. |
| 시 | 정원대보름달아 | 오순영 | 문학신문, 2007.7. |
| 시 | 위대한 진리의 글발 | 박상민 | 문학신문, 2007.9. |
| 시 | 선생님의 새벽길 | 한광춘 | 문학신문, 2007.9. |
| 시 | 제대병사들이 왔다 | 정운남 | 문학신문, 2007.10. |
| 시 | 우리의 4월은 눈부시다 | 박경심 | 문학신문, 2007.10. |
| 시 | 장군님은 최전선에 계신다 | 김춘길 | 문학신문, 2007.10. |
| 시 | 태양으로 길이길이 모시렵니다 | 문동식 | 문학신문, 2007.11. |
| 시 | 조선의 만경대 | 조광원 | 문학신문, 2007.11. |
| 시 | 비단도의 새 아침 | 로경철 | 문학신문, 2007.11. |
| 시 | 주체사상탑봉화를 보며 | 최창진 | 문학신문, 2007.11. |
| 시 | 병사여 앞으로 | 주광일 | 문학신문, 2007.12. |
| 시 | 소사하의 작은 집 | 박정애 | 문학신문, 2007.12. |
| 시 | 나는 사회주의를 사랑한다 | 김진주 | 문학신문, 2007.13. |
| 시 | 정에 대한 생각 | 최순희 | 문학신문, 2007.13. |
| 시 | 물결아 어서 가자 | 정동찬 | 문학신문, 2007.13. |
| 시 | 봄주인 | 림성희 | 문학신문, 2007.13. |
| 시 | 례성강반에 안개 걷힌다 | 김창호 | 문학신문, 2007.13. |
| 시 | 긍지 | 우광복 | 문학신문, 2007.13. |
| 시 | 내 조국땅우에 백두산이 있다 | 정동찬 | 문학신문, 2007.15. |
| 시 | 우리 변함없이 이길을 가리라 | 홍현양 | 문학신문, 2007.15. |
| 시 | 신념에 대한 시 | 채동규 | 문학신문, 2007.15. |
| 시 | 그 마음, 그 진정 | 류춘선 | 문학신문, 2007.15. |
| 시 | 초소의 하늘가에 비둘기 난다 | 리경체 | 문학신문, 2007.15. |
| 시 | 그 모습속에 비낀 래일 | 진춘근 | 문학신문, 2007.15. |
| 시 | 새봄의환희 | 문승범 | 문학신문, 2007.15. |
| 시 | 내 사랑 들이여 | 김충기 | 문학신문, 2007.15. |
| 시 | 종달새야 | 박정철 | 문학신문, 2007.15. |
| 시 | 영원한 지휘처 | 백 하 | 문학신문, 2007.16. |
| 시 | 불길 | 주광일 | 문학신문, 2007.16. |

| 시 | 곤장덕의 흙냄새 | 김성준 | 문학신문, 2007.16. |
|---|---|---|---|
| 시 | 백두산태양만세는 영원히 우뢰치리 | 류동호 | 문학신문, 2007.16. |
| 시 | 언제는 기다리고있어라 | 오영재 | 문학신문, 2007.16. |
| 시 | 삼수발전소준공의 날에 | 박현철 | 문학신문, 2007.16. |
| 시 | 오늘도 타오른다 | 장 일 | 문학신문, 2007.16. |
| 시 | 나는 6월을 안고산다 | 리연희 | 문학신문, 2007.17. |
| 시 | 이른새벽 창가에서 | 장명길 | 문학신문, 2007.17. |
| 시 | 락동강떼목우에 이몸을 실으며 | 강일경 | 문학신문, 2007.18. |
| 시 | 봉화산의 려명 | 김만영 | 문학신문, 2007.19. |
| 시 | 숲속에 바위에 비는 내리고 | 김만영 | 문학신문, 2007.19. |
| 시 | 빛나는 땅 | 주광일 | 문학신문, 2007.19. |
| 시 | 돌아보자 다시 한번 | 김윤걸 | 문학신문, 2007.20. |
| 시 | 붉은기 | 김정삼 | 문학신문, 2007.20. |
| 시 | 맑은 눈동자 | 최충웅 | 문학신문, 2007.20. |
| 시 | 미곡벌이 달린다 | 우광복 | 문학신문, 2007.20. |
| 시 | 쓰지 못한 노래, 써야 할 노래 | 박현철 | 문학신문, 2007.20. |
| 시 | 다시 찍은 결혼사진 | 최준경 | 문학신문, 2007.20. |
| 시 | 신천의 봉이여 | 림성희 | 문학신문, 2007.20. |
| 시 | 분노의 웨침 | 송재하 | 문학신문, 2007.20. |
| 시 | 승리의 환희 | 신문경 | 문학신문, 2007.21. |
| 시 | 영웅은 이 거리에 서있다 | 양옥림 | 문학신문, 2007.21. |
| 시 | 그대위해 바쳐가리 | 최정용 | 문학신문, 2007.21. |
| 시 | 나는 선거장으로 들어선다 | 오미경 | 문학신문, 2007.21. |
| 시 | 선거장에서 | 박세일 | 문학신문, 2007.21. |
| 시 | ≪어머니!≫ | 리연희 | 문학신문, 2007.21. |
| 시 | 8.15송가 | 렴형미 | 문학신문, 2007.22. |
| 시 | 개선문앞에서 | 전승일 | 문학신문, 2007.22. |
| 시 | 영원한 혁명의 군복에 | 오미향 | 문학신문, 2007.22. |
| 시 | 새로운 세계 | 김정경 | 문학신문, 2007.22. |
| 시 | 사랑의 시간 | 주경 | 문학신문, 2007.23. |
| 시 | 머루 한송이 | 김무림 | 문학신문, 2007.23. |
| 시 | 이 손을 잡으니 | 정성환 | 문학신문, 2007.23. |
| 시 | 빛나라 청년절이여 | 리태식 | 문학신문, 2007.24. |
| 시 | 조국과 청춘 | 최명은 | 문학신문, 2007.24. |
| 시 | 좋다 내 나이 | 김옥남 | 문학신문, 2007.24. |
| 시 | 공화국기발을 띄우며 | 신문경 | 문학신문, 2007.25. |
| 시 | 사랑하노라 조국이여 | 김충기 | 문학신문, 2007.25. |

| 시 | 그 엄혹한 16시간속에서 | 김송남 | 문학신문, 2007.25. |
|---|---|---|---|
| 시 | 군민대단결의 대하가 굽이친다 | 백 하 | 문학신문, 2007.25. |
| 시 | 돌이 아니다 | 리동수 | 문학신문, 2007.25. |
| 시 | 불길이 되자 | 문동식 | 문학신문, 2007.25. |
| 시 | 우리에겐 집이 있다 | 박현철 | 문학신문, 2007.25. |
| 시 | 꽃과 속삭이는 말 | 박향미 | 문학신문, 2007.25. |
| 시 | 조국을 알게 되였습니다 | 서진명 | 문학신문, 2007.25. |
| 시 | 한줌의 흙 | 한승길 | 문학신문, 2007.26. |
| 시 | 왜놈에게 던지는 시 | 박세일 | 문학신문, 2007.26. |
| 시 | 아베에게 보내는 선고장 | 주광일 | 문학신문, 2007.26. |
| 시 | 9월의 진달래 | 리연희 | 문학신문, 2007.27. |
| 시 | 해방산에 내리는 비 | 박정애 | 문학신문, 2007.27. |
| 시 | 10월의 환희 | 김남호 | 문학신문, 2007.28. |
| 시 | 사랑의 세계 | 림성희 | 문학신문, 2007.28. |
| 시 | 출발신호등은 켜졌다 | 김승남 | 문학신문, 2007.28. |
| 시 | 어머니당의 품이여 | 채동규 | 문학신문, 2007.28. |
| 시 | 위대한 우리 당 | 한광춘 | 문학신문, 2007.29. |
| 시 | ≪ㅌ·ㄷ≫의 기치따라 | 박상민 | 문학신문, 2007.29. |
| 시 | ≪미안합니다≫ | 리태식 | 문학신문, 2007.30. |
| 시 | 광부의 긍지 | 리태식 | 문학신문, 2007.30. |
| 시 | 추억속에 영원한 것은 | 채동규 | 문학신문, 2007.30. |
| 시 | 곱게 핀 코스모스 | 염득복 | 문학신문, 2007.31. |
| 시 | 네 향기 흐릴가봐 | 염득복 | 문학신문, 2007.31. |
| 시 | 사랑의 구내길 | 리광규 | 문학신문, 2007.32. |
| 시 | 내가 만난 사람들 | 박현철 | 문학신문, 2007.32. |
| 시 | 약속 | 박경심 | 문학신문, 2007.32. |
| 시 | 쇠돌은 조국 | 리태식 | 문학신문, 2007.33. |
| 시 | 나의 ≪고정곡≫ | 오필천 | 문학신문, 2007.33. |
| 시 | 전선에서 오시여 전선으로 가신다 | 김경남 | 문학신문, 2007.33. |
| 시 | 어랑천의 고요 | 전승일 | 문학신문, 2007.33. |
| 시 | 비암골의 새 풍경 | 김금옥 | 문학신문, 2007.33. |
| 시 | 부러운 락원사람들 | 고남철 | 문학신문, 2007.33. |
| 시 | 보라, 들으라… | 리영철 | 문학신문, 2007.34. |
| 시 | 붓과 나의 신념 | 한광춘 | 문학신문, 2007.34. |
| 시 | 월락봉의 둥근달아 | 전동찬 | 문학신문, 2007.35. |
| 시 | 나의 동무 | 오영아 | 문학신문, 2007.35. |
| 시 | 어머님은 우리와 함께 | 리명옥 | 문학신문, 2007.36. |

| 시 | 그날은 12월 24일이였다 | 김춘길 | 문학신문, 2007.36. |
|---|---|---|---|
| 시 | 12월의 환호 | 리영철 | 문학신문, 2007.36. |
| 시 | 근위병사! | 박경심 | 문학신문, 2007.36. |
| 시 | 군공메달 | 심백송 | 문학신문, 2007.36. |
| 시 | 아름다우라 조국의 래일이여! | 김영택 | 문학신문, 2007.36. |
| 시 | 우리가 만나는 곳 | 권오준 | 문학신문, 2007.36. |
| 시 | 세상이여 보라 | 모원혁, 김성회 | 청년문학, 2007.2. |
| 시 | 첫돌을 맞으며 | 모원혁 김성회 | 청년문학, 2007.2. |
| 시 | 아버지의 군화와 아기의 신발 | 모원혁, 김성회 | 청년문학, 2007.2. |
| 시 | 기념비에 대한 생각 | 류명호 | 청년문학, 2007.3. |
| 시 | 학당골소나무여 | 리연희 | 청년문학, 2007.3. |
| 시 | 하늘이 낮아보이던 날의 이야기 | 박기석 | 청년문학, 2007.3. |
| 시 | 아름다운 눈빛 | 김용엽 | 청년문학, 2007.3. |
| 시 | 나의 대학 1학년 | 박현철 | 청년문학, 2007.3. |
| 시 | 수령님의 날 | 윤정길 | 청년문학, 2007.4. |
| 시 | 내 조국의 첫 기관단총앞에서 | 리태식 | 청년문학, 2007.4. |
| 시 | 승리는 영원히 우리의것 | 김춘길 | 청년문학, 2007.4. |
| 시 | 푸른 회초리 | 주 경 | 청년문학, 2007.4. |
| 시 | 행복의 처마가 여기에 있다 | 유영하 | 청년문학, 2007.4. |
| 시 | 심장의 불 | 리영철 | 청년문학, 2007.5. |
| 시 | 동강의 봄하늘 | 김춘길 | 청년문학, 2007.5. |
| 시 | 어머님에 대한 생각 | 리명옥 | 청년문학, 2007.5. |
| 시 | 미더워라 우리 인민반장 | 김정란 | 청년문학, 2007.5. |
| 시 | 나는 6월을 사랑한다 | 서진명 | 청년문학, 2007.6. |
| 시 | 봉화산의 나팔소리 | 리찬호 | 청년문학, 2007.6. |
| 시 | 병사와 고향 | 리명호 | 청년문학, 2007.6. |
| 시 | 무서워하라 | 박상철 | 청년문학, 2007.6. |
| 시 | 어머님의 바디질소리 | 윤하룡 | 청년문학, 2007.7. |
| 시 | 오늘도 백학은 날아온다 | 김학률 | 청년문학, 2007.7. |
| 시 | 거룩한 자욱은 두메의 한끝에도 | 서봉제 | 청년문학, 2007.7. |
| 시 | 할아버님께서는 농사를 지으시였다 | 리근지 | 청년문학, 2007.8. |
| 시 | 투사들의 발자취를 따라… | 김정삼 | 청년문학, 2007.8. |
| 시 | 백두산의 눈보라 | 김서정 | 청년문학, 2007.8. |
| 시 | 투사여 그 책을… | 신창민 | 청년문학, 2007.8. |
| 시 | 앞서걷는 처녀 | 리득하 | 청년문학, 2007.8. |

| 시 | 구월산 | 김충기 | 청년문학, 2007.9. |
|---|---|---|---|
| 시 | 우리 당의 모습 | 김정삼 | 청년문학, 2007.10. |
| 시 | 위대한 당의 기발 우러러 | 호대선 | 청년문학, 2007.10. |
| 시 | 혁명동지! | 리금석 | 청년문학, 2007.10. |
| 시 | 그 순간 그 위치 | 김정삼 | 청년문학, 2007.11. |
| 시 | 파발리의 총성 | 김승남 | 청년문학, 2007.11. |
| 시 | 기다리는 가을 | 리근지 | 청년문학, 2007.11. |
| 시 | 가을바람 | 김승남 | 청년문학, 2007.12. |

## <문학예술 출판도서>

| 구분 | 제목 | 작가 | 출처 |
|---|---|---|---|
| 도서 | 주체적문예리론연구(21): 주체문학건설 | 김정웅 | 문학예술출판사 |
| 도서 | 주체적문예리론연구(23): 주체의 문학창작 | 서재경 | 문학예술출판사 |
| 도서 | 주체적문예리론연구(24): 문학형태론 | 리현순 | 문학예술출판사 |
| 도서 | 위대한 창조의 길에서(6): 조선의 별 | 림택명 | 문학예술출판사 |
| 평론집 | 매혹과 사랑이 형상을 낳는다 | 최길상 | 문학예술출판사 |
| 전설집 | 금수산기념궁전전설집(4) | 김우경 | 문학예술출판사 |
| 작품집 | 10월의 환희 | | 문학예술출판사 |
| 작품집 | 오산덕의 봄빛 | | 문학예술출판사 |
| 작품집 | 조선영화문학선집(11) | | 문학예술출판사 |
| 작품집 | ≪6월4일문학상≫ 작품집: 열정의 산아(2) | | 문학예술출판사 |
| 작품집 | 유서깊은 력사의 땅에서 | | 문학예술출판사 |
| 작품집 | 직동의 숨결 | 김광남 | 금성청년출판사 |
| 작품집 | 희망 | | 금성청년출판사 |
| 작품집 | 혜성들(3) | 함용길 | 문학예술출판사 |
| 작품집 | 흙, 뿌리 | 전인광 | 문학예술출판사 |
| 작품집 | 한 분조장의 수기 | 변창률, 팽문희 | 문학예술출판사 |
| 작품집 | 어린 나무 | | 금성청년출판사 |
| 작품집 | 손자의 맹세 | | 금성청년출판사 |
| 시집 | 용서하시라 | | 문학예술출판사 |
| 시집 | 내 노래의 땅 | 변홍영 | 문학예술출판사 |
| 시집 | 아들의 노래 | 장선국 | 문학예술출판사 |
| 시집 | 인민의 아들 | 오영재 | 문학예술출판사 |
| 시집 | 조국에 드리는 노래 | 김정옥 | 문학예술출판사 |
| 시집 | 나는 조선소년단원 | | 금성청년출판사 |
| 작품집 | 금빛열쇠 | 황령아 | 금성청년출판사 |

| | | | |
|---|---|---|---|
| 고전문학 | 조선고전문학선집(27): 사성기봉(2) | | 문학예술출판사 |
| 고전문학 | 조선고전문학선집(33): 쌍천기봉(4) | | 문학예술출판사 |
| 고전문학 | 조선고전문학선집(56): 쌍린기 | | 문학예술출판사 |
| 현대문학 | 조선고전문학선집(45): 무영탑 | | 문학예술출판사 |
| 사화전설 | 조선사화전설집(20) | | 문학예술출판사 |
| 사화전설 | 사화에 비긴 력사(1): 솔은 겨울에도 푸르다 | | 금성청년출판사 |
| 그림책 | 경각성은 생명 | | 금성청년출판사 |
| 그림책 | 사자바위이야기 | 글: 김영선<br>그림: 김광호, 김영선 | 문학예술출판사 |
| 그림책 | ≪A.T작전≫의 종말(제1부) | 글: 황명관, 리재환<br>그림: 백학훈 | 문학예술출판사 |
| 그림책 | ≪A.T작전≫의 종말(제2부) | 글: 황명관, 리재환<br>그림: 최영석 | 문학예술출판사 |
| 그림책 | ≪A.T작전≫의 종말(제3부) | 글: 황명관, 리재환<br>그림: 강영남 | 문학예술출판사 |
| 그림책 | 참새가 떨어졌다 | 글: 박상용<br>그림: 강영남 | 문학예술출판사 |
| 그림책 | 어부와 곱등어 | 글: 황령아<br>그림: 김은별, 리영호 | 문학예술출판사 |
| 그림책 | 양만춘 | 글: 조상철<br>그림: 진영훈 | 금성청년출판사 |
| 그림책 | 안학궁 | 글/그림: 리정남 | 금성청년출판사 |
| 그림책 | 미인도의 비밀(2) | 글: 황두만<br>그림: 박철남 | 금성청년출판사 |

### <장·중편소설 출판>

| 구분 | 제목 | 작가 | 출처 |
|---|---|---|---|
| 장편소설 | 총서 ≪불멸의 력사≫ 청산벌 | 김삼복 | 문학예술출판사 |
| 장편소설 | 총서 ≪불멸의 향도≫ 불 | 정기종 | 문학예술출판사 |
| 장편소설 | 총서 ≪충성의 한길에서≫ 별들은 빛난다 | 리동구, 리령철 | 문학예술출판사 |
| 장편소설 | 새날을 불러(상) | 백보흠 | 문학예술출판사 |
| 장편소설 | 폭풍의 산아(제3부) | 허문길 | 문학예술출판사 |
| 장편소설 | 폭풍의 산아(제4부) | 허문길 | 문학예술출판사 |
| 장편소설 | 날개 | 조상호 | 문학예술출판사 |
| 장편소설 | 숲의 노래 | 정영종 | 문학예술출판사 |
| 장편소설 | 대결 | 리민탁 | 문학예술출판사 |
| 장편소설 | 기둥 | 최영조 | 문학예술출판사 |
| 장편소설 | 격류 | 박찬은 | 문학예술출판사 |

| 장편소설 | 별하늘 | 김해성 | 문학예술출판사 |
|---|---|---|---|
| 장편소설 | 열정 | 김용한 | 문학예술출판사 |
| 장편소설 | 대통로 | 최성진 | 금성청년출판사 |
| 장편소설 | 숙원 | 조승찬 | 금성청년출판사 |
| 장편소설 | 안개속의 과녀 | 주상준 | 금성청년출판사 |
| 장편소설 | 강화처녀 | 류춘화 | 금성청년출판사 |
| 중편소설 | 시련속에 아름다와지라 | 김영길 | 문학예술출판사 |
| 중편과학 환상소설 | 유전의 검은 안개 | 리금철 | 문학예술출판사 |

## 9) 『조선문학예술년감』(2009) 문학작품 주요 목록

### <시>(대표작)

| 구분 | 제목 | 작가 | 출처 |
|---|---|---|---|
| 시 | 새해의 첫걸음 | 리연희 | 로동신문, 2008.1.13. |
| 시 | 조국이여 병사를 믿어다오 | 장명길 | 로동신문, 2008.1.13. |
| 시 | 우리의 손으로! | 김윤걸 | 로동신문, 2008.1.13. |
| 시 | 강계의 눈보라야 이야기하라(서사시) | 주광일 | 로동신문, 2008.1.27. |
| 시 | 우리 아버지, 행복한 우리 집(시초)<br>　- 우리 아버지<br>　- 우리 집 재부<br>　- 사랑이 먼저 오는 집<br>　- 한우산아래서<br>　- 행복의 세가지 조건<br>　- 우리 장군님 건강하십시오 | 류동호 | 로동신문, 2008.2.12. |
| 시 | 시대의 진리(장시) | 김만영 | 로동신문, 2008.2.15. |
| 시 | 2월의 전선길(시묶음)<br>　- 백두의 2월<br>　- 전선길의 노을<br>　- 전호가이야기<br>　- 영웅의 고지<br>　- 초소의 서리꽃<br>　- 장군님 마중가는 마음 | 한광춘<br>김진주<br>채동규<br>백 하<br>리명옥<br>김윤걸 | 로동신문, 2008.2.17. |
| 시 | 봄을 위하여, 평화를 위하여 | 김만영 | 로동신문, 2008.3.7. |
| 시 | 례성강반의 봄노래(시초)<br>　- 증견자<br>　- 봄은 아직 멀리 있어도<br>　- 까치소리 | 류명호<br>백광명 | 로동신문, 2008.3.9. |

| | | | |
|---|---|---|---|
| | – 녀인들의 이야기<br>– 오실 때부터 가실 때까지<br>– 승리의 광장이 앞에 있다 | | |
| 시 | 삶의 노래(시초)<br>– 아버지는 전사였습니다<br>– 락엽<br>– ≪명약투약시간≫<br>– 시인의 심장은… | 김선화 | 조선문학, 2008.6. |
| 시 | (벽시)<br>– 성강의 봉화<br>– 승리자들<br>– 하자는 사람의 눈<br>– 친명제대군인<br>– 아름다운 모습들<br>– 위대한 사랑이 쌓여있구나<br>– 강재를 싣고 갈 때<br>– 권한앞에 의무가 있다<br>– 온 나라가 성강이 되자 | 오영재<br>류동호<br>주광일<br>한광춘<br>문용철<br>오영재<br>류동호<br>한광춘 | 문학신문, 2008.12. |
| 시 | 우리의 승리(시묶음)<br>– 백두에서 오신 우리의 장군<br>– 아버지와 딸<br>– 위대한 복무<br>– 초소의 푸른 숲<br>– 승리 | 문동식<br>렴형미<br>김정덕<br>채동규<br>전승일 | 로동신문, 2008.4.9. |
| 시 | 그날을 안고 그 봄날을 안고 | 고남철 | 로동신문, 2008.4.13. |
| 시 | 기쁜 해 기쁜 봄 | 김명철 | 로동신문, 2008.4.13. |
| 시 | 수령님과 인민 | 박경심 | 로동신문, 2008.4.13. |
| 시 | 봄노을 비긴 푸른 벌(시초)<br>– 수령님은 우리들을 부르신다<br>– 류다른 이해의 봄<br>– 고향벌과 병사<br>– 우리가 주인이다<br>– 전선길에 푸른 주단 펼쳐가리 | 오필천<br>김충기<br>리영일<br>채동규<br>우광복 | 로동신문, 2008.5.25. |
| 시 | 미래로 웃으며 가자!(시초)<br>– 단벗이 무르익은 길<br>– 웃음의 고향<br>– 사랑은 고난을 이긴다<br>– 우리 수령님 보아주시였으면<br>– 로동자합숙의 밤<br>– 온천마을의 새 풍경<br>– 시간이 모자랄 때가 행복하더라<br>– 미래로 웃으며 가자! | 오영재<br>문용철<br>주광일<br>한광춘<br>한광춘<br>주광일<br>문용철<br>류동호 | 로동신문, 2008.6.1. |
| 시 | 6월의 행운 | 백 하 | 로동신문, 2008.6.15. |
| 시 | 전승의 성지에서 | 송찬웅 | 로동신문, 2008.7.27. |
| 시 | 승리한 영웅들곁에 | 한광춘 | 로동신문, 2008.7.27. |
| 시 | 계승 | 김남호 | 로동신문, 2008.7.27. |

| 시 | 더 높이 휘날려라, 우리 공화국기발이여!(서사시) | 신병강 | 로동신문, 2008.10.18. |
|---|---|---|---|
| 시 | 그이가 우리의 최고사령관이시다 | 오영재 | 로동신문, 2008.12.23. |
| 시 | 양털조끼 | 문동식 | 로동신문, 2008.12.23. |
| 시 | 전선길의 리정표 | 장명길 | 로동신문, 2008.12.23. |
| 시 | 7련대 그앞에는 | 김진주 | 로동신문, 2008.12.23. |
| 시 | 내 인생의 교단에 | 박경심 | 로동신문, 2008.12.23. |
| 시 | 어머님의 세월 | 박웅전 | 로동신문, 2008.12.23. |
| 시 | 그이는 오늘도 행군길에 계신다(장시) | 문용철<br>한광춘 | 로동신문, 2008.12.29. |
| 시 | 어버이장군님께 드리는 축원의 노래 | 오영재 | 로동신문, 2009.1.1. |

## <단편소설, 장편소설, 기타>

| 구분 | 제목 | 작가 | 출처 |
|---|---|---|---|
| 백두산3대장군형상<br>단편소설 | 믿음의 세계 | 김룡연 | 조선문학, 2008.2. |
| 백두산3대장군형상<br>단편소설 | 움트는 아침 | 박찬은 | 조선문학, 2008.4. |
| 백두산3대장군형상<br>단편소설 | 칠보산의 봄우뢰 | 김도환 | 조선문학, 2008.6. |
| 백두산3대장군형상<br>단편소설 | 열다섯번째 해 | 백보흠 | 조선문학, 2008.7. |
| 백두산3대장군형상<br>단편소설 | 우리 수령님 | 신용선 | 조선문학, 2008.9. |
| 백두산3대장군형상<br>단편소설 | 봄소나기 | 백남룡 | 조선문학, 2008.10. |
| 백두산3대장군형상<br>단편소설 | 새봄의 메아리 | 조창근 | 조선문학, 2008.12. |
| 백두산3대장군형상<br>단편소설 | 부탁 | 김대성 | 문학신문, 2008.4. |
| 백두산3대장군형상<br>단편소설 | 옥류교 | 문상봉 | 문학신문, 2008.10. |
| 백두산3대장군형상<br>단편소설 | 해빛은 땅속에도 | 김광남 | 문학신문, 2008.24. |
| 백두산3대장군형상<br>단편소설 | 태양의 빛발 | 라광철 | 문학신문, 2008.26. |
| 백두산3대장군형상<br>단편소설 | 생의 활력 | 백기봉 | 청년문학, 2008.2. |
| 백두산3대장군형상<br>단편소설 | 전선의 아침 | 조수희 | 청년문학, 2008.4. |
| 백두산3대장군형상<br>단편소설 | 강산의 환희 | 김금옥 | 청년문학, 2008.9. |

| 백두산3대장군형상<br>단편소설 | 어느 여름날에 | 조인영 | 청년문학, 2008.11. |
|---|---|---|---|
| 백두산3대장군형상<br>단편소설 | 마지막휴식 | 신용선 | 문학작품집<br>≪요람≫ 중에서 |
| 단편소설 | 약속 | 송출언 | 조선문학, 2008.1. |
| 단편소설 | 보금자리 | 리성식 | 조선문학, 2008.1. |
| 단편소설 | 전우의 고향 | 백명길 | 조선문학, 2008.1. |
| 단편소설 | 진달래꽃 필 때(단편실화소설) | 김광남 | 조선문학, 2008.2. |
| 단편소설 | 병풍덕 | 정금녀 | 조선문학, 2008.2. |
| 단편소설 | 약속 | 심 남 | 조선문학, 2008.3. |
| 딘편소설 | 돌아보는 눈 | 김삼열 | 조선문학, 2008.3. |
| 단편소설 | 연구사의 조수 | 김혜영 | 조선문학, 2008.3. |
| 단편소설 | 호수가마을의 배사공 | 김길손 | 조선문학, 2008.3. |
| 단편소설 | 적동색머리수건 | 황용남 | 조선문학, 2008.4. |
| 단편소설 | 장거리선수 | 김덕철 | 조선문학, 2008.4. |
| 단편소설 | 직선주로(실화문학) | 김성현 | 조선문학, 2008.5. |
| 단편소설 | 성장의 법칙(실화문학) | 홍남수 | 조선문학, 2008.5. |
| 단편소설 | 나의 아버지 | 김홍안 | 조선문학, 2008.5. |
| 단편소설 | 숲에 깃든 넋 | 백명길 | 조선문학, 2008.5. |
| 단편소설 | 대지의 눈 | 박경원 | 조선문학, 2008.5. |
| 단편소설 | 다시 찾은 열쇠 | 김경일 | 조선문학, 2008.6. |
| 단편소설 | 그는 추격기비행사였다 | 박춘학 | 조선문학, 2008.7. |
| 단편소설 | 관측원들은 보고한다 | 김순철 | 조선문학, 2008.7. |
| 단편소설 | 들국화 서른일곱송이 | 김혜인 | 조선문학, 2008.7. |
| 단편소설 | 가풍 | 량정수 | 조선문학, 2008.8. |
| 단편소설 | 한생의 모습(실화문학) | 공천영 | 조선문학, 2008.8. |
| 단편소설 | 세월의 물음앞에 | 배경휘 | 조선문학, 2008.8. |
| 단편소설 | 인간의 정 | 김대원 | 조선문학, 2008.9. |
| 단편소설 | 공화국기발(실화문학) | 김성호 | 조선문학, 2008.9. |
| 단편소설 | 사랑의 불빛 | 신승구 | 조선문학, 2008.10. |
| 단편소설 | 이 땅은 넓다 | 박경철 | 조선문학, 2008.10. |
| 단편소설 | 군고구마매대 | 김승제 | 조선문학, 2008.10. |
| 단편소설 | 별들이 웃는다 | 김영선 | 조선문학, 2008.10. |
| 단편소설 | 넋의 탑(실화문학) | 리수복 | 조선문학, 2008.11. |
| 단편소설 | 초소 | 김홍균 | 조선문학, 2008.11. |
| 단편소설 | 처녀의 사진 | 양 건 | 조선문학, 2008.11. |
| 단편소설 | 퇴근길에서 | 김기범 | 조선문학, 2008.11. |
| 단편소설 | 을사년 이듬해 | 리성덕 | 조선문학, 2008.11. |

| 단편소설 | 노을은 불탄다 | 김달수 | 조선문학, 2008.12. |
|---|---|---|---|
| 단편소설 | 기초(실화문학) | 김진경 | 조선문학, 2008.12. |
| 단편소설 | 옛 작업반장의 모습 | 김상현 | 조선문학, 2008.12. |
| 단편소설 | 래일 | 김룡수 | 조선문학, 2008.12. |
| 단편소설 | 영웅과 고향 | 김도환 | 문학신문, 2008.1. |
| 단편소설 | 되돌아선 길 | 홍남수 | 문학신문, 2008.2. |
| 단편소설 | 의무 | 김명진 | 문학신문, 2008.8. |
| 단편소설 | 들길에서 만난 처녀 | 송준혁 | 문학신문, 2008.13. |
| 단편소설 | 조카며느리 | 백상균 | 문학신문, 2008.14. |
| 단편소설 | 직장장이 들려준 이야기 | 황병철 | 문학신문, 2008.17. |
| 단편소설 | 이름모를 숲속에서 | 홍철진 | 문학신문, 2008.18. |
| 단편소설 | 보람 | 정철학 | 문학신문, 2008.27. |
| 단편소설 | 두 제대군인분조장 | 변창률 | 문학신문, 2008.28. |
| 단편소설 | 딱친구 | 류진성 | 문학신문, 2008.35. |
| 단편소설 | 붉은 고추 | 박성진 | 청년문학, 2008.1. |
| 단편소설 | 해빛도 따사롭다 | 맹경심 | 청년문학, 2008.3. |
| 단편소설 | 철산봉의 들국화(실화문학) | 라광철 | 청년문학, 2008.3. |
| 단편소설 | 산삼꽃 | 김진경 | 청년문학, 2008.4. |
| 단편소설 | 맑은 샘 | 엄호삼 | 청년문학, 2008.6. |
| 단편소설 | 그의 향기 | 김승제 | 청년문학, 2008.7. |
| 단편소설 | 사랑과 정, 혈육 | 현명수 | 청년문학, 2008.7. |
| 단편소설 | 안해의 기쁨 | 박경철 | 청년문학, 2008.8. |
| 단편소설 | 비밀보약 | 박춘학 | 청년문학, 2008.8. |
| 단편소설 | 별 | 김주현 | 청년문학, 2008.9. |
| 단편소설 | 세대앞에 | 김룡철 | 청년문학, 2008.10. |
| 송시, 헌시 | 축원의 이 아침 | 한광춘 | 조선문학, 2008.1. |
| 송시, 헌시 | 인민이 드리는 축원의 노래 | 박천걸 | 조선문학, 2008.1. |
| 송시, 헌시 | 새해의 축복 | 염득복 | 청년문학, 2008.1. |
| 송시, 헌시 | 아, 우리 수령님 | 조영식 | 청년문학, 2008.4. |
| 송시, 헌시 | 영원한 수령님 조국이여 | 문용철 | 청년문학, 2008.9. |
| 서사시 | 금방석 | 최윤철 | 조선문학, 2008.7-8. |
| 장시 | 7천만이여, 우리는 이제 무엇을 더 해야 하느냐 | 김만영 | 조선문학, 2008.1. |
| 장시 | 우리 가정 이야기 | 정성환 | 조선문학, 2008.8. |
| 장시 | 시대의 진리 | 김만영 | 문학신문, 2008.6. |
| 장시 | 장군님과 영화 음악 | 권오준 | 문학신문, 2008.13. |
| 련시 | 어머님 우러러 따라서는 길<br>– 진달래꽃잎아<br>– 무성하는 청봉 | 서봉제 | 조선문학, 2008.5. |

| | | | |
|---|---|---|---|
| | - 불의 대하 에서 흐른다 | | |
| 련시 | 아들이 왔다<br>- 아들의 웃음<br>- 잔을 받는다<br>- 숨결소리<br>- 아들과 손녀 | 박 철 | 조선문학, 2008.8. |
| 련시 | 아들아, 이것이 언제란다<br>- 녀인의 집<br>- ≪언제엄마≫<br>- 둥근달은 호수에 내리고<br>- 아들아, 이것이 언제란다 | 고남철 | 조선문학, 2008.11. |
| 시초 | 고향길<br>- 고향길로 들어서며<br>- 고향의 박우물<br>- 장령과 백양나무<br>- 뒤동산에서<br>- 상봉의 기쁨속에 나눈 말<br>- 추석날의 비문<br>- 첫닭이 우는 소리<br>- 고향에서 다시 초소로 | 최준경 | 조선문학, 2008.1. |
| 시초 | 래일에 대한 이야기<br>- 전망도<br>- 방목길의 서정<br>- 래일은 어떻게 오는가<br>- 장군님과 우리의 래일 | 김충기 | 조선문학, 2008.2. |
| 시초 | 선군시대 녀인들<br>- 절을 드리고 싶어<br>- 치마저고리<br>- 이 저녁엔 그만 울것만 같아요<br>- 선군시대를 노래한다 | 도명희 | 조선문학, 2008.3. |
| 시초 | 왜나라 쪽발이상(풍자시초)<br>- 군국주의 ≪해골탕≫-야스구니진쟈<br>- 반대로 내건 문패<br>- 꼭두각시 쪽발이들<br>- 철면피한 쪽발이들<br>- 미꾸라지 룡꿈 | 김용엽 | 조선문학, 2008.3. |
| 시초 | 병사시초<br>- 나는 왜 병사가 되였는가<br>- 어머니의 편지<br>- 전호가의 봄<br>- 야외훈련숙영지에서<br>- 병사에 대한 생각 | 박향산 | 조선문학, 2008.4. |
| 시초 | 병사와 조국<br>- 내 병사가 된 날은<br>- 군용밥통으로 쌀을 일며<br>- 병사생활의 몇토막<br>- 그 누가 나에게 물으면 | 류명호 | 조선문학, 2008.9. |

| 시초 | 한생의 재부<br>- 아버지의 당부<br>- 클락새가 운다<br>- 들길<br>- 한생의 재부 | 채동규 | 조선문학, 2008.9. |
|---|---|---|---|
| 시초 | 내 삶의 년륜<br>- 교단에 올라<br>- 내 모습<br>- 교훈시<br>- 교문에 서서<br>- 내 삶의 년륜 | 윤정길 | 조선문학, 2008.10. |
| 시초 | 나는 백두산돌격대원<br>- 붉은기의 고향에서<br>- 아버지와 아들<br>- 좋다 이런밤의 노래는<br>- 이야기는 많았다<br>- 나는 백두산돌격대원 | 김영택 | 조선문학, 2008.11. |
| 시초 | 나는 여기서 사회주의를 지켰다<br>- 우리 가정수첩<br>- 일터소묘<br>- 나는 여기서 사회주의를 지켰다 | 주명옥 | 조선문학, 2008.12. |
| 시초 | 아름다우라 나의 생이여<br>- 나의 시<br>- 누구든 와보시라<br>- 나의 노래 드리고싶어<br>- 아름다우라 나의 생이여 | 홍민식 | 문학신문, 2008.17. |
| 시초 | 조국과 쇠물(단시초)<br>- 새 기록앞에서<br>- 조국과 쇠물<br>- 향기 | 전승일 | 문학신문, 2008.30. |
| 시초 | 눈내리는 사계절의 노래<br>- 겨울속의 봄<br>- 겨울속의 여름<br>- 겨울속의 가을<br>- 겨울 | 오정로 | 청년문학, 2008.1. |
| 시초 | 여기서 총잡은 인민이 산다<br>- 교대날의 첫인사<br>- 수호자의 잠자리<br>- 행군의 휴식참에<br>- 목표수들이 붉은 수기를 쳐들 때<br>- 여기서 총잡은 인민이 산다 | 송정우 | 청년문학, 2008.4. |
| 시초 | 병사의 어머니<br>- 초소로 떠나는 딸에게<br>- 두 개의 입대증 앞에서<br>- 어머니의 제일 큰 보람은…<br>- 나는 병사의 어머니<br>- 고향에 온 어머니 | 김영순 | 청년문학, 2008.5. |

| | | | |
|---|---|---|---|
| 시초 | 칠성판에 오른 ≪대통령≫(풍자시초)<br>－ 서두에 하고 싶은 말<br>－ 생쥐 ≪대통령≫<br>－ 외톨이 ≪대통령≫<br>－ 거꾸로 선 ≪대통령≫<br>－ 거짓말쟁이 ≪대통령≫<br>－ 배후조종자 ≪대통령≫<br>－ 칠성판에 오른 ≪대통령≫ | 김용엽 | 청년문학, 2008.12. |
| 시묶음 | 금강산의 새 절경<br>－ 비로봉의 해돋이<br>－ 진주담<br>－ 바위에 대한 시<br>－ 그 하나하나<br>－ 귀면암이 장수바위 되다<br>－ 병사의 시<br>－ 금강산의 둥근달<br>－ 어머님과 금강산 | 김홍규<br>오재신<br>유영하<br>김정곤<br>신동식<br>함영주<br>주 경<br>오정로 | 조선문학, 2008.2. |
| 시묶음 | 우리 설명절<br>－ 덕담<br>－ 세찬<br>－ 연놀이 | 홍철진 | 조선문학, 2008.2. |
| 시묶음 | 칠보산의 새 절경 황진마을<br>－ 황진마을<br>－ 축복하노라<br>－ ≪신선≫ 로인의 이야기<br>－ 휴양생처녀들 온천을 내리오<br>－ 장군님 기다리는 황진마을 | 리근지 | 조선문학, 2008.7. |
| 시묶음 | 청춘직동에 부치여<br>－ 삿갓봉<br>－ 압축기운전공 처녀에게<br>－ 조국이 아는 얼굴 | 리영철 | 조선문학, 2008.12. |
| 시 | 위대한 영생 | 류동호 | 조선문학, 2008.1. |
| 시 | 장군님의 웃음속에 | 한원희 | 조선문학, 2008.1. |
| 시 | 추운날 더운날 | 김정순 | 조선문학, 2008.1. |
| 시 | 청춘의 심장은 겨울을 몰라 | 김남호 | 조선문학, 2008.1. |
| 시 | 전류가 흐른다 | 김춘길 | 조선문학, 2008.1. |
| 시 | 한삽 더 담아주오 | 리동수 | 조선문학, 2008.1. |
| 시 | 나는 시가의 붓을 놓을수 없다 | 진춘근 | 조선문학, 2008.1. |
| 시 | 불같이 달아오른 이 마음은… | 진춘근 | 조선문학, 2008.1. |
| 시 | 나의 복무메달 | 신 철 | 조선문학, 2008.1. |
| 시 | 김정일장군찬가 | 류동호 | 조선문학, 2008.2. |
| 시 | 2월의 아침이 오니 | 김창호 | 조선문학, 2008.2. |
| 시 | 다시 찍은 사진 | 김정경 | 조선문학, 2008.2. |
| 시 | 해뜨는 아침에 | 김효수 | 조선문학, 2008.2. |

| 시 | 아들과 딸 | 렴형미 | 조선문학, 2008.2. |
|---|---|---|---|
| 시 | 농민의 마음 | 리태식 | 조선문학, 2008.2. |
| 시 | 병사는 조국의 대지우에 편지를 쓴다 | 정동찬 | 조선문학, 2008.2. |
| 시 | 장군님과 선군조국 | 홍민식 | 조선문학, 2008.3. |
| 시 | 삶의 자욱 조국청사에 새기리 | 한광춘 | 조선문학, 2008.3. |
| 시 | 아, 3월 5일이여 | 김춘길 | 조선문학, 2008.3. |
| 시 | 남사봉의 메아리 | 서봉제 | 조선문학, 2008.3. |
| 시 | 문수봉의 이깔나무 | 신문경 | 조선문학, 2008.3. |
| 시 | 려명을 불러 | 조영일 | 조선문학, 2008.3. |
| 시 | 밭머리에서 | 김남호 | 조선문학, 2008.3. |
| 시 | 무지개봉에서 | 리찬호 | 조선문학, 2008.3. |
| 시 | 조가비숟가락 | 함영주 | 조선문학, 2008.3. |
| 시 | 리수복영웅이여 | 김휘조 | 조선문학, 2008.3. |
| 시 | 평양역 시계종소리 | 홍현양 | 조선문학, 2008.3. |
| 시 | 나의 어머니시여! | 리광선 | 조선문학, 2008.3. |
| 시 | 사출기, 내 마음아 | 리동수 | 조선문학, 2008.3. |
| 시 | 등교의 날에 | 구영일 | 조선문학, 2008.3. |
| 시 | 아, 만경봉 | 김영택 | 조선문학, 2008.4. |
| 시 | 수령님의 총대 | 김춘길 | 조선문학, 2008.4. |
| 시 | 오리알이야기 | 리태식 | 조선문학, 2008.4. |
| 시 | 구호나무앞에서 | 방금석 | 조선문학, 2008.4. |
| 시 | 강선사람들 | 권오준 | 조선문학, 2008.4. |
| 시 | 력사의 대하 | 류춘선 | 조선문학, 2008.4. |
| 시 | 청년전기로여 | 김학률 | 조선문학, 2008.4. |
| 시 | 안해의 행복 | 김현순 | 조선문학, 2008.4. |
| 시 | 내 터놓고싶은 고향자랑은… | 심재훈 | 조선문학, 2008.4. |
| 시 | 화선병사이야기 | 주 연 | 조선문학, 2008.4. |
| 시 | 나의 군인증 | 김춘호 | 조선문학, 2008.4. |
| 시 | 나무에 이름을 달며 | 김춘호 | 조선문학, 2008.4. |
| 시 | 명령한 사람은 없었다 | 김춘호 | 조선문학, 2008.4. |
| 시 | 공군대좌 | 곽명철 | 조선문학, 2008.4. |
| 시 | 동강의 첫 기슭에서 | 장명길 | 조선문학, 2008.5. |
| 시 | 검은금아! | 김 령 | 조선문학, 2008.5. |
| 시 | 붉은 가을을 부른다 | 김춘길 | 조선문학, 2008.5. |
| 시 | 금반지 | 리근지 | 조선문학, 2008.5. |
| 시 | 내 고향 금산리 | 조일형 | 조선문학, 2008.5. |
| 시 | 출근길 | 차명숙 | 조선문학, 2008.5. |

| 시 | 나의 어깨 | 김봉남 | 조선문학, 2008.5. |
|---|---|---|---|
| 시 | 쇠물의 노래 | 안명애 | 조선문학, 2008.5. |
| 시 | 큰아버지 | 박성일 | 조선문학, 2008.5. |
| 시 | 철의 도시 밤 | 위명철 | 조선문학, 2008.5. |
| 시 | 토스레옷 | 유영하 | 조선문학, 2008.5. |
| 시 | 영원한 불길 | 김춘길 | 조선문학, 2008.6. |
| 시 | 첫 자욱 | 문용철 | 조선문학, 2008.6. |
| 시 | 사랑의 해빛 | 진춘근 | 조선문학, 2008.6. |
| 시 | 혁명전사의 모습앞에서 | 조영일 | 조선문학, 2008.6. |
| 시 | 잊지 않겠습니다 | 전재훈 | 조선문학, 2008.6. |
| 시 | 아버지의 모습 | 염득복 | 조선문학, 2008.6. |
| 시 | 진정그날에야… | 진 국 | 조선문학, 2008.6. |
| 시 | 사랑의 우산밑에는 | 김송남 | 조선문학, 2008.6. |
| 시 | 내 언제나 이 계절을 안고살리라 | 최윤철 | 조선문학, 2008.6. |
| 시 | 아들의 노래 | 리 영 | 조선문학, 2008.6. |
| 시 | 나의 눈가에 어려오는것은 | 서진명 | 조선문학, 2008.6. |
| 시 | 비날론구내길을 걸으며 | 서진명 | 조선문학, 2008.6. |
| 시 | 불타라 나의 심장아 | 최정용 | 조선문학, 2008.6. |
| 시 | 백두산으로 떠나거라 | 박영숙 | 조선문학, 2008.6. |
| 시 | 나의 구내길 | 리광선 | 조선문학, 2008.6. |
| 시 | 조국과 나의 청춘 | 김철혁 | 조선문학, 2008.6. |
| 시 | 녀인들의 일터 | 리미옥 | 조선문학, 2008.6. |
| 시 | 내 이젠 엄마되여 | 리미옥 | 조선문학, 2008.6. |
| 시 | 요람 | 리미옥 | 조선문학, 2008.6. |
| 시 | 비둘기 | 박정철 | 조선문학, 2008.6. |
| 시 | ≪무적황군≫의 ≪호박농사≫ | 리동수 | 조선문학, 2008.6. |
| 시 | 수령님과 붉은기 | 전수철 | 조선문학, 2008.7. |
| 시 | 옛 최고사령부 뜨락에서 | 리범수 | 조선문학, 2008.7. |
| 시 | 영원한 불발로 끝장나리라 | 리범수 | 조선문학, 2008.7. |
| 시 | 흙에 대한 담시 | 문동식 | 조선문학, 2008.7. |
| 시 | 여기에 사다리가 있다 | 리일섭 | 조선문학, 2008.7. |
| 시 | 사랑과 전쟁 | 리일섭 | 조선문학, 2008.7. |
| 시 | 편지 | 리일섭 | 조선문학, 2008.7. |
| 시 | 총대의 숨결 | 변영환 | 조선문학, 2008.7. |
| 시 | 겨울날이야기 | 전승일 | 조선문학, 2008.7. |
| 시 | 쇠물봉화 | 리영삼 | 조선문학, 2008.7. |
| 시 | 아들 | 류동호 | 조선문학, 2008.7. |

| 시 | 마천령아 너를 불러불러 | 정동찬 | 조선문학, 2008.7. |
|---|---|---|---|
| 시 | 내앞으로 다가온다 | 김정순 | 조선문학, 2008.7. |
| 시 | 나는 너를 사랑한다 | 렴형미 | 조선문학, 2008.7. |
| 시 | 병사와 고향 | 전성호 | 조선문학, 2008.7. |
| 시 | 한장의 조선지도 앞에서 | 김창호 | 조선문학, 2008.8. |
| 시 | 아버지의 추억 | 박현철 | 조선문학, 2008.8. |
| 시 | 세월은 그날에서 | 리영철 | 조선문학, 2008.8. |
| 시 | 우리의 최고사령관기 | 변정욱 | 조선문학, 2008.8. |
| 시 | 조국이여 믿어다오 | 김철혁 | 조선문학, 2008.8. |
| 시 | 우리가 맞고보낸 날과 날들이 | 송재하 | 조선문학, 2008.8. |
| 시 | 축지법이야기 | 한원희 | 조선문학, 2008.8. |
| 시 | 홍남의 봄 | 최명길 | 조선문학, 2008.8. |
| 시 | 별나라 | 성연일 | 조선문학, 2008.8. |
| 시 | 불이 흐르는 강 | 방금석 | 조선문학, 2008.8. |
| 시 | 일요일의 랑만 | 리영일 | 조선문학, 2008.8. |
| 시 | 가을날 들이 말해주리 | 최정용 | 조선문학, 2008.8. |
| 시 | 구월산의 청춘샘물 | 윤철남 | 조선문학, 2008.8. |
| 시 | 수령님과 공화국기발 | 리영철 | 조선문학, 2008.9. |
| 시 | 9월의 아침에 | 함영주 | 조선문학, 2008.9. |
| 시 | 위대한 스승의 한생 | 김일규 | 조선문학, 2008.9. |
| 시 | 선군장정에 드리는 시 | 김정곤 | 조선문학, 2008.9. |
| 시 | 나는 밀림의 설레임소리를 듣는다 | 박정애 | 조선문학, 2008.9. |
| 시 | 큰길우에 소달구지 한채 | 한원희 | 조선문학, 2008.9. |
| 시 | 사회주의에 부칩니다 | 박향미 | 조선문학, 2008.9. |
| 시 | 사랑의 이야기 | 박향미 | 조선문학, 2008.9. |
| 시 | 총과 기발 | 백 하 | 조선문학, 2008.9. |
| 시 | 조국에 첫인사 드리며 | 고찬유(총련) | 조선문학, 2008.9. |
| 시 | 우리 당의 모습 | 김석주 | 조선문학, 2008.10. |
| 시 | 꽃길을 걸으며 | 오정로 | 조선문학, 2008.10. |
| 시 | 여기로 오시라 | 한원희 | 조선문학, 2008.10. |
| 시 | 못 잊을 바다 못 잊을 파도야 | 한원희 | 조선문학, 2008.10. |
| 시 | ≪다시 오겠소≫ | 한원희 | 조선문학, 2008.10. |
| 시 | 물길덕이야기 | 고남철 | 조선문학, 2008.10. |
| 시 | 대계도의 밤 | 김명철 | 조선문학, 2008.10. |
| 시 | 그는 전쟁로병 | 김덕선 | 조선문학, 2008.10. |
| 시 | 교정의 길 | 리성만 | 조선문학, 2008.10. |
| 시 | 약속 | 김정철 | 조선문학, 2008.10. |

| 시 | 사랑의 문 | 리은순 | 조선문학, 2008.10. |
|---|---|---|---|
| 시 | 여기도 최전연이다 | 채철호 | 조선문학, 2008.10. |
| 시 | 푸른 하늘 | 정영호 | 조선문학, 2008.11. |
| 시 | 금당벌은 잠들지 못한다 | 정영호 | 조선문학, 2008.11. |
| 시 | 비날론의 땅에서 | 리광선 | 조선문학, 2008.11. |
| 시 | 대동강가에서 부르는 노래 | 김석범 | 조선문학, 2008.11. |
| 시 | 철창속에서도 | 곽명철 | 조선문학, 2008.11. |
| 시 | 인민의 어버이 | 리수원 | 조선문학, 2008.11. |
| 시 | 기념사진 | 차숙남 | 조선문학, 2008.11. |
| 시 | 교단에 설 때면 | 차숙남 | 조선문학, 2008.11. |
| 시 | 어머니는 못 속여 | 김경남 | 조선문학, 2008.11. |
| 시 | 오, 북관대첩비 | 전승일 | 조선문학, 2008.11. |
| 시 | 내 아들은 이렇게 자랍니다 | 김 령 | 조선문학, 2008.11. |
| 시 | 우리는 백두산유격구시절처럼 산다 | 오상철 | 조선문학, 2008.11. |
| 시 | 당신의 목소리를 듣습니다 | 전광원 | 조선문학, 2008.11. |
| 시 | 농민전사 | 리근지 | 조선문학, 2008.11. |
| 시 | 어머니마음 | 김명옥 | 조선문학, 2008.11. |
| 시 | 인생의 뿌리 | 허용삼 | 조선문학, 2008.11. |
| 시 | 나는 영원히 백두의 딸입니다 | 권성희 | 조선문학, 2008.11. |
| 시 | 백두의 해연은 사랑을 노래한다 | 권형석 | 조선문학, 2008.11. |
| 시 | 이것은 추억이 아닙니다 | 권성희 | 조선문학, 2008.11. |
| 시 | 우리의 최고사령관기를 우러러 | 김춘길 | 조선문학, 2008.12. |
| 시 | 주작봉마루에서 | 염득복 | 조선문학, 2008.12. |
| 시 | 첫 군기 | 전수철 | 조선문학, 2008.12. |
| 시 | 한해가 흘렀다 | 장명길 | 조선문학, 2008.12. |
| 시 | 영원히 총과 함께 | 리광훈 | 조선문학, 2008.12. |
| 시 | 비행사와 땅 | 리광훈 | 조선문학, 2008.12. |
| 시 | 최고사령관과 신입병사들 | 박세일 | 조선문학, 2008.12. |
| 시 | 두 세대의 웃음 | 김춘호 | 조선문학, 2008.12. |
| 시 | 거수경례 | 김춘호 | 조선문학, 2008.12. |
| 시 | 맏아들 | 조일형 | 조선문학, 2008.12. |
| 시 | 이삭아 | 김성희 | 조선문학, 2008.12. |
| 시 | 탐사대원의 노래 | 리영복 | 조선문학, 2008.12. |
| 시 | 내 고향의 밝은 표정 | 주 경 | 조선문학, 2008.12. |
| 시 | 향토 | 리 영 | 조선문학, 2008.12. |
| 시 | 축원의 마음 | 정성환 | 문학신문, 2008.1. |
| 시 | 더 높이 받들어 올리리 | 신문경 | 문학신문, 2008.1. |

| 시 | 다박솔초소의 설경이여 | 한원희 | 문학신문, 2008.1. |
| 시 | 조국이 부르는 소리 | 리명옥 | 문학신문, 2008.2. |
| 시 | 총공격의 폭풍이 인다 | 백 하 | 문학신문, 2008.2. |
| 시 | 굽이치라 일심단결의 대하여 | 문용철 | 문학신문, 2008.2. |
| 시 | 한폭의 산수화 | 우광복 | 문학신문, 2008.3. |
| 시 | 언제건설자의 진미 | 지홍길 | 문학신문, 2008.3. |
| 시 | 명령은 내렸다 | 송재하 | 문학신문, 2008.3. |
| 시 | 선군의 준마타고 더 빨리, 더 높이 | 조영일 | 문학신문, 2008.3. |
| 시 | 가자, 탄부들이여! | 리동수 | 문학신문, 2008.3. |
| 시 | 노래여, ≪강선의 노을≫이여! | 류춘선 | 문학신문, 2008.3. |
| 시 | 수령님 생각이 간절합니다 | 김만영 | 문학신문, 2008.4. |
| 시 | 좋다, 례성강의 공격정신 | 김만영 | 문학신문, 2008.4. |
| 시 | 례성강식계산법 | 박경심 | 문학신문, 2008.4. |
| 시 | 불이 흐른다 | 박정애 | 문학신문, 2008.4. |
| 시 | 여기는 그이의 최전연 | 박정애 | 문학신문, 2008.4. |
| 시 | 부러운 사람 | 박경심 | 문학신문, 2008.4. |
| 시 | 례성강의 모닥불 | 문용철 | 문학신문, 2008.4. |
| 시 | 정이월도 정녕 추운 그날에 | 리연희 | 문학신문, 2008.4. |
| 시 | 강철주단 펼쳐주리라 | 김정삼 | 문학신문, 2008.4. |
| 시 | 복받은 날 | 채동규 | 문학신문, 2008.4. |
| 시 | 2월의 축원 | 김춘길 | 문학신문, 2008.5. |
| 시 | 일요일 | 한승길 | 문학신문, 2008.5. |
| 시 | 전기불 | 한승길 | 문학신문, 2008.5. |
| 시 | 첫 자욱 | 문용철 | 문학신문, 2008.5. |
| 시 | 돌격대 순이 | 박정애 | 문학신문, 2008.5. |
| 시 | 새해는 부른다 | 한원희 | 문학신문, 2008.6. |
| 시 | 우리 작업반 예쁜이 | 고남철 | 문학신문, 2008.6. |
| 시 | 오늘을 돌이켜 볼 때 | 김명철 | 문학신문, 2008.6. |
| 시 | 보름달에 얹은 소원 | 리영철 | 문학신문, 2008.6. |
| 시 | 푸른 물결 | 최윤철 | 문학신문, 2008.7. |
| 시 | 축하합니다! | 박경심 | 문학신문, 2008.7. |
| 시 | 불길 | 림성희 | 문학신문, 2008.7. |
| 시 | 보아라 또 하나의 청춘언제를 | 한원희 | 문학신문, 2008.8. |
| 시 | 선생님은 오늘도 교단에 서계신다 | 김은숙 | 문학신문, 2008.9. |
| 시 | 아, 우리 수령님 | 문동식 | 문학신문, 2008.11. |
| 시 | 오이에 대한 담시 | 정성환 | 문학신문, 2008.11. |
| 시 | 4.25축시 | 렴형미 | 문학신문, 2008.12. |

| 시 | 영광 떨치라 | 한광춘 | 문학신문, 2008.12. |
|---|---|---|---|
| 시 | 그날도 전선길의 하루였다 | 김영택 | 문학신문, 2008.12. |
| 시 | 대지에 서곡은 울렸다 | 서봉제 | 문학신문, 2008.12. |
| 시 | 위대한 추억속에 | 김충기 | 문학신문, 2008.12. |
| 시 | 선생님의 꿈 | 김춘호 | 문학신문, 2008.12. |
| 시 | 끝까지 결산하리라 | 리창식 | 문학신문, 2008.13. |
| 시 | 눈을 감지 못한 세월앞에서 | 김윤걸 | 문학신문, 2008.13. |
| 시 | 내 사랑 평양의 밤이여 | 림성희 | 문학신문, 2008.14. |
| 시 | 천리마의 불나래 | 림성희 | 문학신문, 2008.14. |
| 시 | 웃어라 활짝 웃어라 | 림성희 | 문학신문, 2008.14. |
| 시 | 나는 연백벌농민 | 채동규 | 문학신문, 2008.14. |
| 시 | 봄바람 | 한원희 | 문학신문, 2008.14. |
| 시 | 복받은 미루벌이여 | 박웅전 | 문학신문, 2008.14. |
| 시 | 빛나라 백두의 행군길이여 | 박희구 | 문학신문, 2008.15. |
| 시 | 구호나무앞에서 | 곽명철 | 문학신문, 2008.15. |
| 시 | 해빛에 실려 큰산이 왔다 | 서봉제 | 문학신문, 2008.16. |
| 시 | 우리끼리 손을 잡자 | 김 천 | 문학신문, 2008.16. |
| 시 | 죄악의 비를 세운다 | 정선환 | 문학신문, 2008.16. |
| 시 | 누구를 위한 궤변이냐 | 신문경 | 문학신문, 2008.16. |
| 시 | 6월을 노래한다 | 리창식 | 문학신문, 2008.17. |
| 시 | 그때는 몰랐네 | 권오준 | 문학신문, 2008.17. |
| 시 | 삼지강벌은 장군님을 기다린다 | 박형철 | 문학신문, 2008.18. |
| 시 | 신천의 아이들 | 김한대 | 문학신문, 2008.18. |
| 시 | 세계지도앞에서 | 문용철 | 문학신문, 2008.18. |
| 시 | 인민을 하늘처럼 받드시고 | 한승길 | 문학신문, 2008.18. |
| 시 | 그리움의 대지 | 김충기 | 문학신문, 2008.18. |
| 시 | 장군님의 전선시간 | 김춘길 | 문학신문, 2008.19. |
| 시 | 푸른 들 못 떠나는 마음 | 리라순 | 문학신문, 2008.19. |
| 시 | 계승에 대한 생각 | 김진주 | 문학신문, 2008.20. |
| 시 | 손의 무게 | 박경심 | 문학신문, 2008.20. |
| 시 | 우리는 연필로만 그리지 않았다 | 리동수 | 문학신문, 2008.20. |
| 시 | 아버지의 전승기념메달 | 조영일 | 문학신문, 2008.21. |
| 시 | 승리의 기발을 들고 | 동승태 | 문학신문, 2008.21. |
| 시 | 불타는 심장 | 문동식 | 문학신문, 2008.21. |
| 시 | 장군님을 그리는 마음 | 최준경 | 문학신문, 2008.22. |
| 시 | 뜨거운 헌신의 길 | 주명옥 | 문학신문, 2008.22. |
| 시 | 전승의 성지에서 | 송찬웅 | 문학신문, 2008.22. |

| 시 | 승리한 영웅들 곁에 | 한광춘 | 문학신문, 2008.22. |
|---|---|---|---|
| 시 | 계승 | 김남호 | 문학신문, 2008.22. |
| 시 | 기쁨의 꽃다발을 안고 | 서진명 | 문학신문, 2008.23. |
| 시 | 해방의 은인 | 박현철 | 문학신문, 2008.23. |
| 시 | 미루벌이 끓는다 | 김창호 | 문학신문, 2008.23. |
| 시 | 들이 설레인다 | 송재하 | 문학신문, 2008.23. |
| 시 | 제일 가까이 보게 되리라 | 류춘신 | 문학신문, 2008.23. |
| 시 | 총대계승의 빛나는 자욱 | 백 하 | 문학신문, 2008.24. |
| 시 | 승리에 대한 추억 | 문용철 | 문학신문, 2008.24. |
| 시 | 공화국공민 | 신문경 | 문학신문, 2008.25. |
| 시 | 우리는 하나의 이름으로 산다 | 호대선 | 문학신문, 2008.25. |
| 시 | 어머님처럼 사랑하고 싶어라 | 박경심 | 문학신문, 2008.25. |
| 시 | 진수정가에서 | 리영일 | 문학신문, 2008.26. |
| 시 | 빨리! 빨리! | 류명호 | 문학신문, 2008.26. |
| 시 | 회곡동의 저녁노을 | 송재하 | 문학신문, 2008.27. |
| 시 | 보금자리 | 장명길 | 문학신문, 2008.27. |
| 시 | 무산의 쇠돌계획을 놓고 | 전승일 | 문학신문, 2008.27. |
| 시 | 광부들의 목소리 | 김무림 | 문학신문, 2008.27. |
| 시 | 나는 정시가 좋다 | 리태식 | 문학신문, 2008.27. |
| 시 | 물길굴전투장에서 | 권오준 | 문학신문, 2008.28. |
| 시 | 세월의 축복 | 장명길 | 문학신문, 2008.28. |
| 시 | 당기발엔 낫이 새겨져있네 | 채동규 | 문학신문, 2008.28. |
| 시 | 벌에 사는 마음 | 김충기 | 문학신문, 2008.28. |
| 시 | 오늘도 수령님은 이 벌에 계시여라 | 김용엽 | 문학신문, 2008.29. |
| 시 | 청산벌은 설레인다 | 장호건 | 문학신문, 2008.29. |
| 시 | 진리의 그 빛발은 | 홍현양 | 문학신문, 2008.29. |
| 시 | 영원한 영광을 | 김송남 | 문학신문, 2008.29. |
| 시 | 그날에 산다 | 장명길 | 문학신문, 2008.30. |
| 시 | 그대들은 처음 만났어도 | 리태식 | 문학신문, 2008.30. |
| 시 | 더 깊이 고개숙이자 | 문동식 | 문학신문, 2008.30. |
| 시 | 가을아, 머물러있어주렴 | 문용철 | 문학신문, 2008.30. |
| 시 | 한줄기 | 한승길 | 문학신문, 2008.30. |
| 시 | 범안선경에 부치여 | 우광복 | 문학신문, 2008.31. |
| 시 | 독도가 솟아있다 | 전승일 | 문학신문, 2008.31. |
| 시 | 나의 결산서 | 리창식 | 문학신문, 2008.32. |
| 시 | 내 문득 어머니라 불렀을 때 | 김일규 | 문학신문, 2008.32. |
| 시 | 조국과 열일곱살 | 박경심 | 문학신문, 2008.33. |

| 시 | 우리가 이겼다 | 박웅전 | 문학신문, 2008.33. |
|---|---|---|---|
| 시 | 이 사람들을 강자라고 부르고싶다 | 리동수 | 문학신문, 2008.33. |
| 시 | 울려가라 기쁨의 기적소리… | 김송남 | 문학신문, 2008.34. |
| 시 | 우리의 심장은 언제나 뜨겁다 | 한승길 | 문학신문, 2008.34. |
| 시 | 장하다 선군조선의 딸들이여 | 류동호 | 문학신문, 2008.34. |
| 시 | 고향앞에 모교앞에 | 김춘호 | 문학신문, 2008.34. |
| 시 | 어머님과 삼지연 | 리명옥 | 문학신문, 2008.35. |
| 시 | 이 쇳물을 받아다오 | 류춘선 | 문학신문, 2008.35. |
| 시 | 직동, 너의 숨결을 들으면… | 장명길 | 문학신문, 2008.35. |
| 시 | 그대들에겐 권리가 있다 | 김정삼 | 문학신문, 2008.35. |
| 시 | 경애하는 최고사령관 그 부름속에 | 주광일 | 문학신문, 2008.36. |
| 시 | 그이는 우리에게 시를 주시였다 | 김윤걸 | 문학신문, 2008.36. |
| 시 | 내 조국의 일력 | 리창식 | 문학신문, 2008.36. |
| 시 | 아! 장군님친필은 | 김용엽 | 청년문학, 2008.1. |
| 시 | 장수로 키우는 품 | 김용엽 | 청년문학, 2008.1. |
| 시 | 선군조선의 고향집이여 | 서진명 | 청년문학, 2008.2. |
| 시 | 아, 푸른 산 푸른 숲 | 김춘길 | 청년문학, 2008.3. |
| 시 | 식수절은 좋구나 | 조영식 | 청년문학, 2008.3. |
| 시 | 4월의 달력앞에서 | 호대선 | 청년문학, 2008.4. |
| 시 | 수령님과 동강 | 리종원 | 청년문학, 2008.5. |
| 시 | 보통강의 흐름과 함께 영원할 탑이여 | 조영식 | 청년문학, 2008.5. |
| 시 | 붉은 화살표 | 모원혁 | 청년문학, 2008.6. |
| 시 | 쇠정판우에 올라 | 계 훈 | 청년문학, 2008.6. |
| 시 | 샘물이야기 | 계 훈 | 청년문학, 2008.6. |
| 시 | 숙영지의 저녁풍경 | 리찬호 | 청년문학, 2008.7. |
| 시 | 피묻은 당원증앞에서 | 염득복 | 청년문학, 2008.7. |
| 시 | 노래와 탄부들 | 리명옥 | 청년문학, 2008.7. |
| 시 | 너의 파멸을 선언한다 | 리종원 | 청년문학, 2008.7. |
| 시 | 아, 8월 15일이여 | 리명호 | 청년문학, 2008.8. |
| 시 | 한나라당 ≪한≫자 풀이 | 김용엽 | 청년문학, 2008.8. |
| 시 | 행복이여 흐르라 | 리종원 | 청년문학, 2008.9. |
| 시 | 선군으로 빛나는 장군님의 조국이여 | 리명호 | 청년문학, 2008.9. |
| 시 | 병사들의 무릎싸움 | 김동철 | 청년문학, 2008.9. |
| 시 | 나의 고향은… | 김영순 | 청년문학, 2008.9. |
| 시 | 처녀도색공의 마음 | 김영순 | 청년문학, 2008.9. |
| 시 | 10월에 드리는 축원의 노래 | 김춘길 | 청년문학, 2008.10. |
| 시 | 위대한 탑 | 김용엽 | 청년문학, 2008.10. |

| 시 | 수령님 걸으신 길 | 호대선 | 청년문학, 2008.10. |
|---|---|---|---|
| 시 | 가을걷이 쉴참에 | 호대선 | 청년문학, 2008.10. |
| 시 | 우리에겐 장군님이 계신다 | 계 훈 | 청년문학, 2008.11. |
| 시 | 더 높이 들자 최고사령관기를 | 오필천 | 청년문학, 2008.12. |
| 시 | 그리움의 12월 | 호대선 | 청년문학, 2008.12. |
| 서정서사시 | 행복의 샘줄기 | 김수남 | 아동문학, 2008.4. |

## <장·중편소설 출판>

| 구분 | 제목 | 작가 | 출처 |
|---|---|---|---|
| 장편소설 | 총서 ≪불멸의 향도≫ 봄의 서곡 | 백남룡 | 문학예술출판사 |
| 장편소설 | 총서 ≪충성의 한길에서≫ 녀성의 노래 | 김영희 | 문학예술출판사 |
| 장편소설 | 광야의 별 | 최봉무 | 문학예술출판사 |
| 장편소설 | 조옥희 | 안홍윤 | 문학예술출판사 |
| 장편소설 | 항만의 금별 | 김정남 | 문학예술출판사 |
| 장편소설 | 별들이 빛나는 곳에서 | 조인영 | 문학예술출판사 |
| 장편소설 | 인생의 악보 | 김 정 | 문학예술출판사 |
| 장편소설 | 달라진 선택 | 강선규 | 문학예술출판사 |
| 장편소설 | 인생과 길 | 오락천 | 문학예술출판사 |
| 장편소설 | 수확의 계절 | 김대성 | 문학예술출판사 |
| 장편소설 | 태양에로 | 석남진 | 문학예술출판사 |
| 장편소설 | 그해 여름과 겨울 | 림종상 | 문학예술출판사 |
| 장편소설 | 내 고향의 봄 | 방정강 | 문학예술출판사 |
| 장편소설 | 해빛만리(제2부) | 류 벽 | 문학예술출판사 |
| 중편소설 | 연안성 | 리 빈 | 문학예술출판사 |

## <문학예술 출판도서>

| 구분 | 제목 | 작가 | 출처 |
|---|---|---|---|
| 도서 | 주체문학전서(6): 아동문학 | 정룡진 | 문학예술출판사 |
| 도서 | 주체문학전서(7): 령도자와 작가 | 리수립 | 문학예술출판사 |
| 평론집 | 형상의 진실성과 작가의 개성 | 류 만, 장 영 | 문학예술출판사 |
| 중편실화문학 | 나도 아홉살 | 리준길 | 금성청년출판사 |
| 실화집 | 공화국과 더불어 빛나는 매들의 위훈 | | 금성청년출판사 |
| 작품집 | 력사의 자취 | | 문학예술출판사 |
| 작품집 | 요람 | | 문학예술출판사 |
| 작품집 | ≪21세기태양을우러러≫(6): 백두의장검 | | 문학예술출판사 |
| 작품집 | 생의 메아리 | 김명익 | 문학예술출판사 |

| 작품집 | 삶의 태양 | 차승수 | 문학예술출판사 |
|---|---|---|---|
| 작품집 | 우리 당이 고마워 | 오필천 | 문학예술출판사 |
| 작품집 | 탄전의 노을 | | 금성청년출판사 |
| 작품집 | 무본벌은 노래한다 | | 금성청년출판사 |
| 작품집 | 산촌풍경 | 백남룡 | 문학예술출판사 |
| 작품집 | 갈매섬의 주인들 | 김정희 | 금성청년출판사 |
| 작품집 | 북두칠성 | | 금성청년출판사 |
| 작품집 | 나래를 펼치라 | | 금성청년출판사 |
| 작품집 | 제일 큰 나라 | | 금성청년출판사 |
| 작품집 | 세번째 재판 | 김박문 | 금성청년출판사 |
| 작품집 | 황새의 송사판결 | | 금성청년출판사 |
| 고전문학 | 조선고전문학선집(28): 사성기봉(3) | | 문학예술출판사 |
| 고전문학 | 조선고전문학선집(45): 력대녀류시가선 | | 문학예술출판사 |
| 고전문학 | 조선고전문학선집(38): 홍량호작품집 | | 문학예술출판사 |
| 현대문학 | 현대조선문학선집(41): 1930년대 희곡선(1) | | 문학예술출판사 |
| 현대문학 | 현대조선문학선집(42): 1930년대 희곡선(2) | | 문학예술출판사 |
| 상식 | 세계문학작품 해설집(4) | 평양외국어대학 중국어학부 | 금성청년출판사 |
| 상식 | 세계문학작품 해설집(5) | 진경일 | 금성청년출판사 |
| 상식 | 세계문학작품 해설집(6) | 김왕섭 | 금성청년출판사 |
| 상식 | 세계문학작품 해설집(7) | 한룡덕 | 금성청년출판사 |
| 상식 | 세계문학작품 해설집(8) | 하천홍 | 금성청년출판사 |
| 상식 | 세계문학작품 해설집(9) | 김왕섭, 김상혁 하천홍, 리철호 | 금성청년출판사 |
| 상식 | 세계문학작품 해설집(10) | 조완영, 로대현 | 금성청년출판사 |

## 10) 『조선문학예술년감』(2010) 문학작품 주요 목록

### <시>(대표작)

| 구분 | 제목 | 작가 | 출처 |
|---|---|---|---|
| 시 | 조국이여 총진군앞으로! | 문용철 | 로동신문, 2009.1.11. |
| 시 | 총공격전의 돌파구에 병사가 있다 | 박현철 | 로동신문, 2009.1.11. |
| 시 | 우리의 힘 폭발할 때다 | 한승길 | 로동신문, 2009.1.11. |
| 시 | 우리의 불 | 주광일 | 로동신문, 2009.1.11. |
| 시 | 청춘아 불타오르자 | 리창식 | 로동신문, 2009.1.11. |

| 시 | 2월의 고향집 | 장명길 | 로동신문, 2009.2.15. |
|---|---|---|---|
| 시 | 백두산의 눈보라 | 김성호 | 로동신문, 2009.2.15. |
| 시 | 고향집과 내 나라 | 김석주 | 로동신문, 2009.4.14. |
| 시 | 산촌마을의 봄날에 | 리명옥 | 로동신문, 2009.4.14. |
| 시 | 봄날의 환호성 | 한광춘 | 로동신문, 2009.4.14. |
| 시 | 축포여 터쳐오르라 | 한광춘 | 로동신문, 2009.5.14. |
| 시 | 선군풍경 너로구나 | 박경심 | 로동신문, 2009.5.14. |
| 시 | 나는 2012년의 하늘을 보았다! | 차영도 | 로동신문, 2009.5.14. |
| 시 | 희천땅의 메아리(시초)<br> - ≪희천에서 다시 만납시다≫<br> - 여기로!<br> - 격전장의 웨침<br> - 에돌아갈수 없는 땅<br> - 병사의 이야기<br> - 건설장소묘<br> - 희천의 150일<br> - 2012년을 향하여 앞으로! | 한광춘<br>차영도<br>문용철<br>장명길<br>문용철<br>리창식<br>리창식<br>차영도 | 로동신문, 2009.5.31. |
| 시 | 우리 어버이 | 최정용 | 로동신문, 2009.6.14. |
| 시 | 강철로 당을 받들리 | 류춘선 | 로동신문, 2009.6.14. |
| 시 | 우리의 모습 | 리광선 | 로동신문, 2009.6.14. |
| 시 | 운명 | 주명옥 | 로동신문, 2009.6.14. |
| 시 | 이 세상 끝까지, 세월 끝까지(서사시) | 조선작가동맹<br>시문학분과위원회 | 로동신문, 2009.7.8. |
| 시 | 아, 내 조국(장시) | 김은숙 | 로동신문, 2009.9.6. |
| 시 | 회령의 불타는 아침(시초)<br> - 아침!<br> - 력사의 뜨락<br> - 빨찌산녀장군 앞에<br> - 아, 그날의 눈송이<br> - 기나긴 세월속의 반나절<br> - 가자 조선아 | 리창식<br>문용철<br>한광춘<br>렴형미<br>정동찬<br>박현철 | 로동신문, 2009.9.21. |
| 시 | 우리는 승리자로 추억하리(서사시) | 백의선 | 로동신문, 2009.10.14. |
| 시 | 노래하라, 미루삼천리벌이여!(서사시) | 백정란 | 로동신문, 2009.11.26. |
| 시 | 그리운 어머님(장시) | 김만영 | 로동신문, 2009.12.21. |
| 시 | 수령님 보시면 얼마나 기뻐하시랴(서사시) | 김석주, 리창식 | 로동신문, 2009.12.27. |

## <단편소설, 장편소설, 기타>

| 구분 | 제목 | 작가 | 출처 |
|---|---|---|---|
| 백두산3대장군<br>형상 단편소설 | 통일아리랑 | 리령철 | 조선문학, 2009.2. |
| 백두산3대장군 | 새벽산책 | 김준학 | 조선문학, 2009.7. |

| 형상 단편소설 | | | |
|---|---|---|---|
| 백두산3대장군 형상 단편소설 | 봄하늘 | 동의회 | 조선문학, 2009.9. |
| 백두산3대장군 형상 단편소설 | 6월의 아침 | 박두일 | 조선문학, 2009.10. |
| 백두산3대장군 형상 단편소설 | 봄향기 | 박혜란 | 조선문학, 2009.12. |
| 백두산3대장군 형상 단편소설 | 뜨거운 아침 | 최성진 | 문학신문, 2009.35. |
| 백두산3대장군 형상 단편소설 | 감살구나무 | 박웅전 | 청년문학, 2009.5. |
| 백두산3대장군 형상 단편소설 | 노래의 포성 | 김귀선 | 청년문학, 2009.6. |
| 백두산3대장군 형상 단편소설 | 평화의 조건 | 김대성 | 청년문학, 2009.7. |
| 백두산3대장군 형상 단편소설 | 축하명령서 | 김석범 | 청년문학, 2009.8. |
| 백두산3대장군 형상 단편소설 | 소백수는 얼지않는다 | 김도환 | 청년문학, 2009.9. |
| 백두산3대장군 형상 단편소설 | 따뜻한 새봄 | 리명호 | 청년문학, 2009.10. |
| 백두산3대장군 형상 단편소설 | 서두수바람 | 한웅빈 | 청년문학, 2009.12. |
| 단편소설 | 오늘과 래일 | 리정수 | 조선문학, 2009.1. |
| 단편소설 | 재령처녀 | 동의회 | 조선문학, 2009.1. |
| 단편소설 | 자물쇠 | 박성진 | 조선문학, 2009.1. |
| 단편소설 | 불타는 노을(실화문학) | 정철학 | 조선문학, 2009.1. |
| 단편소설 | 뿌리와 열매 | 최상기 | 조선문학, 2009.1. |
| 단편소설 | 숲속의 돌배나무 | 리영환 | 조선문학, 2009.2. |
| 단편소설 | 파란 비옷 | 백명길 | 조선문학, 2009.2. |
| 단편소설 | 바쁜 일 | 변창률 | 조선문학, 2009.2. |
| 단편소설 | 가시오갈피 | 김홍철 | 조선문학, 2009.3. |
| 단편소설 | 얼굴 | 김명진 | 조선문학, 2009.3. |
| 단편소설 | 세대의 륜리 | 오운서 | 조선문학, 2009.3. |
| 단편소설 | 숲속의 나무 한그루 | 김홍익 | 조선문학, 2009.4. |
| 단편소설 | 뜨거운 심장들 | 조인영 | 조선문학, 2009.5. |
| 단편소설 | 그가 바란것은 | 김동호 | 조선문학, 2009.5. |
| 단편소설 | 젖은 흙 | 량정수 | 조선문학, 2009.5. |
| 단편소설 | 탄부와 불 | 한웅빈 | 조선문학, 2009.6. |
| 단편소설 | 나락이 익을무렵 | 리룡운 | 조선문학, 2009.6. |

| 단편소설 | 열매는 어떻게 무르익는가(실화문학) | 김철순 | 조선문학, 2009.6. |
|---|---|---|---|
| 단편소설 | 뢰성이 울린 후(과학환상소설) | 리금철 | 조선문학, 2009.6. |
| 단편소설 | 별들이 속삭인다 | 공천영 | 조선문학, 2009.7. |
| 단편소설 | 나의 불빛 | 전은심 | 조선문학, 2009.7. |
| 단편소설 | 앞서가는 발자국 | 박원성 | 조선문학, 2009.8. |
| 단편소설 | 스무차량의 화물 | 리명훈 | 조선문학, 2009.8. |
| 단편소설 | 청춘시절과의 약속(실화문학) | 김진경 | 조선문학, 2009.8. |
| 단편소설 | 세월은 흘러도 | 백명길 | 조선문학, 2009.9. |
| 단편소설 | 그는 군관의 딸이였다(실화문학) | 변영옥 | 조선문학, 2009.9. |
| 단편소설 | 영원한 교향곡 | 안명국 | 조선문학, 2009.10. |
| 단편소설 | 평범한 날에(과학환상소설) | 엄호삼 | 조선문학, 2009.10. |
| 단편소설 | 나래를 펴덕이라 | 김경일 | 조선문학, 2009.10. |
| 단편소설 | ≪형제계≫ | 라광철 | 조선문학, 2009.11. |
| 단편소설 | 별들이 빛난다 | 양 건 | 조선문학, 2009.11. |
| 단편소설 | 도리 | 리명호 | 조선문학, 2009.11. |
| 단편소설 | 다시 찾은 사랑 | 윤상근 | 조선문학, 2009.11. |
| 단편소설 | 첫 생활비 | 오광천 | 조선문학, 2009.11. |
| 단편소설 | 내 고향은 아름답다 | 김홍균 | 조선문학, 2009.12. |
| 단편소설 | 철옹령의 검은 소나무 | 김순철 | 조선문학, 2009.12. |
| 단편소설 | 밝은 앞날의 모습 | 추병호 | 조선문학, 2009.12. |
| 단편소설 | 새해 첫아침에 | 한웅빈 | 문학신문, 2009.1. |
| 단편소설 | 15분 | 변월녀 | 문학신문, 2009.7. |
| 단편소설 | 래일 | 김덕철 | 문학신문, 2009.14. |
| 단편소설 | 진정 | 심형남 | 문학신문, 2009.15. |
| 단편소설 | 꿈이 나래펼 때(실화문학) | 김철순 | 문학신문, 2009.16. |
| 단편소설 | 범령에서 | 박명수 | 문학신문, 2009.21. |
| 단편소설 | 우리 집 뜨락(실화문학) | 김명익 | 문학신문, 2009.23. |
| 단편소설 | 준엄한 가을날에 | 홍남수 | 문학신문, 2009.30. |
| 단편소설 | 희천에서 만난 사람들(실화문학) | 황병철 | 문학신문, 2009.32·33. |
| 단편소설 | 분이선생 | 리정옥 | 문학신문, 2009.36. |
| 단편소설 | 따뜻한 교단 | 김정희 | 청년문학, 2009.1. |
| 단편소설 | 봄맞이처녀 | 김형두 | 청년문학, 2009.3. |
| 단편소설 | 들의 정서 | 김창림 | 청년문학, 2009.7. |
| 장시 | 나는 심장으로 노래한다 | 김덕선 | 조선문학, 2009.1. |
| 장시 | 선군시대 녀성의 노래 | 렴형미 | 조선문학, 2009.8. |
| 련시 | 내가 가꿀 땅<br>- 금별<br>- 아버지는 이벌에 서 있어라! | 박영숙 | 조선문학, 2009.10. |

| | | | |
|---|---|---|---|
| | – 내가 가꿀 땅 | | |
| 련시 | 신천의 사계절<br>　– 봄날에도 가슴속엔<br>　– 석당교우에 서니<br>　– 가을은 어디에나 있어라<br>　– 함박눈 날리는 들판에서 | 최주원 | 조선문학, 2009.11. |
| 련시 | 분노는 잠들지 않는다<br>　– 분노를 알게 한 날<br>　– 눈물은 어떤 때 흘리는가<br>　– 분노는 잠들지 않는다 | 김 령 | 청년문학, 2009.1. |
| 시초 | 내 고향의 영웅들<br>　– 못 잊을 추억<br>　– 영웅의 소식은 어떻게 오는가<br>　– ≪도라지꽃≫의 고향<br>　– 고향은 기다린다<br>　– 우리 영웅은 왔다<br>　– 새 영웅감들이 떠나간다 | 박웅전 | 조선문학, 2009.1. |
| 시초 | 어머니가 부르는 노래<br>　– 선군시대앞에<br>　– 그날 운 것이 아니였습니다<br>　– 자식을 떠나보내고<br>　– 이제는 네가 지켜섰구나 | 도명희 | 조선문학, 2009.3. |
| 시초 | 눈오는 날 농장처녀들 서정<br>　– 눈꽃보라<br>　– 겨울향기<br>　– 노래부르자<br>　– 가을인걸요<br>　– 오늘 저녁에는 회관으로 가자<br>　– 소원 | 리근지 | 조선문학, 2009.3. |
| 시초 | 병사생활의 나날에<br>　– 첫 자욱<br>　– 병사에게는 속사연필이 있다<br>　– 병사의 속도<br>　– 거수경례 | 박성일 | 조선문학, 2009.3. |
| 시초 | 오늘도 울려오는 불멸의 총성<br>　– 총대로 안고가리<br>　– 부름처럼 구령처럼<br>　– 5호물동의 담시<br>　– 갑무경비도로를 걸으며<br>　– 그날의 그모습<br>　– 5호물동진달래<br>　– 번개를 휘감아 | 오상철<br>박상철<br>오인섭<br>조정식<br>김길성<br>박룡철<br>서봉제 | 조선문학, 2009.5. |
| 시초 | 황금산기슭의 추억<br>　– 여기에 무엇이 있던가<br>　– 강냉이<br>　– 쩡광이단물<br>　– 비는 오고 날은 저무는데<br>　– 꿀벌이야기(1) | 한원희 | 조선문학, 2009.7. |

| | | | |
|---|---|---|---|
| | - 꿀벌이야기(2)<br>- 장군님과 함께 나는 걸었네<br>- 수령님의 박수소리 | | |
| 시초 | 나의 평양, 선군수도여<br>- 모란봉의 산울림아<br>- 사연깊은 평천길<br>- 내 한생오르는 언덕<br>- 땅속에서 땅우에서<br>- 장산의 소나무는 무엇을 속삭이는가<br>- 그리움의 불야경<br>- 대동강에 묶여있는 전리품<br>- 강성번영하라, 평양이여 | 송찬웅 | 조선문학, 2009.8. |
| 시초 | 언제<br>- 그리움의 노래는<br>- 호수의 고요<br>- 언제 | 박정애 | 조선문학, 2009.9. |
| 시초 | 미래가 보이는 언덕에서<br>- 나의 자리<br>- 고요<br>- 흰머리와 검은머리<br>- 휴식<br>- 손님도 꽤 많군<br>- 방학없는 ≪대학≫<br>- 여기에 나의 저서도 있다<br>- 노래를 드린다 | 허수산 | 조선문학, 2009.9. |
| 시초 | 어머니는 병사와 한전호에 산다<br>- 우리 집 바람벽에…<br>- 걱정<br>- 아들아, 어머니는 너를 믿는다<br>- 서약<br>- 기다리는 마음<br>- 고맙습니다 | 김선화 | 조선문학, 2009.10. |
| 시초 | 울려가라 행복의 노래여<br>- 그이께서 오신날은<br>- 양어장의 담시<br>- ≪새집들이≫하는 날<br>- 나는 일기를 쓴다<br>- 나는 야구장의 무지개처녀<br>- 그물을 당겨라<br>- 울려가라 행복의 노래여 | 리동수<br>리신환<br>리명옥<br>김춘길<br>박해출<br>리태식<br>김남호 | 조선문학, 2009.12. |
| 시초 | 평풍덕시초<br>- 리정표앞에서<br>- 소원(1)<br>- 뜨락길<br>- 달뜨는 밤에<br>- 소나비 내리는데<br>- 소원(2) | 주명옥 | 청년문학, 2009.3. |

| | | | |
|---|---|---|---|
| 시초 | 동봉땅이야기<br>- 주인<br>- 새싹<br>- 매대앞에서<br>- 그날의 당부 생각할수록<br>- 네 나래우에 | 주명옥 | 청년문학, 2009.6. |
| 시초 | 사랑넘친 항구에서<br>- 발자국소리<br>- 새벽의 고요<br>- 서로 약속하였네<br>- 사랑의 탄산수 | 김영순 | 청년문학, 2009.8. |
| 단시초 | 대학에서 | 류명호 | 조선문학, 2009.5. |
| 단시초 | 포전과 나의 생각<br>- 논뚝과 논판<br>- 저 사람은, 이 사람은…<br>- 모춤 한개<br>- 김<br>- 실적평가<br>- 실농군과 건달군<br>- 쌀독과 빈독<br>- 명화<br>- 돌피와 벼이삭<br>- 땅과 열매 | 소경찬 | 조선문학, 2009.6. |
| 단시초 | 미루벌의 새 물길<br>- 어디서 오는가<br>- 청년의 호령소리<br>- 물그물망<br>- 붉게 타는 땅<br>- 물다리<br>- 고달령은 말한다 | 박웅전 | 조선문학, 2009.9. |
| 시묶음 | 국제친선전람관이 전하는 이야기<br>- 대형벼루<br>- 장검들은 찾아온다<br>- 하늘과 땅이 드린 증서 | 량원익 | 조선문학, 2009.2. |
| 시묶음 | 강선의 봉화따라 앞으로(단시묶음)<br>- 쇠물처럼 노을처럼<br>- 회답편지<br>- 내 나이 스물이면 | 림성희 | 문학신문, 2009.3. |
| 시묶음 | 청춘도시 제대병사들(단시묶음)<br>- 병사의 첫인사<br>- 처녀의 속삭임<br>- 바다가태 | 리영일 | 문학신문, 2009.13. |
| 시묶음 | 행복의 절정(단시묶음)<br>- 항구도시 새 풍경<br>- 불야경이 안겨준것은<br>- 행복의 권리 | 림성희 | 문학신문, 2009.16. |
| 시 | 축원의 마음 | 조영일 | 조선문학, 2009.1. |

| 시 | 우리의 새해 | 박현철 | 조선문학, 2009.1. |
|---|---|---|---|
| 시 | 년하장 | 백 하 | 조선문학, 2009.1. |
| 시 | 조국이여, 이 병사를 불러다오 | 채동규 | 조선문학, 2009.1. |
| 시 | 아 우리 장군님 | 류동호 | 조선문학, 2009.1. |
| 시 | 그대는 나 나는 그대 | 류동호 | 조선문학, 2009.1. |
| 시 | 노래 | 류동호 | 조선문학, 2009.1. |
| 시 | 최전연의 서정 | 리찬호 | 조선문학, 2009.1. |
| 시 | 강선사람들 | 계 훈 | 조선문학, 2009.1. |
| 시 | 새 전기로에선 쇠물이 끓고 | 류춘선 | 조선문학, 2009.1. |
| 시 | 새 전기로에 부치여 | 김춘식 | 조선문학, 2009.1. |
| 시 | 고향의 언덕에서 | 로미향 | 조선문학, 2009.1. |
| 시 | 강철로만 통한다 | 김학률 | 조선문학, 2009.1. |
| 시 | 배짱도 커지고 욕심은 더욱 커져 | 백정남 | 조선문학, 2009.1. |
| 시 | 내 삶의 자욱 | 김춘길 | 조선문학, 2009.1. |
| 시 | 불세출의 탄생 | 차승수 | 조선문학, 2009.2. |
| 시 | 축원의 환호 | 문동식 | 조선문학, 2009.2. |
| 시 | 고향집앞에서 | 리명옥 | 조선문학, 2009.2. |
| 시 | 유쾌한 걱정 | 류정실 | 조선문학, 2009.2. |
| 시 | 장군님과 기업가 | 김경남 | 조선문학, 2009.2. |
| 시 | 10월의 선언이여! | 김경남 | 조선문학, 2009.2. |
| 시 | 뽀족봉은 치솟아 | 서봉제 | 조선문학, 2009.3. |
| 시 | 행복 | 리연희 | 조선문학, 2009.3. |
| 시 | 눈빛의 대화 | 주명옥 | 조선문학, 2009.3. |
| 시 | 나의 아가야 | 주명옥 | 조선문학, 2009.3. |
| 시 | 내가 잘 아는 사람 | 조광원 | 조선문학, 2009.3. |
| 시 | 나에게는 스승이 많다 | 주광남 | 조선문학, 2009.3. |
| 시 | 나의 땅, 우리의 땅 | 신문경 | 조선문학, 2009.3. |
| 시 | 내 나라 끝점에 한 공민이 있다 | 정동찬 | 조선문학, 2009.3. |
| 시 | 명령 | 정효남 | 조선문학, 2009.3. |
| 시 | 취나물이야기 | 허군성 | 조선문학, 2009.4. |
| 시 | 오, 만경대 | 정동찬 | 조선문학, 2009.4. |
| 시 | 어머님 지피신 불 | 한승길 | 조선문학, 2009.4. |
| 시 | 나의 두손으로 바친것은 | 박영호 | 조선문학, 2009.4. |
| 시 | 오, 강선이여 | 문동식 | 조선문학, 2009.4. |
| 시 | 쇠물입니다 | 최성국 | 조선문학, 2009.4. |
| 시 | 용해장의 긴급지령 | 위명철 | 조선문학, 2009.4. |
| 시 | 쇠물은 무엇으로 끓는가 | 주 연 | 조선문학, 2009.4. |

| 시 | 아버지의 당부 | 리성칠 | 조선문학, 2009.4. |
|---|---|---|---|
| 시 | 인간의 가치 | 리성칠 | 조선문학, 2009.4. |
| 시 | 그날 그 새벽을 잊지 못해 | 김봉운 | 조선문학, 2009.5. |
| 시 | 축복 | 함영주 | 조선문학, 2009.5. |
| 시 | 보통강 | 박세일 | 조선문학, 2009.5. |
| 시 | 총대례찬 | 김형준 | 조선문학, 2009.5. |
| 시 | 나도 참전자라오 | 안명애 | 조선문학, 2009.5. |
| 시 | 빈집 | 송명근 | 조선문학, 2009.5. |
| 시 | 그가 바란것은 | 오재신 | 조선문학, 2009.5. |
| 시 | 내가 아는 녀인 | 유영하 | 조선문학, 2009.5. |
| 시 | 하늘이 내린 호수 | 박성일 | 조선문학, 2009.5. |
| 시 | 굴뚝없는 마을 | 오정로 | 조선문학, 2009.5. |
| 시 | 불빛에 대한 생각 | 주 경 | 조선문학, 2009.5. |
| 시 | 아는가 | 김정곤 | 조선문학, 2009.5. |
| 시 | 자갈을 입니다 | 강승계 | 조선문학, 2009.5. |
| 시 | 천막친구들 | 하영수 | 조선문학, 2009.5. |
| 시 | 아들을 떠나보내며 | 신동식 | 조선문학, 2009.5. |
| 시 | 6월 19일 | 김춘길 | 조선문학, 2009.6. |
| 시 | 9분 2초 | 리광선 | 조선문학, 2009.6. |
| 시 | 상봉 | 박세일 | 조선문학, 2009.6. |
| 시 | 가림천의 물결소리 | 염득복 | 조선문학, 2009.6. |
| 시 | 어머님앞에 장군님은 서계셨습니다 | 김덕선 | 조선문학, 2009.6. |
| 시 | 날마다 새기는 마음 | 박근원 | 조선문학, 2009.6. |
| 시 | 할말을 찾지 못해 | 정성환 | 조선문학, 2009.6. |
| 시 | 나의 집, 나의 거리 | 송병원 | 조선문학, 2009.6. |
| 시 | 진달래와 들국화 | 송병원 | 조선문학, 2009.6. |
| 시 | 탄약수처녀 | 권태여 | 조선문학, 2009.6. |
| 시 | 사랑의 나무 | 손성모<br>(비전향장기수) | 조선문학, 2009.6. |
| 시 | 새벽운동길 | 손성모<br>(비전향장기수) | 조선문학, 2009.6. |
| 시 | 살구나무 | 손성모<br>(비전향장기수) | 조선문학, 2009.6. |
| 시 | 소원 | 박영만 | 조선문학, 2009.6. |
| 시 | 당원증 | 박 철 | 조선문학, 2009.6. |
| 시 | 증표 | 박 철 | 조선문학, 2009.6. |
| 시 | 아버지의 마음 | 김효수 | 조선문학, 2009.6. |
| 시 | 밤알이 떨어지는 소리 | 리일섭 | 조선문학, 2009.6. |

| 시 | 전쟁에 대한 이야기 | 박향미 | 조선문학, 2009.6. |
|---|---|---|---|
| 시 | 한식솔한가정 | 박성애 | 조선문학, 2009.6. |
| 시 | 은방울처녀 | 박성애 | 조선문학, 2009.6. |
| 시 | 내 삶의 지정곡 | 박성애 | 조선문학, 2009.6. |
| 시 | 쪽거울 | 정영삼 | 조선문학, 2009.6. |
| 시 | 침묵 | 김창근 | 조선문학, 2009.6. |
| 시 | 총 | 김창근 | 조선문학, 2009.6. |
| 시 | 아, 통일아 통일아! | 김재원 | 조선문학, 2009.6. |
| 시 | 구두미싸일(풍자시) | 김용엽 | 조선문학, 2009.6. |
| 시 | 내 안내해주마(풍자시) | 김용엽 | 조선문학, 2009.6. |
| 시 | 우리의 전승절이여 | 김춘길 | 조선문학, 2009.7. |
| 시 | 거룩한 그 손길 우러르며 | 김창벽 | 조선문학, 2009.7. |
| 시 | 7월 초여드레날 | 김명철 | 조선문학, 2009.7. |
| 시 | 작은 쪼각돌 | 리광선 | 조선문학, 2009.7. |
| 시 | 이 손도 맡겨보네 | 박상민 | 조선문학, 2009.7. |
| 시 | 봄날의 들길우에 해저무는데… | 류춘선 | 조선문학, 2009.7. |
| 시 | 탁월한 혁명가의 생애앞에 | 문동식 | 조선문학, 2009.7. |
| 시 | 내 삶의 기슭은… | 김정삼 | 조선문학, 2009.7. |
| 시 | 위대한 축복속에 날으는 별 | 김석주 | 조선문학, 2009.7. |
| 시 | 아, 룡악산 | 전성호 | 조선문학, 2009.7. |
| 시 | 나에게 구령쳐달라 | 리광규 | 조선문학, 2009.7. |
| 시 | 우리의 별이 빛난다 | 문용철 | 조선문학, 2009.7. |
| 시 | 조선의 봄하늘에 위성이 떴다 | 박현철 | 조선문학, 2009.7. |
| 시 | 상으뜸농사 | 오필천 | 조선문학, 2009.7. |
| 시 | 물씨름 돌씨름 | 김창호 | 조선문학, 2009.7. |
| 시 | 폭풍의 다리 | 권태여 | 조선문학, 2009.7. |
| 시 | 공병의 마음씩 | 권태여 | 조선문학, 2009.7. |
| 시 | 날마다 걷는 새벽방목길은 | 서진명 | 조선문학, 2009.7. |
| 시 | 염소엄마라는 그 부름이 | 서진명 | 조선문학, 2009.7. |
| 시 | 고지의 남새밭 | 문선건 | 조선문학, 2009.7. |
| 시 | 함정골양키호박 대풍들었소 | 리영복 | 조선문학, 2009.7. |
| 시 | 그날은 8월 25일이였다 | 유두만 | 조선문학, 2009.8. |
| 시 | 땀방울… | 심복실 | 조선문학, 2009.8. |
| 시 | 동해의 새 제염소에서 | 리영삼 | 조선문학, 2009.8. |
| 시 | 나는 영예군인의 딸 | 진춘근 | 조선문학, 2009.8. |
| 시 | 영웅의 위훈 | 김윤걸 | 조선문학, 2009.8. |
| 시 | 나의 벗들에게 | 김철혁 | 조선문학, 2009.8. |

| | | | |
|---|---|---|---|
| 시 | 내 어디서 떠나왔는가 | 리 호 | 조선문학, 2009.8. |
| 시 | 어머님추억 | 렴형미 | 조선문학, 2009.9. |
| 시 | 어머님의 눈빛앞에 | 최주원 | 조선문학, 2009.9. |
| 시 | 소백수물소리 | 서진명 | 조선문학, 2009.9. |
| 시 | 떠나는 길 따라서며 | 서진명 | 조선문학, 2009.9. |
| 시 | 날 보고 위성처녀래요 | 박인파 | 조선문학, 2009.9. |
| 시 | 진아, 물을 주러 나가자 | 리광선 | 조선문학, 2009.9. |
| 시 | 초소앞에 시내물이 있다 | 리찬호 | 조선문학, 2009.9. |
| 시 | 출강의 순간 | 안명애 | 조선문학, 2009.9. |
| 시 | 나는 미제의 운명을 본다 | 안명애 | 조선문학, 2009.9. |
| 시 | 우리 당의 붓대앞에 | 문동식 | 조선문학, 2009.10. |
| 시 | 따르고싶어… | 장명길 | 조선문학, 2009.10. |
| 시 | 바라보는 눈빛 | 신문경 | 조선문학, 2009.10. |
| 시 | 신평휴게소 | 최인덕 | 조선문학, 2009.10. |
| 시 | 너 고이 품어다오 | 정동찬 | 조선문학, 2009.10. |
| 시 | 상단산마루에서 | 전승일 | 조선문학, 2009.10. |
| 시 | 당창건기념탑 | 김일규 | 조선문학, 2009.10. |
| 시 | 사랑은 아름답다 | 김국용 | 조선문학, 2009.10. |
| 시 | 이 땅의 사계절 | 전동혁 | 조선문학, 2009.10. |
| 시 | 어머니-이 부름앞에 | 김진주 | 조선문학, 2009.10. |
| 시 | 어머니의 눈빛 | 김진주 | 조선문학, 2009.10. |
| 시 | 나의 대답 | 김정삼 | 조선문학, 2009.10. |
| 시 | 은하수 | 강문혁 | 조선문학, 2009.10. |
| 시 | 백두는 굽어본다 | 강문혁 | 조선문학, 2009.10. |
| 시 | 그이 오신 날 | 차명숙 | 조선문학, 2009.11. |
| 시 | 후치령에서 | 곽명철 | 조선문학, 2009.11. |
| 시 | 나는 불보라를 뿌린다 | 박상민 | 조선문학, 2009.11. |
| 시 | 행복 | 렴형미 | 조선문학, 2009.11. |
| 시 | 생활의 먼길에 끝이 있는가 | 김석주 | 조선문학, 2009.11. |
| 시 | 병사와 소녀 | 리송화 | 조선문학, 2009.11. |
| 시 | 동창 | 강은향 | 조선문학, 2009.11. |
| 시 | 보증서 | 오필천 | 조선문학, 2009.11. |
| 시 | 그 한자리만은 | 한영복 | 조선문학, 2009.11. |
| 시 | 교정의 종소리 | 김련실 | 조선문학, 2009.11. |
| 시 | 내각지시문 제183호 | 김충기 | 조선문학, 2009.11. |
| 시 | 영생의 모습 | 김정삼 | 조선문학, 2009.12. |
| 시 | 총과 유산 | 전승일 | 조선문학, 2009.12. |

| 시 | 총번호-1857 | 박웅전 | 조선문학, 2009.12. |
|---|---|---|---|
| 시 | 회령의 아들 | 리 호 | 조선문학, 2009.12. |
| 시 | 땅우의 나루배 | 리 호 | 조선문학, 2009.12. |
| 시 | 끝나지 않은 이야기 | 류춘선 | 조선문학, 2009.12. |
| 시 | 집에 대한 생각 | 리광선 | 조선문학, 2009.12. |
| 시 | 군복은 보증한다 | 리광선 | 조선문학, 2009.12. |
| 시 | 내앞에 녀인들이 간다 | 심재훈 | 조선문학, 2009.12. |
| 시 | 해병과 바다 | 전성심 | 조선문학, 2009.12. |
| 시 | 여기의 본때가 여기에 있다 | 김대성 | 조선문학, 2009.12. |
| 시 | 고향이 어딘가 | 김봉운 | 조선문학, 2009.12. |
| 시 | 처녀선반공 | 김봉운 | 조선문학, 2009.12. |
| 시 | 추억속의 돌고개길 | 김봉운 | 조선문학, 2009.12. |
| 시 | 아들과 나눈 마음속 대화 | 염득복 | 조선문학, 2009.12. |
| 시 | 이 가을날에 | 전성호 | 조선문학, 2009.12. |
| 시 | 할아버지 심은 나무 어디 있나요 | 김춘호 | 조선문학, 2009.12. |
| 시 | 영각소리 | 고남철 | 조선문학, 2009.12. |
| 시 | 저고리 | 안명애 | 조선문학, 2009.12. |
| 시 | 불타는 소원 | 주광일 | 문학신문, 2009.1. |
| 시 | 새해여, 너를 축복하노라 | 리태식 | 문학신문, 2009.1. |
| 시 | 강선의 12월 | 류춘선 | 문학신문, 2009.1. |
| 시 | 축하하노라 강선사람들 | 위명철 | 문학신문, 2009.1. |
| 시 | 쇠물무지개 | 심재훈 | 문학신문, 2009.2. |
| 시 | 축원 | 문용철 | 문학신문, 2009.3. |
| 시 | 축복을 받으라 희망한 새해여! | 김정삼 | 문학신문, 2009.3. |
| 시 | 장군님오신날은… | 강승계 | 문학신문, 2009.4. |
| 시 | 선군시대 영웅들이 여기에 있다 | 유영하 | 문학신문, 2009.4. |
| 시 | 선군세월의 대보름달맞이 | 정동찬 | 문학신문, 2009.4. |
| 시 | 설경이 빛나는 아침에 | 서봉제 | 문학신문, 2009.5. |
| 시 | 무포의 낚시터에서 | 문동식 | 문학신문, 2009.5. |
| 시 | 소백수기슭의 버들꽃 | 김승도 | 문학신문, 2009.5. |
| 시 | 나는 기적의 무기를 노래한다 | 박경심 | 문학신문, 2009.5. |
| 시 | 부르자 상봉의 노래 | 김련실 | 문학신문, 2009.5. |
| 시 | 미곡벌에 주신 사랑 | 김경남 | 문학신문, 2009.6. |
| 시 | 우리는 강선의 용해공이다 | 호대선 | 문학신문, 2009.6. |
| 시 | 그날이 오면 | 리신환 | 문학신문, 2009.6. |
| 시 | 선거날을 맞을 때면 | 문동식 | 문학신문, 2009.6. |
| 시 | 우리 장군님의 재부 | 한원희 | 문학신문, 2009.7. |

| 시 | 미곡벌처녀들의 마음 | 리영일 | 문학신문, 2009.7. |
|---|---|---|---|
| 시 | 미곡벌물길날파람 | 권오준 | 문학신문, 2009.7. |
| 시 | 영원한 환호성 | 문동식 | 문학신문, 2009.7. |
| 시 | 어제도 오늘도 | 김명철 | 문학신문, 2009.8. |
| 시 | 계획수행! | 리영기 | 문학신문, 2009.8. |
| 시 | 세계여, 바라보라! | 신병강 | 문학신문, 2009.8. |
| 시 | 강선의 붉은 노을아래서 | 송재하 | 문학신문, 2009.8. |
| 시 | 철산봉은 대답한다 | 서봉제 | 문학신문, 2009.8. |
| 시 | 기쁨의 하루 | 림성희 | 문학신문, 2009.8. |
| 시 | 특별과업에 대한 담시 | 김정경 | 문학신문, 2009.9. |
| 시 | 젊음을 자랑한다 | 김정삼 | 문학신문, 2009.9. |
| 시 | 아버지는 말이 없었다 | 김 철 | 문학신문, 2009.9. |
| 시 | 이걸 어쩌나 | 백광명 | 문학신문, 2009.9. |
| 시 | 그이를 따르노라 | 한원희 | 문학신문, 2009.10. |
| 시 | 새 교대자에게 | 정동찬 | 문학신문, 2009.10. |
| 시 | 나의 손은 땅을 가꿉니다 | 류춘선 | 문학신문, 2009.10. |
| 시 | 나는 강선의 아들이다 | 김정연 | 문학신문, 2009.10. |
| 시 | 고향아 잘 있으라 | 변혜영 | 문학신문, 2009.10. |
| 시 | 봄날의 환호성 | 한광춘 | 문학신문, 2009.11. |
| 시 | 장군님의 회령길 | 장명길 | 문학신문, 2009.11. |
| 시 | 만경대가 전하는 이야기 | 고남철 | 문학신문, 2009.11. |
| 시 | 산촌의 그 봄날에… | 박경심 | 문학신문, 2009.11. |
| 시 | 강성대국의 봄우뢰여! | 조영일 | 문학신문, 2009.11. |
| 시 | 저하늘에우리의《광명성》이빛난다 | 송재하 | 문학신문, 2009.11. |
| 시 | 새벽노을 | 권태여 | 문학신문, 2009.11. |
| 시 | 조선의 4.25! | 김정삼 | 문학신문, 2009.12. |
| 시 | 소사하의 밤 | 김명철 | 문학신문, 2009.12. |
| 시 | 광선학교의 출석부 | 윤하룡 | 청년문학, 2009.6. |
| 시 | 4월의 선언 | 장명길 | 청년문학, 2009.6. |
| 시 | 락원땅의 달맞이 | 고남철 | 청년문학, 2009.6. |
| 시 | 감탄 | 김정경 | 청년문학, 2009.6. |
| 시 | 6월과 평화 | 우광영 | 청년문학, 2009.6. |
| 시 | 포성이 우는 밤에 | 안병모 | 청년문학, 2009.7. |
| 시 | 새 력사의 려명을 안으시고 | 장선국 | 청년문학, 2009.7. |
| 시 | 소사하의 길 | 김영택 | 청년문학, 2009.7. |
| 시 | 김철의 시간 | 전승일 | 청년문학, 2009.7. |
| 시 | 사랑하는 《붉은기》호 나의 기관차 | 조영식 | 청년문학, 2009.7. |

| 시 | 렬차를 맞고보내는 순간이면 | 리명호 | 청년문학, 2009.7. |
|---|---|---|---|
| 시 | 전승절에 부르는 노래 | 리종원 | 청년문학, 2009.7. |
| 시 | 만년필은 녹이 쓸었어도… | 전수철 | 청년문학, 2009.7. |
| 시 | 8월이여! | 리종원 | 청년문학, 2009.8. |
| 시 | 한웅큼의 물 | 조광원 | 청년문학, 2009.8. |
| 시 | 8월 25일, 불멸의 날이여! | 우광영 | 청년문학, 2009.8. |
| 시 | 청춘산악 | 김충기 | 청년문학, 2009.8. |
| 시 | 쇠물보다 먼저 | 오필천 | 청년문학, 2009.8. |
| 시 | 수령님과 낚시군 로인 | 리성남 | 청년문학, 2009.9. |
| 시 | 고마워라 우리 장군님! | 김 령 | 청년문학, 2009.9. |
| 시 | 여기도 강선이다 | 리태식 | 청년문학, 2009.9. |
| 시 | 밀영의 모닥불가에서 | 박정애 | 청년문학, 2009.9. |
| 시 | 자멸하리라(풍자시) | 김용엽 | 청년문학, 2009.9. |
| 시 | 천만년 솟아 빛을 뿌리라 | 리영복 | 청년문학, 2009.10. |
| 시 | 당에 드리는 노래 | 염득복 | 청년문학, 2009.10. |
| 시 | 우리 당중앙철사 | 박세일 | 청년문학, 2009.10. |
| 시 | 아버지의 축배 | 김영순 | 청년문학, 2009.10. |
| 시 | 석탄산의 높이 | 오병철 | 청년문학, 2009.10. |

## <장·중편소설 출판>

| 제목 | 작가 | 출처 |
|---|---|---|
| 총서 ≪불멸의 력사≫ 번영의 시대 | 백보흠 | 문학예술출판사 |
| 총서 ≪불멸의 력사≫ 대박산마루 | 송상원 | 문학예술출판사 |
| 북두칠성 | 최영조 | 금성청년출판사 |
| 불타는 려명 | 현승남 | 문학예술출판사 |
| 바다사나이 | 림재성 | 문학예술출판사 |
| 행복의 시초 | 윤경찬 | 문학예술출판사 |
| 년륜 | 김명진 | 문학예술출판사 |
| 사랑하시라 | 리라순 | 문학예술출판사 |
| 력사와 인간(제2부) | 김청남 | 문학예술출판사 |
| 상촌의 랑만(상) | 신용선 | 문학예술출판사 |
| 포연삼천리 | 오영환 | 문학예술출판사 |
| 결산 | 송병준 | 문학예술출판사 |
| 백두산바람 | 백일명 | 문학예술출판사 |
| 연백벌사람들 | 김명익 | 문학예술출판사 |
| 우정의 별 | 길성근 | 금성청년출판사 |
| 문익점(장편사화) | 전철호 | 금성청년출판사 |

| | | | |
|---|---|---|---|
| 임진의 메아리(장편사화) | | 전룡철 | 금성청년출판사 |
| 거울 | | 정용종, 최성진 | 문학예술출판사 |
| 따뜻한 봄빛 | | 김영림 | 금성청년출판사 |
| 박우물 | | 리계심 | 금성청년출판사 |

## <문학예술 출판도서>

| 구분 | 제목 | 작가 | 출처 |
|---|---|---|---|
| 도서 | 명작과 더불어 빛나는 삶 | 황병철 | 문학예술출판사 |
| 단편소설집 | 거창한 흐름 | | 문학예술출판사 |
| 단편소설집 | 맑은 물소리 | | 문학예술출판사 |
| 단편소설집 | 녀사의소원 | | 문학예술출판사 |
| 단편소설집 | 새벽노을 | 리희남 | 문학예술출판사 |
| 작품집 | 생명선 | | 금성청년출판사 |
| 장편서사시 | 룡남산 | 류명호 | 금성청년출판사 |
| 서정서사시집 | 백두산을 닮으라 | 조영환 | 금성청년출판사 |
| 시집 | 정일봉의 우뢰소리 | 백 하 | 문학예술출판사 |
| 문학작품집 | 지원 | | 문학예술출판사 |
| 문학작품집 | 봄을 먼저 알리는 꽃이 되리라 | | 문학예술출판사 |
| 문학작품집 | 성장의 길에서 | 백인준 | 문학예술출판사 |
| 문학작품집 | 우리도 참전자 | | 금성청년출판사 |
| 문학작품집 | 발자국 | 정서촌 | 금성청년출판사 |
| 문학작품집 | 조선아동문학문고(7): 봄날의 추억 | | 금성청년출판사 |
| 문학작품집 | 조선아동문학문고(8): 고향의 노래 | | 금성청년출판사 |
| 문학작품집 | 말하는 ≪벙어리≫ | 김준호 | 금성청년출판사 |
| 문학작품집 | 조선민화집(2): 콩쥐팥쥐(재판) | 김형운 | 금성청년출판사 |
| 문학작품집 | 조선민화집(23): 룡문대굴의 거부기 | 전종섭 | 금성청년출판사 |
| 고전문학 | 조선고전문학선집(29): 사성기봉(4) | | 문학예술출판사 |
| 고전문학 | 졸본의 봄 | 오희복 | 문학예술출판사 |
| 현대문학 | 현대조선문학선집(38): 해방전평론집 | | 문학예술출판사 |
| 현대문학 | 현대조선문학선집(43): 꽃피였던 섬 | | 문학예술출판사 |
| 현대문학 | 현대조선문학선집(46): 김사량작품집 | | 문학예술출판사 |

# 영화

## 『조선예술』

정영권

# 1. 개관

북한이 자랑하는 다부작 예술영화 〈민족과 운명〉은 2000년대에 들어 와서도 『조선예술』 영화기사의 상당부분을 차지하고 있다. 특히, 2000년 대 초중반은 〈민족과 운명〉에 대한 글이 호를 거르지 않고 나오고 있다 고 해도 과언이 아니다. 글의 성격도 김정일이 직접 영화제작을 지시했 으며 지도했다는 창작일화에서부터 촬영론, 연기론 등의 창작방법론까 지 다양하게 전개되고 있다. 그러나 〈민족과 운명〉 '어제, 오늘 그리고 래일 편'(2000~2003)을 끝으로 사실상 제작이 완료됨에 따라 2000년대 중반 이후에는 글의 편 수가 점점 줄어든다. 글의 성격도 창작일화 등 작품 자체를 부각시키는 것보다는 촬영론, 연출론, 연기론 등에서 다른 영화들과 함께 거론하는 방향으로 바뀌어 간다.

2000년대 북한 영화의 경향을 단 하나로 압축하기는 어렵지만 〈민족 과 운명〉 같은 대작이나 항일무장투쟁, '조국해방전쟁' 등의 역사적 소 재보다는 사회주의 현실주제의 소위 '아담한 영화'들이 많이 제작되었다 고 할 수 있다. 『조선예술』 2005년 9호에 실린 김관철의 「아담한 영화창 작에서 전환이 일어나던 나날에」에 따르면, 아담한 영화의 기원은 1960 년대 초반으로 거슬러 올라가지만 1970년대 초반부터 집중적으로 제작 되었고, 1980년대의 '숨은 영웅' 형상 영화나 경희극 등의 장르로 이어져 내려오고 있다. 2000년대의 한 특징이라면 선군시대가 본격화하는 것에 맞춰서 이전보다 더욱 더 군대의 중요성을 강조하고 있다는 것이다. 전 쟁·군사 영화는 북한 영화사에서 한 시기도 거르지 않고 만들어졌지만 스펙터클한 전쟁 액션보다는 동시대 군대와 군인의 현실, 혹은 민간인이 군대를 대하는 마음을 부각시키는 영화들이 많이 만들어졌다. '총대가 정'을 강조하는 〈복무의 길〉(2001)은 대표적인 선군시대 영화이며, 〈녀병 사의 수기〉(2003), 〈먼 산의 노을〉(2004) 등도 『조선예술』이 주목하는 영 화들이다.

2000년대 전체에 걸쳐서 가장 큰 주목을 받은 영화 한 편을 꼽으라면

단연 〈한 녀학생의 일기〉(2006)일 것이다. 칸 국제영화제와 부산국제영화제에서도 상영된 이 영화는 북한이 전하는 소식에 따르면 천만 관객이 보았다고 한다. 2000년대 전반부가 〈민족과 운명〉에 대한 평과 기사로 넘쳐났다면 후반부는 〈한 녀학생의 일기〉가 가장 화려한 스포트라이트를 받고 있다. 이 영화는 과학기술 발전을 통한 강성대국 건설이라는 북한의 정치 선전을 담고 있으면서도, 과학연구에만 전념하는 과학자 아버지를 좀처럼 이해하지 못하는 10대 여학생의 삶을 섬세하고 생생하게 전달함으로써 북한 관객들의 마음을 사로잡았다. 특히, '입말체(구어체)' 등 현실감 있는 생활 묘사가 동시대 북한 관객들에게 큰 호소력으로 다가왔다.

2000년대 『조선예술』 영화기사의 또 다른 특징으로 거론할 수 있는 것은 영화형식과 기술에 대한 강조라고 할 수 있다. 사상성만 강조한다는 자본주의의 비난을 의식해 북한이 문학예술에서의 사상성과 예술성의 결합과 형상의 중요성을 강조하는 방향으로 전환[1]하고 있다고 해석할 수도 있는데, 이전에 비해서 눈에 띄게 촬영, 조명, 미술적 형식을 강조하는 글들이 많아졌다. 화면의 구도, 조명의 쓰임새, 분장이 주는 효과 등 내용을 받쳐주는 미학적 형식을 사고하고 있는 것이다. 물론 그렇다고 해서 이것을 서구의 형식주의와 같은 것으로 생각해서는 안 된다. 그보다는 사상을 더 잘 전달하고 선전을 보다 세련되게 하기 위한 미학적 고민이라고 보면 될 것이다. CG를 비롯한 디지털 기술에 대한 점증하는 관심도 같은 맥락이다. 북한에서만 쓰이는 기술용어 '광폭영화', '전자영화', '수자식영화' 등에 대한 기사는 21세기 들어 북한 영화의 중요한 화두라고 할 수 있다. 미사일과 핵개발 등 과학기술에 대한 강조가 첨단영화기술로 전이되고 있다고 하면 지나친 해석일지 모르지만, 빠르게 진화하는 테크놀로지에 결코 뒤지지 않으려는 북한 영화계의 의지가 엿보이는 기사들이 심심찮게 눈에 띈다.

---

1) 이명자, 「선군시대 북한영화의 흐름과 전망」, 북한연구학회 편, 『북한의 방송언론과 예술』, 경인문화사, 2006, 189쪽.

첨단기술을 비롯한 동시대적 흐름 못지않게 영광스러운 과거를 회상하는 글 역시 늘 그래왔던 것처럼 많이 찾아 볼 수 있다. 특히, 2003년은 김정일의『영화예술론』이 나온 지 30년이 되는 해로서 영화창작에 대한 김일성, 김정일의 교시와 지도의 글들이 다른 해보다 더 증가하고 있다. 2000년대 중후반에는 김정일이 공식 후계자로 전면에 등장했던 1970년대 영화계를 집중 조명하고 있는 회고의 글들이 많다. "영화혁명의 장엄한 포성을 울리던 1970년대"(『조선예술』 2007년 제8호, 15쪽)라는 표현처럼 1970년대를 본받아 영화예술의 새로운 전성기를 구현해내자는 것이다. 이는 영화부문에서 일고 있는 세대교체의 흐름을 드러내는 것이기도 하다.

이 밖에도 단발성 기사들이긴 하지만 자본주의 영화의 '타락상'에 대한 비판, 1960년대 북한의 세계영화사 인식, 영화학 연구의 흐름, 식민지 조선 시절 카프 영화평론에 대한 긍정적인 평가 등이 흥미를 끄는 대목이다.

## 2. 연도별 경향

### 2000년

1992년부터 제작되기 시작한 다부작 예술영화 〈민족과 운명〉에 대한 글은 2000년대에 들어와서도 북한 영화의 중심화두가 되고 있다. 1980년대에 〈조선의 별〉(1980~1987)이 있었다면 1990년대 이후에는 〈민족과 운명〉 연작이 북한영화의 대표작으로 자리 잡았다고 할 수 있다.

형식보다는 내용을 중시하는 북한 영화에서 배우의 위치는 남한이나 서구보다도 더 중요시되고 있다. 배우는 단지 연출가의 도구가 아니라 정치적 사상과 의식을 갖추고 무엇보다도 인민의 생활에 입각한 연기를 해야 하는 의무를 안고 있다. 2000년에는 「배우의 세계관과 인물형상」(1호)을 위시로 하여 '생활적인 연기'를 강조하는 여러 편의 글이 실려 있다.

공훈배우이자 조선인민군2.8예술영화촬영소 소장을 역임했던 연출가 차계룡과 북한에서 '민족영화의 원로'로 추앙되는 문예봉에 대한 회고의 글, '광폭영화'와 '수자식영화' 등 과학기술강국을 지향하는 북한이 관심 있게 다루는 영화기술에 대한 글도 실려 있다.

## 1) 다부작 예술영화 〈민족과 운명〉

1990년대 이후 북한에서 가장 중요한 영화를 꼽으라면 다부작 예술영화 〈민족과 운명〉일 것이다. 이 영화는 영화 속에 담고 있어야 할 사상과 창작방법론 등에서 전범(典範)으로 간주되고 있다. 1호에 실린 평론 「정확한 포착, 심도있는 형상: 다부작예술영화 〈민족과 운명〉 최현편 1~3부를 보고」(심영택)는 이 영화가 "총대철학을 민족의 운명문제와 직결시켜" "군인들의 운명문제를 격이 있고 무게있게 형상할 수 있었다"(23쪽)고 평가한다. 7호에서는 문화성 영화관리국 부국장과의 대담을 마련하고 있다. "다부작예술영화 〈민족과 운명〉은 나의 인생관, 철학관, 미학관의 총체"(58쪽)라는 김정일의 말과 함께 이 영화의 두 가지 종자가 거론된다. 첫째는 민족과 개인의 운명은 일치한다는 것으로 민족의 운명이 개척되어야 개인의 운명도 풀린다는 것이다. 둘째는 둘의 운명이 일치할지라도 어느 것이 더 선차적인 문제인가 하는 것은 중요하며, 당연히 개인의 운명보다 민족의 운명이 더 귀중하다는 것이다.

〈민족과 운명〉 '로동계급편' (출처: 통일뉴스)

8호·9호·10호는 「다부작예술영화 〈민족과 운명〉 창작에 깃든 불멸의 자욱」이라는 제목의 기사가 3회에 걸쳐 연재되고 있다. 1991년 김정일이 〈내 나라 제일로 좋아〉를 조선민족제일주의정신이 진하게 배인 훌륭한 노래라고 평가하며 이것을 갖고 다부작 예술영화를 만들 것을 지시하는 것(8호), 주요인물들의 생활이 민족을 위한 길에서 운명적인 이야기로 일관되어 있기 때문에 제목을 〈민족과 운명〉으로 지어 주었다는 제목에 얽힌 일화(9호), 〈민족과 운명〉의 제작조직사업을 통일적으로 지도하는 영화창작국가준비위원회가 설립된 배경(10호) 등을 설명하고 있다. 11호에는 〈민족과 운명〉 '로동계급편'(1994~1998)에 대한 평론이 실려 있는데 '로동계급편'은 1998년에 제작이 완료되었고, 2000년에 이미 '최현편'이 제작되던 시점에서 평론이 실린 게 이채롭다. 개봉작 중심의 리뷰를 발빠르게 전달하는 남한이나 외국의 평단과 비교해 볼 때, 북한에서는 시의성보다는 창작방법론과 그에 담긴 사상을 더 중요시함을 알 수 있다. 여기에서도 김정일은 "영화는 마감2)을 똑똑하고 크게 끝 맺어야 한다. 영화를 크게 끝 맺는다는 것은 투쟁의 결과를 똑똑하게 보여 주면서 제기하여 온 문제를 폭 넓게 밝혀 커다란 사상을 얻어 낸다는 것"(23쪽)을 가르치고 있다.

## 2) 연기론: 배우의 세계관과 생활관

북한의 영화론이 남한이나 서구와 가장 큰 차별점을 보이는 것이 바로 연기론의 존재이다. 물론 남한과 서구에도 연기론이 있지만 연기 그 자체는 연극학의 영역이지 영화학의 영역으로 여겨지지 않는다. 그래서 남한의 영화잡지나 학술지에서 연기에 대한 논의는 거의 찾아보기 어렵다. 촬영기법, 편집 같은 형식보다 내용의 사실성을 중시하는 북한영화에서 배우의 연기가 그만큼 중요하게 다루어진다는 것을 알 수 있다.

---

2) 영화의 종결, 즉 엔딩(ending)을 가리킨다.

특히, 배우가 갖추고 있어야 할 혁명적 세계관이 제1의 가치로 논의되고 있다.

1호에 게재된 「배우의 세계관과 인물형상」에서 리정룡은 "연기자의 사상의식이 그의 자연적조건보다 더 중요하며 인물형상을 창조하는데 서도 배우의 세계관이 결정적역할"을 한다고 논한다(54쪽). 2호에 실린 글도 마찬가지이다. 「뜻깊은 탄생일에 받아안은 우리 식 연기리론」은 1969년 김정일이 예술영화 〈유격대의 오형제〉(1968~1969)를 지도한 내 용을 담고 있다. 그는 여기에서 배우의 '잠재의식'과 '사상의식'을 대립 시킨다. 그가 거론하는 잠재의식은 인간의 사회적 실천활동의 원인을 자연적인 본능에서 찾고 있는 것이며, 사상의식은 창조활동을 목적의식 적으로 해나갈 수 있게 해 주는 배우의 세계관이다(14쪽). 이 '독창적인' 연기론은 "철저히 주체적이며 혁명적인 연기리론"(14쪽)으로 이어져 내 려오고 있다.

연기의 '틀'은 "배우를 기형화하는 나쁜 버릇이며 인위적으로 멋을 부 리는 낡은 형식적인 연기체계의 잔재"(3호, 53쪽)로 폄하된다. 배우는 "대 본을 접수한 후에는 그것부터 정확히 파악하고 그에 맞는 새로운 형상방 도를 찾아내야 한다. 왜냐하면 새로운 인물의 특성은 새로운 형상속에서 만 살아날 수 있기 때문이다"(3호, 54쪽). 배우의 "감정파악은 곧 감정체 험과정"이며 "감정체험을 잘하는것은 연기형상의 성과를 좌우하는 근본 문제"(5호, 28쪽)로 여겨진다. 배우가 풍부하고 세련된 감수능력(감수성) 을 키우기 위해서는 첫째, 생활을 뜨거운 열정을 안고 대해야 하며, 둘째, 직접적인 생활체험을 통해 실제적으로 감정을 체험해야 하고, 셋째, 정 서교양과 문화정서생활을 통해 다정다감한 인간이 되도록 노력해야 한 다(5호, 29쪽). 연기에서 틀이 아닌 현실과 생활이 강조되는 것은 손태광 의 평론 「생활적인 연기는 감동이 크다」(9호)에서도 반복된다. 그는 "배 우는 촬영기앞에서 '연기'를 하지 말고 현실에서와 같이 생활하여야 한 다"는 김정일의 말을 거론하며 "과학탐구의 길을 헤쳐 나가는 새 세대의 청년과학자를 형상한 예술영화"[3] 〈흰 연기〉(2000)에서 주인공역을 맡은 배우의 소박하고 꾸밈없는 연기를 칭찬한다. 같은 호에 실린 김충일의 「배우의 사색」에서도 '연기'를 하는 것이 아니라 꾸밈없이 자연스럽게 생활하는 진실한 인간형상을 창조하기 위해서는 창조적 사색을 해야 하며 "배우의 사색은 생활에 대한 해박한 지식과 풍부한 체험을 전제로 한다"(62쪽)며 연기에서 현실과 생활이 갖는 중요성을 피력하고 있다.

### 3) 영화인들에 대한 회고-차계룡과 문예봉

2000년 『조선예술』에서 이른바 '명예의 전당'에 오른 영화인들은 성악 배우에서 영화배우가 된 후 조선인민군2.8예술영화촬영소(현재 조선인민 군4.25예술영화촬영소) 소장으로 일했던 공훈배우 차계룡(8~10호)과 식민 지 조선 시절 '삼천만의 연인'으로 불렸으며 해방 직후 월북하여 훗날 인민배우의 영예를 누린 여배우 문예봉(4호·7호), 조선인민군4.25예술영 화촬영소의 연출가로 예술영화 〈동지〉(전·후편) 등 20여 편을 연출한 공 훈예술가 강중모이다(11호).

차계룡(1924~1985)은 8·9·10호 등 총3회에 걸쳐 「믿음과 성장, 영생: 영화부문의 책임일꾼이었던 차계룡에 대한 이야기」로 소개되고 있다. 차계룡은 해방직후 성악배우로서 인민들을 고무하기 위해 힘껏 노력하 였고 1949년 1월부터 조선인민군예술극장에서 군복을 입고 배우생활을 새롭게 시작하였다. 그는 전쟁 시기 '부민관'에서 열린 서울해방경축공 연무대에서 〈김일성장군의 노래〉를 불렀으며 전쟁 직후인 1953년 9월부 터 북조선국립영화촬영소(현재 조선예술영화촬영소)로 소환되어 영화예 술창조사업에 뛰어든다(8호). 1964년 공훈배우가 된 차계룡은 1969년 조 선인민군2.8예술영화촬영소 소장으로 임명된다(9호). 김정일이 『영화예 술론』(1973) 등을 쓰며 북한영화에 절대적인 영향력을 행사한 본격적인 시기가 1970년대 이후라는 것을 감안하면 그가 김정일과 밀접한 관계에

---

3) 최성호, 「주체89(2000)년 영화예술개관」, 문학예술출판사 편, 『조선문학예술년감: 주체 89(2000)』, 문학예술출판사, 2001, 231쪽.

있었다는 것을 쉽게 알 수 있다. 김정일은 그에게 예술영화 〈적후의 진달래〉(1970)를 창조하라고 손수 작품까지 골라 주었으며, 후에 그는 조선영화인동맹 중앙위원회 부위원장 자리까지 오르게 된다. 그가 세상을 떠난 후인 1985년 7월 김정일은 차계룡이 모든 힘과 재능을 당과 수령께 다 바친 충실한 동무였다고 치하하며 애국열사릉에 시신을 안치하도록 지시내렸다고 한다(10호).

그러나 영화인들에 대한 회고에서 가장 흥미로운 부분은 문예봉(1917~1999)에 대한 북한의 시각이다. 식민지 조선 시절 '삼천만의 연인'으로 불리며 김신재와 함께 최고의 인기를 누린 문예봉은 남한 영화사에서도 일제 시기 여배우를 거론할 때 최우선으로 꼽히는 인물이다. 냉전반공주의 시대 남한에서 문예봉이 '조국(남한)'을 배신하고 '북으로 간 여배우'로 인식되

문예봉

어왔다면 북한에서 문예봉은 '민족영화의 원로'로 추앙된다. 소희조가 4호와 7호 2회에 걸쳐 쓰고 있는 「민족영화의 원로-문예봉」은 글 전체가 김일성과 김정일의 '은정' 속에서 문예봉이 북한 최고의 여배우로 성장하는 과정이 묘사된다. 광복 전 문예봉의 생활은 "생활이라기보다 피어린 투쟁이었고 수난자의 몸부림"(4호, 28쪽)으로 그려진다. 특히, 조선 청년들이 그를 찾아와 일본의 국책영화에는 절대 출연하지 말라고 신신당부하고, 남편인 젊은 문호 림선규 역시 국책영화에 출연하지 않으려면 은퇴하라고 권고하는데(4호, 28쪽), 이어지는 글에서 문예봉이 1944년 ≪조선일보≫에 '나는 영화계에서 은퇴한다'라는 성명을 내고 낙향하는 것이 다뤄짐으로써(4호, 28쪽) 그를 일제의 강요에 굴하지 않고 지조를 지킨 여배우로 부각시킨다. 그러나 문예봉이 일제 말기 〈군용열차〉(1938), 〈그대와 나〉(1941), 〈지원병〉(1941), 〈젊은 모습〉(1943), 〈조선해협〉(1943), 〈우르러라 창공〉(1943), 〈태양의 아이들〉(1944) 등 일본과 합작한 군국주의 선전영화에 가장 많이 얼굴을 내민 여배우라는 것은 남한 영화사에서는 잘 알려진 사실이다. 이러한 사실은 배제된 채, 문예봉은 식민지의

수난을 '수령님의 구원'으로 극복하여 민족영화의 원로가 되는 것으로 서술된다. 그는 '조국해방전쟁' 당시 위문공연으로 서울, 인천, 수원 등을 누볐으며 수많은 행사에서 '수령님'과 '장군님'을 접견한다. 문예봉에 대한 극진한 예우는 '대를 이어' 계속되었는데, 김정일은 "국가적인 큰 회의때마다 그를 대표로 불러주시고 70돐, 80돐 생일상까지 차려"(7호, 63쪽) 주었다고 한다.

남한 영화사에서 문예봉이 주로 김신재와 한쌍으로 거론4)되는 것과는 달리 소희조의 글에서는 〈아리랑〉(1926)의 신일선과 비교되고 있다. 아마도, 김신재가 소위 '민족영화'로 평가되는 영화에 출연하지 않았던데 비해, 신일선이 '민족영화' 〈아리랑〉의 여주인공이었기 때문인 것으로 추측된다. 식민지 조선시절 '민족영화' 2편을 꼽으라면 〈아리랑〉과 문예봉의 데뷔작인 〈임자 없는 나룻배〉(1932)가 많이 거론된다. 소희조의 글에서 신일선은 인기와 미모로 지주의 첩이 되었고 70이 넘은 나이에는 누구 하나 돌봐주지 않아 고향으로 내려가 비참한 말년을 보냈지만, 문예봉은 "공화국의 첫 공훈배우가 되고 후에는 인민배우"로서 애국열사릉에 묻혀 "죽어서도 영생하는"(7호, 64쪽) 불멸의 위치에 오른다. 이러한 확연한 차이는 "위인의 사랑과 령도를 받는가, 받지 못하는가"(7호, 64쪽)에 따라 달라진다는 것이다.

### 4) 사상과 창작: 계급교양에 이바지하기 위한 5가지

'주체의 령도'에 따른 창작방법론과 예술형상화론은 역시 가장 많은 비중을 차지하고 있다. 〈민족과 운명〉 '최현편 1~3부'(1999)에 대한 심영택의 평론(1호)은 "민족의 운명 속에 총권 군인들의 운명도 있다"(23쪽)는 '혁명의 총대철학'을 설파한다. 작품의 '종자'를 획득하기 위해 현실과 생활이 강조되는 것은 연기론뿐만이 아니라 영화문학(시나리오)론과 연

---

4) 박현희, 『문예봉과 김신재 1932~1945』, 선인, 2011.

출론에서도 반복된다. "작품의 종자도 현실속에 있고 소재도 생활속에 있으며 세부도 현실속에 있다. 그러므로 현실체험은 창작활동의 필수적 요구로 나선다"는 3호의 이론적 논의와 함께 8호에는 〈군관의 안해들〉(2000)의 영화문학작가 김용철의 창작수기 「생활체험과 진실성」이 실려 있다. 생활을 진실하게 반영하는 문제는 작가의 생활체험에서 좌우된다는 김정일의 가르침에 따라 그는 머리 속의 상념이 아니라 직접 체험한 것을 그려냈다고 기술한다(55쪽). 6호에 실린 안광일의 논설 「계급교양에 이바지하는 것은 영화예술의 중요한 과업」은 영화예술이 계급교양에 이바지하기 위한 5가지를 설명하고 있다. 첫째, 창작가, 예술인들이 노동계급적 관점으로 튼튼히 무장하여 창작의 전과정에 걸쳐 계급적 이익과 혁명적 입장을 철저히 고수할 것, 둘째, 혁명적 세계관과 투철한 계급의식으로 긍정적 모범을 더 많이 세울 것, 셋째, 제국주의자들과 계급적 '원쑤'들에 대한 비타협적 투쟁정신을 옳게 구현할 것, 넷째, '우리식 사회주의'의 우월성을 깊이 있게 그릴 것, 다섯 째, 사회주의 제도의 본질적 우월성을 형상화하여 자본주의 사회의 반동적 본질과 대비시킬 것 등이다.

예술영화와 달리 당의 노선과 정책을 직접적으로 전달하는 기록영화의 경우 기술 실무적이고 기록주의적 경향을 철저히 극복해야 한다는 내용(「(강좌) 기록영화해설문의 당정책화에서 제기되는 몇 가지 문제」, 1호), 기록영화에서 해설문은 화면과 함께 기록영화의 2대 요소이며 해설문이 없는 기록영화에 대하여 생각할 수 없다는 설명(「(강좌) 기록영화해설문의 본질적기능과 그 역할」, 2호) 등이 실려 있다. 1960년대 서구의 시네마 베리테(Cinéma Vérité)나 다이렉트 시네마(Direct Cinema) 같은 다큐멘터리 운동이 해설 내레이션을 지양하고 참여 인터뷰 방식이나 관찰적 방식에 의존한 점, 1980년대 이후 다큐멘터리의 본질로 여겨졌던 객관성이 의심을 받으며 주관성과 개인성을 사색적으로 추구한 에세이 영화(essay film) 등이 등장한 점과 비교해 볼 때, 북한의 기록영화는 여전히 권위 있는 내레이터에 기댄 전통적인 양식을 고수한다는 것을 쉽게 알 수 있다.

## 5) 기술적 문제: '광폭영화'와 '수자식영화'

1호와 2호에는 각각 「텔레비죤극 형상적 특성」과 「텔레비죤 동시편집」이 게재되어 있다. 전자는 '텔레비죤극'이 영화 등과는 달리 자유분방한 환경에서 시청하기에 시청자들을 강하게 틀어잡을 것이 요청되며 다음 회에 대한 기대를 가지도록 극적 흥미 부여가 요청된다고 쓰고 있다. 이는 다음 회에도 시청자들의 시청을 이끌기 위해 이번 회의 마지막 장면에 아슬아슬한 위기감을 조성하는 소위 '클리프행어(cliff-hanger)'를 설명하는 것이다. 후자는 '텔레비죤' 동시편집에서 가장 중요한 것은 화면 전환의 계기를 옳게 설정하고 전반적인 내용을 함축성 있게 표현하는 것이라고 설명하고 있다.

1호 (자료)면에 실린 「광폭영화의 시대는 끝났는가」나 역시 10호 (자료)면에 실린 「새로운 영상매체 디브이디와 수자식영화의 출현」은 비록 짧은 글이지만 2000년 무렵 북한영화기술의 일면을 보여 주는 글이다. 북한에서 '광폭영화'란 대체로 화면 비 1.65:1~3.25:1의 와이드스크린을 말하는데5), 북한 영화에서는 2000년을 전후한 시기에 쇠퇴한 것으로 추측된다. 이것은 남한의 영화기술사와 비교해 볼 때 매우 흥미로운 지점인데, 왜냐하면 남한에서는 1960~70년대를 풍미했던 시네마스코프

시네마스코프

---

5) 사회과학원 주체문학연구소, 『문학예술사전』(하), 과학백과사전종합출판사, 1993, 372쪽.

(2:35:1)가 1980년대 이후 텔레비전과 홈 비디오의 보급 속에서, TV 브라 운관으로 시청할 때 양옆이 많이 잘려나가는 것을 방지하기 위해 비스타 비전(1.85:1)으로 전환했었는데, 2000년 영화 〈공동경비구역 JSA〉가 시 네마스코프 화면비로 크게 성공한 이후 다시 와이드스크린 전성시대를 맞이하기 때문이다.

2000년 전후한 시기 DVD가 전면 보급되는 것은 세계적 현상이었는데 북한도 예외가 아니었던듯하다. 디지털을 '수자식'으로 표현하고 있는 것도 재미있는데 "수자식예술영화 〈별세계전쟁-1〉이 제작되어 새로 꾸 린 4개의 수자식영화관들에서 상영"(10호, 80쪽)했다는 소식은 디지털 극 영화 〈스타워즈: 에피소드 I-보이지 않는 위험(Star Wars: Episode I-The Phantom Menace)〉(1999)이 4개의 디지털 전용 상영관에서 상영했다는 것 을 말하는 것 같다.

## 6) 자본주의 사회의 영화 장르와 산업

이 밖에 공포영화를 자본주의적 병폐의 산물로 규정하고 인민대중의 자주의식을 마비시키는 반동적인 영화형식이라고 말하는 「(상식) 영화계 의 괴물-공포영화」(2호)가 눈에 띄고, 유럽영화 시장을 놓고 미국과 유럽 이 첨예하게 대립하고 있으며 유럽 각국이 미국영화 수입에 반감을 갖고 미국영화의 독점을 막기 위한 영화상영 할당제를 실시할 계획이라고 전 하는 「(자료) 영화를 둘러싼 유럽과 미국의 대립」(3호)은 1990년대 후반 남한 영화계를 강타한 스크린쿼터 수호운동을 떠올리게 하는 대목이다. 비록, 이 기사는 어찌 됐건 서로 물고 뜯는 것이 생존방식인 자본주의 나라들 사이의 대립일 뿐이라고 치부하고 있지만 말이다. 이 두 기사는 자본주의 사회의 영화장르와 영화산업의 병폐와 타락상을 제시함으로써 상대적으로 자신들 체제의 우월성을 강조하려는 의도로 보인다.

## 2001년

다부작 예술영화 〈민족과 운명〉은 2001년에도 『조선예술』영화기사의 상당부분을 차지하고 있다. 창작방법론으로서 연출론과 연기론 역시 영화기사에서 많은 비중을 할애하고 있다. 비평이론보다는 창작방법론이 우위를 점하는 북한 영화이론의 한 특성이라고 할 수 있다. 특히, 가극을 영화화하는 작업에서, 노래를 해당 역할 배우가 아닌 제3자가 대신 불러주는 '방창'을 김정일이 처음 창안했다고 하는 내용(1호)이 흥미롭다.

영화인들을 회고하는 형식의 글 역시 『조선예술』영화기사에서 심심치 않게 나오는데, 2001년에는 어떤 색깔의 연기도 잘 소화 했다고 하는 '만능의 연기자' 신동철과 북한 영화문학의 최고봉으로 꼽히는 백인준에 대한 글이 게재되었다. 동시대의 북한영화로서는 〈달려서 하늘까지〉(2000)와 〈복무의 길〉(2001)이 큰 주목을 받았다. 전자는 '마라손녀왕'이라 불린 정성옥의 실화를 다룬 영화이고, 후자는 선군시대 여성 군인이 갖춰야 할 사상적 풍모를 그린 영화이다. 특히, 〈복무의 길〉은 12호에만 6편의 글이 실리면서, 2001년을 화려하게 마무리하고 있다.

### 1) 다부작 예술영화 〈민족과 운명〉

2001년에도 북한이 자랑하는 다부작 예술영화 〈민족과 운명〉에 대한

〈민족과 운명〉 '최현편' (출처: 통일뉴스)

적지 않은 글들이 실렸다. 5호와 6호에는 리호윤의 「20세기 총화작의 진가」1·2가 수록되어 있다. 그는 "다부작예술영화 ≪민족과 운명≫은 주체문학 예술의 빛나는 총화작"(5호, 13쪽)이라는 김정일의 말을 인용하며 이 영화가 주체의 인간학을 깊이 있게 구현하고 있다고 평가한다. 6호에서는 〈민족과 운명〉이 내용과 형식에서 세계 그 어느 작품도 따를 수 없는 세계적인 걸작이라고까지 말하고 있다.

3호에 실린 김진규의 「배짱을 가지고 크게 노린 연기형상」은 〈민족과 운명〉 '최현편'(1999~2000) 4·5부를 중심으로 연기론을 펼치고 있다. 그는 "인물의 성격과 생활에서 사상이 중요하지만 그것은 독특한 개성과 인간성이 결합될 때에만 생동한 형상으로 감동 깊게 안겨 올 수 있다"(40쪽)고 주장하며 "우리 배우들은 배짱을 가지고 인물형상전반에서 크게 노려야 한다고 하신 위대한 장군님의 독창적인 문예리론을 확고한 지침"(41쪽)으로 삼아야 한다고 언급한다. 한영호의 글도 〈민족과 운명〉에서 송옥 역할을 한 배우에 초점을 맞춘 연기론인데, "인물의 성격과 생활의 본색에 맞는 진실한 연기형상으로 산 인간의 숨결과 체취가 느껴 지는 구체적이고 생동한 인물형상을 창조"해 냈다고 호평한다(7호, 67쪽).

2000년 10호에서도 〈민족과 운명〉 '로동계급편'(1994~1998)의 마감장면에 대한 이야기가 있었는데, 2001년 9호에서도 반복되고 있다. 마감장면에서 작품의 색조를 어둡고 쓸쓸하게 처리한 것이 심각한 과오였다는 김정일의 지적과 함께, 그의 세세하고 꼼꼼한 지도 속에서 만족스러운 마감장면으로 수정될 수 있었다는 창작일화가 소개되고 있다.

## 2) 연출·연기론: 방창과 생활연기

창작방법론으로서 연출과 연기에 대한 논의 역시 많은 비중을 차지하고 있다. 2000년에는 주로 1990년대 이전의 명작으로 손꼽는 작품들에 대한 김정일의 지도에 얽힌 창작일화가 많았는데 2001년에는 눈에 띄게 줄어들었다. 1호에 실린 「예술영화에 도입된 새로운 형상수법-방창」 정

도가 그러한 성격의 글이라 할 수 있다. 1968년 가극 〈해빛을 안고〉를 영화화하는 작업은 가극을 영화로 옮기는 터라 노래가 많이 들어가야 하는 연출상의 어려움이 있었다고 한다. 김정일은 여기서 방창을 제안하는데, 방창이란 가극, 영화, 연극, 무용 등에서 등장인물이 아닌 제3자가 무대 밖에서 하는 성악연주형식을 말한다.6) 북한에서는 김정일의 제안을 통해 도입되었다고 쓰고 있는데, 처음에 영화인들은 그 낯선 기법에 어리둥절했다고 한다. 그러나 오늘날에 노래가 많이 등장하는 영화에서 방창이 즐겨 사용되고 있고, 〈금강산처녀〉(1969), 〈세상에 부럼 없어라〉(1970), 〈꽃 파는 처녀〉(1972) 등 많은 영화에서 방창이 효과적으로 활용되었다는 것이 글의 요지이다.

사상뿐 아니라 생활을 강조하는 것 역시 북한의 영화론에서는 매우 중요하게 취급된다. 예술영화 〈자신에게 물어보라〉(1988)에 대한 글은 세부형상을 통해 생활의 본색을 형상적으로 잘 조화시키는 문제를 논하며 "생활로부터 흘러 나오는 정서적색갈을 똑바로 잡아쥐고 그에 맞는 형상을 탐구"(5호, 35쪽)하는 것의 중요성을 말하고 있다. 인간성과 정치성을 결합시키는 문제는 예술영화 〈보증〉(1986)을 통해서도 거론된다. 여기에서는 정치적 일면만을 강조해서는 산 인간을 창조할 수 없고, 인간의 구체적인 심리와 내면세계를 높은 정치사상적 풍모와 결합할 것을 요구하고 있다(5호, 김영옥「정치성과 인간성이 훌륭히 결합된 진실한 성격형상」). 예술영화 〈솔매령에 핀 꽃〉(2001)에 대한 평론 역시 작품의 정서, 향기, 사색을 강조하고 있다. 「시적인 정서와 향기속에 슴배인 작가의 사색」(6호, 김성호)이라는 제목의 이 글은 "예술에서 정서적인 것을 떠난 사상은 메마른 개념밖에 주지 못하며 추상성을 면할 수 없다"(45쪽)는

---

6) 사회과학원 주체문학연구소 편, 『문학예술사전』(중), 과학백과사전종합출판사, 1991, 49쪽.

김정일의 말을 인용하며 작품의 사상이 우러나오는 것은 정서와 향기를 통해서라는 것을 이야기한다.

생활이 중시되는 것은 연기론에서도 다르지 않다. 〈줄기는 뿌리에서 자란다〉(1998)의 연기를 언급하는 최유정의 글 「연기형상의 진실성문제를 놓고」(6호)는 "인물형상을 꾸며 내거나 과장하지 않고 현실에서와 같이 평범하면서도 생활적으로 진실하게 창조"(74쪽)하는 것이 좋은 연기이며 '연기'를 하는 것이 아니라 생활을 그대로 펼쳐 보이는 것이 연기의 본질이자 핵심임을 주장하고 있다. 9호에 실린 지선희의 「개성창조와 화술형상문제를 두고」는 배우의 음성, 발음양식, 화법과 기교 등을 논하며 배우의 말 속에는 인물의 연령, 취미, 직업과 기호, 사상과 감정, 문화수준까지 다 내포되어 있음을 말한다. 특히, 〈도라지꽃〉(1987)과 〈새 정권의 탄생〉(1986)에서 각각 유순한 진송림과 '따벌'적인 룡매 역할을 한 여배우(오미란)의 연기를 호평한다. 맡은 역할의 성격이 대조적이지만 역할에 따라 각기 다른 창작적 개성을 잘 조화시켰다는 것이다.

## 3) 반미·반일의 기치: 〈승냥이〉와 〈살아 있는 령혼들〉

2000년에 제작한 두 편의 예술영화 〈승냥이〉와 〈살아 있는 령혼들〉은 북한체제가 성립되기 이전 시기를 배경으로 한 작품으로 반제국주의적 주제를 다루고 있다. 장성광의 「승냥이 미제에 대한 준엄한 단죄」(6호)는 한설야의 동명단편을 영화화한 〈승냥이〉에 대하여 인민대중의 계급의식을 높이고 반제반미투쟁정신으로 철저하게 무장시키는데 인식 교양적 의의가 있다고 평가한다. 이 영화는 미국 선교사 스티븐슨의 교활한 침략적 방법을 드러내고 제국주의자들에 대한 사소한 기대나 환상은 곧 죽음에 이르는 길이라는 주제를 담고 있다는 점에서 같은 주제의식을 담고 있는 북한의 고전 〈최학신의 일가〉(1966)를 떠올리게 한다.

심영택의 「침략자 일본에 대한 피 맺힌 단죄」(8호)는 〈살아 있는 령혼들〉에 대한 평론이다. 이 영화는 1945년 8.15 해방 직후 강제징용 되었다가 해방과 함께 고국으로 돌아가는 조선인들을 실은 배 '우끼시마마루' 호가 일본의 계획적인 음모에 의해 폭침된 사건을 다루고 있다. 특히 심영택의 글은 "력사를 외곡한 교과서개악놀음까지 벌리고 있는 때에 일제의 침략사와 인간도살만행을 예술적으로 깊이있게 반영한 영화를 창작해 낸 것은 긍정적으로 평가할만한 것"이라며 영화의 의의를 설명하고 있는데, 최근 몇 년 동안 독도와 종군 위안부 문제 등 일본의 군국주의적인 행보를 지켜보고 있노라면 10여 년이 지난 현재에도 어두운 역사는 되풀이되고 있다는 것을 실감나게 한다.

### 4) 영화인들에 대한 회고-신동철과 백인준

2001년에는 회령출신의 인기배우 신동철(1924~1974)과 북한 최고의 영화문학가 백인준에 대한 글이 실렸다. 4호에 실린 신동철에 대한 글은 그가 "부정역이든 긍정역이든 그리고 그것이 정극적인 양상이든 희극적인 양상이든 그 어떤 성격과 색깔의 연기도 걸림이 없이 마음 먹은 대로 수행할 줄 아는 만능의 연기자였다"고 예찬하며, 배우생활과 연기형상에서 최절정에 이룬 작품으로 〈한 지대장의 이야기〉(1966)를 들고 있다. 역시 같은 호에 실린 백인준(1920~1999)에 대한 글은 회고 성격의 인물론이라기보다는 창작방법론에 가깝다. 여기서는 "문학작품의 종자는 작가가 말하려는 기본문제를 안고 있는 생활의 사상적알맹이"(46쪽)라는 김정일의 말을 빌려, 백인준이 작품의 종자를 골라잡는데 얼마나 뛰어난 작가였는지를 거론하고 있다.

### 5) '마라손녀왕' 다룬 〈달려서 하늘까지〉와 김정일이 격찬한 〈복무의 길〉

4호에 실린 심영택의 「영화를 살린 형상창조의 비결」은 '마라손녀왕' 정성옥 영웅의 실화를 다룬 〈달려서 하늘까지〉(2000)에 대한 평론인데, 새로운 종자를 형상으로 풀어나가는 수단으로서 '극한점'을 논하고 있는 점이 흥미롭다. 주인공 정성옥이 마라톤이라는 힘든 여정을 정신적으로 극복한다는 정신적 극한점을 나타낸다면, 명국 지도원은 육체적인 극한점을 상징하는데, 치명적인 병으로 간이 5cm나 불어나 더 이상 무리하면 생명까지 잃을 수 있다는 것이다. 충일은 성옥을 사랑하지만 정신적 극한점을 넘으려 악을 쓰는 성옥을 지독한 야심가로 오해하는 사랑의 극한점에 있으며, 향은 처녀의 몸으로 동생들을 돌봐야 하는 가정적 부담, 즉 생활의 극한점에 있다. 영화는 이 성격들이 어울리고 충돌하고 발전하면서 극적인 '화폭'을 이루고 있다는 것이다.

2001년을 마무리하는 12호의 영화기사는 오직 한 편의 영화를 위해 바쳐졌다고 해도 과언이 아니다. 김정일이 "지금까지 만든 영화들가운데서 제일 잘 만들었다고, 영화를 보던 것가운데서 제일 괜찮다고, 영화문학도 잘 쓰고 연출도 잘하고 배우들이 연기도 잘하였다고 커다란 만족을 표시"(12호, 13쪽)한 선군영화 〈복무의 길〉(2001)이 그것이다. 이 영화는 아버지와 오빠 셋이 모두 군 복무를 하는 가정에서 자신만이 군복을 입지 않아 무시당한다고 생각하는 경심이 여성 군의(軍醫)를 지원하여 군인으로서 성장하는 과정을 그리고 있다.

〈복무의 길〉에 대한 글은 개괄적인 작품평 2편, 영화 속 윤석이라는 인물에 대한 형상화론 1편, 짧은 단평 1편, 출연배우인 공훈배우 윤수경의 출연기 1편, 영화문학작가 리인철의 창작수기 1편으로 모두 6편이다. 작품평은 일반적으로 군사물영화라고 하면

〈복무의 길〉

딱딱한 것으로 일컬어 오던 낡은 기성관념을 떨치고 짙은 서정과 감흥으로 견인력 있게 끌고 나갔다는 것(12호, 조명철 「'유년기'에서 '로년기'를 펼쳐 보인 특색 있는 극조직」)과 작품의 지성도를 잘 보장했다는 것(12호, 박영무 「선군시대의 참모습을 높은 지성에서 보여 준 성공작」)으로 일관하고 있다. 김은희의 「인상적인 인물-윤석」(12호)은 극중 인물 윤석이 불과 몇

장면밖에 나오지 않지만 작품의 주제사상을 밝히는데 독자적으로 이바지하고 있다고 평가하고 있다. 경심이 역을 연기한 윤수경은 자신은 조용하고 내성적인 성격인데 반해, 경심은 '야생말'적인 성격이라 애로사항이 많았다는 것을 토로한다. 야생말적인 성격을 잘못 강조하면 경박해지고 본인의 성격에 맞추면 두루뭉술하게 되어 사상·주제적 내용을 담을 수 없는데, 극 중 인물의 성격과 자신의 개성을 자연스럽게 융합하기 위해 노력했다고 밝히고 있다.

### 2002년

2002년에도 다부작 예술영화 〈민족과 운명〉에 대한 글이 많이 실렸다. 연기론에서부터, 창작일화, 촬영론에 이르기까지 그 내용도 다양한 편이다. 이 해에는 촬영기법에 대한 세부적인 묘사가 돋보이는 글이 적지 않게 게재되었다. 렌즈의 사용, 근경과 원경 등 촬영거리에 대한 설명에서부터 대각선구도와 부감 숏 등 카메라 앵글에 대한 내용 등 영화 고유의 언어와 문법을 강조하는 것들이다. 물론, 형식 그 자체만을 강조하기보다는 사상과 주제를 실어 나르기 위한 도구로서의 형식을 부각시킨다.

인민배우 엄길선과 영화(교육)학자 김종호가 2002년 영화인 회고를 장식한다. 무엇보다도 5호에 실린 김종호에 대한 글은 1960년대 북한의 세계영화사 인식을 어렴풋하게 가늠하게 해 주는 글이다. 그는 1960년대 중반에 『조선영화』에 「세계영화사개관」이라는 글을 연재했다고 한다. 이 밖에도 아동영화의 역사와 창작원리를 다룬 글, 희극영화에서 독보적인 위치를 점한 영화문학가 김세륜의 극작술에 대한 글 등이 있다.

## 1) 다부작 예술영화 <민족과 운명>

해를 거듭해도 다부작 예술영화 <민족과 운명>에 대한 예찬은 식을 줄 모른다. 1·2호에는 1990년대 초반에 제작된, 이 영화의 1~4부에 해당하는 '최현덕편'에 대한 기사가 집중적으로 실려 있다.

우선, 최현덕 역을 연기한 인민배우이자 '공화국로력영웅' 칭호를 받은 배우(최창수)에 대한 글 「평범한 배우를 영웅으로」(1호)를 보자. 1992년 2월 초 김정일은 <민족과 운명> 1·2부를 본 후 최창수가 출연한 영화 중 가장 잘 한 것 같다며, 열흘이 지나 그에게 공화국로력영웅 칭호를 수여한다. 가난한 집안에서 태어나 노동자로 살다가 1966년 <최학신의 일가>에서 단역으로 출연한 최창수는 <기어이 승리하고 만나리>에서 처음 주인공을 맡았으나 성공적이지 못했다. 김정일은 <사회주의 조국을 찾은 영수와 영옥이>(1969)의 주인공으로 그를 추천했고, 이후 그는 차곡차곡 배우로서의 경력을 쌓아왔다. 1980년대에 그는 전성기를 맞이하는데 <월미도>(1982), <한 지대장의 이야기>(1983, 리메이크), <림꺽정>(1989) 등이 대표작이다.

2호에 실린 「연출가가 받아 안은 사랑」은 영화인들에 대한 김정일의 애정을 예찬한다. 역시 1992년 2월 <민족과 운명> 1·2부의 작업필름 시사를 마친 후에 김정일이 창작가들의 이름이 왜 없는가하고 묻자, "경애하는 장군님이 구상하신것이고 그 뜻을 받들어 여러 창작가들이 힘을 합쳐 제작했을 따름"(29쪽)이라고 답한다. 그러자 김정일은 창작가들의 이름을 다 올려야 역사에도 남는다고 교육한다.[7] 아울러 당뇨를 앓고 있는 연출가의 건강을 염려하는 지도자의 모습이 묘사된다. 3호에는 3·4부의 작업 필름을 보고 술상에 앉아 컵으로 술을 마시는 것은 동양풍습에 맞지 않다는 등 세심하게 지도하는 김정일의 모습이 부각되고 있다. 9호에는 남한의 김영삼

---

[7] 이명자는 "제작 참여자들에게 책임을 지우자는 의미로 자막을 넣는 것을 자신이 직접 김정일에게 건의했다"는 신상옥의 증언을 소개하고 있다. 이명자, 『북한영화사』, 커뮤니케이션북스, 2007, 120쪽.

이인모

정권 초기, 북송된 장기수 이인모에 대한 이야기 〈민족과 운명〉 '리정모 편(1992~1993)'의 창작배경을 소개하고 있다. 작업필름이 완성되었을 때 모델이 되었던 이인모가 북송되었고, 그의 수기가 좀 더 일찍 나왔더라면 작품을 더 잘 만들 수 있었을 텐데 하는 김정일의 아쉬움을 기록하고 있다.

가장 흥미로운 지점은 〈민족과 운명〉 '카프작가편(1996~1997)'에 대한 리호윤의 글 「≪카프≫ 문인들에 대한 공정한 평가」(11호)이다. 이 글은 김정일이 카프 문학에 대하여 『주체문학론』(1992)에서 과학적이고도 정당한 해명을 하고 있다고 설명한다. 특히, 남한의 '반동적 문예학자들'이 북한은 항일혁명문학만을 인정하고 카프작가들을 인정하지 않는다고 왜곡 날조하고 있기 때문에 당의 문예정책을 인식시킬 필요가 있으며, 따라서 "나는 카프작가들의 운명을 취급하는 영화를 다부작 예술영화 〈민족과 운명〉의 련속편으로 만들기로 결심"(8쪽)했다는 김정일의 말을 강조한다. 그래서 조명희, 송영, 이기영 등은 물론 이광수나 최남선의 일부 작품도 긍정적으로 평가할 수 있다는 '전향적인' 태도를 보여 준다. 재미있는 것은 카프 작가들 중 〈김일성 장군의 노래〉 가사를 쓴 이찬을 영화의 주인공으로 삼은 것이다. 이찬은 카프 문인들의 대표 격이라고는 볼 수 없었고, 태평양 전쟁 기간 동안에는 「송출진학도(送出陳學徒)」 등 친일시와 친일희곡도 썼던 인물인데, 그런 그가 주인공으로 선정된 것은 역시 월북 이후 김일성과 북한 체제를 찬양하는 작품을 다수 창작한 때

〈민족과 운명〉 '카프작가편'

문인 것으로 보인다. 남한에서는 민족문제연구소가 정리한 『친일인명사전(2008)』 문학 부문에 포함되어 있는 데 반해, 북한에서는 애국열사릉에 묻힌 그에 대한 남북한의 상반된 이력이 이채롭다.

1990년대 후반과 2000년대 초반에

제작된 '로동계급편(1994~1998)'과 '어제, 오늘 그리고 래일 편(2000~2003)'에 대한 글은 주로 연기론과 촬영론에 초점을 맞춘다. 6호에 실린, '로동계급편'의 주인공 강태관 역 배우의 연기론에서는 인간적인 것과 정치적인 것의 유기적 결합을 강조하고 있다. 사상과 생활, 정치와 인간의 결합은 북한의 연기론에서 항상 언급되는 것이다. 형식보다는 주제와 내용을 강조하는 북한 영화론을 생각해 볼 때, 6호에 실린 한호준의 촬영평 「새롭게 시도하고 훌륭하게 완성한 명화면」은 특기할 만한 형식 비평이다. 그는 '어제, 오늘 그리고 래일 편'의 계단장면을 분석하고 있는데, 숏을 하나하나 쪼개어 분석하는 숏 바이 숏 분석은 과장 섞어 말하자면 1980년대 이후 미국에서 새로운 영화이론의 한 흐름을 형성한 신형식주의 영화이론(Neo-formalist Film Theory)을 방불케 한다. "세 인물의 얼굴초상을 250mm 즈프렌즈로 당겨 근경으로 꽉 잡고", "즈프렌즈에 의한 전진과 후진이동의 배합, 크렝에 의한 이동과 선회"(50쪽) 등의 표현은 글에서 주제, 사상적 측면을 제외한다면 서구의 형식비평과 다를 것이 없어 보인다.

## 2) 창작방법론-촬영론과 작가론

이러한 형식비평은 비단 위의 글에만 한정된 것은 아니다. 2002년에는 유달리 촬영기법 등 형식을 강조하는 글들이 눈에 띈다. 예를 들어 〈복무의 길〉(2001)의 촬영을 언급하며 "이 장면에서 촬영가는 비좁은 사무실공간을 의도적으로 설정하고 빗물이 줄줄이 흘러 내리는 창문가에 울며 서 있는 주인공을 근경화면으로 어둡고 답답하게 보여 주고 있다"(4호, 58쪽)는 김은희의 글이나 〈자강도 사람들〉(2001)의 촬영을 논하며 "촬영가는 갱밖으로 달려 나오는 돌격대원들의 모습을 인물들의 움직임과 촬영기의 움직임이 결합된 안전하고 무게 있는 병행이동촬영기교로 보여주었다"(5호, 23쪽)는 한호준의 글, 〈생의 메아리〉(2000)를 평하며 "주인공의 생각 깊은 모습을 뒤모습으로 보여 주다가 서서히 전경부감화면으로 보여"(5호, 28쪽) 준다는 조광성의 글, 〈잊을수 없는 모습〉(2002)을 분석하며 "주인공을 길 한복판에 꿇어앉히도록 하고 대각선구도에서 상승 이동하면서 부감으로 내려다보도록 하여 인물의 고독함과 안타까움이 시각적으로 돋구어 지도록 하였다"(12호, 49쪽)는 한호준의 글 등이 그러하다.

7호에 실린 리수도의 글 「영화문학작가의 창작적개성과 영화극작술」도 흥미를 끈다. 그는 이 글에서 "한 작가의 창작계렬에 속하는 작품들을 비교분석해 보면 그 작가의 고유한 특징이 반복적으로 나타나"며 "이렇게 한 작가의 작품계렬에서 반복성이 나타나는 것은 창작적개성이 뚜렷한 작가들에게서 얼마든지 찾아 볼수 있다"(44쪽)고 쓰고 있다. 이는 언뜻 서구의 작가이론(Auteur Theory)을 떠올리게 만드는데, 집단 창작을 중요시하고 낭만적 천재 작가의 재능을 불온시하는 북한예술에서는 주의 깊게 볼 대목이다. 음악, 미술에 비해 그 자체로 집단 창작인 영화에서는 더더욱 그러하다. "작가의 사상과 감정, 생활체험과 예술경험 등이 (…중략…) 자기식의 특성을 나타내지 않을 수 없"(44쪽)다는 문장도 주목할 만하다.

### 3) 영화인들에 대한 회고-엄길선과 김종호

엄길선

2002년 '명예의 전당'에 오른 인물은 인민배우 엄길선(1934~2005)과 영화교육자 김종호(1934~2002)이다. 2호에 게재된 「55년의 역사에 새겨 진 위대한 사랑」은 '김일성상' 계관인이자 '로력영웅', 인민배우였던 엄길선의 영화인생을 다루면서도, 초점은 그가 1995년 이후 총장으로 있었던 조선예술영화촬영소의 역사에 맞춰져 있다. 건국 직후 국가의 열악한 환경에서도 김일성의 전폭적인 지원 속에서 탄생한 북한 최초의 예술영화 〈내 고향〉(1949)에 대한 언급이나 〈피바다〉(1969), 〈한 자위단원의 운명〉(1970),

〈꽃 파는 처녀〉(1972) 등 '수령님이 몸소 창작하신 고전명작들'의 영화화가 설명되고 있다.

2002년 1월 세상을 떠난 평양연극영화대학 과학부장 김종호는 "한생을 교육리념에 충실하고 후비양성에 모든 정력을 쏟으며 수많은 제자들을 키워 낸 참된 교육자"(5호, 17쪽)로 추앙되고 있다. 1934년 태어나 1950년대에 체코슬로바키아 프라하 영화대학에서 유학한 그는 1960년대에 평양연극영화대학에서 영화연출강좌 교편을 잡는다. 특히 1964년부터 3년 간 『조선영화』에 15회에 걸쳐 연재한 「세계영화사개관」은 북한에서 처음으로 세계영화의 발생과 발전을 서술한 글로 북한의 세계영화사 연구의 디딤돌로 평가받고 있다.

## 4) 아동영화 창작의 네 가지 조건

9호에는 아동영화에 대한 글이 두 편 실려 있다. 9호에 실린 김혜숙의 글은 조선4.26아동영화촬영소(1996년 조선과학교육영화촬영소 아동영화제작단에서 분리)의 역사와 함께, 1970년대 초까지도 방향을 잡지 못했던 아동영화가 1972년 김일성의 아동영화 교시와 김정일의 체계화에 의해 발전되어 왔다는 내용을 담고 있다. 같은 호에 실린 조달원의 글은 아동영화의 특성에 맞게 구성조직을 잘 하기 위해서는 첫째, 인물관계를 단순하게 설정할 것, 둘째, 이야기 줄거리를 단순하게 엮고 아동들이 헛갈리지 않도록 시간적 순차성을 따를 것, 셋째, 전반부에 이야기를 많이 안배하고 후반부에서는 이를 해결할 것, 넷째, 첫머리를 흥미 있게 설정하고 마감을 똑똑하게 맺어 줄 것을 요구한다.

## 5) 영화문학가 김세륜의 극작술

7호와 9호에는 희극에서 독보적인 위치를 점한 영화문학가 김세륜의 극작술에 대한 글이 실렸다. 두 편 모두 손광수가 썼는데, 7호에서는 김세륜의 작품들이 낙천적인 웃음으로 사회주의 현실을 아름답게 구가하고 희망찬 미래를 찬미한다고 평가한다. 9호에서는 그의 작품 속에서 반복되는 이별과 상봉의 연속과정이 김세륜을 재능 있는 '상봉 극작가'로 만들어 준다고 쓰고 있다.

하나의 상봉으로 끝나는 것이 아니라 여러 인물을 상봉하게 하여 감정을 최대한으로 승화시키는, 입체적인 '겹상봉극'이 그의 작품의 진수라고 설명한다. 입체적인 상봉극은 비극, 경희극, 정극에 두루 적용될 수 있는데 "꼭 만나야 할 운명의 은인들을 가장 가까운 곳에 두고 안타까이 찾게 하거나 오해까지 하게 하는 수법으로 감정을 승화시키고 폭발"(55쪽)시키는 그의 상봉극은 남한의 텔레비전 일일연속극이나 시트콤의 극적 패턴과 크게 다르지 않아 보인다.

## 2003년

2003년은 김정일이 집필했다고 하는 『영화예술론』(1973)이 발표 된지 꼭 30년이 되는 해이다. 김정일이 북한 영화창작에 끼친 영향이나 지도에 대한 글은 늘 있어왔지만 이 해에는 좀 유별난 감이 있다. 『영화예술론』이 북한영화에서 차지하는 위치에 대한 글, 아동영화 창작에 끼친 영향, 영화편집에 대한 세세한 지도까지 그의 '영도력'을 예찬하는 글이 지배적이다.

2000년대 북한영화에서 중요한 쟁점 중 하나는 첨단영화기술의 발전이다. 2003년에도 CG(Computer Graphic)의 분류와 기술적 특징 등을 비교적 자세하게 서술한 글(6호)이 실려 있다. 아울러 자본주의 영화산업의 '영화제작자'와 사회주의 영화예술의 '행정연출가'를 비교하는 글(6호)도 흥미롭다. 영화를 상업적 이윤의 논리로 접근하는 자본주의에 비해, 영화를 산업이 아닌 예술로 대접하고, 고매한 사상과 의식 교양을 주목적으로 하는 사회주의가 우월하다는 인식이 깔려 있다.

북한 영화인들에 대한 회고에서는 둘 다 인민배우인 박기주와 황영일이 다루어지고 있으며, 이탈리아 영화감독 베르나르도 베르톨루치(Bernardo Bertolucci)와 시나리오 작가 체자레 자바티니(Cesare Zavattini) 등 서구의 진보적인 영화인들도 소개되고 있다.

## 1) '『영화예술론』30돐'의 풍경

2001~2002년에는 명작으로 꼽히는 작품들에 대한 김정일의 지도에 얽힌 창작일화가 줄어든 감이 있었는데, 2003년에는 다시 눈에 띄게 늘어났다. 아마도 김정일의 『영화예술론』이 나온 지 꼭 30주년이 되는 해라 그런 것으로 보인다. 4호에 실린 한영호의 글 「주체영화예술창조와 건설의 만년초석: 위대한 령도자 김정일동지의 불후의 고전적 로작 ≪영화예술론≫ 발표 30돐에 즈음하여」는 『영화예술론』의 역사적 의의에 대하여 말하고 있다. 그에 따르면 『영화예술론』은 북한에서 모든 사상예술의 기초인 문학의 본성과 창작원리, 방법, 창작원칙에 관한 문제들을 주체사상의 철학적 원리에 기초하여 독창적, 과학적으로 해명한 책이다. 영화에 관한 책임에도 불구하고 1장의 제목이 '생활과 문학'인 것은 북한에서 문학이 모든 서사·예술의 기본이라는 것을 드러낸다. 한영호는 "새 시대의 참다운 인간전형을 창조하여 온 사회를 주체사상화하는 력사적위업에 참답게 이바지하는 문학은 주체의 인간학으로 된다. 하여 인류문예사상 처음으로 인간학으로서의 문학에 대한 완벽한 리론이 확립되게 되었다"(17쪽)며 이 책을 극찬하고 있다. 또한 "소재는 종자의 생활적기초로 되고 주제는 종자에 의하여 규정되고 제약되며 사상도 종자로부터 흘러 나온다"(18쪽)는 북한 문학예술의 기본원리인 이른바 '종자론'을 독창적인 이론이라고 격찬한다.

해당 월호에 김정일이 지도했다는 역사적 일화를 소개하는 글도 이어진다. 예를 들어 6호에는 1963년 6월 5일에 있었던 김정일의 조선예술영화촬영소 현지 지도를 회고하는 글이 실렸고, 7호에는 1971년 7월 1일 김정일이 아동영화 〈파철군단〉을 지도하면서 "주체적아동영화의 창조

실천에서 나서는 문제들을 하나하나 명철하게 밝혀주시였다"(11쪽)는 글이 실려 있으며, 9호에는 1969년 9월 김정일이 예술영화 〈마을의 보위자〉를 지도할 때, 한 일군의 문제제기로 영화를 다시 찍어야 할지도 모르는 문제가 발생하자 김정일이 단 세 개의 화면을 보충하는 것만으로도 원만한 해결책을 제시함으로써 '위대한 장군님의 천재적 예지'에 감읍했다는 일화가 소개되고 있다.

아울러 '조국해방전쟁' 시기 김일성의 현지 지도 역시 9호와 11호, 2회에 걸쳐 회고되고 있다. 9호에 실린 홍순화의 글은 1952년 3월 김일성이 미군의 세균전을 폭로하는 과학영화의 제작을 지시한 내용을 담고 있다. 이 글은 과학영화가 과학기술지식 보급을 기본사명으로 하고 있으며, 어렵고 복잡한 과학기술적 문제들을 어떻게 관객들에게 알기 쉽게 인식시키는가 하는 문제가 과학영화 제작과정에서 제기되는 문제라고 설명한다. 아울러 같은 해 6월 개봉한 북한 최초의 과학영화 〈미제의 세균만행〉(1952)을 김일성이 높이 평가했다는 내용이 제시된다. 11호에 실린 같은 필자의 글은 김일성이 예술영화 〈소년빨찌산〉(1951)과 〈향토를 지키는 사람들〉(1952)을 지도한 일화를 소개하고 있다. 김일성이 〈소년빨찌산〉을 청소년들의 애국주의 교양에 유익한 영화라고 격찬했다고 쓰면서 이 영화가 1951년 제6회 카를로비 바리 영화제에서 '자유를 위한 투쟁상'을 수상했다고 전한다. 이듬해 9월 김일성은 〈향토를 지키는 사람들〉의 작업필름을 보고 높이 평가하면서도 인민유격대가 단독으로 활동하는 것이 아니라 최고사령부와의 연계 밑에서 조직적으로 활동하는 것을 보여줘야 한다고 교시했으며, 수정된 영화를 다시 본 후 광복 후 나온 영화 중 제일 잘 되었다며 칭찬했다고 한다.

## 2) 촬영론과 연기론: 촬영가의 형상언어와 웃는 연기

2002년에 비해 형식비평적 성격의 글은 줄어들었지만 촬영론은 2003년에도 적지 않은 비중을 차지하고 있다. 1호에 실린 강봉관의 「촬영가의 형상언어에 대하여」는 촬영가의 형상언어를 첫째, 화면구도(시점과 각도, 화면크기와 렌즈선택), 둘째 촬영기의 움직임(대상의 움직임과 촬영기의 움직임의 결합), 셋째 조명수단에 의한 화조 및 색조 처리(명암과 색채)로 나누어 설명하고 있다. 5호에서는 예술영화 〈이어 가는 참된 삶〉(2002)의 마

<이어 가는 참된 삶>

감 장면을 예로 들면서 촬영이 전경, 중경, 근경으로 이어지면서 순차적 구성형식을 잘 취했으며, 촬영시점에서도 기본인물들과의 시선교감을 자연스럽게 풀어내어 창작가의 주관적 시점을 강요하지 않았고, 적황색이 지배적인 황혼에서 시작하여 점차 적색조로 변하는 색채와 조명효과를 줌으로써 시간적 느낌을 형상적으로 잘 이용했다고 평가한다. 이 글은 마치 1호에 실린 촬영의 원리를 실제 작품에 실천적으로 적용한 사례 같다.

9호에서 원혁성이 쓴 글은 예술영화 〈철령의 대대장〉(2003)의 삽입화면을 논하고 있다. 지난 시기에 삽입화면은 연출가의 의도를 드러내거나 시공간 비약에 이용되었지만 이 영화에서는 어떤 계기가 아닌 인물의 내면세계와 성격을 시각화하고 영화의 기본사상을 전달하는 데 사용되고 있다는 것이다. 여기에서 "영화에서 상징적인 뜻으로 쓰이는 삽입화면같은 것은 성격이나 사건과 직접적으로 련결되여있는 것은 아니지만 인물의 정신세계를 정서적으로 펼쳐보이며 극의 사상적 내용을 돋구는 데서 없어서는 안될 요소"(36쪽)라는 김정일의 말이 인용된다. 이렇게 인물의 정서를 드러내기 위하여 삽입화면을 사용하는 것은 일본의 거장 오즈 야스지로의 필로우 숏(pillow shot)을 연상하게 만든다. 필로우 숏이란 특별한 계기나 동기화 없이 영화의 분위기와 정서를 전달하기 위해 오즈 야스지로가 사용한 삽입화면에 서구의 비평가들이 붙인 명칭이다. 물론, 필로우 숏이 북한 영화처럼 사상적 내용을 강조하는 것은 아니라

는 점에서 차이를 보인다.

연기론에서 생활적인 세부를 강조하는 것은 북한 영화에서 늘 되풀이되는 것이다. 3호에서 최웅철의 글 「인상적인 세부연기: 예술영화 ≪이어 가는 참된 삶≫을 보고」는 배우의 연기가 세부의 연속형상과정으로서 말, 표정, 행동의 3대 요소로 이루어져 있지만 이는 따로 존재하지 않고 상호적으로 결합하는 것이라고 강조한다. 4호에 실린 같은 필자의 글 「웃는 연기를 잘하자」는 배우의 웃음이 주는 효과를 거론하며, 〈이어 가는 참된 삶〉에서 서진주 역을 맡은 배우의 웃는 연기를 칭찬한다. 첫째, 늘 얼굴에 웃음이 피어 있으면서도 그 웃음소리를 들을 수 없는 것, 둘째, 그 웃음이 항상 낙관적인 감정과 생의 희열을 담고 있는 것, 셋째, 소박성과 진실성 그 속에 차 흐르는 뜨거운 인정미가 칭찬의 요소들이다.

## 3) 기술적 문제: CG와 행정연출가

영화의 분장미술에 대한 글 「분장미술가와 ≪대본 100번 읽기≫」(7호, 오동호)가 전통적인 기술인 분장에 대한 것이라면, 「영화의 특수효과처리에서 CG의 효율성」(6호, 김경수)은 첨단기술에 대한 것이다. 전자에서 분장미술가는 단지 분장을 잘 하는 기술자가 아니라 '대본 100번 읽기'를 하고 극 창조에 들어가야 하는 창조적 예술가로 여겨진다. 줄거리나 구성뿐 아니라 생활세부에 이르기까지 완전히 깊이 파악하고 있어야 하며 인물이 어떤 시대, 어떤 계급에 속하고 취미와 기호, 인간들과의 연관은 어떠한지 인물의 성격변화발전과정을 똑똑히 파악하고 있어야 한다는 것이다. 후자의 글은 CG의 개념을 합성 위주의 2차원 CG, '모형화(modelling)', '묘사(rendering)' 등의 3차원 CG 등으로 분류하면서, "CG는 결과를 동시에 확인하면서 작업이 이루어져 즉시 수정"이 가능한 것으로, 영상의 완성도를 높이는 데 필수불가결한 것으로 취급하고 있다.

기술적인 글이라기보다는 영화행정에 대한 글인 「영화제작자와 행정연출가」(6호, 방성인)는 자본주의 영화의 '영화제작자'와 북한의 '행정연출가'가 비교되고 있다. 전자는 자본가나 영화업자로부터 제작비를 받아 영화제작을 위한 계약과 체결, 이윤할당, 광고와 판매 등 상업적 이윤 추구를 위해 영화를 제작하는 사람인데 반해, 후자는 당의 영화창작방침을 받들고 창작단의 조직사업과 조건보장사업, 더 나아가 인민대중의 혁명투쟁을 고무추동하고 그들의 혁명적 교양에 이바지하는 주체적 영화예술 창조자로 거론되고 있다. 비슷한 성격의 글이 8호(「영화행정연출가」)에도 반복되고 있다.

## 4) 영화인들에 대한 회고: 박기주와 황영일

2003년에는 모두 배우들이 회고와 추앙의 대상이 되고 있다. 1호에는 20여 편의 예술영화와 30여 편의 텔레비전극에 출연한 '조선중앙방송위원회 텔레비죤극창작단' 인민배우 량해승에 대한 글이 있으며, 10호에는 배우치고는 못생긴 축에 속했지만 개성적인 표정연기로 주로 부정적 역할에서 탁월한 재능을 보여 준 박기주에 대한 글이 실려 있다. 박기주(1939~1994)는 배우생활 전 기간에 걸쳐 주로 조연과 단역들을 수행했지만 적대적 부정인물을 형상화하면서 본격적으로 이름을 알렸다. 〈최학신의 일가〉(1970), 〈한 자위단원의 운명〉(1970), 〈안중근 이등박문을 쏘다〉(1979) 등 북한영화의 고전으로 불리는 작품들에 출연한 그의 마지막 출연작은 남한의 5.18 광주민주화운동을 다룬 〈님을 위한 교향시〉(1991)에서 악질적인 교도소장 역할이었다. 그는 이 역으로 1991년 4월 있었던 김정일 담화에서 높은 평가를 받았으며 2.16 연기상도 수상했다. 그는 조선의 3대 명배우로까지 꼽히고 있다.

'조국해방전쟁' 당시 서울지구 제3문화공작대 대장을 거쳐 인민군예술극장 배우로 입대한 황영일(1919~1989)에 대한 글 「개성적이고 독창적인 예술창조자 황영일」(림창진)은 11호에 실려 있다. 그는 연극 〈리순신장군〉, 〈천리마〉, 〈공산주의자〉 등을 거쳐 1965년 예술영화 〈성장의 길에서〉의 매판 자본가 경수 역으로 영화연기에 입문했다. 그 역시 박기주처

럼 부정인물로 유명했는데 "그가 수행한 수많은 부정역형상에서 진실성
과 생동성은 주체사실주의영화예술에서 배우와 역인물의 형상적통일이
얼마나 중요한가를 실천적으로 확증"(51쪽)해 주었다고 평가받고 있다.

## 5) 외국 영화인들에 대한 소개와 회고: 베르톨루치와 자바티니

2003년에는 유달리 외국 영화인들에 대한 소개와
회고의 글이 많이 게재되었다. 이탈리아의 감독 베르
나르도 베르톨루치는 서구에서 "가장 전투적이고 진
보적인 영화예술인들 중의 한사람"(5호, 69쪽)으로 소
개된다. 그가 1960년대 이탈리아 좌파영화의 핵심적

베르나르도 베르톨루치

인 인물이었다는 점은 분명한 사실이지만 후기작인 〈마지막 황제 The
Last Emperor〉(1988)가 "만주괴뢰국의 마지막 황제였던 부의의 비극적
운명과 일제강점자들의 교활한 침략수법을 폭로한"(69쪽) 영화로 평가되
는 것은 흥미롭다. 물론, 이러한 해석은 얼마든지 가능하지만 이 영화가
서구에서는 좌파의 정체성을 벗어던지고 동양적인 오리엔탈리즘의 세
계로 투항한 그의 이력으로 꼽힌다는 점에서 대조적이다. 같은 이탈리아
의 시나리오작가이자 영화이론가인 체자레 자바티니는 '체자레 자와띠
니'라는 이름으로 언급되고 있는데, 그가 시나리오를 쓴 대표작 〈자전거
도둑 Ladri di Biciclette〉(1948)의 줄거리와 그에 대한 논평이 상세히 기술
되고 있다. 그는 이탈리아 근로인민들의 생활에 대한 깊은 동정을 가지
고 양심적으로 묘사함으로써 이탈리아의 진보적 영화발전에 이바지한
인물로 소개되고 있다.

이밖에도 8호에는 구소련의 음악희극영화 발전에 기여했으며 소련영
화인동맹 중앙위원장과 '모스필림' 영화촬영소 총장을 역임한 쁘리이예
브, 9호에는 역시 구소련의 영화연출가, 미술가, 배우로서 특히 창작 전
기간에 걸쳐 레닌 형상에 집중한 소련 인민배우 쎄르게이 유뜨께비치,
11호에는 "근로하는 인민들을 귀중히 여긴"(63쪽) 영국의 진보적인 영화

연출가 앤토니 아스크위스가 소개되고 있다.

## 2004년

이 해에는 창작을 위한 실천적 지침으로서 분장론이 두드러진다. 영화미술의 한 분야인 분장에 대한 글은 남한의 영화이론에서는 좀처럼 보기 어려운 것이다. 10호에서 문수경은 캐릭터의 특성과 배우의 외모·인상에 따라 분장을 어떻게 달리 해야 하는지에 대한 섬세한 묘사를 글 속에 녹여내고 있다.

2003년에 이어 2004년에도 첨단영화기술에 대한 글들이 실려 있다. 2호에서 다루고 있는 '전자영화'나 8호에서 쓰고 있는 '광폭영화' 등이 그것이다. 광폭영화는 2000년 1호의 (자료) 면에서도 잠깐 나온 적이 있는데, 8호의 글은 보다 더 자세하고 폭도 넓다.

영화인들에 대한 회고에서는 영화연출가 천상인과 오병초의 삶과 영화세계가 서술되고 있고, 중국 제5세대 영화감독 장예모에 대한 호의적인 글이 실려 있다. 2004년 『조선예술』이 꼽은 영화라고 할 만한 예술영화 〈내 삶이 닻을 내린 곳〉(2003)에 대해서도 적지 않은 글이 실려 있다. 총 4회에 걸쳐 평론이 실린 것만 봐도 이 영화에 대한 북한 영화계의 반응을 실감할 수 있다.

### 1) 촬영론과 분장론: 창작을 위한 실천적 지침

2000년대 초반에 많은 비중을 차지했던 다부작 예술영화 〈민족과 운명〉에 대한 글들을 2003~2004년에는 많이 줄어들었다. 2003년에 실린 글의 성격도 〈민족과 운명〉을 전면에 내세우는 글보다는 〈민족과 운명〉 '카프작가편'(1996~1997)의 형상수단에 대한 글(김용길, 「영화의 지성세계와 형상수단의 탐구」, 1호), 연출가가 영화문학을 어떻게 재구성해야 하는가를 논하며 〈민족과 운명〉 '최현덕편'(1992)을 그 예로 드는 글(류경일, 「연출가와 영화적재구성」, 9호) 등 주로 창작방법론에 입각한 글들이다.

8호에 실린 〈민족과 운명〉 '어제, 오늘, 그리고 래일편'(2000~2003)에 대한 글은 촬영론적 성격의 글인데 영화의 전반부가 어두운 데 반해 후반부가 밝고 낭만적인 것은 인물들의 감정흐름을 뚜렷이 부각하기 위한 것임을 밝히고 있다. 같은 호에 실린 김성학의 글은 예술영화 〈그는 대좌였다〉(2004)에 대한 촬영평이다. 앞의 글이 색채와 조명에 대한 논의가 주를 이룬다면 이 글은 정지화면과 장면의 흐름 속도, 삽입화면 등 카메라와 편집에 대한 내용을 담고 있다. 특히 "촬영한 화면에서 생기는 흔들림은 화면형상의 안전성보장원칙에 어긋나는 현상이였지만 슬픔에 흐느끼는 인물들의 내면세계를 시각적으로 인상깊게 안겨오도록 하는데 아주 효과적"(56쪽)이었다는 것은 핸드헬드 카메라 기법이 주는 심리적 효과를 설명하고 있다는 데에서 눈길을 끈다. 9호에서 고명철은 특정 작품의 촬영평이 아니라 촬영시점의 선택이라는 일반론적인 논의를 하고 있다. 그는 "인물의 얼굴모습을 기본적으로 보여주는 초상촬영에서도 촬영가가 어떤 계급적립장을 가지고 누구의 시점에서 보는가에 따라 인물형상의 색갈이 근본적으로 달라지게 된다"(49쪽)며 시점 선택의 문제가 단순히 실무적인 문제가 아니라 촬영가의 사상미학적 입장에 관한 문제라고 역설한다.

배우의 연기가 인물의 진실성을 보장하기 위해서는 생활의 논리에 맞춰 자연스럽게 구가되어야 한다는 것(조봉천, 「배우의 연기행동은 생활론리에 맞아야 한다」, 8호)은 연기론에서 늘 되풀이된 이야기인 데 반해, 2004년에 눈에 띄는 것은 분장론이다. 물론, 2003년 7호에도 「분장미술가와 ≪대본 100번 읽기≫」(오동호)가 실린 적이 있지만, 이 글이 분장을 잘하기 위해선 영화에 대한 이해도를 높여야 한다는 정도의 것이라면, 2004년에 실린 두 개의 분장론은 보다 실무적이고 기술적인 것들이다. 문수경의 「인물의 성격을 인상깊게 특징지은 분장현상: 예술영화 ≪한장의 사진≫을 보고」(10호)는 김책 역할을 맡은 배우의 얼굴 분장에 대하여 논한다. 특히 "(…전략…) 미간의 코날을 강조하여 눈과 눈, 눈섭과

눈의 사이를 약간 좁게 보이도록 형상함으로써 매사에 심중한 그의 성격적측면과 눈의 예리성을 한층 강조"(61쪽)했다고 쓰는 부분은 북한식으로 표현하자면 '형상세부'에 대한 치밀한 묘사가 돋보인다. 김향옥의 「분장으로 돋구어진 성격형상」(12호)은 예술영화 〈이어 가는 참된 삶〉(2002)의 분장을 거론하면서 환경과 정황에 맞게 분장을 잘하는 것은 인물의 성격을 부각시키고 사건들을 직관적으로 파악하게 하는데 중요한 의의가 있다고 말한다. 분장론은 남한이나 서구의 영화이론에서는 거의 찾아보기 어려운 것인데(물론 분장에 대한 실무 매뉴얼은 있지만), 이는 북한의 영화론이 남한이나 서구처럼 비판적 거리와 관조를 요구하는 비평이론이기보다는 실제적인 창작을 위한 실천적 지침이라는 것을 드러내 준다.

## 2) 아동영화: 〈소년장수〉와 〈소년포수〉

2004년에는 아동영화의 글들이 많이 눈에 띈다. 2호에 있는 리철만의 글과 6호에 게재된 김혜숙의 글은 모두 다부작 아동영화 〈소년장수〉(1980~1997)를 회고하고 있다. 〈소년장수〉는 고구려 시대를 배경으로 외래 침략자들에 맞선 고구려 소년들의 투쟁을

〈소년장수〉

보여 주는 만화영화이다. 다부작 아동영화의 본보기로 꼽히는(6호, 31쪽) 이 영화는 1980년에 시작하여 1997년 제50부 '고구려 만세'를 마지막으로 끝을 맺었다. "우리 민족이 가장 강대하였던 고구려 시기를 배경"(6호, 32쪽)으로 하고 있으며 "예로부터 애국심이 강하며 슬기롭고 용감한 우리 민족의 우수성을 감명깊게" 제시했다는 평가는 어린이들에게 조선민족제일주의정신을 교양할 수 있는 매체로서 아동영화가 갖는 성격을 잘 보여 준다. 이밖에도 김정일의 어머니이자 '항일 녀성영웅'으로 추앙받는 김정숙이 들려준 동화에 바탕 했다고 하는 아동영화 〈소년포수〉에

대한 평론(3호), 1970년대 초반 주체적인 아동영화 창작에서 김정일이 내린 교시를 다룬 글 2편(「주체적아동영화발전의 진로를 밝혀주시어」, 5호·「주체적인 과학, 아동영화발전의 강력적지침」, 11호)이 있다.

### 3) 기술적 문제: '전자영화'와 '광폭영화'

군사적 결의를 통한 선군정치, 과학기술 발전을 통한 강성대국의 건설은 북한이 1990년대 후반부터 내내 강조해 왔던 부분인데 영화에서도 첨단기술의 문제는 매우 중요한 것으로 취급되고 있다. 2호에서는 「전자영화의 출현과 추세」라는 짧은 글이 '전자영화'를 소개하고 있는데 남한에서는 쓰이지 않는 용어이다. 이 글은 전자영화의 시원을 '텔레비존'이라고 언급하는데 그 이유는 "텔레비존이 전자적방법으로 움직이는 영상을 실현한 첫 성과"(23쪽)이기 때문이라는 것이다. 또한 "텔레비존이 수자화하여 전파들의 간섭방지능력을 높일수 있게 되었고"(23쪽) '하이비존(고해상도 텔레비존)'이 전자영화를 실현하는 데 돌파구가 되었다고 쓰고 있다.

8호에 실린 배민규의 글은 영화기술사적 차원에서 '광폭영화'를 진단한다. 광폭영화는 가로의 화면비가 상대적으로 넓은 와이드스크린 영화인데, 이 글은 1950년대에 이르러 발전하는 과학기술에 힘입어 (미국에서 —필자 주) 광폭영화가 처음 등장했으며 3대의 영사기로 영사하는 '씨네그마'를 그 예로 들고 있다. 아마도 씨네그마는 같은 원리에 입각하여 영사하는 시네라마(Cinerama)의 오기이거나 북한에서만 통용되는 기술용어인 것으로 보인다.

이외에도 이 글은 자연의 신비를 생동감 있게 보여 주는 대광폭영화로 '아이막스(IMAX)'를 소개하고 있다. 10호에서 같은 필자는 컴퓨터 기술의 발전에 따른 북한영화의 기술적 변화

〈살아 있는 령혼들〉

를 논의한다. 그는 최근의 북한 영화가 '아도브 포토쇼브(Adobe photoshop)', '모프(Morph)' 등의 프로그램들을 사용하여 예술영화 〈살아있는 령혼들〉(2000)에서 배가 폭파되는 장면을 비롯해 〈청자의 넋〉(2003), 〈피묻은 락패〉(2004) 등 컴퓨터 기술의 힘에 의존하는 영화가 나날이 늘고 있음을 언급하고 있다.

### 4) 영화인들에 대한 회고와 평가: 천상인, 오병초, 그리고 장예모

2003년 영화인들에 대한 회고가 대부분 배우에 초점이 맞춰져 있다면 2004년에는 연출가 중심이다. 1호에 게재된 량일금의 글은 영화연출가 천상인(1923~1969)을 추억하고 있는데 그는 북한이 정식으로 건국하기 이전인 1947년 2월부터 기록영화를 제작해 왔으며 초기의 북한기록영화들인 〈남북련석회의〉(1948), 〈정의의 전쟁〉(1951) 등을 제작했다. 그는 1952년부터 예술영화를 연출했고 특히 편집과 구성에서 재치있는 연출가로 인정받았다고 한다. 2호에서는 연출가 오병초(1924~1993)가 회고되고 있다. 북한 건국 초기부터 국립극장연출가로 〈최학신의 일가〉, 〈백두산〉 등의 연극을 연출했던 그는 1950년대 중반부터 영화에 발을 들여놓았고, 특히 노동영웅 정춘실의 실화에 기초하고 있으며 훗날 천리마 영웅을 형상화한 영화들의 원형[8]이 된 〈정방공〉(1964)을 연출했다. 이 영화가 나오던 해에 그는 공훈예술가의 칭호를 받았으며 1966년에는 영화화된 〈최학신의 일가〉를 연출했다. 말년에 그는 인민예술가에 등극했다. 이 밖에도 동시대의 인물로서 경희극 〈철령〉, 〈축복〉, 성과작으로 평가받

〈최학신의 일가〉

---

8) 이명자, 『북한영화사』, 커뮤니케이션북스, 2007, 61쪽.

는 예술영화 〈복무의 길〉(2001)과 〈내 삶이 닻을 내린 곳〉(2003) 등을 연출한 홍광순에 대한 높은 평가의 글(8호)이 있다.

외국영화인으로서는 중국의 감독과 배우가 각각 소개되고 있는데 1호에서는 남한에서도 잘 알려진 장예모에 대한 글이 있으며, 9호에서는 국내에 거의 알려져 있지 않은 중국 여배우 왕복례에 대한 글이 있다. 특히, 장예모에 대한 글은 그가 베이징영화대학 촬영학부에 입학한 시기부터 촬영감독으로서의 그의 재능, 초기 연출작들인 〈붉은 수수밭〉(1988), 〈국두〉(1990), 〈추국이 재판을 걸다〉(1992, 남한에서는 〈귀주이야기〉라는 제목으로 상영) 등을 언급하면서 그가 "대담성과 독창성, 형상의 섬세성과 진실성, 예술가로서의 창작적 야심이 그 누구보다도 강렬"(78쪽)한 연출가라고 호평하고 있다. 그러나 장예모의 초기 연출작들이 사회주의 이전의 봉건적인 중국사회를 배경으로 하여 다분히 오리엔탈리즘적인 소재로 서구 영화계의 시선을 끌었다는 것과 바로 그로 인해 중국공산당과 적지 않은 마찰을 일으킨 점, 그리고 이 글이 나온 2004년에는 이미 〈영웅〉(2002) 등의 액션 스펙터클 영화로 세계가 주목하는 상업영화 감독이 되었다는 사실은 전혀 언급되지 않고 있다.

## 5) 비전향 장기수를 다룬 〈내 삶이 닻을 내린 곳〉

2004년 『조선예술』이 거론한 영화 중 가장 큰 주목을 받은 예술영화 한 편을 꼽자면 단연 〈내 삶이 닻을 내린 곳〉이라 할 수 있다. 2003년 10월 제작한 이 영화는 해방 전 태어나 수력 공학자를 꿈꾸다가 전쟁이 터지자 인민군에 입대한 후 포로가 되어 45년 간 비전향 장기수로 살아온 인물의 삶을 그리고 있다. 2·3·6·8호에 평론이 실렸고 2호에는 영화문학작가가 쓴 '작가의 말', 3호에는 인민배우 현창걸이 쓴 '배우수첩'이 게재되었다. 비전향 장기수의 신념과 지조를 담고 있지만 감옥에 들어가기 전까지를 기본으로 해서, 감옥생활은 기껏해야 한두 장면으로 처리함으로써 지루해지지 않게 구성했다고 평가하고 있다(「우리 수령, 우리 당의 혁명적동지관에 대한 품위 있는 철학적 형상」, 2호). 2000년 남북정상회담 직후 같은 해 9월 송환을 희망하는 63명이 북한에 송환되었는데 북한에서는 이 영화 외에도 기록영화 〈비전향장기수들〉(2001) 등이 제작되었다. 남한에서도 거의 같은 시기에 이를 소재로 한 다큐멘터리 〈송환〉(2003)과 극영화 〈선택〉(2003)이 만들어 졌었다.

## 2005년

북한영화사에서 1970년대는 김정일이 본격적으로 영화를 비롯한 문학예술에 영향을 끼친 시기라고 할 수 있다. 2005년의 『조선예술』 영화기사는 1970년대 초반에 집중적으로 창작된 사회주의 현실주제 영화들과 과학영화, 아동영화 등에 대해서도 논하고 있다.

이 해에는 영화연출가 채풍기와 인민배우 김세영이 회고되고 있다. 전자는 〈려단장의 옛 상관〉(1984)과 〈군관의 안해들〉(2000) 등을 연출한 연출가이고, 후자는 〈우리 집문제〉(1973) 등으로 유명한 인민배우이다. 〈먼 산의 노을〉(2004)은 2005년에 가장 많이 주목받은 예술영화이다. 여러 회에 걸쳐 작품평이 실려 있고, '성과작'으로 추앙되는 대부분의 영화평이 그렇듯이 호평 일색이다. 7호에 실린 「부패한 자본주의 영화의 이모저모」는 북한이 자본주의 영화에 갖고 있는 태도를 잘 보여 주는 재미있는 글이다. 이 글은 자본주의 영화가 폭력을 물신화한다고 비난하면서도 그 물량적 화려함과 기술적 우수성에 매혹 당한 듯한 태도를 취하고 있다.

### 1) 영화사: 1970년대 초반을 조명하기

1970년대 초반은 김정일이 후계자로서 전면에 등장하기 시작한 시기였다. 그는 1970년 10월 조선노동당 선전선동부 문학예술담당 부부장을 거쳐 1972년 1월에는 당선전선동부 부장이 되어 주체사상을 이론적으로 체계화하는 작업을 수행하고 이를 문학예술 분야에 접목시키는 일을 진행해나갔다.9) 2005년의 『조선예술』은 이 시기를 조명하는 영화사적인 글들을 여러 편 싣고 있다.

5호에 실린 한룡숙의 「우리 식 경희극영화창작의 진로를 밝혀주시여」는 1970년대 초반을 사회주의 현실주제의 밝고 아담한 양상의 영화들이 본격적으로 창작된 일대 전성기였다고 회고한다. 이 시기 이후로 예술영화 〈안해의 일터〉(1970), 〈잔치날〉(1973), 〈우리 집문제〉 연속편들(1973~1988), 〈유원지의 하루〉(1978) 등의 경희극영화의 성과작들이 연이어 나왔다는 것이다. 특히 경희극영화에 자주 등장하는 해학적인 인물을 거론하고 있다. 해학적 인물은 낡고 부정적인 측면을 갖고 있지만 가벼운 웃음을 통하여 비판하는 양식적 특징을 지니고 있다. "주인공의 해학적인 성격을 통하여 웃음이 유발되게 한다는것은 생활과 성격발전의 론리에 따라야"(8쪽) 한다고 강조한다.

9호에서 김관철은 「아담한 영화창작에서 전환이 일어나던 나날에」를 통해 이러한 '아담한 영화'의 기원이 1960년대 초반으로 거슬러 올라간다고 진단한다. 그에 따르면 1960년대 초반 천리마시대 근로자들의 보람차고 낭만적인 생활을 반영한 밝고 명랑한 영화들이 창작되기 시작했는데 이 때부터 '아담한 영화'라는 표현을 쓰게 되었다는 것이다(8쪽). 여기에서 아담한 영화란 "자그마한 이야기거리를 가지고 생활을 깊이있게 파고들어 커다란 문제를 밝혀내는것을 의미"하며 "소박하고 자그마한

〈유원지의 하루〉 (출처: 통일뉴스)

---

9) 정태수, 「유신체제와 유일사상체제기의 1970년대 남북한 영화(1972~1979)」, 정태수 책임편집, 『남북한 영화사 비교연구(1945~2006)』, 국학자료원, 2007, 208쪽.

이야기거리를 가지고 진실하면서도 깊이있게 그리여 큰것을 보여주는"(8쪽) 것에 아담한 영화의 진미가 있다. 아담한 영화창작에서 혁명적 전환을 가져온 것은 1970년에 조직된 우산장 집중창작전투라고 한다. 조선노동당 제5차대회가 열린 이 해에 김정일은 남포시 우산장 휴양소 (현재 조선작가동맹 우산장창작실)에서 영화문학 집중창작전투를 조직하였고, 이 시기에 예술영화 〈안해의 일터〉(1970), 〈처녀리발사〉(1970), 〈세상에 부럼없어라〉(1970), 〈처녀지배인〉(1973) 등 사회주의 현실주제의 영화들이 완성되었다.

11호에서 김혜숙이 쓴 「주체적과학, 아동영화의 앞길을 밝혀주시여」는 1974년 발표된 김정일의 「과학교육영화촬영소의 기본임무에 대하여」를 토대로, 과학교육영화촬영소에서는 영화창작에서 과학성을 보장하면서도 누구나 쉽게 이해할 수 있도록 통속적으로 잘 만드는 것이 중요하다는 점을 강조하고 있다. 이러한 원리에 기초해 과학영화의 본보기인 〈무병장수〉(1972)나 아동영화의 고전 〈나비와 수탉〉(1977) 등이 창작될 수 있었다고 회고한다.

## 2) 연기론: '장끼론'과 '웃음론'

연기론은 『조선예술』에서 어느 해를 막론하고 많이 다루어지며 또 중요시되는 창작방법론이지만, 특히 2005년도의 연기론에서는 특히 '장끼론'과 '웃음론'이 눈에 띈다. 김성걸은 3호에서 배우의 예술적 '장끼'를 거론하고 있다. 그에 따르면 "배우의 예술적

오미란

장끼란 한마디로 말하여 형상을 잘할수 있는 배우의 독특한 재주나 재간이며 그 배우에게만 고유한 기질적표현예술이다"(69쪽). 이러한 배우의 예술적 장끼는 그 중요한 내용을 두 가지로 구분할 수 있다고 한다. 첫째는 형상화를 잘할 수 있는 배우의 독특한 재주나 재간이다. 예를 들어 말을 장끼로 하는 배우가 있는가 하면 행동을 장끼로 하는 배우도 있다.

국립희극단의 리순홍 배우는 여러 인물의 말을 그 인물의 성격, 연령, 성별에 맞게 희극적으로 정확하게 구사해내는 배우이며, 인민배우 오미란은 말보다는 정극적이면서도 내면심리를 잘 표현하는 연기에 가깝다고 할 수 있다. 둘째는 그 배우만이 할 수 있는 기질적 표현기술이다. 천성은 사람의 기질을 이루는데, 이 기질은 사회적 영향을 많이 받게 된다. 즉 "인간의 천성과 사회적성격은 사람들의 기질적인 틀을" 만들어 준다(70쪽). 인민배우 김세영의 경우 15세 때부터 경희극 연기보다 정극 연기를 자신의 천성으로 생각하며 40대 중반까지 해 왔지만 김정일의 권유로 희극 명배우가 될 수 있었다고 소개되고 있다.

11호에는 「웃는 연기를 잘하자」라는 제목으로 송학이 쓴 글이 게재되어 있다. 최웅철이 쓴 같은 제목의 글이 2003년 4호에도 실린 적이 있었는데, 내용면에서도 큰 차이는 없다. 웃는 연기가 성격과 생활의 본색을 예리하게 드러내는 중요한 형상수단이라는 것이다. 송학은 "웃음은 그 자체의 색갈로서 인물의 심리정서 즉 성격과 생활의 본색을 그대로 예리하게 드러낸다"며 〈민족과 운명〉 '로동계급편'(1994~1998)에서 강태관 역을 한 배우에 초점을 맞추고 있다. 그의 웃음이 노동계급의 인정미, 다정다감한 인간적 품성을 생활적으로 보여 주고 있다는 것이다. 또한 말과 행동이 배우의 연기에서 정서적 색채가 정확하지 않더라도 그 말 자체가 담고 있는 뜻과 정서로서 관객이 나름의 인식을 할 수 있지만, 웃음은 정확히 표현하지 않으면 자기의 색깔을 완전히 잃게 된다고 설명한다. 그러면서 이러한 웃음의 형태와 색깔들을 구체적이면서도 생동감 있게 재현해 내기 위해서 배우는 반드시 웃는 기술이 있어야 한다고 강조하고 있다. 12호에 실린 같은 필자의 「배우의 웃음은 창조적인 연기로 되여야 한다」는 11호 글의 재탕이 아닐까 싶을 정도로 유사한 내용을 담고 있다. 〈민족과 운명〉 '로동계급편'에서 강태관의 연기와 웃음을 언급하는 것 역시 예로 들고 있는 장면만 다를 뿐 대동소이한 내용이다.

## 3) 영화인들에 대한 소개와 회고: 채풍기, 김세영 등

2005년에는 조선인민군4.25예술영화촬영소의 연출 가인 채풍기에 대한 글(2호, 변명진 「믿음속에 빛난 한생 」)과 희극연기로 유명한 인민배우 김세영에 대한 글 (황봉승, 「위인의 품속에서 삶을 빛내인 명희극배우」, 4호) 이 실렸다.

채풍기는 평양연극영화대학 배우과를 나와 〈명랑한 무대〉, 〈공장은 나의 대학〉 등에 출연한 배우였지만 연 출가로 성장하여 〈려단장의 옛 상관〉(1984)을 대표작으

채풍기

로 하는 명연출가로 자리잡았다. 〈군관의 안해들〉(2000)과 〈그는 대좌였 다〉(2004)도 성과작으로 꼽히는 작품들이다. 그는 1996년 인민예술가의 칭호를 부여받았다. 김세영은 1950년대부터 배우생활을 했지만 1960년대 까지 이렇다 할 역할을 하지 못하다가 1970년대에 예술영화 〈사과 딸 때〉(1971) 등의 영화에서 두각을 나타냈고 〈우리 집문제〉(1973)의 우편국장 역으로 널리 알려져 있다. 1972년 공훈배우, 1975년 인민배우의 영예를 누린 그는 1989년 사망, 애국열사릉에 안치되었다.

중국과 구소련의 영화인들에 대한 소개 글도 해를 거듭하며 이어지고 있다. 중국의 시나리오작가이자 정치활동가 하연에 대한 글(2호), '예술 을 위하여 태어난 사람'이라는 찬탄을 받았다고 하는 구소련의 인민배우 알리싸 프레인들리흐에 대한 글(3호), 20세기 전반기 중국영화계에서 가 장 인기 있는 명배우로 꼽혔다는 조단에 대한 글(4호), 스페인 내전을 기록한 〈에스빠냐 사변〉, 20부작 기록영화 〈위대한 조국전쟁〉 등을 연 출한 구소련의 기록영화연출가 까르멘 로만에 대한 글(5호)이 실려 있다.

### 4) 2004년 하반기의 성과작 <먼산의 노을>

2004년 『조선예술』에서 집중 조명된 예술영화가 2003년에 제작된 <내 삶이 닻을 내린 곳>이라면 2005년 『조선예술』이 꼽는 최고의 예술영화는 2004년 12월에 제작된 <먼산의 노을>이다. 2005년 3호에만 3개의 평론과 연출가의 창작수기가 실려 있는 것만 봐도 쉽게 알 수 있다. 이 밖에도 6호와 10호에 주인공 리석 역을 연기한 배우에 대한 연기평이 있으며, 7호에도 작품평이 게재되어 있다. 영화는 한 깊은 산 초소에서 선군혁명영도를 받들어나가는 한 초기복무사관과 그의 아내에 대한 이야기를 담고 있다. 2004년 『조선문학예술년감』에서 최성호는 이 영화의 제목을 거론하며 '먼산'이 최고사령부와 멀리 떨어진 그 곳을 가리킨다면 '노을'은 영화의 주인공들의 삶이 노을처럼 아름다운 것은 "가깝든 멀든 차별함이 없이 따사로운 빛을 골고루 비쳐주는 태양의 빛발과도 같은 우리 장군님의 위대한 사랑" 때문이라고 해설하고 있다.10)

### 5) 흥미로운 글 「부패한 자본주의 영화의 이모저모」(7호)

<먼산의 노을>

7호에 실린 이 글은 기본적으로 자본주의 영화가 극단적인 주관적 세계를 추상적인 형식에 담아 보여 주면서 사기, 협잡, 살인, 강탈 등 말세의 풍조를 퍼뜨리고 있다는 내용이다. 그러나 여기서 흥미로운 점은 자본주의 영화의 기술적, 물량적 화려함을 비판하면서도 불필요할 정도로 자세히 서술하는 것이다. 예를 들어 "촬영가는 모형을 리용하여 비데오로 예비촬영시험을 하여 그 시험에 기초해서 수백분의 1초까지에 달하는 정

---

10) 최성호, 「주체93(2004)년 영화예술개관」, 문학예술출판사 편, 『조선문학예술넘감: 주체 93(2004)』, 문학예술출판사, 2006, 137쪽.

확도로 폭발현상과정의 시간표를 작성하였다"(66쪽)는 부분이나 2차대전 노르망디 상륙작전을 다룬 한 영화(⟨라이언 일병 구하기(Saving Private Ryan)⟩(1998)로 추정)의 실감나는 전투장면을 길고 자세하게 서술한 점, 일본군의 진주만 습격을 다룬 한 영화(⟨진주만(Pearl Harbor)⟩(2001)으로 추정)를 언급하며 "폭파시킨 구축함들이 실물이였던 것으로 하여 폭파장면이 실로 놀라운 장관이였다"(66쪽)며 자신도 모르게 감탄을 연발하는 부분은 기본적으로 자본주의 영화가 "인민들의 사상정신상태를 좀먹기 위한 수단"(67쪽)이라고 비난하면서도 그 시각적, 기술적 위용에 매료된 것 같은 느낌을 주어 흥미롭다.

## 2006년

2006년에는 영화문학에 대한 글들이 적지 않게 실려 있다. '영화문학'이라는 독특한 용어는 북한 고유의 것이기도 한데, 김정일이 시나리오를 문학으로 대접하지 않는 세계영화계를 질타하며 '주체적으로' 붙인 명칭이라고 한다(12호).

영화기술과 관련한 내용으로는 '전자영화'와 '수자식영화'가 설명되고 있다. 각각 2004년 2호와 2000년 10호에서 간략하게 다루어진 바 있는 전자영화와 수자식영화는 2006년 5호에서 보다 상세하게 해설되고 있다. 특히, 이 글에서는 스크린의 크기에 따른 북한만의 독특한 분류방식이 눈길을 끈다.

⟨한 녀학생의 일기⟩(2006)는 이 해에 폭발적인 화제가 되었던 영화이다. 개봉 6개월 만에 800만이 관람했다고 하는 이 영화의 인기몰이는 북한에만 국한된 현상이 아니었다. 칸 국제영화제를 비롯 여러 해외 영화제에서 상영되었으며, 유럽에서 처음으로 극장배급이 성사되어 첫 번째 해외수출 북한영화가 되기도 했다. 2006년 10호에는 이 영화에 대한 극찬의 평들이 즐비하다. 이러한 흐름은 2006년 이후에도 계속된다.

## 1) 영화문학: 인물, 대사, 지문

2004~2005년에 촬영론과 분장론, 연기론 등의 글이 많았던 데 반해, 2006년에는 영화문학에 대한 글이 부쩍 늘어났다. 물론, 영화문학은 따로 떼어 설명할 필요도 없이 어느 해를 막론하고 중요시 되어 왔지만 2006년에는 대사, 지문, 인물 형상화에서 '영화문학'이라는 용어의 기원까지 두루 살피고 있다.

4호에 게재된 리창수의 글(「부정적주인공형상과 영화의 사상교양적기능」)과 7호에 실린 박영무의 글(「적대계급인물형상에서 나서는 중요한 문제」)은 인물 중에서도 부정적 인물 형상화에 대한 글이다. 전자에서 리창수는 예술영화 〈잔치날〉(1973)에서 봉구가 낡은 사회의 유물인 허례허식과 관혼상제를 크게 해야 한다는 낡은 관점을 갖고 있는 점, 〈최학신의 일가〉(1966)에서 최학신이 갖고 있는 숭미사상, 〈민족과 운명〉 '최현덕편'(1992)에서 최현덕이 반공에서 용공으로 돌아서는 과정 등을 예로 들며, 이러한 영화들에서 중요한 것은 이들의 사상적 본질을 예리하게 비판하면서도 바른 길로 인도하려는 집단적 노력이라고 역설한다. 이 글에서 가리키는 부정적 인물은 악역이라기보다는 아직 낡은 사회의 가치관에 젖어 있는 사람들인데 반해, 후자의 글은 적대적 인물, 즉 악역의 형상화에 대한 것이라 할 수 있다. 박영무는 여기에서 적들을 과대평가하는 것과 과소평가하는 것의 오류를 지적한다. 예를 들어 예술영화 〈북극성〉(1967)에서 적의 주요인물을 고위급으로 설정하고 사실과 맞지 않게 요란하게 과장하는 것은 과대평가의 한 예로, 〈영애의 교훈〉에서 간첩이 공장에 들어갔다가 출입증에 수표도 받지 않고 나오다가 정문에서 걸리는 것으로 제시한 것은 과소평가의 한 예로 설명된다. 특히, 김정일이 그 장면을 보고 "그렇게 우둔한 간첩은 없다고, 그런것쯤은 제대로 해가지고 다닐뿐아니라 오히려 규정을 더잘 지킨다고"(72쪽) 지적했다는 내용이 재미있다.

6호에서 리성철은 생활적인 대사의 중요성을 강조한다. 그는 인물의 성격을 파악한다는 것은 생활적인 표상으로 생동하게 파악하는 것이라고 전하며, 그러기 위해서는 장소, 연령, 성별, 직업, 취미에 따라 서로 다른 말투의 '입말체'(구어체)로 써야 한다는 것을 이야기한다. 같은 호에 실린 우영진의 글(「생활적인 연기와 대사형상은 배우예술의 근본요구」)도 생활적인 연기와 생활적인 대사 형상의 중요성을 강조하고 있다. 반면, 8호에 있는 서병복의 「영화문학 지문에서의 형상성을 높이자면」은 지문이 인물의 성격과 생활, 사건과 정황뿐 아니라 조형처리와 음향효과를 암시하고, 자연환경과 풍속, 풍물 등을 제시하는데 핵심적인 역할을 한다고 거론한다. 특히 좋은 지문의 조건으로서 간결하고 선명하면서도 풍부한 묘사, 모든 대상들이 눈앞에 실제로 움직이는 듯한 세부묘사 등을 들고 있다. 이외에 10호에도 영화문학에서 지문의 중요성을 해설하는 글이 실렸다.

한편, 12호에 실린 김룡일의 글(「영화문학이 걸어온 길과 지문」)은 보다 영화사적인 글이다. 이 글은 1960년대까지 북한에서 영화대본은 '씨나리오'로 불렸지만 김정일이 '씨나리오'를 문학으로 보지 않는 것은 낡은 미학관이자 세계영화계의 그릇된 편향이라며 '영화문학'이라는 북한식 용어를 쓰라고 지시한 내용을 소개하고 있다. 서방에서는 영화대본이 연출가의 연출의도의 자유를 억제하고 카메라가 현실에 눈 돌리는 것을 방해하는 인공적 요인으로 지적되기도 했다고 전하는데, 이는 화려한 대사 중심의 영화를 부정하고 현실감과 생동감을 불어넣기 위해 야외촬영을 선호했던 이탈리아의 네오리얼리즘 영화나 프랑스의 누벨바그 영화를 가리키는 것 같다.

## 2) 2006년의 영화 <한 녀학생의 일기>

<한 녀학생의 일기>는 2006년 『조선예술』이 뽑은 올해의 북한영화라고 해도 손색이 없다. 10호의 영화기사들은 이 한 편의 영화를 위해 바쳐졌다고 해도 과언이 아닌데, 김성남의 평론 외에도 영화문학작가 안준보의 창작수기, 여주인공 수련 역을 맡은 당시 평양연극영화대학 배우과

<한 녀학생의 일기>

2학년생 박미향의 출연수기, 연출가 장인학과 나눈 대담에 더해 이 영화에 대한 북한 여대생의 감상문도 실려 있다.

〈한 녀학생의 일기〉는 조국과 인민을 위한 헌신에 개인의 성공도, 가정의 행복도 있다는 것을 한 과학자 가정의 이야기로 표출하고 있는 영화로서, 연구에만 몰두하고 가정을 소홀히 하는 아버지에 대해 불만을 갖고 있던 딸이 차차 그를 이해하게 되는 과정을 담고 있다. 장장 5페이지에 걸쳐 이 영화의 장점을 논하는 김성남의 평론은 "예술영화 〈한 녀학생의 일기〉는 주체의 인간학의 요구를 완벽하게 구현한 시대의 성과작"이라고 극찬한다.

예술영화 〈평양 날파람〉(2006) 역시 〈한 녀학생의 일기〉 못지않게 주목받고 있는 작품이다. 영화는 전통무예에 관한 책『무예도보통지』를 약탈하려는 '왜놈'의 책동에 맞선 평양택견군들의 투쟁이야기이다. 11호에는 황봉송의 평 외에 영화문학작가 김종석의 창작수기, 또 이 영화의 소재가 된 책『무예도보통지』에 대한 꽤 긴 해설도 실려 있다. 12호에도 심영택의 평론이 게재되고 있으며, 같은 호에서 한룡숙이 쓴 글은 〈한 녀학생의 일기〉와 〈평양 날파람〉을 나란히 다루고 있다.

### 3) 기술적 문제: '전자영화'와 '수자식영화'

2006년에도 기술적 문제에 대한 글들이 심심치 않게 게재되고 있다. 1호에서 김영일은 영화형상과 컴퓨터 화상처리 기술을 설명한다. 그는 컴퓨터 화상처리 기술이 촬영기술과 함께 없어서는 안될 2대 화면 형상 창조 방법이라고까지 말하고 있는데, 특히 이 기술이 영화창작을 최단기일 내에 할 수 있는 창작방법으로서 매우 효과적이라면서, 예술영화 〈살아있는 령혼들〉(2000)의 배 폭파 장면을 CG기술로 처리한 예를 들고 있다.

디지털영화를 가리키는 '수자식영화'는 2000년대 북한 영화기술 최대의 화두이다. 5호에 있는 「수자식영화와 그 전망」은 촬영에서 상영까지 수자식으로 하면 필름현상, 복사작업 등이 필요 없어져 전반적 원가가 감소된다고 지적한다. 이 글은 무엇보다도 북한에서 전자영화와 수자식영화를 구별하고 있다는 점에서 흥미로운 글이다. 좀 길게 인용하자면 "초기에 이전에 나온 영화와 구별하여 전자영화 혹은 수자식영화라고 불렀다. 그러나 최근에는 비록 수자식으로 되었다 하더라도 영사막이 비데오영사규모의것을 통털어 전자영화로, 영화관의 대형영사막에 투영하는 것을 수자식영화라고 부르고 있다. 수자식영화는 필림영화, 전자영화와 구별되는 일련의 특징을 가지고 있다. 우선 수자식영화는 수자영상을 TV현시판에 현시하는 것이 아니라 필림영화처럼 영화관의 대형영사만에 투영한다"고 쓰고 있다. 이것은 기술의 성격에 따른 분류라기보다는 영화를 상영하는 스크린(혹은 프레임)의 크기에 따른 분류로 보이는데, 왜 이렇게 독특한 분류방식을 쓰고 있는지는 설명되지 않고 있다. 이 밖에 6호에도 영화와 텔레비전의 유구한 역사를 논하며 최근에는 '수자식영상전달체계'가 발명되는 등 기재들도 고해상력, 고화질로 발전하고 있다고 말하는 글이 게재되어 있다.

## 4) 영화인들에 대한 회고와 평가: 오병초와 김련실

1호에는 영화연출가 오병초를 추억하는 글이 실려 있는데, 이는 2004년 2호에 있는 동일 인물에 대한 글과 크게 다르지 않다. 다만 분량이 더 많으며 2004년 2호에는 없는 몇 가지 일화가 첨가되어 있다. 특히 오병초가 예술영화 〈최학신의 일가〉(1966)로 호평을 받은 이후인 1969년, 사상미학관이 바로 서 있지 못해 창작에서 이러저러한 과오를 되풀이하고 있으며 그의

김련실

아내인 공훈배우 홍인순 역시 우쭐대며 건전치 못한 사상을 내비춰 비판

을 받았던 대목이 흥미롭다. 당시 조선예술영화촬영소 연출가였던 오병초는 홧김에 다른 곳으로 보내달라고 요구했지만 김정일이 꾸중하고 타일러 크게 잘못을 뉘우쳤다는 이야기이다.

7호에는 가수이자 배우였던 김련실에 대한 글이 실려 있다. 1911년 출생한 그는 어릴 때부터 노래를 잘 불러 '애기명창'이라 불렸으며 나운규의 〈아리랑〉(1926)에 목소리 출연을 해 영화 주제가 '신아리랑'을 불렀다고 한다. 〈임자 없는 나룻배〉(1932)에도 출연했던 그는 북한 건국이후 예술영화 〈정찰병〉(1953), 〈유격대의 오형제〉(1968~1969), 〈안해의 일터〉(1970) 등에서 주로 사려 깊은 할머니 역으로 출연하여 '우리 할머니'라는 애칭을 얻었다. 인민배우 칭호를 받은 김련실은 1997년 세상을 떠났다.

이 밖에 예술영화 〈우리 분대장〉(1996), 〈우리 정치위원〉(2001), 〈녀병사의 수기〉(2003), 〈젊은 려단장〉(2005) 등을 연출한 동시대 인민예술가 장길현에 대한 글(7호)과 사회주의 노력영웅 칭호를 받은 구소련의 인민배우 바체슬라브 찌호노브에 대한 글(1호)이 있다.

## 5) 흥미로운 글 「영화학연구의 세계적추세」 (3호)

비평이론보다는 창작방법론을 중요시하고, 창작과 독립되는 서구식 예술이론으로서의 영화이론(film theory)을 거의 찾아보기 힘든 북한영화를 생각한다면 3호에 실린 이 글(한룡숙)은 매우 이례적인 글이다. 이 글은 "영화학이 문학예술의 독자적인 형태로 영화를 인정하고 해부학적으로 연구하는 학문"이라고 정의하며, "영화학을 예술학의 한 갈래로 보면서 영화이론, 영화사, 영화평론"(62쪽)으로 구분한다고 매우 정확하게 짚어낸다. 영화이론 초기의 '7번째 예술의 선언'(제7예술론)에서부터 1920년대 소비에트 몽타주를 거쳐 1960~1970년대 영화이론이 대학에서 학문으로 자리 잡기까지의 과정을 역사적으로 훑고 있는 이 글에서 가장 재미있는 것은 서유럽의 영화연구를 해석한 대목이다. 서유럽에서는 영화가 일종의 표준화된 상품이라는 견지에서 제작과 보급에 가장 유리한 조건만을 연구하는 데

몰두해 왔고 영화회사와 제작자들의 고용자가 되어 그들의 이해관계에 종속되어 왔다는 주장인데, 서유럽(특히 프랑스)의 영화학자들 다수는 오히려 영화를 상품이 아닌 예술로 보고 지나칠 정도로 산업과 유리된 인문학적 영역에서 탐구해 왔다는 점에서 무척 흥미로운 주장이다.

## 2007년

〈한 녀학생의 일기〉(2006)에 대한 『조선예술』의 극찬은 2000년대 그 어떤 북한영화도 누리지 못한 것이라 할 수 있다. 2000년대를 대표하는 북한영화 한 편을 꼽으라 한다면 〈한 녀학생의 일기〉가 최우선으로 고려될 것이다. 연출, 연기, 촬영, 영화문학 어느 것 하나 나무랄 데 없다는 것이 이들의 중론이다. 아울러 택견의 우수성을 보여 주었다고 호평 받은 〈평양 날파람〉(2006)도 심심치 않게 거론되고 있다.

창작방법론으로는 보이스오버 내레이션에 해당하는 '설화'의 종류와 특성(2호), 그리고 북한의 문학예술에서 매우 자주 언급되는 세부(細部)에 의한 형상화론(7호·10호)이 실려 있다. 2007년 『조선예술』이 소위 '명예의 전당'에 올린 영화예술인은 여배우 유경애와 김선영, 영화연출가 김영호이다. 둘 다 인민배우 칭호를 얻은 유경애와 김선영은 각각 북한 최초의 예술영화 〈내 고향〉(1949)과 북한 예술영화의 기념비적 작품 〈꽃 파는 처녀〉(1972)에 출연한 배우들이다. 두 사람은 또한 방송의 소설 낭독에서도 빼어난 재능을 발휘했다고 한다.

### 1) 해를 거듭하며 극찬되는 〈한 녀학생의 일기〉와 〈평양날파람〉

2006년에 제작된 두 편의 예술영화 〈한 녀학생의 일기〉와 〈평양날파람〉에 대한 호평의 기사들은 해가 바뀌어도 계속되고 있다.

2호에서 리송미는 〈한 녀학생의 일기〉가 생활적 진실성과 작가적 양심이 발현된 작품이라고 칭찬한다. 특히 사춘기 시절의 인물을 형상의 중심에 세우고 세계관이 형성되는 여학생의 시점으로 과학자 가정의 생활을 조명한 것이 지난 시기 과학자의 생활을 취급한 영화와 다른 점이라 말하면서, 이 영화가 "자기 하나의 안일과 단란한 가정만을 위해서가 아니라 선군조국의 부강발전을 위해 참된 삶을 빛내여야 한다는 것을 제기"(26쪽)하고 있다고 결론짓는다. 같은 호에서 손태광은 영화가 편집의 예술이라는 것을 강조하면서, 영화화면들은 성격과 생활의 논리에 맞게 극적인 흐름으로 결합되어야 함을 역설한다. 그는 그 적절한 예로 〈한 녀학생의 일기〉와 〈평양날파람〉을 거론하고 있다.

〈평양 날파람〉

〈평양날파람〉이 온 나라에 '반일교양의 된바람'을 일으키고 있다고 전하는 김성남의 글(4호)은 평양 택견의 우수성을 보여 주는 이 영화가 조선민족제일주의 정신을 구가하고 있다고 평한다. 같은 호에서 리영일은 애초 〈해동권법〉이라는 평범하고 특색 없는 제목이었던 이 영화가 〈평양날파람〉이라는 '명표현의 영화제명'으로 탄생한 배경에는 김정일의 지도가 있었다는 것을 소개하고 있다. 리호윤의 글(5호)은 〈평양날파람〉의 뒤집기(반전) 수법이 극작술의 정수였다고 밝히고 있으며, 최용석의 글(6호)은 〈평양날파람〉의 촬영론으로서 "영화가 화면에 펼친 자연풍경, 련련한 산발들과 계곡의 웅장한 자태를 한폭의 그림처럼 시사하는 속에 사람들은 조국의 산천경개를 부감하며 극중인물들과 함께 아름다운 조국산천에 대한 열렬한 사랑과 애국의 감정을 받아안게"(22쪽) 된다며, 단지 촬영이 기술적이거나 미학적인 문제가 아니라 민족성과 애국성을 북돋는 이념의 문제라는 것을 드러낸다.

〈한 녀학생의 일기〉는 연출, 촬영, 연기 등 여러 분야에 걸쳐 논의되고 있다. 강성희는 이 영화의 반복수법과 화면전환수법 등 스타일적인 측면을 논하고 있으며(4호), 주철진은 이 영화에서 촬영가가 인물들의 내면심리를 억지로 부각시키기 위해 근경(클로즈업) 화면들을 사용하거나 하는 부자연스러운 촬영기법을 피하면서 화면크기를 정확히 규정하고 조화롭게 구성했다고 호평한다(6호). 가장 눈에 띄는 것은 이 영화에서 여주인공 수련 역을 맡은 신인배우 박미향에 대한 연기평이다. 7호에서 박효승은 배우의 연기형상이 '생신함'과 매력적 감흥으로 정서적 여운을 안겨주고 있다고 평하면서 특히 말과 행동을 대신하는 표정연기가 훌륭하다고 평가한다. 9호에 실린 리광일의 글은 박미향이 생활적인 '입말체'(구어체)를 잘 살려 쓴 것을 칭찬하면서, 이 신인여배우를 영화에 나오는 대사 '봄날에 몽알진 목란꽃덩이'에 비유하고 있다.

## 2) 창작방법론: 설화수법과 세부형상창조

2호에 실린 리정혜의 「영화에서 다양한 설화수법」은 흔히 화자의 내레이션으로 불리는 북한식 용어 '설화'를 설명하고 있다. 그는 "영화문학에 쓰이는 설화수법은 크게 영화의 첫머리와 중간, 마감에 주는 수법, 문체적특성에 따르는 서술식 및 서정적, 정론적설화수법"(53쪽) 등으로 설명한다. 그에 따르면 서술식 설화수법은 지문과 대사에 의해 펼쳐지는 생활과 사건, 정황의 잔상이나 인간관계 등을 밝혀 객관적으로 설명해주는 수법이며, 서정적 설화수법은 객관적 서술이 아닌 지문과 대사에 의해 등장인물, 작가의 체험세계를 정서적으로 드러내는 수법을 말한다. 또한 정론적 설화수법은 작품에서 작가가 말하려는 기본문제와 사상을 정론적 문체로 명백하게 강조하면서 생활의 정치성과 호소성을 높여주는 데 이바지하는 수법이다. 첫 번째 것이 다분히 객관적이고 건조한 해설 내레이션을 가리킨다면, 두 번째 것은 등장인물의 심리를 표현해주는 주관적인 내레이션, 세 번째 것은 정치적 권위를 가지고 직접적으로 당의 정책 등을 선전하는 내레이션으로 볼 수 있을 것 같다.

영화를 비롯한 북한의 예술에서 '세부(細部)'는 가장 중요하게 취급되는 극적, 미학적 요소로서 "예술적 형상을 하나의 산 유기체로 본다면 그것을 이루는 구체적인 부분, 세부들은 세포와 같다고 말할수 있다"[11]

7호에는 군사물 영화창작에서 전형적인 생활세부를 탐구하고 인상 깊게 형상화하는 문제를 거론한 글(지영기, 「전형적인 생활세부의 탐구」)이 실려

<철령의 대대장>의 '이깔나무 숲'

있다. 이 글은 전형적인 생활세부란 성격과 생활의 본질을 특징적으로 예리하게 드러내는 세부를 가리킨다면서 <먼산의 노을>(2004)에서 가락지, 신발, 곰인형 등의 세부가 하는 역할, <철령의 대대장>(2003)에서 '이깔나무 숲'이라는 세부의 역할을 설명한다. 10호에 실린 최광선의 글 「영화문학 작품창작에서 세부형상창조의 다양한 수법」은 비평적이기보다는 창작 방법론적인 글이다. 그는 세부에 의한 형상수법을 네 가지로 나누어 설명하고 있다. 첫째, 세부에 의한 형상의 집약화수법은 작품의 형상을 간결하고 명백하게 하기 위한 필수적 수법이고, 둘째, 세부에 의한 형상의 반복수법은 같은 세부를 반복하여 초기와 마감의 성격 형상에서 성격발전의 계기를 지어주고 인물의 내적 체험을 심화하는 것이며, 셋째, 세부에 의한 형상의 비약과 함축 수법은 형상의 밀도를 높이기 위해 사건과 생활, 행동 등을 함축하고 비약시켜 성격발전과 극적인 흐름을 박력 있게 하는 수법이고, 넷째, 세부에 의한 대조의 수법은 서로 다른 인물들의 성격과 존재방식을 구체적인 세부로 대조시켜 인간과 생활의 본질을 깊이 있게 해부하는 것이라고 한다.

---

11) 사회과학원 주체문학연구소 편, 『문학예술사전』(중), 과학백과사전종합출판사, 1991, 381쪽.

## 3) 영화인들에 대한 회고와 평가: 유경애, 김선영, 김영호

2007년에는 세 명의 영화인들이 조명되고 있다. 이 해 1월 30일 86세를 일기로 사망한 유경애에 대한 글(4호)은 다분히 추모의 성격을 띠고 있다. 1920년 강원도 춘천에서 출생한 유경애는 예술에 대한 꿈을 안고 서울로 상경한 후 극단에 소속되어 미미한 단역을 전전하다가 해방 직후 박학, 황영일, 김세영 등과 함께 좌익 연극단체에서 진보적인 작품들에 출연했다. 북한의 첫 예술영화 〈내 고향〉(1949)에서 주인공 관필의 어머니 역을 맡았을 때 그의 나이는 불과 29세였지만 원만하게 형상화에 성공했다. 〈정찰병〉(1953), 〈안중근, 이등박문을 쏘다〉(1979) 등에서도 어머니 역할을 도맡아했던 유경애는 특히 소설 낭독에 남다른 재능을 발휘해 이기영의 장편소설 『땅』을 비롯, 수많은 소설을 낭독했으며 수십 편의 외국영화를 번역해설하기도 했다. 생전에 '김일성훈장' 수훈자이자 노력영웅, 인민배우로 추앙되었다.

8호에서 소희조는 여배우 김선영을 회고한다. 1914년 평안북도 운전군에서 태어난 그는 경성연초공장에서 노동자로 일했으며 카프가 주관하던 청복극단에서 배우 생활을 하였다. 식민지 시절 〈방아타령〉(1931)으로 영화배우로 데뷔한 그는 예술영화 〈최학신의 일가〉(1966), 〈꽃파는 처녀〉(1972) 등에 출연했으며, 1960~1970년대에는 중앙방송의 소설낭독에서도 재능을 보여 이 분야에서 유경애와 쌍벽을 이루었다고 한다. 1960년 공훈배우, 1977년 인민배우가 된 그는 1995년 세상을 떠났다.

11호에 실린 한룡숙의 글은 연출가 김영호를 거론하고 있다. 1932년 평안북도 피현군 출신인 김영호는 평양연극영화대학 영화연출과를 나와 예술영화 〈이 세상 끝까지〉(1977), 〈보증〉(1986), 다부작 예술영화 〈민족과 운명〉의 '최현덕편'(1992)과 '로동계급편'(1994~1998)을 연출했다. 김일성의 초기 혁명활동을 영화화한 〈화성의숙에서의 한해 여름〉(1997) 역시 그의 대표작으로 꼽힌다. 그는 장면들을 되도록 길게 전개하며 배경에 이르기까지 섬세하게 파고들어 시대적 분위기와 인물들의 미묘한

내면세계까지 깊이 있게 연출하는 연출가로 북한에서 평가된다. 노력영
웅이자 인민예술가였던 김영호는 1999년 타계했다.

## 4) 1970년대를 본받기

〈도라지꽃〉

2005년에도 1970년대 초반을 조명
하는 글이 몇 편 실렸었지만, 1970년
대라는 특정 시대를 명시적으로 드러
내지는 않았었다. 그러나 2007년의『조
선예술』에서는 1970년대를 본받아야
할 시기라고 분명히 명시하고 있는
글이 두 편 실려 있다. 김혜숙의 「선
군시대의 요구에 맞게 영화예술의 새

로운 전성기를 열어나가자」는 "영화부문을 앞세워 문학예술전반을 발전
시키는것은 우리 당의 일관한 로선"(8호, 14쪽)이라면서 선군시대 영화예
술의 새로운 전성기를 펼치는 것은 시대적 요청이라고 주장한다. 그는
예술영화 〈처녀리발사〉(1970)와 〈도라지꽃〉(1987) 등 '아담한 영화'의 창
작에서 거둔 성과를 살려 영화문학과 연출, 연기를 비롯한 모든 공정들
에서 혁신을 일으켜야 하며 당에서 세워준 지도체계를 철저히 지켜나가
야 한다고 강조한다. 그러면서 "영화혁명의 장엄한 포성을 울리던 1970
년대처럼 또다시 영화예술의 새로운 전성기를 펼치여 선군시대 문학예
술발전의 돌파구를 열어제끼자"(15쪽)고 역설한다.

조승진의 「1970년대 영화부문의 일군들과 창작가, 예술인들의 실천적
모범을 적극 본받자」(11호)는 제목에서부터 1970년대를 영광스러운 시
기로 회고한다. 그는 1970년대 당의 '기초축성시기' 영화부문의 일군들
과 창작가, 예술인들이 일군 모범은 첫째, 당에 대한 무한한 충실성, 둘
째, 높은 사업의욕과 열의, 셋째, 당에서 제시한 문제를 집행하는 실천력
이라고 설명한다. 그러면서 영화부문의 세대교체가 일어나고 있는 지금,

1970년대 창작가, 예술인들이 보여 준 혁명적 사업기풍을 본받을 것을 주장하고 있다.

## 2008년

2008년에는 전반적으로 옛 고전들을 회고하는 고답적이고 지루한 글들이 나열되고 있다. 물론 합성촬영(6호), 촬영기움직임의 특성(6호), 영화음향(8호·10호) 등 기술적인 글이나 영화문학가 한상운(2호) 등 영화인에 대한 글이 없는 것은 아니지만, 유달리 항일혁명전통과 '조국해방전쟁' 등 북한의 현대사와 수령결사옹위를 주장하는 영화들을 강조하고 있다.

동시대 영화로서는 예술영화 〈강호영〉(2007) 정도만이 조명되고 있다. 그러나 이 영화 역시 2000년대를 살아가는 북한 인민들의 모습을 다룬 영화가 아니라 조국해방전쟁 시기에 살신성인한 전쟁영웅의 삶을 다룬 작품이다. 이 밖에 2006년 작 〈한 녀학생의 일기〉에 대한 호평의 글이 제작 된지 2년을 넘어 계속되고 있다는 것 정도이다. 전체적으로 2008년 은 북한영화 흉작의 해라고 해도 과언이 아닐 것 같다.

### 1) 동시대의 모범작 〈강호영〉

2007년에 제작된 예술영화 〈강호영〉은 『조선예술』 2007년 12호에 처음 소개되었으며, 2008년에는 거의 유일하게 거론하고 있는 동시대의 영화이다.12) 『조선문학예술년감: 주체96(2007)』에서도 예술영화로 언급되는 영화가 〈강호영〉 한 편인 것을 보면 2007년에 예술영화의 창작이 상당히 위축된 것이 아닌가 조심스럽게 추측해 볼 수 있다.

〈강호영〉은 "조국해방전쟁시기 팔다리가 부서진 몸으로 수류탄을 입

---

12) '고난의 행군' 시기 부모 없는 아이들을 맡아 키워 선군시대 모성영웅으로 불린 서혜숙을 모델로 한 예술영화 〈저 하늘의 연〉은 2008년에 제작되었는데, 〈강호영〉 보다는 덜한 비중으로 소개되고 있다.

에 문채 적진속에 뛰여들어 자폭, 육탄정신을 발휘한 영웅의 실재한 사실자료에 기초"13)한 영화이다. 1호에서 리수도는 이 영화가 성과작이 될 수 있었던 이유로 여러 인물의 시점으로 풀어낸 회상식 극구성, 극적인 인물관계, 작품의 주제를 숨겨두었다가 뒤에 가서 효과적으로 활용하는 세부형상수법을 들고 있다. 2호에 실린 심영택의 글은 〈강호영〉이 선군시대 인간들로 하여금 조국과 인생에 대해 새로운 의미를 되새기게 하는 혁신적 성과를 이룩한 영화라고 평가한다. 4호에 실린 신기명의 글 역시 군인들과 새 세대 청년들을 비롯한 당원들과 근로자들을 높은 계급의식으로 무장시키는데 커다란 기여를 하고 있는 성과작이라고 평하는 대동소이한 글이다.

2008년에도 〈한 녀학생의 일기〉(2006)에 대한 찬사의 글은 계속된다. 4호에 실린 글은 촬영론인데 여기에서 방남혁은 렌즈의 기하학적 초첨만이 아니라 인간의 감정에 초점을 맞추기 위해 사색하고 실천하는 촬영가의 열정에 영화적 성과의 비결이 있다고 이야기한다. 5호에는 여주인공 수련의 아버지 김산명 역을 한 배우에 대한 연기론이 실려 있다. 그는 예술영화 〈농산기수〉(1974), 〈민족과 운명〉 '카프작가편(1996~1997)' 등에 출연한 배우로서 〈한 녀학생의 일기〉에서는 말없는 성실성, 과학자의 깨끗한 양심을 무게 있고, 깊이 있게 형상화 했다고 평가받는다. 10호에서 오경미는 "새 세기 영화창작에서 본보기"(57쪽)가 되고 있다고 전하면서, 이 영화가 시대의 명작이 된 이유는 고유한 민족적 감정과 정서를 진실하게 그려냈기 때문이라고 평한다.

13) 심영택, 「주체96(2007)년 영화예술개관」, 문학예술출판사 편, 『조선문학예술년감: 주체 96(2007)』, 문학예술출판사, 2009, 160쪽.

## 2) 고루하고 경직된 교조주의

2007년 작 예술영화 〈강호영〉마저 '조국해방전쟁' 시기를 배경으로 하고 있다는 것은 사실상 동시대 북한사회를 생생하게 보여 주는 영화가 거의 없었다는 것을 말해 주며, 그런 이유에서인지 2008년 『조선예술』의 영화기사는 온통 과거의 고전들을 한없이 지루하고 고답적인 방식으로 상기시키는 기사들로 도배가 되어 있다.

바로 전 해까지만 해도 자주 언급되었던 '아담한 영화'에 대한 강조는 10호(리의렬, 「(단평) 자그마한 이야기에서 밝혀낸 영화의 철학적심오성」)에서 짧게 스치듯이 언급될 뿐이고, 대신 조선민주주의인민공화국의 전 역사를 가로지르며 '공화국'의 창건에서 전후의 복구, 수령결사옹위에 이르는 거대 서사가 자리한다. 이를 정리하면 크게 두 가지로 나눌 수 있다.

첫째, 식민지 시기 항일투쟁과 북한의 창건, '조국해방전쟁' 시기를 다룬 예술영화의 고전들을 다룬 글들이다. 김일성의 '숭고한 인간애'와 '고매한 동지적 풍모'를 잘 형상화 했다는 다부작 예술영화 〈조선의 별〉 제8부 '저물어가는 1932년'에 대한 글(4호), 전쟁의 날에 10명의 당원이 간직했던 김일성에 대한 신뢰와 그들의 혁명적 신념을 보여 준 예술영화 〈언제나 한마음〉(1982)에 대한 글(4호), 김일성의 동생으로서 식민지 시기 일제의 백색테러에도 굴하지 않고 혁명투쟁에 매진했다는 김철주를 형상화한 〈혁명정신〉(1987)에 대한 글(6호), 항일무장투쟁 시기에서 전후 사회주의 건설 시기를 배경으로 수령보위라는 기본선을 잘 지켰다고 호평하는 〈우리의 생명〉(2003)에 대한 글(8호), '남조선'의 한 지식인이 북한에 들어와 자신을 혁명화하는 과정을 그린 〈한 의학자의 길〉(1973)에 대한 글(8호), 김정숙의 혁명활동을 그린 영화 〈피어린 자욱〉(1998)에 대한 글(9호), 당의 첫 전위조직이라고 하는 '타도제국주의동맹'을 결성하고 이끄는 김일성의 위인적 풍모를 그린 영화 〈화성의숙에서의 한해 여름〉(1997)에 대한 글(10호) 등이 그것이다. 이러한 글들은 하나의 일관된 특징을 보이는데 촬영, 색채, 조명, 음악 등 미학적, 기술적 측면은 거의 도외시 되고 오로지 주제적, 사상적 측면만 강조되고 있다는 것이다. 이러한 글의 백미는 예술영화 〈내 나라〉(1988)에서 독립운동가 여운형의 형상에 대한 최광혁의 설명이다(9호). 여운형이 망국의 비운을 통탄하며 압록강을 건너 독립운동에 투신했지만 참다운 영도자를 만나지 못해 뜻을 이루지 못하던 중 김일성이 항일무장투쟁을 전개한다는 소식을 접한 후 그를 조선이 낳은 희세의 영웅, 민족의 운명을 구원할 태양으로 마음속 깊이 우러러 보게 되었다는 아전인수식의 묘사와 해석은 쓴 웃음을 자아내게 한다.

둘째, 북한영화사의 고전들을 창작하는 데 있어 김일성과 김정일이

〈유격대의 오형제〉

끼친 지대한 영향력을 강조하는 글들이다. 북한 최초의 기록영화 〈우리의 건설〉(1946)이 나올 때까지 행한 김일성의 교시(8호), 김정일의 지도를 받아 대작으로 완성되었다는 예술영화 〈유격대의 오형제〉(1968~1969)의 창작과정(9호), 김일성의 회고록 『세기와 더불어』를 기록영화 형식으로 제작하라는 김정일의 지시에 의해 '회고록기록영화' 〈조국광복을 위하여〉(1993)가 제작된 과정(7호) 등이 그 예이다. 이렇게 '위대한 수령님'과 '경애하는 장군님'을 칭송하는 내용은 『조선예술』에서 어느 해를 막론하고 거의 모든 글에 있어 왔지만 2008년은 그 도가 지나칠 정도로 고루하고 경직되어 있다. 그래서 1895년 프랑스 뤼미에르 형제의 단편영화 〈물벼락 맞은 정원사〉(L'arroseur arrosé)가 세계영화사에서 예술영화의 시작이자 첫 희극영화이며 희극영화의 발생요인이 관객들의 대중적 기호와 상업성을 고려한 것이자 '벙어리영화'(무성영화)라는 낮은 수준의 기술적 요인에 기인한 것이라는 8호의 (상식) 기사는 드넓은 망망대해에 외로이 떠 있는 한 조각 작은 섬 같은 느낌을 줄 정도이다. 이러한 고루하고 경직된 교조주의 경향이 어디에서 비롯된 것인지는 더 많은 조사가 필요

하겠지만 아마도 이 해부터 본격적으로 불거지기 시작한 김정일의 건강 악화설, 그리고 무엇보다도 지난 10년 동안 일종의 파트너십을 유지해 왔던 남한의 민주개혁정권(김대중, 노무현 정권)이 물러나고, 보다 대결적인 대북정책을 표방한 보수정권(이명박 정권)이 등장함으로써 체제유지를 위한 내부결속이 한층 강화된 것으로 추측해볼 수 있다.

## 2009년

2008년 『조선예술』을 지배하다시피 했던 경직된 교조주의 경향은 2009년에 들어와 조금씩 완화하는 모습을 보이고 있다. 단적인 예로 사회주의 현실주제의 아담한 영화가 강조되고 있다는 것을 들 수 있다. 북한 건국, '조국해방전쟁', 전후 복구에서 수령결사옹위까지 온통 거대 서사로 뒤덮였던 전 해를 상기한다면 아담한 영화의 부각은 다시금 동시대의 일상과 현실에 눈을 돌리기 시작했다는 것을 말해 주는 징표로 읽을 수 있다. 2호와 5호에서 리의렬은 사회주의 현실주제영화의 극작수법과 생활소재에서 극성(劇性)을 창출하고자 할 때 취해야 할 갈등구조를 논하고 있다.

이 해에 성과작으로 불린 예술영화로는 〈그 날의 중위〉(2008)와 〈백옥〉(2009), 〈내가 본 나라〉(2·3부, 2009)를 꼽을 수 있다. 앞의 두 작품이 선군시대 모범적 군인의 표상(〈그 날의 중위〉)이나 혁명 1세대 오진우의 참군인으로서의 면모(〈백옥〉)를 그리고 있다면, 〈내가 본 나라〉(2·3부)는 광명성2호 발사를 통해 북한이 강성대국에 진입했다는 자부심을 내비치는 영화이다. 이 밖에도 식민지 시기 '카프'를 중심으로 했던 진보적 영화평론에 대한 긍정적인 평가(10호)가 주목할 만하다.

### 1) 아담한 형식의 사회주의 현실주제 영화

2호에 실린 리의렬의 글 「우리 식 아담한 영화의 극작술탐구와 창조경험」은 "아담한 형식의 사회주의현실물영화는 자그마한 이야기를 집중화, 집약화시켜 간단명료하면서도 흥미있고 심오하게 보여주어야 하므로 극작술에서의 재치를 더욱 필수적으로 요구"(52쪽)한다고 하면서, 재치 있는 극작수법으로 뒤집기수법, 숨김수법, 추적수법, 오해와 착각수법, 대조와 반복수법 등을 예로 들고 있다.

5호에 있는 같은 필자의 글 「생활소재와 극성탐구」는 "아담한 형식의 사회주의현실물영화창작에서 중요한것은 극성이 체현되어 있는 소재를 탐구하는 것"(52쪽)이라고 하면서 극성은 반드시 갈등관계에 기초하여야만 생기는 것은 아니라고 말한다. 극성이란 "극적 긴장성이 고조에 이르렀을 때 풍기는 미적정서"(52쪽)를 말하는데, 그에 따르면 크게 세 가지로 나누어 설명할 수 있다. 첫째, 같은 목적과 지향을 가진 사람들의 동지적 관계일지라도 작은 생각의 차이에서 오는 극성으로서 예술영화

〈녀병사의 수기〉 (출처: 민족21)

〈복무의 길〉(2001)을 그 예로 들고 있다. 둘째, 긍정적 주인공의 주관적 욕망과 실천 사이의 불일치에서 생기는 극성으로서 〈녀병사의 수기〉(2003)가 그 예이다. 셋째, 맡겨진 임무를 성실히 수행하기 위하여 모든 것을 다 바치는 주인공들의 아름다운 행위에서 나오는 미적 정서로서 〈저 하늘의 연〉

(2008), 〈고마운 처녀〉(1994) 등을 예로 들고 있다. 이렇듯 아담한 형식의 사회주의 현실주제 영화들에서 크고 첨예한 갈등이 거의 배제되고 작고 미묘한 '갈등 아닌 갈등'이 강조되는 것은 여러 이유가 있겠지만, '혁명영화'나 전쟁영화 등은 척결해야 할 적(흔히 말하는 '계급적원쑤')이 눈앞에 상존하고 있는 데 반해, 사회주의 현실주제 영화들은 '우리식 사회주

의'의 우월성과 3대에 걸친 '빛나는 영도'에 의해 계급갈등과 그로 인한 각종 폐단들이 사라졌다고 보는 시각에 기인하는 것으로 보인다. 물론, 당의 무오류성을 부각하고 혁명적 낙관주의를 찬양하는 사회주의 리얼리즘 특유의 색채로도 설명할 수 있을 것이다.

## 2) 주목할 만한 예술영화 2편: <그날의 중위>와 <백옥>

2009년에 가장 많이 언급된 예술영화 2편을 꼽자면 단연 〈그날의 중위〉와 〈백옥〉이다. 2008년에 제작된 전자는 주로 상반기에 집중적으로 조명되고 있고, 2009년에 제작된 후자는 주로 하반기의 지면을 장식하고 있다. 〈그날의 중위〉는 "3대혁명붉은기 쟁취를 위한 판정을 계기로 실질적인 싸움준비를 완성해나가는 어느 한 해안초소중대의 생활을 통하여 (…중략…) 선군시대의 인생관을 심도있는 예술적형상으로 천명한 작품"이다.[14] 3호에는 이 영화가 인민군군인들의 높은 정신적·도덕적 풍모를 품위 있게 보여줬다고 평가하는 황봉송의 평론과 배우의 대사형상이 성격창조의 근본원리에 맞게 창조되었다고 호평하는 정철애의 평론, 배우의 깊이 있는 연기형상으로 주제사상을 훌륭히 밝히고 있다는 류동만의 연기평이 실려 있다. 5호에는 박원철의 촬영론이 실려 있으며, 6호에도 박원철의 평론과 조승진의 평론이 게재되어 있다. 박원철은 〈그날의 중위〉의 사상적·예술적 성과로서 "1950년대 영웅전사들의 조국수호정신을 적극 따라배워 선군혁명의 주력군인 인민군군인들을 수령결사옹위의 전위투사, 조국수호의 결사대로 튼튼히 준비시킬데 대한 당의 사상과 의도를 민감하게 포착하고 예술적으로 깊이있게"(6호, 35쪽) 그려냈다는 점에 더해 "인민군군인들이 지녀야 할 군인의 참된 넋과 인생관에 관한 문제에 철학적 해명"(36쪽)을 준 것이라고 전한다. 박원철의 평가처럼 〈그날의 중위〉는 여러 면에서 이제는 북한 전쟁영화의 고전이 된 〈월미

---

14) 문학예술출판사 편, 『조선문학예술년감: 주체97(2008)』, 문학예술출판사, 2010, 128쪽.

도〉(1982)를 연상시키는데, "50년대의 월미도해안포중대처럼 진짜배기 싸움중대로 준비시켜려고 자기의 모든 열정과 땀방울을 다 바쳐나가고 있는 인민군대의 어느 한 중대장"(6호, 35쪽)의 이야기를 담고 있다는 점에서 특히 그러하다.

〈백옥〉

한편, 〈백옥〉은 1930년대 김일성의 항일유격대에 참가한 혁명 1세대이자 인민무력부장과 군총정치국장, 조선인민군 원수 칭호를 부여받았던 오진우의 일대기를 다룬 작품이다. 8호에는 영화문학작가 김문선의 창작수기가 실려 있다. 그는 여기에서 창작가들이 오진우의 성격과 성미를 잘몰라서 주관적인 욕망으로 영화를 만들었다고 김정일이 지적했으며, 이에 따라 인민무력부의 책임일꾼들과 한자리에 모여 이 영화를 보고 합평회를 진행하면서 "창작가들에게 자기들의 체험세계를 들려주는 우리 영화사상 없었던 새로운 영화착장마당이 펼쳐졌다"(31쪽)고 술회한다. 그는 이를 통해 수정과정을 거쳤으며, 완성된 영화는 김정일의 높은 평가를 받았다고 전한다. 9호에 실린 심영택의 평론 「백옥은 부서져도 흰빛을 잃지 않는다」는 이 영화가 오진우의 생애를 훌륭히 전형화하고 있다고 호평한다. 그는 이 글에서 '백옥철학'이라는 말까지 쓰고 있는데, 그에 따르면 백옥철학이란 "령도자를 받들어모시는 참된 전사의 자세는 그 어떤 가식과 거짓을 몰라야 하며 진정으로 자신의 모든것을 다 바칠 줄 알아야 한다는 한없이 순결하고 고결한 충정과 도덕의리의 철학"(61쪽)을 말한다. 한마디로 영도자에 대한 순결한 충정을 백옥의 깨끗함에 빗댄 것이라 할 수 있다. 11호에 실린 주성철의 글은 〈백옥〉에서 오진우 역할을 한 배우를 거론하면서 배우의 사상과 정신세계가 영화 속 인물형상 창조에서 결정적인 역할을 한다고 주장한다. 12호에서는 세 편의 글이 〈백옥〉에 할애되고 있다. 오진우 역 배우가 노숙한 군사가의 품격을 훌륭히 형상화 했다고 평가하는 김은철의 글, 〈백옥〉의 인물관계가 다각적, 입체적으로 전개되고 있는 점을 호평하는 최영식의 글, 김일성에 대한 오진우의 무한한 헌신성과 희생정신에 기초한 사상·감정의 흐름을 잘 형상화 했다고 주장하는 손태광의 글이 그것이다.

이밖에 하반기에 주목받은 예술영화로서 또 한 편을 꼽자면 〈내가 본 나라〉(제2·3부, 2009)를 들 수 있다. 1988년 작 〈내가 본 나라〉의 속편인 이 영화는 "오늘의 세계에서 미국과 당당히 맞서 자주적핵권리를 행사해나가는 조선의 모습과 미국의 주구노릇을 하는 일본과 남조선괴뢰들의 가소로운 처지를 우리의 인공지구위성 ≪광명성2≫호의 발사를 둘러싸고 벌어지는 각이한 사건들로 엮어 형상하고" 있는 작품이다.[15] 손창준은 2009년의 북한영화를 총정리하는 성격의 글을 12호에 싣고 있는데(「세기에 떨쳐라, 주체예술의 위력을!: 위대한 선군령장의 주체98(2009)년 주체예술령도사를 더듬어보며」), 그에 따르면 〈내가 본 나라〉(제2·3부)는 1970년대 '불후의 고전적 명작' 〈한 자위단원의 운명〉(1970)을 단 40일 동안에 완성한 정신과 기세, 기백을 본받아 단 27일 만에 완성하는 놀라운 기적을 만들었다고 한다. 같은 호에서 주영숙은 〈내가 본 나라〉(제2·3부)가 인민들에게 커다란 민족적 긍지와 자부심을 안겨주고 있다고 평가하고 있다.

### 3) 영화사적 의미 부여: 흥미로운 글 2편

2008년에 비해 경직된 교조주의 경향은 벗어났지만 북한영화사에서 행한 김일성, 김정일의 '영도'를 강조하는 글은 2009년에도 꽤 많은 비중을 차지하고 있다. 2호에만 북한 건국 15년을 담은 기록영화 〈공화국기치 만세〉(1963~1964)에 대한 글, 예술영화 〈양지말 사람들〉(1983)에 대한 글, '조국해방전쟁' 시기 포화 속에서 태어난 과학영화 〈미제의 세균만

---

15) 김상순, 「주체98(2009)년 영화예술개관」, 문학예술출판사 편, 『조선문학예술년감: 주체98(2009)』, 문학예술출판사, 2011, 143쪽.

행〉(1952)에 대한 글이 실려 있고, 5호에도 전쟁 시기 종군촬영가들이 전투원들과 함께 행동해야 군인들의 투쟁 모습을 잘 찍을 수 있다고 교시했다는 김일성에 대한 글, 2002년 선군시대의 요구에 맞는 기록영화의 사명과 창작방향을 제시해 줬다는 김정일에 대한 글 등이 있다. 이밖에도 창립 50년을 맞은 조선인민군4.25예술영화촬영소의 '자랑찬' 역사를 회고하는 글(7호), 북한 최초의 기록영화이자 예술·기록·아동·과학영화를 통틀어 북한의 첫 번째 영화인 〈우리의 건설〉(1946)에 얽힌 창작일화 (8호) 등이 있다.

〈전함 포템킨〉

이렇게 천편일률적인 글에 비한다면 1호에 실린 「무성영화 〈전투함 뽀쫌낀과 그 파문〉」, 10호에 게재된 「해방전 진보적인 영화평론활동」 같은 글은 매우 흥미로운 글들이다. 전자는 2000년대 하반기로 들어올수록 세계영화사나 외국영화에 거의 눈을 돌리지 않았던 『조선예술』을 생각한다면 상당히 이례적인 글이다. 이 글은 〈전투함 뽀쫌낀〉(남한에서는 〈전함 포템킨〉으로 명명)이 1905년 제1차 러시아혁명을 다룬 영화이자 1925년 혁명 20돌 경축대회를 기념해 모스크바 대극장에서 처음으로 상영되었다고 전하면서, 이 영화를 본 네덜란드의 해병들이 반동적 정부에 반대하는 폭동을 일으켰다는 이야기, 미국의 검열당국이 영화의 여러 장면들을 삭제하고 상영했으나 미국 영화계는 이 영화를 '1926년의 가장 훌륭한 영화'로 인정하지 않을 수 없었다는 이야기 등 좀처럼 알려지지 않은 일화들을 소개한다. 그러나 이러한 일화들이 사실인지는 좀 더 조사가 필요한 부분들이다.

후자의 글에서 소희조는 해방 전 초기의 영화평론이 줄거리 해설, 창작가·예술인들에 대한 소개 등으로 일관하며 민족성과 계급성을 띠지 못했다고 운을 뗀다. 이어서 그는 1920년대 중엽부터 진보적 영화평론이 등장하여 '부르죠아 영화'를 모방하고 '순수예술'을 지향하는 것에 반대하며 민족성을 고취하는 사실주의 영화를 옹호했다고 기술한다. 아울러 '카프'의 기관지였던 『예술운동』을 가장 중요한 평론지로서 추켜세우며, 비록 제한된 범위였지만 계급투쟁에 나서는 무산계급의 관점을 갖고 있었다고 평가한다. 1932년 10월 창간된 『영화부대』는 소비에트 몽타주론을 비롯하여 최초로 사회주의국가 영화이론을 전파하는 역할을 했다고 전하면서 출판법 위반으로 폐간되었다고 서술한다. 이밖에도 이 글은 진보적 영화인들이 신문, 잡지 등을 통해 비판적 사실주의 영화 〈아리랑〉(1926), 〈류랑〉(1928) 등을 대서특필했으며, 사회주의적 사실주의 영화 〈지하촌〉(1930), 〈화륜〉(1931) 등이 제기하는 사회적 문제를 중요하게 다루었다고 기술한다. 당시, 진보적 영화인들이 거의 카프의 맹원이었다는 것을 염두에 둔다면 카프를 비교적 긍정적으로 평가하고 있다는 것을 알 수 있다.

# 3. 2000年代 『조선예술』 영화 관련 텍스트 목록

| 2000년 1호 | | | |
|---|---|---|---|
| 영화혁명의 나날에 | 영사실에서 맞으신 설명절 | | 7~8 |
| | 주체적문학예술의 대화원속 활짝 꽃펴난 90년대의 영화예술 | 한윤남 | 11~12 |
| 평론 | 정확한 포착, 심도있는 형상<br>: 다부작예술영화 ≪민족과운명≫ 최현편 1~3편을 보고 | 심영택 | 23~25 |
| 강좌 | 기록영화해설문의 당정책화에서 제기되는 몇가지 문제 | 한영호 | 25~26 |
| 강좌 | 텔레비죤극의 형상적특성 | 손인준 | 59~60 |
| 자료 | 광폭영화의 시대는 끝났는가 | | 62~63 |
| 연단 | 혁명가의 신념에 대한 예술적고찰 | 김택진 | 63~64 |
| 2000년 2호 | | | |
| 상식 | 영화계의 괴물-공포영화 | | 11 |
| 영화혁명의 나날에 | 뜻깊은 탄생일에 받아안은 우리 식 연기리론 | | 14 |
| | 빛나는 예지, 뜨거운 사랑 전하는 예술영화 ≪만병초≫ | 한태호 | 16~17 |
| 평론 | 형상의 대를 세우는데 이바지한 성격창조 | 심영택 | 21~23 |
| 상식 | 텔레비죤동시편집 | 리응진 | 32 |
| 강좌 | 기록영화해설문의 본질적기능과 그 역할 | 한영호 | 53~54 |
| 연단 | 당의 사상은 형상의 대 | 서명희 | 55~56 |
| 연단 | 영화에서 흠모선은 감동이 가장 큰 정서선이다 | 김금철 | 57~58 |
| 2000년 3호 | | | |
| 명작에 깃든 이야기 | 명작으로 다시 만들어진 영화들 | | 7~8 |
| 영화혁명의 나날에 | 뜻깊은 열번째 봄날에 | | 9~10 |
| | 시대의 기념비적명작을 더 많이 창작하여 강성대국건설에 이바지하자 | 한영호 | 14~15 |
| | 사상전선의 기수들은 준비되였다 | 본사기자 | 16 |
| | 총대중시사상을 명작창작으로 빛내일 기상 차넘친다 | | 18 |
| 평론 | 아담한생활과 극적여운: 예술영화 ≪멀리있는섬≫을 보고 | 김성호 | 20~21 |
| 연단 | 명연기의 묘술은 ≪틀≫ 밖에 있다 | 심영택 | 53~54 |
| 2000년 4호 | | | |
| 숭고한 충성심을 지니시고 | 한없이 겸허하신 위인의 풍모 | 본사기자 | 15~16 |
| 평론 | 우리 당의 총대중시사상을 구현한 90년대 현실주제군사물영화 | 김영철 | 22~24 |

| | 자욱을 더듬으며 | | | |
|---|---|---|---|---|
| 영화혁명의 나날에 | 순간에 빛발친 천재적예지 | 공훈예술가 박사 리덕규 | 11~12 |
| 촬영평 | 삽입화면에 비낀촬영가의 조형적탐구<br>: 예술영화 ≪칠령의 대대장≫을 보고 | 원혁성 | 36~38 |
| 영화의 세계 | 공민적자각으로 심장을 불태운 유뜨께비치 | 학사 림창진 | 66~67 |
| 연단 | 부정인물의 성격을 옳게 규정하고 전형화하는데서 나서는 몇가지 문제 | 학사 박영무 | 73~75 |
| 2003년 10호 | | | |
| 평론 | 물방울에 우주를 실었다: 예술영화 ≪녀병사의 수기≫를 보고 | 리호윤 | 24~27 |
| 조선영화사를 거슬러 | 개성적인 표정연기 능수-박기주 | 최웅철 | 28~31 |
| 연단 | 최학신이 남긴 피의 교훈 | 학사 박영무 | 32 |
| 2003년 11호 | | | |
| 불멸의 자욱을 더듬어 | 전시 각계층인민들의 애국적투쟁을 영화로 형상하도록 이끄시여 | 홍순화 | 8~9 |
| 영화혁명의 나날에 | 몸소 짜주신 감정조직 | | 10~12 |
| 조선영화사를 거슬러 | 개성적이고 독창적인 예술창조자 황영일 | 학사 림창진 | 49~52 |
| 평론 | 가장 단순한것에서: 텔레비죤련속극 ≪첫연유극장≫을 보고 | 심영택 | 52~55 |
| 영화의 세계 | 근로하는 인민들을 귀중히 여긴 아스크위스 | | 63~64 |
| 2003년 12호 | | | |
| | 시대와 숨결을 함께 한 우리의 영화예술 | 학사 소희조 | 19~21 |
| 평론 | 1번수가 던진 파문 | 심영택 | 49~51 |
| 2004년 1호 | | | |
| 불멸의 자욱을 더듬어 | 예술영화 ≪또다시전선으로≫가 세상에 나오기까지 | 홍순화 | 6~7 |
| 단평 | 하나의 대사를 통해 안겨오는 작품의 여운 | 리승철 | 21~22 |
| 조선영화사를 거슬러 | 편집과 구성의 특기로 이름난 영화연출가 | 량일금 | 23~24 |
| 연단 | 영화의 지성세계와 형상수단의 탐구 | 김용길 | 69~70 |
| 영화의 세계 | 영화계의 혜성 장예모 | 학사 림창진 | 77~78 |
| 2004년 2호 | | | |
| 불멸의 자욱을 더듬어 | 참된 주체형의 인간을 창조하도록 이끄시여 | 본사기자 | 7~9 |
| 상식 | 전자영화의 출연과 추제 | 학사 최봉훈 | 23 |

# 공연예술

## 『조선예술』

김미진

# 1. 개관

2000년에는 대집단체조와 예술공연 〈백전백승 조선로동당〉, 경희극 〈웃으며 가자〉, 경희극 〈영생의 품〉, 경희극 〈청춘대통로〉, 장막경희극 〈시대의 향기〉와 같은 작품들이 창작되었지만, 극예술에 관한 비평/이론 글은 여전히 1970~1980년대에 창작된 혁명가극 〈피바다〉와 혁명연극 〈성황당〉에 머물러 있다. 특히 〈피바다〉식 혁명가극과 〈성황당〉식 혁명연극의 창작 성과와 그 의의를 강조하는데만 그치고 있으며 새로운 극예술 작품에 대한 평가가 이뤄지지 못한 것이 아쉬운 점으로 남는다. 한편 당 창건 55주년을 기념하기 위해 대규모로 진행된 대집단체조와 예술공연 〈백전백승 조선로동당〉에 대한 성과를 보고하고 있는 글이 하반기에 이르러 집중적으로 배치된다. 이 작품은 2년 후 공연되는 대집단체조와 예술공연 〈아리랑〉의 창작에 밑바탕이 된다. 2001년에는 전년도에 공연된 대집단체조와 예술공연 〈백전백승 조선로동당〉에 대한 회고와 더불어 해당 장르의 역사를 설명하는 글이 집중적으로 게재되었다. 또한, 연극(경희극)과 가극에 대한 비평/이론 글이 주로 '덕성선'에 초점을 맞추고 있다는 점이 특징적이라고 할 수 있다. 덕성선은 군인들과 인민들을 향한 김정일의 사랑을 일컫는 북한식 서사용어라고 할 수 있다.

2002년에는 1960년에 만들어진 연극 〈조국산천에 안개 개인다〉를 김일성의 90번째 생일을 기념하여 〈성황당〉식 혁명연극으로 개작하여 재공연되었다는 글, 그리고 그 창작과정에 대한 성과를 보고한 글 등을 주목할 만하다. 그리고 경희극에 대한 평가가 점차 그 양을 늘려가는가는 추세 아래 경희극의 창작단체가 영화 창조 집단이라는 점과 영사화면을 활용하고 있다는 점을 특징적으로 내세운다. 2003년은 경희극 〈철령〉이 제작, 공연된 해이다. 공연 첫 해이기 때문에 구체적인 분석보다는 작품 전체를 총괄하는 소재와 주제 측면을 부각한 감상평이 주를 이룬다. 2004년에는 신작에 대한 평론보다는 기존 작품, 특히 5대 혁명연극들에 대한 성과와 업적을 보고하며 반복적인 작품평을 내놓고 있다. 하지만 5대 혁명연극들의 평가들이 작품의 풍자성, 희극성에 초점을 두고 일관적인 평을 하고 있다는 것이 특징이다. 그리고 2004년에 사망한 연출가 '리단'에 대한 추모를 겸한 회고의 글이 실렸다.

2005년에는 조선인민군4.25예술영화촬영소에서 경희극 〈선군8경〉, 경희극 〈생명〉 등이 공연되었다. 하지만 이런 신작에 대한 작품평은 전무한 상태이고, 5대 혁명가극과 5대 혁명연극의 창작원리 그리고 이 작품들을 창작지도한 김정일과 관련된 일화를 소개하는 글이 2005년의 대부분을 차지한다. 2006년에는 경희극 〈철령〉에 대한 평가가 구체화되고 있으며, 특히 이 작품에 대해서 '아담하다'는 수식어가 사용되었다. 또한 대집단체조와 예술공연 〈아리랑〉 공연에서 미술 작품 〈선군8경〉 중 하나인 〈울림폭포의 메아리〉를 상징하는 장면을 비롯하여 2005년에 공연에서 새롭게 추가된 장들에 대한 설명과 분석이 있었다. 2007년에는 신작이나 이 해에 공연된 작품에 대한 감상평, 비평론 보다는 〈성황당〉식 혁명연극의 총체적인 창작방법, 예술적 성과 등을 거론한 글이 대부분을 차지했다. 이러한 틈에 서양의 오페라의 아리아와 대화창이 가진 단점을 지적하면서, 절가와 방창의 특징을 설명하면서 북한의 〈피바다〉식 혁명가극이 오페라와는 변별을 가진 새로운 장르라는 주장하는 글을 볼 수 있다.

2008년에는 〈성황당〉식 혁명연극에서 의상과 소도구를 활용하는 방법, 소품 형식의 극을 창작하는 방법론 등이 제시되고 있다. 또한 경희극에 대한 평론은 기존의 논조를 넘어서지 않고 있으며, 이 시기 경희극 작품들의 희곡을 쓴 극작가 박호일의 회고도 작품 전반을 총괄하는 수준에 머물러 있다. 여기서 논의된 경희극에 대한 평가는 주로 선군시대를 대표하는 작품이라는 점, 군인들과 인민들의 교양에 앞장 서는 작품이 되어야 한다는 것이다. 2009년은 조중친선의 해였다. 따라서 2009년의 『조선예술』 공연예술 관련 기사에서는 중국을 배경으로 하거나, 중국에서 창작된 군사물 주제의 작품들을 설명하면서 군인의 위상을 확인하고 선군의 기치를 돈독하게 하는 것 또한 인민투쟁의 의지를 다지려는 행보가 보인다. 한편 노동계급, 군사, 인민대중 할 것 없이 북한 내부의 결속을 다지기 위한 강박이 느껴지기도 하는데 이것은 2008년에 있었던 김정일 와병설에서 기인한 현상으로 보인다.

『조선예술』2000년대 10년 동안의 공연예술 행보는 답보와 발전이 공존한 추세다. 연극과 가극은 꾸준하지는 않지만 신작들이 만들어지고는 있으나, 『조선예술』에서는 신작 보다는 기존의 작품들 5대 혁명연극의 평론, 창작방법에서 벗어나지 못하였다. 다만 〈조국산천에 안개 개인다〉를 혁명연극으로 개작한 것, 연극축전에서 수상한 작품들에 대한 평가가 간혹 등장하는 점은 눈에 띈다. 가극도 연극과 마찬가지로 5대 혁명가극의 논평에서 벗어나지 못하고 있으며, 〈춘향전〉과 〈심청전〉과 같은 민족가극의 형성과 발전, 의의를 강조하는데만 그칠 뿐, 신작에 대한 평은 찾아보기 힘들다. 하지만 연극의 하위 장르로 볼 수 있는 '경희극'에 대한 평가와 서술이 이루어진 점은 선군시대라고 불려지는 2000년대의 즉각적인 반응이라고도 해석해 볼 수 있을 것이다. 경희극은 군사물주제의 영화를 제작하는 '조선인민군4.25예술영화촬영소'에서 전담하여 창작하고 있으며, 그 주제 역시 군인의 삶 또는 군민일치 사상과 같이 군사가 중심이 되는 것이기 때문이다. 한편, 지금은 북한의 대표적인 공연이자 대외용으로 공연되는 대집단체조와 예술공연 〈아리랑〉의 기원과 창작과정, 변화 과정들을 총체적으로 살펴 볼 수 있다. 그리고 세계 각종 대회에서 수상 실적을 거둔 교예에 관한 평가와 성과를 보고하는 글들 역시 상당한 양을 차지하고 있어 교예의 발전상을 들여다 볼 수 있다.

## 2. 연도별 경향

### 2000년

2000년에 창작된 작품들로는 대집단체조와 예술공연 〈백전백승 조선로동당〉, 경희극 〈웃으며 가자〉, 경희극 〈영생의 품〉, 경희극 〈청춘대통로〉, 장막경희극 〈시대의 향기〉 등이 있지만, 극예술에 관한 비평/이론 글은 여전히 1970~1980년에 창작된 혁명가극 〈피바다〉와 혁명연극 〈성황당〉에 머물러 있다. 특히 〈피바다〉식 혁명가극과 〈성황당〉식 혁명연극의 창작 성과와 그 의의를 강조하는데 그치고 있으며 새로운 극예술 작품에 대한 평가가 이뤄지지 못한 것이 아쉬운 점으로 남는다. 하지만 대규모로 진행된 대집단체조와 예술공연 〈백전백승 조선로동당〉에 대한 성과 보고가 하반기에 이르러 대대적으로 이뤄졌으며, 이 작품은 2년 후 대집단체조와 예술공연 〈아리랑〉의 창작에 기여한다.

### 1) 연극

연출가가 감정조직을 잘 표현하기 위한 연출방법론들이 제시되고 있다. 3호 계인성의 글 「무대적화폭의 조형성과 무대균형」에서는 연출가들이 무대의 구도를 조직하는 것은 작품 화폭의 조형성과 진실성을 담보하는 중요한 조건이라고 강조하고 있다. 이때 연출가는 균형문제에 신중한 주의를 돌려야 하며 무대 전체의 물리적 균형뿐만 아니라 '관중들의 감성적인 느낌에 의거한 새로운 무대균형을 탐구'하여야 한다고 설명한다. 따라서 연출가는 '생활이 제기하는 생활조건들과 환경의 객관적요구를 정확히 파악하는 동시에 사건진행에 따르는 인물들의 움직임을 화폭적으로 연구한 조건에서 무대화폭의 균형문제를 다루어야 한다'고 결론 맺고 있다.

조봉국은 4호에 실린 「연극에서 인물의 배치와 행동선에 의한 감정조직」에서 연극이 인물의 배치와 행동선에 의해서 감정조직을 하는 장르라고 설명하며, 감정조직을 잘하기 위한 인물의 배치와 행동선 연출 방법을 제시하고 있다. '인물의 대사를 성격과 생활론리, 감정흐름의 요구에 맞게 진실한 연기행동과 결부되도록 할 것', '무대에서 인물의 호상관계가 뚜렷이 안겨오도록 공간관계를 극적으로 탐구하고 조직하며, 언제나 주된 인물의 행동을 무대공간의 중심에 세울 것', '구체적인 생활 환경과의 관계속에서 인물들의 행동이 이루어지도록 할 것'이 그것이다.

4호에 실린 리금복의 글 「배우들의 기량훈련에 좋은 교재 장편서사시 ≪백두산≫」은 배우들의 자질과 화술을 높이기 위한 기량훈련 방법이 장편서사시『백두산』을 낭독하는 것이라는 설명하고 있다. 그 이유로는 '다른 서사시들보다 심도가 깊고 폭이 넓으며 대가 굵다'는 것, '깊은 숨으로 소리를 안받쳐주어야 하고 목소리울림을 잘 열고 힘있고 탄력있는 소리, 은근하고 부드러우면서 힘있고 거창한 소리 등 자유롭게 목소리를 다룰 수 있어야 하기' 때문인 것으로 꼽고 있다.

11호에 실린 정수경의 글 「인물의 감정체험에서 제기되는 몇가지 문제」에서는 배우들이 감정세계를 표현하기 위한 방법이 제시되고 있다. 정수경은 사람의 감정세계가 '사상에 의해 방향 지어 지고 그 질적속성과 정서적색채도 사상에 의해 특징 지어 지기 때문에 인물의 감정세계파악에서는 순수 감정세계 일면에만 매달릴것이 아니라 그의 사상을 파악'하는데 주의를 돌려야 한다고 강조한다.

한편, 11호 「풍자극양상에 대한 해명」에서는 혁명연극 〈성황당〉이 초기 창작과정에서는 '생활이 외곡되건말건 인간성격이 기형화되건말건 작품의 종자가 값싼 웃음속에 파묻혀버리건말건 관계없이' 풍자극으로 만들어졌다고, 초기 〈성황당〉이 취하고 있었던 풍자극 형태를 비판하였다. 하지만 이 연극이 '웃음도 있고 눈물도 있고 사색도 있는 독특한 양상의 풍자극으로 만들자면 부정인물들이 주인공으로 등장하던 종래의 풍자극과는 달리 긍정인물들을 주인공으로 내세우고 그들의 생활을 깊이 있게 진실하게 정서적으로 형상'하여야 한다고 풍자극 창작의 방침까

지 설명하고 있다. 이것은 1991년으로 거슬러 가서『조선예술』1991년
제6호에 리현길의 글「긍정인물형상의 독창적인 경지를 개척한 새형의
풍자희극: 혁명연극 〈성황당〉을 놓고」를 참고할만 하다. 이 글에서도
〈성황당〉을 두고 '근로하는 인민을 풍자희극의 주인공으로 내세'운 점을
두고 '혁신적'이라고 말하며, 기존의 풍자희극에서 부정인물만을 등장시
키던 관습을 깨고 긍정인물을 주인공으로 삼고, 많은 긍정인물들을 등장
하게 하여 긍부정인물들에 대한 다양한 극적관계를 맺게 하였다고 설명
하고 있다.

## 2) 가극

5호 신동일의 글「무대극의 장과 장사이에 대한 연출작업」으로, 이
글은 가극혁명 당시 혁명가극『피바다』의 재창작 때 만들어진 무대장치
인 '흐름식입체무대미술'1)에 관한 설명이다. 이 방법은 '주인공을 비롯
한 등장인물들의 내면심리세계를 중단함이 없이 펼쳐보일수 있고 성격
과 생활을 립체적으로 보여줌으로써 무대적제한성을 극복하고 극작품
의 립체성을 보장하는데 중요한 기여'를 했다고 평가한다. 또한 이 장치
와 더불어 '〈피바다〉식 혁명가극2)'에서는 방창과 관현악을, '〈성황당〉식
혁명연극'3)에서는 환등, 또는 장치들의 이동을 통해 생활을 연속적인

---

1) 무대의 장면이 변할 때, 암전을 하지 않고 무대의 여러 장치물과 소품을 무대 중심으로
  흘러들어 오게 하는 무대 미술 방식이다.
2) '〈피바다〉식 혁명가극'이란 문예혁명시기 가극예술부문혁명의 과정에서 1971년에 창작된
  혁명가극 〈피바다〉에서 비롯된 명칭이다. 가극혁명은 기존의 가극의 온갖 낡은 형식을
  극복하고 독창적인 가극 창작의 원칙에 의거하여 새로운 가극을 창작하자는 움직임이었
  으며, 그 본보기 작품으로 만들어진 것이 혁명가극 〈피바다〉이다. 〈피바다〉식 혁명가극의
  특징으로는 '절가'와 '방창'을 활용하고 '흐름식 입체무대미술'을 사용하였다는 점이다. 혁
  명연극 〈피바다〉를 본보기로 만들어진 다섯 편의 작품을 두고 '5대 혁명가극'이라 칭하는
  데, 〈피바다〉(1971), 〈당의 참된 딸〉(1971), 〈꽃파는 처녀〉(1972), 〈밀림아 이야기하라〉(1972),
  〈금강산의 노래〉(1973) 등이 그것이다.
3) '〈성황당〉식 혁명연극'이란 연극혁명 시기 1978년 국립연극단에 의해 공연된 '혁명연극'
  〈성황당〉을 비롯한 명칭으로, 주체사실주의에 입각한 북한연극의 대명사이다. 연극혁명
  은 항일혁명연극을 현대화하는 데서 출발하였으며, 연극의 낡은 틀은 완전히 없애고 원작
  의 높은 사상예술성을 손색없이 형상하여야 한다는 원칙을 두었다. 〈성황당〉식 혁명연극

흐름으로 펼쳐보였다고 두 장르에서의 무대 전환 방식을 설명하고 있다. 이렇게 장과 장이 끊이지 않고 연속적으로 이어지도록 한데에는 '극의 지속성이 견지됨으로써 생활의 흐름을 진실하게 보여 줄수 있고 감정흐름이 멎음이 없이 관중들을 극세계에로 자연스럽게 끌어 들일수 있게' 하는 것에 목적이 있는 것으로 볼 수 있다.

최순영은 8호와 10호에 실린 글 「진실한 예술적형상으로 혁명투쟁의 심오한 진리를 밝혀 준 불후의 고전적 명작『피바다』」와 「불후의 고전적 명작 항일혁명연극은 진실성구현의 고전적 본보기」에서 〈피바다〉와 그 밖의 혁명연극들의 창작의의와 성과를 설명하고 있다. 또한 김정배의 글 「무대는 인간과 생활반영의 형상적공간」에서는 20세기 이전의 무대 예술이 오늘의 시대와 맞지 않았고 낡은 것이었으며, 무대미술을 요란하 고 현란하고 감미로우며 허황되게 만들어 관중들의 눈을 현혹시켰기 때 문에 관중들의 배격을 받았다고 지적하고 있다. 반면 〈피바다〉식 가극무 대미술과 〈성황당〉식 연극무대미술은 무대형상의 새로운 시원을 열어 놓았으며 생활환경, 자연환경 등이 진실하게 표현되었다고 칭송하고 있 다. 5대 혁명가극과 5대 혁명연극을 능가하는 작품이 부재한 상황에서 계속해서 〈피바다〉식 혁명가극과 〈성황당〉식 혁명연극의 창작성과를 강조하고 있다. 특히 흐름식 입체무대미술로 명명되는 무대미술적인 측 면의 성과를 내세우며 극에 있어서 '사실'적인 것, '진실'한 것을 구현하 는 방식에 대한 설명을 끊임없이 하고 있는 것을 알 수 있다.

---

이 가지고 있는 기본 특징으로는 내용에서는 인간의 자주성을 중심 주제로 하고 있는 점이 며, 형식에서는 '다장면구성형식', '흐름식 입체무대미술', '방창'과 '설화' 등을 사용하고 있다는 점이다. 혁명연극 〈성황당〉을 필두로 하여 창작된 '5대 혁명연극'으로는 〈혈분만국 회〉(1984), 〈3인 1당〉(1987), 〈딸에게서 온 편지〉(1987), 〈경축대회〉(1988) 등이 있다. 박영 정, 『북한 연극/희곡의 분석과 전망』, 연극과인간, 2007, 141~144쪽 참고.

## 3) 대집단체조와 예술공연 <백전백승 조선로동당>

대집단체조와 예술공연은 북한만의 독특한 공연 양식으로, 주로 국가 기념일에 행해진다. 집단체조에 무용을 비롯한 각종 서사 장르가 혼합되어 대형 공연을 펼치는 형태이다. 대집단체조와 예술공연이라는 장르가 성립된 배경을 두고 한국의 전영선은 "1990년대 '고난의 행군'을 마무리하고 새롭게 '강성대국' 건설로 나아가고자 하는 북한 사회의 전환기적 상황과 관계"가 있으며, "예술영화 <민족과 운명> 창작의 성과를 가극, 연극, 무용 등 다양한 예술 분야에 적용하고자 하는 시도"로도 볼 수 있다고 설명하고 있다.4)

『조선예술』12호에 실린 글 가운데 손창준은 대집단체조와 예술공연 <백전백승 조선로동당>이 거둔 성과로 '김일성의 업적을 서사시적 화폭과 조형예술적인 화폭으로 펼쳐보인 것, 김정일의 업적을 조형예술적인 형상으로 감동깊게 펼쳐보여 준 것, 이 땅에 통일강성대국을 세우고야 말 인민의 신념과 의지를 격조높게 노래한 것, 총대로 개척된 조선혁명을 총대로 끝까지 완성해 갈 군대와 인민의 절대불변의 의지를 기백있는 화폭 속에 보여준 것'이라고 총화하고 있다. 이 <백전백승 조선로동당>은 대집단체조와 예술공연이라는 대형 장르의 최초의 작품이며, 북한의 대표적 공연예술 작품으로 자리 잡는 대집단체조와 예술공연 <아리랑>의 본보기가 된다.

---

4) 박영정, 『21세기 북한 공연예술 대집단체조와 예술공연 <아리랑>』, 도서출판 월인, 2007, 42~43쪽 참고.

## 2001년

지난 해에 공연되었던 대집단체조와 예술공연 〈백전백승 조선로동당〉에 대한 회고와 더불어 장르의 역사를 설명하는 글이 집중적으로 게재되었다. 한편, 연극(경희극)과 가극에 대한 비평/이론 글이 주로 '덕성선'에 초점을 맞추고 있다는 점이 특징적이다. 그리고 2000년과 2001년에 열린 축전에 대한 결과와 그 작품들의 감상 등이 많이 실린 것이 전년도와의 큰 차이점이다.

### 1) 연극: 경희극 작품의 특징과 창작방법론

3호에 실린 명일식의 글 「경희극작품에서 웃음과 오해선의 설정」에서는 경희극5)에서 웃음을 잘 조성하기 위해서는 오해선을 활용해야 한다면서 경희극 〈편지〉, 〈동지〉, 〈웃으며 가자〉를 예로 들어 설명하고 있다. 경희극 〈편지〉는 인민군 군인들의 혁명적 군인정신과 군민일치사상의 위대한 생활력을 보여 주는 정극적인 생활과 함께 웃음이 저절로 나오게 희극적인 생활과 오해선을 설정하였으며, 경희극 〈동지〉는 사단장이 병사생활을 시작하면서부터 그를 진짜 신입병사로 알고 벌어지는 생활 속에서 오해선이 나오도록 하였다. 경희극 〈웃으며 가자〉는 군인가족예술소조공연연습을 진행하는 과정에서 '가짜남편'을 연락병으로 등장시켜 벌어지는 희극적인 생활들에서 오해선을 찾을 수 있다. 명일식은 마지막

---

5) 경희극은 연극의 하위 장르로, 희극의 형태를 띠지만 시대에 뒤떨어진 낡고 부정적인 형상들을 가벼운 웃음을 통하여 비판 개조하는 것이 특징이다. 풍자희극과 달리 희극적 주인공들을 전면적으로 부정하는 것이 아니라 그 인물에게 있는 낡고 부정적인 측면을 명랑하고 가벼운 웃음으로 비판한다. 동지적 협조와 단결이 사회관계의 기본이 되고있는 사회주의 사회의 현실을 반영한 경희극은 공동의 리상을 실현하기 위한 투쟁과정에 근로자들 속에서 나타나는 낡고 부정적인 현상을 비판하는 것을 기본으로 한다. (…중략…) 착취사회의 풍자희극이 주되는 희극 형태로 되었다면 인간에 의한 인간의 착취가 없어지고 긍정적인 것이 지배적인 사회주의사회에서는 경희극이 주되는 희극형태로 되어 근로자들을 교양하는 힘있는 수단으로 되고 있다. 사회과학원 주체문학연구소, 『문학예술사전』(상), 평양: 과학백과사전종합출판사, 1998, 182쪽 참고.

으로 경희극에서 경희극적인 웃음은 잘 설정된 오해선에서 비롯되며, 이것이 희극적 특성을 살리는 데 큰 작용을 한다고 설명한다.

장명철의 글 「덕성형상창조에서의 새로운 발전」은 선군시기에 창작된 경희극인 〈약속〉(조선인민군4.25영화촬영소, 1996)과 〈축복〉(조선인민군4.25 예술영화촬영소, 1997)을 바탕으로 덕성형상 창조에 관한 특징에 대해 서술하고 있다. 이 시기 경희극의 특징은 김정일이 군인과 인민들에게 베푸는 사랑과 은정 즉 덕성이야기를 작품의 중심에 세우는 것이었다면서, 이러한 덕성이야기를 작품의 중심으로 하여 극을 전개시켜 나감으로써 경희극 창작에서 새로운 전진을 이룩했다고 설명하고 있다.

## 2) 가극

전수철은 2호에 실린 「가극문학창작에서 덕성주제작품의 극조직」을 통해 가극문학에서 덕성주제의 작품을 창작하기 위해서 실재한 덕성사 실자료에 기초하여 생활을 진실하게 그릴 것, 그 누구도 해결 할 수 없는 극적 과제가 덕성선에 맞물려 풀려 나가도록 할 것, 덕성으로 받아 안은 생활의 의의를 예술적으로 최대한 강조해 줄 것을 강조하고 있다. 3호에 실린 「가극문학의 이야기줄거리조직방법」에서는 줄거리의 선이 굵고 간결하여야 하며, 생활을 섬세하고 풍부하게 그려야 한다고 설명하고 있다. 마지막으로 작가는 이야기줄거리조직에서 인물의 성격과 지향, 생활분위기와 감정적 고조를 표현하는데 적중하게 이용되는 무용형상을 구성단계에서부터 똑바로 엮어주며 바탕글에서 명백하게 조건 지어 주어야 한다는 것이 주요 내용이다.

## 3) 대집단체조와 예술공연: 창작방법과 역사

1호에 실린 한성복의 글 「집단체조와 예술공연의 배합에서 나서는 몇 가지 문제」는 집단체조와 예술공연의 배합의 기본 요구를 제시하고 있다. 그것은 사상적대를 바로 세우는 것, 일정한 비율에 의한 공연종목편성을 하는 것, 집단체조와 예술공연의 고유한 특성을 그대로 살리는 것, 그리고 그에 맞는 음악을 써야하는 것, 마지막으로 체조동작의 율동화를 집단체조의 특성에 맞게 실현하는 것이다. 또한 1월 18일 인민문화궁전에서 진행된 '조선문학예술총동맹 중앙위원회 제6기 제14차 전원회의 확대회의'의 결과를 정리한 3호의 명일식의 글에서 〈백전백승 조선로동당〉에 대한 평가를 '세계적인 대걸작, 20세기 문예부흥의 총화작'으로 창조하였다고 평가하고 있다. 그리고 문화성 부상 송석환이 진행한 「토론 대집단체조와 예술공연 〈백전백승 조선로동당〉의 성과에 토대하여 위대한 수령님 탄생 90돐과 조선인민군창건 70돐기념 및 경축 대집단체조와 예술공연 〈태양의 노래〉가 김정일세기의 장엄한 포성으로 되게 하는데 기여하겠다」에서 지금의 대집단체조와 예술공연 〈아리랑〉의 준비 상황이 드러난다. 위에서 언급된 〈태양의 노래〉가 2002년에 대집단체조와 예술공연 〈아리랑〉으로 완성된 것이다.

10호 김혜영의 글은 대공연형식의 발생과 대집단체조와 예술공연으로 발전과정을 서술하고 있다. 대공연형식은 1958년 9월 공화국창건 10주년을 기념하여 창작된 음악무용서사시 〈영광스러운 우리 조국〉으로부터 시작되었으며, 1982년 4월에 창작된 음악무용서사시 〈영광의 노래〉는 조선노동당시대의 기념비적 걸작이 되었으며, 1999년 평양축전 제13차 세계청년학생축전을 맞아 진행된 〈축전의 노래〉는 대공연형식을 새롭게 발전시킨 기념비적 작품이라고 설명하고 있다. 그리고 2000년에 공연된 '조선로동당창건 55돐 경축 대집단체조와 예술공연 〈백전백승 조선로동당〉'은 대공연형식의 최고 경지를 개척하였다고 칭송하고 있다.

지금까지의 집단체조와 대공연형식의 작품들, 그리고 2000년에 공연된 대집단체조와 예술공연의 성과까지 망라하면서 그 창작방법까지 제시하는 2001년의 움직임 아래 다음 해에 공연될 대집단체조와 예술공연 〈아리랑〉 창작에 대한 움직임이 포착되고 있다.

## 4) 각종 축전의 성과

2001년의 『조선예술』에서는 축전의 결과와 성과에 대한 글이 많다. 우선 1호에는 제28차 군무자예술축전에서 예술선전대들의 공연에서 '조선혁명의 핵심부대, 강성대국건설의 주력군으로서의 영예를 떨치며 보람찬 군무생활을 충성과 위훈으로 빛내여 가고 있는 인민군군인들의 자랑과 긍지, 랑만에 넘친 모습을 생동한 예술적화폭으로 펼쳐 보인것', '수령결사옹위정신, 총폭탄정신, 자폭정신을 지니고 당의 위업을 무장으로 굳건히 담보해 가는 인민군대의 정치사상적 풍모가 보인 것'을 성과로 꼽고 있다. 그리고 글의 마지막에서는 '이번 축전무대를 통하여 혁명적이고 전투적인 화선선전, 화선선동의 위력을 남김없이 발휘하여 우리 당의 항일유격대식예술선전방침의 정당성과 생활력을 다시금 힘 있게 확증하였다'라고 강조하고 있다.

5호에는 프랑스에서 개최된 제9차 마씨국제교예축전에서 최고상인 프랑스대통령상과 1등상을 받은 공중교예 〈날아다니는 처녀들〉과 〈2인그네〉의 주인공들인 평양교예단원들을 만난 이야기를 하고 있다. 5호에 실린 리성덕의 글 「극조직은 형상성을 높이는 기본조건」은 2000년에 열린 제9차 전국예술축전(2000. 9. 7~11, 평양)에서 1등을 수상한 단막극 〈한드레벌의 새 전설〉에 대한 평론이다. 끝으로 2001년 4월에 개최된 제29차 4월의 봄 친선예술축전에 대한 성과와 결과를 서술한 리선영의 글 「태양칭송의 대예술축전」이 6호에 실렸다.

## 2002년

1960년에 만들어진 연극 〈조국산천에 안개 개인다〉를 〈성황당〉식 혁명연극으로 개작하여 재공연하였다는 글, 그리고 그 창작과정에 대한 성과를 보고한 글 등을 주목할 만하다. 그리고 경희극에 대한 평가가 점차 그 양을 늘려가는 가는 추세아래 경희극의 창작단체가 영화 창조 집단이라는 점과 영사화면을 활용하고 있다는 점을 특징적으로 내세운다.

## 1) 연극

### (1) <조국산천에 안개 개인다>의 개작

「불후의 고전적로작 ≪주체시대에 맞는 새로운 혁명연극을 창작할데
대하여≫」의 발표 30주년(2002. 11. 7)을 맞아 국립연극단에서는 1960년
에 만들어진 혁명연극 〈조국산천에 안개 개인다〉(리종순 작·안영일 연출)
를 개작하기로 한다. 혁명연극 〈조국산천에 안개 개인다〉는 전후 시기
이후의 북한 최초의 '수령형상연극'6)으로, 1936년 가을부터 보천보전투
직전(1937년 6월 초)까지의 항일혁명투쟁 시기를 시대적 배경으로 하고
있는 총 4막 9장의 희곡작품이다. 12호에 실린 길성남의 글 「충성의 열
정 넘쳐 흐르는 연극창조전투장-국립연극단을 찾아서」에서 이 작품은
다장면구성, 원작에서는 없었던 노래를 주요 장면에서 활용하는 것, 흐
름식입체무대 등 '〈성황당〉식 혁명연극'식 창작방식에 입각하여 개작되
었다고 서술하고 있다. '다장면구성'이란 연극의 전통적인 막 구분을 없
애고 여러 장면을 무대에 각각의 장면의 구성하는 형식으로, 이것을 무
대기술로 완성시키는 것이 '흐름식입체무대'이다. 이렇게 재공연된 혁명
연극 〈조국산천에 안개 개인다〉는 김일성 탄생 90주년을 맞아 과거에
창작된 작품들 가운데 수령형상연극 작품을 소환했다는 점, 당시 북한의
정치 담론이었던 '선군'의 이미지와도 부합되는 점 등에서 개작의 의미
를 찾을 수 있겠다.

---

6) 전후 우리의 희곡문학에서 경애하는 수령님의 영상을 직접 모신 첫작품으로서 희곡문학
 발전에서는 물론 전반적인 문학발전에 참으로 커다란 의의를 가지였다. 사회과학원 문학
 연구소, 『조선문학사(1959~1975)』, 평양: 과학백과사전출판사, 1997, 29쪽.

## (2) 경희극

북한의 경희극 작품들은 모두 '조선인민군4.25예술영화촬영소'의 주도 아래 만들어졌다. 북한의 연극은 주로 국립연극단에서 창작공연되었는데, 군사물영화제작을 담당하던 4.25예술영화촬영소(1995년 '조선2.8예술영화촬영소'에서 개칭)가 선군시대의 경희극 창작에 참여하고 있다. 이 창작단체가 만들어낸 경희극 작품으로는 〈약속〉(1996), 〈축복〉(1997), 〈편지〉(1998), 〈동지〉(1999), 〈웃으며 가자〉(2000) 등이 있는데, 주로 군사물을 주제로 한 영화를 창작하고 있으며 선군시대를 대표하는 단체로 손꼽히고 있다. 4호에 실린 장명철의 글 「영사화면의 효과적인 리용: 선군시대에 창조된 경희극작품들을 놓고」와 7호의 구영희의 글 「선군시대와 더불어 펼쳐 진 수령결사옹위의 전투적화폭」에서 위의 작품들의 성과와 의미를 서술하고 있다. 특히 장명철의 글에서는 선군시대에 창작된 위의 작품들이 '영사화면'을 효과있게 사용하였다는 점을 강조하고 있다. 경희극에서 영사화면을 사용할 수 있었던 이유는 그 창작단체가 영화를 주로 창작해 왔던 '조선인민군4.25예술영화촬영소'의 제작진들이 맡았던데서 기인한다고 볼 수 있다. 영화 화면에서 익숙한 배우들이 출연함으로써 관객과의 친화력을 과시한 대중성 높은 장르로 경희극을 자리잡게[7] 만들려는 노력 안에 무대 역시 영화를 보는 듯한 시각적 인상을 주기 위한 것이다. 장명철은 글의 마지막에 "영사화면을 통하여 경희극의 극적감화력을 높였다"(63쪽)라고 성과를 설명하였다.

## 2) 가극

2002년에서는 민족고전물을 활용한 가극 작품 창작에 대한 글이 주목된다. 7호 전성의 글 「민족고전물가극문학에서 성격과 환경의 통일성보장」에서는 〈심청전〉과 〈춘향전〉을 가극 작품으로 창작하는 방법을 설명

---

7) 박영정, 『북한 연극/희곡의 분석과 전망』, 연극과인간, 2007, 86쪽.

하고 있다. 고전작품인 〈심청전〉에서 심청이가 어머니가 만나는 곳이 '자연계에 그대로 존재조차 하지 않는 바다밑 룡궁'이기 때문에 진실성을 파괴하고 있다고 보고, 이것을 민족고전물 가극으로 창작할 때는 등장인물의 성격과 환경이 통일되어야 한다고 지적하고 있다. 또한 〈춘향전〉에서는 등장인물들 모두가 봉건적 신분제도하에 있는 사람인데, "이들의 성격은 빈부귀천의 모순과 불합리성을 내포한 당대 사회의 전형적 성격"(66쪽)이라고 해석하고 있다. 따라서 민족가극 〈춘향전〉에서 춘향이가 제기하고 있는 기본 핵은 "자기 어머니에게 희생을 강요시키고 또한 자기의 사랑에 빈부귀천의 그늘을 덮는 봉건적신분제도에 대한 항거와 반항심"이기 때문에 "부드러우면서도 강의한 조선녀성"이 될 수 있었고, "그와 배치되는 환경과 유기적으로 통일됨으로 하여 봉건적신분제도의 불합리성에 예리한 비판이 가해지게 되었다"고 이 글은 설명하고 있다(67쪽).

8월에 전성이 쓴 「민족고전물가극문학창작을 위한 소재탐구」에서는 민족고전물가극을 창작하기 위해서 반드시 소재를 민족고전작품들 중에서 탐구할 것, 각색을 전제로 해서 작품들이 취사선택된다는 것, 가극작가가 민족고전에 대한 폭 넓은 지식을 소유할 것을 강조한다. 특히 고전작품들 가운데서 소재를 탐구하기 위해서는 작가가 종자를 잘 골라 잡아야 한다고 설명하면서 민족가극 〈금강산 팔선녀〉의 창작과정을 예로 들고 있다. 1947년에 첫 민족가극으로 창작된 이 작품은 『견우직녀』를 원작으로 하고 있지만, 창작가들이 "금강산에 내려 갔던 직녀를 따라 견우가 하늘로 올라 가는것"으로 설정한 것을 김정숙이 "견우가 직녀를 따라 하늘로 올라 가는것이 서운"하다면서 수정 지시하였다고 한다. 김정숙은 "견우가 직녀를 따라 하늘로 올라 가는것이 아니라 아름다운 금강산을 뜨지 못하는 견우와 헤여질수가 없어 직녀가 땅으로 내려오는 것"으로 수정하면서 "아름다운 금강산에 대한 견우와 직녀의 사랑"을 작품의 핵으로 삼았다는 것이다(77쪽).

이 두 편의 글 모두 고전작품을 민족가극으로 각색하는 과정에서 봉건적이거나 현실과 맞지 않는 환상적인 것 등을 배재하여 주체적이고 현실을 진실하게 반영하도록 하는 북한 문예의 창작원리를 설명하고 있다.

한편, 현재 북한의 가극과 연극에서 가장 기본적이자 필수적인 무대장치인 흐름식 입체무대미술에 대한 창작방법과 의의가 반복적으로 실린다. 방금철은 5호·6호·7호에 흐름식 입체무대미술의 형상 방법론을 제시하고 있다. 5호「인물의 성격발전에 따르는 흐름식립체무대미술형상」에서 "종래의 무대미술의 약점과 제한성을 완전히 극복하고 직관적 묘사력력을 근본적으로 혁신"(62쪽)했다고 설명하며, 〈피바다〉에서는 "일제의 대≪토벌≫장면으로부터 시작되는 제6장의 무대화폭은 원쑤들과의 싸움에 견결히 일떠선 인민들의 투쟁을 되받아 안은듯 재빨리 전환하면서 을남의 집마당으로부터 투쟁의 『피바다』로 전환된 강기슭으로, 폭동을 일으킨 농촌과 광산, 성시에로 관중의 시선을 이끌어간다"(63쪽)라고 부연하고 있다. 방금철은 이밖에도 "매 장면에서 극발전과 감정조직에 철저히 밀착되여 인물의 심리정서세계"를 그려냈으며, "현실세계로부터 환상세계를 끊임없이 이어 주면서 인물의 심리정서세계를 다면적으로 드러내보이고 있다"(63쪽)고 한다.

6호「무대예술작품의 형태별 특성과 흐름식무대미술형상」에서는 흐름식무대전환은 가극예술의 특성에 맞게 창조하여야 하며 무용의 율동적 전개를 조건 지어 주면서 형상을 끊임없이 전개해 나가야 한다고 설명하고 있다. 한편, 이 흐름식무대전환을 연극에서 활용할 때는 행동선과 밀착해야 한다고 강조한다. 또한 생활적인 진실감을 주기 위해서는 흐름막과 주름막을 활용하여 다양한 이동수법을 써야하고, 장면 사이의 공간이 정서와 감흥으로 지속시킬 수 있도록 음악과도 밀접하게 결부시켜야 한다고 흐름식입체무대미술의 활용법에 대해 논하고 있다.

7호「흐름식립체무대미술에 장면전환을 자연스럽게 하기 위한 방도」에서는 장치물 전환순서와 전환속도에 대한 지침을 설명하고 있다. 이때의 순서는 기본이야기와 직접 연관이 있는 대상을 먼저 이동시키면서 기타 다른 장치물들을 이동시켜야 하며, 전환속도는 감정에 흐름에 따라 그리고 음악의 정서적인 흐름에 따라 "음악이 서정적이라면 무대변화도 그에 맞게 진행되여야 하며 음악이 속도 있고 박력 있는것이라면"(78쪽) 무대전환도 그에 따라 속도를 높여야 한다는 것이다.

### 3) 대집단체조와 예술공연 〈아리랑〉

2002년에는 대집단체조와 예술공연이라는 장르가 확고히 자리잡은 해이다. 김초옥은 김일성경기장에서 〈아리랑〉의 연출가 김수조에게 창작과정과 공연에 대한 기대감을 듣고 3호에 소개하고 있다(「4월의 축전무대에로 달리는 예술인들: 대집단체조와 예술공연 ≪아리랑≫ 창조현장을 찾아서」, 6~7쪽). 이 글은 다음 달에 펼쳐 질 공연에 대해 "4개의 장과 서장, 종장 그리고 10개의 경"으로 구성되어 있으며, "릉라도에 자리 잡고 있는 5월1일경기장"에서 펼쳐질 것이라는 것을 예고하고 있다(7쪽).

8호와 12호에는 〈아리랑〉의 성과 가운데 레이저 조명을 사용한 것에 대한 내용을 다루고 있다(「은정 깊은 손길은 조명설비에도」, 8호, 32~33쪽; 「(빛나는 향도) 천재적인 예지와 탁월한 령도가 낳은 세계적인 명작」, 12호, 5~6쪽). 이 공연을 위해서 새로 만든 레이저 조명은 물론, 4.25문화회관과 만수대예술극장에 설치되어 있는 레이저조명 설비들을 사용했다는 것, 이 레이저조명 활용이 최신과학기술수단을 이용한 현대적인 수법이라는 것을 종합적으로 설명하고 있다. 〈아리랑〉에서 레이저를 활용한 장면 가운데 〈그림 1〉을 그 하나로 꼽을 수 있다. 레이저를 통해 배경대에

<그림 1>

영사되는 그림은 가축들이 움직이는 모습이다. 장의 제목처럼 과학기술의 발전은 물론, 축산업의 성행을 통해 인민들의 먹고 사는 문제가 해결되어 '흥하는 내 나라'가 될 것이라는 것을 집약적으로 보여 주고 있는 장면이라고 할 수 있다.

또한 「(빛나는 향도) 천재적인 예지와 탁월한 령도가 낳은 세계적인 명작」에서는 김정일이 "청소년학생들이 장기간 동원된 실정에 맞게 학습과 조직 생활체계"를 합리적으로 만들어주며 "콩우유와 간식을 하루도 빠짐없이 정상적으로 공급하도록 조치를 취해 주시였을뿐아니라 출연자들의 건강관리와 지방에서 올라 온 출연자들의 설명절음식까지 마련"해 주었다고 이 글은 설명하고 있다. 이어 "눈 덮인 밖에서 강추위를 이겨 내며 훈련"을 하고 있는 출연자들을 위해 바람막이 공사와 내부 난방공사를 짧은 시간 안에 끝낼 수 있도록 명령을 내리고, "배경대훈련을 하는 학생들이 발에 동상을 입을세라 포근한 겨울철신발"(6쪽)을 선물하였다고 하는데, 여기에서 최신의 기술, 현대적인 수법을 내세운 이 〈아리랑〉 화려한 공연 이면의 제작상황의 열악한 환경도 엿볼 수 있다.

## 2003년

2003년은 경희극 〈철령〉이 제작, 공연된 해이다. 공연 첫 해이기 때문에 구체적인 분석보다는 작품 전체를 총괄하는 소재와 주제 측면을 부각한 감상평이 주를 이룬다.

### 1) 연극

#### (1) 현실주제물 연극의 특징

조성대는 1호 「연극예술과 시공간의 관계」에서 "연극예술을 ≪시공간 예술≫"이라고 특징지으며, 무대 위에서의 시간은 "모든 생활을 현실적 시간 그대로만 반영"(57쪽)하고 있다고 한다. 이 현실적 시간이라는 것은 생활 그대로의 시간적 흐름을 말하는 것으로 즉, 순차적인 시간적 흐름대로 극을 전개시켜 나가는 것이다. 조성대는 "연극의 무대에 반영된 생활의 흐름이 현실적 시간과 조금이라도 일치하지 않게되면 연극은 진실성을 잃게 된다"(57쪽)고 강조한다.

한동주는 8호에 실린 「(연단) 90년대 극문학에서의 전형적성격탐구」에서 1990년대의 현실주제극문학 작품에서 시대정신이 체현된 작품들을 통해서 1990년대 극문학작품에서의 전형적성격 을 설명하고 있다. 글쓴이가 이 글에서 예시로 든 작품으로는 90년대 현실을 직접 취급한 작품인 희곡『소원』8), 『오늘을 추억하리』와 90년대의 시대적감각을 체현시킨 희곡『청춘시대』와 『영원한 모습』이다. 특히 1997년 국립연극단에서 창작한 연극 <오늘을 추억하리>(극문학: 김홍기, 서남준, 김휘영/연출: 김기찬)는 2011년에 재공연되어 김정일, 김정은 부자가 함께 관람했으며, "선군시대의 문학예술을 대표하는 기념비적 걸작"9)이라는 평가를 받았다. '고난의 행군' 시기를 시대적 배경으로 어느 한 군에서 저수지 공사를 완공시키는 과정을 기본 사건으로 삼고 있는데, 2011년 작품에서는 저수지 공사가 발전소 공사로 바뀐 것과 등장인물의 직위와 이름이 변화되었다. 하지만 1990년대 후반의 '고난의 행군'을 시대적 배경으로 삼으며 불굴의 혁명정신을 투사한 점은 일치해 보인다. 한동주는 이 글에서 "희곡 ≪오늘을 추억하리≫는 산해와 같은 우리 시대 일군의 전형적성격을 탐구함으로써 ≪고난의 행군≫에서 승리자가 된 90년대 인간들이 먼 후날 오늘을 행복하게, 긍지높이 추억할 수 있는 의의"(78~79쪽)가 있는 작품이라고 설명하고 있다. 한편 2011년 이 작품이 공연된 후에 『조선예술』에 실린 글에서는 "우리 조국력사에서 가장 어려웠던 고난의 행군, 강행군시기를 반영한 작품으로서 고난의 행군에 대한 추억은 슬픔의 추억이 아니라 신념과 의지의 추억"10)이라고 작품을 평하고 있다. 연극 <오늘을 추억하리>는 1997년 작품은 고난의 행군을 이겨낸 1990년대의 세대들이 먼 훗날 돌이켜봤을 때 '행복하게 추억'할 수 있는 '오늘'을 살

---

8) 1994년 국립연극단 창조 공연(6장, 종장. 희곡 서남준/연출 김동범). 나라의 농업 발전을 위하여 현지지도의 길을 걷는 김일성이 자신의 소원은 조선혁명과 세계혁명을 위하여 모든 것을 바치는 김정일만은 험한 논둑길을 걷지 않게 하려는 것이라는 부탁을 하는 내용을 담은 연극이다. 『문학예술대사전 DVD』, 평양: 사회과학원, 2006.

9) 『조선중앙년감』, 평양: 조선중앙통신사, 2012, 300쪽.

10) 김명진, 「제목을 극적흥미가 있게 달자」, 『조선예술』 제3호, 평양: 문학예술출판사, 2013, 32쪽.

아가자는 의미를 담고 있는 것이라면, 2011년에 재공연된 이 작품은 '고난의 행군을 이겨내려는 의지와 신념이 있었던 그날들을 추억'하며 오늘을 살아가자는 내용으로 해석해 볼 수 있을 것이다.

## (2) 경희극: <철령>의 첫 공연

경희극 <철령>의 장면

2003년에는 북한 경희극의 대표작은 <철령>11)이 제작, 공연된 해이다. 안옥희는 「참신한 인간성격의 탐구와 인물관계조직: 경희극 <철령>을 보고」에서 <철령>이 등장인물의 성격 창조에 있어서 이전의 경희극과는 달리 특색이 있다고 서술하고 있다. 특히 주인공의 성격형상에 있어서 "처음부터 시대정신을 완벽하게 체현한 인물"로 그리는 것이 아니라 작품이 전개해나가는 과정, 즉 "인민군대와 함께 철령을 넘어가는 과정에서 자신을 사상정신적으로 계속 수양하고 완성해나가는 인물"(17쪽)로 형상한 것이다. 안옥희는 이러한 형상에서의 의의를 "장군님의 덕성선과 밀착시켜서 인간사랑, 인간믿음이 새로운 인간을 키운다는 것"을

---

11) 2003년 조선인민군4.25예술영화촬영소 창작(극문학 박호일/연출 홍광순). 고난의 행군 시기에 한 기업소에서 지배인으로 일하던 주인공 박두칠이 혁명적군인정신이 부족하고 패배주의에 빠져 있던 인물이다. 이 박두칠은 잘못을 깨닫고 군발전소건설장에서 지난 과오를 씻기 위해 노력하던 중 군당위원회의 지시로 아들이 있는 부대에 가게 되고, 철령에 이르러 눈사태를 맞게 된다. 작품은 주인공 박두칠을 비롯한 인민들과 철무대대 군인들이 한마음으로 눈사태로 막혀버린 철령을 넘는 과정을 보여줌으로써 고난의 행군. 강행군 시기의 시련과 역경을 회상하게 되고 선군정치의 정당성과 거대한 생활력을 확신시켜 주고자 한다.

보여 주며, "혁명적군인정신을 직접 따라배워 철령길에서 사상정신적으로 성장하는 특색있는 주인공"(18쪽)을 형상했다는 점으로 보고 있다.

## 2) 가극

5대 혁명가극 중 하나인 〈당의 참된 딸〉(1971)은 예술영화 〈한 간호원에 대한 이야기〉(1971)를 각색한 작품으로, 조철국은 2호에 실린 글 「혁명가극 〈당의 참된 딸〉의 가극적재구성에서 이룩된 성과」에서 이 작품을 재구성하는 과정에서 이룩된 성과를 보고하였다. 특히 인민군 군인들과 인민들의 열렬한 흠모심을 확고히 세우고, 가극의 특성을 살려 〈어디에 계십니까 그리운 장군님〉과 같은 노래를 활용해 그 흠모심을 표현한 것을 높이 평가하였다.

북두칠성 저멀리 별은 밝은데
아버지 장군님은 어데 계실가
창문가에 불밝은 최고사령부
장군님 계실곳은 그 어데일가

위의 노래 〈어디에 계십니까 그리운 장군님〉은 혁가극 〈당의 참된 딸〉 제2장 3경 태백산병동장면과 제3장 4경 꿈 장면에서 활용된다.

이어 리우룡은 5대 혁명가극 가운데 〈금강산의 노래〉(1973년, 평양예술단)와 〈한 자위단원의 노래〉(1974년, 함경남도 예술단)의 창작 과정을 살펴보고 있다. 4호 「(가극혁명의 나날에) 혁명가극 〈금강산의 노래〉 창조의 나날을 더듬어」(1)에서는 김정일이 방창 〈지난 세월 금강에 울리던 노래〉를 부드러운 선율로 바꿀 것을, 5호 「(가극혁명의 나날에) 한편의 혁명가극에 깃든 이야기」에서는 혁명가극 〈한 자위단원의 운명〉을 창작지도하는 과정에서 노래와 선율, 등장인물의 성격적 특질을 밝히는 법 등 작품 창작의 유기적인 방법을 창작지도하였다고 설명한다.

### 3) 대집단체조와 예술공연 <아리랑>

2002년에 이어 <아리랑>의 조명형상에 대한 성과를 평가하고 있다. 3호 한호준의 글 「특색 있는 조명형상으로 일관된 서사적 화폭」에서 <아리랑>의 조명형상이 거둔 성과를 "아리랑 민족을 지켜주는 김정일 위원장으로 위인상을 보여주었던 점", "강성대국건설에서 끊임없는 기적과 혁신을 창조하고 있는 현실을 보여 준 점", "오늘의 행복한 모습을 민족적색채와 정서가 드러나게 형상 한 점"으로 특징지었다(25쪽).

한편 이 <아리랑>은 2001년에 <태양의 노래>라는 제목으로 김일성 생일을 기념하기 위해 창작을 준비하던 것을 민족적 색채를 입혀 확대, 제작한 것인데, 11호 리추명의 글 「(연단) 실력전은 명작창작의 기본요구」에서 이에 대한 설명이 등장한다. 초기의 창작가들이 정치적 의의만을 중요시 하면서 제목과 종자를 <태양의 노래>로 잡았으나, 김정일은 "수난많던 아리랑민족이 강성부흥아리랑을 소리높이 부르는 행복하고 존엄높은 인민으로 극적인 변화를 가져온 우리 민족의 력사를 함축하여 보여줄수 있게" 제목을 <아리랑>으로 변경하도록 지시했다고 적고 있다.

### 4) 교예

1월 '몽떼까를로국제교예축전'에서 1등을 차지한 평양교예단을 방문해 취재한 김선일의 글이 9호에 실렸다. 김선일은 연습장에서 신인 배우들이 재치 있는 기교동작을 꾸준히 연마하고 있는 것, 수중무용배우들, 빙상교예배우들의 연습 장면을 보고 "불보다 뜨거운 충성의 열정과 기백"(50쪽)을 엿보았다고 감상하고 있다.

리추명은 「불후의 고전적로작 ≪사회주의적민족교예를 더욱 발전시킬데 대하여≫」 발표 30주년을 맞아 이 저작의 내용을 요약해서 설명하고 있다.[12] 리추명이 설명한 이 저작의 내용은 "교예에서 주체를 확고히 세워 사회주의적내용에 민족적형식을 옳게 결합"(12쪽)할 것, "교예예술의 주체적력량을 강화할데 대한 혁명적인 사상리론"(13쪽), "교예에서 안전대책을 철저히 세워 사고를 미리 막을데 대하여"(13쪽) 등이다.

## 2004년

신작에 대한 평론보다는 기존 작품 특히 5대 혁명연극들에 대한 성과와 업적을 보고하고, 반복적인 작품평을 내놓고 있다. 하지만 5대 혁명연극들의 평가들이 작품의 풍자성, 희극성에 초점을 두고 일관적인 평을 하고 있다는 것이 특징이다. 그리고 2004년에 사망한 연출가 '리단'에 대한 추모를 겸한 회고의 글이 실렸다.

### 1) 연극: 연극혁명과 <성황당>식 혁명연극의 '희극성'

#### (1) 연극혁명과 <성황당>식 혁명연극의 '희극성'

2003년에 재공연된 연극 <조국산천에 안개 개인다>는 당시의 시대적 환경과 생활을 입체감 있게 흐름식 무대전환을 사용해서 개작했다는 안성룡의 글(「혁명연극 <조국산천에 안개 개인다>의 무대미술형상이 거둔 성과」, 3호)이 있다. 이 글은, 즉 '<성황당>식 혁명연극'의 창작방법을 적극 활용하여 혁명연극으로 재창조되었다는 것을 설명하고 있는 것이다.

이 글을 시작으로 혁명연극 <성황당>과 연극혁명의 성과들이 소개되고 있다. 특히 리의렬의 글 「<성황당>식 연극은 자주시대의 요구와 주체사실주의창작방법에 기초한 연극」(10호)에서는 '<성황당>식 혁명연극'이 자주시대의 요구와 주체사실주의 창작방법에 기초하여 만들어진 연극이라고 하면서 <성황당>은 1920년대의 현실을 반영하고 있지만 그 속에서 발견되는 자주정신(미신에 의존하지 않으려는 삶)이 담겨 있고, <혈분만국회>는 민족의 생존과 발전, 운명 개척의 진로는 자주의 길에 있다는 것을

---

12) 리추명, 「주체교예건설의 새 력사를 펼친 불멸의 지도적지침」, 『조선예술』 2003년 제12호.

밝히고 있다는 식으로 5대 혁명연극 각각에 투사된 주제의식을 설명하고 있다. 이 밖에도 〈경축대회〉는 나라의 광복을 이룩하려는 승리의 상징이 되는 작품이며, 〈3인 1당〉은 풍자적인 웃음 속에서 역사의 주체는 인민대중이라는 것과 반동적착취계급은 역사의 주체로 살 수 없다는 것, 인민대중은 역사를 개척하고 발전시키지만 착취계급은 역사의 전진을 멈춰세우고 돌려세우려고 한다고 그 내용들을 정리해 주었다.

11호에 실린 김봉호의 글 「불후의 고전적명작 혁명연극에서 대사형상의 희극성」에서는 혁명연극에서 대사로서 연극의 희극성을 확보하는 형태를 보여 주고 있다. 특히 계급적 문제에서 대사의 희극성을 보여줄 수 있다고 설명하는데, 이에 대해서 저자는 "명작의 대사들은 계급의 자주성을 위하여 일제와 착취계급을 비롯한 온갖 계급적 원쑤들과 사생결단으로 싸워 결판을 내고야마는 우리 인민의 계급적감정을 반영하고 있다"(28쪽)고 한다. 또한 〈성황당〉에서는 주인공 돌쇠의 대사들은 "가벼운 해학적인 웃음"을 유발하는 대사들로 마을사람들의 인식을 깨우쳐주고 "통쾌한 풍자적웃음"(28쪽)으로는 구장과 지주부부, 중, 무당, 전도부인과 같은 부정적 인물들의 반동성과 취약성, 멸망성을 폭로 비판하고 있다고 설명하였다. 여기에 대한 예는 다음과 같다.

① 
전도부인 : <u>정마리압니다.</u>
서로인 : <u>정말인가구요?</u> 예, 제가 서길수가 틀림없습니다.
전도부인 : 그런게 아니라…
돌쇠 : 저는 저 황갑정씨의 머슴사는 차돌쇠올시다.
전도부인 : <u>정마리아입니다.</u>
돌쇠 : 네. 정말입니다. 제가 황갑정… 아니 모르시겠으면 <u>황깍쟁씨</u>의 머슴이 틀림없습니다.

②

　전도부인 : (눈을 감고 합장을 하며) 오 주여! 요사스러운 마귀의 꾀임에
빠져 헤매는 불쌍한 양떼들을 구원해주옵소서 (…중략…) 여러분, 서로 싸우
지 말구 사랑합시다. 원쑤가 왼뺨을 치면 바른뺨을 내댑시다.

　돌쇠 : (전도부인을 흉내를 내면서) 오! 주여 나는 원쑤가 왼뺨을 치면 그놈
의 왼뺨 바른뺨 다 치겠습니다. 아-멘! 하하하


　이 밖에도 〈성황당〉의 대사들은 조롱과 야유, 경멸, 조소 등 계급적
증오심을 보여 주는 희극적 표현이며, 이러한 대사들이 인간의 운명, 민
족 운명의 자주성 문제, 자주적인 인간에 대한 문제 등을 제기하고 그것
을 밝혀냈다. 혁명연극에서 대사를 활용해서 희극성을 구현하는 〈성황
당〉과 '성황당식혁명연극'은 북한 풍자극의 발전사에서 "최상의 예술성
을 완벽"(30쪽)하게 갖추었다고 평가하고 있다.

　〈성황당〉의 연출가와 구장 역할을 맡은 배우를 소개한 글도 각각 한

리단

편씩 실렸다. 리성덕의 「(사랑의 품속에서) 위인의 믿음
과 성장」(6호)은 2004년 사망한 연출가 '리단'(1918~2004)
을 회고하는 글로, 그의 일생과 연극인으로서의 삶을
조명하고 있다. 그는 북한 연극계의 가장 대표적인 배
우이자 연출가로, 연극 〈리순신장군〉의 주인공을 수
행했으며 북한의 〈성황당〉을 비롯한 5대 혁명연극 모
든 작품의 연출을 맡았다. 리단은 김
일성상계관인, 최고인민회의대의원,
조선연극인동맹 중앙위원회 위원장
등을 역임하였고, '김일성상계관인',
'공훈배우'이다. 그는 사망 후 애국렬
사릉에 안치되었다고 이 글은 설명하
고 있다.

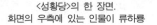

〈성황당〉의 한 장면.
화면의 우측에 있는 인물이 류하룡

　또 한 편은 〈성황당〉에서 '구장'이

라는 인물을 맡아 연기한 배우 '류하룡'(1935~2000)을
소개한 글이다. 인천에서 출생한 그는 1948년 월북(강
원도 원산)하여 1953년에 조선노동당의 당원이 된다.
1954년부터 강원도 연극단에서 배우로 활약한 그는
사망할 때까지 국립연극단의 배우로 활동하였다.
1961년에는 경희극 〈산울림〉에 출연했으며, 혁명연극

류하룡

〈성황당〉에서는 '구장' 역할을 맡았다. 이 때 부정인물로서 성격과 생활
이 진실되게 반영되어 있는 풍자적 요소를 갖춘 구장 역할을 수행했다는
평가를 받는 인물이다. 류하룡은 이후 〈3인 1당〉에서 '가짜도사'역도 맡
아 연기를 펼쳤다.

### (2) 경희극

8호에 경희극 〈철령〉에 대한 단평이 3편 실린다. 이 단평들에서는 각
각 〈철령〉이 정극적인 것과 경희극적인 것이 결합된 점, 궁·부정적 측면
이 결합된 점, 등장인물들의 형상을 격이 있고 인상 깊게 한 것으로 표현
하고 있다. 특히 "긍정적주인공의 성격속에 유모아적인 요소를 체현시키
고 그것이 정극적인것과 함께 성격의 한 측면을 이루게 한것은 주인공이
새로운 경희극적성격의 인물로 될수 있는 중요한 요인"(22쪽)이라고 하면
서 박두칠의 성격에 희극적인 요소가 체현된 점을 평가하고 있다. 구체적
인 예를 들면 "계덕준이가 처녀에게 먹인것이 술인가를 확인하려고 맛을
보다가 그것이 오미자단물이라는것을 알아차리고도 마지막까지 다 마셔
버리는 세부, 자기 아들벌이나 되는 허농달을 동갑이처럼 대해주는 세부,
철령을 넘는 과정에 젊은 사람들조차 지쳐 주저앉을 때 나이에 어울리지
않게 뜀뛰기동작까지 해 보이면서 사람들을 고무해주는 세부"(22쪽) 등이
다. 한편, 등장인물이 궁·부정적인 측면이 결합된 경우를 두고 허농달의
유형을 예로 들면서, 기존 경희극에서는 부정적 인물이 긍정적인 면을
거의 설정하지 않거나, 부정성을 더 강조할 수 있을 정도의 긍정적측면을
보여 주었지만 허농달의 경우는 처음부터 긍정면을 두드러지게 강조하

면서 부정적인 측면을 그려 나가고 있다고 평하였다.

한편, 1998년에 창조했다고 하는 경희극 〈자강도사람〉에 대한 결함을 지적하면서 경희극 창작 방법을 다시 한 번 강조하고 있는 글 「(빛나는 향도) 억지웃음에 경종을 울린 력사적계기」가 2호에 실린다. 이 글에서 설명하고 있는 경희극 〈자강도사람〉에 대한 비판은 "자강도정신, 자력 갱생의 혁명정신을 보여주자는 의도는 좋지만 선이 명백하지 못하고 이야기를 바로 전개하지 못한 점", "현실에도 없는 허황한것", "관광개발 준비위원회 부위원장이라는 인물을 설정하고 그가 지방에까지 나가 돌아다니게 하였는데 현실적으로 관광개발준비위원회라는것이 없다는 점"(10쪽) 등이다. 이러한 결함에 따라 경희극은 "생활을 진실하게 반영하여 그속에서 웃음이 저절로 나오게 하여야 하고", "작품의 내용으로 웃으려는것이 아니라 괴상한 몸동작이나 얼굴표정, 분장으로 웃기려는 현상은 신파적인 잔재"(11쪽)이기 때문에 지양해야 한다고 창작지침을 규정하고 있다. 따라서 이 〈자강도사람〉의 창작과정에서 드러난 결함과 개선책은 선군시대 혁명적경희극을 발전시키는데 중요한 지침이 되었다는 점을 강조하고 있다.

## 2) 대집단체조와 예술공연: 체육과 무용의 결합을 통한 주체사상의 극대화

조미향은 2호에 실린 글 「선군시대에 새롭게 창조된 대집단체조와 예술공연형식에서 집단체조와 예술무용의 결합원리에 대하여」에서 대집단체조와 예술공연이 체육과 예술을 결합한 선군시대의 독특한 종합예술이라면서 이 두 개의 장르가 어느 하나에 복종되어 종속적인 관계를 이루는 것이 아니라 병렬적인 관계에서 각자의 형상수단들을 가지고 독자적인 부분으로 결합되어 하나를 만들어 간다고 설명한다.

아래의 그림들은 〈아리랑〉의 '제1장 2경 〈조선의 별〉'의 몇 장면이다. 처음에는 무용으로 장면이 시작(〈그림 2〉) 되다가 무용가들이 무대의 측면으로 퇴장하고 배경대 쪽에서 집단체조 출연자들이 달려나온다(〈그림

3>). 그리고 곧바로 집단체조가 연출된다(〈그림 4〉).

<그림 2>            <그림 3>            <그림 4>

다음은 '제2장 3경 〈내 나라 북소리〉'의 일부 장면이다.

<그림 5>            <그림 6>            <그림 7>

앞선 장면들(〈그림 5〉)처럼 처음에는 무용으로 시작되었다가 교예, 집단체조(〈그림 6〉) 그리고 교예와 집단체조가 한 무대에 연출(〈그림 7〉)되는 것을 볼 수 있다.

대집단체조와 예술공연 〈아리랑〉에서는 '1장 2경 〈조선의 별〉', '2장 3경 〈내 나라 북소리〉'에서 이러한 측면이 드러난다고 예를 들고 있는데, 여기에서 "우리 나라에 울리고있는 새로운 기적과 창조의 힘찬 북소리, 강성대국을 향해가는 우리 조국의 벅찬 현실"(27~28쪽)을 예술무용과 집단체조가 독자적인 결합으로 보여 주고 있다고 저자는 설명하고 있다.

한편 최명진은 「체조률동과 무용률동이 배합된 새로운 예술형식」(8호)에서 대집단체조와 예술공연 〈백전백승 조선로동당〉의 성과를 평가하면서, 조미향의 글처럼 집단체조와 예술공연의 결합에서 오는 작품의 의의와 특징을 설명한다. 우선 저자는 집단체조와 예술공연이 가진 장르적 특징을 서술하고 있는데, 집단체조는 비교적 단순하고 기계적인 반복 동작이 많으며 체조선수들의 힘 있는 동작과 높은 체육적 기교를 위주로 하고 있으며, 예술공연은 음악과 무대미술 그리고 우아하고 아름다운 율동적 화폭을 펼쳐서 주제를 전달하는 것이다. 이렇게 서로 독자성과 개성을 가지고 있지만 서로 유기적으로 결합될 수 있는 이유는 "사람의 육체적움직임에 의하여 이루어지는 률동"(19쪽)에 기초하고 있다는 것이다. 저자는 "사람의 육체적움직임에 의하여 이루어지는 률동은 정서적 표현력을 가지고있으므로 집단체조와 예술공연을 배합하면 인간의 률동에 의한 조형적화폭을 더욱 아름답게 펼칠수 있다"(19쪽)는 점이 대집단체조와 예술공연의 장르적 특징이라고 말한다.

### 3) 교예

3호에서 리추명은 '교예막간극'이라는 장르가 만들어진 역사를 설명하고 있다. 기존의 교예가 채플린식의 희극적 형상을 답습하여 어리광대극에서 벗어나지 못하고 있다는 것을 지적하면서, 이러한 어리광대극은 단순히 막과 막 사이의 시간적 공백을 메우기 위한 수단으로써 의상에서의 기형성, 동작형상에서의 인위적인 과장으로 사람들로 하여금 맹목적이며 렵기적인 웃음만을 추구하고 있었다고 보았다. 또한 불필요한 대사와 얼굴표정이 기본이 되었던 기존의 막간극의 형태는 교예 종목으로서의 특징이 소멸되고 있었다는 점을 함께 지적하였다. 이러한 현상 아래에서 저자는 김정일이 1971년 5월 5일 평양교예단을 현지지도하는 과정에서 교예막간극의 창작을 지도했던 과정을 서술하고 있다. 김정일은 답습되어 오던 '어리광대극'이라는 용어를 완전히 없애고 '교예막간극'이라는 예술형식의 이름을 지어주었으며, 예술이기 때문에 작품 속에 혁명적인 내용을 담아서 사람들로 하여금 웃으면서 교양하게 하여야 한다고 가르쳤다고 적고 있다.

7호에서 리추명은 1993년 6월 29일에 발표된 『교예론』에 대한 논설

「자주시대 교예예술발전의 진로를 밝힌 불멸의 대강」을 게재하였다. 이 글에서 리추명은 "기존의 교예무대를 지배한것은 모험적이고 기형적인 교예로서 인간의 존엄을 여지없이 짓밟고 변태적취미를 만족시키는 돈벌이수단에 지나지 않았다"(9쪽)라고 지적하였다. 또한 교예가 착취사회가 남겨 놓은 낡은 것으로 규정하면서 교예의 인민적이고 진보적인 발전을 저해했다고 설명하며, 『교예론』이 발표되어 "자주적 인간의 본성에 맞고 인민대중의 자주위업에 참답게 이바지 하는 주체교예"(9쪽)로 발전할 수 있는 계기가 되었다고 김정일의 업적을 칭송하고 있다.

## 2005년

2005년에는 조선인민군4.25예술영화촬영소에서 경희극 〈선군8경〉, 〈생명〉 등이 공연되었다. 하지만 이런 신작에 대한 작품평은 전무한 상태이고, 5대 혁명가극과 5대 혁명연극의 창작원리 그리고 이 작품들을 창작지도한 김정일과 관련된 일화를 소개하는 글이 2005년의 대부분을 차지한다.

### 1) 연극

#### (1) 연극의 창작지도와 극예술사

연극과 관련해서는 과거 김정일의 창작지도 일화가 소개되었다. 혁명연극 〈성황당〉에서 음악이 쓰이게 된 계기를 1978년 6월 중순의 일화를 통해 보여 주고 있는 윤류철의 글 「(빛나는 향도) 주체적연극음악의 전통을 마련하시여」(4호, 23쪽)가 있다. 이 글은 〈성황당〉 공연을 본 김정일이 "연극이 어딘지 모르게 메마르고 정서가 부족한것 같다"(23쪽)라고 말하여 창작가들이 연극의 1장과 5장에 노래와 방창을 삽입했다는 내용을 담고 있는 것이다.

방창에 관한 북한의 사전적 의미와 역할은 다음과 같다.

가극을 비롯하여 영화, 연극 무용 등 예술종류의 작품들에서 등장인물이 아닌 제3자가 무대밖에서 하는 성악연주형식이다. 방창은 무대노래로 할수 없는 서사적인 묘사를 할수 있을뿐아니라 극적인 묘사나 서정적인 묘사도 할수 있는 새로운 음악수단이다. (…중략…) 객관적 립장에 서서 등장인물들의 행동의 바탕에 깔려있는 생활감정을 뚜렷하게 밝혀주며 주인공의 심리세계를 여러가지 측면에서 설명하여 준다. 또한 인물자신의 립장에서도 그의 내면세계를 부각시켜줄수 있게 한다. (…중략…) 객관적인 묘사를 통하여 작품에 반영되고있는 시대적 배경과 사회적 환경을 비록하여 등장인물들의 생활체험을 폭넓게 밝혀주며 사건전개와 극적 비약을 일으킬수 있는 조건을 마련하여준다.13)

제1장에서는 〈돌쇠의 노래〉와 〈불쌍한 어미 딸은 눈물로 비네〉를, 제5장에서는 "만춘과 복순이가 고생하는 어머니를 모시고 오붓한 새살림을 꾸려나갈 래일의 행복을 꿈꾸는 장면"(23쪽)에 방창을 각각 사용하였는데, 대사를 기본 형상 수단으로 삼고 노래(방창)를 삽입하여 단조로움을 피하면서 상황에 대한 부연 설명을 해 주는 역할을 하였다는 것이다. 다음은 연극의 제1장에서 나오는 대표적 방창 가사이다.

△ 돌쇠에 대한 노래가 방창으로 흐른다.

천대받는 머슴살이 총각이지만
야학에서 배우더니 눈이 떴다네
인민을 속여먹는 온갖 원쑤들
웃음과 지혜로 족쳐버리네14)

---

13) 사회과학원 문학연구소, 『문학예술사전』(중), 평양: 과학백과사전종합출판사, 1991, 48~49쪽. 한편, 이에 대해 박영정은 다음과 같이 설명을 한다. 연극 대사 가운데 '방백(傍白: 곁에서 하는 말)'과 쓰임새가 유사하다. 즉 무대 위에서 진행되는 극적 사건진행의 외부(곁)에서 하는 노래라는 뜻이다. 방창은 처음부터 끝까지 무대 밖에 있으면서 노래로서만 극에 참여하는 것이 특징이다(박영정, 『북한 연극/희곡의 분석과 전망』, 연극과인간, 2007, 219쪽).

위의 〈돌쇠의 노래〉는 극의 시작과 함께 돌쇠가 무대로 등장하는 부분에서 흘러나오는 방창이다. 돌쇠가 '천대받는 머슴'이지만 야학을 통해 공부하면서 인민을 속여 먹는 원수들(극에서는 지주, 종교인들, 군수 등을 지칭)을 '웃음과 지혜'로 응징하여 연극의 주제인 미신 따위에 의존하지 말고, 자신의 운명은 자신 스스로 개척해 나갈 것과 계급이 없는 사회로의 지향 등을 집약적으로 제시해 보이는 장면이다.

계속해서 1장의 〈불쌍한 어미 딸은 눈물로 비네〉 방창 부분이다.

박씨: 성황님께 빌자! 우리한테야 성황님밖에 믿구 의지할데가 있니.
어서 너두 가서 빌자!

△방창이 들려온다

이 세상 넓다 해도 믿을곳 없어
불쌍한 어미딸은 눈물로 비네
그 누가 저들을 구원해주랴15)

결혼 잔치를 앞둔 복순이가 해산을 하게 된 군수의 소실에게 보내지게 됐다는 사실을 알게 된 복순 어머니가 복순이 손을 이끌고 '성황님께 빌자'고 성황당으로 가는 장면에서 위의 방창이 사용된다. 무대의 왼쪽에서 연기를 하던 배우들은 무대의 오른쪽에 위치한 성황당으로 눈물을 흘리며 걸어가는 것과 성황당 앞에 도착해 두 손 모아 간절하게 기도하는 장면에 사용된 이 방창은 복순 모녀의 처절하고 북한에서 이야기하는 '낡은 것'(미신)에 사로잡혀 있다는 정보를 관객에게 전달하는 역할을 한다. 즉 "노래와 음악은 연기의 진실성과 예술적감흥의 강렬성을 담보해주며 주인공과 무대, 관객을 하나로 련결시켜주는데 적극 이바지"(23쪽)하는 것

---

14) 「불후의 고전적명작 혁명연극 〈성황당〉」, 『조선예술』 1980년 3호, 34쪽.
15) 위의 책, 40쪽.

이 북한의 연극에서 음악 특히 방창을 사용하였을 때의 얻을 수 있는 효과라는 점이 이 글의 요지이다.

다음으로는 '불후의 고전적명작' ≪경축대회≫를 〈성황당〉식 혁명연극으로 창작하게 된 경위를 설명하는 「혁명연극 ≪경축대회≫에 깃든 빛나는 령도」(8호, 22~23쪽)라는 글과 연극 〈뢰성〉이 처음 창작되었던 과정을 서술한 안광일의 글 「첫 수령형상연극 〈뢰성〉 창조에 깃든 사연」(9호, 21~22쪽)도 실렸다. 이 중 안광일은 연극 〈뢰성〉(김사량, 1946년)이 1946년 8월에 만들어진 장막극이며 북한에서 '최초의 수령형상연극'이라고 그 위상을 부여하고 있다는 것, 그리고 김정숙의 지도 아래 만들었다는 것이 이 글의 핵심이다.

### (2) '선군'의 연극적 표상: 극작가 박호일의 경희극

평론가 안정숙과 경희극 작가 박호일이 이 시기에 창작된 경희극에 대한 평가를 논하는 좌담회가 1호(「선군혁명실록은 경희극명작의 종자원천」, 25~29쪽)에 실렸다. 이 글에서 언급된 경희극 작품은 모두 조선인민군 4.25예술영화촬영소 소속 작가인 박호일이 희곡을 집필한 작품으로, 경희극 〈동지〉, 〈편지〉, 〈약속〉, 〈축복〉, 〈웃으며 가자〉가 있다.

〈약속〉(1996)은 김정일이 병사들과 한 약속을 지키기 위해 다시 군사중대를 방문한 이야기를 담고 있으며, 〈축복〉(1997)은 안변청년발전소건설장에서 군인이 보여준 투쟁의 모습을 그리고 있는 작품이다. 〈편지〉(1998)는 한 해 농사를 잘 마무리 지어 그 성과를 김정일에게 편지로 보고하려고 하는 군인들과 인민들의 모습을 보여 준 작품이며, 〈동지〉(1999)는 관병일치 사상을 받들고 중대에 내려가 병사생활을 체험하는 한 사단장의 이야기를 담고 있다. 또한 〈웃으며 가자〉(2000)는 어느 군부대의 군관 아내들이 '군인가족예술소조경연'에 참가하기 위해 노력하는 고정을 그리고 있는 작품으로, 전후의 시기 보다 더 오늘의 시련과 난관을 노래와 웃음으로 헤쳐 나가자는 낙관적인 태도를 표현하고자 하였다.

이렇게 「선군혁명실록은 경희극명작의 종자원천」에서 평론가와 작가는 이 작품들을 선군시대를 대표하고 선군시대를 상징하는 작품이며, 따라서 2000년대 정치 담론이었던 '선군'의 의미를 연극에서는 경희극 작품을 통해서 실현해 나가고 있다는 것을 강조하고 있다. 군인을 극적 주인공으로 등장시키거나, 군민일치와 같은 당의 사상이 체현된 작품들로서 선군시대의 연극적 표상이라고 할 수 있다.

## 2) 가극

2005년에서 가극에 대한 글들은 크게 민족가극을 혁명가극의 형태로 개작하는 방법에 대한 연구와 가극문학에서 노래의 쓰임과 특징에 관한 것으로 나눌 수 있다.

먼저, 백옥의 글 「력사주의적원칙과 현대성의 원칙구현은 민족가극창조의 중요한 요구」에서 고전작품인 〈춘향전〉을 피바다식 혁명가극으로 개작하는 방법론과 그 결과를 설명해 주고 있다. 고전을 피바다식 혁명가극으로 개작할 때는 역사주의적 원칙과 현대성의 원칙을 구현해야 하는데, 민족가극으로 재탄생한 〈춘향전〉은 "신분에 따라 사람을 차별하는 봉건제도를 비판"하고, "빈부귀천과 신분적인 모순으로 가득찬 봉건사회의 반동성을 폭로하는 사상예술성이 높은 민족가극"이 되었다고 평가하고 있다. 또한 "방자와 향단을 다 같이 계급사회에서 천대받는 인물로서 춘향과 몽룡사이에 이루어져야 할 사랑이 빈부귀천의 사회악으로 하여 맺어지지 못하는것을 두고 가슴아파하며 봉건사회를 저주하는 진실하고 의리깊은 인물로 형상"하였기 때문에 작품의 사상을 밝혀내는데 이바지하였다고도 한다(52쪽).

다음으로는 가극에서 가사와 노래의 형상과 그 특징들을 설명한 글들이다.

우선 전수철은 「가극문학창작에서 주제가사의 형상적몫」(1호, 77~78쪽)에서 가극문학을 창작할 때 주제가사가 작품의 종자와 주제사상을 집약적으로 체현한다는 것, 주인공의 성격을 집중적으로 밝혀낸 것, 가극의 중요한 계기 마다 극을 연결시키고 상승시킬 수 있는 힘을 가지게되는 것 등으로 그 역할을 설명하고 있다. 이 글에서 혁명가극 〈꽃파는처녀〉의 서장에 나오는 〈해마다 봄이 오면〉의 노래를 예로 들면서 "나라잃은 민족의 슬픔과 행복한 미래에 대한 우리 인민의 지향과 념원을 상징적으로 암시하고 있으며 종장에서 은혜로운 태양의 해빛아래 혁명의꽃씨앗을 뿌려가는 주인공의 긍지높고 행복한 새생활에 대한 환희로 승화"(77쪽)된다고 설명하면서 작품의 종자와 주제를 집약적으로 잘 표현했다는 것을 부연해 주고 있다.

> 〈해마다 봄이 오면〉
> 해마다 봄이 오면 산과 들에는
> 아름다운 꽃들이 피여나건만
> 나라 잃고 봄도 없는 우리들에겐
> 언제 가면 가슴속에 꽃이 피려나
> 들어보자 그 이야기 눈물의 사연
> 어이하여 처녀는 꽃을 파는가

　이는 앞선 1장에서의 방창 〈돌쇠의 노래〉가 내포하고 있는 극 전개상의 의미와 같은 것으로, 꽃분이가 꽃을 팔게 된 사연과 '나라 잃고 봄도 없는' 꽃분이 가족의 시련 등 극의 중심 내용과 주제를 집약적으로보여 주고 있는 장치로 그 역할을 한다.
　채명석의 글 「〈피바다〉식 가극노래조직의 몇가지 특징」에서는 종래의 가극(오페라)의 아리아와 대화창에 대한 약점을 지적하면서 글을 시작한다. 아리아와 대화창이 극조직상 치명적인 약점을 가지고 있으며 특히아리아 장면에서는 극이 정지되고, 대화창 장면에서는 음악적 흐름이정지되기 때문에 극이 매끄럽게 진행되지 못한다는 것이다. 하지만 북한에서 새롭게 만들어낸 〈피바다〉식 가극은 인물의 성격, 생활, 인간관계의 극화, 발전, 사건과 정황 감정의 축적과 발전을 '절가'를 통해 진행되도록 만들었다고 강조한다. 절가는 "정형시형태의 여러개 절로 나누어진 가사를 하나의 완결된 곡조에 맞추어 반복적으로 부르는 성악작품형식"으로, "현실생활의 크고작은 모든 내용을 풍부한 형상으로 구현할수 있는 다양한 서술적 가능성을 가진"[16] 형식이다. 절가 자체만으로도 그 안에 '서술적 가능성'을 내포하고 있기 때문에 극조직은 밀접히 연관될 수 있고 "아리아나 대화창에서는 생각조차 못하였던 극적성격이나 사건, 정황에 대한 제3자적인 객관적음악적서술도 수행"(61쪽)할 수 있는 것이라고 그 특징을 설명하고 있다.

## 3) 교예

신현국은 5호에서 '학생소년예술축전'의 특징에 대한 글을 발표했다. 신현국이 말하는 학생소년예술축전의 특징은 규모가 작고 아기자기한 소품들이 기본 형식을 이룬다는 것, 다양한 종류와 형식의 무대예술작품들이 공연된다는 것, 기악연주종목들이 특히 많이 오르는 것, 음악이나 극 등 다른 예술장르와 결합된 무용종목이 등장했다는 것이다. 결국 이 학생소년예술축전은 음악과 무용종목을 기본으로 하면서 각이한 형태의 예술종목들을 적절히 배합하여 공연하는 것이라는 설명을 덧붙였다.

최국선은 9호에서 희극교예의 고유한 특성에 대해 설명하였다. 희극교예는 주로 배우의 재주 형상에서 웃음을 유발시키며, 이 때 재주 동작은 부정확하고 서툰 것처럼 보이면서 작품에 담겨진 희극적인 이야기를 흥미있게 살려내야 한다고 말하고 있다. 하지만 배우는 세련된 기술로 정확하고 능숙하게 재주를 부리되, 관중에게는 배우가 동작을 불안정하고 서툴게 하는 것처럼 보이게 하는 식으로 연기를 펼쳐야 한다는 것이다.

한편 지난 2004년 교예막간극이 희극적 성격을 가져야 한다는 리추명

---

16) 사회과학원 주체문학연구소, 『문학예술사전』(중), 평양: 과학백과사전종합출판사, 1991, 450쪽.

의 글(「교예막간극창조의 새 력사」, 『조선예술』 2004년 3호, 10~11쪽)[17])처럼, 희극교예는 사이극[18]적 성격을 가져야 한다고 다시 한 번 강조한다.

## 2006년

경희극 〈철령〉에 대한 평가가 구체화되고 있으며, 특히 이 작품에 대해서 '아담하다'는 수식어가 사용되었다. 또한 대집단체조와 예술공연 〈아리랑〉 공연에서 미술 작품 〈선군8경〉 중 하나인 〈울림폭포의 메아리〉를 상징하는 장면을 비롯하여 2005년의 공연에서 새롭게 추가된 장들에 대한 설명과 분석이 있었다.

### 1) 연극

#### (1) 연극 창작의 기법: 배우의 연기에 대하여

가장 먼저 김성걸이 연극에서의 배우들의 연기의 특성에 대해 논하고 있는 두 편의 글이 주목된다. 1호에 실린 「연극연기의 특성에 대하여」는 연극연기의 특성을 대사 중심, 순차적이고 지속적인 연기 형상, 생활적인 무대연기라는 점을 꼽고 있다. 이 가운데 연극에서의 모든 생활이 현실에서처럼 순차적으로 흘러가기 때문에 연기 역시 생활 그대로의 법칙대로 흘러가야 한다는 것을 강조하고 있다. 이러한 견해는 2003년 1호 조성대의 글(「연극예술과 시공간의 관계」, 『조선예술』 2003년 1호, 57~58쪽)에

---

17) 이 글에서 리추명은, 기존의 막간극이 채플린 식의 희극적 형상에만 그치고 있어 어리광대극에 지나지 않았다고 비판하고, 이러한 교예는 의상에서의 기형성과 동작에서의 인위적인 과정을 통해 사람들로 하여금 엽기적인 웃음만을 추구하였다고 한다. 따라서 '교예막간극'이라는 새로운 예술 형식의 장르명을 부여하면서 예술로서 작품 속에 혁명적인 내용을 담아 사람들로 하여금 웃으면서 교양할 수 있게 하여야 한다고 설명하였다.

18) 예술공연을 진행할 때 종목과 종목 사이에 하는 짧은 극. 사이극은 대체로 중막극이나 단막극들을 공연할 때 공연종목을 다양하게 편성하는데서 효과적으로 리용된다. 시기적으로 제기되는 당정책적 문제들을 민감하게 받아물고 짧은 시간내에 창조할수 있으며 임의의 장소에서 기동적으로 공연할수 있는 우월한 예술공연형식이다. 사회과학원 주체문학연구소, 『문학예술사전』(중), 평양: 과학백과사전종합출판사, 1991, 209쪽.

서 '무대 위에서의 시간이 현실적 시간을 그대로 반영하고 있다'는 견해와 같은 맥락으로 이해할 수 있으며, 따라서 배우의 연기도 순차적이고 현실의 시간처럼 지속적이어야 한다는 것을 설명하고 있다. 이때 조성대는 "연극의 무대에 반영된 생활의 흐름이 현실적 시간과 조금이라도 일치하지 않게 되면 연극은 진실성을 잃게 된다"(2003년 1호, 57쪽)고 강조하였는데, 김성걸과 조성대의 글 모두 북한에서 연극이 생활을 진실되게 형상하여야 한다는 원칙을 제시해 주고 있는 것이다. 한편, 5호의 「연극배우의 교감능력」에서는 배우가 연기하는 인물과 관중과의 교감 능력을 높일 것을 강조하고 있다. 여기서 관중과 교감한다는 것은 곧 관중을 감동시키고 관중으로 하여금 흥미를 조성시키는 것이다. 이 글에서 설명하고 있는 배우와 관중의 교감의 원칙은 배우가 관중의 세계관을 꿰뚫어보는 능력이다.

### (2) 경희극: 선군시대를 대표하는 밝은 양상의 극예술

손광수는 6호에 실린 글 「선군시대를 구가한 경희극의 미학적특징」에서 경희극 〈철령〉이 "심각한 사회적문제라고 하더라도 그것을 어둡게 가져간것이 아니라 해학적으로, 랑만적으로 특색있게 풀어나감으로 하여 양상을 매우 밝고 경쾌하게"(19쪽) 만들어 낸 것에 경희극적 해학성이 있다고 설명하였다.

한편 이 글에서 주목해 봐야 할 부분은 경희극 〈철령〉을 "이 시대의 지향과 요구에 맞는 밝고 아담한 극작품"(19쪽)으로 평가했다는 점이다. 손광수가 말하는 경희극 〈철령〉은 "우리 당이 이끄는 선군의 길이 어떤 길인가 하는 문제를 제기하고 조선은 선군의 길을 따라가야 살수 있고 그 길을 버리면 죽는다는 민족의 삶과 죽음에 관한 진리를 철학적으로 해명"(19쪽)한 작품이다. 이러한 사상이 담긴 이야기를 '하루밤의 이야기'와 같은 '간단한 줄거리'로 펼친 점을 두고 '아담하다'는 표현을 쓰고 있는 것으로 보인다. 경희극에 대한 평가나 평론에서 '아담하다'라는 표현이 들어간 것은 이번 손광수의 글이 처음으로, 북한에서 사용되는 '아담하다'의 뜻은 "고상하고 담박하다, 깔끔하고 얌전하다"[19]이다.

2006년에는 〈한 녀학생의 일기〉를 평가하는 글에서 '아담하다'라는 단어가 많이 등장한다. 반면 같은 2006년『조선예술』에 실린 연극 분야에서는 이 손광수의 글에서만 '아담하다'라는 표현이 단 한 차례만 등장할 뿐, 영화부분에서처럼 지속적으로 등장하지는 않는다. 단정하기는 이르지만 경희극을 논할 때 사용되는 이 '아담하다'라는 표현은 기존의 〈성황당〉식 혁명연극과는 차별성을 두기 위한 하나의 장치로 볼 수 있지 않을까 한다.

### (3) 무대 소품[20]: 재담, 독연

재담(才談)은 "두사람이 출연하여 재치있게 웃음을 자아내는 말을 번갈아 엮어가면서 하는 무대예술소품 한가지. 간단한 소도구를 가지고 때를 맞추어가면서 분장을 하기도 한다. 반동적인것을 폭로규탄하거나 낡은 사상 잔재를 비판시정하며 새것을 지지하고 긍정하는것이 그 내용"[21]으로 구성되어 있다. 방홍만은 12호 「무대소품창작에서 재담의 언어적표현형태」에서 재담의 언어 표현 형태를 글로 담아냈다. 재담의 기본은 언어 구사를 하는 것이고, 재담수는 대화형식으로 된 설명, 묘사, 서정토로를 하게 되며 재담수가 맡은 극중 인물의 형상언어는 대화와 독백이다. 이때 재담수들은 문화어를 써야 한다고 강조하는데, 그 이유는 "재담이 사상내용을 언어를 통하여 표현할뿐아니라 근로자들을 교양하고 재담에 씌여진 말을 인민들이 따라배우도록 하기 위해서"(65쪽)이다. 이와 같은 웃음소품에 대한 것은 김혜숙이 쓴 독연에 관련된 글에서도 강조된다. 김혜숙은 이 글에서 독연 〈정신을 닦자〉(2000, 국립희극단), 〈귀속말〉(2000, 국립희극단), 풍자독연 〈박사감투〉 등의 작품들에 대한 작품 개관을 들면서 웃음소품으로서 독연이 관중들에게 "웃음을 통하여

---

19)『조선말대사전』(2), 평양: 사회과학출판사, 1992, 1,323쪽.
20) 소품은 현실 생활의 한 토막을 그린 작은 규모의 문학예술작품을 지칭한다.
21)『조선말대사전』(2), 평양: 사회과학출판사, 1992, 425쪽.

낡고 부정적인 것을 폭로 비판함으로써 사람들을 부정적인 현상을 반대하여 투쟁하도록 교양하며 우리 사회주의사회에서 사람들의 아름다운 행동에 대해서는 지지와 찬양으로 감동"(71쪽)을 준다고 하였다.

### (4) 극예술사

70년 전인 1936년 8월 하순에 김일성이 직접 만강 부락에서 연예 공연을 했다는 일화가 11호 박형진의 글을 통해 소개된다. 박형진은 이 글에서 "불후의 고전적명작 『피바다』와 여러 연극들을 비롯한 혁명적인 문예작품들"(4쪽)을 공연했다고 쓰고 있다. 실제로 북한에서는 항일혁명연극인 〈성황당〉과 〈피바다〉를 문예혁명 시기에 발굴했으며, 이것을 개작하여 '불후의 고전적명작'이라는 이름을 붙이며 '불후의 고전적명작 〈피바다〉'와 '불후의 고전적명작 〈성황당〉'을 완성시켰다. 이것은 각각 '〈피바다〉식 혁명가극', '〈성황당〉식 혁명연극'의 형태로 정착되어 북한 연극과 가극의 기원이자 기본적인 창작원리로 제공되고 있다.

## 2) 가극: 가극 창작의 기법들

김시택은 무대예술창조 과정에서의 조명 형상 방법에 대해 「무대조명도 하나의 예술이다」(7호)를 썼다. 이 글에서 밝히고 있는 무대 조명의 기능은 "빛색을 통하여 장치물과 배경의 형태와 색채를 더욱 직관화, 조형화함으로써 립체감과 공간감을 내여 현실처럼 보이게 한다"(59쪽)는 것이 첫 번째이다. 또한 "인물과 장치물, 배경의 구성이 조화롭게 통일되고 결합되여 뚜렷이 함으로써 시공간적으로 생동한 현실의 세계를 펼쳐놓는다"(59쪽)는 것, "극인물이 체현하고있는 각이한 사상감정과 착잡한 심리적움직임을 장치물과 배경과의 결합속에서 예리하게 포착하고 인상적인 세부를 강조하여 성격을 개성화, 전형화"(59쪽)하는 것 등이다. 이 글에서는 혁명가극 〈꽃파는 처녀〉의 달밤장면을 예로 들어 다음과 같이 설명하고 있다.

배경에 처리된 하늘중천의 밝은 달은 깔깔대며 그네를 뛰는 부자집 녀인들에게는 즐거움과 향략의 대상으로 되고있지만 앓는 어머니와 눈먼 동생을 두고 캄캄한 세상을 살아가는 꽃분이에게는 슬픔의 대상으로 되여있다. 또한 꽃분이가 약봉지를 안고 처음 무대로 걸어나올 때 밝아지던 무대가 점차 어두워지는 조명형상은 달을 바라보며 서러워하는 꽃분이의 처량한 심정을 대변하고있으며 무대중경에 겹겹이 세워진 우중충한 나무장치무들은 날이 갈수록 더해만 가는 서름많은 꽃분이의 운명을 미학정서적으로 밝혀내고있다. 이리하여 인물의 생활환경을 이루는 자연과 사회적조건을 무대우에 그려내는 장치물과 배경 그리고 생활정서와 극적분위기를 상징적으로 반영하는 조명의 유기적인 결합으로 무대는 극인물의 성격에 맞게 현실처럼 꾸며진다.(7호, 59쪽)

한편, 김태복은 연극이 대사를 기본으로 한다면 가극은 가사를 기본형상수단으로 하고 있기 때문에 가극에서 가사의 중요성을 설명하는 명제해설을 내놓는다(「(명제해설) ≪가사에는 시가 있어야 한다≫」, 9호). 이 글에서는 가극 가사는 완벽한 시로 만들어져야 하며, 가극의 모든 가사를 절가화하고 명가사로 만들 수 있도록 하는 창작지침을 내린 김정일의 명제를 해설해 주고 있다.

### 3) 대집단체조와 예술공연 〈아리랑〉

김영복은 2호에서 '대집단체조와 예술공연 〈아리랑〉'이 '당창건60돐'과 '조국해방60돐'을 맞아 지난해에 재공연된 것과 함께, 제3장 1경 〈울림폭포〉 장면을 "선군8경의 경치가 하도 좋아 하늘의 선녀도 내렸다는 이야기로 새롭게 형상"(15쪽)했다는 것과 제2장 4경 〈흥하는 내 나라〉을 새롭게 형상한 것들을 소개하고 있다.

| 2002년 | | | 2005년 | | |
|---|---|---|---|---|---|
| 장 | 제목 | 경제목 | 장 | 제목 | 경제목 |
| 제2장 | 선군아리랑 | 1경-내 조국의 밝은 달아<br>2경-활짝 웃어라<br>3경-내 나라의 북소리<br> 1) 천지개벽<br> 2) 흥하는 내 나라<br> 3) 더 높이 더 빨리<br>4경-인민의 군대 | 제2장 | 선군아리랑 | 1경-내 조국의 밝은 달아<br>2경-활짝웃어라<br>3경-천지개벽<br>4경-흥하는 내 나라<br>5경-더 높이 더 빨리<br>6경-인민의 군대 |
| 제3장 | 아리랑<br>무지개 | 1경-이선남폭포<br>2경-행복의 락원<br>3경-오직 한마음 | 제3장 | 행복의<br>아리랑 | 1경-울림폭포<br>2경-락원의 노래<br>3경-오직 한마음 |

　새롭게 추가된 제3장 1경의 〈울림폭포〉는 2004년에 제작된 〈선군8경〉 그림 가운데 아래의 〈울림폭포의 메아리〉를 창작의 기본으로 활용한듯하다. 2004년 조선인민군창작사에서 창작한 〈선군8경〉은 '선군시대의 새로운 풍경'이라는 주제 아래 백두산, 다박솔초소, 철령, 대홍단 등 "민족의 재보인 조국의 아름다운 경치를 한눈에 볼수 있도록" 창작되었다는 것이 북한의 설명이다.22) 〈아리랑〉에서 〈울림폭포〉 장을 창작한 것은 이 '선군8경'에 대한 극적 표현이라고 볼 수 있을 것이다. 다음의 그림들은 2005년 새롭게 창작된 〈아리랑〉 제3장 가운데 1경 〈울림폭포〉에 해당하는 장면이다.

〈그림 8〉 〈선군8경〉 중 〈울림폭포의 메아리〉

22)『문학예술대사전 DVD』, 사회과학원출판사, 2006.

<그림 9>                                <그림 10>

〈그림 9〉는 제3장 1경 〈울림폭포〉의 시작 장면이다. 그림에서는 자세히 보이지 않지만 무대의 화면의 오른쪽에서 8명의 선녀가 폭포로 내려오면서 장면이 시작된다. 선녀가 폭포로 내려온다는 이야기만 빼고 본다면 위의 〈그림 8〉의 장면과 흡사하다는 걸 알 수 있다.

<그림 11>                                <그림 12>

위의 〈그림 11〉과 〈그림 12〉는 앞의 그림들에 이어지는 연속된 장면들이다. 하늘에서 내려온 선녀들이 폭포수 앞과 무대 중앙에서 울림폭포의 아름다움을 연출하고 있는 것이다.

## 2007년

새로운 작품이나 이 해에 공연된 작품에 대한 감상평, 비평론 보다는 〈성황당〉식 혁명연극의 총체적인 창작방법, 예술적 성과 등을 거론한 글이 대부분을 차지했다. 이러한 틈에 서양의 오페라의 아리아와 대화창이 가진 단점을 지적하면서, 절가와 방창의 특징을 설명하면서 북한의 〈피바다〉식 혁명가극이 오페라와는 변별을 가진 새로운 장르라는 주장하는 글을 볼 수 있다.

## 1) 연극

### (1) 〈성황당〉식 혁명연극의 특징들

5대 혁명연극의 연기를 평하고 성과를 논하는 글이 1호에 실린다. 림훈이 쓴 「개성적이며 독창적인 연기형상창조의 길에서」(1호, 20~22쪽)에서는 5대 혁명연극인 〈성황당〉, 〈딸에게서 온 편지〉, 〈3인 1당〉, 〈혈분만국회〉, 〈경축대회〉의 주인공과 특징적인 인물의 연기를 구체적으로 설명하면서, 배우들이 각자 맡은 인물들에게 깊게 파고들어 생활의 세부를 잘 찾아내어 독창적인 연기를 펼칠 수 있던 점을 성과로 꼽고 있다. 림훈이 설명한 예시 가운데 혁명연극 〈성황당〉의 돌쇠는 "고역에 시달리면서 주린 창자를 채우지 못해 항상 바지가 흘려내려서 떡을 먹을 때에도 바지춤을 끌어올리는 것"(20쪽), 황지주는 "포악하고 착취계급의 일반적 속성과 함께 탐욕성, 수전노적린색성을 강조"하기 위해서 "면장이 다 된 듯이 거드름을 피우면서도 허세를 내적으로 깔고 음흉성을 강조"한 것, "인력거를 탈 때 구두를 바꾸어신는"(20쪽) 행동 등을 통해 극 중 별명인 '황깍쟁이'처럼 깍쟁이 같은 속성을 여실히 드러냈다는 것이다.

리현순은 3호에서 〈성황당〉식 극문학의 특징과 그것을 활용해 창작해 나갈 북한 연극의 창작 방법을 제시하고 있다. 이를 위해서 〈성황당〉식 극문학의 특징을 하나하나 나열하는데, 인민대중이 세계의 주인이라는 주체의식을 강조할 것, 구성의 입체성을 보장하여 기존 연극이 가지고 있던 무대의 제한성을 극복한 다장면 구성방법을 사용할 것, 노래가사와 설화[23]를 활용할 것 등이 그것이다. 이는 다시 말하면 앞서 설명되었던 흐름식 입체무대미술, 방창 등을 적극 수용하여 다양한 형태의 희곡작품을 창작해낼 것을 독려하는 행위이다. 하지만 위에서 언급된 〈성황당〉식 혁명연극의 특징들은『조선예술』에서 수차례 반복적으로 등장한 부분으로 새로운 것이 아니며 또한 5대 혁명연극 이외에는 거론된 〈성황당〉식 혁명연극에 대한 실제적인 분석도 없다. 이는 새롭게 창작된 〈성황당〉식 혁명연극의 부재가 엿보이는 대목이라고 할 수 있겠다. 실제로『조선문학예술년감』에 따르면 2007년까지 새로운 혁명연극은 창작되지 않았으며, 단막극이나 소품류 그리고 경희극 창작이 주를 이뤘다는 점을 통해 이를 미루어 짐작할 수 있다.

림덕길은 5호「해방전 프로레타리아극문학의 몇가지 특성」에서 프롤레타리아연극의 특징들을 거론하면서 "프로레타리아극문학은 당대의 사회현실을 진실하고 생동하게 반영한것으로 하여 인식교양적의의가 있으며 당시 부르죠아극문학에 커다란 타격을 주고 극문학의 건전한 발전을 추동하였다"(73쪽)고 설명하였다. 하지만 이 프롤레타리아 극문학도 당시의 시대 상황에 부딪혀 시대적 사명을 다하지 못했다고 보면서, "인민대중의 자주위업수행에서 나서는 근본문제를 내세우고 형상하는 데서 근본적인 제한성"(73쪽)을 가지고 있다고 비판하였다. 결국 이러한 것을 보완하고 발전하여 마침내 〈성황당〉식 혁명연극으로 북한식 연극이 자리를 잡았다는 것을 강조하려는 움직임으로 보인다.

---

23) 문학예술작품에서 인물과 생활에 대한 창작가의 립장과 태도를 밝히며 내용을 보충설명하는 형상 수단의 하나. 영화나 연극에서 설화를 쓰는 경우에는 그것은 사건이 전개되는 환경과 그 과정을 설명하는 서술형태를 취할수도 있고 극의 내용과 생활의 의미를 설명하거나 암시하며 마감대목에서 사건에 대한 결론을 주는 수단으로 리용될수도 있다. 사회과학원 주체문학연구소,『문학예술사전』(중), 평양: 과학백과사전종합출판사, 1991, 256~257쪽 참고.

## (2) 경희극

손광수는 「시대와 민족적미감에 맞는 밝은 양상의 극문학작품들을 많이 창작하자」(8호, 17~18쪽)에서 예로부터 조선 사람들은 진한 색 보다는 연한 색 그리고 부드럽고 선명하고 깊이 있는 것을 좋아했다면서 오늘날의 "현대적 미감은 밝고 화려하며 생기발랄한 색채에서 뚜렷이 표현"된다고 서두에서 밝혔다. 그러면서 북한의 인민들은 민족의 전통적 색채를 가진 밝은 양상의 극작품들을 많이 사랑한다면서 이러한 작품의 예시로 경희극 〈철령〉(2003), 〈약속〉(1996), 〈동지〉(1999), 〈축복〉(1997), 〈편지〉(1998)를 언급하고 있다. 특히 경희극 〈철령〉을 두고 "밝은 양상"을 지니고 있으며, "선군시대가 요구하는 민족의 전통적색채를 주도적으로 잘 살"(18쪽)린 작품이라고 성과를 논하고 있다. 이러한 맥락은 『조선예술』 2006년 6호에 같은 저자의 글 「선군시대를 구가한 경희극의 미학적 특징」에서 크게 벗어나지 않는다. 2006년의 글에서도 〈철령〉을 가리켜 "양상이 매우 밝고 경쾌"하며 "시대의 지향과 요구에 맞는 밝고 아담한 극작품"(『조선예술』 2006년 제6호, 19쪽)이라고 설명하고 있기 때문이다.

김성희는 11호에 경희극 〈생명〉[24](2005)에 대한 평론을 게재한다(「(평론) 주인공의 성격이 살아나야 종자도 꽃핀다」). 이 글의 핵심은 작품 속 '경희극적 웃음'의 바탕이 무엇인가 하는 것이다. 그것은 바로 영예군인인 대철을 친혈육처럼 보살펴 주려는 마을사람들의 부담을 덜어주기 위해 쌍둥이 동생인 용철이가 형을 가장해서 행동하면서 정체가 탄로 날 듯 말 듯 한 상황에 있다고 보고 있다. 사회주의 현실주제의 경희극 작품들에서 희극적 주인공은 "자체 내에 긍정면도 가지고 있으며, 주관적 의도와는 달리 사고와 행동에서는 이러저러한 부족점을 나타내면서"[25] 가벼

---

24) 전투훈련도중, 터지는 수류탄을 몸으로 막아내고 두 눈을 잃게 된 쌍둥이 형 대철을 대신해, 동생 용철이 대철이처럼 행동하며 마을 사람들의 환대를 받게 되는 이야기다. 영웅적인 헌신으로 두 눈을 잃게 된 대철에게 마을 사람들은 걱정과 함께 도움을 주려고 하지만 그것이 미안했던 대철이가 동생 용철을 대신 고향 마을로 보낸 것이다. 이 과정에서 겪게 되는 용철과 마을 사람들 간의 희극적인 상황들이 내용의 중심을 이룬다.

25) 사회과학원 주체문학연구소, 『문학예술사전』(상), 평양: 과학백과사전종합출판사, 1998, 182쪽 참고.

운 웃음을 유발한다는 의미와 통한다. 〈생명〉에서 이러한 경희극적 웃음
을 유발하는 데는 쌍둥이 형제를 두고 사건을 전개시킨 '착각수법'에서
기인하였다.

## 2) 가극

노동계급을 대상으로 한 현실물 가극으로서는 최초의 작품인 가극
〈연풍호〉26)의 창작지도 과정을 담은 평안남도예술단 단장 공훈배우 김
관덕의 수기 「(수기) 믿음과 사랑속에 흘러온 35년」(5호, 22~23쪽)이 실렸
다. 1973년 5월 29일에 김정일이 창작 지도를 했다고 하는 이 작품은
평안남도예술단 배우와 예술소조원들이 참가했으며, 1974년 4월 20일에
당시 평양예술극장에서 공연되었다. 그리고 1982년 2월 16일까지 500회
를 공연했으며, 이 글의 저자이자 예술단 단장으로 참여했던 김관덕은
이후에도 가극 〈이 세상 끝까지〉, 음악무용서사시 〈영광의 노래〉에도
참가하였으며 현재는 평안남도예술단 단장으로 일하고 있다.

리동욱은 10호에서 서양의 오페라와 가극을 비교하며 북한 가극의 특
수성을 서술하는 「5대혁명가극은 주체가 확고히 선 우리 식의 새형의
가극이다」(10호, 50~51쪽)를 게재했다. 우선 이 글에서는 오페라의 역사
부터 대략적으로 설명하는데, "인류최초의 가극 〈다후네〉"(51쪽)로부터
17세기까지의 오페라의 주요 주제는 고대신화였다는 점을 먼저 언급하
였다. 여기에서 언급하고 있는 가극 〈다후네〉는 오페라의 효시라고 할
수 있는 음악극 〈다프네(Dafne)〉27)이다. 리동욱은 이 시기와 18세기 중엽
까지의 가극이 "신화에 기초한 고대그리스비극을 자신들의 미학적리념
을 실현하는 리상적인 모범으로 간주"하였으며, "사회현상에서 전형적
이며 본질적인 문제를 예리하게 밝히지 못하였다"(51쪽)는 점을 지적하
였다. 따라서 그 누구도 인민대중의 지향과 요구를 반영하지 못하였으

---

26) 전후 시기 평남관개사업을 중심 내용으로 하고 있는 작품이다.
27) 페리(J. Peri, 1561~1633) 작곡. 1597년 작품.

며, 성악적 효과(아리아의 기교)만을 중시하였던 기존의 프랑스의 서정적 비극 작품과 이탈리아의 정가극은 쇠퇴하였다는 것이 글쓴이의 주장이다. 리동욱은 마지막으로 북한만의 혁명가극, 즉 "극적인 형상방식과 음악적형상방식이 밀착되지 못한것으로 하여 극적인 생활이 음악적으로 일반화될수 없었던 종래가극의 제한성이 극복되고 극속에 노래가 있고 노래속에 극이 있는 새형의 가극"(51쪽)이 만들어 질 수 있었다고 역설하고 있다. 여기에 관해서는 2005년 『조선예술』에서 언급된 적이 있었던 채명석의 글 「〈피바다〉식 가극노래조직의 몇가지 특징」(2005년 제5호, 66~67쪽)과 함께 볼 수 있다. 이 글에서 채명석은 오페라의 아리아는 극이 정지되고, 대화창 장면에서는 음악적 흐름이 정지된다는 약점을 가지고 있기 때문에 극이 매끄럽게 진행되지 못한다고 오페라의 약점을 지적하였다. 그러면서 〈피바다〉식 혁명가극에서 발현된 절가는 그 자체로 서술적 가능성을 내포하고 있기 때문에 극조직이 밀접하게 연결될 수 있다고 주장하였다. 리동욱의 글도 채명석의 글과 함께 북한 내에서 〈피바다〉식 혁명가극이 기존의 오페라와는 변별을 둔 새로운 장르라는 것을 논증해내는 방법이라고 볼 수 있다.

### 3) 교예

교예와 관련해서는 8호와 10에 실린 김영진의 글을 주목해서 볼 만하다.
우선 8호에 실린 김영진의 글 「교예는 재주의 예술」(68~69쪽)은 북한의 교예가 오랜 역사적 뿌리를 가지고 있는 예술의 한 형태이며, 높은 예술적 기교를 가진 뛰어난 장르라는 것을 '재주'라는 말을 통해 설명하고 있다. 우선 "교예는 재주의 예술이다."(68쪽)라는 김정일의 말을 인용해서 글을 시작한 김영진은 체력교예, 희극교예, 요술, 동물교예(동물들을 길들여 그의 기능에 맞는 행동들을 계발시키고 그것을 관습시키는 방법으로 창조되는 교예 종목) 등으로 세부장르를 구분 지으며 '교예예술'이라는 것을 강조한다. 교예(巧藝)라는 단어 안에 재주를 뜻하는 '藝'가 포함되어 있으며,

재주라는 행위 자체도 '예술'로 이름 붙이며 예술로서의 위상을 부여해 주는 것을 알 수 있다. 김영진은 '재주'는 인간을 보여 주는 것이며, 원시 사회에서의 육체적 능력이나 기능(나무에 오르는 재간, 짐승을 잘 잡는 재간, 벼랑이나 나무 사이를 뛰어넘는 재간)을 교예재주발생의 시초라고 규정하였다. 또한 교예는 배우가 직접 재주 동작을 펼치는 것으로 "높은 기술동작과 예술기교에 기초하여"(68쪽) 인간 생활을 훌륭히 재현할 수 있다고 설명하는데, 교예 연기 역시 인간의 '생활'과 불가분의 형태라는 점에 주목하고 있다. "생활을 예술의 원천이며 바탕"(68쪽)이라고 설명한 다음 "교예도 이와 마찬가지로 자기의 창조발전에 필요한 모든 것을 생활속에서 찾고 그것을 그려내야 자기의 존재방식과 존재가치, 생신하면서도 아름다운 생활예술로서의 무한한 발전을 이룩할수 있다"(68쪽)는 것이 핵심이다. 결국 교예라는 장르를 예술로서 승화시킬 수 있는 것은 바로 '생활의 반영' 또는 '생활 형상의 일반화'라는 것이다. 즉 북한의 교예는 김영진에 따르면 "인간과 그 생활을 재주적인 형상방법으로 보여주는것으로 하여 예술의 한 형태"(68쪽)가 될 수 있는 것이다.

10호에서는 교예 창작에서 주체성과 민족성을 구현하기 위한 방법을 제시하는 「교예창조에서 주체성과 민족성의 구현」(10호, 52~53쪽)이 실렸다. 이 글은 우수한 민족교예의 특성을 보존 발전시킬 수 있는 방법으로 교예 창조 과정에서 주체성과 민족성을 구현하는 방법을 논하고 있다. 그 방법으로는 우선 "모든 교예의 형태와 종류들을 우리 식으로 발전시킬 것"(52쪽)을 제시하는데, "우리 나라 동물을 기본으로 하고 전통적인 말교예를 비롯한 사람이 재주를 부리는 교예를 발전시키면서 여기에 작은 동물들을 배합하는 방향"(52쪽)을 활용한 동물교예를 하나의 예로 들어 설명하였다. 그러면서도 "다른 나라 사람들이 전혀 상상할수없는 우리 식의 독특하고도 새로운것을 창조해내야 하며 다른 나라의것을 섭취하는 경우라도 수준이 떨어지거나 같아서는 안되면 완전히 압도해나가는 원칙을 지켜나가야 한다."(52쪽)와 같은 말로 다른 나라의 것 보다 새롭고 우수하게 창작할 것을 강조하고 있다. 또한 민족적인 것을 살리기 위해서 자칫 복고주의에 빠지지 않도록 주의를 주면서도 인민적이고 진보적인 민족교예유산들을 적극 찾아내서 시대적 미감에 맞게 발전시킬 수 있도록 독려하고 있다. 이 과정에서 복고주의와 현대화의 관계를 잘 활용하여 어느 한 쪽으로 편향됨이 없이 민족 교예를 발전시켜나갈 것을 주문하였다.

## 2008년

〈성황당〉식 혁명연극에서 의상과 소도구를 활용하는 방법, 소품 형식의 극을 창작하는 방법론 등이 제시되고 있다. 또한 경희극에 대한 평론은 기존의 논조를 넘어서지 않고 있으며, 이 시기 경희극 작품들의 희곡을 쓴 극작가 박호일의 회고도 작품 전반을 총괄하는 수준에 머물러 있다. 여기서 논의된 경희극에 대한 평가는 주로 선군시대를 대표하는 작품이라는 점, 군인들과 인민들의 교양에 앞장 서는 작품이 되어야 한다는 것이다.

## 1) 연극

### (1) 5대 혁명연극의 창작방법론: 의상과 소도구의 활용

김수룡이 2호와 3호에서 발표한 두 편의 글은 북한의 연극에서 의상과 소도구의 특징을 설명하는 글이다. 각각 「의상, 소도구에 비낀 시대의 특징과 민족적특징」(2호, 55쪽)과 「무대작품에서 인물의 성격창조에 맞는 의상, 소도구형상」(3호, 70~71쪽)이며, 의상과 소도구는 시대상을 진실하게 반영하고, 민족적 특징을 잘 살려야한다는 2호의 글에 이어 인물의 성격을 나타내는데 중요한 수단으로 작용해야 한다는 식의 3호의 글로 이어진다.

## (2) 경희극

경희극에 대해서는 새로운 작품들에 대한 분석이나 평가보다, 기존에 반복적으로 언급되던 〈약속〉, 〈축복〉, 〈편지〉, 〈동지〉, 〈철령〉을 모두 망라하여 경희극의 보편적 특징을 설명하는 글 「선군시대 새로운 혁명적경희극을 창조하도록」(최명일, 2호, 12쪽)이 있다. 그리고 조선인민군 4.25예술영화촬영소 극작가이자 1990년대 말부터 2000년대의 경희극 작품들의 극작가로 활동한 박호일이 쓴 회고 「잊지 못할 그날을 돌이키며」(3호, 10~11쪽)가 실렸다. 이 글은 대체로 위의 경희극 작품들에 대한 주제와 의미를 다시 한 번 되짚으며, 조선인민군4.25예술영화촬영소가 전투적 예술부대로서 군인들과 인민들을 교양하는데 앞장서야 한다는 것을 강조하였다. 최명일과 박호일의 글 모두 개별 작품에 관한 평론이나 치밀한 분석을 다룬 것이 아니라 경희극 작품 전반을 총괄하는 내용으로 볼 수 있다.

## (3) 소품 형식의 극 창작

소품은 현실 생활의 한 토막을 그린 작은 규모의 문학예술작품을 통칭하는 개념인데, 극예술 분야에서는 '극소품'이라고 한다. 박용준은 3호에서 극소품 창작의 방법을 제시하는 글을 실었다(「극소품형식탐구에서 나서는 중요한 요구」, 3호, 20쪽). 이 글에서 극소품은 당의 노선과 정책을 보다 깊이 있고 흥미 있게 해설하여 대중을 선동하는 역할을 하는 것으로 설명하면서, 기동성과 신속성을 발휘하여 당대의 정책을 전달해야 한다고 강조하였다. 극소품의 종류로는 촌극, 대화시, 재담 등이 있다.

이어 10호에서는 조선인민군협주단 배우들이 출연한 화술소품 공연 상연 당시를 회고하는 글 「화술소품의 명배우들로 키워주시여」(리병간, 10호, 22~23쪽)가 실렸다. 이 글에서는 김정일이 1998년 10월 4일 조선인민군협주단 배우들의 화술소품공연을 보고 치하해 주었다는 내용과 함께 이때의 공연이 매 시기마다 제시된 당정책을 제 때에 잘 반영했던 점, 웃음을 유발시키는 이야기로 만들어진 점을 특징으로 들었다. 이 때

공연된 작품으로는 재담 〈우리〉, 〈알았습니다〉, 〈네 사관장〉, 〈동지의 사랑〉, 짧은 극 〈떠나는 마음 보낸 마음〉, 〈어머니〉 등이 있었다.

### (4) 인물

소희조는 3호에서 「만담의 재사 신불출」(3호, 26~28 쪽)에서 '신불출(1907~1969. 7. 12)'의 일생을 소개한다. 이 글에서 주목할 부분은 글의 서두에서 밝히고 있는 '만담'에 대한 장르적 정의이다. 소희조는 만담을 "능란한 말솜씨, 풍부한 해학적기지 등을 통하여 부정을 비판하고 인민들의 혁명적 리상을 찬양하는 것"이라고 말하고 있다.[28] 그러면서 글쓴이는 이러한 만담이 가진 모든 형태들을 능숙하게 활용할 줄 알았던 사람으로서 신불출을 '만담재사'라는 호칭으로 호명한다.

신불출

결국 이 글에서 소희조는 신불출의 생애와 활동상과 김정일의 말 등을 인용해 '새로운 신불출'이 나와야 함을 말하고자 한 것이다. 만담이 해학적인 요소, 웃음을 유발하는 장치를 가진 장르이며, 제2의 신불출을 요구하는 것 그리고 이 전 몇 해 동안 교예막간극, 연극 〈성황당〉에서의 풍자적 요소를 강조한 점, 경희극의 장르적 강세 등으로 미뤄봤을 때 이 시기 북한의 공연예술의 감성 키워드가 '웃음'으로 귀결되고 있다는 것으로 보인다.

---

28) 만담의 사전적 정의는 다음과 같다. 한사람의 출연자가 한사람 또는 여러 사람의 역을 맡아 진행하는 구연의 한 형태. 만담은 풍자와 해학의 수법으로 생활을 재현하면서 부정적인 것을 웃음 속에서 예리하고 신랄하게 폭로 비판하는 것을 중요한 특성으로 한다. 만담에서 폭로와 비판의 대상으로 되는 것은 착취사회가 남겨놓은 낡은 사상요소와 뒤떨어진 생활인습, 반동적인 착취계급과 부패한 착취제도 등이다. 사회과학원 주체문학연구소, 『문학예술사전』(상), 평양: 과학백과사전종합출판사, 1988, 675쪽 참고.

### (4) 극예술사

2008년에는 담화 〈혁명연극의 새 시대를 열어놓아야 한다〉(1978년 6월 14일)의 발표 30주년 기념하여 30년 전 김정일이 〈성황당〉을 창작지도 하던 때를 회고하는 글 「혁명연극 새시대를 열어놓은 진로」(장명욱, 6호, 4~5쪽)와 김정일의 「연극예술에 대하여」[29] 발표 30주년을 기념하고 이 글에 대한 해설을 담은 김성호의 글 「우리 식 연극예술의 새 면모와 창조의 길을 밝힌 강령적지침」(4호, 11~13쪽)이 실렸다.

## 2) 가극

가극이 노래를 이용해서 극을 엮어 나가기 때문에, 극을 집약화하고 집중화하기 절가에 의한 가사 형상을 유지해야 한다는 글(리병간, 「가극구성의 깊이와 립체성을 보장하기 위한 몇가지 문제」, 6호, 51~52쪽)이 실렸다. 앞서 살펴본 대로 절가는 정형시의 형태로 여러 개의 절로 나누어진 가사를 완결된 곡조로 반복적으로 부르는 성악 형식이다. 이 글에서는 혁명가극 〈꽃파는 처녀〉의 지주집 마당 장면을 예로 들면서 방창 〈나라없고 땅이 없으니 어이할소냐〉, 철용과 어머니의 노래와 방창 〈아버지가 머슴살다 돌아가신 방〉, 꽃분이와 순희의 노래 〈어머니를 모시고 행복히 살리〉를 연속적으로 구성하여, 철용이 머슴살이를 끝내고 가족과 모여 행복하게 살 수 있게 된 극 초반의 내용을 집약적으로 보여 주었다는 것이다.

〈나라없고 땅이 없으니 어이할소냐〉
원한의 땅 피눈물로 적시여가며
한해농사 지었건만 빚만 남았네
누굴 위해 씨뿌리고 김을 매였나
거두어들이는건 눈물과 한숨뿐

---

29) 1988년 4월 20일 문학예술부문 일군들과 한 담화. 연극혁명의 성과를 공고히 하고 〈성황당〉식 혁명연극의 창작방법을 수록하고 있는 글이다.

아 억울하고 악착한 이 세상
나라없고 땅이 없으니 어이할소냐

〈아버지가 머슴살다 돌아가신 방〉
(철용) 아버지가 머슴살사 돌아가신 방
여기서 내가 또한 팔년 살았네
좁쌀 두말 빚진것을 물기 위하여
열한살 어린 때에 여기로 왔네
(어머니) 어린 너를 머슴으로 들여보내고
팔년세월 한밤에도 잠 못 들었다
어미품에 돌아오는 너를 본다면
세상 떠난 아버지도 기뻐하시리

〈어머니를 모시고 행복히 살리〉
오늘은 기쁜 날 기다리던 날
오빠의 머슴살이 끝이 나는 날
오늘부터 오빠도 집으로 와서
어머니를 모시고 즐겁게 살리

가극의 특성상 극의 전개는 노래(방창과 절가)로 이루어진다. 위에 인
용된 장면과 가사는 핍박 받으면서 살아가는 꽃분이네의 상황, 장남인
철용이가 머슴살이를 마치고 돌아온 집으로 돌아오게 되어 온 가족이
기뻐하는 것을 노래로 풀어나가는 장면 등이다. 2005년 전수철의 글
(2005년 1호, 77~78쪽)에서 설명한대로, 가극에서 활용되는 절가는 인물의
성격, 생활, 인간관계의 극화, 발전 사건과 정황, 감정의 축적과 발전 등
을 진행시키는 역할을 한다. 따라서 위의 인용된 장면들은 이러한 '절가'
의 의미와 역할을 논증해 주고 있다고 할 수 있다.

### 3) 교예

리철은 6호에서 『교예론』 발표 15주년을 기념(1993년 6월 29일 발표)하고, 이 저서에 대한 해제를 담고 있는 「주체교예발전의 획기적인 전환을 마련한 불멸의 대강」(6호, 6~8쪽)을 실었다. 이 글에서는 『교예론』을 바탕으로 창작된 작품들을 소개하고, 세계교예축전 등에서 수상한 체력교예의 실적을 보고하고 있다.

<팔청리무덤벽화>

11호 박창근의 글 「옛무덤벽화를 통하여 본 고구려의 교예예술」은 북한의 교예 종목들이 고구려 시대의 체력단련에서 그 기원이 있다는 것을 설명하고, 민족성을 확보하고 있다는 데 그 정당성을 부여하기 위한 내용을 담고 있다. 여기에서 예로 들고 있는 고구려벽화는 〈말타기 그림〉과 〈팔청리무덤벽화〉, 〈수산리무덤벽화〉이다. 말타기 그림은 "당시 고구려 사람들의 생활반영이였으며 그것은 체력을 단련하고 인내력을 키우며 몸과 마음을 건전하게 하는데 있는 교예종목"(36쪽)이였다는 설명을 부연하면서 말타기 재주가 교예의 대표적인 종목이 되었다는 것이다. 또한 〈팔청리무덤벽화〉[30]는 나무다리에 올라서서 두 팔을 휘젓는 모습을 그리고 있는데, 이것은 "민간교예로서 고구려인민들의 락천적이고 희열과 랑만에 넘친 생활기풍"(37쪽)을 보여 주었다고 박창근은 설명하고 있다. 결국 민족교예의 기원을 고구려 벽화에 나타난 모습들로 보고 북한 민족교예의 정통성을 부여하려는 행동으로 보여지는 글이다.

---

30) 평안남도 대동군 팔청리에 있는 고구려벽화무덤. 4세기 말~5세기 초에 만들어졌다. 북한에서는 이 벽화를 가리켜 '이 교예그림은 지금까지 알려진 교예장면벽화가운데서 가장 잘된것의 하나'라고 보고 있다. 『문학예술대사전 DVD』, 평양: 사회과학원출판사, 2006.

## 2009년

2009년은 조중친선의 해였다. 따라서 2009년의 『조선예술』 공연예술 관련 기사에서는 중국을 배경으로 하거나, 중국에서 창작된 군사물 주제의 작품들을 설명하면서 군인의 위상을 확인하고 선군의 기치를 돈독하게 하는 것 또한 인민투쟁의 의지를 다지려는 행보가 보인다. 한편 노동계급, 군사, 인민 대중 할 것 없이 북한 내부의 결속을 다지기 위한 강박이 느껴지기도 하는데 이것은 2008년에 있었던 김정일 와병설에서 기인한 현상으로 보인다.

### 1) 극예술: 내부 결속력 확보와 자주성 강조

#### (1) 연극

연극 〈네온등밑의 초병〉[31]은 1960년대에 중국에서 창조된 것으로 2009년에 국립연극단이 재공연 한 것이다. 『조선예술』 2009년 11호에서는 이 극에 대한 글을 집중적으로 소개하고 있다. 우선 안철권의 글 「극적소재발견이 가져온 사상예술적감화력」(11호, 51~52쪽)에서는 "주제와 사상이 뚜렷하고 직관적인 호소성이 매우 강한것으로 특징지어지는 성과작"(51쪽)이라고 하면서 소재의 극적 발견을 통해 "작품에서 제기된 사회적문제의 심오성을 부각시키고 그에 대한 해답을 힘있게 밝혀낼수"(51쪽) 있었다는 식의 평을 서술하였다. 이어지는 글 「사회주의계급진지를 철벽으로 다져갈 불타는 결의」(11호, 53쪽), 「우리 당의 반제계급사상을 예술창조활동에 적극 구현하겠다」(랑강도예술단 작가 리명신, 11호, 53쪽), 「높은 계급적안목을 지닌 더 많은 예술인재를 키워내겠다」(김원균명칭 평양음악대학 교원 리영희, 11호, 53~54쪽) 등에서 간단한 작품평, 창작

---

31) 중국인민해방군 한 부대가 갓 해방된 상해시에서 활동하는 것을 보여 주면서, 총대를 틀어쥐고 혁명의 전취물을 지켜선 군인들의 사상관점과 입장을 보여 준 작품. 1960년대에 창작된 것을 2009년에 재창작.

결의를 밝히고 있다. 이 가운데 리명신의 글(「우리 당의 반제계급사상을 예술창조활동에 적극 구현하겠다」)에서는 "천만군민의 가슴속에 계급적원쑤들에게 기대할것이란 아무것도 없으며 오직 싸워이기는 길뿐이라는 혁명의 진리"(53쪽)를 되새겼다고 서술하며 창작 결의를 다지는데, 2009년에 창작되거나 공연된 작품들 가운데 〈네온등밑의 초병〉만을 집중적으로 부각시킨 데는 군인들의 자주성과 혁명적 의지를 되새겨주는 역할을 하기 위함인 것으로 보인다.

6호에 실린 「인물의 제한성을 명백히 밝혀주시며」(6호, 25~26쪽)에서는 연극 〈안중근 이등박문을 쏘다」에 대한 작품 설명과 1979년 당시 김정일의 창작지도 과정을 서술한 글이다. 하지만 이 글에서 주목할 부분은 글의 서두에서 밝힌 작품의 의의라고 볼 수 있다. 저자(본사기자)는 "혁명은 외세의존이나 개인테로의 방법으로가 아니라 오직 탁월한 수령의 령도를 받는 인민대중의 단합된 투쟁에 의해서만 승리할 수 있다는 진리를 보여주는 작품"(25쪽)이라고 설명하고 있다. 반일 투쟁의 근본을 인민들의 자주성을 바탕으로 한 투쟁으로 보고 있으며, 인민들의 결속과 자주성을 강조하고 있다.

### (2) 경희극

경희극에 대한 글은 9호 김성희의 글 「당정책을 경희극화한 형상적비결」(9호, 51~53쪽) 한 편 뿐이다. 이 글은 경희극 〈동지〉(1999)[32]를 두고 "인민군대가 지니고있는 정치사상적위력의 원천이 어디에 있는가 하는 생활의 진리를 천만군민의 심장마다에 깊이 새겨주고 있는 선군시대의 성과작"(51쪽)이라고 서술하면서, 앞선 〈네온등밑의 초병〉과 같이 인민

---

32) 조선인민군4.25예술영화촬영소 제작(서장, 4장, 종장. 희곡 박호일/연출 강중모). 인민상계관작품. 병사생활을 체험하는 한 사단장의 모습을 보여 준 작품. 관병일치 사상이 돋보이는 작품이다. 조선인민군을 사상의 강군, 신념의 강군으로 위용 떨치게 하는 위력한 원천으로 된다는 것을 철학적으로 깊이 있게 해명하였다. 전당, 전군, 전민이 혁명적동지애에 기초하여 하나로 굳게 뭉친 혼연일체가 있어 우리 혁명은 영원히 필승불패라는 것을 구가한 작품이다. 『문학예술대사전 DVD』, 사회과학원, 2006.

군대의 위상과 동지애를 바탕으로 한 혁명의 필승의지를 다잡고 있다.

### (3) 극예술사

한편 2009년 『조선예술』에서는 극예술사 부분이 제법 많은 양을 차지했는데, 4호에 실린 림덕길의 글 「해방전 우리 나라에서 벌어진 프로레타리아연극운동」은 2007년 5호에 실린 같은 저자의 글 「해방전 프로레타리아 극문학의 몇가지 특성」과 유사하다.

원나라 시대의 희곡인 〈조씨고아〉[33]를 소개하는 글 「간신들의 죄행을 폭로한 희곡 〈조씨고아〉」(2호, 53쪽)에서는 작품 내용을 설명하는 동시에 "간신들이 자기의 추악한 목적을 실현하기 위해서는 치떨리는 만행까지도 서슴없이 감행하였다는것을 력사적 교훈"(53쪽)으로 보여 주고 있다고 작품이 갖고 있는 의의를 짚어 주고 있다. 이는 간신으로 규정된 권세가에 의해 핍박을 받는 약자가 결국에는 그들에게 대항해 투쟁하여 원수들을 응징한다는 것으로 해석해 볼 수 있을 것이다. 마치 일제시대의 항일 정신 또는 지배계급에 대한 투쟁 의식 등을 중국의 극작품 〈조씨고아〉가 던지고 있는 교훈을 통해 다시 한 번 고취시키려는 의지가 엿보인다.

한편, 「연극 〈심청전〉에 깃든 위대한 령도」(6호, 24~25쪽)는 1947년 1월에 있었던 연극 〈심청전〉 창작과정에서 환상을 처리하는 문제와 그에 대한 김일성의 창작 지침을 담고 있다. 이 글에서 김일성은 용궁 장면과 왕궁 장면이 꿈으로 처리한 것은 잘못된 것이라면서, 물에 빠진 심청이가 죽지 않고 용궁에 들어갔다가 살아나와 왕비가 되는 것과 심봉사가 갑자기 눈을 뜨게 된 것 모두가 "비과학적이고 허황한 일"(24쪽)이라고 지적하였다고 서술한다. 그러면서 극 자체를 심청이가 끌려가기 하루

---

33) 13~14세기 중국 원나라 극작가 기군상 창작. 작품은 간신의 모함에 걸려 몰살당한 조씨 가문에서 유일하게 남은 고아를 구원하기 위한 의로운 사람들의 희생적인 투쟁과 성장후 원쑤를 갚는 조씨고아에 대한 이야기. 간신들을 규탄하고 충신들, 의로운 사람들을 찬양하였으며 반동적봉건통치배들의 부패상과 죄행을 폭로하고 인민들의 반항정신을 구현하였다. 『문학예술대사전 DVD』, 사회과학원, 2006.

전, 아버지를 위해 옷도 마련하고 음식도 준비하다가 고단해서 쪽잠이 들게 되고 그때 꿈을 꾸게 되는 것으로 수정할 것을 지시한다. 이 꿈에서 원작의 내용들이 모두 들어가게 되는 것이고, 다시 꿈에서 깬 심청은 인당수로 끌려가고 극은 이렇게 현실 속 상황에서 "비극적으로"(25쪽) 막을 내리게 만든다는 것이다.

## 2) 가극

가극에 대해서는 2편의 글을 주목할 수 있는데, 각각 혁명가극 〈밀림아 이야기하라〉와 〈한 자위단원의 운명〉에 대한 감상이다. 특히 최순영이 쓴 「혁명교양의 위력한 무기, 계급교양의 훌륭한 교과서: 혁명가극 〈한 자위단원의 운명〉에 대하여」(4호, 57~58쪽)에서는 계급적 각성을 통해서 인민 대중의 자주성을 교양하기 위한 "훌륭한 교과서"(58쪽)로써 역할을 하고 있다고 술회하고 있는데, 이 작품은 민족적 독립과 계급적 해방을 위한 인민의 투쟁을 주인공 갑룡을 통해서 그려내고 있으며, 일제에 대항하여 싸우는 길만이 자기의 운명을 구원하는 것이라는 메시지를 전달하고자 하였다. 리성일의 글 「혁명가극 〈밀림아 이야기하라〉의 양상적특징」(3호, 69쪽)에서는 작품의 양상적 특징이 "주체형의 공산주의 혁명가들의 혁명적 인생관과 그들의 성격적 특질에 관한 심오한 사상주제적 내용에 맞게 의지적이면서도 혁명적락관이 넘쳐나는 영웅서사시적양상을 띠고 있는 것"(69쪽)이라고 서술하고 있는 작품의 감상평에 지나지 않는다.

2000년대 『조선예술』에서 언급되고 있는 대부분의 가극 작품은 5대 혁명가극으로, 모두 지배계급에게 착취당하고 핍박받는 삶을 살아가는 인민들의 투쟁을 담고 있는 작품들이다. 2009년 역시 5대 혁명가극 가운데 두 작품에 대한 비평을 가극에 대한 평론 추이는 여전히 답보 상태인 듯하다.

## 3) 교예

「용해장에 펼쳐진 교예무대」(3호, 51쪽)에서는 새해 첫 공연을 극장무대가 아닌 전기로 앞에서 공연을 한 평양교예단 배우들의 일화를 소개하고 있다. 이들이 새해 첫 공연을 "쇠물내나는 전기로앞"(51쪽)에서 펼치게 된 이유는 전년도 12월말 천리마제강연합기업소를 찾은 김정일의 행보와 맞물린다는 서술을 서두에서 밝혔다. "천리마의 고향인 강선이 끓어야 온 나라가 들끓고 강선의 로동계급이 소리치며 내달려야 전국의 로동계급의 발걸음이 더 빨라질 수 있다"(51쪽)는 당시의 김정일의 발언으로, 강선의 노동계급이 돌격정신으로 대혁신, 대비약을 일으킬 수 있는 결의를 다지게 하기 위해 평양교예단의 공연이 진행됐다는 것이다. 또한 이 글의 말미에서는 이례적으로 당시의 정치사성적 의미를 의도적으로 부여하려는 움직임이 포착된다. "천리마대고조를 일으켰던 강철전사들의 모습을 보았으며 최강의 정치군사력을 가진 선군조선이 불굴의 정신력과 모든 잠재력을 최대로 폭발시켜 세계앞으로 기세차게 솟구쳐오를 휘황찬란한 강성대국의 래일을 확신"(51쪽)한다는 문장이 그러하다. 속단하기는 이르지만 김정일의 와병설에 대한 체제 단속 또는 내부 결속력 강화의 공연예술적 움직임이 포착되는 부분이 아닐까 싶다.

한편, 전설림의 글인 「조국통일의 열기가 넘치는 예술적화폭: 〈김일성상〉 계관작품 대집단체조와 예술공연 〈아리랑〉 중에서」(3호, 67~68쪽)에서는 제4장 〈통일아리랑〉이 6.15 남북공동선언의 뜻을 이어 받아 '우리민족끼리'의 이념 아래 외세의 간섭을 물리치고 조국통일을 이룩하려는 의지를 보여 주고 있는 부분이라고 분석하였다.

## 3. 2000年代 『조선예술』 공연예술 관련 텍스트 목록

| | 2000년 1호 | | |
|---|---|---|---|
| | 주체예술의 위력으로 20세기의 마지막해를 빛나게 장식하자 | | 5~7 |
| | 극작가 리동춘 | 본사기자 | 61~62 |
| | **2000년 3호** | | |
| 강좌 | 무대적화폭의 조형성과 무대균형 | 계인성 | 27~29 |
| | **2000년 4호** | | |
| 회고록의<br>갈피에서 | 만강에서 불후의 고전적명작 혁명연극『피바다』가 처음으로 상연되기까지 | 본사기자 | 8~9 |
| | 배우들의 기량훈련에 좋은 교재 장편서사시 ≪백두산≫ | 리금복 | 65~66 |
| | 연극에서 인물의 배치와 행동선에 의한 감정조직 | 조봉국 | 66~67 |
| | **2000년 5호** | | |
| | 무대극의 장과 장사이에 대한 연출작업 | 신동일 | 65~66 |
| | **2000년 6호** | | |
| | 영광으로 빛나는 45년 | 충련금강산가극<br>단 단장 김홍철 | 26~28 |
| | **2000년 7호** | | |
| 위대한<br>스승의<br>손길아래 | 삶, 행복, 영광: 총련금강산가극단 사무국장 공훈배우 류전현 | 본사기자 | 20~21 |
| | **2000년 8호** | | |
| | 진실한 예술적형상으로 혁명투쟁의 심오한 진리를 밝혀 준 불후의<br>고전적 명작 『피바다』 | 최순영 | 17~18 |
| | **2000년 9호** | | |
| | 무대는 인간과 생활반영의 형상적공간 | 김정배 | 26~27 |
| | **2000년 10호** | | |
| | 불후의 고전적명작 항일혁명연극은 진실성구현의 고전적 본보기 | 최순영 | 28~29 |
| | 무대미술에서 무대공간의 구성적요소 | 김정배 | 57~58 |
| | **2000년 11호** | | |
| | 풍자극양상에 대한 해명 | | 15~16 |
| | 무대극연출에서의 장면과 단위 | 신동일 | 53~54 |
| 연단 | 현실체험과 문학적발견 | 조명철 | 56~57 |
| | 인물의 감정체험에서 제기되는 몇가지 문제 | 정수경 | 61~63 |
| | **2000년 12호** | | |
| 수기 | 장군님의 사랑과 믿음이 걸작을 낳았다 | 피바다가극단<br>총장 공화국영웅 | 17~19 |

# 4. 자료1: 2000년대 창작/공연된 주요 극작품 목록

## <2000년>

| 예술단체 | 형식 | 제목 | 문학 | 연출 | 출연 |
|---|---|---|---|---|---|
| 조선인민군 4.25예술영화촬영소 | 경희극 | 웃으며 가자 | 박호일 | 홍광순 | 문순희, 안영철, 리성일 외 |
| 조선예술영화촬영소 | 경희극 | 영생의 품 | 김국성 | 리창범 리주호 장영복 | 서경섭, 김영희, 심명욱 외 |
| 평양연극대학 | 장막극 | 청춘대통로 | 리대철 | 김철성 정리훈 | 한혜영, 한문성, 주광일 외 |
| 조선인민군협주단 | 재담 | 병사의 포부 | 리명순 | 함정언 | 김준복, 리관복, 전정숙, 김송희 |
| | 재담 | 그들처럼 | 명진호 | 명진호 | 장재천, 곽철호, 리명혜, 자영실 |
| | 풍자극 | 벗었다 | 명진호 | 명진호 | 명진호, 오봉수, 한영순 |
| | 짧은극 | 어머니 | 명진호 | 명진호 | 김충수, 김광일, 장영상, 진숙 외 |
| 국립연극단 | 촌극 | 다시 오십시오 | 한규성 | 장찬국 | 신대식, 류청섭, 김춘림 외 |
| | 촌극 | 딱 한번만 | 김철운 | 김철운 | 박창만, 리금숙, 김봉섭 외 |
| | 장막경희극 | 시대의 향기 | 강문호 | 김기찬 | 김춘남, 백승란, 박창만 외 |
| | 단막극 | 눈보라 | 박한문 | 김철운 | 라성국, 장정란, 엄철, 진순영 외 |
| | 재담 | 밀주의 망주 | 오진석 | 류경심 | 최학철, 김영희 |
| 평양인형극단 | 장막인형극 | 봉선화 | 박찬수 | 최만금 | 홍란희, 장일녀, 홍정화 외 |
| | 손인형소품 | 야옹이의 방울소리 | 정경옥 | 정 철 | 김영철, 홍정화 |
| | 인형독연극 | 무지개장검 | 박찬수 | 최만금 | 송경남, 강숙림, 장일녀 외 |
| 인민보안성협주단 | 재담 | 흐뭇하다 | 백동기 | 백동기 | 김룡철, 배영선 |
| | 재담 | 민지 말자요 | 백동기 | 백동기 | 리정길, 김은경 |
| | 시이야기 | 영원한 사랑의 시간 | 최황룡 | 리승룡 | 김춘남 외 4명 |
| | 짧은극 | 장군님식솔 | 리철우 | 리승룡 | 박진우 외 15명 |
| | 재담 | 많을수록 좋다 | 김영삼 | 리승룡 | 김룡철, 배영선 |
| | 중막극 | 우리 보안원 | 리철우 | 리승룡 | 장의순 외 30명 |

| | | | | | |
|---|---|---|---|---|---|
| | 재담 | 인민이 좋아 한다 | 백동기 | 백동기 | 김추월, 리은택 |
| | 경희극 | 꼭 지켜야지요 | 기하성 | 리승룡 | 김추월 외 4명 |
| | 재담 | 홀딱 반했다 | 백동기 | 백동기 | 김룡철, 배영선 |
| | 재담 | 꿩 먹고 알먹기 | 리승일 | 한정훈 | 김동건, 백련숙 |
| | 만담 | 김치 | 박찬수 | 한정훈 | 박찬수 |
| | 독연 | 우리 말이 제일 | 박현철 | 김 천 | 리경무 |
| | 독연 | 축산반장의 해설제강 | 전봉국 | 김 천 | 송재완 |
| | 독연 | 출발역에서 | 리희영 | 김 천 | 조정은 |
| | 무언극 | 공원에서 | 강문호 | 김 천 | 한태춘, 최창규 |
| | 만담 | 민중의 여론 | 리순홍 | 손원주 | 리순홍 |
| | 독연 | 불효자식 | 전봉국 | 김 천 | 황학윤 |
| | 독연 | 요술을 부르다가 | 박현철 | 한정훈 | 함영신 |
| | 촌극 | 건설장의 세쌍둥이 | 장창원 | 리승일 | 림호남, 함영신 |
| | 막간극 | 락원의 내 아들 | 선원주 | 손원주 | 손원주 |
| | 재담 | 지킵시다 | 김동훈 | 한정훈 | 정재만, 리미성 |
| | 독연 | 정신을 닦자 | 박현철 | 김 천 | 함영신 |
| 국립희극단 | 독연 | 대답 | 리경무 | 리경무 | 리경무 |
| | 독연 | 누구의 책임인가 | 리승일 | 리승일 | 함영신 |
| | 독연 | 금방석에 앉힐 총각 | 리승일 | 리승일 | 함영신 |
| | 노래독연 | 영원한 항로 | 리희영<br>전봉국 | 김 천 | 최광호 |
| | 재담 | 응당한가 | 강문호 | 김 천 | 황학윤, 김명희 |
| | 독연 | 아버지 | 강문호 | 한정훈 | 박미금 |
| | 풍자독연 | 찾아 보라 | 최향란 | 김 천 | 최향란 |
| | 재담 | 지름길 | 손원주 | 한정훈 | 현미순, 정재만 |
| | 독연 | 귀속말 | 김정실 | 한정훈 | 함영신 |
| | 만담 | 소금 | 박찬수 | 김 천 | 박찬수 |
| | 독연 | 내가 설 자리 | 전봉국 | 한정훈 | 최향란 |
| | 촌극 | 로보트는 격분한다 | 전봉국 | 김 천 | 리경무, 리명희,<br>리강철 |
| | 노래독연 | 잔칫날에 부르자던 노래 | 박현철 | 김 천 | 최광호 |
| | 만담 | 례절 | 박찬수 | 한정훈<br>김 천 | 박찬수 |
| | 대집단체조와<br>예술공연 | 백전백승의 조선로동당 | | 김수조 | |

## <2001년>

| 예술단체 | 형식 | 제목 | 문학 | 연출 | 출연 |
|---|---|---|---|---|---|
| 조선예술영화촬영소 | 경희극 | 청춘은 빛나라 | 김국성 김창남 | 장영복 김춘송 | 김철, 석성제, 박용철 외 |
| 조선인민군협주단 | 짧은극 | 떠나는 마음, 보내는 마음 | 명진호 | 명진호 | 명진호 외 6명 |
| | 재담 | 값높은 위훈 | 리명순 | 김준복 | 김준복 외 3명 |
| | 재담 | 동지의 사랑 | 명진호 | 명진호 | 장재천 외 4명 |
| | 재담 | 모르는 병사 | 명진호 | 명진호 | 장재천 외 2명 |
| 인민보안성협주단 | 중막극 | 우리 보안원 | 리철우 | 리승룡 | 장의순, 박진우, 김일남 외 |
| | 단막극 | 성장의 첫 기슭에서 | 리철우 | 리승룡 | 김룡철 외 20명 |
| | 단막극 | 어머니의 마음 | 리철우 | 김정룡 | 홍련화, 신현원, 주은경, 김춘남 |
| | 짧은극 | 우리 아들 | 리정우 | 황동욱 | 리은택, 현혜성, 김추월, 최영옥 |
| | 촌극 | 백두산이 굽어본다 | 최황룡 | 최황룡 | 김룡철 외 20명 |
| | 촌극 | 달라진 결심 | 백동기 | 백동기 | 김일남 외 4명 |
| | 재담 | 튼튼히 다지자 | 김영삼 | 김영삼 | 리은택, 김추월 |
| | 재담 | 과연 다르다 | 백동기 | 백동기 | 리은택, 김추월 |
| | 3인재담 | 병사와 노래 | 김영삼 | 김영삼 | 김룡철, 림명철, 주은경, 김정화 |
| | 재담 | 많을수록 좋다 | 김영삼 | 김영삼 | 김용철, 배영선 |
| 국립연극단 | 단막극 | 은반지 | 리장건 | 차진삼 | 량선태, 박동근, 리화성 외 |
| | 촌극 | 새맛을 내자 | 강원철 | 김수일 | 황문일, 김종환, 김철옥 외 |
| | 촌극 | 미룰수 없는 일 | 리태선 | 김철운 | 김명남, 김광옥, 김춘림 외 |
| | 촌극 | 눈뜬 소경 | 김휘영 | 오평남 | 김춘남, 김영아, 윤종실 외 |
| | 촌극 | 짱개비 | 리장건 | 박동근 | 량선태, 황춘화, 홍선희 |
| | 재담 | 3자풀이 | 박찬수 | 리동백 | 리동백, 황춘화 |
| 국립희극단 | 촌극 | 보약 | 강문호 | 김 천 | 송재완, 리춘희, 김명희 외 |
| | 촌극 | 뻐스정류소에서 | 리승일 | 김 천 | 리경무, 조정은, 로춘란 |
| | 촌극 | 갈라질수 없는 둥지 | 전봉국 | 한정훈 | 김동건, 정명순 |
| | 촌극 | 코털 뽑힌 남편 | 박현철 | 한정훈 | 리경무, 최경희, 현은별, 전석철 |

| | | | | | |
|---|---|---|---|---|---|
| 촌극 | 직장장의 해임담화 | 리지영 | 김 천 | 리경무, 김동건, 박나리 |
| 촌극 | 촬영합시다 | 김정실 | 김 천 | 황학윤, 현은별, 정재만 |
| 촌극 | 누가 도적인가 | 김정실 | 한정훈 | 현은별, 송재완, 전석철 |
| 막간극 | 전기를 절약하자 | 전봉국 | 김 천 | 리경무, 리미성 |
| 막간극 | 팔방미인 | 장창원 | 김 천 | 정명순, 최순봉 |
| 막간극 | 봉선화물감 | 리승일 | 김 천 | 최순봉, 김영삼 |
| 독연 | 돈맛이 들면 | 장창원 | 한정훈 | 백련숙 |
| 독연 | 감향기 | 리승일 | 한정훈 | 박미금 |
| 독연 | 실패한 뢰물 | 전봉국 | 김 천 | 한태준 |
| 독연 | 우리 춤이 제일 | 전봉국 | 김 천 | 최향란 |
| 독연 | 제일 큰 키 | 박현철 | 김 천 | 최향란 |
| 독연 | 특수방탄복(제2부) | 홍순창 | 김 천 | 홍순창 |
| 풍자독연 | 11 공포증 | 전봉국 최향란 | 김 천 | 최향란 |
| 노래독연 | 구봉령의 도라지 | 박현철 | 김 천 | 최광호 |
| 노래독연 | 두만강 | 박현철 | 김 천 | 최광호 |
| 무언극 | 난알경비원 | 김 천 | 김 천 | 한태준 |
| 노래독연 | 정일봉아 말해다오 | 리승일 | 김 천 | 최광호 |
| 만담 | 도깨비장물 | 리순홍 | 리순홍 | 리순홍 |
| 청년중앙예술선전대 | 촌극 | 일요일 | 서기오 | 김인수 | 조정출, 김일화, 최찬복 |
| | 재담 | 달라진 결혼조건 | 서기오 | 김인수 | 김인수, 김미영, 조정출 |
| | 재담 | 합격 | 강병림 | 김인수 | 김인수, 박순희 |
| | 재담 | 그때처럼 살자 | 서기오 | 김인수 | 박순희, 정인옥 |
| 평양인형극단 | 장막인형극 | 은옥이 | 정경옥 | 최만금 | 강경애 외 12명 |
| | 단막인형극 | 우리 동무 | 윤경철 정경옥 | 정 철 | 강숙림 외 30명 |
| | 단막인형극 | 올가미에 걸린 고양이 | 정경옥 | 정무혁 | 김명진 외 4명 |
| | 인형극소품 | 항아리와 지주 | 정경옥 | 정무혁 | 김명철 외 3명 |
| | 인형극소품 | 바람에 날려간 황지주 | 김룡철 | 정 철 | 김영철 외 2명 |
| | 줄인형극 | 소년과 구랭이 | 정경옥 | 정무혁 | 손경남 외 5명 |

## <2002년>

| 예술단체 | 형식 | 제목 | 문학 | 연출 | 출연 |
|---|---|---|---|---|---|
| 조선인민군협주단 | 짧은극 | 군민아리랑 | 명진호 | 명진호 | 명진호 외 7명 |
| | 재담 | 더 높이 울려가리 강성부흥아리랑 | 명진호 | 명진호 | 곽철호 외 4명 |
| | 재담 | 우리의 바람 | 명진호 | 장재천 | 장재천 외 3명 |
| | 재담 | 병사시절 | 리명순 | 김영일 | 김영일 외 4명 |
| | 재담 | 전초병의 영예 | 리명순 | 함정언 | 리관복 외 3명 |
| 인민보안성협주단 | 단막극 | 고귀한 밑천 | 리철우 | 리승룡 | 박진우, 장의순 김정룡 외 |
| | 촌극 | 귀한 자식 | 리정우 | 황동욱 | 리은택, 김추월, 한춘국 외 |
| | 재담 | 덕을 본다 | 백동기 | 황동욱 | 김룡철, 배영선 |
| | 재담 | 자각적으로 지키자 | 김영삼 | 김영삼 | 장의순, 김미화 |
| | 재담 | 아들자랑, 딸자랑 | 김영삼 | 김영삼 | 박상준, 림명철, 최영옥, 주은경 |
| | 재담 | 봄향기 | 김영삼 | 김영사 | 김룡철, 주은경 |
| | 재담 | 얼룩소야 어서 가자 | 김영삼 | 김영삼 | 리은택, 김추월 |
| | 재담 | 선군정치 받들자 | 김영삼 | 김영삼 | 김룡철 외 3명 |
| | 재담 | 제일 | 김영삼 | 김영삼 | 김룡철 외 3명 |
| | 합창시 | 고귀한 칭호 빛내여가자 | 리철우 | 정영철 | 김룡철 외 11명 |
| | 합창시 | 장군님의 행군길에 발걸음 맞추자 | 리철우 | 정영철 | 김룡철 외 13명 |
| | 시이야기 | 10월의 추억 | 리철우 | 리승룡 | 리은택, 김추월, 김룡철 외 25명 |
| | 시이야기 | 전선길 | 리철우 | 리승룡 | 박진우, 김춘남, 박금란 외 |
| 국립연극단 | 혁명연극 | 조국산천에 안개개인다 | 리종순 (원작)/ 문병익 (각색) | 장찬국 | 리지영 외 80명 |
| | 단막극 | 합격 | 김휘영 | 김방남 | 최우만 외 11명 |
| | 짧은극 | 열쇠 | 리태선 | 리동범 | 백명숙 외 6명 |
| | 촌극 | 허수아비 | 김휘영 | 김철운 | 박창만 외 6명 |
| | 촌극 | 멋진 청년 | 박영철 | 차진삼 | 박성덕 외 5명 |
| | 재담 | 손탁 | 강원철 | 김철운 | 박철영, 김순희 |
| 국립희극단 | 촌극 | 라남제대군인들 | 리승일 | 김 천 | 홍순창 외 8명 |
| | 촌극 | 우리 당비서 | 김정실 | 한정훈 | 리미성, 박나리, 정재만 외 |

| | 촌극 | 지원물자 | 전봉국 | 김 천 | 황학윤, 조정은, 김동건 |
|---|---|---|---|---|---|
| | 촌극 | 허풍만 치다가 | 리승일 | 김 천 | 정명순, 최향란, 김동건, 리순봉 |
| | 촌극 | 막후조종자 | 강문호 | 한정훈 | 최경희, 정재만, 리문호, 현은별 |
| | 촌극 | 손님대접 | 장창원 | 김 천 | 송재완, 백련숙, 정명순 |
| | 재담극 | 본태 | 김동훈 | 한정훈 | 황학윤, 리미성, 최경희 |
| | 재담극 | 회수하겠소 | 전봉국 | 김 천 | 정재만, 박나리 |
| | 재담 | 선군복 | 박찬수 | 박찬수 | 박찬수, 최경희 |
| | 재담 | 똘똘이와 삼녀(례절편) | 리승일 | 한정훈 | 리미성, 김영심 |
| | 재담 | 똘똘이와 삼녀(민속편) | 장창원 | 김 천 | 리미성, 김영심 |
| | 풍자극 | 랍치작전 | 리지영 | 한정훈 | 리경무, 리미성, 김영심 |
| | 노래대화극 | 청춘을 값있게 살자 | 강문호 | 김 천 | 최광호, 황학윤, 바나리 |
| | 독연 | 맏아들 | 전봉국 | 한정훈 | 박미금 |
| | 독연 | 폐기신청서 | 김정실 | 한정훈 | 로춘란 |
| | 독연 | 정 | 장창원 | 한정훈 | 김명희 |
| | 노래독연 | 얼룩소야 어서 가자 | 손원주 | 손원주 | 최광호 |
| | 독연 | 벌을 받아야 한다 | 박현철 | 류동남 | 함영신 |
| | 독연 | 딸 둘 계집애 셋 | 박현철 | 류동남 | 함영신 |
| | 노래독연 | 꽃동굴에 피여난 사랑 | 박현철 | 김천 | 최광호 |
| | 풍자독연 | 망나니대통령 | 전봉국 | 박찬수 | 리순홍 |
| | 독연 | 제대군인사위 | 김정실 | 한정훈 | 함영신 |
| | 촌극 | 보자기소동 | 리지영 | 김 천 | 리경무, 조정은, 리강철 |
| | 기타3중주 | 기쁨싣고 달리는 말발굽소리 | 최광호 | 김 천 | 최광호, 김영춘, 량덕순 |
| | 합창시 | 축전의 무대를 열자 | 리승일 | 김 천 | 정재만, 최경희, 박미금, 전석철 |
| 평양인형극단 | 장막인형극 | 토끼전 | 최현구 | 윤경철 | 장일녀 외 11명 |
| | 장막인형극 | 곰대장의 뉘우침 | 최현구 | 최만금 정 철 | 차진매 외 14명 |
| | 줄인형극 | 소년의 웨침 | 최현구 | 윤경철 | 손경남 외 10명 |
| | 인형극소품 | 두 소년 | 최현구 | 정무혁 | 김영철 외 2명 |
| 조선예술영화촬영소 | 경희극 | 천지개벽 | 김국성 박청룡 | 김춘송 김 현 | 리영호, 엄현희, 김윤홍 외 |

## <2003년>

| 예술단체 | 형식 | 제목 | 문학 | 연출 | 출연 |
|---|---|---|---|---|---|
| 조선인민군협주단 | 연극 | 오늘의 격전 | 김홍익 | 함정언 | 방정록 외 40여명 |
| | 짧은극 | 꼭같은 2중창 | 명진호 | 명진호 | 명진호, 한영순, 김영일 외 |
| 국립연극단 | 짧은극 | 붉은 버들잎 | 리태선 | 차진삼 | 김춘림, 김광옥, 김종환 외 |
| | 재담 | 부부동지 | 리태선 | 김철운 | 허영원, 장충일, 김경희, 오혜경 |
| | 짧은극 | 저울에 비낀 마음 | 강원철 | 김수일 | 윤종실, 백성희, 박희경 외 |
| | 재담 | 의무 | 우임희 | 김철운 | 김순희, 진순영, 김철진 |
| | 재담 | 행복의 길 | 김휘영 | 오평남 | 량선태, 김경희, 장충일 |
| 평양인형극단 | 장막인형극 | 파란샘물 | 최현구 | 윤경철 | 홍란, 조성철, 리성국 외 |
| | 단막인형극 | 이마벗어진 앵무새 | 최현구 | 정무혁 | 백광철, 강경애, 조성철 외 |
| | 인형소품 | 때늦은 후회 | 최현구 | 정 철 | 김선화, 장일녀, 송복녀, 리성국 |
| | 인형소품 | 꼬마사슴의 뉘우침 | 정경옥 | 최만금 | 홍정화, 홍 란, 조성철 |
| 국립희극단 | 형태변화독연 | 약속 | 리희영 | 김 천 | 리강철 |
| | 독연 | 대홍단전설 | 리승일 장창원 | 김 천 | 함영신 |
| | 촌극 | 채찍을 잊지 말라 | 강문호 | 김 천 | 김동건, 박나리, 박찬수, 조정은 |
| | 풍자극 | ≪악의 축≫ 진단기 | 리지영 | 한정훈 | 정재만, 황학윤, 박미금 |
| | 촌극 | 교환조건 | 김동훈 | 한정훈 | 리경무, 김명희, 최순봉 |
| | 정치풍자독연 | 벼락 | 리승일 | 김 천 | 최향란 |
| | 풍자극 | 밉게 보이자 | 김세륜 김 천 | 김 천 | 리경무, 림호남, 박나리, 최향란 |
| | 기타3중주 | 기쁨싣고 달리는 말파리 | 최광호 | 김 천 | 최광호, 김영춘, 량덕순 |
| | 촌극 | 선생님의 생일날 | 강문호 | 한정훈 | 황학윤, 리경무, 김명희 |
| | 촌극 | 원군아바이가정 | 박현철 | 김 천 | 송재완, 리미성, 박미금, 최향란 |

| | | | | | |
|---|---|---|---|---|---|
| | 노래독연 | 덕물길 | 김정실 | 김 천 | 최광호 |
| | 만담 | 콩 | 박찬수 | 김 천 | 박찬수 |
| | 독연 | 사랑의 재청 | 박현철 | 한정훈 | 박미금 |
| | 재담 | 똘똘이와 삼녀(공채편) | 장창원 | 김 천 | 리미성, 리춘희 |
| | 독연 | 병사의 안해 | 리승일 | 김 천 | 함영신 |
| | 노래독연 | 삶의 품 | 리승일 | 김 천 | 최광호 |
| | 재담 | 똘똘이와 삼녀(문화정서편) | 강문호 | 김 천 | 리미성, 리춘희 |
| | 2인형태변화극 | 마주 선 사돈 | 전봉국 | 김 천 | 리강철, 최향란 |
| | 요술촌극 | 필요없는 철궤 | 김정실 | 김천 | 한태춘, 최순봉, 박나리, 김영춘 |
| | 독연 | 류다른 추억 | 전봉국 | 김 천 | 함영신 |
| | 만담 | 우리 민요 제일 | 리춘관 | 김 천 | 리춘광 |
| | 독연 | 어머니의 걱정 | 박현철 | 한정훈 | 박미금 |
| | 촌극 | 둘러리서는 날 | 전봉국 | 한정훈 | 황학윤, 백련숙, 현은별 |
| | 촌극 | 그 사람은 떨어졌소 | 전봉국 | 김천 | 김동건, 최순봉, 백련숙 외 |
| 직총중앙로동자예술 선전대 | 대화시 | 위대한 선군철학 | 주정선 | 류수길 | 김 철, 김명준, 최상기 외 |
| | 촌극 | 한마음 | 강성호 | 류수길 | 김명준, 김 철, 최상기 외 |
| | 짧은극 | 즐거운 설명절 | 주정선 | 류수길 | 류수길, 한미옥, 김철 외 |
| | 재담극 | 선군가정의 기쁨 | 김영삼 | 류수길 | 류수길, 김명준, 리영신 외 |
| | 대화시 | 축복받은 로동계급 | 주정선 | 류수길 | 김 철, 한미옥, 리영신 |
| | 혁명전설재담 | 장군님의 빨찌산의 아들 | 주정선 | 류수길 | 서영준, 강명월, 한혜영 |
| 조선인민군 4.25예술영화촬영소 | 경희극 | 철령 | 박호일 | 홍광순 | 장유성, 리성일, 백영희 외 |
| 조선예술영화촬영소 | 경희극 | 계승자들 | 홍원철 | 리관암 | 리경희, 김명문, 김윤홍 외 |

## <2004년>

| 예술단체 | 형식 | 제목 | 문학 | 연출 | 출연 |
|---|---|---|---|---|---|
| 조선인민군협주단 | 재담 | 병사가 지키는 조국 | 명진호 | 명진호 | 장재천, 곽철호, 리명혜 외 |
| | 재담 | 주자 | 명진호 | 명진호 | 장채전, 곽철호, 한영순 외 |
| 국립연극단 | 장막극 | 한이삭 | 서남준 | 김성치 | 라영옥, 리광민, 홍영수 외 |
| | 재담 | 큰 문제 | 강원철 | 김수일 | 박철영, 송현일, 리현희 |
| | 단막극 | 경례 | 리태선 | 김철운 | 김철진, 유금주, 량선태 외 |
| | 재담 | 피할수 없다 | 우임희 | 박동근 | 림학철, 김과옥, 표경애 |
| | 재담 | 절약합시다 | 강원철 | 김철운 | 송영철, 황련희 |
| 평양인형극단 | 중막인형극 | 범잡은 소년 | 최현구 | 정 철 | 조성철, 송복녀, 강경애 외 |
| | 단막인형극 | 잔꾀부리던 멍멍이 | 최현구 | 정무혁 | 장일녀, 성영숙 조영란 외 |
| | 인형소품 | 벌받은 지주 | 최현구 | 윤경철 | 김영철, 백공철, 김선화 외 |
| 국립희극단 | 막간극 | 축하합니다 | 장창원 | 김 천 | 홍순창, 로춘란 |
| | 재담 | 선군시대 이름 | 박찬수 | 김 천 | 박찬수, 최경희 |
| | 노래독연 | 토장의 노래 | 김 천 | 김 천 | 최광호 |
| | 반무언극 | 건설장에서 | 김 천 | 김 천 | 한태춘, 리춘희, 황학윤 |
| | 촌극 | 오물단지 | 장창원 | 한정훈 | 김동건, 정명순, 현은별 |
| | 노래독연 | 시연회하는 날 | 리승일 | 김 천 | 최광호 |
| | 독연 | 산삼소동 | 리지영 | 김 천 | 송재완 |
| | 촌극 | 벽시계소동 | 강문호 | 김 천 | 리경무, 조정은, 로춘란 외 |
| | 촌극 | 마음을 보라 | 박현철 | 한정훈 | 김영심, 최순봉, 정명순 |
| | 노래독연 | 아버지가 들려준 전설 | 전봉국 | 김 천 | 최광호 |
| | 촌극 | 고모가 오는날 | 김동훈 | 김 천 | 리강철, 최경희, 현은별 |
| | 촌극 | 아첨군 | 강문호 | 한정훈 | 김동건, 김영심, 황학윤, 정재만 |
| | 촌극 | 구멍난 물독 | 장창원 | 김 천 | 리경무, 리강철, 김영심 |

| | 풍자극 | 개뼉다구 | 김동홈 | 김 천 | 정재만, 리미성, 리경무, 로춘란 |
|---|---|---|---|---|---|
| | 만담 | 3대머저리 | 전봉국 | 한정훈 | 홍순창 |
| | 재담 | 똘똘이와 삼녀(체병편) | 전봉국 | 김 천 | 리미성, 리춘희 |
| | 촌극 | 괴상한 지령 | 리승철 | 김 천 | 김동건, 정재만, 조정은, 백련숙 |
| | 독연 | 쌍기둥 | 전봉국 | 한정훈 | 박미금 |
| | 만담 | 때늦은 후회 | 리순홍 | 김 천 | 리순홍 |
| | 독연 | 메뚜기장에서 | 리승일 | 한정훈 | 함영신 |
| 조선예술영화촬영소 | 경희극 | 열매 | 김국성 김서희 | 장인학 최창수 | 김영희, 신명욱, 리윤수 외 |

## 〈2005년〉

| 예술단체 | 형식 | 제목 | 문학 | 연출 | 출연 |
|---|---|---|---|---|---|
| 조선인민군 4.25예술영화촬영소 | 경희극 | 생명 | 박호일 | 강중모 림춘래 | 림영호, 정춘란, 안영철 외 |
| 조선인민군협주단 | 재담 | 정든 집 | 리명순 | 김영일 | 김영일, 정광식, 진 숙, 전정숙 |
| | 짧은극 | 조국이 내세우는 병사 | 김재준 | 함정언 | 리수룡, 고성애, 김준복 외 |
| 국립연극단 | 재담 | 진심을 바치자 | 강원철 | 리화성 | 송현일, 리현희 |
| | 재담 | 절박한 문제 | 리장건 | 리화성 | 박세진, 김수영 |
| | 촌극 | 상표소동 | 리장건 | 리수일 | 백성희, 김철진, 량선태 외 |
| | 단막극 | 맑은 물 | 리장건 | 박건철 | 박건철, 김춘남, 최기철 외 |
| 평양인형극단 | 장막인형극 | 홍부전 | 최현구 | 윤경철 | 조성철, 차진매, 강경애 외 |
| | 인형소품 | 영남이의 꿈 | 최현구 | 정철 | 손경남, 리성국 |
| | 인형소품 | 곰동산에서의 씨름경기 | 김영철 | 김영철 | 김영철 |
| 국립희극단 | 독연 | 황당한 거짓말 | 리승일 | 김 천 | 함영신 |
| | 재담 | 똘똘이와 삼녀(문화어편) | 박현철 | 박찬수 | 리미성, 리춘희 |
| | 촌극 | 미친 사람 | 강문호 | 김 천 | 송재완, 황학윤, 조정은 외 |
| | 의인화풍자독연 | 승냥이 | 리승일 | 김 천 | 최향란 |
| | 촌극 | 심부름꾼 | 강문호 | 김 천 | 황학윤, 최순봉, 차일남, 김명희 |
| | 노래독연 | 뻐꾸기 | 박현철 최광호 | 김 천 | 최광호 |
| | 독연 | 잡탕말 | 장창원 | 김 천 | 로춘란 |

| | 입재주를 위한 노래이야기 | 원군가정 | 박현철 | 김 천 | 최광호, 리춘관, 차일남, 김영춘 |
|---|---|---|---|---|---|
| | 독연 | 돈맛 | 리순홍 차일남 | 김 천 | 현은별 |
| | 촌극 | 뿌리뽑자 | 장창원 | 김 천 | 리경무, 김영심, 리강철 |
| | 재담극 | 한 지붕아래서 | 전봉국 | 한정훈 | 리문호, 로춘란, 김명희 |
| | 독연 | 응당한 봉변 | 최광호 | 김 천 | 최광호 |
| | 재담 | 수수께끼 | 박찬수 | 김 천 | 박찬수, 최경희 |
| | 노래독연 | 자동차운전사의 노래 | 김영철 리승일 | 한정훈 | 량덕순 |
| | 촌극 | 29일 | 장창원 | 김 천 | 김명희, 현은별, 허충심 외 |
| | 막간극 | 선보는 날 | 김 천 | 김 천 | 정재만, 리춘희 |
| | 만담 | 남편의 교훈 | 리지영 | 김 천 | 리춘관, 리강철 |
| | 촌극 | 나의 집 | 장창원 | 김 천 | 김영심, 최순봉, 박나리 외 |
| | 독연 | 어머니의 행복 | 리승일 | 김 천 | 함영신 |
| | 독연 | 남의 일이 아니다 | 전봉국 | 김 천 | 함영신 |
| | 막간극 | 배낭소동 | 정현옥 김 천 | 한정훈 | 차일남, 정명순, 로춘란 |
| 조선예술영화촬영소 | 경희극 | 선군8경 | 김서휘 | 리관암 | 서경섭, 김영희, 한용팔 외 |

## <2006년>

| 예술단체 | 형식 | 제목 | 문학 | 연출 | 출연 |
|---|---|---|---|---|---|
| 조선인민군협주단 | 재담 | 병사의 생각 | 명진호 | 장재천 | 장재천, 곽철호, 리명혜 외 |
| | 재담 | 밝은 인상 | 명진호 | 명진호 | 강영섭, 김광혁, 주봉순, 김춘희 |
| | 짧은극 | 병사들을 위한 날 | 김학철 | 함정언 | 김준복, 박광철, 김충성 외 |
| 국립연극단 | 짧은극 | 기다리는 사람 | 김금철 | 리광민 | 문철호, 김수영, 최재천 외 |
| | 단막극 | 옥동녀 | 한규성 | 리지영 | 최유정, 신대식, 리혜련 외 |
| 국립희극단 | 촌극 | 욕심많은 처녀 | 강문호 | 김 천 | 김영심, 정재만, 리경무 외 |
| | 재담 | 똘똘이와 삼녀(상식편) | 리승일 | 김 천 | 리미성, 리춘희 |
| | 노래독연 | 소낙비 내리는 새벽에 | 박성혁 | 김 천 | 최광호 |

| | | | | | |
|---|---|---|---|---|---|
| | 독연 | 사진 | 장창원 | 김 천 | 로춘란 |
| | 촌극 | 우리 어머니 | 김동훈 | 김 천 | 김동건, 현은별, 김영심, 로춘란 |
| | 재담 | 똘똘이와 삼녀(민속편) | 장창원 | 김 천 | 리미성, 리춘희 |
| | 촌극 | 깜빡 속았군 | 장창원 | 우정길 | 송재완, 백련숙, 현은별, 리강철 |
| | 독연 | 보석을 찾으라 | 김정실 | 김 천 | 박미금 |
| | 재담극 | 손 | 박찬수 | 김 천 | 박찬수, 함영신 |
| | 만담 | 망 | 리춘관 김천 | 김 천 | 리춘관, 리강철 |
| | 독연 | 백두산물이 들어야 한다 | 리승일 | 김 천 | 함영신 |
| | 촌극 | 우리 아들 | 리정우 | 우정길 | 리경무, 백련숙, 최순봉, 김명희 |
| | 독연 | 사랑받는 청년 | 최승태 | 우정길 | 허충심 |
| | 독연 | 늦바람 | 김동훈 | 한정훈 | 정명순 |
| | 독연 | 예쁜이 | 박현철 | 김 천 | 리춘희 |
| | 독연 | 함정 | 최승태 | 우정길 | 리강철 |
| | 촌극 | 건달군 | 강문호 | 김 천 | 황학윤, 차일남, 백련숙 |
| | 촌극 | 고약한 버릇 | 박성혁 | 한정훈 | 김동건, 김명희, 최순봉, 허충심 |
| | 독연 | 목화씨 | 리승일 | 우정길 | 로춘란 |
| | 독연 | 량강도전설 | 리승일 | 김 천 | 함영신 |
| | 재담 | 토끼 | 박성혁 박찬수 | 김 천 | 박찬수, 함영신 |
| | 독연 | 경사에 경사 | 리승일 | 김 천 | 함영신 |
| | 독연 | 어머니의 행복 | 리승일 | 김 천 | 함영신 |
| 평양인형극단 | 인형극소품 | 머슴과 지주 | 최현구 | 정 철 | 홍란희, 정봉빈, 김선화 외 |
| | 인형소품 | 우리 분단 음악회 | 최현구 | 최만금 정 철 | 홍란희, 백광철, 유영호 외 |
| | 인형소품 | 프로권투 | 최만금 유광석 | 최만금 유광석 | 차진매, 손경남, 강숙림 |
| 조선예술영화촬영소 | 경희극 | 가짜와 진짜 | 김국성 김서휘 | 김정일 최창수 | 정광남, 김영희, 김윤홍 외 |

## <2007년>

| 예술단체 | 형식 | 제목 | 문학 | 연출 | 출연 |
|---|---|---|---|---|---|
| 조선인민군협주단 | 재담 | 떳떳하게 | 명진호 | 장재천 | 정광일, 곽철호, 리명혜 외 |
| | 재담 | 사기납니다 | 명진호 | 명진호 | 강영섭, 김춘희 |
| | 재담 | 례절 | 명진호 | 명진호 | 김진영, 강영섭, 김광혁 외 |
| | 재담 | 토끼 | 명진호 | 명진호 | 차성호, 김혜순 |
| | 재담 | 우리가 지키는 초소 | 리명순 | 김준복 | 김주녹, 박광철, 리정철 외 |
| | 짧은극 | 입대하는 날 | 김흥익 | 함정언 | 리관복, 김충성, 박광철 외 |
| | 3인시 | 장군님께 영광을 | 함정언 | 함정언 | 리영혁, 차성호, 전정숙 |
| | 시와 이야기 | 잊지 말자 피의 교훈을 | 함정언 | 함정언 | 리정철, 박광철, 리은주 외 |
| 국립연극단 | 재담 | 딸이름 아들이름 | 김금철 | 김철운 | 박세진, 리현희 |
| | 촌극 | 먼저 찾는 사람 | 강윤철 | 심형섭 | 박건철, 리현희, 유금주 외 |
| | 짧은극 | 용서하시라 | 서남준 | 리지영 | 리광일, 김춘남, 전옥희 외 |
| | 단막극 | 선택 | 김추일 | 장찬국 | 문철호, 안영백, 김영희 외 |
| 평양인형극단 | 인형소품 | 용감한 고슴도치 | 최만금 | 최만금 | 조성철, 김미화, 백광철 |
| | 인형소품 | 소년과 원숭이 | 강명국 | 윤경철 | 조성철, 백광철 |
| | 인형소품 | 언덕에서의 격투 | 최현구 | 정무혁 | 강숙림, 김미화, 리성국, 김혜영 |
| 국립희극단 | 재담 | 9자풀이 | 박찬수 | 김 천 | 박찬수, 함영신 |
| | 독연 | 진주보석 | 리승일 | 한정훈 | 함영신 |
| | 촌극 | 특이한 소동 | 최승태 | 김 천 | 리경무, 리미성, 로춘란, 차일남 |
| | 독연 | 고안숙과 전달숙 | 박현철 | 한정훈 | 리춘희 |
| | 독연극 | 노벨상 | 홍순창 | 김 천 | 홍순창 |
| | 막간극 | 악습 | 강문호 | 우정길 | 차일남, 최순봉 |
| | 재담 | 인민행렬차 | 박찬수 | 박찬수 | 박찬수, 함영신 |
| | 독연 | 조향률을 돌리라 | 리승일 | 리승일 | 함영신 |
| | 독연 | 양보 | 박현철 | 김 천 | 박미금 |
| | 독연 | 복받은 사람 | 강문호 | 김 천 | 박미금 |

**<2008년>**

| 예술단체 | 형식 | 제목 | 문학 | 연출 | 출연 |
|---|---|---|---|---|---|
| 조선인민군협주단 | 재담 | 류다른 풍경 | 명진호 | 명진호 | 강영섭, 김춘희 |
| | 재담 | 우리 군대 우리 인민 | 명진호 | 명진호 | 김영일, 리은주 |
| | 재담 | 병사들의 노래 | 명진호 | 명진호 | 리명혜, 김영일, 차성호 외 |
| | 재담 | 먼저 보자 | 리명순 | 함정언 | 박광철, 김광혁, 김춘희, 주봉순 |
| 평양인형극단 | 인형소품 | 장고재주 | | 최만금 | 조성철 |
| | 탁상인형극 | 참개구리와 비단개구리 | 최현구 | 강명국 | 홍 란 |

**<2009년>**

| 예술단체 | 형식 | 제목 | 문학 | 연출 | 출연 |
|---|---|---|---|---|---|
| 국립연극단 | 촌극 | 깨여진 궁합 | 리창건 | 차진삼 | |
| | 재담 | 나부터 | 김금철 | 심형섭 | |
| | 독연 | 고운 얼굴 | 강원철 | 김명철 | |
| | 독연 | 마지막 처방 | 홍순창 | 홍순창 | |
| 평안북도예술단 | 단막극 | 멀고도 가까운 곳 | 김 우 | 김복순 | |
| 황해남도예술단 | 단막극 | 주인 | 리만성 | 김천일 | |
| 함경남도예술단 | 단막극 | 삶의 보람 | 김자경 | 오경옥 | |
| 함경북도예술단 | 단막극 | 직선주로 | 리기창 | 최 선 | |

## 5. 자료2: 2000년대 창작/공연된 주요 교예작품 목록

<2000년>

| 예술단체 | 형식 | 제목 | 창작 및 연출 | 작곡 | 편곡 | 출연 |
|---|---|---|---|---|---|---|
| 평양교예단 | 체력교예 | 청년의 교훈 | 김재근 | | | 강근성 |
| | 체력교예 | 널과 그네 | 김정철 | | | 백남철 외 13명 |
| | 체력교예 | 줄중심조형 | 리병욱 | | | 강옥화 |
| | 체력교예 | 광명성1호 | 박소운 | | | 류춘길 외 120명 |
| | 체력교예 | 주체농법 좋다 | 한동호 | | | 방대혁 외 8명 |
| | 체력교예 | 청년과 소년 | 리기범 | | | 양승혁, 로건혁 |
| | 체력교예 | 휘날려라 붉은기 | 한동호 | | | 리명철 외 14명 |
| | 막간극 | 맞서는 거부기 | 허 영 | | | 허 영, 김희영 |
| | 막간극 | 화면에 나타난 사병 | 박철준 | | | 량길남, 림춘만 |
| | 막간극 | 2인줄넘기 | 최성남 | | | 홍명조, 최성남 |
| | 막간극 | 망상 | 안경욱 | | | 허 영, 김희영 |
| | 요술 | 방목공처녀들 | 김 철 | | | 리명미 외 3명 |
| | 요술 | 탈춤 | 김광철 | | | 김광철 외 1명 |
| | 요술 | 탁상요술 | 김광철 | | | 김광철 외 1명 |
| | 요술 | 요술가의 선풍기 | 김 철 | | | 김 철 외 3명 |
| | 요술 | 돈재주 | 김광철 | | | 김광철 |
| | 요술 | 끈과 륜 | 김광철 | | | 김광철 |
| | 동물교예 | 강아지와 함께 | 안경욱 | | | 안경욱 |
| 조선인민군 교예단 | 체력교예 | 비행가들 | 로명복 | | | 로명복, 김영남 외 7명 |
| | 체력교예 | 널장대재주 ≪용감한 해병들≫ | 한학준 | | | 리철웅, 장금철 외 7명 |
| | 체력교예 | 그네널치기 | 강성혁 | | | 강세원, 김인국 외 7명 |
| | 경교예 | 공북치기 | 조영철 | | | 한정철 |
| | 기술막간 | 줄재주 | 리훈봉 | | | 리훈봉 |
| | 화술막간 | 지옥으로 가는 길 | 공동진 오필룡 | | | 공동진, 오필용 |
| | 요술 | 기능요술 몇가지 | 김광석 | | | 김광석 |
| | 요술 | 정다운 꽃 | 김동석 | | | 김동석 |
| | 요술 | 담배재주 | 김영석 | | | 김영석 |
| | 환상요술 | 코트재주 | 김광석 | | | 김광석 |
| | 체력교예 | 대집단체조와 예술공연 ≪ | 리창히 | | | 한충혁, 한정철, |

| | | | 리창히 | | | 심철준<br>(3인군상조형) |
|---|---|---|---|---|---|---|
| | | | 리창히 | | | 류정미, 김일미<br>(2인회전조형) |
| | | | 리창히 | | | 강림, 주철호<br>(포쏘기) |
| | | 백전백승 조선로동당≫ 중에서 3장 7경 교예장 ≪강성대국건설에서 총대로 받들리≫ | 리창히 | | | 리영철, 정숙경,<br>최영애<br>(공중락하비행) |
| | | | 리창히 | | | 도병옥, 박성희<br>(고무탄력재주) |
| | | | 리창히 | | | 신금진, 차승일,<br>전경남, 최승강<br>(기폭조형) |
| | | | 리창히 | | | 박정옥(별조형) |

## <2001년>

| 예술단체 | 형식 | 제목 | 창작 및 연출 | 작곡 | 편곡 | 출연 |
|---|---|---|---|---|---|---|
| 평양교예단 | 체력교예 | 검사공처녀 | 박소운 | | | 림인순 |
| | 체력교예 | 공중그네조형 | 리병욱 | | | 서원철, 한련희 |
| | 체력교예 | 원조형 | 강길룡 | | | 김정금 |
| | 막간극 | 축하합니다 | 안경욱 | | | 허 영, 김희영 |
| | 요술 | 요술사의 음악세계 | 김종일 | | | 김봉일 |
| | 요술 | 신비로운 사람 | 인민배우<br>김 철 | | | 인민배우 김 철,<br>리봉일 |
| | 요술 | 앵무새와 비둘기 | 강유성 | | | 강유성 |
| | 막간극 | 서명놀음 | 안경욱 | | | 구경만, 안경욱 |
| | 막간극 | 웃으며 가자 | 윤태운 | | | 량길남, 림춘만,<br>윤태운 |
| | 막간극 | 탁상우에서 | 윤정철<br>리덕일 | | | 윤정철, 리덕일 |
| | 요술 | 수중모험 | 인민배우<br>김 철 | | | 김광철 외 2명 |
| | 요술 | 재치 | 인민배우<br>김 철 | | | 인민배우 김 철 외<br>1명 |
| | 수중교예 | 바다의 갈매기 | 한동호 | | | 김원실, 리금주,<br>백영미 외 |
| | 체력교예 | 공치기 | 박인광 | | | 한영일 |
| | 동물교예 | 비둘기재주 | 박소운 | | | 리운희 |
| | 체력교예 | 발재주 | 김봉애 | | | 함설화 |

| 예술단체 | 형식 | 제목 | 창작 및 연출 | 작곡 | 편곡 | 출연 |
|---|---|---|---|---|---|---|
| 조선인민군 교예단 | 체력교예 | 3인그네 | 한수복 | | | 최영애, 최은옥, 로영순 |
| | 체력교예 | 꽃줄놀이 | 강성혁 | | | 강세원, 김인국, 김성호 외 |
| | 환상요술 | 코트 입은 녀인 | 인민배우 김광석 | | | 인민배우 김광석, 백정미, 김금필 외 |
| | 환상요술 | 전자원형 절단기 | 인민배우 김광석 | | | 인민배우 김광석, 백정미, 김금필 외 |
| | 환상요술 | 로보트속의 조화 | 인민배우 김광석 | | | 인민배우 김광석, 백정미, 김금필 외 |
| | 기능요술 | 돈을 연필로 꿰기 | 인민배우 김광석 | | | 인민배우 김광석 |
| | 기능요술 | 수표한 종이를 과일속에서 꺼내기 | 인민배우 김광석 | | | 인민배우 김광석 |
| | 기능요술 | 수표한 종이를 날아가는속에서 잡기 | 인민배우 김광석 | | | 인민배우 김광석 |

### <2002년>

| 예술단체 | 형식 | 제목 | 창작 및 연출 | 작곡 | 편곡 | 출연 |
|---|---|---|---|---|---|---|
| 평양 교예단 | 체력교예 | ≪김일성상≫계관작품  대집단체조와 예술공연 ≪아리랑≫의 제3장 2경 ≪행복의 락원≫ 중에서 | 김재근 고하준 | | | |
| | | 사선조형 | | | | 리운심, 김영식, 고경진, 곽영철 |
| | | 남녀2인공중조형 | | | | 서원철, 한련희 |
| | | 공중비행 | | | | 강명근, 강진성, 조성남 외 |
| | | 물결날기 | | | | 김혜경 |
| | | 2인머리도립재주 | | | | 김세웅, 손주광 |
| | | 공중2인쌍조형 | | | | 최광남, 함순일, 유성국, 박선영 |
| | | 공중오토바이락하 | | | | 리종춘, 류춘길, 최경화 |
| | | 공중회전원조형 | | | | 박권희, 이순영, 김웅길 외 |
| | | 공중대차륜재주 | | | | 김영옥, 박영순, 성혜순 외 |
| | | 공중대차륜재주 | | | | 백영미, 정혜영 |

| | | | | | |
|---|---|---|---|---|---|
| 체력교예 | 어깨중심탄력 | 리기범 | | | 양승혁, 박인철, 최충성 외 |
| 체력교예 | 쇠줄무동 | 한동호 | | | 김명식, 로전희, 김영덕 외 |
| 막간극 | 이동리발소에서 | 박소운<br>윤태운 | | | 윤태운, 림춘만, 주경란 |
| 막간극 | 미국놈의 심보 | 안경욱 | | | 윤광섭, 손덕일 |
| 막간극 | 사람띄우기 | 안경욱 | | | 안경욱, 구경만 |
| 요술 | 교감요술 | 김광철 | | | 김광철 |
| 요술 | 담배띄우기 | 김광철 | | | 김광철 |
| 요술 | 주패알아맞추기 | 김광철 | | | 김광철 |
| 요술 | 유쾌한 료리사 | 김태성 | | | 안철, 김금희 |
| 체력교예 | 금수강산 | 한동호 | | | 강연희 외 20명 |
| 체력교예 | 불길 | 한동호 | | | 한련희 외 9명 |
| 동물교예 | 갑판우에서 | 김영웅 | | | 권학준, 리명근 |
| 요술 | 배우고 배우자 | 김태성 | | | 오혁철, 리윤화 |
| 요술 | 요술사와 처녀 | 김 철 | | | 김 철, 최혜숙 |
| 막간수중 | 봉변 | 윤태운 | | | 홍금성, 리경빈, 김정금 |
| 빙상교예 | 60청춘 | 윤태운 | | | 윤 희, 허 강 |
| 조선인민<br>군교예단 | 체력교예 | 원통북치기 | 김광복<br>김영애 | | 김광복, 박은실 |
| | 체력교예 | 신념 | 한수복 | | 류명철 |
| | 체력교예 | 공중4인조형 | 강덕홍 | | 김명철, 김명인, 동광철, 리은주 |
| | 체력교예 | 봉전회재주 | 백명학 | | 강명호, 국철남, 김세철 |
| | 기술막간 | 원굴리기 | 로명복 | | 원경철, 오필룡 |
| | 체력교예 | 공중3단전회비행 | 오창보 | | 심철준, 강충성, 김성철 외 |
| | 기술막간 | 명랑한 취사병 | 한수복<br>리훈봉 | | 리훈봉 |
| | 환상요술 | 꽃속의 조화 | 김광석 | | 김광석, 김순애, 백정미 외 |
| | 환상요술 | 신기한 나비 | 김광석 | | 김과석, 백정미, 리은주 외 |
| | 기능요술 | 담배와 담배곽재주 | 김영석 | | 김영석, 리은주 |
| | 기능요술 | 주패K 3장맞추기 | 김광석 | | 김광석 |
| | 기능요술 | 주패재주 | 김재학 | | 김재학 |

**<2003년>**

| 예술단체 | 형식 | 제목 | 창작 및 연출 | 작곡 | 편곡 | 출연 |
|---|---|---|---|---|---|---|
| 조선인민군 교예단 | 체력교예 | 류동철봉 | 강성혁 | 장정민 | | 최승강, 전경남, 신금진 외 |
| | 체력교예 | 줄다리우에서 | 한수복 | 림철삼 | | 조수련 |
| | 체력교예 | 원조형 | 한수복 | 장정민 | | 차승일, 리해옥 |
| | 기술막간 | 응원대장 | 리훈봉 | 림철삼 | | 리훈봉 |
| 평양교예단 | 체력교예 | 다각비행 | 김재근 | 최광원 | | 리성국, 김철국, 강창식 외 |
| | 체력교예 | 쌍그네비행 | 박소운 | 김일몽 | | 리동철, 한은철, 서영민 외 |
| | 체력교예 | 훈련장의 랑만 | 박소운 | 김일몽 | | 김명식, 김영덕, 박영길 외 |
| | 요술 | 창작의 하루 | 김 철 | 김일몽 | | 김광철, 김봉일, 리영미, 주경란 |
| | 막간 | 공받기 | 박철준 | 최광원 | | 박철준, 리성국 |
| | 체력교예 | 봉화지핀 소녀 | 김재근 | 김일몽 | | 길혜성, 류봉학 |
| | 체력교예 | 빙상2인조형 | 윤영근 | 김일몽 | | 임순영, 한금희 |
| | 체력교예 | 말타기 ≪더 높이 더 빨리≫ | 한동호 | 최광원 | | 방대혁 외 9명 |
| | 요술 | 환상의 세계 | 허학준 김 철 | | | 김 철, 김광철 |
| | 교감요술 | 하나의 생각 | 김광철 | | | 김광철 |
| | 요술 | 청양음료점에서 | 김희철 | | | 김희철, 홍은경 |
| | 요술 | 레이자불빛의 조화 | 김 철 | | | 김 철, 김광철 |
| | 막간 | 어림도 없다 | 안경욱 | 김일몽 | | 김덕일, 구경만, 윤정실, 박철준 |
| | 막간 | 만신창 | 윤태운 | | | 강길남, 림춘만 |
| | 체력교예 | 야영지에서의 기쁨 | 한동호 | 김일몽 | | 리춘근 외 6명 |
| | 빙상교예 | 높이 들자 최고사령관기 | 김재근 | 김일몽 | | 임순만 외 16명 |
| | 수중교예 | 비둘기와 처녀 | 박소운 | 김일몽 | | 리은희 |
| | 막간 | 손님과 함께 | 윤태운 | 김일몽 | | 박철준, 리성국 |
| | 체력교예 | 소원 | 리병옥 | 최광원 | | 한진주, 한영옥 |

**<2004년>**

| 예술단체 | 형식 | 제목 | 창작 및 연출 | 작곡 | 편곡 | 출연 |
|---|---|---|---|---|---|---|
| 평양교예단 | 체력교예 | 조국의 바다를 지켜 | 신영도 | 김일몽 | | 김경일 외 5명 |
| | 체력교예 | 그물속에 든 인형 | 한동호 | 김경주 | | 최순복, 김경일 |
| | 막간 | 개소리 | 안경욱 | | | 안경욱, 뢰도근 |
| | 체력교예 | 씨름군과 황소 | 한동호 | 김경주 | | 한혁수, 안정범, 정경섭, 김철웅 |
| | 막간 | 접시재주 | 안경욱 | 김일몽 | | 구경만 |
| | 교감요술 | 주패재주 | 김광철 | | | 김광철 |
| | 요술 | 춤추는 수건 | 김광철 | | | 김광철 |
| | 요술 | 거울 뚫고 나가기 | 김 철 | | | 김 철 외 2명 |
| | 요술 | 움직이는 얼굴 | 김광철 | | | 김광철 |
| | 체력교예 | 환상조형 | 박소운 | 윤영철 | | 김원실, 고성애, 김현희, 조혜성 |
| | 막간 | 골탕먹은 미국놈 | 한동호 | 김경주 | | 뢰도근, 허 강, 윤 회 |
| | 요술 | 앵무새재주 | 김 철 | | | 리일진 |
| | 체력교예 | 이동사다리 | 한동호 | 김일몽 | | 한영일 |
| | 막간 | 청년의 지혜 | 안경욱 | | | 안경욱, 송경일, 허 영 |
| | 체력교예 | 중심조형 | 리병욱 | 윤영철 | | 량혜영, 박신화, 박은희, 리은정 |
| | 빙상교예 | 빙상회전조형 | 고하준 | 김경주 | | 리성남, 김 옥 |
| | 동물교예 | 곰유희 | 한동호 | 김경주 | | 로윤희, 리경민 |
| | 빙상교예 | 빙상조형 | 박소운 | 김일몽 | | 임순영 외 11명 |
| 조선인민군 교예단 | 체력교예 | 봉전회재주 | 김광조 | 장정민 | | 김명호, 오태훈 외 |

**<2005년>**

| 예술단체 | 형식 | 제목 | 창작 및 연출 | 작곡 | 편곡 | 출연 |
|---|---|---|---|---|---|---|
| 평양모란봉교예단 | 체력교예 | 자전거줄넘기 | 조영철 | | 장정민 | 조영철, 우명철, 리성철 외 |
| | 체력교예 | 쌍그네 | 한수복 | | 림철삼 | 한진주, 오은심 |
| | 체력교예 | 천폭조형 | 한수복 | | 장정민 | 동광철 |
| | 체력교예 | 금강선녀 | 한수복 | | 장정민 | 최광철, 림부연 |
| | 체력교예 | 2인그네 | 로명복 | | 림철삼 | 한충혁, 라향이 |
| | 체력교예 | 공중전회비행 | 김철준 | | 장정민 | 김철준, 고명혁, |

| | | | | | | |
|---|---|---|---|---|---|---|
| | | | | | | 전정원 외 |
| | 기술막간 | 두 동무 | 최성도 | | 장정민 | 최성도, 봉창균 |
| | 막간 | 민속오락 좋다 | 리훈봉 | | | 리훈봉, 리승남 |
| 평양교예단 | 체력교예 | 녀무사들 | 박소운 | | 김경주 | 전혜순 외 4명 |
| | 빙상교예 | 은반우의 청춘들 | 박소운 | | 윤영철 | 김응길 외 6명 |
| | 요술 | 회전판에서 | 김 철 | | 김일몽 | 김 철 외 2명 |
| | 막간 | 매국간판 | 류영혁 | | | 림춘만 외 2명 |
| | 요술 | 누가 미친 놈인가 | 안경욱 | | | 안경욱, 허 영, 허 강 |
| | 교감요술 | 고무줄과 주패재주 | 김 철 | | | 김 철 |
| | 체력교예 | 꽃줄조형 | 김창신 | | 윤영철 | 박송희, 박신화, 박은희, 리은정 |
| | 요술 | 거울에 비낀 처녀들 | 김 철 | | 김경주 | 김 철, 최혜숙, 리수련 외 |
| | 수중교예 | 물우에서 륜돌리기 | 한경복 | | 김경주 | 한영주 외 6명 |
| | 체력교예 | 도립재주 | 리병욱 | | 윤영철 | 한국룡 |
| | 동물교예 | 령리한 강아지 | 리기범 | | | 뢰도근 |
| | 막간 | 액틀속의 청년 | 박 원 | | | 허 영, 허 강 |
| | 체력교예 | 전회조형 | 박소운 | | 김일몽 | 김정심, 신은주, 리 옥 |
| | 요술 | 나의 마음 | 김광철 | | 윤영철 | 안 철, 김성옥 |
| | 막간 | 버림받은 신세 | 윤태운 | | | 윤태운, 뢰도근 |
| | 체력교예 | 우리모두 영웅이 되자 | 김재근 | | 윤영철 | 홍금성 |

## <2006년>

| 예술단체 | 형식 | 제목 | 창작 및 연출 | 작곡 | 편곡 | 출연 |
|---|---|---|---|---|---|---|
| 평양교예단 | 요술 | 봉투에서 주패찾기 | 김 철 | | | 김광철 |
| | 요술 | 주패알아맞추기 | 김광철 | | | 김광철 |
| | 체력교예 | 외바퀴자전거타기 | 조금순 | | 김일몽 | 김성철, 최송미 |
| | 체력교예 | 광풍을 뚫고 | 김혜경 | | 김일몽 | 김진아 |
| | 체력교예 | 서경 ≪높이 날려라 붉은기≫ | 한동호 | | 김일몽 | 김영남 외 9명 |
| | 빙상교예 | 유쾌한 접대원 | 송영혁 | | 윤영철 | 오철준, 조일남 |
| | 막간 | 요술사의 비밀 | 안경욱 | | 박진향 | 김춘만, 김정화 |
| | 요술 | 변하는 사람 | 김광철 | | 김경주 | 김광철 |
| | 요술 | 신기한 처녀 | 김철 | | 김일몽 | 안 철, 김금주 |
| | 요술 | 교감요술 몇가지 | 김광철 | | | 김광철 |

| | | | | | | |
|---|---|---|---|---|---|---|
| | 막간 | 가련한 신세 | 박원 | | 김경주 | 허 영, 허 강, 손덕일 |
| | 요술 | 내려다보는 요술 | 김철 | | 김경주 | 김희철, 김봉일 |
| | 체력교예 | 중심조형 | 김정철 | | 김경주 | 신철진, 박송희 |
| | 막간 | 함속의 비밀 | 김철 | | | 허 영, 허 강 |
| | 수중교예 | 어부와 거부기 | 박소운 | | 윤영철 | 한영일 외 8명 |
| | 체력교예 | 중심공재주 | 리기범 | | 리경수 | 백광철, 김정순 |
| | 체력교예 | 줄돌리기 | 황경복 | | 김경주 | 최창일, 김성진, 김정애 |
| | 막간 | 촬영장에서 | 한동호 | | 김일몽 | 량길남 외 2명 |
| 평양모란봉 교예단 | 체력교예 | 쌍바줄조형 | 조용수 | | 장정민 | 리철웅, 장금철, 오남철 외 |
| | 체력교예 | 쌍틀류동공중비행 | 표재현 | | 림철삼 | 김순철, 로광남, 리봉일 외 |
| | 체력교예 | 그네무등놀이 | 리성환 | | 림철삼 | 리성환, 김철원, 강명수 외 |

## <2007년>

| 예술단체 | 형식 | 제목 | 창작 및 연출 | 작곡 | 편곡 | 출연 |
|---|---|---|---|---|---|---|
| | 체력교예 | 3인발재주 | 강덕홍 | | 림철삼 | 림정희, 윤수정, 오향순 |
| | 체력교예 | 탄력발재주 | 강성혁 | | 장정민 | 김병국, 유 철, 김의철 외 |
| | 체력교예 | 류동그네날기 | 표재현 | | | 로광남, 허 성, 기봉일 외 |
| | 체력교예 | 처녀비행사 | 강성혁 | | 림철삼 | 한진주 |
| | 체력교예 | 다각비행 | 강성혁 | | 장정민 | 리철주, 홍유일, 김성원 외 |
| 평양모란봉 교예단 | 체력교예 | 4인봉재주 | 조용수 | | 장정민 | 리동학, 윤수남, 리원옥, 리영희 |
| | 체력교예 | 2단공중비행 | 로명복 | | 장정민 | 김철원, 강명수, 최금철 외 |
| | 체력교예 | 고무탄력재주 | 홍혜성 | | 림철삼 | 박정남, 백철룡, 김복희 외 |
| | 막간극 | 유쾌한 등산가들 | 리훈봉 | | | 리훈봉, 리승남 |
| | 기술막간 | 세동무 | 오대봉 | | | 오대봉, 안용수, 강명성 |
| | 기술막간 | 바드민톤채재주 | 리훈봉 | | | 박진혁 |
| | 기술막간 | 공북치기 | 한철히 | | 장정민 | 한은혁 |

| 예술단체 | 형식 | 제목 | 창작 및 연출 | 작곡 | 편곡 | 출연 |
|---|---|---|---|---|---|---|
| 평양교예단 | 요술 | 우리 분단 토끼 | 김택성 | | 김일몽 | 로석현 외 3명 |
| | 요술 | 주패재주 | 김광철 | | | 김광철, 주경란 |
| | 요술 | 돈재주 | 김광철 | | | 김광철 |
| | 요술 | 끈과 륜재주 | 김광철 | | | 김광철 |
| | 요술 | 물고기 나오기 | 김광철 | | | 김광철, 주경란 |
| | 요술 | 비둘기가 주패장 찾기 | 김희철 | | | 김희철, 주경란 |
| | 요술 | 메기풍년 | 김 철 | | 김일몽 | 리일진 |
| | 요술 | 부채재주 | 김희철 | | | 김희철, 홍은경 |
| | 체력교예 | 공중무예 | 박소운 | | 윤영철 | 고철룡 외 8명 |
| | 체력교예 | 포전의 쉴참 | 송영혁 | | 김경주 | 신민선 외 2명 |
| | 체력교예 | 채쩍소리 울린다 | 박소운 | | 김일몽 | 고병순 외 3명 |
| | 체력교예 | 탄력전회 | 류춘길 | | 김일몽 | 지영철 외 4명 |
| | 빙상교예 | 륜돌리기 | 리동혁 | | 김경주 | 박영순 외 6명 |
| | 빙상교예 | 줄넘기 | 류춘길 | | 최광원 | 리성남 외 11명 |
| | 빙상교예 | 회전그네중심 | 리병욱 | | 김일몽 | 최경미 |
| | 빙상교예 | 채쩍재주 | 송영혁 | | 박진향 | 최광일 외 2명 |
| | 빙상교예조곡 | 은반우의 청춘들 | 박소운 | | 김일몽 김경주 | 빙상조 |
| | 희극교예 | 지주와 머슴 | 박소운 | | 김경주 | 윤정철, 김덕일 |
| | 수중체력교예 | 륜재주 | 황경복 | | 김경주 | 한영주 |

<2008년>

| 예술단체 | 형식 | 제목 | 창작 및 연출 | 작곡 | 편곡 | 출연 |
|---|---|---|---|---|---|---|
| 평양모란봉 교예단 | 체력교예 | 4인줄타기 | 로명복 | | 장정민 | 김진혁 외 3명 |
| | 막간교예 | 명랑한 두 해병 | 최성도 | | | 최성도, 림정광 |
| | 체력교예 | 3인조형 | 백명학 | | 장정민 | 최광철 외 2명 |
| | 경교예 | 손재주 | 한수복 | | 장정민 | 최광철 외 2명 |
| 평양교예단 | 교감요술 | 손님요술사의 망신 | 김 철 | | | 김광철 |
| | 탁상요술 | 주패와 앵무새 | 안 철 | | | 안 철 |
| | 탁상요술 | 주패와 놀이감차 | 김희철 | | | 김희철, 홍은경 |
| | 탁상요술 | 조개속의 진주알 | 김 철 | | | 리일진 |
| | 탁상요술 | 자동차가 주패착지 | 김택성 | | | 로석현 |
| | 교감요술 | 주패재주와 삼색수건 | 김광철 | | | 김광철 |
| | 체력교예 | 원회전 | 황경복 | | 김경주 | 김성일, 강명진 |
| | 교감요술 | 떠다니는 원탁 | 김광철 | | 김경주 | 김광철, 주경란 |

| | | | | | |
|---|---|---|---|---|---|
| 교감요술 | 주패재주 | 김태성 | | 김경주 | 로석현 |
| 기능요술 | 기발자랑 | 김 철 | | 김일몽 | 김봉일 외 2명 |
| 교감요술 | 손님시계찾기 | 김봉일 | | | 김봉일 외 2명 |
| 교감요술 | 눈싸매고 주패찾기 | 김광철 | | | 김광철 |
| 교감요술 | 진짜로 된 가짜토끼 | 김태성 | | | 로석현 |
| 체력교예 | 류동봉놀이 | 리광철 | | 김경주 | 김성철 외 6명 |
| 희극교예 | 휴식의 한때 | 안경욱 | | | 량길남, 뢰도근 |
| 희극교예 | 두 벌목공 | 박소운 | | 김일몽 | 홍명조, 최성남 |
| 체력교예 | 연공들의 자랑 | 한동호 | | 김일몽 | 김명식 외 6명 |
| 체력교예 | 봉놀이 | 류 미 | | 김일몽 | 김국철 외 2명 |
| 체력교예 | 빙상고뿔쌓기 | 박 원 | | 김경주 | 조일남, 최경미 |
| 체력교예 | 날으자 더 높이 | 박소운 | | 김일몽 | 김광국 외 9명 |
| 동물교예 | 개들의 륜넘기 | 김선옥 | | 김경주 | 심연희 |
| 희극교예 | 심술쟁이 두 량반 | 박소운 | | 김일몽 | 홍명조, 최성남 |
| 희극교예 | 개소리 | 박소운 | | | 안경욱, 구경만 |

## <2009년>

| 예술단체 | 형식 | 제목 | 창작 및 연출 | 작곡 | 편곡 | 출연 |
|---|---|---|---|---|---|---|
| 평양모란봉교예단 | 체력교예 | 2인그네중심조형 | 한수복 | | 장정민 | |
| | 체력교예 | 2인외바퀴자전거재주 | 조영철 | | 장정민 | |
| | 체력교예 | 2인공중조형 | 김성호 | | 장정민 | |
| | 체력교예 | 1인발재주 | 김영애 | | 림철삼 | |
| | 체력교예 | 2인공중원조형 | 리설향 | | 장정민 | |
| | 체력교예 | 2인바줄중심조형 | 백명학 | | 림철삼 | |
| | 체력교예 | 사다리중심재주 | 백명학 | | 장정민 | |
| | 체력교예 | 바줄전회 | 로명복 | | 장정민 | |
| 평양교예단 | 체력교예 | 청춘의 나래펴고 | 박소운 | | | |
| | 체력교예 | 상모놀이 | 박소운 | | 김일몽 | |
| | 동물교예 | 곰과 원숭이 | 김선옥 | | | |
| | 희극교예 | 전기박사 | 림춘만 | | | |
| | 희극교예 | 륜재주 | 박 원 | | | |
| | 체력교예 | 2인조형 | 박소운 | | 강성원 | |
| | 기능요술 | 윷놀이 | 김 철 | | 김일몽 | |
| | 환상요술 | 요술사와 그림자 | 김희철 | | 김경주 | |
| | 교감요술 | 돈재주 | 김봉일 | | | |

| 체력교예 | 그네놀이 | 리광철 | | 김경주 | |
| 체력교예 | 그네뛰기 | 박소운 | | 김일몽 | |
| 체력교예 | 비단짜는 처녀들 | 송영혁 | | 김경주 | |
| 희극교예 | 함속의 비밀 | 김 철 | | | |
| 희극교예 | 못 막아 | 허 영 | | | |
| 체력교예 | 남녀2인조형 | 박소운 | | 김일몽 | |
| 요술 | 닭알속에 주패넣기 | 김태성 | | | |
| 요술 | 보물찾기 | 김광철 | | | |

# 미술

## 『조선예술』

홍지석

# 1. 개관

이 글에서는 2000년 1월에서 2009년 12월까지 북한 문예지『조선예술』에 실린 미술 분야 비평 텍스트들의 내용과 동향을 검토하고자 한다. 미술 분야 단행본 발간이 극히 저조한 북한에서『조선예술』은 오늘날 북한미술의 경향을 파악할 수 있는 사실상 유일한 매체다. 따라서 여기서는 해당 시기『조선예술』에 관평, 연단, 강좌, 미술작품해설 등의 형태로 발표된 미술비평 텍스트들의 주요 내용과 흐름을 일별하고 이를 통해 이른바 '선군시대'로 지칭되는 2000년대 북한미술의 특징적 양상을 파악하고자 한다. 아울러 조선중앙통신사 발행의『조선중앙년감』에 실린 통계, 기록 자료들을 활용하여 2000년대 북한미술을 입체적으로 조명하고자 할 것이다.

김일성 사망(1994년), 고난의 행군 등 굵직한 사건들이 많았던 1990년대에 비해 2000년대 북한에는 크게 부각될만한 사건, 사고가 없었다. 하지만 이 시기 북한에는 군(軍)이 모든 것을 주도하는 '선군시대'가 본격화되었고 선군 이데올로기에 따라 체제를 구성하는 갖가지 것들이 수정, 재배치되었다. 이것은 미술 분야도 마찬가지여서 이 시기 북한미술은 선군 내지는 총대의 이름하에 큰 변화를 겪게 된다. 이 시기 북한미술에 나타나는 가장 큰 특징은 군사미술가와 군사미술가들의 창작기지로서 조선인민군창작사의 위상 강화다. 물론 군사미술가와 인민군창작사는 이전에도 북한미술에서 꽤 큰 비중을 차지하고 있었지만 소위 선군시대에 이르러 그 위상이 크게 격상되었다. 북한체제가 "정보산업시대 미술발전의 새로운 경지를 개척한" 것으로 선전한 '콤퓨터필림화' 제작을 조선인민군창작사가 주도한 것은 그 단적인 예가 될 것이다. 특히 이전까지 크게 주목받지 못했던 정창파, 리성화 등 체제 초창기의 군사미술가들과 조선인민군창작사의 전신인 인민군미술제작소 등이 재호명되어 미술비평과 미술사 서술의 중심에 배치되는 현상은 각별한 주목을 요한다.

선군시대 북한미술의 또 다른 특징은 미술대중화의 명분하에 민화,

소묘 등이 재조명되는 현상이다. 2000년대 북한의 미술사는 "인민들의 생활속에서 창조되고 발전한 민족회화형식"으로서 민화를 재조명했고 미술비평은 이전에는 미술작품 제작을 위한 기초단계 정도로 여겨졌던 소묘 내지는 연필화를 미술 대중화의 명분에 부합하는 독자적인 장르로 격상시켰다. 그 일환으로 2006년에 큰 규모로 열린 제1차 전국소묘축전 은 이른바 '소묘 바람'의 기폭제가 되었다.

2000년대 북한미술의 또 다른 특징은 장르, 기법의 다양한 양상을 아 울러 창작의 도식화, 인습화를 극복하려는 시도가 부각된다는 점이다. 특히 1990년대 조선화 담론에서 두드러진 몰골기법에 대한 배타적인 강 조가 완화되고 선묘(구륵)기법, 세화기법 등이 몰골법과 대등한 조선화 의 우월한 기법으로 부각되는 양상은 흥미롭다. 선묘기법의 재조명은 선묘에 기초한 준법에 대한 관심으로 이어지기도 했다. 한편 "조선화를 중심으로 미술을 발전시켜 나가야 한다"는 도그마가 완화되어 유화의 화법적 특성을 살리자는 요구가 등장한 것은 주목할 만하다. 2000년대 후반 이후 북한미술계에는 "음악에서 민성과 양성이 구별되듯이 그림에 서도 조선화와 유화가 구별된다"는 식의 관념이 널리 확산되었다.

2000년대 후반은 또한 미술의 새로운 주제로서 '선군 8경'이 등장한 시기이기도 하다. '장자강의 불야성', '대홍단의 감자꽃바다' 같은 선군 8경은 "인간에 의하여 정복되고 개조된 자연"으로 강성대국의 가시적(상 상적) 기표다. 이것은 총창으로 형상화된 '무산지구전투승리기념탑'과 함께 선군시대를 대표하는 북한미술의 아이콘이다.

2000년대 북한미술 담론에는 오대형, 정창모, 선우영 등의 이름이 빈 번히 등장한다. 이들은 모두 북한미술의 과거를 대표하는 (얼마 남지 않 은) 원로 미술가들로 1999년에 사망한 정영만을 대신해 2000년대 북한미 술의 흐름을 주도했다. 하지만 선우영은 2009년에 오대형과 정창모는 2010년에 사망했다. 그리고 주지하다시피 그 이듬해(2011년)에 김정일이 사망했다. 이로써 북한체제와 북한미술은 완전한 세대교체를 이루게 되 었다.

## 2. 연도별 경향

### 2000년

2000년의 북한미술에는 아직 '선군미술' 내지는 '총대미술' 같은 단어가 본격적으로 대두되지는 않고 있다. 다만 팔로군 군정대학 출신으로 해방 후 북한에서 국장과 국기도안에 참여했으나 1950년대 말 이른바 '종파여독의 청산'과정에서 사라진 미술가 정창파를 발굴 복권하는 작업(11호)은 군사미술가의 발굴, 복원이라는 측면에서 주목할 필요가 있다. 미술사 서술에서는 평양을 "고대 금속공예의 발원지"로 내세우는 안금철의 글(4호, 6호), 유럽 낭만주의 회화를 전투적인 화폭으로 묘사하는 김재홍의 글(3호)이 눈에 띄고 이 밖에 정창모, 오대형 등 원로화가들을 부각시켜 '천리마시대'의 활기를 재생하려는 시도도 주목을 요한다. 『조

김학림, 〈당창건 55돐을 맞는 올해를 천리마대고조의 불길속에 자랑찬 승리의 해로 빛내이자〉, 선전화, 2000

선중앙년감』에 따르면 2000년에는 조선로동당창건 55돐을 즈음한 국가미술전람회, 선전화전람회, 2.16경축 송화미술원전람회, 인민예술가 정창모미술전람회 등 9차의 전람회와 중앙미술전시회, 조선인민군서예전시회 등 8차의 전시회가 열렸다.[1]

## 1) 천리마 대고조 시대 선전화의 주제들: 과학자와 건설장

2000년 새해에 즈음하여 당보와 군보, 청년보의 공동사설은 일제히 "당창건 55돐을 맞는 올해를 천리마대고조의 불길 속에 자랑찬 승리의 해로 빛내일 것"을 호소하고 나섰다. 1960년대 이른바 '천리마'의 활기를 오늘에 되살리는 방법으로 제안된 것이 '사상, 총대, 과학기술'의 중시다. 이에 따라 2000년 선전화에 주어진 핵심 주제는 과학자, 기술자들에게 감화를 줄 수 있는 주제들(온 사회에 과학중시기풍을 철저히 세우기 위한 선전화), 그리고 "중요 건설장마다에서 돌격전의 영웅으로 자랑찬 위훈을 떨쳐가는 시대의 창조자들"이다. 그 중요 건설장들에는 전력, 석탄을 비롯한 기간공업 부문, 철도운수, 경공업부문의 노동계급과 종자혁명, 감자농사혁명, 양어사업, 국토관리사업, 평양-남포고속도로 건설장 등이 있다(3호, 23쪽).

## 2) 아동화: 긍정적 주인공과 부정적 주인공

2호에 김명건이 「아동화 창작에서 동심과 성격형상」이라는 글을 발표했다. 여기서 그는 아동화의 묘사대상은 크게 긍정과 부정으로 나누어지며 주로 얼굴의 표정에 집중될 그들의 성격 표현을 어린이들의 동심에 맞춰야 한다고 주장한다. 먼저 긍정적 주인공은 "언제나 우리 어린이들이 따라배워야 할 모범적인 대상들"로 이들이야말로 동화세계의 주인공

---

1) 김동섭 외, 『조선중앙년감 주체 90(2001)년』, 조선중앙통신사, 2001, 211쪽.

이라고 그는 주장한다. 따라서 그는 아동화 작가들에게 긍정적 주인공을 "언어와 행동, 품성과 인격, 지혜와 사고에서 언제나 뛰여날뿐만 아니라" 외형적인 용모나 얼굴생김새에서도 "가장 아름답고 고상한 형태미"를 지니게끔 형상할 것을 주문한다. 이러한 견해는 가장 선한 것이 가장 아름답다는 일종의 '선미(善美)합일'의 입장을 취하고 있다. 이것은 아름답지 않은 것은 선하지도 않다는 인식을 바탕에 깔고 있다. 실제로 북한 아동화에서 환자나 장애인, 못생긴 이들이 주인공으로 묘사된 사례를 거의 찾을 수 없다.

한편 부정적 주인공은 갈등의 성격에 따라 적대적 부정인물과 비적대적 부정인물로 나뉜다. 김명건에 따르면 적대적 부정인물은 착취계급을 대변한 것으로서 "교활하고 악착한 흡혈귀의 본성을 낱낱이 폭로할수 있도록" 그려야 한다. 반면에 비적대적 부정인물은 "뒤떨어진 낡은 사상 잔재를 가지고있거나 생활에서 있을수 있는 결함을 범하게 되는 대상"으로 이들은 능히 개조될 수 있기 때문에 "결함적 측면을 가볍게 묘사해야 한다"고 그는 주장한다. 이들은 "행동과 자세, 옷차림과 거동 같은데서 결함적인 요소를 엿볼수 있게" 그려야 한다는 것이다. 김명건의 글은 북한 아동화가 선/악의 이분법적 구분에 따라 인간을 매우 도식적으로 다루고 있다는 것을 보여 준다. 이렇게 뚜렷하게 선악, 피아를 구별하는 세계에는 인간의 본성에 대한 근원적 성찰이 들어설 자리가 없다.

### 3) 미술가: 정창모와 오대형

2000년 『조선예술』이 내세운 미술가는 정창모와 오대형 두 원로 미술가들이다. 먼저 정창모(1931~2010)는 전라북도 전주 출신으로 6.25전쟁 때 월북한 조선화 화가다. 량금철은 3호에서 정창모의 삶과 작업을 회고하고 있다. 그에 의하면 정창모는 1963년 평양미술대학 전문부와 조선화 학부를 졸업하고 졸업 작품인 〈배머리에 오신 수령님〉으로 제7차 국가 미술전람회에 입선하여 북한미술계에 데뷔했다. 1965년에 그의 대표작

〈북만의 봄〉을 제작했다. 이 작품은 량금철의 표현을 빌면 "항일빨치산 녀대원의 서정깊은 감정세계를 (…중략…) 물기흐르는 유연한 필치에 의한 생동하면서도 간결한 조형적 처리와 놀랄만한 회화적 기교로 펼쳐보인"(29쪽) 작품이다. 이후 그는 1970년대 중엽부터 만수대창작사 조선화창작단 풍경화실장으로 일했다. 조선화 발전에 기여한 공로로 공훈예술가(1977), 인민예술가(1989) 칭호를 받았다. 〈북만의 봄〉 외에 〈비봉폭포의 가을〉(1976) 등의 대표작이 있다. 량금철은 그를 "인물화와 화조화, 정물화 등 조선화의 모든 분야에 걸쳐 가장 뛰어난 화가"로 평가하고 있다. 2000년에 나이 칠십 고개에 이른 이 '현대조선화의 로장'(량금철)은 이 해 8월 15일에 있었던 이산가족 상봉단의 일원으로 서울을 방문하기도 했다.[2]

한편 만수대창작사 조각가 오대형은 8호부터 「조각의 넋」이라는 글을 연재하기 시작했다.(이 글은 2001년 11호 「(조각의 넋10)현실체험과 창작」까지 이어진다). 「조각의 넋」은 〈천리마동상〉(1961)제작에 참여했던 원로 조각가가 지금까지 썼던 창작수첩을 정리한 것이다. 북한 조각의 역사적 전개양상을 확인할 수 있는 유의미한 글이다. 오대형은 1937년 중국 흑룡강성 치치할

오대형(1937~2010)

시에서 출생했고 해방 후 1953년에 평안북도에 소개되어 있던 평양미술대학에 입학해 조각을 배웠다. 1961년 조선미술가동맹 조각창작단에 속하여 〈천리마동상〉 제작에 참여한 이후 〈보천보승리기념탑〉(1967), 〈만수대대기념비〉(1967~1972), 〈삼지연대기념비〉(1979), 〈주체사상탑〉(1982), 〈조국해방전쟁승리기념탑〉(1993), 〈당창건기념탑〉(1995) 등 시기별 기념비 사업에 대부분 참여했다. 기념비 조각 외에 일반조각으로 〈불굴의 승리가 보인다〉(1965, 국가미술전람회 3등), 〈혁명시인〉(1979), 〈건국의 아침〉(1995년 국가미술전람회 금메달) 등의 대표작이 있다. 정창모와 오대형

2) 「반동 몰렸던 北화가 정창모 온다」, 『동아일보』, 2000년 8월 8일.

은 모두 2010년에 사망했다. 이 두 작가가 2000년대에 생존했던 대표적인 원로화가였다는 점에서 이들이 모두 사망한 2010년은 원로미술가들의 퇴장(여기에 2009년에 사망한 선우영을 추가할 수 있을 것이다)과 더불어 전면적인 세대교체가 이루어진 해라고 해도 무방할 것이다.

### 4) 소묘: 미술의 기초

2000년 『조선예술』에서 주목을 요하는 것은 소묘에 대한 강조다. 일례로 3호에 실린 대담에서 김형락은 "미술가는 현실을 단순히 직관적으로 보여 주는 것이 아니라 주체사실주의의 요구에 맞게 인간의 미적감정을 불러일으킬수 있는 아름다운 예술적형상으로 재현할 줄 알아야 한다"면서 "미술가의 이러한 능력을 키워주는 기초가 바로 소묘"라고 주장한다. 미술의 기초로서 소묘훈련을 강조하고 있는 것이다. 이후 2000년대 북한 미술은 '소묘'를 본격적으로 부각시키기 시작한다. 이것은 위의 김형락의 글에서 보는 것처럼 처음에는 미술의 기초로서 소묘를 부각시키는 형태였으나 점차 소묘를 하나의 독자적인 장르로 부각시키는 방향으로 전개된다. 경제적 조건상 재료의 보급이 용이하지 않은 조건에서 미술 대중화의 방안으로 소묘가 새로운 대안으로 부상하는 것이다. 실제로 2006년에는 해주, 사리원, 평성을 비롯한 여러 지역에서 〈제1차 전국소묘축전 이동전람회〉가 개최되었다.

### 2001년

2001년 북한미술 담론에서 가장 특징적인 현상이 '예술성'을 담보하는 기법과 형식 문제의 강조라는 점은 흥미롭다. 이 시기 담론에는 "미술가들의 구상과 착상이 기발하고 그의 묘사기법과 조형적형상수준이 어느 때보다 높아지고 있는 것"(최성룡, 1호), "시대의 숨결에 열정의 호흡을 같이 하면서 새로운 화면형식을 끊임없이 창조하는 것"(김인봉, 5호)처럼

세련되고 현대적인 예술성을 모색하자는 주장이 봇물을 이룬다. 이와
더불어 예술에서 미래적인 주제, 이를테면 아동미술과 관련된 과학환상
주제를 다룬 글(리우익, 10~12호·홍애런, 2~3호)과 과학과 과학자 주제(허
병석, 2호·김인봉, 5호)를 다룬 글들이 많다. 한편 2001년『조선예술』에는
『미술론』3) 발표 10년을 기념하는 글들이 여럿 실렸다.『조선중앙년감』
에 따르면 2001년에는 공화국창건 53돐을 즈음한 중앙미술전람회, 선전
화전람회, 송화미술원 전람회 등 6차의 전람회와 태양절, 2.16경축 중앙
미술전시회 등 10차의 전시회가 열렸다.4)

## 1) 콤퓨터필림화

북한의 주류 비평가인 하경호가 8월에 콤퓨터필림화를 적극 옹호하는
글을 발표했다. "콤퓨터화는 새 세기에 실현해야 할 자력갱생의 사고방
식이며 문학예술창작과 보급에서도 반드시 해결해야 할 과제"라는 것이
다. 여기서 콤퓨터필림화란 "콤퓨터화상프로그람을 적용하여 창작형상
을 완성하고 그것을 필림에 그대도 옮긴 그림"을 지칭한다. 하경호는 이
것을 "정보붓으로 필림에 그린 채색화"로 설명한다. 컴퓨터필림화의 등
장은 북한미술이 새 세기를 맞아 테크놀로지의 발전과 뉴미디어를 예술
에 끌어들이게 되었음을 시사한다. 북한미술도 정보산업시대의 예술에
대한 고민을 시작한 것이다.

콤퓨터돌사진, 콤퓨터보석화와 함께 최근 군사미술분야에서 콤퓨터필림
화를 새로 개척한것은 현시대의 요구에 맞게 현대적이며 독특한 미술종류를

---

3) 『김정일 미술론』(평양: 조선로동당출판사, 1992)을 지칭한다. 저자가 김정일 자신인지 여
부에 대해서는 회의적인 시각도 일부 존재하지만 이 저작은 북한 체제에서 김정일 자신이
집필한 불후의 고전으로 간주되며 북한미술의 담론과 실천에서 절대적인 영향력을 지니
고 있다. 이 책은 크게 주체미학과 미술의 관계를 다룬 〈1장 인간과 미술〉, 조형과 형상의
문제를 본격적으로 다룬 〈2장 조형과 형상〉, 미술의 종류와 형태를 다룬 〈3장 종류와 형
태〉, 창작의 원리와 규범을 다룬 〈4장 미술가와 창작〉으로 구성되어 있다.
4) 김동섭 외, 『조선중앙년감 주체 91(2002)년』, 조선중앙통신사, 2002, 196쪽.

발견한 커다란 성과일뿐아니라 최첨단과학기술에 기초하여 정보산업혁명을
일으킬데 대한 경애하는 최고사령관동지의 구상을 현실로 꽃 피운 자랑찬
결실이다. (8호, 5쪽)

## 2) 미술의 화원과 원예사들

2001년의 북한미술 담론에는 '종자'에 관한 언급이 많다. 가령 "향도의
해발이 있어 페허우에 오늘의 평양이 일떠섰다는 것"으로 종자를 삼는
다면 다음으로 그 종자를 예술적 형상으로 원만히 꽃펴 나가야 한다는
식이다(10호, 12쪽). "선택한 작품의 종자에 맞게 생활소재를 옳게 골라잡
고 구도를 세련시키는 것"이 창작의 성과를 담보하는 근본문제라는 주
장도 있다(9호, 32쪽). 이와 맞물려 미술계를 '화원'으로 미술가를 '원예사'
로 비유하는 어법은 흥미롭다. 가령 량금철은 공훈예술가 리일명을 회고
하는 글(4호)을 이렇게 시작한다. "밝은 태양아래 나날이 개화만발하는
우리 미술의 화원에는 씨를 뿌려 꽃을 피우고 가꾸어 가는 '원예사'들이
많다"

리일명, 강대원, 〈슬픔을 힘과 용기로〉, 1994

글에 따르면 리일명은 평양미술대학 조각학부를 졸업한 후 모교에서 장식조각강좌 교원으로 있으면서 다수의 조각과 유화작품을 제작했다. 그가 제작한 〈환희〉, 〈애국렬사 안중근〉, 〈나는 해방된 조선의 청년이다〉, 〈청년공산주의자 차광수〉, 〈슬픔을 힘과 용기로〉, 〈당의 참된 딸〉은 모두 국가미술전람회에서 1등을 수상한 조각 작품들이다. 이 가운데 량금철은 〈슬픔을 힘과 용기로〉를 그의 대표작으로 내세운다. 이 작품은 1994년 김일성 죽음을 다룬 작품이다. 2001년 현재 리일명은 중앙미술창작사 유화단 창작가이자 조선미술가동맹 중앙위원회 위원, 국가미술작품 조각부분 심의원을 겸임하고 있다.

한편 량금철은 1호에 〈북만의 봄〉(1966)을 그린 조선화 화가 정창모(1931~2010)에 대한 글도 발표했다. 량금철에 따르면 정창모는 인물화와 풍경화, 화조화, 정물화 등 조선화의 모든 분야에 걸쳐 가장 뛰어난 화가다. 그는 자신의 글에서 정창모가 남한(전주)출신의 작가라는 사실을 되

정창모, 〈북만의 봄〉, 1965

짚은 다음 그가 "믿음과 사랑, 극진한 보살피심속에 지금껏 성장해 온" 평양의 화가라는 점을 강조한다. 그는 2000년 8월 이산가족 상봉단 일원으로 서울을 방문하여 여동생을 만났다.

### 3) 초상화 〈장군님의 호위전사 오백룡동지〉

2001년에 새삼 부각된 장르는 초상화다. 초상화에서 '시선' 문제를 다룬 리경만의 글(6호), 유화 〈장군님의 호위전사 오백룡동지〉(서기운)에 대한 리경찬(11호)의 글이 그것이다. 특히 리경찬은 서기운의 작품에서 새로운 초상그림형식을 발견한다. 이 작품은 유화 〈보천보의 홰불〉을 배경으로 서 있는 오백룡을 그린 것이다. 그는 한 손은 군모를 벗어 들고 다른 한손은 기관총 보존 유리함 위에 올려놓고 있다. 이렇게 배경의 비중이 커지면서 화면에서 주인공이 차지하는 면적도 줄어들었다. 그렇다면 자연스럽게 이 그림은 초상화인가, 주제화인가 하는 문제가 제기될 것이다. 이에 대해 리경찬은 주인공인 오백룡은 여전히 화면 밖 관객을 응시하고 있으며 이것은 "화면속의 주인공과 화면 밖의 감상자사이에 교감이 이루어지는 초상화의 특성"이라고 주장한다. 이렇게 초상화를 그리되 그 주인공 주변의 배경-〈보천보의 홰불〉을 강조하는 방식으로 이 작품은 주인공이 외적 조건과 맺는 관계를 강조한다. 이것은 개인적인 장르인 초상화를 집단의 범주에서 아우르는 한 가지 방식이다. 고전적인 미술장르가 북한식으로 변형되고 있는 하나의 사례로 평가할만하다.

### 4) 개인전람회: 정장만, 오락삼, 선우영

2001년 『조선예술』에는 개인전람회에 대한 평이 여럿 실렸다. 먼저 8호에 홍파가 정장만, 오락삼 미술전람회에 대한 글을 발표했다. 그에 따르면 정장만은 중앙미술창작사 소속의 미술가로 규산염 및 열공학부문 그리고 의학부문에 관한 국가발명권을 5차례나 받은 과학자이자 공예가다. 홍파는 그를 "창작에서의 대담한 시도와 기발한 착상으로 하여 현대도자공예 분야에서 특출한 성과를 거두고 있는 재능 있는 창작가"로 평한다. 한편 오락삼은 평양미술대학을 졸업한 유화가로 홍파는 그를 수령일가의 "혁명력사와 불멸의 업적을 력사적사실에 기초하여" 형상한 화가로 평한다.

12호에는 세화기법으로 유명한 선우영(1946~2009)의 개인전람회 평이 실렸다. 이하에서 보겠지만 선우영은 2000년대 북한 조선화의 담론과 실천 영역 모두에서 1999년에 사망한 정영만을 대신하여 북한 조선화의 중심에서 주도적인 영향력을 행사한 인물이다. 필자인 최명수는 선우영을 다음과 같이 평한다.

선우영은 정영만과 같은 대가들과 오랜 기간 창작생활을 해오는 과정에 예술가적 품격을 세련시켰으며 자기 얼굴이 보이는 개성적인 화폭들을 창조하기 위한 진지한 탐구와 꾸준한 노력을 쉼없이 경주해나갔다. 위대한 수령님께서 높이 평가하여 주신 ≪금강산석가봉≫과 경애하는 장군님의 치하의 말씀을 받은 ≪조선범≫을 비롯한 수많은 국보적인 조선화작품들은 세련된 묘사적기교와 형상의 진실성으로 하여 사람들에게 지울수 없는 인상을 깊이 담기고 있다. (12호, 57쪽)

## 5) 제1차 전국서예작품전시회

2000년대 북한미술의 특징적인 현상 가운데 하나는 국가 단위의 대규모 서예 전시가 활성화되는 현상이다. 그 시작으로서 제1차 전국서예작품 전시회가 2000년 12월 25일부터 2001년 1월 17일까지 평양국제문화회관에서 열렸다. 전시회에는 200여점의 서예작품들이 전시되었고 약 5,000여명의 관중이 보았다. 미술계 유력인사들이 두루 참여한 연구모임도 개최되었다(6호, 59쪽). 2001년 2월 8일 인민문화궁전에서 진행된 연구모임에는 문예총중앙위원회 장철위원장, 조선미술가동맹 중앙위원회 김성민위원장 등 관계부문 인사들, 조선미술가동맹 중앙위원회 서예분과위원회 성원들과 평양시내 미술창작가들이 참가했다. 발표는 다음과 같이 구성되었다. 「위대한 수령 김일성동지는 주체서예의 거장이시다」(조선미술가동맹 중앙위원회 서예분과위원회 위원장 허이화), 「백두산위인의 풍모와 기상이 넘쳐 나는 천출명필체에 대하여」(평양미술대학 강좌장 학사 오광섭), 「경애하는 장군님의 현명한 령도밑에 주체서예는 민족적형식에 사회주의적내용을 담은 혁명적인 서예로 찬란히 발전하였다」(만수대창작사 실장 공훈예술가 리재명)

## 2002년

2002년의 미술 분야 서술은 서예에 관한 것이 많다. 이는 지난 2001년 북한 체제가 김일성과 김정일, 그리고 김정숙의 글씨체를 각각 태양서체, 백두산서체, 해발서체로 명명하며 명필체로 규정한 것과 직접적인 연관이 있다. 그 밖에 2월에 열린 평양축전에 재일 총련미술이 전시된 것을 계기로 총련미술에 대한 글들이 여럿 실린 것을 주목할 필요가 있다. 2월 6일부터 5월 29일까지 진행된 평양미술축전에는 외국작품까지 포함해 모두 5,240여점이 출품되었고 전시는 7개의 전람회장과 전시회장에서 진행되었다. 축전의 주요 행사로 국가미술전람회, 청소년, 아동미술전람회, 조선민족옷 전시회와 신인미술전람회, 산업미술전람회, 컴퓨터미술경연 등이 열렸다. 만수대창작사 박대연, 김성민, 로익화, 평양미술대학 김규학 등이 축전상을 수상했다.[5] 이 해에 열린 개인미술전람회로는 한경보(8월), 리동찬(10월), 김춘전, 리창, 김창길(12월)의 전람회가 있고 모두 평양국제문화회관에서 열렸다.

---

5) 김동섭 외, 『조선중앙년감 주체 92(2003)년』, 조선중앙통신사, 2003, 221쪽.

## 1) 태양서체와 백두산서체

2001년 4월 북한체제는 이른바 백두산 3대장군의 명필체를 규정했다. 이 규정에 따르면 김일성의 서체는 태양서체이며 김정일의 글씨체는 백두산서체이고 김정숙의 글씨체는 해발서체이다. 이에 따라 김사득이 1호와 2호에 연이어 태양서체와 백두산서체를 해설하는 글을 발표했다. 그에 의하면 태양서체는 김일성의 글씨체를 지칭하는 용어로 김일성이 쓴 글씨는 모두 태양체에 해당한다. 하지만 그 다양한 글씨들에서 일관성을 찾기가 쉽지 않다. 북한 평론가 김사득의 서술에 따르면 김일성의 글씨에는 "경사글씨체가 있는가 하면 수직글씨체도 있고 우리 글씨뿐아니라 《광명성찬가》와 같은 한자글씨도 있으며 가로 쓴 글씨와 세로 쓴 글씨도 있다." 이에 대하여 김사득은 그 글씨들 모두 독자적인 이름을 붙일만한 가치가 있다고 하면서 태양서체란 "여러가지 독특한 형상기법으로 충만된 서예의 대백과전서"라고 설명한다. 그러면서 그는 태양서체의 독특한 필법은 "두 번 그을 획을 단번에 긋는 필법"이라고 덧붙인다. 한편 김정일의 글씨체인 백두산서체에 대하여 김사득은 "태양서체의 모든 서예학적특성이 그대로 비껴 있으면서도 독특한 개성, 즉 백두산장군의 기상과 담력, 위용과 사랑이 집적되여 있는" 명필이라고 주장한다. 예컨대 "금시 하늘을 날아 오를듯이 비스듬히 경사진 서명의 《김》자에서 《ㄱ》은 그 모양새가 신통히도 백두산의 위엄을 모두 안고 삼천리를 굽어 보는 장군봉을 련상케 한다"(2호, 51쪽)는 식이다.

## 2) 총련 미술

2002년에 2월부터 4월까지 진행된 평양미술축전 국가미술전람회에 재일본 총련미술가들의 작품이 전시된 것을 계기로 『조선예술』에도 총련미술에 대한 글이 여럿 실렸다. 먼저 고정삼이 2호에 총련미술에 대한 김정일의 관심을 회고한 글을 썼다. 글에 따르면 김정일은 1956년 5월

'재일본조선인총련합회 결성 1돐'을 즈음하여 자신이 직접 제작한 조선화 〈을밀대〉를 선물로 보냈고 1968년에는 조선대학교 사범학부에 미술과를 만들도록 지시했다. 고정삼은 또한 7호에 총련미술의 특성을 서술한 글을 발표했다. 글에 따르면 총련미술의 주제는 다음과 같은 주제들로 확장되었다. 즉 총련미술은 수령 주제, 사회주의 조국의 현실 주제, 사회주의 조국 동경 주제, 재일동포들의 민주주의적 민족권리에 관한 주제, 조국통일 주제, 남조선인민들의 비참한 생활 주제, 민족의 우수한 생활풍습과 풍속 주제 등을 다룬다. 또한 총련미술은 조선화를 무시하던 관행에서 벗어나 조선화를 중심으로 발전하였다는 것이 그의 주장이다. 가령 1980년대의 미술전람회들에서 조선화의 비중은 출품된 전체 회화작품들중에서 40%, 1990년대에는 50%에 달하였다는 것이다.

또한 최명수는 10호에 쓴 관평에서 평양미술축전에 출품된 총련미술 작품들을 논하고 있다. 그에 따르면 "총련의 1세, 2세들이 개척한 미술창작활동은 오늘 3세, 4세들에 의하여 새로운 환경과 조건에 맞게 더욱 활기 있게 진행되고" 있다. 2000년대 초반 북한미술계의 총련미술 담론에서 주목할 점은 총련 3세, 4세에 대한 관심이다. 이는 정황상 부모 세대에 비하여 북한체제에 거리를 두게 된 재일조선인 3~4세들을 다잡기 위한 조처로 보아야 할 것이다.

### 3) 미술가의 회고와 평가: 리맥림과 한경보

3호에 량금철이 화가 리맥림을 회고하는 글을 발표했다. 리맥림은 해방 후에 북한미술계에 등장한 작가다. 청진미술연구소[6] 출신으로 평양

---

6) 청진미술연구소를 위시한 미술연구소는 평양미술대학이 자리를 잡기 전인 1940년대 후반~1950년대 초반 미술계의 신진 양성에서 핵심적인 역할을 담당했다. 1950년에 간행된 『조선중앙년감』에 따르면 당시 미술연구소가 설치된 곳은 해주, 신의주, 청진, 함흥, 원산의 5개 지구다. 전후 미술연구소 출신의 미술가들 대부분은 평양미술대학에 입학하는 방식으로 엘리트 미술계에 진출했다. 청진미술연구소 출신의 리맥림, 함흥미술연구소 출신의 장혁태, 남포미술연구소 출신의 류재경 등이 대표적인 경우다.

미술대학을 졸업했고 1950년대에 유화 〈관통의 기쁨〉을 시작으로 〈평양 풍경〉, 〈미래의 건설자들〉, 〈새 거리에서〉 등을 제작했다. 1960년대에는 미술가동맹 중앙위원회 부원을 거쳐 동맹산하 자강도 지부장을 역임하면서 〈승리〉, 〈대오를 기다리며〉 등을 제작했다. 그의 대표작은 유화 〈사양공의 저녁길〉(1970)이다. 량금철의 서술에 따르면 이 작품은 "황혼이 깃든 저녁길로 양떼를 몰아 가는 사양공 처녀의 내면세계를 풍만한 정서와 농촌풍경의 서정적인 색채속에 깊이 있게 묘사한" 작품이다. 1970년대 초반 유화보다는 조선화를 절대시하는 분위기에 따라 6개월간의 조선화 강습을 거쳐 조선화 작가로 변모했다. 2002년 현재 송화미술원 소속 작가로 활동하고 있다. 한편 홍파는 11호에 연필화로 유명한 한경보의 작업 세계를 다룬 글을 발표했다. 그에 따르면 한경보는 "25년에 걸친 고심어린 탐구과정을 통하여 우리 인민의 감정정서에 맞는 섬세하고 간결한 연필화기법을 새롭게 개척한" 화가다. 그는 한경보의 연필화를 "예리한 관찰력과 정확한 묘사력이 안받침된 사실주의연필화"로 규정한다. 홍파가 한경보의 작업세계를 조명한 것은 화가 한경보의 성취를 소개하면서 동시에 회화재료로서 '연필'의 의의를 강조하려는 의도도 갖고 있는 것으로 보인다. 실제로 2000년대 중반에 북한미술계는 미술의 대중화를 내세우며 연필, 펜으로 그린 속사, 소묘 등을 미술의 대안 장르로 내세우게 된다.

## 4) 조선화의 명작: 〈금강산 석가봉〉

1978년 김정일은 만수대창작사 현지지도에서 선우영이 그린 조선화 〈매〉의 세화기법을 칭찬했다. 1991년 2월 김일성은 만수대창작사 현지지도에서 그가 그린 〈금강산 석가봉〉을 "세세하게 잘 그려 실물을 보는 것 같다"며 격찬했다. 이에 따라 선우영은 북한 조선화 분야에서 '세화기법'의 명수로 평가되었고 〈매〉, 〈금강산 석가봉〉은 명작으로 대접받게 되었다. 〈매〉와 〈금강산 석가봉〉의 작가 선우영은 1946년 평양 태생으로 1969년 평양미술대학을 졸업하고 중앙미술창작사를 거쳐 1973년부터 만수대창작사 작가로 활동했다. 조선화의 전통적인 민족화풍을 현대적 미감으로 발전시킨 것에 대한 공로로 공훈예술가(1989년), 인민예술가(1992년) 칭호를 받았다. 선우영은 이미 1990년대에 유력한 작가로 급부상했지만 정영만(1938~1999) 사후에는 그 위상이 좀 더 높아졌다. 2002년만 해도 선우영은 『조선예술』에 자신의 작품 〈금강산 석가봉〉을 해설한 두 편의 글을 발표했다. 「조선화 〈금강산 석가봉〉의 선적 기능과 그 활용상 특징」(6호), 「조선화 〈금강산 석가봉〉 명암활용상특징」(7호)가 그것이다. 여기서 그는 '선'이 "사물의 형태적개념을 표현할수 있는 가장 합리적이고 생동한 표현수단"이라고 주장하며 조선의 미술은 "오랜 세월 형상에서 선적 고찰에 선차적의의를 부여해 왔다"고 주장한다(6호, 52쪽). 이것은 몰골, 곧 선우영의 표현을 빌리면 "선이 파묻힌 그림" 내지는 "선이 없는 그림"을 적극 옹호해 왔던 지금까지의 북한미술 담론의 흐름과는 상반된 접근이다. 실제로 이후의 북한 조선화 담론에는 몰골기법(단붓질)에 대한 내용이 현저히 줄어들고 선묘기법, 세화기법 등 '선'에 관한 내용이 증가하게 된다.

## 2003년

군사미술가들이 주도하는 총대미술의 위세는 점점 더 높아져 가고 있다. 총대미술을 대표하는 조선인민군 전람회의 첫머리에 콤퓨터필림화가 배치되는 것은 특기할만한 현상이다. 군사미술이 미술의 혁신을 주도하는 모양새가 되기 때문이다. 이 밖에 선군미술의 프레임으로 미술사 서술이 (재)조정되는 양상도 주목을 요한다.

## 1) 총대미술: 조선인민군 제16차 미술전람회

방광열이 12호에 「총대미술에 비낀 선군시대의 기상과 숨결」이라는 제목을 단 조선인민군 제16차 미술전람회의 관평을 발표했다. 그에 따르면 인민군대의 군사미술가들은 "혁명적군인정신으로 창작전투를 힘있게 벌려" 불과 몇 달 사이에 650여점의 작품을 제작하여 전시에 출품했다. 전시는 주제별로 조국광복, 건국업적, 조국결사수호, 선국혁명령도로 구성되었고 조선화, 유화, 선전화, 출판화, 콤퓨터화, 서예, 공예, 조각작품들이 전시되었다. 전람회의 주화로 선정된 것은 박창섭이 제작한 콤퓨터필림화 〈선군의 장검을 드시고〉다 이 작품은 방광열에 따르면 "백두의 려명이 밝아오는 화폭"의 중심에 "선군의 장검을 억세게 틀어쥐고 백마에 박차를 가하는" 지도자의 형상을 배치했다. 이 전시는 방광열의 표현을 빌자면 "선군혁명령도를 총대로 받들어가는 인민군군인들의 수령결사옹위정신, 총폭탄정신을 강렬한 시대적화폭으로 힘있게 보여준 군사미술축전"이다. 이제 북한미술은 총대를 든 군인들이 주도한다. 군사미술가가 주도하는 총대미술은 이미 1990년대에 북한미술의 주류로 부상했지만 2000년대에는 그 세가 점점 강해져서 2000년대 후반에는 북한미술 전체를 장악하게 된다.

## 2) 정창모의 화조화와 인물화론

조선화 화가인 정창모가 2003년 8호와 9호에 화조화와 인물화에 관한 글을 잇달아 발표했다. 먼저 8호에 발표한 「조선화에서 화조화의 력사적 발전」에서 정창모는 고대에서 17세기까지 화조화의 발전상을 간략하게 요약한 후 18세기에 화조화가 새로운 경지로 발전하게 되었다고 평한다. 이 시기에 화가들에게 "회화를 완성하는데 있어서 주관적인 감정을 표현하려면 마땅히 그 대상에 대한 객관적인 사생이 중요하다는" 인식이 고조되었고 이와 같은 미학적인식과 생활적요구가 화조화의 발전을 이끌었다는 것이다. 이러한 분위기 속에서 19세기 말엽에 이르면 화조화가 결정적인 우위를 차지하게 된다는 것이 그의 주장이다. 그에 따르면 특히 19세기 말 장승업이 그린 일련의 화조화는 조선회화를 통틀어 보기 드문 걸작품으로 "그 필법과 용묵채색법에서 당시로서는 그 누구도 따를수 없는 신묘한 경지"에 이른 것이다. 이러한 화조화론은 당시의 북한 미술계가 근대회화의 발전에서 주제나 내용면의 변화 못지않게 형식적 기법의 발전 내지는 근대적 세련미의 획득에 주목하고 있음을 시사한다. 정창모에 따르면 당시 화조화는 "사람중심으로부터 멀리 떠나 예술지상주의를 추구하는 한 형태로서 주제사상에 의한 사회적기능과 역할측면에 일정한 부정적 영향"을 준 것이 사실이지만 예술적 측면에서 그 이전 시기에 비하여 보다 폭이 넓어졌고 "일련의 새로운 형상수법을 시도"했다는 점에서 큰 의의를 갖는다.

한편 9호에 발표한 「조선화에서 인물화의 력사적발전」에서 정창모는 고대 이후 인물화의 발전에서 시대적 제약에 기초해 그것을 극복하는 민족적 역량을 강조한다. 그에 의하면 예컨대 불교의 전파는 미술 분야에서 불화와 불상조각의 창조를 강요했고 엄격한 도식을 강압적으로 요구했으나 "우리 나라에 들어온 불화법은 우리 식으로 가공되여 우리 민족의 고유한 특성과 감정에 맞게 발전"하였다. 그런 의미에서 "인물화발전에서 불화법은 무시할수없을만큼 큰 영향"을 미치고 있다는 것이 그의 생각이다.

### 3) 조선미술사의 전개와 평양

한반도의 고대미술이 고구려, 평양 중심으로 발전했고 이것이 백제, 신라, 왜에 전해져 미술발전을 이끌었다는 고구려-평양 중심론은 오래전부터 북한 고대미술사 서술의 확고한 원칙이다. 안금철이 2003년 12월부터 2004년 1월, 2호에 연이어 발표한 「평양은 삼국시기 금속공예발전의 중심지」(1)·(2)·(3)은 그 극단적 사례다. 인용문에서 보듯 이러한 서술 원칙은 고구려의 상무정신과 이른바 주체의 선군사상을 은연중에 연결하여 북한 지배이데올로기를 정당화하는 데 기여한다.

> 락랑국과 고구려의 수도였던 평양의 인민들의 전통적인 사상관념과 드높은 상무적기풍에 의하여 형성된 그들의 남다른 사상정신적기질과 성격적특질, 감정, 정서는 동족의 나라 인민들이 그처럼 숭배하고 따라 배우고저 한 가장 신성한 신앙으로, 우월한 민족적기질, 성품상특징으로 되었다. (…중략…) 이상에서 본바와 같이 락랑국, 고구려의 수도였던 평양은 삼국시기 금속공예발전의 중심지로서의 주요징표를 높은 수준에서 완전무결하게 원만히 갖추고 있다. (2호, 71쪽)

## 4) 북한 미술전람회의 역사

2003년 제10·11호에 고봉규가 「미술전람회발전에 깃든 불멸의 령도」 (1)·(2)를 연재했다. 첫 번째 글은 김일성을 중심으로 두 번째 글은 김정일을 중심으로 서술했는데 북한미술의 전개를 '전람회'의 수준에서 파악할 단서를 제공하는 유의미한 글이다. 이 글을 토대로 중요 전시들을 중심으로 북한미술전람회의 사적 전개를 정리하면 다음과 같다.

- 1947년 8월: 제1차 국가미술전람회 개최
- 1947년 10월: 부재하는 미술박물관을 대체할 시설로 평양시 중구역의 어느 2층 건물(현재의 민속박물관자리)을 미술전람회장으로 사용
- 1948년 8월: 제2차 국가미술전람회(8.15해방 3주년 대전람회) 개최(평양 광성중학교)
- 1950년 5월: 제2차 조선인민군 미술전람회
- 전쟁기: 미제침략자들을 반대하는 가두미술전람회(평양) 5.1절 경축 가두미술전람회, 8.15해방 6돐경축 미술전람회, 위대한 조국해방전쟁미술전람회, 제3차 조선인민군 군무자미술전람회

- 전후: 전후복구건설, 가두미술전람회(1953년), 조선로동당 제3차대회 경축미술전람회(1956년) 조선민주주의인민공화국창건 10돐기념 국가미술전람회(제5차국가미술전람회 1958년 9월)
- 1962년 4월 조선인민군창건 30돐기념 미술전람회
- 1971년 2월 제11차 국가미술전람회
- 1976년 1월 계급교양주제의 미술작품전람회
- 1986년 정종여, 정관철 2인미술전람회
- 1988년 8월 사회주의대건설 현지습작 미술전람회
- 1993년 8월 고려통일미술전시회(일본)
- 2001년 전국서예전시회
- 2002년 조선인민군창건 70돐 경축 평양미술축전
- 2003년 4월 비전향장기수들의 서화전시회

## 2004년

2004년 미술 분야 서술에서 가장 부각된 인물은 선우영이다. 1999년 정영만이 사망한 이후 선우영은 정창모와 더불어 북한 조선화를 이끄는 실질적인 리더로 부상했다. 5호에 선우영의 삶과 작품세계를 회고하는 긴 글이 실렸고 선우영 자신도 근대미술사를 다룬 여러 편의 글을 발표했다. 2000년대 『조선예술』의 조선화 담론에서 선묘나 세화기법이 몰골기법에 못지않게 새삼 중요한 기법으로 부각되는 현상 역시 선우영이 세화기법의 명수라는 점과 관련이 있어 보인다. 한편 2004년 미술 분야 서술에는 미술의 각 방면에서 강성대국의 기치에 부합하는 현대적인 세련미의 모색이 매우 강조되었다. 한편 2004년 3월 31일에서 4월 10일까지 평양국제문화회관에서 만수대창작사 소속의 황병호, 원용선 개인전람회가 열렸다.[7]

---

7) 김동섭 외, 『조선중앙년감 주체 94(2005)년』, 조선중앙통신사, 2005, 215쪽.

## 1) 선군미술의 창작기지-조선인민군창작사

선군시대의 북한에서 군인은 모든 방면에서 주역이다. 이것은 미술분야도 마찬가지여서 북한에서 군인미술가는 북한미술의 주역이다. 군인미술가들의 거점으로서 조선인민군창작사는 만수대창작사에 버금가는 북한미술의 중핵이다. 2004년 4호에 윤명선이 발표한 「현대적인 군사미술창작기지를 마련하시여」는 조선인민군창작사의 건립과정을 회고한 글이다. 그에 의하면 조선인민군창작사는 1982년 4월초 착공식이 있은 때로부터 2년 후인 1984년 4월에 현대적인 종합미술기지로 완공되었다. 창작사는 군사미술창작과 모사, 보급, 보존, 선전기지로서 내부는 "수령형상미술작품들과 초상휘장, 조각상과 쪽무이벽화, 공예작품들을 비롯하여 미술의 다양한 종류와 형태들을 모두 창작할수 있는 방들과 작품들을 전시하고 대내외에 선전, 교양할수 있도록 미술전시관까지 병설되여" 있다.

## 2) 선군시대의 콤퓨터필림화

1호에 리승철이 「콤퓨터에 의한 조각창작의 특성」이라는 글을 발표했다. 그는 계속해서 2호에 「조각창작에서 콤퓨터그래픽의 활용」, 3호에 「콤퓨터화상처리기술과 미술에서 그 응용분야」를 발표했다. 컴퓨터기술을 도입한 새로운 미술형태에 대한 요구는 2000년 이후 북한미술에 나타나는 특징적인 현상이다. 가령 앞서 보았듯 2001년 『조선예술』 8호에 하경호가 「태양성지에 대한 빛나는 형상: 콤퓨터필림화 〈백두산해돋이〉에 대하여」를 썼고 2004년 『천리마』 1호에는 손명준이 쓴 「콤퓨터미술」이 실렸으며 2009년 『조선예술』 9호에는 윤정혁이 쓴 「콤퓨터보석화」라는 글이 실렸다. 2005년 1월에 발간된 『조선』은 「새롭게 형상된 선군8경」이라는 제목의 글에서 '콤퓨터필림화' 〈선군8경〉을 국보적인 명화들로 추겨 세우기까지 했다. 이 모두는 '조선화'만을 강조했던 북한미술계가 뉴미디어와 새로움에 눈을 돌리기 시작했다는 것을 시사하는 현상들이다.

　해당시기 과학의 발전은 예술의 발전을 추동한다. 21세기 정보산업시대의 우리 조각가들은 선군시대의 요구에 맞게 창작에서 최첨단과학기술을 적극 도입하여 새로운 형상방법의 탐구를 위해 자기의 지혜와 열정을 다 바침으로써 사회주의강성대국건설에 더 잘 이바지해나가야 할 것이다. (리승철, 1호, 61쪽)

### 3) 총대탑: 무산지구전투승리기념탑

　5호에 류인호가 쓴 〈무산지구전투승리기념탑〉에 대한 해설이 실렸다. 이 탑은 항일유격대의 전투를 모티프로 하여 1971년 대홍단벌에 세워졌던 것을 2002년에 개작한 것이다. 탑은 김일성 동상과 총대와 총창을 형상한 총대탑, 대형부주제부각군상, 혁명사적비로 구성되어 있다. 전투일을 기념하여 39,523m의 높이로 세워진 탑은 총대와 총창을 상징한 소위 총대탑이다. 류인호에 따르면 이 탑은 "시대적미감에 맞는 우리 식의 상징수법, 기념탑의 본보기"를 마련했다. 실제로 이 탑은 이후 이른바 선군을 상징하는 대표적인 이미지로 이후 북한 매체에서 갖가지 방식으로 반복 재생산되었다.

### 4) 선우영의 근대미술론과 풍경화론

선우영(1946~2009)

　2004년 제5호에 『조선예술』기자인 김선일이 조선화 화가 선우영(1946~2009)의 성취를 회고하는 글을 발표했다. 선우영은 정영만(1938~1999), 정창모(1931~2010)와 더불어 김정일 시대 북한 조선화를 대표하는 화가다. 〈강선의 저녁노을〉을 그린 정영만이 몰골기법으로 유명하다면 선우영은 세화기법으로 유명한

화가다. 정영만이 1999년에 숨졌고, 고령의 원로화가였다는 사실을 감안하면 2004년 당시 선우영은 북한 조선화단의 가장 영향력 있는 중견화가다. 김선일의 글은 2001년 9월 평양 국제문화회관에서 열린 만수대창작사 조선화창작단 미술가 선우영 개인미술전람회를 언급하는 것으로 시작한다. 선우영은 평양미술대학을 졸업하고 1969년부터 만수대창작사 조선화창작단에서 활동했다. 김선일에 따르면 그의 세화적 형상은 "풍부한 색조에 의한 간결하고 섬세한 필치로 형상밀도가 조밀하고 명암관계가 뚜렷한" 장점이 있다. 선우영은 화가로서도 중요하지만 비평가, 미술사가로서도 꽤 영향력 있는 인사다. 2004년 『조선예술』에 그가 발표한 글은 모두 세 편이다. 「18세기 화가 정선과 실경산수화」(8호), 「풍경화의 뜻과 정서」(11호), 「근대시기 조선화발전과 장승업」(12호)이 그것이다. 첫 번째 글에서 선우영은 겸재 정선의 회화가 "실학사상의 영향을 받아 주관적이고 추상적인 창작경향에서 완전히 벗어나 조국의 명산고적들을 직접 찾아" 그린 것이라고 주장하며 〈금강전도〉와 〈인왕제색도〉 같은 그의 실경산수화가 "조국산천을 직접 반영할뿐아니라 민족회화를 형사에 기초하여 사의의 방법을 결합시켜 진실하고 생동하게 형상하고 민족적화법을 새롭게 계승창조"하고 있다고 평한다. 그가 보기에 이렇게 정선에 의하여 개척된 실경산수화가 18세기 화단의 주류를 이루고 그 명맥은 19세기 전반기까지 이어졌다. 두 번째 글은 북한미술의 중요한 장르 가운데 하나인 풍경화의 의의를 언급하고 있다. 선우영에 의하면 풍경화는 "뜻과 정서의 예술"로서 "화가의 주관적인 미학적견해와 의도를 자연풍경에 심어 인간생활이 떠오르게 하고 사람들의 사상정신에 영향을 주며 시대의 기상이 엿보이도록 인간화, 예술화"하는 기능을 갖는다. 세 번째 글은 장승업을 중심으로 19세기 전후의 조선화 발전상을 조명하고 있다. 선우영에 의하면 "자연에 대한 세밀한 관찰과 깊은 파악에 기초하여 힘있고 기백있는 단붓질과 선명한 색조로 그린" 장승업의 작품은 우수한 조선화의 예술적 특성을 근대적 미감에 맞게 발전시킨 것이다. 그가 보기에 장승업은 "객관적인 묘사대상과 화가의 주관적인 미적감정을 옳게 결합시켜" 낡고 고루한 중세 회화의 형식을 새롭게 혁신한 화가, "19세기 후반기의 새로운 시대적 요구에 맞게 중세회화를 근대회화에로 전환시킨 선구자"다.

장승업은 근대 조선화화풍을 창조함으로써 도화서 화원들과 당시 진보적 화가들의 공감을 불러일으키고 현대조선화발전의 기틀을 마련하는데 기여하였다. 리조시기 마지막 도화서 화원들인 조석진과 안중식 그리고 리도영은 장승업의 제자로서 그의 화풍을 따랐으며 일제가 조선을 강점한 후 이들을 핵심으로 하는 서화협회의 진보적인 성원들에 의하여 민족회화의 대는 계속 이어지게 되었다. (12호, 70쪽)

## 5) 조선화의 맛

2004년에도 몰골법은 조선화의 가장 중요한 기법으로 인정된다. 일례로 정철룡은 5호에 발표한 글에서 몰골기법을 "조선화맛을 뚜렷이 나타낼수 있는 기법"으로 내세운다. "대상을 조형적으로 집약화하고 풍만한 미적정서를 안겨주는 활달하고 세련된 몰골법에 의한 조선화창작에 탐구적노력을 기울여야 한다"는 것이다. 하지만 한편으로 몰골법의 우월성을 인정하면서도 다른 한편으로 여러 기법의 적용으로 조선화의 다양성을 살려야 한다는 주장도 만만치 않다. 가령 강세봉은 8호에 발표한 글에서 "조선화에는 선묘기법, 우림기법, 몰골기법, 구륵기법 등 여러가지 묘사형식이 있다"면서 "이와 같은 묘사형식들로 하여 조선화는 생활소재와 묘사대상에 따르는 형상적색갈을 풍부히 살려낼수 있는 가능성을 가진다"고 주장한다. 그에 의하면 1) 선묘기법을 위주로 하여 그려진 그림들의 양상적 특징은 명료하고 간결한 것이며, 2) 세화적형식이 보여주는 양상적 특징은 섬세하면서도 밝고 아담한 것이고, 3) 우림기법은 세화의 양상을 밝고 부드럽고 정갈하게 하며, 4) 몰골화가 표현하는 양상적 특징은 풍만하면서도 활달하고 부드러우며 세련된 미감을 주는 것이다. 이러한 논의의 결론은 다음과 같다. "조선화에서는 이와 같은 기법적양상을 뚜렷이 살려야 작품의 주제사상적내용을 보다 뚜렷하게 부각할수 있으며 우리 회화의 민족적화풍도 풍부히 살려나갈수 있다."

## 2005년

2005년의 북한미술 담론은 여전히 '선군미술'에 초점을 맞추고 있다. 특히 체제형성기에 해당하는 1940~1950년대 미술을 '선군'의 프레임으로 재조명하는 작업에 주목할 필요가 있다. 군사미술가가 주도한 미술실천을 자체의 미술사 속에 의미 있는 현상으로 각인시키는 작업이 그것이다. '선군8경'으로 대표되는 선군이미지의 형성과정에도 주목해야 할 것이다. 이 밖에 전반적으로 조선화 담론의 비중이 크게 줄어드는 와중에도 유독 세화기법에 대한 논의가 증가하는 현상도 특기할 만하다.

### 1) 선군미술의 기원 만들기

2005년 조선예술 미술 분야 서술은 1950년대에 리성화 등이 제작한 유화 〈민족적영웅 김일성장군과 전우들〉에 대한 작품해설로 시작한다. 량금철에 따르면 이 작품은 새조국 건설시기부터 전쟁시기에 창작된 의의있는 작품들, 그 가운데서도 특히 '로병미술가들의 창작활동'을 원상대로 발굴하는 작업시도를 통해 "50여년이 지난 오늘 다시 세상에 빛을 보게 된" 작품이다(1호, 49쪽). 이것은 2000년대 중반 북한미술에서 이른바 '선군'의 프레임으로 미술사를 다시 쓰는 작업이 진행되고 있다는 것을 시사한다. 실제로 비평가 하경호가 2005년 8호와 9호에 화가 리성화를 회고하는 글을 썼다. 글에 따르면 리성화는 김정숙의 지시를 받아 1946년 초에 개원한 평양학원 개강 및 개원 행사에 걸릴 김일성 초상을 그린 화가다. 주지하다시피 평양학원은 북한최초의 군사정치학교다. 리성화는 이후 인민군 소속의 군사미술가로 인민군대의 초기 미술활동과 미술전람회 조직을 주도했다.

하지만 이전까지의 북한미술사 서술에서 리성화는 크게 주목받지 못한 작가다. 예컨대 1999년에 발행된 『력대미술가편람』(증보판)에서 「리성화」 항목은 매우 소략하며 심지어 사망년도조차 불명으로 되어 있을 정도다. 『력대미술가편람』의 서술에 따르면 리성화는 "체계적인 미술교육을 받지 못한 관계로 미술사에 기록될 사상예술성이 높은 작품을 창작하지 못한" 작가다. 편람의 저자는 그를 다만 "미술가들의 대렬을 꾸리고 그들을 조직동원하여 (…중략…) 제기되는 과업들을 원만히 수행하는 데 기여한" 작가로 평가했다.8) 반면에 2006년의 하경호는 리성화의 삶을 회고하는 장문의 글에서 그의 생애와 작품을 격찬하는 식으로 이 작가의 위치를 격상시키고 있다. 군사미술과 군사미술가를 강조하는 선군이데올로기가 미술사 서술에도 영향을 미치고 있는 것이다. 하경호에 따르면 리성화는 강계출신으로 21살 때 자성에서 이동연극단 '만경좌', '희락좌'의 무대장치사로 미술에 첫발을 내딛고 1932년 말 중국으로 건너가 유랑하다가 항일유격대 지하공작원의 도움으로 베이징미술연구소 초상화반에서 공부했다. 1935년 초상화반을 졸업한 후에는 '리씨간판점'

박창섭 외 2인, 〈선군 8경-장자강의 불야성〉, 콤퓨터필림화, 2000

---

8) 리재현, 『조선력대미술가편람』(증보판), 평양: 문학예술종합출판사, 1999, 277쪽.

을 운영하며 항일혁명을 돕다가 해방 직후에 북한에 들어와 초상화 〈민족적영웅 김일성장군〉을 제작했다. 그 후 김정숙의 지도를 받아 '조선인민군 미술전람회'를 이끌었고 〈평양학생소년궁전개원식에 나오신 위대한 수령 김일성동지〉를 세상에 내놓고 생을 마감했다(9호, 15쪽).

## 2) '선군8경'과 풍경화

3호에 인민예술가 선우영이 「선군8경과 풍경화창작」이라는 글을 발표했다. 그에 의하면 지금 북한의 군대와 인민은 "선군조선의 억센 기상과 아름다운 모습이 어려있는 이채로운 풍경들 가운데서 선군 8경을 정하고 긍지높이 자랑하고" 있다. 그가 열거한 선군 8경은 다음과 같다. 1) 백두산의 해돋이 2) 다박솔초소의 설경 3) 철령의 철쭉 4) 장자강의 불야성 5) 울림폭포의 메아리 6) 한드레벌의 지평선 7) 대홍단의 감자꽃바다 8) 범안리의 선경.

선군 8경은 순수한 자연풍경이 아니다. 선우영의 말대로 그것은 "인간에 의하여 정복되고 개조된 자연"으로 "개조되지 않은 자연에 비할바 없이 크며 사람들에게 삶의 희열과 기쁨, 긍지를 안겨주며 그들을 새로운 창조적투쟁에로 불러일으키는" 것이다. 그것은 그 자체로 소위 선군정치의 성과를 가시화하는 이데올로기적 이미지인 것이다. 그렇다면 선군8경을 그린 풍경화들 역시 이데올로기에 속박된 것이다. 선군8경을 그린 풍경화들에 대한 선우영의 평을 보자.

(…전략…) 천연수림속에 묻혔다가 선군시대 오늘 황홀한 자태를 드러낸 모습을 반영한 조선화 〈울림폭포의 메아리〉(김룡작), 대대로 내려오던 올망졸망한 뙈기논들이 영원히 없어지고 눈뿌리 모자라게 펼쳐진 전야를 묘사한 조선화 〈한드레벌의 지평선〉(안영일, 김영호작), 일하기 좋고 살기좋은 오늘의 대홍단의 전변을 보여준 조선화 〈대홍단의 감자꽃바다〉(신조야, 리혜성작), 전설속의 무릉도원을 방불케하는 사회주의선경을 그린 조선화 〈범안리

의 선경〉(전석봉, 지순희작)등은 선군시대가 낳은 내 조국의 절경이다(3호, 21쪽).

### 3) 미술사: 근대 표지장정미술의 전개

〈『공제』 창간호 표지화〉, 1920

5호에 최정철이 근대 표지장정미술의 전개를 다룬 글을 발표했다. 출판미술에 속하는 장정미술은 '선전'을 중시하는 북한미술에서 꽤 중요한 장르로 다뤄진다. 최정철은 19세기 말 "근대사회의 시대적현실을 뚜렷이 특징짓는" 독특한 조형적 효과를 보여 주는 표지장정으로 1896년 11월에 창간된 '대조선독립협회회보'의 표지를 예로 든다. 이 회보의 표지는 "꽃무늬로 테두리를 장식하고 웃단에 영어, 우측에 한자, 좌측에 우리 글로 잡지의 제호를 써 놓아 대중을 근대적으로 계몽하려던 협회의 의도를 직관적으로 보여주고있다"는 것이다. 이 밖에 '대한자강회 월보', '을지문덕전', '공제' 등의 도서, 잡지의 표지화도 근대의 미적요구에 부응한 표지장정으로 언급된다. 특히 저자는 '공제' 창간호 표지그림을 격찬하고 있다. 그에 의하면 이 표지는 "위도와 경도를 표시한 큼직한 지구를 화면아래에 배치하여 조선민족해방운동이 세계적인 문제의 하나임을 보여주면서 지구우에 기발대를 세우고 그아래 로동자대중이 힘을 합쳐 붉은기발을 게양하고있는 광경을 형상"하고 있다. 이에 대하여 필자는 "일제침략자들에게 빼앗긴 조선을 다시 찾아 하늘높이 추켜올리려는 사상을 형상적으로 보여주고" 있다고 평가한다.

## 4) 조선화와 현대성

11호에 량연국이 「민족회화의 전통적화법을 시대적요구에 맞게 혁신한 화폭들」을 발표했다. 이 글은 평양국제문화회관에서 열린 만수대창작사 인민예술가 리경남 미술전람회의 관평이다. 이 글은 2000년대 중반 북한미술계가 조선화를 어떤 관점에서 다루고 있는지를 잘 보여 주는 사례다. 필자에 따르면 리경남의 산수풍경화들은 "몰골법과 우림법을 기본으로 하면서 세화의 준법을 배합하는" 방식을 취했다. 예컨대 그의 〈비봉폭포〉는 "산과 계곡, 하늘, 폭포 등의 자연현상을 하나와 같이 단붓질(몰골법)로 크게 묘사하면서도 세부를 잘 표현하여 비온 뒤의 자연분위기를 실감있게 형상하였다"는 것이다. 또한 그의 화조화에 대하여 필자는 "몰골기법을 기본으로 하면서 세화와 선묘, 우림법을 다채롭게 배합하고" 있다고 평한다. 이렇게 몰골법과 세화법을 배합함으로써 리경남은 "조선화의 화법적특성을 현대성과 옳게 결합시키며 우리 민족회화형식을 새 세기의 요구에 맞게 발전"시킬 수 있었다는 것이 량연국의 생각이다. 여기서 주목할 점은 지금까지 북한 조선화 담론에서 중시된 몰골기법 외에 세화기법이 새삼 강조되고 있다는 점이다. 몰골기법과 세화기법의 배합을 통해 도식화된 조선화의 갱신을 도모하는 접근은 2000년대 북한 조선화의 가장 큰 특징이다.

## 5) 민화와 만화

2000년대 『조선예술』 미술 분야 서술에는 민화와 만화에 대한 것이 많다. 2005년만 해도 9호에 김용철이 「리조민화에 대하여」를 썼고 4호에 최정철이 「일제식민지통치의 반동성을 폭로비판한 풍자만화들」을 썼다. 김용철에 따르면 민화는 대부분 "이름없는 지방화공이나 평민들속에서 그림에 취미를 가진 사람들에 의하여 그려진것"으로서 그 기법이나 수법에 대하여 논할 바가 못 되지만 "인민들이 자기들의 지향과 요구에 맞으면서도 정서적으로 파악된 사물현상을 미적요구로 받아들이고 그 주인으로, 향유자로 되려는 지향의 표현으로서 로동생활과정에 높아진 창조의식의 반영"이라는 점에서 가치를 갖는다. 이런 견지에서 그는 민화에 대한 올바른 인식을 가져야 한다고 역설한다. 민화는 무엇보다 인민이 직접 미술의 창조자와 향수자로 나서게 되었다는 것을 보여 주는 사례인 까닭이다.

한편 최정철에 따르면 만화는 "과장, 풍자, 상징 등 다양한 예술적수법을 통하여 사회와 인간생활의 이러저러한 현상과 그 본질을 간단명료하게 보여주는 출판미술의 한 종류"다. 특히 근대에 창작 보급된 만화들은 "문명개화의 지향을 반영하고 일제식민통치와 봉건적인 사회관계로부터 산생되는 온갖 사회악을 신랄히 폭로풍자한것으로 하여" 역사적 의의를 갖는다는 것이 그의 생각이다.

## 2006년

『조선예술』이 창간 50주년을 맞이했다. 이 잡지는 1956년 9월 15일에 창간된 북한 문예지다. 처음 발간될 당시에는 주로 '연극', '무용' 분야에 특화된 잡지(조선연극인동맹중앙위원회/조선무용가동맹중앙위원회 기관지) 였으나 1968년 4호를 기점으로 음악, 무용, 연극, 영화, 교예, 미술을 아우르는 종합예술잡지로 변모했다. 『조선예술』 2006년 9호에서는 「위대한 령도, 반세기의 자랑찬 로정」이라는 제하에 이 잡지의 지난 역사를 회고한 글이 실렸다. 한편 『조선예술』 2006년 12호에는 이 잡지의 600호 발간을 기념하는 인민기자 리우룡의 글이 실렸다. 두 글은 모두 『조선예술』의 역사에서 이 잡지가 종합예술잡지로 격상된 1960년대 중반을 결정적인 시기로 거론하고 있다.

2006년 『조선예술』의 미술 분야 서술은 선군의 강성대국에 부합하는 새로운 미술에의 요구가 두드러진다. 조선화에 대한 언급과 서술이 급격히 줄어들고 '우리식 유화'나 선군미술의 새로운 형태로서 콤퓨터필림화에 대한 언급이 증가한 것이 대표적인 사례다. 아울러 제1차 전국소묘축전 개최를 계기로 미술의 기초적 기량을 강조하는 글이 여럿 있고 지역 창작사나 미술관을 중심으로 한 지역미술의 활성화를 강조하는 글들도 눈에 띈다. 제1차 전국소묘축전은 2월 3일부터 3월 17일까지 평양국제 문화회관에서 열렸고 전문가, 비전문가 부문으로 나누어 진행되었다. 지역별, 기관별 경연에서 우수하게 평가된 830여점의 소묘 작품들이 전시되었다. 이밖에 1월 14일부터 1월 20일까지 청년중앙회관에서 제1차 전국청소년학생들의 소묘경연이 열렸고 10월에는 ≪ㅌ·ㄷ≫ 결성 80돐 경축 소묘경연이 열렸다.[9]

## 1) '백두산 3대 장군'과 '소묘' 그리고 콤퓨터필림화

2006년 제2호에는 2005년에 열린 〈당창건 60돐, 조국해방 60돐경축 국가미술전람회〉에 대한 관평이 실렸다. 이 관평은 전람회를 백두산 3대 장군(김일성, 김정숙, 김정일)을 형상한 작품과 일반 작품으로 나누어 소개 하고 있다. 이렇듯 2000년대 중반 북한의 국가미술전람회가 내세운 선군 시대 주체미술의 가장 중요한 주제는 '백두산 3대장군'이다. 백두산 3대 장군과 연관된 핵심 모티프는 백두산이다. 이러한 문맥에서 5호에 백두 산 그림으로 유명한 리경남을 회고하는 글이 실렸다, 그는 〈왕재산에 오른 온성인민들을 만나시는 위대한 수령님〉, 〈어버이곰〉을 비롯한 백 두산 3대장군 소재의 그림들을 창작한 공로로 시계표창을 비롯한 국가 수훈과 함께 공훈예술가(1985), 인민예술가(1997년)를 받았다.

한편 2월에 평양국제문화회관에서 〈2.16경축 제1차 전국소묘축전〉이 열렸다. 김인봉이 5호에 지적한대로 이전까지 북한에서는 소묘(드로잉) 는 기초 작업으로 간주하여 창작소묘는 거의 그려지지 않다가 〈2.16경축 제1차 전국소묘축전〉을 기해 소묘화된 창작품들이 대거 선보이게 되었

---

9) 김일권 외, 『조선중앙년감 주체 96(2007)년』, 조선중앙통신사, 2007, 210~211쪽.

다. 이 전시는 저자가 보기에 "소묘를 우리 인민의 문화정서생활과 가장 가까운것으로 전환시켜 선군문화의 새로운 장을 펼치게 한 특색있고 의의깊은 축전"이다. 이렇게 창작의 기초재료로서 '연필, 콘테, 펜, 목탄'을 강조하는 것은 미술대중화의 명분에도 부합할 뿐 아니라 북한미술의 형식을 기초에서 다시 재고하는 데에도 효과적인 방안이 되었다. 이 전시는 북한에서 2006년 개최된 전시 중에 가장 주목받은 전시로 4월부터 해주, 사리원, 평성을 비롯한 여러지역에서 〈제1차 전국소묘축전 이동전람회〉가 개최되기도 했다.

12호에는 〈ㅌ·ㄷ 결성 80돐 경축 혁명전적지, 혁명사적지 풍경화 및 수공예품전람회〉에 대한 관평이 실렸다. 이 관평은 콤퓨터선전화 〈타도 제국주의동맹결성 80돐〉에 대한 소개로 시작한다. 북한에서 콤퓨터필림화는 영화 분야에서 연속 편 형식의 다부작 영화, 음악 분야에서 합창조곡, 대집단공연으로서의 아리랑 등과 더불어 선군시대 등장한 새로운 예술형태의 대표적 사례로 언급되는 예술형태다. 김성남에 따르면 특히 콤퓨터필림화, 콤퓨터련화 등의 미술형식들은 "예술창조에 최신과학기술성과들을 도입하는 과정에 새롭게 탄생시킨 정보산업시대의 요구에 맞는 미술형태들"이다(김성남, 「선군시대 새로운 예술형태발전의 특징」, 2006년 11호, 9쪽). 한편 북한에서 풍경화는 체제의 발전상을 선전하고 애국심을 고취하는 사상적 무기다. ㅌ·ㄷ 결성 80돐 기념전람회 관평의 필자는 이렇게 말한다. "전시된 수많은 미술작품들은 ≪ㅌ·ㄷ≫ 결성 80돐을 맞이한 선군조국의 아름다운 절경을 다채로운 화폭속에 담은것으로 하여 참관자들의 긍지와 자부심을 한껏 돋구어주었다"(송광철, 12호, 30쪽).

## 2) 비전향 장기수들의 서예활동

2006년 9호와 10호, 11호에 황귀복이 비전향 장기수들의 서예활동에 관한 글을 연이어 발표했다. 2000년 6.15 남북공동선언으로 비전향 장기수 63명이 그해 9월 2일 북으로 송환되었다. 황귀복에 의하면 그들 중

일부는 옥중에서 서예를 시작했고 출옥 후 남한에서, 그리고 송환된 이후 북에서 서예활동을 계속했다. 그 결과 송환된 직후 2001년 12월 최하종, 마연기, 최선묵, 김은환, 양정호, 리경찬 등이 조선미술가동맹 맹원이 되었고 이들은 지금 "태양서체, 백두산서체, 해발서체에 대한 연구를 심화시키면서 그 위대한 모범을 따라배우기 위한 기량련마를 활발히 벌리고 있다"(황귀복, 11호, 51쪽). 2003년부터는 〈비전향장기수 서화전시회〉라는 명칭의 전시가 평양과 다른 도시에서 연이어 개최되기도 했다. 이로부터 우리는 북한의 지배체제가 '비전향장기수의 송환'이라는 사건을 서예라는 미술매체로 이미지화하는 방식을 확인할 수 있다. 이렇게 북한에서 미술은 역사적 사건을 기억하는 수단이면서 동시에 그것을 가시화하여 선전하는 방법적 도구다.

### 3) 미술사 : 선군미술의 전사(前史)와 '우리식 유화'의 등장

2006년 『조선예술』의 미술사 서술은 과거의 미술사로부터 '비판적 사실주의'를 확인, 조명하는데 역점을 두고 있다. 일례로 9호에는 최철이 조선후기 김준근이 제작한 〈기산인물화첩〉에 대한 글을 썼다. 최철에 따르면 김준근이 화첩에 탈놀이에 나오는 주인공들을 구체적으로 그려놓은 것은 "모든 착취자, 억압자들에 대한 반항의식으로, 부패한 봉건통치제도에 대한 비판정신으로 일관된 그의 계급적립장과 관련된다"(9호, 78쪽). 또한 최철은 10호에서는 김준근의 〈인물화첩〉에 '활쏘기, 택견' 등이 등장한 것을 상세히 서술하면서 그것을 "우리 민족의 전통적인 상무적생활풍속에 대한 생동한 표상"으로 평가한다. 조선후기의 회화에서 이른바 선군회화의 전사(前史)를 찾고있는 것이다. 한편 김일국은 2호에 새조국건설시기, 곧 1940년대 후반~1950년대 초반의 북한 만화에 대해 썼다. 그가 보기에 이전의 만화는 "사회현실반영에 대한 비유적인 표현수법으로 당대사회의 반동적 본질을 폭로비판하는데" 그쳤다면 이 시기에 창작보급된 풍자만화들은 남한사회생활과 정치지배세력의 책동을 직선적으로 표현해 "근로대중을 계급적으로 각성시키고 그들을 새 사회 건설에로 힘있게 불러일으키도록 커다란 역할"을 했다. 그 사례로 거론되는 만화들에는 〈후견제 5년연장안은 휴지로 돌아갔다〉, 〈남조선땅을 미국으로 옮겨가려고 애쓰는자들〉, 〈매국노 리승만의 애원서〉, 〈남조선 미군정의 기근대책〉, 〈량곡매입〉 등이 있다.

한편 2006년 4호에는 유화를 '우리식으로 발전시키는 문제'에 관한 리종효의 논평이 실렸다. 그에 의하면 김관호, 고희동 등에 의해 유입된 유화는 '선전'(조선미술전람회)으로 대표되는 일제의 민족미술말살정책과 부르주아 형식주의의 영향으로 침체상태에 있었으나 해방 후 북한에서 "우리 인민의 기호와 정서에 맞게 건전하게 발전시켜 혁명적이며 인민적인 유화"로 거듭났다.그에 의하면 오늘날 북한의 유화는 "무겁고 침침한것을 좋아하는 서양사람들의 비위에 적응된 유화로서가 아니라 비판을 모르며 진취성이 강한 우리 인민의 정서와 감정에 맞는 밝고 선명한 그러면서도 힘있는것으로 발전"하였다. 그 대표적인 사례로 거론된 것은 〈1994년 7월의 만수대언덕〉(김상훈) 〈사양공의 저녁길〉(리동위, 리맥림), 〈딸〉(민병제) 등이다. 특이한 점은 이 글에 유화를 논하면서 조선화

민병제, 〈딸〉, 1965

의 미감을 운운하는 관행이 적용되지 않고 있다는 점이다. 이는 홍성철의 유화작품 〈결전을 앞두고〉에 관한 서혁의 글(9호), 만수대창작사 유화창작단 작가인 김창길을 소개하는 글(11호)에도 나타나는 현상인데 이로부터 우리는 지금까지 북한미술에서 절대적인 영향력을 행사한 "조선화를 중심으로 미술을 발전시키자"는 도그마가 미술의 현대화라는 요구에 직면해 절대적인 영향력을 서서히 상실하고 있는 것이라고 조심스럽게 추정해 볼 수 있다.

## 4) 지역미술

2006년 『조선예술』 미술 분야 서술에서 가장 두드러진 현상은 지역미술에 대한 관심이다. 먼저 7호에는 함경북도미술전람관 부관장 황귀복의 활동상을 소개한 글이 실렸다. 필자에 따르면 황귀복은 "전람관의 면모를 현대적미감에 맞게 일신시켜 놓자"는 각오에서 "전람관을 찾아오는 사람들에게 평양을 비롯한 전국의 모든 곳에서 진행되는 미술전람회와 미술전시회 그리고 미술작품들을 다 보여줄수 있는 환경과 조건을 마련하기로 마음먹고" 컴퓨터환등전람실을 꾸리는 데 최선을 다했다. 그 결과 2004년 9월 다매체미술작품편집물들을 이용한 컴퓨터환등전람실을 개관하고 전국적인 참관행사를 치르게 되었다는 것이다. 또한 7호에는 조선미술가동맹 황해남도위원회의 전람회와 조선화 강습사업을 소개하는가 하면 11호에는 평안북도 미술창작사의 창작성과를 소개하는 글이 실렸다. 이것은 미술 분야에도 평양-지역의 격차가 무시하지 못할 정도로 문제가 되고 있다는 것을 반증하는 사례다. 그렇다면 개성적인 지역화단의 발전이 요구될 것이다. 11호에 게재된 김용철의 글은 조선후기의 지방화단에서 그 모델을 찾고 있다.

지방화단들은 주로 지방도시를 중심으로 형성되였는데 특징적인것은 자기 지방의 환경과 특성을 뚜렷이 살려낸 미술품들을 창작 또는 제작해낸것이다. 그것은 평양을 중심으로 창작활동을 벌린 김윤보, 양기훈과 같이 채색인 물화와 채색화조화를 잘 그린것이나 개성이 우진호, 황성하형제들과 같이 〈농민생활도〉와 〈호랑이〉 그림을 특별히 잘 그린것을 비롯하여, 무산의 지창환, 단천의 우상하 등의 화가들을 중심으로 형성된 화단들의 창작적개성이 잘 보여주고 있다. (11호, 16쪽)

### 5) 제8차 베이징국제예술박람회의 성과

2006년 2호에는 선우영이 제8차 베이징국제예술박람회 참가를 보고하는 글을 썼다. 선우영에 따르면 이 박람회는 1998년부터 시작하여 해마다 년례행사로 진행되는 베이징국제예술박람회는 나라들 간의 미술분야에서의 교류와 선전, 교육의 목적을 가지고 열리는 세계적 규모의 미술박람회이다. 2005년에 열린 이 박람회에서 정창모의 〈남강의 겨울〉, 선우영의 〈백두산천지〉가 최고상인 금상을 수상했다. 선우영은 이에 대해 "간결하고 선명하며 아름답고 고상한 우리 민족회화형식"의 승리라고 자평하고 있다. 베이징에서의 성과에서 보듯 정창모와 선우영은 2000년대 북한 조선화에서 가장 중요한 작가다.

### 6) 미술가의 회고: 정관철(1916~1983)과 〈보천보의 횃불〉(1948)

8호에 리종효가 〈매혹과 붓〉이라는 제하에 정관철을 회고하는 장문의 글을 썼다. 리종효에 의하면 〈보천보의 횃불〉은 단순한 전투화가 아니라 최초의 수령형상미술작품으로서의 의의를 갖는다. 서술에 의하면 정관철은 두 차례 보천보 사람들을 찾아가 취재를 심화시켜 300여점의 스케치와 속사를 제작한 끝에 이 작품을 완성했다. 이후 정관철이 제작한 유화 〈조국광복회10대강령을 작성하시는 위대한 수령 김일성동지〉, 조선화 〈오직 수령님만을 믿고 따르렵니다〉의 제작과정과 내용을 서술한 후 리종효는 정관철의 생애와 작업을 다음과 같이 평한다. "1970년대

정관철, 〈보천보의 홰불〉, 1948

미술분야에서 혁명적전환이 일어날 때 그는 우리 당의 주체적인 미술건설방침을 관철하는데 자신뿐아니라 미술가동맹 전체 맹원들을 창작실천에로 불러일으키는데 모범을 보이였다." 그 모범이란 어디까지나 수령과 당을 위해 헌신하면서 수령형상창작에 매진하는 태도일 것이다. 이렇게 본다면 리종효의 글은 정관철이라는 과거의 모델을 통해 작가들의 기강을 다잡고 1970년대의 활기를 되살리려는 의도를 지니고 있다고 해도 무방할 것이다.

## 2007년

2007년의 미술 분야 서술에서도 선군미술 내지는 총대미술에 대한 강조는 여전하다. 군사미술가들이 주도하는 선군미술은 이 시기 북한미술의 이론과 실천 모두에서 주도적인 위치에 올라섰다. 이것은 선군 이데올로기가 북한미술에 깊이 뿌리내리게 되었음을 시사한다. 선군 내지는 총대미술을 대표하는 이미지는 〈무산지구전투승리기념탑〉이다. 본래 1971년 대홍단벌에 세워졌던 탑은 2002년 김정일의 지시로 개작되었다. 개작된 탑에서 탑신은 총창으로 형상화되었다(4호, 62쪽). 2007년은 1947

년 설립된 평양미술대학이 창립 60주년을 맞이한 해이기도 하다.

## 1) 평양미술대학창립 60주년

평양시 문수봉 기슭에 자리잡은 평양미술대학이 창립 60주년을 맞았다. 송광철(9호)에 따르면 평양미술대학의 전신인 평양미술 전문학교는 1947년 9월 10일 문을 열었다. 처음에는 3개 학과로 시작한 대학이 지금은 "정연한 교육체계와 함께 과학연구기지와 실습보장기지를 비롯한 모든 조건과 환경이 나무랄데 없는 종합적인 미술인재양식의 원종장으로 강화발전"되었다는 것이 그의 평가다. 평양미술대학은 북한의 유일한 미술대학이며 미술교육기관인 동시에 미술창작기지로서의 성격도 지니고 있다. 2007년 현재 평양미술대학의 학장은 리광영이고 부학장은 김정배, 김산곤이다. 평양미술대학은 조선화학부(조선화과·서예과), 회화학부(유화과·벽화과), 조각학부, 공예학부, 산업미술학부, 출판화학부로 구성되어 있고 2년제의 연구원 과정과 3년제의 박사원 과정이 있다. 교원체계는 학장·부학장·학부장·강좌장·교원 등으로 구성돼 있다. 9호에는 대학창립 60주년을 기념하는 만수대 창작사 부사장 김성민, 조선인민군 창작사 교수 하경호, 조선미술가동맹 중앙위원회 서기장 최성룡의 축사가 실렸다. 이 해 9월에는 평양국제문화회관에서 〈평양미술대학창립60돐기념 미술전람회〉가 열렸다.

## 2) 총대미술의 역사, 군사미술가의 역사적 재평가

총대미술은 군사미술가가 주도하는 선군미술을 지칭하는 또 다른 용어다. 2007년『조선예술』의 미술 분야 서술은 총대미술의 역사적 근거를 마련하는데 많은 지면을 할애하고 있다. 가령 4호에 하경호가 총대미술의 역사를 회고하는 글을 발표했다. 하경호의 글을 따라 소위 총대미술의 전개과정을 되짚어보면 다음과 같다.

- 1946년 북한최초의 군사정치학교 평양학원 미술창작실 발족(군사미술 창작기지의 출발)
- 1954년 조선인민군미술제작소 설립, 이후 인민군미술제작소는 조선인민 군미술강습소, 조선인민군미술중대로 명칭과 성격이 변화되었다.
- 1974년 4월 8일 조선인민군창작사 설립
- 1992년 조선인민군 제10차 미술전람회 김정일 현지지도

10호에는 1992년 개최된 조선인민군 제10차 미술전람회의 김정일 현지지도를 기념한 좌담 기사가 실렸다. 이 좌담에는 조선인민군창작사 부사장 리춘식, 김명일(조선화창작단 단장), 최혁신(유화창작단 실장), 백태석(조각창작단 창작가), 배원국(벽화창작단 창작가)이 참여했다. 1992년의 김정일 현지지도가 "주체의 군사미술발전에서 획기적의의를 가지는 중요한 계기"였다는 리춘식의 회고는 1990년대 초부터 북한미술에서 군사미술과 군사미술가들의 위상 재고 작업이 진행되고 있었음을 시사한다.

한편 송광철은 7호와 8호에 북한 최초의 군사미술가로서 리성화의 삶을 회고하는 연재글을 발표했다. 이미 2005년에 리성화를 다룬 하경호의 장문의 비평이 발표되었다는 점을 상기한다면 이는 특기할 만한 현상이다. 송광철에 따르면 리성화는 1911년 4월 29일 강계 출생으로 21살 때 이동연극단의 무대장치사로 미술창작을 시작했고 32살에 중국으로 건너가 베이징미술연구소 초상화반에서 수학했다. 그 후 베이징 근처에서 '리씨간판점'을 운영하며 항일혁명을 돕다가 해방 직후에 북한에 들어와 초상화 〈민족적영웅 김일성장군〉을 제작했다. 송광철은 이 초상화를 "해방후 우리 나라에서 처음으로 창작된 초상화"로 추켜세운다.[10] 글에

---

10) 하지만 해당시기 북한미술 담론에는 리성화에 대한 언급을 찾아볼 수 없다. 예컨대 정관철이 1945년에서 1949년 간 미술동맹의 성과로 내세우는 작가, 작품 목록에는 그의 이름이 없다. 그가 이 시기의 성과작으로 열거한 작품들은 다음과 같다. 김하건 〈사리원 방직공장〉/박영익 〈심지에 불을 달아라〉(아오지 탄광)/한상익 〈단강도〉(성진제강소)/리수억 〈카-바이트 공장〉(본궁화학)/정보영 〈해주기계제작소〉/정관철 〈모내기〉(불이농장)/최연해·선우담 〈김일성 장군〉/김주경 〈김장군 전적〉. 정관철, 「미술동맹 4년간의 회고와 전망」, 『문학예술』, 1949년 8호, 87~88쪽.

따르면 1946년 평양학원 개원식장에 걸릴 수령 초상화를 제작한 리성화는 1947년 중앙보안간부훈련소 미술가로 소환되어 군사미술가로서의 삶을 시작했고 조선인민군창작사의 전신인 인민군미술제작소 초대소장으로 있으면서 다수의 수령형상 주제 회화를 제작하다 1970년대에 사망했다. 이런 성과를 인정받아 2007년 4월 김일성상을 받았다.

이렇게 2005년에 이어 2007년의『조선예술』이 다시금 "시대와 력사를 대표하는 기념비적명작들"을 제작한 '혁명화가'로 리성화를 재평가한 것은 그가 몸담고 있던 인민군미술제작소를 북한미술의 역사에 각인시키는 한편 군사미술을 역사적으로 정당화하기 위한 전략으로 보아야 할 것이다. 선군 이데올로기가 미술사와 미술 담론에까지 깊이 침투하고 있는 것이다.

### 3) 민화에 대한 가치평가

과거 이태호는 북한에서 발행된『조선미술사』(1)(1987)를 논하면서 이 책의 근대미술사 서술에 민화, 불화, 민속화 등에 대한 내용이 배제된 것을 비판한 바 있다.11) 이런 평가를 의식이라도 한 듯 이후의 북한미술 담론에는 민화에 대한 서술이 점차 늘어가는 추세다. 가령 김원국은 11호에「리조시기 민화에 반영된 민족적정서와 미적지향」을 발표했다. 이 글에 따르면 민화는 "인민들의 생활속에서 창조되고 발전한 민족회화형식"으로서 "일련의 사회력사적제한성을 띠고있지만" 나름의 가치를 갖는다. 그 가치란 "과거의 우리 인민이 지녔던 사상감정과 정서, 미적지향과 념원을 소박한 조형예술적형상으로 반영한것"에서 비롯된 것이다. 조선시대 민화에는 "조국에 대한 열렬한 사랑의 감정과 불합리한 봉건계급사회에 대한 비판, 슬기롭고 지혜로운 우리 민족의 미풍량속을 비롯하여 다양한 주제의 작품들이 들어 있으며 당시 사람들이 지녔던 미학정

---

11) 이태호,「북한의 미술사연구 동향」,『제3세계의 미술문화』, 과학과 사상, 1990 참조.

서적세계관이 집중적으로 반영되여있다"는 것이다. 하지만 북한의 근대 미술사 서술은 어디까지나 정선, 김홍도, 이인문, 장승업 등 개인미술가들의 자각과 성취에 집중하고 있으며 '민화'에 대한 서술은—김원국의 글에서 보듯—그 최소한의 의의를 강조하는 데 머물러 있는 상태다.

## 4) 제9차 베이징국제예술박람회의 성과

2006년에 열린 제9차 베이징국제예술박람회에서 만수대창작사 부사장 김성민의 〈통일무지개〉, 인민예술가 김승희의 〈봉산탈춤〉이 최고상인 금상을 수상했다. 2005년 제8차 베이징국제예술박람회에서 정창모와 선우영이 금상을 수상했는데 그 다음해에도 북한미술가들이 금상을 수상한 것이다. 1호에서 이 소식을 전하는 기사는 이 작품들이 "조선화의 고유한 민족적형식에 심오하고도 참신한 주제사상적내용을 반영한것으로 하여 세계 300여개 단체에서 출품한 1만여점의 미술작품들을 누르고 박람회 최고상인 금상을 받게" 되었노라고 자평하고 있다.

## 5) 수지조각

2000년대 북한미술에서 특징적인 현상 가운데 하나는 (컴퓨터와 미술을 결합한 '콤퓨터미술'의 부상에서 보듯) 새로운 재료와 매체를 예술에 적극적으로 끌어들이려 한다는 점이다. 그런 의미에서 9호와 11호에 곽태영이 발표한 '수지조각'에 관한 글은 주목할 만하다. 수지조각이란 "유기합성재료인 화학수지를 창작실천에 도입하는 과정에" 등장한 새로운 조각형식이다. 곽태영에 따르면 수지조각은 "묘사대상을 조형적으로 돋구어낼수 있는 풍부한 표현력을 발휘"하며 "돌이나 나무조각보다 제작기일이 훨씬 단축되며 무게가 경량화됨으로써 운반과 설치작업이 편리하다"는 장점이 있다. 또 착색이 용이하며 재료의 강도가 높다는 장점도 있다. 이런 인식에서 곽태영은 "창작활동과 보급선전에 매우 유익한 수

지조각을 시대의 요구에 맞게 더욱 다양하게 발전시켜야 한다"고 역설한다.

## 2008년

2008년 미술 분야 서술은 조선인민군창작사 사장 박창섭의 각오로 시작된다. 그는 체제성립 60년을 맞아 "백두산3대장군의 위대한 혁명업적을 더욱 철저히 옹호고수하고 만대에 길이 빛내여가는것"을 군사미술가들의 최대 과제로 내세우고 다음으로 "우리 식 미술리론을 철저히 구현하여 미술작품의 종류별특성을 뚜렷이 살려나갈 것", "군사물주제의 미술작품창작에서 보다 큰 성과를 달성할 것"을 주문하고 있다(1호, 17쪽).

### 1) 선군시대 회화의 특징

송광철이 3호에 선군시대 회화의 특징적인 양상을 논한 글을 발표했다. 그에 의하면 선군시대 회화에서는 "주제범위가 비할바없이 넓어지고 형상에서 현실반영의 폭과 깊이를 훌륭하게 보장하고" 있다. 선군시대에 수령영생주제나 선군사상, 군사물주제 등으로 회화의 주제가 확장되었다는 것이다. 또한 그는 선군시대 회화는 "종류별특성이 더욱 뚜렷해지고 회화의 형상수법과 기법들이 다채롭게 발전한다"고 주장한다. 실제로 소위 선군시대 북한회화 담론에서 유화의 위상과 비중 확대가 두드러진다. 아울러 조선화 기법에 대한 논의도 종래에 몰골법에 집중했던 태도를 벗어나 선묘기법이나 세화기법 등으로 확산되는 추세다. '군'으로 모든 것이 집중되는 시대에 이렇듯 '다양성'을 추구하겠다는 각오는 매우 역설적으로 보인다.

## 2) 조선화의 새로운 대안: 색과 선의 배합

1호에 김예광이 조선화의 선묘기법에 관한 글을 발표했다. 그에 따르면 조선화의 기법은 크게 선묘기법, 몰골기법, 세화기법, 우림법, 평도법 등으로 나누어 볼 수 있는데 이 가운데 선묘기법은 "선묘를 기본으로 하여 색을 입히는 것"이고, 몰골기법은 "선과 색을 결합하여 단붓질로 대상의 본질을 표현하는 것"이며, 세화기법은 "선과 색을 배합하며 세밀하게 그리는 것"이다. 여기서 선묘기법이란 '구륵법'을 지칭하는 것이다. 김예광이 보기에 선묘기법은 1) 선을 기본으로 인물형태의 외부적 특징과 골격, 운동 등 양적규정성을 간결하고 선명하게 표현하며, 2) 선묘를 기본으로 하여 인물형태의 복잡한 변화에 의하여 형상되는 내부구조와 결구의 특성을 섬세하게 형상하며 전체형태의 부분과 세부들의 질적 규정성을 생동하게 나타낸다는 장점이 있다. 한편 4호에서 선우영은 조선화에서 선묘법의 중요성을 역설한다. 그에 의하면 조선화의 중요한 표현수단인 선은 "시각적특성과 그것을 인식하는 사유방법이 높은 수준에서 개념화된것으로서 형태묘사의 현실성과 과학성을 갖춘 고도로 발달된 조형적표현형식"이다(4호, 71쪽). 더 나아가 그는 "조선화창작가들이 준수해야 할 가장 초보적인 요구이며 첫째가는 과업"은 "조선화의 선묘법에 정통하는 것"이라고 역설한다. 이러한 논의는 8호에 홍파가 쓴 「조선화의 기본형상수단-선」으로 이어진다.

김예광과 선우영, 그리고 홍파의 발언은 2008년의 조선화 담론이 색과 선의 균형 및 배합에 큰 비중을 두고 있다는 것을 보여 준다. 이제까지 색(몰골법)을 강조하던 태도에서 벗어나 선(선묘법, 세화법)의 중요성을 새삼 강조하기 시작하고 있는 것이다. 이에 따라 북한 조선화 담론은 과거처럼 몰골법을 과도하게 강조하기 보다는 몰골기법, 선묘기법, 세화기법을 나란히 놓고 그 각각의 장점을 어떻게 배합할 것인지를 논하는 모양새다. 예컨대 리룡빈은 3호에 발표한 「조선화의 고유한 민족적화법」에서 "조선화의 기법들은 호상 련관되어 작용하면서 묘사의 형상적 힘을 발휘하며 조선화의 예술적 품격과 밝고 산뜻한 양상을 실현할 수 있게 한다"고 주장한다.

### 3) 화상화

리춘근과 로설영이 '화상'에 대한 주제로 글을 썼다. 리춘근의 「17~19세기중엽 화상의 발전」(2004년 5호), 로설영의 「리조후반기 화상작품들에 반영된 사실주의적묘사에 대하여」(2008년 1호), 로설영의 「중세 화상의 섬세성에 대하여」(2008년 3호) 등이 그것이다. 로설영에 따르면 화상은 "얼굴묘사를 기본으로 하여 주인공의 성격과 내면세계를 집중적으로 나타내는 인물화의 한 분야"다. 2000년대 초반에 초상화이라 불렀던 것을 2000년대 후반에는 '화상'이라 칭하고 있는 것이다. 그가 보기에 화상은 '묘사의 섬세성'을 특징으로 한다. 즉 "중세에 창작된 모든 화상화들은 섬세성이 담보된 진채세화"(3호, 62쪽)인 것이다. 이러한 서술에서 우리는 '선'과 '세화기법'에 대한 관심이 증대됨에 따라 선, 세화법에 기반한 장르에 대한 관심도 증대되고 있음을 확인할 수 있다.

### 4) 유화의 화법적 특성

2007년 8월 21일 김정일은 만수대창작사와 평양미술대학에서 창작한 미술작품들을 평하면서 북한미술에서 '유화'의 운명을 바꿀 특기할 만한 발언을 했다. 이날 그는 유화 〈사생결단〉이 색층을 덧쌓는 방법으로 그렸음을 지적하며 "아 좋다"고 한 것이다. 이 날을 기점으로 그는 "음악에서 민성과 양성이 구별되듯이 그림에서도 조선화와 유화가 구별되여야 하며 유화는 색층을 두텁게 발라야 자기의 특성을 살릴수 있다는 유화의 화법적특성을 명백히 하고 그 관철에로 창작가들을 불러일으키게" 되었다(4호, 19쪽). 그리하여 이제부터 북한미술 담론은 유화의 화법적 특성을 살려나가는 방안을 모색하게 되었다. 12호에 조일순이 쓴 「색층쌓기에 의한 유화실기교육」은 그 극단적 사례다.

그런데 이렇게 유화의 특성을 살리라는 요구는 과거 "우리는 전통이 오래고 훌륭한 예술적특성을 가지고있는 조선화를 기본으로 하여 미술을 발전시켜야 한다"면서 "조선화를 우선적으로 발전시키며 다른 미술 종류도 조선화를 토대로 하여 발전시킨다"(『김정일미술론』, 조선로동당출판사, 1992, 98쪽)고 했던 김정일 자신의 주장과 상반되는 요구다. 이로써 북한에서 유화를 그리는 화가는 두 가지 상반된 요구를 모두 만족시켜야 하는 불가능한 과제를 떠맡게 된다. 하나는 "유화를 조선화를 토대로 발전시켜야 한다"(1992)는 요구이고 다른 하나는 "유화의 화법적 특성을 명백히 하고 그것을 관철시켜야 한다"(2007)는 요구다. 이것은 그레고리 베이트슨이 이중구속(double bind)이라고 표현한 상태, 즉 논리적 계형이 서로 다른 두 가지 모순된 명령이나 메시지가 동시에 주어지고 그와 더불어 그 현장을 회피할 수 없게 만드는 또 다른 명령이 주어진 상황을 나타낸다.

## 5) 2.16경축 제2차 전국소묘축전: 미술 대중화의 방법적 대안 '소묘'

2006년에 이어 2008년 2월 제2차 전국소묘축전이 열렸다. 소묘를 하나의 독자적인 장르로 인정한 것은 2000년대 후반 북한미술이 '미술의 대중화'를 관철하기 위해 택한 하나의 전략이다. 동시에 전국소묘축전은 선군시대 미술의 발전상을 나타내는 하나의 기호가 되었다. 5호에서 임성이라는 논자는 전국소묘축전의 개최를 '경이적인 사변'으로 지칭하며 "혁명적군인문화가 꽃펴나는 선군시대에 와서야 소묘가 사람들의 인식교양적의의와 문화정서적기능을 수행하는데 훌륭히 이바지하는 미술의 한 형태로서의 응당한 자기 지위를 가질수 있게"되었노라고 평가한다. 이 해에 『조선예술』에는 일종의 대중교육의 형태로 소묘, 습작, 속사의 의의와 방법을 해설하는 글이 여럿 실렸다. 황현철이 쓴 「풍경과 습작」 (1)·(2)(4호·7호), 강형범, 「대중성이 좋은 그림-소묘」(11호), 강형범, 「소묘재료와 그 리용방법」(12호) 등이 그것이다.

## 6) 꼬마 미술가

2호에 꼬마 미술가 '리승범'에 대한 글이 실렸다. 꼬마미술가 승범이는 6살 때 만경대학생소년궁전 미술소조원이 되었다. 글에 따르면 "천성이라고 말할수 있는 미술가적 재능과 소질"을 타고난 승범이는 미술지도원 리동훈의 지도를 받아 전국청소년소묘경연에서 1등, 아시아어린이미술축전에서 최고상인 그랜드상과 금메달 쟁취, 러시아 하바로브스크 국제아동미술전람회 입상, 중국 마카오에서 열린 동아시아미술축전에 입상 등의 성과를 거두었다. 글은 이 성과의 동인으로 '동심'과 '진심'을 열거한다. "티없이 맑고 순결한 보답의 마음"이 성과를 이끌었다는 식의 발언이 덧붙는다. 어린이의 미술재능을 이데올로기 선전의 도구로 활용하고 있는 것이다.

## 2009년

2009년 새해를 맞아 1호에 임성이 「선군시대의 요구를 반영한 미술작품을 더 많이 창작하자」는 글을 발표했다. 임성은 이 글에서 "주체의 미학관을 철저히 확립하여 선군시대 꽃펴나는 아름답고 고상한 인간성격과 인간관계, 참다운 인간전형을 잘 형상창조하자"고 주장한다. 그 구체적인 방안으로서 임성은 "군대와 인민의 사상감정에 맞는 조선화의 전통화법을 잘 살려 민족적정서가 짙은 조선화작품창작에서 새로운 전환을 일으킬" 것, "유화창작에서도 일대 비약을 일으킬 것"을 요구한다. 그러면서 그는 "유화는 색층을 덧쌓는 방법으로 그려야 무게가 있고 유화의 맛을 잘 살릴수 있다"는 김정일의 발언을 인용하여 "모든 유화창작가들은 유화의 형상기법에 정통하고 (…중략…) 작품의 성격과 양상에 맞게 형상을 창조할줄 아는 창작의 능수가 되여야 한다"고 주장한다. 2000

년대 후반의 북한미술은 이전처럼 조선화를 중심으로 미술을 발전시켜 나가야 한다면서 유화에 조선화의 미감과 화법을 적용시킬 방안을 모색하는 대신 "작품의 성격과 양상에 맞게" 작품을 제작할 방안을 모색한다. 이처럼 미술의 발전을 일종의 다양성 차원에서 모색하는 접근은 이 시기 북한미술의 가장 큰 특징이다. 이와 관련하여 새로운 회화장르로서 아크릴화를 유화와 구별하여 논하는 접근(홍파, 4호)이 등장한 것도 흥미로운 현상이다.

## 1) 만수대창작사 50돐: 만수대정신과 150일 전투

1959년 11월 17일 창립된 만수대창작사가 창립 50주년을 맞았다. 1950년대 말 천리마동상건립사업을 위해 만들어진 조각창작단을 전신으로 하는 만수대창작사는 1960년대 말 미술 각 분야를 아우르는 대미술창작기지로 확장되었다. 11호에서 주수용은 만수대창작사의 50년을 회고하며 창작사의 중요창작성과를 다음과 같이 열거한다.

1) 조선화 〈강선의 저녁노을〉과 같은 시대의 '명작들'로 조선화를 기본으로 한 주체미술의 발전을 이끌었다.
2) 조각, 유화, 벽화, 보석화는 물론 공예와 산업미술, 서예와 같은 미술의 모든 종류와 형식들의 발전을 주도했다. 그 구체적인 성과들로는 만수대기념비, 왕재산대기념비, 무산지구전투승리기념탑과 주체사상탑, 개선문, 서해갑문기념비와 조국통일 3대헌장기념비를 비롯한 대기념비들과 수령형상미술작품들이 있다.
3) 태양상, 금수산기념궁전 등 수령영생미술의 창작을 주도했다.

실제로 만수대창작사는 김일성훈장과 국기훈장 제1급을 수여받은 기관이며 3대혁명 붉은기를 받은 창작집단으로서 북한미술을 대표하는 창작사다. 만수대창작사와 관련하여 '만수대정신'이라는 것이 있다. 이것은 1970년대에 만들어진 구호다. 8호에『조선예술』기자가 1970년대의 '만수대정신'을 되살릴 것을 주장하는 글을 썼다. 그에 따르면 만수대정신이란 "1970년대 주체예술의 일대 전성기를 열어놓았던 전세대 창작가, 예술인들이 발휘한"정신이다. 2009년 현재 만수대창작사는 만수대정신을 기리며 "강성대국건설의 돌파구를 힘차게 열어가는 150일 전투"에 임하고 있다.

### 2) 만화의 기원

2000년대 후반 북한미술계는 대중적인 장르로서 민화, 만화 등에 관심을 기울이기 시작한다. 김정희가 1호에 만화의 기원에 대한 글을 발표했다. 그에 따르면 만화는 "사물의 형태나 성격을 과장 또는 생략된 표현으로 나타내는 회화"로서 그 기본특징은 "인간생활이나 시대적면모를 풍자와 비유의 수법으로 간단명료하게 그린다"는 데 있다. 김정희는 만화의 선구적 기원으로 알타미라동굴벽화와 로마시대 항아리 그림, 다 빈치와 고야의 그림을 열거한 후 근대만화의 시작을 호가드의 '세태화'로 규정한다. 그의 세태묘사작품들은 "보다 과장된 수법으로 근대만화를 자기 궤도우에 올려놓았다"는 것이다. 한편 식민지 조선의 만화는 1909년 6월에 창간된『대한민보』창간호에 실린 첫 시사만화에서 시작되는 것으로 서술된다. 김정희에 따르면 처음에 그것은 삽화로 지칭되기도 하고 철필사진, 그림이야기 등으로 지칭되기도 하였으나 1923년부터는 그 명칭이 만화로 통일되었다.

### 3) 미술사: 일제의 문화재 약탈

2009년『조선예술』에는 일제의 문화재 약탈에 대한 글이 다수 실렸다.「고려자기략탈의 왕초-이또 히로부미」(1호),「일제의 민족미술말살책동을 고발한다」(1)·(2)(3·4호)가 그것이다. 식민지시대 일제의 만행을 주로 작품, 전시의 차원에서 논하던 관행에서 벗어나 문화재약탈의 차원에서 본격적으로 검토하기 시작한 것이다. 이와 맞물려 고대 미술에서 우리 민족이 일본에 미친 영향을 강조하는 글들도 많다. 「일본 아스까문화시기의 회화발전에 준 고구려의 영향」(5호), 「성덕태자상」(6호)이 그 사례다.

## 4) 조선화의 선묘기법과 준법

선우영이 그린 〈금강산 석가봉〉을 예시로 삼아 조선화의 세화기법을 강조하는 서술은 2000년대 북한조선화 담론에서 매우 흔하게 찾아볼 수 있다. 이것은 1970년대에 〈강선의 저녁노을〉을 예시로 삼아 몰골기법을 강조하던 분위기를 연상시킨다. 일례로 심재성은 2호에 발표한 「조선화 〈금강산 석가봉〉에 구현된 세화기법의 형상적매력」에서 조선화의 세화기법은 "미세한 선과 점들을 리용하여 형상의 세부에 이르기까지 치밀하게 묘사하는 형상수법"이라고 규정하며 세화기법을 사용한 〈금강산 석가봉〉을 격찬한다. 그가 보기에 이 작품은 "화면의 기본묘사대상인 석가봉을 세화기법으로 섬세하게 그려내고 있으며 그외의 부차적인 요소들은 몰골기법으로 형상하여 대조시킴으로써 화폭의 섬세한 조형미를 한층 더 뚜렷하게" 살렸다. 이렇게 세화기법을 주된 기법으로 몰골기법을 부차적 기법으로 대조시키는 것은 이 시기 북한미술에서 "현대적 미감에 적중한" 조선화를 그릴 방법으로 제시된 대안이다. 가령 다음과 같은 식이다.

힘있고 률동있는 조선화의 선묘법에 본색위주의 색묘법을 대담한 몰골기법으로 살려 형상한 그림책은 삽화 한장한장이 선명하고 간결하며 고상한 색채적맛으로 일관되여있다. (김정희, 5호, 58쪽)

물론 여기서 부각되는 것은 몰골기법이 아니라 세화기법이다. 2000년대 후반 북한 조선화의 핵심 이슈는 '세화기법'인 것이다. 심재성은 5호에 발표한 글에서 조선화의 전통적인 세화기법이 선군시대에 와서 1) 선을 위주로 한 선묘세화, 2) 점을 많이 쓰는 점묘세화, 3) 색채를 점차 진하게 하는 진채세화, 4) 선을 살리고 선명하고 담박한 채색을 결합시키는 담채세화, 5) 분채와 석채 등으로 그리는 분채세화, 6) 채색과 먹, 선, 농담을 세화기법, 몰골기법들과 대조적으로 활용하여 쓰는 몰골세화들로 더욱 발전 풍부화되고 있다고 주장한다. 확실히 2009년의 조선화 담론에서 몰골법의 위상은 예전 같지 않다. 가령 박창섭은 5호에서 "오늘날 조선화의 전통적인 5대기법들로는 선묘기법, 구륵기법, 세화기법, 몰골기법, 우림기법을 들수 있다"면서 몰골기법을 주된 기법이 아니라 기법 가운데 하나로 자리매김한 후, 조선화의 고유한 진미를 살리는 데 기본은 구륵기법과 세화기법 같은 선묘기법을 적용하는 것이라고 주장한다. 그가 보기에 중요한 것은 "조선화법간의 선후차를 옳게 정하고 해당 기법들을 적절히 활용해나가는" 일이다.

    선묘기법의 위상 강화와 더불어 선의 결합방법으로서 '준법'에 대한 관심도 부각되는 추세다. 「세나라시기에 형성된 조선화의 준법」(8호), 「리조시기 조선화의 준법의 발전」(11호), 「조선화준법의 표현방식」(12호)이 그것이다. 박충성(12호)에 따르면 "지난날 우리 선조들은 조선화창작에서 선과 점의 다양한 결합과 배렬과정에 나타나는 조형학적 묘사관계를 리룡하여 산과 바위, 절벽 등의 형상대상을 립체성있게 그려냄으로써 구체적인 대상들에 이르기까지 그 특성을 일반화하여 여러가지 준형태를 만들"었다. "부벽준, 피마준, 하엽준, 란시준, 절대준, 해삭준, 미점준, 우모준, 미아준, 우림준, 정두준, 철선준, 고루준, 운두준"과 같은 다양한 이름을 가진 준법들이 바로 그것이다. 글의 말미에 그는 이렇게 주장한다. "조선화 화가들은 준법의 다종다양한 형태들과 함께 그 원리적인 표현방식을 잘 알고 현실속에서 보다 새로운 준법형상들을 탐구 적용함으로써 민족회화의 귀중한 전통을 더욱 발전시켜나가야 할 것이다."

# 3. 2000年代 『조선예술』 미술 관련 텍스트 목록

| | | | |
|---|---|---|---|
| **2000년 1호** | | | |
| | 12지신의 조형적형상과 공민왕릉벽화 | 김용철 | 65~66 |
| **2000년 2호** | | | |
| 미술작품해설 | 백두령장을 모신 우리의 영광 끝없어라<br>: 조선화 《우리의 최고사령관 김정일장군》을 보며 | 리명건 | 13~14 |
| | 벽화창작실천에서 나서는 몇가지 문제 | 한광호 | 27~28 |
| | 아동화창작에서 동심과 성격형상 | 학사 김명건 | 62~63 |
| | 건축장식미술의 특성을 옳게 살리기 위한 몇가지 문제 | 학사 정연철 | 67~68 |
| **2000년 3호** | | | |
| | 시대적요구와선전화창작 | 학사 박상일 | 22~23 |
| 위대한 스승의<br>손길아래 | 시내물-폭포수<br>: 만수대창작사 조선화단 창작가 인민예술가 정창모동무 | 본사기자<br>량금철 | 29~31 |
| 연단 | 공예에 대한 일반적리해와 생활반영의 특성 | 한원일 | 57~58 |
| 자료 | 유럽랑만주의미술의 전투적인 화폭들 | 박사 김재홍 | 59 |
| 연단 | 우리 붓글씨체의 분류 | 김성태 | 60~61 |
| 문답 | 소묘-필수적인 기초훈련<br>: 평양미술대학 학사 김형락선생과 나눈 이야기 | | 62~64 |
| **2000년 4호** | | | |
| | 위대한 력사의 혈전만리를 감명깊게 형상한 훌륭한 명작: 조선화<br>《항일의 혈전만리》의 구도의 예술적특성에 대하여 | 전영삼 | 13~14 |
| | 벽화의 형상적특성 | 한광호 | 54~55 |
| | 평양은 고대로부터 금속공예의 발원지, 중심지(1) | 안금철 | 57 |
| | 공업미술창작에서 조형적양상을 잘 살리자 | 장경수 | 63~64 |
| | 동양화의 전통적재료 | 정창모 | 68~69 |
| **2000년 5호** | | | |
| | 침략자의 말로를 해학적으로 조소한 인상깊은 형상<br>: 출판화 《미국놈을 잡은 할아버지》를 보며 | | 20~21 |
| 참관기 | 천추만대를 두고 잊지 않으리: 평양미술대학 계급교양전시장에<br>서 | 본사기자 | 24~26 |
| **2000년 6호** | | | |
| 빛나는 향도 | 1990년대 기념비미술창조의 나날에 | 서동초 | 6~8 |
| | 서예에서 획과 공백 | 김성태 | 23~24 |
| 자료 | 밀레의 농민주제화들 | 김재홍 | 30 |
| | 평양은 고대로부터 금속공예의 발원지, 중심지(2) | 안금철 | 55 |
| | 공예형상창조에서 품종설정에 관한 문제 | 한원일 | 58 |

# 음악

## 『조선예술』

배인교

# 1. 개관

2000년부터 2009년까지 『조선예술』을 바탕으로 북한의 음악상황을 살펴보는 것은 쉬운 작업은 아니다. 그 이유는 1990년대 초반 『음악예술론』이 출판되었으며, 후반에는 북한의 지도이념으로 "음악정치"가 부상했고, 1980년대 말의 조선민족제일주의 이념이 90년대를 거쳐 2000년대에 실제 음악에 적용하는 단계로 나아갔기 때문이다. 이러한 적용의 단계는 활발한 논의의 현장을 마련하였다. 실제 『조선예술』에 수록된 음악 관련 기사의 수는 다른 예술 분야에 비해 상대적으로 많다. 뿐만 아니라 2000년대 후반에는 음악기사가 압도적 다수를 차지하면서 『조선예술』이 아닌 1967년에 폐간된 『조선음악』 잡지를 방불케 한다.

북한의 현대음악사에서 2000년대는 다양한 실험이 이루어진 10년으로 평가할 만하다. 2000년대 초반에는 국가공훈합창단을 위시로 한 "선군음악"의 강조와 함께 민족적 감성을 어떤 음악에 적용할 것인가를 고민하였다. 국가공훈합창단에서 창작한 합창조곡 〈선군장정의 길〉이나 〈백두산아 이야기하라〉 등은 선군음악의 지침서로 작용하였다. 그리고 민족적 감성의 양상은 민요를 중심으로 한 기악곡의 편곡이나 민요를 계승한 민요풍 노래의 창작, 그리고 민족화성의 적용, 기악곡에서의 배합관현악, 양악기에서의 민족적 감성의 표현 등으로 나타났다. 특히 양성을 전문으로 하는 성악가들에게도 민요를 민요답게 부르도록 발성과 발음을 교양하고 민요곡을 양성가수들이 편하게 부를 수 있도록 편곡을 하는 등 다양한 노력들이 펼쳐졌다.

2000년대 중반에는 해외 유학파들의 약진이 눈에 띤다. 유학은 러시아뿐만 아니라 서유럽으로 확대되었으며, 국제 콩쿠르에서 좋은 성적을 받은 지휘자 김문혁, 바이올린연주가 문경진, 성악가 황은미 등이 소개되었다. 이러한 유학파들의 영향인지, 경제적으로 힘들었던 사회적 영향 때문인지 이 시기 북한 음악계는 개성과 감성, 일상적인 주제에 대한 활발한 논의가 있었다.

2000년대 후반에는 2000년대 초반에 왕성하게 활동했던 공훈국가합창단이 다시 등장하면서 "선군"과 "군가", 그리고 "혁명적 낭만"이 강조되었다. 특히 이 시기에는 관현악과 합창 〈눈이 내린다〉를 통해 항일혁명투쟁을 했던 빨찌산의 정신을 계승하여 선군을 위시한 강성대국건설을 강조하였다. 또한 예술공연 〈내 나라의 푸른 하늘〉을 계기로 하나의 주제를 갖는 음악회 공연이 정착하였으며, 중요 기념일에 하는 경축공연을 정례화한 시기이기도 하여 중요한 의의를 갖는다. 뿐만 아니라 2009년에는 북한의 중요 예술단체인 삼지연악단과 은하수관현악단이 창단되어 연주회를 개최함으로써 북한의 차세대 음악인들에 대한 관심이 고조되기도 하였다. 이외에 합창조곡, 교향조곡과 같은 다양한 음악형식을 만들어 내는가 하면 지난 시기에 창작했던 노래들을 인민의 미감에 맞게 재편곡하여 발표하기도 하는 등 북한 음악계의 다양한 시도를 볼 수 있다.

## 2. 연도별 경향

### 2000년

2000년의 『조선예술』 2000년 1호부터 12호에 수록된 음악관련 글은 모두 76개이다. 이 중 극음악은 9개, 기악 13개, 성악 41개, 기타는 11개로 나뉘며 성악 부문이 압도적으로 많다. 그리고 여러 호에 걸쳐 연재된 글로는 전선미의 1호부터 3호에 걸친 전시중창음악과 5회에 걸쳐 수록된 절가형식에 대한 글, 전혜영의 조선민족음악의 본색을 나타내는 선율발전수법과 조식에 관한 글, 〈위대한 스승의 손길아래〉에서 조총련의 금강산가극단 예술인에 대한 소개, 심정록의 음악형식에 대한 이론 설명이 있다.

## 1) 전시중창음악

전선미의 「전쟁승리에로 불러일으킨 전시중창음악」에서 전시중창음악은 사상, 정서적 내용이 혁명적이며 낙천적인 내용으로 일관된 음악이다. 전시중창음악은 김일성이 제시한 전시음악에 관한 사상들을 노래에 반영하고 있으며, 인민들의 대중적 영웅주의와 전투적 생활을 담고 있고, 대중의 생활상을 전투적 성격에 맞게 형상하고 있다는 점에서 혁명적 내용을 담고 있다. 또한 불굴의 투쟁정신을 해학적인 정서로 표현한 점이나 인민의 성실한 복무정신을 낭만적으로 표현하거나 인민들의 전시생산투쟁을 경쾌한 정서에 담아 표현하고 있는 점에서 낙천적인 내용으로 일관하고 있음을 알 수 있다.

2호의 「생활에 대한 표상과 선률형상」에서 전시중창음악을 소개하고 있는데, 전시중창음악에는 "노래의 선률형상적특징은 전투성과 락천성, 해학성과 서정성", "고상한 정신세계와 락천적인 생활모습, 높은 영예와 긍지, 전쟁승리에 대한 확고한 신심을 경쾌하고 락천적인 선율형상"이 선율과 밀착되어 현재까지도 불리고 있으며, 전시가요를 많이 창작했던 김옥성은 "위대한 현실속에서 인민대중과 함께 호흡하고 새 세기를 개척해나가는 자주적인민의 참모습을 손끝이 아니라 자신의 온 넋으로, 심장으로 뜨겁게 구현"한 작곡가로 평가하였다.

3호의 「전시중창음악의 새로운 발전과 그 요인」은 1호부터 시작된 전시중창음악의 완결편이다. 그는 "전시중창음악들이 그토록 커다란 생활력을 가지는것은 그 매개 작품들마다에 우리 혁명의 2세대들이 지니였던 투철한 혁명적 수령관과 인생관, 혁명적락관주의정신과 대중적영웅주의, 숭고한 애국심과 원쑤에 대한 불타는 증오, 백절불굴의 투쟁정신, 전쟁승리에 대한 필승의 신념과 억센 의지를 생동한 예술적화폭으로 펼쳐보이고있기때문"으로 보았으며, "창작가, 예술인들은 위대한 수령님의 현명한 령도에 의하여 새롭게 발전한 전시중창음악의 우수성을 깊이 연구하고 올해 공동사설을 높이 받들고 10월의 대축전장으로 달리는 우리 인민의 영웅적투쟁을 반영한 특색있는 중창음악을 더 많이 창작하여 공연활동을 힘있게 벌려 강성대국건설에 참답게 이바지하여야" 한다고 강조하였다.

## 2) 절가형식

3호에 수록된 강정순의 「절가형식의 우수한 특성을 잘 살린 기념비적 명곡: 관현악과 합창 ≪청산벌에 풍년이 왔네≫에 대하여」에서는 절가의 특성을 잘 살린 기악곡인 관현악과 합창 〈청산벌에 풍년이 왔네〉는 시대정신을 반영한 점, 가창성을 잘 살린 점, 절가의 기본인 반복수법을 특색있게 표현한 점, 그리고 민족적 정서를 잘 반영하여 작곡되었으며, 작곡가는 인민들이 절가 선율에 담아오던 소박하고 아름다운 민족적정서와 형식을 현대적 내용을 가진 보다 큰 규모의 가요작품에 손색없이 훌륭히 구현하였다고 평가하였다.

5호에 수록된 최기정의 「절가는 왜 인민음악의 기본형식으로 되는가」에서 "절가가 인민음악의 기본형식으로 되는것은 한마디로 말하여 이것이 인민에 의하여 발생발전되여 온 인민적인 음악형식이기때문"이며, 절가는 "인민들의 자주적인 지향과 요구에 의하여 그들 자신이 창조적 로동생활과정에서 집단적으로 노래를 부르면서 창조한 인민적인 음악형식이다. 그러므로 절가는 인민대중이 누구나 쉽게 알아듣고 즐겨 부를 수 있는 통속적인 형식으로 된다. 여기에 절가형식에 인민음악의 기본형식"이 된다고 하였다.

9·11·12호에 연재된 조옥화의 절가형식에 대한 글이 있다. 9호의 「절가형식의 인민적특성」에서 절가형식의 인민적 특성은 통속적이면서도 간결한 형식에서 반복, 유순하고 아름다운 형상을 위해 사용되며, 예술적으로 풍부하고 세련되고 완성된 형식미에서 표현된다고 보았다.

11호에 수록된 조옥화의 「성악음악의 절가적특성」에서는 인민적 형식인 절가형식이 성악음악에 구현되어 있는데, 대부분의 가요음악이 절가형식을 따르고 있으며, 절가형식의 발전을 위해 새로운 구조 형식을 찾아낼 필요가 있다고 보았다. 또한 성악음악은 절가형식의 특성을 연주형상에도 적용시켜 왔다. 예를 들어 합창과 관현악곡 〈동지애의 노래〉는 절가형식의 인민성, 통속성, 간결성을 그대로 살리고 그 반복성과 전렴, 후렴의 구조적 특성을 효과적으로 이용하고 있다. 이처럼 성악음악은 절가의 인민적 특성을 훌륭히 구현하여 인민대중의 절대적인 지지와 환영을 받고 있다고 하였다.

12호에 수록된 조옥화의 「기악음악의 절가적특성」에서는 기악음악이 절가의 구성 원리를 도입하여 음악을 전개하고 있는데서 나타나고 있으며, 절가의 선률미를 그대로 살리고 있는데서 그 특성이 드러난다고 보았다.

### 3) 조선민족음악의 본색

전혜영은 4호의 「조선민족음악의 본색을 나타내는 몇가지 선율발전수법」에서 음악에서의 민족적 특색은 선율발전수법을 통해 드러난다고 보았다. 즉 선율발전수법에는 대표적으로 음조 리듬적 대조수법이 있으며, 선율전개에서 음구나 음색적 대조의 수법, 그리고 장단속도의 대조방식도 함께 적용된다. 또한 민요선율에는 반복과 대조의 혼합적 원리에 의한 선율발전수법이 다양하게 사용되고 있다. 반복과 대조의 혼합원리에 의한 선율전개수법이란 이어지는 선율마디에 반복적인 원리와 대조적인 원리를 함께 체현시켜 선율진행이 자연스럽도록 해 주는 것이다. 이러한 민족적선율의 발전수법은 민족음악의 창작과정에서 정착된 것으로 조선민족음악의 특색을 나타내는데 매우 커다란 역할을 한다고 하였다.

5호의 「조선민족음악의 본색을 나타내는 몇가지 조식적특성」에서 "민요의 조식은 평조와 계면조로 구분"되며, 계면조는 일반형적으로 "계면조4도안정형과 계면조제1변형의 변격형태와 계면조5도안정형이 묶어

이〉(1999, 윤두근/안정호)는 안땅장단의 리듬에 "인민적인 시어와 민족적인 시적표현들을 현대적미감에 맞게 능란하게 살려씀으로써 만민의 뜨거운 흠모와 칭송의 마음"을 표현하고 있다. 그리고 〈끝없는 이 행복 노래부르네〉(1969, 백인준/리면상)에는 "당이 민족음악을 위주로 발전시키자고 하는것은 민족음악이 조선사람의 사상감정을 음악적으로 섬세하게 표현할수 있으며 우리 인민이 오랜 세월을 통하여 고유한 민족적정서가 체현되어있는 민족음악을 사랑하고 즐겨 부르기 때문"이며, "내가 오늘 예술영화 〈삼천리금수강산〉에서 영옥이 부르는 노래 〈끝없는 이 행복 노래부르네〉를 듣자고 한것도 이 노래가 우아하고 섬세하기때문입니다. 이 노래는 민족적정서가 있고 우리 맞이 나는 좋은 노래"이기 때문이라고 명시하였다.

4호에는 김정일을 찬양하는 노래 〈최고사령관기 날리며 승리를 떨치리〉와 바이올린 독주곡 〈대를 이어 충성을 다하렵니다〉를 소개하였다. "제2의 천리마대진군길에 떨쳐나선 인민군군인들과 인민들의 달아오른 심장에 뜨거운 열기를 더해주는 혁명적이며 전투적인 군가" 중 하나인 〈최고사령관기 날리며 승리를 떨치리〉(1996, 최준경/송민화, 김동철)는 "령도따라 주체혁명위업과 조국통일의 력사적위업을 끝까지 완수해갈 우리 군인들의 드팀없는 신념과 의지를 훌륭하게 반영한 시대의 명곡"이며, 노래의 선율은 "박력있고 씩씩한 행진곡적양상의 전진적이며 지향적인 정서"로 이루어져 있다고 하였다. 그리고 가요 〈대를 이어 충성을 다하렵니다〉(1971, 집체/성동춘)를 기악음악으로 편곡하여 만든 바이올린 독주곡 〈대를 이어 충성을 다하렵니다〉가 인민들의 공감을 받은 이유는 절가의 특성과 우월성이 잘 살아나도록 편성과 편곡을 개성적으로 하였기 때문으로 보았다.

6호에는 보천보전자악단의 신작 〈우리의 총창우에 평화가 있다〉(1993, 정은옥/리종오)를 소개하면서 노래는 "가사의 양상에 맞게 비장하고 호소적인 정서로 일관되여"있고, "작곡가가 사회주의 내 조국을 수호하기 위해 언제나 손에서 총을 놓지 않으려는 우리 군대와 인민의 불변의 의지를 음악적으로 더욱 강조"한 작품이라고 하였다.

또한 6월 한국전쟁 발발에 맞추어 소개하는 석광희 작사/김옥성 작곡의 전시가요 〈결전의 길로〉는 "피아노협주곡으로, 합창과 관현악으로, 영화의 전쟁주제장면음악으로 더욱 폭넓게 울리면서 오늘 우리 인민들을 경애하는 최고사령관 김정일동지를 결사옹위하는 총폭탄으로, 기어이 강성대국을 건설하고야말 불굴의 의지를 가진 용사로 교양하는데서 커다란 역할을 수행"한다고 보았다. 그리고 6월에 이어 전시가요 〈전호속의 나의 노래〉(1951, 심봉원/김옥성)의 가사와 음악적 내용에 대해 서술하였다.

## 6) 신곡

1호의 〈감자자랑〉(1999, 엄애란/장설봉)은 "생활적인 어휘로서 특색있게 그려낸 진실한 생활화폭"이 반영된 곡으로, 안땅장단의 리듬속에 "익살스러운 표정을 짓고 감자자랑을 늘어놓는 장수령감의 모습을 생동하게 그려보게 하며 또한 그 정서는 비교적 원활하고 랑만적이며 해학적인 앞뒤부분의 선률과 선명한 형상적 및 정서적 대조"를 이룬 곡이다.

7호에서 소개한 가요 〈우리 집은 군인가정〉(2000, 류동호/김문혁, 보천보전자악단)은 "총대중시사상을 틀어 쥐고 선군정치를 펴 나가시는 위대한 령도자 김정일장군님의 현명한 령도를 온 나라 전체 인민이 충성으로 받들어 나가고 있는 내 조국의 참모습을 높은 시-음악적형상으로 훌륭히 구현한 뜻 깊은 노래"로, "노래의 가사에는 대를 이어 총대로 경애하는 장군님을 결사옹위해 갈 우리 군대와 인민의 확고부동한 신념과 의지가 깊이 있게 반영"되어 있으며, "노래의 선률은 가사의 양상에 맞게 밝고 락천적이면서도 명랑한 정서"가 가득하다고 설명하였다.

8호에 소개된 가요 〈행복의 감자꽃〉(2000, 윤두근/안정호, 보천보전자악단)에 대하여 "양산도장단의 흥겨운 가락을 타고 률동적으로 흘러 나오는 선률은 건드러지면서도 행복에 겨운 환희적인 정서로 하여 특색 있는 음악적양상을 이루고 있다. 률동적이면서도 건드러진 선률가락, 이는 경애하는 장군님의 해빛아래 만풍년든 감자대풍속에 안아 올 래일의 부강번영할 행복에 대한 우리 인민의 절대적이면서도 무조건적인 확신에 기초한, 그것으로 하여 분출되는 크나큰 만족과 희열, 환희의 시대적사상감정의 발현이다."라고 평가하였다.

9호의 〈대홍단은 살기 좋은 고장입니다〉(2000, 리연희/박진국)는 1호의 〈감자자랑〉, 8호의 〈행복의 감자꽃〉에 이어 대홍단에 펼쳐진 감자에 대한 칭송의 노래이다. 이 노래는 민족적 색채가 풍부한 노래이며, "전형적인 평조가 아니면서도 민족적인 맛을 풍만하게 살리고 있으며 정서가 개방적이고 폭이 넓은데 비하여 절정부분에서 력도가 뚜렷이 나타나고 섬세한 맛을 지니고 있"고, "선률선이 폭넓고 굴곡이 심하여 개방적이면서도 순차진행으로 련결되여있고 강조법이 적용되고있기때문에 내적인 열정과 흥분도 강하게 발로"된 노래라고 평하였다.

10호의 가요 〈대홍단에 달려 온 어제날 병사〉(2000, 박근원/우정희)는 "감자농사혁명을 일으켜 대홍단을 살기 좋은 고장으로 꽃 피우려는 우리 당의 정책을 관철하기 위하여 달려 온 우리 시대 청년들의 숭고한 정신세계와 아름다운 사랑을 감명깊게 노래"한 당정책가요이다.

### 〈음악인에 관한 글〉

1호에서는 조선인민군4.25예술영화촬영소 음악창작실 실장 겸 작곡가 공훈예술가 배용삼과 1997년 5월에 사망한 서도민요가수인 인민배우 김진명의 기사를 수록하였다.

2호에서는 전시가요를 작곡한 김옥성을 소개하면서 김옥성은 "현실속에서 인민대중과 호흡하고 새 세기를 개척해나가는 자주인민의 모습을 구현하였기에 현재까지도 감화력을 갖는다"고 보았다.

6호에서는 총련금강산가극단 부단장 공훈배우 김경화(1946~ ), 7호에서는 총련금강산가극단 사무국장인 공훈배우 류전현(1950~ )이, 8호에서는 총련금강산사극단 성악부장 공훈배우 리영수(1954~ )의 출생과 활동을 소개하였다.

11호에서는 성악배우 석란희 독창회를 소개하면서, 만수대예술단 성악배우인 30대 초반의 석란희독창회가 열릴 수 있었던 것은 영화주제가 형상을 잘 하는 가수이기 때문이며, "노래형상에서 모든 노래의 정서가 매혹적이고 매력 있는 형상으로 절절하게 부르는 가수"로 평가하였다.

## 7) 불후의 고전적명작 가요

5호에서 김정일이 창작한 불후의 고전적명작 가요 〈어디에 계십니까 그리운 장군님〉과 〈진달래〉에 대한 소개를 하였고, 6호에서는 김정일이 창작한 불후의 고전적명작 가요 〈축복의 노래〉를 "유순하고 소박하면서도 민족적인 정서와 현대적미감이 훌륭히 결합되어 있어 우리식 서정가요의 본보기"로 평가하였다. 그리고 7호에서는 김정일이 창작한 불후의 고전적명작가요 〈대동강의 해맞이〉를 소개하면서 "위대한 수령님께서 지펴 올리신 주체의 붉은 노을을 온 누리에 펼쳐 가리라는 심오한 철학적문제를 형상 깊게 해명하고 있는것으로 하여 우리 인민들속에서 널리 불리우고 있"으며, "부드러운면서도 률동적인 정서적호흡과 잘 밀착된 리듬조성, 선률진행에서 동도진행과 순차진행, 반음계적보조음진행과 가벼운 조약진행을 자연스럽게 결합하여 정서적발현을 크게 하면서도 그 정서가 한없이 맑고 깨끗하고 부드럽게 하여 주는 이 노래야말로 명곡의 극치"라고 평하였다.

9호에는 김정일 창작의 불후의 고전적명작 가요 〈조선아 너를 빛내리〉(1960)에 대하여 "수령의 위업계승문제를 제기하고 그것을 해명하여 주는 심오한 사상감정을 담은 노래는 오직 이 노래밖에 더는 없다"고 평가하는 것으로 보아 고난의 행군 이후 김정일 승계에 관한 이의를 제기하는 동행이 있었음을 추측할 수 있다.

## 8) 정리, 논설, 정론

2호에 우정혁의 「시대를 격동시킨 1990년대 음악예술」은 1990년대 음악예술을 정리하는 글이다. 우정혁은 1990년대에 붉은기정신과 고난의 행군정신을 바탕으로 주체음악예술의 최고 경지에 올랐다고 보았다. 가요에서는 수령영생송가와 수령결사옹위정신, 붉은기정신, ≪고난의 행군≫정신, 조선민족제일주의 정신, 생활 정서를 반영한 가요, 혁명전통 주제의 가요들이 창작되었으며, 기악 분야에서는 처음으로 교향곡에서 수령형상창조를 이룩하여 〈수령님은 영원히 우리와 함께 계시네〉등이 창작되었다. 가극 분야에서도 〈피바다〉식 혁명가극인 혁명가극, 민족가극 등이 창작되었음을 밝혔다.

3호에는 원민향의 논설 「우리 시대 영웅들을 노래한 명곡을 더 많이 창작하는 것은 음악예술앞에 나선 절박한 요구」가 눈에 띈다. 1990년대 후반부터 거론되어왔던 김정일의 음악정치에 맞추어 창작가들에 대한 요구가 있다는 것이다. 즉 "음악예술의 근본사명은 당정책을 제때에 반영하여 그 관철에로 사람들을 고무추동하는데" 있으므로 "오늘 우리 시대 영웅들의 정신세계를 반영한 명곡을 더 많이 창작하는것은 음악예술 앞에 절박한 요구"라고 본 것이다. 그 이유는 "모든 당원들과 근로자들을 경애하는 장군님의 참된 충신, 효자로 키워 강성대국건설을 더욱 다그치기 위해서"이며, "경애하는 장군님의 음악정치의 생활력을 더욱 높이 발양시키기 위해서"이다. 음악정치는 명곡으로 통한 정치이기에 "음악예술부문에서 우리 시대 영웅들의 고상한 정신세계를 반영한 명곡을 더 많이 창작하는것이 경애하는 장군님의 음악정치의 생활력을 더욱 높이 발양시킬수 있다는것을 실증해주고 있다"고 보았다.

12호의 정론 「영원히 울려 가라 병사의 노래」에서는 김정일을 찬양하는 노래인 〈무장으로 받들자 우리의 최고사령관(1992, 신운호/김동철)〉을 소개하면서 "투철한 수령관과 결사관철의 무조건성, 래일에 대한 혁명적랑만으로 충만된 승리자의 노래이며 수령의 총대사상을 신념으로 벼린 무적필승의 총대예술"이라고 평하면서 "위대한 김정일장군님께서 계시는 한 자기 최고사령관의 사상과 신념, 의지를 총대에 만장약한 병사의 노래는 주체의 붉은 노을로 밝아 올 21세기에도 영원한 승리, 백전백승"이 있을 것이라고 장담하고 있다.

이외에 악기에서 민족적 정서가 안겨오도록 연주하는 방법에 대한 강좌가 보인다. 1호에서는 성악의 발성법과 민족악기 가야금의 "롱현주법을 시대의 요구에 맞게 훌륭히 적용함으로써 우리의 음악예술이 민족적 정서가 안겨오면서도 현대적미감에 맞게 연주활동을 벌려나가야"한다고 하였다. 그리고 5호에서의 「전기기타연주에서 민족적특성을 구현하기 위한 몇가지 주법에 대하여」나 7호의 최만덕의 글 「플류트연주에서 떨기와 그 몇가지 문제」, 9호의 「장새납」, 10호의 「피아노 연주에서 조선장단을 구현하기 위한 페달기법문제」는 양악기에서 민족적 특색을 구현하기 위한 방법을 제시한 것 등이 그것이다.

## 2001년

2001년『조선예술』에 수록된 음악, 무용기사를 보면 전체적으로 선군, 강성대국, 수령영생, 조선민족제일주의, 낙관과 낭만의 정서가 흘러넘친다. 또한『음악예술론』발표 10돐을 맞아 음악정치의 실현을 다짐하고 있으며, 군대음악을 연주하는 취주악단인 조선인민군군악단과 조선인민군공훈합창단을 높이 평가하였으며, 민족적 홍취가 가득한 〈통일돈돌라리〉, 〈강성부흥아리랑〉, 〈군민아리랑〉이 창작된 것에 대하여 긍정적인 평가를 내리기도 하였다.

### 1) 결의와 평가

5호에 수록된 우연오의 「태양의 세기: 21세기의 첫해를 보다 큰 음악창작성과로 빛내이자」와 최기정의 「새 세기 주체음악의 혁명적내용에서 나서는 근본문제」라는 글에서 창작가들의 강박과 결의를 볼 수 있다. 우연호의 「태양의 세기: 21세기의 첫해를 보다 큰 음악창작성과로 빛내이자」글에서는 2000년에는 "《우리 집은 군인가정》, 《우리는 잊지 않으리》를 비롯하여 수십편의 명곡들을 창작하여 우리 인민의 전진운동을 적극 고무하였으며 조선로동당창건 50돐경축 대집단체조와 예술공연 《백전백승 조선 로동당》을 최대의 걸작으로 내놓아 경애하는 장군님께 커다란 기쁨을 드리였다."고 하면서 항일혁명음악의 전통을 간직하고 있으며, 고난의 행군시기에도 의지를 담은 명곡을 창작해 낸 창작가와 예술인들은 21세기의 첫해인 2001년에도 가요명곡, 이에 기초한 기악음악, 독창적인 가극음악을 많이 창작해야 한다는 점을 강조하였다. 그리고 최기정의 「새 세기 주체음악의 혁명적내용에서 나서는 근본문제」에서는 수령영생송가와 김정일 찬양송가, 김정일과 인민들 사이의 혈연적 관계를 반영한 노래를 많이 창작하고 부를 것을 요구하였다.

7호에는 김정일의 『음악예술론』 발표 10돐을 맞아 학사 김정남은 "불후의 고전적로작 《음악예술론》은 우리 시대 주체음악의 사명과 역할, 주체음악건설과 창조의 근본원칙들을 가장 정확히 밝혀 주고 있는것으로 하여 현시대는 물론 미래의 력사적시대에 이르기까지 참다운 음악건설의 앞길을 휘황히 밝혀 주는 위대한 대강"이므로 "모든 창작가, 예술인들은 주체시대음악의 대백과전서인 《음악예술론》을 확고한 지도적지침으로하여 21세기앞에 제기된 시대적과제, 주체의 강성대국건설을 위하여 준마를 타고 힘차게 내달리고있는 우리 인민의 영웅적투쟁에 참답게 이바지하는 주체음악창조에 온갖 지혜와 열정을 다 바쳐나가야 한다"고 밝혔다. 이와 함께 7월 17일에는 「위대한 령도자 김정일동지의 불후의 고전적로작 《음악예술론》 발표 10돐기념 주체적문예사상 연구모임」을 진행한 내용이 9호에 수록되어 있다. 천리마문화회관에서 있었던 이 토론회에서는 "조선음악가동맹 중앙위원회 위원장 《김일성상》 계관인 인민예술가 리학범이 《위대한 령도자 김정일동지의 불후의 고전적로작 〈음악예술론〉은 주체적 음악예술건설에서 나서는 모든 리론

실천적문제들에 전면적인 해답을 준 백과전서≫, 국립민족예술단 작곡가 ≪김일성상≫ 계관인 인민예술가 성동춘이 ≪시대의 요구와 인민대중의 지향에 맞는 혁명적이며 인민적인 명곡창작의 길을 밝혀준 강령적문헌≫, 만수대예술단 지휘자 인민예술가 조정림이 ≪민족적정서와 현대적미감을 구현한 우리식 연주형상창조의 근본원칙과 원리들을 뚜렷이 명시해 준 지도적지침≫, 조선문학예술총동맹 중앙위원회 부장 박사, 부교수 황지철이 ≪우리 인민들의 문화정서적요구에 맞게 음악의 종류와 형식을 끊임없이 새롭고 다양하게 발전시킬수 있는 길을 밝혀 준 불멸의 기치≫, 평양음악무용대학 학장 박사 김두일이 ≪위대한 령도자 김정일동지의 불후의 고전적로작 〈음악예술론〉은 주체의 참다운 음악예술인후비육성의 길을 밝혀 준 음악예술교육의 대강≫이라는 제목으로 토론들을 진행"하였으며, "토론자들은 음악예술부문의 창작가, 음악가들이 경애하는 김정일장군님의 주체적음악예술건설에 관한 사상과 리론을 더욱 깊이 체득하고 선군시대의 요구에 맞는 음악예술작품창작에서 새로운 전환을 일으킬데 대하여 강조"하였다.

12호에 수록된 남상민의 「선군시대를 격동시킨 주체의 가요예술」에서 남상민은 선군시대에 창작된 가요작품은 붉은기정신이 관통되어 선군정치를 구현하는 데 이바지하였으며, 수령영생가요들과 함께 총대중시, 군사중시의 사상을 구현하여 총대로 혁명의 수뇌부를 옹위하고 혁명의 전취물을 수호하려는 군대와 인민의 철학의 의지를 노래한 가요작품들도 많이 나왔다고 하였다. 또한 사회주의조국에 대한 열렬한 사랑, 온갖 고난과 시련도 승리로 이겨 내고 강성부흥의 새 역사를 창조하려는 낭만과 열정, 조국통일에 대한 굳은 의지와 낙관을 보여 주는 작품들도 많은 자리를 차지하고 있기 때문에 선군시대의 가요작품들에는 당의 일관한 명곡창작방침들을 철저히 구현하고 있으면서도 조식과 음조, 리듬, 화성 등 여러 측면에서 일련의 특색들을 보여 주고 있다고 하였다.

## 2) 연재글

### (1) 민족악기

　민족악기 개량에 관한 글은 1호와 2호에 연재한 문홍심의 민족악기에 관한 글과 3호의 좌련희의 글이 있다. 1호의 「민족악기의 본색을 살리기 위한 몇가지 문제」에서는 악기음색과 악기재료, 주법에 주의를 기울여야 하며, 새롭게 창작된 민족기악작품에서는 주법을 잘 적용하기 위한 노력이 필요하다고 밝혔다. 즉 민족악기의 본색을 살리기 위해서는 "민족악기를 개량발전시키는데서는 탁성과 쎅소리와 같은 낡은 요소들을 철저히 없애고 우리 시대 인민들의 감정과 정서에 맞는 맑고 부드러운 소리, 민족적맛이 나는 소리가 살아 나도록" 하여야 하며, "악기의 형태와 구조를 조선사람의 취미와 기호에 맞게 만들고, 악기의 재료 역시 여러가지 조률장치와 반음계체계를 위한 누르개장치들을 설치하게 될 때에도 될수록 쇠를 적게" 쓸 것을 요구한다. 그리고 민족악기를 현대적으로 개량하는 과정에는 민족의 고유한 정서를 표현하는 연주수법들을 잘 살리는 것이 중요하며, 훌륭한 독주곡을 비롯한 민족기악작품들을 창작하는 것도 중요한 의의를 가진다고 하였다. 다만 "민족악기의 독주곡을 비롯한 기악작품들을 창작할 때에는 민족악기들에만 고유한 주법들과 현대적인 주법들을 잘 배합하면서도 민족의 고유한 본색을 선명하게 드러내는 주법들을 잘 적용하여 나가도록 하는데 심혈을 기울이여야 한다"고 하였다. 그리고 2호의 「민족악기 현대적개량발전의 력사적의의와 위대한 생활력」에서는 민족악기 개량의 의의를 3가지로 보았다. 민족악기의 제한성을 극복하고, 7음계와 다양한 연주수법이 도입된 우리 식 기악음악 발전의 길을 열었으며, 민족악기 개량발전의 모범을 창조하였다는 것이다. 그리고 다양한 민족기악음악 양식을 창조하고, 민족악기와 양악기의 전면/부분 배합이 실현되어 좋은 성과를 이룩하였다고 보았다. 이에 더하여 면을 달리하여 민족악기 새납이 개량되어 현대적인 관현악에도 사용할 수 있는 독특한 민족악기로 발전하였다는 글을 덧붙였다. 좌련희의 「시대와 음악발전의 요구에 맞게 개량된 민족악기」에서는 민족악기 개량은 김정일의 령도로 이루어 졌으며, 그 결과 모든 민족악기들이 개량되고 옥류금이 제작되었으며 이를 바탕으로 민족관현악을 편성할 수 있었음을 강조하였다.

### (2) 조선민요 형식

3·4·6호에 연재된 손창준의 조선민요 형식에 관한 글에서는 민요연구와 음악창작에 민요를 구현하는 것은 음악예술부문에서 주체를 튼튼히 세우고 민족성을 고수하기 위한 결정적담보라고 하면서 민요의 대부분이 전렴과 후렴을 가지고 있어 절가형식을 취하고 있으며, 이는 노동가요와 윤무가요에서 나왔다고 보았다. 이 중 전렴(매기는소리)이 변하는 형태의 민요들은 변하지 않고 반복되는 후렴(받는소리)의 사이에 부분적으로, 변주적으로 혹은 새로운 선율소재에 의하여 발전하는 전렴이 전개되면서 음악형상의 대조와 통일을 이루며, 민요형식구조의 질적인 변화를 낳았다고 보았다. 그리고 6호의 후렴(받는소리)구조형식에 관한 글에서는 "전통 민요에서 집단적인 합창으로 불리워지는 후렴(받는소리)는 선율적으로 간결하면서도 명백하고 짧으며, 낮은 음구에서 불리고, 후렴선율은 변하지 않으며, 조흥구적인 형태로 서술되어 있는 것이 특징"이라고 보면서 "일부 전통민요들에서는 특수하게 후렴이 변화되는 형태들을 찾아 보게 되는바 이러한 형태들은 로동가요나 륜무가요뿐아니라 서정심리적인 민요들에서도 뚜렷이 나타나고 있다"고 하였다.

### (3) 선율, 음조, 음률

5~7·9호, 그리고 2002년 1호에는 학사 박동식의 선율의 개념, 본질, 지위, 음조, 음률에 관한 글이 있다. 북한의 음악은 선율위주, 선율본위를 강조하고 있다. 먼저 5호의 '선률'의 개념은 "조식의 음이 횡적으로 조화롭게 련결되고 완결된 한 성부의 악곡"이라고 보았다. 6호의 「선률의 본질」에서는 주체음악예술이론에서 선율의 본질을 "인간의 사상감정

의 결정체"로 보고 있음을 명시하면서 이로 인해 "혁명적이고 인민적인 선률창조의 넓은 길을 열어" 주었다고 보았다. 7호의 「선률의 지위」에서는 "선률은 음악의 기본표현수단이며 음악형상의 질을 규정하고 인민의 친근한 예술인것으로 하여 음악에서 주도적이며 첫째가는 수단으로 되는것"이라고 하였다. 9호에 실린 「음조」에서 "선률의 사상정서적표현성을 조건 짓는 중요한 요인인 음조는 선률의 기초를 이루는 가장 작은 선률의 표현단위"이며, 음조는 동기보다 작은 단위로, 2~4개의 음으로 구성된다. 이렇게 "음조는 가장 작은 선률의 단위이지만 구성요소들을 어조와는 달리 종합적으로 체현함으로써 일정한 정서적표현성을 가지게 되며 따라서 선률기초로서의 기능을 수행"하게 된다고 보았다.

2002년 1호의 「음률」에서 음률은 "음의 절대적인 높이를 규정하는 법"과 "음의 규률성 있는 련결"이라는 뜻을 가지며, 이는 음조를 연결시켜 일정하게 완결된 선율의 표현수단이라고 하였다. 즉 음률은 선법과 박자, 박절, 구조와 관련되기 때문에 "음률의 모범적요구를 옳바로 구현한 선률만이 인민들이 좋아하는 선률"이라고 보았다.

### (4) 민요선율론

5·6·11호에 수록된 윤광철의 민요선율론도 주목된다. 5호의 「조선장단은 민요선률의 리듬적기초」에서는 전통민요와 일제강점기 신민요, 그리고 광복 후의 민요풍 노래에 보이는 장단을 검토한 후 민요의 선율은 장단의 "흥겹고 률동적이며 약동적이고 경쾌한" 리듬을 기초로 하였기 때문에 민족적인 맛을 잘 살려 내고 있다고 보았다. 6호에서는 조선민요 조식의 근본이라는 3음렬에 대한 설명을 하였다. 그 이유는 3음렬에 평조, 계면조의 조식적 특성이 집약되어 있기 때문이라는 것이다. 즉 평조, 계면조는 그 체계와 기능, 고유하고 독특한 선률음조진행은 다른 나라의 5음조식과 근본적으로 구별되는데, "조식의 기본형태를 이루는 3음렬의 량극단의 음이 안정음이면서 조식의 골조가 완전4도로 이루어진것은 다른 나라 5음조식에서 찾아 볼수 없는 평조, 계면조의 가장 중요한 특성"

이고 "식의 기본특징을 나타내는 성격음이 불안정음이며 평조나 계면조의 주음으로부터 각각 대2도 또는 소3도우에 놓"이는 점 역시 평조와 계면조의 성격적 특징이라고 보았다.

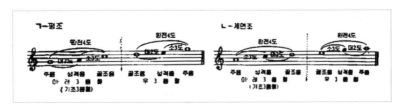

<평조, 계면조의 3음렬>

그리고 11호의 「각 지방민요의 굴림새의 음조적특성」에서는 한반도의 민요가 서도지방, 남도지방, 중부지망, 북부지방 그리고 동해안, 서해안, 남해안 등 지역과 지방에 따라 고유한 선율적 특징과 정서적 색채를 나타내는 다양하고 풍부한 유산들을 가지고 있다고 하면서, 굴림새의 음조적 특성을 통하여 지방별로 되는 민요의 독특성과 고유성, 다양성을 알 수 있을 뿐 아니라 그것을 통하여 어떠한 민요이든지 그것이 어느 지방 민요인가 하는 것을 규정할 수 있다고 보았다. 이러한 설명은 남한의 민요토리론과 부합되어 있어 남북한민요 선법론의 공통성을 볼 수 있다.

### (5) 절가형식의 구현

조옥화의 5·6호에 연재된 절가형식에 관한 글이 있다. 5호에서는 기악음악에서 절가형식의 반복적인 구현양상을 살펴본 「명곡에 기초한 반복형식의 절가적특성」이 실려 있으며, 6호에는 가요음악에서 절가형식을 이용한 성과는 "악구, 악단, 악절 또는 그 어떤 부분을 확대하고 축소하였다 하여도 그의 구성적균형과 형상의 통일을 보장하였다"는 것에 있으며, "이러한 구조형식은 음악의 내용과 정서를 더욱 생신하고 간결하게 해주며 새맛을 주는 독특한 형식으로 우리 가요음악에서 적극 리용되고 있다"고 하였다.

### (6) 주체적발성법

인민배우이자 부교수인 학사 전우봉의 강좌「주체적발성법: 우리 나라 노래가사발음법」은 7호와 9에 연재되었다. 7호에서는 "조선말발음법의 고유한 특성에 맞게 우리 나라 노래가사발음법을 정확히 인식하고 널리 활용하는것은 노래의 사상예술성을 높이고 우리 인민의 민족적정서와 감정에 맞게 우리 노래를 더 잘 부르기 위한 주체적인 발성법과 형상법의 필수적조건의 하나"라고 하면서 주체적인 발성법에서 가장 이상적인 울림을 얻을 수 있는 원리는 "말의 발음법은 일반적으로 자기에게 편리한 성구에서 이루어 지지만 노래의 발음법은 모든 성구에서 다 이루어 지며 매 단어소리의 길이도 말과는 달리 훨씬 길며 이에 따라 발성기관들이 더 크고 더 적극적으로 움직이게 된다"는 점이라고 하였다. 9호에서는 우리나라 말의 모음을 발음할 때는 "밝고 맑은 우리 말의 어음적특성이 잘 나오도록"해야 한다고 밝혔다. 그러나 이 글 이후 다음 호에 연속게재를 밝히고 있음에도 불구하고 그 이후의 글은 찾을 수 없다.

### (7) 민요풍 아동가요 창작

최영애의 민요풍 아동가요 창작에 제기되는 문제에 관한 글을 보면, "민요풍의 아동가요는 전통적인 우리 민요의 선률적특징들을 반영하여 민족적정서와 색채가 특별히 진하게 안겨 오도록 창작한 우리 시대 어린이들의 노래"이며, "민요풍의 아동가요창작에서는 선률에서 민족적인 정서와 색채가 진하게 나타나면서도 동심이 살아 나도록 하는 문제가 중요"하다고 보았다. 이를 위해 가사는 민요의 특성을 잘 살리고, 선율적으로는 민요의 특징을 고려하며, 전통적인 민요장단을 그대로 이용하면서도 현실적 요구와 어린이들의 미감에 맞게 반장단이나 혼합장단과 같은 여러 가지 변장단들도 적극 사용하여야 함을 말하였다. 9호에서는 "민요를 발전시킨 새로운 민요풍의 노래를 많이 창작하는것은 날로 높아 가는 우리 인민의 사상미학적요구를 충족시키며 우리의 민족음악예술을 더 높은 단계에로 발전시키는데서 중요한 의의를 가진다"고 하면서 새롭게 창작된 민요풍의 아동가요는 "시대의 요구에 맞는 선률표현수단과 수법들을 대담하고 재치 있게 적용한것으로 하여 우리 나라 아동민요의 예술적정화라고 할수 있으리만큼 완성된 선률형식을 갖춘 우리시대의 명곡"이라고 하였다.

### (8) 교예음악

백학연의 「음악은 교예의 힘 있는 수단」(8호)과 「교예음악의 형태적특성의 구현」(11호), 「교예음악의 경음악적특성」(2002년 3호) 등은 교예 장르의 부각과 함께 등장한 것으로 보인다. 교예음악은 교예의 특성에 맞게 구현되어 있는 점이 다른 장르의 음악과는 다르며, 특히 편성에서의 배합편성경음악과 경쾌하고 명랑하며 서정적인 형상이나 대담성, 용맹, 낙천성 등이 표현되어 교예음악이 인민적인 교예예술이 되는 근거를 마련해 주었다.

### (9) 금관악기의 민족적 특성 구현

9·10호에서는 김성국의 「금관악기연주에서 조선장단을 살리기 위한 요구」란 글이 실려 있다. 9호의 글은 양악기인 금관악기연주에서 조선장단을 잘 표현하기 위해서는 기준박 설정과 처리를 자연스럽게 하고, 발음법과 구절법을 옳게 적용하며, 장단의 특징적인 리듬적 억양들을 찾아 그것을 특별히 강조하고, 조선장단의 맛을 몸으로 체득해야 한다고 하였다. 그리고 10호에서는 "금관악기는 양악기인것만큼 우리의 민족악기에 비해 그 소리에서 상대적으로 부드럽고 유순하지 못한 약점을 가지고 있다"고 단정하면서 "금관악기연주가들은 연하고 부드러우며 아름다운 음색에 대한 정확한 표상을 가지고 그 소리를 내는데 알맞는 우리 식의 연주법을 적극 활용함으로써 사회주의 붉은기진군을 다그쳐 나가는 우리 인민의 미학정서적요구에 맞는 음악형상을 훌륭히 창조하여야 한다"고 말한다.

이 글은 선군시대 관악기 중심의 군악대 연주가 강조되면서도 양악기에서도 민족적 특성을 구현할 것을 요구하고 있는 북한의 상황을 반증하는 글로 보인다. 그리고 2002년 4·5호의 금관악기연주에서 민족적 특성을 구현하기 위한 방법에 관한 글과 내용상 이어진다.

### 3) 신작 소개

〈통일돈돌라리〉, 〈강성부흥아리랑〉, 〈군민아리랑〉
6호에는 정예남 작사/전권 작곡의 2001년 신작가요 〈통일돈돌라리〉를 소개해 놓았다. 그 설명을 보면, 이 가요는 민요 〈돈돌라리〉에 기반하여 "조국의 자주적통일에 관한 사상, 조국통일의 절박성을 간결하면서도 통속적인 시어들과 재치 있는 시적조직으로 훌륭히 구현하고" 있으며, 〈돈돌라리〉에 기초한 선율과 덩덕꿍장단으로 인해 민족적 특성과 시대적미감이 잘 결합되어 있다고 하였다.
2001년에 새롭게 창작된 가요 중 보천보전자악단에서 창작한 〈강성부

흥아리랑〉은 선군혁명시대가 낳은 또 하나의 명작이라고 하면서, 새 세기 가사문학의 새로운 경지를 보여 주었으며, "민요의 특성을 잘 살린 선률진행과 표현수단과 수법, 그 정서적색갈에서 특색이 있고 인민성과 통속성이 잘 구현"되어 있는 점이 중요한 예술적 성과라고 하였다. 그리고 이러한 조선민족제일주의정신을 구현한 가요를 더 많이 창작하여 음악정치의 생활력을 더욱 높이 발휘되도록 노력해야 한다고 강조하고 있다.

피아노협주곡 〈대동강의 해맞이〉

〈강성부흥아리랑〉과 함께 새롭게 편곡되어 발표한 피아노협주곡 〈대동강의 해맞이〉는 보천보전자악단에서 불후의 고전적 명작가요 〈대동강의 해맞이〉를 주제로 하여 창작되었으며, 기존의 작품과는 달리 "작품의 구성형식과 관현악적짜임새를 독창적으로 탐구하고 그 형상수단들을 특색 있고 개성적으로 활용함으로써 독특한 음악형상을 창조"하였다고 평하였다. 즉 기존의 협주곡과는 달리 절가적 서술원칙에 기초하여 원곡 선율이 8회나 반복하며, 교향악 작품에 방창을 도입하여 음악형상의 필수적인 수단으로 특색 있게 이용한 점이 특징이라고 강조하였다. 방창이 기악협주곡의 영역까지 확대된 양상으로 볼 수 있다.

## 2002년

2002년 『조선예술』로 볼 수 있는 음악계의 전반적인 분위기는 민족음악론의 강조이며, 그것은 교향곡 작품의 편곡과 배합관현악 편성, 그리고 전통 민요의 화성 등을 강조하는 글들로 나타난다. 또한 민족적 선율에 관한 논의가 다시 등장하고 있는 것으로 보아 김정일 음악정치의 핵심인 인민성과 통속성의 절대 요소로 민족적 선율을 들고 있음을 알 수 있다. 뿐만 아니라 음악에서의 김정일의 업적을 찬양하면서 그동안 북한의 음악사에서 거론하지 않았던 일제강점기의 신민요, 동요, 유행가 등을 소환한 사람이 바로 김정일이었음을 강조하기도 하였다.

1호에는 혁명군가에 대한 명명과 소개, 2001년에 창작된 가요 〈조선의 메아리〉, 주체음악의 우수성을 반영하는 음악 인재 교육의 중요성, 그리고 음률에 관한 강좌, 민요를 기타반주로 편곡하는 문제 등에 관한 논의가 있었다. 이 중 민요의 기타반주를 위해 비화성 음악에 화성을 입히고 전주와 간주 후주를 만드는 것은 이 시기 민요에 대한 강조나 강박이 있었음을 짐작할 수 있다.

특히 혁명군가는 상징군가와 일반군가와는 달리 "수령, 당, 조국과 인민을 위하여 모든것을 다 바쳐 싸우는 인민군군인들의 투철한 군인정신과 투쟁기풍, 희생정신과 생활기풍을 반영한 혁명적이며 전투적인 노래"이며, 사상과 내용, 인민성을 구현하고 있는 항일혁명군가를 이어 받은 것이라고 규정하였다.

2호에는 2001년 12월에 공훈합창단의 공연을 관람한 사실을 말하면서 공훈합창단의 모태인 조선인민군협주단과 거기서 나온 공훈합창단, 녀성기악중주단, 조선인민군협주단 작곡가였던 설명순에 관한 글이 수록되어 있다.

3호에는 1월 5일 만수대예술극장에서 선군시대의 나팔수로 불리는 조선인민군공훈합창단의 신년경축공연을 관람하였다는 관평과 2001년 신작가요 〈더 높이 더 빨리〉에는 라남의 봉화 따라 선군의 총대로 부강조국을 건설하고 과학과 기술을 최첨단 수준으로 발전시키자는 내용을 담고 있다. 그리고 북한의 교향곡 발전사 양상, 편곡의 방식, 그리고 민족음악론 등의 글이 수록되었다.

이 중 북한의 교향곡 발전사를 다룬 김경애의 글 「우리 식 교향곡의 발전」을 보면, 북한의 교향곡은 종파사대주의와 복고주의를 배격하면서 김정일의 영도로 주체적 교향악, 즉 우리식 교향악으로 발전되었는데, 1970년대 교향곡 〈피바다〉, 1980년대 교향곡 〈꽃 파는 처녀〉, 1990년대 영생주제교향곡 〈수령님은 영원히 우리와 함께〉와 교향곡 〈항일대전의 승리〉 등이 그 증거라고 하였다. 그리고 그 양상은 대체로 대개 명곡과 민요을 주제로 한 3부분형식을 띤다. 백학림의 「한 주제에 기초한 3부분형식의 본질적특성」에서 "한 주제에 기초한 3부분형식은 첫 부분에서 하나의 주제가 제시되고 둘째 부분(중간부)에서 그것을 변형시키거나 다른 주제를 써서 형상적대조를 주며 셋째 부분에서 첫 부분의 주제를 다시 반복하여 형상적통일을 이루는 음악작품구조형식"으로 제시부에서는 원선율을 그대로 이용하고, 발전부에서는 주제의 변형이나 새로운 주제가 첨가된다. 이를 위해 편곡의 과정이 수반된다. 황석기의 「음악작품창작에서 편곡에 대하여」에서 편곡은 창작이라는 김정일의 말처럼 작곡가의 개성적인 창작과정인 편곡에는 "노래를 위한 반주편곡, 선률성부를 다성화하는 성부편곡, 한 악기편성으로부터 다른 악기편성으로 옮기는 편곡, 주제를 전개시켜 새로운 형상을 창조하는 편곡"이 있는데, 특히 관현악곡에서는 배합관현악을 위한 편곡, 화성과 복성, 관현악의 음색에 관한 편곡까지 강조하였다.

황민영의 연단 「민족음악의 본색을 살리는데서 나서는 몇가지 문제」

에서는 음악의 주체성과 민족성을 구현하기 위하여서는 전통적인 민족음악을 적극 장려하고 그 본색을 살리면서 시대의 요구와 인민의 지향에 맞게 현대적으로 더욱 발전시켜야 한다고 하면서 음조와 조식, 민족화성에 관한 논의를 더욱 발전시켜 음악에 현대적으로 적용시키는 것이 사회주의 민족음악 발전의 기초라고 보았다.

4호에는 김일성과 함께 김정일도 칭송하는 글인 「주체음악의 빛나는 시원」과 가요 〈수령님과 장군님은 한분이시네〉(1997) 등을 잡지의 첫 부분에 소개하면서 김일성의 생일과 그를 승계한 김정일을 찬양하였다.

5호에는 2월에 있었던 2.16경축 음악무용종합공연들에 대한 관평, 2001년 신작가요 〈흥하는 내 나라〉를 비롯한 노래, 그리고 연주와 관련된 글들이 수록되었다. 이 중 2.16경축 음악무용종합공연 〈우리의 김정일동지〉는 만수대예술단, 피바다가극단, 국립민족예술단, 국립교향악단을 비롯한 평양시대 여러 예술단체들이 출연하였으며, "우리 수령이 제일이고 우리 사상이 제일이며 우리 군대, 우리 제도가 제일이라는 4대제일주의정신이 공연 전반에 꽉차넘칠수 있게 구성함으로써 음악무용종합공연의 사상적대를 튼튼히 세운" 공연이었다고 평하였다. 특히 이 공연에 민족적정서와 김정일이 만들었다는 악기 어은금, 그리고 전통음악의 한 형식인 악가무형식이 적용된 점을 높이 평가하였다. 재일조선인예술단의 공연 역시 현대적이면서도 민족적 정서가 강한 점을 들고 있다.

6호에는 "21세기의 전 인민적송가로 새 시대를 이끄는 힘 있는 원동력의 역할을 수행하고 있는 가요 ≪동지애의 노래≫"에 관한 두 개의 글과 2002년에 창작된 신작가요 〈우리는 하나〉, 5호부터 수록되었던 농악장단과 조선후기 농악대, 그리고 우연오의 계몽기가요와 관련된 글 등이 있다.

7호에는 기악곡 해설과 우연오의 계몽기 서정가요, 서도민요의 음악적 특성을 밝힌 글 등이 주목된다. 먼저 현악4중주 〈해빛 같은 미소 그립습니다〉는 기존의 작품 해설과는 달리 편곡자를 밝히고 있는 점에서 특색이 있다. 원곡은 황진영이 작곡하였으며, 김창순이 편곡한 음악으로, 21세기에 들어 군악과 같은 묵직한 행진곡과 대조적으로 서정성과 우아

함이 강조된 현악4중주가 새롭게 부각되고 있음을 볼 수 있다. 그리고 관현악과 피아노 독주, 합창 〈사향가〉는 "우리 식 교향악의 훌륭한 명작으로 창작형상"된 또 하나의 명작이며, 한 주제에 기초한 3부분형식의 곡이다. 이 곡은 기존의 관현악과 독주악기로서의 피아노, 리듬악기로서의 신디사이저, 그리고 합창이 어우러진 새로운 형식이며, 그 첫 음악을 〈사향가〉로 하였다는 데 중점을 둘 필요가 있다.

그리고 신광호의 「서도민요의 선율조식적특성」은 서도민요가 평안도, 황해도, 경기도 지방에서 불려진 민요임을 정의하면서 서도민요선율은 "유순하고 부드러우면서도 아름답고 류창한 정서적색갈"을 가지며, 이것은 조식과 관련을 갖는다. 조식은 평조와 계면조가 다 쓰이며, 평조는 "솔라도레미"와 "솔라레미(파)"의 두가지 솔평조를 제시하고 있으며, 계면조는 "라도레미솔"을 제시하고 있다. 평양음악무용대학에서 유학했으며, 연변대 민족성악 교원으로, 2000년대 중반에 남한의 한국학중앙연구원에서 박사과정을 밟기도 하였다.

8호에는 통일과 관련된 글이 주목된다. 2001년부터 진행되었던 〈8.15 민족통일대회〉가 서울에서 개최되었으며, 15~16일 이틀 동안 북한의 공연단체의 공연이 있었기 때문에 조국통일주제가요를 더 많이 창작하자는 논의나 1990년에 있었던 통일음악회를 회고하는 글이 수록된 것으로 보인다.

9호에서는 〈념려마세요〉와 〈우리는 잊지 않으리〉라는 노래 해설과 10호와 11·12호의 민족적선율론과 관련된 글들이 주목된다.

## 1) 연재글

### (1) 금관악기의 민족적 특성

김성국의 금관악기 연주에서 민족적 특성을 구현하는 글은 4·5호에 연재되었다. 금관악기연주에 민족적 특성을 구현하는 것은 양악기를 조선음악에 "복종"시키기 위한 필수적 요구라고 단언하면서 그 목적은 인민의 사상감정과 정서에 맞게 조선음악창조의 수단이 되기 때문이라는 것이다. 따라서 금관악기의 연주형상은 인민의 민족적정서와 비위에 맞게 하는 것이 중요하다고 보았다.

### (2) 계몽기 가요

부교수인 학사 우연오의 계몽기가요와 관련된 글은 6~9호·11호에 연재되었다. 먼저 「계몽기가요는 우리 인민이 창조한 진보적인 음악유산」에서는 계몽기가요를 "≪카프≫시기 즉 1920년대부터 광복전까지 시기에 량심적인 문예인들에 의하여 창작보급된 노래"라고 하면서 남한에서 소위 유행가라고 평가받는 이 시기 노래들, 예를 들어 〈눈물젖은 두만강〉이나 〈황성옛터〉와 같은 노래에 대해 일제 식민지 상황에서의 어쩔 수 없는 시대적 한계라고 평가하였다. 그리고 이 노래들은 신민요, 아동가요, 서정가요 등으로 나뉜다고 하였다. 7호의 「반일, 애국, 광복의 리념을 안겨 준 계몽기서정가요」에서는 많은 노래들이 애국적 감정과 반일감정을 적극적으로 반영하지 못하고 그 형상도 애수적이고 쓸쓸한 양상이 기본이나 "절대다수의 계몽기서정가요들은 당시 우리 인민의 사상감정을 잘 담고 있을뿐아니라 우리 나라 민족음악의 전통적인 5음계조식을 활용하고 있는것을 비롯하여 많은 설명이 없이도 민족음악의 토양우에서 자라난 현대가요들이였으므로 사람들로부터 사랑을 받았으며 그들을 반일, 애국의 정신으로 교양하는데 적극 이바지"하였다고 평가하였다. 8호에는 계몽기 아동가요에 관한 글을 수록하였다. 계몽기 아동가요의 대표작으로 꼽고 있는 〈기러기〉, 〈반달〉, 〈고향의 봄〉, 〈그리운강남〉 등은 조국의 고향산천을 그리거나 아이들의 자유롭고 행복한 생활 등을 반영하여 어린이들뿐 아니라 어른들에게 반일, 애국의 정신을 키워주는데 적극 기여하였다고 말하였다. 이 중 〈그리운 강남〉은 남한에서는 최초의 한국가곡으로 평가하는 노래이다. 9호에는 계몽기 유행가가 수록되었다. 유행가는 본래의 뜻과 달리 저속한 노래의 대명사로 평가하지만 이들 중에는 반일감정을 표현한 〈황성옛터〉나 〈타향살이〉, 조국에 대한 사랑과 반일감정을 담은 〈목포의 눈물〉, 〈홍도야 울지 말아〉, 광복을 확신하는 〈락화유수〉, 〈감격시대〉 등이 있다고 하면서 김정일에 의해 1930년대부터 광복전까지의 음악사 공백이 메꿔졌다고 하였다.

### (3) 기악작품분석방법론

2002년 7호에는 「기악작품의 종류적특성을 어떻게 분석할것인가」가, 그리고 8호에는 「기악작품분석의 방법에 대한 원리적문제 몇가지」와 같이 기악작품분석방법론에 관한 글이 연재되었다. 이는 성악뿐만 아니라 기악작품들이 많이 창작되고 있는 상황 속에서 나온 글로 보인다.

### (4) 민족적선율과 3음열론

10호와 11호에는 연변대학교 예술학원 교무처장인 신호의 민족적 선율론 글이 수록되었다. 10호에서는 민족조식과 민요5음계조식에 대한 설명을 하였으며, 11호에는 민요의 5음계조식은 3음열을 기본으로 하고 있다고 보았다. 특히 "조선민요조식에서 3음렬은 조선민요선률의 음조적특성을 반영한 조식의 가장 작은 음조적구조"라고 보면서 그 배열은 "하나의 조식음계안에 있는 두 3음렬중에서 아래에 있는 3음렬은 아래음으로부터 우로 형성된것이며 우에 있는 3음렬은 우의 음으로부터 아래로 형성한것이다. 아래음에서 우로 형성된 3음렬을 아래3음렬이라 하며 웃음에서 아래로 형성된 3음렬을 웃3음렬"이라고 하였다. 또한 "조식음계의 한돌이안에 배렬된 2개의 3음렬에서 각각 아래음과 웃음을 기둥음이라고 하고 그것들 사이에 놓이는 음을 성격음"이라고 하였다. 조선민요조식에서 3음열은 구조에 따라 평조3음렬과 계면조3음렬 그리고 대

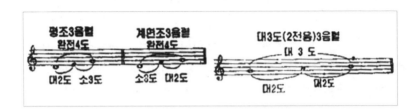

3도3음렬의 세 가지가 있다. 그리고 2003년 2호의 「조선민요선률에서 평조, 계면조의 조식적기능에 의한 종지의 제형태」에서는 선법론의 핵심인 종지형에 대하여 기본종지, 완결종지, 임시종지, 보충종지, 비낌종지로 나누어 검토하였다.

## 2) 신작가요

### (1) 2000년 신작가요

조선인민군공훈합창단에서 창작한 윤두근 작사/엄하진 작곡의 가요 〈우리는 잊지 않으리〉는 고난의 행군을 잘 이겨냈음을 표현한 노래로, 예술영화 〈자강도사람들〉(2000)과 같은 맥락의 작품으로 보인다. 노래는 "얼마나 험난한 길을 우리가 걸었던가"라며 "한공기 죽도 나누며 장군님 헤쳐 가신/시련의 그 자욱을 우리는 잊지 않으리"라고 노래한다(9호).

### (2) 2001년 신작가요

조윤천 작사/김문혁 작곡의 〈조선의 메아리〉는 2001년에 창작되었으며, 가사는 혁명적 락관주의와 김정일의 위인적 풍모를 형상하고 있다. 노래는 C장조, 4/4박자, 7개 악단의 2부분형식을 취하며 "밝고 기백 있으면서도 약동적이고 랑만적인 행진곡적양상"을 갖는다.

보천보전자악단에서 창작한 가요 〈2월은 봄입니다〉(작사 차명숙/작곡 전권, 2001)의 가사는 백두산 3대장군과 관련된 백두밀영고향집을 서정적으로 묘사하였고, 음악적으로는 5음계조식에 기초한 친근한 선율과 함께 "박자와 리듬을 약동적인 6/8박자와 사색적인 유연한 리듬으로 설정하여 선률에 부단한 약동감과 진취적인 정서"를 표현하였다.

보천보전자악단에서 창작한 가요 〈더 높이 더 빨리〉(작사/작곡 황진영)에는 강성대국이 반드시 건설된다는 혁명적락관주의정신이 들어 있으며, 안땅장단의 리듬속에 행진곡풍의 진군가로 평가하였다.

2001년에 창작된 가요 〈흥하는 내 나라〉는 허룡갑 작사/황진영 작곡의 노래로 대홍단의 감자와 양어장, 고속도로 등을 보면 웃음과 노래가 넘쳐난다는 가사를 가지고 있으며, "천지개벽의 새 력사, 강성대국건설의 새 시대가 펼쳐 졌음을 오늘의 사회주의현실 그대로 진실하게 밝혀 낸것으로 하여 시대의 명곡"이라고 하였다. 노래는 민족적정서와 흥취가 가득한데, 이는 안땅장단에 기초한 리듬 과 얼씨구, 절씨구 등의 조흥구 때문이다.

〈해빛 밝은 두만강〉은 김은숙 작사/최재선 작곡의 노래이며, "눈물 젖은 두만강으로부터 햇빛 밝은 두만강으로 전변된 오늘날의 두만강의 새 모습을 반영하여 태어난 시대의 명곡"이라고 평가하였다. 북한의 〈고난의 행군〉 이후 두만강을 통해 탈북하는 숫자가 급격히 증가하고 있는 상황에서 이러한 노래를 만들었다는 것은 두만강으로의 탈북 경로를 차단해 보려는 의도가 아닌가 한다.

김정훈 작사/우정희 작곡의 노래 〈전선에서 만나자〉는 "생활적이고 랑만적이면서도 철학성이 있는 가사에 그것을 안받침하는 풍부한 음악 정서로써 귀중한 어머니 조국을 위해 피 끓는 청춘을 값있게 바치려는 우리 청년들의 높은 지향세계를 노래하고 있다."고 하면서 결사옹위의 결의를 표현한 노래이다.

### (3) 2002년 신작가요

〈우리는 하나〉는 황진영 작사/작곡의 노래이며, 행진곡풍으로 2002년 남북정상회담과 관련하여 만들어진 노래이다(6호).

보천보전자악단에서 창작한 최준경 작사/리종오 작곡의 가요 〈넘려 마세요〉는 "우리 시대 처녀들의 마음과 지향을 소박하고 진실한 시음악 형상으로 펼쳐 보인 특색 있는 노래"로 평가하는 노래이다. 노래의 가사는 지난 봄에 건설장을 지원해서 온 처녀가 시집갈 때를 놓칠까 걱정하는 어머니에게 "일 잘하는 총각과 정을 맺으며 처녀시절 빛내고 시집 갈테니 넘녀 마세요"라고 어머니를 달래는 내용을 담고 있다. 이 노래에 대한 해설에는 "우리는 그 가사속에서 청년영웅도로건설에서 남자들과 같이 마대를 메고 하루 수십리를 달리는 처녀들의 마음도 자기 몸에 부치는 무거운 쇠덩어리함마도 억세게 다루며 언 땅과 바위를 뚫어나간 처녀들의 지향도 읽게 된다. 또한 그 가사 속에서 저 룡양광산 7호굴착기의 처녀선동원과 경애하는 장군님의 감자농사혁명방침을 관철하기 위하여 대홍단으로 달려 간 처녀들을 비롯한 우리 시대 처녀들의 진실한 마음과 고상한 지향을 보게된다"고 말한다.

이외에 조선인민군협주단, 녀성기악중주단, 개성시예술단, 황해북도 예술단을 소개하는 방문기와 영화 및 방송음악단 공훈배우인 리경훈, ≪김일성상≫ 계관인 로력영웅 인민예술가인 설명순, 함경북도예술단 공훈배우 김만석, 피바다가극단 작곡가인 인민예술가 리상룡을 소개한 글이 있으며, 많은 연주회 관평 중에서 8월에 있었던 공훈예술가 김혁음 악회 관평이 눈에 띤다.

## 2003년

2003년은 2002년에 이어 기악곡에 대한 관심이 높아지고 있었다. 뿐만 아니라 민요를 바탕으로 한 음악의 창작, 민족음악에 서양음악적인 요소를 도입하는 문제들, 음악 창작이나 편곡에서 민족적인 정서, 즉 맑고 우아하고 은근하며 유순하고 아름다움을 추구하는 마음을 구현시킴으로써 조선민족제일주의정신으로 무장시켜야 한다는 논의들도 많이 보인다. 또한 선군시대인 만큼 군인주제작품들에 대한 논의도 활발하다.

1호에는 전승 50돐을 맞아 선군문학예술작품을 많이 창작하여 성과를 내자는 논설을 필두로 김정일 음악정치가 선군시대와 함께 가고 있다는 「힘 있게 나붓기라 선구시대 음악정치의 기폭이여」라는 글이 실려 있다. 특히 이 글에서 선군혁명령도의 개시음악으로 1995년에 창작한 〈우리 장군님 제일이야〉를 들고 있는데 그 이유는 "노래 ≪우리 장군님 제일이야≫에 다박솔초소이야기가 나오는데 그 노래는 선군혁명령도의 개시음악이나 같다"고 보았기 때문이다. 또한 김정일은 음악과 정치, 총대와 음악을 완전무결하게 결합시킨 정치지도자이기에 "우리가 부르는 노래는 다름아닌 수령숭배, 수령결사옹위, 결사관철의 노래이며 우리 당의 선군정치, 음악정치의 위대한 찬가"일 수밖에 없다. 특히나 조선인민군공훈합창단 단장인 엄하진은 선군시대의 음악은 마땅히 선군음악으로 되어야 하며 이를 위해 지혜와 열정을 바치겠다고 결의를 한다. 이와 더불어 새롭게 등장한 불후의 고전적명작 〈백두의 행군길 이어가리라〉는 설명순이 작곡한 곡으로 기존에 김정일 자신이 작곡했던 것과는 다르다.

2호에는 2002년에 창작된 노래 두 곡에 대한 해설과 "표제음악"에 대한 이해의 글이 눈에 띤다. 북한의 기악곡은 기본적으로 민요와 명곡을 주제로 하여 편곡한 기악곡이므로 곡마다 제목과 서사가 있어 서양의 표제음악과 비슷한 감이 없지 않다. 그러나 북한의 음악학자들은 서양의 표제음악은 자본주의문화의 탁류 속에 휘말려 고유한 모습을 상실하였으며 "인민대중중심의 우리 식 사회주의사회에서 민요와 명곡을 주제로 창작되는 우리의 기악작품들은 유럽의 표제음악과는 뚜렷이 구별되는 혁명적이며 인민적인 사상주제적내용으로 하여 누구나 리해하기 쉬운 음악으로 인민들의 사랑을 받고 있다"고 하였다.

3호에는 피바다가극단 작곡가였던 윤충남이 피아노협주곡 〈조선은 하나다〉(1975)와 〈결전의 길로〉(1978)를 창작한 글이 수록되었으며, 이 두곡이 창작됨으로써 서구유럽의 피아노협주곡과는 차별되는 북한식 피아노협주곡의 새 장을 마련하였다고 평가하였다.

4호에는 조선인민군협주단에서 창작한 〈김일성원수께 드리는 노래〉는 절대수령숭배, 수령결사옹위정신, 혁명적수령관이 담겨 있으며, 조선인민군공훈합창단의 주요 레퍼토리라는 「(정론) 길이 울려 가라 〈김일성원수께 드리는 노래〉여」라는 글과 2003년 2월에 창작한 합창조곡 〈선군장정의 길〉에 대한 글, 그리고 민족적인 정서와 민족적 특성의 구현을 어떻게 할 것인가에 대한 논의가 있었다. 합창조곡 〈선군장정의 길〉은 2003년 2월 김정일생일 무렵에 조선인민군공훈합창단에서 창작한 작품이며, "수령송가창작에서 최대절정을 이룬 선군시대의 기념비적명작"이라고 칭송하는 작품이다. 한편 전통문화유산과 관련하여 소개된 『시용무보』의 수록곡 중 〈정대엽지무〉는 〈정대업지무〉의 오타인 것인지, 이들이 〈정대엽지무〉로 알고 있는 것인지 확인할 수 없으며, 남한에서 이 무보의 시기를 16세기, 즉 『시용향악보』와 비슷한 시기로 보고 있는 것과는 달리 북한에서는 18세기에 만들어진 무보라고 보고 있어 남북한의 시각의 차이를 발견할 수 있다. 그리고 황민영의 민요론에서 전통민요의 발굴과 채보, 연구 사업을 심화시킴과 동시에 선군시대에는 〈강성부흥아리랑〉이나 〈병사들은 날 보고 어머니래요〉와 같이 민족적 특성과 현대성이 유기적으로 결합된 민요풍의 노래들을 많이 창작해야 함을 강조하였다.

5호에는 합창조곡 〈선군장정의 길〉을 7페이지에 걸쳐 수록하였는데, 이 작품은 혁명군가이며, 김정일의 선군혁명실록을 새겨놓은 21세기를 대표하는 기념비적 대작일 뿐만 아니라 선군음악실록이라고 평가하였다. 그리고 기악곡 〈청산벌에 풍년이 왔네〉를 불러올리면서 두 개의 글이 수록되었다. 먼저 1970년에 김영규가 편곡한 관현악 〈청산벌에 풍년이 왔네〉에서는 이 작품을 통해 북한식의 관현악곡 창작 원칙이 확립되었다는 기존의 논의를 반복하면서 특이하게도 90년대 논의와는 달리 1970년에 편곡되었음을 밝혀놓았다. 주지하다시피 1970년대는 김정일이 예술 분야에서 큰 획을 그었던 시기이다. 2000년대 선군시대에 형식을 새롭게 하여 만든 합창조곡처럼 1970년대에는 관현악에서 북한스타일을 만들어 낸 것을 명시하고 있는 것을 알 수 있다. 박학림의 「두 주제에 기초한 3부분형식의 본질적특성」(2)에서는 관현악과 합창 〈청산벌에 풍년이 왔네〉를 예로 들면서 두 개의 주제선율을 3부분형식에 구현한 내용을 서술하였는데, 형식에서 기존의 관현악이 아닌 합창을 더하고 있으며, 그것도 아동들에 의한 합창을 쓰고 있어 신구의 조화를 꾀하고 있는 것처럼 보인다. 전통음악과 관련하여 저대연주법 중 끝소리에 관한 설명도 주목된다. 그 이유는 연주법의 명칭이 남한의 것과 다르기 때문이다. 예를 들어 턱거리, 회음법, 죽받침과 동두 등이 그것인데, 남한에서는 이러한 연주방법에 개별적인 명칭을 부여하지 않고 가르치는 반면,

북한에서는 각각에 개별명칭을 부여하여 교수하고 있음을 볼 수 있다.

6호에는 통일의지를 반영한 가요 〈통일 아리랑〉(1998)이 민요장단과 민요조식의 사용으로 인민성과 통속성을 훌륭히 구현하였다는 기사와 북한에서 각종 의식에 사용되는 취주악곡에 대한 설명이 눈에 띤다.

7호의 주목할 만한 기사는 4호에서 민요의 절대성을 논한 황민영의 「우리 나라 전통적인 민요에 적용된 성악부성적복성기법의 몇가지 특성」이다. 이 글에서 말하는 부성적 복성음악이란 "같은 선률을 가지고 선률음조적으로 또는 박절리듬적으로 약간씩 변화시켜 그것들이 동시에 결합된 다성음악"이며, 그 기법은 동도 혹은 8도에 의한 제창적 성격의 복성수법, 선율과 리듬은 같고 박절적 역점의 위치를 달리 하는 수법, 선율과 리듬은 같고 음정관계가 약간씩 변화되는 수법, 선율과 리듬, 박절의 역점을 달리하는 수법, 모방음정을 사용한 수법 등이 있다고 하였다. 이러한 이유로 우리 전통음악은 단성음악이 아닌 다성음악이며, 노동민요에서 나왔기 때문에 인민성을 갖는다고 보았다.

8호에는 혁명가극 〈꽃파는 처녀〉에 나오는 꽃분이와 철용, 순희의 3중창인 〈험난한 풍파 넘어 다시 만나네〉를 소개하면서 선군시대에 사는 인민들에게 신심과 희망, 혁명적 낙관을 주고 있다고 말한다. 이 노래를 통해 고난의 행군이후 어려운 상황을 잘 넘어가자는 의도를 담고 있다고 볼 수 있다. 그리고 가야금 주법에 관한 글에서 이 당시 가야금연주자들이 가야금의 주법인 농현을 하지 않고 기타나 하프의 트레몰로 주법을 난발함으로써 가야금의 본색을 잃었다고 평하면서 민족성을 구현하기 위한 농현을 쓸 것을 당부하고 있다. 그리고 서병복의 민요 조식 중 〈상〉조, 즉 "레미솔라도"음계를 설명하면서 민요조식에서 중요한 위치에 있다고 강조하였는데, 이 〈상〉조는 평안도지역을 중심으로 퍼져 있던 민요 음계이며, 과거에 〈솔〉평조, 즉 솔라도레미 음계를 강조하는 것과 함께 '레'조에 대한 인식을 재고하고 있음을 볼 수 있다.

9호에는 2003년에 창작된 신곡 두 곡과 새롭게 형상된 관현악과 피아노독주, 합창 〈사향가〉, 그리고 북한식 민족가극의 본보기로 알려진 창극 〈강건너마을에 새 노래 들려온다〉가 주목된다. 이 중 관현악과 피아노독주, 합창 〈사향가〉를 평한 글에서 이 작품은 조국애와 혁명적 신념, 낙관주의를 담아 편곡되었으며, 기존의 협주곡에서 벗어나 새로운 양상을 개척한 작품으로, 관현악편성에 전기기타와 베이스기타, 신디사이저와 같은 전자악기와 드럼세트를 배합하고, 합창도 넣어 전례를 깬 음악이라고 평가하였다. 그리고 창극 〈강건너마을에 새 노래 들려온다〉는 기존의 "온갖 낡고 뒤떨어진것을 대담하게 타파하고 혁신하는 천리마시대의 요구에 맞게 고질적으로 내려오던 판소리형식의 낡은 틀을 없애고 서도민요에 기초한 새로운 창극형식을 창조한 의의있는 작품"이라고 평가하였다.

10호에는 관현악과 피아노독주, 합창 〈사향가〉나 〈대동강의 해맞이〉, 〈우등불〉 등에서 보았듯이 교향곡을 쓸 때 작품이 반영하는 현실을 직관적으로 느낄 수 있도록 창작할 것을 당부하는 글과 함께 「성악예술의 높은 경지를 개척한 우리 식 가요음악」에 관한 글이 주목할 만하다. 특히 후자의 글에서 기존의 성악 전문가들의 기량은 세계적인 수준으로 높아졌으나 그들이 부르는 음악은 외국의 것뿐이어서 새롭게 창작된 가요와 혁명가극의 노래, 민요 등을 대상으로 음악적 기교를 다 표현할 수 있는 노래로 만들어 부르게 함으로써 주체음악예술의 발전과 위력을 보여 주었다고 평가하였다.

11호의 김정일의 「민족음악을 현대적미감에 맞게 발전시킬데 대하여」 발표 10주년 기념글과 피아노독주곡 〈휘파람〉, 그리고 권은숙의 「(연단) 새형의 피아노협주곡창작은 주체음악발전의 필수적요구」 등과 12호의 「선군음악포성은 오늘도 장엄하다」는 주목할 만하다. 특히 12호의 글은 2003년 음악예술 전체를 종합 정리하는 성격을 갖는다. 이 글에서 2003년 음악예술과 예술인들은 "올해에도 선군음악-총대음악으로서의 시대적사명과 임무, 본분을 훌륭히 수행하였다"고 자평하면서 그 성과의 내용은 사회주의강성대국건설을 힘 있게 추동하는 사상예술성이 높은 훌륭한 음악예술작품들을 수많이 창작형상하였으며, 민족음악을 적극 장려할 데 대한 당의 방침을 받들고 예술창조와 공연활동에서 민족성을 철저히 구현한 점, 음악작품들의 형식과 연주방식을 혁신적으로 변혁한 점, 절가화된 예술가요들에 성악적인 기교부분을 넣어 예술성을 보다 높이고 다채로운 공연형식의 혁신적 발전을 이룩한 점을 들었다.

## 1) 연재글

### (1) 동해안 지방 민요의 장단과 선율론

1호의 「동해안 지방민요의 장단적 특성」에서는 이 지방 민요의 장단은 활달하고 낙천적이면서도 부드러운 정서를 가지고 있으며, 이는 반굿거리, 엇모리, 덩더꿍, 중중모리, 잦은모리 장단으로 나타난다고 보았다. 2호의 「아름다운 선, 풍만한 정서: 동해안지방민요를 중심으로」에서 동해안지방민요는 아름답고 풍만한 정서를 안겨주는 선율이 주를 이루고 있으며, 서도민요에 비해 "주로 ≪라,쏠,미≫, ≪레,도,라≫로 순차성있게 내려 오면서 끝나는 계면조3음렬을 리용하고 있는 동해안지방민요들은 민요의 정서를 보다 웅심깊고 감명 깊게 표현"하였다고 보았다.

### (2) 아동영화 <소년장수>의 영화음악

1호의 「아동영화 <소년장수>에서 음악에 의한 정황묘사」에서는 음악이 영화 흐름의 맥박을 이어주며 이를 통해 음악구성의 중심을 바로 세워주었다고 보았다. 그리고 2호의 「극성을 살린 장면음악: 아동영화 <소년장수>의 음악을 놓고」에서는 "영화에서 쇠메가 구출되는 장면과 비형장의 죽음장면에서 울리는 음악에 의한 감정조직은 강한 극적견인력과 정서적감화력을 안겨 주고 있다"고 하면서 감정조직을 음악으로 잘 하였다고 하였다. 3호의 「동심적지향을 생동하게 반영한 아동영화주제가」에서는 아동영화 <소년장수>의 주제가인 "≪출전북을 울려라≫와 가요들인 ≪우리도 소년장수≫, ≪그 사랑 못 잊어≫, ≪진달래야≫, ≪이땅을 지켜 가리≫ 등은 영화의 사상주제적내용에 맞게 선률을 전투적기백

이 흘러 넘치게 형상하면서도 민족적정서를 동심적요구에 맞게 담는데
서 훌륭한 모범을 보여 주었다"고 하면서 선율에서는 동심적인 낙관성
과 전투적 기백을 볼 수 있고, 리듬에서는 안땅장단에 기초하고 있어
"아동영화 ≪소년장수≫의 주제가는 우리 인민들의 민족적정서와 감정,
어린이들의 동심적특성에 맞게 락관성과 전투성을 생동하게 노래한 가
요"라고 평가하였다.

## 2) 신작가요

### (1) 2002년 창작가요

보천보전자악단에서 창작한 가요 〈20세기 추억〉의 정서는 두 가지로,
"하나는 위대한 수령님과 경애하는 장군님을 모시여 숭고한 추억을 간
직하게 된 우리 인민의 긍지감이 풍기는 정서이며 다른 하나는 새 세기
에도 인민의 심장속 가장 소중한 곳에 고이 간직되여 21세기를 위대한
김정일동지의 세기로 빛내여 나아갈 결의와 맹세로 가슴 불 타게 하는
진취감이 나면서도 사색적인 정서"라고 하였다. 또한 이 노래는 타령장
단을 변형한 느린타령장단으로 써서 민족적인 정서와 현대적인 특성을
모두 살렸다고 보았다(2호).

〈저 멀리 최전선으로〉는 최준경 작사/엄하진 작곡의 노래이며 조선인
민군공훈합창단에서 창작하였다. 이 노래는 "조국수호의 전초선인 최전
선으로 탄원하여 달려 나가는 선군시대 청년들의 수령결사옹위정신, 애
국애족의 사상을 노래한것으로 하여 사람들에게 커다란 정서적감흥을
안겨 주는 선군시대의 명곡"이라고 하면서 이 노래는 "선군시대 혁명군
가로서의 사상주제적내용과 씩씩하고 랑만적인 음악형상을 창조한것으
로 하여 참군열의로 심장을 불 태우는 우리 청춘들속에서 널리 불리워
지고 있으며 그들을 수령결사옹위정신, 애국애족의 정신으로 교양하는
데 적극 기여할 것"이라고 보았다(2호).

황진영이 작곡한 〈백두와 한나는 내 조국〉은 민족대단결의 의지를 표현

한 통일주제가요 중 명곡으로, 이 노래에는 8도 도약진행이나 점8분음표의 사용으로 통일에 대한 확신을 힘 있게 표현하였다고 평가하였다(8호).

## (2) 2003년 창작가요

〈선군장정의 길〉은 김정일탄생기념일에 맞춰 선군시대의 나팔수라 불리는 조선인민군공훈합창단에서 창작한 작품이며, 서곡 〈조선은 말한다〉, 1악장 〈선군의 닻은 올랐다〉, 2악장 〈장군님의 전선길이여〉, 3악장 〈승리의 력사로 영원하리라〉, 4악장 〈장군님께 영광을〉, 종곡 〈빛나라 선군장정의 길이여〉와 같이 서곡과 종곡 외에 4악장으로 구성되어 있다. 바흐의 곡이나 〈페르귄트〉, 전통음악 〈영산회상〉과 같은 곡처럼 조곡은 기악곡에 많으나, 북한에서는 "형식에서 기존관념을 깨뜨리고 대담하게 조곡형식을 취하고 있다"고 하였다(4·5호).

윤두근 작사/안정호 작곡의 〈조국이란 무엇인가〉는 선군시대에 사는 사람들은 총대와 운명을 함께 해야 하며, "혁명의 1세, 2세들이 항일의 피바다, 전쟁의 불바다를 헤치며 가슴에 새긴 총대철학은 오늘 선군시대에 와서 하나의 정치방식으로 정립되어 그 위대한 생활력을 발휘하고 있다"고 보았다. 이 노래의 3절에서 조국이란 전선길의 야전차이며, 강성부흥아리랑이 넘치는 낙원이라고 하면서 전선시찰하는 김정일과 그에 의해 만들어지는 강성대국을 총대로 지켜내자는 의지를 담고 있다고 볼 수 있다(9호).

〈내 나라는 선군의 대가정〉은 "장단에 어깨를 으쓱거리며 흥겨운 률동에 몸을 실으니 경애하는 장군님을 높이 모신 선군의 내 나라, 내 조국을 한껏 자랑하고싶은 마음이 절로 넘친다"고 하면서 "도대조의 12/8박자의 흥겨운 덩더꿍장단을 타고 흐르는 노래의 선률은 우리 인민의 고유한 민족음악정서로 충만된 선군시대 민요풍의 명곡"이라고 평가하였다(9호).

이러한 기사들 외에 새롭게 출판된 단행본으로 2002년 말에 『엄하진 작곡집(2)-우리는 잊지 않으리』와 『조선노래대전집』의 출판을 자축하였으며, 음악가 윤충남, 량영철, 박한규, 손대원, 김기수를 소개하는 글, 무용조곡 〈평양성사람들〉을 비롯하여 당창건 55돐을 맞아 발표할 민조가무극 〈호동왕자와 락랑공주〉의 창작에 힘을 쏟고 있는 국립민족예술단에 관한 소개글도 있었다.

## 2004년

2004년의 음악기사를 살펴보면 2003년에 이어 대집단체조와 예술공연 〈아리랑〉의 형상수법에 관한 글, 새로운 음악형식을 개척하고 창작하는 내용, 양악에서 민족적정서와 성격을 구현하는 문제, 그리고 민족음악유산들을 다시 소환하고 있는 상황들을 살펴볼 수 있다. 여기에 더하여 아동음악의 이해를 높이고 그와 관련된 글들이 수록되어 있는 점도 눈여겨볼만 하다.

1호에는 2003년 7월에 있었던 양악성악가들의 민요구현에 관한 논의에 이어 만수대예술단 성악강사인 인민배우 김선일과의 문답과 문성진의 「양성식창법에 의한 민요형상창조의 새로운 본보기」라는 글이 주목된다. 또한 민족음악유산 소개에서 차효성의 〈가야금산조〉에 관한 글이 있고 리명일의 집단체조음악에 관한 연재글이 수록되었다. 김선일과의 문답에서 양성창법에 의한 민요형상을 해나가고 있는 사례를 들고 있는데 "지금까지 우리 양성가수들은 많은 경우 소리를 세운다고 하면서 두성공명을 비롯하여 소리울림에 신경쓰면서 호흡을 크게 하는것이 특징이였습니다. 그러다보니 민요형상에서 요구하는 소리굴림과 미분음을 쓰면서 재치있는 기교를 형상할 때에는 호흡이 깊은것으로 하여 소리붙임과 가사가 잘 전달되지 않아 적지 않게 애를 먹었습니다"라며 민요형상과제를 수행하기 위한 노고가 있었음을 밝히고 있다. 그러나 이러한 편향을 잘 극복하였던 것으로 보인다. 문성진의 글에서 "국가중주단이 새롭게 재형상창조한 민족성악작품들은 서주와 중간 부분, 마지막 부분들에 양악성악에서만이 가질 수 있는 넓은 음역과 재치 있는 기교부분들이 배합되어 완전히 새로운 면모를 가지고 세상에 태어나게 되었다"고 밝혔다. 결국 2002~2003년에 금관악기에서 민족적 특성을 구현할 방법을 제시한 것처럼 2004년에는 북한에서는 양성가수들조차도 민요를 부르도록 하고 있으며, 그 음역과 기교를 다양하게 편곡하여 양성가수들이 부담 없이 부를 수 있도록 하였음을 알 수 있다.

2호에는 2003년 11월에 있었던 작곡가 설명순 음악회에 관한 관평과 2003년 4월 윤이상음악당에서 진행된 〈리철우, 리한우 음악회〉 관평, 그리고 연재기사들이 주목할 만하다. 우선 설명순음악회의 설명순은 조선인민군협주단과 조선인민군공훈합창단에서 활동하는 작곡가로 선군시대의 전위음악부대에 해당하는 악단의 대표 작곡가를 높이 평가하고 있는 모습을 볼 수 있다. 또한 재일조선인 작곡가인 형 리철우와 귀국자인 동생 리한우의 음악회 관평을 보면, 리한우는 일본에서 금강산가극단의 작곡가로 활동하고 있고, 동생 리한우는 1960년에 평양으로 와서 평양음악무용대학 작곡학부를 졸업한 후 윤이상음악연구소에서 작곡실장으로 있다고 한다. 이들은 모두 작곡집도 출판하였으며, "자본주의 일본땅에서 경애하는 장군님이 주체적 문예사상을 널리 선전하며 조선사람의 넋을 꿋꿋이 지켜가는 공훈예술가 리철우동무. 그리고 청춘의 기백과 불타는 열정으로 우리 장군님 펼쳐주신 명곡창작의 길을 힘있게 걸어가고있는 학사 리한우동무"라고 평가하였다.

3호에는 선군시대 행진곡인 〈선군의 기치따라 계속혁명 한길로〉의 가요 해설과 작곡가인 조선인민군공훈합창단의 조경준의 소개글, 그리고 가야금산조에 관한 강좌 등이 있다. 이 중 가야금산조의 속도에 대한 설명은 1호의 민족음악유산 소개와 이어진 감이 없지 않다. 1호의 글은 북한의 가야금산조에서는 안기옥·정남희 버전을 전승하고 있음을 밝혔으며, 3호에서는 "산조발생초기 김창조가 속도3기법에 의해 잡았던 진양조, 중모리, 잦은모리의 악곡구성체계는 그후 안기옥, 정남희에 의해 만속도인 진양조 이외에 늦은중모리, 중모리로 발전하였고 중속도는 잦은중모리, 중중모리, 엇모리로 발전하였으며 삭속도에서는 잦은모리와 더 빠른잦은모리 그리고 휘모리로 발전하게 되였다. 뿐만 아니라 가야금 명수 최옥삼은 중속도를 이와 구별되게 살풀이, 중중모리, 안땅으로 설정함으로써 다른 산조창조자들보다 특색있게 장단속도를 짜고있는것이다." 이라고 하면서 "산조 매 악곡의 속도를 느린것으로부터 점차 빠른것으로 변화시키면서 부단히 상승발전시킨것은 앞으로만 전진하며 투쟁하고 혁신하려는 우리 민족의 드팀없는 기개와 진취성, 민족적슬기를 음악의 속도로 반영한것"이라고 보았다.

4호의 2014년 4월 15일에 발표된 합창조곡 〈백두산아 이야기하라〉와 새롭게 발굴되었다는 〈어랑타령〉에 관한 글 모두 김일성의 혁명 업적을 칭송하는 글이다. 이 중 〈어랑타령〉은 사회과학원 주체문학연구소에 1950년대 말에 수집된 구전문학자료를 정리하던 중에 새롭게 발굴된 곡이며, 1930년 중국 동북 흑룡강성 목단강시 조선인부락과 백두산 일대에서 많이 불린 노래로, 김일성을 《백두산호랑이》로 상징화하고 백두산 천지를 우리 민족의 《본고향》으로 노래한 점을 높이 평가하였다. 즉, 3절의 가사 중 "자라보고 놀란놈 솥뚜껑보고 놀란다더니/백두산호랑이 말만 들어도 쪽발 덜덜 떠누나"와 4절의 "백두산호랑이 따웅소리에 쪽발이 모가지 떨어지네" 등이 그렇다. 그러나 이 〈어랑타령〉의 선율은 〈신고산타령〉의 것과 같다.

5호에서는 「로동의 희열과 생활의 랑만이 비낀 가요들의 특성」이 주목된다. 이러한 가요들은 "자주적인 삶에 대한 긍지와 자부, 삶을 참되게 빛내이기 위한 인간들의 사상적지향을 랑만적생활정서"가 표현되어 있으며, 〈휘파람〉, 〈같이 가자요〉, 〈아직은 말못해〉, 〈모르는가봐〉, 〈귀속말〉, 〈뻐꾸기〉, 〈제대군인 그 총각 나는 사랑해〉 등이 대표적인 가요들이다. 특히 "석탄증산으로 우리 당을 받드는 창조와 위훈의 길에서 영원한 길동무가 되려는 우리 시대 처녀들의 아름다운 정신세계를 반영한 가요 《같이 가자요》, 쇠돌산을 더 높이 쌓아가는 혁신의 나날에 남모르게 움터나는 사랑의 감정을 노래한 《아직은 말못해》 등의 가요들은 사람들에게 당과 수령을 위하여 사회와 집단을 위하여 헌신적으로 투쟁하는 아름다운 인간들을 열렬히 사랑하는 서정적주인공의 내면세계를 진실하게 잘 보여주었다"고 평가하였다. 그리고 〈아직은 말못해〉는 리설주가 은하수관현악단시절에 불렀던 노래이기도 하다.

6호에는 2003년에 출판된 〈조선노래대전집〉이 출판되기까지의 이야기들을 인민기자 리우룡이 수기형식으로 썼으며, 90년대『조선예술』기자로 활동했던 박명선이 공훈기자가 되어 「2000년대에도 계속 불러야 할 노래」라는 기사를 썼다. 그리고 조국통일주제가요의 시대성과 민족성에 관한 글도 주목된다.

7호의 국내소재여부는 확인되지 않는다.

8호에 수록된 기사들 중에서는 남성저음가수인 석지민이 이탈리아 네뚜노시에서 진행된 제5차 국제 ≪네뚜노시상≫ 성악콩쿠르에서 1등을 했다는 소식과 선군시대 조국통일주제가요의 성과에 관한 글이 볼만 하다.

9호에는 김정숙의 수령결사옹위정신에 바탕한 음악창작과 지도, 보급 등을 찬양하는 글과 전기기타곡을 북한식으로 새롭게 창작하자는 오영희의 글, 그리고 관현악보다 간결한 소관현악 형식에 대한 글, 그리고 민족적 정서가 가득한 6도부가화음에 대한 설명 등이 있다.

10호에서는 메조소프라노 백미영과 베이스 김기영이 2004년 8에 이탈리아에서 열린 제3차 따우리노바 국제 서정성악콩쿠르에서 1등상을 받았다는 소식과 광복 후 민주건설시기 서정가요음조의 특징에 관한 글, 〈유행가〉에 대한 인식전환을 요구하는 글 등이 눈에 띈다.

11호의 글 중 민요전문연구자인 윤수동의 서도민요 소개글에서 남한과 다른 경기도 민요가 포함된 서도민요범주론을 제시하였으며, 경서도에서 발달한 긴잡가에 관한 글이 주목된다.

12호에는 「령장의 숭고한 뜻 군가에 담아」, 「혁명적공세에 활력을 부어준 우리의 선군예술」, 「선군시대 혁명군가들에 구현된 사상예술적특성」 등 2000년대 초반의 선군예술에 대한 총평글이 수록되어 있다. 선군시대의 나팔수인 조선인민군공훈합창단이 조선인민군공훈국가합창단으로 이름을 바꾸고 이 단체는 공연에서 사상적 대를 튼튼히 세움으로써 인민군 장병들과 인민들을 당의 유일사상으로 튼튼히 무장시키고, 당과 수령이 이룩한 업적을 옹호고수하며 위대한 장군님의 선군영도도 끝없이 충실하도록 교양하는 데 힘 있게 이바지하였으며, 사상적 대를 세우는 기본은 수령결사옹위정신, 결사관철의 정신, 영웅적 희생정신을 기본 내용으로 하는 혁명적 군인정신과 붉은기 정신, 고난의 행군 정신이라고 밝혔다. 선군시대 혁명군가에는 〈선군의 기치따라 계속혁명 한길로〉에서 보듯이 군인들과 인민들의 혁명적군인정신이 담겨 있으며, 선율은 낭만적이고 조약진행이 많으며, 낙관적이고 진취적인 부점리듬이 많이 사용되었다고 보았다. 마지막으로 선군시대의 선군예술 중 음악 분야에서 합창조곡 창작과 함께 녀성기악중주 〈우리 아버지〉와 〈매혹〉, 녀성기악5중주 〈장군님 생각〉, 녀성기악4중주 〈축원〉, 바이올린협주곡 〈압록강2천리〉, 가야금독주곡인 〈선군닐리리〉와 〈직동령의 승리방아〉, 피아노독주곡 〈전사의 념원〉을 비롯한 기악곡들이 창작된 것은 기악음악의 성과라고 보았다.

## 1) 연재글

### (1) 집단체조음악

리명일의 글은 1호와 2호·12호에 수록되었다. 집단체조음악은 명곡으로 구성하여야 하는데 그 이유는 기본적인 창조성과와 함께 인민 교양과 예술성을 담보할 수 있기 때문이며, 명곡의 연주형식은 기본적으로 취주악이나 기존의 취주악에 장새납과 꽹과리와 같은 민족악기를 배합하여 "집단체조음악형상에서 민족성을 살리고 민용의 흥취"를 살릴 수 있으며, 현대적전자악기들과 타악기들 사용하여 현대적미감에 맞는 집단체조취주악을 창조할 수 있었다고 평가하였다.

## (2) 아동음악

아동음악과 관련된 글은 신현국의 글(2호, 3호)과 5호의 「수령칭송아동
가요의 정서적색갈」, 3호와 5호의 어린이 피아노곡, 8호와 10호의 아동
행진가요를 소개한 글들이 있다.

신현국의 「(연단) 아동음악예술의 대중적발전과 예술축전」(2호)에서는
북한이 체제 성립 초창기부터 아동음악예술 발전에 힘을 쏟았으며, 1947
년부터 전국학생소년예술축전이 시작되었다는 것을 명시하고 있다. 그
리고 이후 수많은 예술소조가 만들어져 대규모화되었으며, 조직적으로
참여함으로써 아동음악예술의 대중적 발전에 기여하였다고 말한다. 「동
심과 무대형상」에서는 아이들이 무대에서 노래를 부를 때 인위적인 웃
음과 몸짓은 형상의 품위를 떨어뜨리기 때문에 무대형상을 지도하는 사
람들은 어린이들의 심리적, 정서적 특징을 파악하고 자연스러운 표정과
동작을 가르칠 수 있는 묘술을 가져야 함을 강조하였다.

어린이 피아노곡 창작글 중 「(연단) 변주수법의 적용은 어린이피아노
곡 창작의 요구」(3호)에서는 어린이 피아노곡을 독창적이고 개성적이며
어린이들의 연령과 심리적 특성에 맞게 창작하기 위해서는 명곡과 민요
를 주제로 한 변주수법이 적용된 기악곡을 창작하여야 하며, 「어린이피
아노곡창작과 그 중요성」(5호)에서는 어린이 대상의 피아노 교육을 위해
서는 그들의 동심에 맞는 피아노곡이 창작되어야 하며, 연주기초를 다지
면서 사상예술성이 담긴 작품을 창작하여 교육에 이용해야 함을 강조하
였다.

「수령칭송아동가요의 정서적색갈」(5호)에서는 당과 수령을 칭송한 아
동가요는 흠모의 정, 밝고 명랑하면서도 경쾌하고 환희적인 정서를 잘
살려야하며, 이러한 아동가요들에는 숭엄하고 경건한 아동가요뿐 아니
라 기백 있고 용기 넘치는 행진곡, 서정가요, 민요풍의 노래 등이 있는데,
이 중 민요풍의 아동가요들은 과거에 비해 더욱 발전하여 민요적인 멋과
수령칭송가요로서의 품격을 잘 살리고 있다고 하였다.

아동행진가요와 관련된 글 중 「아동행진가요의 조식적특성」(8호)은

광복 후 창작된 아동행진가요들은 밝고 명랑한 어린이들의 성격적 특질을 장조식으로 표현하였으며, 단조의 선율도 쓰되 5음계조식을 특색있게 이용하여 선율의 민족적특성을 잘 살린 점이 특징이라고 보았다. 「선군시대 아동행진가요의 주제사상적특성」(10호)에서 선군시대에 창작된 아동행진가요의 주제는 "백두의 천출명장이신 경애하는 장군님의 위인적 풍모를 따라 배우려는 아동들의 한결같은 지향을 반영"하고, "영웅적 인민군대를 자랑하고 부러워하면서 어서 자라 인민군대가 되어 내 나라, 내 조국을 지켜가려는 학생소년들의 불타는 열망을 반영"하였으며, "미제가 이 땅에 또다시 불질을 한다면 경애하는 장군님을 결사옹위하고 사랑하는 고향을 지켜갈 학생소년들의 드높은 맹세의 감정"을 담은 것에 있다고 보았다.

### (3) 우리 식 교향곡

전호일이 2·3·5호에 연재한 글과 4호의 차경수의 「교향곡 〈피바다〉 제2악장이 거둔 성과에 대하여」 중 2호에서는 「(연단) 우리 식 교향곡의 사상주제적내용」에서는 내용이 혁명적이며, 주제에서 수령형상 창조, 그리고 조선민족제일주의정신을 구현하는 등 새로운 주제영역을 개척함으로써 서구유럽의 교향곡과는 다르다는 점을 명시하였다. 3호의 「(강좌) 우리 식 교향악의 도입부」에서는 북한 교향악에서 도입부는 음악세계에로 청중들을 자연스럽게 이끌어가는 역할을 하며, 첫 부분 음악주제에 기초하여 서술되는 형태, 제시부의 음악주제와 중간부의 음악소재에 기초하여 서술되는 형태가 있다고 하였다. 4호에서는 북한 교향곡의 대표작인 〈피바다〉의 중간부인 제2악장에 대한 설명이 제시되었고, 5호의 「우리 식 교향곡의 총결부」에서 총결부는 종결악장의 마감에 놓이면서 교향곡전체의 음악형상을 완결시켜주고 작품의 사상적 내용을 다시 한 번 강조하고 확인하는 기능을 수행한다고 하였다. 또한 윤희광의 「우리 식 교향악작품창작에서 독주에 의한 선율서술수법」(5호)에서 선율을 연주하는 독주악기를 잘 선택하고, 반주 짜임새와의 관계 속에서 음량과 역도의 비례를 잘 조절하여야 한다고 하였다.

### (4) 조국통일주제가요

6호에 수록된 허창활의 글에서는 2000년대에 창작된 〈우리는 하나〉, 〈백두와 한나는 내 조국〉, 〈통일돈돌라리〉에서 시대성과 민족성은 가사와 선율형상에서 찾아볼 수 있으며, 이 노래들이 6.15 공동선언의 이념과 함께 시대의 명곡으로, 민족의 노래로, 21세기의 통일가요로 더욱 높이 울려 퍼질 것이라고 하였다. 8호에서 서남희는 「선군시대와 조국통일주제가요창작성과」에서 선군시대의 조국통일주제가요는 주제사상에서 조선민족의 사상감정과 시대적 요구를 현재형으로 노래한 점, 통일의 문을 열어 나가는 장쾌한 투쟁의 모습을 노래한 점, 민족의 존엄과 영예를 떨쳐나가려는 확고한 신념과 의지를 낭만적으로 노래한 점, 그리고 생기발랄하고 낭만적인 민요풍의 가요들이 창작된 점등이 성과라고 보았다.

### (5) 위대한 령도로 꽃피는 민족음악 1-4

북한의 민족음악은 김정일의 영도와 함께 한다. 8호에서는 김정일의 어록 중 "음악에서는 민족음악이 위주로 되여야 한다. 민족음악을 위주로 발전시켜야 음악예술에서 주체를 세울수 있고 음악이 인민의 사랑을 받을수 있다."는 말과 민족음악을 계승발전 시켜나가는데 진보적이며 인민적인 것을 현대적 미감에 맞게 비판적으로 계승발전 시키며, "복고주의와 허무주의를 허용하지말데 대한 문제, 력사주의적원칙과 현대성의 원칙을 다같이 구현할데 대한 문제 등 민족음악발전과 관련되는 원칙적문제들을 전면적으로 뚜렷이 밝혀주시였다."고 하였다. 9호에서는 "전통적인 민족음악에서 기본은 민요이다. 민요는 민족음악의 정수이며 민족음악의 우수한 특징을 집중적으로 체현하고있다. 민요는 매개 인민의 고유한 민족적정서와 생활감정에 맞는 참다운 인민의 노래이다."라는 말과 함께 민요를 계승발전 시키기 위해서는 민요유산들을 발굴, 연구하여야 하며 민요를 발전시킨 민요풍의 노래를 많이 창작하여야 한다고 하였다. 예를 들어 "선군혁명령도의 개시음악인 명곡 ≪우리 장군님 제일이야≫가 민요풍의 노래로 창작된데 이어 선군의 기치따라 강성대국건설에로 힘차게 나아가는 우리 조국의 장엄한 현실과 생활의 랑만을 노래한 ≪강성부흥아리랑≫을 비롯하여 ≪수령님 만고풍상 못잊습니다≫, ≪그 언제나 마음이 든든합니다≫, ≪군민아리랑≫, ≪선군닐리리≫, ≪먼저 찾아요≫, ≪대홍단삼천리≫, ≪통일돈돌라리≫ 등 수많은 민요풍의 노래들이 선군시대의 명곡으로 창작되었다"고 평가하였다. 10호에서는 민족악기 개량사업을 훌륭히 영도하여 옥류금이 나오고 주체적 배합관현악과 민족관현악편성 등이 이루어졌다는 내용을 담고 있다. 특히 민족관현악의 음색은 남한의 국악관현악편성의 것과 다르다. 11호에서는 김정일의 영도로 민요를 현대적미감에 맞게 편곡하여 다양한 형식을 만들었으며, 가야금독병창형식, 경음악형식, 민족관현악편성, 민족기악음악, 배합관현악 등 다양한 형식들도 만들어졌다고 보았다.

### (6) 근대 서양음악이론의 반동성

10~12호에는 심정록이 「음악에 대한 〈에네르기〉리론의 반동성」, 「음악에 대한 〈음악적시간〉리론의 반동성」, 「음악에 대한 형식주의리론의 해독성」의 제목으로 근대이후 서양음악이론을 비판하는 글을 수록하였다.

## 2) 신작가요

### (1) 2003년 창작가요

〈그 념원 총대로 빛내리〉는 "항일의 녀성영웅 김정숙어머님의 불멸의 업적을 숭엄하면서도 사색적으로 훌륭히 형상하여 위대한 수령님께서 개척하신 주체혁명위업을 경애하는 장군님께서 위대한 선군정치로 빛나게 계승완성해나가시는 령도의 현명성을 높은 음악예술적경지에서 통속적으로 형상한 시대의 명곡"이라고 하였다.

## (2) 2004년 창작가요

• <선군의 기치따라 계속혁명 한길로>

2004년 1월 7일 당보 1면에 소개된 최준경작사/조경준 작곡의 이 노래 가사는 새해 공동사설의 총대중시사상이 집중적으로 반영되어 있는 명곡이며, 4/4박자로 된 행진곡풍의 선율의 앞부분은 씩씩하고 기백 있으며, 뒷부분은 환희적이고 격동적이라고 하였다.

• 합창조곡 <백두산아 이야기하라>

2003년 2월에 발표한 <선군장정의 길>에 이어 2004년 4월 김일성생일을 기념하여 창작한 합창조곡 <백두산아 이야기하라>는 김일성의 "빛나는 혁명역사를 고도로 함축되고 세련된 가곡 형상으로 격조 높이 형상한 백두태양찬가, 선군시대 음악예술의 대표작"이라고 평가하였다.

이외에 국립교향악단, 평양시예술선전대, 영화 및 방송음악단에 대한 방문기사와 활동소식, 그리고 작곡가 조경준과 박민혁에 관한 소개글도 보인다.

## 2005년

2005년의 음악기사에는 감성과 관련된 글이 초반에 많이 수록되어 있으며, 개인의 감정이나 일상적인 생활 속에서 음악창작활동을 할 것을 요구하는 분위기가 형성되어 있음을 볼 수 있다. 이는 1호의 선군예술명작창조에 성과를 내기 위해 자질구레한 생활적 문제로 작품창작을 하고 있음을 비판하였음에도 불구하고 2005년에는 구호보다는 개인적인 감정과 경험들이 유행했던 것으로 보인다. 또한 서유럽으로 유학하여 지휘공부를 하고 온 국립교향악단의 지휘자 김문혁이나 서구유럽의 음악콩쿠르에서 좋은 성적을 받은 연주자들이 늘어난 것과도 관련이 있어 보인다. 다만 다른 해와 비교하여 신곡 소개가 없는 점이 특이하다.

1호에는 신년공동사설의 내용의 바탕으로 한 명작창조사업 추동의 내용을 담고 있는 「선군예술명작창조성과로 승리자의 대축전을 빛내이자」에서 예술인들은 실력을 쌓고 당의 정책과 노선을 잘 살피며, 현실체험을 바탕으로 하고, 작품창작에 대한 지도를 잘 하여야 한다고 강조하였으나 이러한 강조는 매년 있어 왔던 논조이다. 다만 "지금 일부 문학예술작품들이 품위를 갖추지 못하고있는 중요한 원인이 하나가 바로 창작가, 예술인들이 생활의 자질구레한 문제를 가지고 작품을 창작하려 하거나 거기에서 솜씨를 보이려는 경향이 있기때문"이라는 글에서 2000년대 초반 예술가들의 작품들이 인민의 생활이나 개인적인 경향을 가진 작품들을 창작했었으나, 전쟁 60주년인 2005년부터는 당에 헌신하는 작품창작을 하라고 경고성의 글을 실은 것을 알 수 있다. 또한 2004년에 이어 북한식의 교향악작품에 관한 글이 수록되어 있다. 그리고 이외에 남성4중창을 새롭게 만들어 냈다는 기사와 2004년에 『조선음악전집』의 20권 전권이 출판된 것을 기념하는 좌담회 기사가 있다.

2호에는 김정일이 좋아했다는 가요 〈동지애의 노래〉와 〈내 나라의 푸른 하늘〉에 대한 소개와 김정일이 태어났다는 백두산 밀영을 칭송한 가요 〈흰눈덮인 고향집〉에 대한 소개, 그리고 전시가요인 〈자동차운전사의 노래〉에 대한 설명과 창작 일화가 수록되었다. 이 중 전시가요 〈자동차운전사의 노래〉는 험난한 전선길과 대조되는 해학적이며 통속적인 시어와 생활적인 명랑한 대사의 도입에 의한 여유 있는 랑만이 느껴지는데, 특히 '치치'하는 자동차 정차소리를 비롯한 생동한 세부묘사들은 싸우는 전선과 활기 넘치는 후방의 생활 장면을 집약적으로 보여줌으로써 작품의 진실성과 생활성을 새롭게 형상하였다고 보았다. 선군시대인 2005년, 그리고 김정일 생일달인 2월에 해학적이고 생활적인 전시가요를 소개한 이유는 무엇인지 알 수 없으나 1호의 논조와는 다르다는 점은 명확하다. 이에 더하여 차영도의 글인 「생활과 노래」에서는 시인과 창작가들은 "다양한 령역의 생활감정들을 정치적개념이나 구호로써가 아니라 어떻게 감성화하며 생활화하여 노래하는가"에 집중하여야 한다고 하였다. 이 글의 결말은 김정일이 말했다는 인간학으로 귀결되고 있으나 자극적인 구호가 아닌 감성과 생활에 관심을 돌리고 있었음을 알 수 있다. 또한 오광혁의 「피아노연주에서의 예술적환상력과 상상력」에서 피아노 연주가들이 예술적 환상력과 상상력을 높이기 위해서는 먼저 연주가 자신이 작품의 음악세계에 깊이 빠져들어야 하며, 음악적 표상을 최대한 발휘해야 한다고 보았다. 피아노연주가가 예술적 환상력과 상상력을 높이자면 즉흥능력을 키워야 하며, 연주가자신이 노래를 부를 줄 알아야 한다고 하였다. 연주자에게 작품에 대한 개성적인 해석능력을 강조하고 있음을 볼 수 있다. 마지막으로 박승운의 「다양한 민족기악작품창조를 위한 몇가지 문제」에서는 기존의 북한 민족기악곡의 창작 방식 중 민요나 민요풍의 가요를 바탕으로 하지 않더라도 인민의 감정과 정서에 부합되는 노래를 선택하여 기악곡으로 만들 수 있다고 하면서 "자유롭게 선택할 수 있도록" 선택범위를 넓혀 놓은 것도 주목된다.

3호에 수록된 글 중에는 문성진의 「노래의 정서적색갈과 가수의 개성」과 리정의 연재글인 선군시대 민요풍의 아동가요에 관한 글이 주목된다. 문성진의 글은 2호에 수록된 오광혁의 글과 상관성이 있어 보인다. 기악작품이 아닌 성악곡의 해석능력에 관하여 "음악의 정서는 연주가의 미학관, 취미, 음악소질 정도에 따라서 다르게 감수될수 있다. 때문에 노래의 정서적색갈에 대한 가수의 파악과정은 가수의 개성을 살릴수 있는 중요한 단계"라고 하면서 가수가 목소리로 실력을 드러내려 하지 말고 개성적으로 형상할 것을 요구하였다.

4호에는 김일성과 김정일의 계승을 교향악을 매개로 설명하였다. 「첫 중앙단체로 창립되던 나날에」에서는 김일성의 지도로 국립교향악단이 형성되었다는 내용이 수록되었으며, 「예지의 빛발로 활력을 부어주시며」에서는 김정일의 영도로 교향조곡 〈선군장정의 길〉이 "맨처음 선군사상을 심어주고 다음 부분에 《고난의 행군》을 넣고 그다음 혁명적군인정신, 그다음 마감4악장"으로 완성되었다고 보았다. 그러면서 이어진 글은 〈김정일장군의 노래〉가 만들어진 이야기를 수록해 놓았다. 이는 김일성

생일달에 김일성과 그의 계승자 김정일의 영도가 성공적임을 강조하기 위함이다.

5호에는 북한의 지원을 받은 일본의 재일조선인 사회에서 만들어지고 불렸던 노래들을 모아 북한에서 출판된 노래집에 대한 소개와 작곡가 김영도에 대한 호평, 1970년대에 편곡된 관현악〈아리랑〉의 선율과 형식, 구성에 대한 평가의 글, 와공후를 개량한 옥류금, 그리고 국립교향악단의 지휘자 김호윤의 기사가 눈에 띤다. 이 중 김호윤은 2005년 당시 40대에 갓 들어선 국립교향악단의 젊은 지휘자이다. 기사에 의하면 김정일이 "서유럽의 한 음악대학에 류학을 보내시여 고전교향곡에 비한 우리 식 주체교향악의 우월성과 생활력을 실체험으로 인식하도록 하시고 세계음악에 대한 식견과 지휘적견문도 넓혀주시였다."고 하였다. 이는 북한의 젊은 음악예술인들이 김정일 집권기간에 동유럽이나 러시아가 아닌 서구유럽으로의 유학 후 귀국하여 북한 음악 분야의 새로운 분위기를 조성하고 있음을 볼 수 있다.

6호에는 기존의 다른 연차에 비해 전쟁관련 기사가 보이지 않는다. 다만 대집단체조와 예술공연〈아리랑〉중 4장〈통일아리랑〉의 형상에 대한 설명과 "6.15 북남공동선언에서 밝혀준 민족대단결의 사상을 훌륭히 구현한 선군시대의 기념비적명곡《우리는 하나》"와 같이 6.15 남북공동성명에 대한 촉구의지를 보여줄 뿐이다. 그리고 한남용의「민족성 뚜렷한 우리 식의 배합관현악」에서는 1970년대에 만들어진 주체적배합관현악이 2000년대 선군시대에 들어와서는 새롭게 어은금을 위주로 하는 관현악편성을 마련하게 된 점을 강조하였다. 즉, 조선인민군공훈국가합창단의 악기편성은 "어은금(소어은금, 중어은금, 대어은금)을 기본으로" 하고 "양악목관악기, 금관악기, 바얀 및 손풍금을 비롯한 일부 서양악기들을 복종시켜 폭넓은 울림으로 민족적인 음색을 받쳐주거나 독특한 제3의 복합음색을 만들어내는것으로서 그 어디에서도 찾아볼수 없는 우리 식의 독특한 관현악편성"이라고 보았다. 그리고 《김정일장군의 노래》와 합창조곡《선군장정의 길》, 《백두산아 이야기하라》, 그리고 선군시대에 창작된 수많은 가요들과 민요들은 새롭게 편성된 관현악으로 형상되어 군인들과 인민들의 투쟁을 적극 고무추동하고 있다고 하였다.

7호에는 조선인민군공훈국가합창단의 인민배우인 석지민이 2004년 6월에 있은 제5차 국제 ≪네뚜노시상≫ 성악콩쿠르에서 1등을 수상하여 군대와 인민의 강성대국건설투쟁을 크게 고무하였다는 기사와 한태봉의 「학생소년예술공연에서 동심을 잘 살리자면」이 눈에 띤다. 한태봉의 글에서는 학생소년예술공연에서는 기존의 낡은 틀을 버리고 새롭게 아이들의 동심에 맞게 형상할 것을 요구하였다.

8호에서는 리태원의 「생활에 대한 공감은 음악창작과 연주활동의 심리적기초」에서는 "일정한 객관적현실생활의 본질을 깊이 인식하는 과정에 그에 대한 믿음과 감정정서적흥분을 안게 되는 심리적체험"이 바로 생활에 대한 공감이다. 이러한 생활에 대한 공감은 창조적 열적을 불러일으키는 심리적 바탕이 되고 높은 예술정서적 안목에 기초하며 적극적인 현실참여 속에서 일어난다고 보았다. 즉, "들끓는 현실에 뛰여들어 시대의 주인공들과 함께 숨쉬고 땀도 흘리며 생활에 대한 랑만을 함께 공감하며 즐기는 사람이라야 참다운 음악작품을 창작"하게 된다는 것이며, 창작가들에 대한 평가의 근거를 마련한다고 할 수 있다.

9호에서 주목할 글은 「창작가, 예술인들은 당창건60돐을 선군문학예술의 새로운 전성기로 빛내이자」라는 한영호의 글이다. 이 글에서 선군문학예술의 새로운 전성기 마련을 위해 김정일의 선군령도업적을 감명깊에 형상하여야 하고 혁명적 군인정신을 잘 반영하며 군민의 혈연적 관계를 잘 반영하고 높은 창작적열정과 실력을 지닌 선군시대의 혁명적 문예인이 되도록 노력해야 한다고 강조하였다.

10호에서는 리건의 「선군시대에 민요중시기풍이 차넘치도록」과 주동월의 「목요기량발표회의 독창성과 우월성」, 그리고 리창호의 「주체음악창작에서 민족성을 구현하기 위한 문제」 등이 주목된다. 먼저 리건의 글에서 2001년에 김정일이 민요를 계속 발굴하고 계승발전 시킬 것과 전통민요를 오늘의 현실과 시대적 미감에 맞게 발전시켜 민족성을 살려

나갈 것, 그리고 예술인들 속에서 민요에 대한 상식을 높이며 예술인재 양성기관들과 금성학원, 학생소년궁전들에서 학생들에게 어릴 때부터 민요를 교육시킬 것을 주문하였다고 한다. 이에 〈대홍단삼천리〉를 비롯한 많은 수많은 민요풍의 노래들이 창작되었다고 하였다. 또한 "민요의 가사를 고쳐 부르던 편향을 없애고 옛것을 살려 부르는것을 원칙"으로 삼고, "모든 성악가수들이 민요를 널리 부르고 모두가 민요를 부를줄 알게 하도록 하는 사업"을 강화하며 다양한 민요형상을 창조하여야 한다고 보았다. 여기에서 주목되는 것은 전통 민요의 가사를 인민의 미감에 맞게 고쳐 부르던 것을 다시 바꾸어 옛 가사를 부르도록 한 점으로 보아 정책의 변화가 있었음을 알 수 있다. 목요기량 발표회와 관련된 글에서 목요기량 발표회는 "창작가, 예술인들이 자질을 높이기 위하여 정상적으로 학습하고 훈련하면서 매주 목요일마다 집체적으로 모여서 기량을 발표하고 총화짓는 모임"이라고 규정하였으며 이 발표회를 통해 창작가, 예술인들의 자질향상사업의 정상화, 대중화, 과학화를 철저히 실현할 수 있으며, 국가적인 체계 속에서 계획적으로 진행하고 있고, 실천을 통하여 그 정당성과 생활력이 높이 발휘된 점으로 인하여 우월한 방식임을 강조하였다. 선군시대의 명작창작을 실현하는 방법으로 각 단체가 매주 목요일에 진행하는 목요기량 발표회 전통의 강화를 통해 예술가와 창작가들의 기량을 높일 것을 주문한 것으로 볼 수 있다. 또한 해이해지는 기강을 바로 잡겠다는 의지의 표명으로도 볼 수 있다. 주체음악과 민족성에 관한 리창호의 글에서는 민요를 비롯한 민족기악곡의 형식을 잘 이해하고 민족적 색깔과 민족장단을 잘 사용할 것을 권장하였다.

11호에서는 아동가요의 리듬에 관한 논의, 그리고 민요 조식의 형성원리에 관한 글, 예술적 기량을 높여주기 위한 개별레슨의 방법 등에 대한 글들이 있다. 이 중 1990년대 아동가요의 리듬수법에 관한 주영미의 「1990년대 아동가요창작에 적용된 새로운 리듬수법」에서는 이전 시기에 자주 사용된 리듬뿐 아니라 많이 사용하지 않았던 6/4박자나 5/8, 9/8, 10/8박자, 2/2박자를 노래에 담겨진 내용과 양상에 맞게 적용한 점을 높이 평가하였다.

또한 이강음이나 특색 있는 휴지부를 사용하여 리듬의 장단성을 잘 표현한 수법들이 적용되어 1990년대 아동가요가 특색 있다고 말하였다.

12호에는 조선인민군공훈국가합창단의 관현악이 혁명군대의 성격에 맞는 화선관현악이라는 평가를 하는 이유는 바이올린이나 실로폰, 하프, 첼로와 같은 양악기 없이 음악을 반주하고 있으며, 특히 어은금과 손풍금이 인민군대의 혁명적 성격과 혁명군가의 관현악적 울림을 구현하고 있기 때문이라고 보았다. 그리고 피아노독주곡 〈김정숙어머니 우리 어머님〉의 연주형상에 관한 글은 12월이라는 시기적 특성과 맞물린다.

## 1) 연재글

### (1) 악기연주

• 피아노연주에서의 력도: 성원진

피아노연주에서의 력도는 피아노 연주에서의 건반터치의 정도로 이해될 수 있다. 글의 설명에서도 력도는 점차 크게와 점차 작게, 음의 고르로움과 섬세한 음의 변화를 의미하며, 곧 힘조절이라고 하였다. 2호의 「피아노연주에서 력도의 점차적인 수법」에서는 피아노 연주시에 급격한 강도의 변화보다는 점점 빠르게, 혹은 점점 느리게, 고른 음색과 섬세한 음의 변화를 만들어 낼 수 있도록 연습할 것을 강조하였다. 3호의 「피아노연주에서 력도표현의 중요성」에서는 력도표현이 "피아노곡에서 인민성의 기본징표인 가창성을 철저히 보장하기 위한 필수적요구"일 뿐만 아니라 피아노의 특성을 높이 발양시키면서 연주의 다른 표현수법들을 잘 살릴 수 있는 중요한 표현수단이기 때문이라고 보았다. 그리고 "인민들의 사랑을 받는 진실하고 개성적인 음악형상을 창조하기 위하여 적극 노력"할 것을 당부하였다.

• 바이올린연주에서 조선장단의 구현: 신영철

3호의 「바이올린연주에서 조선장단의 력도적 선형을 옳게 살리기 위한 문제」에서는 바이올린으로 연주를 '조선맛'이 나게 연주하기 위해서는 전통적인 조선장단의 특성에 대하여 잘 알고, 장단의 발상적 성격과 함께 장단의 력도적 선형을 음악적 흐름 속에서 연주할 것을 요구하였다. 4호에서는 바이올린연주에서 양악화된 장단의 억양적 성격을 구현하기 위해서 활의 편성, 활의 등분과 활의 압력, 속도조절을 잘 해야 한다고 보았다.

• 피아노련탄연주: 김정호

6호의 「피아노련탄연주를 잘하려면」에서 두 사람이 한 대의 피아노를 같이 연주하는 피아노련탄을 잘 형상하기 위해서는 페달과 팔의 교차진행 등을 고려해야 한다고 하였다. 7호에서는 피아노연탄을 위한 두 연주자가 음악적 호흡과 동작이 일치해야 하며 속도변화의 형상적요구와 밀착된 표현적 동작으로 통일이 되도록 노력하여야 한다고 하였다. 그리고 11호의 「음악적재능을 발양시키는 피아노련탄」에서는 피아노연탄이 어린 학생들의 재능을 발양시키기 위한 유일한 수단임을 강조하였다.

• 기타연주: 리명철

「기타연주에서 왼손숙련방법의 몇가지문제」(7호)와 「기타의 미끌기주법숙련에 대하여」(8호).

• 가야금연주: 경남철

「가야금연주에서 롱현과 왼손자세」(6호)와 「가야금연주기초에서 악기위치설정문제」(8호).

• 피아노음악 기보: 박현범

피아노음악의 기보와 관련된 글로는 「피아노음악기보의 특성과 연주울림」(8호), 「피아노음악에서 팟세지 기보」(9호), 「피아노음악기보에서 오른쪽 페달지시」(11호)가 있다.

• 장고연주: 리경희

「장고연주에서 홑궁치기에 대하여」(9호)를 보면 홑궁치기란 궁편을 상대적강박과 약박에서 각각 한번씩 치는것을 말한다고 한다. 그리고 홑궁연주는 "장단의 강박 즉 박절적력점을 비롯한 장단의 리듬적 및 력도적 력점 그리고 속도적 력점연주를 맡게 되는만큼 음악작품연주전반에서 가장 중요한 역할"을 한다고 하였다. 10호의 장고채로 채편을 한번 치는 홑채치기에 관한 글에서 장단의 기본가락들을 담당하고 있는 홑채 연주는 맑고 부드러우면서도 창창한 소리로 궁편울림과 음악적 조화를 이룸으로써 장단의 억양을 더욱 부각시키고 그 연주형상성을 높이는데 서 결정적 역할을 한다고 하였다.

### (2) 작곡법
• 피아노 창작곡의 짜임새: 김정란

명곡과 민요를 기본으로 한 북한의 피아노곡에서 음악을 엮어가는 방식을 짜임새라고 하며, "선율에 대한 성부를 다는것, 반주에서 화성이나 장단을 쓰는 모양새, 대위선율이나 복성수단을 쓰는것" 등이 있다. 2호에서는 이러한 피아노 창작곡의 짜임새의 의미에 대하여 서술하였다. 3호에서는 짜임새의 형태를 설명하였다. 짜임새는 구성적특성에 따라 크게 주성적 짜임새와 복성적 짜임새로 나뉜다. 주성적 짜임새는 "선율과 반주를 가지는 짜임새"로, 기본 선율에 반주가 붙어있는 다성적 서술이라고 한다. 복성적 짜임새란 독자적이면서 자립적인 두개이상의 선율들이 동시에 결합된 짜임새로 선율들이 어떻게 결합되었는가에 따라 부성적 복성형태, 대조적 복성형태, 모방적 복성형태로 구분되며, 북한의 실제 피아노 음악에서는 주성적 짜임새가 위주로 되면서도 거기에 복성적 짜임새가 자유롭게 섞이어 음악 짜임새가 다양하게 이루어지고 있다고 하였다. 4호의 「피아노곡창작의 음악 짜임새에서 지켜야 할 원칙」에서는 피아노곡의 선율을 살리기 위해 모든 요소를 집중시키되 악기와 연주의 특성에 맞추며 새로운 느낌이 들도록 편곡을 잘해야 한다고 명시하였다. 이것은 『음악예술론』에 이미 쓰여 있다.

• 선군시대 민요풍의 아동가요: 리정

선군시대 민요풍의 아동가요는 3호와 4호에 수록되었다. 3호의 「선군시대 민요풍의 아동가요의 장단적특성」에서 아동가요에 적용된 장단은 "학생소년들과 어린이들의 동심적인 지향과 정서가 잘 반영"되어 그 정서가 "밝고 락천적이면서도 흥겹고 약동적인 것이 특징"이다. 이러한 정서를 반영하는 장단으로는 안땅장단과 덩덕쿵장단, 변형 덩덕쿵장단, 엇모리장단을 들고 있는데 이 장단을 모두 역동성이 강한 장단들이다. 이 중 남한에서는 안땅장단과 비슷한 휘모리장단을 국악동요에 사용할 것을 권장하고 있다. 선율역시 아동들의 심리정서적 특성과 음악적 미감에 맞는 동심적 이면서도 개성적인 것으로 되여야 하는데, 이를 위해 반복의 수법, 가공의 수법, 대조의 수법 등이 사용되어 창작되었다. 가공의 수법은 주로 제시된 선률소재를 일정한 높이에서 모방하는 형태로 나타나며, 대조의 수법은 주로 리듬적인 대조를 주는 방법으로 이루어진 것이 특징이라고 보았다.

• 손풍금반주편곡: 김귀남

손풍금의 반주 편곡에 관한 글로는 「손풍금반주편곡에서 화음적용수법」(4호), 「손풍금에 의한 가요반주편곡에서 전주창작수법」(5호), 「손풍금에 의한 가요반주편곡에서 전조수법」(6호)이 있다.

• 화성서술에서 전통적인 민요5음계화음과 대소조체계 7음계화음들의 결합: 백용남

4호와 6호에 수록되었다. 4호의 「화성서술에서 전통적인 민요5음계화음과 대소조체계 음계화음들의 결합에 대한 일반적리해」에서는 북한의 음악창작에서 대소조체계에 의한 7음계화음과 전통적인 민요5음계화음들을 유기적으로 결합하여 적용하는 것은 가장 효과적인 화성수법의 하나이므로, 대소조체계에 의한 7음계화음과 전통적인 민요5음계화음들의 결합에 관한 문제는 북한의 음악창작과 작품분석을 위한 음악리론실천 분야에서 매우 중요한 문제라고 보았다. 전통적인 민요5음계화음들과 대소조체계7음계화음들을 결합한다는 것은 화성형성원리가 서로 다른 대소조식3화음과 우리나라의 전통적인 민요5음계화음들을 새로운 화음형성원리에 맞게 유기적으로 결합시킨다는 것을 의미한다. 6호에서는 민요5음계화음과 대소조체계7음계화음들의 두 가지 결합 형태를 설명하였다. 그 하나는 음향의 조화를 위주로 하는 대소조식3화음에 선율음조적인 성격이 강한 평조, 계면조식3화음들을 결합하여 만든 배합화

음들이며 다른 하나는 대소조식3화음 위에 민요조식화음을 원형그대로 중첩시켜 구성된 복합화음들이다. 이러한 배합화음과 복합화음은 "배합 2도3화음들과 4도3화음들이 화음의 크기와 조식적인 체계를 나타내는 데서 중요한 의의를 가지는 화음의 골조가 완전5도로서 서로 같다는" 점과 "완전 및 불완전형태의 복합화음들도 그 골조가 8도로 되여 배합화 음들과 외적으로는 현저한 차이를 가지고있지만 내부음정구조에서는 자연배음에 기초하고있는 3도관계의 결합음정과 함께 민요조식의 성격 이 강한 대2도, 완전4도음정들이 다 같이 포함되여"있다는 점에서 공통 점이 있다. 이러한 서술은 정책적으로 민요를 주제로 하는 기악곡 서술 을 강제하면서도 결합이 용이하지 않기 때문인 것으로 보인다.

• 관현악과 피아노독주, 합창 <사향가>: 양철성

「독특한 절가적반복속에 펼쳐진 훌륭한 음악형상」(11호)에서는 관현 악과 피아노독주, 합창 〈사향가〉가 〈사향가〉에 담긴 내용을 두 차례의 특색있는 선율반복을 통해 형상하였으며, 명곡에 기초한 절가적 반복형 식의 구조를 개척하였다고 하였다. 그리고 12호의 「전조적수법에 의한 직관적형상」에서는 서주부터 전반부, 연결부, 후반부에 사용된 다양한 전조수법들을 소개하면서 전주수법들이 작품의 음악적 구성과 형상적 요구에 맞게 적용됨으로써 작품의 주제를 풍성한 교향악적 울림이 펼쳐 질 수 있다고 평가하였다.


### (3) 기타

• 교향곡의 역사를 거슬러 1·2

4호에서는 심포니로부터 표제음악으로의 발전까지 서술하였다. 그리 고 5호에서는 김정일의 영도로 주체적 교향악이 탄생하였는데 주체적 교향악은 수령과 혁명을 주제로 하며 기악음악에서 인민성, 통속성을 구현하였다고 설명하였다.

• 례식음악: 황명훈

「례식음악에 대한 일반적리해」(5호)에서는 일정한 격식을 갖추어 진행하는 예식에 사용되는 예식음악은 계급적 성격과 민족의 정서적 미감을 반영하여야 한다고 보았다. 「우리 나라 혁명적례식음악의 종류」(9호)에서는 북한의 혁명적 예식음악에는 각종 대회와 군중 모임 때 연주하는 행사예식음악, 열병예식음악, 추모예식음악, 환영예식음악, 축전예식음악, 청소년예식음악이 있으며, "인민대중이 사랑하고 당정책적요구에 맞는 명곡을 기본으로 하여 발전하는 시대의 정서적요구에 맞게 형상하며 가사없는 새로운 례식음악을 만드는 경우에도 례식의 성격과 대중의 정서적미감에 맞는 현대성과 민족성이 확고히 보장된 인상적인 명곡으로 되게 하는 원칙에서 창작하여 적용"된다고 하였다. 「례식음악의 정서적특성」(10호)에서 혁명적 예식음악의 정서는 숭엄하면서도 장중하며, 전투성과 호소성이 있고, 정중하고 사색적이며, 낭만적이며 밝다고 하면서 혁명적 례식음악의 이러한 정서적특성은 우리 민족이 지닌 고상한 정서적 미감의 발현이며 예식음악의 주체성과 민족성, 혁명성을 담보하는 사상정서적 기초가 된다고 보았다.

• 1990년대와 이후 시기 생활가요: 정용만

「1990년대와 이후시기 생활을 노래한 가요음악의 선율형상적특성」(8호)에서는 1990년대에 창작된 〈녀성은 꽃이라네〉(1991), 〈휘파람〉(1990), 〈축복하노라〉(1990), 〈처녀시절〉(1991), 〈토장의 노래〉(1993), 〈준마처녀〉(1999), 〈부러웁데요〉(1998) 등의 노래에는 군대와 인민들의 혁명적 랑만과 희열, 생기, 낙천성 등이 구현되어 있으며, 민족성과 현대성을 구현하기 위한 민요조식과 이강음적 리듬을 사용하고 있고, 반복적인 선율전개 수법을 통해 통속성과 예술성을 담보하였다고 보았다. 그리고 「1990년대와 이후시기 생활을 반영한 노래들의 주제사상적특성」(9호)을 보면 1990년대와 이후시대 생활주제가요들은 높은 사상성을 구현하고 있으며, 다양한 주제와 생활 내용이 담겨 있으며, 문화정서생활과 미풍양속을 반영하고, 혁명적 낭만이 넘치는 청춘들의 아름다운 생활과 투쟁을 담고 있다고 하였다.

• 노동가요에 대한 이해: 김경이

9호의 「우리 식 로동가요의 특성」에서는 인민들의 사상감정을 그들의 일상적인 생활언어와 음악형식으로 표현한 노래인 노동가요는 ≪풍년모를 어서 내세≫와 같이 힘 있고 발랄하면서도 부르기 쉽게 창작되었으며, ≪대건설 일터마다 신바람 절로 나네≫, ≪조국의 자연을 개조해가세≫등과 같이 투쟁감이 나면서도 부드럽고 소박하고 생동하여 민족적 정서가 잘 표현되어 있다고 하였다. 10호의 「로동가요에 대한 일반적 리해」에서는 북한에서 새롭게 만들어진 노동가요는 ≪조국의 자연을 개조해가세≫, ≪풍년모를 어서 내세≫, ≪탄부의 영예 빛내여가리≫, ≪자동화의 노래속에 쇠물폭포 쏟아진다≫ 등에서 보듯이 근로자들의 노동생활을 생활적으로 다양하게 반영하고 그 선율이 투쟁감이 나면서도 부드럽고 소박하고 생동하며 힘 있고 발랄하면서도 부르기가 쉬운 노래로 되어 인민의 사랑을 받고 있다고 하였다.

## 2006년

2006년 『조선예술』에 수록된 여러 음악관련 기사를 보면 성악부문에서는 2005년에 창작된 예술공연 〈내 나라의 푸른 하늘〉에 관한 글들과 절가형식을 취하지 않은 가요 〈하나밖에 없는 조국을 위하여〉, 그리고 생활가요와 보천보전자악단의 여성4중창에 관한 글들이 눈에 띤다. 그리고 기악부문에서는 국립교향악단의 창립 60주년관련 글과 함께 어은금, 소해금, 양악기의 민족성 구현에 관한 글들을 찾을 수 있으며, 그외에 평양음대의 개축과 국내 콩쿠르인 2.16예술상, 그리고 국제 콩쿠르에서의 입상 소식 등이 볼만 하다.

### 1) 성악: 예술공연 〈내 나라의 푸른 하늘〉과 새로운 생활가요

성악부문에서는 2005년 12월에 있었던 예술공연 〈내 나라의 푸른 하늘〉과 관련된 기사들이 주목된다. 예술공연 〈내 나라의 푸른 하늘〉은 김일성상 계관작품이며, 〈내 나라의 푸른 하늘〉을 주제음악으로 삼고 〈일편단심 붉은 마음 간직합니다〉, 〈밀림이 설레인다〉, 〈어머니당이여〉, 〈영웅의 그 나이 열여덟이였네〉, 〈하나밖에 없는 조국을 위하여〉, 〈매봉산의 노래〉, 〈김일성원수께 드리는 노래〉, 〈우리는 잊지 않으리〉, 〈언제나 향도의 별과 함께〉, 〈군민일치 노래부르자〉, 〈강성부흥 아리랑〉, 〈김정일동지께 드리는 노래〉, 〈승리의 길〉 등으로 구성되어 있으며, 북한의 역사를 보여 주는 노래들이다. 이 예술공연에는 2.16예술상과 국제 콩쿠르 수상자들이 공연자로 나왔으며, 바이올린제주, 트럼페트2중주, 가야금병창, 어은금병창과 같은 다양한 연주형식, 전면배합관현악편성 등이 구비된 기념비적명작으로 평가받는다.

예술공연 〈내 나라의 푸른 하늘〉이 주목되는 이유는 그 이전의 음악공연과는 달리 주제가 있는 음악회공연이라는 점이다. 2010년 이후의 음악공연에서 제명이 붙은 음악회들을 많이 볼 수 있는데 그 시원이 바로 예술공연 〈내 나라의 푸른 하늘〉인 것이다.

예술공연 〈내 나라의 푸른 하늘〉에 수록된 노래 중 리수복의 신념을 담은 자작시에 조선인민군공훈국가합창단의 작곡가인 조경준이 곡을 붙인 노래 〈하나밖에 없는 조국을 위하여〉는 2005년 12월 1일 『로동신문』 1면에 소개된 창작가요이다. 황승철은 이 노래가 혁명적 수령관과 조국관이 잘 표현되어 선군시대의 음악정서를 잘 표현하였다고 평가하였다.

그런데 이 노래가 기존의 가요와 다른 것은 바로 절가형식이 아니라는 점이다. 주지하다시피 북한에서 창작된 대부분의 노래는 절가형식으로 이루어져 있으며, 가극의 노래도 절가로 만들 정도로 절가에 대한 집착이 강하다. 그런데 절가가 아닌 무정형의 시 전체를 A-B-A의 3부분형식에 담아 낸 것이다.

2005년에 젊은 작곡가가 절가형식이 아닌 노래를 만들 생각을 했다는 점과 절가형식이 아닌 가요가 물론 김정일의 호평이 있었지만 사회에 용인되었다는 사실은 2000년대 중반 음악계의 황금기였기에 가능하지

하나밖에 없는 조국을 위하여

않았을까 하는 추측을 해 보게 된다.

　2006년 성악부문 기사에서 주의 깊게 볼 것은 새롭게 형상했다는 보천보전자악단의 여성4중창이다. 화면음악으로 만들어 보급한 보천보전자악단의 여성4중창의 노래가 반향이 좋아서 박정남(김원균명칭 평양음대 교수)과 장조일(만수대예술단 작곡가), 그리고 만수대예술단의 석련희의 좌담회 내용이 수록되었다(「(좌담회) 새롭고 독특한 음악형상세계: 새로

형상한 보천보전자악단 녀성4중창의 음악형상을 놓고」, 8호). 그리고 이러한 내용은 류정화의 글(「참신하고 특색있는 우리 식의 녀성4중창」, 9호)에서도 보인다. 새롭게 형상한 노래로는 〈우리 집은 군인가정〉, 〈예쁜이〉, 〈군민일치 노래 부르자〉, 〈이 강산 하도 좋아〉, 〈어느 사단 출신인가요〉, 〈대홍단에 달려온 어제날 병사〉, 〈어머니 우리 당이 바란다면〉이다. 보천보전자악단의 여성4중창이 새로운 이유는 민성가수와 양성가수, 대중가요가수들이 적절히 배합되어 "노래형상에서 민성가수들은 밝고 선명한 맛을 주고 양성가수들은 울림의 폭과 부드러움을 주고 그리고 대중가요가수들은 통속성을 부여함으로써 특색있게 잘 조화된 새로운 음악형상을 펼쳐놓을수 있었"기 때문이며, 이런 이유로 민족성이 살아나면서도 현대적 미감에 맞다고 평가하였다.

보천보전자악단의 기사와 함께 생활가요에 대한 요구의 글도 주목된다. 김철민은 「생활가요를 많이 창작하자」(4호)에서 전시생활가요인 〈전호속의 나의 노래〉, 〈샘물터에서〉, 〈아무도 몰라〉는 인민들에게 조국애와 혁명적 낙관주의정신을 심어주었으며 90년대에는 〈휘파람〉, 〈도시처녀 시집와요〉, 〈축복하노라〉, 〈내 이름을 묻지 마세요〉, 〈녀성은 꽃이라네〉, 〈아직은 말 못해〉 등의 노래들이 낭만과 생의 희열을 주었다고 평가하였다. 이어 앞으로의 생활가요는 "나날이 높아가는 우리 인민의 문화정서적요구"를 만족시키기 위하여 생활을 잘 묘사하면서도 사상성이 있고, 예술성을 견지하되 통속성을 보장하며, 창작가들이 대중들의 생활을 깊이 체험하여 작품을 쓸 것을 요구하였다. 우연오 또한 「주체음악발전의 높은 경지를 이룩할수 있는 길을 밝혀준 정당한 사상」(7호)에서 생활적인 노래를 많이 창작하는 것은 "제국주의사상문화적침투를 막아내고 주체음악예술의 순결성을 보장"하기 때문이라고 하면서 "건전하고도 통속적이며 락천적이고 생기발랄한 생활적인 노래들은 제국주의사상문화적침투를 막는 중요한 수단"이라고 보았다. 또한 "창작가들이 선군시대의 요구에 맞는 생활적인 노래를 많이 창작하지 못하면 사람들은 저도 모르게 이색적인 노래를 부르게 될것이며 심지어 퇴폐적인 남의 나라 노래를 부르는 현상도 생겨나게 될것"이라고 경계하고 있다. 이러한 현상은 2000년대 들어 선군을 강조하면서 90년대 보천보전자악단이 이끌던 생활가요창작이 급격히 줄어들고, 남북교류와 함께 남한의 가수들이 방북공연을 하면서 남한의 노래들이 많이 불려지면서 나타난 현상이 아닌가 한다. 이러한 논의와 함께 7호에는 1998년에 창작된 생활가요 〈예쁜이〉를 새롭게 여성4중창으로 형상한 〈예쁜이〉와 1991년 작인 〈녀성은 꽃이라네〉의 해설을 수록해 놓았다.

이외에 2006년 조선예술에 수록된 신작가요로는 2002년에 창작된 〈장군님의 전선길〉, 〈축복받은 나의 삶〉과 2005년에 창작된 〈하나밖에 없는 조국을 위하여〉와 보천보전자악단에서 창작한 〈통일 6.15〉, 그리고 2006년에 창작된 〈장군님의 야전길〉 등이다.

## 2) 기악: 어은금과 양악기의 민족성 구현

2006년 음악기사 중 기악부문의 글을 보면 어은금이 대세로 등장했음을 볼 수 있다. 3호에 「(악기소개) 어은금」을 시작으로 문주영의 「어은금의 연주자세」(6호), 「어은금 조률체계(4.3도)의 특성」(7호), 「어은금연주에서 잇기의 기술적요구」(8호), 「어은금독주곡 ≪내 조국의 밝은 달아≫의 연주형상에 대하여」(11호)를 연재한 기사가 그것이다. 어은금은 김정일이 1960년대에 만들었다는 악기이다. 악기의 모양은 조롱박모양이며 크기 않고 가벼울 뿐만 아니라 배우기도 쉬워 대중악기로 많이 쓰인다고 한다.

어은금 외에 세 개의 소해금독주곡이 연이어 수록된 점도 눈에 띈다. 1호의 「안땅장단의 정서적특성을 잘 살리자면: 소해금독주곡 ≪초소의 봄≫ 연주에서」(김명춘)와 3호의 「소해금독주곡 ≪우리의 동해는 좋기도 하지≫에 대하여」(리영옥), 그리고 4호의 「소해금협주곡 ≪피바다가≫의 연주형상」(김찬혁)이 그것이다.

악기연주에서의 민족성과 관련하여 양악목관악기와 현악기에서 민족

성을 구현하기 위한 방법에 관한 글
도 지속적으로 수록되어 있다. 림정
학의 글 「양악목관악기연주의 민족성
구현에서 나서는 문제」(8호)에서는 양
악목관악기들이 민족죽관악기들처럼
"양악목관악기로도 우리 민족음악의
고유한 억양이 느껴지도록 연주하는

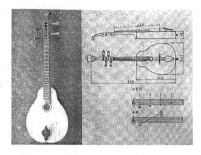

것"을 요구하고 있다. "특히 부드러운 혀쓰기, 깊은 호흡, 비브라토와 미
분음연주를 손색없이 형상"할 것을 당부하고 있다. 그리고 신영철의 「바
이올린연주에서 굿거리장단의 특성을 살리기 위한 방법」(9호)에서도 굿
거리장단 연주에서 활을 장단의 역점에 맞게 쓸 것을 강조하였다. 바이
올린에서의 민족장단연주와 관련하여 2013년 은하수관현악단의 문경진
이 파리 라디오 오케스트라와의 합동공연에서 솔로연주로 〈닐리리야〉
를 연주한 장면이 떠오른다. 우아하면서도 민요의 특성과 장단의 느낌을
잘 살려 연주하였었다. 그런데 과연 우리 연주자들은 외국 오케스트라의
합동공연에서 악장의 솔로 연주로 민요 연주를 선택할 수 있을지 의문이
다. 북한의 양악연주자들은 지속적으로 당연하게든, 혹은 강압적으로든
민족음악 연주에 중점을 두고 있음을 확인할 수 있다.

　2006년 8호에는 1946년 8월 8일 창립공연을 했던 국립교향악단 창립
60주년 관련 기사들을 볼 수 있다. 국립교향악단은 북한의 대표적인 관

현악단체이며 90년대 후반 고난의 행군시기에 3관편성관현악단으로 확대되었다. 2003년 공훈합창단에서 형상한 합창조곡 〈선군장정의 길〉을 편곡하여 2004년에 창작형상한 교향조곡 〈선군장정의 길〉이나 "인민에게 민족제일주의정신을 깊이 심어주는 교향곡 ≪내 나라 제일로 좋아≫를 비롯하여 교향조곡 ≪혈전만리≫, 관현악곡들인 ≪무장으로 받들자 우리의 최고사령관≫, ≪대를 이어 충성을 다하렵니다≫ 등 우리 인민의 다양한 정서적요구를 교향악적인 울림에 실어 섬세하게 그려내는 국립교향악단은 음악정치의 해빛아래 개화만발하는 음악예술의 화원을 풍요롭게 장식하여 내 조국의 부강발전에 커다란 공헌을 하고 있"다고 평가하고 있다. 뿐만 아니라 2006년의 창립60주년 공연에서는 쇼스타코비치의 교향곡 제7번 〈레닌그라드〉나 요한 슈트라우스의 왈츠 〈아름답고 푸른 도나우〉 등 서양클래식음악을 연주하기도 하는 등 연주력과 형상력 향상에 힘쓰고 있다. 그리고 6호에서는 국립교향악단의 전속극장인 모란봉극장 개관기념공연을 진행하였다는 기사가 실렸으며, 10호에는 모란봉극장에서 국립교향악단 창립 60돐 기념공연을 진행한 사진이 수록되었다. 이외에 10~12호에는 피아노반주와 관련한 4개의 글이 수록되어 있기도 하다.

### 3) 차세대 음악인 양성: 평양음악대학의 재건축 완료와 국내·국제 콩쿠르 입상

9호에는 2006년 5월 9일에 새롭게 개축한 김원균명칭 평양음악대학을 소개하는 글들이 수록되었으며, 6페이지에 걸쳐 평양음악대학의 사진을 수록하였다. 또한 평양음대의 학생들인 김기영, 리성철, 리향숙, 백미영, 윤직복, 문경진, 황은미 등이 국제무대에서 두각을 나타내고 있다고 선전하였다.

북한에서 가장 유력한 콩쿠르인 제 16차 〈2.16예술상〉 개인경연의 현악기부문과 새롭게 추가된 손풍금(바얀)부문에는 거의 모두 20대 미만의 연주자들이 대거 참여하여 입상하였는데, 여기에서 평양음대 학생이었던 선우향희가 처음 보인다. 물론 1등은 평안북도예술단의 김선영이었으나 평양음대 학생들에 대한 소개부분에서 선우향희의 연주가 순수하다고 평가하였다. 선우향희는 2009년 만수대예술단의 삼지연악단에 소속되어 연주활동을 하다가 2012년 모란봉악단의 악장이 되어 전자바이올린을 연주하는 연주자이다.

2006년도 그 전해에 이어 해외 콩쿠르에서 수상한 소식들이 보인다. 2호에는 문경진이 파가니니 명칭 제3차 모스크바국제콩쿠르에서 2등을 수상하였으며 이어 7월에 프랑스의 앙데시에서 열린 11차 카네티국제음악축전에서 지난해 콩쿠르입상자들 중 유일하게 문경진만이 초청되어 바이올린독주회를 가졌다는 소식이다. 문경진은 독주회에서 바흐와 파가니니, 차이코프스키의 곡들을 연주하여 절찬을 받았다고 한다. 그리고 5월에는 이탈리아의 산타체칠리아 음악대학에서 유학중인 황은미가 제13차 쥬세뻬 디 스떼파노 국제 성악콩쿠르에서 최우수상을 수상하였다. 시상식에서는 최우수 국제 콩쿠르상과 모차르트의 가극 주인공역자격증이 수여되었다고 한다. 문경진과 황은미는 모두 해외유학파이며 귀국 후 은하수관현악단에 소속되어 활동하였다.

국내파였던 선우향희는 김정은시대에 가장 대중적인 예술단체의 바이올린연주자로 활동하고 있는 반면, 해외파였던 문경진은 2013년 은하수관현악단의 추문과 관련하여 총살설이 돌았으며 황은미 역시 은하수관현악단과 함께 활동여부를 확인할 수 없다.


## 2007년

『조선예술』 2007년 12호에 차송철의 「위대한 장군님의 선군령도아래 우리 문학예술이 걸어온 자랑찬 한해」에서는 2007년에 있었던 음악을 정리한 글을 찾아볼 수 있다. 2007년 음악부문의 주요 성과로는 우선

공훈국가합창단이 연주하는 군가소리로 군대와 인민을 고무추동한 점이며, 두 번째로 주체성과 민족성이 강한 작품들이 창작된 점, 세 번째로 혁명적 낭만을 강조하는 군중문화예술활동이 활발했던 점, 그리고 네 번째로 중요 국가기념일들에 경축공연들을 하도록 결정했다는 점 등이다. 이렇게 북한에서 음악부문의 성과로 제시한 것과 함께 김정일과 그 가계에 대한 찬양의 음악들이 넘쳐나고 있으며, 민족적 정서를 강조하는 분위기를 곳곳에서 느낄 수 있다. 또한 특기할 만한 것으로 김정일이 의욕적으로 문화예술부문에서 활동했던 1970년대를 회고하는 글들이 실리면서 음악정치에 대한 강조가 덧붙여지고 있다.

## 1) 북한과 김정일 찬양의 노래들

2003년에 북한의 음악계에 처음 등장한 형식인 합창조곡은 선군시대의 나팔수라고 불리는 조선인민군공훈국가합창단에서 형상한 음악이다. 기존의 교성곡이나 오라토리오와는 다른 북한의 합창조곡은 모든 음악을 〈피바다〉식 가극창작 원칙에 의거하여 절가로 만들었다. 이로 인해 조선인민군공훈국가합창단에서 만들어낸 합창조곡인 ≪선군장정의 길≫과 ≪백두산아 이야기하라≫는 북한에서 "주체음악예술의 또 하나의 본보기로 되는 우리 식의 독창적인 조곡형식"이며, "선군시대의 첫 합창조곡 ≪선군장정의 길≫(주체92년)이 창조된데 이어 위대한 수령님의 영광스러운 항일혁명력사를 집대성한 합창조곡 ≪백두산아 이야기하라≫(주체93년)가 세상에 태여남으로써 우리 식의 독창적인 합창조곡 형식의 위력을 힘있게 과시하였다"고 평가[1]하였다. 특히 장련희는 합창조곡 〈백두산아 이야기하라〉를 심도 있게 다루고 있는데, 이 음악은 김일성의 항일혁명역사를 찬양하고, 김일성의 항일무장투쟁과 "태양의 력사를 길이 빛내여가려는 천만군민의 드높은 결의"를 반영한 것[2]이며,

1) 장련희, 「우리 식 합창조곡의 독창성」, 『조선예술』 2007년 1호, 21~22쪽.
2) 장련희, 「전설적위인의 불멸의 혁명력사와 업적을 칭송한 백두태양찬가: 합창조곡 ≪백두

특히 제5악장 〈밀림속의 승전가〉는 혁명적 낙관주의 정신을 잘 표현한 것으로, "혁명의 노래 높이 부르며 필승의 신념과 락관에 넘쳐 선군혁명 위업수행의 한길로 억세게 나아가는 우리 군대와 인민을 고무추동하는 시대의 명곡"3)이라고 하였다.

산아 이야기하라≫의 사상주제적내용에 대하여」, 『조선예술』 2007년 4호, 26~28쪽.

3) 장련희, 「필승의 신념과 혁명적락관주의에 대한 격찬의 메아리: 합창조곡 ≪백두산아 이

2006년에 이어 2007년에도 예술공연 〈내 나라의 푸른 하늘〉을 주의 깊게 다루고 있었다. 2007년 3월 8일의 공연에는 김정일이 친견한 후 "선군시대의 또 하나의 대걸작으로 훌륭하게 창작완성된데 대하여 커다란 만족을 표시"하였다고 한다. "총대와 함께 음악정치로 백승을 떨치시는 위대한 장군님의 정력적인 지도밑에 최상의 사상예술적 수준에서 창작완성된 예술공연 ≪내 나라의 푸른 하늘≫(려명편)은 당의 령도밑에 선군시대와 더불어 찬란히 개화발전하는 주체음악예술의 위력에 대한 힘있는 과시"였던 이 공연은 혁명적 수령관, 미래에 대한 낙관, 낭만, 민족적 홍취가 가득하다[4]고 평하였다. 또한 이 공연이 선군시대의 기념비적 명작인 이유는 뛰어난 편곡기술과 연주자들의 높은 기량이 발휘되었기 때문이라고 보았다. 특히 주목되는 것은 "공연에서 ≪2.16예술상≫ 수상자, 국제콩클수상자들을 비롯한 관록있는 성악가수들"과 "김원균명칭 평양음악대학의 신인지휘자"가 열정적으로 자신의 재능을 발휘하여 형상하였음을 강조하였는데, 여기에서 지난 5~6년간 있었던 해외 콩쿠르 수상자와 국내 연주자들에 대한 자부심, 선군시대를 이끌 차세대 음악인인 평양음악대학의 신인들에 대한 북한 음악인들의 믿음을 엿볼 수 있다.

  김정일 찬양가요는 안길과 안상길에 의해 씌여졌다. 김형직사범대학의 안길은 「선군시대 위인칭송가요의 구조형식에 대하여」(5호)와 「위인칭송가요들에 적용된 선률의 표현수단과 수법」(6호)에서 김정일을 칭송하는 가요의 구조형식은 통속성이 강하며 특색있는 종지형을 사용하고, 선율은 도약 진행으로 지향적인 상승과 폭넓은 감정을 표현하고 있으며 리듬역시 동적리듬을 사용하여 기쁨과 환희, 격정과 축하의 정서를 잘 살리고 있다고 하였다. 또한 민요적인 선법에 7음계를 적용하여 현대적인 느낌이 나도록 하였다고 설명하였다. 이러한 이론적 설명과 함께 안

야기하라≫의 제5악장 ≪밀림속의 승전가≫에 대하여」, 『조선예술』 2007년 3호, 13~14쪽.
4) 송금주, 「강성대국의 령명이 안아온 대서사시적음악형상: 예술공연 ≪내 나라의 푸른 하늘≫(려명편)을 보고」, 『조선예술』 2007년 5호, 17~20쪽.

상길은 '선군시대 위인칭송가요'인 〈김정일장군찬가〉(2002)와 〈장군님은 백승의 령장〉(2005)을 거론하였다. 〈김정일장군찬가〉에 보이는 선율의 도약진행과 이강음적인 리듬으로 인해 가요는 "밝고 정중하면서도 힘있고 환희적인 정서로 일관된 선률형상을 통하여 경애하는 장군님의 위대성과 불멸의 업적에 대한 우리 군대와 인민의 열렬한 칭송의 감정과 장군님을 천세만세 영원히 받들어 모셔갈 신념과 맹세를 보여주고 있다5)"고 하였다. 이에 더하여 안상길은 「위인칭송가요들에서의 몇가지 선율전개수법」(11호)에서 김정일 찬양가요들의 선율은 반복, 모속진행,6) 음조적·선율적·리듬적 대구가 많이 사용된다고 정리하였다.

2007년에 새롭게 등장한 가요로는 김정숙이 항일무장투쟁시기에 불렀다는 〈간삼봉에 울린 아리랑〉이다. 이 노래는 보천보전자악단에서 2006년에 창작한 가요이며 "강도 일제가 그 이름만 들어도 벌벌 떠는 백두산녀장군의 전설적인 모습과 조국과 민족, 혁명을 위하여 자신의 모든것을 깡그리 바쳐오신 어머님의 혁명생애가 력력히 어려오는 시대의 명곡"이라고 평가하였다. 이 노래는 약동적인 선율을 바탕으로 낙천적인 정서가 강하다. 특히 민요의 선법을 사용하되 7음계적인 음을 삽입하였으며, 안땅장단과 굴림, 치레소리들을 적용하여 민족적인 색채가 강하게 드러나도록 작곡되었다7). 그런데 북한에서 최근에 발매한『조선민요 1 아리랑』에 수록된 〈간삼봉에 울린 아리랑〉을 두고 김연갑이 일제강점기의 본조아리랑은 아니라고 했다는 기사가 있는데 작사가와 작곡자를 명시하고 2006년에 창작된 노래를 두고 1930년대부터 불렀던 노래라

---

5) 안상길, 「세월과 더불어 영원할 위인칭송의 노래: 가요 ≪김정일장군찬가≫에 대하여」, 『조선예술』 2007년 5호, 28~29쪽.

6) 모속진행수법은 제시된 선율의 단락을 리듬과 내부음정관계는 그대로 유지하면서 그것을 다른 높이에서 반복하는 선율진행방법을 말한다. 예를 들어 〈우리의 장군님은 위대한 선군령장〉에서 첫 동기 선율을 다음소절에서 3도 모속진행으로 반복하고 그것을 다음악단에서 그대로 다시 반복하고 있으며, 가요 〈전사의 축원〉에서는 첫째 부분에서 동기선율을 상승하는 2도와 3도의 모속진행으로, 둘째 부분에서 악구의 선율을 하강하는 4도의 모속진행으로 전개시키고 있다.

7) 김광문, 「영원한 승리의 아리랑: 가요 ≪간삼봉에 울린 아리랑≫을 놓고」, 『조선예술』 2007년 6호, 28~29쪽.

고 설명하고 있어 의아스럽다.

이 가요는 노래와 춤곡이라는 형식 안에 하나의 가요로 편입되어 연주되었으며, 군중무용음악으로도 사용되었다. 노래와 춤곡 〈간삼봉에 울린 아리랑〉에는 항일무장투쟁시기 김정숙의 활동을 칭송한 〈간삼봉에

울린 아리랑〉과 〈휘날려라 공화국기 우리 삼색기〉, 〈내 나라의 푸른 하늘〉, 〈장군님과 아이들〉, 〈강성부흥아리랑〉, 〈이 강산 하도 좋아〉, 〈통일아리랑〉 등은 "위대한 장군님을 모시고 통일된 조국에서 강성부흥하려는 온 민족의 열망을 반영한 노래들"이다. 또한 "민성가수, 양성가수, 대중가요가수들의 소리색갈들이 조화롭게 결합된 독특한 성음, 독창과 중창, 성악과 기악의 적절한 배합, 흥겨우면서도 재미있게 편곡된 기악형상, 《아리랑》의 선률을 리용한 《강성부흥아리랑》의 전주, 후주 등모든 음악형상이 특색있고 완전무결한것으로 하여 새로운 형식의 음악작품창조에서 또 하나의 경지를 개척한 본보기작품"이라고 하였다.[8] 또한 노래와 춤곡 〈간삼봉에 울린 아리랑〉은 군대와 인민의 지향과 요구, 감정과 정서를 특색 있게 형상함으로써 주체성과 민족성을 구현한 시대의 명작[9]이라고 평가하였다.

## 2) 기악: 김정일에 대한 송가의 기악화

2007년에는 김정일이 만들었다는 가요들을 기악곡으로 편곡한 작품과 인민들에게 잘 알려진 가요를 기악곡을 편곡한 작품들에 대한 설명이 많다. 소위 명곡의 편곡이다. 김정일은 그의 책『음악예술론』에서 편곡도 창작이라는 지침을 명시하였으며, 편곡의 원칙은 인민들에게 잘 알려진 명곡과 민요를 대상으로 하는 것이다. 2007년에 소개된 기악작품은 피아노협주곡 〈대동강의 해맞이〉, 피아노협주곡 〈결전의 길로〉, 바이올린협주곡 〈빛나라 정일봉〉, 관현악 〈무장으로 받들자 우리의 최고사령관〉이다.

장룡식이 편곡한 피아노협주곡 〈대동강의 해맞이〉에 대하여 화성서술방식, 편곡방식, 주제선율의 가공발전수법, 직관적으로 가사의 내용을

---

8) 림광호, 「백두의 녀장군의 불멸의 업적을 깊이있게 반영한 특색있는 음악형상」,『조선예술』 2007년 9호, 13~14쪽.
9) 신효경, 「주체성과 민족성이 철저히 구현된 우리 식 음악형상」,『조선예술』 2007년 10호, 49~50쪽.

전달해 주는 선율 등으로 나누어 설명하였다. 우선 피아노협주곡 〈대동 강의 해맞이〉에 사용된 화성수법을 보면, 과거에 흔하게 사용하던 일반 적인 기능화성에서 벗어나 화음의 구조를 확대함으로써 화성적 색채를 강조함으로써 표제적인 느낌을 더욱 강하게 사용하고 있음을 볼 수 있 다. 즉, 아침 종소리의 음향과 해돋이의 화려한 색감이 화성으로 표현되 어 "작품과 그 형상적의도를 색채적으로 감수할뿐아니라 내용적으로도 대동강의 해맞이는 결코 누구나 평범하게 맞고보내는 자연현상 그 자체 로서의 해맞이가 아니라 조선을 책임진 주인이 되여 조선을 이끌고 미래 로 가리라는 절세위인의 숭고한 맹세가 비낀 해돋이로 된다는 이 작품의 기본사상"을 드러낸다[10]고 보았다. 이 작품을 편곡한 장룡식은 "작품을 3개의 부분으로 구성하고 앞뒤부분에서 어버이수령님의 따사로운 품속 에서 기쁨과 행복, 희망을 마음껏 꽃피워가고있는 우리 인민들의 행복한 모습과 수령님께서 개척하신 주체혁명위업을 대를 이러 끝까지 완성하 시고야말 위대한 장군님의 신념과 의지를 전인민적감정으로 승화시켜 폭넓게 펼쳐보이도록"하면서 원곡의 주제사상을 기악작품에 잘 녹여냈 다[11]고 보았다. 이 작품의 주제선율 가공수법은 협주곡의 연결부와 독 주부, 서주에서 잘 나타나며, 독주부에서 물결을 묘사하는 연주기교의 적용은 특색 있다고 평가[12]하였다. 이는 원곡의 내용을 직관적으로 형 상한 것과도 관련이 있는데, 이 작품에서는 아침 햇살을 받아 빛나는 대동강의 전경, 종소리 등도 매우 직관적[13]이라고 평가하였다.

　3부분형식의 피아노협주곡 〈결전의 길로〉는 "주제선률의 정서적특성 에 맞게 음악서술에서 극성을 강화하면서 피아노기교를 잘 결합"하였으

---

10) 김성희, 「피아노협주곡 ≪대동강의 해맞이≫에서 주목되는 화성수법의 몇가지 특성」, 『조 선예술』 2007년 2호, 29~30쪽.
11) 량설, 「피아노협주곡 ≪대동강의 해맞이≫에 대한 편곡구상을 놓고」, 『조선예술』 2007년 4호, 51~52쪽.
12) 량설, 「피아노협주곡 ≪대동강의 해맞이≫에서의 주제선률가공발전수법에 대하여」, 『조 선예술』 2007년 7호, 58~59쪽.
13) 량설, 「작품의 내용을 직관적으로 전달한 깊이있는 음악형상: 피아노협주곡 ≪대동강의 해맞이≫를 놓고」, 『조선예술』 2007년 10호, 59쪽.

며, "자기 수령에 대한 절대불변의 신뢰심과 조국과 인민에 대한 열렬한 사랑, 미제에 대한 끓어오르는 적개심, 견인불발의 투쟁정신으로 충만된 인민군군인들의 사상정신적풍모"를 피아노의 연주기교와 관현악적수법을 적용시켜 잘 만든 작품이라고 칭찬하였다. 3부분형식의 바이올린협주곡 〈빛나라 정일봉〉 역시 원곡의 주제를 깊이 있게 편곡한 명곡이며, "협주곡은 폭넓은 관현악적울림으로 정일봉의 붉은 노을, 사회주의강성대국의 여명이 붉게 타오른 선군조국의 장엄한 모습을 펼쳐보이는 동시에 선군혁명령도를 끝까지 받들어 나아갈 군대와 인민의 드팀없는 신념과 의지"가 잘 드러난다[14]고 보았다.

국립교향악단에서 창작형상한 관현악 〈무장으로 받들자 우리의 최고사령관〉은 한 주제에 기초한 3부분형식이며, 서주-제시부-중간부-반복부-종결부를 갖는다. 이 작품에서 주제곡은 가요 〈무장으로 받들자 우리의 최고사령관〉이나 중간부에서는 금관악기들이 형상하는 〈사열곡〉을 삽입하여 구성한 점이 특이하다. 또한 부분배합관현악편성을 하여 음악의 민족적인 성격을 확실하게 드러냈으며, 기본주제선율의 모속진행을 통한 가공수법을 사용하여 중간부의 〈사열곡〉에서 반복부의 원 곡으로 넘어가는 음악형상을 잘 메꾸어 놓은 것으로 평가하였다.[15] 2007년에 소개한 네 개의 곡 모두 표제적인 성격이 매우 강하며 원곡 가요의 가사에 담긴 시어들을 음악적으로 더욱 깊이 있고 폭넓게 형상화하려는 데 힘을 쓰고 있음을 볼 수 있다.

기악부문에서 2006년 12월 28에는 국립교향악단의 연주로 모차르트 탄생 250주년 기념음악회가 새로 개장한 모란봉극장에서 열렸다. 이날 연주의 참석자들은 북한에 주재한 외교관들이며, 연주곡목은 오페라 〈피가로의 결혼〉 중 서곡, 피아노협주곡 제23번, 교향곡 제39번등이다. 이를 보면 북한의 클래식단체들은 자신들이 만들어낸 작품뿐만 아니라

---

14) 리순화, 「절세의 위인을 칭송한 깊이있는 음악형상: 바이올린협주곡 《빛나라 정일봉》을 놓고」, 『조선예술』 2007년 10호, 20~21쪽.
15) 안경철, 「(평론) 혁명군대의 불굴의 신념이 맥박치는 격동적인 음악형상: 관현악 《무장으로 받들자 우리의 최고사령관》에 대하여」, 『조선예술』 2007년 12호, 12~14쪽.

외국 곡들도 연주하고 있는 것을 알 수 있다.

## 3) 주체성과 민족적정서의 강조

황지철은 「문학예술작품창작에서 주체성과 민족성을 철저히 구현하자」(9호)에서 주체성과 민족성을 구현하는 것은 당이 견지해 온 근본원칙이며, 이러한 원칙의 구현을 강조하는 이유를 작금의 현실 때문으로 보았다. 즉, "제국주의자들의 사상문화적침투책동이 그 어느때보다도 강화되고있는 조건에서 문학예술작품창작에서 주체성과 민족성을 적극 살려나가지 않는다면 온갖 이색적인 문예조류들의 침습을 막아낼수 없고 당적이며 로동계급적이며 인민적인 문학예술로서의 우리 문학예술의 혁명적성격도 고수해나갈수 없"기 때문이라는 것이다. 이러한 현실에서 문학예술작품에는 민족적 형식에 사회주의적 내용을 담아야 하고, 조선민족제일주의정신을 구현하되 다른 나라의 성과와 경험을 적극 받아들여야 하며, 민족적 바탕에서 시대의 요구와 인민의 지향에 맞게 문학예술을 발전시킬 것을 강조하였다. 이를 보면, 2000년대 중후반 이후 북한에 남한을 비롯한 자본주의문화가 급속도로 확산되고 있음을 볼 수 있으며, 80년대 후반 동유럽의 사회주의 붕괴이후 쇄국정책을 펼쳤던 것처럼 다시 조선민족제일주의를 강조하고 있음을 볼 수 있다.

음악에서의 주체성과 민족성 구현은 피아노연습곡 창작과 민속무용 조곡 〈계절의 노래〉에 사용된 음악, 그리고 민요의 강조에서 찾아볼 수 있다. 먼저 김민순은 피아노 교육에서 학생들이 사용하는 피아노 연습곡에 주체성과 민족성을 구현해야 하는 이유를 학생들을 조국과 민족을 위한 예술을 창조하는 주체형의 음악가와 민족의 우수성을 떨치는 음악가로 키우기 위함이라고 하였다. 그리고 피아노 연습곡에서 주체성과 민족성을 구현하기 위해서 민족적인 선율음조와 민요의 선법적 특성을 살려 민족적인 색채가 강한 연습곡을 과정별, 학년별로 만들어야 한다고 강조하였다.16) 남한의 피아노 교습이나 연습곡들이 서양의 연습곡이나 일본의 연습곡을 그대로 채용하는 것과는 다른 이러한 고민은 한편으로 부러운 점이기도 하다. 북한의 연주자들은 서양곡을 연주하면서도 자신들의 정체성을 민족음악을 연주할 수 있는 음악가로 상정하고 있음을 볼 수 있었는데, 이는 남한의 연주자들과 수많은 어린 학생들이 체르니가 만든 교재를 무비판적으로 수용하면서 서양음악을 자신들의 기본으로 생각하고 있는 것과는 상반되는 점이기 때문이다.

민속무용조곡 〈계절의 노래〉 역시 주체성과 민족성이 잘 드러나 있다. 주미영은 민요의 가사를 바꿔서 사용한 무용조곡음악과 함께 관현악에서 전면배합을 위주로 하면서 부분배합도 활용한 주체적 배합관현악을 높이 평가하였다.17) 즉, 〈계절의 노래〉에는 민요 〈아리랑〉과 〈달아달아〉 등이 적극 활용되고 있으며, 민족악기와 서양악기를 1:1의 비율로 배합하여 제3의 음색을 만들었으며, 특히 퉁소와 장새납을 특색 있게 사용하여 주체적배합관현악의 위력을 과시하였다고 보았다.

민요에 대한 강조는 강원도민요와 서도긴잡가에 대한 설명, 그리고 안성철의 글에서 찾아볼 수 있다. 이 중 안성철은 인민대중의 지향과 요구, 그리고 시대에 맞는 민요는 군대와 인민들을 혁명적 기백과 랑만이 차 넘치고 조선민족제일주의정신이 맥박 치는 음악이며, 이러한 민요를 바탕으로 선군시대의 새로운 민족적 정서를 구현해 나가야 한다고 보았다.18) 또한 민족악기 연주자들은 민요의 선법에서 농음, 끌소리, 미분음이 적용되는 양상을 잘 살펴 연주에 구현함으로써 선군시대의 민족음악 전통을 발전시켜야 한다고 보았다.19)

---

16) 김민순, 「피아노련습곡창작에서 주체성, 민족성의 구현」, 『조선예술』 2007년 7호, 61쪽.
17) 주미영, 「방창을 다양하게 활용한 무용조곡음악」, 『조선예술』 2007년 7호, 62쪽; 주미영, 「주체적배합관현악의 특성을 잘 살린 훌륭한 음악형상」, 『조선예술』 2007년 10호, 71~72쪽.
18) 안성철, 「민요를 시대적미감에 맞게 발전시키는것은 주체음악건설의 중요한 요구」, 『조선예술』, 2007년 4호, 59~60쪽.
19) 안성철, 「우리 나라 민요조식계단들에서 롱음, 끌소리, 미분음적용에 대하여」, 『조선예술』 2007년 7호, 51~52쪽.

## 4) 음악가: 민족음악을 사랑했던 연주가 백고산과 작곡가 김혁

2007년에 소개된 음악가는 바이올린연주가인 백고산과 가요작곡가인 김혁이다. 평양에서 출생한 백고산[20](1930~1997)은 어린 시절 하얼빈에서 연주활동을 하다가 1949년 귀국하여 조선인민군협주단관현악단 악장, 영화음악단 관현악 악장 등을 역임하였다. 그는 1951년 베를린에서 열린 제3차 세계청년학생축전에서 바이올린독주 3등, 1953년 루마니아의 부끄레슈띠에서 열린 제4차 세계청년학생축전에서 또다시 3등상을, 1955년 폴란드의 바르샤바에서 열린 제5차 세계청년학생축전에서 1등상을 수상하였다. 또한 1957년 모스크바에서 열린 제1차 차이코프스키 명칭 국제 콩쿠르에서 〈영애상〉을 받았으며 공훈배우와 인민배우의 칭호도 받았다. 이후 차이코프스키콩쿠르의 심사위원으로 활약하였고, 평양음악무용대학 특설학부 바이올린교수를 하면서 많은 독주가를 양성하는데 힘썼다.

남한에 알려진 백고산은 제1회 차이코프스키콩쿠르에서 수상한 연주가이며, 그만이 연주할 수 있다는 바이올린독주곡 〈아리랑〉을 초연한 연주자였다. 200년대 후반의 『조선예술』에 소개된 그는 여기에 민족적인 음악을 했던 연주자가 추가되었다. 즉, 그는 "서양악기를 조선음악에 복종시킬데 대한 위대한 수령님의 가르치심을 명심하고 ≪아리랑≫을 비롯하여 인민들이 사랑하는 민요들을 편곡한 바이올린음악연주를 많이 하였"으며, "주체성과 민족성을 구현한 바이올린음악으로 조국에 이바지하는 혁명적인 예술인으로, 바이올린과 더불어 조국의 영예를 빛내이는 세계에 공인된 관록있는 바이올린독주가로 성장"한 음악가였다.

전남 보성에서 출생하여 월북한 작곡가 김혁[21](1921~1991)은 "신의주음악가동맹 위원장 겸 음악연구소 소장으로, 전쟁시기에는 조선인민군

---

20) 장영철, 「(해빛과 영생) 바이올린으로 조국의 명예를 떨친 음악가」, 『조선예술』 2007년 3호, 15~18쪽.
21) 리영일, 「위인의 품속에서 참된 삶을 빛내인 작곡가」, 『조선예술』 2007년 11호, 12~13쪽.

문화공작대 대장으로, 전후에는 조선음악가동맹 중앙위원회 작곡가로
사업하면서 생의 마지막까지 우리 나라 가요음악발전에 뚜렷한 자욱을
남기며 끊임없는 창작의 길을 이어왔다." 그의 대표작은 전후복구시기
에 창작된 〈내 나라〉 외에 〈청년사회주의건설자행진곡〉, 〈세상에 부럼
없어라〉 등 조국애와 혁명적 낙관이 가득한 노래들이다. 특히 1956년
작인 〈내 나라〉는 4/4박자와 3/4박자를 일곱 번 교체시켜서 가사의 의미
를 선율과 리듬에 적용한 점은 특색 있다. 김혁의 작품 중 민요풍의 노래
에는 북한에서 잘 사용하지 않는 전라도민요선법이 적용되어 있는데,

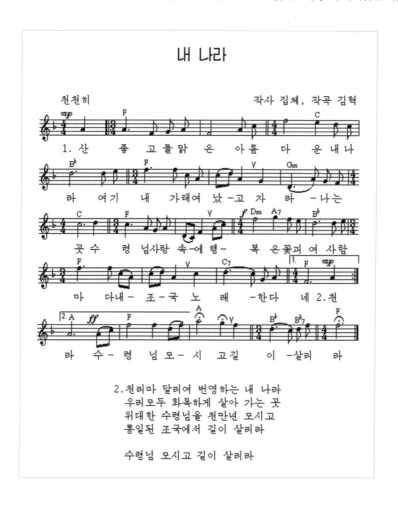

이는 그의 출생지가 전남 보성이었기 때문이었던 것으로 보인다.

## 5) 1970년대의 강조

1987년 11월 30일 김정일은 「작가, 예술인들속에서 혁명적창작기풍과 생활기풍을 세울데 대하여」를 발표하였으며, 2007년 11월은 발표 20주 년을 맞는다. 「문학예술작품창작에서 확고히 틀어쥐고나가야 할 강령적 지침」(11호, 리병간)에서 설명한 혁명적 창작기풍과 생활기풍은 "우리 당 의 혁명정신을 가지고 주체혁명위업수행에 이바지할수 있는 작품을 창 작하기 위하여 헌신적으로 투쟁하며 혁명적으로 생활하는 기풍"을 말한 다. 이러한 기풍을 확립하기 위해 작가와 예술인들은 선군혁명사상으로 무장하고 이에 기초한 혁명적 미학관점에서 창작하며 선군혁명사상의 요구대로 전투적으로 생활하여야 한다고 강조하였다. 이러한 기풍이 확 립되어 있지 않을 경우 작가와 예술인들은 "다른 나라들에 대한 환상이 조성될수 있고 부르죠아사상과 수정주의를 비롯한 이색적인 사상조류 에 말려들어 혁명과 건설에 엄중한 후과를 미칠수 있다"고 보았다. 즉, 자유주의 사상으로 치달아 가고 있는 예술인들에 대한 경계성의 글임을 알 수 있다.

이러한 김정일의 교시를 바탕으로 1970년대 음악사를 서술한 「당의 령도밑에 펼쳐진 주체예술의 대전성기」(안성철, 11호)가 주목된다. 이 글 에 따르면 1970년대는 "음악예술을 전면적으로 주체사상화하고 인민대 중의 요구를 철저히 구현하여 진정으로 인민적이며 혁명적인 음악예술 로 발전시키기 위한 일대 전환의 시기"였기에 가극혁명과 함께 기악 분 야에서 "우리 식"으로 새롭게 만들어진 기악중주와 협주곡, 관현악과 교 향곡이 개척되었다고 보았다. 먼저 가요부문에서는 〈피바다〉식 혁명가 극의 창작 과정에서 명곡으로 꼽히는 수많은 가요들이 창작되었다. 그리 고 기악부문에서는 배합관현악편성이 새롭게 개척되었으며, 관현악 작 품에서 인민들이 알아듣고 즐길 수 있도록 명곡과 민요를 주제로 한 작품을 창작하여 통속성과 민족성이 구현되었다. 이 시기에 창작된 기악곡으로는 현재까지도 즐겨 연주되는 교향곡 〈피바다〉, 관현악곡 〈문경고개〉, 〈아리랑〉, 피아노협주곡 〈조선은 하나다〉, 바이올린협주곡 〈사향가〉, 기악중주곡 〈눈이 내린다〉, 〈김일성원수께 드리는 노래〉 등이다. 이렇게 1970년대에 음악 분야에서 일대 혁신을 일으켰던 것을 상기하면서 그 당시 예술인들의 혁명적 창작기풍과 생활기풍을 본받아 "지혜와 열정을 다 바쳐 새 세기의 요구에 맞는 훌륭한 문학예술작품들을 더 많이 창작함으로써 위대한 선군시대를 더욱 아름답게 장식"할 것을 요구하였다.

최근 김정은 체제가 들어서면서 1970년대를 본받자는 말을 많이 하곤 한다. 2005년 이후 김정은은 북한 정치권의 핵심인사로 활동을 하고 있었고, 김정일 정권 말기에 1970년대를 배우자고 했던 분위기가 지금까지 유지되고 있는 것은 아닌가 한다.


## 2008년

2008년 1호에 수록된 음악부문에서의 한해 결의의 내용을 정리해 보면 2007년에 했던 것처럼 시대를 선도하는 혁명적이며 전투적인 명작과 명곡들을 더 많이 창조하여 군민의 투쟁을 고무, 추동할 것을 요구하고 있다. 특히 '백두산3대장군'이라는 김일성, 김정일, 김정숙의 활동과 인간성을 칭송하는 작품을 창작하고, 군민을 당정책 관철로 이끌며 주체성과 민족성을 구현하되 혁명의 이익과 군민의 사상감정에 맞는 작품들을 창작해 낼 것을 결의하였다[22]. 그리고 이후 2008년의 음악부문의 성과를 정리한 12호의 글에서는 관현악과 합창 〈눈이 내린다〉가 창작되어 기념비적 대걸작이라는 평가를 하고 있으며, 군인가족예술소조공연을 통해 혁명적 군인문화와 생활문화가 나라 안에 가득하도록 만들었고,

---

22) 본사기자, 「올해를 또다시 선군예술명작창조성과로 빛내이자」, 『조선예술』 2008년 1호, 5~6쪽.

4월의 봄을 맞아 제1차 태양절기념 전국예술축전을 진행한 점을 성과로 상정하였다[23]. 한편 종합문예잡지인 『조선예술』은 2008년부터 음악관련 기사의 수가 급격히 증가하여 마치 1967년에 폐간된 『조선음악』 잡지를 보는듯하다. 이는 김정일이 1990년대 말에 천명한 "음악정치"와도 관련이 있어 보이며, 음악을 강조하는 김정일의 음악정치에 관한 기사와 보천보전자악단에서 재형상한 가요들에 대한 기사도 주목된다. 그리고 2007년에 이어 민족성을 강조하는 글들도 많이 보인다.

## 1) 선군시대 혁명적 낙관주의의 환영: 보천보전자악단

보천보전자악단의 여성4중창은 2006년에 기존의 가요를 재형상하여 북한 사회에 큰 반향을 일으킨 바 있다. 그리고 2년 후인 2008년에 다시 보천보전자악단 관련 기사가 보이는데 그 이유는 2007년 12월에 새롭게 형상하였다는 여성4중창 〈못 잊을 삼일포의 메아리, 떠나는 마음〉이 발표되었기 때문이다.

「우리 식 녀성중창의 새로운 발전」(1호)에서는 김정일의 정력적인 지도 속에 새롭게 개척된 보천보전자악단의 여성중창은 "민성과 양성에 대중가요 가수의 성음까지 배합하여 성악성부를 편성함으로써 민족적 특성과 현대적미감이 완벽하게 구현된 새롭고 독창적인 성악안삼불음색을 창조"함으로써 음악예술의 주체성을 확립한 의의를 갖는다고 하였다. 그리고 여성중창에서 민성과 양성, 그리고 대중가요 가수의 배합 비율은 노래의 양상에 따라 달리 하였기 때문에 민요, 고전가요, 대중가요, 외국노래까지 최상의 수준에서 형상할 수 있다는 점을 강조하였다. 보천보전자악단의 여성중창에서 특기할 만한 것은 성부편곡이 다양하다는 점[24]이다. 특히 〈홀라리〉, 〈전선에서 만나자〉, 〈정말 좋은 세상이야〉 같

---

23) 본사기자 리성일, 「선군시대 명작창조성과로 자랑스러운 한해」, 『조선예술』 2008년 12호, 49~51쪽.
24) 민만식, 「새롭게 형상된 보천보전자악단 녀성중창의 다양한 성부편곡」, 『조선예술』 2008년 1호, 51~52쪽.

은 노래들에서는 여성중창에 남성방창을 배합하여 "생동한 생활적 화폭을 창조"하였으며 중창 앙상블의 형상적 잠재력을 발휘한 본보기라고 평가하였다.

보천보전자악단에서 새롭게 형상한 노래로 세 곡을 소개하였다. 먼저 "기악과 여성고음3중창"이라는 형식으로 형상한 〈강선의 노을〉은 기악 음악에서의 성악 도입문제를 완벽하게 해결한 작품이라고 보았다. 3부 분형식의 이 작품에는 제시부 가요 〈강선의 노을〉과 중간부 가요 〈천리 마대진군의 노래〉, 그리고 반복부에 다시 〈강선의 노을〉을 배치하였다. 순수 기악작품으로 사상을 표현할 수 없기에 북한에서는 '명곡'과 민요 를 주제로 기악음악을 창작하여 왔다. 그러나 이것으로 족하지 않고 기 악음악에서의 성악을 도입하려는 노력을 지속적으로 시도하였고, 그 가 운데 기악과 여성고음3중창 〈강선의 노을〉은 "경애하는 장군님께서 펼 쳐가시는 위대한 음악정치의 화원속에 피여나 그윽한 정서적향기를 풍 기는 본보기음악작품으로서 새해공동사설을 높뛰는 심장에 받아안고 사회주의강성대국의 령마루를 향하여 질풍같이 내달리는 우리 군대와 인민의 투쟁의 앞길에 끝없이 울려퍼질것"이라고 하였다. 북한에서 기 악곡에의 성악 도입 노력은 2008년 이후에도 지속적으로 실험하고 있는 현재진행형이다.

보천보전자악단에서 새롭게 형상했다는 나머지 두 곡은 〈못 잊을 삼 일포의 메아리, 떠나는 마음〉이다. 이 노래는 앞서 밝힌 바와 같이 2007 년 12월에 발표되었으며, 2008년 4호와 9호에 나누어 소개되었다. 4호에 는 김원균명칭 평양음악대학 주체음악연구소 제1부소장인 박정남과 음 악가동맹 중앙위원회 서기장인 박영순, 그리고 만수대예술단의 지휘자 인 조정림이 참석한 좌담회의 내용이 수록되었으며, 9호에는 이 곡의 정서에 대한 평이 수록되었다. 좌담회의 주 논조는 원무곡형식으로 편곡 된 점을 높이 평가한 것이다. 〈못 잊을 삼일포의 메아리〉의 원곡은 장중 한 정서를 불러일으키는 노래이다. 그런데 이 노래를 원무곡이라는 형식 으로 바꾼 것이다. 원무곡은 무도곡형식이라고도 하며 왈츠를 지칭한다.

이러한 원무곡 작품들은 사람들의 정신생활을 아름답고 건전하게 만들며 고상한데로 지향시키는 역할을 한다[25]고 보았다. 즉, 장엄한 정서를 조금 가벼운 군중 무용의 반주음악으로 쓸 수 있는 편곡 버전을 만들어낸 것이다. 그리고 〈떠나는 마음〉은 예술영화 〈친위전사〉(1982)이 수록

25) 사회과학원, 『DVD 문학예술대사전』, 2006.

곡으로 김일성을 보필하는 김정숙의 마음을 표현한 노래이다. 이 노래 역시 절절하고 숭고한 정서를 담고 있다. 한편 이 두 노래는 모두 단조이기 때문에 두 곡의 연결부분은 어색하지 않다. 그리고 3소박을 가지고 있는 9/8~12/8박자와 6/8박자로 이루어져 있어 3박자의 왈츠리듬으로의 편곡 역시 무난하다. 결국 숭고하고 장엄한 정서는 왈츠리듬의 원무곡 속에서 "단순한 추억과 그리움의 세계가 아니라 새로운 결의와 미래에 대한 락관이 결합되어 기쁨과 환희에 넘치면서도 랑만적인 정서로 일관"되도록 하였다는 것에 의의를 두었다고 할 수 있다.

떠나는 마음

예술영화 《진위전사》 중에서

보통속도로 절절하게                     작사 백인준, 작곡 리학범

이 내 몸은 떠 나 가도 마 음 은여 기남 아 - 눈

속 에 - 도 꽃 피 우 - 며 장 군 님 - 모 셔 가 - 리 - 아

장 군 님 - 모 셔 가 - 리 -

이내 몸은 어데 가도 마음은 그 언제나
장군님과 함께 가리 높은 산 깊은 밀림
아 높은 산 깊은 밀림

날이 새면 떠나가는 내 마음 알아 다오
눈바람아 불지 말아 사령부창문가에
아 사령부창문가에

## 2) 선군시대의 '기념비적대걸작' 관현악과 합창 <눈이 내린다>

2008년에 주목할 만한 음악 작품으로는 관현악과 합창 <눈이 내린다>가 있다. 관현악과 합창 <눈이 내린다>는 12호의 「선군시대 명작창조성과로 자랑스러운 한해」에서 선군시대의 기념비적 대 걸작으로 꼽고 있을 정도로 2008년의 대표적인 작품이며, 이 작품에 관한 글은 9호와 10호에 보인다.

- 9호
  김경희, 「우리 식의 관현악, 우리 식의 합창을 창조한 기념비적걸작」, 38~39쪽.
  추대명, 「관현악과 합창 ≪눈이 내린다≫의 구조형식적특성」, 38~39쪽.
  윤희광, 「관현악과 합창 ≪눈이 내린다≫의 선률전개수법에 대하여」, 49~
   50쪽.

- 10호
  박영호, 「주체음악예술의 높은 경지를 보여준 기념비적대걸작」, 24~30쪽.
  황지철, 「음악예술을 새 세기의 요구에 맞게 발전시킬데 대한 우리 당의 문
   예사상을 완벽하게 구현한 선군시대의 기념비적대걸작」, 31~34쪽.
  박영순, 「어버이수령님의 항일혁명투쟁력사를 집대성하여 폭넓고 깊이있
   게 형상한 시대의 명작」, 35~36쪽.
  박정남, 「원곡의 선률을 살릴데 대한 우리 당의 편곡방침의 정당성과 생활
   력을 실천으로 확증한 우리 식 음악의 빛나는 모범」, 37~38쪽.
  최기혁, 「연주형상을 정열적으로 하여 작품의 정서를 잘 살린 경험」, 39~
   40쪽.

이 작품의 원곡인 가요 <눈이 내린다>는 1965년에 리면상이 작곡한 노래이며, 함박눈에 항일혁명투쟁시기 군사들의 혁명정식을 새기며 투쟁을 결의하는 내용을 표현한 작품이다. 그동안 이 노래는 명곡으로 평가되어 기악중주곡과 관현악, 무용음악 등으로 편곡되었는데 2008년 6

월에 국립교향악단과 공훈국가합창단의 합작으로 관현악과 합창의 편곡버전이 발표된 것이다.

김경희는 관현악과 합창 〈눈이 내린다〉를 "선군시대의 요구를 완벽하게 구현한 우리 식의 관현악"이라고 말하면서 우리식의 관현악은 "알아듣기 쉽고 품위있는 관현악"이며, "관현악을 조선음악에 복종시켜 조선사람의 사상감정에 맞게 독창적으로 발전시킨 인민적이고 민족적이며 현대적인 관현악을 우리 식의 관현악"이라고 하였다. 그리고 이 작품은 구성과 편곡, 악기편성과 연주가 훌륭하다고 평가하였다. 특히 이 작품에는 "부분배합으로 된 3관편성에 처음으로 어은금과 손풍금이 들어간 우리 식의 새로운 악기편성"을 사용함으로써, "민족적이면서도 현대적인 우리 식의 음색으로 일관"시켜놓았다고 보았다. 또한 주제선율의 반복적용으로 인해 인민성과 통속성을 구현한 작품이라고 평가하였다. 뿐만 아니라 중간부의 넷째 단계에서 바이올린 독주로 주제선율을 연주하는 가운데 첼로 독주가 대위선율을 연주하고 합창이 허밍을 하는 편곡은 북한 음악사에서 처음으로 만들어낸 편곡방식(추대명, 39쪽)이라고 하였다. 이 작품의 성과를 정리한 박영호의 글에서는 음악에 종자중시사상을 지침으로 하여 문학성을 보장한 것, 편곡에서 최상의 예술성을 구현한 점을 들었다. 그리고 마지막으로 이 작품을 지휘한 국립교향악단의 지휘자 최기혁은 항일혁명투사들의 투쟁모습 그대로 정열적으로 진실하게 연주함으로써 작품에 내재하고 있는 사상예술적 폭과 철학적 심도를 정서적으로 부각시키는 음악형상을 창조할 수 있었다고 소회를 밝혔다.

관현악과 합창 〈눈이 내린다〉는 북한의 선군시대 전반을 관통하는 걸작으로 보인다. 이 작품에는 이들이 주장하는 편곡방식과 연주방식이 적용되어 있는 것은 물론이거니와 항일혁명전통을 계승하여 새 시대를 만들어 나간다는 결의의 내용을 담보하고 있기 때문이다.

### 3) 선군령장의 선군령도방식, 음악정치

1997년부터 등장한 음악정치는 2000년대 들어와 선군정치와 결합하여 선군음악정치로 발전하였다. 박영호는 「경애하는 김정일동지는 음악으로 선군혁명을 승리의 한길로 이끄시는 위대한 음악정치가이시다」(2호)에서 김정일이 펼치는 음악정치의 "위대성"을 세 가지로 정리하였다. 먼저 "음악으로 군대와 인민을 사회주의수호전과 강성대국건설에로 불러일으켜 세인을 놀래우는 기적과 영웅적위훈을 창조하도록 한것"이며, "음악으로 수령을 중심으로 한 온 사회의 혁명적군민대단결을 이룩하고 우리 민족끼리의 리념밑에 조국통일의 밝은 앞날을 펼쳐"놓은 것, 그리고 마지막으로 "음악으로 선군조선의 기상을 온 세상에 높이 떨친것"을 들었다. 그리고 김철옥은 「음악성은 음악작품의 고유한 속성」(2호)에서 김정일의 선군음악정치를 받들어 가는데 "높은 음악성을 가지는 음악작품"들이 기초가 되고 있다고 보았다. 음악작품의 높은 음악성은 고상한 사상성과 높은 예술성이 담보되어야만 가능하며, 선군시대의 창작가들은 선군시대의 요구와 인민대중의 지향과 감정을 반영하고 음악정치에 복무할 수 있는 음악성이 높은 작품을 창작하는데 노력해야한다고 강조하였다.

### 4) 선군시대 음악예술부문에서 주체성과 민족성

북한의 음악예술에서 주체성과 민족성을 구현하라는 요구는 매년 있어왔다. 북한의 음악예술부문에서 주체성과 민족성을 살려나간다는 것의 의미는 "음악예술을 조선혁명과 리익에 맞게 우리 인민의 민족적정서와 감정에 맞게 발전시켜나간다는 것"[26]을 말한다. 그런데 신효성의 글에서 주목되는 부분은 "제국주의자들의 반동적인 사상문화적침투책

---

26) 신효성, 「선군시대 음악예술부문에서 주체성과 민족성을 적극 살려나가는 것이 가지는 중요성」, 『조선예술』 2008년 2호, 18쪽.

동을 반대배격하기 위하여" 선군시대 음악예술부문에서 주체성과 민족성을 구현하여야 한다고 본 것이다. 신효성은 "지금 우리의 혁명적이며 인민적인 음악에 대한 제국주의자들의 반동적인 음악의 공세와 도전은 매우 집요하고 음흉하게 감행되고있다. 미제를 비롯한 자본주의나라 반동적부르죠아음악가들은 형형색색의 퇴폐적인 음악을 만들어 류포시킴으로써 우리 인민의 건전하고 고상한 사상의식을 부패변질시키려고 악랄하게 책동하고 있다. 이러한 상태에서 음악예술부문에서 주체성과 민족성을 적극 살려나가지 못한다면 온갖 퇴폐적이며 반동적인 음악조류의 침습을 막아낼수 없으며 결국에는 자기의 혁명적이며 인민적인 성격을 고수할수 없게 된다."고 보았다. 외부의 문화 습격을 막아내기 위하여 주체성과 민족성을 적극 구현하여야 한다는 절대적 요구가 있다는 말이다. 이와 함께 2008년 북한의 음악계는 보천보전자악단의 재형상 가요를 높이 평가하고, "주체성과 민족성이 흘러넘치는 새로운 민요풍의 노래"도 창작할 것[27]을 강조하고 있으며, 2006년에 창작된 예술공연 〈내 나라의 푸른 하늘〉에 대하여 주체성과 민족성을 철저히 구현한 새로운 공연형식이라고 극찬하였다.

예술공연 〈내 나라의 푸른 하늘〉은 "서장인 합창 《내 나라의 푸른 하늘》로 시작하여 합창 《김일성대원수 만만세》, 남성합창 《눈이 내린다》, 남성독창과 합창 《장군님따라 싸우는 길에》, 《어은금병창과 방창 《우리는 빈터에서 시작하였네》, 트럼페트3중주와 합창 《대동강의 해맞이》, 합창을 위한 군상무용 《장군님 여기는 최전연입니다》, 《전선길에 대한 추억》, 녀성독창과 합창 《축원》, 남성도창과 합창 《하나밖에 없는 조국을 위하여》, 가야금병창과 방창 《돈돌라리》, 혼성2중창과 합창 《선군의 나의 조국아》, 녀성민요제창과 합창 《강성부흥아리랑》, 합창 《김정일동지께 드리는 노래》, 합창 《신심드높이 가리라》, 《내 나라의 푸른 하늘》로 구성"되어 있다. 이 공연은 주체성

27) 리철웅, 「민요선률리듬에서 억양과 력점의 호상관계와 기능」, 『조선예술』 2008년 4호, 69쪽.

이 보장되었으며 기존의 공연과는 달리 대규모의 대음악회 형식을 갖추었으며, 민요풍의 가요들을 포함하였을 뿐만 아니라 전면배합관현악 편성으로 민족성이 구현되어 있는 공연이라고 평가[28]하였다.

이렇게 주체적이고 민족적인 대음악회 형식의 예술공연 〈내 나라의 푸른 하늘〉의 성공은 향후 작품의 문학성을 보장하기 위해 예술공연 창작에서 주제가를 잘 선정해야 하는 문제로 나아갔다. 즉, 주제가에는 혁명적 수령관이 담겨 있어야 하며, 군대와 인민에게 가장 친숙한 곡으로 선정하여야한다[29]는 것이다. 그리고 이후 이 음악회의 영향으로 여러 음악 단체의 음악회들에서 제호가 붙은 음악회들이 나타난 것으로 보인다.

## 2009년

『조선예술』2009년에 소개된 음악관련 기사는 200여개가 넘어 2008년에 이어 음악 관련 기사들이 넘쳐났다. 2009년은 "변이 나는 한 해"로 지칭될 정도로 강성대국건설에 대한 낙관이 가득차 있으며 음악에도 이러한 혁명적 낙관주의를 곳곳에서 볼 수 있다. 50년대 천리마정신은 2000년대 강계정신으로 대체되었고, 천리마속도는 희천속도로 대체되면서 부강번영했던 과거의 모습을 오늘에 되살리려고 안간힘을 쓰는 모습을 가요에서 엿볼 수 있다. 또한 2009년에는 북한 음악사의 한 획을 긋는 음악단체인 은하수관현악단과 삼지연악단이 창립되어 음악공연을 개최하기 시작하였으며 평양음악대학 60주년, 만수대예술단 40주년 관련 기사들도 눈여겨볼만 하다.

---

28) 신효경, 「주체성과 민족성을 철저히 구현한 새로운 공연형식창조」, 『조선예술』 2008년 7호, 32쪽.
29) 최명일, 「음악회형식의 예술공연에서의 주제가설정문제」, 『조선예술』 2008년 12호, 77쪽.

## 1) 희천속도로 강제되는 선군령도의 강성대국건설

2009년의 『조선예술』에 소개된 가요에는 강성대국건설과 농업발전을 강조하는 노래가 유난히 많이 보인다. 먼저 2008년 말에 창작되어 2009년에 다시 소개되었던 여성3중창과 혼성합창 〈번영하라 조국이여〉가 있다. 〈번영하라 조국이여〉는 천리마시대로 지칭되던 1962년에 합창곡으로 창작되었으며, 박세영 작사/모영일·김제선 작곡의 사회주의 찬양 송가이다. 이 노래는 2008년에 국립교향악단에서 관현악버전으로 편곡한데 이어 여성3중창과 혼성합창으로 재형상되었다. 이 작품에 대하여 김영길은 "혼성합창과 남성합창을 위주로 하면서 합창에 독창을 삽입하고 관현악을 배합하는 연주형식, 관현악에 합창을 도입하던 지난 시기 연주형식과는 달리 녀성3중창과 혼성합창을 기본으로 하면서도 여기에 녀성독창과 녀성중창, 관현악도 적중히 배합하는 새로운 연주형식을 취하고"있으며, 구성면에서도 관례를 깨뜨려 서주에는 〈김일성장군의 노래〉, 마감부분에서는 〈김정일장군의 노래〉를 넣어 구성하였으며, 중간부에 〈번영하라 조국이여〉를 넣어 선군시대 음악예술의 새로운 경지를 보여 준 기념비적 명작이라고 평가[30]하였다. 북한 번영의 처음과 끝은 김일성과 김정일이라는 점을 강조한 셈이다. 이후 직접적으로 강성대국을 건설하자는 독려의 노래들, 즉 가요 〈폭풍쳐달리자 강성대국 향하여〉(2009), 〈래일을 믿으라〉(2008), 〈강성대국총진군가〉(2000), 〈위대한 내나라〉(1998), 〈선군승리 불보라〉(2009), 〈돌파하라 최첨단을〉 등의 노래들 중에서 2008년과 2009년의 가요를 중심으로 살펴보겠다.

가요 〈폭풍쳐달리자 강성대국 향하여〉는 공훈국가합창단에서 창작하였으며, "천리마 나래친 강선이 앞장"서고 "창조와 건설", "과학과 기술"을 바탕으로 "장군님 지펴주신", "강성대국 향하여" 폭풍쳐 달려 나가자[31]고 노래한다. 천리마시대처럼 희천속도로 강성대국을 건설해나가자

---

30) 김영길, 「선군시대 음악예술의 새로운 경지를 보여준 기념비적명작」, 『조선예술』 2009년 3호, 36쪽.

고 독려한다. 문원모 작사/김운룡 작곡의 가요 〈래일을 믿으라〉는 선군 "승리에 대한 신념과 혁명적량만으로 꽉 들어찬 우리 시대 인간들의 고상한 감정세계를 진실하게 반영한것으로 하여 사람들에게 혁명적열정과 투지, 래일에 대한 확고한 신심을 북돋아주고 그들을 새로운 위훈과 혁신에로 불러일으키"는 노래[32]라고 평가하였다. 조선인민군협주단에서 창작한 가요 〈선군승리 불보라〉는 김정일의 령도를 따르면서 선군승리와 강성대국건설에 과감히 참여하자고 독려하였으며, 이 노래 역시 천리마시대를 회고하고 있었다. 마지막으로 보천보전자악단에서 창작한 〈돌파하라 최첨단을〉은 2009년에 창작되었으나 이 노래에 대한 평가는 2010년에 수록되었다. 이 노래는 조선로동당창건 64주년 경축 은하수관현악단, 만수대예술단, 삼지연악단의 합동연주회에 처음 소개되었다. 이 노래는 선군의 중심인 "장군님 가리키는 길따라" 지식경제시대에 과학기술강국의 핵심인 CNC기술을 사용하여 최첨단을 돌파하자고 한다.

강성대국건설의 한 축이 과학기술이었다면 다른 한 축은 민생경제안정이다. 이를 위해 농업생산력발전을 교양시키는 노래들 중 2008년에 창작되어 2009년에 소개된 〈미루벌의 종다리〉(2008)가 있다. 북한의 황해북도 곡산군부터 신계군에 이르는 미루벌 수로가 2009년에 완공되었는데, 이 노래에는 관개수로공사로 인해 새롭게 만들어질 농경지와 풍요로운 수확을 기대하는 모습을 담고 있다. 이 노래는 민요풍의 노래로, "민족적정서가 흘러넘치는 흥취나는 안땅장단이 맥박치고 있으며", "인민의 정서와 감정, 기호에 맞는 유순하고 아름다운 우리 식의 민족적선률의 특성"을 잘 구현하고 있다[33]고 보았다.

---

31) 황승철, 「새로운 혁명적대고조에로 부르는 시대의 진군가: 가요 ≪폭풍쳐달리자 강성대국 향하여≫를 놓고」, 『조선예술』 2009년 4호, 37~38쪽.
32) 류근태, 「선군이 불러오는 래일에 대한 확신을 안겨주는 시대의 명곡」, 『조선예술』 2009년 5호, 33~34쪽.
33) 배영일, 「선군시대 사회주의선경, 미루벌의 아름다움에 대한 긍지높은 찬가」, 『조선예술』 2009년 9호, 65~66쪽 참조.

## 2) 삼지연악단과 은하수관현악단의 등장

2009년은 북한에 새로운 악단 두 개가 출현한 해이다. 2009년 3월 15일 조선중앙TV의 녹화실황으로 〈3.8국제부녀절 경축 '만수대예술단 삼지연악단', '은하수'독창가수들의 공연〉이 처음 확인되며, 이후 10월에 당창건기념연주회에서 합동연주를 하면서 널리 알려졌다. 은하수관현악단은 '새 세대'의 클래식 연주자들을 모아 창단한 젊은 음악단체이며, 삼지연악단은 단체명이 '만수대예술단 삼지연악단'인 것뿐만 아니라 김정일의 2009년 1월에 만수대예술단 현지지도과정에서 〈삼지연악단〉도 새롭게 조직하게 해 주었다는 글34)로 보아 만수대예술단의 여성기악중주조가 확대된 형태로 보인다. 이 단체들과 관련된 글이 『조선예술』에서는 2009년 11호에 처음 보이며, 12호에서 그 단체의 성과들을 선전하였다. 손창준35)은 "천리마속도, 《회천속도》로 사회주의강성대국건설의 모든 전선에서 대혁신, 대비약이 일어난 올해에 음악예술부문에서도 세상을 경탄시킨 놀라운 성과가 이룩"되었다고 하면서 은하수관현악단, 만수대예술단, 삼지연악단의 합동공연은 북한 음악예술발전사의 또 하나의 큰 기둥이라고 평가하였다. 특히 "공연의 내용과 형식, 음악의 양상과 색갈, 악기 편성과 편곡, 연주방식과 형상 등 모든 면에서 지난 시기에는 볼수 없었던 새로운 변혁을 이룩한 《10월음악회》"의 "합동공연에 참가한 예술단체마다 자기의 독자성과 특성을 가지면서도 그것을 하나로 결합하여 새로운 음악형상을 창조한 《10월음악회》는 주체음악예술의 양양한 미래를 보여주고 천만군민을 혁신과 위훈에로 힘있게 고무추동하였으며 새 세기 우리 나라 음악예술의 리정표를 마련한것"이라고 말할 정도로 북한사회에서 이 단체의 위상이 상당히 높은 것을 볼 수 있다. 이러한 찬사의 어조는 리인윤의 글36)에서도 보인다. 그 역시

---

34) 본사기자, 「주체예술발전의 자랑찬 력사, 위대한 사랑의 력사 40년」, 『조선예술』 2009년 9호, 25쪽.
35) 손창준, 「(정론) 세기에 떨치라, 주체예술의 위력을!: 위대한 선군령장의 주체98(2009)년 주체예술령도사를 더듬어보며」, 『조선예술』 2009년 12호, 4~6쪽.

2009년에 "위대한 선군정치의 정당성과 그 감화력, 사회주의자립경제의 잠재력을 총동원하여 선군시대의 혁명적대고조의 열풍을 일으켜나가는 군대와 인민의 정신력을 훌륭히 보여주는 명작들을" 많이 선보였으며, "음악예술에서 뚜렷한 자리를 차지하며 우리 군대와 인민을 기쁘게 하여준것은 은하수관현악단, 만수대예술단, 삼지연악단의 합동경축공연"을 높이 평가하였다. 특히 그는 "세계 그 어느 음악연주단체에도 비기지 못할 완전히 새로운 우리 식의 악단, 관현악단의 합동공연은 올해 우리 음악예술에서 이룩한 독특한 성과"라고 하였다.

은하수관현악단, 만수대예술단, 삼지연악단의 합동경축공연 〈10월음악회〉는 10월 13일에 동평양대극장에서 있었다. 공연시간은 두 시간 정도로 보이며 만수대예술단은 합창대에, 은하수관현악단은 왼쪽 무대, 그리고 삼지연악단은 오른쪽 무대에 자리하였다. 〈10월음악회〉의 공연종목을 정리하면 다음과 같다.

2009년 이후 2010년부터는 신년음악회, 설명절음악회를 비롯하여 북한의 주요 경축기념공연을 은하수관현악단과 삼지연악단이 담당하고 있어 이들의 등장이 북한 현대음악사에서 중요한 의의를 갖는다고 하겠다.

---

36) 리인윤, 「변이 나는 해, 일이 나는 해에 주체의 음악예술이 이룩한 자랑찬 성과」, 『조선예술』 2009년 12호, 29~30쪽.

|  |  | 연주곡목 | 출연 |  |
|---|---|---|---|---|
|  | 관현악 | 애국가 |  |  |
| 1 | 혼성합창 | 당의 기치따라 | 은하수관현악단 만수대예술단, 삼지연악단 | 선창: 리향숙 |
| 2 | 혼성합창 | 수령님 모시고 천년만년 살아가리 | 은하수관현악단 만수대예술단, 삼지연악단 | 선창: 리향숙 |
| 3 |  | 축원의 꽃보라 | 삼지연악단 |  |
| 4 | 녀성독창 | 20세기의 추억 | 은하수관현악단 | 독창: 황은미 |
| 5 | 실내악합주 | 청춘들아 받들자 우리 당을 | 은하수관현악단 |  |
| 6 | 녀성중창 | 수령님 한품속에 우리는 사네 | 은하수관현악단 |  |
| 7 |  | 대동강의 해맞이 | 삼지연악단 |  |
| 8 | 녀성독창 | 당을 따라 별처럼 나도 살리 | 은하수관현악단 | 독창: 서은향 |
|  |  | 울려가라 나의 노래 | 삼지연악단 |  |
| 9 |  | 장군님 생각 | 삼지연악단 | 독주: 리순애 |
| 10 | 관현악 | 번개와 우뢰밑에서 (요한슈트라우스) | 은하수관현악단 |  |
| 11 | 녀성독창 | 내 운명 지켜준 어머니당이여 | 은하수관현악단 | 독창: 백미영 |
| 12 | 녀성중창 | 10월입니다 |  |  |
| 13 | 혼성5중창 | 번영하라 로동당시대 | 은하수관현악단, 삼지연악단 | 노래: 황은미, 서은향, 함금주, 리룡현, 김웅삼 |
| 14 |  | 만경대의 노래 | 삼지연악단 |  |
| 15 | 남성독창 | 사랑의 봄빛 | 은하수관현악단 | 독창: 김웅삼 |
| 16 | 쌕스폰중주 | 황금나무 능금나무 산에 심었소 | 은하수관현악단 | 중주: 황승철 외 5명 |
| 17 |  | 칼춤 (하챠뚜리안) | 삼지연악단 |  |
| 18 | 녀성독창 | 천리마 달린다 | 은하수관현악단 | 독창: 황은미 |
| 19 | 바이올린 4중주 | 집시 (사라사데) | 은하수관현악단 | 중주: 배은주, 백현희, 최성일, 김문설 |
| 20 | 관현악과 합창 | 돌파하라 최첨단을 | 은하수관현악단 만수대예술단, 삼지연악단 | 중창: 모란봉 |
|  |  | 더 높이 더 빨리 |  | 노래: 황은미, 서은향, 함금주 |
|  |  | 전선에서 만나자 |  | 노래: 황은미 서은향, 함금주, 리룡현, 김웅삼 |

## 3) 평양음악대학과 만수대예술단의 창립기념 기사

북한 음악의 산실인 평양음악대학은 2009년 3월에 창립 60주년을 맞았다. 평양음대의 학장인 리일남의 글에서 1946년 9월에 평양음악연구소가 조직되었고 1949년 2월에 내각지시 제6호를 통해 평양음악전문학교를 국립음악학교로 승격시키고 3월 1일에 음악대학으로 창립시켰다. 그리고 1952년 11월에 학교 명칭을 국립음악학교에서 평양음악대학으로 개칭하였음을 밝혔다.[37] 그리고 2006년에는 새로 개축하여 교명에 '김원균 명칭'을 붙였다.

작곡학부의 부학부장인 김철웅[38]은 학생들을 "조국과 민족을 먼저 생각하는 혁명적인 음악가들로 준비시키는데 선차적인 힘을 넣어 그들을 주체의 혁명관, 미학관으로 철저히 무장되고 조선민족제일주의정신이 투철하며 고상한 도덕품성을 소유한 선군조선의 쟁쟁한 음악인재들로 키워나가겠다"고 하면서 교재와 교수방법, 작품창작과 논문작성에 힘을 쏟겠다고 결의하였다.

성악학부의 학부장인 문성진은 성악교육에서 "일대 비약을 가져오기 위한 된바람을 일으키겠다"면서 "지난 시기의 낡은 도식과 틀에서 대담하게 벗어나 기초교육을 강화하고 교수밀도를 높이는 한편 시범발표회 경험토론회를 높은 수준에서 정상화"하고 "우리 식의 창법을 보다 과학화하고 학생들의 실력을 높이는데 도움을 주는 가치있는 론문들과 참고서들을 더 많이 집필하겠다"고 말하였다[39].

마지막으로 민족기악학부 학부장인 동주용은 "민족음악의 장래가 다름아닌 우리교육자들이 민족음악후비들을 어떻게 키우는가 하는데 달

---

37) 리일남, 「절세위인들의 사랑과 불멸의 령도로 수놓아진 영광의 60년」, 『조선예술』 2009년 3호, 26~28쪽.
38) 김철웅, 「주체음악건설의 골간들을 믿음직하게 키워나가겠다」, 『조선예술』 2009년 3호, 29쪽.
39) 문성진, 「군민의 사랑을 받는 재능있는 가수들을 더 많이 키워내겠다」, 『조선예술』 2009년 3호, 30쪽.

려있다는것을 깊이 자각하고 재능있는 민족기악연주가들을 더 많이 키워냄으로써 우리의 민족음악의 대를 꿋꿋이 이어나가겠다"고 하면서 세련된 주법을 연구하고 교원의 실력을 높이며, "교육사업에 현대적교육수단들을 적극도입하여 교육의 과학화, 현대화를 적극 다그치며 여러가지 다양한 전자직관물들을 창안제작하여 교육의 질을 결정적으로 높여 나가겠다"고 하였다.40)

만수대예술단은 북한 최고의 음악단체이다. 만수대예술단의 발전사를 다음과 같이 약술할 수 있다. 만수대예술단의 전신은 여성기악중주조이다. 여성기악중주조는 김정일의 지도로 1969년 5월 조선예술영화촬영소 관현악단의 여성기악연주가를 중심으로 조직되었으며, 9월에는 조선예술영화촬영소에서 분리하여 여성기악중주단으로 발전하였고, 이후 여성기악중주단을 모체로 국가중창단을 조직하였다. 국가중창단은 9월 27일에 첫 공연을 한 후 만수대예술단으로 명명되었으며, 이 날을 창립일로 삼게 되었다. 만수대예술단은 수많은 송가작품들과 함께 혁명가극 〈꽃파는 처녀〉와 음악무용이야기 〈락원의 노래〉를 창작하여 발표하였으며 "만수대예술단은 경애하는 장군님의 정치적신임과 배려에 의하여 영예의 ≪김일성훈장≫을 수여 받았으며 ≪김일성훈장≫ 수훈자, ≪김일성상≫ 계관인, 어버이수령님의 존함이 모셔진 시계와 표창, 인민예술가, 인민배우, 공훈예술가, 공훈배우들을 배출하였으며 공훈녀성기악중주조, 공훈남성중창조, 공훈녀성중창조를 가진 관록있는 예술단체로 강화발전되었다"고 하였다.41)

만수대예술단의 주요 공연장은 동평양대극장이며, 새롭게 조직된 삼지연악단역시 동평양대극장의 실내종합연습장에 자리 잡고 있다. 만수대예술단의 단장은 작곡가 리종오이며, 부단장 겸 삼지연악단 단장으로는 김일진, 실장으로 송광림이 있으며, 삼지연악단의 악장 리순애도 이

40) 동주용, 「우리의 민족음악의 대를 꿋꿋이 이어가겠다」, 『조선예술』 2009년 3호, 31쪽.
41) 본사기자, 「주체예술발전의 자랑찬 력사, 위대한 사랑의 력사 40년」, 『조선예술』 2009년 9호, 24~25쪽.

름이 올려져 있다. "만수대예술단의 사명과 성격에 맞으며 새 세기의 지향과 요구를 반영한 새롭고 독특한 음악연주단체인 ≪삼지연악단≫이 이제 곧 자기의 전모를 온 세상에 자랑하며 주체음악사의 한 페지를 빛나게 장식할것이라는 부단장동무의 토로[42]"를 보더라도 만수대예술단의 새로운 조직인 삼지연악단에 대한 기대감이 보인다.

---

42) 송광칠, 「(방문기) 래일을 노래하라: ≪만수대정신≫이 창조된 곳에서」, 『조선예술』 2009년 9호, 26쪽.

# 3. 2000年代 『조선예술』 음악 관련 텍스트 목록

## <2000년>

| 분류 | 제목 | 저자 | 쪽수 |
|------|------|------|------|
| 2000년 1호 | | | |
| 위대한 스승의 손길아래 | 나의 사랑, 나의 행복: 조선인민군4·25예술영화촬영소 음악창작실 실장 겸 작곡가 공훈예술가 배용삼동무 | 본사기자 손창준 | 13~14 |
| 명곡에 깃든 이야기 | 충효의 노래, 영생의 노래 : 가요 ≪새해인사를 드리옵니다≫에 대하여 | | 15~16 |
| | 가수와 개성 | | 17~18 |
| 평론 | 백두의 혁명정신을 깊이 심어주는 무용음악형상 : 무용음악 ≪눈이 내린다≫에 대하여 | 리룡주 | 20~22 |
| | 은혜로운 품속에서 꽃펴난 음악적 재능 | | 27~28 |
| 평론 | 사색과 추억, 불타는 맹세 : 가요 ≪그때처럼 우리가 살고있는가≫에 대하여 | 박수진 | 29~30 |
| | 전쟁승리에로 불러일으킨 전시중창음악 | 전선미 | 53~54 |
| 가요해설 | 감자농사의 자랑찬 현실을 격조높이 구가한 명곡 | 박영철 | 57~58 |
| 2000년 2호 | | | |
| 명작일화 | 몸소 가사까지 고쳐주시며 | | 7 |
| | 위대한 태양의 봄을 노래한 시대의 명곡 : 가요 ≪정일봉의 봄맞이≫를 들으며 | 량준필 | 10~11 |
| 빛나는 향도 | 우리 음악의 만년초석 | | 15~16 |
| 명곡에 깃든 이야기 | 민족적정서가 있고 우리 맛이 나는 노래 | | 18~19 |
| | 시대를 격동시킨 1990년대 음악예술 | 우정혁 | 19~20 |
| | 생활에 대한 표상과 선률형상 | 전선미 | 29~30 |
| | 노래는 심장에서 우러나와야 명곡으로 될수 있다 : 작곡가 김옥성의 전시가요를 놓고 | 강정순 | 30~31 |
| 강좌 | 성음훈련에서 고음을 더 잘 내려면 | 림 정 | 59~60 |
| 강좌 | 가야금은 롱현을 살려써야 제맛이 난다 | 유영애 | 61 |
| | 조선민속탈춤의 지역적특성 | 엄덕선 | 65~66 |
| 2000년 3호 | | | |
| 명곡에 깃든 이야기 | 듣기 좋고 인상에 깊이 남는 노래 | | 11 |
| 론설 | 우리 시대 영웅들을 노래한 명곡을 더 많이 창작하는것은 음악예술앞에 나선 절박한 요구 | 원민향 | 12~13 |
| 가요해설 | 혁명전사의 강의한 정신세계를 보여주는 세련된 음악형상 | 김경애 | 24~25 |

| | 시대와 음악발전의 요구에 맞게 개량된 민족악기 | 좌련희 | 45~46 |
|---|---|---|---|
| | **2001년 4호** | | |
| | 위대한 태양이 주신 사랑의 노래<br>: 불후의 고전적명작 ≪사향가≫에 대하여 | | 13~14 |
| | 조선민요에서 전렴형식구조의 일반적특성 | 손창준 | 47~48 |
| | 음악창조에서 금관악기들의 음정문제에 대하여 | 지인철 | 61~62 |
| 강좌 | 손풍금기초교육에서 오른손의 정확한 가짐새를 습득시키기 위한 몇가지 문제 | 김미화 | 69~70 |
| | **2001년 5호** | | |
| | 태양의 세기-21세기의 첫해를 보다 큰 음악창작성과로 빛내이자 | 학사 우연오 | 7~8 |
| 평론 | 태양을 우러러 부르는 충성의 송가<br>: 가요 ≪김정일동지께 드리는 노래≫에 대하여 | 리성일 | 9~10 |
| 수기 | 그 품속에 작곡가로 자라났습니다 | 인민예술가<br>김건일 | 11~13 |
| | ≪고난의 행군≫과 더불어 울려 퍼진 수령영생찬가 | 원민향 | 22~24 |
| | 새 세기 주체음악의 혁명적내용에서 나서는 근본문제 | 최기정 | 40~41 |
| | 선률이란 어떤 수단인가(선률의 개념) | 박동식 | 46~47 |
| 강좌 | 조선장단은 민요선률의 리듬적기초 | 윤광철 | 61~62 |
| | 명곡에 기초한 반복형식의 절가적특성 | 조옥화 | 63~64 |
| | 음악형식구조단위로서의 악절의 호상관계 | 안광철 | 66~67 |
| 연단 | 가야금연주에서 롱현과 음악적표현의 맛과 멋 | 박련화 | 67~68 |
| | **2001년 6호** | | |
| 관평 | 친선의 무대에 울려 퍼진 정의의 노래, 조국의 노래<br>: 로씨야국립아까데미야 내무성협주단의 공연을 보고 | 본사기자 | 18~19 |
| 관평 | 민족의 자랑, 명성 높은 가수<br>: 일본에 있는 남조선가수 김련자의 공연을 보고 | 본사기자 | 20 |
| 관평 | 자기의 특색을 보여 준 교향악단공연<br>: 중국 상해교향악단의 공연을 보고 | 본사기자 | 22~24 |
| | 진실한 생활감정을 반영한 전시가요 ≪샘물터에서≫ | | 34~35 |
| 평론 | 밝아 오는 통일조국의 새 아침을 노래한 시대의 명곡<br>: 가요 ≪통일돈돌라리≫에 대하여 | 홍금석 | 41~42 |
| 가요해설 | 숭고한 동지애의 세계를 노래에 담아<br>: 가요 ≪동지가 많으신분≫을 들으며 | 최선영 | 43~44 |
| 강좌 | 조선민요에서 후렴구조형식의 일반적특성 | 손창준 | 63~64 |
| | 우리 가요음악에서 절가구조형식의 리용 | 조옥화 | 70~73 |
| | 3음렬은 조선민요의 조식적기초 | 윤광철 | 71 |
| 강좌 | 선률의 본질 | 학사 박동식 | 76~77 |
| | **2001년 7호** | | |
| 론설 | 위대한 령도자 김정일동지의 불후의 고전적로작 ≪음악예술론≫은 주체음악건설의 대강 | 학사 김정남 | 14~16 |

## \<2002년\>

722

728

754

## <2009년>

## 4. 자료: 2000년대 창작/발표된 음악작품 목록(『조선문학예술년감』 수록 주요 음악작품 목록)

### <2000년 창작 가요 목록>

| 예술단체 | 형식 | 제목 | 작사 | 작곡 | 출연 |
|---|---|---|---|---|---|
| | 녀성독창과 녀성방창 | 우리 집은 군인가정 | 류동호 | 김문혁 | 김정녀,<br>녀성방창조 |
| | 녀성3중창과 남성방창 | 어느 사단 출신인가요 | 김명익 | 황진영 | 김정녀, 김은숙,<br>리경숙,<br>남성방창조 |
| | 녀성독창과 녀성방창 | 영웅과 이야기하네 | 정예남 | 김영일 | 현송월,<br>녀성방창조 |
| | 〃 | 동무여 잊지를 말자 | 최준경 | 우정희 | 김광숙,<br>녀성방창조 |
| | 〃 | 아 그리움속에 기다림속에 | 김정훈 | 〃 | 〃 |
| | 〃 | 정일봉에 온갖 새 날아 드네 | 윤두근 | 김해성 | 김정녀,<br>녀성방창조 |
| | 〃 | 첫눈이 내릴 때면 | 김선지 | 전 권 | 조금화,<br>녀성방창조 |
| | 〃 | 대홍단에 달려 온 어제날 병사 | 박근원 | 우정희 | 리분희,<br>녀성방창조 |
| 보천보<br>전자악단 | 〃 | 대홍단은 살기 좋은 고장입니다 | 리연희 | 박진국 | 김정녀,<br>녀성방창조 |
| | 녀성독창 | 병사들은 나를 보고 어머니래요 | 한정실 | 리종오 | 김정녀 |
| | 녀성2중창 | 이 강산 하도 좋아 | 최준경 | 〃 | 김정녀, 김은숙 |
| | 녀성4중창과 남성방창 | 끝 없는 사랑의 길 | 류동호 | 황진영 | 김광숙, 김정녀,<br>김은숙, 현송월,<br>남성방창조 |
| | 녀성독창 | 최전연길 백마흔아홉굽이 | 전병구 | 김문혁 | 김화숙 |
| | 녀성4중창 | 희망찬 미래로 전진 또 전진 | 전 진 | 우정희 | 김광숙, 김정녀,<br>김은숙, 윤혜영 |
| | 녀성독창과 혼성방창 | 장군님은 노래를 하시네 | 장윤길 | 안정호 | 김광숙,<br>혼성방창조 |
| | 〃 | 나의 조선아 | 문기창 | 박진국 | 김화숙,<br>혼성방창조 |
| | 〃 | 자강도는 내 나라의 자랑도일세 | 윤두근 | 안정호 | 김정녀,<br>혼성방창조 |
| | 〃 | 행복의 감자꽃 | 〃 | 〃 | 〃 |

| | | | | | |
|---|---|---|---|---|---|
| | 녀성2중창과 녀성방창 | 철령의 진달래 | 박 철 | 우정희 | 김광숙, 리분희, 녀성방창조 |
| 왕재산<br>경음악단 | 녀성독창과 방창 | 준엄한 때 천만날을 따르렵니다 | 박룡길 | 전홍국 | 리현경, 방창조 |
| | 녀성독창과 방창 | 처녀는 사랑했네 병사의 노래를 | 주광일 | 류우현 | 김희옥, 방창조 |
| | 〃 | 평양소식 | 류동호 | 김운룡 | 렴 청, 방창조 |
| | 기악과 노래 | 마음의 기둥입니다 | 전병구 | 〃 | 왕재산경음악단 |
| 조선<br>인민군<br>공훈<br>합창단 | 남성합창 | 우리는 잊지 않으리 | 윤두근 | 엄하진 | 선창: 홍경훈,<br>공훈합창단 |
| | 〃 | 제2의 천리마대진군 앞으로 | 최준경 | 김광훈 | 공훈합창단 |
| | 〃 | 우리는 당과 함께 승리했네 | 안 성 | 엄하진 | 〃 |
| | 〃 | 장군님께 설인사 드립니다 | 최준경 | | |
| | 〃 | 초소에 장군님 오셨네 | 신 전 | 신 전 | 선창: 리성철,<br>공훈합창단 |
| | 〃 | 제일생명 | 최경국 | 엄하진 | 공훈합창단 |
| | 〃 | 영원히 변치말자 | 윤두근 | 계훈경 | 〃 |
| | 〃 | 우리는 더 강해 졌다 | 강용복 | 강승웅 | 〃 |
| | 〃 | 불패의 무적강군 나간다 | 최준경 | 김광훈 | |
| | 〃 | 강성대국에서 우리 살리라 | 신운호 | 도영섭 | 선창: 리성철,<br>공훈합창단 |
| | 〃 | 선군혁명 천만리 | 윤두근 | 〃 | 공훈합창단 |
| | 〃 | 말하여라 전선길이여 | 강용복 | 계훈경 | 〃 |
| | 〃 | 우리 중대에 사진사 왔네 | 최준경 | 엄하진 | 선창: 리성철,<br>공훈합창단 |
| | 〃 | 김정일장군님께 영광 드리네 | 〃 | 리광오 | 공훈합창단 |
| | 〃 | 언제나 우리 초소에 함께 계시네 | 〃 | 김광훈 | 선창: 리성철,<br>공훈합창단 |
| 조선<br>인민군<br>협주단 | 남성중창 | 병사들이 가는 길 | 신운호 | 설명순 | 남성중창조 |
| | 녀성독창 | 그날의 그 신념 변함 없네 | 김준익 | 리 경 | 주명화 |
| | 녀성민요독창 | 나는 군관의 안해라오 | 한정실 | 송민화 | 김숙희 |
| | 남성중창 | 끝까지 충실하리라 | 윤두근 | 송민화 | 남성중창조 |
| | 남성독창 | 후대들은 자랑하리라 | 유영학 | 조경준 | 김기영 |
| | 녀성독창과 혼성합창 | 장군님의 세월 | 김정훈 | 량영철 | 오일심,<br>혼성합창조 |
| | 녀성중창 | 전사의 축원 | 〃 | 송민화 | 녀성중창조 |
| | 혼성합창 | 병사들은 심장의 노래 드리네 | 최준경 | 한희세 | 현기성, 손영실,<br>혼성합창조 |
| | 녀성중창 | 처녀병사들의 노래 | 〃 | 설명순 | 녀성중창조 |
| | 남성중창 | 우리 함 번호를 지켜 보시라 | 김준익 | 한희세 | 남성중창조 |

| | 녀성민요2중창과 남성중창 | 가는 길 험난해도 웃으며 가자 | 최준경 | 엄하진 | 최광숙, 송정실, 남성중창조 |
|---|---|---|---|---|---|
| | 녀성독창 | 그 끝은 어딜가 | 김춘호 | 최금철 | 서정희 |
| 만수대 예술단 | 녀성4중창 | 선군령도 제일일세 | 김은숙 | 박정식 | 김순희, 리명순, 석련희, 김혜숙 |
| 피바다 가극단 | 합창 | 환영합니다 | 리영철 | 리춘상 | 합창조 |
| 국립 민족 예술단 | 녀성독창과 방창 | 새날이 밝는다 | 김명익 | 전유성 | 조정미, 혼성방창조 |
| | 녀성독창과 합창 | 대집단체조와 예술공연 ≪백전백승 조선로동당≫ 중에서 ≪룡문대굴 노래하세≫ | 안경철 | 신영철 | 태영숙, 대합창 |

## <2000년 창작 영화 및 텔레비죤 문예물 노래>

| 영화 및 텔레비죤 문예물 제목 | 노래제목 | 작사 | 작곡 |
|---|---|---|---|
| 예술영화 ≪군관의 안해들≫ | 우리도 총 잡은 병사 | 리명수 | 려철룡 |
| | 내 마음도 너처럼 | 김경기 | 〃 |
| 예술영화 ≪녀성승무조원들≫ | 내 삶도 하나 조국도 하나 | 김석천 | 서정건 |
| | 우린 녀성승무조 | 한광춘 | 〃 |
| 예술영화 ≪아들은 돌아 왔다≫ | 나는 장군님의 아들 | 〃 | 김수남 |
| 예술영화 ≪승냥이≫ | 너없이 나도 없다 | 김덕규 | 한시준 |
| | 천백배 복수하자 | 〃 | 〃 |
| 예술영화 ≪밀림이 설레인다≫ 제12부 | 타향의 봄 | 리춘구 | 조성수 |
| 예술영화 ≪흰 연기≫ | 내 심장 바치리 어머니조국에 | 한광춘 | 성동환 |
| 예술영화 ≪동지≫ | 동지의 사랑 | 김정훈 | 김영철 |
| | 우리의 병사시절 | 오형식 | 〃 |
| 예술영화 ≪나의 가정≫ | 사시절 푸른 나무 바란다면 | 김석천 | 성동환 |
| 예술영화 ≪생의 메아리≫ | 고마운 당의 품 노래 부르자 | 진호용 | 조성수 |
| | 내 심장 바치리 | 오진홍 | 〃 |
| 예술영화 ≪푸른 견장≫ | 푸른 견장 | 송찬웅 | 한시준 |
| 예술영화 ≪령장 없는 병사≫ | 총과 함께 서로 만났네 | 한창우 | 성동환 |
| | 총대없이 그 어이 조국을 지키랴 | 〃 | 〃 |
| 다부작예술영화 ≪민족과 운명≫ (최현편 4·5·6부) | 들국화 | 박정애 | 배용삼 |
| 예술영화 ≪살아 있는 령혼들≫ | 말해 다오 바다여 | 조창제 | 서정건 |
| 예술영화 ≪달려서 하늘까지≫ | 나는 좋아 | 한창우 | 강 길 |
| | 나의 주로여 | 최희건 | 성동환, 강 길 |
| 텔레비죤예술영화 ≪별은 멀리 있어도≫ | 상봉과 리별 | 김석천 | 허준모 |

| | 조국은 나의 행복 | 〃 | 량영철 |
|---|---|---|---|
| 텔리비죤예술영화 ≪백양나무숲≫ | 우리 사랑 꽃 피였네 | 송재하 | 허준모 |
| | 태양의 한줄기 빛이 되리 | 김 철 | 〃 |
| 텔리비죤극 ≪한마음한뜻≫ | 청춘을 부르는 그곳이라면 | 량영하 | 김영성 |
| 텔리비죤소설 ≪기관사≫ | 그 품 만을 따르리라 | 김 철 | 전봉덕 |
| | 달래강 너를 못 잊어 | 〃 | 〃 |
| 텔리비죤련속극 ≪영생의 봄≫ | 해님과 우리 사랑 | 한광춘 | 함 철 |
| | 그 품속에 영생하리 | 〃 | 〃 |
| 텔리비죤예술영화 ≪산간역에서≫ | 조국에 바치리 | 리명원 | 김영성 |
| 텔리비죤예술영화 ≪소방울소리≫ | 그리운 태양의 모습 | 진호용 | 조성수 |
| | 울려라 소방울소리 | 김석천 | 〃 |
| 텔리비죤예술영화 ≪옥계천의 새 주인≫ | 나의 고향아 | 최희건 | 전봉덕 |
| 텔리비죤예술영화 ≪부부수첩≫ | 간절한 생각 | 리명원 | 김영성 |
| 텔리비죤련속극 ≪붉은 소금≫ | 소중한 내 동무 | 윤광연 | 한상철 |
| | 말하라 푸른 파도여 | 김 철 | 〃 |
| 텔리비죤극 ≪우리 료리사≫ | 인민의 축복속에 내 한생 살리라 | 리광진 | 정병철 |
| 텔리비죤예술영화 ≪인생의 절정≫ | 한생에 못 잊으리 | 문기창 | 김일민 |
| | 그 모습 영원하리 | 〃 | 〃 |
| 텔리비죤예술영화 ≪가정의 재부≫ | 장군님 모시여 빛나는 내 나라 | 김택영 | 허준모 |
| | 아 한없이 귀중한것은 | 한광춘 | 〃 |
| 텔리비죤예술영화 ≪심장으로 보는 처녀≫ | 내 심장의 노래 | 한정수 | 김성희 |
| | 노래는 길동무 | | |
| 텔리비죤예술영화 ≪구월산에 와보라≫ | 네 모습 정다워 | 김 철 | 전봉덕 |
| | 구월산은 조선의 명산일세 | 〃 | 〃 |
| | 영원히 전해 가리 | 전봉덕 | 〃 |
| 텔리비죤예술영화 ≪옥류풍경≫ | 그대와 내가 가는 길 | 황성하 | 한시준 |
| | 평양랭면 제일이야 | 신춘근 | 〃 |
| 텔리비죤예술영화 ≪축산반장의 교훈≫ | 너를 위해 바쳐 가리 | 김기철 | 전봉덕 |
| 텔리비죤예술영화 ≪나의 소원≫ | 내 마음 전하여 다오 | 차호근 | 김성민 |
| | 우린 녀장부 | 〃 | 〃 |

## <2000년 창작 아동영화노래>

| 아동영화제목 | 노래제목 | 작사 | 작곡 |
|---|---|---|---|
| 멍멍이의 벽시계 | 우리 집 벽시계 똑딱 | 오영옥 | 김성희 |
| 향기골에서 온 감자 | 감자농사 좋아 | 〃 | 정병철 |
| 오누이와 나무군 | 옛말얘기 듣자 | 〃 | 함 철 |
| 꿀꿀이가 만든 연 | 책은 우리 길동무 | 오영옥 | 한상철 |

| | | | | |
|---|---|---|---|---|
| 박쥐이야기 | 외토리되였네 | 〃 | 백인선 |
| 집을 옮긴 오소리 | 함께 살자 동무야 | 〃 | 김성희 |
| 별이와 까치 | 까치의 노래 | 〃 | 한상철 |
| 방울소리 제1부 | 방울소리 | 〃 | 김성희 |
| 토끼형제와 승냥이 | 속지 않아요 | 〃 | 정병철 |

## <2000년 창작 기악곡 목록>

| 예술단체 | 형식 | 제목 | 편곡 | 출연 |
|---|---|---|---|---|
| 보천보<br>전자악단 | 피아노협주곡 | 사향가 | 장룡식 | 전 권(남성기악조) |
| | 트럼본독주 | 우리 아버지 | 한영철 | 장무길(삼태성조) |
| | 트럼베트4중주 | 빛나라 정일봉 | 김운룡,<br>차경주 | 박철준, 차현주, 고영철,<br>조명철(삼태성조) |
| | 피아노를 위한 경음악 | 말해 주리 병사의 사랑을 | 차경주 | 허광진(삼일포조) |
| | 목조기타를 위한 경음악 | 추 억 | 한영철 | 박주천(삼태성조) |
| 왕재산<br>경음악단 | 트럼베트 4중주 | 조선아 너를 빛내리 | 정원철 | 박철준, 차현주, 고영철,<br>조명철(삼태성조,<br>삼지연조) |
| | 쌕스폰독주 | 생이란 무엇인가 | 차경주 | 황승철(삼태성조) |
| | 트럼베트독주 | 밤하늘에 내리는 눈송이야 | 류우현 | 차현주(삼일포조) |
| | 피아노를 위한 경음악 | 한생을 바쳐 가자 다진 그 맹세 | 〃 | 김지원<br>(삼태성조, 삼지연조) |
| | 금관2중주 | 통일무지개 | 전홍국 | 차현주,<br>유원철(삼일포조) |
| | 기타독주 | 생의 흔적 | 〃 | 송은심(삼일포조) |
| | 쌕스폰독주 | 소방울소리 | 정원철 | 황승철(삼태성조) |
| 국립<br>교향악단 | 교향곡 | ≪지원≫<br>- 제1악장 남산의 푸른 소나무<br>- 제2악장 정신가<br>- 제3악장 전진가 | 작곡:<br>김연규<br>강수기 | 관현악단 |
| | 관현악 | 우리의 7.27 | 김연규 | 관현악단 |
| | 현악합주 | 간호원의 붉은 정성 | 〃 | 현악조 |
| 만수대<br>예술단 | 녀성기악중주 | 대홍단 삼천리 | 한성희 | 녀성기악중주조 |
| | 〃 | 장군님식솔 | 장조일 | 〃 |
| | 바이올린제주 | 대를 이어 충성을 다하렵니다 | 김윤붕 | 녀성기악바이올린조 |
| 인민보안성<br>협주단 | 손풍금독주를 위한<br>경음악 | 병사들은 대담했네 | 리남신 | 리남신(경음악조) |
| 영화 및<br>방송음악단 | 옥류금독주와<br>소해금제주 | 심산에 피는 꽃 | 성동환 | 리영혜(소해금조) |

| 평양음악<br>무용대학 | 첼로와 관현악 | 위대한 그 영상 영원하리 | 림혜영 | 오성임(국립교향악단) |
|---|---|---|---|---|

## <2001년 창작 가요 목록>

| 예술단체 | 형식 | 제목 | 작사 | 작곡 | 출연 |
|---|---|---|---|---|---|
| | 녀성독창과 녀성방창 | 대홍이와 홍단이 | 박근원 | 우정희 | 김정녀 |
| | 녀성독창과 혼성방창 | 이 땅의 주인들은 말하네 | 최준경 | 안정호 | 현송월 |
| | 녀성독창 | 행복은 내 삶의 길동무 | 류동호 | 〃 | |
| | 녀성독창과 녀성방창 | 우리 장군님의 그리움 | 박 철 | 우정희 | 〃 |
| | 〃 | 내 삶의 첫 걸음 | 류동호 | 황진영 | 리경숙 |
| | 녀성3중창 | 영웅병사와 고향처녀들 | 송찬웅 | 안정호 | 김정녀, 김은숙,<br>현송월 |
| | 녀성독창과 녀성방창 | 장군님 안녕히 다녀오시라 | 최준경 | 리종오 | 김정녀 |
| | 녀성독창과 남성방창 | 고향에서 온 편지 | 류동호 | 황진영 | 현송월 |
| | 녀성독창과 혼성방창 | 평양을 나는 사랑해 | 박 철 | 전민철 | 〃 |
| | 녀성2중창 | 감나무마을 | 정성환 | 우정희 | 김정녀, 김은숙 |
| | 녀성4중창과<br>남성방창 | 장군님은 병사들과 함께 계시네 | 윤두근 | 황진영 | 김정녀, 김은숙,<br>리분희, 현송월 |
| | 녀성독창과 녀성방창 | 흥하는 내 나라 | 허룡갑 | 〃 | 김정녀 |
| | 녀성독창과 혼성방창 | 통일돈돌라리 | 정예남 | 전 권 | 〃 |
| 보천보<br>전자악단 | 〃 | 정일봉을 안고 살라 | 류동호 | 안정호 | 현송월 |
| | 녀성독창과 녀성방창 | 2월은 봄입니다 | 차명숙 | 전 권 | 〃 |
| | 〃 | 나의 배낭 | 리일환 | 박진국 | 리경숙 |
| | 녀성2중창 | 전선길에 금나락 설레이네 | 송찬웅 | 김영일 | 김정녀, 김은숙 |
| | 녀성독창 | 안해의 노래 | 전동우 | 황진영 | 현송월 |
| | 녀성3중창 | 언제나 그 뜻만 따르렵니다 | 송기원 | 리종오 | 김정녀, 김은숙,<br>현송월 |
| | 녀성독창과 녀성방창 | 영웅의 안해될줄 꿈에도 몰랐어요 | 한정실 | 리종오 | 리분희 |
| | 〃 | 내 마음 별에 담아 | 한창우 | 박진국 | 현송월 |
| | 녀성독창과 혼성방창 | 내 삶의 사계절 | 윤두근 | 안정호 | 김광숙 |
| | 녀성독창과 녀성방창 | 달력을 번질 때면 | 김은숙 | 박진국 | 현송월 |
| | 녀성독창 | 추억의 광장 | 최준경 | 리종오 | 리경숙 |
| | 녀성독창과 혼성방창 | 정일봉은 조선의 고향 | 정서촌 | 안정호 | 〃 |
| | 〃 | 조선의 메아리 | 조윤천 | 김문혁 | 현송월 |
| | 녀성독창 | 정든 고향 제 집처럼 | 황인식 | 안정호 | 조금화 |
| | 녀성독창과 녀성방창 | 너는 아느냐 | 계 훈 | 리종오 | 김광숙 |
| | 〃 | 장군님 아시는 어머니 | 김선지 | 김문혁 | 김정녀 |
| | 녀성독창과 방창 | 강성부흥아리랑 | 윤두근 | 안정호 | 김정녀, |

| | | | | 녀성방창조 |
|---|---|---|---|---|
| 혼성중창 | 전선에서 만나자 | 김정훈 | 우정희 | 가수들 |
| 녀성독창 | 내 조국의 밝은 달아 | 정 렬 | 안정호 | 현송월 |
| 녀성독창 | 병사시절 사진첩 | 최준경 | 리종오 | ″ |
| 녀성독창과 혼성방창 | 더 높이 더 빨리 | 황진영 | 황진영 | ″ |
| 녀성2중창 | 그날처럼 | 최준경 | 우정희 | 전혜영, 리분희 |
| 녀성독창과 방창 | 그 동문 제대군인 처녀랍니다 | 류명호 | 황진영 | 현송월 |
| ″ | 그 어데로 먼저 갈가 | 최준경 | 리종오 | 리경숙, 녀성방창조 |
| 녀성2중창 | 함께 갑니다 | 림공식 | 우정희 | 리분희, 현송월 |
| 녀성독창 | 불멸의 첫 자욱 | 윤두근 | 안정호 | 조금화 |
| 녀성2중창 | 내 사랑 나의 평양 | 최준경 | 우정희 | 김정녀, 현송월 |
| 녀성독창 | 들꽃 세송이 | 리연희 | 리종오 | 현송월 |
| 녀성2중창과 혼성방창 | 위대한 심장의 노래 | 최준경 | 황진영 | 리분희, 김광숙, 혼성방창조 |
| 녀성독창 | 승리자의 추억 | 김정훈 | 리종오 | 조금화 |
| ″ | 자나깨나 수령님을 생각합니다 | 윤두근 | ″ | 현송월 |
| ″ | 잊지 못할 열두달입니다 | 최준경 | 우정희 | 김광숙 |
| 녀성독창 | 추억의 두만강 | 류동호 | 박진국 | 현송월 |
| 혼성중창 | 조국을 위하여 불타는 시절 | 최준경 | 황진영 | 녀성가수들, 남성방창조 |
| 녀성독창 | 내 마음도 같은걸요 | 한창우 | 리종오 | 현송월 |
| 녀성3중창 | 전선길에 눈이 내리네 | 정 렬 | 황진영 | 김광숙, 리분희, 리경숙 |
| 녀성독창과 방창 | 선군의 길을 따라 행복이 오네 | 류동호 | 안정호 | 현송월, 녀성방창조 |
| 녀성독창 | 제대군인 새 마을 | 최준경 | 리종오 | 리경숙 |
| 왕재산 경음악단 | 기악과 노래 | 해빛밝은 두만강 | 김은숙 | 최재선 | 삼태성조, 삼지연조 성악조 |
| 녀성독창과 방창 | 장군님 가시는 천리전선길 | 정영호 | 류우현 | 권미화, 삼태성조, 삼지연조 |
| ″ | 바다는 잠들지 않네 | 오필천 | ″ | 김희옥, 삼태성조, 삼지연조 |
| 녀성독창과 방창 | 청춘의 향기 | 김은숙 | 차경주 | 렴 청, 삼태성조 |
| ″ | 내 마음 따르는 길 | 김남준 | 정원철 | 렴 청, 삼태성조, 삼지연조 |
| ″ | 조국은 나의 생명 | 박룡길 | 정춘일 | 김희옥, 삼태성조, |

| | | | | | 삼지연조 |
|---|---|---|---|---|---|
| 〃 | 병사는 언제나 군기와 함께 | 박해출 | 한영철 | | 정순녀, 삼태성조, 삼지연조 |
| 남성합창 | 나의 함은 정든 조국땅 | 최준경 | 조경준 | | 지휘: 승성일 |
| 〃 | 군민아리랑 | 〃 | 엄하진 | | 지휘: 김광훈 선창:인민군협주단, 가야금병창조 |
| 〃 | 일심단결닐리리 | 〃 | 리광오 | | 지휘: 리일찬 선창: 김기영 |
| 〃 | 영원한 심장의 노래 | 백완옥 | 〃 | | 지휘: 승성일 |
| 〃 | 그이는 우리의 동지 | 최준경 | 〃 | | 지휘: 리일찬 선창: 김명호 |
| 〃 | 병사의 고향집에 기쁨넘치네 | 〃 | 엄하진 | | 지휘: 신 전 선창: 김기영 |
| 〃 | 전선길에 대한 추억 | 〃 | 〃 | | 지휘: 김광훈 |
| 〃 | 병사들은 군기와 함께 위훈 떨친다 | 〃 | 김영남 | | 지휘: 승성일 |
| 〃 | 북두칠성 빛나는 밤에 | 〃 | 도영섭 | | 지휘: 김광훈 선창: 홍경훈 |
| 〃 | 최고사령관동지를 위하여 복무함 | 〃 | 김광훈 | | 지휘: 김광훈 |
| 남성합창 | 백두산군대 조선인민군 | 최준경 | 조경준 | | 지휘: 신 전 |
| 〃 | 저 하늘 높이 날고 돌아온 저녁에 | 〃 | 〃 | | 지휘: 승성일 |
| 〃 | 백두산바람분다 | 신운호 | 리광오 | | 지휘: 신 전 |
| 〃 | 백두산총대는 대답하리라 | 최경국 | 엄하진 | | 지휘: 리일찬 |
| 〃 | 일 당 백 | 최준경 | 황진영 | | 지휘: 김광훈 |
| 〃 | 우리의 붉은기 영원히 날려가리 | 신운호 | 강승웅 | | 지휘: 차광길 |
| 〃 | 라남의 봉화따라 총진군 앞으로 | 〃 | 〃 | | 지휘: 승성일 |
| 〃 | 명 령 | 최준경 | 계훈경 | | 지휘: 김광훈 |
| 〃 | 위대한 인민의 노래 | 〃 | 엄하진 | | 지휘: 승성일 선창: 석지민 |
| 〃 | 장군님은 우리 어버이 | 〃 | 리광오 | | 지휘: 리일찬 선창: 홍경훈 |
| 〃 | 총대로 시작한 혁명 총대로 완수하리 | 〃 | 계훈경 | | 지휘: 차광길 |
| 〃 | 조국이여 강성부흥하여라 | 〃 | 김광훈 | | 지휘: 김광훈 선창: 석지민 |
| 〃 | 절세의 애국자 김정일장군 | 〃 | 리광오 | | 지휘: 차광길 |
| 〃 | 장군님은 새 세기를 향도하신다 | 〃 | 강승웅 | | 지휘: 신 전 |
| 〃 | 따사로운 태양의 품아 | 신운호 | 조경준 | | 지휘: 승성일 선창: 김덕준 |

조선
인민군
공훈
합창단

| | | | | | |
|---|---|---|---|---|---|
| 조선<br>인민군<br>협주단 | 〃 | 승리의 나팔소리 | 최준경 | 강승웅 | 지휘: 신 전 |
| | 녀성중창 | 하루와 같이 | 김춘호 | 리민호 | 지휘: 박병섭 |
| 만수대<br>예술단 | 남성중창 | 나가자 라남의 봉화따라 | 차영도 | 조일룡<br>김학영 | 지휘: 신경학<br>노래:<br>남성중창조 |
| | 녀성독창과 방창 | 그리움의 천만리 | 황성하 | 송광림 | 지휘: 허문영<br>노래: 리향숙 |
| | 녀성4중창 | 사랑의 길엔 먼곳이 따로 없네 | 류동호 | 허금종 | 지휘: 김창룡 |
| 국립민족<br>예술단 | 녀성독창 | 고향집은 사계절 꽃계절 | 전병석 | 차학철 | 지휘: 한군보<br>노래: 오미희 |

## <2001년 예술영화 및 텔레비죤 문예물 노래 목록>

| 예술영화 및 텔레비죤 문예작품<br>제목 | 노래제목 | 작사 | 작곡 | 지휘 | 출연 |
|---|---|---|---|---|---|
| 예술영화 ≪솔매령에 핀 꽃≫ | 조국아 나에게 묻지를 말아 | 조명희 | 김성민 | 김산동 | 녀성중창 |
| | 꽃송이 되고싶어 | 차호근 | 〃 | 〃 | 김윤미 |
| 예술영화 ≪뽕따는 처녀들≫ | 더 좋은 래일을 약속해 | 오형식 | 김성희 | 정일영 | 리경훈<br>김수영 |
| 예술영화<br>≪자강도사람들≫(1,2부) | 장군님의 동지가 되리 | 한광춘 | 김창걸 | 리정두 | 리선희 |
| | 내 한생의 어버이 내 한생의 스승 | 연형묵 | 〃 | 〃 | 함창조 |
| 예술영화 ≪소중히 여기라≫<br>2부 ≪우리곁에 있어야 한다≫ | 그 언제나 잊지 말자 | 김 숙 | 김수남 | 〃 | 리경훈<br>김윤미 |
| 예술영화 ≪제1바이올린수≫ | 열정의 노을아 | 최희건 | 서정건 | 정일영 | 리선희 |
| 예술영화 ≪길을 비켜라≫ | 언제나 장군님과 걸음을 함께 하리 | 한광춘 | 김창걸 | 김산동 | 전경순 |
| 예술영화 ≪복무의 길≫ | 복무의 길에 병사는 알리라 | 한창우 | 석 철 | 리정두 | 리경희 |
| 다부작예술영화 ≪민족과<br>운명≫의 ≪어제, 오늘 그리고<br>래일≫ | 땅과 나무 | 리춘구 | 고수영 | 장명일 | 석란희 |
| | 어제도 오늘도 래일도 | 〃 | 〃 | 〃 | 김윤미 |
| | 고향집생각 | 〃 | 김수남 | 〃 | 리선희<br>리경훈 |
| 예술영화 ≪우리 정치위원≫ | 향 기 | 최준경 | 배용삼 | 〃 | 리경훈<br>김수영 |
| 예술영화 ≪부부지배인≫ | 한마음한뜻에 살자 | 김석천 | 서정건 | 리정두 | 리선희<br>량봉란 |
| 예술영화 ≪나의 소원≫ | 소중한 나의 조국아 | 최희건 | 전창일 | 정일영 | 정선영 |
| 예술영화 ≪청춘의 자서전≫ | 조국은 기억하리 우리 청춘시절을 | 김 숙 | 김수남 | 김산동 | 김윤미 |
| 텔레비죤예술영화<br>≪축복합니다≫ | 새 세기 청춘 | 진호용 | 고수영 | 리정두 | 김윤미<br>정선영<br>김강봉 |

| | | | | | |
|---|---|---|---|---|---|
| 텔레비죤련속극<br>≪새로 온 지배인≫ | 말하라 못잊을 고난의 그날을 | 오형식 | 백인선 | 〃 | 리경희<br>혼성방창조 |
| | 너와 나는 한생의 길동무 | 〃 | 〃 | 〃 | 리경훈<br>김윤미 |
| 텔레비죤련속극 ≪수평선≫ | 그 품을 못잊어 | 한광춘 | 함 춘 | 정일영 | 최연옥<br>김종남 |
| 텔레비죤예술영화<br>≪이삭밑에 씨앗을 묻으라≫ | 한생의 소원 | 박룡길 | 허준모 | 리정두 | 손옥금 |
| | 사랑하는 내 고향 | 〃 | 〃 | 〃 | 유병철<br>량봉란 |
| 텔레비죤련속극 ≪먼 길≫ | 내가 가는 길 | 김석천<br>리성만 | 정병철 | 리정두 | 최삼숙 |
| | 먼 길을 함께 가자 나의 동무야 | 한광춘 | 〃 | 〃 | 장란희<br>량봉란<br>최연옥 |
| 텔레비죤예술영화<br>≪어머니의 꿈≫ | 우리 어버이 | 〃 | 박병우 | 리정두 | 한금희 |
| | 나는 어머니 | 〃 | 〃 | 〃 | 정선영 |
| | 나는 될래요 | 〃 | 〃 | 〃 | 평양률곡중<br>학교 중창조 |
| | 어머니 고운 꿈이 싣고 가지요 | 〃 | 〃 | 〃 | 평양률곡중<br>학교 리향금 |
| 텔레비죤련속극 ≪붉은 흙≫ | 사랑은 내 조국에 증오는 원쑤에게 | 한창우 | 량영철 | 리호윤 | 리일화 |
| 텔레비죤련속극 ≪삶의<br>밑천≫ | 그날을 추억하리 | 윤광연 | 김성희 | 김산동 | 김윤미 |
| 텔레비죤예술영화<br>≪희한한 동굴≫ | 장군님사랑속에 꽃핀 룡문대굴 | 한창우 | 박병우 | 김산동 | 〃 |
| | 젊음을 주는 곳으로 | 〃 | 〃 | 〃 | 리경훈<br>김수영 |
| | 우리는 총폭탄 | 〃 | 〃 | 〃 | 남성중창조 |
| | 사랑의 오작교 | 〃 | 〃 | 〃 | 유병철<br>현미화 |
| 텔레비죤련속극<br>≪불타는 노을≫ | 태양의 노을로 한생을 빛내가리 | 성기성 | 한상철<br>정형모 | 리정두 | 정선영 |
| 텔레비죤극 ≪교정의 륜리≫ | 받아다오 조국이여 | 한창우<br>허수산 | 김영성 | 김산동 | 리경희 |
| | 못잊을 나의 스승 | 한창우 | 〃 | 〃 | 최삼숙 |
| | 비약의 나래 우리가 펴자 | 〃 | 〃 | 〃 | 조정순 |

## <2001년 창작 아동영화 노래 목록>

| 아동영화제목 | 노래제목 | 작사 | 작곡 |
|---|---|---|---|
| 무지개동산의 새 동무 | 네 마음 아름다워 | 오영옥 | 한준석 |
| 멍멍이의 글씨 | 곱게 쓰자요 | 〃 | 백인선 |
| 조롱이와 따쥐 | 공부 많이 하자야 | 〃 | 한상철 |
| | 아예 얼씬 못해 | 〃 | 〃 |
| 무엇이든 물어보세요(제1부)《가까이에서 찾은 명약》 | 책속에 있죠 | 〃 | 백인선 |
| 야옹이의 인사 | 인사하는 그 모습 제일 고와요 | 〃 | 한상철 |
| 봉변당한 거부기 | 동무야 새겨가자 | 〃 | 〃 |
| 신비한 나라(1)《황새박사가 그린 지도》 | 그 어데일가 | 〃 | 김성희 |
| | 신비한 나라로 | 정철수 | 〃 |
| 토끼형제와 승냥이 | 속지 않아요 | 오영옥 | 정병철 |
| 다시 비낀 무지개 | 딸기야 | 〃 | 〃 |
| 집을 옮긴 오소리 | 함께 살자 동무야 | 〃 | 김성희 |

## <2001년 창작 기악곡 목록>

| 예술단체 | 형식 | 제목 | 편곡 | 지휘 | 출연 |
|---|---|---|---|---|---|
| 왕재산경음악단 | 금관5중주 | 준마처녀 | 공훈예술가 한영철 | 최문호 | 왕재산경음악단 삼태성조, 삼지연조 |
| | 트럼페트독주 | 말하여다오 | 전흥국 | 〃 | 차현주 (삼일포조) |
| | | 구름너머 그리운 장군별님께 | 공훈예술가 한영철 | 〃 | 박철준 (삼태성조, 삼지연조) |
| | | 제일 좋은 대지요 | 차경주 | 〃 | 차현주 (삼일포조) |
| | | 어디에 계십니까 그리운 장군님 | 류우현 | 〃 | 차현주 (삼태성조, 삼지연조) |
| | 트롬본독주 | 전사의 념원 | 정원철 | 〃 | 유원철 (대편성조) |
| | 트롬본독주 | 정일봉에 안개흐르네 | 정원철 | 최문호 | 장무길 (삼태성조) |
| | 기타독주 | 백두의 말발굽소리 | 〃 | 〃 | 박주천 |
| | | 기다렸습니다 | 전흥국 | 전흥국 | 송은심 (삼일포조) |
| | | 준마처녀 | 류우현 | 류우현 | 〃 |
| | | 아리랑 | 공훈예술가 김운룡 | 공훈예술가 김운룡 | 김영란 (목란조) |
| | | 황금을 뿌리여도 청춘은 못사 | 전흥국 | 전흥국 | 송은심 (삼일포조) |
| | 바이올린을 위한 경음악 | 해돋이순간 | 정춘일 | 김철의 | 삼지연조 |
| | | 장군님 여기는 최전연입니다 | 전 일 | 〃 | 〃 |
| | | 사랑의 봄빛 | 전광수 | 〃 | 〃 |

| | | 장군님식솔 | 정춘일 | 〃 | 〃 |
|---|---|---|---|---|---|
| | 피아노를 위한 경음악 | 어머니 우리 당이 바란다면 | 차경주 | 최문호 | 김지원 (삼태성조) |
| | | 장군님따라 싸우는 길에 | 〃 | 〃 | 김지원 (삼태성조, 삼지연조) |
| | 쌕스폰4 중주 | 신고산타령 | 공훈예술가 한영월 | 〃 | 삼태성조 |
| | | 군밤타령 | 차경주 | 〃 | 〃 |
| | 트럼페트독 주와 쌕스폰 4중주 | 부러웁대요 | 〃 | 〃 | 조명철 (삼태성조) |
| | 경음악 | 충성의 마음 | 인민예술가 최재선 | 〃 | 삼태성조, 삼지연조 |
| | | 청춘의 자랑 | 전홍국 | 〃 | 〃 |
| 국립 교향악단 | 관현악 | 붉은기높이 조선은 나간다 | 김호남 | 최광성 | 국립교향악단 |
| | 바이올린제 주 | 통일오작교 | 김학일 | 조 광 | 〃 |
| | 현악합주 | 아직은 말 못해 | 〃 | 〃 | 〃 |
| | 현악4중주 | 휘파람 | 최정인 | 〃 | 〃 |
| | 바이올린과 관현악 | 내가 지켜선 조국 | 김 용 | 김정균 | 〃 |
| 만수대 예술단 | 녀성기악 중주 | 2월은 봄입니다 | 한성희 | 허문영 | 녀성기악중주조 |
| | | 대홍단 3천리 | 〃 | 〃 | 〃 |
| | | 내 운명 지켜준 어머니당이여 | 차성철 | 〃 | 〃 |
| | | 고향의 봄 | 김윤봉 | 〃 | 〃 |
| | | 눈물젖은 두만강 | 장조일 | 〃 | 〃 |
| | 피치카토 연주 | 휘파람 | 김형일 | 〃 | 〃 |
| | 바이올린독 주와녀성기 악중주 | 장군님 여기는 최전연입니다 | 장조일 | 〃 | 〃 |
| | 기악5중주 | 장군님생각 | 〃 | 〃 | 〃 |
| | | 동무생각 | 〃 | 〃 | 〃 |
| 조선 인민군 군악단 | 취주악 | 경례를 받으시라 | 김창근 | 리웅식 | 조선인민군군악단 |
| | | 높이 들자 붉은기 | 리효선 | 〃 | 〃 |
| | | 불패의 강국이여 앞으로 | 장동근 | 〃 | 〃 |
| | | 태양절의 노래 | 리효선 | 〃 | 〃 |

## <2002년 창작 가요>

| 예술단체 | 형식 | 제목 | 작사 | 작곡 | 출연 |
|---|---|---|---|---|---|
| 보천보<br>전자악단 | 녀성독창 | 인민은 그 품에 길이 살리라 | 백인준 | 리종오 | 현송월 |
| | 녀성독창과 혼성방창 | 장군님은 온 겨레가 따르옵니다 | 김경기 | 안정호 | 조금화,<br>남녀방창조 |
| | 녀성2중창 | 봄이 오고 꽃이 필 때 | 최준경 | 리종오 | 김은숙, 현송월 |
| | 녀성3중창 | 장군님이야기로 꽃을 피우네 | 윤경남 | 전권 | 김정녀, 현송월,<br>김광숙 |
| | 녀성독창과 혼성방창 | 우리는 하나 | 황진영 | 황진영 | 리경숙,<br>남녀방창조 |
| | 남성합창 | 정일봉의 아침 | 윤두근 | 안정호 | 선창: 리성철 |
| | 녀성2중창 | 뜨거운 전선길 | 리일남 | 황진영 | 리경숙, 현송월 |
| | 녀성독창 | 이 강산 높은 령 험한 기슭에 | 강창영 | 우정희 | 현송월 |
| | 녀성2중창과 방창 | 20세기 추억 | 윤두근 | 안정호 | 조금화, 현송월,<br>녀성방창조 |
| | 녀성독창과 방창 | 이 하늘 이 땅에서 | 류동호 | 황진영 | 현송월,<br>녀성방창조 |
| | 녀성2중창 | 장군님소식 | 김정훈 | 우정희 | 리분희, 현송월 |
| | 녀성독창 | 묻지 말라 | 허룡갑 | 황진영 | 조금화 |
| | 녀성2중창 | 너도 나도 일심단결 | 김준익 | 안정호 | 김광숙, 현송월 |
| | 녀성2중창 | 병사의 영예사진 | 윤창도 | 리종오 | 리경숙, 현송월 |
| | 녀성3중창 | 노래여 평양하늘가로 | 신운호 | 전민철 | 리분희, 리경숙,<br>현송월 |
| | 녀성2중창 | 넘려마세요 | 최준경 | 리종오 | 리분희, 현송월 |
| | 녀성독창 | 순간과 한생 | 류동호 | 황진영 | 현송월 |
| | 녀성독창과 방창 | 대홍단은 오늘의 청산리일세 | 윤두근 | 안정호 | 리분희,<br>녀성방창조 |
| | 녀성독창 | 철령아리랑 | 윤두근 | 안정호 | 현송월 |
| | 녀성독창과 혼성방창 | 새봄의 교향악 | 류동호 | 안정호 | 조금화,<br>남녀방창조 |
| | 녀성2중창 | 멋있는 사람 | 류동호 | 황진영 | 현송월, 조금화 |
| | 녀성2중창 | 내 고향의 들국화 | 김철 | 리종오 | 현송월, 조금화 |
| | 녀성2중창 | 우리는 병사시절에 배웠네 | 김정훈 | 우정희 | 현송월 조금화 |
| | 녀성4중창 | 우리의 친근한 동지 | 류동호 | 리종오 | 김정녀, 리분희,<br>리경숙, 조금화 |
| | 녀성독창과 방창 | 먼저 찾아요 | 류동호 | 전민철 | 김정녀,<br>녀성방창조 |
| | 녀성2중창 | 나는야 선군시대 총대처녀 | 한덩실 | 리종오 | 김정녀, 현송월 |
| | 녀성3중창 | 사랑의 왕차 | 윤두근 | 안정호 | 김정녀, 리경숙,<br>조금화 |

| | 녀성2중창 | 장군님의 백두산 | 박경심 | 우정희 | 현송월, 조금화 |
|---|---|---|---|---|---|
| | 녀성독창 | 병사의 경례 | 권오준 | 황진영 | 현송월 |
| | 녀성2중창과 혼성방창 | 조선의 첫 총대가정 | 림금옥 | 안정호 | 현송월, 조금화, 남녀방창조 |
| | 녀성독창 | 사랑의 지평선 | 김정곤 | 박진국 | 김화숙 |
| | 녀성독창과 방창 | 장군님은덕에 온 나라가 흥이로세 | 허룡갑 | 황진영 | 김정녀, 녀성방창조 |
| | 녀성4중창과 남성방창 | 새당의 노래 | 차영도 | 구승해 | 김정녀, 리분희, 현송월, 조금화, 남성방창조 |
| | 녀성독창 | 리명수폭포 | 김선지 | 전 권 | 조금화 |
| | 녀성독창과 방창 | 백두와 한나는 내 조국 | 류동호 | 황진영 | 현송월, 녀성방창조 |
| | 녀성독창과 방창 | 장군님의 전선길 | 리범수 | 전홍국 | 렴 청, 삼일포조 |
| | 녀성독창과 방창 | 나란히 | 김덕용 | 김운룡 | 정순녀, 목란조 |
| | 녀성2중창과 방창 | 병사가 받은 편지 | 조현 | 차경주 | 리현숙, 김현옥, 삼태성조 |
| | 기악과 노래 | 정일봉에 봄이 왔네 | 리동후 | 류우현 | 성악조, 삼태성조, 삼지연조 |
| | 녀성독창과 방창 | 전승탑의 메아리 | 박영철 | 전홍국 | 김희옥, 성악조, 삼태성조, 삼지연조 |
| | 녀성독창과 방창 | 병사의 첫 편지 | 박경심 | 김운룡 | 김성옥, 목란조 |
| | 녀성독창과 방창 | 열망하던 때는 왔어라 | 석광희 | 김운룡 | 정순녀, 목란조 |
| | 녀성독창과 방창 | 우리 장군님뿐이십니다 | 차명숙 | 김운룡 | 윤혜영, 목란조, 삼태성조 |
| 왕재산 경음악단 | 녀성독창과 방창 | 아름다운 생의 자욱 새기여가자 | 박상민 | 정춘일 | 김희옥, 성악조, 삼태성조, 삼지연조 |
| | 녀성독창과 방창 | 병사들 마음속에 장군님만 계시네 | 신지락 | 김운룡 | 김성옥, 성악조, 삼태성조, 삼지연조 |
| | 녀성3중창과 방창 | 우리의 명사수중대 돌아온다 | 석광희 | 전홍국 | 리현숙, 류성숙, 리옥화, 삼태성조 |
| | 녀성3중창 | 초소의 세쌍둥이 | 정룡순 | 정춘일 | 리현숙, 류성숙, 김희옥, 삼지연조 |
| | 녀성독창과 방창 | 사랑의 세계 | 문기창 | 차경주 | 김성옥, 성악조, 삼태성조, 삼지연조 |
| | 기악과 노래 | 경축합니다 | 변홍영 | 김운룡 | 성악조, 삼태성조, |

776

| | | | | | |
|---|---|---|---|---|---|
| | | | | | 삼지연조 |
| | 녀성독창과 방창 | 초소의 손풍금소리 | 리영철 | 정원철 | 정순녀, 삼지연조 |
| | 녀성독창과 방창 | 행복의 빛이라오 | 문동식 | 전홍국 | 김희옥, 성악조, 삼태성조 |
| | 녀성독창과 방창 | 총대와 청춘 | 리명근 | 류우현 | 김희옥, 성악조, 삼지연조, 삼태성조 |
| | 녀성3중창과 방창 | 우리 수령님 걸으신 길 | 오한근 | 류우현 | 성악조, 삼지연조, 삼태성조 |
| | 녀성독창과 방창 | 한모습되자 | 홍현양 | 정춘일 | 리옥화, 성악조, 삼태성조 |
| 조선 인민군 공훈 합창단 (당시) | 남성합창 | 혁명의 눈보라 | 리지성 | 도영섭 | 지휘: 김광훈 |
| | 남성합창 | 우리는 승리자 | 신운호 | 엄하진 | 지휘: 승성일 |
| | 남성독창과 합창 | 축복받은 나의 삶 | 최준경 | 김건일 | 지휘: 홍경훈 |
| | 남성합창 | 병사의 고향자랑 | 리호 | 계훈경 | 지휘: 신 전 |
| | 남성합창 | 못잊을 타향의 봄이여 | 최준경 | 계훈경 | 지휘: 신 전 |
| | 남성합창 | 저녁노을 불탈 때 | 최준경 | 리광오 | 지휘: 승성일 |
| | 남성합창 | 백두의 붉은 밀림 | 리지성 | 강승웅 | 지휘: 신 전 |
| | 남성합창 | 전선길에 노을이 불타네 | 최준경 | 엄하진 | 지휘: 리일찬 |
| | 남성합창 | 친근한 우리 최고사령관 | 신운호 | 도영섭 | 지휘: 차광길 |
| | 남성합창 | 우리 식 우리 힘으로 | 류동호 | 엄하진 | 지휘: 승성일 |
| | 남성합창 | 선군시대 인민의 노래 | 류동호 | 엄하진 | 지휘: 차광길 |
| | 남성합창 | 저 멀리 최전선으로 | 최준경 | 엄하진 | 지휘: 리일찬 |
| | 남성합창 | 장군님 선군의 자욱 길이 전하라 | 신운호 | 계훈경 | 지휘: 승성일 |
| | 남성합창 | 혁명군가높이 승리해가리라 | 신운호 | 강승웅 | 지휘: 차광길 |
| | 남성합창 | 우리에겐 백두산이 있다 | 류동호 | 신 전 | 선창: 석지민 지휘: 신 전 |
| | 남성합창 | 전선길의 별무리 | 차호근 | 조경준 | 지휘: 신 전 |
| | 남성합창 | 믿음 | 최준경 | 조경준 | 지휘: 신 전 |
| | 남성합창 | 그 위업 빛나라 김정일장군 | 최준경 | 리광오 | 지휘: 신 전 |
| | 남성합창 | 김정일장군찬가 | 최준경 | 김건일 | 지휘: 신 전 |
| | 남성합창 | 강철의 사단 앞으로 | 최준경 | 조경준 | 지휘: 승성일 |
| 조선 인민군 협주단 | 녀성2중창과 방창 | 봄비 내리네 | 윤두근 | 전미학 | 오일심, 전은경, 녀성방창조 |
| | 남성독창 | 오성산을 생각하자 | 리지성 | 손천민 | 모영일 |
| | 녀성민요2중창 | 뵈올수록 뵙고싶어 | 김춘호 | 리 경 | 송정실, 리혜옥 |
| | 녀성중창 | 장군님의 정든 집 | 유영학 | 량영철 | 녀성중창조 |
| | 녀성민요4중창 | 태양민족제일가 | 김정훈 | 최금철 | 리혜옥, 마순복, |

| | | | | | | 송정실, 최성숙 |
|---|---|---|---|---|---|---|
| 만수대<br>예술단 | 남성중창 | 최고사령부에 눈이 내리네 | 차영도 | 조일룡 | 남성중창조 |
| | 녀성2중창 | 제대병사 달라요 | 황성하 | 차성철 | 전경란, 문영순 |
| | 녀성중창 | 전선천리 야전차 달리네 | 차영도 | 조일룡 | 녀성중창조 |
| | 녀성독창 | 온 나라의 기쁨 축복아 | 차영도 | 조일룡 | 전경란 |
| | 녀성합창 | 영원한 봄 | 차영도 | 장설봉 | 합창조 |
| | 남성중창 | 동지애와 붉은기 | 류동호 | 림해영 | 남성중창조 |
| 피바다<br>가극단 | 합창 | 병사들 발걸음소리 | 정은옥 | 성동민 | 조선인민군공<br>훈합창단(당시) |
| | 녀성독창과 합창 | 당이여 그대만 믿고 따르리 | 박영순 | 리춘상 | 조청미, 합창조 |
| 국립<br>민족<br>예술단 | 합창 | 백두의 이깔숲 | 차영도 | 차학철 | 합창조 |
| | 녀성독창과 혼성방창 | 전선길에서 | 문인숙 | 김진선 | 태영숙(피바다<br>가극단),<br>혼성방창조 |
| | 녀성2중창 | 축복 | 홍기풍 | 박철웅 | 백영렬, 김영화 |
| | 녀성독창과 방창 | 영원한 그리움 | 최영화 | 유재훈 | 태영숙(피바다<br>가극단), 방창조 |
| | 남성독창 | 전호가의 파편나무 | 김석천 | 리봉련 | 김하철<br>(만수대예술단) |
| | 녀성독창 | ≪김일성상≫계관작품<br>대집단체조와 예술공연 ≪아리랑≫<br>중에서 금수강산 내 나라 | 차영도 | 림석창 | 태영숙<br>(피바다가극단) |

## <2002년 예술영화 및 텔레비죤문예물 노래(영화 및 방송음악단 창작) 목록>

| 예술영화 및<br>텔레비죤문예작품제목 | 노래제목 | 작사 | 작곡 | 지휘 | 출연 |
|---|---|---|---|---|---|
| 예술영화<br>≪기다리는 처녀≫ | 간직하거라 병사의 모습을 | 김석천 | 성동환 | 김산동 | 김윤미 |
| | 미남자는 어데 있는가 | 김춘송 | 성동환 | 김산동 | 정선영, 김수영 |
| 예술영화<br>≪불빛≫ | 청춘을 바치자 | 최희건 | 전창일 | 리정두 | 혼성중창조 |
| | 문지를 말아 아직은 | 최희건 | 전창일 | 리정두 | 정선영 |
| 예술영화<br>≪우물집녀인≫ | 해빛넘치는 사랑의 하늘 | 최희건 | 한시준 | 리정두 | 김영애 |
| | 학두루미 날아든다 | 한시준 | 한시준 | 리정두 | 김영애 |
| | 각시놀이 | 한시준 | 한시준 | 리정두 | 평양률곡중학교 |
| 예술영화<br>≪잊을 수 없는 모습≫ | 조국을 위하여 복무함 | 공동진 | 석철 | 장명일 | 남성중창조 |
| 예술영화<br>≪발걸음≫ | 나는 말해주리라 | 홍광순 | 윤정호 | 장명일 | 리경희 |
| | 발걸음 맞춰가자 | 유근영 | 윤정호 | 장명일 | 김영애, 한금희 |
| 예술영화≪이어가는 참된<br>삶≫(제1·2부) | 내 삶을 이어가리 | 김은숙 | 배용삼 | 장명일 | 김수영 |

| | | | | | |
|---|---|---|---|---|---|
| 예술영화 ≪구봉령일가≫ | 내 삶의 길이여 | 김덕규 | 서정건 | 김산동 | 정선영 |
| | 장군님 이 길로 오실가 | 김덕규 | 서정건 | 김산동 | 혼성중창조 |
| 예술영화 ≪금진강≫(제1·2부) | 그 사랑 그 믿음에 | 최희건 | 전창일 | 리정두 | 최삼숙 |
| 예술영화 ≪가야 할 길≫(전·후편) | 가야 할 길 | 리관암 | 조성수 | 리정두 | 장은애 |
| | 장군님 믿음 안고 우리 가리라 | 리관암 | 조성수 | 리정두 | 김강봉 |
| 예술영화 ≪나를 부르는 소리≫ | 내 운명의 해빛 | 오형식 | 김혁 | 김산동 | 조정순 |
| | 나의 사랑 아가야 | 오형식 | 김혁 | 김산동 | 평양률곡중학교 중창조 |
| 예술영화 ≪그들은 제대병사였다≫ | 장군님병사로 영원히 살리 | 한광춘 | 김성희 | 정일영 | 최삼숙 |
| 다부작예술영화 ≪민족과 운명≫ ≪농민편≫(제1·2부) | 땅은 나의 운명 | 김석춘 | 성동환 | 장명일 | 석란희 (만수대예술단) |
| 예술영화 ≪철쇄로 묶지 못한다≫(전·후편) | 별빛은 멀리서도 | 진호용 | 고수영 | 리정두 | 강혜성 |
| 예술영화 ≪그가 걷는 길≫ | 내 가는 길 | 유근영 | 려철룡 | 김산동 | 김기영(조선인민 군공훈합창단) |
| 예술영화 ≪세대의 임무≫ | 장군님 위하여 살자 | 한시준 | 한시준 | 김산동 | 리새별 |
| | 평양하늘 우러러 | 한시준 | 한시준 | 김산동 | 김윤미 |
| 예술영화 ≪고향의 편지≫ | 선군의 한길을 가리 | 림금옥 | 김혁 | 리정두 | 리새별 |
| 예술영화 ≪우리의 생명≫(제1·2부) | 장군님 안녕은 우리의 생명 | 리명원 | 김영철 | 김산동 | 김강봉 |
| 텔레비죤련속극 ≪엄마를 깨우지 말아≫ | 꽃으로 나는 되리 | 한창우, 리기택 | 박병우 | 정일영 | 강경화 |
| | 우리는 행복한 부부여라 | 한창우, 리기택 | 박병우 | 정일영 | 리경훈, 김수영 |
| | 스승과 제자 | 한창우, 리기택 | 박병우 | 정일영 | 녀성중창조 |
| 텔레비죤련속극 ≪2학년생들≫ | 붉게 피여라 | 백광명 | 백인선 | 장명일 | 박선영, 김성희 |
| | 착한 길동무 | 백광명 | 백인선 | 장명일 | 평양률곡중학교 |
| 텔레비죤련속극 ≪첨단선≫ | 조국의 별이 되리 | 김 철 | 김성희 | 김산동 | 석향미 |
| | 과학의 첨단선으로 | 김 철 | 김성희 | 김산동 | 최학순, 리경훈, 김강봉 |
| 텔레비죤극 ≪사랑의 집≫ | 우리의 해님은 따뜻해 | 한태준 | 전봉덕 | 장명일 | 평양률곡중학교 |
| | 아 내 엄마 | 한태준, 리광은 | 전봉덕 | 장명일 | 평양률곡중학교 |
| 텔레비죤극 ≪한마음≫ | 군민의 정 넘치는 나라 | 허수산 | 정병철 | 김산동 | 정선영, 유병철 |
| 텔레비죤련속극 ≪우리 지배인≫ | 언제나 마음속에 새기며 살라 | 한광춘 | 김 혁 | 장명일 | 김명희 |
| | 이 심장 바치리 | 한광춘 | 김 혁 | 장명일 | 리경훈, 김수영 |
| | 웃음 가꿔요, 행복 가꿔요 | 한광춘 | 김 혁 | 장명일 | 김수영, 박선영, |

| | | | | | 김춘화 |
|---|---|---|---|---|---|
| 텔레비죤극 《담찬 처녀들》 | 우리 사랑 우리 꿈 | 손광수, 김혜련 | 김수남 | 김산동 | 녀성중창조 |
| | 백두서정 | 손광수 | 김수남 | 김산동 | 송윤희, 유병철 |
| 텔레비죤실화극 《사랑과 증오》 | 사랑과 증오는 심장에 불타네 | 김 철 | 전봉덕 | 리정두 | 리경훈, 장은애 |
| | 복수의 총창을 들라 | 김경남 | 전봉덕 | 리정두 | 리경훈, 장은애 |
| 텔레비죤련속극 《계응상박사》 | 내 삶의 노래 | 권오준 | 허준모 | 김산동 | 조정순 |
| | 벗이 그리워 | 권오준 | 허준모 | 김산동 | 김윤미 |
| | 내 사랑 우리 사랑 | 권오준 | 허준모 김용일 | 김산동 | 유병철, 김향숙 |
| | 졸업가 | 권오준 | 허준모 | 김산동 | 탁현범 |
| 텔레비죤련속극 《숨결》 | 조국이여 믿어다오 | 한광춘 | 허준모 | 김산동 | 리새별 |
| | 불타오르라 라남의 봉화여 | 허은경 | 허준모 | 김산동 | 손옥금 |
| 텔레비죤극 《계수나무》 | 내 마음 너처럼 피여 | 림금옥 | 허준모 | 리정두 | 강경화 |
| | 위훈을 빛내가리 | 심재훈 | 김용일 | 리정두 | 리경훈, 장은애 |
| 텔레비죤련속극 《우리 인민보안원》 | 인민의 충복이 되리 | 허룡갑 | 김수남 | 김산동 | 조정순 |
| | 약속 | 허룡갑 | 김수남 | 김산동 | 조정순 |
| 텔레비죤극 《평양은 아리랑을 노래한다》 | 평양은 아리랑을 노래하네 | 김선령 | 김영성 | 리정두 | 송윤희, 유병철 |
| 텔레비죤련속극 《대지여 젊어지라》 | 나의 꿈 어디서 꽃피나 | 김 철, 김경남 | 한상철 | 리정두 | 김수영, 유병철 |
| | 대지여 젊어지라 | 김철 | 한상철 | 리정두 | 김수영, 유병철 |
| 텔레비죤련속극 《시대가 부르는 사람》 | 큰 걸음을 떼여준 나의 어머니 | 한태준 | 전봉덕 | 리정두 | 김수영 |
| | 나를 부르네 | 한태준 | 전봉덕 | 리정두 | 김강봉 |
| | 강성대국 향하여 최대속도로 | 한태준 | 전봉덕 | 리정두 | 리경훈, 김강봉, 유봉철 |
| 텔레비죤련속극 《대답》 | 나의 사단에 전하여다오 | 진호용 | 조성수 | 장명일 | 리경훈 |
| | 이 땅이 나는 좋아 | 진호용 | 조성수 | 장명일 | 강영애 |
| | 내 한생 군가를 부르며 살리 | 진호용 | 조성수 | 장명일 | 김영애, 리경훈, 홍선화 |
| 텔레비죤련속극 《한나의 메아리》 | 눈물없는 나라 | 리안희 | 박병우 | 김산동 | 석란희 (만수대예술단) |
| | 동백꽃 한송이 | 리안희 | 박병우 | 김산동 | 유병철, 김윤미 |
| | 우리는 총잡은 한나의 주인 | 리기택 | 박병우 | 김산동 | 합창조 |
| 텔레비죤극 《샅바를 잡아라》 | 아 이 땅이 좋아 | 김택영 | 남충일 | 김산동 | 김영애, 리경훈 |

## <2002년 창작 아동영화 노래>

| 아동영화제목 | 노래제목 | 작사 | 작곡 |
|---|---|---|---|
| 기장나무 | 땀방울 | 오영옥 | 백인선 |
| 천년바위를 이긴 물방울 | 물방울의 노래 | 오영옥 | 한상철 |
| | 우리 동산 제일 좋아요 | 오영옥 | 한상철 |
| 다람이와 고슴도치(제21·22부) | 우정의 자욱 | 김승길 | 김명희 |
| | 내 스스로 가는 길 | 오영옥 | 김명희 |
| 토끼형제와 승냥이(제3부) | 우리 집 지키여가자 | 오영옥 | 정병철 |
| 환상속의 세 동무 | 더 높이 날으자 래일을 향해 | 오영옥 | 함 철 |
| 두번째 경기 | 1등열쇠 무엇일가 | 오영옥 | 백인선 |
| 개구리보초 | 나는 보초병 | 오영옥 | 백인선 |
| 원수갚은 옥돌이 | 우리 엄마 언제 올가 | 오영옥 | 백인선 |
| 누가 척척박사일가 | 재간둥이 누굴가 | 오영옥 | 한상철 |
| 동굴속의 비밀 | 신기한 약수 기쁨의 약수 | 오영옥 | 한준석 |

## <2002년 창작 기악곡 목록>

| 예술단체 | 형식 | 제목 | 편곡 | 지휘 | 출연 |
|---|---|---|---|---|---|
| 보천보<br>전자악단 | 무도곡 | 청춘의 자랑 | 강철호 | 장룡식 | 남성기악조 |
| | 무도곡 | 총동원가 | 안정호 | 김연수 | 남성기악조 |
| | 무도곡 | 홀라리 | 박진국 | 전민철 | 남성기악조 |
| | 무도곡 | 옹헤야 | 전권 | 김연수 | 남성기악조 |
| | 무도곡 | 모르는가봐 | 박진국 | 전민철 | 남성기악조 |
| | 무도곡 | 만경대의 노래 | 안정호 | 김연수 | 남성기악조 |
| | 무도곡 | 봄빛입니다 해빛입니다 | 전권 | 전민철 | 남성기악조 |
| | 무도곡 | 구름너머 그리운 장군별님께 | 전민철 | 전민철 | 남성기악조 |
| | 무도곡 | 지새지 말아다오 평양의 밤아 | 리종오 | 김연수 | 남성기악조 |
| | 남성기악 | 밀림이 설레인다 | 전민철 | 전민철 | 남성기악조 |
| 왕재산<br>경음악단 | 쌕스폰독주 | 뽕타령 | 정원철 | 최문호 | 황승철, (삼태성조) |
| | 전기기타독주 | 사향가 | 김운룡 | | 김영란, (목란조) |
| | 바이올린과<br>트럼베트3중주 | 정일봉의 우뢰소리 | 정원철 | 김철의 | 삼태성조, 삼지연조 |
| | 피아노를 위한<br>경음악 | 축원 | 차경주 | 김철의 | 김지원,<br>(삼태성조, 삼지연조) |
| | 트럼베트2중주 | 해돋이순간 | 정원철 | 최문호 | 조명철, 박철준,<br>(삼태성조, 삼지연조) |
| | 트럼베트독주 | 나의 어머니 | 윤영철 | 김철의 | 박철준,<br>(삼태성조, 삼지연조) |

| | | | | | |
|---|---|---|---|---|---|
| | 트럼베트4중주 | 김정일동지께 드리는 노래 | 정원철 | 김철의 | 삼태성조, 삼지연조 |
| | 바이올린을 위한 경음악 | 내 조국의 밝은 달아 | 정원철 | 김철의 | 삼태성조, 삼지연조 |
| | 트럼베트독주 | 전호속의 나의 노래 | 전홍국 | 김철의 | 차현주,<br>(삼태성조, 삼지연조) |
| | 바이올린을 위한 경음악 | 준마처녀 | 정춘일 | 최문호 | 삼태성조, 삼지연조 |
| | 바이올린을 위한 경음악 | 빛나라 정일봉 | 전홍국 | 김철의 | 삼태성조, 삼지연조 |
| 국립<br>교향악단 | 관현악 | 밀림이 설레인다 | 강수기 | 김병화 | 관현악단 |
| | 바이올린협주곡 | 장군님은 전초선에 계시네 | 리용남 | 최광성 | 관현악단 |
| | 관현악 | 승리의 길 | 문성희 | 조광 | 관현악단 |
| | 관현악 | 우리는 잊지 않으리 | 강수기<br>김연규<br>김향 | 김병화 | 관현악단 |
| | 현악합주 | 그리움의 대하 | 김지원 | 조광 | 관현악단 |
| 조선인민<br>군협주단 | 기악중주 | 신아우 | 량영철 | 김호윤 | 김정실 외25명 |
| | 기악중주 | 장군님 백마타고 달리신다 | 량영철 | 신철만 | 김정실 외25명 |
| 만수대<br>예술단 | 녀성기악중주 | 흰눈덮인 고향집 | 장조일 | 김일진 | 녀성기악중주조 |
| | 녀성기악중주 | 밭갈이노래 | 장설봉 | 김일진 | 녀성기악중주조 |
| | 녀성기악중주 | 추억의 두만강 | 장조일 | 김일진 | 녀성기악중주조 |
| | 녀성기악중주 | 우리 아버지 | 장조일 | 김일진 | 녀성기악중주조 |
| | 녀성기악중주 | 기다려다오 | 차성철 | 김일진 | 녀성기악중주조 |
| | 기악5중주 | 조선의 어머니 | 장조일 | 김일진 | 녀성기악중주조 |
| | 기악5중주 | 2월은 봄입니다 | 장조일 | 김일진 | 녀성기악중주조 |
| | 바이올린합주 | 강성부흥아리랑 | 한성희 | 김일진 | 녀성기악중주조 |
| | 바이올린합주 | 2월은 봄입니다 | 김일진 | 김일진 | 녀성기악중주조 |
| | 장새납독주 | 강성부흥아리랑 | 장조일 | 김일진 | 최봉철 |
| | 죽관3중주 | 대홍단3천리 | 박정식 | 김일진 | 신병현, 최병철, 전영일 |
| | 죽관4중주 | 2월은 봄입니다 | 김명남 | 김일진 | 전영일, 신병현,<br>최병철, 김룡만 |
| 조선<br>인민군<br>군악단 | 취주악 | 병사들은 노래하네 우리의 최고사령관 | 리효선 | 리웅식 | 1편대 |
| | 취주악 | 장군님은 승리의 기치 | 김창근 | 리웅식 | 1편대 |
| | 취주악 | 천리마 달린다 | 박홍근 | 리웅식 | 1편대 |
| | 취주악 | 백두산군대 조선인민군 | 리효선 | 리웅식 | 1편대 |
| | 취주악 | 우리는 하나 | 리효선 | 리웅식 | 1편대 |
| | 취주악 | 군가에 발을 맞추자 | 김호균 | 리웅식 | 1편대 |

| 취주악 | 장군이시여 우리를 사열하시라 | 장동군 | 리응식 | 1편대 |
|---|---|---|---|---|
| 트럼베트독주 | 장군님 가리키신 곳 | 장동군 | 리응식 | 박원일, 1편대 |
| 취주악 | 더 높이 더 빨리 | 조영남 | 리응식 | 1편대 |
| 취주악 | 추억의 두만강 | 리효선 | 리응식 | 1편대 |

## <2003년 창작 가요 목록>

| 예술단체 | 형식 | 제목 | 작사 | 작곡 | 지휘 | 출연 |
|---|---|---|---|---|---|---|
| 조선인민군공훈합창단 | 합창조곡 | ≪선군장정의 길≫<br>서곡 ≪조선은 말한다≫<br>- 제1악장 ≪선군의 닻은 올랐다≫<br>- 제2악장 ≪장군님의 전선길이여≫<br>- 제3악장 ≪승리의 력사로 영원하리라≫<br>- 제4악장 ≪장군님께 영광을≫<br>종곡 ≪빛나라 선군장정의 길이여≫ | 리범수 | 엄하진 | 김광훈 | 합창단 |
| | 남성합창 | 태양맞이 경사로세 | 신운호 | 리광오 | 차광길 | |
| | 남성합창 | 영원토록 이끄시라 우리 조선을 | 최준경 | 도영섭 | 차광길 | 선창: 리성철, 허광일 |
| | 남성합창 | 조국의 바다 지켜 전대 앞으로 | 신운호 | 김건일 | 차광길 | |
| | 남성합창 | 조선아 그대앞에 영광있으라 | 최준경 | 계훈영 | 김광훈 | |
| | 남성합창 | 잊지 못할 오성산 산마루여 | 최준경 | 설태성 | 승성일 | |
| | 남성합창 | 모란봉의 금소방울소리 | 강영민 | 조경준 | 차광길 | 선창:김기영 |
| | 남성합창 | 우리 대오 나갈 때 | 최준경 | 강승웅 | 리일찬 | |
| | 남성합창 | 초도의 붉은 파도여 | 신운호 | 김건일 | 승성일 | 선창:박금성 |
| | 남성합창 | 우리의 선군총대 | 신운호 | 도영섭 | 김광훈 | 선창: 석지민, 정광호 |
| | 남성합창 | 위대한 우리 당 찬가 | 최준경 | 엄하진 | 김광훈 | |
| | 남성합창 | 홰불의 대하 흐른다 | 신운호 | 김정민 | 신 전 | 선창:김기영 |
| | 남성합창 | 백두의 밤하늘에 별이 흐르네 | 김은숙 | 석 철 | 리일찬 | |
| | 남성합창 | 조선의 행군길 | 김정훈 | 엄하진 | 김광훈 | |
| | 남성합창 | 내 사랑 푸른 하늘 | 오영재 | 도영섭 | 신 전 | 선창: 명만식, 김순철 |
| | 남성합창 | 내 한생 순결한 그 마음으로 | 최준경 | 김은남 | 차광길 | 선창:리성철 |
| | 남성합창 | 그 념원 총대로 빛내리 | 신운호 | 김정민 | 차광길 | 선창:리영림 |
| | 남성합창 | 수령님은 영원히 백두산에 서계신다 | 신병강 | 강승웅 | 신 전 | |
| | 남성합창 | 평양찬가 | 신운호 | 리광오 | 승성일 | |
| | 남성합창 | 목숨바쳐 지키리라 우리의 최고사령관 | 문병택 | 리광오 | 신 전 | 선창:리성철 |
| | 남성합창 | 아버지장군님 더잘 모시리 | 최준경 | 김광훈 | 김광훈 | |
| | 남성합창 | 울림폭포의 노래 | 최준경 | 리광오 | 차광길 | 선창:석지민 |
| | 남성합창 | 선군승리행진곡 | 아.브레쥬네브 | 웨.할릴로브 | 김광훈 | 반주:<br>조선인민군군악단 |

| | | | | | | |
|---|---|---|---|---|---|---|
| | 녀성독창과<br>방창 | 열정의 노래 | 박고려 | 전민철 | 전민철 | 현송월,<br>녀성방창조 |
| | 녀성독창 | 선군닐리리 | 윤두근 | 안정호 | 전민철 | 현송월 |
| | 혼성중창 | 우리를 부르시라 | 허룡갑 | 황진영 | 전민철 | 녀성가수들,<br>남성방창조 |
| | 녀성2중창 | 종달새야 | 허룡갑 | 황진영 | 전민철 | 김정녀, 현송월 |
| | 녀성4중창 | 복많은 내 나라 | 허룡갑 | 황진영 | 전민철 | 김정녀, 리분희,<br>리경순, 조금화 |
| | 녀성3중창<br>과 남성방창 | 사랑의 힘은 얼마나 강한가 | 유영하 | 황진영 | 전민철 | 김광숙, 리분희,<br>리경숙, 남성방창조 |
| | 녀성3중창 | 아니나다를가 | 류동호 | 황진영 | 장룡식 | 김정녀, 리분희,<br>조금화 |
| | 녀성독창과<br>방창 | 내 나라는 선군의 대가정 | 박동성 | 전민철 | 전민철 | 김정녀, 녀성방창조 |
| | 녀성3중창 | 새봄이 오는 소리 | 최준경 | 리종오 | 장룡식 | 최예옥, 류성숙,<br>리현경<br>(왕재산경음악단) |
| | 녀성독창 | 단풍마을입니다 | 정영호 | 전민철 | 전민철 | 전혜영 |
| | 녀성독창 | 원군의 길 | 최준경 | 리종오 | 장룡식 | 김정녀 |
| | 녀성2중창 | 해를 부르네 달을 부르네 | 공동진 | 리종오 | 장룡식 | 김정녀, 김은숙 |
| 보천보<br>전자<br>악단 | 남성2중창 | 병사여 말하라 | 송찬웅 | 안정호 | 장룡식 | 석지민, 김기영<br>(조선인민군<br>공훈합창단) |
| | 녀성독창과<br>방창 | 언제면 그 언제면 | 황성하 | 강철호 | 전민철 | 리분희, 녀성방창조 |
| | 녀성2중창 | 나에게 조국을 노래하라면 | 박경심 | 황진영 | 장룡식 | 김정녀, 김은숙 |
| | 혼성중창 | 첫 축복은 병사들에게 | 권오준 | 안정호 | 장룡식 | 녀성가수들,<br>남성방창조 |
| | 녀성독창 | 봄이 오는 산 | 류동호 | 안정호 | 장룡식 | 현송월 |
| | 녀성3중창 | 믿음의 노래 | 신병강 | 우정희 | 장룡식 | 김정녀, 김은숙,<br>조금화 |
| | 녀성4중창 | 밤나무집 그 총각 영웅비행사 됐대 | 신운호 | 황진영 | 장룡식 | 김정녀, 김은숙,<br>리경숙, 조금화 |
| | 녀성4중창 | 우리 분대 고향자랑 | 김 철 | 전민철 | 전민철 | 김정녀, 김은숙,<br>리경숙, 조금화 |
| | 녀성독창 | 조국이란 무엇인가 | 윤두근 | 안정호 | 장룡식 | 조금화 |
| | 녀성독창과<br>남성방창 | 참 좋은 시절 | 김영철 | 황진영 | 전민철 | 리경숙, 남성방창조 |
| | 남성2중창<br>과 방창 | 조국은 내 삶의 정든 집 | 최준경 | 안정호 | 장룡식 | 홍경훈, 염명일<br>(조선인민군공훈합<br>창단),남성방창조 |
| | 남성독창과 | 전승의 메아리 | 정 렬 | 황진영 | 전민철 | 김기영(조선인민군 |

| | 방창 | | | | | 공훈합창단), 남성방창조 |
|---|---|---|---|---|---|---|
| | 녀성독창과 방창 | 선군승리 열두달 | 김영철 | 황진영 | 전민철 | 김정녀, 녀성방창조 |
| | 녀성2중창 | 장군님의 전선일지 | 권오준 | 안정호 | 전민철 | 현송월, 조금화 |
| | 혼성중창 | 조국에 청춘을 바쳐가리 | 신병강 | 황진영 | 장룡식 | 녀성가수들, 남성방창조 |
| | 녀성2중창 | 내 마음 총사총에 정이 들었네 | 최준경 | 안정호 | 전민철 | 김은숙, 현송월 |
| | 녀성독창과 남성방창 | 전선으로 떠나시는 마음 | 신운호 | 전 권 | 전민철 | 현송월, 남성방창조 |
| | 녀성독창과 방창 | 어머니 내 조국 | 장선국 | 전 권 | 전민철 | 현송월, 녀성방창조 |
| | 녀성중창 | 백두고향 이깔나무야 | 신운호 | 우정희 | 장룡식 | 녀성가수들 |
| | 녀성독창과 방창 | 처녀들은 속삭이였네 | 허군성 | 전 권 | 전민철 | 현송월, 녀성방창조 |
| | 녀성2중창 | 어머님 안고계신 진달래 | 한정실 | 리종오 | 장룡식 | 김성옥, 리현숙 (왕재산경음악단) |
| | 녀성2중창 | 군대식이 멋있지 | 한원희 | 리종오 | 장룡식 | 김정녀, 김은숙 |
| | 녀성3중창과 방창 | 통일은 우리 민족끼리 | 정예남 | 전 권 | 전민철 | 김정녀, 김은숙, 리경숙, 녀성방창조 |
| | 녀성독창 | 내 한생 따르리 | 박경심 | 우정희 | 장룡식 | 현송월 |
| | 녀성중창 | 2월원무곡 | 정성환 | 전 권 | 전민철 | 녀성가수들 |
| | 녀성독창과 방창 | 두만강 내 조국의 강이여 | 정성환 | 우정희 | 전민철 | 리분희, 녀성방창조 |
| 왕재산경음악단 | 녀성독창과 방창 | 영웅의 심장 | 박경심 | 류우현 | 김철의 | 김희옥, 삼태성조, 삼지연조 |
| | 녀성3중창과 방창 | 2월의 봄과 함께 젊어계시라 | 차명숙 | 김운룡 | 김철의 | 김성옥, 류성숙, 리현경, 삼지연조, 삼태성조 |
| 만수대예술단 | 합창 | 백승의 기상 떨치며 앞으로 | 김석천 | 박정식 | 조정림 | 합창조 |
| | 합창 | 백두산의 아침 | 차영도 | 장조일 | 신경학 | 합창조 |
| 조선인민군협주단 | 녀성중창 | 제일 가까워 | 황상익 | 리 경 | 박병섭 | 녀성중창조 |
| | 남성중창 | 장군님걸음에 발을 맞추자 | 윤두근 | 리민호 | 신철만 | 남성중창조 |
| | 가야금병창 | 선군의 그 길을 생각할수록 | 강용복 | 리 경 | 오병선 | 가야금병창조 |
| 영화 및 방송음악단 | 녀성3중창 | 그리움은 내 삶의 전부입니다 | 박정란 | 조성수 | 장명일 | 김수영, 박선영, 최연옥 |
| | 녀성2중창과 혼성방창 | 전선길의 모닥불 | 권오준 | 허준모 | 김산동 | 김윤미, 홍선화, 혼성방창조 |
| 피바다가극단 | 혼성2중창과 방창 | 생일을 축하합니다 | 정 민 | 한진옥 | 김용활 | 태영숙, 전춘철 |
| 국립민족 | 녀성독창과 방창 | 백두의 눈보라 나는 좋아 | 조창제 | 양정호 | 손금철 | 석란희(만수대예술단), 녀성방창조 |

| 예술단 | 녀성2중창 과 방창 | 사랑하는 소백수야 | 백의선 | 차학척 | 신일재 | 백영련, 김영화, 녀성방창조 |
| | 녀성독창 | 백두의 한줌흙이 말해주네 | 김석천 | 고창덕 | 리성철 | 김윤미(영화 및 방송음악단) |

## <2003년 예술영화 및 텔레비죤 문예물 노래(영화 및 방송음악단) 목록>

| 예술영화 및 텔레비죤 문예물 제목 | 노래제목 | 작사 | 작곡 | 지휘 | 출연 |
|---|---|---|---|---|---|
| 예술영화 《두만강기슭에서》 | 영원히 사령부와 함께 | 김석천 | 김 혁 | 김산동 | 최삼숙 |
| 예술영화 《소중히 여기라》 속편 《두 제자》 | 못잊을 나의 선생 나의 학교 | 김 숙 | 전창일 | 김산동 | 남성중창조 |
| 예술영화 《청자의 넋》 | 천년세월가도 | 최희건 | 성동환 | 김산동 | 최삼숙 |
| | 풍구야 풍구야 | 현상무 | 성동환 | 김산동 | 남성중창조 |
| 예술영화 《할아버지의 수기》 | 사랑은 행복은 어떻게 오나 | 정기종 | 고수영 | 김산동 | 리선희 |
| | 봄의 고향 | 정기종 | 고수영 | 김산동 | 리경희 |
| 예술영화 《철령의 대대장》 | 철령아 말하여다오 | 권오준 | 석 철 | 김산동 | 리성철(조선인민 군공훈합창단) |
| 예술영화 《첫번째 희망》 | 소중한 나의 희망 | 김은숙 | 함 철 | 김산동 | 평양률곡중학교 아동음악반 |
| 예술영화 《녀병사의 수기》 | 내 사는 초소 | 유근영 | 김성민 | 장명일 | 김해경 |
| 예술영화 《사랑의 종소리》 | 군민사랑가 | 김은숙 | 배용삼 | 리정두 | 김기영(조선인민 군공훈합창단) |
| 예술영화 《청년들을 자랑하라》 (제1,2부) | 내 삶을 꽃펴준 품 | 진호용 | 조성수 | 장명일 | 리경희 |
| | 나의 길 | 진호용 | 조성수 | 장명일 | 리선희 |
| | 청년들 앞으로 | 주정웅 | 조성수 | 장명일 | 남성합창조 |
| 예술영화 《한장의 사진》 (제1,2부) | 영원한 동지가 되리 | 오형식 | 김성희 | 리정두 | 최삼숙 |
| | 고향멀고 님 그리워 | 김춘송 | 김성희 | 리정두 | 석란희 (만수대예술단) |
| 예술영화 《사랑의 거리》 | 네 모습 아름다워 | 한광춘 | 성동환 | 김산동 | 유병철, 석향미 |
| | 안녕하세요 안녕히 가세요 | 오형식 | 김영성 | 김산동 | 김윤미 |
| 예술영화 《잊지 못할 백송리》 | 백송리메아리 | 고은혜 | 전창일 | 리정두 | 정선영 |
| 예술영화 《어머니의 행복》 | 어머니의 행복 | 김은숙 | 배용삼 | 장명일 | 김영애 |
| 예술영화 《로병들》 | 그날처럼 살리라 | 최희건 | 조성수 | 리정두 | 최삼숙 |
| 예술영화 《우리의 향기》 | 우리의 향기 | 차영도 | 한시준 | 김산동 | 유병철, 송윤희 |

| | | | | | |
|---|---|---|---|---|---|
| 예술영화 《내 삶이 닻을 내린 곳》 | 그 이름은 동지 | 김경기 | 배용삼 | 리정두 | 강순익(조선인민 군협주단) |
| | 그 언제면 가보려나 | 정예남 | 배용삼 | 리정두 | 김정옥(조선인민 군협주단) |
| 예술영화 《고귀한 이름》 (제1,2부) | 너의 이름 어디에 남기려는가 | 리주민 | 성동환 | 김산동 | 석란희(만수대예 술단) |
| | 달의 노래 | 리주민 | 성동환 | 김산동 | 유병철, 김윤미 |
| 예술영화 《시대의 전우》 | 언제나 영원하리 | 권오준 | 배용삼 | 리정두 | 김기영(조선인민 군공훈합창단) |
| 예술영화 《이삭은 속삭인다》 | 사랑의 속삭임소리 | 공동진 | 김성희 | 김산동 | 김윤미 |
| 예술영화 《시대는 축복한다》 | 장군님의 병사로 우리도 살리 | 한광춘 | 조성수 | 리정두 | 녀성중창조 |
| | 병사여 그대를 따르리 | 한광춘 | 조성수 | 리정두 | 최삼숙 |
| 텔레비죤극 《류다른 참관》 | 아 내 사랑 공장아 | 백광명 | 백인선 | 김산동 | 유병철 |
| | 여기서 청춘을 꽃피워가리라 | 안성진 | 백인선 | 김산동 | 리경훈, 홍선화 |
| 텔레비죤극 《은방울꽃》 | 우린 부럽지 않아 | 심영택 | 황만룡 | 김산동 | 평양률곡중학교 아동음악반 |
| | 은방울꽃 | 황만룡 | 황만룡 | 김산동 | 김해경 |
| 텔레비죤련속극 《래일의 개척자들》 | 장군님 그 품만 따르리 | 허은경 | 허준모 | 김산동 | 손옥금 |
| | 래일아 너를 위해 | 김석천 | 리성준 | 김산동 | 김명희 |
| | 청춘이여 너와 나에겐 | 류동호 | 허준모 | 김산동 | 리경훈, 홍선화 |
| 텔레비죤 련속극 《1번수》 | 조국의 1번수 되리 | 고은혜 | 전봉덕 | 김산동 | 남성중창조 |
| | 조국이여 너를 떨치리 | 허 일 | 전봉덕 | 김산동 | 최삼숙 |
| 텔레비죤 련속극 《조국땅 한끝에서》 | 언제나 앞서걸으리 | 한광춘 | 백은호 | 리정두 | 리경희 |
| | 신념의 성새되여 그 품을 지키리 | 한광춘 | 김 혁 | 리정두 | 리새별, 홍선화 |
| 텔레비죤 련속극 《소방대원들》 | 소방대원의 노래 | 황성혜 | 허준모 | 김산동 | 남성중창조 |
| | 수호자의 영예 | 정예남 | 허준모 | 김산동 | 손옥금 |
| 텔레비죤 련속극 《첫 연유국장》 | 전사의 의리지켜 | 김석천 | 허준모 | 장명일 | 최삼숙 |
| | 한마음 변함없이 | 김성심 | 허준모 | 장명일 | 리경훈, 홍선화 |
| 텔레비죤 련속극 《귀중히 여기시라》 | 미래를 소중하게 가꾸시라 | 오형식 | 함 철 | 장명일 | 정선영 |
| 텔레비죤 련속극 《열두살》 | 엄마의 품 | 백광명 | 김수남 | 김산동 | 평양률곡중학교 아동음악반 |
| | 그 해빛 따스해 | 백광명 | 김수남 | 김산동 | 유병철, 김윤미 |
| 텔레비죤 련속극 《뜨거운 평야》 | 조국은 기억하리 | 조윤행 박강윤 | 한상철 | 김산동 | 리경훈, 김윤미 |
| | 땅이여 말해다오 | 박강윤 조윤행 | 한상철 | 김산동 | 안화복 (만수대예술단) |
| 텔레비죤 련속극 《국경관문》 | 평양이여 안녕하시라 | 허룡갑 | 김 혁 | 장명일 | 유병철, 박선영, 한금희 |

| | 장군님 기쁨속에 모셔갈래요 | 허룡갑 | 김 혁 | 장명일 | 김해경 |
|---|---|---|---|---|---|
| 텔레비죤 련속극 《붉은 봉선화》 | 영생의 순간 | 진호용 | 김영성 | 리정두 | 김강봉 |
| | 심장을 바쳐 지키여가리 | 진호용 | 김영성 | 리정두 | 리새별 |
| 텔레비죤 련속극 《향로》 | 조국은 우리의 정든 집 | 박두천 | 김수남 | 리정두 | 남성중창조 |
| | 동지의 사랑 | 박두천 박인서 | 김수남 | 리정두 | 강혜성, 정연철 |

## <2003년 창작 학생소년노래 목록>

| 제목 | 작사 | 작곡 |
|---|---|---|
| 2월명절 꽃명절 | 최옥경 | 최옥경 |
| 나와 오또기 | 최옥경 | 최옥경 |
| 소년단넥타이 날리며 앞으로 | 백광명 | 백인선 |
| 우리는 장군님의 소년단 | 박향희 | 한상철 |
| 우리는 가슴깊이 새기리 | 김승길 | 김용빈 |
| 우리 함께 초소로 가네 | 리명근 | 강영희 |
| 나의 중학시절은 | 김추일 | 김명희 |
| 펜촉의 속삭임 | 김승길 | 김명희 |
| 사랑의 콤퓨터야 | 김승길 | 위정현 |
| 앞에 가는 저 동무 | 김승길 | 함 철 |
| 겉모습이 어른인가 뭐 | 김승길 | 백인선 |
| 아름다움 | 김승길 | 김성희 |
| 민들레 | 김승길 | 김용빈 |

## <2003년 학생소년들의 설맞이 노래 목록>

| 제목 | 작사 | 작곡 |
|---|---|---|
| 아버지안녕을 바라는 마음 | 오필정, 박윤도 | 리동원 |
| 만경대총소리 | 박현, 엄형조 | 정명호 |
| 제일 큰 우리 자랑 | 최은주 | 정명호 |
| 꿈이면 어쩌나 | 김선혜 | 전경성 |
| 설눈이 소곤소곤 | 김승길 | 리동원 |
| 선군의 내 나라 빛내가자요 | 황영철 | 최정란 |
| 대를 이어 휘날려갈 붉은 넥타이 | 황영철 | 김현일 |
| 대원수님 그 당부 꽃펴가리라 | 엄형조 | 리동원 |
| 장군봉은 우리 희망봉 | 엄형조 | 리동원 |
| 애국의 한길을 이어가리라 | 엄형조 | 리동원 |

| 너도나도 축복동 | 최은주 | 김소영 |
|---|---|---|
| 통일기차놀이 | 황영철 | 최정란 |
| 지덕체 꽃펴가는 우리 분단 | 엄형조 | 김현일 |
| 대보름달놀이 | 최은주 | 김소영 |
| 소꿉놀이 | 최은주 | 김소영 |
| 꽃놀이 | 최은주 | 김소영 |
| 우리 동산 지켜가자요 | 엄형조 | 김소영 |
| 동무를 위하여 바치는 그 마음 | 최은주 | 조승학 |
| 잊지 말자 산삼고개 그 이야기 | 최은주 | 조승학 |

## <2003년 아동 영화 노래 목록>

| 아동영화제목 | 노래제목 | 작사 | 작곡 |
|---|---|---|---|
| 전화소동 | 전화례절 지켜가자요 | 오영옥 | 함 철 |
| 신기한 복숭아 | 행복은 찾아온대요 | 오영옥 | 백인선 |
| 잃어버린 1분 | 아껴가자 귀중히 | 오영옥 | 한상철 |
| 꼬마화가 | 아기별이 속삭여요 | 오영옥 | 한상철 |
| 《풍년열매이야기》 제2부 《두더지가 고친 일과표》 | 한자한자 새겨읽자요 | 오영옥 | 한상철 |
| 할아버지가 준 거울 | 깨끗한 마음으로 | 오영옥 | 한상철 |
| | 그림책은 좋아요 | 오영옥 | 한상철 |
| 《파란샘물》 제1부 《장검의 주인을 찾아서》 | 언제나 샘처럼 | 오영옥 | 백인선 |
| 《파란샘물》 제3부 《장검은 빛난다》 | 어서어서 | 오영옥 | 백인선 |
| | 새각시말 엿들었소 | 오영옥 | 백인선 |
| 《신비한 나라》 제4부 《봄노래공연》 | 봄노래 | 오영옥 | 김성희 |

## <2003년 창작 기악곡 목록>

| 예술 단체 | 형식 | 제목 | 편곡 | 지휘 | 출연 |
|---|---|---|---|---|---|
| 왕재산 경음 악단 | 쌕스폰독주 | 장군님생각 | 류우현 | 최문호 | 황승철, 삼태성조, 삼지연조 |
| | 전기바이올린 2중주 | 뻐꾸기 | 최문호 | 최문호 | 김철령, 전성국, 삼태성조, 삼지연조 |
| | 트럼베트독주와 바이올린을 위한 경음악 | 고향집추억 | 정춘일 | 최문호 | 박철준, 삼태성조, 삼지연조 |
| | 피아노를 위한 경음악 | 청춘들아 받들자 우리 당을 | 류우현 | 김철의 | 허광진, 삼태성조, 삼지연조 |
| | 피치카토와 손풍금을 위한 경음악 | 손풍금수 왔네 | 정원철 | 김철의 | 김학철, 삼지연조 |

| 예술단체 | 형식 | 노래제목 | 작사 | 작곡 | 지휘 / 출연 |
|---|---|---|---|---|---|
| 국립교향악단 | 첼로협주곡 | 축원 | 강영걸 | 조 광 | 김 훈, 관현악단 |
| | 바이올린합주 | 더 높이 더 빨리 | 리용남 | 조 광 | 바이올린조 |
| | 바이올린협주곡 | 포전길 걸을 때면 | 최 건 | 김병화 | 김춘심(남포시예술단), 관현악단 |
| | 관현악 | 대홍단삼천리 | 리용남 김 용 | 김병화 | 관현악단 |
| | 현악합주 | 준마처녀 | 최정인 | 조 광 | 현악조 |
| 윤이상 관현악단 | 바이올린제주 | 영웅병사와 고향처녀들 | 최영호 | 강룡웅 | 바이올린조 |
| | 현악합주 | 병사소식 전해다오 | 리숙영 | 강룡웅 | 현악조 |
| 조선 인민군 군악단 | 피아노독주와 취주악 | 김정일동지께 드리는 노래 | 김호균 | 리웅식 | 권선금, 1편대 |
| | 손풍금을 위한 취주악 | 장군님 백마타고 달리신다 | 김호균 | 리웅식 | 김영림, 1편대 |
| | 취주악 | 장군님 새 세기를 향도하신다 | 황철웅 | 강동호 | 1편대 |
| | 취주악 | 우리의 총대는 용서치 않으리 | 황철웅 | 리웅식 | 1편대 |
| | 취주악 | 절세의 애국자 김정일장군 | 조영남 박홍근 | 정호일 | 1편대 |
| | 취주악 | 장군님 뵙고싶었습니다 | 리효선 | 김이식 | 1편대 |

## <2004년 창작 가요 목록>

| 예술단체 | 형식 | 노래제목 | 작사 | 작곡 | 지휘 | 출연 |
|---|---|---|---|---|---|---|
| 조선 인민군 공훈국가 합창단 (당시) | 남성합창 | 합창조곡 ≪백두산아 이야기하리≫ 서곡 ≪백두산아 이야기하라≫ - 제1악장 아리랑민족의 살길을 찾자 - 제2악장 백두산총대는 뢰성친다 - 제3악장 빨찌산의 우등불 - 제4악장 혈전만리 눈보라 - 제5악장 밀림속의 승전가 - 제6악장 동방의 새 조선은 빛난다 종곡 ≪주체의 태양은 영원하리라≫ | 리범수 | 엄하진 | 김광훈 | 합창단 |
| | 〃 | 선군의 기치따라 계속혁명 한길로 | 최준경 | 조경준 | 리일찬 | |
| | 〃 | 3대전선 승리향해 앞으로 | 신운호 | 계훈경 | 차광길 | |
| | 〃 | 장군님의 안녕 지키여가네 | 신운호 | 석 철 | 차광길 | 선창:리성철 |
| | 〃 | 우리의 장군님은 위대한 선군령장 | 윤두근 | 엄하진 | 김광훈 | |
| | 〃 | 초소는 병사의 조국 | 송찬웅 | 조경준 | 리일찬 | 선창:렴명일 |
| | 〃 | 장군님 전선길은 사랑이 넘친 길 | 최준경 | 설태성 | 리일찬 | |
| | 〃 | 그립습니다 최고사령관동지 | 최준경 | 도영섭 | 신 전 | |
| | 〃 | 선군의 그 위엄 총대로 받들리 | 리범수 | 엄하진 | 승성일 | |
| | 〃 | 장군님은 병사들을 축하하신다 | 김몽금 | 강승웅 | 리일찬 | |
| | 〃 | 영웅의 삶은 별로 빛나네 | 최준경 | 도영섭 | 신 전 | |
| | 〃 | 승리에서 승리에로 | 윤두근 | 조경준 | 리일찬 | |

790

| | | | 작사 | 작곡 | 편곡 | 노래 |
|---|---|---|---|---|---|---|
| | 〃 | 선군8경가 | 신운호 | 리광오 | 차광일 | |
| | 혼성중창 | 온 세상에 빛나는 조선아 | 차영도 | 구승해 | 전민철 | 조선인민군공훈국가합창단, 보천보전자악단, 왕재산경음악단 가수들 |
| | 남성3중창 | 병사는 조국을 심장으로 사랑하였네 | 강영민 | 전 권 | 장룡식 | 조선인민군공훈국가합창단 김기영, 문명세, 김영길 |
| | 녀성독창 | 병사시절 나의 총번호 | 함원식 | 안정호 | 전민철 | 조금화 |
| | 녀성2중창과 방창 | 내 조국의 숲이여 | 정성환 | 우정희 | 전민철 | 김정녀, 김은숙, 녀성방창조 |
| 보천보 전자악단 | 녀성중창 | 인민의 마음 | 리성간 | 황진영 | 장룡식 | 보천보전자악단, 왕재산경음악단 가수들 |
| | 녀성2중창 | 초소의 까치소리 | 공동진 | 리종오 | 전민철 | 김정녀, 김은숙 |
| | 녀성독창 | 조국을 위하여 빛나게 살자 | 리금혁 | 안정호 | 전민철 | 왕재산경음악단 정명신 |
| | 〃 | 내 나라의 가을 | 정 렬 | 안정호 | 장룡식 | 김정녀 |
| | 녀성2중창 | 군민의 정 넘치는 우리의 포구 | 최문식 | 안정호 | 전민철 | 김정녀, 김은숙 |
| | 녀성독창 | 녕변의 비단처녀 | 김정철 | 안정호 | 전민철 | 김정녀 |
| | 녀성중창 | 또다시 전선으로 가시옵니까 | 최 향 | 안정호 | 장룡식 | 보천보전자악단, 왕재산경음악단 가수들 |
| | 녀성2중창 | 영웅은 못 잊을 글발을 새겼네 | 신운호 | 리종오 | 장룡식 | 리경숙, 현송월 |
| 왕재산 경음악단 | 녀성독창과 방창 | 말하라 선군길아 | 윤두근 | 김운룡 | 최문호 | 김희옥, 녀가수들, 삼태성조 |
| | 〃 | 장군님의 혁명시간을 따르자 | 송미란 | 전홍국 | 최문호 | 정명신, 녀가수들, 삼태성조 |
| | 녀성3중창 | 병사들아 시간을 맞추자 | 리기태 | 차경주 | 김철의 | 리현숙, 강윤희, 김희옥, 삼태성조 |
| | 녀성독창 | 훌훌 불며 먹는 군고구마 | 오영재 | 류우현 | 김철의 | 김희옥, 삼태성조 |
| 만수대 예술단 | 합창 | 영원한 우리의 기발 | 차영도 | 장설봉 | 김일진 | 합창조 |
| | 녀성중창 | 군민의 념원 | 리학범 | 리학범 | 신경학 | 녀성중창조 |
| | 녀성2중창 | 사랑의 물소리 정다운 노래여 | 황성하 | 차성철 | 신경학 | 전경란, 리보영 |
| | 녀성독창 | 최고사령부의 밤 | 차영도 | 김학영 | 신경학 | 정은희 |
| | 녀성독창과 합창 | 선군의 나의 조국아 | 황성하 | 차성철 | 신경학 | 조춘옥, 합창조 |
| | 녀성독창과 남성4중창 | 원군길 이어가세 | 김춘옥 | 송광림 | 신경학 | 김명순, 남성4중창조 |
| | 녀성독창과 | 나의 사랑 나의 조국 | 차영도 | 장설봉 | 신경학 | 전명희, 합창조 |

| | 합창 | | | | | |
| | 남성중창 | 장군님 래일을 그려보시네 | 리정구 | 종일룡 | 신경학 | 남성중창조 |
| | 녀성독창 | 어디서나 보이는 기발 | 김공철 | 장조일 | 김창룡 | 김명순 |
| 조선<br>인민군<br>협주단 | 남성중창 | 아 새별아 | 윤두근 | 설명순 | 신철만 | 남성중창조 |
| | 녀성2중창과<br>녀성방창 | 우리 당 력사에 길이 빛나리 | 차호근 | 김학림 | 박병섭 | 서정희, 오일심,<br>녀성방창조 |
| | 녀성중창 | 그리움 넘치는 초소 | 강영민 | 손천민 | 한학철 | 녀성중창조 |
| 피바다<br>가극단 | 녀성독창과<br>남성방창 | 백두고원의 밤 | 정은옥 | 리춘상 | 리진수 | 태영숙,<br>남성방창조 |
| | 녀성독창과<br>소합창 | 영원한 봄나라 | 안상흡 | 김호일 | 리련숙 | 태영숙, 소합창조 |
| 국립민족<br>예술단 | 녀성2중창과<br>녀성소합창 | 백두산의 2월은 절경입니다 | 박명식 | 림석창 | 신일재 | 백영련, 김영화,<br>녀성소합창조 |
| | 녀성2중창과<br>녀성방창 | 전선길 저 멀리 | 류동호 | 차학철 | 리성철 | 백영련, 김영화,<br>녀성방창조 |
| 영화 및<br>방송<br>음악단 | 녀성2중창과<br>녀성소합창 | 계절을 이으십니다 | 류민호 | 성동환 | 김산동 | 김윤미, 홍선화,<br>녀성소합창조 |
| | 혼성2중창과<br>합창 | 불멸의 꽃축전가 | 김태영 | 성동환 | 김산동 | 김윤미, 유병철,<br>합창조 |
| 평양음악<br>무용대학 | 혼성2중창 | 초소는 청춘의 고향 | 조흥조 | 김용선 | 김산동 | 영화 및<br>방송음악단<br>리경훈, 홍선화 |

## \<2004년 창작 아동영화노래\>

| 아동영화제목 | 노래제목 | 작사 | 작곡 | 지휘 | 출연 |
|---|---|---|---|---|---|
| 받지 못한 꽃다발 | 다같이 5점꽃 활짝 피우자 | 오영옥 | 백인선 | 리정두 | 평양률곡중학교 녀중창조 |
| 야옹이와 꼬마들 | 우리 형 좋아 | 오영옥 | 백인선 | 김산동 | 〃 장 철 |
| 새로 사귄 동무 | 우리 동무들 | 오영옥 | 한상철 | 김산동 | 〃 리경심 |
| 돌배골의 꼬마청서 | 1등 할테야 | 오영옥 | 한상철 | 김산동 | 〃 박성미 |
| 복남이와 점수들 | 5점꽃둥이 되자요 | 오영옥 | 문예영 | 장명일 | 〃 차은주 |
| 망해버린 지주놈 | 제것이 뭐냐 | 오영옥 | 함 철 | 리정두 | 평양률곡중학교 |
| 꿀꿀이가 마신 보약 | 야 별맛이야 | 오영옥 | 함 철 | 장명일 | 평양률곡중학교 |

## \<2004년 학생소년들의 설맞이 노래 목록\>

| 제목 | 작사 | 작곡 |
|---|---|---|
| 신기한 쌍안경 | 황영철 | 김현일 |
| 우리 선군동 | 박윤도, 류철 | 정명호 |
| 애국위업 끝까지 이어가리라 | 엄형조 | 정명호 |

| | | |
|---|---|---|
| 우리의 책가방 크지 않아도 | 엄형조 | 정명호 |
| 지덕체자랑 | 최은주 | 전경성 |
| 우리 옷이 고와요 | 최은주 | 김소영 |
| 까치야 | 최은주 | 전경성 |
| 300만의 소원 | 오필정, 한일형 | 김현일 |

## <2004년 창작 학생소년 노래 목록>

| 제목 | 작사 | 작곡 |
|---|---|---|
| 영광의 학교 | 길금순 | 길금순 |
| 배움의 첫 시절 | 김영숙 | 김수현 |
| 꽃마음 | 박상영 | 리금옥 |
| 즐거운 하루 | 김승일 | 위정현 |
| 앵무새가 안녕 | 김승일 | 김명희 |
| 웃음의 무대 | 김승일 | 림재판 |
| 준마탄 기분 | 김승일 | 김용빈 |
| 나는야 거부기를 비판했지요 | 김승일 | 김용빈 |
| 귀여운 새야 | 김승일 | 위정현 |
| 아 소년궁전아 | 김영심 | 리성호 |
| 제일 먼저 피운 꽃 | 리명근 | 윤중수 |
| 한줄로 이으면 | 백광명 | 리성호 |
| 백두산은 장군님의 고향산 | 한창국 | 김병수 |
| 우리 엄마 고운 눈 | 백광명 | 리기성 |
| 때꼼침 | 김승일 | 김병수 |
| 아름드리나무의 작은 잎사귀 | 손소연 | 리기성 |
| 우리 분단 경쟁도표 | 김승길, 오진미 | 위정현 |
| 어른들은 세월이 빠르다 해요 | 박강옥 | 김용빈 |
| 룡남산 맹세의 산아 | 최원재 | 유송원 |
| 장군님의 봄날은 언제일가 | 백광명 | 백인선 |
| 언제나 기다려요 | 홍기풍 | 윤중수 |
| 척척이래요 | 류재형 | 백인선 |
| 우리 집 아래목이 따스합니다 | 김설하 | 리기성 |
| 컴퓨터는 나의 준마 | 량기옥 | 백인선 |
| 우리 학교 영웅학교 되게 할테야 | 염복희 | 리기성 |

## &lt;2004년 창작 유치원 노래 목록&gt;

| 제목 | 작사 | 작곡 |
|---|---|---|
| 선참으로 옛! | 홍순모 | 김기명 |
| 내가내가 곱대요 | 김응택 | 김춘택 |
| 콩우유 찰랑 | 최인혁 | 리기성 |
| 꽃피는 고향집 | 김 철 | 한상철 |
| 꽃그네 | 강은옥 | 리성호 |
| 참말 좋은 하루 | 김학근 | 김명희 |
| 우리 집 시계 | 김기철 | 김병수 |
| 해님과 아기꽃 | 김청일 | 전경성 |
| 춤추는 꽃가방 | 박강윤 | 문예영 |
| 너랑나랑 어깨동무 | 김히선 | 김병화 |
| 낮잠시간 고운 꿈 | 박향희 | 함 철 |
| 칭찬할거야 | 최성희 | 조승학 |

## &lt;2004년 창작 기악곡 목록&gt;

| 예술단체 | 형식 | 제목 | 편곡 | 지휘 | 출연 |
|---|---|---|---|---|---|
| 국방<br>위원회<br>악단 | 관현악 | 혁명가극 ≪당의 참된 딸≫ 중에서<br>≪간호원의 붉은 정성≫ | 김 향 | 김광훈 | |
| | 현악합주 | 혁명가극 ≪당의 참된 딸≫ 중에서<br>≪후송임무 마치고 빨리 오세요≫ | 김 향 | 김광훈 | |
| | 바이올린합주 | 비판받은 두 동무 | 리종오 | | |
| | 〃 | 못 잊을 삼일포의 메아리 | 김연규 | | |
| | 관현악 | 혁명가극 『피바다』 중에서<br>≪가난한 살림에도 살뜰한 정 오고가네≫ | 김 향 | 차광길 | |
| | 관현악 | 대동강의 해맞이 | 윤춘일 | 승성일 | |
| 보천보<br>전자악단 | 남성기악 | 내 나라의 푸른 하늘 | 장룡식 | 장룡식 | 남성기악조 |
| 왕재산<br>경음악단 | 피아노를<br>위한 경음악 | 누가 나에게 가르쳤던가 | 전홍국 | 최문호 | 독주:허광진<br>삼태성조 |
| | 금관2중주 | 보람찬 병사시절 | 류우현 | 최문호 | 차현주, 유원철<br>삼태성조 |
| | 기악과 노래 | 합창조곡 ≪백두산아 이야기하라≫<br>중에서 ≪밀림속의 승전가≫ | 정원철 | 김철의 | 노래:리현숙,오정윤,<br>한옥희,한설향,김희<br>옥,삼태성조 |
| | 무도곡 | 새 별 | 정원철 | 최문호 | 삼태성조 |
| 국립<br>교향악단 | 교향조곡 | 선군장정의 길<br>제1악장 ≪선군의 닻은 올랐다≫ | 강수기,<br>김정균 | 김병화 | |

| | | 제2악장 ≪장군님의 전선길이여≫ | 김정균 | 김정균 | |
|---|---|---|---|---|---|
| | | 제3악장 ≪승리의 력사로 영원하리라≫ | 강수기 | 김병화 | |
| | | 제4악장 ≪장군님께 영광을≫ | 강수기 | 김병화 | |
| 조선<br>인민군<br>군악단 | 취주악 | 장군님은 빨찌산의 아들 | 김창근 | 김이식 | 2, 3편대 |
| | 취주악 | 장군님 걸음에 발을 맞추자 | 조영남,<br>김인철 | 리응식 | 1편대 |
| | 트럼페트독주 | 정일봉에 안개 흐르네 | 장동군 | 리응식 | 독주: 박원일, 1편대 |

## <2005년 창작 가요 목록>

| 예술<br>단체 | 형식 | 노래제목 | 작사 | 작곡 | 지휘 | 출연 |
|---|---|---|---|---|---|---|
| 조선<br>인민군<br>공훈<br>국가<br>합창단<br>(당시) | 남성합창 | 조국이여 말하라 | 김춘호 | 조경준 | 승성일 | 선창: 홍경훈 |
| | 〃 | 영웅의 열다섯발자욱 | 신운호 | 리광오 | 신 전 | 선창: 리성철 |
| | 〃 | 로병의 위훈은 영원한 추억 | 김병진 | 설태성 | 김광훈 | 선창: 석지민 |
| | 〃 | 군인선서 다진 날 | 윤정길 | 계훈경 | 리일찬 | 선창: 홍경훈 |
| | 〃 | 장군님은 백승의 령장 | 신운호 | 계훈경 | 차광길 | |
| | 〃 | 평양은 영원한 내 사랑 | 최준경 | 조경준 | 차광길 | 선창: 렴명일 |
| | 〃 | 그리움의 노래 | 김정훈 | 엄하진 | 차광길 | |
| | 〃 | 선군혁명총진군 앞으로 | 최준경 | 엄하진 | 승성일 | |
| | 〃 | 아 장군님 | 최준경 | 리광오 | 리일찬 | 선창: 홍경훈 |
| | 〃 | 빛나라 다박솔초소여 | 김현호 | 설태성 | 신 전 | 선창: 렴명일 |
| | 〃 | 하나밖에 없는 조국을 위하여 | 시:<br>리수복 | 조경준 | 차광길 | 선창: 리성철 |
| | 〃 | 평양을 위하여 병사가 있다 | 조창제 | 윤춘일 | 차광길 | 선창: 홍경훈 |
| | 〃 | 추억깊은 나의 평양 | 최준경 | 강승웅 | 김광훈 | |
| | 〃 | 태양조선의 력사가 흐르네 | 최준경 | 김광훈 | 김광훈 | |
| | 〃 | 어은산 80리 | 백 하 | 설태성 | 리일찬 | |
| | 〃 | 순군의 위력 떨쳐 내 조국 빛내자 | 한태준 | 계훈경 | 승성일 | |
| | 〃 | 요영구의 풍경화 | 최준경 | 석 철 | 승성일 | |
| | 〃 | 거세찬 파도와 같이 | 최준경 | 조경준 | 승성일 | |
| | 〃 | 장군님 기다리는 평양의 밤이여 | 리지성 | 계훈경 | 차광길 | |
| 보천보<br>전자<br>악단 | 녀성5중창 | 전선길의 뻐꾹새 | 박 철 | 우정희 | 전민철 | 김정녀, 리현숙,<br>강윤희, 김광숙,<br>한설향 |
| | 녀성독창과<br>혼성방창 | 대홍단 삼천리 | 박정애 | 안정호 | 장룡식 | 김정녀, 혼성방창조 |
| | 녀성독창 | 승리자들 | 차영도 | 황진영 | 장룡식 | 조금화 |

| | | | | | | |
|---|---|---|---|---|---|---|
| | 녀성3중창 | 모닥불 | 박 철 | 우정희 | 전민철 | 전혜영, 김정녀, 김은숙 |
| | 녀성독창 | 병사의 순간 | 문충렬 | 안정호 | 전민철 | 오정윤 |
| | 녀성2중창 | 전선길에 무지개 비꼈네 | 리창한 | 리종오 | 전민철 | 김정녀, 김광숙 |
| | 녀성독창과 방창 | 내 조국을 아름답게 꾸리자 | 류동호 | 황진영 | 전민철 | 김희옥, 방창조 |
| | 녀성2중창과 방창 | 그대 조국을 사랑한다면 | 김강호 | 전 권 | 장룡식 | 김광숙, 김은숙, 녀성방창조 |
| | 녀성독창과 방창 | 조국은 너를 알게 되리 | 류동호 | 황진영 | 전민철 | 김희옥, 녀성방창조 |
| | 녀성독창과 방창 | 끝나지 않네 | 김윤식 | 전민철 | 전민철 | 김성옥, 녀성방창조 |
| | 녀성독창과 방창 | 고향은 병사와 함께 | 리명근 | 강철호 | 전민철 | 한설향, 녀성방창조 |
| | 녀성2중창 | 장군님 내 사진 보아주셨네 | 공동진 | 리종오 | 전민철 | 오정윤, 한설향 |
| | 녀성3중창 | 총대는 혁명의 계주봉 | 리지성 | 황진영 | 전민철 | 정명신, 김광숙, 조금화 |
| | 녀성2중창 | 장군님 우리 마을 찾아오시면 | 최준경 | 리종오 | 전민철 | 김정녀, 김광숙 |
| | 녀성2중창 | 전선길의 아침노을 | 김석천 | 전 권 | 전민철 | 하윤미, 한설향 |
| | 혼성중창 | 통일 6.15 | 곽명철 | 안정호 | 장룡식 | 조선인민군공훈국가합창단 중창조, 보천보전자악단, 왕재산경음악단 가수들 |
| | 녀성3중창 | 청춘들의 이야기 | 리종오 | 리종오 | 장룡식 | 김정녀, 김광숙, 조금화 |
| | 녀성3중창 | 조국의 밤 | 리성간 | 황진영 | 장룡식 | 김광숙, 김정녀, 조금화 |
| | 녀성독창과 방창 | 우리는 처녀병사 | 최준경 | 전민철 | 전민철 | 현송월, 녀성방창조 |
| | 녀성2중창과 방창 | 자랑많은 원군가정 | 류동호 | 전민철 | 전민철 | 김정녀, 김은숙, 녀성방창조 |
| | 녀성독창과 방창 | 빨찌산추억 | 김은숙 | 우정희 | 장룡식 | 현송월, 녀성방창조 |
| | 녀성중창 | 장군님 꽃펴주신 선군의 덕이라오 | 하복철 | 황진영 | 전민철 | 녀성가수들 |
| 왕재산 경음 악단 | 녀성2중창과 방창 | 전선길에 심장을 대보라 | 류동호 | 류우현 | 김철의 | 한설향, 김희옥, 방창조 |
| 조선 인민군 협주단 | 남성독창 | 부를수록 정다운 이름 | 김춘호 | 백현수 | 한학철 | 김성철 |
| | 녀성5중창 | 병사들은 장군님께 편지를 쓰네 | 안 성 | 설명순 | 박병섭 | 녀성5중창조 |
| | 어은금병창 | 전선길의 새벽 | 강용복 | 량영철 | 허영송 | 어은금병창조 |
| | 가야금병창 | 백두도시에 진달래꽃 만발했네 | 리 호 | 량영철 | 오병선 | 가야금병창조 |

| | | | | | |
|---|---|---|---|---|---|
| 가야금병창 | 해뜨는 곳에서 해지는 끝까지 | 최순철 | 도기평 | 오병선 | 가야금병창조 |
| 가야금병창 | 우리는 추억하네 | 윤두근 | 엄기천 | 오병선 | 가야금병창조 |
| 혼성합창 | 강철의 군기는 군대의 생명 | 최순철 | 리 광 | 리철준 | 혼성합창조 |

## <2005년 창작 예술영화노래(영화 및 방송음악단) 목록>

| 예술영화제목 | 노래제목 | 작사 | 작곡 | 지휘 | 출연 |
|---|---|---|---|---|---|
| 그들은 평범한 전사들이였다 | 조국은 내 삶의 전부 | 한창우 | 배용삼 | 리정두 | 김윤미, 유병철 |
| | 판가리싸움에 나간다 | 유근영 | 배용삼 | 리정두 | 합창조 |
| 영원한 흐름 | 내 삶의 길 | 최희건 | 김성희 | 장명일 | 김윤미 |
| | 아버지사랑 | 최희건 | 김성희 | 장명일 | 리경훈, 조진혁 (금성제1중학교) |
| 충복 | 꽃으로 피워가리 이내 진정을 | 오형식, 김옥경 | 김 혁 | 리정두 | 김윤미, 리경훈, 홍선화 |
| 유산(제1,2부) | 바라는 마음 | 한창우 | 배용삼 | 장명일 | 김강봉 |
| | 조국을 빛내자 세계앞에 | 한창우 | 배용삼 | 장명일 | 유병철, 박명화 |
| 샘골처녀 | 내 고향 샘물아 말하여주려마 | 유근영 | 윤정호 | 김산동 | 박명화 |
| 젊은 려단장(제1,2부) | 우리를 불러다오 | 차영도 | 김영철 | 리정두 | 김종남 |
| | 이 기발 날리며 승리 떨치리 | 유근영 | 김영철 | 리정두 | 남성합창조 |

## <2005년 아동영화노래 목록>

| 아동영화제목 | 노래제목 | 작사 | 작곡 | 지휘 | 출연 |
|---|---|---|---|---|---|
| 초동이와 아버지 | 이 마음 알아주려마 | 오영옥 | 한상철 | 허상혁 | 평양률곡중학교 한수정 |
| 개미 삼형제 | 머리 써야지 | 오영옥 | 문예영 | 려명기 | 〃 차은주 |
| 도적을 쳐부신 소년 | 정든 고향 우리 지키리 | 오영옥 | 백인선 | 리정두 | 〃 장 철 |
| | 애들아 깡충 뛰여놀자 | 오영옥 | 백인선 | 리정두 | 〃 녀중창조 |
| ≪교통질서≫ 중에서 제5부 ≪거부기형제≫ | 꼭꼭꼭 | 오영옥 | 백인선 | 허상혁 | 〃 강현주 |

## <2005년 창작 기악곡 목록>

| 예술단체 | 형식 | 제목 | 편곡 | 지휘 | 출연 |
|---|---|---|---|---|---|
| 왕재산경음악단 | 트럼페트독주 | 준마처녀 | 정춘일 | 최문호 | 박철준 |
| | 경음악 | 조국의 바다지켜 영생하리라 | 전흥국 | 김철의 | 삼태성조 |
| | 쌕스폰4중주 | 불후의 고전적명작 ≪사향가≫ | 전흥국 | 김철의 | 〃 |
| | 바얀, 손풍금2중주 | 고향집의 봇나무 | 정원철 | 김철의 | 김영민, 김학철 |

| | | | | | |
|---|---|---|---|---|---|
| 금관중주 | 흰눈덮인 고향집 | 전흥국 | 김철의 | 삼태성조 |
| 관5중주 | 준마처녀 | 한영철 | 최문호 | 〃 |
| 트럼페트독주 | 우리는 잊지 않으리 | 정원철 한영철 | 김철의 | 차현주 |
| 트럼본독주 | 전호속의 나의 노래 | 정원철 | 김철의 | 유원철 |
| 기악4중주 | 자동차운전사의 노래 | 류우현 | 김철의 | 삼태성조 |
| 트럼페트4중주 | 전선에서 만나자 | 차경주 정춘일 | 김철의 | 삼태성조 |
| 무도곡 | 황금나무 능금나무 산에 심었소 | 류우현 | 김철의 | 〃 |
| 〃 | 아직은 말 못해 | 정춘일 | 김철의 | 〃 |
| 〃 | 노을비낀 바다가 | 한영철 | 최문호 | 〃 |
| 〃 | 내 고향의 들국화 | 정원철 | 최문호 | 〃 |
| 〃 | 내 나라의 푸른 하늘 | 차경주 | 최문호 | 〃 |
| 〃 | 당을 따라 별처럼 나도 살리 | 김운룡 | 김철의 | 〃 |
| 〃 | 새별 | 정원철 | 최문호 | 〃 |

| | | | | | |
|---|---|---|---|---|---|
| 국립 교향 악단 | 관현악 | 전사의 념원 | 한광언 | 김호윤 | 관현악단 |
| | 관현악 | 봉선화 | 김연규 | 김병화 | 〃 |
| | 교향시 | 강선의 노을 | 강창렴 | 김호윤 | 〃 |
| | 관현악 | 너를 보며 생각하네 | 강수기 | 김호윤 | 〃 |
| 만수대 예술단 | 녀성기악중주 | 동지애의 노래 | 장조일 | 허문영 | 공훈녀성기 악중주조 |
| 조선 인민군 군악단 | 취주악조곡 | ≪선군장정의 길≫ 서곡 ≪조선은 말한다≫ − 제1악장 ≪선군의 닻은 올랐다≫ − 제2악장 ≪장군님의 전선길이여≫ − 제3악장 ≪승리의 력사로 영원하리라≫ − 제4악장 ≪장군님께 영광을≫ 종곡 ≪빛나라 선군장정의 길이여≫ | 황철웅 | 리웅식 | |
| | 취주악조곡 | ≪백두산아 이야기하라≫ 서곡 ≪백두산아 이야기하라≫ | 김창근 | 오성일 | |
| | | − 제1악장 ≪아리랑민족의 살길을 찾자≫ | 김창근 | 오성일 | |
| | | − 제2악장 ≪백두산총대는 뢰성친다≫ | 장동군 | 오성일 | |
| | | − 제3악장 ≪빨찌산의 우등불≫ | 엄세훈 | 리웅식 | |
| | | − 제4악장 ≪혈전만리 눈보라≫ | 조영남 | 리웅식 | |
| | | − 제5악장 ≪밀림속의 승전가≫ | 리효선 | 리웅식 | |
| | | − 제6악장 ≪동방의 새 조선은 빛난다≫ | 리효선 장동군 | 정호일 | |
| | | 종곡 ≪주체의 태양은 영원하리라≫ | 황철웅 | 정호일 | |
| | 원무곡 | 흰눈덮인 고향집 | 리효선 | 리웅식 | |
| | 〃 | 새별 | 조영남 | 정호일 | |

| 예술단체 | 형식 | 제목 | 작사 | 작곡 | 지휘 | 출연 |
|---|---|---|---|---|---|---|
| | | | | 엄세훈 | | |
| | ″ | 봄을 먼저 알리는 꽃이 되리라 | | 김창근 | 오성일 | |
| | 취주악 | 우리 친선 영원하리 | | 장동군 조영남 | 리응식 | |
| | ″ | 혁명가 | | 장동군 | 정호일 | |
| | ″ | 추억의 두만강 | | 리효선 | 강동호 | |
| | ″ | 청산벌에 풍년이 왔네 | | 리응식 | 리응식 | |
| | ″ | 정일봉의 우뢰소리 | | 장동군 | 리응식 | |
| | ″ | 승리의 열병식 | | 장선호 정두명 | 정호일 | |
| | ″ | 선군의 기치따라 계속혁명 한길로 | | 리효선 | 리응식 | |
| | 트럼페트3중주 | 불후의 고전적명작 ≪축복의 노래≫ | | 리효선 | 오성일 | |
| | 피아노독주와 취주악 | 김정일동지께 드리는 노래 | | 김호균 | 정호일 | 독주: 유광형 |
| 영화 및 방송 음악단 | 양금독주와 관현악 | 불후의 고전적명작 ≪축복의 노래≫ | | 김수남 | 려명기 | 독주: 문영순 |
| | 바이올린독주와 관현악 | 불후의 고전적명작 ≪조국의 품≫ | | 고수영 | 김산동 | 독주: 강미선 (윤이상관현악단) |
| | 손풍금2중주와 관현악 | 불후의 고전적명작 ≪대동강의 해맞이≫ | | 김영성 | 장명일 | 정철향 구순영 |
| | 피아노와 관현악 | 불후의 고전적명작 ≪나의 어머니≫ | | 고수영 | 김산동 | 독주: 임미령 |

## <2006년 창작 가요 목록>

| 예술단체 | 형식 | 제목 | 작사 | 작곡 | 지휘 | 출연 |
|---|---|---|---|---|---|---|
| 공훈국가 합창단 | 남성합창 | 조국앞에 무엇을 남길것인가 | 최준경 | 강승웅 | 차광길 | |
| | ″ | 선군은 우리의 생명 | 최인덕 | 김은남 | 차광길 | |
| | ″ | 정일봉의 설경 | 최준경 | 리광오 | 김광훈 | |
| | ″ | 더 높이 비약하자 나의 조국아 | 허 일 | 리광오 | 신 전 | |
| | ″ | 선군룡마 타고 사회주의 빛내세 | 신운호 | 계훈경 | 리일찬 | |
| | ″ | 내 한생 보답의 한길에 바치리 | 최준경 | 조경준 | 승성일 | 선창: 홍경훈 |
| | ″ | 오직 조국을 위하여 인민을 위하여 | 최준경 | 설태성 | 승성일 | |
| | ″ | 아버지장군님 고맙습니다 | 최준경 | 윤춘일 | 김광훈 | |
| | ″ | 노래부르자 우리의 2월명절 | 신운호 | 리광오 | 차광길 | |
| | ″ | 백두산태양맞이환호성 | 최준경 | 계훈경 | 리일찬 | |
| 보천보 전자 악단 | 혼성중창 | 단결은 승리 | 황진영 | 황진영 | 장룡식 | 공훈국가합창단, 보천보전자악단, 왕재산경음악단 가수들 |
| | 녀성독창과 | 우리 집 유산 | 류동호 | 김문혁 | 전민철 | 리분희, |

| | | | | | | |
|---|---|---|---|---|---|---|
| | 방창 | | | | | 녀성방창조 |
| | 녀성독창 | 전승의 메아리 | 정 렬 | 황진영 | 전민철 | 조금화 |
| | 녀성중창 | 선군시대 녀성찬가 | 한정실 | 황진영 | 장룡식 | 보천보전자악단, 왕재산경음악단 가수들 |
| | 녀성독창 | 미래가 아름다워 | 김준익 | 전민철 | 전민철 | 현송월 |
| | 녀성3중창 | 정일봉의 새별 | 리지성 | 황진영 | 전민철 | 전혜영, 김정녀, 김은숙 |
| | 녀성독창 | 행복의 아리랑 | 김정훈 | 우정희 | 장룡식 | 김정녀 |
| | 녀성독창과 방창 | 백두산엔 노래도 많아라 | 김석천 | 안정호 | 전민철 | 김광숙, 녀성방창조 |
| | 녀성3중창 | 노래하라 전선길아 | 윤두근 | 황진영 | 장룡식 | 김정녀, 김은숙, 조금화 |
| | 녀성4중창 | 태양의 꽃 | 박경심 | 황진영 | 장룡식 | 전혜영, 김정녀, 김은숙, 조금화 |
| | 녀성독창과 방창 | 장군님 고맙습니다 | 송기원 | 안정호 | 장룡식 | 리경숙, 녀성방창조 |
| | 녀성독창 | 휘파람총각 | 허룡갑 | 황진영 | 전민철 | 현송월 |
| | 녀성3중창 | 용감한 사나이일세 | 조창제 | 황진영 | 전민철 | 김정녀, 김광숙, 조금화 |
| | 녀성4중창 | 사랑하라 어머니조국을 | 김춘호 | 리종오 | 장룡식 | 김정녀, 김은숙, 김광숙, 리분희 |
| | 혼성중창 | 위대한 우리 조국 | 황진영 | 황진영 | 전민철 | 녀성가수들과 남성방창조 |
| 왕재산 경음악단 | 녀성독창과 방창 | 장군님 따르는 마음 | 최준경 | 박진국 | 김연수 | 리봉순, 삼지연조, 삼태성조 |
| | 녀성독창과 방창 | 평양아 전해다오 | 윤두근 | 김운룡 | 김철의 | 김희옥, 삼지연조, 삼태성조 |
| | 녀성독창과 방창 | 장군님의 야전길 | 량 순 | 정원철 | 김연수 | 김희옥 |
| 만수대 예술단 | 합창 | 전선길의 눈보라 | 황성하 | 한정부 | 조정림 | |
| | 녀성4중창 | 군대모습 닮아가요 | 김석천 | 허금종 | 김창룡 | 녀성4중창조 |
| | 녀성독창 | 총잡은 아들아 너는 아느냐 | 리인숙 | 리인숙 | 신경학 | 리인숙 |
| 조선 인민군 협주단 | 혼성합창 | 선군혁명총진군가 | 윤두근 | 송민화 | 허영송 | |
| | 녀성민요 4중창과 남성소합창 | 우리 군대 우리 인민 | 김정훈 | 리 광 | 신철만 | 리혜옥, 한금주, 마순복, 송정실, 남성소합창조 |
| | 남성독창과 녀성방창 | 동지애의 전선길 | 강영민 | 전미학 | 리철준 | 강순익, 녀성방창조 |
| | 남성독창 | 어머니에게 | 공동진 | 량영철 | 신철만 | 모영일 |
| | 녀성합창 | 지워지지 않는 자욱 | 김춘호 | 손천민 | 박병섭 | 녀성합창조 |

800

| | | | | | | |
|---|---|---|---|---|---|---|
| | 혼성합창 | 어머니당에 노래 드리네 | 김정훈 | 리민호 | 허영송 | |
| | 혼성합창 | 조선아 미래를 향하여 | 김정훈 | 량영철 | 허영송 | 선창: 조천일, 서청희 |
| | 녀성5중창 | 고향을 안고사는 마음 | 김춘호 | 리 경 | 박병섭 | 서청희, 전혜옥 외 3명 |
| | 녀성민요 2중창 | 행복의 물소리 들어나보소 | 김정훈 | 설명순 | 김광명 | 리향미, 송정실 |
| | 녀성민요 2중창 | 선군8경 노래하세 | 김춘호 | 리 경, 리민호 | 박병섭 | 리향미, 송정실 |
| | 남성독창과 남성방창 | 전선길엔 사랑의 사진도 많네 | 김정훈 | 리 경 | 신철만 | 리동수, 남성방창조 |
| | 어은금병창 | 야전차불빛 | 리 호 | 김동철 | 허영송 | 어은금병창조 |
| | 녀성3중창 | 장군님병사들이 네곁에 있다 | 김 택 | 리 경 | 리철준 | 서청희, 림영희, 오순희 |
| | 혼성6중창 | 전승탑광장에서 우리는 떠나왔네 | 윤두근 | 리 광 | 김광명 | 림영희, 최영희, 홍영철 외 3명 |
| | 남성중창 | 일당백의 노래 | 집 체 | 리민호 | 신철만 | 남성중창조 |
| | 남성독창 | 나의 사랑 평양이여 | 리지성 | 김동철 | 신철만 | 리동수 |
| | 녀성독창과 녀성방창 | 못 잊을 평양의 추억 | 김춘호 | 최희진 | 한학철 | 리일화, 녀성방창조 |
| | 남성독창 | 병사 그 부름 나는 사랑해 | 공동진 | 백현수 | 한학철 | 김성철 |
| 피바다 가극단 | 혼성합창 | 휘날려라 군기여 | 정은옥 | 오승학 | 리진수 | |
| 국립민족 예술단 | 녀성독창과 녀성방창 | 나도 갈래요 | 정 삼 | 리병조 | 리성철 | 태영숙(피바다가극단), 녀성방창조 |

## \<2006년 창작 예술영화노래(영화 및 방송음악단) 목록\>

| 예술영화제목 | 노래제목 | 작사 | 작곡 | 지휘 | 출연 |
|---|---|---|---|---|---|
| 높은 교단 | 나의 교단 | 한창우 | 려철룡 | 리정두 | 김승연(김원균명칭 평양음악대학) |
| 평양날파람 | 평양날파람 | 권오준 | 성동환 | 리정두 | 남성합창조 |
| | 뿌리가 있어 | 권오준 | 성동환 | 리정두 | 조금희 |
| 한녀학생의 일기 | 장군님 발자국소리 | 최희건 | 조성수 | 장명일 | 조금희, 홍선화, 김수영 |
| 그가 남긴 사긴 | 나의 사랑 바쳐가리 | 황성하 | 배용삼 윤정호 | 장명일 | 최광철, 김수영 |

## <2006년 창작 아동영화노래 목록>

| 아동영화제목 | 노래제목 | 작사 | 작곡 |
|---|---|---|---|
| ≪교통질서를 잘 지키자요≫ 중에서 제2부 ≪별이와 훈이≫ | 파란 불이 반겨요 | 오영옥 | 함 철 |
| 줄백이의 뉘우침 | 다져가자 우리 힘 | 오영옥 | 문예영 |
| 그릇탓인가 | 착한 마음 가득히 | 오영옥 | 한상철 |
| 여우가 놓은 다리 | 저 꼴 통쾌하구나 | 오영옥 | 백인선 |
| 통통이가 들려준 이야기 | 농장벌의 자랑이죠 | 오영옥 | 한상철 |
| 참게와 왁새 | 우리 손 보배손 | 오영옥 | 백인선 |
| | 우린 못 버려 | 오영옥 | 백인선 |
| 샘물을 마신 두 동무 | 장수힘 부쩍부쩍 솟아나지요 | 오영옥 | 한상철 |

## <2006년 창작 기악곡 목록>

| 예술단체 | 형식 | 제목 | 편곡 | 지휘 | 출연 |
|---|---|---|---|---|---|
| 왕재산 경음악단 | 경음악 | 내 운명 지켜준 어머니당이여 | 한영철 | 김철의 | 삼태성조 |
| | 트럼페트 독주 | 내 나라의 푸른 하늘 | 정춘일 | 김철의 | 박철준, 삼태성조 |
| | 트럼페트 독주와 노래 | 하나밖에 없는 조국을 위하여 | 한영철 | 김연수 | 차현주, 삼태성조, 삼지연조 |
| 조선 인민군 군악단 | 트론본 독주 | 초소에 수령님 오셨네 | 림대술 (왕재산경음악단) 황철웅 | 정호일 | 엄승남 |
| | 취주악 | 선군혁명총진군가 | 리효선 | 리응식 | |
| | 취주악 | 전선에서 만나자 | 김창근 | 오성일 | |

## <2007년 창작 가요 목록>

| 예술단체 | 형식 | 노래제목 | 작사 | 작곡 |
|---|---|---|---|---|
| 공훈국가합창단 | 합창 | 선군의 태양이 빛나는 나라 | 최준경 | 계훈경 |
| | 합창 | 어버이장군님 안녕하시라 | 최준경 | 조경준 |
| 조선인민군협주단 | 녀성민요 2중창 | 봄빛넘친 만수대 | 차호근 | 리민호 |

## <2007년 창작 예술영화 및 TV극 노래 목록>

| 형식 | 예술영화 및 TV극 제목 | 노래제목 | 작사 | 작곡 |
|---|---|---|---|---|
| 예술영화 | 강호영 | 어머니조국의 아들로 살리 | 김은숙 | 배용삼, 김경민 |
| TV련속극 | 수업은 계속된다 | 내 마음의 종소리 | 권오준 | 황만룡 |
| | | 고마운 스승의 모습 | 김석천 | 황만룡 |
| | | 나의 고향아 | 김석천 | 황만룡 |
| TV련속토막극 | 생활의 거울 | 로병의 자랑 | 권오준 | 한시준 |

## <2006년 창작 아동영화노래 목록>

| 아동영화제목 | 노래제목 | 작사 | 작곡 |
|---|---|---|---|
| 꾀꼴새가 부른 노래 | 내 노래 제일 좋아요 | 오영옥 | 한상철 |
| | 고향의 봄 노래하네 | 오영옥 | 한상철 |
| | 두벌농사 좋구좋아 | 오영옥 | 한상철 |
| 잘못 고른 일감 | 생각해봐 | 오영옥 | 문예영 |
| 곰이 찾은 진짜약 | 좋은약 어데 있을가 | 오영옥 | 한상철 |
| 금속표본들이 오는 날 | 우리 모두 금속이지요 | 오영옥 | 백은호 |
| 원수갚은 소년 | 래일 위해 힘을 키우자 | 오영옥 | 함 철 |
| 나무할아버지가 준 선물 | 보배나무 사랑하자요 | 오영옥 | 함 철 |
| 쏠치형제들 | 우리 힘 떨치리 | 오영옥 | 함 철 |

## <2008년 창작 가요 목록>

| 예술단체 | 형식 | 제목 | 작사 | 작곡 |
|---|---|---|---|---|
| | | ≪어머니조국을 사랑다해 받들렵니다≫ | 류동호 | 류우현 |
| | | ≪래일을 믿으라≫ | 문원모 | 김운룡 |
| | | ≪평양의 하늘≫ | 김춘호 | 리종오 |
| | | ≪정일봉은 행복의 첫 기슭≫ | 류동호 | 전민철 |
| | | ≪소백수 버들꽃≫ | 류동호 | 안정호 |
| | | ≪수령님의 력사는 이어집니다≫ | 윤두근 | 최영렬 |
| | | ≪땅과 농민≫ | 류동호 | 황진영 |
| | | ≪언제나 그 모습 그리워라≫ | 류동호 | 김문혁 |
| | | ≪동에 번쩍 서에 번쩍 빨찌산식이로다≫ | 윤두근 | 안정호 |
| | | ≪미루벌의 종다리≫ | 리지성 | 황진영 |
| | | ≪모란봉 닐리리야≫ | 하복철 | 안정호 |
| | | ≪충성의 노래≫ | | |
| | 녀성3중창과 혼성합창 | ≪번영하라 조국이여≫ | | |

| | | | | |
|---|---|---|---|---|
| 녀성3중창과 혼성합창 | | ≪봄을 먼저 알리는 꽃이 되리라≫ | | |
| 녀성3중창과 혼성합창 | | ≪전사의 넘원≫ | | |
| 녀성3중창과 혼성합창 | | ≪천리마선구자의 노래≫ | | |
| 녀성3중창과 혼성합창 | | ≪비둘기야 높이 날아라≫ | | |
| 조선인민군협주단 | | ≪백두산은 태양의 산≫ | 윤두근 | 손천민 |
| | | ≪내 나라의 선군풍경 인민은 노래하네≫ | 차호근 | 백현수 |
| | | ≪멋이로다 선군풍경≫ | 리지성 | 엄기성 허종선 |
| | | ≪승리의 자랑 안고 춤추며 노래하자≫ | 리지성 | 엄기성 |
| | | ≪류다른 콩풍경이라오≫ | 리 호 | 최영렬 |
| | | ≪병사들아 춤을 추자≫ | 리완억 | 김일민 |
| | | ≪병사의 노래≫ | | |
| | | ≪우리 군대 우리 인민≫ | | |
| 국립민족예술단 | | ≪태양절예술축전가≫ | 고철만 | 강영건 |
| 보천보전자악단 | | ≪고향의 봄≫ | | |
| | | ≪찔레꽃≫ | | |
| | | ≪나그네설음≫ | | |
| | | ≪봉선화≫ | | |
| | | ≪눈물젖은 두만강≫ | | |
| | | ≪락화류수≫ | | |
| | | ≪선창≫ | | |
| | | ≪작별≫ | | |
| | | ≪사랑에 속고 돈에 울고≫ | | |

## <2008년 창작 기악곡 목록>

| 예술단체 | 형식 | 제목 |
|---|---|---|
| 국립교향악단 | 공훈국가합창단과 관현악과 합창 | ≪눈이 내린다≫ |
| | 관현악 | ≪사향가≫ |
| | 관현악 | ≪모란봉≫ |

## <2008년 창작 예술영화노래(영화 및 방송음악단) 목록>

| 형식 | 예술영화 및 TV극 제목 | 노래제목 | 작사 | 작곡 |
|---|---|---|---|---|
| 예술영화 | 저 하늘의 연 | ≪하얀 연아 날아라≫ | 황성하 | 김성희 |
| | 군항의 부름소리 | ≪바다를 못 떠나네≫ | 정예남 | 김경민 |
| | | ≪해병의 발자욱≫ | 정예남 | 김경민 |
| | 병사의 모습 | ≪조국의 아들로 영원히 살리라≫ | 한창우 | 김성민 |

804

| | | | | |
|---|---|---|---|---|
| 텔레비죤련속극 | 그날의 중위 | ≪조국에 진심을 바치자≫ | 박상민 | 배용삼 |
| | 정든 나의 집 | ≪나의 집이여≫ | 정예남 | 려철룡 |
| | 우리를 지켜보라 | ≪조국이 지켜본다≫ | 유근영 | 김영철 |
| | 력사에 묻다 | ≪아 반만년 력사국아≫ | 한창우 | 허준모 |
| | | ≪나는 시내물 너는 봄버들≫ | 한창우 | 허준모 |
| | | ≪그 누가 짓밟았느냐≫ | 권오준 | 허준모 |
| | 불길 | ≪내 한생 불길처럼≫ | 전 진 | 황만룡 |
| | | ≪이 땅을 사랑하리≫ | 림성희 | 황만룡 |
| | 나의 집 | ≪나의 집≫ | 황성하 | 김 용 |

## <2008년 창작 아동영화노래 목록>

| 아동영화제목 | 노래제목 | 작사 | 작곡 |
|---|---|---|---|
| 찰깍이가 찍은 사진 | ≪콩자랑≫ | 오영옥 | 백은호 |
| 교통질서를 잘 지키자요(1부) | ≪교통질서 꼭꼭 지켜가자요≫ | 오영옥 | 함 철 |
| 빨간별 | ≪착한 우리 마음 크는거래요≫ | 손종권 | 백은호 |
| 아홉명의 배사공 | ≪어디로 갈가≫ | 오영옥 | 함 철 |
| 욕심많은 개 | ≪탐욕속에 망했다네≫ | 오영옥 | 함 철 |
| 달콤한 귀속말 | ≪우린 안 들어≫ | 오영옥 | 함 철 |

## <2009년 창작 가요 목록>

| 예술단체 | 노래제목 | 작사 | 작곡 |
|---|---|---|---|
| 공훈국가 합창단 | 폭풍쳐달리자 강성대국 향하여 | 허 일 | 설태성<br>현은철 |
| | 병사여 총창높이 앞으로 | 최준경 | 조경준 |
| 보천보 전자악단 | 선군의 추억 | 김일규 | 안정호 |
| | 나래치자 선군조선 천리마여 | 차호근 | 우정희 |
| | 창밖에 함박눈 내릴 때 | 최준경 | 리종오 |
| | 수령님뜻 꽃피위가네 | 리지성 | 황진영 |
| | 선군승리 옹헤야 | 윤두근 | 안정호 |
| | 자나깨나 마음속에 장군님 계시네 | 리명근 | 김운룡 |
| | 행복에 대한 생각 | 최준경 | 안정호 |
| | 사회주의 너를 사랑해 | 박경심 | 황진영 |
| | 언제면 오실가 | 리명근 | 김운룡 |
| | 불멸의 선군령도 노래하네 | 안정호 | 안정호 |
| | 우리는 승리하리라 | 한태준 | 김운룡 |
| | 용감하라 | 리지성 | 황진영 |

| | | | |
|---|---|---|---|
| | 단숨에 | 윤두근 | 황진영 |
| | 내 고향 선경마을 꾀꼴새 | 신운호 | 안정호 |
| | 어머님을 따르리 | 차호근 | 우정희 |
| | 돌파하라 최첨단을 | 황진영 | 황진영 |
| | 나는 양어처녀 | 차영도, 김정곤 | 안정호 |
| | 변이 나는 내 나라 | 윤두근 | 안정호 |
| | 동해명승가 | 리지성 | 황진영 |
| | 승리의 환희 | 송찬웅 | 김운룡 |
| | 정일봉의 은하수 | 류동호 | 안정호 |
| | 더 가까이 오시네 | 림 철 | 황진영 |
| 만수대 예술단 | 이 세상 제일이야 | 김일진 | 김일진 |
| | 천리마는 이야기하네 | 리지성 | 엄하진 |
| | 선군총대는 자비를 모른다 | 윤두근 | 송민화 |
| 조선인민군 협주단 | 선군승리 불보라 | 윤두근 | 리민호 |
| | 내 나라의 새벽문 저녁문 | 윤두근 | 엄하진 |
| | 조국이여 앞으로 인민이여 앞으로 | 윤두근 | 리민호 |

## <2009년 창작 영화 및 TV극노래 목록>

| 구분 | 예술영화 및 TV극제목 | 노래제목 | 작사 | 작곡 |
|---|---|---|---|---|
| 예술영화 | 북두칠성 | 그 품은 하나여라 | 정예남 | 려철룡 |
| | 백옥(제1,2부) | 정에 끌려 의리에 끌려 | 리명수 | 김영철 |
| | 조난 | 어머니조국의 안녕을 위하여 | 강순희 | 김영철 |
| | 백두의 봇나무 | 백무의 봇나무 | 황성하 | 성동환 |
| | 내가 본 나라(제2,3부) | 언제면 찾을가 | 최일심 | 조성수 |
| | 생 명 선 | 위대한 령장 큰걸음따라 조선은 나간다 | 한창우 | 전봉덕 민요철 |
| | | 믿음은 우리 생명 | 〃 | 〃 |
| | 훈련의 하루 | 병사의 훈련길 | 정예남 | 김경민 |
| | 동해의 노래(제1,2부) | 조국은 나의 삶의 품 | 김석천 | 김성희 |
| | 시대가 주는 이름 | 진주보석 | 황성하 | 조성수 |
| | | 청춘의 꽃다발 | 〃 | 〃 |
| 기록영화 | 오가산자연보호구 | 오가산은 민족의 자랑일세 | 림춘희 | 류예선 |
| TV극 | 사랑의 권리 | 인생의 노래 | 김영남 | 박병우 |
| | | 너와 나는 동지 | 권오준 김영남 | 박병우 |

| 뻐꾹새가 노래하는 곳 | 청춘의 활무대 | 김영남 | 박병우 |
|---|---|---|---|
| | 장군님 기억하는 참다운 애국자가 되자 | 한창우<br>김수성 | 박병우 |
| | 염소방목공 | 〃 | 〃 |
| | 장군님 다녀가신 마을이라오 | 윤광연 | 박병우 |
| 사랑의 샘 | 샘물아 너처럼 | 김석천 | 황만룡 |

## <2009년 창작 아동영화 노래 목록>

| 아동영화제목 | 노래제목 | 작사 | 작곡 |
|---|---|---|---|
| 날개를 단 개미 | 지식은 억센 나래 | 오영옥 | 한상철 |
| 동줄토리가 일으킨 소동 | 깊은 지식 배워가자요 | 〃 | 백은호 |
| 작은 산삼과 큰 산삼 | 욕심끝에 망했지요 | 〃 | 〃 |
| 전기궁전에 간 명진이 | 전기절약하자야 딸깍 | 〃 | 한상철 |
| | 큰일 하지요 | 〃 | 〃 |
| 고와지는 약 | 동무위한 마음이 곱대요 | 〃 | 〃 |
| 긴긴 일요일 | 시간아껴 공부하자요 | 〃 | 함 철 |
| 손장수와 발장수 | 고향 지키리 | 〃 | 한상철 |
| | 내가 제일이야 | 〃 | 〃 |
| 삼형제에 대한 이야기 | 보배산 구려가자요 | 량지향 | 백은호 |
| 꼭 지키자요 | 시간맞춰 약을 먹자요 | 오영옥 | 함 철 |